KB270582

손방연의

조선시대 번역고소설 총서 6

손 방 연 의

孫龐演義

박재연 · 손지봉 · 김 영 校註

이회문화사

이 저서는 2002년도 한국학술진흥재단(기초학문육성지원사업)의
지원에 의하여 연구되었음 (KRF-2002-071-AS3511)
This work was supported by Korea Reserch Foundation
Grant (KRF-2002-071-AS3511)

머 리 말

한글 필사본 『손방연의孫龐演義』(5권 5책)은 중국 역사소설 번역본으로 18세기 궁중에서 번역 전사된 것으로 추정되는데 현재 정문연 장서각에 소장되어 있다. 낙선재본 『무목왕졍튱녹 武穆王貞忠錄』과 함께 낙선재 문고에 갊아 있는 번역소설 가운데 가장 오래된 것 중의 하나로 추정된다. 그 이유는 두 책 모두 낙선재본 소설 가운데 유일하게 暎嬪(?~1763)이라는 소장자의 장서인이 찍혀 있기 때문이다. 특히 『무목왕졍튱녹』은 1760년(영조 36)에 필사기가 있다. 『손방연의』 원전은 4권 20회로 작자는 미상이나 吳門嘯客이 述한 것으로 되어 있다. 이밖에 望古主人의 서문, 戴氏主人이 挹珠山房에서 쓴 서문과 錚城居士의 발문이 수록되어 있다. 현재까지 알려진 것으로는 1636년(숭정 9)에 간행된 것이 가장 이르다. 전국시대 孫臏과 龐涓의 지혜 싸움을 그리고 있다.

『손방연의』는 많은 고어와 고문체를 그대로 간직하고 있어 영정조 때 이루어진 것으로 추정된다. 궁체로 쓰였으나 약간 흘려 써 판독이 쉽지 않다. 원문은 그대로 수록하되 띄어쓰기만은 대략 현행 표기에 맞추어 하였다. 그리고 자주 출현하는 인명과 지명은 원문과 대조하여 각회 맨처음에 한하여 괄호 안에 한자를 명기하였다.

원문이 훼손되어 잘 알 수 없는 글자에 대해서는 □으로 표기하였고, 전사하는 과정에서 잘못 표기된 글자에 대해서 [ ]의 형태로 병기하였다. 아울러 맨 뒤에는 원문을 영인해 넣었고 색인을 두어 찾아 보기 쉽게 하였다.

이러한 번역 필사본에 대한 주석과 연구는 조선시대 중국소설의 전래와 번역양상을 이해하고 우리말 고어자료를 발굴하는데 도움이 될 것이다.

그리고 참고 자료로 이 소설의 속작인 『樂田演義』(一名 '後七國誌') 번역본 『악의젼단젼』을 같이 실었다. 『악의젼단젼』은 大正 7년(1918)년 李圭瑢이 廣益書館에서 발행한 구활자본이다.

끝으로 이 교주서는 2002년도 한국학술진흥재단의 기초학문육성지원사업(국학고전연구)의 일환으로 나오는 6책의 가운데 첫 권임을 밝힌다.

2003년 5월 15일

박재연 손지봉 김영

차 례

악의전단전 樂毅田單傳 (後七國樂田演義)

附 錄

낙선재본 «孫龐演義» 표지

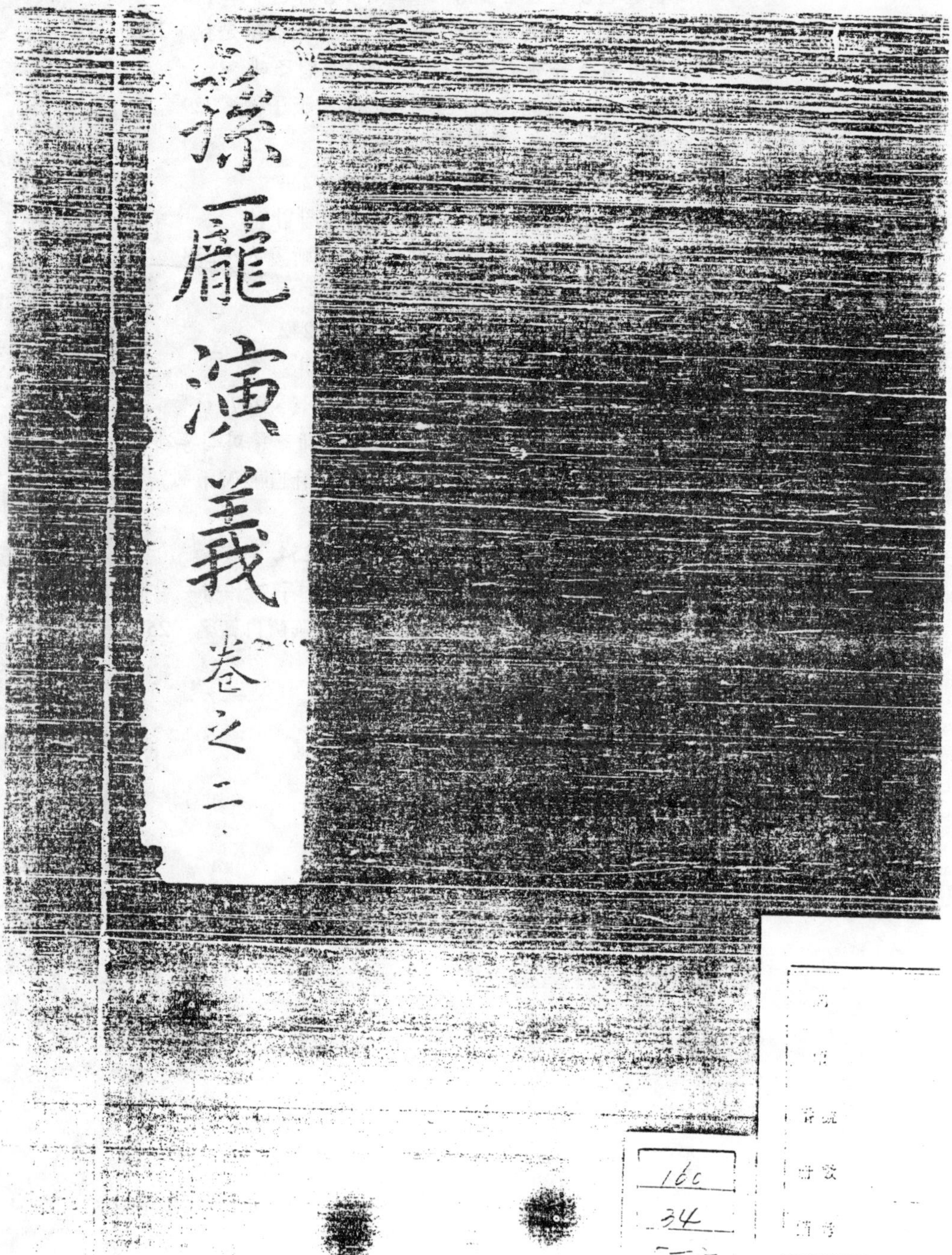

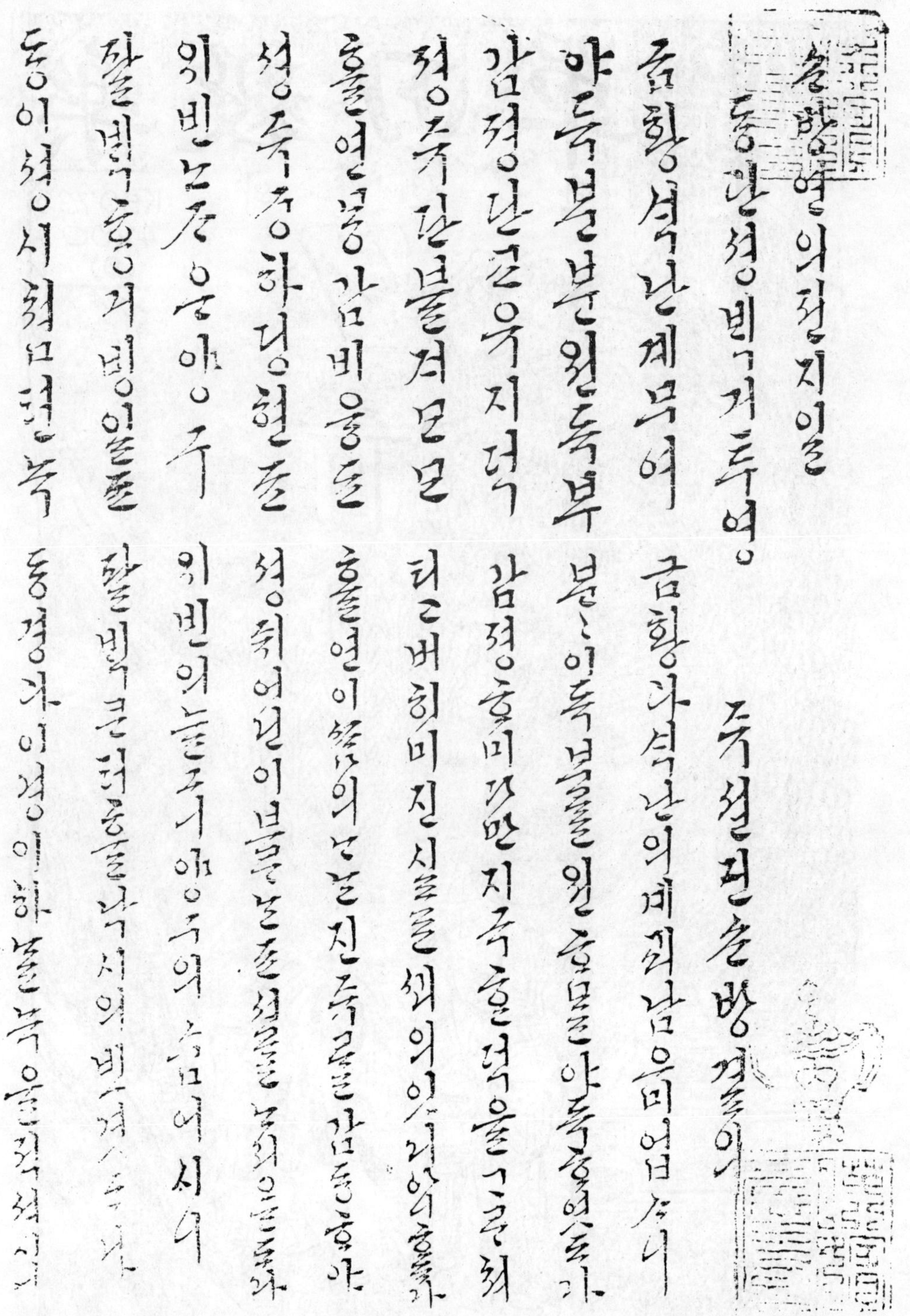
손방연의권지일
동한셩빈거두연 쥬셜뎐손방겨ᄅᆞ이
죠황셕난계모이 금황다셕난의게괴남음이업ᄉᆞ니
야득본분원득부 본ᄂᆞ이득보물인ᄒᆞ물아득ᄒᆞ엿도가
감뎡단군우지덕 감뎡ᄒᆞ미ᄀᆞ만지즉ᄒᆞᆫ덕을구근ᄒᆞ되
졍즉갈불거모모 티ᄃᆞ버히미진시ᄅᆞᆯ셰의잇거ᄂᆞᆯ어ᄒᆞ야
훌연공감비웅도 훌연이ᄊᆞᆼ의ᄂᆞᆫ불진ᄌᆞ굴감ᄒᆞᆫ하야
셩득ᄌᆞ하당헌ᄅᆞ 셩취어건이불ᄂᆞᆫ불ᄒᆞ셔ᄅᆞᆯᄂᆞ회을ᄒᆞ라
의빈노ᄅᆞ우아주 의빈의ᄂᆞᆫᄌᆞᄀᆞ애우의ᄉᆞᆷᄀᆞ어시니
잘볏ᄃᆞᆼ거빙인ᄅᆞ 잘빅근ᄃᆞᆼᄅᆞᆯᄂᆞ시의비ᄀᆞ여ᄉᆞ누가
동이셩시뢰ㅁ뎐복 동경가이경이하놀복울긔셔시ᄀᆞ

구활자본 «樂毅田單傳» 표지

구활자본 «악의젼단젼» 첫면

악의젼단젼 樂毅田單傳

뎨일회

貪大位結黨巧欺君 탐ᄃᆡ위결당교긔군
慕虛名信讒計讓位 모허명신참계양위

화셜칠국시졀에연왕쾌나라를다ᄉᆞ리ᄆᆡ다만편안이놀기를조화ᄒᆞ되오히려셩현의도덕은ᄉᆞ모ᄒᆞᄂᆞᆫ지라만약츙냥졍직ᄒᆞᆫ신히잇셔보좌ᄒᆞ면오히려나라를망ᄒᆞ도록이르지아니ᄒᆞ엿스련마ᄂᆞᆫ공교히한낫간신을두엇스되일홈은ᄌᆞ지라ᄉᆞᄅᆞᆷ됨이담은하날보다크고셩품은불보다급ᄒᆞ며마음은갈구리보다곱고인의례지난드러본ᄇᆡ업되간교ᄒᆞᆫ말은하슈갓흐며신장은팔쳑이오허리ᄂᆞᆫ열아람이며용력이장ᄃᆡᄒᆞ야손으로능히날나가난ᄉᆡ를잡고힝보가ᄲᆞᆯ으기ᄂᆞᆫ닷ᄂᆞᆫ톳기를ᄯᆞᆯ우며털창쓰기를잘ᄒᆞ야만부부당지용이잇슴으로연역왕ᄯᅢ로붓터나라권셰를잡앗더니역왕이쥭고연왕쾌인군이되ᄆᆡ인ᄒᆞ야상국으로잇스나ᄯᅳᆺ이맛지못ᄒᆞᆷ으로권셰를일을가두려ᄒᆞ야시시로근심ᄒᆞ며ᄉᆞᄅᆞᆷ을인연ᄒᆞ야연왕의게친밀ᄒᆞ도록쳔거ᄒᆞ기를도모코ᄌᆞᄒᆞ되연왕의게친신ᄒᆞᆫᄉᆞᄅᆞᆷ이업슴으로마음과갓치ᄒᆞ지못ᄒᆞ더니일々은소진의아오소ᄃᆡ를보ᄆᆡ소진파갓치말을능히ᄒᆞᆷ으로졔후의게일홈이잇슬ᄲᅮᆫ아니라지혜족ᄒᆞᆫ고로연왕이친근이공경ᄒᆞ난ᄇᆡ라감안이ᄉᆡᆼ각ᄒᆞ되만일이ᄉᆞᄅᆞᆷ이연왕의게쳔거ᄒᆞ게되면권셰ᄌᆞ루가반셔갓흐리라ᄒᆞ되져와평일에친ᄒᆞᆷ이업고ᄯᅩ지믈노ᄉᆞ괴고ᄌᆞᄒᆞ나욕심이ᄐᆡ산을슴기고ᄌᆞᄒᆞ리니엇지ᄒᆞ리오ᄒᆞ다가다시ᄉᆡᆼ각ᄒᆞ되니드르니져의게쳔금소져가잇셔ᄉᆞ랑ᄒᆞ기를장즁보옥갓치ᄒᆞᆫ다ᄒᆞ니만약우리아ᄒᆡ와셩친을ᄒᆞ게되면친가지의를ᄉᆡᆼ각ᄒᆞ

낙선재 필사본『孫龐演義』에 대하여

박 재 연

1.『孫龐演義』의 전래와 수용

朝鮮의 역대 임금 중 가장 오래 산 임금으로 제 14대 宣祖와 제 21대 英祖를 꼽는다. 宣祖(1552~1608)는 41년, 英祖(1694~1776)는 52년 동안 재위하였으며, 많은 後宮과 子女를 두었다. 이들 임금은 재위 기간 동안 유능한 학자들을 발굴하고, 문화、예술에서 많은 치적을 남긴 것으로 널리 알려져 있다. 그런데 이 두 임금과 주변 인물들이 중국소설이나 중국소설의 諺翻小說과 밀접한 관련이 있었음이 드러나 흥미를 끈다.

우선 宣祖 임금은, 經筵에서『三國志演義』에 대해 奇大升과 토론하였는가 하면, 중국 明代의 公案類 小說인『包公傳』을 駙馬에게 내려주면서 독서를 권하기도 하였다. 또한 宣祖 자신이『三國志』를 통독했다는 기록도 전해지고 있는데, 이는 당시 禁忌事項이었던 중국소설을 왕 자신이 읽고 권할 만큼 宣祖가 소탈한 인간이었음을 보여주는 예이다. 이에 대해서는 현전하는 宣祖의 친필 諺簡 22篇을 통해서도 넉넉히 알 수 있다.[1] 이밖에 宣祖 이후에도 仁宣王后(1618~1674)가 出嫁한 翁主에게『녹의인뎐』、『하북니쟝군젼』、『슈호뎐』과 같은 諺翻小說을 읽으라고 권하는 친필서한의 내용도 볼 수 있다.[2]

그러나, 일찍부터 전래되었던 중국 통속소설은, 주로 壬辰倭亂을 전후하여 성행하였으며, 英正朝에 이르러 그 꽃을 피웠다. 英祖가 총애하던 후궁 暎嬪李氏(?~1763)가 중국소설을 번역하던 일에 관련되었던 사실이 당시의 추이를 드러내 준다. 또한 왕비의 궁중도서관이었던 昌慶宮 樂善齋에는 暎嬪 李氏의 인장이 선명하게 찍힌『孫龐演義』와『武穆王貞忠錄』[3] 2종의 諺翻小說이 전해져 오고 있다.

暎嬪이라면 思悼世子의 生母로 더 유명한 여인이다. 그녀는 常民階級 출신으로 宮女로 들어갔다가 왕자를 낳고 後宮이 된 여인으로[4] 英祖의 총애를 받았는데 정실 소생이 하나도 없는 英祖에게 思悼世子를 포함 一男七女를 낳았던 여인이다.[5]

일찍부터 글재주가 뛰어났던 暎嬪은 중국 역대 여인들의 약전을 정리하여『女範』이라는 책을 남겼으며,[6] 특히 며느리 惠慶宮 洪氏(1735~1815)는『한듕록』의 작자로 널리 알려져 있다. 또한 중

---

1) 金一根,『諺簡의 硏究』, 建國大 出版部, 1986.6. p.113.
2) 위의 책, p.113.
3) 7冊(卷3,4,5,9,11), 5冊缺, 29x23.3cm.
4) 金用淑,『朝鮮朝宮中風俗硏究』, 一志社, 1987.3. p.79.
5) 위의 책, p.423.
6) 洪起元,「宮中文學의 脈絡에서 본 門脈과 文脈」, 仁穆大妃、貞明公主 原作, 洪起元 譯註,『셔궁일

국 통속소설의 필사본에 暎嬪의 인장이 찍혀 있는 것은, 暎嬪이 거처하던 宣禧宮에 宮體의 名筆 나인이 있어, 일부러 글씨를 배우러 몇 달씩 찾아오던 나인들이 있었다는[7] 기록을 보더라도 우연은 아니다. 이상으로 중국소설이 주요하게 번역되던 시기를 살펴보았는데. 여기에서 낙선재본으로 전해져 오는『孫龐演義』의 번역본은 18世紀 中葉 宮中에서 필사된 것으로 筆寫나 翻譯年度가 확실하다는 점에 착안하여 살펴보기로 하겠다.

또한 중국본『孫龐演義』의 板本과 淵源、內容 등을 살펴보고, 중국본과 낙선재본의 대조를 통해 翻譯樣相을 알아보고자 한다. 아울러 번역문에서 사용된 古語와 古文體를 정리함으로써 이 작품이 18세기 중엽에 번역、필사된 것임을 재확인 하고자 한다. 이같은 작업은 중국 통속소설의 전래 시기와 중국소설을 受容하던 시기의 시대적 사조, 翻譯樣相, 18세기 중엽의 古語 연구에 도움이 될 수 있으리라 생각한다.

2.『孫龐演義』와『七國春秋前集』

4卷 20回로 이루어진『孫龐演義』의 작자는 未詳이며 創作年代 또한 분명하지 않다. 다만 가장 오래된 板本으로 明 崇禎 9年(1636)에 간행된『新鐫全像孫龐鬪智演義』 20卷[8]이 알려져 있다. 기록에 따르면 이 책의 작자는 따로 없고, 吳門嘯客이 述한 것으로 되어 있다. 이밖에 望古主人의 서문, 戴氏主人이 捃珠山房에서 쓴 서문과 錚城居士의 발문이 수록되어 있다.

그 후 30년 뒤인 康熙 5年(1666)에 嘯花軒에서『前後七國誌』를 간행하였는데, 明末 清初에 살았던 浙江 嘉興 사람인 烟水散人 徐震(字는 秋濤)이 작자로 되어 있다.『前後七國誌』란 "前七國誌孫龐演義"와 "後七國誌樂田演義"를 합친 이름이다. 원래 이 두 소설은 격조가 크게 다른 것이었지만, 당시 서적상이 이것을 하나로 묶어 간행한 것이다.『前七國誌孫龐演義』는 전체가 4卷 20回로 이루어져 있으며 梅士鼎公燮의 서문이 붙어 있다.『孫龐演義』의 또다른 板本 가운데 澹園主人 編次, 清修居士 參訂이라 기재된 것이 있는데 이 둘은 서로 같은 판본이며,[9] 이 외에도 목판본으로 京都 文和堂本과 寶華堂本이, 石印本으로 上海 文明書局本이 전해져 온다.[10]

현재 국내에는 유일하게 東亞大石堂傳統文化研究院에『繪圖前後七國志演義』 4冊이 전한다.

그런데 앞서 말한 것처럼『樂田演義』와『孫龐演義』는 둘 다 전국시대를 배경으로 쓴 역사소설이지만 두 소설의 풍격이 크게 다르며, 또한 소설작법 등에서도 큰 차이를 보인다.『樂田演義』는 樂毅와 田單을 주인공으로,『孫龐演義』는 孫臏과 龐涓을 주인공으로 등장시키고 있으며, 역사적 사실에 근거하여 작품을 쓴 것으로 보아 전자는『東周列國志』나『三國志演義』와 작법이 유사하다. 따라서 전자는 서술이 딱딱하고 지리한데 반해 후자는『封神演義』와 흡사한 작법을 사용함으로써 사실과 다른 허무맹랑한 점이 드러나고 있지만 이야기 서술이 딱딱하지 않고 발랄하다.

『孫龐演義』의 작자는 아직까지 알려져 있지 않은데, 중국이나 우리나라의 소설가가 멸시받던 당시를 생각하면 당연한 일이라 여겨진다. 비록 현재 볼 수 있는 가장 오래된 板本에 吳門嘯客이란 이름이 적혀 있긴 하지만, 그는 원작자라기보다는 편집、정리한 사람으로밖에 볼 수 없다. 이것은『三國志演義』가 나오기 전에『全相平話三國志』가 나와 있었고,『封神演義』가 나오기 전에『武王伐紂平話』가 있었던 것과 같다. 옛부터 민간에 전해지던 이야기를 宋元代에 들어 話本으로 꾸미고, 다시 전사하는 과정에서 많은 부분을 부연하거나 윤색하여 明代에 이르러서는 한 권의 소설로 정

긔』, 民俗苑, 1986.10. p.209 참조.

7) 金用淑, 위의 책, p.12.

8) 圖二十葉, 記刊工曰「項南洲刻. 半葉九行, 行二十字.【日本內閣文庫】(孫楷第,『中國通俗小說書目』, 作家出版社, 北京, 1957. p.26.

9) 孫楷第, 위의 책, p.26.

10) 陳四益,「前後七國志前言」,『前後七國志』, 湖南人民出版社, 長沙, 1984.1.

리될 수 있었던 것이다. 아직까지 『孫龐演義』의 모본인 講史話本 『七國春秋前集』(以下 前集으로 略稱)은 발견되지 않았지만, 『樂毅圖齊七國春秋後集』(以下 後集으로 略稱)이 전해짐으로써 『前集』이 있었음을 추측할 수 있고 그 내용도 대략 짐작할 수 있다. 실제로 羅燁의 『醉翁談錄』에 보면, 機謀를 이야기한 話本으로 「孫龐鬪智」를 거론하고 있다.[11]

이 『後集』은 4종의 또 다른 全相平話와 함께 日本에서 발견되었다.[12] 1931年에 孫楷第가 日本으로 건너가, 일본 각 도서관과 개인이 소장하고 있는 중국소설의 古板本을 일일이 검토하면서 『後集』에 관해서도 解題를 쓰고 『前集』이 『孫龐演義』의 母本임을 처음 밝혔었다.[13] 1945年에 趙景深은 이 같은 주장을 근거로 사실에 대해 검토한 끝에 孫氏의 설을 재확인하는 한편, 다음 8가지의 내용을 정리 발표하였다.[14]

첫째, 『孫龐演義』는 孫臏이 馬陵山 아래서 龐涓을 사로잡아 각국의 왕들이 모인 자리에서 그의 발뒤꿈치를 베고 목을 쳐 원수를 갚는다는 내용으로 이야기를 끝맺고 있는데, 『後集』은 바로 그 같은 결말을 이야기의 시작으로 도입하고 있어 두 책이 서로 연결된 것임을 알 수 있다.

둘째, 『孫龐演義』 第1回의 내용 중에,[15] "원래 이 범은 鬼谷仙師의 수레를 끄는 신령스런 범으로, 특별히 仙師의 명을 받고 孫臏과 龐涓 두 사람의 마음을 탐지하러 온 것이다"[16] 라는 대목이 있다. 그런데 『後集』 『鬼谷下山』에도 "선생이 두 범을 타고 하산하다"는 구절이 있어 내용의 일치점을 찾아볼 수 있다.

세째, 『孫龐演義』에 등장하는 王敖(第4,6,7回)、蕭古達(第14回)、黃伯陽(第19回)과 같은 鬼谷仙師의 제자와 득도한 사람들이 똑같이 『後集』에도 등장한다. 즉 齊나라가 鬼谷子를 불러들여 孫臏을 구하는 대목의 "當有王敖肖古達張左君出陳"에서 肖古達이란 곧 蕭古達을 가리킨다. 특히 黃伯楊(黃伯陽)은 『後集』의 주요인물로 등장하고 있는 바, 『後集』에서는 孫臏과 대립하는 인물로 묘사되고 있다.

네째, 『孫龐演義』에 따르면 孫臏은 반사산에서 吳解와 馬升을 항복시키고 (第10回) 九曜山 霹靂洞에서 산적 袁達과 그의 졸개장수 李牧、獨孤陳 등의 항복을 받는다(第12回). 귀순한 이들 다섯 장수와 조정의 須文龍、須文虎 형제를 합해 모두 일곱 장수가 孫臏의 부하가 되는데, 이들 대부분이 『後集』에 그대로 등장한다. 또한 『後集』에서 齊나라가 燕나라를 치는 대목 가운데 "손자는 성지를 받들어 군사 20萬을 청하고 章子를 원수로, 袁達을 先鋒으로, 李慕、獨孤陳을 殿后使로 삼았다"[17]는 구절이 나오는데, 여기서 李慕는 바로 李牧을 가리킨다. 또한 袁達이 도끼를 잘 쓴다는 내용도 『孫龐演義』와 일치한다. 그리고 黃伯楊이 迷魂陣을 펼쳐 孫臏·袁達·李牧·獨孤陳 등을 함정에 빠뜨리는 장면 역시 『孫龐演義』에서 발견된다.

다섯째, 『蘇代請孫子救齊』의 "앞으로 치달리는 두 사람은 馬升과 解信이다."[18] 라는 귀절에서 解信은 바로 吳解와 같은 인물이다.

여섯째, 『後集』에 하산하던 鬼谷子가 어떤 장자를 만나는 대목이 있다. 여기서 그 장자는 "나의 아버지는 창주 홍해현 사람으로, 獨孤陳이란 분이오. 우리 외삼촌 袁達은 구선산에 들어가 이목과 우리 아버지에게서 수학하고, 나는 노산 철관도인에게 수학하러 갑니다. 제 이름은 獨孤角입니

11) 羅燁, 『醉翁談錄』, 古典文學出版社, 上海, 1957. p.4.
12) 元 英宗 至治(1321~1323) 연간에 建安 虞氏에 의해 간행된 것으로, 武王伐紂平話、樂毅圖齊七國春秋後集平話、秦并六國平話、續前漢書平話、三國志平話 등 5종이다. 현재는 日本 內閣文庫에 유일하게 소장되어 있다.
13) 孫楷第, 『日本東京所見中國小說書目』, 上雜出版社, 上海, 1953.12. pp.12~13 참조.
14) 趙景深, 「七國春秋後集與前七國志」, 『中國小說叢考』, 齊魯書社, 濟南, 1980.10. pp.104~109.
15) 趙景深이 제2회라 한 것은 착오이므로 바로잡는다.(趙景深, 『中國小說叢考』, 齊魯書社, 濟南, 1980. p.105).
16) 原來這虎不是凡虎, 就是鬼谷仙師駕車神虎, 特奉仙師差遣, 來探孫龐二人心術的.(湖南本 1:7)
17) 孫子蒙聖旨, 乞兵二十萬, 章子爲元帥, 袁達爲先鋒, 李慕獨孤陳爲殿后使.
18) 二人奔走向前, 認是馬升解信.

다."[19] 라고 말한다. 鬼谷子는 나중에 숲속에서 "경주 오교진 사람인 袁達의 아들 袁剛"을 만나게 된다. 그리고 그가 齊나라 영에 이르렀을 때, 독행호 解珍이 그와 합세하는데 이때의 解珍은 解信의 아들로 추측된다. 또 李牧의 아들 李虎는 "終南山에서 張晃에게 수학"한다 라고 되어 있다.

한편 馬良과 兵世, 殿青 등 일곱명의 나이 어린 장수들이 迷魂陣을 깨뜨리는 이야기는 『七俠七義』의 속편인 『小五義』, 『岳傳』의 속편인 『小岳家將』을 연상시키는데, 이 같은 점은 『後集』 앞에 『前集』이 있었음을 확신케 하는 내용이다.

일곱째, 『孫龐演義』 第7回에서 孫臏은 침향나무 쌍지팡이를 사용하고 있는데,[20]『後集』에서도 그는 침향나무는 아니지만 쌍지팡이를 집고 나온다.

여덟째, 일반적으로 元 至治本 全相平話에는 "나중 일이 어떻게 되는지 알고 싶으면, 다음 회를 보라(欲知後事如何,且聽下回分解)"는 말이 자주 사용되는데, 『後集』에서도 같은 말이 자주 사용되고 있다. 『後集』은 총 42面밖에 안되는 분량인데도 무려 49개소에 그같은 상투어가 보이며, 그중 가장 절정을 이루는 것이 迷魂陣 대파 장면이다. 대파 장면을 그린 31,33面에서는 무려 네 차례나 그 같은 표현이 쓰이고 있어 독자의 초조감과 기대감을 자아내는 역할을 한다. 또 그 이면에는 화제를 전환할 때 쓰는 "話說(p. 4, 22)", "却說(p. 2, 4, 11, 15, 18, 19, 20, 23, 24, 25, 31……)", "且說(p. 5)" 등의 표현도 자주 보인다. 이밖에도 章回小說처럼 분명히 章回를 표시하고 있지는 않으나, 중간 중간 적어 놓은 소제목은 단지 대구를 이루지 않았을 뿐 回目과 다를 바가 없어 章回小說의 초기 형태임을 엿볼 수 있다.[21]

이상과 같은 사실을 통해 『孫龐演義』가 元代 講史話本의 모습을 거의 간직하고 있는 古本임을 알 수 있는데, 이 점은 元曲으로도 입증된다. 元代에 유행했던 잡극인 『馬陵道射龐涓』(작자 미상)의 내용은 小說과 큰 차이가 없다. 第1 楔子에서 孫臏은 鬼谷仙師를 속이고 문을 나서는데, 이 내용은 『孫龐演義』 第2回에서 그대로 재현된다. 또 第1折에서, 孫臏이 진을 치는 장면이 나오는데 龐涓은 그것이 무슨 진인지 알아내지 못할 뿐 아니라 진을 깨뜨리려다 도리어 창피만 톡톡히 당해 앙심을 품는다는 대목이 있다. 그런데 『孫龐演義』 第5回에서도 이 장면을 찾아볼 수 있다. 第2 楔子에서, 龐涓이 계략을 써 孫臏이 군사를 거느리고 불을 끄러 가는데 龐涓은 왕에게 孫臏이 반란을 일으켰다고 무고한다. 이 장면 역시『孫龐演義』 第5回에 보인다. 第2折에서는 孫臏이 참수형을 당하기 직전 天書 이야기를 꺼내며 탄식하자, 龐涓이 이 말을 듣고 天書를 빼앗을 욕심에 孫臏을 죽이지 않고 그의 발뒤꿈치를 베는 형벌을 집행한다. 이는 『孫龐演義』의 第6回 『金蘭契仇成刖足』의 내용과 일치한다. 第3折에서는 孫臏이 미친 척하자 卜商이 그를 몰래 성밖으로 탈출시키는데, 이 대목 또한 『孫龐演義』 第10回에 보인다. 孫臏이 添兵으로 滅竈하고 八方으로 埋伏하여 龐涓을 사로잡는 第4折의 내용은 『孫龐演義』 第19~20回 해당되고 있다.[22]

이상 趙景深의 상세한 고증을 통해서 『孫龐演義』의 모본으로 講史話本 『七國春秋前集』이 있었음을 알 수 있다. 『七國春秋前集』은 『前漢書平話』와 더불어서 아직까지 발견되고 있지 않지만, 後集이나 正集을 통하여 그 내용을 유추해 볼 수 있다. 이러한 강사화본들은 대체로 역사 사실을 토대로 부연하되 신마고사와 전설을 삽입시키고 있는데, 연의소설 이르러서는 역사적인 내용에서 크게 벗어나 신마소설화하고 있는 것이다.

일명 "前七國誌"라고도 불리는 『孫龐演義』는 戰國時代 때 孫臏과 龐涓의 지혜 싸움을 그리고 있다. 60여명의 인물이 등장하는[23] 이 소설은 秦、楚、燕、韓、趙、魏、齊의 일곱 나라가 할거하

19) 俺父是滄州紅海縣人獨孤陳便是. 咱母舅袁達入九仙山同李牧俺父獨孤陳學業, 俺往勞山鐵冠道人學業. 吾乃獨孤角也.

20) 見一乞子, 掛着[雙拐], 口中歌.(7:50) ‖ 孫臏拄了[沈香木拐], 拐阿拐的, 拐到吳起廟中.(7:55)

21) 趙景深, 위의 책, pp.105~108.

22) 趙景深, 위의 책, p.109.

23) 燕昭王・孫操・孫龍・孫虎・孫臏(南平君王) ‖ 魏惠王・畢冒(魏太子)・龐涓(武音君)・瑞蓮公主・龐英・鄭安平・朱亥・朱夫人・徐甲・侯嬰・樊廚・張才茂(家將)・馬安(家丁)・齊威王・宣王・魯王(

여, 세력다툼을 벌이는 것으로 이야기가 시작된다. 전국시대 孫臏과 龐涓은 결의형제를 맺고 鬼谷仙師 밑에서 동문수학한다. 龐涓은 먼저 하산하여 魏나라에 가서 부마가 되고 병마대원수에 오른다. 그는 孫臏의 병법이 자신보다 나을 것을 우려하여 孫臏을 魏나라로 유인한다. 孫臏은 왕명을 받아 진을 쳐 보이는데 龐涓이 알아보지 못해 창피를 당한다. 龐涓은 그 때문에 孫臏이 모반을 획책한다고 무고하여 투옥시킨다. 처음에는 죽여 없애려고 하였으나 天書를 얻기 위해 동정하는 체하며 死刑을 刖足刑으로 감형시킨다. 이 사실을 뒤늦게 안 孫臏은 천서를 태워 버리고 미치광이 행세를 하며 齊나라로 도망가 齊나라의 軍師가 된다. 龐涓은 이웃 여러 나라를 수차례 침략하나 그때마다 孫臏에게 격퇴당한다. 마침내 孫臏은 거짓 패하는 척하고 減竈法으로 龐涓을 馬陵道까지 유인하여 복병으로 龐涓을 사로잡아 일곱 나라의 왕들 앞에서 처형한다.

이렇듯『孫龐演義』는 司馬遷의『史記』등 史書에 나오는 역사사실을 토대로 神怪、靈怪的인 이야기를 덧붙이고 있다. 여기서 자주 등장하는 陰陽이나 呪文、遁甲術、魘鎮法、縮地法、減竈法 등의 이야기는 허무맹랑하여, 전체적인 묘사가 역사적 사실과 거의 부합되지 않는다. 사서에 따르면 손빈은 孫武의 후손으로 齊나라 사람이다. 그런데 소설 속에서는 燕나라 사람으로 되어 있으며, 燕나라의 부마라는 孫操를 아버지로 둔 사실도 없다. 또 생존연대가 孫臏보다 훨씬 앞인 卜尙(子夏)은 孔子의 제자 子夏인데, 그가 백살이 넘도록 살아서 齊나라 사신으로 魏나라에 가 孫臏을 몰래 빼내왔을 리도 없다. 더우기 孫臏보다 훨씬 후대 사람인 秦나라 장수 伯起와 趙나라 장수 廉頗 등이 孫臏과 같이 동시대에 등장하고 있어 역사적 사실과 어긋난다.

이러한 내용은『田禹治傳』과 같은 道術小說을 연상시키며, 중국소설 가운데『平妖傳』과『西遊記』의 神魔·靈怪的인 내용의 작품들과 같은 맥락에서 이해될 수 있겠다. 그러나 이같은 단순함과 善惡이 분명한 주제로 인해 민간에서 크게 환영을 받을 수 있었다.

3. 낙선재본『孫龐演義』의 書誌

鄭炳昱은『樂善齋文庫本 國文書籍 解題』[24]에서 이 소설을 처음 소개하였는데, 그는 "송방연의(松龐演義)는 5권 5책으로 중국작품인『송방연의』를 우리말로 번역한 것"[25] 이라고 간략하게 소개하고 있다. 이보다 1년 앞서, W.E.Skillend 는 그의『古代小說』[26] 目錄 212, 손방연의 Son Pang Yonui "Romance of Sun and P'ang"조에서, 이 번역본에 찍힌 暎嬪房의 인장과 藏書閣 司書의 말을 인용하여 暎嬪이 英祖의 後宮임을 밝히고, 이 작품이 18세기에 번역된 것으로 추정하였다. 아울러 그는 金台俊은 "孫龐演義가 17세기 경에 이미 번역되었다고 했다"며 그의 주장을 인용하였고,[27]『藏書閣圖書韓國版總目錄』[28]에 소개하고 있다.

田忌)·孟嘗君(田文)·馮驩·須文龍·須文虎·袁達·李牧·獨孤陳·吳解·馬升·鄒忌·鄒網·鄒諫·卜商(子夏)·蘇代·蘇夫人·蘇小姐 ‖韓國王·魏陽公主(正宮娘娘)·張奢·顔仲子·張肖簡·倩奴 ‖秦孝公·白起(武安君) ‖楚莊王·黃協 ‖趙武靈王·廉頗·廉剛·藺相如 ‖鬼谷子·尉繚·王傲·黃伯陽.

24) 鄭炳昱,『韓國 古典의 再認識』, 弘盛社, 1979.5. p.422. ‖1969년 7월『국어국문학』44·45 합병호에 처음 게재됨.

25) 손방(孫龐)을 송방(松龐)으로 표기한 것은 착오임.

26)『古代小說 Kodae Sosol: A Survey of Korean Traditional Style Popular Novels』, Oriental and African Studies, University of London, 1968. p.121.

27) 金台俊은 제 4편 4장『명대소설의 유입』에서,『孫龐演義』와『東周列國志』·『開闢演義』·『西湖佳話』·『好逑傳』·『平妖傳』등 명말의 軟派物이 끊일 새 없이 흘러들어 민간에 전사됨으로써 침체된 이조 중엽의 文運에 일단의 활기를 주었으며, 나아가 문예발흥의 직접적인 誘因이 되었다고 적고 있다. 그러나 이러한 명대소설이 17세기에 들어왔다고만 했을 뿐, 번역물에 대한 직접적인 언급은 하지 않았다. (金台俊,『增補朝鮮小說史』, 學藝社, 1939. p.97 참조).

28) 文化財管理局 藏書閣,『藏書閣圖書韓國版總目錄』, 探究堂, 1972.10. p.1215.

이 낙선재본은 앞 표지에 『孫龐演義』라는 한자 제목이 쓰여 있는데 5卷 5冊, 總 696面으로 되어 있으며, 가로 21.2cm, 세로 30.3cm의 판형이다. 1面은 11行, 1行은 20~23字이나, 경우에 따라 28~29字까지 쓰여진 곳(2:73~75)도 있다. 宮體 楷書의 서체로 정성들여 쓰여진 이 책은 各卷이 4~5회씩 수록되어 있으며 回目數는 기록하고 있지 않다.

回目名을 비교한 결과, 每回 回目名의 두 구가 서로 대구를 이루고 있으며, 번역본의 回目名과 중국본(河洛本、湖南本)[29]이 거의 일치하고 있음을 알 수 있다. [ ] 부분처럼 서로 다른 글자가 보이거나, 한 자가 더 들어가거나 빠진 경우, 순서가 뒤바뀐 경우 등이 있으나, 내용에 변화를 줄 만큼 큰 차이로는 보이지 않는다. 더욱이 중국소설의 木板本이나 石印本을 보면 목차의 回目名과 본문 내의 回目名이 일치하지 않는 경우가 비일비재하므로 문제 삼을 만한 것은 못된다. 다만 번역본의 回目名과 완전히 일치하는 판본이 발견된다면, 원전임을 확인하는 증거로 채택될 수는 있을 것이다.

다음은 번역본의 본문을 살펴보자. 번역본의 본문에는 군데군데 轉寫過程에서 빠뜨린 글자를 조그만 글씨로 行間에 삽입시키거나, 중복해서 쓴 글씨를 점으로 덧칠해 지운 것이 군데군데 보인다. 또 "ㄷ"자를 "ㅈ"으로 바꾸거나 "ㅈ"자를 "ㄷ"자로 수정한 예가 全篇에 걸쳐 나타나는 것을 볼 때, 口蓋音化 현상으로 인한 혼란이 아닌가 추측된다. 여기서 한 구문 전체가 누락되어 다시 쓴 부분을 자세히 살펴보자(괄호 안은 다시 삽입한 내용, 띄어쓰기는 필자).

> 만일 손셩싱의 신통을 미리 아라 밧고디 아냐시면 소쇼졔 반ᄃᆞ시 태ᄉᆞ의 아사가미 되리니 손션싱의 친시 엇디 일리오 졔(왕이 ᄀᆞᆯ오ᄃᆡ 냥가 납빙 션휘 잇ᄂᆞ냐노)왕이 ᄀᆞᆯ오ᄃᆡ 납빙션후롤 의논ᄒᆞ면 손션싱이 몬져 ᄒᆞ니이다[30]
>
> 문뮈 블화ᄒᆞᆫ ᄣᆡ롤 타 신이 일지군을 거ᄂᆞ려(몬져가 졔롤 티리니 만일 졔롤 티디 아니면 헤아리건대 졔 몬져 군ᄉᆞ롤 거ᄂᆞ려 우리)위롤 티리니 가히 더ᄃᆡ디 못ᄒᆞ리이다[31]
>
> ᄆᆡᆼ샹군이 ᄀᆞ만이 나아가 손빈의 알ᄑᆡ 션(대 노왕이 ᄀᆞᆯ오ᄃᆡ 션싱의 알ᄑᆡ 션)거시 뉘뇨 손빈이 ᄀᆞᆯ오ᄃᆡ[32]

앞의 인용글 중, "왕이 글오ᄃᆡ" "…롤 티리니" "션" 등은 모두 중간에 글자가 빠진 것을 모르고 뛰어넘은 채 필사한 것이다. 또 "ᄒᆞᆫ 계교롤 뎡ᄒᆞ야시니 교계대로 되면"(5:87)에서는, "계교"가 "교계"로 뒤바뀌자 上下로 訂正 표시를 하였고, 원문의 "假途滅虢"는 "갈멸괵"(4:78)이라고 썼다가 "가도멸괵"으로 訂正하였는데 이는 "가도멸괵"을 세로로 쓰면 "도"자가 "ㄹ"자로 오인되기 쉬웠기 때문이다. 그런데, 앞의 것은 수정하고 바로 뒤의 "갈멸괵"(4:81)은 수정하지 않은 채 필사되어 있는데, 억측일 수 있으나 먼저 전체를 筆寫한 후 처음부터 일일이 筆寫 母本과 대조한 것이 아닌가 한다. 한편, 漢字語를 옮김에 있어 魏太子 "畢冒"를 "필창"(畢昌)으로 옮긴[33] 것 외에 誤記가 거의 발견되지 않는 것으로 보아, 번역 원본을 직접 옮겨 썼거나 원본이 쓰여진지 얼마 지나지 않은 시기에 번역된 것으로 보인다. 轉寫過程을 몇번 거치게 되면 그만큼 誤記의 정도가 심해지며, 이같은 현상은 漢字語 고유명사에서 특히 두드러진다. 번역자가 아닌 筆寫者는, 중국 원본을 보았거나 볼 이유가 없기 때문에 앞 부분에서 인명이나 지명을 잘못 필사한 것을 뒤에도 계속 사용하거나, 뒤늦게 誤記임을 알고 고쳐 쓰는 경우도 더러 있지만 대부분 틀린대로 계속 쓰게 마련이다.[34] 기존에

---

29) 京都 文和堂本을 저본으로 하고 寶華堂本과 상해 文明書局 석인본을 참고했다는 湖南人民出版社刊(1984.1)과 台北 河洛圖書刊(1980.2)을 대본으로 하였다.
30) 낙선재본 『손방연의』 필사본, 권4, 25쪽, 한국정신문화연구원 소장.
31) 위의 책, 권4, 33쪽,
32) 위의 책, 권4, 25쪽.
33) 번역 대본으로 사용했던 중국 목판본의 '冒'자를 '昌'자로 오인한 것임.
34) 拙稿, 「隋唐演義 飜譯本의 硏究」, 『中國學硏究』 第3輯, 1986.11. p.15 참조.

있던 필사본을 가지고 축약한 것으로 추정되는 구활자본『孫龐演義』[35]가 그 좋은 예이다. 가령 “연단공쥬(燕丹公主)”를 처음에는 “연난공쥬”, “영단공쥬”라 했다가 뒷부분에서는 “연단공쥬”로, “손조(孫操)”를 “손도”로 쓰다가, 다시 “손조”로 정정하여 적고 있다. 또 “대언비(大言碑) — 대원비, 금뎡관(金亭館) — 금평관, 왕외(王敖) — 왕위, 댱새(張奢) — 당이, 압진법(魘鎭法) — 압인법, 뉵갑령문(六甲靈文) — 뉵갑정문, 셔련공쥬(瑞蓮公主) — 현명공쥬, 쥬히(朱解) — 중회” 등으로 표기하고 있어 舊活字本 번역소설에 대한 출판 편집의 일면을 엿보게 한다.[36] 이런 표기상의 잘못은 朴建會、高裕相 등의 서적상들이 민간 貰冊房에서 나돌던 諺翻小說의 필사본을 딱지본 소설(六錢小說) 분량에 맞게 축약하거나, 坊刻本을 그대로 활자화시키는 과정에서 나타난 현상이라고 볼 수 있다.

4. 낙선재본『孫龐演義』의 翻譯樣相

翻譯樣相을 살펴보기에 앞서 먼저 살펴봐야 할 문제는 번역 대본으로 사용했던 원전이 어느 板本이냐 하는 것이다. 앞에서 살펴본 바에 따르면 가장 오래된 板本은 日本 內閣文庫에 갊아 있는 1636年本이다. 그후 여러 종의 木板本과 石印本이 나왔으나 명말에 전래되었다는 金台俊의 기록[37]만 있을 뿐 우리나라에서는 木板本은 고사하고 그 흔한 石印本조차 발견되지 않았다. 이런 이유로 필자는 台北 河洛本을 臺本으로 삼되 湖南本을[38] 참고하기로 한다.

翻譯樣相은 省略、敷衍、添加、縮約、改作、誤譯 등 크게 5가지 형태로 나누어 볼 수 있는데, 일반적으로 중국소설의 번역본은 詩나 詞를 省略하고 내용을 縮約하는 경우가 많다. 그러나 낙선재본『孫龐演義』(以下 “낙선재본”이라 표기함)에서는 그 반대 현상이 나타난다. 낙선재본에는 河洛本에 실려 있는 시 가운데 未翻譯된 것이 5首밖에 (孫 17:132～133, 20:154,155,157,158) 없는데 반해, 河洛本에 없는 詩나 詞가 30여수나 더 실려 있다. 따라서 낙선재본의 번역 대본으로 사용됐던 중국본은 河洛本과 다르다는 것을 알 수 있다. 낙선재본의 詩와 詞 번역은 대개 원문을 그대로 한글로 音讀하고 그 밑에 번역문을 작은 글씨로 꼼꼼히 적어 놓았다. 다만 詞의 경우는 원문을 우리 음으로 적고 번역한 것(4:105,4:107,5:116), 원문을 싣지 않고 번역만 한 것(4:109), 원문은 우리 音으로 적되 번역은 하지 않은 것(3:112～114, 4:133, 5:42) 등 혼란상을 보여주고 있다. 또 원문에 없는 騈語體 詔書가 낙선재본에는 있는데 반해 河洛本에는 수록되어 있지 않다.

한편 장회소설에서는 가끔 상황을 시로 개괄하거나, 여러 사람이 같은 내용의 시를 읊는다거나, 등장인물이 직접 시를 짓는 경우 등이 있다. 前者의 예는 第20回의 호즁션싱、도즘독ᄉ、동병션싱 세 사람의 시에서 찾아볼 수 있는데(5:109～111), 河洛本에는 도즘독ᄉ(潛淵讀史)의 시만 실려 있다. 특히 낙선재본과 河洛本에 대한 비교에서 살펴봐야 할 점은, 낙선재본의 번역 대본과 河洛本이 異本이라는 사실이다. 河洛本 第12回 첫머리 부분(12:89)이 낙선재본에서는 11回 맨끝(3:98～99)으로 가 있는 등 두 책은 回目의 가름에서조차 큰 차이를 보이고 있다. 이같은 논지에 대해 혹자

35) 高裕相 編輯兼 發行,『孫龐演義』, 1918. (仁川大 民族文化研究所 影印『舊活字本古小說全集』).

36) 金鎭世,「玄氏兩雄雙麟記의 書誌的 研究 —樂善齋本과 德興書林本의 경우—」,『冠嶽語文研究』第6輯, 서울대 국문과, 塔出版社, 1981.12. pp.1～20 참조.

37) 주53) 참조.

38) 河洛本과 湖南本은 큰 차이가 없다. 다만 구둣점을 찍는데 약간의 차이가 있고, 등장 人名 중에 전자가 黃協(7:51)이라고 한데 반해 후자는 黃歇(7:49)로 다르게 나타난다. 그런데 樂善齋本은 황협(2:73)이라 적고 있어 河洛本과 樂善齋本이 일치한다. 또 後者에 보면 大早(7:53)으로 올바로 적혀 있는 것으로 미루어 河洛本이 보다 정확한 듯하나 반드시 그렇다고 보기는 어렵다. 詩詞나 本文의 글자 가운데 한두 자씩 변동이 있으나 詩나 詞의 내용에는 전혀 차이가 없어 母本이 거의 같은 것으로 보인다. 湖南本 교열자는 자신이 京都文和堂本을 저본으로 삼았다고 밝히고 있어 1636년 간본은 참고하지 못했고, 樂田演義와 합철되어 있으므로 徐震의 嘯花軒 간본 계열로 추정된다.

는, 河洛本이나 湖南本은 원전을 일부 생략한 것이 아니겠느냐고 반문할 지 모른다. 그러나 위 두 본의 작업은 개별적으로 이루어졌음에도 불구하고 글자의 변동이 약간 있을 뿐 詩詞의 생략 부분은 한치의 오차도 없다. 편자가 임의대로 생략했다면 차이가 날 법도 한데 전연 그렇지 않은 것을 보면 河洛本이나 湖南本의 모본인 文和堂本이나 寶華堂本, 石印本에서 벌써 생략된 곳이 있었다는 결론을 얻게 된다.

낙선재본의 필사년도를 暎嬪이 궁중에 있었던 18세기 중엽으로 잡는다면 1636년 崇禎 刊本과는 약 100년, 1666年 徐震의 嘯花軒本과는 6~70年의 연차가 생긴다. 이것은 바로 그 시기에 중국의 板本이 우리 나라에 전래되어 번역 대본으로 사용되었을 가능성이 짙다는 것을 말해준다. 白話로 된 通俗小說로, 四大奇書를 비롯한 연의류 소설들이 임란 전후로 국내에 대량 유입되어 읽혀졌고[39], 영정조 때는 중국소설의 번역이 성행하였으며,[40] 당시 전래된 古板本들이 아직도 奎章閣 등 각 대학도서관에서 산견된다는[41] 점에서 더욱 그러하다.

낙선재본의 번역 대본이 河洛本이 아닌 이상 번역이 어느 정도 원문에 충실한가, 역자의 축약이나 부연、첨가가 없는가를 가늠하기란 쉽지 않다. 따라서 일단 미진하나마 두 판본을 대조해 보는 것으로 만족하고, 후일 內閣文庫 등 古板本을 볼 수 있기를 기대할 수 밖에 없겠다.

1) 却說徐甲一路上淚如泉湧, 及行到雲夢山, 謁見鬼谷, 鬼谷道:"先生連來三次, 又要說什麽?" 徐甲哭道:"仙師已說孫先生眞死, 不想我主聽信龐涓之言, 說孫先生未死, 仙師不肯放他下山, 如今將我滿門家屬百餘口, 統統拘去監禁南牢"(5:33)

셔갑이 죠셔ᄅᆞᆯ 빠 일로의 눈믈이 심솟ᄃᆞᆺ ᄒᆞ야 괴로오믈 다 니ᄅᆞ디 못ᄒᆞᆯ디라. 인무듀폭ᄒᆞ며 마블뎡뎨ᄒᆞ야 면날만의 운몽산의 니ᄅᆞ러 몰게 ᄂᆞ려 바로 동듕의 드러가 귀곡의게 뵌대 귀곡이 마자 보고 무로ᄃᆡ,

션ᄉᆡᆼ이 년ᄒᆞ야 세번 오니 ᄯᅩ ᄆᆞᄉᆞᆷ 요긴ᄒᆞᆫ 공ᄉᆡ 잇ᄂᆞ뇨、

셔갑이 말을 못ᄒᆞ야셔 눈믈을 흘려 닐오ᄃᆡ,

션ᄉᆞ야 내 믄득 손션ᄉᆡᆼ이 실로 죽엇ᄂᆞᆫ 줄로 아랏더니 ᄉᆡᆼ각디 아녀셔 방부매 쥬샹의 가젼의 이셔 죽도록 닐오ᄃᆡ, 손션ᄉᆡᆼ이 죽디 아녀 션ᄉᆡ 뎌ᄅᆞᆯ 뫼히 ᄂᆞ리와 보내디 아니ᄒᆞ고 곱초왓다 ᄒᆞ믈 밋고 이제 나의 만문가속을 냥천노유ᄅᆞᆯ 혜디 아니코 다 잡아 남뇌예 가도고[42]

2) 魯王道:"此事不可不防, 先生何不預定一計, 完美成親?" 孫臏道:"殿下, 臣有一計." 就在魯王耳邊說:"如次如次." 魯王道:"此計甚妙, 可速行之. "孫臏依計喚過袁達, 附耳低言:"如此如此." 袁達應聲, "得令!"

노왕이 ᄀᆞᆯ오ᄃᆡ,

션ᄉᆡᆼ의 신통이 광대ᄒᆞ고 묘산이 졀륜ᄒᆞ니 엇디 미리 ᄒᆞᆫ 계규ᄅᆞᆯ 뎡ᄒᆞ야 이 친ᄉᆞᄅᆞᆯ 일우디 아니ᄂᆞ뇨?

손빈이 ᄀᆞᆯ오ᄃᆡ,

뎐하야, 신이 ᄒᆞᆫ 계규 이시니 이제 몬져 ᄒᆞᆫ ᄉᆞᄅᆞᆷ을 소부의 보내여 거즛 소쇼졔뎨ᄒᆞ야 교ᄌᆞ의 올라 세거리 어귀로 향ᄒᆞ야 뎨 임의로 아사가게 ᄒᆞ고 밤이 고요ᄒᆞᆫ ᄢᅢᄅᆞᆯ 타 교ᄌᆞᄅᆞᆯ 보내여 진짓 소쇼져ᄅᆞᆯ 마자 ᄃᆞ려오면 엇디 됴티 아니ᄒᆞ리오.

노왕이 ᄀᆞᆯ오ᄃᆡ,

---

[39] 李能雨, 「中國小說類의 韓來 記事」, 『古小說硏究』, 二友出版社, 1980.2. pp.225~248 참조. 淑大『論文集』第7輯 (1968)에 처음 게재됨.

[40] 金台俊, 위의 책, pp.89~98, 154~160 참조.

[41] 奎章閣에 갊아있는 『型世言』이나 『包孝肅公神斷百家公案演義』는 전 세계적으로 단 1부밖에 없는 귀중본이다.

[42] 낙선재본 『손방연의』 필사본, 권2, 2~3쪽, 한국정신문화연구원 소장.

이 계귀 졀묘커니와 션싱이 눌을 보내여 소쇼젠 테ᄒᆞ라 ᄒᆞᄂᆞ뇨、

손빈이 ᄀᆞᆯ오ᄃᆡ,

다ᄅᆞᆫ 사ᄅᆞᆷ은 가디 못ᄒᆞᆯ 거시니 반ᄃᆞ시 야룡 원달을 보내야 이에 편당ᄒᆞ리라.

노왕이 ᄀᆞᆯ오ᄃᆡ,

뎨 신ᄌᆡ 당대ᄒᆞ니 교ᄌᆞ의 안치기 맛ᄀᆞᆺ디 아닐가 저허ᄒᆞ노라.

손빈이 ᄀᆞᆯ오ᄃᆡ,

이ᄂᆞᆫ 해롭디 아니ᄒᆞ니 혹디ᄒᆞᆫ뎐의 엇디 진가ᄅᆞᆯ 분변ᄒᆞ리오.

노왕왈,

원달노 ᄒᆞ야곰 갈딘대 몬져 촉부ᄒᆞ야 졍당ᄒᆞ라.

손빈이 원달을 불너 귀예 다히고 고만이 닐오ᄃᆡ,

여ᄎᆞ여ᄎᆞᄒᆞ라.

응낙하고 물러나니43)

3) 那袁達逃奔上山, 李牧、獨孤陳出來接道:哥哥回來了, 齊兵敗了麽? 袁達道:"好利害!" 就把孫臏作法被擒, 放出情由, 說了一遍. 李牧 獨孤陳道:"這是哥哥威名聞於七國, 以此不敢難爲你, 若是別人, 此時已作無頭之鬼了."(11:87)

원달이 도망ᄒᆞ야 뫼히 올라와 벽녁동의 니ᄅᆞ거ᄂᆞᆯ 니목.독고딘이 나와 마자 닐오ᄃᆡ,

가개 도라왓나냐, 졔병을 살해ᄒᆞ냐、 원달이 닐오ᄃᆡ,

니ᄅᆞ디 말라 원ᄂᆡ 반샤산 오ᄒᆡ.마승이 긔샤귀뎡ᄒᆞ야 졧나라 션봉이 되야 내게 ᄒᆞᆫ 딘을 크게 패ᄒᆞ야 ᄃᆞ라가거ᄂᆞᆯ 내 몰을 노화 ᄯᆞᆯ오더니 ᄉᆡᆼ각 아녀 손빈이 영듕의셔 작법ᄒᆞ니 내 그 ᄭᅬ 속의 ᄲᅡ뎌 깁흔 수플 속으로 ᄃᆞᆺ다가 반마삭의 걸려 너머디니 날을 잡아 듕군의 ᄃᆞ려가 귀항ᄒᆞ믈 권ᄒᆞ거ᄂᆞᆯ 내 니ᄅᆞᄃᆡ, 진짓 슈단을 ᄇᆞ려 날을 잡으면 내 즐겨 귀항ᄒᆞ마, ᄒᆞᆫ대 일로 인ᄒᆞ야 노히믈 어더 도라오라.

니목.독고딘이 다 머리ᄅᆞᆯ 흔드러 닐오ᄃᆡ,

가얍이 ᄀᆞ장 니해ᄒᆞ다. 네 샹해 칠국의 소문나 위명이 크게 베픈디라. 일로ᄡᅧ 너ᄅᆞᆯ 감히 해티 못ᄒᆞ니 만일 다ᄅᆞᆫ 사ᄅᆞᆷ ᄀᆞᄐᆞ면 임의 히분이 되여실디라. 엇디 목숨을 어더 니어 도라오리오44)

4) 蕭古達就把書遞與龐涓, 龐涓展開看了一遍, 心中暗暗歡喜:"想這書日後亦有用處, 不要還他." 把書藏入袖中, 又說些閑話(14:110)

고달이 어려온 빗치 업서 그 글을 가져 龐涓을 준대 방연이 바다 ᄒᆞᆫ ᄎᆞ례 펴보고 ᄀᆞ만이 스ᄉᆞ로 깃거 ᄉᆡᆼ각ᄒᆞ되,

과연 이 압낭ᄒᆞᄂᆞᆫ 글이니 뎌를 주디 말고 일후의 ᄡᅳᆯ 고디 이시리라,ᄒᆞ고 ᄉᆞ샹ᄒᆞ기ᄅᆞᆯ 임의 뎡ᄒᆞ매 그 ᄎᆡᆨ을 임의 ᄉᆞ매 속의 ᄀᆞᆷ초와 ᄀᆞᆯ오ᄃᆡ,

ᄉᆞ형아, 만일 한각 돌 엇거든 쳔만번 ᄇᆞ라ᄂᆞ니 의량셩의 와 날을 ᄒᆞᆫ 번 보라.

고달이 ᄀᆞᆯ오ᄃᆡ,

특별이 올 줄을 마치 밋디 못ᄒᆞ거니와 순편이 이시면 와 탐망ᄒᆞ리라.45)

1)과 같은 경우는 이밖에도 여러번 나온다. 낙선재본에서는 河洛本에 없는 내용도 찾아볼 수가 있는데, 그 부분이 생략되더라도 내용상 아무런 지장이 없는 것이 특징이다. 첨가된 내용이 원

43) 낙선재본『손방연의』권4, 54쪽, 韓國精神文化研究院 所藏.

44) 낙선재본『손방연의』필사본, 권3, 92~94쪽, 한국정신문화연구원 소장.

45) 위의 책, 권4, 67~68쪽.

래 번역 대본에 있었던 것인지, 아니면 역자가 부연 첨가한 내용인지는 분명히 알 수 없다. 또, 원문에서는 같은 내용의 중복을 피하기 위해 "이렇게 이렇게 하라(如此如此)"든가 "무슨 사연을 다시 한번 말하였다(情由,說了一遍)"든가 "잡담을 하였다(說些閑話)"는 식의 표현을 사용함으로써 간단하게 처리한 부분을, 낙선재본에서는 이야기를 반복하여 기술하거나 구체적인 내용 전달을 하는 등 중복되는 것을 조금도 번거롭게 여기지 않았다. 낙선재본의 이같은 예를 몇 가지 들어보면, 2)에서는 이렇게 이렇게 하라고 계교를 일러주는데 과연 그 계교가 무엇인지를 대화형식을 통해 다시 한 번 소상히 밝혀 주고 있다. 또 3)에서는 손빈이 산적왕 袁達을 잡았다가 놓아준 사연을 다시 魯王에게 들려주고 있으며, 4)에서는 구체적인 잡담 내용을 알려준다.

문학적 기교면에서 볼 때 내용을 적당히 축약시킨 것이 축약시키지 않는 것보다는 낫다. 독자가 이미 알고 있는 사실을 다시 되풀이 하는 것은 지루함만을 줄 뿐이라는 것을 알지만, 이러한 사실은 낙선재본의 번역 대본이 상당히 초기 板本임을 알려 주는 방증이 될 수 있기 때문에 언급하는 것이다. 그것은 『孫龐演義』가 문인이 쓴 작품이 아니라 강담사들의 이야기 대본에서 발전한 傳錄體 소설이라는 점에서 더욱 그러하다. 강사 화본은 처음부터 끝까지 說明體가 아닌 對話體를 통해 이야기를 전개시킨다. 그후 문인들이 이야기를 정리하고 소설로 정착시키는 과정에서 對話體보다는 文筆에 치중, 說明體로 간략하게 처리해 버린다.

이 같은 예를 더 들어 보자. 魏王 앞에서 孫臏과 龐涓이 서로 상대방 진을 알아 맞추는 시합을 하는데(第15回) 龐涓은 孫臏의 陣法을 알 수가 없어 거짓으로 敗國亡家陣이라고 魏王에게 아뢴다. 이 대목을 표현함에 있어 낙선재본에서는 敗國亡家陣 외에도 "상군됴긔딘, 힝번쵸미딘(2:19~21)" 등이 더 보이고 있다. 또 第15回 가운데 龐涓이 孫臏과의 시합에서 져 창피를 당하고, 부중으로 돌아와 그의 부인 瑞蓮公主에게 낮에 있었던 일을 이야기 하는 장면 등도 河洛本에는 없는 내용이다. 第17回에는 王敖仙師가 각국을 돌면서 孫臏 같은 어진 선비를 등용하라며 조문 앞에 나아가 세 번 울고 세 번 웃는다는 대목이 나오는데, 河洛本에는 晉、魏 두 나라에 가서 三哭三笑하는 것만이 묘사되어 있다. 그런데 반해 낙선재본에는 晉、魏 두 나라 뿐만 아니라 楚나라에도 가서 三哭三訴하여, 黃協이 孫臏을 모시러 魏나라로 가는 장면을 소상하게 적고 있다.

다음으로 살펴볼 것은 誤譯의 정도인데, 전반적으로 誤譯이 많지 않아 번역이 충실하게 되었음을 알 수 있다. 눈에 띄는 몇 가지 誤譯을 들어보면 다음과 같다.

1) 待把心事仰天哭訴一番, 到九泉之下, <u>省得</u>做個怨鬼.
내 심ᄉᆞ롤 가져 하늘을 우러러 ᄒᆞᆫ번을 곡소ᄒᆞ면 구천 아래 가도 원귀 되는 줄 <u>알리라</u> (2:33).

2) 龐涓<u>氣起來</u>道
방연이 <u>긔운이 니러나</u> 말을 일오디 못ᄒᆞ야 닐오ᄃᆡ(3:10).

3) 你用邪術拿人, 不爲稀奇, <u>永世不降</u>, 若有本事, 陳上拿得, 我方肯願降.
샤술로 사ᄅᆞᆷ을 사ᄅᆞ잡으니 희한ᄒᆞᆫ 일이 아니라 <u>영셰롤 항ᄒᆞ리니</u> 네 진짓 본ᄉᆞ롤 내여 딘샹의셔 날을 사ᄅᆞ잡으면 ᄇᆡ야흐로 귀항ᄒᆞ리라(3:82).

4) 可憐一個<u>花朶般小姐</u>
임의 <u>화타쇼졔</u> 삽시간의 황천의 귀 되여ᄂᆞ니라.

1)의 "待"를 "가져(持)"로 誤譯하였으며, "省得"은 "알다"는 뜻이 아니라 "면하다"는 뜻으로 해석해야 맞다. 2)의 "氣起來"는 "기운이 나다"가 뜻이 아니라 "화가 나서"가 옳다. 3) "永世不陵"

에서 "不"자를 해석하지 않았고, 4)의 "花朶般"은 "꽃송이 같은"으로 해석해야 옳다.

이 밖에도 낙선재본의 두드러진 특징 중 하나는 각 장회 첫머리나 본문 중간중간의 "한편(却說, 此說, 再說)"이나, "이제 그 이야기는 접어두고(不在話下, 不提) "여러분 보세요(不看)" 등과 각 回 맨끝에 나오는 "일이 어떻게 되는지 다음 회를 보라(不知……如何, 且看下回分解)"와 같은 상투어를 전혀 번역하지 않았다는 점이다.

3.낙선재본『孫龐演義』의 국어사적 의의

낙선재본의 국어사적 의의는 暎嬪의 인장이 찍혀 있어 번역 연대를 비교적 정확하게 알 수 있기 때문에 근세어 연구에 도움이 된다는 점이다. 적어도 18세기 중엽에 번역 필사되었다는 사실은 번역문에 나타나는 古語와 古文體에서도 입증되는데 그 특징은 아래와 같다.

1) 첫소리 ㄱㄴㄷㄹㅁㅂ ㅅㅇㅈㅊㅋㅌㅍㅎㅺ ㅼ ㅽ ㅳ ㅄ ㅶ이 쓰이며, ㅺㄸㅃ과 같은 갈바쓰기가 없다.

2) 가운뎃소리 ㅏㅑㅓㅕㅗㅛㅡㅣㅐㅒㅔㅖㅚㅟㅢㅘㅝㅙㅞ 외에 ㆍ ㆎ ᆔ ᆒ 등이 쓰였다(ᄌᆞᆨ, 칠ᄀᆡ, 계ᄀᆔ, 묘ᅟᆒ).

3) 끝소리 ㄱㄴㄷㄹㅁㅂㅅㅇㅈㄺ ㄻ ㄼ이 쓰였다.

4) 어두에 "ㅂ, ㅅ"계 된소리가 쓰였다.

[ㅽ] ᄲᆞᆯ니(速)2:78, ᄲᅡ뎌(中)4:13, ᄲᅢᆸ내며4:13, ᄲᅳ리고(灑)2:28, ᄲᅵ허 (撒)1:19.

[ㅼ] ᄯᅢ(時)4:95, ᄯᅥᆨ(餠)4:72, ᄯᅩ(又)4:95, ᄯᅩᆼ(糞)2:52, ᄯᅴ(帶)4:64, ᄯᆞᆷ (汗)3:51, ᄯᅦ(簇).

[ㅳ] ᄠᅮᆯ거ᄂᆞᆯ(攢)3:43, ᄠᅱ노라(跳)3:69, ᄠᅳ디(意)4:114.

[ㅄ] ᄡᆞᆯ(米)3:43, ᄡᅡᆷ(句)2:51, ᄡᅡ흠(戰)3:88, ᄡᅡ혓ᄂᆞᆫ5:83, ᄡᅡᆼ(雙)3:71, ᄡᅥ(以,寫,用)5:125/2:44/4:43, ᄡᅩ미(射)3:73, ᄡᅩ다디니5:12, ᄡᅮᆯ게4:6.

[ㅶ] ᄧᆞ디(鹹)2:46, ᄧᅡᆨ1:29, ᄧᅩᄎᆞ더(逐)2:48, ᄧᅳ저(扯)2:51.

[ㅺ] ᄭᅢ텨(打)4:13, ᄭᅩ리(尾)1:33, ᄭᅩ자(簪)3:45, ᄭᅬᄃᆞᆺ(擁)5:139, ᄭᅮᆯ(蜜)5:107, ᄭᅳ니(吹滅)4:119, ᄭᅳ드러4:21, ᄭᅳᆫ허져(斷)3:107, ᄭᅵ며(挾)4:37, ᄭᅵ(飡)2:41.

5) "니"의 두음법칙현상이 아직 없다.

니기3:74, 니ᄅᆞ럿ᄂᆞᆫ(到)3:73, 니ᄅᆞ혀면3:96, 닐곱(七)4:118, 닐그니(讀)5:58, 님군(君)5:104, 닙(葉)2:73.

6) 됴흔 好(4:85), 조출티 乾淨(2:4)처럼 "디"와 "지"가 뚜렷이 구별되는 경우도 있지만 됴희 紙(2:48)와 죠희가 혼용되어 쓰여졌고, 많은 漢字音을 처음에는 "ㄷ"으로 표기했다가 "ㅈ"으로 고친 흔적이 자주 보여 口蓋音化 현상의 혼란을 보여준다.

7) ㅎ 첨용어가 탈락되지 않고 그대로 쓰이고 있다.

길ㅎ(路)3:45, ᄂᆞᆯㅎ(刀)5:78, 나ㅎ(年紀)4:5, 나라ㅎ(國)2:117, 나조ㅎ(晩)3:137, 내ㅎ(川)4:84, 녁ㅎ(圍)4:91, 노ㅎ(繩)5:96, ᄯᅡㅎ(地)2:93, 돌ㅎ(磚)3:61, 둘ㅎ(二)3:45, 뒤ㅎ(後)3:39, 뫼ㅎ(山)2:13, 살ㅎ(箭)4:118, 소ㅎ(潭)3:115, 안ㅎ(內)5:40, 열ㅎ(十)5:103, 올ㅎ(今歲)3:76, 우ㅎ(上)4:94, 자ㅎ(尺)5:96, ᄑᆞᆯㅎ(臂)5:133, 플ㅎ(草)5:46, 칼ㅎ(劍)5:49, ᄒᆞ나ㅎ(一)5:93, ᄒᆞᄂᆞᆯㅎ(天)5:15.

8) 나모(木)는 남ᄀᆞᆫ, 남기, 남글, 남그로 曲用하였다.

큰 늙은 황양 남기 잇고 나모 우희(5:106), 남그로 사긴(3:69), 팀향 남글 딥고(2:85).

9) 웃다(笑)는 웃고(4:95),우어(2:43),우서(4:66)로 활용되었고 우음(1:1) 우임(1:15) 등의 名詞形이 쓰였다.

10) ㆍ음의 예

ᄃᆞᆯ(月) ᄃᆞᆰ(鷄)4:71, ᄀᆞᄂᆞᆫ(細)5:96, ᄂᆞᆫ화(分)3:41, ᄂᆞᆯ나니(敏捷)5:90, 가ᄉᆞᆷ(心)3:75, ᄂᆞᄅᆞᆺ(裝)4:6, 마ᄎᆞᆷ(適)4:2, ᄀᆞᄅᆞ(粉) 1:23, 가ᄅᆞ(橫)2:51, ᄆᆞᄉᆞ(何)2:29.

11) "혀다"의 복합어

도로혀(反)4:71, 두로혀(返)2:25, 들혀고(揭開)4:12, ᄢᅢ혀(拔)4:72, 지다혀(倚)3:41.

12) "잇소리 + ㅡ"음이 " ㅣ"로 변하기 전의 형태를 갖고 있다.

아ᄎᆞᆷ(朝)5:36, 즌흙(泥)2:62, 짐즛(故)4:78, 즘싱(獸)3:71, 즛붋고(殺出)2:60, 즛텨(直打)4:13, 증4:91.

13) "입술소리 + ㅡ"에서 "ㅡ"가 "ㅜ"로 변하기 전의 형태를 갖고 있다.

므ᄉᆞᆷ(甚)2:19, 므셔워(害怕)2:122, 믄허디며4:145, 믈(水)4:19, 브ᄅᆞ라(宜)4:49, 브리워(歇)3:52, 브텨시니(寄)3:78, 브틈(焚)4:96, 붓그럽디(羞)5:13, 블(火)3:75.

14) 몬져 先(2:50) 불셔 已(3:73)…홀소리의 逆行同化 이전의 모습을 보이며 끝음의 "ㅚ"는 "ㅟ"로 변하기 이전의 모습을 간직하고 있다.

가마괴(烏)2:81, 바퀴(輪)2:87, 자최(跡)4:139, 주머괴(拳)3:9.

그러나 술위(車)의 경우 술의(3:44), 술뤼(5:139), 슬리(3:44) 등으로 혼용되고 있다.

15) ᄒᆞᄅᆞ(一日)는 ᄒᆞᆯᄂᆞᆫ(5:96), ᄒᆞᆯᄅᆞᆫ(1:28), ᄒᆞ리(2:81) 등으로 曲用했다.

16) 고어와 고문체

부인과 쇼졔 음연ᄒᆞᄂᆞᆫ ᄣᅢ롤 타 화원의 가 [ᄀᆞ래려] ᄒᆞ야(2:58)
乘着夫人小姐飮宴, 一齊到花園[耍耍]

쇽졀업시 텬셔와 [ᄀᆞᆰ] 뉵갑이 잇도다(2:72)
空有天書[並]六甲

본월 십오일을 [ᄀᆞᆯ히여] 즁개 모두탄의 모드물 기ᄃᆞ려(5:121)
謹[擇]本月二十五日, 候者衆駕於毛頭灘

이는 샹벌이 [공번되야](2:15)
此乃賞罰[嚴明]

열쇠란 집 [ᄀᆞ음아ᄂᆞᆫ] 한미롤 주고(3:5)
鑰匙交與[管]家婆

ᄒᆞᆫ 낫 간텹이 이시되 네번 [가혓고] ᄯᅩ ᄒᆞᆫ 됴희예 ᄡᆞᆫ것 ᄒᆞ나히 잇거ᄂᆞᆯ(2:50)
只有一個柬帖, [摺]作四摺, 帖下一個紙包

신이 뎌롤 ᄃᆞ리고 연무댱의 니ᄅᆞ러 우리나라흘 [굿뵈려] ᄒᆞ더니이다 (3:78)
臣帶他進演武場來[觀光]我國習例習俗

두 손의 ᄯᅩᆼ을 가져 벽면ᄒᆞ야 [ᄶᅵ티거ᄂᆞᆯ](2:62)
抓兩手糞, 劈面[撒]來

방연의 몰 알퓌와 어즈러이 [ᄂᆞᆷᄯᅳ거ᄂᆞᆯ](5:106)
往前面[亂跑]

가마괴 무러 [너흘며] 새 [ᄃᆞᆨ조오며] 비 [브ᄃᆡ이즈며] 날이 [ᄆᆞᆯ뇌이기롤] 임의로 ᄒᆞ게ᄒᆞ랴 (5:133)
任他鴉[啣]鳥[啄], 雨[打]日[曬]

[녀룸짓ᄂᆞᆫ] 사름을 보고 관픽 ᄀᆞᄅᆞ쳐 닐오ᄃᆡ(1:28)

쥬대인긔 비러 쵸방 두 ᄌᆞ롤 보아 약간 [눅혀] 달라(3:22)
望我主求朱大人, 敎他看同房分上, [放鬆]些罷

[넓ᄶᅧ서며] 춤추며 입더디며 [뎟바뎌] 쳔만이나 ᄒᆞᆫ 도다지 ᄂᆞᆷᄯᅳᄂᆞᆫ 형상을 민ᄃᆞ니(2:51)
做出萬千呆狀

일빅 뎡 황금도 관겨티 아니ᄒᆞ니 너와 [더느쟈](2:115)
我情願把一百錠黃金與你[賭賽]

샹하 의복이 저저 튀ᄒᆞᆫ 닭 ᄀᆞᆺ튼디라. 즉시 [ᄶᅧ쥬어리ᄒᆞ고] 비예 가(4:71)
上下衣服浸得透濕, 好似落湯鷄一樣, [打點]走到舟中

감히 군ᄉᆞ롤 거ᄂᆞ려 내 구요산 알퓌 와 [드레여] 문의 와 목숨을 보내고져 ᄒᆞᄂᆞ뇨(3:89)
輒敢領兵到我山前[叱喝]上門送命

새배 [ᄇᆡ야며] 밤이 밧바 불셔 단양졀일이 다ᄃᆞ랏ᄂᆞᆫ디라(3:73)
次日已到端陽節

흘연 것구러 칠교로 셩혈을 흘니고 흔번 [버릇젹이다가] 죽으니(4:38)
一交跌翻在地, 只見他七孔流血, 登時嗚呼了

방연이 몸을 [번뒤텨] 마하의 ᄂᆞ려디니(2:23)
龐涓[翻]身墮馬

반언이나 서ᄅᆞ [벙으리왓거든] 위국 군신을 사ᄅᆞ잡고(1:91)
半言相[違], 立擒魏國君臣前來

예셔 ᄉᆞ싱의 사괴믈 [보람ᄒᆞ미](1:26)
就此[訂]個生死之交

퐛출 [쎄허] 군ᄉᆞ되ᄂᆞᆫ 일을(1:19)
[撒]豆成兵

이ᄣᅢ예 ᄒᆞᆫ 간 뷘방을 [서럿고](3:4)
大人可[收拾]一間空房

손빈이 팀향막대를 딥고 [저추겨] 오긔묘 듕의 니르러(2:92)
孫臏拄了沈香木拐, [拐阿拐的]拐到吳起廟

복병이 ᄉᆞ긔ᄒᆞ야 일시의 ᄶᅧ 올라와 [즛딜러](4:83)
伏兵四起, 一[齊殺出]

ᄌᆞ물쇠로 ᄌᆞᄆᆞ고 거출 봉ᄒᆞ고 [투셔 티고] 방문을 ᄯᅩᄒᆞᆫ 좀으고(2:5)
上了鎖, 用了皮紙封皮, 把房門亦封鎖

신이 그 발이 [ᄒᆞ리면] 다른 나라희 도라갈가 두려(2:40)
臣恐他將傷[養好]了, 逃在別國

과인이 금일의 션싱을 ᄒᆞᆫ 벼슬을 [ᄒᆞ이고져] ᄒᆞᄃᆡ(3:79)
今日欲[授]先生一職

묘 알픠 이셔 우러 [할기롤] 고초히 ᄒᆞ고(2:11)
在墓前哭[訴]苦楚

방연이 ᄆᆞ옴의 [홍치려] ᄒᆞ야 골오ᄃᆡ

[ᄀᆞ만ᄒᆞᆫ] ᄶᅡ히 사ᄅᆞᆷ이 계교롤 베프니 이시니(4:120)
[默]地有人施計了

젼문 후문의 봉쇄ᄒᆞᆫ 거시 다 ᄀᆞ자시니(5:135)
前後[俱]封鎖着

뎨 신지 당대ᄒᆞ니 교ᄌᆞ의 안치기 [맛ᄀᆞᆺ디] 아닐가 저허ᄒᆞ노라(4:4)

봉시금회ᄂᆞᆫ 히ᄅᆞᆯ [ᄇᆡᄋᆡ고] 어린쇄갑은 별을 흐텃고(2:11)

ᄒᆞᆫ 소ᄅᆡ 녕이 ᄂᆞ리매 모든 영이 [쉼쉼ᄒᆞ니](4:47)
一聲令下諸營[肅]

ᄒᆞᆫ [어룽진] 모딘 범이(1:31)
一隻[花斑]猛虎

이ᄣᅢ 추태식 반일을 소ᄅᆡᄅᆞᆯ 못ᄒᆞ고 눈이 쌧쌧ᄒᆞ고 입이 [어리며](4:17)
此時鄒忌氣得目瞪口[呆]

경ᄒᆞ고 공교로운 가족쟝이ᄅᆞᆯ 블러 연코 [조츌ᄒᆞᆫ] 즘싱의 가족으로(3:71)
叫皮匠把[乾淨]獸皮

속졀업시 날로 ᄒᆞ야곰 일일을 [초젼ᄒᆞ게] ᄒᆞ여다(3:27)
空叫我[瞎急]了一日

여[라믄] 믈드리ᄂᆞᆫ 항을 두ᄃᆞ려 ᄀᆞᄅᆞ[텨로] ᄇᆞ오니(1:23)
把十[數]個染缸打得粉碎

차환이 즉시 육포ᄌᆞ ᄒᆞᆫ 반을 내여 셜흔[아믄] 낫치나 ᄒᆞ더라(13:98)
管家婆慌忙取一盤包子, 約有三十[餘]個

22) 그 밖의 古語로 다음과 같은 것이 있다.

가얌이(蟻)3:94, 갈공(鉤)5:132, 갸ᄌᆞ(槓)3:132, 거워지(乞丐)2:68, 구의(公)5:120, 굴헝(坑)3:15, 귀거시(鬼)2:93, 귀덕이(蛆)3:43, 귀먹댱이(聾)4:48, 그ᄅᆡ(鞦韆)2:82, 누역(簑)3:42, 돌지약(瓦屑)2:63, 디야당(瓦)2:61, ᄇᆞ롬벽(壁)2:68, 방하고(鏨)1:63, 부하(肺)5:133, 살짓(箭翎毛)4:76, 쇼마(便)4:97, 오좀개(尿皿)5:96, 입시욹(口), 조오롬(睡)5:98, 한아비(祖)1:122, ᄒᆞᆫ미(婆)3:51, ᄐᆞᆨ(頤)4:6, ᄀᆞᆺ(纔)3:133, 가비야이(輕)3:96, 날호여(慢慢)2:35, ᄃᆞᆫᄃᆞᆫ이(緊)3:108, 다뭇(只)2:50, ᄆᆡ양(每)3:72, ᄆᆡ이(緊)1:37, 마바로(直)4:13, 벅벅이(應)2:30, 샹히(常)3:120,수이(快)2:33, ᄌᆞ로(頻)4:120, 원간(原來)5:81, 시러곰(能,得)2:80,2:55

23) 표기상의 혼란을 보이는 것.

도희(斧)1:112, 돗긔1:111, 돗(猪)5:96, 도다지2:52, 틧글(塵)5:10, 듯글1:10, 샹히(常)3:120, 샹해3:94, ᄌᆞ셔이(細)2:126, ᄌᆞ셔히4:69, ᄌᆞ시2:118, ᄌᆞ시히4:63, 뎌ᄌᆞ음긔(局)2:42, 뎌ᄌᆞ음긔3:85, 뎌좀긔5:41, 뎌즘끠5:55, 우희옴(圍)4:54, 우흠(撮)5:96.

앞에서 필자는 중국본과 樂善齋本『孫龐演義』를 문학적, 번역문학적, 국어사적 측면에서 살펴보았다. 앞에서 검토한 내용을 간략히 요약하면 다음과 같다.

첫째, 문학적 측면에서 볼 때 孫臏과 龐涓의 싸움은 善人과 惡人의 智慧와 道術 싸움이다. 작자는 선명한 애증감정으로 孫臏을 智謀가 뛰어난 영웅으로 가송하고, 龐涓은 善人을 시기하는 小人으로 묘사하였다. 작자는 이같은 인물 설정과 묘사를 통해 勸善懲惡을 주지시키고자 했으며, 민간 대중의 소박하고 단순한 소망을 그대로 전달하고 있다. 인물 형상과 묘사에 있어서도 孫臏의 소탈함과 친구에 대한 의리, 다양한 지모를 대변하는데 반해, 龐涓은 교활하고 잔인함과 음험한 성격을 대변하고 있다. 문체에 있어서는 간결한 것이 특징인데, 說明體가 아닌 講談師의 대화체를 사용하여 소박한 풍격을 그대로 보존함으로써 이야기 話本의 특징을 잘 드러내고 있다.

둘째, 번역사적 측면에서 樂善齋本은 暎嬪의 인장이 찍혀 있는 점으로 볼 때 그녀가 後宮으로 있던 18세기 중반에 필사된 것으로 추측된다. 또한 필사가 비교적 정확한 것으로 미루어 원래 번역본에서 직접 전사했거나 원본 역본과 시기가 가까움을 알 수 있다.

번역문을 분석한 결과 번역 대본의 원전이 현재 통행되는 『孫龐演義』보다 생략이 적은 古本으로 추정된다. 또 河洛本과 대조 가능한 부분의 번역문을 비교한 결과 원문에 충실하게 번역이 이루어졌음을 확인할 수 있었다. 또 "챠셜", "각셜", "차간하회분해하라" 등 常套語를 없애고 번역한 것은 글 전체를 매끄럽게 만드는데 일조하고 있으며 誤譯이 거의 없는 편이다.

손방연의 孫龐演義 권지일

第1回
동관셩ᄇᆡᆨ긔투영 쥬션딘손방결의
潼關城白起偸營 朱仙鎭孫龐結義

【2】 금황ᄉᆡᆨᄂᆞᆫ계무여 (禽荒色亂計無餘)
야득분분원독부 (惹得紛紛怨獨夫.)
감경단교유지덕 (戡定但敎惟至德)
졍쥬단불ᄌᆡ모모 (征誅端不在謀謨.)

금황과 ᄉᆡᆨ난의 계괴 남으미 업ᄉᆞ니
분ː이 독부ᄅᆞᆯ 원ᄒᆞ몰 야득ᄒᆞ엿도다
감졍ᄒᆞ미 다만 지극ᄒᆞᆫ 덕을 ᄀᆞᄅᆞ쳐
티고 버히미 진실로 ᄭᅬ의 잇디 아니ᄒᆞ도다

홀연몽감비웅됴 (忽然夢感飛熊兆)
셩쥬궁하딩현죠 (聖主躬下徵賢詔.)
위빈노ᄌᆞ은양구 (渭濱老子隱羊裘)
팔ᄇᆡᆨ홍긔빙일됴 (八百洪基憑一釣.)

홀연이 ᄭᅮᆷ의 ᄂᆞᄂᆞᆫ 진쥬ᄅᆞᆯ 감동ᄒᆞ야
셩쥐 어딘이 브ᄅᆞᄂᆞᆫ 됴셔ᄅᆞᆯ ᄂᆞ리오ᄂᆞᆫ도다
위빈의 늘그니 양구의 숨어시니
팔ᄇᆡᆨ 큰 터ᄒᆞᆯ 낙시의 빗겻도다[1)]

동이셩시쳠텬녹 (同異姓氏沾天祿)
【3】 쥬지칠십유이군 (籌之七十有二君)
분모녈토근복원 (分茅列土僅幅員.)

동경[셩]과 이셩이 하ᄂᆞᆯ 녹을 적셔시니
닐흔 두 님군이 홀연이 아올라
ᄯᅱᄅᆞᆯ ᄂᆞᆫ호고 흙을 버려 계유 ᄯᅡ흘[2)] 보젼ᄒᆞ얏도다

쥬실경퇴무진쥬 (周室傾頹無震主)
숙이병ᄐᆞᆫ진칠국 (倐爾倂呑秪七國.)
심희졍패필존왕 (心希定覇必尊王)
각냥ᄌᆞ고다발호 (强梁自古多跋扈.)

쥬실이 기우러디매 님군이 업ᄉᆞ나
다만 칠국이로다
ᄆᆞᄋᆞᆷ[3)]의 패왕 뎡ᄒᆞ기ᄅᆞᆯ ᄇᆞ라고
각냥이 녜브터 발호ᄒᆞ미 만토다

긔사고란완세ᄉᆞ (機詐固難援世事)
디ᄌᆡ공셩여낙토 (智在攻城與掠土)
만관월죡풍파험 (漫觀刖足風波險)
텬뉸긔이위쳔ᄃᆡ (天倫豈易委泉臺.)

긔틀[4)]과 간사ᄒᆞ미 진실로 셰샹 일을 붓들기 어려오니
디혜 셩을 티고 노략ᄒᆞ매 잇도다
쇽졀업시 발뒤ᄎᆞᆷ[5)]을 버히매 풍파 험ᄒᆞᆫ을

---

1) 【빗기다】 [동] 비스듬히 기대다. ¶ 憑 ‖ 위빈의 늘그니 양구의 숨어시니 팔ᄇᆡᆨ 큰 터ᄒᆞᆯ 낙시의 빗겻도다 (渭濱老子隱羊裘, 八百洪基憑一釣.) <孫龐 1:2>
2) 【ᄯᅡᇂ】 [명] 땅. ¶ 幅 ‖ 닐흔 두 님군이 홀연이 아올라 ᄯᅱᄅᆞᆯ ᄂᆞᆫ호고 흙을 버려 계유 ᄯᅡ흘 보젼ᄒᆞ얏도다 (籌之七十有二君, 分茅列土僅員幅) <孫龐 1:3>
3) 【ᄆᆞᄋᆞᆷ】 [명] 마음. ¶ 心 ‖ ᄆᆞᄋᆞᆷ의 패왕 뎡ᄒᆞ기ᄅᆞᆯ ᄇᆞ라고 (心希定覇必尊王.) <孫龐 1:3>
4) 【긔틀】 [명] 기틀. 기미. ¶ 機 ‖ 긔틀과 간사ᄒᆞ미 진실로 셰샹 일을 붓들기 어려오니 디혜 경을 티고 노략ᄒᆞ매 잇도다 (機詐固難援世事, 智在攻城與掠土.) <孫龐 1:3> 가히 인후ᄒᆞᆫ 뎐하로다 모롬이 방심ᄒᆞ라 ᄂᆡ 맛당이 긔틀을 맛나거든 텬ᄌᆞᄭᅴ 권ᄒᆞ야 풀게 하리라 (好個仁厚殿下, 且須放心, 我當遇機, 在上前解勸.) <閻羅 8:67>

보니

텬눈이 엇디 천ᄃᆡ예 밧괴이리오

인심션악슈능결 (人心善惡誰能決)
【4】 ᄉᆡᆼᄉᆞ교졍안ᄌᆡᄌᆡ(生死交情安在哉?)
야필유ᄅᆡ긔득진 (野筆繇來記得眞)
텬되쇼쇼ᄀᆞᆼ챠질 (天道昭昭肯差迭)
ᄃᆡ이시이죵블멸 (代異時移終不滅.)

인심의 션악이 뉘 능히 결단ᄒᆞ리오
ᄉᆞᄉᆡᆼ의 사괴ᄂᆞᆫ 졍이 어ᄃᆡ 잇ᄂᆞ뇨?
들속의 조차 오매 진짓 거술 긔록ᄒᆞ니
하늘 되 ᄇᆞᆰ고 ᄇᆞᆰ으니 즐겨 그ᄅᆞᆺ티며 일흐리로다
ᄃᆡ ᄃᆞᄅᆞ고 ᄣᆡ 올므ᄃᆡ ᄆᆞᄎᆞᆷ내 멸티 아니ᄒᆞᄂᆞᆫ도다

이 ᄒᆞᆫ 편 고풍(古風)은 쥬실(周室)이 쇠미ᄒᆞ매 모든 영웅이 요양(撓攘)ᄒᆞ야 인ː이 패업을 뎡ᄒᆞ고 왕을 도모ᄒᆞ고져 ᄒᆞ며 저마다 강ᄒᆞ믈 ᄃᆞ토고 이긔믈 결우고져 ᄒᆞ야 각ː ᄒᆞᆫ 나라ᄒᆞᆯ 웅거ᄒᆞ야 닐곱 나라히 외텨로[6] ᄂᆞᆫ호이니 진(秦)과 초(楚)와 연(燕)과 한(韓)과 됴(趙)과 위(魏)과 졔(齊)라. 칠국 듕의 홀로 진(秦)이 강ᄒᆞᆫ디라. 목공(穆公) ᄣᆡ예 무ᄉᆞ롤 폐ᄒᆞ고 문졍을 닷가 동으로 진의 난을 평ᄒᆞ야 하슈로ᄡᅥ 디경을 삼고 셔로 융뎍(戎狄)의 패 되야 ᄯᅡ흘 【5】 쳔니의 믈리티니 ᄒᆡᄂᆡ 졔휘 셔로 드러와 공ᄒᆞ니 후의 진의 셰 더옥 크니 쵸와 연과 한과 됴과 위과 졔 다 진의 쇽ᄒᆞ야 협제(挾制)ᄒᆞ니라.

이ᄣᆡ예 연괵왕(燕蒯王)이 ᄯᆞᆯ이 이시니 일홈은 연단공쥬(燕丹公主)라. 손조(孫操)로 부마롤 삼으니 손조ᄂᆞᆫ 손무(孫武)의 아ᄃᆞᆯ이라. 쟝문(將門)의 나 어려셔 병법을 통ᄒᆞ며 ᄌᆞ라 궁마(弓馬)의 닉어 연국의 뎨일원(第一員) 냥쟝이 되엿더라. 후의 세 아ᄃᆞᆯ을 나흐니 ᄒᆞ나흔 손농(孫龍)이오 ᄒᆞ나흔 손호(孫虎)요 ᄒᆞ나흔 손빈(孫臏)이라. 연단공쥬 손빈을 ᄇᆡ야실 제 ᄆᆡ양 ᄭᅮᆷ의 불근 구름이 몸의 둘럿더니 손빈을 나흐매 눈섭이 ᄆᆞᆰ고 눈이 ᄲᅡ여나고 영오(穎悟)ᄒᆞ기 비샹ᄒᆞᆫ디라. 손죄 연단공쥬롤 ᄃᆡᄒᆞ야 닐오ᄃᆡ,

"이 아ᄒᆡ ᄌᆞ라면 반ᄃᆞ시 ᄇᆡᆨ만권(百萬權)을 잡을 거시니 우리 【6】 집 지극ᄒᆞᆫ 보ᄇᆡ라."

ᄒᆞ니 연단공쥬 더욱 진셕(珍惜)ᄒᆞ더라. 손죄 세 아ᄃᆞᆯ 두믈 밋고 일즉 외국을 업슈이 너겨 보더니 연괵왕(燕蒯王)이 ᄆᆡ양 진의 진봉(進奉)ᄒᆞ믈 ᄉᆡᆼ각ᄒᆞ면 손죄 간ᄒᆞ야 말리더니 그 ᄒᆡ예 진효공(秦孝公)이 니어 셔니 이ᄂᆞᆫ 목공의 뉵ᄃᆡ 손이라. 관원을 보내여 연(燕) 의 와 진봉ᄒᆞ믈 ᄌᆡ촉ᄒᆞᆫ대 연왕이 ᄉᆡ로이 손조롤 블러 의논ᄒᆞ야 ᄀᆞᆯ오ᄃᆡ,

"이제 칠국의 진이 홀로 강ᄒᆞ나 만일 공(貢)을 아니면 진실로 화흔(禍釁)을 ᄆᆡ즐가 두려ᄒᆞ노라."

손죄 ᄀᆞᆯ오ᄃᆡ,

"진이 비록 강ᄒᆞ나 우리 연인들 엇디 약ᄒᆞ리오. 우리 왕이 진이 틈을 낼가 저허ᄒᆞ시거니와 엇디 군ᄉᆞ롤 니ᄅᆞ혀디 아니ᄒᆞ시ᄂᆞ니잇고? 스ᄉᆞ로 몬져 진을 티미 샹계(上計)가 ᄒᆞᄂᆞ이다."

연왕이 깃거 닐오ᄃᆡ,

【7】 "경의 말이 ᄀᆞ장 맛당ᄒᆞ다. 이제 진을 티고져 ᄒᆞ니 뉘 가히 큰 병을 거ᄂᆞ렴즉ᄒᆞ뇨[7]?"

손죄 ᄀᆞᆯ오ᄃᆡ,

"신이 원컨대 삼만 인마롤 거ᄂᆞ려셔 ː강진(強秦)을 파ᄒᆞ리이다."

연왕이 ᄀᆞᆯ오ᄃᆡ,

"내 드ᄅᆞ니 진나라ᄒᆡ 명장이 ᄌᆞ못[8] 만타

---

5) 【발뒤ᄎᆞᆰ】 명 발뒤축. ¶ 足 ‖ 쇽졀업시 발뒤ᄎᆞᆰ을 버히매 풍파 험ᄒᆞᆫ을 보니 텬눈이 엇디 천ᄌᆡ예 밧괴이리오 (漫觀刖足風波險, 天倫豈易委泉臺.) <孫龐 1:3>

6) 【-텨로】 조 -처럼. ¶ 쥬실이 쇠미ᄒᆞ매 모든 영웅이 요양ᄒᆞ야 인ː이 패업을 뎡ᄒᆞ고 왕을 도모ᄒᆞ고져 ᄒᆞ며 저마다 강ᄒᆞ믈 ᄃᆞ토고 이긔믈 결우고져 ᄒᆞ야 각ː ᄒᆞᆫ 나라ᄒᆞᆯ 웅거ᄒᆞ야 닐곱 나라히 외텨로 ᄂᆞᆫ호이니 (單慨周室衰微, 群雄擾攘, 人人欲定霸圖王, 箇箇欲爭強較勝, 因而秦楚燕韓趙魏齊各據一邦, 瓜分七國.) <孫龐 1:4>

7) 【-ㅁ즉ᄒᆞ-】 접 -ㅁ직하-. ((받침 없는 어간이나 'ㄹ' 받침으로 끝나는 동사 어간 뒤에 붙어)) '그렇게 할 만한 가치가 있음'의 뜻을 더하고 형용사를 만드는 접미사. ¶ 可 ‖ 경의 말이 ᄀᆞ장 맛당ᄒᆞ다 이제 진을 티고져 ᄒᆞ니 뉘 가히 큰 병을 거ᄂᆞ렴즉ᄒᆞ뇨 (卿言最當. 今欲伐秦, 何人可領大兵?) <孫龐 1:7>

8) 【ᄌᆞ못】 명 자못. ¶ 頗 ‖ 내 드ᄅᆞ니 진나라ᄒᆡ 명장이 ᄌᆞ못 만타 ᄒᆞ니 경 ᄒᆞᆫ 사ᄅᆞᆷ이 능히 이긔

ᄒᆞ니 경 ᄒᆞᆫ 사ᄅᆞᆷ이 능히 이긔믈 엇디 못ᄒᆞᆯ가 두려ᄒᆞ노라."

손죄 ᄀᆞᆯ오ᄃᆡ,

"우리 왕은 과히 념녀 마ᄅᆞ쇼셔. 신의 아ᄃᆞᆯ 손농 손회 녀력(膂力)이 비샹ᄒᆞ고 영명(英名)이 개셰(蓋世)ᄒᆞ니 신이 원컨대 이 두 아ᄃᆞᆯ을 더블고[9] ᄒᆞᆫ가지로 가면 싸호디 아녀셔 스ᄉᆞ로 이긔리이다."

연왕이 크게 깃거 ᄀᆞᆯ오ᄃᆡ,

"경이 이번 가매 과연 이긔ᄆᆞᆯ 엇고 됴뎡의 도라오면 내 원컨대 경과 더브러 ᄒᆞᆫ 가지로 부귀ᄅᆞᆯ 누리리라."

ᄒᆞ고 이에 어쥬 세 잔과 금화(金花) 두 숭이[10]ᄅᆞᆯ 주니 손죄 하딕ᄒᆞ고 나가 아ᄃᆞᆯ 손농 손호ᄅᆞᆯ 거 【8】 ᄂᆞ리고 교댱(敎場)의 와 인마ᄅᆞᆯ 졍졔ᄒᆞ야 즉일의 길 나니 졍긔(旌旗) 어즈러이 붓치이며 금괴졔명(金鼓齊鳴)ᄒᆞ고 ᄇᆡᆨːᄒᆞᆫ[11] 거ᄉᆞᆫ 겹ː이 창이 ᄃᆡ예 버럿고 어즈러온 거ᄉᆞᆫ 분ː(紛紛)이 갑긔(甲騎) 구름을 년ᄒᆞ야 대포 세 소릐예 텬디 수참(愁慘)ᄒᆞ고 함셩이 ᄒᆞᆫ 번 ᄒᆞ매 귀신이 경읍ᄒᆞ며 텰긔(鐵騎) 누른 듯글을 거두치니[12] 대쟝군의 위풍이 늠ːᄒᆞ고 보비로온 칼히[13] ᄇᆡᆨ일의 빗겨시며 쇼쟝ᄉᆞ의 살긔등ː(殺氣騰騰)ᄒᆞ니 일문의 세 쟝쉬 효용(驍勇)ᄒᆞᄆᆞᆯ 보ᄂᆞᆫ디라 만마 쳔병의 셩명이 펴디ᄆᆞᆯ 기ᄃᆞ리더라.

두어 날이 못ᄒᆞ야 동관(潼關)의 니ᄅᆞ러 손죄 인마ᄅᆞᆯ 뎐녕ᄒᆞ야 동관 밧긔 딘 잡아 이시니 이ᄣᆡ의 진효공(秦孝公)이 졍히 됴당(朝堂)의 안자 모든 관원으로 더브러 일을 의논ᄒᆞ더니 홀연 동관의셔 보ᄒᆞᄃᆡ,

"연 【9】 국 부마 손조의 부ᄌᆞ 수만 군마ᄅᆞᆯ 거ᄂᆞ리고 동관 밧긔 딘텨 우리나라와 더브러 ᄡᆞ호고져 ᄒᆞᆫ다."

ᄒᆞ니 진왕이 이 긔별을 듯고 ᄂᆡᆼ쇼ᄒᆞ야 ᄀᆞᆯ오ᄃᆡ,

"됴히[14] 일 모ᄅᆞᄂᆞᆫ 연왕이로다! 내 사ᄅᆞᆷ을 보내여 진봉(進奉)ᄒᆞ기ᄅᆞᆯ ᄌᆡ촉ᄒᆞ니 뎨 공(貢)으란[15] 아니ᄒᆞ고 도로혀 병을 내고 쟝슈ᄅᆞᆯ 보내여 나아와 쵹범ᄒᆞᄂᆞᆫ도다."

ᄒᆞ고 ᄆᆞᆫ득 무로ᄃᆡ,

"뉘 능히 대군을 거ᄂᆞ려 동관의 가 ᄃᆡ뎍ᄒᆞᆯ고?"

무안군(武安君) ᄇᆡᆨ긔(白起) 몸을 ᄲᆡ혀나 ᄀᆞᆯ오ᄃᆡ,

"신이 감히 군ᄉᆞᄅᆞᆯ 거ᄂᆞ려 연병을 믈리티리이다."

진왕이 닐오ᄃᆡ,

"경이 과연 능히 연나라 인마ᄅᆞᆯ 믈리티고 도라오면 일홈이 펴딜 분 아니라 위국이 드ᄅᆞ면 ᄯᅩᄒᆞᆫ 진의 명쟝이 업디 아닌 줄 알리라."

ᄇᆡᆨ긔 즉시 하딕ᄒᆞ고 의갑을 졍졔히 ᄒᆞ야 부쟝 감농(甘龍)과 두회(杜回) 【10】 와 삼만 인마ᄅᆞᆯ 거ᄂᆞ려 동관의 니ᄅᆞ니 손죄 졍히 영듕의 안자 두 아ᄃᆞᆯ을 더블고 츌병ᄒᆞ기ᄅᆞᆯ 의논ᄒᆞ더니 진 쟝쉬 병을 거ᄂᆞ려 나와 싸호려 ᄒᆞᆫ다 ᄒᆞᄆᆞᆯ 듯고 손농 손호ᄅᆞᆯ 분부ᄒᆞ야 영문을 딕희오고 친히 일지(一枝) 인마ᄅᆞᆯ 거ᄂᆞ려 딘 알ᄑᆡ 내ᄃᆞᄅᆞ니 ᄇᆡᆨ

믈 엇디 못ᄒᆞᆯ가 두려ᄒᆞ노라 (孤聞秦邦名將頗多恐卿一人, 不能取勝.) <孫龐 1:8> ⇒ ᄌᆞ못, ᄌᆞ뭇, ᄌᆞᄆᆞᆺ

9) 【더블다】 [동] 더불다. ¶ 携 ‖ 신의 아ᄃᆞᆯ 손농 손회 녀력이 비샹ᄒᆞ고 영명이 개셰ᄒᆞ니 신이 원컨대 이 두 아ᄃᆞᆯ을 더블고 ᄒᆞᆫ가지로 가면 싸호디 아녀셔 스ᄉᆞ로 이긔리이다 (臣子孫龍、孫虎膂力非常, 英名蓋世, 臣願携此二子同行, 秦不待戰而自克也.) <孫龐 1:7>

10) 【숭이】 [명] 송이. ¶ 朶 ‖ 이에 어쥬 세 잔과 금화 두 숭이ᄅᆞᆯ 주니 (當下賜御酒三杯、金花二朶.) <孫龐 1:7>

11) 【ᄇᆡᆨᄇᆡᆨᄒᆞ다】 [동] 빽빽하다. ¶ 密匝匝 ‖ 졍긔 어즈러이 붓치이며 금괴졔명ᄒᆞ고 ᄇᆡᆨːᄒᆞᆫ 거ᄉᆞᆫ 겹ː이 창이 ᄃᆡ예 버럿고 (旌旗亂颺, 金鼓齊鳴, 密匝匝干戈列隊.) <孫龐 1:8> 密 ‖ 봄믈이 삼쵹 ᄯᅡ히 녹디 아니ᄒᆞ야셔 남녁 가지 잠간 오경 ᄣᆡ 하늘의 ᄇᆡᆨᄇᆡᆨᄒᆞ얏도다 (春水未溶三蜀地, 南枝暫密五更天.) <玉支 1:71>

12) 【거두치다】 [동] 걷다. 걷어올리다. ¶ 捲 ‖ 귀신이 경읍ᄒᆞ며 텰긔 누른 듯글을 거두치니 대쟝군의 위풍이 늠ːᄒᆞ고 (鬼泣神驚, 鐵騎捲黃塵, 大將軍威風凜凜.) <孫龐 1:8>

13) 【캃】 [명] 칼. ¶ 刀 ‖ 대쟝군의 위풍이 늠ːᄒᆞ고 보비로운 칼히 ᄇᆡᆨ일의 빗겨시며 (大將軍威風凜凜, 寶刀橫白日.) <孫龐 1:8>

14) 【됴히】 [부] 매우. 심히. ¶ 好箇 ‖ 됴히 일 모ᄅᆞᄂᆞᆫ 연왕이로다 (好箇不識時務的燕王!) <孫龐 1:9>

15) 【−으란】 [조] −일랑. ¶ 내 사ᄅᆞᆷ을 보내여 진봉ᄒᆞ기ᄅᆞᆯ ᄌᆡ촉ᄒᆞ니 뎨 공으란 아니ᄒᆞ고 도로혀 병을 내고 쟝슈ᄅᆞᆯ 보내여 나아와 쵹범ᄒᆞᄂᆞᆫ도다 (孤差人去催儹他進奉, 他到不來納貢, 反差兵遣將, 前來觸犯.) <孫龐 1:9>

긔 ᄒᆞᆫ 소ᄅᆡᄅᆞᆯ ᄭᅮ지저 ᄀᆞᆯ오ᄃᆡ,

"엇던 됴고만 놈이 감히 몬져 딘의 나ᄂᆞᆫ다?"

손죄 닐오ᄃᆡ,

"연국 부마 손죄로라."

ᄒᆞ니 ᄇᆡᆨ긔 ᄌᆞ시 보니,

머리의 칠보은회(七寶銀盔)ᄅᆞᆯ ᄡᅳ고 몸의 금슈화포(錦綉花袍)ᄅᆞᆯ 닙어시니 어린개갑(魚鱗鎧甲)은 창도(鎗刀)ᄅᆞᆯ 막ᄌᆞᆯ랏고[16] 됴궁우젼(雕弓羽箭)은 은ᄃᆡ예 빗겻더라. 몸의 고두쥰마ᄅᆞᆯ ᄐᆞ고 손의 옥란[판]강도(玉板鋼刀)ᄅᆞᆯ 둘러 딘젼의셔 영웅을 쟈랑ᄒᆞ더라.

손죄 믄득 무로ᄃᆡ,

"오ᄂᆞᆫ 쟝슈 셩명이 무어신다?"

ᄇᆡᆨ【11】긔 닐오ᄃᆡ,

"나ᄂᆞᆫ 진국대쟝 무안군 ᄇᆡᆨ긔로라."

손죄 눈을 뎡ᄒᆞ야 보니,

봉시금회(鳳翅金盔)ᄂᆞᆫ ᄒᆡᄅᆞᆯ ᄇᆞ이고 어린쇄갑(魚鱗鎖甲)은 별을 흐텃고 허리의 긔린ᄃᆡᄅᆞᆯ 둘러시니 비치 쳥ᄌᆞ(靑紫)ᄅᆞᆯ 섯것고 등의 칠셩검(七星劍)을 ᄃᆡ시니 긔운이 두우(杜宇)ᄅᆞᆯ ᄢᅦ엿더라. 댱창(長鎗)을 둘러 긔셰ᄅᆞᆯ 쟈랑ᄒᆞ니 진짓 위엄이 ᄉᆞᄒᆡ(四海)ᄅᆞᆯ 진동ᄒᆞᆯ 일홈이 칠국의 ᄀᆞ독ᄒᆞ더라.

두 쟝슈 ᄆᆞᆯ을 내여 뉵십여 합을 ᄡᅡ호ᄃᆡ 불분승뷔(不分勝負)러니 ᄇᆡᆨ긔 창을 둘러 손조의 칼ᄒᆞᆯ 막거ᄂᆞᆯ 손죄 닐오ᄃᆡ,

"네 아니 ᄡᅡ홈을 겁ᄒᆞᄂᆞᆫ다?"

ᄇᆡᆨ긔 닐오ᄃᆡ,

"텬ᄉᆡᆨ(天色)이 ᄇᆞᆯ셔 져므러시니 ᄡᅡ홀 ᄣᅢ 아니라. 병을 ᄂᆞᆫ화 도라가 ᄂᆡ일 아ᄎᆞᆷ[17]의 고하ᄅᆞᆯ 뎡ᄒᆞ리라."

손죄 ᄀᆞᆯ오ᄃᆡ,

"그리ᄒᆞ라, 아직 너ᄅᆞᆯ 노하 보내여 ᄒᆞᄅᆞ밤이나 길러 ᄂᆡ【12】일 아ᄎᆞᆷ의 칼ᄒᆞᆯ 머기리라."

ᄒᆞ고 둘히 ᄆᆞᆯ을 도로혀 영으로 오니라.

손죄 영의 오니 이ᄌᆡ(二子) 나 맛거ᄂᆞᆯ 손죄 듕군댱(中軍帳)의 드러 안ᄌᆞ매 손농이 무로ᄃᆡ,

"야얘(爺爺), 오ᄂᆞᆯ 나가 ᄡᅡ호시매 승뷔 엇더ᄒᆞ시니잇고?"

손죄 닐오ᄃᆡ,

"내 아ᄒᆡ야 됴ᄒᆞᆫ 무안군 ᄇᆡᆨ긔러라! 과연 일홈이 헛되디 아녀 뎌와 대젼 뉵십여 합의 승부ᄅᆞᆯ 결티 못ᄒᆞ야 날이 졈을매 아직 병을 거ᄂᆞ려 도라와시니 ᄂᆡ일 ᄒᆞᆫ 번 죽게 ᄡᅡ화 결ᄒᆞ리라."

손농 손회 닐오ᄃᆡ,

"마치 밧옥[18]의 뎍슈 맛나미로다!"

ᄒᆞ고 군듕의 분부ᄒᆞ야 잔치ᄅᆞᆯ ᄀᆞ초와 부ᄌᆞ 삼인이 영듕의셔 술 먹으니라.

[19]

ᄇᆡᆨ긔 영의 도라와 감농(甘龍) 두회(杜回)로 더브러 의논ᄒᆞ야 닐오ᄃᆡ,

"손죄란 놈이 날로 더브러 서ᄅᆞ 디ᆢ 아니ᄒᆞ니 형셰 이긔기【13】어려운디라. 계규ᄒᆞ건대 힘으로 잡디 못ᄒᆞᆯ 거시니 다만 디혜(智慧) 취(取)ᄒᆞᆷ만 ᄀᆞᆺ디 못ᄒᆞ니 밤이 깁고 고요ᄒᆞᄆᆞᆯ 타 병을 세 쵸(哨)의 ᄂᆞᆫ화 뎌 영을 겁탈ᄒᆞ면 반ᄃᆞ시 공이 일리라."

ᄒᆞᆫ대 감농 두회 닐오ᄃᆡ,

"됴ᄒᆞᆫ 계괴로다!"

ᄒᆞ고 인ᄒᆞ야 즉시 마보군(馬步軍)으로 뎐녕ᄒᆞ야 겁채ᄒᆞ기ᄅᆞᆯ 쥰비ᄒᆞᆯ식 ᄇᆡᆨ긔ᄂᆞᆫ 듕최(中哨)오 감농은 좌최(左哨)오 두회ᄂᆞᆫ 우최(右哨)라. 분파(分派)ᄒᆞ기ᄅᆞᆯ 뎡ᄒᆞ매 이경 ᄣᅢ예 군ᄉᆡ 각ᆢ 함미(啣

16) 【막ᄌᆞᆯㄹ-】 동 «막ᄌᆞᄅᆞ다» 막지르다. 막다. 거절(拒絶)하다. ¶ 避 ‖ 머리의 칠보은회ᄅᆞᆯ ᄡᅳ고 몸의 금슈화포ᄅᆞᆯ 닙어시니 어린개갑은 창도ᄅᆞᆯ 막ᄌᆞᆯ랏고 (護項銀盔嵌寶, 籠軀錦綉花袍, 魚鱗鎧甲避鎗刀.) <孫龐 1:11> ⇒ 막ᄌᆞᄅᆞ다, 막ᄌᆞᄅᆞ다, 막ᄌᆞᆯㄴ-

17) 【아ᄎᆞᆷ】 명 아침. ¶ 早 ‖ 텬ᄉᆡᆨ이 ᄇᆞᆯ셔 져므러시니 ᄡᅡ홀 ᄣᅢ 아니라 병을 ᄂᆞᆫ화 도라가 ᄂᆡ일 아ᄎᆞᆷ의 고하ᄅᆞᆯ 뎡ᄒᆞ리라 (天色已晩, 不是厮戰時節, 分兵回去. 明早再定高下.) <孫龐 1:11>

18) 【밧옥】 명 바둑. ¶ 棋 ‖ 마치 밧옥의 뎍슈 맛나미로다 (可是棋逢敵手了.) <孫龐 1:12> ⇒ 바독, 바돌

19) 이곳에 시 번역 생략. ‖ "大戰潼關天日昏, 一心直待破强秦. 宵來且盡杯中物, 拚醉中軍細柳營."

枚) 믈고 징북을 울리디 아니코 연영(燕營)으로 나아가 대포 ᄒᆞᆫ 소릐에 함셩이 하ᄂᆞᆯ히 진동ᄒᆞ며 일시의 ᄌᆞᆺ티니 손죄 나죄 딘의셔 신고(辛苦)ᄒᆞ고 ᄯᅩ 져녁의 술의 취ᄒᆞ얏고 손뇽 손호로 ᄯᅩ 반 취ᄒᆞ여 일즉 엄습ᄒᆞ믈 방비티 아녓더니 슈몽(睡夢) 듕의 징을 울리며 북을 두드리고 함셩【14】이 년ᄒᆞ야시믈 듯고 넉시 몸의 븟디 아녀 미처 손을 놀리디 못ᄒᆞ야 각ː 젼마ᄅᆞᆯ 잇글고 도망ᄒᆞᆯ 싱각ᄒᆞ니 엇디 군ᄉᆞ의 ᄉᆞ싱을 도라보리오. 부지 몰긔 올라 안장을 븟들고 도망ᄒᆞ야 ᄃᆞᄅᆞ니 빅긔 인마ᄅᆞᆯ 노화 영을 둘러 ᄌᆞᆺ딜러[20] 연국 삼만 인마ᄅᆞᆯ 주기기ᄅᆞᆯ 다ᄒᆞ여 죽엄이 ᄡᅡ히 펴디고 피 동관의 ᄀᆞ득ᄒᆞ엿ᄂᆞᆫ디라. 득승긔(得勝旗)ᄅᆞᆯ 니ᄅᆞ혀고 인마ᄅᆞᆯ 거두어 이긔믈 알외고 나라흐로 도라오니 진왕이 크게 깃거 빅긔ᄅᆞᆯ 뎐샹의 블러 무로ᄃᆡ,

"내 드ᄅᆞ니 연나라 손죄 디용이 겸젼ᄒᆞ다 ᄒᆞ더니 엇디 이리 대쳡ᄒᆞ믈 어드뇨?"

빅긔 엄습ᄒᆞ던 일을 일ː히 알왼대 진왕이 빅긔ᄅᆞᆯ 황금 쳔일(千鎰)과 치폐(彩幣) 빅단(百端)을 주고 그 나믄 쟝좌(將佐)ᄂᆞᆫ 다 샹 주고 호군(犒軍)ᄒᆞ니라.

손조의 부【15】지 도망ᄒᆞ야 연국의 도라오매 손죄 스ᄉᆞ로 ᄆᆡ이여 드러와 연왕긔 뵈니 연왕이 놀라 무로ᄃᆡ,

"경이 아니 진군ᄉᆞ의 함믈ᄒᆞ믈 닙으냐?"

손죄 ᄀᆞᆯ오ᄃᆡ,

"신이 만번 죽엄즉ᄒᆞ이다! 신이 병을 거ᄂᆞ리고 진관(秦關)의 니ᄅᆞ러 진 쟝슈 빅긔(白起)와 더브러 ᄒᆞᆯᄅᆞᆯ 대젼ᄒᆞ야 승부ᄅᆞᆯ 분티 못ᄒᆞ야셔 날이 졈을매 병을 거두어 영의 도라왓더니 싱각디 못ᄒᆞ야 빅긔 밤이 고요ᄒᆞᆫ ᄣᅢ예 신의 영을 겁틱ᄒᆞ야[21] 인매 다 죽으니 신의 부ᄌᆞ 삼인이 겹ː ᄒᆞᆫ ᄡᆞᆫ 거ᄉᆞᆯ 버서 특별이 와 뵈ᄋᆞᆸᄂᆞ니 ᄇᆞ라건대 왕은 신의 만 번 죽기ᄅᆞᆯ 샤ᄒᆞ쇼셔."

연왕이 이 말을 듯고 년ᄒᆞ야 소릐 딜러 ᄀᆞᆯ오ᄃᆡ,

"진짓 외국의 우임이 되도다! 대범 병을 내디 못ᄒᆞ야 몬져 영을 엄습ᄒᆞ믈 방비ᄒᆞᆯ 거시어ᄂᆞᆯ【16】이리 칼ᄒᆞᆯ 므셔워 ᄒᆞ고 살ᄒᆞᆯ[22] 피ᄒᆞ니 어이 듕히 썸즉ᄒᆞ리오. 맛당이 졍법(正法)ᄒᆞᆯ 거시로ᄃᆡ 아직 쵸방(椒房)의 지친(至親)을 싱각ᄒᆞ야 병권을 샥거(削去)ᄒᆞ고 패인(牌印)[23]을 거두어 폄(貶)ᄒᆞ야 각문의 순시ᄒᆞ라."

ᄒᆞᆫ대 손죄 부의 도라와 민ː(悶悶)ᄒᆞ야 즐겨 아니ᄒᆞ야 당듕의 안자 기리 한숨ᄒᆞ기ᄅᆞᆯ 그치디 아니ᄒᆞ더니 이윽고[24] 세재 아ᄃᆞᆯ 손빈이 나아와 무로ᄃᆡ,

"야얘 오ᄂᆞᆯ 진(秦)을 티고 도라와 근심이 ᄂᆞᆺ치 ᄀᆞ득ᄒᆞ야시니 엇던 일이니잇고?"

손죄 닐오ᄃᆡ,

"내 아히야 네 나히 어려 셰샹 일을 모ᄅᆞ며 그ᄅᆞᆯ 무러 므엇ᄒᆞᆯ다?"

손빈이 닐오ᄃᆡ,

"내 나히 어리나 셰샹 일도 ᄒᆞᆫ두 가지ᄂᆞᆫ 아ᄂᆞ니 아디 못게라 야야의 깁흔 ᄆᆞ옴은 나라ᄒᆞᆯ 위ᄒᆞ미냐 집을 위ᄒᆞ미냐?"

손죄 ᄉᆞ짓기ᄅᆞᆯ 두로혀【17】깃거 닐오ᄃᆡ,

"내 아히야 집을 위ᄒᆞ믄 엇던 말이며 나라ᄒᆞᆯ 위ᄒᆞ믄 엇던 말고?"

손빈이 닐오ᄃᆡ,

"집을 위ᄒᆞ믈 니ᄅᆞᆯ 쟉시면 집의 두 형이

---

20)【ᄌᆞᆺ딜르-】 동 «ᄌᆞᆺ디ᄅᆞ다» 짓찌르다. 무찌르다. ¶ 混殺 ‖ 빅긔 인마ᄅᆞᆯ 노화 영을 둘러 ᄌᆞᆺ딜러 연국 삼만 인마ᄅᆞᆯ 주기기ᄅᆞᆯ 다ᄒᆞ여 죽엄이 ᄡᅡ히 펴디고 피 동관의 ᄀᆞ득ᄒᆞ엿ᄂᆞᆫ디라 (白起縱人馬繞營混殺, 把燕國五萬人馬殺得罄盡, 尸横遍地, 血滿潼關.) <孫龐 1:14>

21)【겁틱ᄒᆞ다】 동 겁칙하다. ¶ 劫 ‖ 신이 일ᄃᆡ 경예ᄒᆞᆫ 군ᄉᆞᄅᆞᆯ 비러 동문의 나가 법쟝을 겁틱ᄒᆞ야 아비ᄅᆞᆯ 구ᄒᆞ야 도라오리이다 (臣領軍士出東門去劫法場.) <孫龐 5:115>

22)【ᄉᆞᆶ】 명 화살. ¶ 箭 ‖ 대범 병을 내디 못ᄒᆞ야 몬져 영을 엄습ᄒᆞ믈 방비ᄒᆞᆯ 거시어ᄂᆞᆯ 이리 칼ᄒᆞᆯ 므셔워ᄒᆞ고 살ᄒᆞᆯ 피ᄒᆞ니 어이 듕히 썸즉ᄒᆞ리오 (大凡未出兵, 先要隄防偸營劫寨, 如此畏刀避箭, 豈堪重用.) <孫龐 1:16>

23)【牌印 패인】 páiyìn <名> 패인 *表示官職身分的令牌印信。‖ "本當正法, 姑念椒房至親, 削去兵權, 追還牌印, 貶去巡視各門." 맛당이 졍법ᄒᆞᆯ 거시로ᄃᆡ 아직 쵸방의 지친을 싱각ᄒᆞ야 병권을 샥거ᄒᆞ고 패인을 거두어 폄ᄒᆞ야 각문의 순시ᄒᆞ라 (孫龐 1:16) "嚴廣走馬往代州雁門關, 李牧拜詔了, ～交付嚴廣, 鎭守邊界。" (秦幷六國 上)

24)【이ᄋᆞᆨ고】 부 이윽고. ¶ 少頃 ‖ 이ᄋᆞᆨ고 세재 아ᄃᆞᆯ 손빈이 나아와 무로ᄃᆡ (少頃, 三子孫臏前來問道.) <孫龐 1:16>

이셔 무예 정강(精强)ᄒᆞ야 다 가히 부친을 위ᄒᆞ야 근심을 ᄂᆞᆫ호며 힘을 ᄃᆡᄒᆞ염ᄌᆞᄒᆞᄃᆡ 다만 ᄒᆡᄋᆡ 나히 어려 쟈근 공업도 셰우디 못ᄒᆞ니 니ᄅᆞ디 말고 나라ᄒᆞᆯ 위ᄒᆞ믈 니ᄅᆞᆯ 쟉시면[25] 외국이 다 아국을 경히 보고 나라ᄒᆡᄂᆞᆫ 모신과 냥쟝이 업ᄉᆞ니 일로ᄡᅥ 과려(過慮)ᄒᆞᄂᆞ이다."

손죄 닐오ᄃᆡ,

"내 아ᄒᆡ야 내 경히 이ᄅᆞᆯ 위ᄒᆞ미로다. 진효공(秦孝公)이 강ᄒᆞ믈 밋고 사ᄅᆞᆷ을 보내여 우리나라ᄒᆞᆯ 지촉ᄒᆞ야 진봉(進奉)ᄒᆞ라 ᄒᆞ니 우리 님금이 대로ᄒᆞ야 날로 ᄒᆞ야곰 군ᄉᆞ 삼만을 거ᄂᆞ려 진을 티라 ᄒᆞ시니 동관의 니ᄅᆞ러 엇디 빙긔의 궤【18】계(詭計)의 ᄲᅡ뎌 영을 겁틱ᄒᆞ야 병을 일ᄒᆞ며 쟝슈ᄅᆞᆯ 죽이고 도망ᄒᆞ야 도라와 주ᄒᆞ니 됴뎡이 크게 진동ᄒᆞ야 내 병권을 삭ᄒᆞ고 패인(牌印)을 거두어 각문(各門)의 폄순(貶巡)ᄒᆞᆯ 줄을 ᄉᆡᆼ각ᄒᆞ야시리오. 이러므로 번뇌ᄒᆞ노라."

손빈이 닐오ᄃᆡ,

"야야ᄂᆞᆫ 아직 근심을 덜라. ᄒᆡᄋᆡ ᄆᆞᄋᆞᆷ의 ᄒᆞᆫ 일을 ᄉᆡᆼ각ᄒᆞ야시니 일우디 못ᄒᆞ면 말려니와 만일 맛당이 일우면 두 손으로 텬디의 이즈러딘 거ᄉᆞᆯ 깁고 ᄒᆞᆫ 몸으로 뎨왕의 근심을 헤티리이다."

손죄 닐오ᄃᆡ,

"네 어린 나히 다쇼 ᄌᆡ죄 이셔 감히 큰말을 쟈랑ᄒᆞᄂᆞᆫ도다?"

손빈이 ᄀᆞᆯ오ᄃᆡ,

"ᄒᆡᄋᆡ 사ᄅᆞᆷ의 말을 드ᄅᆞ니 하람(河南) 예쥐(汝州) 운몽산(雲夢山) 슈렴동(水簾洞)의 ᄒᆞᆫ 귀곡션ᄉᆡ(鬼谷仙師) 이셔 젼법과 묘ᄒᆞᆫ 방냑과 긔특ᄒᆞᆫ ᄭᅬ 모ᄅᆞᆯ 거시 업다 ᄒᆞ니 게 가 스승【19】을 삼아 뉵도삼냑(六韜三略)과 팔문둔법(八門遁法)과 ᄇᆞ람을 브ᄅᆞ며 비ᄅᆞᆯ 브ᄅᆞᆷ과 번게ᄅᆞᆯ 흔들며 우레로 몸과 플을 버혀 ᄆᆞᆯ을 ᄆᆡᆫ돌고 ᄏᆞᆼ출 ᄡᅦ허[26] 군ᄉᆞ 되ᄂᆞᆫ 일을 ᄇᆡ화 도라와 우리 연국을 ᄃᆡᄒᆞ야 원슈 갑흐미 늣디 아니ᄒᆞ리이다."

손죄 닐오ᄃᆡ,

"내 아ᄒᆡ야 네 ᄠᅳᆺ이 이러ᄒᆞ니 내 너ᄅᆞᆯ 말리디 아니ᄒᆞ거니와 언머나 ᄒᆞ야 가히 도라올다?"

손빈이 닐오ᄃᆡ,

"머디 아니ᄒᆞ야 만흐면 삼 년이오 젹으면 두 ᄒᆡ리이다."

손빈이 닐오ᄃᆡ,

"다만 네 어미 날로 너ᄅᆞᆯ ᄉᆞ랑ᄒᆞ야 앗기니 즐겨 노하 보내디 아니ᄒᆞ리라."

손빈이 닐오ᄃᆡ,

"사ᄅᆞᆷ이 텬디간의 나 뉘 ᄒᆞᆫ 원대ᄒᆞᆫ ᄉᆞ업을 ᄒᆞ야 군부ᄅᆞᆯ 위ᄒᆞ야 하ᄂᆞᆯ 힘을 도로 잡고져 아니ᄒᆞ리오. ᄒᆞ믈며 남ᄌᆡ 나매 ᄠᅳᆺ이 ᄉᆞ방의 잇ᄂᆞ니 엇디 가히 속슈(束手)ᄒᆞ【20】야 늙기ᄅᆞᆯ 기ᄃᆞ리리오? ᄇᆞ라건대 야야ᄂᆞᆫ 모친긔 푸러 위로ᄒᆞ쇼셔."

손죄 손빈과 ᄒᆞᆫ가지로 후당의 니ᄅᆞ러 연단공쥬ᄅᆞᆯ 보고 손죄 닐오ᄃᆡ,

"ᄒᆡᄋᆞ 손빈이 오ᄂᆞᆯ날 운몽산 슈렴동 귀곡션ᄉᆡᄭᅴ 가 ᄌᆡ조ᄅᆞᆯ ᄇᆡ호고져 ᄒᆞ야 특별이 와 하딕ᄒᆞᆫ다."

ᄒᆞᆫ대 공쥐 닐오ᄃᆡ,

"내 아ᄒᆡ야 죠고마ᄒᆞᆫ 나히 집의 이셔 ᄒᆞᆨ습ᄒᆞ디 아니코 엇디 믄득 먼니 가려 ᄒᆞᄂᆞᆫ다? ᄒᆞ믈며 만슈쳔산(萬水千山)의 엇디 쇼식을 뎐ᄒᆞ리오. 날로 ᄒᆞ야곰 엇디 ᄎᆞᆷ아 정을 버혀 ᄇᆞ리라 ᄒᆞᄂᆞᆫ다?"

손빈이 닐오ᄃᆡ,

"내 이번 가매 만흐면 삼년이오 젹으면 두ᄒᆡᆯ 거시니 ᄒᆞ믈며 이제 경히 현신(賢臣)과 모ᄉᆡ(謀士) 업ᄉᆞᆫ ᄣᆡ예 무예나 닉이디 아니코 어ᄂᆞ ᄣᆡᄅᆞᆯ 기ᄃᆞ리리오?"

ᄒᆞ고 ᄠᅳᆺ을 셰워 가려커ᄂᆞᆯ 공쥐 두세 번 고류(苦

---

25) 【-ㄹ쟉시면】 미 -ㄹ지니. ((동사 어간이나 '이다'의 어간 뒤, 또는 어미 뒤에 붙어)) -ㄹ 터이면. ¶ 若 ‖ 집을 위ᄒᆞ믈 니ᄅᆞᆯ 쟉시면 집의 두 형이 이셔 무예 정강ᄒᆞ야 다 가히 부친을 위ᄒᆞ야 근심을 ᄂᆞᆫ호며 힘을 ᄃᆡᄒᆞ염ᄌᆞᄒᆞᄃᆡ 다만 ᄒᆡᄋᆡ 나히 어려 쟈근 공업도 셰우디 못ᄒᆞ니 니ᄅᆞ디 말고 나라ᄒᆞᆯ 위ᄒᆞ믈 니ᄅᆞᆯ 쟉시면 외국이 다 아국을 경히 보고 나라ᄒᆡᄂᆞᆫ 모신과 냥쟝이 업ᄉᆞ니 일로ᄡᅥ 과려ᄒᆞᄂᆞ이다 (若說爲家, 家有二位兄長, 武藝精强, 俱可爲分憂替力, 不過止有孩兒年幼, 未得建立功業, 只索不必提了; 若說爲國, 莫非外邦輕視我國, 朝中缺少謀臣良將, 以此過慮.) <孫龐 1:17>

26) 【ᄡᅦᆼ다】 동 뿌리다. ¶ 撒 ‖ ᄇᆞ람을 브ᄅᆞ며 비ᄅᆞᆯ 브ᄅᆞᆷ과 번게ᄅᆞᆯ 흔들며 우레로 몸과 플을 버혀 ᄆᆞᆯ을 ᄆᆡᆫ돌고 ᄏᆞᆼ출 ᄡᅦ허 (呼風喚雨, 掣電驅雷, 剪草爲馬, 撒荳成兵.) <孫龐 1:19>

留)ᄒᆞ다가 못ᄒᆞ야 ᄒᆞᆯ일이 【21】 업서 분부ᄒᆞ야 ᄀᆞᆯ오ᄃᆡ,

"내 아ᄒᆡ야 길희 ᄇᆞ듸 조심ᄒᆞ야 일 가 일 도라와 어비이로 ᄒᆞ야곰 문의 의지ᄒᆞ야 ᄇᆞ라디 아니케 ᄒᆞ라."

이ᄯᅢ예 손농 손회 술을 두고 길ᄒᆞᆯ 보내니 이튼날 손빈이 ᄒᆡᆼ니(行李)ᄅᆞᆯ 슈습ᄒᆞ야 부모와 두 형댱(兄長)을 하딕ᄒᆞ니라.

의량(宜粱) 위혜왕(魏惠王)의게 뎡안평(鄭安平)이란 승샹(丞相)이 이시니 그날 됴회ᄅᆞᆯ 파ᄒᆞ고 도라오다가 우두가(牛頭街) 토원항(兎元巷)을 디날시 마춤[27] 치운 겨ᄋᆞᆯ을 당ᄒᆞ야ᄂᆞᆫ디라 길 우희 믈이 어러 쟈근 어롬이 되엿더니 졍히 갈 ᄯᅢ예 ᄆᆞᆯ굽이 어롬의 믯그러뎌[28] ᄒᆞ마 당됴(當朝)ᄒᆞᆫ 승샹을 ᄆᆞᆯ게 ᄂᆞ리틸 번 ᄒᆞ니 좌위(左右) 황망히 븟드러 면ᄒᆞ니 뎡안평이 셩 내여 좌우ᄅᆞᆯ 분부ᄒᆞ야 두 편 언덕 거민(居民)을 자바다가 일시의 ᄆᆞᆯ 알ᄑᆡ 꿀리니 개〻(個個) 놀라 ᄂᆞᆺ치 ᄒᆞᆰ빗 ᄀᆞᆺ더라.

【22】 뎡안평이 ᄀᆞᆯ오ᄃᆡ,

"모든 거민(居民)아 너희 등이 엇디 믈을 갓다가 길거리의 ᄇᆞ렷ᄂᆞᆫ다?"

모든 사ᄅᆞᆷ이 ᄃᆡ답ᄒᆞ야 ᄀᆞᆯ오ᄃᆡ,

"우리게 간셥ᄒᆞᆫ 죄 아니라. 이거시 ᄀᆡ염방(開染坊) 방형(龐衡)의 집의셔 ᄇᆞ린 배라. 쇼민들이 여러번 저ᄃᆞ려 닐오ᄃᆡ, '방형이 완악ᄒᆞ믈 밋고 듯디 아니ᄒᆞ더니 이제 방형이ᄅᆞᆯ 자바다가 ᄒᆞᆫ 번 다ᄉᆞ리면 길거리 시러곰 ᄆᆞᄅᆞᆯ가 ᄒᆞᄂᆞ이다."

뎡안평이 사ᄅᆞᆷ을 보내여 방형이ᄅᆞᆯ 자바 ᄆᆞᆯ 알ᄑᆡ 니ᄅᆞ니 큰 곤댱으로 ᄉᆞ믈을 티고 모든 거민들을 노하 보내니 방형의 아ᄃᆞᆯ의 일ᄒᆞᆷ은 방연(龐涓)이니 셩이 만히 사오나온디라. 부친이 뎡안평의게 잡혀 ᄆᆞᆯ 알ᄑᆡ 니ᄅᆞ러 말도 못ᄒᆞ야 곤댱 ᄉᆞ믈을 마ᄌᆞᆷ 보고 ᄀᆞ장 셩내여 쟈근 막대ᄅᆞᆯ 가져 여라믄 믈드리ᄂᆞᆫ 항을 두ᄃᆞ【23】려 ᄀᆞᄅᆞ텨로 ᄇᆞ오니 방연의 어미 알ᄑᆡ 와 말려 닐오ᄃᆡ,

"이 싱애예 집셰간을 ᄭᆡ이고 ᄆᆞ어술 가지고 사라 디내리오."

방연이 닐오ᄃᆡ,

"부친이 오늘날 뎡안평의게 슈욕(羞辱)을 바ᄃᆞ미 다 이 믈항의 화ᄐᆡ(禍胎)라. 우리집이 염방(染坊)곳 여디 아녀시면 엇디 길희 믈이 ᄇᆞ리여시리오. 날로 ᄒᆞ야곰 어ᄂᆞ ᄯᅢ예 이 원슈ᄅᆞᆯ 갑흐리오?"

그 어미 닐오ᄃᆡ,

"뎌ᄂᆞᆫ 이 됴뎡의 대신이오. 너와 나ᄂᆞᆫ 뎌의 미인 ᄇᆡᆨ셩이니 이ᄅᆞᆯ 엇디ᄒᆞᆯ 거시라. 믈항을 다 ᄶᅡ여[29] 엇디ᄒᆞ리오? 다만 이휘(以後)나 조심ᄒᆞ야 거리의 믈을 ᄇᆞ리디 말 ᄯᆞᄅᆞᆷ이니라."

방연이 반향을 팀음(沉吟)ᄒᆞ다가 닐오ᄃᆡ,

"이후란 부친을 권ᄒᆞ야 아모란 염방(染坊)도 여디 마ᄅᆞ쇼셔. 내 집이 근본이 업ᄉᆞᆫ 거시 아니라 오히려 허다ᄒᆞᆫ 뎐디(田地) 이시니 진실로 가히 가라 【24】 디낼 거시오. 나ᄂᆞᆫ 이제 금견[검](金劍)과 셔샹(書箱)을 거두어 운몽산 슈렴동 귀곡션ᄉᆡᆼ의게 가 약간 병법이나 비화지라 ᄒᆞ야 다ᄅᆞᆫ 날 만일 ᄒᆞᆫ 나라ᄒᆞᆯ 븟들고 ᄒᆞᆫ나라ᄒᆞᆯ 맛드면 ᄯᅩ ᄒᆞᆫ 가히 아비ᄅᆞᆯ ᄃᆡ(代)ᄒᆞ야 뎡안평의 원슈ᄅᆞᆯ 갑흐리라."

ᄒᆞ고 의논ᄒᆞ기ᄅᆞᆯ 뎡ᄒᆞ매 방연이 길일냥신(吉日良辰)을 ᄀᆞᆯᄒᆡ야 부모ᄭᅴ 하딕ᄒᆞ고 의량셩을 나올시 ᄒᆞᆫ 돈[30] 큰 나모 ᄀᆞ의 니ᄅᆞ러 졍히 멘 거ᄉᆞᆯ 노코 잠간 쉬랴 ᄒᆞ더니 보니 나모 아래 ᄒᆞᆫ 사ᄅᆞᆷ이 ᄶᅡ히 안자 즘자거ᄂᆞᆯ 방연이 ᄉᆡᆼ각ᄒᆞ되,

---

27) 【마춤】 부 마침. ¶ 値 ‖ 그날 됴회ᄅᆞᆯ 파ᄒᆞ고 도라오다가 우두가 토원항을 디날시 마춤 치운 겨ᄋᆞᆯ을 당ᄒᆞ야ᄂᆞᆫ디라 길 우희 믈이 어러 쟈근 어롬이 되엿더니 (其日朝罷回來, 往牛頭街兎元巷經過. 値寒冬天際, 街道上水漿凝凍, 結成寸氷.) <孫龐 1:21> ⇒ 마즘, 마좀, ᄆᆞ좀

28) 【믯그러디다】 동 미끄러지다. ¶ 滑 ‖ 길 우희 믈이 어러 쟈근 어롬이 되엿더니 졍히 갈 ᄯᅢ예 ᄆᆞᆯ굽이 어롬의 믯그러뎌 ᄒᆞ마 당됴ᄒᆞᆫ 승샹을 ᄆᆞᆯ게 ᄂᆞ리틸 번 ᄒᆞ니 (街道上水漿凝凍, 結成寸冰. 正行之間, 馬蹄踹在冰上, 老大一滑, 險些把個當朝丞相墜下馬來.) <孫龐 1:21>

29) 【ᄶᅡ다】 동 깨다. ¶ 打碎 ‖ 믈항을 다 ᄶᅡ여 엇디ᄒᆞ리오 (你把這染缸打碎怎的?) <孫龐 1:23>

30) 【돈】 명 단. ((수량을 나타내는 말 뒤에 쓰여)) 나무를 세는 단위. ¶ 株 ‖ 의량셩을 나올시 ᄒᆞᆫ 돈 큰 나모 ᄀᆞ의 니ᄅᆞ러 졍히 멘 거ᄉᆞᆯ 노코 잠간 쉬랴 ᄒᆞ더니 (出了宜粱城, 挑着行李, 來到一株大樹邊. 正欲歇担少息.) <孫龐 1:24>

'뎌 사ᄅᆞᆷ이 나와 얼골이 방블ᄒᆞ니 어ᄃᆡ 가 글 ᄇᆡ호랴 ᄒᆞᄂᆞᆫ가?'
ᄒᆞ고 알ᄑᆡ 나아가 ᄒᆞᆫ 소ᄅᆡᄅᆞᆯ 불러 닐오ᄃᆡ,

"형댱은 어드러로 가ᄂᆞᆫ뇨다?"

뎌 사ᄅᆞᆷ이 ᄊᆡ야 방연을 보고 몸을 굽혀 【25】 녜ᄅᆞᆯ 베프니 방연이 닐오ᄃᆡ,

"형댱의 셩은 므어시며 어ᄃᆡ 사ᄅᆞᆷ인다?"

그 사ᄅᆞᆷ이 닐오ᄃᆡ,

"내 아비ᄂᆞᆫ 이 연국[괵]왕의 부매니 셩은 손(孫)이오 일홈은 죄(操)오 어미ᄂᆞᆫ 연단공쥬(燕丹公主)니 나ᄂᆞᆫ 뎨삼ᄌᆞ 손빈이로라."

방연이 ᄀᆞᆯ오ᄃᆡ,

"녜ᄅᆞᆯ 일허다. 어ᄃᆞ러로 가고져 ᄒᆞᄂᆞᆫ다[31]?"

손빈이 닐오ᄃᆡ,

"장ᄎᆞᆺ 운몽산 슈렴동 귀곡션ᄉᆞ의게 ᄌᆡ조ᄅᆞᆯ ᄇᆡ호고져 ᄒᆞ더니 ᄒᆡᆼ노(行路)의 신고ᄒᆞ야 우연이 나모 아래셔 편시(片時)ᄅᆞᆯ 좀잘와.[32] 감히 뭇노니 형댱의 놉흔 셩명과 귀ᄒᆞᆫ 나라히 어ᄃᆡ뇨?"

방연이 ᄀᆞᆯ오ᄃᆡ,

"쇼가의 셩은 방이오. 일홈은 연이니 의량 위국 사ᄅᆞᆷ이라. 이제 운몽산 귀곡션ᄉᆞ의게 가 ᄌᆡ조ᄅᆞᆯ ᄇᆡ호랴 ᄒᆞ노라."

손빈이 ᄀᆞᆯ오ᄃᆡ,

"이러면 더옥 됴토다. 형댱이 ᄇᆞ리디 아니커든 예셔 ᄉᆞᄉᆡᆼ의 사괴ᄆᆞᆯ 【26】 보람ᄒᆞ미[33] 아디 못게라 존의 엇더ᄒᆞ뇨?"

방연이 닐오ᄃᆡ,

"공쥬[ᄌᆞ](公子)ᄂᆞᆫ 금지옥엽(金枝玉葉)이오 쇼가(小可)ᄂᆞᆫ 녀염(閭閻)의 필뷔(匹夫)니 엇디 감히 과히 븟들리오!"

손빈이 닐오ᄃᆡ,

"ᄆᆞᄉᆞᆷ 말을 ᄒᆞᄂᆞ뇨! 한 가지로 압히 쥬션딘(朱仙鎭) 우희 가 약간 향쵹(香燭)을 사 텬디긔 절ᄒᆞ야 고ᄒᆞ고 나[34] 만흐니 형이 되고 나 쟈으니 아이 되면 ᄇᆞ야흐로 결의ᄒᆞᄂᆞᆫ 녜니라."

방연이 닐오ᄃᆡ,

"유리(有理)ᄒᆞ다."
ᄒᆞ고 두 사ᄅᆞᆷ이 각〻 ᄒᆡᆼ니ᄅᆞᆯ 가지고 즉시 쥬션딘의 니ᄅᆞ러 향쵹을 ᄀᆞ초와 하ᄂᆞᆯ을 ᄃᆡᄒᆞ야 ᄆᆡᆼ셰ᄒᆞᆯ시 방연이 ᄀᆞᆯ오ᄃᆡ,

"만일 년치(年齒)로 의논ᄒᆞ면 큰형이 몬져 쳥ᄒᆞ라."

손빈이 ᄉᆞ양티 아니코 하ᄂᆞᆯ을 ᄃᆡᄒᆞ야 고ᄒᆞᄃᆡ,

"손빈은 연나라 사ᄅᆞᆷ이라. 길히 위국 방연을 만나 ᄆᆡ자 형뎨 되야 ᄒᆞᆫ가지로 운몽산 슈렴동 귀곡 【27】 션ᄉᆡᆼ의게 가 ᄌᆡ죠ᄅᆞᆯ ᄇᆡ호랴 ᄒᆞ니 글이 이셔도 ᄒᆞᆫ가지로 닑고 ᄌᆡ죄 이셔도 ᄒᆞᆫ가지로 ᄇᆡ화 ᄒᆞ나히나 ᄉᆞ심을 두면 하ᄂᆞᆯ과 귀신이 감찰(鑒察)ᄒᆞ야 즘ᄉᆡᆼ[35]의 뉴(類) 되게 ᄒᆞ쇼셔."
ᄒᆞ니 방연이 뎨 진짓 ᄆᆡᆼ셰ᄒᆞᄂᆞᆫ 양 듯고 ᄒᆞᆯ 일이 업서니 알ᄅᆞᆫ 소ᄅᆡ로 비러 닐오ᄃᆡ,

"방연은 의량 위국 사ᄅᆞᆷ이라. 길히 손빈을 만나 ᄆᆡ자 팔ᄇᆡ(八拜)로 사괴ᄆᆞᆯ 뎡ᄒᆞ야 ᄒᆞᆫ 가지로 운몽산 귀곡션ᄉᆡᆼᄭᅴ 가 ᄌᆡ조ᄅᆞᆯ ᄇᆡ호려 ᄒᆞ니 글이 이셔도 ᄒᆞᆫ가지로 닑고 ᄌᆡ죄 이셔도 ᄒᆞᆫ가지로 ᄇᆡ화 만일 ᄆᆞᄋᆞᆷ을 속이고 저ᄅᆞᆯ 속이면 집의 도라오디 못ᄒᆞ야 밤의 마릉길(馬陵道)히 ᄃᆞᆺ다가 살흘 마자 죽어 닐곱 나라히 죽엄을 ᄂᆞᆫ호게 ᄒᆞ쇼셔."
ᄒᆞ고 ᄆᆡᆼ셰ᄒᆞ기ᄅᆞᆯ ᄆᆞᄎᆞ매 손빈을 ᄃᆡᄒᆞ야 닐오ᄃᆡ,

"큰형 【28】 은 쳥컨대 올라 쇼뎨의 ᄒᆞᆫ 녜ᄅᆞᆯ 바ᄃᆞ라."

---

31) 【어드러로】 뿌 어디로. ¶ 何方 ‖ 형댱은 어드러로 가ᄂᆞᆫ뇨다 (失敬. 欲往何方?) <孫龐 1:24> ⇒ 어드로, 어ᄃᆡ로

32) 【-ㄹ와】 미 ((동사, 형용사 어간 뒤에 붙어)) -는구나. ¶ 장ᄎᆞᆺ 운몽산 슈렴동 귀곡션ᄉᆞ의게 ᄌᆡ조ᄅᆞᆯ ᄇᆡ호고져 ᄒᆞ더니 ᄒᆡᆼ노의 신고ᄒᆞ야 우연이 나모 아래셔 편시ᄅᆞᆯ 좀잘와 (將往雲夢山水簾洞鬼谷先生處學藝, 行路辛苦, 偶在此大樹下打肫片時.) <孫龐 1:26>

33) 【보람ᄒᆞ다】 동 표식(標識)을 하다. 증거(證據)를 삼다. ¶ 訂 ‖ 형댱이 ᄇᆞ리디 아니커든 예셔 ᄉᆞᄉᆡᆼ의 사괴ᄆᆞᆯ 보람ᄒᆞ미 아디 못게라 존의 엇더ᄒᆞ뇨 (兄長不棄, 就此訂个生死之交. 不識尊意何如?) <孫龐 1:26> ⇒ ᄇᆞ람ᄒᆞ다

34) 【나】 명 나이. ¶ 약간 향쵹을 사 텬디긔 절ᄒᆞ야 고ᄒᆞ고 나 만흐니 형이 되고 나 쟈으니 아이 되면 ᄇᆞ야흐로 결의ᄒᆞᄂᆞᆫ 녜니라 (買些香燭, 拜告天地, 長者爲兄, 幼者爲弟, 方是結義之禮.) <孫龐 1:26>

35) 【즘ᄉᆡᆼ】 명 짐승. ¶ 禽畜 ‖ 글이 이셔도 ᄒᆞᆫ가지로 닑고 ᄌᆡ죄 이셔도 ᄒᆞᆫ가지로 ᄇᆡ화 ᄒᆞ나히나 ᄉᆞ심을 두면 하ᄂᆞᆯ과 귀신이 감찰ᄒᆞ야 즘ᄉᆡᆼ의 뉴되게 ᄒᆞ쇼셔 (有書同讀, 有藝同學, 一有私心天神鑒察, □爲禽畜類.) <孫龐 1:27>

손빈이 ᄀᆞᆯ오ᄃᆡ,

"아직 말라 의논홀 일 잇다. 너와 내 이후브터 녜 두 사ᄅᆞᆷ을 비화야 ᄇᆞ야흐로 결의 되리라."

방연이 무로ᄃᆡ,

"엇던 두 사ᄅᆞᆷ을 비호쟈 ᄒᆞᄂᆞ다?"

손빈이 닐오ᄃᆡ,

"사ᄅᆞᆷ이 결의ᄅᆞᆯ ᄒᆞ랴 ᄒᆞ면 모ᄅᆞ미 관포(管鮑)ᄅᆞᆯ 비ᄒᆞ리니 뎌 두 사ᄅᆞᆷ이 ᄒᆞᄅᆞᆫ[36] ᄒᆞᆫ가지로 교외(郊外)예 가다가 길ᄀᆞ의 ᄒᆞᆫ 조각 금을 보고 관이 표의게 ᄉᆞ양ᄒᆞᆫ대 표ㅣ 또 관의게 ᄉᆞ양ᄒᆞ야 서ᄅᆞ ᄉᆞ양ᄒᆞ기ᄅᆞᆯ 마디 아니ᄒᆞ다가 다만 금을 ᄇᆞ리고 가다가 녀ᄅᆞᆷ짓ᄂᆞᆫ[37] 사ᄅᆞᆷ을 보고 관표ㅣ ᄀᆞᄅᆞ쳐 닐오ᄃᆡ, '뎌긔 금 ᄒᆞᆫ 조각이 이시니 가히 가지라.' 뎐뷔 금 잇단 말을 듯고 황망이 가 보니 금은 보디 못ᄒᆞ고 두 머리 가진 비얌이라. 뎐뷔 크게 놀라 호미 머리로 텨 두 【29】 조각의 ᄆᆡᆫ돌고 도라와 관표ᄅᆞᆯ 잡고 입의 공슌티 아닌 말로 ᄭᅮ지ᄌᆞᄃᆡ 너와 내 ᄆᆞᄉᆞᆷ 원슈 잇관ᄃᆡ 비얌을 가지고 날ᄃᆞ려 금이라 니ᄅᆞ니 ᄒᆞ마터면 내 셩명을 해홀 번 ᄒᆞ여다. 관표ㅣ 밋디 아녀 뎐부와 ᄒᆞᆫ 가지로 가 보니 이 비얌이 아니라 졍히 이 금이로ᄃᆡ 됴히 두 ᄧᅡᆨ[38]이 ᄶᅡᄒᆡ 이시니 관표ㅣ ᄒᆞ나식 각ᄀᆞ 가지고 뎐부(田夫)ᄂᆞᆫ 녜대로 뷘 손으로 도라오니 이거시 관표의 교졍(交情)이 그러ᄒᆞ미라. 우리 두 사ᄅᆞᆷ이 이후의 뎌 두 사ᄅᆞᆷ을 비호리라."

방연이 ᄀᆞᆯ오ᄃᆡ,

"큰형의 금셕 ᄀᆞᄐᆞᆫ 말이 쇼뎨 명심각골(銘心刻骨)ᄒᆞ리라."

ᄒᆞ고 손방이 쥬션딘 우희 가 여ᄃᆞᆲ 번 절ᄒᆞ고 사괴믈 뎡ᄒᆞ야 손빈은 형이 되고 방연은 아이 되니 방연이 닐오ᄃᆡ,

"큰형아 너와 내 앗가ᄂᆞᆫ 결의ᄅᆞᆯ 못 【30】 ᄒᆞ야시매 힝니ᄅᆞᆯ 메엿거니와 이제ᄂᆞᆫ 임의 결의ᄅᆞᆯ ᄒᆞ야시니 힝니ᄅᆞᆯ 아올라[39] ᄒᆞᆫ 짐을 ᄆᆡᆫᄃᆞ라 쇼뎨 메여 가긔 ᄒᆞ리라."

손빈이 힝니ᄅᆞᆯ 아오로니[40] 방연이 메고 ᄒᆞᆫ 길로 가더니 ᄆᆞᄋᆞᆷ의 ᄒᆞᆫ 계교ᄅᆞᆯ ᄉᆡᆼ각ᄒᆞ고 거즛 거ᄉᆞ로 ᄶᅡᄒᆡ 업더뎌 힝니ᄅᆞᆯ ᄶᅡᄒᆡ 더디고 불러 닐오ᄃᆡ,

"큰형아 됴티 아니타."

ᄒᆞ니 손빈이 계귄 줄 아디 못ᄒᆞ고 무러 ᄀᆞᆯ오ᄃᆡ,

"현뎨야 엇딘 일고?"

방연이 ᄀᆞᆯ오ᄃᆡ,

"쇼뎨 집의 이셔 일즉 짐을 메여 보디 아녓더니 온몸이 ᄲᅧ가 알파 견ᄃᆡ기 어렵다."

ᄒᆞᆫ대,

"쾌히 젼면의 가 ᄀᆡᆨ뎜(客店)을 어더 쉬고 이튼날 또 가쟈."

ᄒᆞ고 손빈이 방연이ᄅᆞᆯ ᄯᅳ을고 ᄒᆞᆫ 손으로 힝니ᄅᆞᆯ 자바 엇게예 메고 뎜을 ᄎᆞᄌᆞ 머므러 자고 이튼날 또 갈ᄉᆡ 손빈은 다만 힝니ᄅᆞᆯ 가지고 압셔고 방연 【31】 은 뒤 셔ᄀᆞ 계교ᄅᆞᆯ 어덧노라 ᄒᆞ야 ᄆᆞᄋᆞᆷ의 쳔만환희(千萬歡喜)ᄒᆞ더라.

두 사ᄅᆞᆷ이 다만 보니 알ᄑᆡ ᄒᆞᆫ 놉흔 뫼와 큰 재 이시니 뫼 우희 슈목이 섯거뎟고[41] 인젹

---

36) 【ᄒᆞᄅᆞ】 명 «ᄒᆞᄅᆞ» 하루. ¶ 一日 ‖ 뎌 두 사ᄅᆞᆷ이 ᄒᆞᄅᆞᆫ ᄒᆞᆫ가지로 교외예 가다가 길ᄀᆞ의 ᄒᆞᆫ 조각 금을 보고 (二人一日同行郊外, 見路旁有一錠金.) <孫龐 1:28> ⇒ 하로, ᄒᆞ로, ᄒᆞᄅᆞ, ᄒᆞᆯㄴ

37) 【녀ᄅᆞᆷ짓다】 동 농사(農事)짓다. ¶ 田 ‖ 다만 금을 ᄇᆞ리고 가다가 녀ᄅᆞᆷ짓ᄂᆞᆫ 사ᄅᆞᆷ을 보고 관표ㅣ ᄀᆞᄅᆞ쳐 닐오ᄃᆡ (只得棄金而去. 正行間見一田夫, 管鮑指引某處有金一錠, 可去取了.) <孫龐 1:28> ⇒ 녀ᄅᆞᆷ지-

38) 【ᄧᅡᆨ】 명 짝. ¶ 兩半 ‖ 관표ㅣ 밋디 아녀 뎐부와 ᄒᆞᆫ가지로 가 보니 이 비얌이 아니라 졍히 이 금이로ᄃᆡ 됴히 두 ᄧᅡᆨ이 ᄶᅡᄒᆡ 이시니 (管鮑不信, 遂同田夫去看, 不是兩頭蛇, 端然是金子, 却好兩半在地.) <孫龐 1:29> ⇒ 싹, 쪽

39) 【아올다】 동 아우르다. 합치다. ¶ 併 ‖ 큰형아 너와 내 앗가ᄂᆞᆫ 결의ᄅᆞᆯ 못ᄒᆞ야시매 힝니ᄅᆞᆯ 메엿거니와 이제ᄂᆞᆫ 임의 결의ᄅᆞᆯ ᄒᆞ야시니 힝니ᄅᆞᆯ 아올라 ᄒᆞᆫ 짐을 ᄆᆡᆫᄃᆞ라 쇼뎨 메여 가긔 ᄒᆞ리라 (大哥, 你我適纔不曾結義, 却挑行李, 而今既結義了行李, 併作一担, 待小弟挑.) <孫龐 1:30> ⇒ 아오-, 아오로다, 아울다, 어우로다, 어울다

40) 【아올다】 동 아우르다. 합치다. 다물다. ¶ 併 ‖ 손빈이 힝니ᄅᆞᆯ 아오르니 방연이 메고 ᄒᆞᆫ 길로 가더니 ᄆᆞᄋᆞᆷ의 ᄒᆞᆫ 계교ᄅᆞᆯ ᄉᆡᆼ각ᄒᆞ고 거즛 거ᄉᆞ로 ᄶᅡᄒᆡ 업더뎌 힝니ᄅᆞᆯ ᄶᅡᄒᆡ 더디고 (孫臏遂併了行李, 龐涓挑着, 龐涓一路走, 一路上心生一計, 假意一交跌倒, 把行李撇在地上.) <孫龐 1:30> ⇒ 아오-, 아올다, 아울다, 어우로다, 어울다

41) 【섯기다】 동 섞이다. ¶ 交加 ‖ 다만 보니 알

왕ᄅᆡᄒᆞ미 업ᄉᆞᆫ디라. 방연이 ᄆᆞ셔워 스ᄉᆞ로 혜아리되,

'고산쥰령(高山峻嶺)의 반ᄃᆞ시 싀랑(豺狼)과 범이 만흐리니 내 뒤ᄒᆡ셔 가다가 만일 허수ᄒᆞ미42) 이시면 엇디 ᄒᆞ리오.'

ᄒᆞ고 ᄆᆞᄋᆞᆷ의 ᄒᆞᆫ 계교ᄅᆞᆯ ᄉᆡᆼ각ᄒᆞ야 닐오ᄃᆡ,

"큰형아 뫼ᄒᆡ43) 플이 깁고 이술이 저ː 가기 됴티 아니ᄒᆞ니 쇼뎨 맛당이 몬져 길ᄒᆞᆯ 열리라."

손빈이 방연을 ᄉᆞ양ᄒᆞ야 압셔라 ᄒᆞ니 방연이 졍히 뫼흐로 올라가더니 슈목 듕의 ᄒᆞᆫ 소ᄅᆡ 나며 ᄒᆞᆫ 어룽진44) 모딘 범이 쒸여내ᄃᆞ라 니ᄅᆞᆯ 버리고 톱을 춤취워 방연을 향ᄒᆞ야 어즈러이 덥티니 방연이 놀라 실셩ᄒᆞ야 【32】 크게 블러 닐오ᄃᆡ,

"큰형아 쾌히 올라와 구ᄒᆞ라!"

손빈이 ᄯᆞᆯ와와 이 범을 보고 혜아려 닐오ᄃᆡ,

"사ᄅᆞᆷ이 범을 해ᄒᆞᆯ ᄆᆞᄋᆞᆷ이 업ᄉᆞ니 범이 사ᄅᆞᆷ을 샹ᄒᆡ올 뜻이 업ᄉᆞ리라."

ᄒᆞ고 힝니ᄅᆞᆯ 노코 갓가이 와 범을 ᄃᆡᄒᆞ야 블러 닐오ᄃᆡ,

"호가(虎哥)아, 나 손빈이 방연과 ᄒᆞᆫ 가지로 운몽산 슈렴동 귀곡션ᄉᆡᆼ의게 나아가 ᄌᆡ조 ᄇᆡ호려 ᄒᆞᄂᆞ니 ᄇᆞ라건대 너ᄂᆞᆫ ᄒᆞᆫ 길ᄒᆞᆯ ᄉᆞ양ᄒᆞ야 보내라."

이 범이 손빈의 분부ᄒᆞᄂᆞᆫ 양을 보고 눈망울을 브ᄅᆞᄡᅳ고45) 두 눈으로 방연을 보니 방연이 황망히 ᄒᆞᆫ 듀 큰 남글 향ᄒᆞ야 긔여 올라가니 범이 ᄯᅩ 브드ᄃᆞᆨ46) 나모 ᄀᆞ의 줏그리혀47) 안ᄌᆞ니 방연이 나모 우ᄒᆡ 이셔 블러 닐오ᄃᆡ,

"큰형아 ᄒᆞᆫ 가지로 가매 동모48)ᄅᆞᆯ 소히 말라 ᄒᆞ니 날을 구ᄒᆞ라!"

손빈이 【33】 ᄯᅩ 범을 ᄃᆡᄒᆞ야 닐오ᄃᆡ,

"호가야 나모 우ᄒᆡ 거시 이 내 형뎨니 ᄇᆞ라건대 너ᄂᆞᆫ 뎌ᄅᆞᆯ ᄂᆞ려와 ᄒᆞᆫ가지로 가게 쥬편이 ᄒᆞ라."

그 범이 ᄆᆞᄎᆞᆷ내 머리ᄅᆞᆯ 흔들고 ᄭᅩ리ᄅᆞᆯ 젓고 님목(林木) 속으로 드러가니 방연이 남긔 긔여 ᄂᆞ려 손빈을 ᄃᆡᄒᆞ야 ᄀᆞᆯ오ᄃᆡ,

"큰형아 뎡코 그 범이 심히 사오나와 ᄒᆞ마 날을 죽일 번 ᄒᆞ여다 ᄒᆞ니 원 대강 이 범은 녜ᄉᆞ49) 범이 아니라 귀곡션ᄉᆞ의 수ᄅᆡ 메ᄂᆞᆫ 신긔ᄒᆞᆫ 범이니 특별이 션ᄉᆞ의 시겨 보내몰 밧드러 손·방 두 사ᄅᆞᆷ의 심슐(心術)을 탐디ᄒᆞ미러라."

손빈이 닐오ᄃᆡ,

"현뎨야 이 뫼ᄒᆡ 슈목이 총밀(叢密)ᄒᆞ야 디연ᄒᆞ디 못ᄒᆞᆯ 거시니 수이 뫼ᄒᆡ ᄂᆞ려갈 거시라."

ᄒᆞ고 두 사ᄅᆞᆷ이 잠간 ᄉᆞ이 뫼ᄒᆡ ᄂᆞ려 ᄯᅩ 보니

ᄃᆡ ᄒᆞᆫ 놉흔 뫼와 큰 재 이시니 뫼 우ᄒᆡ 슈목이 섯거덧고 인젹 왕ᄅᆡᄒᆞ미 업ᄉᆞᆫ디라 (只見前面一帶高山峻嶺, 抬頭看時, 山上樹木交加, 並無人跡往來.) <孫龐 1:31>

42) 【허수ᄒᆞ다】 ㊖ {허소(虛疎)하다.} 허술하다. 소홀(疏忽)하다 ¶ 疏虞 ‖ 고산쥰령의 반ᄃᆞ시 싀랑과 범이 만흐리니 내 뒤ᄒᆡ셔 가다가 만일 허수ᄒᆞ미 이시면 엇디 ᄒᆞ리오 (高山峻嶺, 必多豺虎, 我在後走, 倘有疏虞, 怎生是好?) <孫龐 1:31>

43) 【뫻】 ㊔ 산(山). ¶ 山 ‖ 큰 형아 뫼ᄒᆡ 플이 깁고 이술이 저ː 가기 됴티 아니ᄒᆞ니 쇼뎨 맛당이 몬져 길ᄒᆞᆯ 열리라 <孫龐 1:31>

44) 【어룽지다】 ㊍ 얼룩지다. ¶ 花斑 ‖ 슈목 듕의 ᄒᆞᆫ 소ᄅᆡ 나며 ᄒᆞᆫ 어룽진 모딘 범이 쒸여내ᄃᆞ라 니ᄅᆞᆯ 버리고 톱을 춤취워 방연을 향ᄒᆞ야 어즈러이 덥티니 (忽見樹林中跳出一隻花斑猛虎, 張牙舞爪, 望龐涓亂撲.) <孫龐 1:31>

45) 【브ᄅᆞᄡᅳ다】 ㊍ 부릅뜨다. ¶ 張睛努目 ‖ 이 범이 손빈의 분부ᄒᆞᄂᆞᆫ 양을 보고 눈망울을 브ᄅᆞᄡᅳ고 두 눈으로 방연을 보니 (那虎見孫臏分付, 張睛努目, 兩眼瞧定龐涓.) <孫龐 1:32>

46) 【브드ᄃᆞᆨ】 ㊕ 부드득. ¶ 緊緊 ‖ 범이 ᄯᅩ 브드ᄃᆞᆨ 나모 ᄀᆞ의 줏그리혀 안ᄌᆞ니 (那虎又緊緊蹲在樹邊.) <孫龐 1:32>

47) 【줏그리혀다】 ㊍ 쭈그리다. ¶ 蹲 ‖ 범이 ᄯᅩ 브드ᄃᆞᆨ 나모 ᄀᆞ의 줏그리혀 안ᄌᆞ니 (那虎又緊緊蹲在樹邊.) <孫龐 1:32>

48) 【동모】 ㊔ 동무. ¶ 伴 ‖ 큰 형아 ᄒᆞᆫ 가지로 가매 동모ᄅᆞᆯ 소히 말라 ᄒᆞ니 날을 구하라 (大哥同行, 莫疏伴, 救我一救!) <孫龐 1:32> ⇒ 동무, 짝, 쪽

49) 【녜ᄉᆞ】 ㊔ 예사(例事). ¶ 凡 ‖ 큰형아 뎡코 그 범이 심히 사오나와 ᄒᆞ마 날을 죽일 번 ᄒᆞ여다 ᄒᆞ니 원 대강 이 범은 녜ᄉᆞ 범이 아니라 귀곡션ᄉᆞ의 수ᄅᆡ 메ᄂᆞᆫ 신긔ᄒᆞᆫ 범이니 (大哥, 這虎甚是利害, 幾乎唬死我也. 看官, 元來這虎不是凡虎, 就是鬼谷仙師駕車神虎.) <孫龐 1:33> ⇒ 례ᄉᆞ

알픠 깁은 시내예 ᄃᆞ리 업서 다만 외남글 노하시니 방연이 보【34】고 므셔워 닐오ᄃᆡ,

"큰형아 이 외나모 ᄃᆞ리의 엇디 디나가리오?"

손빈이 닐오ᄃᆡ,

"현뎨야 아직 기ᄃᆞ려 오ᄂᆞᆫ 사ᄅᆞᆷ을 만나 길수ᄅᆞᆯ 므러 다시 가쟈."

ᄒᆞ더니 말이 ᄆᆞᆺ디 못ᄒᆞ야셔 ᄒᆞᆫ 도동(道童)이 광주리ᄅᆞᆯ 메고 챤〻이[50] 오거ᄂᆞᆯ 손빈이 짐을 노코 나아가 읍ᄒᆞ야 무로ᄃᆡ,

"동가(童哥)야 ᄒᆞᆫ 소리ᄅᆞᆯ 뭇노라. 운몽산의 가 귀곡션ᄉᆞᄅᆞᆯ ᄎᆞᄌᆞ려 ᄒᆞ니 별로 갈 길히 잇ᄂᆞ냐?"

도동이 머리ᄅᆞᆯ 흔드러 닐오ᄃᆡ,

"다ᄅᆞᆫ 길히 업ᄉᆞ니 이곳은 일홈이 독목교(獨木橋) 응수간(鷹愁澗)이니 졍히 이 운몽산으로 가ᄂᆞᆫ 바ᄅᆞᆫ 길히라. 두 위(二位) 디나가기 편티 아니커든 날을 약간 돈을 주어 내 두 위ᄅᆞᆯ 메여 디나가긔ᄅᆞᆯ 기ᄃᆞ리라."

손빈이 돈 삼십 문을 가져 도동을 주니 도동이 돈을 밧고 무로ᄃᆡ,

"이위(二位) 이 일가 사ᄅᆞᆷ인다? 이 다ᄅᆞᆫ 곳【35】사ᄅᆞᆷ인다?"

손빈이 답ᄒᆞᄃᆡ,

"나ᄂᆞᆫ 연국 사ᄅᆞᆷ이오 뎌ᄂᆞᆫ 위국 사ᄅᆞᆷ이니 길히셔 만나ᄆᆡ 형뎨 되야 ᄒᆞᆫ 가지로 운몽산 귀곡션ᄉᆞ의게 가 ᄌᆡ조ᄅᆞᆯ ᄇᆡ호려 ᄒᆞ노라."

도동이 무러 ᄀᆞᆯ오ᄃᆡ,

"어니[51] 위 ᄆᆞᆺ이니?"

손빈이 닐오ᄃᆡ,

"내 ᄆᆞᆺ이오 뎌ᄂᆞᆫ 현뎨라."

방연이 겨ᄐᆡ 이셔 닐오ᄃᆡ,

"이 도동아 고롭다 너ᄅᆞᆯ 돈을 주어시면 우리ᄅᆞᆯ 메여 디낼 ᄯᆞᄅᆞᆷ이라. 형이니 아이니 므러 무엇ᄒᆞ려 ᄒᆞᄂᆞᆫ다?"

도동이 미쇼ᄒᆞ고 닐오ᄃᆡ,

"너의 나흘 무ᄅᆞ미 묘리 이시니 나 만흐니 압 광주리의 안고 나 져으니 뒷 광주리의 안ᄌᆞᆯ디라."

방연이 ᄀᆞ마니 스ᄉᆞ로 닐오ᄃᆡ,

"ᄉᆡᆼ각ᄒᆞ기ᄅᆞᆯ 유리히 ᄒᆞ니 그ᄅᆞᆺ 뎌의게 고이히 너기게 ᄒᆞ거다[52]! 내 ᄉᆡᆼ각ᄒᆞ니 압 광주리의 안ᄌᆞ면 기우러뎌도 도로혀 ᄭᅵᆫ히[53]나 붓들면 다 개【36】울의 ᄂᆞ려뎌도 구ᄒᆞ려니와 뒷 광주리의 안자다가 시내의 ᄣᅥ러디면 뎨 엇디 보리오."

ᄒᆞ고 방연이 닐오ᄃᆡ,

"동가야 내 본ᄃᆡ 담긔 져으니 ᄇᆞ라건대 날을 압 광주리의 안치라. 디난 후의 다시 약간 돈은 주리라."

도동이 닐오ᄃᆡ,

"그리ᄒᆞ라. 네 압 광주리의 안ᄌᆞ라."

ᄒᆞ니 손빈은 뒷 광주리의 안ᄌᆞ니라. 도동이 두 사ᄅᆞᆷᄃᆞ려 닐러 ᄀᆞᆯ오ᄃᆡ,

"다 눈을 ᄀᆞᆷ으라."

ᄒᆞ니 둘히 다 광주리의 안자 눈을 ᄀᆞᆷ으니라.

---

50) 【챤챤이】 [부] 천천히. ¶ 慢慢 ‖ ᄒᆞᆫ 도동이 광주리ᄅᆞᆯ 메고 챤〻이 오거ᄂᆞᆯ (忽然來了一個道童, 挑兩着筐兒慢慢行來.) <孫龐 1:34> ⇒ 찬찬이

51) 【어니】 [대] 누구. ¶ 那位 ‖ 어니 위 ᄆᆞᆺ이니 (那位居長?) <孫龐 1:35> 那箇 ‖ 案卷이 임의 일워시니 결단코 出脫ᄒᆞᆯ 理 업ᄉᆞ리니 네 뎨 긔티 말고 네 시험ᄒᆞ여 니ᄅᆞ라 맛당히 어니로 ᄒᆞ여 죄에 니르게 ᄒᆞ료 (案卷已成決無出脫之理, 你休提了. 你試說, 當有那箇抵罪.) <伍倫 2:1b>

52) 【-거다】 [미] ((' ㅣ' 계열 이중 모음이나 ㄹ 받침으로 끝나지 않는 어간 뒤에 붙어)) ((주로 자동사, 형용사 어간 뒤에 붙어)) 서술어가 나타내는 동작이나 상태가 확정되거나 완료됨을 나타내는 종결어미. -었도다. ¶ ᄉᆡᆼ각ᄒᆞ기ᄅᆞᆯ 유리히 ᄒᆞ니 그ᄅᆞᆺ 뎌의게 고이히 너기게 ᄒᆞ거다 (講得有理, 錯怪了他!) <孫龐 1:35>

53) 【ᄭᅵᆭ】 [명] 끈. ¶ 繩索 ‖ 압 광주리의 안ᄌᆞ면 기우러뎌도 도로혀 ᄭᅵᆫ히나 붓들면 다 개울의 ᄂᆞ려뎌도 구ᄒᆞ려니와 뒷 광주리의 안자다가 시내의 ᄣᅥ러디면 뎨 엇디 보리오 (在前面筐裏, 坐歪斜些還可抱定繩索, 若掉下澗尙可救, 坐在後筐掉下澗去, 那個看見?) <孫龐 1:35>

第2回
ᄇᆡᆨ녹션격연대빙박 귀곡ᄌᆞ슈빈가텬셔
白鹿仙擊涓大冰雹 鬼谷子授臏假天書

도동이 손방을 메고 독목교의 와 듕간의셔 짐즛 멘 거술 잡아 여러번 두ᄅᆞ니 손빈은 놀라디 아니ᄒᆞᄃᆡ 다만 방연이 겁내여 두 손으로 광주리를 ᄃᆞᆫᄃᆞᆫ이 잡고 년ᄒᆞ야 소릐 딜러 【37】 ᄀᆞᆯ오ᄃᆡ,

"동가야, 메기를 평안이 ᄒᆞ야 날을 저히디 말라."

도동이 닐오ᄃᆡ,

"관겨티 아니니 눈을 ᄀᆞᆷ고 ᄀᆞ마니 안자시라. 눈을 열면 도로혀 시내의 ᄧᅥ러디리라."

방연이 더옥 눈을 ᄀᆞᆷ기를 ᄆᆞ이[54] ᄒᆞ고 ᄒᆞᆯ 일이 업서 광주리 속의 안자 ᄆᆞᄋᆞᆷ의 덜렁이기를 마니 아녀 ᄀᆞ마니 ᄉᆞᄉᆞ로 닐오ᄃᆡ,

"도동이 이리 무리(無理)ᄒᆞ니 ᄃᆞ리예 디나가면 탹실(着實)이[55] 뎌를 ᄒᆞᆫ 바탕 티리라."

ᄒᆞ더니 잠간 ᄉᆞ이의 독목교(獨木橋)를 디나 도동이 광주리를 ᄂᆞ리오고 부ᄅᆞᄃᆡ,

"이위ᄂᆞᆫ 눈을 열라."

ᄒᆞ거ᄂᆞᆯ 손빈(孫臏) 방연(龐涓)이 광주리로셔 내와 눈을 ᄧᅥ보니 엇디 도동을 보리오. 두 ᄧᅡᆨ 광주리도 보디 못ᄒᆞ니 대강 이 도동은 귀곡션ᄉᆡᆼ의 분향ᄒᆞᄂᆞᆫ 동ᄌᆡ니 션ᄉᆡᆼ 특별이 시겨 보내여 손방의 심슐을 시험ᄒᆞ미러라. 손빈이 【38】 닐오ᄃᆡ,

"긔이ᄒᆞᆫ 일이로다! 알과라 이 션동이 특별이 와 우리를 ᄃᆞ리를 건네미로다. 비샤티 아니티 못ᄒᆞ리라."

ᄒᆞ고 공듕을 ᄇᆞ라 먼니 절ᄒᆞ고 길ᄒᆞᆯ 조차 ᄒᆡᆼᄒᆞᆯ시 뫼히 오ᄅᆞ며 믈을 건너고 츩을 붓들고 등나를 잡으미 ᄒᆞᆯ리[56] 아닌디라. 비로소 운몽산의 니ᄅᆞ러 눈을 뎡ᄒᆞ야 보니,

> 블근 언덕과 고이ᄒᆞᆫ 들과 ᄡᆞᆺ근 절벽과 긔특ᄒᆞᆫ 봉이오. 뫼 알ᄑᆡ ᄀᆞ득ᄒᆞᆫ 구슬 플과 구슬 디초(芝草)오 사면의 새 ᄂᆞᆯ고 학이 울며 실과 ᄯᆞᄂᆞᆫ 진납이[57]ᄂᆞᆫ 둘식 가지 우희셔 춤추고 ᄭᅩᆺ 문 사ᄉᆞᆷ은 ᄡᅡᆼᄡᅡᆼ이 동구(洞口)의셔 ᄃᆞ니고 ᄒᆞᆫ 줄 시내 굴헝은 ᄇᆡᆨᄇᆡᆨ이 등내(藤蘿) 얽혓고 ᄉᆞ면 언덕은 덜기 초(艸)와 듁(竹)이 나고 쳥숑ᄎᆔᄇᆡᆨ(青松翠白)은 기리 봄이오 우ᄉᆞ(羽士)와 션옹(仙翁)은 왕ᄂᆡᄒᆞ니 비록 딘셰의 쇼유 【39】 ᄒᆞᄂᆞᆫ ᄯᅡ히나 반은 봉ᄂᆡ(蓬萊)의 쟈근 동텬(洞天)이러라.

---

54) 【ᄆᆞ이】 ㊀부 매우. 심하게. ¶ 緊 ‖ 방연이 더옥 눈을 ᄀᆞᆷ기를 ᄆᆞ이 ᄒᆞ고 ᄒᆞᆯ일이 업서 광주리 속의 안자 ᄆᆞᄋᆞᆷ의 덜렁이기를 마디 아녀 (龐涓愈加把眼閉緊, 心頭撲撲跳个不了.) <孫龐 1:37>

55) 【탹실이】 ㊀부 {착실(着實)히.} ¶ 着實 ‖ 도동이 이리 무리ᄒᆞ니 ᄃᆞ리예 디나가면 탹실이 뎌를 ᄒᆞᆫ바탕 티리라 (道童恁般無理, 過橋去, 着實打他一頓.) <孫龐 1:37> ⇒ 착실이, 챡실이

56) 【ᄒᆞᆯ리】 ㊀명 «ᄒᆞᄅᆞ» 하루. ¶ 一日 ‖ 길ᄒᆞᆯ 조차 ᄒᆡᆼᄒᆞᆯ시 뫼히 오ᄅᆞ며 믈을 건너고 츩을 붓들고 등나를 잡으미 ᄒᆞᆯ리 아닌디라 (趲路行程, 登山涉水, 附葛扳藤, 非止一日.) <孫龐 1:38> ⇒ 하로, ᄒᆞ로, ᄒᆞᄅᆞ, ᄒᆞᆯᄂ

57) 【진납이】 ㊀명 잔나비. 원숭이. ¶ 猿猴 ‖ 사면의 새 ᄂᆞᆯ고 학이 울며 실과 ᄯᆞᄂᆞᆫ 진납이ᄂᆞᆫ 둘식 가지 우희셔 춤추고 ᄭᅩᆺ 문 사ᄉᆞᆷ은 ᄡᅡᆼᄡᅡᆼ이 동구의셔 ᄃᆞ니고 (四下裡禽飛鶴唳, 摘果猿猴, 兩兩枝頭跳舞, 啣花麋鹿雙雙洞口行來.) <孫龐 1:38> ⇒ 잔나븨, 진나븨, 진납, 진납이, 진ᄂᆞ비, 짓납이

뫼 알퓌 죠고만흔 돌굴〔石洞〕이 이시니 골문머리의 돌비를 셰워시니 그 우희 여숫 큰 즈를 사겨시니 '운몽산슈렴동雲夢山水簾洞'이라 뻐더라. 두 사름이 골 알퓌 니르니 골문을 둔ㅣ이 다닷거놀 두로 건니기를 ᄀ장 오래ᄒ더니 ᄒᆞᆫ 나모ᄒᆞ는 사름이 남글 메고 졍히 골 알프로 디나오거놀 무로듸,

"뎌 나모ᄒᆞ는 사름아 이 운몽산 슈렴동 귀곡션ᄉ의 동부(洞府)가?"

쵸뷔(樵夫) 디답ᄒ야 ᄀ로듸,

"졍히 이니라."

손빈이 닐오듸,

"귀곡션ᄉ 이 속의 잇ᄂ냐?"

쵸뷔 닐오듸,

"동문을 둔ㅣ이 다ㅣ시니 속의 잇는가 시브거니와 두 위 뎌를 무러 므엇ᄒ려 ᄒᆞ는다? "

손빈이 닐오듸,

"우리는 외국사름이라. 션ᄉ의 일홈을 듯고 특별이 와 뎌의게 지조를 비호려 ᄒᆞ노라."

【40】 쵸뷔 닐오듸,

"션ᄉ를 보려 ᄒ면 브듸 졍셩과 ᄆ옴을 잡고 절ᄒ야 동문을 여러야 보야흐로 어더 보리라."

방연이 닐오듸,

"절을 몃 번이나 ᄒ여야 열리리오?"

쵸뷔 닐오듸,

"졍셩의 ᄆ옴곳 이시면 ᄒᆞᆫ 번 절ᄒ야도 절로 열리려니와 졍셩의 ᄆ옴곳 업ᄉ면 ᄒᆞᆫ 히나 반 히나 절ᄒ야도 열리디 아닛ᄂ니라."

ᄒ고 쵸뷔 말을 ᄆ추매 손을 들고 가니 손빈이 방연을 듸ᄒ야 닐오듸,

"현뎨야 천산만슈(千山萬水)의 여긔 와시니 엇디 졍셩의 ᄆ옴이 업다 ᄒ리오. 아ᄆ만[58]이나 절을 ᄒ나 므슴 해로오미 이시리오."

ᄒ고 손빈이 몸을 굽혀 어즈러이 절ᄒ듸 방연은 ᄒᆞᆫ 번 절ᄒ고 믈러 뎌 뒤히 이셔 스ᄉ로 싱각ᄒ야 닐오듸, '저로 ᄒ야 브졀업다. 손빈이 어더 보면 방연이도 어더 볼 거시오 【41】 손빈이도 비화 일우면 방연이도 비화 일을 거시니 절ᄒ기를 어ᄂ 때ᄀ지 ᄒ여야 문을 열고?"

ᄒ더니 손빈이 머리를 도로혀 방연의 절 아니ᄒ믈 보고 믄득 닐오듸,

"형뎨야 예 오기 어려오니 도심(道心)을 서르 ᄇ리디 말고 ᄃ토와 ᄒᆞᆫ 가지로 절ᄒ여야 올흐니라."

방연이 면당[강](勉强)ᄒ야 절ᄒ더니 오시(午時) 삼긱(三刻)의 동문이 ᄒᆞᆫ 소릐 울히며 훤이 크게 열리이고 속으로셔 ᄒᆞᆫ 도동이[59] 내ᄃ라 와 무로듸,

"이위는 예 와 므엇ᄒ랴 ᄒᆞ는다?"

손빈이 닐오듸,

"연국 손빈이 위국 방연과 ᄒᆞᆫ가지로 귀곡션ᄉ긔 와 지조를 비호려 ᄒᆞᄂ니 감히 쳥컨대 통보ᄒ라."

도동이 닐오듸,

"잠간 기ᄃ리라."

ᄒ고 몸을 두로혀[60] 드러가 귀곡션ᄉ긔 품지(稟知)ᄒ니 이 귀곡션ᄉ는 진평공(晋平公) 때 사름이니 셩은 왕(王)이 【42】 오 명은 니(利)라. 듸ㅣ로 쳥계(淸溪) 귀곡의 사더니 일즉 운몽산의 드러와 약 킈다가 도를 어더 늙디 아녀 골 속의셔 사라 인ᄒ야 별호를 귀곡이라 ᄒ니 이제 사름이 귀곡ᄌ(鬼谷子)라 ᄒ미 이러라. 귀곡이 도동을 분부ᄒ야 '교위(交椅)를 갓다가 동문(洞門) 아래 노하 내 나가기를 기ᄃ리라.' ᄒ니 도동이 명을 조차 급히 교위를 갓다가 노흐니 귀곡이 쳔ㅣ이 동문 아래 와 안고 불러 닐오듸,

"지조 비호려 ᄒᆞᄂ니는 오라."

손빈 방연이 알퓌 갓가이 와 절ᄒ니 귀곡이 무로듸,

"이ᄌ(二子) 셩명은 므어시니 어ᄂ 나라 사름인다?"

손빈이 닐오듸,

"뎨ᄌ 손빈은 연국 사름이로소이다."

58) 【아ᄆ만이나】 凰 아무려나. ¶ 怎說 ‖ 현뎨야 천산만슈의 여긔 와시니 엇디 졍셩의 ᄆ옴이 업다 ᄒ리오 아ᄆ만이나 절을 ᄒ라 므슴 해로오미 이시리오 (兄弟, 千山萬水來到此間, 怎說沒誠心, 就拜幾拜, 有甚相虧?) <孫龐 1:40>

59) 이곳에 道童의 형상을 묘사하는 시 한 수 번역 생략. ‖ "頭挽雙丫髻, 身穿直掇衣. 絲條腰下繫, 棕拂手中提."

60) 【두로혀다】 囫 돌이키다. ¶ 折 ‖ 몸을 두로혀 드러가 귀곡션ᄉ긔 품지ᄒ니 이 귀곡션ᄉ는 진평공 때 사름이니 셩은 왕이오 명은 니라 (折身進去, 稟知鬼谷, 說這鬼谷仙師, 乃晉平公時人, 姓王名利.) <孫龐 1:41>

귀곡이 닐오ᄃᆡ,

"부뫼 잇ᄂᆞ냐?"

손빈이 닐오ᄃᆡ,

"아비 일홈은 손죄니 연국 부매오 어미ᄂᆞᆫ 연단공쥐니 두 어버이61) 다 잇ᄂᆞ이다."

ᄒᆞ고 ᄯᅩ 손빈 【43】 이 방연을 ᄀᆞᄅᆞ쳐 닐오ᄃᆡ,

"뎌의 셩은 방(龐)이오 명은 연(涓)이니 의량(宜梁) 위국(魏國) 사ᄅᆞᆷ이라. ᄯᅩ ᄒᆞᆫ 부뫼 당의 이시니 뎨ᄌᆡ(弟子) 길히셔 만나 드ᄃᆡ여 결의ᄒᆞ야 ᄒᆞᆫ 가지로 우리 스승긔 왓ᄂᆞ니 ᄇᆞ라건대 거두어 티부(置簿)ᄒᆞ쇼셔."

귀곡이 손빈의 샹모(相貌)ᄅᆞᆯ 보니 곰의 허리오 범의 등이오 도골션ᄌᆡ(道骨仙肌)라. 인ᄌᆞᄒᆞ믈 품고 의ᄅᆞᆯ 슝샹ᄒᆞᄂᆞᆫ ᄆᆞᄋᆞᆷ과 어려운 거ᄉᆞᆯ 건디고 위ᄐᆡᄒᆞᆫ 거ᄉᆞᆯ 붓들 념(念)이 잇고, ᄯᅩ 방연을 보니 톳긔 머리오 비얌의 눈이오 매 발톱이오 수리 ᄆᆞᄋᆞᆷ이오 곡뒤62) 뒤흐로 뺨이 뵈고 은혜ᄅᆞᆯ 닛고 의ᄅᆞᆯ 져ᄇᆞ리고 착ᄒᆞ니ᄅᆞᆯ 믜워ᄒᆞ고 능ᄒᆞ니ᄅᆞᆯ 새와63) 션죵(善終)티 못ᄒᆞᆯ 샹이라. 이에 닐오ᄃᆡ,

"손빈은 ᄌᆡ죄나 ᄀᆞᄅᆞ쳠ᄌᆞᆨᄒᆞᄃᆡ 방연은 ᄒᆞᆨ습ᄒᆞ기 어려오니 집의 도라가 ᄉᆡᆼ니(生理)64)나 다ᄉᆞ리라."

손 【44】 빈이 슬피 고ᄒᆞ야 ᄀᆞᆯ오ᄃᆡ,

"ᄒᆞᆫ 가지로 힝ᄒᆞ매 벗을 소히 말라 ᄒᆞ니 ᄒᆞ믈며 길히셔 결의ᄒᆞ야시니 동포(同胞)의셔 더ᄒᆞᆫ디라. 뎨ᄌᆡ 비화 ᄌᆡ죄 일면 방연이도 비화 일고 뎨ᄌᆡ 비화 이디65) 못ᄒᆞ면 방연이도 이디 못ᄒᆞᆯ 거시니 ᄇᆞ라건대 ᄉᆞ부ᄂᆞᆫ ᄒᆞᆫ가지로 거두어 두쇼셔."

귀곡이 닐오ᄃᆡ,

"그리ᄒᆞ라. 뎨 임의 ᄒᆞᆫ가지로 ᄌᆡ조ᄅᆞᆯ 비호려 ᄒᆞ니 시험ᄒᆞ야 총명을 뵈ᄃᆡ 날을 소겨 슈렴 동문의 나게 ᄒᆞ면 뎌ᄅᆞᆯ 거두어 두게 ᄒᆞ려니와 소겨내디 못ᄒᆞ면 도로 내여 보내리라."

방연이 반향을 팀음ᄒᆞ다가 소리ᄅᆞᆯ ᄀᆞ다ᄃᆞᆷ아 놉히 블러 닐오ᄃᆡ,

"ᄉᆞ부야, 구름 속의 두 뇽이 ᄡᅡ호니 ᄉᆞ부ᄂᆞᆫ 청컨대 보쇼셔."

귀곡이 미쇼ᄒᆞ고 ᄀᆞᆯ오ᄃᆡ,

"이 겨ᄋᆞᆯ의 므ᄉᆞᆷ 뇽이 ᄡᅡ호리오."

방연이 ᄯᅩ ᄀᆞᆯ오ᄃᆡ,

"ᄉᆞ부야 남텬문(南天門) 니 【45】 노군(李老君)이 와 겨시이다."

귀곡이 ᄀᆞᆯ오ᄃᆡ,

"ᄀᆞᆺ 날을 니별ᄒᆞ고 가시니 엇디 ᄯᅩ 오리오!"

방연이 ᄯᅩ 닐오ᄃᆡ,

"뎨ᄌᆡ ᄉᆞ부의 뒤히 블을 노흐면 ᄉᆞ뷔 ᄐᆞ기ᄅᆞᆯ 므셔워 동문을 나리라."

귀곡이 웃고 닐오ᄃᆡ,

"아직 네 견식(見識)을 혜노라."

ᄒᆞ고 ᄯᅩ 손빈은 내ᄃᆞ라 ᄀᆞᆯ오ᄃᆡ,

"뎨ᄌᆡ 우완(愚頑)ᄒᆞ야 아ᄆᆞ 견식도 업ᄉᆞ니 ᄉᆞ뷔 교위ᄅᆞᆯ 가져 밧긔 안ᄌᆞ시면 뎨ᄌᆡ 견식을 ᄉᆡᆼ각ᄒᆞ야 ᄉᆞ부ᄅᆞᆯ 소겨 드러오게 ᄒᆞ미 도로혀 가ᄒᆞ니 만일 ᄉᆞ뷔 동 안히 겨시면 ᄒᆞᆫ ᄃᆡ(代)라도

---

61) 【어버이】 명 부모. ¶ 親 ‖ 아비 일홈은 손죄니 연국 부매오 어미ᄂᆞᆫ 연단공쥐니 두 어버이 다 잇ᄂᆞ이다 (父名孫操, 乃燕駙馬, 母乃燕丹公主, 二親俱在.) <孫龐 1:43> 爺娘 ‖ ᄌᆞ식은 어버의 거ᄉᆞᆯ 쓰고 죵은 뇌연의 거ᄉᆞᆯ 쓰ᄂᆞ니 뎌 농소ᄅᆞᆯ ᄀᆞᄋᆞᆷ아다가 곳 져기 쓰디 아니코 므슴ᄒᆞ리오 (孩兒使爺娘的, 奴婢使使長的, 管着那莊土, 便不使些箇做甚麽?) <朴下 37b> ⇒ 아바, 아비, 어비

62) 【곡뒤】 명 꼭뒤[腦後]. 뒤통수. 머리. ¶ 곡뒤 뒤흐로 뺨이 뵈고 은혜ᄅᆞᆯ 닛고 의ᄅᆞᆯ 져ᄇᆞ리고 착ᄒᆞ 니ᄅᆞᆯ 믜워ᄒᆞ고 능ᄒᆞ 니ᄅᆞᆯ 새와 션죵티 못ᄒᆞᆯ 샹이라 (腦後見腮, 忘恩負義, 嫉賢妬能, 不得善終之相.) <孫龐 1:43>

63) 【嫉賢妬能 질현투능】 jíxiándù'néng <成> 착ᄒᆞ 니ᄅᆞᆯ 믜워ᄒᆞ고 능ᄒᆞ 니ᄅᆞᆯ 새오다 ‖ "腦後見腮, 忘恩負義, ~, 不得善終之相." 곡뒤 뒤흐로 뺨이 뵈고 은혜ᄅᆞᆯ 닛고 의ᄅᆞᆯ 져ᄇᆞ리고 착ᄒᆞ 니ᄅᆞᆯ 믜워ᄒᆞ고 능ᄒᆞ 니ᄅᆞᆯ 새와 션죵티 못ᄒᆞᆯ 샹이라 (孫龐 1:43) 어디니ᄅᆞᆯ 새오다 ‖ "爾何獻讒言而~耶?" 네 엇디 참언을 드려 어디니ᄅᆞᆯ 새오ᄂᆞᆫ가 (三國 11:18)

64) 【ᄉᆡᆼ니】 명 {생리(生理).} 살아갈 방도. 장사. ¶ 生理 ‖ 손빈은 ᄌᆡ죄나 ᄀᆞᄅᆞ쳠ᄌᆞᆨᄒᆞᄃᆡ 방연은 ᄒᆞᆨ습ᄒᆞ기 어려오니 집의 도라가 달리 ᄉᆡᆼ니나 다ᄉᆞ리라 (孫臏堪以授藝, 龐涓難以習學, 會家別治生理罷.) <孫龐 1:43>

65) 【이-】 동 «일다» 되다. 이루어지다. ¶ 成 ‖ 뎨ᄌᆡ 비화 ᄌᆡ죄 일면 방연이도 비화 일고 뎨ᄌᆡ 비화 이디 못ᄒᆞ면 방연이도 이디 못ᄒᆞᆯ 거시니 ᄇᆞ라건대 ᄉᆞ부ᄂᆞᆫ ᄒᆞᆫ가지로 거두어 두쇼셔 (弟子學得藝成, 龐涓也學得成, 弟子學不成, 龐涓也學不成.) <孫龐 1:44>

소겨 내여오디 못ᄒᆞ리이다."

귀곡이 도동을 블러 교위ᄅᆞᆯ 드러 밧글 향ᄒᆞ야 안ᄌᆞ니 손빈이 닐오ᄃᆡ,

"뎨지 볼셔 ᄉᆞ부ᄅᆞᆯ 소겨 내여 왓ᄂᆞ이다."

귀곡이 대쇼ᄒᆞ야 닐오ᄃᆡ,

"내 도로혀 네게 속거다.[66] 이제 네 녜대로 날을 소겨 동의 드러가긔 ᄒᆞ라."

손빈이 닐오ᄃᆡ,

"앗가 ᄉᆞ뷔 다만 뎨ᄌᆞ【46】ᄃᆞ려 ᄉᆞ부ᄅᆞᆯ 소겨 내여오라 ᄒᆞ시고 일즉 ᄉᆞ부ᄅᆞᆯ 소겨 동의 드려가라 니ᄅᆞ디 아녀 겨시니이다."

귀곡이 ᄀᆞᆯ오ᄃᆡ,

"됴흔 손빈이로다. 내 도로혀 네 계규ᄅᆞᆯ 마치과라.[67]"

ᄒᆞ고 귀곡이 두 사ᄅᆞᆷ을 ᄃᆞ리고 속으로 드러와 조ᄉᆞ(祖師) 션샹(聖像)의 참비ᄒᆞ고 분부ᄒᆞ되,

"텬ᄉᆡᆨ(天色)이 장춧 느저시니 두 사ᄅᆞᆷ이 방의 도라가 쉬고 너일 니겨 비호라."

손방이 명을 듯고 믈러갓더니 이튼날 새배[68] 귀곡이 포단(蒲團) 우히 안고 손방을 불러 분부ᄒᆞᄃᆡ,

"녜 닐러시ᄃᆡ 도뎨(徒弟) 도뎨라 ᄒᆞ야시니 몬져 신브림[69]을 ᄒᆞᆫ 후의 보야흐로 지조ᄅᆞᆯ 비홀디니 두 사ᄅᆞᆷ이 미양 날마다 ᄒᆞ나흔 나모ᄒᆞ고 ᄒᆞ나흔 글 닑어 손빈이 글 닑으면 방연이 나모ᄒᆞ고 방연이 글 닑으면 손빈이 나모ᄒᆞ라."

두 사ᄅᆞᆷ이 ᄒᆞᆷ긔 닐오ᄃᆡ,

"삼가 ᄉᆞ부의 브리시ᄂᆞᆫ 대로【47】조ᄎᆞ리이다."

귀곡이 닐오ᄃᆡ,

"오ᄂᆞᆯ로 위시ᄒᆞ야 손빈이 나히 만코 방연이 나히 져그니 손빈이 몬져 글을 닑고 방연이ᄂᆞᆫ 가 나모ᄒᆞ라."

귀곡이 방연을 내여보내고 ᄎᆡᆨ을 내여 손빈을 주며 닐오ᄃᆡ,

"이 ᄎᆡᆨ을 너ᄅᆞᆯ 주어 닑히니 ᄂᆞᆷ을 주어 뵈디 말라."

손빈이 ᄎᆡᆨ을 바다 제 방으로 가 닑어 아ᄎᆞᆷ브터 닑어 늣도록 닑어 엇디 ᄒᆞᆫ ᄣᅢ나 권(卷)을 노흐리오. 황혼의 방연이 나모ᄒᆞ야 가지고 도라와 몬져 ᄉᆞ부ᄅᆞᆯ 본 후의 방의 와 손빈을 보고 무로ᄃᆡ,

"큰형아 오ᄂᆞᆯ 글 닑은다?"

손빈이 닐오ᄃᆡ,

"형뎨야 너와 내 당초의 쥬션딘 우히셔 결의ᄒᆞᆯ ᄣᅢ예 하ᄂᆞᆯ을 ᄃᆡᄒᆞ야 ᄆᆡᆼ셰ᄒᆞᄃᆡ, 글이 이셔도 ᄒᆞᆫ가지로 닑고 지죄 이셔도 ᄒᆞᆫ가지로 비호쟈 ᄒᆞ야시니 엇디 너ᄅᆞᆯ 주어 뵈디 아니ᄒᆞ리오."

ᄒᆞ고 급히 ᄎᆡᆨ【48】을 가져 방연을 뵈니 방연이 바다 손의 가지고 ᄃᆞᆼ잔 아래셔 닑어 닉이니라.

이튼날은 손빈이 나모ᄒᆞ고 방연이 글 닑을디라. 귀곡이 ᄎᆡᆨ을 가져 방연을 주니 ᄒᆞᆫ 귀 말도 업ᄉᆞᆫ디라. 방연이 바다 방의 가 닑어 닉이더니 늣거야[70] 손빈이 도라와 방연ᄃᆞ려 무로ᄃᆡ,

"오ᄂᆞᆯ ᄆᆞᄉᆞᆷ 글을 닑은다?"

---

66) 【-거다】 回 ((' ㅣ' 계열 이중 모음이나 ㄹ 받침으로 끝나지 않는 어간 뒤에 붙어)) ((주로 자동사, 형용사 어간 뒤에 붙어)) 서술어가 나타내는 동작이나 상태가 확정되거나 완료됨을 나타내는 종결어미. -었도다. ¶ 내 도로혀 네게 속거다 이제 네 녜대로 날을 소겨 동의 드러가긔 ᄒᆞ라 (好个孫臏, 我到中了你計.) <孫龐 1:45> 쇼졔 죽거다 쇼졔 죽거다 (我管靑眉死得好苦也.) <玉支 3:54>

67) 【-과라】 回 ((주로 동사, 형용사 어간 뒤에 붙어)) ((주로 일인칭 주어와 함께 쓰여)) -었다. ¶ 됴흔 손빈이로다 내 도로혀 네 계규ᄅᆞᆯ 마치과라 (好个孫臏, 我到中了你計.) <孫臏 1:46> 쇼ᄉᆡᆼ이 실언ᄒᆞ과라 (小生失言矣!) <玉嬌 2:30>

68) 【새배】 명부 새벽(에). ¶ 侵辰 ‖ 손방이 명을 듯고 믈러갓더니 이튼날 새배 귀곡이 포단 우히 안고 손방을 불러 분부ᄒᆞᄃᆡ (孫龐領命去訖. 次日侵辰, 鬼谷坐于蒲團.) <孫龐 1:46> ⇒ 새박, 새배, 새베, 새볘, 새비, ᄉᆞ벽, ᄉᆡ배, ᄉᆡ벽, ᄉᆡ비

69) 【신브림】 명 심부름. ¶ 使令 ‖ 녜 닐러시ᄃᆡ 도뎨 도뎨라 ᄒᆞ야시니 몬져 신브림을 ᄒᆞᆫ 후의 보야흐로 지조ᄅᆞᆯ 비홀디니 (古云: "徒弟徒弟, 先供使令, 方纔學藝.") <孫龐 1:46> 손을 가히 밧 고을히 두어 신브림은 ᄒᆞ려니와 대ᄉᆞ로뻐 의탁ᄒᆞ기ᄂᆞᆫ 맛당티 아니ᄒᆞ여이다 (遜只可在於別郡聽使令而已. 若托以大事, 非其宜也.) <三國 27:50> ⇒ 신부림, 심부림

70) 【-거야】 回 ((주로 동사, 형용사 어간 뒤에 붙어)) -어야, -어서야. ¶ 방연이 바다 방의 가 닑어 닉이더니 늣거야 손빈이 도라와 (龐涓接書進房攻習, 至晩孫臏回來.) <孫龐 1:48> 조죄 오라거야 닐오ᄃᆡ (操良久曰.) <三國 15:105>

방연이 디〻[支離]ᄒᆞ야 닐오ᄃᆡ,

"ᄉᆞ뷔 오ᄂᆞᆯ날 도우(道友)들이 서ᄅᆞ ᄎᆞᆾ기의 온날[71]을 호적셔 차 달히기의 날로 ᄒᆞ야곰 ᄒᆞᆯᄅᆞᆯ 분요ᄒᆞ야 공부ᄒᆞ야 글 닑디 못ᄒᆞ엿노라."

이리 니ᄅᆞ기ᄅᆞᆯ 여러 번 ᄒᆞ더라. ᄆᆞᄅᆞᆺ 손빈이 글 닑ᄂᆞᆫ 날의ᄂᆞᆫ 늣게야 오매 ᄇᆞᄃᆡ[72] 방연이ᄅᆞᆯ 뵈ᄃᆡ 방연이 글 닑ᄂᆞᆫ 날의ᄂᆞᆫ ᄇᆞᄃᆡ 핀계ᄒᆞ고 손빈을 뵈들 아니ᄒᆞ더니 광음이 쉬워[73] 두 사ᄅᆞᆷ이 뫼ᄒᆡ 이셔 ᄌᆡ조 ᄇᆡ호미 ᄯᅩ ᄒᆞᆫ ᄒᆡ라.

【49】 방연이 손빈을 ᄃᆡᄒᆞ야 ᄀᆞᆯ오ᄃᆡ,

"큰형아, 너와 내 ᄌᆡ조ᄅᆞᆯ ᄇᆡ환디 ᄒᆞᆫ ᄒᆡ예 아디 못게라 ᄉᆞ뷔 ᄆᆞᄉᆞᆷ ᄠᅳᆺ으로 샹해 너ᄂᆞᆫ 글로 ᄀᆞᄅᆞ치고 나ᄂᆞᆫ 다ᄆᆞᆫ 입으로 뎐ᄒᆞ야 약간 본ᄉᆞ(本事)ᄅᆞᆯ ᄇᆡ화시ᄃᆡ ᄡᅳ기의 마ᄌᆞ며 맛디 아닐 줄 아디 못ᄒᆞᄂᆞᆫ디라. ᄇᆞᆰᄂᆞᆫ 날 ᄉᆞ부긔 품ᄒᆞ야 다만 닐오ᄃᆡ ᄒᆞᆫ가지로 뫼ᄒᆡ 니ᄅᆞ러 나모ᄒᆞ노라 ᄒᆞ고 본ᄉᆞᄅᆞᆯ 가져 ᄒᆞᆫ 번 시험ᄒᆞ야 닉이미 엇더ᄒᆞ뇨?"

손빈이 닐오ᄃᆡ,

"이 말이 졍히 내 ᄠᅳᆺ의 맛도다."

이튼날 손빈 방연이 ᄉᆞ부긔 품ᄒᆞ고 ᄒᆞᆫ 가지로 뫼ᄒᆡ ᄂᆞ려가 손빈이 반산(半山) 듕의 니ᄅᆞ러 돌ᄒᆞᆯ 주어 ᄒᆞᆫ 딘을 ᄆᆡᆫᄃᆞᆯ고 방연을 불러 뵈야 ᄀᆞᆯ오ᄃᆡ,

"이 ᄆᆞᄉᆞᆷ 딘고?"

방연이 나아와 ᄒᆞᆫ 번 ᄉᆞᆯ피고 ᄃᆡ답ᄒᆞ야 닐오ᄃᆡ,

"청뇽츌수딘(靑龍出水陣)이로다."

손빈이 닐오ᄃᆡ,

"이 딘을 네 파ᄒᆞᆯ소냐?"

방연이 우어 ᄀᆞᆯ오 【50】 ᄃᆡ,

"파키ᄅᆞᆯ 구ᄒᆞᆯ딘대 ᄆᆞ어시 어려우리오."

ᄒᆞ고 짐 멘 막대ᄅᆞᆯ 잡아 방수ᄅᆞᆯ 조차 니러나 뎌 방수의 그쳐 청뇽츌슈딘을 뎜파(點破)ᄒᆞᆫ대 손빈이 닐오ᄃᆡ,

"네 본ᄉᆞᄅᆞᆯ 임의 아랏ᄂᆞ니 네 ᄯᅩᄒᆞᆫ ᄒᆞᆫ 딘을 버려 내 아ᄂᆞᆫ 양을 보라."

방연이 돌ᄒᆞᆯ 주어 딘셰ᄅᆞᆯ 버리거ᄂᆞᆯ 손빈이 보기ᄅᆞᆯ 반향을 ᄒᆞᄃᆡ 결단티 못ᄒᆞ야 방연ᄃᆞ려 무러 ᄀᆞᆯ오ᄃᆡ,

"이 ᄆᆞᄉᆞᆷ 딘고?"

방연이 닐오ᄃᆡ,

"이거시 큰형의 ᄀᆞᆺ 버렷던 청뇽츌슈딘이라."

손빈이 머리ᄅᆞᆯ 흔드러 ᄀᆞᆯ오ᄃᆡ,

"ᄀᆞᆺ디 아니ᄒᆞ다."

방연이 닐오ᄃᆡ,

"내 버리기ᄅᆞᆯ 그ᄅᆞᆺᄒᆞ매 큰형이 아디 못ᄒᆞᄂᆞᆫ디라. 이거시 내 샹해 습ᄒᆞᆨ(習學)ᄒᆞ기ᄅᆞᆯ 덜ᄒᆞᆫ 타시로다."

방연이 입으로 그리 니ᄅᆞ나 심듕의 ᄀᆞ마니 깃거 닐오ᄃᆡ,

"내 ᄇᆡᄒᆞᆫ 거시 죡ᄒᆞ엿도다. 나ᄂᆞᆫ ᄆᆞᆫ득 뎌의 딘을 알고 뎌ᄂᆞᆫ 내 【51】 딘을 아디 못ᄒᆞ니 엇디 내 뎌의게셔 놉디 아니ᄒᆞ리오."

져믈기의 니ᄅᆞ며 둘히 골의 도라와 ᄉᆞ부ᄅᆞᆯ 뵌대 귀곡이 손방을 분부ᄒᆞ야 ᄀᆞᆯ오ᄃᆡ,

"너ᄒᆡ 두 사ᄅᆞᆷ이 ᄂᆡ일 ᄒᆞᆫ 가지로 뫼ᄒᆡ ᄂᆞ려가 각〻 ᄒᆞᆫ 단 ᄂᆡ 업ᄉᆞᆫ 나모 ᄒᆞᆫ 짐과 반은 ᄇᆞᆰ은 대조(大棗)[74] 일ᄇᆡᆨ 낫출 어더오라."

이튼날 두 사ᄅᆞᆷ이 명을 듯고 뫼ᄒᆡ ᄂᆞ려 각〻 길ᄒᆞᆯ ᄎᆞ자 가니라.

방연이 원망ᄒᆞ야 ᄀᆞᆯ오ᄃᆡ,

"뎌 늙은 거시 먹으려 ᄒᆞ면 이런 고이ᄒᆞᆫ 거ᄉᆞᆯ 먹고 ᄣᅵ드려[75] ᄒᆞ면 이런 고이ᄒᆞᆫ 거ᄉᆞᆯ ᄣᅵ

---

71) 【온날】 명 왼종일. ¶ 一日 ‖ ᄉᆞ뷔 오ᄂᆞᆯ날 도우들이 서ᄅᆞ ᄎᆞᆾ기의 온날을 호적셔 차 달히기의 날로 ᄒᆞ야곰 ᄒᆞᆯᄅᆞᆯ 분요ᄒᆞ야 공부ᄒᆞ야 글 닑디 못ᄒᆞ엿노라 (師父今日道友相訪, 溷了一日, 烹茶煮茗, 教我忙一日, 不得工夫讀書.) <孫龐 1:48>

72) 【ᄇᆞᄃᆡ】 부 부디. 반드시. ¶ 決 ‖ ᄆᆞᄅᆞᆺ 손빈이 글 닑ᄂᆞᆫ 날의ᄂᆞᆫ 늣게야 오매 ᄇᆞᄃᆡ 방연이ᄅᆞᆯ 뵈ᄃᆡ 방연이 글 닑ᄂᆞᆫ 날의ᄂᆞᆫ ᄇᆞᄃᆡ 핀계ᄒᆞ고 손빈을 뵈들 아니ᄒᆞ더니 (凡孫臏讀書日子, 晚來決與龐涓看, 龐涓讀書日子, 決托故不與孫臏看.) <孫龐 1:48>

73) 【쉬우다】 형 빠르다. ¶ 撚指 ‖ 광음이 쉬워 두 사ᄅᆞᆷ이 뫼ᄒᆡ 이셔 ᄌᆡ조 ᄇᆡ호미 ᄯᅩ ᄒᆞᆫ ᄒᆡ라 (光陰撚指, 兩人龐涓讀書日子.) <孫龐 1:48>

74) 【대조】 명 {대조(大棗).} 대추. ¶ 너ᄒᆡ 두 사ᄅᆞᆷ이 ᄂᆡ일 ᄒᆞᆫ 가지로 뫼ᄒᆡ ᄂᆞ려가 각〻 ᄒᆞᆫ 단 ᄂᆡ 업ᄉᆞᆫ 나모 ᄒᆞᆫ 짐과 반은 ᄇᆞᆰ은 대조(大棗) 일ᄇᆡᆨ 낫출 어더오라 <孫龐 1:51> 棗 ‖ 이 사ᄅᆞᆷ은 신댱이 구쳑이오 ᄂᆞᆾ치 ᄆᆞᄅᆞᆫ 대조 ᄀᆞᆺ고 눈이 ᄆᆞᆯ근 별 ᄀᆞᄐᆞ니 관운댱의 얼골 ᄀᆞᆺ고 무예 ᄲᅡ혀나니 (身長九尺, 面如重棗, 目似朗星, 如關雲長模樣, 武藝獨冠.) <三國 13:109>

드니 날로 ᄒᆞ야곰 어ᄃᆡ 가 무연싀(無煙柴)를 어드며 다ᄉᆞᆺ 치 기릐 대조를 어ᄃᆡ 가 어드리오."

하ᄂᆞᆯ이 졈을매 ᄆᆞᄅᆞ며 저ᄌᆞᆯ 혜디 아니ᄒᆞ고 ᄒᆞᆫ 짐 석은 나모가지를 가지고 와 ᄉᆞ부긔 뵈야 닐오ᄃᆡ,

"뎨ᄌᆡ ᄂᆡ 업ᄉᆞᆫ 남글 어더왓ᄂᆞ이다."

귀곡이 웃고 닐오ᄃᆡ,

"셥피 비록 ᄡᅥᆨ 【52】 어시나 ᄉᆞᆯ오면 뎡코 ᄂᆡ 이시리니 엇디 무연싀 되리오."

ᄯᅩ 무로ᄃᆡ,

"반은 븕은 대죄 어ᄃᆡ 잇ᄂᆞ뇨?"

방연이 닐오ᄃᆡ,

"온 뫼ᄒᆞᆯ 두로 어드ᄃᆡ 반은 븕은 대조를 보디 못ᄒᆞᆯ러이다."

말이 ᄆᆞᆾ디 못ᄒᆞ야셔 손빈이 무연싀를 가지고 와시니 엇디 니론 무연싄고 ᄒᆞ니 슈목 ᄉᆞᆯ온 거시 이 무연싀니 귀곡이 보고 깃거 닐오ᄃᆡ,

"반은 븕은 대죄 어ᄃᆡ 잇ᄂᆞ뇨?"

손빈이 ᄀᆞᆯ오ᄃᆡ,

"만히 엇디 못ᄒᆞ야 여라믄 낫치로소이다."
ᄒᆞ고 옷ᄉᆞ매 가온대로셔 더듬어내니 본ᄃᆡ 이 남긔셔 닉은 대죄 향양(向陽)ᄒᆞᆫ ᄃᆡᄂᆞᆫ 븕고 비음(背陰)ᄒᆞᆫ ᄃᆡᄂᆞᆫ 희니 닐온바 반젹죄(半赤棗)라. 방연이 겻ᄐᆡ 이셔 닐오ᄃᆡ,

"ᄉᆞ부의 공교로이 니ᄅᆞ미 바로 니롬만 ᄀᆞᆺ디 못ᄒᆞ니 일죽이 뎌 두 가지를 닐러시면 엇디 내 허다ᄒᆞᆫ 긔력 허비킈 ᄒᆞ리오."
ᄒᆞ고 느ᄌᆞ매 【53】 각〻 도라가 평안이 쉬니라 볼셔 ᄒᆡ 두로혈 ᄉᆞ이 ᄀᆞᆺᄐᆞ야,

슈양이 푸ᄅᆞ믈 보앗더니 (眼見垂楊綠)
머리를 두로혀 보매 보리 ᄯᅩ 누로럿도다 (回頭麥又黃)
ᄆᆡ얌의 소릐 고요티 못ᄒᆞ야셔 (蟬聲猶未靜)
가ᄂᆞᆫ 기러긔 소릐 이럿도다 (征雁又成行.)

손빈 방연이 운몽산의 이셔 쟝ᄎᆞᆺ 세 ᄒᆡ 되엿더니 ᄒᆞᄅᆞᆫ 귀곡이 손방을 분부ᄒᆞᄃᆡ,

"내 오ᄂᆞᆯ 죵남산(終南山) 숑화회(松花會)예 가려 ᄒᆞ니 너희 ᄆᆡ양 잘 동문(洞門)을 간슈ᄒᆞ야 칠〻 ᄉᆞ십구 일을 디난 후의 ᄒᆞᆫ 가지로 뫼ᄒᆡ ᄂᆞ려와 날을 마ᄌᆞ라."

션싱이 분부ᄒᆞ기를 ᄆᆞᄎᆞ매 ᄒᆞᆫ ᄡᅧᆯ기[76] 샹운(祥雲)을 ᄐᆞ고 등공(騰空)ᄒᆞ야 가니라. 믄득 ᄉᆞ십구 일이 니ᄅᆞ매 손빈이 방연ᄃᆞ려 닐오ᄃᆡ,

"ᄉᆞ뷔 가실 제 니ᄅᆞ시ᄃᆡ ᄉᆞ십구 일 만의 오리라 ᄒᆞ시더니 이제 날이 임의 다ᄃᆞ라시니 네 가히 날로 더브러 ᄒᆞᆫ 가지로 산의 ᄂᆞ려가 영졉ᄒᆞᆯ 거시라."

ᄒᆞ 【54】 고 즉시 션도(仙桃)와 션쥬(仙酒)를 쥰비ᄒᆞ고 두 사ᄅᆞᆷ이 서ᄅᆞ 잇글고 뫼ᄒᆡ ᄂᆞ려 찬〻이 넙은 돌 겻ᄐᆡ 니ᄅᆞ러 쥬과를 돌ᄒᆡ 버려 노핫더니 홀연 ᄒᆞᆫ 사ᄉᆞᆷ이 찬〻이 나아오니 과연 긔특ᄒᆞ고 긔특ᄒᆞᆫ디라.

그 사ᄉᆞᆷ의 희기 샹셔(祥瑞)의 눈 ᄀᆞᆺ고
조키 ᄀᆞ올 서리 ᄀᆞᆺ고 주리매 약플을 ᄎᆞᆺ고 고
요히 구름의셔 자며 목ᄆᆞᄅᆞ면 ᄆᆞᆯ근 시내를
마시고 샹운[원](上苑)의 놀며 곳출 머금어
원동(遠洞)으로 도라가니 옥바탕〔玉質〕이
샹셔를 뎐ᄒᆞ고 자ᄉᆞ〔栢〕를 ᄎᆞ자 깁흔 수플
로 드러가니 눈이 별 ᄀᆞᆺᄐᆞ야 샹셔를 헌ᄒᆞᄂᆞᆫ
도다. 쇽ᄀᆡᆨ으로 더브러 풍운을 과(誇)ᄒᆞ디 아
니코 스ᄉᆞ로 션옹으로 더브러 품뉴(品流) 되
엿더라.

ᄇᆡᆨ녹이 거러 돌 ᄀᆞ의 다ᄃᆞ라 움즉이돌 아니ᄒᆞ더니 손빈이 술을 걸러 돌 우ᄒᆡ 노흐며 ᄇᆡᆨ녹이 입을 버려 두 잔을 다 먹 【55】 은대 방연이 닐오ᄃᆡ,

"이 사ᄉᆞᆷ은 블과 산듕의 잇ᄂᆞᆫ 즘싱이어ᄂᆞᆯ 큰형이 엇디 술을 브어 먹이ᄂᆞ뇨?"

손빈이 ᄀᆞᆯ오ᄃᆡ,

"이 ᄇᆡᆨ녹이 형상이 비샹ᄒᆞ니 혹 션가(仙家)의 기ᄅᆞ신 거신가 ᄒᆞ노라."

방연이 ᄀᆞᆯ오ᄃᆡ,

75) 【ᄶᅵ다】 동 찌다. ¶ 燒 ‖ 뎌 늙은 거시 먹으려 ᄒᆞ면 이런 고이ᄒᆞᆫ 거술 먹고 ᄶᅵ드려 ᄒᆞ면 이런 고이ᄒᆞᆫ 거술 ᄶᅵ드니 날로 ᄒᆞ야곰 어ᄃᆡ 가 무연싀를 어드며 다ᄉᆞᆺ 치 기릐 대조를 어ᄃᆡ 가 어드리오 (這老子吃也吃得古怪, 燒也燒得古怪. 教我那里去尋無烟柴, 那里去尋五寸長的棗子.) <孫龐 1:51>

76) 【ᄡᅧᆯ기】 명 떨기. ¶ 朵 ‖ 션싱이 분부ᄒᆞ기를 ᄆᆞᄎᆞ매 ᄒᆞᆫ ᄡᅧᆯ기 샹운을 ᄐᆞ고 등공ᄒᆞ야 가니라 (仙師囑畢, 駕一朵祥雲, 騰空去了.) <孫龐 1:53>

"엇디 이럴 리 이시리오. 내 뎌 죽여 녹포(鹿脯)ᄅᆞᆯ 민ᄃᆞ라 ᄂᆡ일 안쥬ᄒᆞᆯ 거ᄉᆞᆯ 삼으리라."

손빈이 닐오ᄃᆡ,

"크나 젹으나 다 이 셩명이라. 뎌ᄅᆞᆯ 죽여 내 술디미 ᄆᆞᄋᆞᆷ의 ᄎᆞᆷ아 엇디ᄒᆞ리오."

방연이 손빈의 말을 듯디 아니코 큰 뭉우리돌ᄒᆞᆯ[77] 가지고 ᄇᆡᆨ녹을 ᄇᆞ라며 티니 ᄇᆡᆨ녹이 ᄃᆞ라나거ᄂᆞᆯ 방연이 일니ᄅᆞᆯ ᄯᅩᆯ와가더니 잠간 ᄉᆞ이의 ᄇᆡᆨ녹을 보디 못ᄒᆞᄂᆞᆫ디라. 경히 몸을 도로혀려 ᄒᆞ더니 홀연 일딘 광풍의 허다ᄒᆞᆫ 무뢰[78]ᄅᆞᆯ ᄂᆞ리와 방연을 텨 ᄂᆞᆾ치 프ᄅᆞ고 ᄲᅣᆷ이 브어 것구려뎌 ᄯᅡ히 잇【56】더니 손빈이 무뢰 디나가ᄆᆞᆯ 보고 방연을 ᄎᆞᄌᆞ니 방연이 마자 샹ᄒᆞ야 ᄯᅡ히 잇ᄂᆞᆫ디라. 손빈이 붓드러 골의 도라오고 인ᄒᆞ야 다시 ᄉᆞᄉᆞ로 너븐 돌 ᄀᆞ의 니ᄅᆞ니 ᄇᆡᆨ녹이 ᄯᅩ 오거ᄂᆞᆯ 술을 걸러 사ᄅᆞᆷ의 말을 ᄒᆞ야 닐오ᄃᆡ,

"나ᄂᆞᆫ 범 사슴이 아니라 샹계 ᄇᆡᆨ녹대션(白鹿大仙)이니 네 스승은 나의 지극ᄒᆞᆫ 벗이라. 앗가 악ᄌᆞ(惡子) 방연이 ᄆᆞᄋᆞᆷ의 불션(不善)ᄒᆞᆫ 거ᄉᆞᆯ 품어 내 명을 해ᄒᆞ고져 ᄒᆞ거ᄂᆞᆯ 무뢰[79]ᄅᆞᆯ ᄂᆞ리와 텨 샹(傷)히왓고 네 스승은 경ᄀᆡᆨ(頃刻)의 오리라."

뎌의게 삼권(三卷) 텬셔(天書)와 팔문둔갑(八門遁甲)과 뉵갑녕문(六甲靈文)이 이시ᄃᆡ 네게 뎐티 못ᄒᆞ야시니 네 도라가 뎌ᄃᆞ려 요구ᄒᆞ라.

말을 파ᄒᆞ고 일딘 쳥풍이 되야 가더니 져근 더슨 ᄒᆞ야 귀곡션ᄉᆡᆼ이 반운반무(半雲半霧)로 범 수리ᄅᆞᆯ 메오고【57】공듕을 조차 ᄂᆞ려오거ᄂᆞᆯ 손빈이 몸을 번뒤텨 ᄂᆞ려 절ᄒᆞ고 쥬과ᄅᆞᆯ 올린대 귀곡이 ᄒᆞᆫ 잔 술과 ᄒᆞᆫ 낫 복셩화ᄅᆞᆯ 먹고 무로ᄃᆡ,

"방연이 엇디 오디 아니ᄒᆞ엿ᄂᆞ뇨?"

손빈이 닐오ᄃᆡ,

"ᄒᆞᆫ 가지로 뫼히 ᄂᆞ려 ᄉᆞ부ᄅᆞᆯ 마ᄌᆞ려 ᄒᆞ더니 무뢰예 마자 샹ᄒᆞ야 골의 도라갓ᄂᆞ이다."

귀곡이 닐오ᄃᆡ,

"입을 탐ᄒᆞ야 ᄇᆡᆨ녹대션을 먹으려 ᄒᆞ다가 ᄉᆞᄉᆞ로 그 화ᄅᆞᆯ 취ᄒᆞ도다."

스승과 뎨ᄌᆡ 슈렴동의 도라와 손빈이 나아가 ᄀᆞᆯ오ᄃᆡ,

"ᄉᆞ부긔 삼권텬셔와 팔문둔갑과 뉵갑녕문이 잇다 ᄒᆞ니 ᄇᆞ라건대 ᄉᆞ부ᄂᆞᆫ 뎨ᄌᆞ의게 뎐ᄒᆞ라."

귀곡이 닐오ᄃᆡ,

"이 글이 임의 ᄀᆞᆷ초완디 오라니 그 사ᄅᆞᆷ이 아니면 뎐티 못ᄒᆞ리라."

ᄒᆞ고 드ᄃᆡ여 도동을 불러 텬셔ᄅᆞᆯ 가져 내여오라 ᄒᆞᆫ대 도동이 ᄎᆡᆨ샹ᄌᆞᄅᆞᆯ 열고 내여다가 손빈을【58】주거ᄂᆞᆯ 귀곡이 닐오ᄃᆡ,

"이 글을 가히 ᄉᆞᄉᆞ로 닑고 사ᄅᆞᆷ을 뵈디 말라."

손빈이 텬셔ᄅᆞᆯ 엇고 등블을 혀고 밤의 닑더니 방연이 손빈이 글 닑으ᄆᆞᆯ 보고 거즛 자ᄂᆞᆫ 톄ᄒᆞ야 ᄂᆡᆨ이 ᄒᆞᆫ 번을 듯고 거즛 ᄌᆞᆷ을 ᄭᆡᄂᆞᆫ 톄ᄒᆞ야 니러나 불러 닐오ᄃᆡ,

"큰형아, ᄆᆞᄋᆞᆷ을 소기며 몸을 소기ᄆᆞᆯ 당ᄒᆞᆫ 즉 쥬션딘 우히셔 의ᄅᆞᆯ 결ᄒᆞᆯ 제 ᄒᆞᄂᆞᆯ을 ᄃᆡᄒᆞ야 ᄆᆡᆼ셰ᄅᆞᆯ 발ᄒᆞᄃᆡ 글이 잇거든 ᄒᆞᆫ가지로 닑고 지죄 잇거든 ᄒᆞᆫ가지로 비호리라 ᄒᆞ엿더니 이제 ᄀᆞ마니 텬셔ᄅᆞᆯ 닑으니 가히 젼 ᄆᆡᆼ셰ᄅᆞᆯ 져ᄇᆞ리디 아니ᄒᆞᆷ가?"

ᄒᆞ고 방연이 ᄒᆞᆫ 번 아사 보고 ᄯᅩ 보나 엇디 텬문의 의리ᄅᆞᆯ 알리오. 셩내여 ᄎᆡᆨ을 ᄯᅡ히 더디고 의구히 자거ᄂᆞᆯ 손빈이 슈습ᄒᆞ야 탁ᄌᆞ 우히 노코 자더니 방연이 손빈의 ᄌᆞᆷ 니기 들【59】ᄆᆞᆯ 기ᄃᆞ려 ᄀᆞ마니 니러나 텬셔ᄅᆞᆯ 가져 등화ᄅᆞᆯ 향ᄒᆞ야 ᄉᆞᆯ오고 크게 놀라고 대경쇼괴(大驚小怪)ᄒᆞᄂᆞᆫ 톄ᄒᆞ야 블러 닐오ᄃᆡ,

"큰형아 쾌히 ᄭᆡ라 텬셔 블ᄶᅡᆼ[80] ᄯᅱ여 다

77) 【뭉우리돓】 명 뭉우리돌. 모난 데가 없이 둥글둥글한 돌. ¶ 頑石 ‖ 방연이 손빈의 말을 듯디 아니코 큰 뭉우리 돌ᄒᆞᆯ 가지고 ᄇᆡᆨ녹을 ᄇᆞ라며 티니 (龐涓不聽孫臏之言, 提起大頑石, 望白鹿打去.) <孫龐 1:55> ᄒᆞᆫ 덩이 큰 뭉우리돌히 안히 잇ᄂᆞᆫ디라 (一塊大頑石在內.) <孫龐 3:53>

78) 【무뢰】 명 우박. ¶ 氷雹 ‖ 경히 몸을 도로혀려 ᄒᆞ더니 홀연 일딘 광풍의 허다ᄒᆞᆫ 무뢰ᄅᆞᆯ ᄂᆞ리와 방연을 텨 ᄂᆞᆾ치 프ᄅᆞ고 ᄲᅣᆷ이 브어 것구려뎌 ᄯᅡ히 잇더니 (正待轉身, 忽一陣狂風, 降下許多冰雹, 把龐涓打得面青臉腫, 倒在地上.) <孫龐 1:55>

79) 【무뢰】 명 우박. ¶ 氷雹 ‖ 앗가 악ᄌᆞ 방연이 ᄆᆞᄋᆞᆷ의 불션ᄒᆞᆫ 거ᄉᆞᆯ 품어 내 명을 해ᄒᆞ고져 ᄒᆞ거ᄂᆞᆯ 무뢰ᄅᆞᆯ ᄂᆞ리와 텨 샹히왓고 네 스승은 경ᄀᆡᆨ의 오리라 (適間惡子龐涓, 心懷不善, 欲害吾命, 被我降下氷雹打傷, 汝師只在頃刻回來.) <孫龐 1:56>

탓다."

ᄒᆞᆫ대 손빈이 혼이 몸이 븟디 아니ᄒᆞ야 급히 ᄂᆡᆲ더나[81] 보니 텬셰 임의 지 되엿ᄂᆞᆫ디라. 근심ᄒᆞᄂᆞᆫ 눈섭을 긴히 집흐리고 ᄂᆞᆺ치 근심을 ᄯᅴ여 좌ᄉᆞ우샹(左思右想)ᄒᆞ야 ᄉᆞ부ᄅᆞᆯ 뵈기 어려워 ᄒᆞ더니 날이 ᄇᆞᆰ으매 손빈이 귀곡의 탑젼(榻前)의 니ᄅᆞ러 고ᄒᆞ야 ᄀᆞᆯ오ᄃᆡ,

"뎨지 죄 이셔 어제밤의 경히 텬셔ᄅᆞᆯ ᄂᆡᆲ더니 블ᄯᅩᆼ이 ᄡᅱ여 텬셔ᄅᆞᆯ ᄉᆞᆯ왓ᄂᆞ이다."

귀곡이 닐오ᄃᆡ,

"이ᄂᆞᆫ 셰간의 엇기 어려온 보ᄇᆡ어ᄂᆞᆯ 엇디 ᄐᆡ오뇨. 됴히 조심티 아니ᄒᆞ도다."

손빈이 앙ㆍ(怏怏)ᄒᆞ야 도라가다.

귀곡이 일ㆍ은 팔월 듕슌 어두온 ᄣᅢ예 도동을 불러 향을 픠【60】오고 차ᄅᆞᆯ 달히이고 손빈 방연을 블러 ᄒᆞᆫ가지로 거러 골문의 나가 눈을 뎡ᄒᆞ야 두로 보니 다만,

> 요공(瑤空)이 조히 ᄡᅵ셧고 옥우(玉宇)의 듯글이 업서시며 빙눈(氷輪)이 잠간 펴고 보경(寶鏡)이 처엄으로 오ᄅᆞ미로다. 분분(紛紛)ᄒᆞᆫ 션계(仙桂)ᄂᆞᆫ 하놀 향긔ᄅᆞᆯ 토ᄒᆞ고 뎜ㆍ(漸漸)ᄒᆞᆫ ᄒᆞᆼ아(姮娥)ᄂᆞᆫ 소영(瘦影)을 뎐ᄒᆞ고 아직 학이 듕텬(中天)의셔 울믈 듯고 진납이 고동(古洞)의셔 울믈 보디 못ᄒᆞᆯ로다. 명월산젼의 ᄒᆞ야곰 헛되이 지내디 말라. 두견(杜鵑) 소ᄅᆡ 속의 향ᄉᆞ(鄕思)ᄅᆞᆯ 야긔(惹起)ᄒᆞᄂᆞᆫ도다.

귀곡이 셕등 우ᄒᆡ 안ᄌᆞ니 손방이 뫼셧더니 귀곡이 닐오ᄃᆡ,

"이ᄌᆞ야 날을 조차 슈업ᄒᆞ연디 삼년이 디나시ᄃᆡ 이ᄌᆞ의 ᄠᅳᆺ을 듯디 못ᄒᆞ야시니 이제 ᄃᆞᆯ 아래ᄅᆞᆯ 타 각ㆍ 시험ᄒᆞ야 스ᄉᆞ로 베프라."

손빈이 몬져 ᄃᆡ답ᄒᆞᄃᆡ,

"뎨지 손빈은 오직 원컨대 ᄇᆞᆯ근 님【61】군이 우ᄒᆡ 이셔 졍티(政治) 늉챵(隆昌)ᄒᆞ야 귀예 금과(金戈)와 텰마(鐵馬)의 소ᄅᆡᄅᆞᆯ 듯디 아니ᄒᆞ고 눈의 봉화(烽火)와 연딘(烟塵)의 경을 보디 아니ᄒᆞ야 빈으로 ᄒᆞ야곰 태평의 쵸목이 되야 우로(雨露)의 텸요ᄒᆞ야ᄡᅥ 즐기미 빈의 ᄠᅳᆺᄒᆞᄂᆞᆫ 배로소이다."

귀곡이 거즛 우어 ᄀᆞᆯ오ᄃᆡ,

"이ᄂᆞᆫ 오활(迂闊)ᄒᆞᆫ[82] 말이니 이제 시졀의 쳐티 못ᄒᆞ리로다."

드ᄃᆡ여 방연ᄃᆞ려 무로ᄃᆡ,

"네 ᄠᅳᆺᄒᆞᄂᆞᆫ 바ᄂᆞᆫ 엇더ᄒᆞ뇨?"

방연이 소ᄅᆡᄅᆞᆯ 응ᄒᆞ야 ᄃᆡ답ᄒᆞ야 ᄀᆞᆯ오ᄃᆡ,

"뎨ᄌᆞ 방연은 원컨대 ᄒᆞᆫ 사ᄅᆞᆷ의 명녕을 밧ᄌᆞ러 ᄇᆡᆨ만의 위권(威權)을 거ᄂᆞ려 ᄡᅡ호매 반ᄃᆞ시 이긔고 티매 반ᄃᆞ시 가져 텬하 졔후로 ᄒᆞ야곰 구름 모ᄃᆞᆺ ᄒᆞ고 손〔賓〕으로 복(服)ᄒᆞ미 이내 ᄠᅳᆺ이로소이다."

귀곡이 우어 닐오ᄃᆡ,

"젼국의 지셰예 이셔 방연이 아니면 큰일을 일우디 못ᄒᆞ리로다."

말을 ᄆᆞᄎᆞ매 귀곡이【62】돌 우ᄒᆡ 안자 ᄌᆞᆫ신(存神)ᄒᆞ기ᄅᆞᆯ 반향을 ᄒᆞ더니 방연이 손빈을 향ᄒᆞ야 손텨 불러 귀예 다혀 ᄀᆞ마니 두어 귀 말을 니ᄅᆞ더니 일시의 ᄉᆞᆨ러 ᄀᆞᆯ오ᄃᆡ,

"뎨ᄌᆞ 두 사ᄅᆞᆷ이 집을 ᄶᅥ난디 세 ᄒᆡ니 부모ᄅᆞᆯ ᄉᆞ렴(思念)ᄒᆞᄂᆞᆫ디라. ᄇᆞᆰᄂᆞᆫ 날 ᄉᆞ부긔 하ᄃᆡᆨᄒᆞ고 집의 도라가 ᄉᆞᆯ피고져 ᄒᆞᄂᆞ니 아디 못게라 가ᄒᆞ니잇가?"

귀곡이 닐오ᄃᆡ,

"방연은 총명ᄒᆞ야 병법을 다 아라시니 가히 가려니와 손빈은 노둔(駑鈍)ᄒᆞ야 통티 못ᄒᆞ야시니 도라가디 못ᄒᆞ리라."

손빈이 ᄀᆞᆯ오ᄃᆡ,

"뎨ᄌᆞ 두 사ᄅᆞᆷ이 길히셔 맛나 의ᄅᆞᆯ 결ᄒᆞ고 ᄆᆞ옴을 ᄒᆞᆫ 가지로 ᄒᆞ야 하ᄂᆞᆯ을 ᄃᆡᄒᆞ야 ᄆᆡᆼ세ᄒᆞ야시니 임의 방연으로 더브러 ᄒᆞᆫ 가지로 와시니 방연으로 더브러 ᄒᆞᆫ 가지로 가기ᄅᆞᆯ 요구ᄒᆞ야 ᄆᆞ

80)【블ᄯᅩᆼ】 명 불똥. ¶ 燈煤 ‖ 큰 형아 쾌히 ᄭᆡ라 텬셰 블ᄯᅩᆼ ᄡᅱ여 다 탓다 (大哥快醒, 天書被燈煤弔下燒燬了.) <孫龐 1:59>

81)【ᄂᆡᆲ더나다】 동 벌떡 일어나다. ¶ 一骨碌 ‖ 손빈이 혼이 몸이 븟디 아니ᄒᆞ야 급히 ᄂᆡᆲ더나 보니 텬셰 임의 지 되엿ᄂᆞᆫ디라 (孫臏驚得魂不沾體, 一骨碌爬起來, 天書已作灰燼.) <孫龐 1:59>

82)【오활ᄒᆞ다】 형 {오활(迂闊)하다.} 사정(事情)에 어둡다. ¶ 迂腐 ‖ 이ᄂᆞᆫ 오활ᄒᆞᆫ 말이니 이제 시졀의 쳐티 못ᄒᆞ리로다 (迂腐之談, 不足處當今之世.) <孫龐 1:61> 누의ᄂᆞᆫ 오활ᄒᆞᆫ 말 말라 관쇼졔 날로 ᄒᆞ야 죽어시니 (妹妹你不知道. 這管公子的姐姐, 是我威逼死了.) <玉支 4:71>

ᄎᆞ미 이시며 처엄이 이셔야 사괴는 졍을 볼디니 ᄇᆞ라건대 ᄉᆞ부ᄂᆞᆫ 념【63】ᄒᆞ쇼셔."

귀곡이 ᄀᆞᆯ오ᄃᆡ,

"네 괴로이 가ᄆᆞᆯ 구ᄒᆞᆯ딘대 너ᄅᆞᆯ 머믈우기 어려오니 ᄇᆞᆰᄂᆞᆫ 날 너 두 사ᄅᆞᆷ이 가라."

한화(閑話)ᄒᆞᆯ ᄉᆞ이의 ᄃᆞᆯ이 듕텬의 디나고 일즉이 삼경(三更) 광경(光景)이 되엿ᄂᆞᆫ디라. 스승 뎨ᄌᆡ 슈습ᄒᆞ야 골의 나오니라. 이튼날 손빈·방연이 귀곡ᄭᅴ 하딕ᄒᆞ고 뫼ᄒᆡ ᄂᆞ려가더니 반산(半山) 가온대 니ᄅᆞ러 ᄒᆞᆫ 늘근 한미 쇠방ᄒᆞ고[鐵鏨]ᄅᆞᆯ 들고 돌ᄒᆡ ᄀᆞᆯ거ᄂᆞᆯ 손빈이 머므러 무러 ᄀᆞᆯ오ᄃᆡ,

"한미 손의 ᄀᆞᄂᆞᆫ 거시 므엇고?"

할미 ᄀᆞᆯ오ᄃᆡ,

"쇼쥬뫼(小主母) 집의 이셔 바ᄂᆞᆯ을 어ᄃᆞᆯ 길히 업서 날로 ᄒᆞ야곰 방하고83)ᄅᆞᆯ ᄀᆞᆯ아 슈침(綉針)을 ᄆᆡᆫᄃᆞᆯ려 ᄒᆞᆫ다."

ᄒᆞ니 손빈이 우어 ᄀᆞᆯ오ᄃᆡ,

"노뫼 그ᄅᆞ도다! 큰 방하괴 엇디 일시의 ᄀᆞ라 슈침이 되게 ᄒᆞ리오?"

한미 닐오ᄃᆡ,

"션ᄉᆡᆼ은 듯디 못ᄒᆞ엿ᄂᆞᆫ다? 쇽어(俗語)의 닐오ᄃᆡ '다만 모ᄅᆞ면 공뷔 깁ᄒᆞᆯ디니 쇠방하고ᄅᆞᆯ ᄀᆞᆯ아 바【64】ᄂᆞᆯ을 ᄆᆡᆫᄃᆞᆫ다'84) ᄒᆞᄆᆞᆯ 듯디 못ᄒᆞ엿ᄂᆞᆫ다?"

손빈이 이 말을 듯고 크게 ᄭᆡᄃᆞ라 스ᄉᆞ로 ᄉᆡᆼ각ᄒᆞ야 ᄀᆞᆯ오ᄃᆡ,

"할ᄆᆡ85) 말이 심히 깁흐니 므ᄅᆞᆺ 모ᄅᆞ미 공뷔(工夫) 졍(精)ᄒᆞ기ᄅᆞᆯ 기ᄃᆞ려야 ᄆᆞᄎᆞᆷ내 가히 일우리니 이러므로ᄡᅥ 션ᄉᆡᆼ이 날을 노둔(駑鈍)ᄒᆞᄆᆞᆯ 닐러 도로혀 글 닑기ᄅᆞᆯ 젹게 ᄒᆞᆫ다 ᄒᆞᄆᆞᆯ 곳 이에 가히 알리로다."

ᄯᅩ 두어 니ᄂᆞᆫ 힝ᄒᆞ매 ᄒᆞᆫ 큰 사ᄅᆞᆷ이 손의 쇠곳치ᄅᆞᆯ 들고 뫼 아래 이셔 뫼ᄒᆞᆯ ᄯᅮᆲ거ᄂᆞᆯ86) 손빈이 무로ᄃᆡ,

"이 사ᄅᆞᆷ아 뫼ᄒᆞᆯ ᄠᅮᆯ어 므엇ᄒᆞ랴 ᄒᆞᄂᆞ뇨?"

큰 사ᄅᆞᆷ이 닐오ᄃᆡ,

"뫼 굼글 ᄠᅮᆯ어87) 대ᄒᆡ(大海)ᄅᆞᆯ 통코져 ᄒᆞ노라."

손빈이 우어 ᄀᆞᆯ오ᄃᆡ,

"뫼ᄒᆞᆯ ᄠᅮᆯ어 바다ᄒᆞᆯ 엇디 통ᄒᆞ리오?"

그 사ᄅᆞᆷ이 닐오ᄃᆡ,

"녯말의 닐오ᄃᆡ '뫼ᄒᆞᆯ ᄠᅮᆯ어 바다 심을 통ᄒᆞ고 ᄆᆞ옴곳 구ᄃᆞ면 돌히 ᄠᅮᆯ린다' ᄒᆞᄆᆞᆯ 듯디 못ᄒᆞ엿ᄂᆞᆫ다?"

손빈이 년ᄒᆞ야 두 가지 일【65】을 보고 ᄆᆡᆼ연(猛然)이 ᄆᆞ옴을 도로혀 닐오ᄃᆡ,

"내 병법이 깁디 못ᄒᆞ야시니 뫼ᄒᆡ ᄂᆞ려가나 ᄡᅳᆯ 곳이 업ᄉᆞᆫ디라. 엇디 도라가 ᄉᆞ부ᄅᆞᆯ 보아다 병셔ᄅᆞᆯ 닑디 아니ᄒᆞ리오. 혹예(學藝) 뎡ᄒᆞᆫ 후의 도라가미 더ᄃᆡ디 아니리라."

혜아리기ᄅᆞᆯ 뎡ᄒᆞ고 방연을 ᄃᆡᄒᆞ야 ᄀᆞᆯ오ᄃᆡ,

"현뎨야 너ᄂᆞᆫ 실로 총명ᄒᆞᆫ디라. 병법을 졍통ᄒᆞ고 나ᄂᆞᆫ 노졸(魯拙)ᄒᆞ야 통티 못ᄒᆞ니 엇디 가히 듕도의 폐ᄒᆞ리오, 너ᄂᆞᆫ 이제 도라감만 ᄀᆞᆺ디 못ᄒᆞ니 나ᄂᆞᆫ 다시 뫼ᄒᆡ 올라가 더 혹습ᄒᆞᆯ디니 만일 결의ᄒᆞᆫ 졍을 ᄉᆡᆼ각ᄒᆞᆯ딘대 ᄒᆞᆫ 봉 가셔(家書)ᄅᆞᆯ 브텨 유쥐(幽州) 연산부(燕山府) 부친의 곳의 니ᄅᆞ러 뎐ᄒᆞ고 네 가히 내 집의 이셔 머므러 부친이 연왕ᄭᅴ 알외ᄆᆞᆯ 기ᄃᆞ려 연나라ᄒᆡ 이셔 벼슬ᄒᆞ다가 내 도라가ᄆᆞᆯ 기ᄃᆞ려 ᄒᆞᆫ가지로 샤직

83) 【방하고】 [명] 방앗공이. ¶ 鑿 ‖ 반산 가온대 니ᄅᆞ러 ᄒᆞᆫ 늘근 한미 방하고ᄅᆞᆯ 들고 돌ᄒᆡ ᄀᆞᆯ거ᄂᆞᆯ (行至半山, 見一老婆手拿鐵鑿, 磨于石上.) <孫龐 1:63> 碓嘴 ‖ 슈지화샹이 방하간의 두루 보다가 ᄒᆞᆫ 방ᄒᆞ고ᄅᆞᆯ ᄀᆞᄅᆞ쳐 쥬인ᄃᆞ려 무로ᄃᆡ (諸葛遂智就入碓房周圍看了, 指着一箇碓嘴, 叫主人家問道。) <羅孫 平妖 5:109>

84) 【只要工夫深, 鐵鏨磨做針 지요공부심, 철참마주침】 zhǐyàogōngfushēn, tiězànmózuòzhēn <諺> 다만 모ᄅᆞ면 공뷔 깁ᄒᆞᆯ디니 쇠방하고ᄅᆞᆯ ᄀᆞᆯ아 바ᄂᆞᆯ을 ᄆᆡᆫᄃᆞᆫ다 ‖ "先生豈不聞俗語云: '~.'" 션ᄉᆡᆼ은 듯디 못ᄒᆞ엿ᄂᆞᆫ다 쇽어의 닐오ᄃᆡ 다만 모ᄅᆞ면 공뷔 깁ᄒᆞᆯ디니 쇠방하고ᄅᆞᆯ ᄀᆞᆯ아 바ᄂᆞᆯ을 ᄆᆡᆫᄃᆞᆫ다 ᄒᆞᄆᆞᆯ 듯디 못ᄒᆞ엿ᄂᆞᆫ다 (孫龐 1:63)

85) 【할ᄆᆡ】 [명] 할미. ¶ 婆子 ‖ 할ᄆᆡ 말이 심히 깁흐니 므ᄅᆞᆺ 모ᄅᆞ미 공뷔 졍ᄒᆞ기ᄅᆞᆯ 기ᄃᆞ려야 ᄆᆞᄎᆞᆷ내 가히 일우리니 (婆子之言其實深奧, 凡事只要工夫精到, 畢竟可成.) <孫龐 1:64> ⇒ 한미, 할미, ᄒᆞᆫ미

86) 【ᄯᅮᆲ다】 [동] 뚫다. ¶ 鑿 ‖ ᄒᆞᆫ 큰 사ᄅᆞᆷ이 손의 쇠곳치ᄅᆞᆯ 들고 뫼 아래 이셔 뫼ᄒᆞᆯ ᄯᅮᆲ거ᄂᆞᆯ (見一大漢手拿錐鑿, 在山脚鑿山.) <孫龐 1:64> ⇒ ᄠᅮᆯ-, ᄯᅮᆯ다, ᄲᅮᆲ다

87) 【ᄠᅮᆯ-】 [동] 뚫다. ¶ 鑿 ‖ 뫼 굼글 ᄠᅮᆯ어 대ᄒᆡᄅᆞᆯ 통코져 ᄒᆞ노라 (鑿透山眼, 要通大海.) <孫龐 1:64> ⇒ ᄠᅮᆲ다, ᄯᅮᆯ다, ᄲᅮᆲ다

을 븟들리라."

말을 ᄆᆞᄎᆞ매 힝낭 듕의 【66】 셔 지필을 내여 가셔ᄅᆞᆯ ᄲᅧ 방연을 주고 서ᄅᆞ 절ᄒᆞ야 니별ᄒᆞ다.

88)

손빈이 다시 뫼히 올라 슈렴동의 도라가 ᄉᆞ부긔 절ᄒᆞ야 뵌대 귀곡이 닐오ᄃᆡ,

"손빈이 므슴 연고로 가다가 다시 도라오뇨?"

손빈이 ᄭᅮ러 ᄀᆞᆯ오ᄃᆡ,

"뎨ᄌᆡ 방연과 ᄒᆞᆫ 가지로 뫼히 ᄂᆞ려가더니 반산 듕의 니ᄅᆞ러 ᄒᆞᆫ 나 늘근 한미 쇠방ᄒᆞ고로 바늘을 ᄀᆞᆯ고 ᄯᅩ ᄒᆞᆫ 대한(大漢)이 뫼ᄒᆞᆯ ᄯᅮᆯ워 바다ᄒᆞᆯ 통ᄒᆞ려 ᄒᆞ믈 보고 뎨ᄌᆡ 일시의 ᄭᆡᄃᆞ라 ᄉᆞ부의 금셕 ᄀᆞᄐᆞᆫ 말ᄉᆞᆷ을 ᄉᆡᆼ각고 일로 인ᄒᆞ야 방연을 니별ᄒᆞ고 다시 올라왓ᄂᆞ니 ᄇᆞ라건대 어리고 둔ᄒᆞᆫ 거ᄉᆞᆯ 지시ᄒᆞ시면 존물의 감패(感佩)ᄒᆞᆯ가 ᄒᆞᄂᆞ이다."

귀곡이 닐오ᄃᆡ,

"그 한미와 대한(大漢)은 네 아ᄂᆞᆫ다?"

손빈이 닐오ᄃᆡ,

"뎨ᄌᆡ 엇디 알리잇가?"

귀곡이 닐오ᄃᆡ,

"그 두 사ᄅᆞᆷ은 다 신쟝(神將)이라. 내 특별이 식여 보 【67】 내여 너ᄅᆞᆯ ᄭᆡᄃᆞᆺ게 ᄒᆞ노라. 내 삼권 텬셔와 팔문둔갑과 뉵갑녕문이 이셔 보ᄇᆡ로이 ᄀᆞᆷ초완디 임의 오란디라. ᄇᆞᆯ셔 네게 뎐코져 ᄒᆞᄃᆡ 방연의 위인이 투현질능(妬賢嫉能)ᄒᆞ고 망은부의(忘恩負義)ᄒᆞ믈 인ᄒᆞ야 뎨게 뎐티 못ᄒᆞᆫ 배라. 이러므로 뎔로 ᄒᆞ야곰 몬져 도라가긔 ᄒᆞ고 특별이 신쟝을 보내여 너ᄅᆞᆯ ᄭᆡᄃᆞ라 ᄆᆞᄋᆞᆷ을 도로혀 뫼히 올라오긔 ᄒᆞ엿ᄂᆞᆫ디라. 죠용히 네게 텬셔ᄅᆞᆯ 뎐ᄒᆞ리라."

손빈이 놀라 무로ᄃᆡ,

"ᄉᆞ부야 삼권텬셔ᄂᆞᆫ 젼의 블쏭[89]의 술와 ᄇᆞ렷ᄂᆞᆫ디라. 엇디 다시 텬셰 이시리오?"

귀곡이 미쇼ᄒᆞ야 닐오ᄃᆡ,

"술와 ᄇᆞ린거ᄉᆞᆫ 거ᄌᆞᆺ 텬셰라. 내 미리 방연이 ᄆᆞᄋᆞᆷ의 블션(不善)을 품엇ᄂᆞᆫ 줄 알고 짐ᄌᆞᆺ 거ᄌᆞᆺ 뎐셔ᄅᆞᆯ 가져 뎔로 ᄒᆞ야곰 술오게 ᄒᆞ니 뎨 그제야 즐겨 뫼히 ᄂᆞ려 가니라."

손빈이 니ᄅᆞ믈 듯고 【68】 돈연히 놀라거ᄂᆞᆯ 귀곡이 ᄯᅩ 닐오ᄃᆡ,

"네 셩은 손이오. 명은 빈이니 내 너ᄅᆞᆯ 위ᄒᆞ야 표ᄌᆞ(表字)ᄅᆞᆯ '슈우守愚'라 ᄒᆞ고 별호ᄅᆞᆯ 'ᄇᆡᆨ녕伯齡'이라 ᄒᆞ리라."

손빈이 비샤ᄒᆞ다.

---

88) 이곳에 시 한 수 번역 생략됨. ‖ "孫臏與龐涓, 從師學兵藝, 同習共三年, 思家欲歸去, 鬼谷有天書, 非人勿授與, 傳涓實無心, 授臏偏有意, 二人同下山, 鬼谷驅神吏, 一化鑿山人, 一化磨針婦, 挽回孫臏心, 抛撇龐涓針, 孫臏復歸山, 授得天書秘, 功成自見機, 隱跡爲高士."

89) 【블쏭】 명 불똥. ¶ 燈煤 ‖ ᄉᆞ부야 삼권텬셔ᄂᆞᆫ 젼의 블쏭의 술와 ᄇᆞ렷ᄂᆞᆫ디라 엇디 다시 텬셰 이시리오 (師父三卷天書, 前番燈煤燒燬了, 怎麽還有天書?) <孫龐 1:67>

第3回

위왕거겸벽딘쥬 방연대젼의냥도
魏王計賺辟塵珠 龐涓大戰宜梁道

방연이 귀곡을 하ᄃᆡᆨᄒᆞ며 손빈을 니별ᄒᆞ고 운몽산은 ᄯᅥ나므로브터 새배 ᄒᆡᆼᄒᆞ고 졈을면 그쳐 슈곽산촌(水郭山村)은 디내며 ᄃᆞᆯ을 이고 별을 헤여 긔찬갈음(饑餐渴飮)을 격거 날이 못ᄒᆞ야셔 유쥐(幽州) 연산부(燕山府)의 니ᄅᆞ니 원간 손빈의 모친 연단공쥐 손빈이 운몽산의 간 후로브터 일셕(日夕)의 ᄉᆞ렴(思念)ᄒᆞ야 텬디(天地)긔 절ᄒᆞ야 고ᄒᆞᄃᆡ,

"손빈이 밧긔 이셔 평안ᄒᆞ고 일즉 집의 도라와 모ᄃᆞᆯ 원ᄒᆞ더라."

이날 손죄 졍히 듕당(中堂)의 안자 연단공쥬로 더【69】브러 손빈을 ᄉᆡᆼ각ᄒᆞ더니 문니(門吏) 보ᄒᆞᄃᆡ,

"마올[90] 문 알픠 한 황의도인(黃衣道人)이 이셔 운몽산으로브터 편지ᄅᆞᆯ 가지고 와 얼골 뵈오ᄆᆞᆯ 구ᄒᆞᄂᆞ이다."

연단공쥐 닐오ᄃᆡ,

"이 아니 ᄒᆡᄋᆞ(孩兒)의 곳의셔 긔별이 왓ᄂᆞᆫ가? 쾌히 불러 드리라."

연단공쥐 후당으로 드러가거ᄂᆞᆯ 도인이 나아와 손조로 더브러 녜ᄅᆞᆯ 베프고 빈쥬ᄅᆞᆯ 분ᄒᆞ야 안거ᄂᆞᆯ 손죄 무로ᄃᆡ,

"션ᄉᆡᆼ이 어ᄃᆡ로셔 오ᄂᆞ뇨?"

도인이 ᄀᆞᆯ오ᄃᆡ,

"나ᄂᆞᆫ 의량 위국 사ᄅᆞᆷ이니 셩은 방(龐)이오. 명은 연(涓)이오. 표ᄌᆞ(表字)ᄂᆞᆫ 홍도(弘道)라. 삼년 젼의 운몽산의 가 ᄌᆡ조 ᄇᆡ호ᄆᆞᆯ 인ᄒᆞ야 길ᄒᆡ셔 우연히 세재 공ᄌᆞᄅᆞᆯ 만나 팔ᄇᆡ(八拜)ᄒᆞ야 벗을 ᄆᆡᆺ고 ᄒᆞᆫ가지로 귀곡션ᄉᆞ의게 나아가 습ᄒᆞᆨ(習學)ᄒᆞᆯ시 ᄒᆞᆫ가지로 ᄌᆞᆷ자며 ᄒᆞᆫ가지로 밥먹여 졍히 동포(同胞)의셔 심ᄒᆞᆫ디라. 집의 도라오ᄆᆞᆯ【70】비로소 ᄉᆡᆼ각ᄒᆞ야 몬져 뫼ᄒᆡ ᄂᆞ려왓ᄂᆞ니 공ᄌᆞᄂᆞᆫ 오라디 아녀 도라올디라. 몬져 가셔ᄅᆞᆯ ᄇᆞ텨 예 잇ᄂᆞ이다."

손죄 대희ᄒᆞ야 닐오ᄃᆡ,

"션ᄉᆡᆼ이 임의 쇼ᄋᆞ(小兒)로 더브러 결의ᄒᆞ야시면 일가 사ᄅᆞᆷ이로다."

ᄒᆞ고 분부ᄒᆞ야 술을 가져 관ᄃᆡ(款待)ᄒᆞ라 ᄒᆞ다. 방연이 편지ᄅᆞᆯ 밧드러 올리거ᄂᆞᆯ 손죄 편지ᄅᆞᆯ 밧고 손농과 손호ᄅᆞᆯ 블러 나와 방연을 뫼시게 ᄒᆞ고 바로 후당으로 드러가 연단공쥬로 더브러 ᄒᆞᆫ가지로 편지ᄅᆞᆯ ᄯᅥ혀[91] ᄌᆞ시 보니 ᄒᆞ야시ᄃᆡ,

ᄉᆡᆼ각ᄒᆞ오니 존젼(尊前)을 니별ᄒᆞ연디 믄득 세 ᄒᆡ 디낫ᄂᆞᆫ디라. 신혼(晨昏)의 녜ᄅᆞᆯ 오래 폐ᄒᆞ고 감지(甘旨)의 공을 오히려 절〔缺〕ᄒᆞ엿ᄂᆞᆫ디라. 몸이 비록 운몽의 노나 ᄆᆞᄋᆞᆷ은 ᄒᆞᄅᆞ도【71】연산부의 ᄯᅥ나디 아니ᄒᆞᄋᆞᆸᄂᆞ니 가졍의 일은 비록 두 형의 효도ᄅᆞᆯ 힘닙으나 ᄆᆡ양 ᄎᆞᆫ심의 ᄆᆡ쳣ᄂᆞᆫ디라.[92] 이제 방연이란 사

---

90) 【ᄆᆞ올】 명 관아(官衙). ¶ 府 ‖ 마올 문 알픠 한 황의도인이 이셔 운몽산으로브터 편지ᄅᆞᆯ 가지고 와 얼골 뵈오ᄆᆞᆯ 구ᄒᆞᄂᆞ이다 (府門首有个黃衣道人, 說是雲夢山稍書來, 要求面見.) <孫龐 1:69>

91) 【ᄯᅥ히다】 동 떼다. 뜯다. ¶ 拆開 ‖ 바로 후당으로 드러가 연단공쥬로 더브러 ᄒᆞᆫ가지로 편지ᄅᆞᆯ ᄯᅥ혀 ᄌᆞ시 보니 (徑到後堂, 與燕丹公主眼同拆開細看.) <孫龐 1:70>

92) 【ᄆᆡ치다】 동 맺히다. ¶ 縈 ‖ 몸이 비록 운몽의 노나 ᄆᆞᄋᆞᆷ은 ᄒᆞᄅᆞ도 연산부의 ᄯᅥ나디 아니ᄒᆞᄋᆞᆸᄂᆞ니 가졍의 일은 비록 두 형의 효도ᄅᆞᆯ 힘닙으나 ᄆᆡ양 ᄎᆞᆫ심의 ᄆᆡ쳣ᄂᆞᆫ디라 (身雖游雲夢山, 而神無日不馳燕山府也. 家庭雖賴

ᄅᆞᆷ이 이시니 길히셔 결의ᄒᆞ야 ᄒᆞᆫ가지로 슈업ᄒᆞ니 이 사ᄅᆞᆷ이 안방뎡국(安邦定國)ᄒᆞᆯ 모ᄎᆡᆨ과 참쟝근왕(斬將勤王)ᄒᆞᆯ ᄌᆡ죄 잇ᄂᆞᆫ디라.

ᄇᆞ라ᄂᆞ니 대인은 부듕의 머믈우고 쥬샹긔 주문(奏聞)ᄒᆞ야 과연 듕히 쓰면 큰 ᄌᆡ조ᄅᆞᆯ 져ᄇᆞ리디 아니ᄒᆞ리이다. 빈은 아직 ᄒᆞᆨ업이 경티 못ᄒᆞ야 고향의 도라가ᄆᆞᆯ 붓그려 ᄒᆞᄂᆞ니 ᄆᆞᄎᆞᆷ내 방연으로 더브러 동사(同事)ᄒᆞ미 이시리니 ᄇᆞ라건대 이친(二親)은 념녀티 마ᄅᆞ쇼셔.

블효남(不孝男) 빈(臏)은 ᄇᆡᆨᄇᆡᄒᆞᄂᆞ이다.

ᄒᆞ엿더라.

손죄 연단공쥬로 더브러 보기ᄅᆞᆯ ᄆᆞᆺ고 쾌티 아니케 너겨 닐오ᄃᆡ,

"이 블쵸ᄒᆞᆫ【72】ᄌᆞ식이 갈 ᄢᆡ예 닐오ᄃᆡ 만흐면 삼년이오 젹그면 두 ᄒᆡ라 ᄒᆞ더니 이제 경졔(整齊)히 삼 년이 디나ᄃᆡ 오히려 도라오디 아니ᄒᆞ고 이 편지ᄅᆞᆯ 브텨 보내여 므엇ᄒᆞ려 ᄒᆞᄂᆞ뇨?"

경히 번뇌ᄒᆞᆯ ᄉᆞ이예 가동이 알외ᄃᆡ,

"쥬셕을 임의 ᄀᆞᆽ초왓 듕당의 버렷ᄂᆞ이다."

손죄 한숨 디고 나와 방연으로 더브러 술 먹더니 술이 두어 슌 디나매 손죄 닐오ᄃᆡ,

"션ᄉᆡᆼ아 쇼ᄋᆞ의 편지의 날로 ᄒᆞ야곰 션ᄉᆡᆼ을 부듕의 머믈우고[93] 됴뎡의 알외여 션ᄉᆡᆼ을 벼슬을 맛뎌 쇼ᄋᆡ 도라오ᄆᆞᆯ 기ᄃᆞ려 ᄒᆞᆫ가지로 나라 경ᄉᆞᄅᆞᆯ 돕게 ᄒᆞ과뎌[94] ᄒᆞ야시니 아디 못게라 존의(尊意) 엇더ᄒᆞ뇨?"

방연이 흠신(欠身)ᄒᆞ야 ᄃᆡ답ᄒᆞᄃᆡ,

"오직 ᄀᆞᄅᆞ치신 대로 ᄒᆞᆯ디니[95] 짐쟉ᄒᆞ야 ᄒᆞ쇼셔."

ᄒᆞ더라.

날이 졈을매[96] 손죄 가동을 분부ᄒᆞ야 셔【73】편 글방을 경결이 쇄소ᄒᆞ야[97] 방션ᄉᆡᆼ으로 ᄒᆞ야곰 안헐(安歇)ᄒᆞ게 ᄒᆞ라 ᄒᆞ다.

이튼날 조됴(早朝)의 연괵왕(燕蒯王)이 뎐의 오ᄅᆞ매 문무ᄇᆡᆨ관이 됴회ᄅᆞᆯ 파ᄒᆞ거ᄂᆞᆯ 손죄 츌반주왈,

"신의 ᄌᆞ 손빈이 ᄒᆞᆫ 결의ᄒᆞᆫ 아ᄋᆞ[98] 방연이 이시니 의량 위국 사ᄅᆞᆷ이니 ᄒᆞᆫ가지로 운몽산 귀곡션ᄉᆞ의게 가 ᄌᆡ조ᄅᆞᆯ ᄇᆡ화 도라와 신의 ᄌᆞ 손빈의 편지ᄅᆞᆯ 뎐ᄒᆞᄃᆡ 셔듕(書中)의 힘ᄡᅥ 방연을 쳔거ᄒᆞ야 젼ᄎᆡᆨ병셔(戰策兵書)와 뉵도삼냑(六韜三略)을 병통(幷通)ᄒᆞ고 안방뎡국(安邦定國)ᄒᆞᆯ 모ᄎᆡᆨ이 잇다 ᄒᆞ야 신으로 ᄒᆞ야곰 쥬샹긔 알외여 쓰게 ᄒᆞ라.' ᄒᆞ야시니 ᄇᆞ라ᄂᆞ니 우리 쥬샹은 준슈[쥬](准奏)ᄒᆞ샤 가젼(駕前)의 머믈워 두시면 반ᄃᆞ시 크게 쓰ᄆᆞᆯ 담당ᄒᆞ리이다."

연왕이 무로ᄃᆡ,

"그 사ᄅᆞᆷ이 어ᄃᆡ 잇ᄂᆞ뇨?"

손죄 알외ᄃᆡ,

"됴문 밧긔 잇ᄂᆞᆫ디라. 감히 쳔ᄌᆞ(擅自)히 드러【74】오디 못ᄒᆞᄂᆞ이다."

연왕이 뎐지(傳旨)ᄒᆞ야 방연을 불러 뎐의 오ᄅᆞ라 ᄒᆞᆫ대 방연이 뎐의 올라 슝호ᄇᆡ 필(嵩呼拜畢)ᄒᆞ매 연왕이 무로ᄃᆡ,

"현ᄉᆡ 어ᄂᆞ 나라 사ᄅᆞᆷ이뇨?"

방연이 ᄃᆡ왈,

"신은 의량 위국 사ᄅᆞᆷ이라. 일즉[99] 운몽산

二兄, 孝道每縈寸念.) <孫龐 1:71> ⇒ ᄆᆡ티다

93)【머믈우다】[동] 머물게 하다. ¶ 住下 ‖ 쇼ᄋᆞ의 편지의 날로 ᄒᆞ야곰 션ᄉᆡᆼ을 부듕의 머믈우고(小兒書上要留先生在我府中住下.) <孫龐 1:72>

94)【-과뎌】[미] -게 하고자. ¶ 쇼ᄋᆡ 도라오ᄆᆞᆯ 기ᄃᆞ려 ᄒᆞᆫ가지로 나라 경ᄉᆞᄅᆞᆯ 돕게 ᄒᆞ과뎌 ᄒᆞ야시니 아디 못게라 존의 엇더ᄒᆞ뇨 (待小兒回來輔國政, 不識尊意何如?) <孫龐 1:72> ⇒ -과댜, -과져, -과쟈, -과ᄌᆞ

95)【-ㄹ디니】[미] ((동사, 형용사 어간 뒤에 붙어)) -ㄹ 것이니. ¶ 오직 ᄀᆞᄅᆞ치신 대로 ᄒᆞᆯ디니 짐쟉ᄒᆞ야 ᄒᆞ쇼셔 (領教. 淺斟低酌.) <孫龐 1:72>

96)【졈을다】[형] 저물다. ¶ 晡 ‖ 날이 졈을매 손죄 가동을 분부ᄒᆞ야 셔편 글방을 경결이 쇄소ᄒᆞ야 방션ᄉᆡᆼ으로 ᄒᆞ야곰 안헐ᄒᆞ게 ᄒᆞ라 ᄒᆞ다 (早又日晡, 孫操分付家童, 打掃書房潔淨, 送龐先生安歇.) <孫龐 1:73>

97)【쇄소ᄒᆞ다】[동] {쇄소(灑掃)하다.} ¶ 打掃 ‖ 날이 졈을매 손죄 가동을 분부ᄒᆞ야 셔편 글방을 경결이 쇄소ᄒᆞ야 방션ᄉᆡᆼ으로 ᄒᆞ야곰 안헐ᄒᆞ게 ᄒᆞ라 ᄒᆞ다 (早又日晡, 孫操分付家童, 打掃書房潔淨, 送龐先生安歇.) <孫龐 1:73> ⇒ 쇄쇼ᄒᆞ다

98)【아ᄋᆞ】[명] 아우. ¶ 弟 ‖ 신의 ᄌᆞ 손빈이 ᄒᆞᆫ 결의ᄒᆞᆫ 아ᄋᆞ 방연이 이시니 (臣子孫臏, 有一決意之弟龐涓.) <孫龐 1:73>

귀곡션ᄉᆞ의게 나아가 뉵도삼냑과 젼칙병셔ᄅᆞᆯ ᄇᆡ홧더니 쥬샹이 어디 니ᄅᆞᆯ 브ᄅᆞ며 션비ᄅᆞᆯ 바ᄃᆞ시ᄆᆞᆯ 듯고 특별이 와 가하(駕下)의 ᄡᅳ이ᄆᆞᆯ 구ᄒᆞᄂᆞ이다."

연왕이 입속의 말ᄒᆞ디 아니나 ᄆᆞᄋᆞᆷ 가온대 스ᄉᆞ로 ᄉᆡᆼ각ᄒᆞ야 닐오ᄃᆡ,

"내 이 사ᄅᆞᆷ을 보니 톳긔 머리오 ᄇᆡ얌의 눈이오 쾨 매부리 ᄀᆞᆺ고 곡뒤[100] 뒤흐로셔 ᄲᅢᆷ[101]이 뵈니 의ᄅᆞᆯ 져ᄇᆞ리고 은혜ᄅᆞᆯ 니ᄌᆞᆯ 샹이라. 분명이 손빈이 저ᄅᆞᆯ 천거ᄒᆞ고 부마 손죄 인진(引進)ᄒᆞ거ᄂᆞᆯ 내 면젼의셔 죠곰도 손빈을 들먹이디 아니ᄒᆞ고 도로혀 스ᄉᆞ로 와 연의 【75】 투탁(投托)ᄒᆞᆯ와[102] 니ᄅᆞ니 이 더옥 됴티 아닌 사ᄅᆞᆷ이로다. 뎌ᄅᆞᆯ 머믈워 두면 오랜 후의 반ᄃᆞ시 됴뎡 긔강을 어즈러이고 나라 대ᄉᆞᄅᆞᆯ 믄허ᄇᆞ릴 거시니 뎌ᄅᆞᆯ 보냄만 ᄀᆞᆺ디 못ᄒᆞ다."

ᄒᆞ고 믄득 방연을 ᄃᆡᄒᆞ야 닐오ᄃᆡ,

"과인은 내 나라 사ᄅᆞᆷ만 ᄡᅳ고 밧그로셔 온 현ᄉᆞᄅᆞᆯ ᄡᅳ디 아니ᄒᆞᄂᆞ니 현ᄉᆞᄂᆞᆫ 다ᄅᆞᆫ 나라흐로 가라."

ᄒᆞ고 손조ᄅᆞᆯ 분부ᄒᆞ야,

"즉시 방연을 타발(打發)ᄒᆞ야 셩의 내여 보내고 연나라 디경의 머믈우디 말라."

ᄒᆞ니 방연이 연왕의 일댱(一場) 무류(無聊)히 굴믈 보고 손조와 ᄒᆞᆫ 가지로 부듕의 도라와 ᄒᆡᆼ니(行李)ᄅᆞᆯ 슈습ᄒᆞ야 즈레[103] 유쥐셩(幽州城)을 나 십수 리ᄅᆞᆯ ᄒᆡᆼᄒᆞ더니 길ᄀᆞ의 ᄒᆞᆫ 됴 큰 남기 잇ᄂᆞᆫ 양을 보고 방연이 연왕을 ᄒᆞᆫᄒᆞ야 ᄎᆞᆫ 칼을 ᄲᅡ혀 내여 나모 겁질을 벗기고 네 귀 시ᄅᆞᆯ 크게 ᄡᅳ니 시예 ᄒᆞ야시ᄃᆡ,

【76】 운몽증공젼칙문 (雲夢曾攻戰策文)
하산칠국망챵명 (下山七國望彰名)
건곤유도하무도 (乾坤有道何無道)
일월슈명유미맹 (日月雖明猶未明.)

운몽의 일즉 젼칙ᄒᆞᆯ 글을 ᄇᆡ호니
뫼히 ᄂᆞ려 칠국의 일홈이 나타나ᄆᆞᆯ ᄇᆞ라ᄂᆞᆫ도다
건곤이 되 이시니 엇디 되 업ᄉᆞ리오
일월이 비록 ᄇᆞᆰ으나 오히려 ᄇᆞᆰ디 못ᄒᆞ도다

보검쳘시셩두찬 (寶劒掣時星斗燦)
정긔젼쳐귀신경 (征旗展處鬼神驚)
일됴낙ᄌᆡ방연슈 (一朝落在龐涓手)
연국인민잔토평 (燕國人民剗土平.)

보검을 ᄲᅡ힐 ᄢᅢ예 셩뒤 빗나고
정긔ᄅᆞᆯ 펴ᄂᆞᆫ 곳의 귀신이 놀라ᄂᆞᆫ도다
일됴의 방연의 손의 ᄠᅥ러뎌 이시니
연나라 인민이 ᄒᆞᆰ을 갓가[104] 평ᄒᆞ리라

---

99) 【일즉】 [부] 일찍. 일찌이. ¶ 曾 ‖ 일즉 운몽산 귀곡션ᄉᆞ의게 나아가 뉵도삼냑과 젼칙병셔ᄅᆞᆯ ᄇᆡ홧더니 (臣宜梁魏國人氏, 曾向雲夢山鬼谷仙師處, 授得六韜三略、戰策兵書.) <孫龐 1:74> ⇒ 일, 일ᄧᅳᆨ이, 일쯕, 일쯕에, 일쯕이, 일즉이, 일즙

100) 【곡뒤】 [명] 꼭뒤. 뒤통수. ¶ 곡뒤 (腦後) <譯上 身體 32a> <方一 身體 15b> 腦後 ‖ 내 이 사ᄅᆞᆷ을 보니 톳긔 머리오 ᄇᆡ얌의 눈이오 쾨 매부리 ᄀᆞᆺ고 곡뒤 뒤흐로셔 ᄲᅢᆷ이 뵈니 의ᄅᆞᆯ 져ᄇᆞ리고 은혜ᄅᆞᆯ 니ᄌᆞᆯ 샹이라 (吾觀此人, 兎頭蛇眼, 鼻如鷹嘴, 腦後見腮, 背義忘恩之相.) <孫龐 1:74>

101) 【ᄲᅢᆷ】 [명] 빰. ¶ 腮 ‖ 내 이 사ᄅᆞᆷ을 보니 톳긔 머리오 ᄇᆡ얌의 눈이오 쾨 매부리 ᄀᆞᆺ고 곡뒤 뒤흐로셔 ᄲᅢᆷ이 뵈니 의ᄅᆞᆯ 져ᄇᆞ리고 은혜ᄅᆞᆯ 니ᄌᆞᆯ 샹이라 (吾觀此人, 兎頭蛇眼, 鼻如鷹嘴, 腦後見腮, 背義忘恩之相.) <孫龐 1:74>

102) 【-ㄹ와】 [미] -(었)도다. ¶ 분명이 손빈이 저ᄅᆞᆯ 천거ᄒᆞ고 부마 손죄 인진ᄒᆞ거ᄂᆞᆯ 내 면젼의셔 죠곰도 손빈을 들먹이디 아니ᄒᆞ고 도로혀 스ᄉᆞ로 와 연의 투탁ᄒᆞᆯ와 니ᄅᆞ니 이 더옥 됴티 아닌 사ᄅᆞᆷ이로다 (分明孫臏薦他投燕, 況又駙馬孫操引進, 怎麽在我面前不提孫臏, 反說自來投燕, 眼見不是好人.) <孫龐 1:74>

103) 【즈레】 [부] 지레. 질러. 미리. ¶ 徑 ‖ 방연이 연왕의 일댱 무류히 굴믈 보고 손조와 ᄒᆞᆫ 가지로 부듕의 도라와 ᄒᆡᆼ니ᄅᆞᆯ 슈습ᄒᆞ야 즈레 유쥐셩을 나 십수 리ᄅᆞᆯ ᄒᆡᆼᄒᆞ더니 (龐涓吃燕王一場沒趣, 同孫操回府, 收拾行李, 徑出幽州城, 行十數里.) <孫龐 1:75> ⇒ 즈러

104) 【갉다】 [동] 깎다. ¶ 剗 ‖ 일됴의 방연의 손의 ᄠᅥ러뎌 이시니 연나라 인민이 ᄒᆞᆰ을 갓가 평ᄒᆞ리라 (一朝落在龐涓手, 燕國人民剗土平.) <孫龐 1:76> 剗 ‖ ·낫 맛 ᄉᆞ·ᅀᅵ예 바고·니ᄅᆞᆯ ·소·ᄃᆞ니 시·ᄉᆞ며 갓·곤 거·시 서르 두·펫도·다 (放筐亭午際, 洗剗相蒙羃.) <杜初 16:71b>

쓰기롤 ᄆᆞᄎᆞ매 다시 힝ᄒᆞ더니 수리롤 못 가셔 임의 졔나라희 다ᄃᆞ라ᄂᆞᆫ디라. 방연이 님취셩(臨淄城)의 나아가 ᄀᆡᆨ뎜(客店)을 어더 힝니롤 머믈우고 경히 쉬고져 ᄒᆞ더니 졔위왕(齊威王)이 태ᄉᆞ 추긔(鄒忌)롤 【77】 명ᄒᆞ야 교댱(敎場) 등의 이셔 쵸현납ᄉᆞ(招賢納士)ᄒᆞ더니 방연이 이 쇼식을 듯고 만심환희(滿心歡喜)ᄒᆞ야 교댱의 가니 파문관(把門官)이 통보ᄒᆞᆫ대 추태시 ᄒᆞ야곰 드러와 뵈라 ᄒᆞ니 방연이 연무ᄃᆡ(演武臺) 알ᄑᆡ 다ᄃᆞ라 추태ᄉᆞ긔 참비ᄒᆞᆫ대 태시 무로ᄃᆡ,

"어ᄂᆡ 방(方) 인ᄊᆡ(人氏)며 셩명은 므어시뇨?"

방연이 닐오ᄃᆡ,

"모ᄂᆞᆫ 위량 위국인이니 셩은 방이오 명은 연이니 일즉 운몽산 귀곡션ᄉᆡ의 곳의 이셔 병셔와 젼칙을 비화 군ᄉᆞ롤 힝ᄒᆞ며 딘을 버리매 통티 못ᄒᆞᆯ 배 업ᄉᆞᆫ디라. 특별이 와 뵈ᄂᆞ니 빌건대 녹용(錄用)ᄒᆞ믈 ᄇᆞ라ᄂᆞ이다."

추태시 방연을 ᄌᆞ시 보니 샹뫼 단졍티 못ᄒᆞᆫ디라 ᄆᆞ옴의 스스로 혜아리ᄃᆡ,

'뎌 놈이 간심(奸心)이 현고[노](顯露)ᄒᆞ니 무의(無義)ᄒᆞᆫ 무리라 만일 머믈워 두면 다ᄅᆞᆫ 날의 내 병권재[105] 아ᄉᆞ리라.'

ᄒᆞ고 믄득 【78】 긔귀(幾句) 화셜로 방연을 타발(打發)ᄒᆞ야 보낸대 방연이 만면슈괴(滿面羞愧)ᄒᆞ야 연무뎡으로 나가며 크게 ᄭᅮ지저 ᄀᆞᆯ오ᄃᆡ,

"뎌 놈이 그릇 졔나라 태ᄉᆞ(太師) 벼슬을 ᄒᆞ야 됴히 어디 니롤 듕히 아니 너기니 내 만일 이제 드러가 졔왕긔 면현(面見)ᄒᆞ야 만일 날을 쓰면 몬져 이놈을 잡아 병권을 아ᄉᆞ리라."

ᄒᆞ고 바로 셔화문(西華門)의 니ᄅᆞ러 황문(黃門)이 계주(啓奏)ᄒᆞᆫ대 졔왕이 방연을 블러 뎐의 오ᄅᆞ라 ᄒᆞᆫ대 미처 입을 여디 못ᄒᆞ야셔 몬져 셩명과 향관(鄕貫)을 젼과 ᄀᆞᆺ티 니ᄅᆞᆫ대 졔왕이 닐오ᄃᆡ,

"임의 윗나라 사ᄅᆞᆷ이면 가쥐(家住) 어드메오?"

방연이 닐오ᄃᆡ,

"우두방(牛頭坊) 토원항(兎元巷)의 머므ᄂᆞ이다."

졔왕이 소리 딜러 ᄭᅮ지저 닐오ᄃᆡ,

"뎌 놈이 무샹(無狀)ᄒᆞ도다[106]! 우두방 토원항이 과인의 일홈지라. 일홈을 범ᄒᆞ니 외방 현ᄉᆡ 엇디 【79】 각국 왕후의 휘ᄌᆞ(諱字)롤 아디 못ᄒᆞ고 감히 어즈러이 니ᄅᆞᄂᆞ뇨?"

무ᄉᆞ롤 ᄭᅮ지저 미러내여 됴문 밧긔 가 머리롤 버혀 호령ᄒᆞ라 ᄒᆞᆫ대 됴반 듕의 태우(大夫) 복샹(卜商)이 나아와 계주(啓奏)ᄒᆞ니 이 복샹은 곳 ᄌᆞ해(子夏)니 공ᄌᆞ의 문인이오 졔국 샹태우(上大夫)라.[107]

알외ᄃᆡ,

"아쥐 만일 방연을 버히면 현우[賢路]롤 폐식(閉塞)ᄒᆞᆯ가 ᄒᆞᄂᆞ이다."

왕이 무로ᄃᆡ,

"어이ᄒᆞ야 현우[賢路]롤 폐식ᄒᆞᆫ다 ᄒᆞᄂᆞ뇨?"

복샹이 ᄀᆞᆯ오ᄃᆡ,

"경히 아왕의 명휘(名諱)롤 범ᄒᆞ니 니예 맛당이 버힐디라. 아ᄂᆞ니ᄂᆞᆫ 의논이 업ᄉᆞ려니와 모ᄅᆞᄂᆞ니ᄂᆞᆫ 닐오ᄃᆡ, '아왕이 현ᄉᆞ롤 듕히 너기디 아니ᄒᆞ야 니쟈(來者)롤 불용ᄒᆞ고 반ᄉᆞ기ᄉᆡ(反賜其死)라 ᄒᆞ야 일후의 비록 영웅이 이시나 감히 계예 투티 못ᄒᆞ리이다.'"

졔왕이 쥰주(准奏)ᄒᆞ야 방연을 죽기롤 샤ᄒᆞ고 됴문 밧긔 미러내티다. 방 【80】 연이 노호오믈[108] 먹음고 힝니롤 슈습ᄒᆞ야 다ᄅᆞᆫ 나라흐로

---

105) 【재】 [조] 째. ¶ 連 ‖ 뎌 놈이 간심이 현고ᄒᆞ니 무의ᄒᆞᆫ 무리라 만일 머믈워 두면 다ᄅᆞᆫ 날의 내 병권재 아ᄉᆞ리라 (這厮奸心顯露, 無義之徒, 如留在此, 他日連我兵權侵奪.) <孫龐 1:77>

106) 【무샹ᄒᆞ다】 [형] {무상(無狀)하다.} 버릇없다. 무례하다. ¶ 無狀 ‖ 뎌 놈이 무샹ᄒᆞ도다 우두방 토원항이 과인의 일홈지라 일홈을 범ᄒᆞ니 외방 현ᄉᆡ 엇디 각국 왕후의 휘ᄌᆞ롤 아디 못ᄒᆞ고 감히 어즈러이 니ᄅᆞᄂᆞ뇨 (這厮無上狀! 牛頭街兎元巷, 有犯寡人名諱, 外邦賢士, 豈不知各國王侯的諱字, 輒敢亂道!) <孫龐 1:78> ⇒ 무샹ᄒᆞ다

107) 【태우】 [명] 대부(大夫). ¶ 大夫 ‖ 오래 태우의 놉픈 일홈을 우레ᄀᆞᆺ티 드러시나 운산이 아ᄋᆞ라ᄒᆞ여 서ᄅᆞ 보디 못ᄒᆞ믈 ᄒᆞᆫᄒᆞ더니 (久聞大夫高名, 如雷灌耳.恨雲山迢遠, 不得聽教.) <三國 19:96> 샤옹은 망국 태우의 유얼이라 궁ᄒᆞ야 능히 스ᄉᆞ로 보젼티 못ᄒᆞ야 쟝ᄎᆞ 구학의 년부ᄒᆞ야 <玉壺 1:34>

108) 【노호오-】 [동] «노흡다» 노엽다. ¶ 怒 ‖ 방연이 노호오믈 먹음고 힝니롤 슈습ᄒᆞ야 다ᄅᆞᆫ

갈ᄉᆡ 힝ᄒᆞ야 의량교(宜梁橋) 우희 니ᄅᆞ러 젼면의 긔번(旗旛)이 잡치(襍彩)ᄒᆞ고 금괴졔명(金鼓齊鳴)ᄒᆞ며 인매족옹(人馬簇擁)ᄒᆞ야 오니 방연이 숨을 곳이 업서 ᄃᆞ리 밋ᄐᆡ 숨어 눈을 뎡ᄒᆞ야 보니 믄득 위혜왕(魏惠王)의 어개 오ᄂᆞᆫ디라. 위왕이 졔예 니ᄅᆞ러 므엇ᄒᆞ리오마ᄂᆞᆫ 원ᄂᆡ 각국 졔휘 삼 년의 ᄒᆞᆫ 번식 쥬왕(周王)의게 됴회ᄒᆞ더니 그 ᄢᅴ예 위왕이 특별이 와 졔왕으로 더브러 드러와 됴근(朝覲)ᄒᆞ랴 ᄒᆞ더라.

이ᄋᆞᆨᄒᆞ야[109] 위왕의 어개 ᄃᆞ리 우희 니ᄅᆞ니 ᄆᆞᆯ이 즐겨 가디 아닛ᄂᆞᆫ디라. 위왕이 닐오ᄃᆡ,

"ᄆᆞᆯ이 즐겨 힝티 아니ᄒᆞ니 이 엇딘 일고?"

좌호가(左護駕) 셔갑(徐甲)과 우호가 뎡안평(鄭安平)이 샹젼(上前) 주왈,

"교하(橋下)의 아니 므슴 물건이 잇ᄂᆞᆫ가 ᄒᆞᄂᆞ이다."

위왕이 군ᄉᆞ로 더브러 ᄒᆞ야곰 【81】 ᄃᆞ리 아래 므어시 잇ᄂᆞᆫ고 어드라[110] ᄒᆞᆫ대 도로혀 ᄒᆞᆫ 낫 사ᄅᆞᆷ을 어더 내니 군ᄉᆡ 방연을 자바 위왕의 알ᄑᆡ 니ᄅᆞ니 왕이 닐오ᄃᆡ,

"이 놈이 아니 타방(他邦) 셰작(奸細)[111]인가?"

방연이 닐오ᄃᆡ,

"신이 셰작이 아니라 본부 의량인이니 셩명은 방연이라 ᄒᆞᄂᆞ니 귀곡션ᄉᆞ의 병셔ᄅᆞᆯ ᄇᆡ화 본방의 도라와 아왕긔 뵈랴 ᄒᆞ더니 긔약디 아녀셔 길희셔 만나니 빌건대 죄 샤ᄒᆞ쇼셔."

위왕이 닐오ᄃᆡ,

"만일 과인을 보려 ᄒᆞᆯ진대 어이 ᄃᆞ리 아래 숨어 잇ᄂᆞ뇨?"

방연이 닐오ᄃᆡ,

"신이 힝니 몸의 이시ᄆᆞᆯ 인ᄒᆞ야 감히 됴현(朝見)티 못ᄒᆞ고 잠간 예 이셔 호[회]피(廻避)ᄒᆞ엿ᄂᆞ이다."

우호가 뎡안평이 알외ᄃᆡ,

"신이 아ᄋᆞᆸᄂᆞ니[112] 이 사ᄅᆞᆷ이 우두방 토원항의 잇ᄂᆞᆫ 방형(龐衡)의 아ᄃᆞᆯ이라. 삼년 젼 섯ᄃᆞᆯ의 뎌놈의 집의셔 길희 더러온 거ᄉᆞᆯ 업텨 【82】 어ᄅᆞᆷ이 되야 ᄆᆞᆯ굽이 ᄆᆞᆺ그러뎌 신이 ᄂᆞ려뎌 샹ᄒᆞ니 그 아비 방형을 잡아 칙티(責治)ᄒᆞ엿더니 ᄉᆡᆼ각건대 방연이 반ᄃᆞ시 ᄒᆞᆫ을 ᄆᆞᄋᆞᆷ의 긔록ᄒᆞ야 이제 무예ᄅᆞᆯ ᄇᆡ화 도라와 몬져 다ᄅᆞᆫ 나라희 가 ᄡᅳ이ᄆᆞᆯ 구ᄒᆞ다가 다ᄅᆞᆫ 나라히 ᄡᅳ디 아니ᄆᆞᆯ 인ᄒᆞ야 본국으로 도라오미라. ᄯᅩ 운몽산 길희 이리로 디나디 아니ᄒᆞ니 심히 불인(不仁)의 ᄆᆞᄋᆞᆷ을 두엇ᄂᆞᆫ디라. ᄇᆞ라건대 아왕은 샹찰(詳察)ᄒᆞ쇼셔."

위왕이 뎐지ᄒᆞ야 방연을 자바 본국의 도라가 남뇌(南牢)[113]예 가도앗다가 회됴(回朝)ᄒᆞ고 국문(鞫問)ᄒᆞ리라 ᄒᆞᆫ대 군괴(軍校) 수리 기러기 ᄎᆞ듯 ᄒᆞ야 방연을 자바 ᄆᆡ여가니 시예 ᄀᆞᆯ오ᄃᆡ,

인유농교셩졸 (人有弄巧成拙)
ᄉᆞ유년패위공 (事有轉敗爲功)
【83】 금일신냥교샹 (今日新梁橋上)
텬교졀좔영웅 (天教折挫英雄.)

사ᄅᆞᆷ이 공교로온 거ᄉᆞᆯ 희롱ᄒᆞ다가 졸ᄒᆞ미 일고

나라흐로 갈ᄉᆡ (龐涓含怒, 打點又投別國.) <孫龐 1:80> ⇒ 노흡다

109) 【이ᄋᆞᆨᄒᆞ야】 부 얼마 있다가. ¶ 少頃 ‖ 이ᄋᆞᆨᄒᆞ야 위왕의 어개 ᄃᆞ리 우희 니ᄅᆞ니 ᄆᆞᆯ이 즐겨 가디 아닛ᄂᆞᆫ디라 (少頃, 魏王駕到橋上, 馬不肯行.) <孫龐 1:80>

110) 【얻다】 동 찾다. 수색(搜索)하다. ¶ 搜 ‖ 위왕이 군ᄉᆞ로 더브러 ᄒᆞ야곰 ᄃᆞ리 아래 므어시 잇ᄂᆞᆫ고 어드라 ᄒᆞᆫ대 도로혀 ᄒᆞᆫ 낫 사ᄅᆞᆷ을 어더내니 (魏王着軍士橋下搜, 那里有甚物件, 反搜出个人來.) <孫龐 1:81> ⇒ 엇-, 엇ㄷ-

111) 【셰작】 명 {세작(細作).} 첩자(諜者). ¶ 奸細 ‖ 군ᄉᆡ 방연을 자바 위왕의 알ᄑᆡ 니ᄅᆞ니 왕이 닐오ᄃᆡ 이 놈이 아니 타방 셰작인가 (軍士把龐涓拿到魏王駕前, 王道: "這廝敢是外邦奸細.") <孫龐 1:81>

112) 【-ᄋᆞᆸ-】 미 -압-. ¶ 신이 아ᄋᆞᆸᄂᆞ니 이 사ᄅᆞᆷ이 우두방 토원항의 잇ᄂᆞᆫ 방형의 아ᄃᆞᆯ이라 (臣認得此人, 牛頭街兎元巷開染坊龐衡之子.) <孫龐 1:81> ⇒ -ᄉᆞᆸ-, -ᄌᆞᆸ-

113) 【南牢 남뢰】 nánláo <名> 남뇌 *死囚之牢。‖ "魏王傳旨, 將龐涓押回本國, ～監候, 回朝鞫問, 那些軍校鷹拏雁爪, 把龐涓扭了就走." 위왕이 뎐지ᄒᆞ야 방연을 자바 본국의 도라가 남뇌예 가도앗다가 회됴ᄒᆞ고 국문ᄒᆞ리라 ᄒᆞᆫ대 군ᄀᆞ 수리 기러기 ᄎᆞ듯 ᄒᆞ야 방연을 자바 ᄆᆡ여가니 (孫龐 1:82) "你因與我有關親, 你歸唐王, 各事一主, 敵國之臣, 怎敢大膽, 左右與我拿着這廝, 下在～中去。" (老君堂 2) 刑部監。‖ "聖旨惱怒, 拿下～監禁, 合同三法司審問。" (金瓶 17)

일이 해ᄅᆞᆯ 두로혀 공이 되도다
오ᄂᆞᆯ날 신냥교 우희
하ᄂᆞᆯ이 영웅으로 ᄒᆞ야곰 졀잘킈114) ᄒᆞᄂᆞᆫ도다

위왕이 님ᄎᆡ셩의 드러가니 하ᄂᆞᆯ빗치 졍히 낫115)이라. 군마ᄅᆞᆯ 뎐녕ᄒᆞ야 방경[셩]찰쥬(傍城札駐)ᄒᆞ고 위왕은 금뎡관역(金亭館驛)116)의 머믈고 승샹 뎡안평을 명ᄒᆞ야 드러가 졔왕긔 ᄉᆞᆯ온대 졔왕이 ᄲᆞᆯ리 금뎡관역의 가 서ᄅᆞ 보랴 ᄒᆞᆯ시 뎐지ᄒᆞ야 금뎡관역의 잔치ᄅᆞᆯ 베프고 위왕을 관ᄃᆡᄒᆞᆯ시 광녹ᄉᆞ(光祿寺)ᄂᆞᆫ 술을 나오고117) 어쥬(御廚)ᄂᆞᆫ 음식을 나오고 교방ᄉᆞ(敎坊司)ᄂᆞᆫ 진악(進樂)ᄒᆞ야 이왕(二王)이 잔치ᄅᆞᆯ 파ᄒᆞ고 명일로 언약ᄒᆞ야 쥬의 도라와 됴근(朝覲)ᄒᆞ려 ᄒᆞ더라. 졔왕은 드ᄃᆡ여 궁으로 도라오고 위왕은 금뎡관역의 안헐ᄒᆞ더라. ᄂᆡ됴의 위왕이 가(駕)ᄅᆞᆯ 두로혀 졔국으로 오니 졔왕이 즉시 【84】 잔치ᄅᆞᆯ 만화원[萬卉園] 듕의 베프고 졔왕으로 더브러 젼힝(餞行)ᄒᆞᆯ시 이왕(二王)의 개 만화원의 니ᄅᆞ니 졍히 츈광(春光)이 명연[明媚]ᄒᆞ고 경티(景致) ᄌᆞ못 됴흔디라.

보ᄇᆡ로온 섬의 곳치 븕고 구ᄉᆞᆯ 언덕의ᄂᆞᆫ 봄새배오 황금 ᄃᆡ샤(臺榭)의ᄂᆞᆫ 연지(燕子) 깃드리고 벼[벽]옥(碧玉) 난간의ᄂᆞᆫ 잉개(鸚歌) 집을 삼고 사ᄉᆞᆷ은 원님(園林)의셔 ᄂᆞ니 곳ᄎᆞᆯ ᄎᆞᆺ디 아니면 일이 업고 고기 디슈(池水)의셔 노니 물을 희롱ᄒᆞ미 원인이 잇더라. 낭뎝(浪蝶)이 연젼(筵前)을 향ᄒᆞ야 분을 놀리고 뉴잉은 일편되이 셕반의 아황(□簧)을 됴롱ᄒᆞ더라.

연음(宴飮)ᄒᆞᆯ ᄉᆞ이예 홀연 일딘 대풍이 딘토(塵土)ᄅᆞᆯ 브러 졔왕의 돗 알ᄑᆡ 반촌(半寸) 둣긔118)나 빠히ᄃᆡ 위왕의 셕샹의ᄂᆞᆫ 반뎜도 업ᄉᆞ니 졔왕이 무로ᄃᆡ,

"긔괴ᄒᆞᆫ 일이로다. 과인의 돗 알ᄑᆡᄂᆞᆫ 허다ᄒᆞᆫ 딘퇴(塵土) 니러나ᄃᆡ 그ᄃᆡ 돗긔119)ᄂᆞᆫ 반뎜도 【85】 업ᄉᆞ니 이 엇딘 일고?"

위왕이 닐오ᄃᆡ,

"그ᄂᆞᆫ 벽딘쥬ᄅᆞᆯ 씌여 몸의 이시모로 딘퇴 가히 갓가이 못ᄒᆞᄂᆞ니라."

졔왕이 닐오ᄃᆡ,

"내 일즉 보디 못ᄒᆞ야더니 ᄋᆞᆼ당 지뵌(至寶)가 시브니 감히 ᄒᆞᆫ번 보ᄆᆞᆯ 구ᄒᆞ노라."

위왕이 금낭 가온대로셔 내여 황금반의 담아 졔왕의 알ᄑᆡ 니ᄅᆞ니 졔왕이 바다 보니 그 구슬이 반을 둘러 구을기120)ᄅᆞᆯ 마디 아니ᄒᆞ거ᄂᆞᆯ 졔왕이 닐오ᄃᆡ,

"뎡커든 ᄌᆞ시 보랴 ᄒᆞ노라."

위왕이 닐오ᄃᆡ,

"디견녜(贄見禮)ᄅᆞᆯ 구ᄒᆞᄂᆞ니라."

졔왕이 블러 닐오ᄃᆡ,

"벽딘쥬ᄂᆞᆫ 머믈라. 괴 너ᄅᆞᆯ 은젼 일빅 문을 주리라."

그 구슬이 구을기ᄅᆞᆯ 졈〻 긴히 ᄒᆞ거ᄂᆞᆯ 졔왕이 ᄯᅩ 블러 닐오ᄃᆡ,

"벽진쥐 엇디 뎡티 아니ᄒᆞᄂᆞ뇨?"

위왕이 닐오ᄃᆡ,

"뎨 진녜(贄禮) 젹으ᄆᆞᆯ 혐의로이121) 너기ᄂᆞ

---

114) 【졀잘ᄒᆞ다】 동 {절좌(折挫)하다.} 좌절시키다. ¶ 折挫 ‖ 오ᄂᆞᆯ날 신냥교 우희 하ᄂᆞᆯ이 영웅으로 ᄒᆞ야곰 졀잘킈 ᄒᆞᄂᆞᆫ도다 (今日新梁橋上, 天敎折挫英雄.) <孫龐 1:83>

115) 【낫】 명 낮. ¶ 午 ‖ 위왕이 님ᄎᆡ셩의 드러가니 하ᄂᆞᆯ빗치 졍히 낫이라 (魏王進臨淄城, 天色正午.) <孫龐 1:83> ⇒ 나됴, 나죵, 나죄, 낫

116) 【관역】 명 관역(館驛). ¶ 館驛 ‖ 쳥컨대 장군은 금뎡관역의 가 군ᄉᆞᄅᆞᆯ 쉬윗다가 (今請將軍到金亭館驛.) <孫龐 4:92>

117) 【나오다】 동 내다. 내오다. ¶ 뎐지ᄒᆞ야 금뎡관역의 잔치ᄅᆞᆯ 베프고 위왕을 관ᄃᆡᄒᆞᆯ시 광녹ᄉᆞᄂᆞᆫ 술을 나오고 어쥬ᄂᆞᆫ 음식을 나오고 교방ᄉᆞᄂᆞᆫ 진악ᄒᆞ야 이왕이 잔치ᄅᆞᆯ 파ᄒᆞ고 명일로 언약ᄒᆞ야 쥬의 도라와 됴근ᄒᆞ려 ᄒᆞ더라 <孫龐 1:83>

118) 【둣긔】 명 두께. ¶ 厚 ‖ 홀연 일딘 대풍이 딘토ᄅᆞᆯ 브러 졔왕의 돗 알ᄑᆡ 반촌 둣긔나 빠히ᄃᆡ 위왕의 셕샹의ᄂᆞᆫ 반뎜도 업ᄉᆞ니 (猛可一陣大風, 刮起一天塵土, 齊王席前約有半寸厚.) <孫龐 1:84>

119) 【돇】 명 돗자리. 자리. ¶ 席 ‖ 과인의 돗 알ᄑᆡᄂᆞᆫ 허다ᄒᆞᆫ 딘퇴 니러나ᄃᆡ 그ᄃᆡ 돗긔ᄂᆞᆫ 반뎜도 업ᄉᆞ니 이 엇딘 일고 (孤席前刮起許多塵土, 君席並無一點, 此何說也?) <孫龐 1:84>

120) 【구을다】 동 구르다. ¶ 위왕이 금낭 가온대로셔 내여 황금반의 담아 졔왕 알ᄑᆡ 니ᄅᆞ니 졔왕이 바다 보니 그 구슬이 반을 둘러 구을기ᄅᆞᆯ 마디 아니ᄒᆞ거ᄂᆞᆯ <孫龐 1:85>

이다.”

졔왕이 닐오ᄃᆡ,

“벽딘쥬야 과인이 너를 홍나(紅羅) 십필과 녹금(綠錦) 십필을 【86】 주리라.”

구술이 반 가온대 이셔 ᄒᆞᆫ 소리를 ᄒᆞ고 동탄(動撣)티 아니ᄒᆞ니 졔왕이 년ᄒᆞ야 기려[122] 닐오ᄃᆡ,

“과연 셰샹의 드믄 됴ᄒᆞᆫ 보패(寶貝)[123]로다.”

믄득 위왕을 ᄃᆡᄒᆞ야 닐오ᄃᆡ,

“과인이 셩 두 좌(座)로 이 구술을 밧고고져 ᄒᆞᄂᆞ니 가ᄒᆞ냐?”

위왕이 팀음ᄒᆞ야 닐오ᄃᆡ,

“뎔로 더브러 밧고면 우리나라히 다만 뎌 딘국(鎭國)의 뵈(寶) 이시니 뎌를 주면 뎌의 슈듕의 ᄯᅥ러디ᄂᆞ니 엇디ᄒᆞ야 이 됴흐리오?”

좌ᄉᆞ우샹(左思右想)ᄒᆞ다가 눈섭을 ᄒᆞᆫ 번 찡긔고[124] 계괴 ᄆᆞ옴으로조차 닐오ᄃᆡ,

“이 구술이 ᄌᆞ웅 두 나ᄎᆞ로셔 ᄒᆞᆫ 낫치 과인의 슈신협샹(隨身篋箱) 가온대 이셔 ᄆᆞ양[125] ᄒᆞ나히 서르 ᄯᅥ나면 몰라 죽ᄂᆞ니 괴 가지고 도라가든 그ᄃᆡ 맛당이 목욕지계ᄒᆞ기를 삼일을 ᄒᆞ라. 괴 다시 보내리라.”

졔왕이 밋고 근시를 명ᄒᆞ야 도라보낸대 위왕이 금낭의 녀타.

위왕이 잔【87】치를 파ᄒᆞ고 관역의 니ᄅᆞ러 뎡안평과 셔갑(徐甲) 쥬히(朱亥) 후영(侯嬴) 등을 불러 알ᄑᆡ 나아와 닐오ᄃᆡ,

“과인이 오ᄂᆞᆯ 졔왕으로 더브러 만화원의셔 잔치ᄒᆞᆯ시 진실로 곳츤 븕고 플은 고으며 춤은 묘ᄒᆞ고 노래ᄂᆞᆫ 믉으니 졍히 환낙ᄒᆞᆯ 즈음의 홀연 광풍이 니러나 딘새(塵沙) 날을 ᄀᆞ리오ᄃᆡ 괴 스ᄉᆞ로 벽딘쥐 몸의 잇ᄂᆞᆫ디라 ᄒᆞᆫ 듯글도 몸의 믓디 아니ᄒᆞ고 졔왕의 알ᄑᆡ 비딘이 만안(滿眼)ᄒᆞ니 일로 인ᄒᆞ야 분급ᄒᆞ거ᄂᆞᆯ 괴 간힐ᄒᆞ기의 일허 믄득 벽딘이 몸의 ᄎᆞ인 연고를 니ᄅᆞᆫ대 뎨 뎡코 비러 보기를 구ᄒᆞ거ᄂᆞᆯ 내디 아니티 못ᄒᆞ야 뵈엿더니 엇디 뎨 ᄒᆞᆫ 번 보고 뎨 셩 두 좌를 년ᄒᆞ야 이 구술을 밧고고져 ᄒᆞ니 ᄉᆡᆼ각건대 이 구술은 이에 딤이 딘국ᄒᆞᆫ 보ᄇᆡ라. 입으로 비록 허ᄒᆞ나 【88】 ᄆᆞ옴의 실로 원티 아니ᄒᆞᄂᆞ니 딤이 소견 도라와시나 만일 졔왕이 견집(堅執)ᄒᆞ야 이 구술을 밧고려 ᄒᆞ면 과인의 쥬의 됴희 ᄒᆞ라온 군ᄉᆞᄂᆞᆫ 겨유 일네니 만일 일홈이 이시면 엇디ᄒᆞ여야 됴흐리오?”

뎡안평이 ᄃᆡᄒᆞ야 ᄀᆞᆯ오ᄃᆡ,

신은 드르니 ᄇᆡᆨ셩은 나라 근본이오. 근본이 구ᄃᆞ면 나라히 평안ᄒᆞ다 ᄒᆞᄂᆞ니 벽딘쥐 비록 이뵈(異寶)라 ᄒᆞ나 나라 ᄒᆞᄂᆞᆫ 도리ᄂᆞᆫ 듕ᄒᆞᆫ ᄇᆡᆨ셩이니 이제 졔왕이 임의 즐겨 셩 두 좌로ᄡᅥ 이 구술을 밧고면 토광민듕(土廣民衆)ᄒᆞ리니 가티 아니미 업ᄂᆞ니 이제 왕이 ᄯᅩ 뎌를 밧고믈 허ᄒᆞ야시니 일됴의 언약을 어글우ᄎᆞ면[126] 이ᄂᆞᆫ 실신ᄒᆞ미라. 엇디 ᄡᅥ 졔왕의 ᄆᆞ옴을 항복긔 ᄒᆞ리오. 쟝ᄂᆡ예 홍병결원(興兵結怨)ᄒᆞ며 셰예 반ᄃᆞ시 니를 배라. 신의 의견으로 혈딘대 벽【89】딘쥬를 가져 이 녀[년]셩(連城)을 바ᄃᆞ미 닌국으로 ᄒᆞ야곰 드러도 다 우리 왕이 보화를 경히 너기고 토디를 듕히 너긴다 ᄒᆞ야 텬해 ᄆᆞ옴을 도라보내리니 진실로 패왕의 게(擧) 되니 원컨대 왕은 도모ᄒᆞ쇼셔.”

---

121) 【혐의로이】 閅 {혐의(嫌疑)로이.} 싫게. ¶ 嫌 ‖ 뎨 진네 젹으믈 혐의로이 너기ᄂᆞ이다 (他嫌王贄禮少.) <孫龐 1:85>

122) 【기리다】 動 기리다. 칭찬(稱讚)하다. ¶ 喝采 ‖ 구술이 반 가온대 이셔 ᄒᆞᆫ 소리를 ᄒᆞ고 동탄티 아니ᄒᆞ니 졔왕이 년ᄒᆞ야 기려 닐오ᄃᆡ (那珠在盤中響亮一聲, 就不動撣, 齊王連聲喝采.) <孫龐 1:86>

123) 【보패】 名 보배(寶貝). ¶ 寶貝 ‖ 과연 셰샹의 드믄 됴ᄒᆞᆫ 보패로다 (好件寶貝, 果世罕有.) <孫龐 1:86> 寶 ‖ 만일 ᄃᆡᄂᆞᆫ제 ᄀᆞᄐᆞ면 이 두 낫 보패를 만나셔 엇디 고이 두리오 (弱視往日得了這兩件活寶, 分甚麽皂白, 自然是我二人受用.) <後水滸 2:31> ⇒ 보븨, 보ᄇᆡ

124) 【찡긔다】 動 찡그리다. ¶ 蹙 ‖ 좌ᄉᆞ우샹ᄒᆞ다가 눈섭을 ᄒᆞᆫ 번 찡긔고 계ᄀᆞ ᄆᆞ옴으로조차 닐오ᄃᆡ (左思右想, 眉端一蹙, 計上心來道.) <孫龐 1:86>

125) 【ᄆᆞ양】 副 늘. 항상(恒常). ¶ 每 ‖ 이 구술이 ᄌᆞ웅 두 나ᄎᆞ로셔 ᄒᆞᆫ 낫치 과인의 슈신협샹 가온대 이셔 ᄆᆞ양 ᄒᆞ나히 서르 ᄯᅥ나면 몰라 죽ᄂᆞ니 (此珠有雌雄二顆, 還有一顆, 在孤隨身的篋箱中, 每一相離, 乾涸而死.) <孫龐 1:86>

126) 【어글웇다】 動 어기다. 거역(拒逆)하다. ¶ 이제 왕이 ᄯᅩ 뎌를 밧고믈 허ᄒᆞ야시니 일됴의 언약을 어글우ᄎᆞ면 이ᄂᆞᆫ 실신ᄒᆞ미라 <孫龐 1:88>

위왕이 머리ᄅᆞᆯ ᄒᆞᆫ드러 ᄀᆞᆯ오ᄃᆡ,

"경이 다만 그 ᄒᆞ나ᄒᆞᆯ 알고 그 둘ᄒᆞᆯ 모ᄅᆞ는도다. 이ᄣᅢᄅᆞᆯ 당ᄒᆞ야 능히 군ᄉᆞᄅᆞᆯ 치며 군ᄉᆞᄅᆞᆯ 모흐면 토디 엇기는 쉽고 이 구술은 삼한(三韓)으로브터 나시니 실로 무가지뵈(無價之寶)라. 나는 드ᄅᆞ니 군ᄉᆞ는 사ᄅᆞᆷ의 됴화ᄒᆞ는 바ᄅᆞᆯ 앗디 아니ᄒᆞᆫ다 ᄒᆞ니 졔왕이 어디디 못ᄒᆞ야 구술을 보고 ᄆᆞᆫ득 앗기ᄅᆞᆯ ᄉᆡᆼ각ᄒᆞ니 탐녀(貪戾)ᄒᆞ고 네 업ᄉᆞᆫ디라. 내 ᄆᆞᆫ득 의ᄅᆞᆯ 일흐니 므ᄉᆞᆷ 방해ᄒᆞ미 이시리오?"

쥬히 위왕의 즐겨 아니ᄆᆞᆯ 보고 졔국의 두류(逗留)ᄒᆞ야 홰 날가 두려 ᄆᆞᆫ득 겻【90】ᄐᆞ로 조차 닐오ᄃᆡ,

"신이 소견으로 볼딘대 년야(連夜)ᄒᆞ야 나라히 도라가 샹냥(商量)ᄒᆞᆷ만 ᄀᆞᆺ디 못ᄒᆞ니이다."

위왕이 ᄒᆞᆫ연ᄒᆞ야 닐오ᄃᆡ,

"경의 ᄠᅳᆺ이 깁히 딤의 ᄆᆞᄋᆞᆷ의 맛도다."

ᄀᆞ마니 뎐녕ᄒᆞ야 힝장을 ᄎᆞᆯ히라 ᄒᆞ고 뎡안평 셔갑 쥬히ᄅᆞᆯ 명ᄒᆞ야 호가(護駕)ᄒᆞ야 몬져 가고 후영으로 군ᄉᆞᄅᆞᆯ 명ᄒᆞ야 젼(殿)을 삼아 이경 시분의 엄긔식고(掩旗息鼓)ᄒᆞ야 졔ᄅᆞᆯ ᄯᅥ나 나라ᄒᆞ로 도라올ᄉᆡ,

다만 보니 ᄆᆞᆯ게 방울을 ᄯᅥ히며 딘의 금고ᄅᆞᆯ ᄀᆞᆷ쵸니 황혼의 개 즈즈믄 그림재ᄅᆞᆯ 즈ᄌᆞ미오 님슈(林樹)의 가마괴 울믄 귀의 심ᄒᆞ니 구술을 품어시니 이 실로 위왕이 죄 업다 니ᄅᆞ기 어렵고 벽딘이 진짓 망녕되이 졔국 봉화ᄅᆞᆯ ᄒᆞᆫ 갓 니ᄅᆞ혀더라. 위국 군신이 길ᄒᆞᆯ 가매 비록 벽딘쥐 몸의 이【91】시나 다만 됴히 위왕 일신 젼후의 듯글을 벽ᄒᆞ나 엇디 대ᄃᆡ 거륜마족(巨輪馬足)을 믈리티리오. 이목을 ᄀᆞ리오기 어려온디라.

능신(凌晨)의 졔왕이 뎐의 어ᄒᆞ니 사ᄅᆞᆷ이 이셔 보ᄒᆞᄃᆡ,

"위국 군신이 밤을 년ᄒᆞ야 나라히 도라갓ᄂᆞ이다."

졔왕이 위왕이 하딕디 아니ᄆᆞᆯ 보고 뇌(怒) 오분이 이시며 즐겨 벽딘쥬ᄅᆞᆯ 밧고디 아니ᄒᆞᆫ 뇌 십분이나 이셔 ᄆᆞᆫ득 삼죄(三罪)ᄅᆞᆯ 일워 닙긱(立刻)의 노왕(魯王) 뎐긔(田忌)ᄅᆞᆯ 명ᄒᆞ야 즉일의 군ᄉᆞᄅᆞᆯ 니ᄅᆞ혀 닐오ᄃᆡ,

"위왕이 잔치ᄅᆞᆯ 밧고 샤례티 아니며 나라히 도라가ᄃᆡ 하딕디 아니ᄒᆞ며 거ᄌᆞᆺ말로 벽딘쥬ᄅᆞᆯ 아사가니 이 죄 세히 이셔 날을 거부ᄒᆞ니 너히 무리 나아가 뎨 구술을 내여 드리거든 만ᄉᆞᄅᆞᆯ 의논티 말고 반언이나 서ᄅᆞ 벙으리왓거든[127] 위국 군신을 사ᄅᆞ잡고【92】강토ᄅᆞᆯ 이(夷)ᄒᆞ여야 보야흐로 고(孤)의 ᄆᆞᄋᆞᆷ이 쾌ᄒᆞ리라."

졔국 발병 브졔(不題)ᄒᆞ다.

위왕이 일이 이실 줄 혜아리고 나라히 도라가 즉시 셔갑 후영으로 ᄒᆞ야곰 영뎍(迎敵)ᄒᆞᆯᄉᆡ 냥병(兩兵)이 서ᄅᆞ 졉ᄒᆞ고 문긔 열리는 곳의 노왕 뎐긔(田忌) 당션(當先)ᄒᆞ야 딘의 나니 냥개 셩을 니ᄅᆞ며 일홈을 니ᄅᆞ고 뎐긔 닐오ᄃᆡ,

"위국 군신이 죄ᄅᆞᆯ 아ᄂᆞ냐?"

셔갑이 나아와 닐오ᄃᆡ,

"위국 군신이 므ᄉᆞᆷ 죄ᄅᆞᆯ 어드미 잇관ᄃᆡ 졔방이 ᄆᆞᆫ득 감히 군ᄉᆞᄅᆞᆯ 니ᄅᆞ혀 촉범ᄒᆞᄂᆞ뇨?"

뎐긔 닐오ᄃᆡ,

"네 님군이 잔치ᄅᆞᆯ 밧고 샤례티 아니ᄒᆞ며 거ᄌᆞᆺ말로 벽딘쥬(辟塵珠)ᄅᆞᆯ 아사가고 조요실신(阻撓失信)ᄒᆞ니 대되 세 죄라 엇디 죄 업다 니ᄅᆞᄂᆞ뇨! ᄲᆞᆯ리 ᄆᆞᆯ긔 ᄂᆞ려 항복ᄒᆞ고 벽딘쥬ᄅᆞᆯ 내여드리면 만ᄉᆞᄅᆞᆯ 다 말려니와 어곰니로셔【93】반고[기](半個) '불不' ᄌᆞᄅᆞᆯ 흘렷다가는 몬져 나괴 머리ᄅᆞᆯ 버히고 위왕의 머리ᄅᆞᆯ 취ᄒᆞ리라."

셔갑·후영이 안광이 병화(迸火)ᄒᆞ며 노긔츙텬(怒氣衝天)ᄒᆞ야 ᄆᆞᆯ을 ᄣᅱ워 나아가 닐오ᄃᆡ,

"말을 만히 말고 널로 더브러 크게 삼합을 ᄡᅡ화 이긔ᄆᆞᆯ 어드면 겨유 벽딘쥐 잇는 쟉시니라."

뎐긔 ᄆᆞᆫ득 ᄆᆞᆯ을 노화 냥개 ᄉᆞ살ᄒᆞ야 ᄡᅡ호기ᄅᆞᆯ 삼십여 합을 ᄒᆞ니 셔갑 후영이 갑오ᄉᆞᆯ ᄇᆞ리고 창을 잇글고 도망ᄒᆞ야 셩의 드니 뎐긔 복병이 잇는가 의심ᄒᆞ야 ᄯᆞᆯ오디 아니ᄒᆞ고 슈ᄌᆞ긔(帥字旗)ᄅᆞᆯ 딕어[128] 넘으티고 위국 잔병과 패쟝을 일통(一通) 혼살(混殺)ᄒᆞ고 인마ᄅᆞᆯ 슈습ᄒᆞ야 영의 도라오믄 부ᄌᆡ화하(不在話下)ᄒᆞ다.

---

127)【벙으리왓-】 [동] «벙으리왇다» 막다. 항거(抗拒)하다. 거절(拒絶)하다. ¶ 違 ‖ 반언이나 서ᄅᆞ 벙으리왓거든 위국 군신을 사ᄅᆞ잡고 (半言相違, 立擒魏國君臣前來.) <孫龐 1:91>

128)【딕다】 [동] 찍다. ¶ 斫 ‖ 뎐긔 복병이 잇는가 의심ᄒᆞ야 ᄯᆞᆯ오디 아니ᄒᆞ고 슈ᄌᆞ긔ᄅᆞᆯ 딕어 넘으티고 위국 잔병과 패쟝을 일통 혼살ᄒᆞ고 (田忌疑有伏兵, 也不追赶, 斫倒帥字旗, 把魏國殘兵敗將, 混殺一通.) <孫龐 1:93>

셔·후 이 쟝이 패ᄒᆞ야 의량(宜梁)의 도라가 위왕긔 뵌대 위왕이 무로ᄃᆡ,

"승뷔 엇더뇨?"

셔갑·후영이 닐오ᄃᆡ,

"모ᄅᆞ【94】미 니ᄅᆞ디 마ᄅᆞ쇼셔. 졔ᄉᆡ(齊師) 심히 니해(利害)ᄒᆞ야 신 등이 노왕 뎐긔의 패ᄒᆞ믈 닙어 쳑뉸(隻輪)도 도라오디 못ᄒᆞ고 편갑(片甲)도 남디 못ᄒᆞ엿ᄂᆞ이다."

위왕이 이에 원망ᄒᆞ야 닐오ᄃᆡ,

"괴 본ᄃᆡ 벽딘쥬ᄅᆞᆯ 가져 졔왕긔 보내고져 ᄒᆞ더니 믄득이 너희 두 사ᄅᆞᆷ이 힘ᄡᅥ 알외여 군ᄉᆞᄅᆞᆯ 내엿더니 이제 ᄯᅩ 능히 이긔디 못ᄒᆞ니 이 엇딘 도리오?"

후·셔 두 사ᄅᆞᆷ이 닐오ᄃᆡ,

"대왕은 근심티 마ᄅᆞ쇼셔. 이제 쾌히 벽딘쥬ᄅᆞᆯ 드리면 다시 근심이 업ᄉᆞ리이다."

뎡안평(鄭安平)이 나아와 알외ᄃᆡ,

"가티 아니ᄒᆞ니이다. 패ᄒᆞᆫ 후의 드리면 졈ᄌᆞ 뎌 사ᄅᆞᆷ의 디긔(志氣)ᄅᆞᆯ 길우리니 신이 오만 즁을 거ᄂᆞ려 뎐긔로 더브러 ᄒᆞᆫ 번 ᄉᆞ젼(死戰)을 결ᄒᆞ리이다."

위왕이 닐오ᄃᆡ,

"경의 말이 유리ᄒᆞ니 쾌히 군ᄉᆞᄅᆞᆯ 내라."

뎡안평이 결속(結束)ᄒᆞ고 ᄆᆞᆯ긔 올라 창을 빗기【95】고 군ᄉᆞ 오만을 거ᄂᆞ려 의령[량]셩(宜梁城)을 나 소ᄅᆡᄅᆞᆯ ᄀᆞ다ᄃᆞᆷ아 놉히 불러 닐오ᄃᆡ,

"어ᄂᆞ 거시 노왕 뎐긔뇨? 쾌히 ᄆᆞᆯ긔 ᄂᆞ려 항복ᄒᆞ라."

뎐긔 이 말을 듯고 믄득 영의 나 ᄉᆡ살코져 ᄒᆞ거ᄂᆞᆯ 슈문농(須文龍) 슈문호(須文虎) 믄득 말려 닐오ᄃᆡ,

"뎌 후·셔 두 사ᄅᆞᆷ이 패ᄒᆞ야 가고 쳥ᄒᆞ야 온 구병이 불과 갑오ᄉᆞᆯ ᄇᆞ리고 창을 잇글 무리라 엇디 슈쟝이 친히 슈고ᄒᆞ시리잇고? 모(某)의 형뎨 두 사ᄅᆞᆷ이 가 싱금ᄒᆞ야오미 평안ᄒᆞ니이다."

뎐긔 슈문농 슈문호ᄅᆞᆯ 명ᄒᆞ야 군ᄉᆞᄅᆞᆯ 내라 ᄒᆞᆫ대 이 쟝이 군ᄉᆞᄅᆞᆯ 녕ᄒᆞ야 딘의 나아가 이 뎡안평인 줄 알고 크게 블러 닐오ᄃᆡ,

"뎡안평아 네 님금이 잔치ᄅᆞᆯ 밧고 샤례티 아니ᄒᆞ며 나라히 도라가ᄃᆡ 하ᄃᆡ디 아니코 벽딘쥬ᄅᆞᆯ 아ᄉᆞ며 조요(阻撓)ᄒᆞ야 신(信)을 일흐니 너의 죄라. 도로혀 ᄆᆞᆯ긔 ᄂᆞ려【96】항복디 아니코 다시 어ᄂᆞ ᄣᅢᄅᆞᆯ 기ᄃᆞ리리오."

뎡안평이 닐오ᄃᆡ,

"한화(閑話)란 말고 쾌히 셩명을 통ᄒᆞ라."

이쟝(二將)이 닐오ᄃᆡ,

"네 아디 못ᄒᆞᆯ다? 졔왕의 가젼(駕前) 용쟝이오 노왕의 션봉 슈문호·슈문농이로다."

뎡안평이 ᄆᆞᆯ을 내여 냥개 수합이 못ᄒᆞ야 뎡안평이 능히 ᄃᆡ뎍디 못ᄒᆞ야 ᄯᅩ 대패ᄒᆞ야 가니 두 번의 혜아리니 위왕이 십만여 병을 일헛더라.

블셜 슈시 형뎨 득승회영(得勝回營)ᄒᆞ고 뎡안평이 패ᄒᆞ야 도라가 위왕을 보고 ᄀᆞᆯ오ᄃᆡ,

"졔쟝이 과연 ᄃᆡ뎍기 어렵더이다. 신이 ᄯᅩ 슈문농 슈문호의 살패(殺敗)ᄒᆞᆷ을 닙어 계유 도망ᄒᆞ야오이다."

위왕이 대경ᄒᆞ야 닐오ᄃᆡ,

"년ᄒᆞ야 두 딘을 패ᄒᆞ니 반ᄃᆞ시 춰승코져 ᄒᆞᆯ딘대 본국이 쟝슈 적고 병이 미ᄒᆞ니 이제로 위ᄒᆞ야 계교컨대 격문(檄文)을 ᄒᆞ야【97】각국의 ᄂᆞ리와 군ᄉᆞᄅᆞᆯ 비러 서ᄅᆞ 도아 졔ᄅᆞᆯ 파ᄒᆞᆷ만 ᄀᆞᆺ디 못ᄒᆞ다."

뎡안평이 닐오ᄃᆡ,

"군ᄉᆞᄅᆞᆯ 비러 서ᄅᆞ 도으믈 빌면 각국의 됴롱과 우으믈 닙으리니 방을 내여 어딘 니ᄅᆞᆯ 블러 졔ᄅᆞᆯ 믈리팀만 ᄀᆞᆺ디 못ᄒᆞ니이다."

당하(當下) 군신이 샹의ᄒᆞ기ᄅᆞᆯ 뎡ᄒᆞ고 임의 황망[방](皇榜)을 ᄡᅥ 만셩의 거러,

'능히 졔병을 믈리티리 이시면 쳔금 샹과 만호후(萬戶侯)ᄅᆞᆯ 봉ᄒᆞ고 부마ᄅᆞᆯ 삼아 부귀ᄅᆞᆯ ᄒᆞᆫ 가지로 누리리라.'

이ᄣᅢ예 방연이 남뇌예 이셔 옥듕의셔 분ᄌᆞ이 뎐ᄒᆞ야 닐오ᄃᆡ, 졔병이 디경을 범ᄒᆞ고 위국이 상ᄉᆞ(喪師)ᄒᆞ니 만셩(滿城)의 황방을 댱괘(張掛)ᄒᆞ야 어딘 이ᄅᆞᆯ 불러 졔ᄅᆞᆯ 믈리티려 ᄒᆞᆫ다 ᄒᆞ믈 듯고 방연이 옥ᄌᆞ(獄子)ᄃᆞ려 무로ᄃᆡ,

"대가(大哥)야 믓노라. 졧나라히 도병(刀兵)을 발동ᄒᆞ야 우리 윗나라ᄒᆞᆯ 침노ᄒᆞ니 됴뎡【98】이 셩듕의 황방을 댱괘ᄒᆞ야 영웅을 쇼모(召募)ᄒᆞᆫ다 ᄒᆞ니 이 일이 진실로 잇ᄂᆞ냐?"

옥지 닐오ᄃᆡ,

"이 놈아 죽기 목젼의 잇거ᄂᆞᆯ 오히려 ᄉᆞᄉᆞ로 아디 못ᄒᆞ고 한ᄉᆞ(閒事)ᄅᆞᆯ 관셥ᄒᆞ야 므엇ᄒᆞ리오. 황방을 댱괘ᄒᆞ야 영웅을 블러든 네게 아

롱곳[129]가?"

방연이 닐오디,

"나의 관한(管閒)훈 일이 아니라. 내 녜 운몽산 슈렴동 귀곡션ᄉᆞ의 곳의셔 병셔젼칙과 삼냑뉵도롤 비화 군ᄉᆞ롤 버리며 딘을 통티 못홀 배 업ᄉᆞ니 부귀와 영화롤 원ᄒᆞᄂᆞᆫ 줄[130]이 아니라 우리 님금을 위ᄒᆞ야 졔병을 믈려 평싱의 비혼 바롤 져ᄇᆞ리디 아니ᄒᆞ리라."

옥지 닐오디,

"임의 귀곡션ᄉᆞ롤 비화시면 일뎡 본ᄉᆡ(本事) 이시리라."

ᄒᆞ고 급히 옥관의게 통보ᄒᆞᆫ대 옥관이 위왕의게 알외니 위왕이 즉시 뎐지ᄒᆞ야 남뇌예 【99】 가 방연을 불러오니 방연이 이 ᄭᅴ예 계유 '일됴부도뎐화일(一朝復睹天和日)이오 요건쳔츄공여훈(要建千秋功與勳)'이러라

위왕이 방연을 불러 뎐 아래 니ᄅᆞ러 무로디,

"네 임의 귀곡션싱의 도뎨(徒弟)면 무예 반ᄃᆞ시 졍(精)ᄒᆞ리니 네 가히 졔ᄉᆞ롤 믈리틸소냐?"

방연이 닐오디,

"신이 ᄉᆞᄉᆞ로 기리ᄂᆞᆫ 줄 아니라 헤아리건대 뎐긔(田忌)ᄂᆞᆫ 방연의 뎍슈 아니리니 다만 몰이 패ᄒᆞ고 병이 ᄉᆞ라디게 ᄒᆞ리이다."

위왕이 닐오디,

"만일 졔병을 믈리티고 도라오면 과인이 공쥬롤 가져 너롤 블러 부마롤 삼으리라."

방연이 도라 뎡안평을 보고 당년(當年) 구한(舊恨)을 싱각ᄒᆞ야 ᄉᆞᄉᆞ로 혀요디,

"내 몬져 뎌놈을 산계(算計)ᄒᆞ리라."

ᄒᆞ고 믄득 위왕을 향ᄒᆞ야 【100】 닐오디,

"ᄇᆞ라건대 우리 왕은 신을 션명ᄒᆞᆫ 갑옷 ᄒᆞᆫ 볼을 ᄀᆞᆯᄒᆞ야 주쇼셔."

위왕이 닐오디,

"즁쟝 듕의 션명ᄒᆞᆫ 갑옷 ᄒᆞᆫ 볼을 ᄀᆞᆯ히야 가라."

방연이 거즛 즁쟝을 ᄒᆞᆫ 번 보고 닐오디,

"졔쟝 듕의 뎡쟝군의 갑오시 ᄡᅳᆯ가 ᄒᆞᄂᆞ이다."

위왕이 뎡안평을 분부ᄒᆞ야 갑오ᄉᆞᆯ 버서 방연을 주라 ᄒᆞᆫ대 방연이 갑오ᄉᆞᆯ 바다 닙고 결속(結束)ᄒᆞ고 나니 당일 남뇌예 이실 적 모양 ᄀᆞᆺ디 아니ᄒᆞᆫ더라.

봉시금회산슈영(鳳翅金盔繖絳纓)
뉴화젼옥족홍운(榴花戰襖簇紅雲)
호신긴속당예갑(護身緊束唐猊甲)
고톄횡뎐슈디신(扣體橫拴綉帶新.)

봉시금회ᄂᆞᆫ 강연을 살ᄒᆞ엿고
뉴화젼포ᄂᆞᆫ 홍운을 뭇것더라
몸을 호ᄒᆞ매 긴이 당예갑을 뭇것고
몸의 마ᄌᆞ매 슈ᄯᅴ 새로온 거ᄉᆞᆯ 뭇것더라

【101】 현보검과농닌 (懸寶劍跨龍驎)
강도판활슈듕닌(鋼刀板闊手中輪)
졍신규수다효용(精神抖擻多驍勇)
위쟝지듕무이인(魏將之中無二人.)

보검을 돌고 농닌을 과ᄒᆞ엿더라
강되 판이 넙으니 슈듕의 두로더라
졍신을 규수ᄒᆞᆫ 때 효용이 만흐니
위쟝 가온대 두 사ᄅᆞᆷ이 업더라

방연이 군ᄉᆞ롤 거ᄂᆞ리고 셩의 나 싸홈을 도도니 졔영 쵸매(哨馬) 드러가 듕군의 보ᄒᆞᆫ대 뎐긔 슈문농 · 슈문호롤 더블고 몰을 내여 교봉(交鋒)ᄒᆞᆫ대 방연이 닐오디,

"어ᄂᆞ 거시 뎐긔뇨? 쾌히 나아와 고하롤 뎡ᄒᆞ라."

뎐긔 월아산[月牙鏟]을 둘러 강도(鋼刀)롤 막으며 닐오디,

---

129) 【아롱곳】 몡 «아롱곶» 알 일. 참견할 일. ¶ 이 어린 돗갑이들아 네 디방이 내 아롱곳가 (你這些呆魍魎, 你地方爲事與我無干.) <後水滸 2:59> 이 놈아 죽기 목젼의 잇거늘 오히려 ᄉᆞᄉᆞ로 아디 못ᄒᆞ고 한ᄉᆞ롤 관셥ᄒᆞ야 므엇ᄒᆞ리오 황방을 댱패ᄒᆞ야 영웅을 블러든 네게 아롱곳가 (這厮死在目前, 兀自不知, 管這等閒事, 張皇榜, 召英雄, 于你何干?) <孫龐 1:98> <孫龐 1:98> ⇒ 아랑곳ㄷ, 아롱곳ㅊ, 아롱곷

130) 【줄】 몡 줄. 것. ¶ 부귀와 영화롤 원ᄒᆞᄂᆞᆫ 줄이 아니라 우리 님금을 위ᄒᆞ야 졔병을 믈려 평싱의 비혼 바롤 져ᄇᆞ리디 아니ᄒᆞ리라 (我也不願富貴榮華, 但替吾王解紛排難, 退得齊兵, 不負生平所學.) <孫龐 1:98>

"오ᄂᆞᆫ 쟝슈ᄂᆞᆫ 일홈이 누고뇨?"

방연이 소리롤 ᄀᆞ다둠아 닐오ᄃᆡ,

의량쥰걸인간쇼(宜梁俊傑人間少.)
【102】 칠국영웅슈여쵸(七國英雄誰與肖?)
삼냑뉵도심경긔 (三略六韜甚精奇)
명환방연ᄌᆞ홍도 (名喚龐涓字弘道.)

의량쥰걸이 인간의 젹으니
칠국의 영웅이 눌로 더브러 ᄃᆞ톨고?
삼냑뉵되 심히 경쿄 묘ᄒᆞ니
일홈은 방연이오 ᄌᆞᄂᆞᆫ 홍되니라

뎐긔 대쇼ᄒᆞ고 닐오ᄃᆡ,

"이 놈아 큰말 말라! 널로 더브러 ᄌᆞ웅을 겯우리라!"

방연이 몰을 내여 의량도의 샹디(相持)ᄒᆞ야 삼원 밍쟝이 나ᄌᆞ로브터 싸화 어둡기의 니ᄅᆞ러 오십여 합이나 ᄒᆞᄃᆡ 냥개 승부롤 블분ᄒᆞ니라.

第4回
뎐긔할슈귀국 왕오디부파비
田忌割鬚歸國 王敖持斧破碑

방연이 싸화 어둡기의 니ᄅᆞᄃᆡ 정신이 ᄇᆡ가ᄒᆞ고 뎐긔(田忌) 슈문뇽(須文龍) 슈문호(須文虎)ᄂᆞᆫ 졈〻 ᄑᆞᆯ이 ᄌᆞ의여[131] ᄒᆞ거ᄂᆞᆯ 방연이 하도계[拖刀計]ᄅᆞᆯ ᄡᅧ ᄆᆞᆯ머리ᄅᆞᆯ 두로혀 ᄃᆞ라난대 뎐긔 계권 줄 아디 못ᄒᆞ고 ᄆᆞᆯ【103】을 노하 ᄯᆞᆯ오거ᄂᆞᆯ 방연이 칼ᄒᆞᆯ ᄒᆞᆫ 손의 쥐고 홍금투삭(紅錦套索)을 내여 공듕을 ᄇᆞ라며 더디고 큰[크]게 ᄒᆞᆫ 쇼리ᄅᆞᆯ 디ᄅᆞ며 뎐긔ᄅᆞᆯ ᄡᅳ어 ᄆᆞᆯ긔 ᄂᆞ리와 활착(活捉)ᄒᆞ야 도라와 위왕을 보고 크게 웨여 닐오ᄃᆡ,

"우리 왕의 홍복(洪福)이 졔텬(齊天)ᄒᆞ야 신이 홍금삭을 가져 노왕 뎐긔ᄅᆞᆯ 활착ᄒᆞ야 됴문 밧긔 잇ᄂᆞ이다."

위왕이 크게 깃거 닐오ᄃᆡ,

"과연 이 일이 이시면 경의 큰 공이로다."

뎐지ᄒᆞ야 뎐긔ᄅᆞᆯ 자바 뎐 알ᄑᆡ 니ᄅᆞᆫ대, 위왕이 닐오ᄃᆡ,

"샹방 왕지니 가히 셩명을 해티 못ᄒᆞᆯ디라. 남뇌예 가도아 졔방의 항셰 오기ᄅᆞᆯ 기ᄃᆞ려 노하 보내리라."

슈문뇽 슈문호 방연이 뎐긔 자바가믈 보고 셰 능히 이긔디 못ᄒᆞᆯ 줄 알고 잔병패졸(殘兵敗卒)을 거ᄂᆞ려 년야ᄒᆞ야 본국의 도라와 졔왕긔 뵌대 졔왕이 오미 셰 됴티 아닌 줄【104】알고 믄득 닐오ᄃᆡ,

"어뎨 노왕이 어ᄃᆡ 잇ᄂᆞ뇨?"

슈문뇽 슈문회 닐오ᄃᆡ,

"우리 왕의 홍복을 닙어 년ᄒᆞ야 위 두 딘을 이긔엿더니 혜아리디 아녀셔 뎨 삼딘의 방연이 내ᄃᆞ라 노왕을 싱금ᄒᆞ야 가니이다."

졔왕이 이 말을 듯고 ᄀᆞᆯ오ᄃᆡ,

"방연이 일족 과인의 나라희 왓더니라."

슈문뇽 슈문호 닐오ᄃᆡ,

"당일의 우리 님금긔 니ᄅᆞ니 왕이 ᄡᅳ디 아녀 겨시더니 이제 위예 갓더이다."

졔왕이 닐오ᄃᆡ,

"엇디ᄒᆞ야 어뎨ᄅᆞᆯ 싱금ᄒᆞ야 가뇨?"

슈문뇽 슈문호 닐오ᄃᆡ,

"뎨 타도계(拖刀計)ᄅᆞᆯ ᄡᅧ 홍금삭을 싱금ᄒᆞ야 가니이다."

졔왕이 ᄀᆞᆯ오ᄃᆡ,

"존믈(存沒)이 엇더료?"

슈문뇽 슈문회 ᄀᆞᆯ오ᄃᆡ,

"신이 마ᄎᆞᆷ 셩의 드러가 탐텽ᄒᆞ야 오니 남뇌예 가도앗다 ᄒᆞ더이다."

졔왕이 탹심(着心) 쵸도(焦燥)ᄒᆞ야 닐오ᄃᆡ,

"어뎨 방연의 ᄉᆞᄅᆞ잡으믈【105】닙어 위왕이 뎌ᄅᆞᆯ 남뇌예 가도와시니 모든 문무듕의 므슴 긔칙이 이셔 가히 어뎨ᄅᆞᆯ 구ᄒᆞ야 도라올고?"

샹태우(上大夫) 복ᄌᆞ해(卜子夏) 주ᄒᆞᄃᆡ,

"우리 왕이 항셔(降書)와 공녜(貢禮)ᄅᆞᆯ ᄡᅳ시면 신이 감히 위예 드러가 노왕을 구ᄒᆞ야 도라오리이다."

졔왕이 쥰주(准奏)ᄒᆞ야 항셔ᄅᆞᆯ 닥고 공녜ᄅᆞᆯ ᄀᆞ초와 복ᄌᆞ하ᄅᆞᆯ 보낼ᄉᆡ ᄌᆞ해 위방의 니ᄅᆞ러 위왕ᄭᅴ 됴현ᄒᆞ거ᄂᆞᆯ 위왕이 무로ᄃᆡ,

"어ᄂᆞ 나라 ᄉᆞ신이며 므ᄉᆞ[132] 일로 니ᄅᆞ

---

131) 【ᄌᆞ의다】 동 둔해지다. ¶ 鈍‖ 방연이 싸화 어둡기의 니ᄅᆞᄃᆡ 정신이 ᄇᆡ가ᄒᆞ고 뎡긔 슈문뇽 슈문호ᄂᆞᆫ 졈〻 ᄑᆞᆯ이 ᄌᆞ의여 ᄒᆞ거ᄂᆞᆯ 방연이 하도계ᄅᆞᆯ ᄡᅧ ᄆᆞᆯ머리ᄅᆞᆯ 두로혀 ᄃᆞ라난대 (龐涓戰到天晚, 越發精神抖擻, 田忌、須文龍、須文虎漸覺手鈍. 龐涓使個拖刀計, 撥轉馬頭便走.) <孫龐 1:102>

뇨?"

복ᄌᆞ해 닐오ᄃᆡ,

"신은 졔국 하신 복샹(卜商)이러니 노왕이 텬위(天威)를 간범(干犯)ᄒᆞ야 사ᄅᆞ잡히믈 닙고 ᄆᆡ이믈 바ᄃᆞ니 과군(寡君)이 신을 보내여 항셔와 공녜를 드리ᄂᆞ니 업드여 빌건대 대왕은 인ᄌᆞᄒᆞ샤 노왕을 은샤ᄒᆞ샤 나라히 도라보내시면 년ᄒᆞ의 납공(納貢)ᄒᆞ야 결단코 상언(爽言)티 아니ᄒᆞ리이다."

【106】 위왕이 항셔를 보고 믄득 뎐긔를 노화 보내려 ᄒᆞᆫ대 방연이 주왈,

"우리 왕은 모롬이 세 번 싱각ᄒᆞ야 ᄒᆞ쇼셔. 뎐긔ᄂᆞᆫ 샹방 왕지니 뎌를 노화 나라히 도라보내면 경(情)의 반ᄃᆞ시 ᄃᆞ디 아니ᄒᆞ야 다ᄅᆞᆫ 날의 반ᄃᆞ시 군ᄉᆞ를 니ᄅᆞ혀 원슈를 갑흐리니 우리 왕이 뎌의 죽을 죄를 샤ᄒᆞ야시나 살 죄ᄂᆞᆫ 가히 요ᄃᆡ(饒待)티 못ᄒᆞᄂᆞ디라. 뎐긔의 나로술 갓고 세 ᄆᆞ이[133]로 머리를 빗기고 겨집의 오술 닙혀 뎌를 노하 보내여야 겨유 위방의 강긔(綱紀)를 일티 아니ᄒᆞ며 각국이 드러도 우리 왕의 텬의(天威) 늠녈(凜烈)ᄒᆞ믈 블워ᄒᆞ리이다.[134]"

위왕이 쥰주ᄒᆞ야 남뇌예 가 뎐긔를 잡아 뎐 알픠 니ᄅᆞ러 슈염을 버히고 ᄂᆞᆺ치 연지와 분을 ᄇᆞᆯ라 방연의 말대로 시힝ᄒᆞ야 노하 졔국으로 도라보내니 【107】 뎐긔 명을 어더 도라가ᄂᆞᆫ디라. 엇디 붓그러온 줄을 알리오.

시예 ᄀᆞᆯ오ᄃᆡ,

말분거기ᄉᆞ[ᄌᆞ](抹粉去其髭)
남ᄋᆞ분녀ᄋᆞ(男兒扮女兒)
인유불평ᄉᆞ(人有不平事)
텬무보응ᄉᆞ(天無報應私.)

분을 ᄉᆞᆺ고[135] 슈염을 업시ᄒᆞ니
남ᄋᆡ 녀ᄋᆡ 되엿도다
사ᄅᆞᆷ이 블평ᄒᆞᆫ 일이 이시니
하ᄂᆞᆯ이 보응을 ᄉᆞᄉᆞ로이 ᄒᆞ미 업ᄉᆞᆫ디라

위왕의 ᄯᆞᆯ의 일홈은 셔련공쥬(瑞蓮公主)니 나히 열 여ᄉᆞᆺ시라. 난심혜셩(蘭心慧性)이오 월모화용(月貌花容)이러니 위왕이 길일냥시를 션뎡ᄒᆞ야 공쥬를 가져 방연으로 부마를 삼고 방연을 봉ᄒᆞ야 무음군(武音君)과 비호대원슈(飛虎大元帥)를 삼고 옥ᄃᆡ와 보검을 주고 일변으로 졔신을 연ᄉᆞ(宴賜)ᄒᆞ고 일변으로 부마부를 짓다.

【108】 일ᄋᆞᆫ은 위왕이 뎐의 올라 부마 방연ᄃᆞ려 닐러 ᄀᆞᆯ오ᄃᆡ,

"과인이 경을 어더 부마를 삼으미 뫼히 밍호 이심 ᄀᆞᆮᄐᆞ니 녈국이 비록 웅ᄒᆞ나 봉화연딘(烽火烟塵)이 감히 갓가이 못ᄒᆞ리니 이 요회를 타 졔후의 패ᄒᆞ야 텬하를 일광(一匡)코져 ᄒᆞᄂᆞ니 경의 ᄠᅳᆺ이 엇더뇨?"

방연이 알외ᄃᆡ,

"우리 왕은 가히 경거티 못ᄒᆞ리이다. 졔방이 임의 납항ᄒᆞ야 진봉ᄒᆞ고 다만 진(秦)과 쵸(楚)와 연(燕)과 한(韓)과 됴(趙) 이시니 신이 본국 도셩의 뎡ᄌᆞ를 짓고 ᄒᆞᆫ 대언비(大言碑)를 세워 우히 대언시를 ᄡᅧ 각국을 효요(曉諭)ᄒᆞ야 우리나라히 진공납항ᄒᆞ라 ᄒᆞ야 만일 아국의 납항ᄒᆞ고 진공티 아니ᄒᆞ거든 연후의 견쟝츌ᄉᆞ(遣將出師)ᄒᆞ야 녈국을 ᄐᆞᆫ병(呑幷)ᄒᆞ쇼셔."

위왕이 크게 깃거 즉시 뎐지ᄒᆞ야 관원을 보내여 도셩(都城) 【109】 히 뎡ᄌᆞ를 짓고 대언비를 세워 비 우히 시 세 슈를 사기니 시예 ᄀᆞᆯ오ᄃᆡ,

---

132) 【므ᄉᆞ】 관 무엇. ¶ 어ᄂᆞ 나라 ᄉᆞ신이며 므ᄉᆞ 일로 니ᄅᆞ뇨 (何國使臣, 到此何幹?) <孫龐 1:105>

133) 【ᄆᆞ이】 명 묶음. ¶ 綹 ‖ 뎐긔의 나로술 갓고 세 ᄆᆞ이로 머리를 빗기고 겨집의 오술 닙혀 뎌를 노하 보내여야 겨유 위방의 강긔를 일티 아니ᄒᆞ며 각국이 드러도 우리 왕의 텬의 늠녈ᄒᆞ믈 블워ᄒᆞ리이다 (將田忌割下鬚髯, 面搽脂粉, 三綹梳頭, 兩截穿衣, 放他回去, 纔不失魏邦綱紀, 使各國聞知, 也羨我王天威凜烈.) <孫龐 1:106>

134) 【블워ᄒᆞ다】 동 부러워하다 ¶ 羨 ‖ 뎐긔의 나로술 갓고 세 ᄆᆞ이로 머리를 빗기고 겨집의 오술 닙혀 뎌를 노하 보내여야 겨유 위방의 강긔를 일티 아니ᄒᆞ며 각국이 드러도 우리 왕의 텬의 늠녈ᄒᆞ믈 블워ᄒᆞ리이다 (將田忌割下鬚髯, 面揩脂粉, 放他回去, 才不失魏邦綱紀, 使各國聞知, 也羨我王天威凜列.) <孫龐 1:106>

135) 【ᄉᆞᆺ다】 동 스치다. 문지르다. ¶ 抹 ‖ 분을 ᄉᆞᆺ고 슈염을 업시ᄒᆞ니 남ᄋᆡ 녀ᄋᆡ 되엿도다 (抹粉去其髭, 男兒扮女兒.) <孫龐 1:107>

위방부마무음군(魏邦駙馬武音君)
텬하제후진식명(天下諸侯盡識名)
욕견웅ᄉᆞ평녈국(欲遣雄師平列國)
션구호졸파제병(先驅虎卒破齊兵.)

위나라 부마 무음군을
텬하 제휘 다 일홈을 아ᄂᆞᆫ도다
웅ᄉᆞ로 ᄒᆞ야곰 녈국을 평코져 ᄒᆞ야
몬져 호졸(虎卒)을 모라 제병을 파ᄒᆞᄂᆞᆫ도다

시의 ᄀᆞᆯ오ᄃᆡ,

위국셩듕일대튱(魏國城中一大蟲)
위명독디녈방웅(威名獨振列邦雄)
홀됴조애승풍동(忽朝牙爪乘風動)
텬디권예쟝악듕(天地權與掌握中.)

위국 셩듕의 ᄒᆞᆫ 대튱이
위명이 홀로 모든 나라히 진동ᄒᆞ야 웅장ᄒᆞ도다
홀연이 조아ᄅᆞᆯ ᄇᆞ람을 타 움즉이니
뎐하 권예 주먹 속의 잡앗도다

【110】 시의 ᄀᆞᆯ오ᄃᆡ,

위국방연유대명 (魏國龐涓有大名)
농두호략귀신경 (龍韜虎略鬼神驚)
약환뉵국닉됴공 (若還六國來朝貢)
각슈변우면동병 (各守邊隅免動兵.)

위국 방연이 큰 일홈이 이시니
농도와 호략이 귀신을 놀래더라
만일 도로혀 뉵국이 됴공ᄒᆞ면
각ː 병우ᄅᆞᆯ 도적ᄒᆞ야 군ᄉᆞ 움즉이믈 면ᄒᆞ리라

방연이 오십 명 군ᄉᆞᄅᆞᆯ 명ᄒᆞ야,

"젼뎐의셔 간슈ᄒᆞ다가 만일 다ᄅᆞᆫ 나라히셔 과왕(過往)ᄒᆞᄂᆞᆫ 사ᄅᆞᆷ이 와 대언비ᄅᆞᆯ 보거든 뎌의 나라흘 무러 벗겨 두어 삼년을 ᄒᆞᆫᄒᆞ야 드러와 진봉케 ᄒᆞ라."

군ᄉᆞ 일ː히 년명ᄒᆞ야 가다.

웃나라히 현ᄉᆞ 이시니 일홈을 위뢰(尉繚)니 귀곡의 뎨ᄌᆞ라. 션니음양(善理陰陽)ᄒᆞ고 심달병법(深達兵法)ᄒᆞ야 벼슬ᄒᆞ디 아니ᄒᆞ고 뎨ᄌᆞ 왕외(王敖)로 더브러 【111】 희뎍ᄆᆡ명(晦跡埋名)ᄒᆞ야 이산(夷山) 가온대 잇더니 방연이 셩듕의 대연[언]비 세웟닷 말을 듯고 왕오ᄃᆞ려 닐러 ᄀᆞᆯ오ᄃᆡ,

"방연의 슐이 손빈의게 밋디 못ᄒᆞ거ᄂᆞᆯ 이제 본방의 이셔 망녕도이 ᄉᆞᄉᆞ로 존대(尊大)ᄒᆞ야 눈 알픠 사ᄅᆞᆷ이 업ᄉᆞᆫ가 너기니 다ᄅᆞᆫ 날 손빈이 뫼히 ᄂᆞ려와 닌국의 ᄡᅳ이면 우리 반ᄃᆞ시 위틱ᄒᆞ리니 내 너ᄅᆞᆯ 보내여 도셩의 드러가 대언비ᄅᆞᆯ ᄢᅢ이고 손빈을 거쳔ᄒᆞ라."

왕의[외] 명을 듯고 ᄉᆞ매예 돗긔[136]ᄅᆞᆯ ᄀᆞᆷ초고 포의초리(布衣艸履)와 우션뉸건(羽扇綸巾)으로 운유ᄒᆞᄂᆞᆫ 도ᄉᆞ 되야 와 도셩의 니ᄅᆞ러 뎡ᄌᆞ 알픠셔 ᄌᆞ시 보거ᄂᆞᆯ 군ᄉᆞ 나아와 ᄀᆞᆯ오ᄃᆡ,

"션싱은 어ᄂᆞ 나라 사ᄅᆞᆷ인다?"

왕의 닐오ᄃᆡ,

"나ᄂᆞᆫ 다ᄅᆞᆫ 나라 사ᄅᆞᆷ이로다."

군ᄉᆞ 닐오ᄃᆡ,

"션싱은 가히 이 글을 벗겨 본국의 도라가 삼년을 ᄒᆞᆫᄒᆞ야 위예 드러와 【112】 됴공케 ᄒᆞ라."

왕의 닐오ᄃᆡ,

"부술 내여 오라."

군ᄉᆞ 다만 과연 글을 벗겨 가려ᄂᆞᆫ다 ᄒᆞ야 일즉 뎨방(隄防)티 아니ᄒᆞ거ᄂᆞᆯ 왕의 ᄉᆞ매 속으로셔 도치[137]ᄅᆞᆯ 내여 대언비ᄅᆞᆯ ᄢᅢ텨 분쇄ᄒᆞ거ᄂᆞᆯ 군ᄉᆞ 왕의ᄅᆞᆯ 미야 바로 부마부의 니ᄅᆞ러 방연의게 알왼대 방연이 대언비 ᄢᅢ티믈 듯고 대로ᄒᆞ야 닐오ᄃᆡ,

"어ᄂᆞ 방(邦) 간당이완ᄃᆡ 감히 도셩의 드러와 대언비ᄅᆞᆯ 벽쇄(劈碎)ᄒᆞ뇨?"

왕의 눈을 브ᄅᆞᄠᅳ고 노ᄒᆞ야 방연을 ᄃᆡᄒᆞ야 ᄀᆞᆯ오ᄃᆡ,

"방연아 네 무명ᄒᆞᆫ 슈ᄌᆞ(豎子)[138]로셔 망녕

---

136) 【돗긔】 명 도끼. ¶ 왕의 명을 듯고 ᄉᆞ매예 돗긔ᄅᆞᆯ ᄀᆞᆷ초고 (王敖遵命, 袖藏鋼斧.) <孫龐 1:112> ⇒ 도치, 도치

137) 【도치】 명 도끼. ¶ 斧 ‖ 왕의 ᄉᆞ매 속으로셔 도치ᄅᆞᆯ 내여 (王敖袖中取出鋼斧.) <孫龐 1:112>

138) 【豎子 수자】 shùzi <名> 슈ᄌᆞ *對年輕男人

도이 스ᄉᆞ로 존대ᄒᆞ야 텬하의 영웅이 업ᄉᆞᆫ가 너기ᄂᆞᆫ다!"

방연이 ᄯᅮ지저 머리ᄅᆞᆯ 버히라 ᄒᆞᆫ대 ᄯᅩ,

"동슈(動手)티 말라! 나ᄂᆞᆫ 드ᄅᆞ니 셩명지하(盛名之下)의 오래 잇기 어려온디라. 그러모로 디자(智者)ᄂᆞᆫ 능으로 쟈랑ᄒᆞ야 ᄡᅥ 화ᄅᆞᆯ 지촉디 아니ᄒᆞ고 용쟈ᄂᆞᆫ 반ᄃᆞ시 무ᄅᆞᆯ 【113】 ᄀᆞᆷ초와 ᄡᅥ 공을 거두ᄂᆞ니 이제 처엄으로 위방을 님ᄒᆞ야 요힝 졔ᄉᆞ(齊師)ᄅᆞᆯ 파ᄒᆞ고 믄득 요무양위(耀武揚威)ᄒᆞ야 대언비ᄅᆞᆯ 셰오니 네 다ᄅᆞᆫ 나라히ᄂᆞᆫ 다시 영웅이 업다 ᄒᆞᄂᆞᆫ다?"

방연이 닐오ᄃᆡ,

"시험ᄒᆞ야 각방 영(英)을 니ᄅᆞ라 내 드ᄅᆞ리라."

왕의 닐오ᄃᆡ,

"진의 ᄇᆡᆨ긔(伯起) 잇고 쵸의 황협(黃協)이 잇고 됴의 념패(廉頗) 잇고 한의 댱새(張奢) 잇고 연의 손죄(孫操) 잇고 졔예 뎐문(田文)과 뎐단(田單)이 이시니 셜ᄉᆞ 뉵국으로 ᄒᆞ야곰 군ᄉᆞᄅᆞᆯ 년ᄒᆞ야 위ᄅᆞᆯ 티면 네 쟝ᄎᆞᆺ 므ᄉᆞᆷ 모칙으로 파ᄒᆞ리오?"

이 두어 귀 말의 방연이 ᄆᆞᄋᆞᆷ이 놀랍고 담이 ᄯᅥᆯ리여 급히 군ᄉᆞ로 ᄒᆞ야곰 민 거ᄉᆞᆯ 그ᄅᆞ고 마자 당의 올려 몬져 빈ᄀᆡᆨ의 녜로 ᄃᆡ졉ᄒᆞᆫ 후 무러 ᄀᆞᆯ오ᄃᆡ,

"션ᄉᆡᆼ의 존셩과 대명을 므어시라 ᄒᆞᄂᆞ뇨?"

왕의 닐오ᄃᆡ,

"내 셩은 왕(王)이오. 명은 외(敖)오. 위뇨(尉繚) 션ᄉᆡᆼ의 【114】 도뎨라. 우리 스승이 ᄯᅩᄒᆞᆫ 귀곡의게 슈업ᄒᆞ야 족하로 더브러 동종(同宗)의 잇ᄂᆞᆫ디라. 진실로 족하의 셩ᄒᆞᆫ 일홈이 혬 밧긔 것거딜가 저허ᄒᆞᄂᆞᆫ디라. 이러모로 특별이 와 말을 드리노라."

방연이 닐오ᄃᆡ,

"션ᄉᆡᆼ이 ᄒᆡ녀예 노라 연남(延攬)ᄒᆞ미 만ᄒᆞᆯ디라. 아디 못게라 어ᄂᆞ 곳의 현ᄉᆡ 잇더뇨?"

왕의 미쇼ᄒᆞ야 닐오ᄃᆡ,

"셕년(昔年)의 족하로 더브러 팔비ᄒᆞ야 의ᄅᆞᆯ ᄆᆡ자 귀곡의게 업을 ᄒᆞᆫ가지로 ᄒᆞᆫ 손빈 이 공이 위예 도라온 후로브터 귀곡이 병셔와 젼법을 ᄀᆞᄅᆞ치고 ᄯᅩ 견운환우(牽雲喚雨)홈과 ᄎᆡᆨ젼편뇌(策電鞭雷)ᄒᆞ믈 잘ᄒᆞ니 만일 ᄒᆞ야곰 ᄒᆡᆼ병연무(行兵演武)ᄒᆞ미 초목이 딘이 일고 샤셕이 군ᄉᆡ 될디니[139] 셰쇽 ᄭᅴ(機)와 범샹ᄒᆞᆫ 법을 가히 파ᄒᆞᆯ 배 아니라. 만일 이 사ᄅᆞᆷ을 빙ᄒᆞ야 뫼ᄒᆡ 나려와 ᄆᆞᄋᆞᆷ을 【115】 ᄒᆞᆫ가지로 ᄒᆞ야 졍ᄉᆞᄅᆞᆯ 다ᄉᆞ리면 위 태산ᄀᆞ티 평안ᄒᆞ미 잇고 공의게 호발(毫髮)도 손ᄒᆞ미 업고 모든 졔휘 반ᄃᆞ시 서ᄅᆞ 거ᄂᆞ려 위예 됴공ᄒᆞ리라."

왕의 말을 ᄆᆞᄎᆞ매 드ᄃᆡ여 방연으로 더브러 니별ᄒᆞ고 다시 이산(夷山)으로 도라가다.

방연이 부듕의 도라가 심히 블쾌ᄒᆞ야 민망ᄒᆞ야 안잣더니 셔련공쥬(瑞蓮公主) 일잔(一盞) 뇽봉향다(龍鳳香茶)ᄅᆞᆯ 밧들고 우ᄉᆞ며 방연의 알ᄑᆡ 나아와 무로ᄃᆡ,

"부마야 엇디 민망ᄒᆞ야 안자 말이 업ᄂᆞ뇨? 아니 부왕이 너ᄅᆞᆯ 아모 나라히나 졍벌ᄒᆞ라 ᄒᆞᄂᆞ냐?"

방연이 면강(勉强)ᄒᆞ야 웃고 닐오ᄃᆡ,

"졍벌의 일이야 엇디 내 ᄆᆞᄋᆞᆷ의 이시리오. 다만 내 결의ᄒᆞᆫ 형 손빈이 날로 더브러 귀곡션ᄉᆞ의 곳의셔 동업ᄒᆞ야더니 귀곡션ᄉᆞ의 허다 비슐을 만히 어더 텰뎐구뇌(掣電驅雷)ᄒᆞ며 호풍환우(呼風喚雨)ᄒᆞ야 【116】 통티 못ᄒᆞᄂᆞᆫ 배 업ᄉᆞᆫ디라. 내 두려ᄒᆞ건대 ᄇᆞᆰᄂᆞᆫ 날의 뫼ᄒᆡ 나려와 ᄒᆞᆫ 나라ᄒᆞᆯ 밧드러 병권을 바ᄃᆞ면 이ᄣᅢ예 내 뎌 사ᄅᆞᆷ의 뒤ᄒᆡ ᄯᅥ러디ᄂᆞ니 일로ᄡᅥ 실로 깃거 아니ᄒᆞ노라."

공쥬 닐오ᄃᆡ,

的鄙稱, 猶言"小子"。‖ "龐涓, 汝本無名~, 罔自稱尊, 明欺天下無英雄也." 방연아 네 무명ᄒᆞᆫ 슈ᄌᆞ로셔 망녕도이 스ᄉᆞ로 존대ᄒᆞ야 텬하의 영웅이 업ᄉᆞᆫ가 너기ᄂᆞᆫ다 (孫龐 1:112) 슈ᄌᆞ; 아ᄒᆡ라 ‖ "操笑曰: '吾殺~, 是殺鼠雀耳。'" 죄 쇼왈 내 슈ᄌᆞ 〔아ᄒᆡ라〕ᄅᆞᆯ 죽이면 이ᄂᆞᆫ 쥐와 새ᄅᆞᆯ 죽이미라 (三國 8:54) "這小小~, 手段高强, 勝他不得, 必須如此。" 이 아ᄒᆡ 슈단이 고강ᄒᆞ니 계규로 져ᄅᆞᆯ 니긔리라 (禪眞 14:61) "荊軻怒, 叱太子曰: '何太子之遣? 往而不反者, ~也!'" (史記 刺客列傳) "誰知~多間阻, 一念翻成怨恨媒。" (金瓶 97)

139) 【-ㄹ디니】 [미] ((동사, 형용사 어간 뒤에 붙어)) -ㄹ 것이니. ¶ 만일 ᄒᆞ야곰 ᄒᆡᆼ병연무ᄒᆞ미 초목이 딘이 일고 샤셕이 군ᄉᆡ 될디니 셰쇽 ᄭᅴ와 범샹ᄒᆞᆫ 법을 가히 파ᄒᆞᆯ 배 아니라 (若使行兵演武, 艸木成陣, 砂石皆兵, 非俗機常法可破.) <孫龐 1:114>

"므어시 어려오리오. 명일의 맛당이 부왕긔 알외여 흔 관원을 보내여 운몽산의 가 손빈을 마자 뫼히 느려와 우리 국듕의 두고 널로 더브러 일편의 신해되야 위국을 광부(匡扶)ㅎ면 엇디 가티 아니미 이시리오."

방연이 손바닥을 두드리며 크게 우어 닐오디,

"공쥐의 말이 ᄀ장 맛당ㅎ도다."

ᄎ일 죠됴(蚤朝)의 위왕긔 알외디,

"신이 대언비롤 셰웟더니 어제 위료(尉繚)의 도뎨 왕의 ᄢ텨 분쇄ㅎ엿ᄂ이다."

위왕이 닐오디,

"엇디 자바와 고(孤)롤 뵈디 아니ㅎ뇨? 뎌의 말이 신으로 ㅎ야곰 심경 【117】 의 복ㅎᄂ디라. 그러모로 뎌롤 노화 보내엿ᄂ이다."

위왕이 닐오디,

"뎨 므어시라 ㅎ더니[140]?"

방연이 닐오디,

"이제 칠국이 각ㆍ 약ㅎ니롤 업슈이 너겨 심ㅎ니ᄂ 호토용징(虎鬪龍爭)ㅎ야 인민이 고로오몰[141] 만나며 군식 디갑(帶甲)의 슈고로오미 이시문 이 다 현인고ᄉ(賢人高士)롤 어더 명쥬(明主)롤 보좌티 못ㅎ미라. 뎨 흔 사롬을 쳔거ㅎ니 신의 녜 결의흔 형 셩명은 손빈이오 연국인이니 이 사롬을 어더 뫼히 느려오면 널국 가지미 손바닥 뒤혐 ᄀᄐ니이다."

위왕이 크게 깃거 닐오디,

"현인 고식 ᄣ롤 기다리디 아니미 업ᄉ니 손빈이 임의 운몽산의 이시니 엇디ㅎ야 더브러 올고?"

방연이 ᄀ로디,

"흔 관원을 보내여 뎌롤 더브러 뫼히 느려오게 ㅎ쇼셔."

위왕이 드디여 셔갑을 명ㅎ야 【118】 즉일의 긔뎡(起程)ㅎ야 운몽산의 가라 ㅎ다.

손빈이 슈렴동의 이셔 날마다 귀곡션ᄉ긔 뫼셔 법술을 강ㅎ더니 일ㆍ은 션ᄉᄃ려 무러 ᄀ로디,

"조차 비환 디 히 오라디 틱식(胎息)의 일과 신션술은 임의 다 명을 드러시디 감히 뭇잡ᄂ니[142] ᄉ부와 병긔와 젼냑이 그 되 엇더ㅎ니잇고?"

귀곡이 닐오디,

"유쟈(儒者) 세(世)예 ᄡ이매 일죽 병냑을 아디 아니티 못흘 거시니 병 ᄡᄂ 도리ᄂ 무비(無非) 우흐로 텬긔(天氣)롤 달호며 아래로 디리(地理)롤 달호미니 텬ᄌ의 긔운은 안흔 누르고 것촌 븕고 링쟝의 긔운은 것촌 븕고 안은 희니 이여셔 다ᄅ면 흉흔 퇴오 딘셰ᄂ 둔갑과 변화의 나디 아니ㅎ니라."

손빈이 ᄀ로디,

"감히 ᄉ부긔 뭇잡ᄂ니 나라 흥쇠도 가히 미리 알리잇가?"

귀곡이 닐오디,

【119】 "블과 션[셩]샹(星象)을 볼 ᄯᄅ롬이라. 쥬빅(周伯)은 나라히 셔셩(瑞星)이오. 텬보(天堡)ᄂ 나라히 지셩(災星)이니 나라히 쟝ᄎ 흥ㅎ려 ㅎ면 쥬빅이 누르고 빗나며 망ㅎ려 ㅎ면 텬뵈 흐ᄅ며 ᄣ러디ᄂ니라."

손빈이 지비ㅎ야 명을 밧더라.

귀곡이 홀연 싱각ㅎ야 닐오디,

"도뎨야 내 ㅎ마터면 니줄 번ㅎ여다. 뒷뫼히 흔 듀 복셩화 남기 이시니 히산(海山)의 션죵(仙種)이라. 미양 십년의 흔 번 곳 픠여 마흔 아홉 낫치 열고 연 후 ᄉ십구 일만의 그 복셩홰 비로소 닉ᄂ니 먹으면 각방[병]연년(却病延年)ㅎ고 댱싱불노(長生不老)ㅎᄂ니 내 어제 약을 [ㅅ+키]야 오더니 뫼 뒤흘 디날식 보니 나모 우히 ᄉ십구 개 임의 여러 목하의 닉게 되여시니 사롬이 도적ㅎ야 가질가 저허ㅎᄂ니 나의 션가의 지보롤 폐ㅎ미라. 네 나아가 용심ㅎ야 딕희

140) 【-니】 回 -냐? ¶ 뎨 므어시라 ㅎ더니 <孫龐 1:117> 적이 오나 므어시 관겨ㅎ니 (賊至何妨?) <三國 19:14>

141) 【고로오-】 형 «고롭다» 괴롭다. ¶ 苦 ‖ 심ㅎ니ᄂ 호토용징ㅎ야 인민이 고로오몰 만나며 군식 디갑의 슈고로오미 이시문 이 다 현인고ᄉ롤 어더 명쥬롤 보좌티 못ㅎ미라 (甚至虎鬪龍爭, 人民遭塗炭之苦, 軍士帶甲之勞, 總是未得賢人高士, 輔佐明主.) <孫龐 1:117> ⇒ 고롭다

142) 【-잡-】 回 -잡-. ¶ 조차 비환 디 히오라디 틱식의 일과 신션술은 임의 다 명을 드러시디 감히 뭇잡ᄂ니 ᄉ부와 병긔와 젼냑이 그 되 엇더ㅎ니잇고 (弟子從學多年, 胎息之事, 神仙之術, 悉已聞名. 敢問師父兵機戰略, 其道如何?") <孫龐 1:118>

라."

【120】 손빈이 ᄃᆡ답ᄒᆞ고 일됴(一條) 댜ᄅᆞᆫ143) 막대ᄅᆞᆯ 가지고 후산의 니ᄅᆞ러 ᄌᆞ셔이 보니 계유 ᄉᆞ십팔 개오 ᄒᆞ나히 업ᄉᆞᆫ디라. 손빈이 혜오ᄃᆡ,

'긔괴타 ᄉᆞ뷔 명ː이 닐오ᄃᆡ ᄉᆞ십구 개라 ᄒᆞ더니 엇디 나모 우희 ᄉᆞ십팔 개 이시니 아니 사ᄅᆞᆷ이 ᄒᆞ나ᄒᆞᆯ 도적ᄒᆞ야 간가?'

ᄒᆞᄃᆡ 손빈이 ᄉᆞ부ᄃᆞ려 니ᄅᆞ기 됴티 아녀 ᄎᆞ조(次蚤)의 ᄯᅩ 가 혜여 보니 수의셔 ᄒᆞᆫ 낫치 ᄯᅩ 업서 다 만 ᄉᆞ십칠 개 남앗ᄂᆞᆫ디라.

손빈이 닐오ᄃᆡ,

"더옥 고이타. 내 어제 혜니 마은 여ᄃᆞᆲ 낫치러니 오ᄂᆞᆯ ᄯᅩ ᄒᆞᆫ 나치 업ᄉᆞ니 아디 못게라 엇던 못ᄡᅳᆯ 사ᄅᆞᆷ이 도적ᄒᆞ야 간고? 오ᄂᆞᆯ 져녁의란 도라가디 말고 ᄀᆞ마니 남모144) 겻ᄐᆡ 숨어 잇다가 엇던 사ᄅᆞᆷ인고 보아 잡아다가 ᄉᆞ부ᄅᆞᆯ ᄃᆡᄒᆞ야 니ᄅᆞ미 됴토다."

ᄒᆞ고 손빈이 바로 이경ᄭᆞ지 니ᄅᆞ러 졍히 자려 ᄒᆞ더니 다만 드ᄅᆞ니 【121】 나모가지 우희셔 붓삭145) ᄒᆞᆫ 소ᄅᆡᄅᆞᆯ ᄒᆞ거ᄂᆞᆯ 손빈이 이 복셩화 도적ᄒᆞ던 거시 왓ᄂᆞᆫ 줄 알고 급히 ᄃᆞ라나 나모 우ᄒᆞᆯ ᄇᆞ라보니 원ᄂᆡ 사ᄅᆞᆷ이 아니라 젹은 ᄇᆡᆨ원(白猿)이라. 삼기미146) 혼신(渾身)은 눈을 ᄡᅮᆫ 것 ᄀᆞᆺ고 편톄(遍體)ᄂᆞᆫ 은으로 장식ᄒᆞᆷ ᄀᆞᄐᆞ니 파셔휘(巴西侯) 본ᄃᆡ 방명이 잇고 ᄇᆡᆨ원공(白猿公)은 ᄂᆡᆨ이 고티(高致)ᄅᆞᆯ 드롤러라. 삼협야쳥(三峽夜淸)ᄒᆞᆫᄃᆡ 믈결이 돌을 움즉이며 구계츈난(九溪春暖)ᄒᆞᆫᄃᆡ 밤의 구름이 어두엇더라.

손빈이 막대ᄅᆞᆯ 내여 나모 우ᄒᆞᆯ ᄇᆞ라며 ᄒᆞᆫ 번 틴대 져근 진납이 ᄒᆞᆫ 번 브ᄅᆞ지지고 남긔 ᄂᆞ려 업듸여 ᄡᅡ히 이셔 사ᄅᆞᆷ의 말을 ᄒᆞ야 ᄀᆞᆯ오ᄃᆡ,

"다만 ᄇᆞ라건대 ᄉᆞ부ᄂᆞᆫ 내 셩명을 요ᄃᆡ(饒待)ᄒᆞ라."

손빈이 닐오ᄃᆡ,

"이 업튝(業畜)아! 엇디ᄒᆞ야 말ᄒᆞᆯ 줄을 아ᄂᆞᆫ다?"

쇼원이 닐오ᄃᆡ,

"ᄉᆞ부ᄂᆞᆫ 【122】 드ᄅᆞ쇼셔. 나ᄂᆞᆫ 이에 쇼원(小猿)이러니 집은 수렴동 셔븍의 잇고 한아비147)ᄂᆞᆫ 파서휘(巴西侯)오 아비ᄂᆞᆫ 이에 ᄇᆡᆨ원공(白猿公)이오 어미ᄂᆞᆫ 산화공쥬(山花公主)오 누의ᄂᆞᆫ 마령졍(馬羚精)이니 삼셰 다 션긔(仙氣) 잇ᄂᆞᆫ디라. 일로 인ᄒᆞ야 사ᄅᆞᆷ의 말 ᄒᆞᆯ 줄 아ᄂᆞ이다."

손빈이 ᄀᆞᆯ오ᄃᆡ,

"네 엇디 ᄉᆞ부의 션도ᄅᆞᆯ 도적ᄒᆞ야 가ᄂᆞ뇨?"

ᄇᆡᆨ원이 ᄀᆞᆯ오ᄃᆡ,

"ᄉᆞ부ᄅᆞᆯ 소기디 아니ᄒᆞ리니 요ᄉᆞ이 노뫼 병드러 다ᄅᆞᆫ 과품(果品)을 ᄉᆡᆼ각디 아니ᄒᆞ고 이 션도 먹기ᄅᆞᆯ ᄉᆡᆼ각ᄒᆞᄂᆞᆫ디라. 일로 인ᄒᆞ야 쇼원이 와 두 ᄎᆞ례ᄅᆞᆯ 도적ᄒᆞ야 두 낫ᄎᆞᆯ 가져다가 어미ᄅᆞᆯ 봉양ᄒᆞ더니 ᄉᆡᆼ각디 아녀셔 노뫼 먹으며 신경톄쾌(身輕體快)ᄒᆞ야 병이 반이나 감ᄒᆞ니 노모의 신톄 채 나으ᄆᆞᆯ 엇고져 ᄒᆞ야 오ᄂᆞᆯ밤의 ᄯᅩ 와 ᄒᆞᆫ 낫ᄎᆞᆯ 도적ᄒᆞ랴 ᄒᆞ더니 긔약디 아녀셔 ᄉᆞ부ᄅᆞᆯ 만나니 ᄉᆞ뷔 만일 쇼원을 【123】 텨 죽이면 이ᄂᆞᆫ 긴티 아니ᄒᆞ거니와 가련ᄒᆞ다 노뫼 과듕(窠中)의 이셔 쇼원이 도라가디 아니ᄒᆞ면 반ᄃᆞ시 ᄯᅩ ᄒᆞᆫ 번 죽으리니 ᄇᆞ라건대 ᄉᆞ부ᄂᆞᆫ ᄌᆞ비ᄒᆞ샤 우리 모

---

143) 【댜ᄅᆞ다】 ㉻ 짧다. ¶ 短 ‖ 일됴 댜ᄅᆞᆫ 막대ᄅᆞᆯ 가지고 후산의 니ᄅᆞ러 ᄌᆞ셔이 보니 계유 ᄉᆞ십 팔 개오 ᄒᆞ나히 업ᄉᆞᆫ디라 (帶一條短棍, 來到後山, 把桃細數一數, 剛剛四十八顆, 少了一顆.) <孫龐 1:120> ⇒ 더ᄅᆞ다, ᄧᆞ르다, 쟈ᄅᆞ다, 져르다, 져ᄅᆞ다, ᄌᆞᄅᆞ다

144) 【남모】 ㉼ 나무. ¶ 樹 ‖ 오ᄂᆞᆯ 져녁의란 도라가디 말고 ᄀᆞ마니 남모 겻ᄐᆡ 숨어 잇다가 엇던 사ᄅᆞᆷ인고 보아 잡아다가 ᄉᆞ부ᄅᆞᆯ ᄃᆡᄒᆞ야 니ᄅᆞ미 됴토다 (今晩不要回去, 悄悄躲在樹傍, 看是個什麽樣人, 拿住他, 好對師父講.) <孫龐 1:120> ⇒ 나모, 낡, 남ㄱ

145) 【붓삭】 ㉮ 바스락. ¶ 颼地 ‖ 다만 드ᄅᆞ니 나모가지 우희셔 붓삭 ᄒᆞᆫ 소ᄅᆡᄅᆞᆯ ᄒᆞ거ᄂᆞᆯ 손빈이 이 복셩화 도적ᄒᆞ던 거시 왓ᄂᆞᆫ 줄 알고 급히 ᄃᆞ라나 나모 우ᄒᆞᆯ ᄇᆞ라보니 원ᄂᆡ 사ᄅᆞᆷ이 아니라 젹은 ᄇᆡᆨ원이라 (只聽得樹頭上颼地一聲響, 孫臏知是偸桃的來了, 連忙走將過來. 望樹上一瞧, 原來不是個人, 是個小小白猿.) <孫龐 1:121>

146) 【삼기다】 ㉯ 생기다. ¶ 生得 ‖ 삼기미 혼신은 눈을 ᄡᅮᆫ 것 ᄀᆞᆺ고 편톄ᄂᆞᆫ 은으로 장식ᄒᆞᆷ ᄀᆞᄐᆞ니라 (生得渾身如雪裹, 遍體似銀粧.) <孫龐 1:121>

147) 【한아비】 ㉼ 할아비. ¶ 祖 ‖ 나ᄂᆞᆫ 이에 쇼원이러니 집은 수렴동 셔븍의 잇고 한아비ᄂᆞᆫ 파서휘오 아비ᄂᆞᆫ 이에 ᄇᆡᆨ원공이오 (吾乃小猿, 家居水簾洞西北, 祖乃巴西侯, 父乃猿公.) <孫龐 1:122>

ᄌᆞ의 두 명을 살오시면 은덕을 닛기 어려올가 ᄒᆞᄂᆞ이다."

손빈이 ᄀᆞ만이 ᄉᆡᆼ각ᄒᆞ야 닐오ᄃᆡ,

"나ᄂᆞᆫ 도로혀 이 ᄌᆞᆺ납이[148]만 ᄀᆞᆺ디 못ᄒᆞ도다. 뎌 업튝은 이런 효심이 잇거ᄂᆞᆯ 나ᄂᆞᆫ ᄉᆡᆼ각ᄒᆞ니 운몽산의 완디 ᄶᅵᄃᆞᆺ디 못ᄒᆞ야셔 임의 뉵년이라 가듕의 부뫼 안낙이 엇더ᄒᆞ며 비록 두 형이 집의 이시나 뎌ᄂᆞᆫ ᄌᆞ긔의 효되라 엇디 날을 폐ᄒᆞ리오."

드ᄃᆡ여 쇼원을 블러 닐러 ᄀᆞᆯ오ᄃᆡ,

"너의 일뎜 효심을 보니 내 더 되기 어려온디라. 다시 너ᄅᆞᆯ ᄒᆞᆫ 낫출 주ᄂᆞ니 도라가 네 어ᄆᆡ 명을 보젼ᄒᆞ고 이후ᄂᆞᆫ 가히 다시 오디 말라."

일변 니ᄅᆞ며 일변 ᄒᆞᆫ 낫출 ᄶᅡ【124】ᄇᆡᆨ원을 준대 ᄇᆡᆨ원이 머리ᄅᆞᆯ 두ᄃᆞ려 샤례ᄒᆞ야 닐오ᄃᆡ,

"ᄉᆞ부의 활명(活命)ᄒᆞ신 은혜ᄅᆞᆯ 닙고 도로혀 션도ᄅᆞᆯ 주시니 가히 갑흘 길히 업ᄉᆞᆫ디라. ᄒᆞᆫ 곳의셔 삼권 텬셰 이시니 쇼원이 가져다가 보답ᄒᆞ리이다."

손빈이 닐오ᄃᆡ,

"네게 므ᄉᆞᆷ 텬셰 이시며 어ᄂᆞ 곳의 ᄀᆞᆷ초와 두엇ᄂᆞ뇨?"

"쇼원의게ᄂᆞᆫ 잇디 아니ᄒᆞ야 귀곡션ᄉᆞ의 거시니 도금ᄉᆡ(禱金祠) 셕갑(石匣) 속의 ᄀᆞᆷ초와 두어 지금 션ᄉᆡᆼ의게 뎐티 아니ᄒᆞ엿ᄂᆞ니 내 이제 가 가져다가 ᄉᆞ부긔 밧드러 드리ː이다."

니ᄅᆞ며 ᄃᆞᆺ더니[149] 오라디 아녀셔 공듕의셔 ᄒᆞᆫ 소ᄅᆡᄅᆞᆯ 쟈ː괴며[150] 닐오ᄃᆡ,

"ᄉᆞ부야 텬셔ᄅᆞᆯ 바ᄃᆞ쇼셔."

ᄒᆞ고 공듕으로셔 ᄶᅥᄅᆞ티고[151] 쇼원은 그림재로 보디 못ᄒᆞᆯ러라. 손빈이 급히 나아와 두 손으로 안으니 믄득 이 쇼ː(小小) ᄒᆞᆫ 부ᄅᆞᆯ 논화 세【125】권을 ᄆᆡᆫ돌고 우희 네 귀ᄅᆞᆯ ᄢᅦ시ᄃᆡ,

텬인하ᄉᆞ셜텬긔 (大人何事洩天機)
인ᄎᆞ텬범수가디 (因此天凡數可知.)
손빈동듕뎐이슐 (孫臏洞中傳異術)
ᄇᆡᆨ원월하헌텬셔 (白猿月下獻天書.)

텬인이 므ᄉᆞ 일로 하ᄂᆞᆯ 긔틀을 누셜ᄒᆞᆫ고?
일로 인ᄒᆞ야 텬범의 수ᄅᆞᆯ 가히 알리로다
손빈이 골 가온대셔 이슐을 뎐ᄒᆞ니
ᄇᆡᆨ원이 월하의셔 텬셔ᄅᆞᆯ 드리ᄂᆞᆫ도다

손빈이 텬셔ᄅᆞᆯ 엇고 쳔만 깃거 급히 도라가 등불을 혀고 ᄀᆞ마니 외오니 졍히 외올 ᄉᆞ이예 한풍(寒風)이 늠ː(凜凜)ᄒᆞ고 ᄂᆡᆼ긔(冷氣) ᄉᆞᆷː(森森)ᄒᆞ며 공듕의셔 우레 소ᄅᆡ 미히 나니 귀곡션ᄉᆡ 졍히 포단(蒲團)[152] 우희 안잣다가 우레 소ᄅᆡ 이시ᄆᆞᆯ 듯고 즉시 니러나 두로 도라 힝ᄒᆞ야 손빈의 방 알ᄑᆡ 니ᄅᆞ니 등잔 그림재 미히 ᄇᆞᆰ고 손빈이 안희셔 낭ː이 텬셔ᄅᆞᆯ 외오거ᄂᆞᆯ 귀곡이 문을 열티고[153] 나【126】아가 무로ᄃᆡ,

"손빈아 므ᄉᆞᆷ 글을 닑ᄂᆞᆫ다?"

손빈이 ᄀᆞᆯ오ᄃᆡ,

"뎨ᄌᆡ 텬셔ᄅᆞᆯ 닑ᄂᆞ이다."

귀곡이 놀라 ᄀᆞᆯ오ᄃᆡ,

"내 이 텬셔ᄅᆞᆯ 도금ᄉᆞ 셕갑 속의 너헛더니

148) 【ᄌᆞᆺ납이】 명 잔나비. 원숭이. ¶ 猿 ‖ 나ᄂᆞᆫ 도로혀 이 ᄌᆞᆺ납이만 ᄀᆞᆺ디 못ᄒᆞ도다 (我到不如這小猿.) <孫龐 1:123> ⇒ 잔나ᄇᆡ, ᄌᆞᆫ나ᄇᆡ, ᄌᆞᆫ납, ᄌᆞᆫ납이, ᄌᆞᆫ납이, ᄌᆞᆫᄂᆞ비

149) 【ᄃᆞᆺ-】 동 «ᄃᆞᆮ다» 달리다. 뛰다. ¶ 走 ‖ 니ᄅᆞ며 ᄃᆞᆺ더니 오라디 아녀셔 (說罷就走, 不多時.) <孫龐 1:124> ⇒ 닷-, ᄃᆞᆯ-

150) 【쟈쟈괴다】 동 지저귀다. ¶ 오라디 아녀셔 공듕의셔 ᄒᆞᆫ 소ᄅᆡᄅᆞᆯ 쟈ː괴며 닐오ᄃᆡ (不多會空中吆喝一聲道.) <孫龐 1:124> ⇒ 디져괴다, 지져괴다, 지져귀다

151) 【ᄶᅥᄅᆞ치다】 동 떨어뜨리다. ¶ 撩 ‖ ᄉᆞ부야 텬셔ᄅᆞᆯ 바ᄃᆞ쇼셔 ᄒᆞ고 공듕으로셔 ᄶᅥᄅᆞ티고 쇼원은 그림재로 보디 못ᄒᆞᆯ러라 (師父接天書, 從空撩將下來, 小猿並不見影.) <孫龐 1:124>

152) 【포단】 명 포단(蒲團). 중의 방석. ¶ 귀곡션ᄉᆡ 졍히 포단 우희 안잣다가 우레 소ᄅᆡ 이시ᄆᆞᆯ 듯고 즉시 니러나 (鬼谷仙師, 正在蒲團上打坐, 聽得空中覺有雷聲.) <孫龐 1:124> 니의ᄂᆞᆫ 포단 션쟝 등믈을 거두어 가니 (李義收取禪擔、蒲團等物同行.) <包公 阿彌陀佛講和 1:9>

153) 【열티다】 동 열치다. 열다. ¶ 손빈의 방 알ᄑᆡ 니ᄅᆞ니 등잔 그림재 미히 ᄇᆞᆰ고 손빈이 안희셔 낭ː이 텬셔ᄅᆞᆯ 외오거ᄂᆞᆯ 귀곡이 문을 열티고 나아가 (行至孫臏房門首, 見燈影微明, 孫臏在內, 朗誦天書, 鬼谷推門進去.) <孫龐 1:125>

네 어듸 가 어더온다?"

손빈이 닐오듸,

"뎨지 ᄉᆞ부의 명을 밧ᄌᆞ와 뒷 뫼히 가 션도를 간슈ᄒᆞ더니 냥일의 두 낫치 업더니 마춤 이 경 ᄣᅢ는 ᄒᆞ야셔 홀연이 ᄇᆡᆨ원이 이셔 나모 우희 올라가거늘 뎨지 자바 텨 죽이려 ᄒᆞᆫ대 뎨 홀연이 사ᄅᆞᆷ의 말을 ᄒᆞ야 닐오듸,

"'노뫼 병드러 과듕의 이셔 션도 먹기를 ᄉᆡᆼ각ᄒᆞ거늘 도적ᄒᆞ야 도라가 어미ᄅᆞᆯ 구ᄒᆞ렷노라.' ᄒᆞ거늘 뎨지 뎌의 효심을 어엿비 너겨 도로혀 ᄒᆞᆫ 낫출 주고 뎌를 노화 보낸대 이 텬셔를 가져다가 뎨ᄌᆞ의 활명ᄒᆞᆫ 은혜ᄅᆞᆯ 갑거늘 뎨지 가져다가 등 아래셔【127】ᄒᆞᆫ 번 독송ᄒᆞ엿ᄂᆞ이다."

귀곡이 닐오듸,

"이 텬셰 일향(一向) 네게 허ᄒᆞ려 ᄒᆞᆫ 거시오 내 입이 이시나 ᄆᆞ옴이 업서 너ᄅᆞᆯ 주디 아니려 ᄒᆞᆫ 거시 아니라. 너의 연분이 아직 못 엇게 되엿더니 ᄉᆡᆼ각디 아녀셔 이 얼튝(孽畜)이 도적ᄒᆞ야다가 너ᄅᆞᆯ 주니 가히 앗갑다 엇기ᄅᆞᆯ 너모 일154) ᄒᆞ야시며 ᄒᆞ믈며 텬셔ᄅᆞᆯ 바둘 제 일즉 목욕ᄒᆞ며 분향티 아니코 손도 싯디 아니며 양짓믈155)도 아니ᄒᆞ야 텬신(天神)을 셜만이 너겨시니 일ᄇᆡᆨ 일 큰 직란을 ᄂᆞ리오리라."

손빈이 이 말을 듯고 ᄂᆞᆺ빗출 변ᄒᆞ야 닐오듸,

"ᄉᆞ부야 가히 뎨ᄌᆞᄅᆞᆯ 구ᄒᆞ야 이 대란을 버서나게 ᄒᆞ쇼셔."

귀곡이 ᄀᆞᆯ오듸,

"만일 날ᄃᆞ려 구콰뎌156) ᄒᆞ면 나의 압딘법(魘鎮法)을 어그ᄅᆞᆺ디 마라야 ᄒᆞ리라."

손빈이 년셩ᄒᆞ야 ᄃᆡ답ᄒᆞ야 ᄀᆞᆯ오듸,

【128】"엇디 감히 ᄒᆞ리잇고?"

귀곡이 ᄀᆞᆯ오듸,

"후산(後山) 경남방의 ᄒᆞᆫ 곳 뷘 셕뫼 이시니 네 가 머리ᄅᆞᆯ 남으로 향ᄒᆞ고 발을 븍으로 향ᄒᆞ고 ᄉᆡᆼ미(生米) 칠〻 ᄉᆞ십구 낫출 먹음고 춤을 ᄲᅡ 솜기디157) 말면 ᄌᆞ연 비블러 음식을 ᄉᆡᆼ각디 아니ᄒᆞ리니 다만 칠〻 ᄉᆞ십구 일을 디내면 ᄌᆞ연 대란을 버서 가히 념녀 업ᄉᆞ리라."

손빈이 왈,

"다만 이 직란을 버술딘대 엇디 ᄉᆞ십구일 ᄲᅮᆫ이리오. 다시 몃날을 어더도 해롭디 아니ᄒᆞ리이다."

스승과 뎨지 계의를 경당이 ᄒᆞ고 귀곡이 년야(連夜) 손빈을 ᄃᆞ리고 후산의 니ᄅᆞ니 과연 경남방 우희 ᄒᆞᆫ 곳 분뫼 이시니 손빈이 ᄉᆞ부의 법슐대로 의ᄒᆞ야 칠〻 ᄉᆞ십구 낫 ᄉᆡᆼ미를 먹음고 남으로 머리를 두고 븍으로 발 두고 묘듕의 눈 ᄀᆞᆷ고 누엇고 묘 알픠 져근 비【129】를 세우고 비 우희 ᄡᅥ ᄀᆞᆯ오듸, '연국손빈긔장ᄒᆞᆫ 뫼〔燕國孫臏寄葬之墓〕라'
ᄒᆞ엿더라.

셔갑이 위왕의 지의(旨意)를 바다 ᄒᆡᆼᄒᆞ야 여러 날 운몽산의 니ᄅᆞ러 슈ᄒᆡᆼᄒᆞᄂᆞᆫ 인죵(人從)만 더블고 슈렴동 문 알픠 니ᄅᆞ니 ᄒᆞᆫ 도동이 곳광주리를 잡고 약을 ᄏᆡ야 도라오다가 도동이 나아와 무로듸,

"공이 위국 ᄉᆞ신이 아닌다?"

셔갑이 ᄀᆞ마니 놀라 닐오듸,

"엇디 니ᄅᆞ디 아녀셔 위국 ᄉᆞ신인 줄 아ᄂᆞᆫ고?"
ᄒᆞ고 도동ᄃᆞ려 닐오듸,

"내 경히 위국 ᄉᆞ신이러니 귀곡션ᄉᆞ긔 뵈려 ᄒᆞᄂᆞ니 감히 지인ᄒᆞ믈 ᄇᆞ라노라."

---

154) 【일】 ㊂ 일찍. 일찍이. ¶ 蚤 ‖ 가히 앗갑다 엇기ᄅᆞᆯ 너모 일 ᄒᆞ야시며 (可惜得蚤了些.) <孫龐 1:127>

155) 【양짓믈】 ㊔ 양칫물. ¶ 漱口 ‖ ᄒᆞ믈며 텬셔ᄅᆞᆯ 바둘 제 일즉 목욕ᄒᆞ며 분향티 아니코 손도 싯디 아니며 양짓믈도 아니ᄒᆞ야 텬신을 셜만이 너겨시니 일ᄇᆡᆨ 일 큰 직란을 ᄂᆞ리오리라 (況你接天書之時, 不曾沐浴焚香, 又不曾淨手, 又不曾漱口, 褻瀆天神, 惹下一百日大災難.) <孫龐 1:127>

156) 【-콰뎌】 ㊁ '-ᄒᆞ과뎌'의 준말. -하게 하고자. ¶ 要 ‖ 귀곡이 ᄀᆞᆯ오듸 만일 날ᄃᆞ려 구콰뎌 ᄒᆞ면 나의 압딘법을 어그ᄅᆞᆺ디 마라야 ᄒᆞ리라 (若要我救, 不可違我的魘鎮法.) <孫龐 1:127> 힘ᄡᅥ 네 념콰뎌 ᄒᆞᄂᆞ니 念티 못ᄒᆞ면 티리라 (務要你念, 念不得打.) <伍倫 1:27b> ⇒ -콰다, -콰쟈, -콰ᄌᆞ

157) 【솜기다】 ㊍ 삼키다. ¶ 吞 ‖ ᄉᆡᆼ미 칠〻 ᄉᆞ십구 낫출 먹음고 춤은 ᄲᅡ 솜기디 말면 ᄌᆞ연 비블러 음식을 ᄉᆡᆼ각디 아니ᄒᆞ리니 (口中噙生白米七七四十九粒, 把唾津裹着, 不要嚥下喉去, 自然會飽, 不思飲食.) <孫龐 1:128>

도동이 닐오ᄃᆡ,

"오기ᄅᆞᆯ 공교로이 못ᄒᆞ엿도다. ᄇᆡᆨ녹대션의 곳의 강법ᄒᆞ라 가 겨시니 공이 보려곳 ᄒᆞ시면 사흘만 일 오더면 됴흘랏다."

한화ᄒᆞᆯ ᄉᆞ 【130】 이예 공듕의셔 홀연이 ᄒᆞᆫ 사ᄅᆞᆷ이 브ᄅᆞᄃᆡ,

"션ᄉᆡᆼ이 왓ᄂᆞ냐?"

셔갑이 급히 머리ᄅᆞᆯ 드러보니 원ᄂᆡ 션ᄉᆡ 구름을 메오고 도라오거ᄂᆞᆯ 셔갑이 나아와 드ᄃᆡ여 절ᄒᆞ니 귀곡이 븟드러 니ᄅᆞ혀 ᄒᆞᆫ가지로 동듕의 드러갈ᄉᆡ 셔갑이 눈을 둘러 ᄌᆞ셔이 보니 동듕의 됴흔 경치라.

긔화(奇花)ᄂᆞᆫ 비단을 펴시며 요쵸(瑤艸)ᄂᆞᆫ 향을 ᄲᅳᆷ고 슈듀(數珠) 노ᄇᆡᆨ(老栢)은 프ᄅᆞᆫ 거술 드리웟고 수졀(數節) 슈황(脩篁)은 프ᄅᆞᆫ 거술 펴고 ᄇᆡᆨ운이 ᄠᅳᆫ158) 고ᄃᆡ 일월의 비치 흔들고 현학(玄鶴)이 울 ᄯᅢ예 연해(烟霞) 치셕을 ᄒᆞᆺ고 두어 소ᄅᆡ 보경(寶磬)과 보탁(寶鐸)은 유양(悠揚)ᄒᆞ며 일ᄃᆡᆫ 텬풍(天風)과 텬향(天香)은 표묘(縹緲)ᄒᆞ고 송화(松花)ᄂᆞᆫ ᄡᅡ히 ᄀᆞ독ᄒᆞ야시니 엇디 일즉 ᄡᅳ러시며 옥노(玉露)ᄂᆞᆫ 셤의 ᄀᆞ독ᄒᆞ야 ᄆᆞᄅᆞ디 아녓더라.

손 좌ᄒᆞ기ᄅᆞᆯ ᄆᆞᄎᆞ매 귀곡 【131】 이 무러 ᄀᆞᆯ오ᄃᆡ,

"션ᄉᆡᆼ이 빗나게 님ᄒᆞ시니 므슴 ᄀᆞᄅᆞ치시미 잇ᄂᆞ뇨?"

셔갑이 닐오ᄃᆡ,

"내 위왕의 지의(旨意)ᄅᆞᆯ 밧ᄌᆞ와 특별이 와 놉흔 뎨ᄌᆞ 손빈션ᄉᆡᆼ을 빙녜로 마자 뫼히 ᄂᆞ려가 위쥬ᄅᆞᆯ 돕고져 ᄒᆞ노라."

귀곡이 ᄃᆡ답ᄒᆞᄃᆡ,

"션ᄉᆡᆼ이 먼 길히 ᄒᆞᆫ ᄎᆞ례 발셥(跋涉)ᄒᆞ몰 헛도이 ᄒᆞ도다. 어린 뎨ᄌᆞ 손빈이 죽언 디 여러 ᄯᅢ니라."

셔갑이 ᄒᆞᆫ 번 크게 놀라 무로ᄃᆡ,

"므슴 병으로 죽으뇨?"

귀곡이 닐오ᄃᆡ,

"손빈이 년젼의 방연으로 더브러 ᄒᆞᆫ가지로 와 ᄒᆞᆨ업ᄒᆞ더니 방연은 총명ᄒᆞ고 디혜로와 비환 디 삼년의 병셔젼칙(兵書戰冊)을 다 통ᄒᆞ야 아ᄂᆞᆫ디라. 몬져 뫼히 ᄂᆞ려가 이제 위국의 이셔 병권을 잡아 부매 되엿고 손빈은 비환 디 뉵년의 ᄌᆞ질이 노둔(駑鈍)ᄒᆞ야 병문젼법(兵文戰法)을 ᄒᆞ나토 경통 【132】 티 못ᄒᆞᄂᆞᆫ디라. 일로ᄡᅥ 번민ᄒᆞ야 병이 되야 인ᄒᆞ야 죽으니라."

셔갑 왈,

"션ᄉᆞ의 말ᄉᆞᆷ ᄀᆞᄐᆞ면 손션ᄉᆡᆼ이 진짓 죽엇ᄂᆞ냐?"

귀곡이 닐오ᄃᆡ,

"사ᄅᆞᆷ의 ᄉᆞᄉᆡᆼ이 엇디 거ᄌᆞᆺ 거시 이시리오."

셔갑이 한숨 디며 닐오ᄃᆡ,

"우리 님군이 연분이 업ᄉᆞᆯ 분 아니라 손션ᄉᆡᆼ이 ᄯᅩᄒᆞᆫ 복이 업도다. 내 이제 고별ᄒᆞ고 도라가 우리 위쥬긔 회복ᄒᆞ리라."

귀곡이 말류ᄒᆞ야159) 두어 날 머믈고져 ᄒᆞᆫ대 셔갑 왈,

"왕명이 몸의 이시니 감히 디연티 못ᄒᆞᆯ디라."

지삼 ᄉᆞ샤ᄒᆞ고 위국으로 도라와 위왕긔 알외ᄃᆡ,

"신이 봉지ᄒᆞ야 운몽산의 가 손빈을 빙쳥(聘請)ᄒᆞ오니 ᄯᅳᆺ 밧긔 이 사ᄅᆞᆷ이 임의 죽언디 오라더이다."

위왕이 크게 놀라 닐오ᄃᆡ,

"내 이 사ᄅᆞᆷ을 빙쳥ᄒᆞ야 뫼히 ᄂᆞ려 내 나라히 와 방부마로 더브러 나라 【133】 정ᄉᆞᄅᆞᆯ ᄒᆞᆫ가지로 도읍가 ᄇᆞ랏더니 이제 믄득 죽도다. 므슴 병으로 죽다 ᄒᆞ더뇨?"

셔갑 왈,

"귀곡션ᄉᆡ 닐오ᄃᆡ, '당년의 방부마로 더브러 ᄒᆞᆫ가지로 가 ᄒᆞᆨ업ᄒᆞ야 방부마ᄂᆞᆫ 총명ᄒᆞ매 비환 디 삼년의 병법을 다 통ᄒᆞ고 손빈은 노졸ᄒᆞ야 비환 디 뉵년의 ᄒᆞᆫ 일도 일우디 못ᄒᆞ니 일로ᄡᅥ 종일토록 번민ᄒᆞ야 긔증이 되야160) 죽다' ᄒᆞ

158) 【ᄠᅳ다】 [동] 뜨다. ¶ 浮 ‖ 슈듀 노ᄇᆡᆨ은 프ᄅᆞᆫ 거술 드리웟고 수졀 슈황은 프ᄅᆞᆫ 거술 펴고 ᄇᆡᆨ운이 ᄠᅳᆫ 고ᄃᆡ 일월의 비치 흔들고 (數珠老栢垂靑, 數節脩篁展綠, 白雲浮處, 日月搖光.) <孫龐 1:130>

159) 【말류ᄒᆞ다】 [동] 만류(挽留)하다. ¶ 留 ‖ 귀곡이 말류ᄒᆞ야 두어 날 머믈고져 ᄒᆞᆫ대 (鬼谷欲留盤桓數日.) <孫龐 1:132>

160) 【氣蠱 긔고】 qìgǔ <動> 긔증이 되다 *受鬱氣惱. ‖ "孫臏駑拙, 學勾六年一事無成, 終日煩

더이다."

위왕이 믄득 밋거놀 부마 방연이 알퓌 나아가 알외디,

"손빈이 죽디 아녓는디라. 귀곡시 즐겨 뫼히 누리와 보내디 아니ᄒᆞ야 깁히 곰초와 죽다 핑계ᄒᆞ야 니르미니이다."

위왕이 믄득 무로듸,

"경이 엇디 뎌의 죽디 아녀는 줄 아ᄂᆞ뇨?"

방연이 ᄀᆞᆯ오듸,

"신이 셔갑이 운몽산의 니ᄅᆞ모로브터 션샹(星象)을 보니 만일 손빈이 진짓【134】죽어시면 복[본]명셩(本命星) 떠러딜 거시로듸 이제 뎌의 본명셩이 떠러디디 아녀시니 결단코 죽어실리 업ᄉᆞ리이다."

위왕이 닐오듸,

"부매 임의 션샹을 보아시면 엇디 그ᄅᆞ미 이시리오."

ᄒᆞ고 드듸여 셔갑ᄃᆞ려 무로듸,

"네 일즉 손빈의 묘롤 본다?"

셔갑이 ᄀᆞᆯ오듸,

"일즉 보디 못ᄒᆞ엿ᄂᆞ이다."

방연이 닐오듸,

"분묘롤 일즉 보디 못ᄒᆞ야시면 엇디 뎌의 진짓 숨은 줄을 알리오. 이제 왕이 셔갑을 보내여 운몽산의 가 뎡코 손빈의 분묘롤 보고 ᄲᆞᆯ리와 회복ᄒᆞ다 ᄒᆞ쇼셔. 진가롤 알리이다."

셔갑이 ᄒᆞᆯ일이 업서 지의롤 뎡ᄒᆞ야 몰게 올라 여러 날을 힝ᄒᆞ야 귀곡의게 뵌대 귀곡이 닐오듸,

"션ᄉᆡᆼ이 이번의 오믄 엇디오?"

셔갑이 ᄀᆞᆯ오듸,

"나라히 도라가 션ᄉᆡᆼ이 니ᄅᆞ던 말로【135】쥬상긔 알외니 쥬샹이 반ᄃᆞ시 밋디 아니ᄒᆞ야 ᄀᆞᆯ오듸, '손션ᄉᆡᆼ이 임의 임의 죽어시면 결단코 분뫼 이시리라.' ᄒᆞ야 ᄯᅩ 이롤 위ᄒᆞ야 날로 ᄒᆞ야곰 다시 가라 ᄒᆞ시매 왓ᄂᆞ니 손션ᄉᆡᆼ의 분묘롤

悶, 身染～而死." 손빈은 노졸ᄒᆞ야 비환 디놔년의 ᄒᆞᆫ 일도 일우디 못ᄒᆞ니 일로ᄡᅥ 종일토록 번민ᄒᆞ야 긔증이 되야 죽다 (孫龐 1:133) "偏是他將奴誤, 也不索～。" (琵琶記 9) "書中句都是虛, 沒來由認眞閑～。" (荊釵記 24) "那乞僧～已成, 畢竟不痊, 死了。" (初刻 35) ⇒ 氣苦, 氣撲

보려 ᄒᆞᄂᆞ이다."

귀곡이 ᄀᆞᆯ오듸,

"분뫼 후산 젼남방 우히 이시니 션ᄉᆡᆼ이 만일 가보랴 ᄒᆞ면 이제 나ᄒᆞ고 ᄒᆞᆫ가지로 가쟈."

ᄒᆞ고 귀곡이 알퓌셔 인도ᄒᆞ고 셔갑이 뒤히 ᄯᆞ롸 후산의 니ᄅᆞ니 과연 ᄒᆞᆫ 곳 셕뫼 잇고 묘 알퓌 셰오고 비 우히 '연국 손빈 긔장ᄒᆞᆫ 뫼라' ᄒᆞ엿더라. 셔갑이 보고 눈이 어리고 입이 어리거놀[161] ᄒᆞᆫ ᄎᆞ례롤 ᄒᆞ고 ᄀᆞᆯ오듸,

"손션ᄉᆡᆼ이 과연 죽엇다."

ᄒᆞ고 귀곡을 비별ᄒᆞ고 운몽산을 ᄯᅥ나 날이 못ᄒᆞ야셔 도라와 위왕을 보고 닐오듸,

"신이 녕지ᄒᆞ여 가 손빈의 분묘롤 보니【136】손빈이 실로 신ᄉᆞᄒᆞ야 분뫼 잇더이다."

위왕이 ᄀᆞᆯ오듸,

"네 엇디 손빈의 분뫼 줄 아는다?"

셔갑이 ᄀᆞᆯ오듸,

"묘 알퓌 ᄒᆞᆫ 비롤 셰웟고 비 우히 '연국 손빈 긔장ᄒᆞᆫ 뫼라' ᄒᆞ야시니 이러모로 올흔 줄 아ᄂᆞ이다."

위왕이 임의 미덧더니 방연이 ᄯᅩ 나아와 닐오듸,

"신이 년일ᄒᆞ야 션샹을 보니 손빈이 결단코 죽디 아녓는디라. 이제 셔갑의 죄명을 뎡ᄒᆞ여야 겨유 가히 당심ᄒᆞ야 가 손빈을 마자 뫼히 ᄂᆞ려오리이다."

위왕이 ᄀᆞᆯ오듸,

"손빈이 임의 죽어시면 고로이 브듸 청ᄒᆞ야다가 므엇ᄒᆞ리오. 엇디 텬하의 다시 현인과 고ᄉᆡ 업ᄉᆞ리오."

방연이 ᄀᆞᆯ오듸,

"신이 뎌롤 고로이 마자오려 ᄒᆞ는 줄이 아니라 뎌의 법슐이 신긔ᄒᆞ야 쇽긔와 샹법의 서ᄅᆞ 비ᄒᆞᆯ 배 아니라. 우리나라히 만일 뎌롤【137】디내텨 ᄇᆞ리면 붉는 날의 다른 나라히 ᄡᅳ여 우리 위도 그 화롤 바ᄃᆞ리이다."

위왕이 머리롤 숙이고 반향이나 ᄉᆡᆼ각다가 닐오듸,

"부마의 말이 ᄯᅩᄒᆞᆫ 올토다. 이제 셔갑을

---

161)【어리다】 형 어리벙벙하다. 멍하다. 얼얼하다. ¶ 定 ‖ 셔갑이 보고 눈이 어리고 입이 어리거놀 ᄒᆞᆫ ᄎᆞ례롤 ᄒᆞ고 ᄀᆞᆯ오듸 (徐甲看了, 目定口呆, 一會道.) <孫龐 1:135>

므솜 죄명을 뎡ᄒᆞ야 보내리오."

방연이 ᄀᆞᆯ오ᄃᆡ,

"셔갑의 죄란 아직 날호여[162] 뎡ᄒᆞ고 뎌의 일문노유(一門老幼)를 자바다가 냥쳔을 블분ᄒᆞ고 다 잡아 남뇌(南牢)예 가도왓다가 이번의 만일 손빈을 마자 뫼히 ᄂᆞ려오거든 뎌의 셩명을 요딕홀 분 아니라 셔갑을 벼술을 세 급 〔三級〕을 더으고 빅금 쳔냥을 주시고 만일 손빈을 마자오디 못ᄒᆞ고 쇽졀업시 스ᄉᆞ로 도라오거든 뎌의 일문노유를 다 살륙ᄒᆞ고 셔갑은 능디쳐ᄉᆞ(陵遲處死)ᄒᆞ게 ᄒᆞ쇼셔."

위왕이 귀가 어위여[163] 즉시 뎐지ᄒᆞ야 금의위(錦衣衛)를 명ᄒᆞ야 셔갑의 만문 가【138】쇽을 냥쳔노유(良賤老幼)를 혜디 아니코 일빅여구(口)를 다 자바다가 남뇌예 가도니 시의 ᄀᆞᆯ오ᄃᆡ,

간인오국 (奸人誤國)
간인이 나라흘 그ᄅᆞ게 ᄒᆞ고

참셜해냥 (讒舌害良)
춤셜이 듕냥을 해ᄒᆞ도다

만문ᄃᆡ폐 (滿門待斃)
만문이 죽기를 기ᄃᆞ리나

일ᄉᆞ감샹 (一事堪傷.)
ᄒᆞᆫ 일이 슬허ᄒᆞ염즉 ᄒᆞ도다

일변 뎐죠(傳詔)ᄒᆞ야 셔갑을 운몽산의 보내니라.

162) 【날호여】 뮈 천천히. ¶ 셔갑의 죄란 아직 날호여 뎡ᄒᆞ고 뎌의 일문노유를 자바다가 냥쳔을 블분ᄒᆞ고 다 잡아 남뇌예 가도왓다가 (徐甲且慢定罪, 只將他一門老幼, 不分良賤, 通拿來監候南牢.) <孫龐 1:137>

163) 【어위다】 혱 넓다. ¶ 위왕이 귀가 어위여 즉시 뎐지ᄒᆞ야 금의위를 명ᄒᆞ야 셔갑의 만문 가쇽을 냥쳔노유를 혜디 아니코 일빅여구를 다 자바다가 남뇌예 가도니 (魏王耳朵□□悉聽龐涓之言, 登時傳旨, 差官將徐甲滿門家屬, 不分老幼良賤, 共計百餘口, 通來監入南牢.) <孫龐 1:137>

손방연의 孫龐演義 권지이

第5回

금난뎐손빈ᄂᆡ됴 연무댱방연패딘

金鑾殿孫臏來朝 演武場龐涓敗陳

【2】 셔갑이 죠셔(詔書)ᄅᆞᆯ ᄡᅡ 일로(一路)의 눈믈이 심솟ᄃᆞᆺ ᄒᆞ야 괴로오ᄆᆞᆯ 다 니ᄅᆞ디 못ᄒᆞᆯ디라. 인무듀죡(人無住足)ᄒᆞ며 마블뎡뎨(馬不停蹄)ᄒᆞ야 면 날 만의 운몽산의 니ᄅᆞ러 ᄆᆞᆯ게 ᄂᆞ려 바로 동듕의 드러가 귀곡(鬼谷)의게 뵌대 귀곡이 마자 보고 무로ᄃᆡ,

“션ᄉᆡᆼ이 년ᄒᆞ야 세 번 오니 ᄯᅩ 므ᄉᆞᆷ 요긴ᄒᆞᆫ 공ᄉᆡ 잇ᄂᆞ뇨?”

셔갑이 말을 못ᄒᆞ야셔 눈믈을 흘려 닐오ᄃᆡ,

“션ᄉᆞ야 내 믄득 손션ᄉᆡᆼ이 실로 죽엇ᄂᆞᆫ 줄로 아랏더니 ᄉᆡᆼ각디 아녀셔 방부매 쥬샹의 가젼(駕前)의 이셔 죽도록 닐오ᄃᆡ, ‘손션ᄉᆡᆼ이 죽디 아녀 션ᄉᆡ 뎌ᄅᆞᆯ 뫼히 ᄂᆞ리와 보내디 아니ᄒᆞ고 ᄀᆞᆷ초왓다’ ᄒᆞᄆᆞᆯ 밋고 이 【3】 제 나의 만문가쇽을 냥쳔노유ᄅᆞᆯ 혜디 아니코 다 잡아 남뇌예 가도고 날로 ᄒᆞ야곰 손션ᄉᆡᆼ을 마자오디 못ᄒᆞ면 나의 젼가ᄅᆞᆯ 살륙ᄒᆞ고 내 ᄯᅩᄒᆞᆫ 능디쳐ᄉᆞᄒᆞᆯ디라. 내 ᄉᆡᆼ각ᄒᆞ니 죽은 사ᄅᆞᆷ은 살와오기 어려온디라. 나의 ᄒᆞᆫ 번 죽으믄 반ᄃᆞ시 면티 못ᄒᆞᆯ디라. 션ᄉᆡ 가히 ᄒᆞᆫ 그ᄅᆞᆺ ᄂᆞ믈과 밥을 빌리거든 내 션ᄉᆡᆼ의 묘 알ᄑᆡ 니ᄅᆞ러 이 사발국과 밥을 버리고 지젼(紙錢)을 ᄉᆞᆯ오고 ᄒᆞᆫ 번을 곡소(哭訴)ᄒᆞ고 다시 됴뎡 죠셔ᄅᆞᆯ 닑어 됴히 손션ᄉᆡᆼ의 음녕(陰靈)으로 ᄒᆞ야곰 알게 ᄒᆞ고 곳 스ᄉᆞ로 ᄌᆞ진(自盡)ᄒᆞ려 ᄒᆞᄂᆞ니 이리 ᄒᆞ면 죽어도 눈을 ᄀᆞᆷ으리라.”

귀곡이 쇼왈,

“션ᄉᆡᆼ은 가히 이러ᄐᆞ시 소견 달리 말라.”
ᄒᆞ고 도동을 블러,

“소반(蔬飯)과 슈젼(水錢)을 가져 몬져 나아가라. 내 미조차[164] 가리라.”

도동이 소반을 【4】 가지고 셔갑으로 더브러 손빈의 묘 알ᄑᆡ 니ᄅᆞ러 셔갑이 향안(香案)을 버려노코 몬져 됴셔ᄅᆞᆯ 여러 닑으니 됴셔의 ᄒᆞ야시ᄃᆡ,

> 요순이 지극히 셩(聖)ᄒᆞ나 현신을 얻디 못ᄒᆞ야시면 엇디 말믜아마 셩세ᄅᆞᆯ 보익ᄒᆞ며 탕이 지극히 덕ᄒᆞ나 만일 영걸곳 업ᄉᆞ면 엇디 졍ᄉᆞᄅᆞᆯ 다ᄉᆞ려 태평케 ᄒᆞ리오. 딤이 칠웅의 ᄃᆡᄅᆞᆯ 당ᄒᆞ야 간괘 ᄭᅳᆫ티 아니ᄒᆞ고 봉홰 평안티 아니ᄒᆞ니 반ᄃᆞ시 현지ᄅᆞᆯ 어더야 ᄉᆞ방을 가히 뎡ᄒᆞᆯ디라. 요ᄉᆞ이 드ᄅᆞ니 션ᄉᆡᆼ이 손무ᄉᆞ의 병도ᄅᆞᆯ 닛고 션인의 젼칙을 어더 덕이 연애[해] ᄀᆞᆺ고 되 건곤의 합ᄒᆞ니 딤이 어드면 딤이 쥬옥 ᄲᅮᆫ이 아니라 신 셔갑을 보내여 빙녜ᄅᆞᆯ 밧드ᄂᆞ니 됴의 와 ᄒᆞᆫ가지로 샤직을 밧드러 고공(股肱)이 되라. 믈고 【5】 응망(勿辜顒望)ᄒᆞ노라.

ᄒᆞ엿더라.

셔갑이 죠셔 닑기ᄅᆞᆯ 다ᄒᆞ고 소릐ᄅᆞᆯ ᄀᆞ다ᄃᆞᆷ아 놉히 웨여 ᄀᆞᆯ오ᄃᆡ,

“나ᄂᆞᆫ 위신(魏臣) 셔갑이러니 위왕의 지의ᄅᆞᆯ 바다 션ᄉᆡᆼ을 마자 뫼히 ᄂᆞ려가 ᄒᆞᆫ가지로 위왕을 도으랴 ᄒᆞ엿더니 여러 번 참신(讒臣) 방연이 알외ᄃᆡ, ‘내 용심티 아닛ᄂᆞᆫ다.’ ᄒᆞ야 나의 만문가쇽을 남뇌예 가도아 죽으미 됴셕의 잇ᄂᆞᆫ디

---

164) 【미조차】 [부] 뒤이어. ¶ 隨後 ‖ 소반과 슈젼을 가져 몬져 나아가라 내 미조차 가리라 (待我先喚道童取蔬飯水錢相陪前去, 隨後就來看你.) <孫龐 2:3> ⇒ 미됴ᄎᆞ, 미조ᄎᆞ, 밋조ᄎᆞ

라. ᄇᆞ라건대 션ᄉᆡᆼ의 음녕은 공듕의셔 감찰ᄒᆞ라."

일변 니ᄅᆞ며 일변 방셩대곡ᄒᆞ기를 긋치디 아니ᄒᆞ거ᄂᆞᆯ 손빈이 묘 속의 이셔 셔갑의 울미고초ᄒᆞ믈 듯고 심하의 스ᄉᆞ로 혜요ᄃᆡ,

"뎌의 가쇽 일ᄇᆡᆨ여 귀(口) ᄆᆞ춤내 나 ᄒᆞᆫ 사ᄅᆞᆷ을 위ᄒᆞ야 비명의 죽으리니 내 위방의 가믄 ᄆᆞ춤내 일의 해로오미 업고 일시의 고관대 【6】 쟉은 엇디 못ᄒᆞ나 쇼〻 직분이나 ᄆᆞ춤내 이시리니 간들 므어시 해로오리오."

ᄒᆞ고 ᄉᆡᆼ각기를 뎡ᄒᆞ고 진녁ᄒᆞ야 두 다리로 셕묘를 밀티고 내ᄃᆞ라오니 셔갑이 보고 깃거ᄒᆞ고 놀라니 놀라믄 죽은 사ᄅᆞᆷ이 엇디 산고 ᄒᆞ고 깃븜을 임의 사라시니 뎌의 ᄯᅩ 죽을가 저허ᄒᆞ미 업ᄉᆞᆫ디라. 됴히 ᄒᆞᆫ가지로 ᄂᆞ려가 님금을 보면 일가 셩명이 안연(安然)ᄒᆞ야 무ᄉᆞᄒᆞ리라 ᄒᆞ미러라.

손빈이 묘듕으로셔 나오며 블러 ᄀᆞᆯ오ᄃᆡ,

"셔션ᄉᆡᆼ아 네 세 번 오믈 위ᄒᆞ야 내 실로 뫼희 ᄂᆞ려가고져 아니ᄒᆞ나 실로 너의 일개 죄를 바돌디라. 내 이러모로 나왓ᄂᆞ니 ᄒᆞ믈며 내 죄를 위예 엇디 아녀시니 간들 므어시 해로오리오."

셔갑이 말을 듯고 ᄆᆞᄋᆞᆷ이 즐거오며 ᄯᅳᆺ이 깃거ᄒᆞ더니 귀곡이 ᄃᆞ라오며 블러 닐오ᄃᆡ,

"도뎨야 내 너의 【7】 압딘(魘鎭) 법슐을 어글우처 ᄇᆡᆨ일의 직앙을 춤디 못ᄒᆞ야 쳔일 직앙을 닐의여시니 이제ᄂᆞᆫ 결단코 피티 못ᄒᆞᆯ디라. 네 만일 내 말을 밋디 아니커든 널로 ᄒᆞ야곰 목젼의 ᄢᅵᄃᆞᆺ게 ᄒᆞ리라."

ᄒᆞ고 귀곡이 즉시 도동을 분부ᄒᆞ야 플사ᄅᆞᆷ을 ᄆᆡᆫᄃᆞᄃᆡ 크기 젹기를 손빈의 모양ᄀᆞᆺ티 ᄒᆞ야 초인 알픠 ᄒᆞᆫ 댱 탁ᄌᆞ를 노코 탁ᄌᆞ 우희 십팔반 병긔를 버리고 귀곡이 텬갑녕문과 디갑녕문과 뉵갑녕문을 안(按)ᄒᆞ고 공듕을 ᄇᆞ라며 ᄒᆞᆫ 머곰 법슐을 ᄲᅮᆷ고 ᄉᆞ매를 ᄯᅥᆯ티며 소리ᄒᆞ야 닐오ᄃᆡ,

"다 오라."

ᄒᆞ니 져근덧 ᄉᆞ이예 십팔반 병긔 듕의 일구(一口) 검이 ᄂᆞ라 반텬(半天) 듕의 잇다가 ᄯᅥ러뎌 와 초인의 발 우희 ᄂᆞ려뎌 열 발가락이 일시의 ᄯᅥ러디거ᄂᆞᆯ 귀곡이 손빈을 ᄃᆡᄒᆞ야 ᄀᆞᆯ오ᄃᆡ,

"도뎨야 네 보앗ᄂᆞᆫ다?"

【8】 손빈이 닐오ᄃᆡ,

"뎨지 보아도 그 연고를 아디 못ᄒᆞᆯ소이다."

귀곡이 손빈을 잇그러 ᄒᆞᆫ 거ᄅᆞᆷ을 나아와 닐오ᄃᆡ,

"네 이번 가매 방연의게 두 발을 버히고 쳔일의 직앙을 바ᄃᆞ리라."

손빈이 ᄀᆞᆯ오ᄃᆡ,

"가히 뎨ᄌᆞ를 구ᄒᆞ리잇가?"

귀곡이 머리를 흔드러 ᄀᆞᆯ오ᄃᆡ,

"내 너를 구키 어려오니 이ᄂᆞᆫ 하ᄂᆞᆯ이 뎡ᄒᆞᆫ 쉬라. 결단코 피티 못ᄒᆞ리라."

내 이번의 너를 취즁신긔(聚衆神旗)를 주ᄂᆞ니 텬병과 텬쟝과 대쇼신살(大小神煞)이 다 이 긔 우희 잇ᄂᆞ니 네 가히 몸의 ᄀᆞᆷ초왓다가 오란 후의 병권 맛든 날 딘을 님ᄒᆞ야 이 긔를 ᄡᅳ라. 범 ᄇᆡᆨ(凡百) 군매 ᄆᆞᄋᆞᆷ대로 응ᄒᆞ리라. 내게 ᄯᅩᄒᆞᆫ 목합 ᄒᆞ나히 잇ᄂᆞ니 가져다가 신변의 두엇다가 만일 급ᄒᆞᆫ 일을 만나거든 여러 보라. ᄒᆞᆫ 번 이 직앙을 디내면 즉시 병권을 잡아 쟝샹이 되리 【9】 니 이ᄣᆡ예 안향ᄒᆞᆯ 시졀이라.

손빈이 ᄉᆞ부의 두 가지 믈건을 바다 긴히 몸의 ᄀᆞᆷ초고 ᄉᆞ부를 ᄇᆡ별(拜別)ᄒᆞ고 셔갑으로 더브러 뫼희 ᄂᆞ려오다.

시예 ᄀᆞᆯ오ᄃᆡ,

비합신긔막가젼(秘盒神旗莫可傳)
분명뎜파미젼뎡(分明點破美前程)
님기셰쵹삼분화(臨岐細囑三分話)
유공ᄉᆡᆼ위ᄇᆡᆨ셰ᄆᆡᆼ(猶恐生違百世盟.)

비밀ᄒᆞᆫ 합의 신긔를 뎐티 못ᄒᆞᄂᆞᆫ디라
분명이 아ᄅᆞᆷ다온 젼뎡을 뎜파ᄒᆞ엿도다
길ᄒᆞᆯ 님ᄒᆞ야 삼분화를 셰쵹ᄒᆞ니
ᄇᆡᆨ셰예 ᄆᆡᆼ셰를 어그ᄅᆞᆺ출가[165] 저허ᄒᆞ노라

셔갑이 손빈으로 더브러 ᄒᆡᆼᄒᆞ연 디 여러 날 만의 의량셩(宜梁城)의 니ᄅᆞ러 두 사ᄅᆞᆷ이 ᄒᆞᆫ가지로 도라와 위왕의게 뵌대 위왕이 환텬희디

---

165) 【어그ᄅᆞᆾ다】 동 어기다. 거역(拒逆)하다. 어긋나다. ¶ 違 ‖ 길ᄒᆞᆯ 님ᄒᆞ야 삼분화를 셰쵹ᄒᆞ니 ᄇᆡᆨ셰예 ᄆᆡᆼ셰를 어그ᄅᆞᆺ출가 저허ᄒᆞ노라 (臨岐細囑三分話, 猶恐生違百世盟.) <孫龐 2:9> ⇒ 어그릇-, 어그릇ㅊ-, 어그릋다, 어그ᄅᆞᆺ-, 어그ᄅᆞᆺㅊ-, 어글웃ㅊ-, 어글웇다, 어긔ᄅᆞᆺ-, 어ᄅᆞᆺ-, 어ᄅᆞᆺㅊ-

(歡天喜地)ᄒᆞ야 ᄀᆞᆯ오ᄃᆡ,

"오래 션싱의 셩명을 우러〻 쌜리 ᄒᆞᆫ 번 보고져 ᄒᆞ야 년ᄒᆞ야 세 ᄎᆞ례ᄅᆞᆯ 청ᄒᆞ야 비로소 촉[총] 【10】 님(寵臨)ᄒᆞ시니 우리나라히 빗날 분이 아니로다."

손빈이 ᄀᆞᆯ오ᄃᆡ,

"신이 여러 번 블러 니ᄅᆞ디 아닌 줄이 아니라 꾀 얏고 비ᄒᆞᆫ 거시 업서 쓰이디 못ᄒᆞᆯ디라. 일로ᄡᅥ 가히 뵈ᄋᆞᆸ디 못ᄒᆞ야ᄉᆞᆸ[166]ᄂᆞ니 빌건대 죄ᄅᆞᆯ 샤ᄒᆞ믈 ᄇᆞ라ᄂᆞ이다."

방연이 내ᄃᆞᄅᆞ 서ᄅᆞ 보고 ᄀᆞᆯ오ᄃᆡ,

"대가(大哥)야 쇼뎨(小弟) ᄒᆞᆫ 번 니별ᄒᆞ얀디 오라도다."

손빈이 국녜대로 불러 닐오ᄃᆡ,

"방부마야 ᄒᆡ[티]광(台光)을 졉디 못ᄒᆞ연디 임의 여ᄉᆞᆺ ᄒᆡ로다."

방연이 위왕긔 알외ᄃᆡ,

"셔갑이 년ᄒᆞ야 세 번 청ᄒᆞ야 보야흐로 손빈이 와 됴회ᄒᆞ니 살기ᄅᆞᆯ 탐ᄒᆞ고 죽기ᄅᆞᆯ 두려 즐겨 튱셩으로ᄡᅥ 일을 ᄒᆞ디 아니ᄒᆞ니 가쇽으란 다 노코 셔갑을 블딕(不職)의 죄ᄅᆞᆯ 어더 ᄡᅥ 쟝ᄂᆡᄅᆞᆯ 딩계ᄒᆞ야지이다.[167]"

손빈이 나아와 알외ᄃᆡ,

"셔갑이 죄 아니오 신의 【11】 명의 지ᄋᆡᆨ을 범ᄒᆞᆫ 일이 잇ᄂᆞᆫ디라. ᄉᆞ부 귀곡이 압딘법슐을 ᄡᅥ 묘듕의 잠간 피ᄒᆞ엿더니 셔갑이 묘 알ᄑᆡ 이셔 우러 할기ᄅᆞᆯ[168] 고초히 ᄒᆞ고 스ᄉᆞ로 진(盡)코져 ᄒᆞ니 신의 ᄆᆞᄋᆞᆷ의 편티 아니ᄒᆞ야 미ᄒᆞᆫ 몸의 지ᄋᆡᆨ을 도라보디 못ᄒᆞ야 드ᄃᆡ여 ᄒᆞᆫ가지로 뫼히 ᄂᆞ려와시니 ᄇᆞ라건대 쥬샹은 뎌 죄ᄅᆞᆯ 면케 ᄒᆞ시면 족히 텬디 ᄀᆞᄐᆞᆫ ᄆᆞᄋᆞᆷ을 보리이다."

위왕이 쥰주ᄒᆞ야 일변으로 셔갑의 죄ᄅᆞᆯ 샤ᄒᆞ고 일변으로 셔갑의 가쇽을 집으로 도라보내다. 위왕의 ᄯᅩ 방연ᄃᆞ려 무로ᄃᆡ,

"므ᄉᆞᆷ 관직으로ᄡᅥ 맛디리오?"

방연이 ᄀᆞᆯ오ᄃᆡ,

"이제야 처엄으로 우리나라히 와 긔모(奇謀)ᄅᆞᆯ 보디 못ᄒᆞ야시니 엇디 가히 관직을 맛디리잇고? 연무당(演武堂)의 삼만 어영군(御營軍)이 이시ᄃᆡ 다 궁매(弓馬) 닉디 못ᄒᆞ고 무예 경티 못ᄒᆞ야 【12】 시니 손빈으로 어영단련사(御營團練使)ᄅᆞᆯ 삼아 그 무예ᄅᆞᆯ ᄀᆞᄅᆞ쳐 궁매 한슉(嫺熟)ᄒᆞ기ᄅᆞᆯ 기ᄃᆞ려 이ᄣᅢ예 벼ᄉᆞᆯ을 더으며 소임을 맛디미 늣디 아니ᄒᆞ리이다."

위왕이 윤주(允奏)ᄒᆞ야 즉시 손빈ᄃᆞ려 닐오ᄃᆡ,

"내 드ᄅᆞ니 션싱이 병셔 전칙을 낫나치 경통ᄒᆞᆫ다 ᄒᆞ니 이제 삼만 어영군이 연무당의 이셔 무예ᄅᆞᆯ 혹습ᄒᆞᄃᆡ 사ᄅᆞᆷ이 용심ᄒᆞ야 조련ᄒᆞ리 업ᄉᆞᆫ디라. 잠간 너ᄅᆞᆯ 봉ᄒᆞ야 어영단련ᄉᆞᄅᆞᆯ 삼ᄂᆞ니 나아가 무예ᄅᆞᆯ 훈년ᄒᆞ야 정슉ᄒᆞ기ᄅᆞᆯ 기ᄃᆞ려 그런 후의 가관슈직(加官授職)ᄒᆞ리라."

손빈이 녕지(領旨) 샤은ᄒᆞ다.

위왕이 됴회ᄅᆞᆯ 거둔대 뎡안평과 다ᄆᆞᆺ[169] 쥬히·셔갑·후영 등 다관(多官)이 ᄆᆞᆯ긔 올라 ᄒᆞᆫ가지로 갈ᄉᆡ 일로(一路)의 교항졉이(咬項接耳)ᄒᆞ야 분〻이 의논ᄒᆞ야 ᄀᆞᆯ오ᄃᆡ,

"삼번오ᄎᆞ(三番五次)의 계유 손 【13】 빈을 청ᄒᆞ야 뫼히 ᄂᆞ려왓거ᄂᆞᆯ 됴뎡이 방연 일변의 말을 듯고 어디니ᄅᆞᆯ 가ᄇᆡ야이[170] 너기며 션비ᄅᆞᆯ

---

166) 【-ᄉᆞᆸ-】 回 -삽-. ¶ 신이 여러 번 블러 니ᄅᆞ디 아닌 줄이 아니라 꾀 얏고 비ᄒᆞᆫ 거시 업서 쓰이디 못ᄒᆞᆯ디라 일로ᄡᅥ 가히 뵈ᄋᆞᆸ디 못ᄒᆞ야ᄉᆞᆸᄂᆞ니 빌건대 죄ᄅᆞᆯ 샤ᄒᆞ믈 ᄇᆞ라ᄂᆞ이다 (臣非屢召不至, 奈鄙人淺謀, 不堪見用, 以此不敢就覲, 望乞赦罪.) <孫龐 2:10>

167) 【-지이다】 回 -고 싶습니다. -기를 바랍니다. ¶ 셔갑이 년ᄒᆞ야 세 번 청ᄒᆞ야 ᄇᆞ야ᄒᆞ로 손빈이 와 됴회ᄒᆞ니 살기ᄅᆞᆯ 탐ᄒᆞ고 죽기ᄅᆞᆯ 두려 즐겨 튱셩으로ᄡᅥ 일을 ᄒᆞ디 아니ᄒᆞ니 가쇽으란 다 노코 셔갑을 블딕의 죄ᄅᆞᆯ 어더 ᄡᅥ 쟝ᄂᆡᄅᆞᆯ 딩계ᄒᆞ야지이다 (徐甲連請三次, 方得孫臏來朝, 貪生怕死, 不官以忠作事, 滿門家屬, 盡行赦免, 只將徐甲, 擬以不職之罪, 做戒將來.) <孫龐 2:10>

168) 【할다】 동 호소(呼訴)하다. 하소연하다. ¶ 訴 ‖ ᄉᆞ부 귀곡이 압딘법슐을 ᄡᅥ 묘듕의 잠간 피ᄒᆞ엿더니 셔갑이 묘 알ᄑᆡ 이셔 우러 할기ᄅᆞᆯ 고초히 ᄒᆞ고 스ᄉᆞ로 진코져 ᄒᆞ니 (師父鬼谷, 用魘鎭法術, 于墓中暫時躲避, 因徐甲在墓前哭訴苦楚, 欲行自盡.) <孫龐 2:11>

169) 【다ᄆᆞᆺ】 부 더불어. 함께. ¶ 與 ‖ 위왕이 됴회ᄅᆞᆯ 거둔대 뎡안평과 다ᄆᆞᆺ 쥬히 셔갑 후영 등 다관이 ᄆᆞᆯ긔 올라 ᄒᆞᆫ가지로 갈ᄉᆡ (當下魏王朝散, 鄭安平與朱亥、徐甲、侯嬰等多官, 上馬同行.) <孫龐 2:12> ⇒ 다뭇, 다믓

170) 【가ᄇᆡ야이】 부 가벼이. 가볍게. ¶ 輕 ‖ 삼번오ᄎᆞ의 계유 손빈을 청ᄒᆞ야 뫼히 ᄂᆞ려왓거ᄂᆞᆯ 됴뎡이 방연 일변의 말을 듯고 어디

업슈이 너겨 뎌ᄅᆞᆯ 봉ᄒᆞ야 단련ᄉᆞᄅᆞᆯ 삼앗다."

ᄒᆞ고 언약ᄒᆞ야 ᄇᆞᆰᄂᆞᆫ 날 ᄒᆞᆫ가지로 조됴(蚤朝)의 셩젼의 합주(合奏)ᄒᆞ야 쥬샹이 친히 연무당 가온대 니ᄅᆞ러 손빈과 방연으로 딘을 빠화 손빈이 만일 방연을 이긔거든 뎌ᄅᆞᆯ 벼슬을 더으고 방연이 만일 손빈을 이긔면 이 부마의 직 ᄯᆞᄅᆞᆷ이라.

모든 관원이 노샹의셔 계의(計議)ᄒᆞ기ᄅᆞᆯ 뎡ᄒᆞ고 각ː 길ᄒᆞᆯ ᄂᆞᆫ화 가니라.

ᄎᆞ조의 위왕이 됴회ᄅᆞᆯ 베프매 즁관이 슝호(嵩呼)ᄒᆞ고 ᄇᆡ필(拜畢)ᄒᆞ매 뎡안평·쥬희·셔갑·후영이 나아와 알외ᄃᆡ,

"쥬샹이 세 ᄎᆞ례의 계유 손빈을 블러 뫼히 ᄂᆞ려와시니 맛당이 고관(高官)과 현쟉(顯爵)을 맛뎌 손 【14】 빈으로 ᄒᆞ야곰 흉듕의 지략을 펼 거시어ᄂᆞᆯ 이제 봉ᄒᆞ야 단련ᄉᆞᄅᆞᆯ 삼으니 ᄃᆞ른 나라히 드ᄅᆞ면 닐오ᄃᆡ, '우리 쥬샹이 어딘 이ᄅᆞᆯ 경히 너기고 션ᄇᆡᄅᆞᆯ 업슈이 너긴다 ᄒᆞ리니 비록 놉흔 사ᄅᆞᆷ이 이시나 뉘 즐겨 다시 오리오. ᄇᆞ라건대 쥬샹은 ᄉᆞᆯ피쇼셔."

위왕이 ᄀᆞᆯ오ᄃᆡ,

"과인이 어제 본ᄃᆡ 손빈을 큰 관쟉을 맛디려 ᄒᆞ엿더니 방부매 알외ᄃᆡ, '뎨 처엄으로 우리 나라히 드러와 신긔ᄒᆞᆫ ᄭᅬᄅᆞᆯ 보디 못ᄒᆞ엿다 ᄒᆞᄂᆞᆫ 디라. 일로뻐 어영단련ᄉᆞ 벼슬을 맛뎌노라."

즁관이 알외ᄃᆡ,

"청컨대 어개 연무당의 니ᄅᆞ샤 손빈·방연 두 사ᄅᆞᆷ으로 ᄒᆞ야곰 각ː ᄒᆞᆫ 딘을 버려 만일 아ᄂᆞ니어든 후록(厚祿)과 대관(大官)으로 샹ᄒᆞ고 아디 못ᄒᆞᄂᆞ니어든 그 벌로 봉녹을 뻐 군슈(軍需)ᄅᆞᆯ 뎨(濟)ᄒᆞ면 이ᄂᆞᆫ 샹 【15】 벌이 공번되야[171] 인심이 항복ᄒᆞ며 외방이 아라도 의논ᄒᆞᆯ 배 업ᄉᆞ리이다."

위왕이 쥰주ᄒᆞ야 문무다관을 분부ᄒᆞ야 흐터디ː 말라 ᄒᆞ고 연무당의 가 손빈·방연을 투딘(鬪陣)킈 ᄒᆞ리라 ᄒᆞ고 위왕이 즉시 긔가(起駕)ᄒᆞ야 연무당의 니ᄅᆞᆫ대 손빈이 당의 올라 위왕긔 뵈온대 위왕이 ᄀᆞᆯ오ᄃᆡ,

"오래 션ᄉᆡᆼ의 무략이 졍ᄒᆞ다 ᄒᆞᆷ을 드럿더니 과인이 오ᄂᆞᆯ날 특별이 와 너의 새ᄅᆞᆸ고 긔특ᄒᆞᆫ 딘티ᄆᆞᆯ 구ᄒᆞᄂᆞ니 과인을 뵈라."

손빈이 녕지ᄒᆞ야 ᄆᆞᆯ긔 올라 손의 녕ᄌᆞ긔(令字旗)ᄅᆞᆯ 잡고 ᄆᆞᆯ 우희셔 ᄒᆞᆫ 번 부ᄅᆞ니 군ᄃᆡ 졍제ᄒᆞ야 방위ᄅᆞᆯ 안둔ᄒᆞ며 졍슉ᄒᆞ기ᄅᆞᆯ 다ᄒᆞ고 당의 올라 위왕긔 알외ᄃᆡ,

"딘셰 버렷ᄂᆞ이다."

위왕이 방연을 분부ᄒᆞ야

"네가 므ᄉᆞᆷ 딘인고 보라."

ᄒᆞᆫ 【16】 대 방연이 딘 알픠 다ᄃᆞ라 소ᄅᆡᄅᆞᆯ ᄂᆞᄌᆞ기[172] ᄒᆞ야 손빈ᄃᆞ려 무로ᄃᆡ,

"대가야 이 버린 딘이 므ᄉᆞᆷ 딘고?"

손빈이 ᄯᅩᄒᆞᆫ ᄀᆞ마니 방연ᄃᆞ려 닐러 ᄀᆞᆯ오ᄃᆡ,

"현뎨야 네 아디 못ᄒᆞᄂᆞᆫ다? 일홈은 오호고산딘(五虎靠山陣)이라."

방연이 ᄃᆞᆫː이[173] ᄆᆞᄋᆞᆷ의 긔록ᄒᆞ고 ᄆᆞᆯ긔 올라 위왕의 가젼의 니ᄅᆞ러 회주(回奏)ᄒᆞᄃᆡ,

"이 딘을 신이 일즉 텨시니 오호고산딘이니이다."

위왕의 ᄯᅩ 손빈을 분부ᄒᆞ야 ᄀᆞᆯ오ᄃᆡ,

"네 ᄃᆞ른 ᄒᆞᆫ 딘을 펴 과인을 뵈라."

손빈이 드ᄃᆡ여 딘 알픠 니ᄅᆞ러 녕ᄌᆞ긔ᄅᆞᆯ 가지고 오호고산딘 셰ᄅᆞᆯ 펴 흐터 새로이 죵횡쵸젼(縱橫招展)ᄒᆞ야 달리 군ᄉᆞᄅᆞᆯ 졍제ᄒᆞ야 훌훌훌[174] ᄉᆞ이예 ᄃᆞ른 딘을 밧고와 티고 급히 ᄆᆞᆯ을 돌려 연무당샹의 니ᄅᆞ러 고ᄒᆞ야 ᄀᆞᆯ오ᄃᆡ,

"신이 ᄯᅩ 딘을 버렷ᄂᆞ이다."

【17】 위왕이 방부마ᄅᆞᆯ 블러 다시 가 이 딘을 보라 ᄒᆞᆫ대, 방연이 ᄆᆞᆯ긔 올라 알픠 니ᄅᆞ러 ᄯᅩ ᄀᆞ마니 손빈ᄃᆞ려 무러 ᄀᆞᆯ오ᄃᆡ,

---

니ᄅᆞᆯ 가비야이 너기며 션ᄇᆡᄅᆞᆯ 업슈이 너겨 뎌ᄅᆞᆯ 봉ᄒᆞ야 단련ᄉᆞᄅᆞᆯ 삼앗다 (三番五次, 請得孫臏下山, 朝廷聽了龐涓一面之詞, 輕賢慢士, 將他封爲團練官.) <孫龐 2:13>

171) 【공번되다】 [형] 공변되다. 공정(公正)하다. ¶ 一公 ‖ 이ᄂᆞᆫ 샹벌이 공번되야 인심이 항복ᄒᆞ며 (此賞罰一公, 人心泯服.) <孫龐 2:15>

172) 【ᄂᆞᄌᆞ기】 [부] 나직이. 낮게. ¶ 低 ‖ 방연이 딘 알픠 다ᄃᆞ라 소ᄅᆡᄅᆞᆯ ᄂᆞᄌᆞ기 ᄒᆞ야 손빈ᄃᆞ려 무로ᄃᆡ (龐涓一騎馬來到陣前, 附耳低聲問孫臏道.) <孫龐 2:16> ⇒ ᄂᆞ즈기, ᄂᆞ즉이

173) 【ᄃᆞᆫᄃᆞᆫ이】 [부] 단단히. ¶ 牢 ‖ 방연이 ᄃᆞᆫː이 ᄆᆞᄋᆞᆷ의 긔록ᄒᆞ고 ᄆᆞᆯ긔 올라 위왕의 가젼의 니ᄅᆞ러 회주ᄒᆞᄃᆡ (龐涓牢記心中, 扳鞍上馬, 到魏王駕前回奏道.) <孫龐 2:16>

174) 【훌훌ᄒᆞ다】 [형] 빠르다. ¶ 倏忽 ‖ 훌훌훌 ᄉᆞ이예 ᄃᆞ른 딘을 밧고와 티고 급히 ᄆᆞᆯ을 돌려 연무당샹의 니ᄅᆞ러 (倏忽之間, 換了個陣, 連忙撥馬, 又到演武堂上.) <孫龐 2:16>

"대가야 이제 버린 거시 므슴 딘고?"

손빈이 닐오ᄃᆡ,

"현뎨야 엇디 이 딘을 아디 못ᄒᆞᄂᆞᆫ다? 이 딘 일홈이 일ᄌᆞ댱샤딘(一字長蛇陣)이니라."

방연이 이대로 와 위왕ᄭᅴ 알외여 ᄀᆞᆯ오ᄃᆡ,

"신이 이 딘을 보니 더옥 얏타 알기 쉬오니 신의 집 쇼ᄉᆡ(小厮)도 다 틸 줄 아ᄂᆞ니 일ᄌᆞ댱샤딘이니이다."

ᄒᆞ니 위왕이 쾌티 아녀 닐오ᄃᆡ,

"과인이 됴ᄒᆞᆫ 딘셰ᄅᆞᆯ 버리라 ᄒᆞ엿더니 엇디 손빈이 년ᄒᆞ야 됴티 아닌 딘을 텨 과인을 식칙(塞責)ᄒᆞᄂᆞ뇨[175]?"

후영을 분부ᄒᆞ야

"네 쾌히 가 손빈ᄃᆞ려 닐러 됴ᄒᆞᆫ 딘을 티라 ᄒᆞ라."

후영이 녕지ᄒᆞ야 ᄆᆞᆯ을 놀려 딘 알ᄑᆡ 와 손빈ᄃᆞ려 무러 ᄀᆞᆯ오ᄃᆡ,

"쥬샹이 널로 【18】 ᄒᆞ야곰 됴ᄒᆞᆫ 딘을 티라 ᄒᆞ엿더니 젼의 틴 딘은 방연이 닐오ᄃᆡ, '제 일쯕 텻노라.' ᄒᆞ고 후의 틴 이 딘은 방연이 닐오ᄃᆡ, '저희 집 쇼ᄉᆡ도 다 안다.' ᄒᆞ니 위왕이 ᄀᆞᆯ오ᄃᆡ, '션싱이 몹쁠 딘을 텨 스ᄉᆞ로 식칙ᄒᆞᆫ다.' ᄒᆞ야 크게 쾌티 아니셔 널로 ᄒᆞ야곰 새 딘을 티라 ᄒᆞ시더라.

ᄒᆞᆫ대 손빈이 후영의 말을 듯고 심듕의 크게 노ᄒᆞ야 ᄀᆞᆯ오ᄃᆡ,

"방연이 됴히[176] 무리ᄒᆞ도다! 임의 저의 텨본 딘이오 집안 쇼ᄉᆡ 다 틴다 ᄒᆞ면 엇디 반ᄃᆞ시 냥ᄎᆞ삼번(兩次三番)의 다 날ᄃᆞ려 무ᄅᆞ리오. 내 이번은 다시 ᄒᆞᆫ 딘을 텨 다시 므어시라 부리ᄅᆞᆯ 놀리ᄂᆞᆫ고 보리라."

ᄒᆞ고 즉시 녕ᄌᆞ긔ᄅᆞᆯ ᄒᆞᆫ 번 펴 ᄃᆡ오ᄅᆞᆯ 흐터 새로이 ᄒᆞᆫ 딘셰ᄅᆞᆯ 티니 날은 ᄉᆞ시ᄅᆞᆯ 안ᄒᆞ엿고 긔ᄅᆞᆯ 오방의 ᄯᅩᄌᆞ며 군ᄉᆞᄂᆞᆫ 여ᄉᆞᆺ ᄃᆡ예 ᄂᆞᆫ호고 쟝슈ᄂᆞᆫ 팔원 【19】 을 버려시니 날을 ᄉᆞ시의 홈은 츈하츄동(春夏秋冬)을 안ᄒᆞ여시며 긔ᄅᆞᆯ 오방의 ᄯᅩᄌᆞ믄 금목슈화토(金木水火土)ᄅᆞᆯ 안ᄒᆞ야시며 군ᄉᆞᄅᆞᆯ 뉵ᄃᆡ예 분ᄒᆞ야시니 뉵효건샹(六爻乾象)을 안ᄒᆞ엿고 쟝슈ᄂᆞᆫ 팔원을 버려시니 쥬텬팔괘(週天八卦)ᄅᆞᆯ 안ᄒᆞ야시니 건감ᄀᆞᆫ딘숀리곤태(乾坎艮震巽離兌)러라.

손빈이 위왕의게 고ᄒᆞᆫ대, 위왕이 ᄯᅩ 방연으로 ᄒᆞ야곰 보라 ᄒᆞᆫ대 방연이 딘 알ᄑᆡ 니ᄅᆞ러 만면의 우음을 먹음고 손빈ᄃᆞ려 무러 ᄀᆞᆯ오ᄃᆡ,

"대가야 이 딘은 므슴 딘고? 현뎨ᄅᆞᆯ ᄃᆡᄒᆞ야 니ᄅᆞ라."

손빈이 ᄀᆞᆯ오ᄃᆡ,

"현뎨야 모로미 작난티 말라. 이 딘을 네 보디 아녓ᄂᆞᆫ다?"

방연이 ᄀᆞᆯ오ᄃᆡ,

"쇼뎨 이 딘을 텨 보디 아녓노라."

손빈이 ᄀᆞᆯ오ᄃᆡ,

"네 어이 일죽 티디 못ᄒᆞ야시리오. 네 집 쇼ᄉᆡ 다 틸 줄 아ᄂᆞ니라."

방연이 두 귀 다 븕고 만면슈괴(滿面羞愧) 【20】 ᄒᆞ야 ᄀᆞ마니 스ᄉᆞ로 닐오ᄃᆡ,

"기괴(奇怪)타. 내 위왕의 가젼(駕前)의셔 ᄒᆞᆫ 말은 도뎌 어이 드런ᄂᆞᆫ고? 뉘 쇼식을 주루(走漏)ᄒᆞᆫ고?"

몸을 번뒤텨 ᄆᆞᆯ을 ᄡᅱ워 위왕을 와 보고 ᄀᆞᆯ오ᄃᆡ,

"손빈의 이 딘이 삼딘이 다 ᄒᆞᆫ 딘이니 젼의 비ᄒᆞ매 더옥 됴티 아니ᄒᆞ니 뎨 일딘은 일홈이 패국망개딘(敗國亡家陣)이오. 뎨 이딘은 상문됴ᄀᆡᆨ딘(喪門弔客陣)이오. 뎨 삼딘은 황번표미딘(黃旛豹尾陣)이니이다."

위왕이 크게 노ᄒᆞ야 ᄀᆞᆯ오ᄃᆡ,

"손빈 이 놈이 됴히 무리ᄒᆞ도다! 내 됴ᄒᆞᆫ 쁫으로 뎌ᄅᆞᆯ 관직을 더으랴 ᄒᆞ야 절로 ᄒᆞ야곰 딘을 텨 보랴 ᄒᆞ거ᄂᆞᆯ 엇디 블샹(不祥)ᄒᆞᆫ 딘을 텨 님군을 소기며 나라ᄒᆞᆯ 업슈이 너기니 이 엇딘 도리뇨? 쾌히 손빈을 블러오라."

손빈이 황망이 와 가젼의 니ᄅᆞ거ᄂᆞᆯ 위왕이 불러 ᄀᆞᆯ오ᄃᆡ,

175) 【식칙ᄒᆞ다】 [형] {색책(塞責)하다.} 임시 변통으로 꾸며대다. ¶ 搪塞 ‖ 과인이 됴ᄒᆞᆫ 딘셰ᄅᆞᆯ 버리라 ᄒᆞ엿더니 엇디 손빈이 년ᄒᆞ야 됴티 아닌 딘을 텨 과인을 식칙ᄒᆞᄂᆞ뇨 (寡人要個好陣勢看, 怎麽孫臏把這一字長蛇陣, 通把將來搪塞寡人.) <孫龐 2:17>

176) 【됴히】 [부] 심히. 매우. ¶ 好生 ‖ 방연이 됴히 무리ᄒᆞ도다 임의 저의 텨본 딘이오 집안 쇼ᄉᆡ 다 틴다 ᄒᆞ면 엇디 반ᄃᆞ시 냥ᄎᆞ삼번의 다 날ᄃᆞ려 무ᄅᆞ리오 (龐涓好生無理! 既是你擺過的陣, 家中小厮通會擺, 何必兩次三番問我.) <孫龐 2:18>

"손빈아 너 엇디 패국망가·상문됴ᄀᆡᆨ·【21】황번표미딘을 텨 고(孤)ᄅᆞᆯ 속이미 심ᄒᆞ도다."

손빈이 ᄀᆞᆯ오ᄃᆡ,

"신이 어려셔브터 병셔ᄅᆞᆯ 닑어시ᄃᆡ 일즉 병셔 우ᄒᆡ 패국망가·상문됴ᄀᆡᆨ·황번표미 이시ᄆᆞᆯ 보디 못ᄒᆞ엿ᄂᆞ이다."

위왕이 ᄀᆞᆯ오ᄃᆡ,

"삼딘이 다 ᄒᆞᆫ 딘이라 ᄒᆞ미 올흐냐?"

손빈이 만구답응(滿口答應)ᄒᆞ야 ᄀᆞᆯ오ᄃᆡ,

"과연 삼딘이 다 ᄒᆞᆫ 딘이니다. 뎨일딘을 구궁팔괘딘(九宮八掛陣)이오 뎨이딘은 구텬현녀딘(九天玄女陣)이오 뎨삼딘은 미혼딘(迷魂陣)이니 합ᄒᆞ야 ᄒᆞᆫ 딘이 되니 일홈은 삼ᄌᆡ딘(三才陣)이라. 만일 사ᄅᆞᆷ이 삼ᄌᆡ딘을 파ᄒᆞ리 이시면 신이 원컨대 몬져 딘을 패국망가딘이라 ᄒᆞ야 듕죄ᄅᆞᆯ 담당ᄒᆞ리니 죽은ᄃᆞᆯ 엇디 ᄉᆞ양ᄒᆞ리잇가?"

방연이 나아와 ᄀᆞᆯ오ᄃᆡ,

"대가야 쇼뎨 파ᄒᆞ리라."

손빈이 ᄀᆞᆯ오ᄃᆡ,

"현뎨야 네 만일 내 딘을 파ᄒᆞ면 당년의 결의ᄒᆞ【22】야 투ᄉᆞ(投師)ᄒᆞ던 됴ᄒᆞᆫ ᄠᅳᆺ이 업ᄉᆞᆫ디라. 가히 화긔ᄅᆞᆯ 샹잔(傷殘)티 아니ᄒᆞ랴?"

방연이 ᄀᆞᆯ오ᄃᆡ,

"대가야 쇼뎨 아니면 가히 다시 파ᄒᆞᆯ 사ᄅᆞᆷ이 업ᄉᆞ리니 내 파ᄒᆞ리라."

손빈이 ᄀᆞᆯ오ᄃᆡ,

"그리ᄒᆞ라. 현뎨 임의 내 딘을 파ᄒᆞ려 ᄒᆞ면 딘 동남 우ᄒᆡ 냥개 금회금갑(金盔金甲)ᄒᆞᆫ 사ᄅᆞᆷ이 너ᄅᆞᆯ 브ᄅᆞ거든 네 결단코 ᄃᆡ답디 말라."

방연이 튱언을 악언만 너겨 만구지오(滿口支吾)ᄒᆞ야 ᄃᆡ답ᄒᆞ고 즉시 피갑샹마ᄒᆞ야 ᄒᆡ심(垓心)의 들거ᄂᆞᆯ 손빈이 ᄀᆞ마니 녕문을 풍념(諷念)ᄒᆞ니 삽시예 무쇄운면[만](霧鎖雲漫)ᄒᆞ니 방연이 ᄒᆡ심의 이셔 좌츙우돌ᄒᆞ며 동주셔분ᄒᆞᄃᆡ ᄒᆞᆫ 곳도 나갈 길히 업더니 머리ᄅᆞᆯ 드러보니 동샹의 두 낫 금갑금회ᄒᆞᆫ 장ᄉᆡ 소ᄅᆡᄅᆞᆯ ᄀᆞ다ᄃᆞᆷ아 급히 블러 ᄀᆞᆯ오ᄃᆡ,

"방부마야 쾌히 오라. 내 너ᄅᆞᆯ 구ᄒᆞ야 내여 보내리라."

방【23】연이 마샹의셔 녀셩(勵聲)ᄒᆞ야 답응ᄒᆞ고 진녁ᄒᆞ야 머리ᄅᆞᆯ 도로혀 동으로 ᄃᆞᆺ더니 ᄉᆞ하(四下)의 ᄒᆞᆫ 소ᄅᆡ 납함(吶喊)의 손빈이 홍금삭(紅錦索)을 내여 공듕으로조차 ᄂᆞ리텨 머리ᄅᆞᆯ 얼거 ᄒᆞᆫ ᄎᆞ례ᄅᆞᆯ ᄃᆞ리니 방연이 몸을 번뒤텨 마하의 ᄂᆞ려디니 냥편 쟝ᄃᆡ(將臺) 우ᄒᆡ 삼ᄉᆞᄇᆡᆨ 원 명쟝과 연무당샹 모든 관뇌(官僚) 실셩(失聲)ᄒᆞ야 웃고 년ᄒᆞ야 위왕재[177] ᄯᅩ 웃기ᄅᆞᆯ ᄎᆞᆷ디 못ᄒᆞ니 방연이 만면슈참ᄒᆞ야 당의 올라 위왕 보기 됴티 아니ᄒᆞ더니 위왕이 뎐지ᄒᆞ야 방부마ᄅᆞᆯ 블러오라 ᄒᆞ야 업더뎌 샹티 아녓ᄂᆞᆫ가 보라 ᄒᆞᆫ대 방연이 강잉(强仍)ᄒᆞ야 몸을 뎡(挺)ᄒᆞ고 왕의 가젼의 니ᄅᆞ거ᄂᆞᆯ 위왕이 ᄀᆞᆯ오ᄃᆡ,

"방부마야 네 당일의 대언시ᄅᆞᆯ ᄲᅧ 망녕도이 스ᄉᆞ로 쟈랑ᄒᆞᄃᆡ 텬하의 ᄒᆞ나히 잇고 둘히 업다 ᄒᆞ더니 엇디 오ᄂᆞᆯ 손빈의【24】딘을 파ᄒᆞ려 ᄒᆞ다가 도로혀 손빈의게 사ᄅᆞ잡혀 ᄆᆞᆯ긔 ᄂᆞ려디뇨?"

방연이 다만 아ᄆᆞ 소ᄅᆡ도 아니커ᄂᆞᆯ 위왕이 손빈을 블러 알ᄑᆡ 나아오라 ᄒᆞ야 닐러 ᄀᆞᆯ오ᄃᆡ,

"션ᄉᆡᆼ아 과인이 오래 명(名)을 드럿더니 오ᄂᆞᆯ 계유[178] 신도(神韜)와 묘략(妙略)을 보니 과인이 깃브ᄆᆞᆯ 이긔디 못ᄒᆞ리로다."

손빈이 ᄀᆞᆯ오ᄃᆡ,

"신이 방연을 사ᄅᆞ잡아 ᄆᆞᆯ긔 ᄂᆞ리틴 줄이 아니라 뎨 군듕의 긔번(旗旛)이 쵸쟌[젼](招展)ᄒᆞ고 군용이 ᄉᆞᆷ엄ᄒᆞᄆᆞᆯ 보고 계교ᄅᆞᆯ 아디 못ᄒᆞ야 ᄆᆞᄋᆞᆷ의 황당ᄒᆞ야 ᄆᆞᆯ긔 ᄂᆞ려뎌시니 이ᄂᆞᆫ 일시의 실오(失誤)ᄒᆞ미라. 이 구ᄐᆞ야 이긔미 아니니이다."

위왕이 우어 ᄀᆞᆯ오ᄃᆡ,

"과인과 모든 문뮈 눈으로 본 배라. 분명이 경이 방연을 자바 ᄂᆞ리텨시니 엇디 이제 니ᄅᆞ러 뎌ᄅᆞᆯ 위ᄒᆞ야 챠식(遮飾)ᄒᆞᄂᆞ뇨? 과인이 경을 큰 관직을 맛딜 거시로ᄃᆡ 텬식【25】이 쟝ᄎᆞᆺ 느저시니 과간증봉(加官贈封)ᄒᆞᆯ ᄯᅢ 아니라. 다ᄅᆞᆫ 날 관직을 바ᄃᆞ미 됴토다."

---

177) 【재】 [명] 채. ¶ 連 ‖ 냥편 쟝ᄃᆡ 우ᄒᆡ 삼ᄉᆞᄇᆡᆨ 원 명쟝과 연무당샹 모든 관뇌 실셩ᄒᆞ야 웃고 년ᄒᆞ야 위왕재 ᄯᅩ 웃기ᄅᆞᆯ ᄎᆞᆷ디 못ᄒᆞ니 (兩邊將臺上, 三四百員猛將, 演武堂上, 百十多位官僚, 盡失聲發笑, 連個魏王也忍不住.) <孫龐 2:23>

178) 【계유】 [부] 겨우. ¶ 纔 ‖ 오ᄂᆞᆯ 계유 신도와 묘략을 보니 (今日纔見神韜妙略.) <孫龐 2:24> ⇒ 겨오, 겨요, 겨유, 계슈, 계오, 계요, 계우

손빈이 고두(叩頭)ᄒᆞ야 샤례ᄒᆞ더라. 왕이 가(駕)ᄅᆞᆯ 두로혀 드러오다.

방연이 늣게야 부듕의 도라오니 셔련공쥬(瑞蓮公主) 마자 닐오ᄃᆡ,

"내 드ᄅᆞ니 부매 연무텽(演武廳)의 가 손빈을 투딘(鬪陣)ᄒᆞ다 ᄒᆞ더니 승뷔 엇더ᄒᆞ뇨?"

방연이 원턍(怨悵)ᄒᆞ야 ᄀᆞᆯ오ᄃᆡ,

"이ᄅᆞᆯ 므러 므엇ᄒᆞ려 ᄒᆞᄂᆞ뇨? 다 너의 대ᄉᆞᄅᆞᆯ 그ᄅᆞᆺ ᄆᆡᆫᄃᆞᆯ미로다."

공쥬 ᄀᆞᆯ오ᄃᆡ,

"내 너의 므ᄉᆞ 일을 그ᄅᆞᆺ ᄆᆡᆫᄃᆞ뇨?"

방연이 ᄀᆞᆯ오ᄃᆡ,

"네 만일 당일의 날ᄃᆞ려 닐러 됴뎡의 알외고 손빈을 블러 뫼히 ᄂᆞ려오디 아녀시면 날로 ᄒᆞ야곰 이런 슈욕(羞辱)을 바ᄃᆞ리오."

공쥬 닐오ᄃᆡ,

"부마의 말이 심히 블명ᄒᆞ도다. 만됴듕의 뉘 너만치 큰 이 이시며 ᄒᆞᄆᆞᆯ며 됴뎡이 너ᄅᆞᆯ 이리 공경ᄒᆞ고 듕히 너기거ᄂᆞᆯ 엇디 다ᄅᆞᆫ 사ᄅᆞᆷ의 【26】 슈욕을 바닷ᄂᆞ뇨?"

방연이 닐오ᄃᆡ,

"이 뉘라 ᄒᆞᄂᆞ뇨? 이 믄득 손빈이라. 뎨 오ᄂᆞᆯ 날로 더브러 딘을 비ᄒᆞᆯᄉᆡ 날을 사ᄅᆞ잡아 ᄆᆞᆯ긔 ᄂᆞ려티니 일댱 슈욕을 바다 날로 ᄒᆞ야곰 이 모양의 사ᄅᆞᆷ이 되엿노라."

공쥬 ᄀᆞᆯ오ᄃᆡ,

"이놈이 처엄으로 우리나라히 드러와 겨유 진봉ᄒᆞᄆᆞᆯ 엇고 믄득 감히 부마ᄅᆞᆯ 긔합[압](欺壓)ᄒᆞ니 엇디 이런 일이 이시리오."

방연이 굴지(屈指)ᄒᆞ야 ᄒᆞᆫ 괘ᄅᆞᆯ 어드니 오ᄂᆞᆯ 밤 삼경 삼뎜의 맛당이 화셩이 하계ᄒᆞᆯ디라 눈섭을 삥긔고 ᄒᆞᆫ 계교ᄅᆞᆯ ᄉᆡᆼ각고 공쥬로 더브러 샹의ᄒᆞ고 드ᄃᆡ여 가쟝 하무지(何茂才)ᄅᆞᆯ 블러 분부ᄒᆞ야 ᄀᆞᆯ오ᄃᆡ,

"이제 네 됴뎡 금위무ᄉᆞ(錦衣武士)의 모양을 ᄒᆞ고 ᄲᆞᆯ리 손빈의 부의 가 손빈을 보고 다만 닐오ᄃᆡ, '됴뎡 지의ᄅᆞᆯ 밧드러 왓ᄂᆞ니 ᄉᆞ텬관(司天官)이 보니 오ᄂᆞᆯ밤 삼경의 맛당 【27】 이 화셩이 하계ᄒᆞ리니 쳥컨대 션ᄉᆡᆼ이 ᄲᆞᆯ리 황셩(皇城)문 알ᄑᆡ 가 딘압(鎭魘)ᄒᆞ고 디완티 말라.' 말을 ᄆᆞᆺ고 도라오면 내 스ᄉᆞ로 샹이 이시리니 브ᄃᆡ 풍셩(風聲)을 누셜티 말라."

하무지 명을 년[녕]ᄒᆞ야 머므디 아니코 ᄒᆞᆫ 필 ᄆᆞᆯ을 ᄐᆞ고 단련ᄉᆞ 부문 알ᄑᆡ 니ᄅᆞ러 바로 ᄂᆡ텽의 드러가니 손빈이 졍히 도라완디 오라디 아녀셔 하무지 왓ᄂᆞᆫ 줄을 보고 므ᄉᆞᆷ 일인 줄 아디 못ᄒᆞ야 심히 저허ᄒᆞ거ᄂᆞᆯ 하무지 ᄀᆞᆯ오ᄃᆡ,

"나ᄂᆞᆫ 금위 무ᄉᆡ러니 됴뎡 지의ᄅᆞᆯ 밧드러 왓ᄂᆞ니 ᄉᆞ텬감이 보니 삼경 삼뎜의 화셩이 하계ᄒᆞ리니 션ᄉᆡᆼ이 황문 밧긔 가 딘압ᄒᆞ시고 디오(遲誤)티 마ᄅᆞ쇼셔."

하무지 셜파의 ᄆᆞᆯ긔 올라 도라가 방연의게 고ᄒᆞ다.

손빈이 ᄉᆞ매예셔 ᄒᆞᆫ 과[卦]ᄅᆞᆯ 어드니 과연 밤 삼경 삼뎜의 화셩이 하계ᄒᆞᆯ디라. 【28】 년야(連夜)ᄒᆞ야 삼천 어영군을 뎜검ᄒᆞ야 일천은 명나뇌고(鳴鑼擂鼓)ᄒᆞ고 이천은 각ː 뉴지(柳枝)와 슈완(水碗)을 자바 황셩 남문 알플 향ᄒᆞ야 졍슈(淨水)ᄅᆞᆯ ᄡᅳ리고[179] 내 칼ᄒᆞᆯ 가져 우ᄒᆞᆯ ᄒᆞᆫ 번 ᄀᆞᄅᆞ쳐든 모든 사ᄅᆞᆷ이 ᄒᆞᆫ 소ᄅᆡ 납함ᄒᆞ고 ᄒᆞᆫ 번 뇌고ᄅᆞᆯ 티고 칼로 세 번 ᄀᆞᄅᆞ쳐든 세 번 뇌고ᄅᆞᆯ 티고 세 소ᄅᆡ 납함ᄒᆞ라.

졔군이 득녕ᄒᆞ매 손빈이 군ᄉᆞᄅᆞᆯ 거ᄂᆞ리고 남문의 오니 이ᄣᅢ 삼경이라. 급히 산발피도(散髮披頭)ᄒᆞ고 보강답두(步罡踏斗)ᄒᆞ고 손의 칠셩 보검을 가지고 입의 법술을 머음고 칼ᄒᆞᆯ 가져 공듕을 향ᄒᆞ야 ᄀᆞᄅᆞ치니 군ᄉᆡ 년ᄒᆞ야 뇌고납함ᄒᆞ니 이ᄣᅢ 위왕이 졍히 궁듕의 이셔 좀을 ᄭᆡ야 명나뇌고ᄒᆞ고 함살(喊殺)이 년텬(連天)ᄒᆞᄆᆞᆯ 듯고 외변의 므ᄉᆞᆷ ᄉᆞ경이 잇ᄂᆞᆫ가 아디 못ᄒᆞ야 급히 궁관을 블러 무ᄅᆞ니 궁관이 닐오ᄃᆡ,

【29】 "아ᄆᆞ 일인 줄 모ᄅᆞᄂᆞ이다. 만일 군졍의 일이 이시면 ᄌᆞ연 셩문(聲聞)이 이시리이다."

하ᄂᆞᆯ이 계유 ᄇᆞᆰ으매 위왕이 일죽 됴회ᄅᆞᆯ 베프고 믄득 즁신ᄃᆞ려 무로ᄃᆡ,

"야ᄅᆡ 삼경의 ᄉᆞ하(四下)의 명나뇌고ᄒᆞ고 함셩이 년텬ᄒᆞ니 아디 못게라 므ᄉᆞ 일고?"

방연이 나아와 알외ᄃᆡ,

"어제밤 삼경의 손빈이 반ᄒᆞᆯ ᄆᆞ음을 두어 수천 어영군을 ᄃᆞ리고 졍히 남문을 티고져 ᄒᆞ거

---

179) 【ᄡᅳ리다】 [동] 뿌리다. ¶ 洒 ‖ 이천은 각ː 뉴지와 슈완을 자바 황셩 남문 알플 향ᄒᆞ야 졍슈ᄅᆞᆯ ᄡᅳ리고 (二千各執柳枝水碗, 向皇城南門首將淨水洒去.) <孫龐 2:28>

ᄂᆞᆯ 신이 쇼식을 듯고 약간 계교ᄅᆞᆯ 베펴 겨유[180] 군ᄉᆞᄅᆞᆯ 믈렷ᄂᆞ이다."

위왕이 크게 번뇌ᄒᆞ야 ᄀᆞᆯ오ᄃᆡ,

"이런 일이 잇ᄂᆞ냐? 손빈이 젼일의 와실 제 뎌ᄅᆞᆯ 봉ᄒᆞ야 단련ᄉᆞᄅᆞᆯ 삼아도 반티 아니터니 오ᄂᆞᆯ 가관즁녹(加官重祿)을 허ᄒᆞ얏거ᄂᆞᆯ 도로혀 반ᄒᆞ믄 엇디뇨? 일변 쾌히 손빈을 가도고 삼쳔 어영군을 다 듀륙(誅戮)ᄒᆞ라."

방연이 ᄀᆞᆯ오ᄃᆡ,

"손빈의 반ᄒᆞ믄 죄ᄒᆞᆯ 배 맛당ᄒᆞ거니와 다【30】만 어영군 삼쳔은 호ᄎᆞᆨ(好惻)[181]이 ᄀᆞᆺ디 아니리니 몃 쳔이 손빈의 우익인 줄 엇디 알리오. 가히 가ᄇᆡ야이 듀륙(誅戮)디 못ᄒᆞ리이다. 다만 이ᄂᆞᆫ 손빈이 처엄으로 우리 위방의 니ᄅᆞ러 신의 무예 쳔심(淺深)을 아디 못ᄒᆞ다가 어제 연무댱 듕의셔 신을 잡아 ᄆᆞᆯ긔 ᄂᆞ리티고 벅〻이 우리나라ᄒᆡ 다시 냥쟝이 업ᄉᆞ리라 ᄒᆞ미오. 이 사ᄅᆞᆷ이 부모와 형뎨 다 연방의 이시니 진실로 됴뎡을 경히 너겨 군심을 결납ᄒᆞ야 텬하ᄅᆞᆯ 도모ᄒᆞᆯ가 저허ᄒᆞᄂᆞ니 쇼장(蕭墻)의 홰 머디 아니ᄒᆞ리이다."

위왕이 더욱 쵸조ᄒᆞ야 즉시 방연으로 ᄒᆞ야곰 오ᄇᆡᆨ명 도보슈(刀斧手)ᄅᆞᆯ 거ᄂᆞ리고 손빈을 잡아ᄆᆡ야 운양시샹(雲陽市上)의 가 머리ᄅᆞᆯ 버히라 ᄒᆞᆫ대 방연이 녕지ᄒᆞ야 도보슈와 금위 무ᄉᆞᄅᆞᆯ 거ᄂᆞ리고 돌려 단련ᄉᆞ 부문을 밀〻층〻이 에오고 방연이 부의 드러간【31】대 손빈이 연고ᄅᆞᆯ 아디 못ᄒᆞ야 당의 ᄂᆞ려 영졉ᄒᆞ거ᄂᆞᆯ 방연이 ᄀᆞᆯ오ᄃᆡ,

"대가야 텬작(天作)ᄒᆞᆫ 얼(孽)은 오히려 어글우ᄎᆞ려니와 ᄌᆞ작(自作)ᄒᆞᆫ 얼은 사디 못ᄒᆞ리라. 네 어제밤의 됴흔 일을 ᄒᆞ더고나."

손빈이 ᄀᆞᆯ오ᄃᆡ,

"내 어제밤의 됴뎡 지의ᄅᆞᆯ 밧ᄌᆞ와 황셩의 가 화셩을 딘압ᄒᆞ엿고 각별 다ᄅᆞᆫ 일이 업ᄉᆞ니라."

방연이 ᄀᆞᆯ오ᄃᆡ,

"대가야 경히 이ᄅᆞᆯ 위ᄒᆞ미라. 됴뎡이 일즉 널로 ᄒᆞ야곰 화셩을 딘압ᄒᆞ라 ᄒᆞ고 일즉 반ᄒᆞ라 아녓ᄂᆞ니 엇디 군ᄉᆞᄅᆞᆯ 거ᄂᆞ려 명나뇌고ᄒᆞ고 함셩이 년텬ᄒᆞ야 위왕을 경동ᄒᆞ야 나의게 년누ᄒᆞ야 닐오ᄃᆡ, 내 널로 더브러 어려실 적브터 교〻(交交)ᄒᆞ야 너ᄅᆞᆯ 마자 뫼ᄒᆡ ᄂᆞ려와 통동인[일]노(通同一路)ᄒᆞ야 텬하ᄅᆞᆯ 도모ᄒᆞ련다 ᄒᆞ야ᄂᆞᆯ 내 ᄌᆡ삼 녁주ᄒᆞ야 보야흐로 ᄌᆞ긔의 간계ᄒᆞ믈 버서나시니 위왕이 분부【32】ᄒᆞ야 ᄀᆞᆯ오ᄃᆡ, '네 뎌의 경을 아디 못ᄒᆞ거든 오ᄇᆡᆨ명 도부슈ᄅᆞᆯ 거나리고 손빈을 자바 운양시의 가 머리ᄅᆞᆯ 버히고 회화(回話)ᄒᆞ라' ᄒᆞ시매 이제 특별이 지의ᄅᆞᆯ 밧드러 왓노라."

손빈이 이 말을 듯고 혼비ᄇᆡᆨ산ᄒᆞ야 교위예 ᄂᆞ려디거ᄂᆞᆯ 방연이 분부ᄒᆞ야 자바 ᄂᆞ리오라 ᄒᆞ니 도부쉬 일시 나아와 손빈을 ᄆᆡ야 운양시로 가니라.

---

180)【겨유】[부] 겨우. ¶ 纔 ‖ 약간 계교ᄅᆞᆯ 베펴 겨유 군ᄉᆞᄅᆞᆯ 믈렷ᄂᆞ이다 (畧施一計, 纔退得軍士去.) <孫龐 2:29>

181)【好歹 호알】hǎodǎi [一] <形> 호ᄎᆞᆨ(好惻) ‖ "但那御營軍有三萬, 其中~不一, 知道那幾千是孫臏羽翼." 다만 어영군 삼쳔은 호ᄎᆞᆨ이 ᄀᆞᆺ디 아니리니 몃 쳔이 손빈의 우익인 줄 엇디 알리오 (孫龐 2:30) 好惡也。(語覽 西廂 101a) 猶言吉凶, 休咎善惡。(語覽 西遊 58a) 됴흠 구ᄌᆞᆷ ‖ "操看罷, 不言~, 只取筆於門上書一'活'字而去。人皆不曉。" 죄 다 두로보고 됴흠 구ᄌᆞ믈 니ᄅᆞ디 아니ᄒᆞ고 다만 부ᄉᆞᆯ 자펴다가 ᄒᆞᆫ 활 ᄌᆞᄅᆞᆯ 쓰고 가니 아ᄆᆞ도 그 ᄠᅳᆺ을 모ᄅᆞ되 (三國 23:113)

第6回
금ᄂᆞᆫ계구셩월족 목합가수뎡장풍
金蘭契仇成刖足 木盒歌數定粧瘋

손빈이 운양시의 니ᄅᆞ니 수운(愁雲)은 암〻(黯黯)ᄒᆞ고 참무(慘霧)ᄂᆞᆫ 만〻(漫漫)ᄒᆞ야 도창(刀鎗)은 ᄉᆞ하의 버렷고 좌우의 조웅ᄒᆞ엿ᄂᆞᆫ디라 눈믈이 비오ᄃᆞᆺ ᄒᆞ더니 도부쉬(刀斧手) ᄀᆞᆯ오ᄃᆡ,

"오시삼ᄀᆡᆨ(午時三刻)이 다ᄃᆞ랏ᄂᆞ이다."

손빈이 듯고 방부마긔 ᄋᆡ고(哀告)ᄒᆞ야 ᄀᆞᆯ오ᄃᆡ,

"방부마야 손빈이 오ᄂᆞᆯ 이에 니ᄅᆞ매 【33】 혜아리건대 필경은 ᄒᆞᆫ 번 죽을디라. 네 모로미 당년(當年)의 결의ᄒᆞᆫ 졍을 념ᄒᆞ야 약간 ᄒᆞᆫ 동안을 머믈우면 내 심ᄉᆞ(心事)ᄅᆞᆯ 가져 하ᄂᆞᆯ을 우러〻 ᄒᆞᆫ 번을 곡소ᄒᆞ면 구쳔(九泉) 아래 가도 원귀(怨鬼) 되ᄂᆞᆫ 줄 알리라."

방연이 도부슈ᄅᆞᆯ 분부ᄒᆞ야,

"ᄯᅩ 죽이기ᄅᆞᆯ 날회고 뎨 므어시라 하ᄂᆞᆫ고 드ᄅᆞ라."

손빈이 앙텬(仰天)ᄒᆞ야 블러 ᄀᆞᆯ오ᄃᆡ,

"손빈이 연방(燕邦)으로브터 부모형뎨ᄅᆞᆯ ᄇᆞ리고 스승의게 가 ᄌᆡ조ᄅᆞᆯ 비화 쇽졀업시[182] 삼권 텬셔와 팔문둔갑과 뉵갑녕문을 바다시ᄃᆡ 다 눈 알ᄑᆡ ᄒᆞᆫ 번 구(救)틀 못ᄒᆞ니 하ᄂᆞᆯ아 내 심히 고ᄅᆞᆸ도다.[183]"

말을 파ᄒᆞ고 졈〻 울기ᄅᆞᆯ 더옥 슬피ᄒᆞ거ᄂᆞᆯ 방연이 뒤히 이셔 뎌의 말을 듯고 ᄆᆞ음의 ᄉᆡᆼ각ᄒᆞ야 ᄀᆞᆯ오ᄃᆡ,

"다ᄅᆞᆫ 병셔 젼칙은 내 다 보앗거니와 다ᄆᆞᆫ[184] 삼권 텬셔 【34】 와 팔문둔갑과 뉵갑녕문은 일즉 보디 못ᄒᆞ야시니 만일 이ᄅᆞᆯ 어드면 므어슬 근심ᄒᆞ리오. 위방(魏邦)으란[185] 니ᄅᆞ디 말고 다ᄅᆞᆫ 나라도 내 우ᄒᆡ 오ᄅᆞᆯ 사ᄅᆞᆷ이 업ᄉᆞ리라."

ᄒᆞ고 급히 나아가 ᄀᆞᆯ오ᄃᆡ,

"대가야 너의 울미 심히 고초(苦楚)ᄒᆞ니[186] 쇼뎨 ᄆᆞ옴이 심히 싄디라.[187] 내 당초의 쥬션딘(朱仙鎭) 우ᄒᆡ셔 결의ᄒᆞ야 귀곡션ᄉᆞ의 곳의 가 ᄒᆞᆫ가지로 삼년을 비화 너와 나 두 사ᄅᆞᆷ이 동포공모(同胞共母) ᄀᆞᆺᄐᆞ니 대가의 오ᄂᆞᆯ 화ᄂᆞᆫ 이 나의 쾌라. ᄒᆞᄆᆞᆯ며 대개 거목무친(擧目無親)ᄒᆞ고 다만 쇼뎨 여긔 이시니 이ᄢᅢ예 만일 ᄒᆞᆫ ᄑᆞᆯ 힘을 내여 대가의 명을 구티 아니ᄒᆞ면 그ᄅᆞᆺ ᄒᆞᆫ 번 결

182) 【쇽졀업시】 뷔 속절없이. ¶ 空 ‖ 쇽졀업시 삼권 텬셔와 팔문 둔갑과 뉵갑 녕문을 바다시ᄃᆡ 다 눈 알ᄑᆡ ᄒᆞᆫ 번 구틀 못ᄒᆞ니 하ᄂᆞᆯ아 내 심히 고ᄅᆞᆸ도다 (空授了三卷天書、八門遁甲、六甲靈文, 通救不得, 眼前一死.) <孫龐 2:33>

183) 【고ᄅᆞᆸ다】 형 고(苦)롭다. 괴롭다. ¶ 苦 ‖ 하ᄂᆞᆯ아 내 심히 고ᄅᆞᆸ도다 (天啊, 我好苦也!) <孫龐 2:33>

184) 【다ᄆᆞᆫ】 뷔 다만. ¶ 止 ‖ 다ᄅᆞᆫ 병셔 젼칙은 내 다 보앗거니와 다ᄆᆞᆫ 삼권 텬셔와 팔문 둔갑과 뉵갑 녕문은 일즉 보디 못ᄒᆞ야시니 (別的兵書戰策, 我通看過, 止有三卷天書、八門遁甲、六甲靈門, 眼裡自不曾見.) <孫龐 2:33>

185) 【-으란】 조 -일랑. ¶ 위방으란 니ᄅᆞ디 말고 다ᄅᆞᆫ 나라도 내 우ᄒᆡ 오ᄅᆞᆯ 사ᄅᆞᆷ이 업ᄉᆞ리라 (不要說魏邦, 明日就是各國, 也無人居我之上.) <孫龐 2:34> ⇒ -ㄹ란, -란

186) 【고초ᄒᆞ다】 동 {고초(苦楚)하다.} 고초를 겪다. ¶ 苦楚 ‖ 너의 울미 심히 고초ᄒᆞ니 쇼뎨 ᄆᆞ옴이 심히 싄디라 (小弟見你哭得苦楚, 甚覺心酸.) <孫龐 2:34> ⇒ 고쵸ᄒᆞ다

187) 【싀다】 형 시다. ¶ 酸 ‖ 너의 울미 심히 고초ᄒᆞ니 쇼뎨 ᄆᆞ옴이 심히 싄디라 (小弟見你哭得苦楚, 甚覺心酸.) <孫龐 2:34>

의ᄒᆞ미라 네 모로미 졔곡(啼哭)디 말라. 내 몸을 ᄇᆞ려 가젼의 가 고로이 간ᄒᆞ야 알외믈 쥰티 못ᄒᆞ야도 대개(大哥) 모로미 번뇌티 말라."

손빈이 ᄀᆞᆯ오ᄃᆡ,

"현뎨야 공히 너의 어엿비 너기【35】믈 바ᄃᆞ니 만일 쥰주(准奏)ᄒᆞ면 천만 번 다힝코 깃보니 날호여[188] 너의 은혜롤 갑흐려니와 셜ᄉᆞ 알외여 듯디 아녀도 나의 부모와 형뎨 다 연방(燕邦)의 이시니 엇디 나의 시히(尸骸) 위국의 잇는 줄 알리오. 빌건대 만일 구관(口棺)을 가져 거두어 녀코 결의ᄒᆞᆫ 졍분을 싱각ᄒᆞ야 이 쇼식을 브텨 우리 형뎨로 ᄒᆞ야곰 됴히 와 슈습게 ᄒᆞ라."

방연이 ᄀᆞᆯ오ᄃᆡ,

"모로미 니ᄅᆞ디 말라. 내 거릭(去來)ᄒᆞ기롤 기ᄃᆞ리라."

방연이 ᄂᆞᄃᆞ시 와 위왕을 보고 ᄀᆞᆯ오ᄃᆡ,

"신이 뎐지롤 밧ᄌᆞ와 손빈을 잡아 운양시의 가 쳐결ᄒᆞ려 ᄒᆞ더니 신이 싱각ᄒᆞ니 손빈은 연괵왕(燕蒯王)의 외싱(外甥)이오. 그 아비ᄂᆞᆫ 연국부마 손죄오 그 어미ᄂᆞᆫ 연단공줘오 그 형은 손농 손회니 뎨 다 금지옥엽(金枝玉葉)이라. 저허ᄒᆞ건대[189] 뎌롤 죽엿다가 붉ᄂᆞᆫ【36】날 연국이 알고 군ᄉᆞ롤 거ᄂᆞ리고 뎔로 ᄎᆞᄌᆞ면 엇던 사롬으로 뎌롤 주리오. 이제 뎌의 셩명을 머믈워 두어 연국이 항셰 이셔 뎌롤 ᄎᆞᆺ거든 뎌롤 도라보내여도 올코 아니 보내여도 가ᄒᆞ니이다."

위왕이 ᄀᆞᆯ오ᄃᆡ,

"뎌롤 요ᄃᆡᄒᆞ믄 긴티 아니ᄒᆞ거니와 다만 두려ᄒᆞ건대 이후의 다시 반심을 두면 ᄆᆞᄎᆞᆷ내 그 화롤 바ᄃᆞ리라."

방연이 ᄀᆞᆯ오ᄃᆡ,

"우리 왕은 이제 죽을 죄롤 요ᄃᆡᄒᆞ고 살 죄롤 요ᄃᆡ티 마라. 뎌의 두 발을 버혀 폐인을 삼으쇼셔."

위왕이 ᄀᆞᆯ오ᄃᆡ,

"엇디 두 발을 버히려 ᄒᆞᄂᆞ뇨?"

방연이 ᄀᆞᆯ오ᄃᆡ,

"뎌의 셩명으란 해티 말고 뎌의 두 발을 버혀 폐인을 삼으쇼셔."

위왕이 쥰주ᄒᆞ니 방연이 운양시의 가 닐오ᄃᆡ,

"깃보다 대가야, 됴뎡이 너의 죽을 죄롤 요ᄃᆡᄒᆞ더라."

손빈이 이 말을 듯고 쾌【37】활ᄒᆞ야 소릭롤 ᄆᆡ이 ᄒᆞ야 닐오ᄃᆡ,

"현뎨야 됴뎡이 나의 죽을 죄롤 요ᄃᆡᄒᆞ더냐?"

방연이 ᄀᆞᆯ오ᄃᆡ,

"죽을 죄ᄂᆞᆫ 요ᄃᆡᄒᆞᄃᆡ 살 죄ᄂᆞᆫ 요ᄃᆡ티 아니ᄒᆞ더라."

손빈이 ᄀᆞᆯ오ᄃᆡ,

"므ᄉᆞᆷ 살 죄ᄂᆞᆫ 요ᄃᆡ티 아니ᄒᆞ더뇨?"

방연이 ᄀᆞᆯ오ᄃᆡ,

"대가의 두 발을 버히려 ᄒᆞ더라."

손빈이 ᄀᆞᆯ오ᄃᆡ,

"현뎨야. 이 형벌은 못ᄒᆞ리라."

"이 형벌은 아ᄆᆞᄃᆡ도 업ᄂᆞ니라. 출하리 ᄒᆞᆫ 칼로 날을 죽이면 죽어도 상쾌ᄒᆞᆫ 귀신이 되려니와 만일 두 발을 버히면 알프기ᄂᆞᆫ 니ᄅᆞ도 말고 폐인이 되리니 셰샹의 이셔 므어시 ᄡᅳ리오."

방연이 ᄀᆞᆯ오ᄃᆡ,

"대가야 쇼뎨 ᄒᆞᆫ 번은 주ᄒᆞᆫ들 엇디 두 번을 알외리오. 됴뎡이 만일 의심을 내면 닐오ᄃᆡ 내 널로 더브러 통동일로(通同一路) ᄒᆞᆫ다 ᄒᆞ면 이때예 너의 셩명은 니ᄅᆞ도 말고 내 ᄯᅩᄒᆞᆫ 사디 못ᄒᆞ【38】리라."

ᄒᆞ고 도보슈롤 명ᄒᆞ야 급히 구리 협도롤 가져오라 ᄒᆞᆫ대 모든 도보쉬 손빈을 자바 ᄆᆡ고 열 발가락을 구리 협도 가온대 녀코 누ᄅᆞ니 옷삭[190] ᄒᆞᆫ

---

188) 【날호여】 뷔 천천히. ¶ 慢慢 ‖ 현뎨야 공히 너의 어엿비 너기믈 바ᄃᆞ니 만일 쥰주ᄒᆞ면 천만 번 다힝코 깃브니 날호여 너의 은혜롤 갑흐려니와 (兄弟, 生受你見怜之心, 若奏得准, 萬幸之喜, 慢慢報你恩處.) <孫龐 2:35>

189) 【저허ᄒᆞ다】 동 두려워하다. ¶ 恐 ‖ 저허ᄒᆞ건대 뎌롤 죽엿다가 붉ᄂᆞᆫ 날 연국이 알고 군ᄉᆞ롤 거ᄂᆞ리고 뎔로 ᄎᆞᄌᆞ면 엇던 사롬으로 뎌롤 주리오 (恐殺了他. 明日燕國聞知, 興兵前來取討, 把个什麽人還他.) <孫龐 2:35>

190) 【옷삭】 뷔 오싹. ¶ 搜的 ‖ 모든 도보쉬 손빈을 자바 ᄆᆡ고 열 발가락을 구리 협도 가온대 녀코 누ᄅᆞ니 옷삭 ᄒᆞᆫ 소릭예 열 발가락이 ᄯᅥ러디니 (衆刀斧手把孫臏綑住, 把十个足指, 放在銅鬧中間, 搜的一聲響, 登時鬧將下來.) <孫龐 2:38>

소리예 열 발가락이 ᄯᅥ러디니 ᄒᆞᆫ 사ᄅᆞᆷ이 ᄉᆞ(詞)ᄅᆞᆯ 두니 일홈이 «셔강월西江月»이라.

오국권간막수(誤國權奸莫數), 샹눈붕우휴뎨(傷倫朋友休提), 밍산셔ᄒᆡ일됴비(盟山誓海一朝非), 셜심금난지계(說甚金蘭之契), 악젹블감ᄌᆡ긔(惡跡不堪載記), 박명하지뉴뎨(芳名何止留題), 영웅ᄌᆞ고유뎐위(英雄自古有顚危), 무언[원]인혜원긔(毋怨人兮怨己).

【39】 오ᄇᆡᆨ명 도보쉬 개ː 한심(寒心)ᄒᆞ고 냥방 군ᄉᆡ 인ː이 상담(喪膽)ᄒᆞ더라. 손빈이 열 발가락이 ᄶᅡᄒᆡ ᄯᅥ러디매 피 심ᄉᆞᆺ듯 ᄒᆞ야 아관(牙關)을 긴폐(緊閉)ᄒᆞ고 죽언디 여러 ᄣᅢ예 ᄭᆡ거ᄂᆞᆯ 방연이 ᄀᆞᆯ오ᄃᆡ,

"대가야 왕법이 무졍ᄒᆞ야 대가로 ᄒᆞ야곰 이런 지앙을 밧게 ᄒᆞ도다."

좌우ᄅᆞᆯ 분부ᄒᆞ야

"다ᄅᆞᆫ ᄃᆡ로 가디 말고 내 부듕으로 메여와 조만(早晩)의 됴히 공양ᄒᆞ고 탕약과 음식의 뉴ᄅᆞᆯ 사ᄅᆞᆷ으로 ᄒᆞ야곰 복ᄉᆞ(伏伺)케 ᄒᆞ리라."

손빈이 닐오ᄃᆡ,

"만히 현뎨의 대은을 샤례ᄒᆞ노라. 감히 갑ᄒᆞᆯ 길히 업ᄉᆞ리로다."

모든 군ᄉᆡ 즉시 문션(門扇)을 가져 손빈을 담아 방연의 부듕으로 가다. 방연이 위왕의게 희보ᄒᆞᆫ대 왕이 무로ᄃᆡ,

"손빈을 어ᄃᆡ 두엇ᄂᆞ뇨?"

【40】 방연이 ᄀᆞᆯ오ᄃᆡ,

"신이 그 발이 ᄒᆞ리면[191] 다ᄅᆞᆫ 나라ᄒᆡ 도라갈가 두려 신의 집의 두엇ᄂᆞ이다."

ᄒᆞ고 방연이 부듕의 도라와 가동을 분부ᄒᆞ야 셧녁 셔방을 졍결이 타소(打掃)ᄒᆞ야 손션ᄉᆡᆼ을 보내여 머믈게 ᄒᆞ고 드ᄃᆡ여 번듀(樊廚)ᄅᆞᆯ 블러 분부ᄒᆞ야 ᄀᆞᆯ오ᄃᆡ,

"내 손빈으로 더브러 결의ᄒᆞᆫ 형으로 동포의셔 낫더니 세 기[192] 다반과 탕약 음식을 다 네 몸 우ᄒᆡ 부탁ᄒᆞᄂᆞ니 모ᄅᆞ미 티만티 말라."

방연이 ᄯᅩ 손빈을 ᄃᆡᄒᆞ야 ᄀᆞᆯ오ᄃᆡ,

"대가야 조만간의 즐기ᄂᆞᆫ 음식을 번뒤(樊廚)ᄃᆞ려 달라 ᄒᆞ라. 번뒤 만일 복ᄃᆡᄅᆞᆯ 쥬비(週備)히 못ᄒᆞ거든 대개 실로ᄡᅥ 날ᄃᆞ려 니ᄅᆞ라. 내 듕티(重治)ᄒᆞ리라."

번뒤 명을 령ᄒᆞ야 가다.

진실로 광음이 틈 지남 ᄀᆞᆺᄐᆞ야 손빈이 방연의 부 안ᄒᆡ 이션 디 두 ᄃᆞᆯ이라. 두 발이 십분 알ᄑᆞ고 【41】 피와 고롬이 긋치디 아니ᄒᆞᄃᆡ 번뒤 ᄆᆡ양 날마다 세 ᄭᅵ[193] 다반을 보내고 탕약이 심히 맛당ᄒᆞ더라.

일ː의 방연이 셔셔원(西書院)의 니ᄅᆞ러 손빈ᄃᆞ려 ᄀᆞᆯ오ᄃᆡ,

"대가야 쇼뎨 년ᄒᆞ야 됴뎡이 번요ᄒᆞ기로 죠고만 틈이 업서 와 보디 못ᄒᆞ니 죄 어드미 만토다. 이제 아디 못게라 대가의 존죡(尊足)이 알ᄑᆞ기 나으냐?"

손빈이 ᄀᆞᆯ오ᄃᆡ,

"현뎨야 너의 과렴ᄒᆞ몰 닙으니 감샤ᄒᆞ몰 다ᄒᆞ디 못ᄒᆞ리로다. 두 발이 알ᄑᆞ기 ᄎᆞᆷ디 못ᄒᆞ고 농혈이 조출티[194] 아니ᄒᆞ여라."

방연이 ᄀᆞᆯ오ᄃᆡ,

"대가야 네 움즉여 ᄃᆞᆫ니미 심히 평안티 아니ᄒᆞᆯ 거시니 내 사ᄅᆞᆷ으로 ᄒᆞ야곰 두 낫 팀향막대ᄅᆞᆯ 주어 조만의 딥허 됴히 존보(尊步)ᄅᆞᆯ 돕게

---

191) 【ᄒᆞ리다】 [동] 낫다. ¶ 養好 ‖ 신이 그 발이 ᄒᆞ리면 다른 나라ᄒᆡ 도라갈가 두려 (臣恐他將傷養好了, 逃在別國.) <孫龐 2:40>

192) 【기】 [명] 끼. 끼니. ¶ 餐 ‖ 내 손빈으로 더브러 결의ᄒᆞᆫ 형으로 동포의셔 낫더니 세 기 다반과 탕약 음식을 다 네 몸 우ᄒᆡ 부탁ᄒᆞᄂᆞ니 모ᄅᆞ미 티만티 말라 (孫先生是我結義之兄, 勝似同胞, 三餐茶飯, 湯藥飲食, 俱托付在你身上.) <孫龐 2:40> 頓 ‖ 내 秀才되여 性이 魯鈍ᄒᆞ여 ᄒᆞᄅᆞ 다엿 기씩 먹ᄂᆞ니 어제 十字街에 가니 사ᄅᆞᆷ마다 나ᄅᆞᆯ 블러 木邊寸이라 ᄒᆞ더라 (我做秀才性魯鈍, 一日喫了五六頓, 昨日走到十字街, 人人喚我做木邊寸.) <伍倫 2:31b> ⇒ ᄭᅵ

193) 【ᄭᅵ】 [동] 끼. 끼니. ¶ 飡 ‖ 번뒤 ᄆᆡ양 날마다 세 ᄭᅵ 다반을 보내고 탕약이 심히 맛당ᄒᆞ더라 (多虧樊廚, 每日三飡, 遞茶送飯, 侍服湯藥, 甚是虔心.) <孫龐 2:41>

194) 【조출ᄒᆞ다】 [형] 조촐하다. 깨끗하다. ¶ 乾淨 ‖ 두 발이 알ᄑᆞ기 ᄎᆞᆷ디 못ᄒᆞ고 농혈이 조출티 아니ᄒᆞ여라 (只是兩足疼痛難忍, 膿血又不乾淨.) <孫龐 2:41> 淨 ‖ 인 흔적이 업ᄉᆞᆯ 분 아냐 ᄂᆞᆺ치 ᄯᅩᄒᆞᆫ 희고 조출ᄒᆞ니 ᄀᆞ장 낫다 (不但金印沒迹, 面上亦覺白淨了多少) <後水滸 8:68> ⇒ 조촐ᄒᆞ다, 조ᄎᆞᆯᄒᆞ다, 조츨ᄒᆞ다, 죠츨ᄒᆞ다, 좃츨ᄒᆞ다

ᄒᆞ리라."

ᄒᆞ고 번듀를 블러,

"쥬셕을 쟝만ᄒᆞ라. 내 손션ᄉᆡᆼ으로 더브러 산민(散悶)ᄒᆞ리라."

오라디 아녀셔【42】번뒤 쥬셕을 셩비히 ᄒᆞ엿거ᄂᆞᆯ 손빈이 방연으로 더브러 ᄃᆡᄒᆞ야 술먹을시 수 순의 니ᄅᆞ러 긔고[구](開口)ᄒᆞ야 무러 ᄀᆞᆯ오ᄃᆡ,

"대가야 쇼뎨 뎌ᄌᆞ음긔195) ᄃᆞᄅᆞ니 대개 삼권 텬셔와 팔문둔갑과 뉵갑녕문을 안다 ᄒᆞ니 과연 올흐냐?"

손빈이 무심코 ᄀᆞᆯ오ᄃᆡ,

"과연 다 긔록ᄒᆞ노라."

방연이 ᄀᆞᆯ오ᄃᆡ,

"대가야 즐겨 쇼뎨긔 뎐ᄒᆞᆯ소냐?"

손빈이 ᄀᆞᆯ오ᄃᆡ,

"네 어인 말고? 너와 내 동포 아니나 임의 결의ᄒᆞ여시니 너의게 뎐ᄒᆞ리라."

방연이 손빈의 즐겨 뎐ᄒᆞ려 ᄒᆞ믈 듯고 쳔만환희ᄒᆞ야 년셩ᄒᆞ야 ᄀᆞᆯ오ᄃᆡ,

"다샤(多謝)ː ᄒᆞ노라."

두 사ᄅᆞᆷ이 ᄯᅩ 몃 잔 술을 먹고 방연이 ᄯᅩ 무러 ᄀᆞᆯ오ᄃᆡ,

"대가야 네 진짓 ᄆᆞᄋᆞᆷ을 내게 뎐ᄒᆞ려 ᄒᆞᄂᆞ냐? 거즛 거ᄉᆞᆯ 그러 구ᄂᆞ냐?"

손빈이 ᄀᆞᆯ오ᄃᆡ,

"현뎨야 내 언제 거즛말 ᄒᆞ야 너를 소기더뇨? 뎐ᄒᆞ려 ᄒᆞ면 뎐ᄒᆞ고【43】결단코 실신티 아니ᄒᆞ리라."

이인이 ᄯᅩ 서너 잔을 먹고 방연이 ᄀᆞᆯ오ᄃᆡ,

"대가야 임의 진실로 쇼뎨의게 뎐ᄒᆞ려 ᄒᆞ면 대가를 번거롭게 ᄒᆞᄂᆞ니 ᄇᆞᆰ는 날 브ᄐᆡ ᄡᅧ내면 족히 뎨를 ᄉᆞ랑ᄒᆞᄂᆞᆫ 줄을 보리라."

손빈이 ᄀᆞᆯ오ᄃᆡ,

"내 현뎨로 더브러 당일의 운몽산의 삼년을 이셔 동업ᄒᆞ야시니 네 엇디 나의 폐부(肺腑)를 아디 못ᄒᆞᄂᆞ뇨? ᄡᅳ려 ᄒᆞ면 오ᄂᆞᆯ이라도 ᄡᅳ리라."

방연이 우어 ᄀᆞᆯ오ᄃᆡ,

"다만 대가의 허락을 밧고 오ᄂᆞᆯ날 ᄯᅩ 술먹고 ᄂᆡ일브터 시작ᄒᆞ야 ᄡᅳ미 늣디 아니ᄒᆞ니라."

손빈이 ᄀᆞᆯ오ᄃᆡ,

"현뎨 내 입이 잇고 ᄆᆞᄋᆞᆷ이 업ᄉᆞᆫ가 너기니 쥬셕을 슈습ᄒᆞ고 지필을 가져오라 내 ᄡᅳ리라."

방연이 ᄀᆞᆯ오ᄃᆡ,

"원ᄂᆡ 대가의 셩격이 이러ᄐᆞᆺ 진실ᄒᆞ도다."

가동을 분부ᄒᆞ야 문방ᄉᆞ부[보]를 가져오라."

ᄒᆞᆫ대 가동이 지필【44】을 가져오나ᄂᆞᆯ 손빈이 두어 줄을 ᄡᅳᆫ대 방연이 ᄀᆞᆯ오ᄃᆡ,

"텬식이 임의 졈으러시니 글ᄌᆞ를 아라보디 못ᄒᆞ니 ᄯᅩ 헐슈(歇手)ᄒᆞ엿다가 ᄇᆞᆰ는 날 다시 ᄡᅧ 차작[착](差錯)이 잇ᄂᆞᆫ가 보라."

이날 밤 쥬란흥진(酒闌興盡)ᄒᆞ매 각ː 도라가 안침(安寢)ᄒᆞ다.

ᄎᆞ일 손빈이 셔셔원의 이셔 텬셔를 벗기니196) 비록 가히 븟을 움즉이나 발의 알프미 잇ᄂᆞᆫ디라 긔ː도ː(起起倒倒)ᄒᆞ야 ᄆᆡ양 ᄡᅳ미 만티 아니ᄒᆞ더라. 그날 방연이 됴회를 파ᄒᆞ고 집의 도라와 일이 업ᄉᆞᆫ디라 셔셔원의 와 손빈ᄃᆞ려 무러 ᄀᆞᆯ오ᄃᆡ,

"대개 알프믈 ᄎᆞᆷ아 이를 ᄡᅳ니 쇼뎨 심히 안심티 아니ᄒᆞ거니와 언머나197) ᄡᅧᆺᄂᆞ뇨?"

손빈이 ᄀᆞᆯ오ᄃᆡ,

"년일의 비록 ᄡᅳ나 공뷔(工夫) 만티 아니ᄒᆞ야 십분의 삼분도 못ᄡᅧᆺ노라."

방연이 ᄀᆞᆯ오ᄃᆡ,

"대가야 급히 ᄡᅳ랴 말고 다만 ᄡᅳᆷ들리디 아니ᄒᆞ면 대가의【45】졍을 알리라."

두 사ᄅᆞᆷ이 ᄯᅩ 한화ᄒᆞ다가 방연이 ᄯᅩ 공슈(拱手)ᄒᆞ고 가다. 방연이 도라가 ᄂᆡ원(內院)의

195)【뎌ᄌᆞ음긔】 副 저즈음께. 전일(前日)에. ¶ 向 ‖ 대가야 쇼뎨 뎌ᄌᆞ음긔 ᄃᆞᄅᆞ니 대개 삼권 텬셔와 팔문둔갑과 뉵갑녕문을 안다 ᄒᆞ니 과연 올흐냐 (大哥, 小弟向聞得人說, 大哥記得三卷天書、八門遁甲、六甲靈文, 果眞的麽?) <孫龐 2:42> ⇒ 뎌즈음긔, 뎌즈음ᄭᅴ, 뎌즘ᄭᅴ, 뎌ᄌᆞ음ᄭᅴ, 뎌즘ᄭᅴ, 저즈음긔, 져즈음긔, 져즈음ᄭᅴ, 져즘ᄭᅴ, 져ᄌᆞ음ᄭᅴ

196)【벗기다】 動 베끼다. ¶ 抄寫 ‖ 손빈이 셔셔원의 이셔 텬셔를 벗기니 비록 가히 븟을 움즉이나 발의 알프미 잇ᄂᆞᆫ디라 긔ː도ːᄒᆞ야 ᄆᆡ양 ᄡᅳ미 만티 아니ᄒᆞ더라 (孫臏就在西書院, 把天書抄寫, 雖可動筆, 足負疼痛, 起起倒倒, 每日寫得沒多.) <孫龐 2:44>

197)【언머나】 副 얼마나. ¶ 多少 ‖ 언머나 ᄡᅧᆺᄂᆞ뇨 (可曾寫下多少了?) <孫龐 2:44>

니ᄅᆞ니 셔련공ᄌᆔ 닐오ᄃᆡ,

"부마야 손빈이 텬셔ᄅᆞᆯ 언머나 ᄡᅥᆺ더뇨?"

방연이 ᄀᆞᆯ오ᄃᆡ,

"십분의 삼분도 못 ᄡᅥᆺ더라."

공ᄌᆔ ᄀᆞᆯ오ᄃᆡ,

"몃 날을 ᄲᅥ 계유 이ᄅᆞᆯ ᄡᅥᆺ더뇨?"

방연이 ᄀᆞᆯ오ᄃᆡ,

"내 뎌ᄅᆞᆯ ᄌᆡ촉ᄒᆞ야 ᄡᅳ이디 아닛ᄂᆞᆫ디라. 오ᄂᆞᆯ ᄆᆞᆺ거든 ᄇᆞᆰᄂᆞᆫ 날 계교ᄅᆞᆯ 뎡ᄒᆞ야 뎌ᄅᆞᆯ 죽이미 올흐니라."

공ᄌᆔ ᄀᆞᆯ오ᄃᆡ,

"이리ᄒᆞ야 ᄌᆡ촉디 아니면 언제 ᄆᆞᄎᆞ리오. 부매 날마다 뎌ᄅᆞᆯ ᄌᆡ촉ᄒᆞ여야 보야흐로 용심ᄒᆞ야 ᄡᅳ리라."

ᄒᆞ니 니ᄅᆞᆫ바 격쟝(隔墻)의 모로미 귀 이시며 창외예 엇디 사ᄅᆞᆷ이 업ᄉᆞ리오. 방연이 공쥬로 더브러 말ᄒᆞᆯ시 ᄉᆡᆼ각디 아녀셔 이 일을 일〻히 번ᄃᆔ 다 드ᄅᆞ니 원ᄂᆡ 번ᄃᆔ 뎜심198) ᄡᆞᆯ을 가지고 오다가 탄ᄒᆞ야 ᄀᆞᆯ오ᄃᆡ,

"됴흔 사【46】ᄅᆞᆷ이 되기 어렵도다. 손빈이 이러ᄐᆞ시 됴히 방연을 ᄃᆡ졉ᄒᆞ야 텬셔ᄅᆞᆯ ᄡᅳ거ᄂᆞᆯ 부매 도로혀 몹ᄡᅳᆯ ᄆᆞᄋᆞᆷ을 먹어 계교ᄅᆞᆯ 뎡ᄒᆞ야 뎌ᄅᆞᆯ 죽이려 ᄒᆞᄂᆞᆫ도다.

번ᄃᆔ 일변 니ᄅᆞ며 일변 탄ᄒᆞ고 가다. 방연이 ᄯᅩ 셔셔원의 가 텬셔 ᄡᅳᄂᆞᆫ 양 보더니 번ᄃᆔ 오반(午飯)을 보내거ᄂᆞᆯ 방연이 ᄒᆞᆫ 찬을 가져 ᄒᆞᆫ 번 맛보고 ᄀᆞᆯ오ᄃᆡ,

"이놈이 음식을 못 ᄡᅳ게 ᄆᆡᆫᄃᆞ라 ᄡᆞᆯ199) 거ᄉᆞᆫ ᄧᆞ디 아니코 슴거올 거ᄉᆞᆫ 슴겁디 아녀 엇디 이런 음식이 이시리오. 나의 형당을 셜만(褻慢)이 너기믄 날을 셜만이 너기미라. 뎌 놈을 틸 거시라."

ᄒᆞ고 번듀ᄅᆞᆯ 자바 이십 대 곤을 티고 방연이 ᄆᆞᄎᆞᆷ내 긔신ᄒᆞ야 가니라.

번ᄃᆔ 방연의 가ᄂᆞᆫ 양을 보고 발을 구ᄅᆞ며 가ᄉᆞᆷ을 두ᄃᆞ려 무수히 우니 손빈이 ᄀᆞᆯ오ᄃᆡ,

"네 앗가 마ᄌᆞᆯ ᄣᅢ예ᄂᆞᆫ 우디 아니코 마ᄌᆞᆫ 후 샹감(傷感)ᄒᆞ【47】믄 엇디오?"

번ᄃᆔ 눈믈을 슷고 ᄀᆞᆯ오ᄃᆡ,

"ᄌᆞ긔(自己)의 슈ᄎᆡᆨ(受責) 닙으ᄆᆞᆯ 셜워 아녀 션ᄉᆡᆼ을 위ᄒᆞ야 비통ᄒᆞ미라."

손빈이 ᄀᆞᆯ오ᄃᆡ,

"엇디 날을 위ᄒᆞ야 비통ᄒᆞᄂᆞ뇨?"

번ᄃᆔ ᄀᆞᆯ오ᄃᆡ,

"손션ᄉᆡᆼ이 아디 못ᄒᆞᄂᆞᆫ도다. 내 오ᄂᆞᆯ 뎜심 ᄡᆞᆯ200)을 타 가지고 ᄂᆡ원문(內院門)을 디나더니 드ᄅᆞ니 공ᄌᆔ 부마로 더브러 샹의ᄒᆞ야 ᄀᆞᆯ오ᄃᆡ, '텬셔ᄅᆞᆯ 오ᄂᆞᆯ 다 ᄆᆞᆺᄎᆞ면 ᄂᆡ일 계규ᄅᆞᆯ 뎡ᄒᆞ야 너ᄅᆞᆯ 죽이고 ᄇᆞᆰᄂᆞᆫ 날 텬셔ᄅᆞᆯ ᄆᆞᄎᆞ면 후일 계교ᄅᆞᆯ 뎡ᄒᆞ야 너ᄅᆞᆯ 죽이려 ᄒᆞᄂᆞ니 모로미 찬〻이 ᄡᅳ라. ᄒᆞ로ᄅᆞᆯ 수이 ᄆᆞᆺᄎᆞ면 ᄒᆞ로ᄅᆞᆯ 젹게 살리라.'"

손빈이 혜오ᄃᆡ,

'이ᄂᆞᆫ 쇼인의 말이니 가히 밋디 못ᄒᆞᆯ디니 만일 이 말을 티디 아녀셔 니ᄅᆞ디 아니코 틴 후 니ᄅᆞ니 벅〻이 거즛말을 지어내 뎌의 의ᄉᆞᄅᆞᆯ 고이히 너기게 ᄒᆞ미니 가히 개회(介懷)티201) 아닐 거시라.'

ᄒᆞ고 손빈이 오반 먹【48】기ᄅᆞᆯ 다ᄒᆞ고 경히 붓을 드러 ᄡᅳ려 ᄒᆞ더니 몃 낫 창승(蒼蠅)이 ᄂᆞ라오며 ᄂᆞ라가 붓 긋ᄐᆡ 안거ᄂᆞᆯ ᄧᅩᄎᆞ니202) ᄯᅩ

---

198) 【뎜심】 [명] 점심(點心). ¶ 午飯 ‖ 원ᄂᆡ 번ᄃᆔ 뎜심 ᄡᆞᆯ을 가지고 오다가 (原來樊廚正去打午飯米.) <孫龐 2:45> 點心 ‖ 우러러 ᄉᆞ모ᄒᆞ던 ᄯᅳᆺ을 니ᄅᆞ고 차와 뎜심을 드려 파ᄒᆞ매 (敍了些仰慕的話, 排上茶食點心.) <醒風 2:48>

199) 【ᄧᆞ다】 [형] 짜다. ¶ 鹹 ‖ 이놈이 음식을 못 ᄡᅳ게 ᄆᆡᆫᄃᆞ라 ᄡᆞᆯ 거ᄉᆞᆫ ᄧᆞ디 아니코 슴거올 거ᄉᆞᆫ 슴겁디 아녀 엇디 이런 음식이 이시리오 (難爲大哥料, 造出這樣吃食. 鹹不鹹, 淡不淡.) <孫龐 2:46>

200) 【ᄡᆞᆯ】 [명] 쌀. ¶ 米 ‖ 내 오ᄂᆞᆯ 뎜심 ᄡᆞᆯ을 타 가지고 ᄂᆡ원문을 디나더니 드ᄅᆞ니 (我今日去打午飯米, 往內院門首行過.) <孫龐 2:47>

201) 【개회ᄒᆞ다】 [동] {개회(介懷)하다.} 괘념(掛念)ᄒᆞ다. 개의(介意)하다. ¶ 介懷 ‖ 벅〻이 거즛말을 지어내 뎌의 의ᄉᆞᄅᆞᆯ 고이히 너기게 ᄒᆞ미니 가히 개회티 아닐 거시라 (明明生言造語, 要使我怪他的意思, 不可介懷.) <孫龐 2:47> ⇒ ᄀᆡ회ᄒᆞ다

202) 【ᄧᅩᆾ다】 [동] 쫓다. ¶ 逐 ‖ 몃 낫 창승이 ᄂᆞ라오며 ᄂᆞ라가 붓 긋ᄐᆡ 안거ᄂᆞᆯ ᄧᅩᄎᆞ니 ᄯᅩ ᄂᆞ라 안거ᄂᆞᆯ 년ᄒᆞ야 세 번을 ᄧᅩᄎᆞᄃᆡ 창승이 즐겨 가디 아니니 손빈이 의려ᄒᆞ야 부ᄉᆞᆯ 됴ᄒᆡ 우ᄒᆡ 노흐니 창승이 긔여나며 긔여나 홀연이 '가풍마' 세 ᄌᆞ 되거ᄂᆞᆯ (忽見幾個蒼蠅下來, 把筆尖抱住, 逐去又來, 連逐三次, 那蒼蠅不肯去, 孫臏好生疑慮, 把筆放在紙上, 蒼蠅向紙上抹來抹去, 猛可抹出'假瘋魔'三字.) <孫龐 2:48>

ᄂᆞ라 안거ᄂᆞᆯ 년ᄒᆞ야 세 번을 ᄡᅩᄎᆞᄃᆡ 창승이 즐겨 가디 아니니 손빈이 의려(疑慮)ᄒᆞ야 부술 죠히 우ᄒᆡ 노흐니 창승이 긔여나며 긔여나 홀연이 '가풍마假瘋魔' 세 ᄌᆞ 되거ᄂᆞᆯ 손빈이 '가풍마' 세 ᄌᆞᄅᆞᆯ 보고 ᄉᆡᆼ각기ᄅᆞᆯ 반향이나 ᄉᆡᆼ각ᄒᆞᄃᆡ 그 연고ᄅᆞᆯ 아디 못ᄒᆞ더니 방연의 집 차환(丫鬟)이 방연의 아ᄃᆞᆯ을 안아 나오니 계유 세 ᄉᆞᆯ이오 일홈이 방영(龐英)이라 셔〻원의 나와 ᄀᆞ래옴ᄒᆞ더니[203] 됴히 귀ᄉᆞ(鬼使)와 신치(神差) ᄀᆞᆺᄐᆞ야 아히 일변 ᄡᅱ놀며 홀연이 ᄀᆞᆯ오ᄃᆡ,

"손빈아 수이 ᄡᅳ라. 야애(爺爺) 너ᄅᆞᆯ 죽이려 ᄒᆞ야 기ᄃᆞ리ᄂᆞ니라."

차환이 급히 ᄒᆡᄋᆞᄅᆞᆯ 안아 가니 손빈이 이 말을 듯고 대경ᄒᆞ야 닐오ᄃᆡ,

"ᄒᆡᄋᆞ의 말은 결단코 거즛말이 아니라 【49】 방연이 과연 ᄠᅳᆺ이 잇도다."

ᄒᆞ고 급히 번듀ᄅᆞᆯ 블러 ᄀᆞᆯ오ᄃᆡ,

"번듀야 내 네 말을 ᄉᆡᆼ각ᄒᆞ니 귀〻(句句) 다 올흐니 너의 일단 진심과 실의ᄅᆞᆯ 감샤ᄒᆞᄂᆞ니 내 가히 보답ᄒᆞᆯ 거시 업ᄉᆞ디라. 너의 후ᄃᆡ ᄋᆞ손(兒孫)이 위(位) 왕후(王侯)의 극(極)ᄒᆞ믈 원ᄒᆞ노라."

ᄒᆞ니 본뎐(本傳)의 번듀의 일홈이 번능(樊能)이니 번쾌(樊噲)의 조샹이니 쾌 과연 무영휘(武英侯) 되니 곳 이 응이러라."

번ᄃᆔ 손빈ᄃᆞ려 닐러 ᄀᆞᆯ오ᄃᆡ,

"이ᄅᆞᆯ 엇디 쳐티ᄒᆞ리오. 운양시의셔 죽을 ᄣᆡ예ᄂᆞᆫ 혹 가히 숨으려니와 목하의 이 죽으믄 가히 ᄒᆞᆯ일이 업ᄉᆞᆯ디라. 내 쟝ᄎᆞᆺ 구코져 ᄒᆞᄃᆡ 냥족(兩足)이 힝키 편티 못ᄒᆞ리니 쟝ᄎᆞᆺ 이ᄅᆞᆯ 엇디리오."

손빈이 ᄀᆞᆯ오ᄃᆡ,

"올토다, 내 운몽산의셔 ᄉᆞ부로 더브러 니별ᄒᆞᄂᆞᆫ ᄣᆡ예 ᄉᆞ뷔 목합(木盒)을 주어 날로 ᄒᆞ야곰 난이 잇거든 여러 보라 ᄒᆞ엿더니 【50】 난이 니ᄅᆞ럿ᄂᆞᆫ디라. 가히 여러 보디 아니티 못ᄒᆞ리라."

ᄒᆞ고 목합을 내여 보니 다ᄆᆞᆺ[204] ᄒᆞᆫ 낫 간텹(柬帖)이 이시ᄃᆡ 네 번 가혓고[205] ᄯᅩᄒᆞᆫ 죠히예 ᄡᆞᆫ 것 ᄒᆞ나히 잇거ᄂᆞᆯ 몬져 간텹을 내여 펴보니 두슈 시 이시니 기일(其一)은,

운몽산듕귀곡션 (雲夢山中鬼谷仙)
교하손빈공방연 (敎下孫臏共龐涓)
형뎨월뇨가가죡 (兄弟刖了哥哥足)
삼권텬셔영브뎐 (三卷天書永不傳.)

운몽산 가온대 귀곡션이
다ᄆᆞᆺ 손빈과 방연을 ᄀᆞᄅᆞ치노라
형뎨 가가의 발을 버히니
세권 텬셔ᄅᆞᆯ 기리 뎐티 못ᄒᆞ리라

목합듕장긔괴가 (木盒中藏幾句歌)
현도ᄌᆞ셰용심망[마] (賢徒仔細用心磨)
약하[환]요츌방연부 (若還要出龐涓府)
【51】 가주풍마탈망나 (假做瘋魔脫網羅.)

목합 가온대 몃 귀 노래ᄅᆞᆯ ᄀᆞᆷ초와시니
어딘 도뎨ᄂᆞᆫ ᄌᆞ셔이 용심ᄒᆞ야 헤아리라
만일 도로혀 방연의 부의 나고져 ᄒᆞᆯ딘대
거즛 풍맨 톄ᄒᆞ야 망나ᄅᆞᆯ 버서나라

손빈이 보기ᄅᆞᆯ ᄆᆞᆺ고 반향이나 어린[206] ᄃᆞᆺ ᄒᆞ야 ᄀᆞᆯ오ᄃᆡ,

---

203) 【ᄀᆞ래옴ᄒᆞ다】 동 장난하다. ¶ 嬉耍 ‖ 방연의 집 차환이 방연의 아ᄃᆞᆯ을 안아 나오니 계유 세 ᄉᆞᆯ이오 일홈이 방영이라 셔셔원의 나와 ᄀᆞ래옴ᄒᆞ더니 됴히 귀ᄉᆞ와 신치 ᄀᆞᆺᄐᆞ야 (龐涓所生之子, 年方三歲, 名喚方英, 來到西書院嬉耍, 好似鬼使神差.) <孫龐 2:48> ⇒ 가리옴ᄒᆞ다, 가리음ᄒᆞ다

204) 【다ᄆᆞᆺ】 부 다만. ¶ 只 ‖ 목합을 내여보니 다ᄆᆞᆺ ᄒᆞᆫ 낫 간텹이 이시ᄃᆡ 네 번 가혓고 ᄯᅩ ᄒᆞᆫ 됴히예 ᄡᆞᆫ 것 ᄒᆞ나히 잇거ᄂᆞᆯ (只有一個柬帖, 摺作四摺, 帖下一個紙包.) <孫龐 2:50>

205) 【가혀다】 동 접다. 개다. 정리(整理)하다 ¶ 摺 ‖ ᄒᆞᆫ 낫 간텹이 이시ᄃᆡ 네 번 가혓고 ᄯᅩ ᄒᆞᆫ 됴히예 ᄡᆞᆫ 것 ᄒᆞ나히 잇거ᄂᆞᆯ (止有一个柬帖, 摺作四摺, 帖下紙包一个.) <孫龐 2:50> 收拾 ‖ 그날 태슈파의 니ᄅᆞ러 뎡영의 뎜을 비러 잘시 이 밤의 강승이 홀노 방듕의 이셔 의복을 가혀며 가져온 은을 샹 우희 버리니 (那日恰行到大開坡, 就投程永店中借歇. 是夜, 江僧獨自一個于房中收拾衣服, 將那帶來銀子鋪于床上.) <包公 江岸黑龍 7:1>

206) 【어리다】 형 어리석다. 멍청하다. ¶ 痴呆 ‖ 손빈이 보기ᄅᆞᆯ ᄆᆞᆺ고 반향이나 어린 ᄃᆞᆺᄒᆞ야 (孫臏看罷, 痴呆半晌.) <孫龐 2:50>

"원닉 ᄉᆞ뷔 날로 ᄒᆞ야곰 거즛 풍매든 톄ᄒᆞ라 ᄒᆞ엿다."

ᄒᆞ고 죠히예 ᄡᅡᆫ 거ᄉᆞᆫ 여러 보니 믄득 약이 잇고 약ᄡᆞᆷ[207]의 ᄡᅥ시ᄃᆡ '이 약을 알픈 ᄃᆡ 브티라 ᄒᆞ엿거ᄂᆞᆯ' 그 말대로 두 발을 부티니 과연 알픈 거시 즉시 ᄒᆞ리며 고롬과 피 흐ᄅᆞ디 아니ᄒᆞ거ᄂᆞᆯ 즉시 ᄡᅳ던 텬셔ᄅᆞᆯ 가져 ᄠᅳ저[208] 분쇄ᄒᆞ야 희란(稀爛)토록 씨버 숨기고 ᄯᅩ 신샹의 닙은 의복을 ᄀᆞᄅᆞ 즛고[209] 셰 ᄠᅳ저 분ᄂᆞ이 크게 ᄯᅳᆺ고 머리ᄅᆞᆯ 품[풀]고 입의 춤을 흘리고 셔방(書房)의 버린 문방ᄉᆞ부[보](文房四寶)와 됴흔 긔완(器玩)을 다 ᄭᅢ 두ᄃᆞ려 ᄒᆞ나토 남고디 아니ᄒᆞ고 대호소교[규](大呼小叫)ᄒᆞ며 닐ᄶᅥ셔며[210] 춤추며 업더디며 덧바뎌 천만이나 ᄒᆞᆫ 【52】 도다지 ᄂᆞᆲᄠᅳᄂᆞᆫ[211] 형상을 ᄆᆡᆫᄃᆞ니 가동이 믄득 방연의게 고ᄒᆞᄃᆡ,

"손빈이 셔셔원의 이셔 텬셔ᄅᆞᆯ 가져 ᄠᅳ저 분쇄ᄒᆞ야 씨버 숨겻ᄂᆞ이다."

방연이 ᄀᆞᆯ오ᄃᆡ,

"어이 이런 일이 이시리오. 내가 뎌ᄅᆞᆯ 보아 날을 아ᄂᆞᆫ가 모ᄅᆞᄂᆞᆫ가 볼 거시라."

ᄒᆞ고 셔셔원의 니ᄅᆞ러 ᄒᆞᆫ 쇼릐ᄅᆞᆯ 블러 '대가야!' ᄒᆞᆫ대, 손빈이 등상을 가져 방연을 향ᄒᆞ야 벽면ᄒᆞ야 티니 방연이 급히 술이텨[212] 피ᄒᆞ고 방연이 ᄀᆞᆯ오ᄃᆡ,

"대가야 네 날을 아ᄂᆞᆫ다? 내 누고고?"

손빈이 크게 블러 ᄀᆞᆯ오ᄃᆡ,

"너ᄂᆞᆫ 뉵갑뉵뎡(六甲六丁)과 오방게뎨(五方揭諦)와 ᄉᆞ티공조(四値功曹)와 도텬대원슈(都天大元帥)로소니 내 졍히 너ᄅᆞᆯ 티려 ᄒᆞ노라."

ᄒᆞ고 등상을 가져 티랴 ᄒᆞᆫ대 방연이 술이텨[213] 피ᄒᆞ고 등 도라셔 닐오ᄃᆡ,

"이 놈이 날재[214] 아디 못ᄒᆞᆫ다."

ᄒᆞ고 가동을 분부ᄒᆞ야 ᄒᆞᆫ 사발 ᄯᅩᆼ[215]과 ᄒᆞᆫ 사발 밥 【53】 을 가져 손빈의 알ᄑᆡ 노흔대 손빈이 ᄯᅩᆼ을 가져 밥과 ᄒᆞᆫᄃᆡ 섯거 귀신 ᄡᅧ려주ᄃᆞ시 ᄒᆞ야 ᄀᆞᆯ오ᄃᆡ,

"방연의 조종(祖宗)은 다 와 먹으라."

방연이 ᄀᆞᆯ오ᄃᆡ,

"당초 이놈이 밍셰ᄒᆞᆯ ᄣᅢ예 글이 이셔도 ᄒᆞᆫ가지로 닒디 아니ᄒᆞ며 지조 이셔도 ᄒᆞᆫ가지로 비호디 아니ᄒᆞ엿더니 아디 못게라 만심ᄆᆡ긔(瞞心昧己)ᄅᆞᆯ 언머나 ᄒᆞ엿관ᄃᆡ 이제 이런 현보(現報)

207) 【약ᄡᆞᆷ】 명 약봉지. ¶ 包 ‖ 죠히예 ᄡᅡᆫ 거ᄉᆞᆫ 여러보니 믄득 약이 잇고 약ᄡᆞᆷ의 ᄡᅥ시ᄃᆡ 이 약을 알픈 ᄃᆡ 브티라 ᄒᆞ엿거ᄂᆞᆯ (又把紙包開看, 却是些沒藥, 紙上寫數字道: 此藥可敷患處.) <孫龐 2:51>

208) 【ᄠᅳᆺ다】 동 찢다. ¶ 扯 ‖ ᄡᅳ던 텬셔ᄅᆞᆯ 가져 ᄠᅳ저 분쇄ᄒᆞ야 희란토록 씨버 숨기고 (把寫就的天書搜搜扯得粉碎, 通放在口裡嚼得稀爛, 吞了下去.) <孫龐 2:51> ⇒ ᄯᅳᆺ다, 즛-, 즞다

209) 【즛-】 동 «즞다» 찢다. ¶ 扯 ‖ ᄯᅩ 신샹의 닙은 의복을 ᄀᆞᄅᆞ 즛고 셰 ᄠᅳ저 분분이 크게 ᄯᅳᆺ고 (又把身上穿的衣服, 橫一塊, 豎一塊, 扯得紛紛大碎.) <孫龐 2:51> ⇒ ᄠᅳᆺ다, 즞다

210) 【닐ᄶᅥ셔다】 동 벌떡 일어서다. ¶ 攛起 ‖ 대호소교ᄒᆞ며 닐ᄶᅥ셔며 춤추며 업더디며 덧바뎌 천만이나 ᄒᆞᆫ 도다지 ᄂᆞᆲᄠᅳᄂᆞᆫ 형상을 ᄆᆡᆫᄃᆞ니 (口裡大呼小叫, 攛起舞倒, 做作萬千獸狀.) <孫龐 2:51> ⇒ 닐더셔다, 닐ᄢᅧ셔다, 닐ᄶᅥ셔다, 닙ᄶᅥ셔다

211) 【ᄂᆞᆲᄠᅳ다】 동 날뛰다. ¶ 獸 ‖ 대호소교ᄒᆞ며 닐ᄶᅥ셔며 춤추며 업더디며 덧바뎌 천만이나 ᄒᆞᆫ 도다지 ᄂᆞᆲᄠᅳᄂᆞᆫ 형상을 ᄆᆡᆫᄃᆞ니 (口裡大呼小叫, 攛起舞倒, 做作萬千獸狀.) <孫龐 2:51> 졍흥이 불ᄂᆞᄒᆞ고 시시 심솟ᄃᆞᆺᄒᆞ여 붓을 자브매 뇽샤 ᄂᆞᆲᄠᅳᄂᆞᆫ ᄃᆞᆺᄒᆞ며 풍운이 니러나ᄂᆞᆫ ᄃᆞᆺᄒᆞ여 ᄒᆞᆫ 긔이 못ᄒᆞ여 죠희 우희 구술이 ᄠᅳᆺ듯더라 (不覺情興勃勃, 詩思泉涌, 正要賣弄才學. 提起筆來, 如龍蛇飛舞, 風雨驟至, 不一時, 滿紙上珠璣亂落.) <玉嬌 2:28> ⇒ ᄂᆞᆲ뛰다, ᄂᆞᆲᄢᅱ다, ᄂᆞᆯᄯᅱ다, ᄂᆞᆲ듸다, ᄂᆞᆲ ᄃᆡ다, ᄂᆞᆲᄢᅱ다, ᄂᆞᆲᄯᅳ다, ᄂᆞᆲᄢᅴ다

212) 【술이티다】 동 사리다. ¶ 閃過 ‖ 손빈이 등상을 가져 방연을 향ᄒᆞ야 벽면ᄒᆞ야 티니 방연이 급히 술이텨 피ᄒᆞ고 (孫臏掇起條板櫈, 望龐涓劈面打去, 龐涓連忙閃過.) <孫龐 2:52> ⇒ ᄉᆞ리혀다

213) 【술이티다】 동 사리다. ¶ 閃過 ‖ 등상을 가져 티랴 ᄒᆞᆫ대 방연이 술이텨 피ᄒᆞ고 (又掇起板櫈摜去, 龐涓又閃過了.) <孫龐 2:52> ⇒ ᄉᆞ리혀다

214) 【-재】 접 -째. -채. ¶ 連 ‖ 이 놈이 날재 아디 못ᄒᆞᆫ다 (這厮連我也不認得.) <孫龐 2:52>

215) 【ᄯᅩᆼ】 명 똥. ¶ 糞 ‖ 가동을 분부ᄒᆞ야 ᄒᆞᆫ 사발 ᄯᅩᆼ과 ᄒᆞᆫ 사발 밥을 가져 손빈의 알ᄑᆡ 노흔대 손빈이 ᄯᅩᆼ을 가져 밥과 ᄒᆞᆫᄃᆡ 섯거 (分付家童, 取一碗飯, 一碗糞, 放他面前, …, 孫臏拿起糞來, 把飯一澆.) <孫龐 2:52>

ᄅᆞᆯ 바닷ᄂᆞᆫ고?"

가동을 분부ᄒᆞ야 ᄀᆞᆯ오ᄃᆡ,

"이놈이 졍풍〔眞瘋〕이며 거즛 풍인 줄 아디 못ᄒᆞ니 아직 텰삭으로 화원의 가도아 두라."

가동이 텰삭을 가지고 손빈을 자바 뒷 화원의 가도니 손빈이 망나(網羅)의 지앙을 밧더니 ᄯᅩ 팔월십오 듕츄졀(仲秋節)이 니ᄅᆞ럿ᄂᆞᆫ디라. 셔련공쥬 쥬셕을 셩비ᄒᆞ야 완월누(玩月樓) 우ᄒᆡ셔 방연으로 더브【54】러 ᄃᆞᆯ을 귀경ᄒᆞ고 부듕의 브리ᄂᆞᆫ 녀악(女樂)을 블러 됴징농광(調箏弄管)ᄒᆞ며 무챵가구(舞唱歌謳)ᄒᆞ야 심히 여루(熱鬧)ᄒᆞᆫ디라.[216] 손빈이 화원 안ᄒᆡ 이셔 이리ᄒᆞᄆᆞᆯ 듯고 교아졀티(咬牙切齒)ᄒᆞ야 크게 노ᄒᆞ야 ᄀᆞᆯ오ᄃᆡ,

"이놈은 도로혀 누샹의셔 쾌락을 안향ᄒᆞ고 날로 ᄒᆞ야곰 원듕의 이셔 이 쇄금ᄒᆞᆫ 고로오ᄆᆞᆯ 밧게 ᄒᆞᄂᆞᆫ도다."

ᄒᆞ고 입으로 일뉼(一律)을 졈ᄒᆞ야 ᄀᆞᆯ오ᄃᆡ,

옥노금풍팔월츄 (玉露金風八月秋)
셤[셤]광교결됴졔츄 (蟾光皎潔照諸秋.)
거년운몽동ᄉᆞ셩[샹] (去年雲夢同師賞)
금셰의량지ᄌᆞ수 (今歲宜粱只自愁.)

옥노금풍 팔월 ᄀᆞ올의
셤광이 교결ᄒᆞ야 모든 ᄀᆞ올의 비최ᄂᆞᆫ도다
거년 운몽의셔 스승과 ᄒᆞᆫ가지로 귀경ᄒᆞ엿더니
금셰예 의량의셔 다만 스ᄉᆞ로 근심ᄒᆞᄂᆞᆫ도다

옥토즘지인부굴 (玉兎怎知人負屈)
【55】창텬응ᄉᆞ식긔무(蒼天應使識機謀.)
유됴득탈금고죠 (有朝得脫金鉤釣)
불참구인셔블휴 (不斬仇人誓不休.)

옥퇴 엇디 사ᄅᆞᆷ의 굴ᄒᆞᄆᆞᆯ 부ᄒᆞ엿ᄂᆞᆫ 줄 알리오
창텬이 ᄒᆞ야곰 응당이 거모ᄅᆞᆯ 알긔ᄒᆞ리라
시러곰 쇠갈고리ᄅᆞᆯ 버술 아ᄎᆞᆷ이 이실디니
원슈의 사ᄅᆞᆷ을 버히디 아니면 ᄆᆡᆼ셰코 긋치디 아니리라.

손빈이 보야흐로 읇기ᄅᆞᆯ 긋치며 번뒤 밥을 가지고 원듕의 와 ᄀᆞ마니 손빈ᄃᆞ려 ᄀᆞᆯ오ᄃᆡ,

"션ᄉᆡᆼ아 완월뉘 예셔 머디 아니코 부매 공쥬로 더브러 누 우ᄒᆡ셔 샹월ᄒᆞ니 네 예 이셔 고원망셜(高言妄說)ᄒᆞ다가 뎨 만일 드ᄅᆞ면 엇디ᄒᆞ랴 ᄒᆞ더뇨. 내 네게 효경(孝敬)ᄒᆞᆯ 거시 업서 육면 ᄒᆞᆫ 사발이 예 이시니 잠간 주리ᄆᆞᆯ 메오라."

손빈이 ᄀᆞᆯ오ᄃᆡ,

"공히 너의 거술 바ᄃᆞ니 엇디ᄒᆞ야 너의 은혜ᄅᆞᆯ 갑흐리오."

번뒤 ᄀᆞᆯ오ᄃᆡ,

"이란 긔렴(記念)티 말고 범ᄉᆞᄅᆞᆯ 브ᄃᆡ 조심ᄒᆞ라."

경히 아ᄎᆞᆷ이 오며 져녁이 가 앗가 듕츄러니【56】ᄇᆞᆯ셔 동쵸(冬初)라. 일야의 ᄃᆞᆯ이 ᄇᆞᆰ거ᄂᆞᆯ 손빈이 손으로 일됴 져근 소남글 ᄀᆞᄅᆞ치고 일슈(一首) 시ᄅᆞᆯ 외오니 시의 ᄀᆞᆯ와시ᄃᆡ,

안견고숑수쳑고 (眼見孤松數尺高)
방연규아작봉구[호] (龐涓窺我作蓬蒿.)
유듀투입쳥슈릐 (有朝透入靑霄內)
칠국경텬듀일죠 (七國擎天柱一條.)

눈으로 외로온 솔을 보니 두어 자히나 놉흐니
방연이 날을 보기ᄅᆞᆯ 빡ᄀᆞᆺ티 ᄒᆞᄂᆞᆫ도다
쳥슈 속의 ᄣᅦ텨[217] 들 아ᄎᆞᆷ이 이실 거시니

216)【여루ᄒᆞ다】 형 {열요[熱鬧 rènào]하다.} 중국어 차용어. 떠들썩하다. ¶ 鬧熱 ‖ 셔련공쥬 쥬셕을 셩비ᄒᆞ야 완월누 우ᄒᆡ셔 방연으로 더브러 ᄃᆞᆯ을 귀경ᄒᆞ고 부듕의 브리ᄂᆞᆫ 녀악을 블러 됴징농광ᄒᆞ며 무챵가구ᄒᆞ야 심히 여루ᄒᆞᆫ디라 (瑞蓮公主整備酒席在玩月樓上, 與龐涓賞月, 叫幾个府中承應的女樂, 調箏弄管, 舞唱歌謳, 好不鬧熱.) <孫龐 2:54> 熱鬧 ‖ 허다ᄒᆞᆫ 아역과 교매 관문을 ᄣᅧ 여루ᄒᆞ거ᄂᆞᆯ (只見許多衙役轎馬擁擠觀前, 甚是熱鬧.) <平山 6:51> 믄득 문뎡이 여루ᄒᆞ고 벽졔소릐 일촌을 진동ᄒᆞ더니 ᄯᅩ 시녜 보ᄒᆞᄃᆡ 대승샹 힝치 문뎡의 니ᄅᆞ샤 이노야ᄅᆞᆯ 쳥ᄒᆞ시ᄂᆞ이다 <洛星 2:87> ⇒ 여로ᄒᆞ다, 여료ᄒᆞ다, 여류ᄒᆞ다, 열요ᄒᆞ다

칠국의 하ᄂᆞᆯ을 버틔올 기동 ᄒᆞᆫ 뒤로다

경히 외올 ᄉᆞ이예 반공듕의셔 블러 ᄀᆞᆯ오ᄃᆡ,

“손션ᄉᆡᆼ이 됴ᄒᆞᆫ 시ᄅᆞᆯ 읇ᄂᆞᆫ고나!”

손빈이 눈을 드러 보니 일위 션ᄉᆡᆼ이 공듕으로조차 ᄂᆞ려오니 이 션ᄉᆡᆼ이 ᄂᆞᆾᄎᆞᆫ 분 ᄇᆞᄅᆞᆫ ᄃᆞᆺ ᄒᆞ고 눈은 ᄇᆞᆰ은 별 ᄀᆞᆺ고 삼구[류](三綹) ᄌᆞ쉬(髭鬚) 소랑(疎朗)ᄒᆞ고 오단 샹뫼 긔쳥(奇淸)ᄒᆞ며 몸의 소뎡(素淨)ᄒᆞᆫ 삼사복(三梭服)을 닙고 머리의 쇼요일ᄌᆞ건(逍遙一字巾)을 ᄡᅥ시며 가무승운(駕舞乘雲) 【57】 ᄒᆞ니 심샹ᄒᆞᆫ 방위 무리 아니오. 찰언관ᄉᆡᆨ(察言觀色)ᄒᆞ매 ᄉᆡᆼ각ᄒᆞ니 응당이 션듕의 사ᄅᆞᆷ이러라.”

손빈이 블러 ᄀᆞᆯ오ᄃᆡ,

“션ᄉᆡᆼ아 날을 구ᄒᆞ라.”

션ᄉᆡᆼ이 ᄀᆞᆯ오ᄃᆡ,

“손션ᄉᆡᆼ아 나ᄂᆞᆫ 다ᄅᆞᆫ 사ᄅᆞᆷ이 아녀 위뇨(尉繚) 션ᄉᆡᆼ의 도뎨 왕의(王敖)러니 네 난이 이시ᄆᆞᆯ 듯고 특별이 와 너ᄅᆞᆯ 보ᄂᆞ니 너ᄂᆞᆫ 번뇌티 말라. 맛당이 쳔일 망나의 ᄌᆡ앙이 이시니 내 너ᄅᆞᆯ 구ᄒᆞ야 다ᄅᆞᆫ 곳의 가게 ᄒᆞ고져 ᄒᆞᄃᆡ 너의 ᄌᆡ앙이 오히려 ᄎᆞ디 못ᄒᆞ야시니 내 이제 뉵국의 운유ᄒᆞ야 각 방의 효유(曉諭)ᄒᆞ야 만일 연(緣)이 이시며 분(分)이 이시면 너ᄅᆞᆯ 도젹ᄒᆞ야 의량셩의 내리니 네 ᄒᆞᆫ 나라ᄒᆞᆯ 뎡ᄒᆞ며 ᄒᆞᆫ 나라ᄒᆞᆯ 도으라.”

말을 ᄆᆞᆺ고 의구히 가무등공(駕舞騰空)ᄒᆞ야 가다. ᄯᅩ 여러 날이 디나매 셔련공쥬의 슈탄(壽誕)의 날이라. 됴뎡 문뮈 태반이 나와 방연의게 추봉(趨奉) 【58】 ᄒᆞᄂᆞᆫ디라. 부인과 쇼져ᄅᆞᆯ 타발ᄒᆞ야 다 와 샹슈(上壽)ᄒᆞ니 방연이 모든 문무로 더브러 젼텽의셔 음연ᄒᆞ고 공쥬 모든 녀ᄀᆡᆨ(女客)으로 더브러 후텽의셔 음연ᄒᆞ니 대범 부인과 쇼졔 문의 나매 신변의 복시ᄒᆞᄂᆞᆫ 차환과 ᄉᆞ비(使婢)ᄅᆞᆯ ᄃᆞ렷ᄂᆞᆫ디라. 이 집 죵과 뎌 집 죵이 대〻쇼〻히 합ᄒᆞ야 삼ᄉᆞ십이나 ᄒᆞᆫ디라. 부인과 쇼졔 음연ᄒᆞᄂᆞᆫ ᄣᅢᄅᆞᆯ 타 화원의 가 ᄀᆞ래려[218] ᄒᆞ야 무리 일며 당을 잇그러 화원 문 알ᄑᆡ 니ᄅᆞ니 두 문션(門扇)을 텰통ᄀᆞ티 ᄌᆞᆷ갓ᄂᆞᆫ디라. 모든 녀비 각〻 부인과 쇼져의 열쇠ᄅᆞᆯ 찻ᄂᆞᆫ디라. 뎨 여디 못ᄒᆞ면 이 여러 밧고와 가며 밧고와 마춤 ᄒᆞᆫ ᄂᆞᆺ치 주교(湊巧)ᄒᆞ야[219] ᄌᆞ믈ᄉᆡᄅᆞᆯ 열고 일시의 화원 문으로 드러가니 손빈이 모든 차환이 드러오ᄂᆞᆫ 모양을 보고 은신법을 ᄡᅥ 화원 문 【59】 으로 나가 ᄂᆡ텽 뒤ᄒᆡ 가 대호쇼교ᄒᆞ야 두로며 나오니 젼텽 문무과[다]관(文武多官)이 무로ᄃᆡ,

“부마야 부듕의 엇던 사ᄅᆞᆷ이 이리 드레ᄂᆞ뇨[220]?”

방연이 ᄀᆞᆯ오ᄃᆡ,

“이ᄂᆞᆫ 손빈이니 이놈이 풍마ᄅᆞᆯ 들렷거ᄂᆞᆯ 화원 쇽의 가도앗더니 엇디ᄒᆞ야 나오ᄂᆞᆫ 줄을 몰래라.”

듕관이 ᄀᆞᆯ오ᄃᆡ,

“뎨 임의 풍마ᄅᆞᆯ 들려시면 엇디 예 두엇ᄂᆞ뇨? 뎌ᄅᆞᆯ 타발ᄒᆞ야 다ᄅᆞᆫ ᄃᆞ로 보내미 됴토다.”

방연 왈,

“내 뎨 거즛 풍인가 ᄒᆞ야 이러모로 가도아 두엇노라.”

듕관이 ᄀᆞᆯ오ᄃᆡ,

“방부마야 엇디 거즛 풍이며 진짓 풍인 줄 모ᄅᆞ리오. 우리 보리라.”

방연이 좌우ᄅᆞᆯ 블러 손빈을 블러오라 ᄒᆞ니 손빈이 어ᄃᆡ가 블근 간텹을 어더 긔ᄅᆞᆯ ᄆᆡᆫᄃᆞ라 손의 쥐고 일변 어즈러이 브ᄅᆞ며 나오거ᄂᆞᆯ 듕관이 ᄒᆞᆫ 번 보고 ᄂᆞᆾ치 누르고 ᄉᆞᆯ히 여의며 머리【60】ᄅᆞᆯ 플고 의삼이 분쇄ᄒᆞ야시며 광셜망언(狂說妄言)ᄒᆞᄆᆞᆯ 보고 방연을 ᄃᆡᄒᆞ야 ᄀᆞᆯ오ᄃᆡ,

“방부마야 뎌런 모양을 보니 엇디 거즛 풍질이리오. 쾌히 조차 내티라.”

---

217) 【ᄢᅦ티다】 동 꿰뚫다. ¶ 透 ‖ 쳥슈 속의 ᄢᅦ텨들 아춤이 이실 거시니 칠국의 하ᄂᆞᆯ을 버틔올 기동 ᄒᆞᆫ 뒤로다 (有朝透入青霄內, 七國擎天柱一條.) <孫龐 2:56> ⇒ ᄢᅦ치다, ᄢᅦ티다, ᄢᅬ치다

218) 【ᄀᆞ래다】 동 장난치다. 까불다. 방탕(放蕩)히 놀다. ¶ 耍子 ‖ 부인과 쇼졔 음연ᄒᆞᄂᆞᆫ ᄣᅢᄅᆞᆯ 타 화원의 가 ᄀᆞ래려 ᄒᆞ야 (乘着夫人小姐飲宴, 一齊通要去看花園耍子.) <孫龐 2:58> ⇒ 가래다, ᄀᆞᆯ애다, ᄀᆞᆯ외다, ᄀᆞᆯ의다

219) 【주교ᄒᆞ다】 형 {주교(湊巧)하다.} 공교롭다. ¶ 湊巧 ‖ 마춤 ᄒᆞᆫ ᄂᆞᆺ치 주교ᄒᆞ야 ᄌᆞ믈ᄉᆡᄅᆞᆯ 열고 (剛剛一个湊巧, 把鎖開了.) <孫龐 2:58>

220) 【드레다】 동 들레다. 큰소리로 떠들다. 시끄럽게 하다. ¶ 喧嚷 ‖ 부듕의 엇던 사ᄅᆞᆷ이 이리 드레ᄂᆞ뇨 (府中什麼人這等喧嚷?) <孫龐 2:59>

방연이 ᄀᆞᆯ오ᄃᆡ,

"녈위 이리 니ᄅᆞ니 뎌ᄅᆞᆯ 타발ᄒᆞ야 보내미 므어시 어려오리오. 손빈을 조차 내티라."

ᄒᆞ니 좌우의 사ᄅᆞᆷ이 손빈을 내티니 손빈이 브ᄃᆡ 드러오랴 ᄒᆞ야 일변 밀티며 일변 들랴 ᄒᆞ거ᄂᆞᆯ 방연이 좌우ᄅᆞᆯ 분부ᄒᆞ야 블화로 둘홀 문 알픠 노코 어ᄃᆡ로 가ᄂᆞᆫ고 보라 ᄒᆞᆫ대 손빈이 블을 보고 블 우흐로 즛ᄇᆞᆲ고[221] 가려 ᄒᆞ니 즁관이 뎌ᄅᆞᆯ 보고 방연이 ᄃᆞ려 닐러 ᄀᆞᆯ오ᄃᆡ,

"뎌ᄅᆞᆯ 보라. 슈화ᄅᆞᆯ 다 피티 아니ᄒᆞ니 엇디 거ᄌᆞᆺ 풍질이리오."

방연이 좌우ᄅᆞᆯ 명ᄒᆞ야,

"이놈을 미러 내티고 문을 다ᄃᆞ라!"

ᄒᆞᆫ대 손빈이 진짓 미친 톄ᄒᆞ야 두 큰 【61】 뭉치ᄅᆞᆯ 가지고 북 두ᄃᆞ리ᄃᆞᆺ ᄒᆞ야 ᄒᆞ나히 니러나며 ᄒᆞ나히 ᄶᅧ러뎌 대문을 향ᄒᆞ야 어즈러이 ᄯᅮ드리며 크게 블러 닐오ᄃᆡ,

"방연아 쾌히 문을 여러 날을 드리라. 내 화원 듕의 가 ᄀᆞᆯ애려[222] ᄒᆞ노라."

브ᄅᆞ며 ᄯᅩ 티고 티며 ᄯᅩ 블러 굿치디 아니ᄒᆞᄃᆡ 안희셔 문을 여디 아니ᄒᆞ니 손빈이 일로조차 사ᄅᆞᆷ의 집 쳠하 ᄀᆞ의 안자 나지면 져재 져근 아희ᄅᆞᆯ 더블고 돌홀 더디며 디야당[223]을 희롱ᄒᆞ고 밤이면 계견(鷄犬)으로 더브러 ᄒᆞᆫ가지로 자니 방연이 출입ᄒᆞ매 손빈이 돗개〔猪犬〕로 더브러 좀을 ᄒᆞᆫ가지로 ᄒᆞᄆᆞᆯ 보고 믄득 스ᄉᆞ로 ᄀᆞᆯ오ᄃᆡ,

"이놈이 젼일 쥬션딘 우희셔 ᄆᆡᆼ세ᄒᆞᄃᆡ 져기 만신ᄆᆡᄀᆡᄒᆞ미 이시면 스ᄉᆞ로 기리 튝뉴(畜類)되리라 ᄒᆞ엿더니 이제 갓가지로 응ᄒᆞ야시니 비록 ᄆᆞᄋᆞᆷ이 입으로 응 【62】 티 아니ᄒᆞ나 엇디 현뵈(現報) 이ᄀᆞᄐᆞ뇨?"

ᄒᆞ고 이ᄅᆞᆯ 보매 심뒤(心頭) 졈〻 눅더라.

손빈이 져제 ᄀᆞ의 이셔 문무관원이 디나가ᄆᆞᆯ 보면 더러온 즌ᄒᆞᆰ이며 디야당과 돌뭉치로 마샹과 신샹을 혜아리디 아니코 티니 즁관이 날마다 뎌의게 좃치이ᄆᆞᆯ 닙어 업슈이 너겨 희롱ᄒᆞ기 심ᄒᆞᆫ디라. ᄆᆡ양 뎌ᄅᆞᆯ 계교코져 ᄒᆞᄃᆡ 뎨 풍마로 ᄲᆞᆯᄃᆡ 업ᄉᆞᆫ 거시라 홀일업서 ᄒᆞ더니, 일〻 쳥신(淸晨)의 방연이 됴회예 드러갈ᄉᆡ 손빈이 뎨 오ᄂᆞᆫ 양을 보고 두 손의 ᄯᅩᆼ을 가져 벽면ᄒᆞ야 ᄢᅵ티거ᄂᆞᆯ 방연이 즁인으로 조ᄎᆞ라 ᄒᆞ니 즁인이 뎌의 더러우ᄆᆞᆯ 밧고도 감히 동슈(動手)티 못ᄒᆞ니 방연이 크게 노ᄒᆞ야 ᄆᆞᆯ을 채텨[224] 계유 피ᄒᆞ야 드러가 됴회ᄅᆞᆯ 파ᄒᆞ매 모든 관원이 방연ᄃᆞ려 무러 왈,

"부마야 오ᄂᆞᆯ은 드러와 됴회ᄒᆞ 【63】 매 므ᄉᆞᆷ 연고로 즐겨 아니ᄒᆞᄂᆞ뇨?"

방연이 닐오ᄃᆡ,

"가샹(街上)의 니ᄅᆞ러 손빈이 허다ᄒᆞᆫ ᄯᅩᆼ을 ᄢᅵ티니[225] 일로 인ᄒᆞ야 심하(心下)의 번뇌ᄒᆞ야 ᄒᆞ노라."

즁관이 닐오ᄃᆡ,

"모로미 니ᄅᆞ디 말라. 우리도 가샹의 ᄃᆞᆫ닐 제 뎌의 돌ᄌᆡ약[226]을 만히 마자 졍히 번뇌ᄒᆞᄆᆞᆯ 이긔디 못ᄒᆞ야 ᄒᆞ노라. 법ᄂᆞᆯ의 크게 그ᄅᆞᆫ 디라 우리도 ᄯᅩ 뎌의 업슈이 너기ᄆᆞᆯ 바ᄃᆞ니 ᄇᆡᆨ셩이 뎌의 요〻(擾擾)이 ᄒᆞᄆᆞᆯ 막으리오. 디방(地方)으

---

221) 【즛ᄇᆞᆲ다】 동 짓밟다. ¶ 踹 ‖ 손빈이 블을 보고 블 우흐로 즛ᄇᆞᆲ고 가려 ᄒᆞ니 (孫臏看見火, 偏向火上踹將上去.) <孫龐 2:60> ⇒ 즛발-, 즛밟다, 즛ᄇᆞᄅᆞ다, 즛ᄇᆞᆯ오-

222) 【ᄀᆞᆯ애다】 동 장난치다. 까불다. ¶ 頑耍 ‖ 내 화원 듕의 가 ᄀᆞᆯ애려 ᄒᆞ노라 (我要到花園中頑耍.) <孫龐 2:61> ⇒ 가ᄅᆡ다, ᄀᆞ래다, ᄀᆞᆯ외다, ᄀᆞᆯ의다

223) 【디야당】 명 기왓장. ¶ 瓦 ‖ 손빈이 일로조차 사ᄅᆞᆷ의 집 쳠하 ᄀᆞ의 안자 나지면 져재 져근 아희ᄅᆞᆯ 더블고 돌홀 더디며 디야당을 희롱ᄒᆞ고 (孫臏從此就在人家簷下蹲身, 日間與市上小兒抛磚弄瓦, 夜間與猪犬同眠.) <孫龐 2:61>

224) 【채티다】 동 채치다. ¶ 加鞭 ‖ 방연이 크게 노ᄒᆞ야 ᄆᆞᆯ을 채텨 계유 피ᄒᆞ야 드러가 (龐涓大怒, 着實把馬加鞭, 纔脫得去.) <孫龐 2:62>

225) 【ᄢᅵ티다】 동 끼치다. 끼얹다. 뿌리다. ¶ 撒 ‖ 가샹의 니ᄅᆞ러 손빈이 허다ᄒᆞᆫ ᄯᅩᆼ을 ᄢᅵ티니 일로 인ᄒᆞ야 심하의 번뇌ᄒᆞ야 ᄒᆞ노라 (適在街上遇着孫臏, 被他撒了許多糞, 爲此心下着惱.) <孫龐 2:63>

226) 【돌ᄌᆡ약】 명 조약돌. ¶ 瓦屑 ‖ 우리도 가샹의 ᄃᆞᆫ닐 제 뎌의 돌ᄌᆡ약을 만히 마자 졍히 번뇌ᄒᆞᄆᆞᆯ 이긔디 못ᄒᆞ야 ᄒᆞ노라 (我等每日在街上經過, 磚頭瓦屑, 亦被他打得不耐煩.) <孫龐 2:63> 磚頭瓦屑 ‖ 모든 사ᄅᆞᆷ이 충충이 에워ᄡᅡ고 돌ᄌᆡ약을 ᄂᆞᆯ녀 ᄂᆞᆾ과 머리ᄅᆞᆯ 혜디 아니ᄒᆞ고 어ᄌᆞ러이 티니 (這些鄕人恃衆, 只層層圍繞, 雖不敢近身, 却是磚頭瓦屑, 沒頭沒臉的抛灑.) <後水滸 6:73>

로 ᄒᆞ야곰 ᄡᅩ차 내티미 됴흐리라. 방연이 ᄀᆞᆯ오ᄃᆡ,

"녈위는 니ᄅᆞ디 말라. 내 계규(計較)ᄒᆞ리라."

ᄒᆞ더라.

第7回
ᄇᆡᆨ화원원얼젼 비뎐원튝늉지
百花園冤孽箭 卑田院祝融災

당하 즁관이 됴회예 흐터딜ᄉᆡ 방연이 부듕의 도라와 드ᄃᆡ여 ᄒᆞᆫ 계교롤 ᄉᆡᆼ각ᄒᆞ고 사ᄅᆞᆷ으로 ᄒᆞ야곰 비뎐원(卑田院) 거워【64】지[227] 패두〔丐頭〕롤 블러 분부ᄒᆞ야 닐오ᄃᆡ,

"뎌 풍마 손빈을 날을 위ᄒᆞ야 거ᄂᆞ려 비뎐원의 가 됴히 삼년을 간관(看管)ᄒᆞ야 뎌롤 나오디 못ᄒᆞ긔 ᄒᆞ고 만일 노하 문의 나며 됴곰이나 실오(失悞)ᄒᆞ미 이시면 일원 사ᄅᆞᆷ을 듕죄롤 어드리라."

거워지 패뒤 명을 듯고 손빈을 거ᄂᆞ려가다.

방연이 방심티 못ᄒᆞ야 사ᄅᆞᆷ을 명ᄒᆞ야 안동(眼同)ᄒᆞ야[228] 비뎐원의 보내고 드러와 니ᄅᆞ라 ᄒᆞ다.

진효공(秦孝公)이 ᄒᆞᄅᆞᆫ 일 됴회롤 베퍼더니 황문(黃門)이 알외ᄃᆡ,

"됴문 밧긔 ᄒᆞᆫ 도인이 이셔 크게 울기롤 세 소릐롤 ᄒᆞ고 크게 웃기롤 세 소릐롤 ᄒᆞ니 므슴 연관 줄 아디 못ᄒᆞᄂᆞ이다."

진효공이 뎐지ᄒᆞ야 도인을 블러 뎐 알픠 니ᄅᆞᆫ대 무러 ᄀᆞᆯ오ᄃᆡ,

"네 어디 운유(雲游)ᄒᆞ는 도인이며 므슴 연고로 됴문 밧긔 와 크게 울기롤 세 번을 ᄒᆞ고【65】크게 웃기롤 세 소릐롤 ᄒᆞᄂᆞ뇨?"

도인이 닐오ᄃᆡ.

"신은 이산(夷山) 위뇨(尉繚)의 도뎨 왕의(王敖)러니 삼곡삼쇼(三哭三訴)ᄂᆞᆫ 연괴 잇ᄂᆞ이다."

왕이 무로ᄃᆡ,

"므슴 연괴뇨?

왕의 닐오ᄃᆡ,

"울기롤 세 번 ᄒᆞ믄 연국 손빈이 운몽산 슈렴동(水簾洞) 귀곡션ᄉᆡᆼ의게 이셔 지조롤 ᄇᆡ화 삼권 텬셔와 팔문둔갑과 뉵갑녕문을 ᄇᆡ화 호풍환우ᄒᆞ고 칙젼편뢰(策電鞭雷)ᄒᆞ야 능히 초목으로 ᄒᆞ야곰 딘을 일오며 사셕(沙石)으로 ᄒᆞ야곰 군ᄉᆞ롤 ᄆᆡᆫᄃᆞᄂᆞ니 방연이 뎔로 더브러 결의동업

---

227)【거워지】명 거지. ¶ 丐 ‖ 방연이 부듕의 도라와 드ᄃᆡ여 ᄒᆞᆫ 계교롤 ᄉᆡᆼ각ᄒᆞ고 사ᄅᆞᆷ으로 ᄒᆞ야곰 비뎐원 거워지 패두롤 블러 분부ᄒᆞ야 닐오ᄃᆡ (龐涓回到府中, 遂想一計, 着人到卑田院, 叫個丐頭來分付道.) <孫龐 2:64>

228)【안동ᄒᆞ다】동 안동(眼同)하다. 사람을 따르게 하다. ¶ 안동ᄒᆞᆫ다 (做眼) <奎章 水滸 18:64> 안동ᄒᆞ다 (做眼) <水滸 17:37> 眼同. <水滸 32b> 眼同 ‖ 방연이 방심티 못ᄒᆞ야 사ᄅᆞᆷ을 명ᄒᆞ야 안동ᄒᆞ야 비뎐원의 보내고 드러와 니ᄅᆞ라 ᄒᆞ다 (龐涓不放心, 又差幾個左右, 眼同送入卑田院.) <孫龐 2:64> 作眼 ‖ 즉시 여ᄃᆞᆲ 낫 공차롤 ᄐᆡᆨᄒᆞ여 하도와 하청으로 ᄒᆞᆫ가지 밤을 타 안락촌에 가 ᄇᆡᆨ승을 잡되 뎜쥬인과 안동ᄒᆞ여 가라 ᄒᆞ니 하되 태슈의 밀지롤 밧아 모든 사ᄅᆞᆷ을 다리고 ᄇᆡᆨ승의 집에 다다라 (當下便差八個做公的, 一同何濤、何淸, 連夜來到安樂村, 叫了店主作眼, 徑奔到白勝家裏.) <新文 水滸 1:17:177> 配 ‖ 이졔 포흑을 안동ᄒᆞ야 가니 다만 포흑은 ᄒᆞᆫ 낫 문관이요 ᄌᆞ긔는 이 텬ᄌᆞ의게 춍ᄒᆞᆫ 환관이라 조곰 멸시ᄒᆞᆫ 마음이 잇셔 (如今配着包黑, 他包黑是一個儒官, 自己是皇前寵臣, 有些藐覷.) <閻羅 12:102> 티슈 보미 인명 관계ᄒᆞᆫ 옥안일 ᄲᅮᆫ이 아니라 쥬상셔의 셰력을 두려ᄒᆞ야 즉긔으로 각 쥬현에 이문ᄒᆞ야 졍범을 잡으라 ᄒᆞ고 ᄯᅩ 공차롤 주상셔 집 가인과 안동ᄒᆞ야 슈식게 ᄒᆞ더라 (本府看了狀詞, 乃人命之案. 加以尙書勢頭, 卽刻移文各州縣, 訪緝命案犯人. 仍着管家同公差遍處巡緝不題.) <雙美奇逢 18:78>

(結義同業)ᄒᆞ엿더니 이제 연국부매 되야 손빈이 일후의 뫼ᄒᆡ ᄂᆞ려 다ᄅᆞᆫ 나라ᄒᆡ 도아 저의 셩명을 ᄡᅵ올가 저허 관원을 보내여 운몽산의 가 세 번을 괴로이 소겨 뫼ᄒᆡ ᄂᆞ려 위예 드러와 두 발을 버히고 쳔일 지앙의 걸려시믈 위ᄒᆞ야 울미오, 세 번 웃기ᄂᆞᆫ 【66】 텬하 졔휘(諸侯) 고현이ᄉᆞ(高賢異士)ᄅᆞᆯ 아디 못ᄒᆞ믈 위ᄒᆞ야 우ᄉᆞ미니 이제 만일 위예 드러가 손빈을 도적ᄒᆞ야 내여오면 엇디 강산이 굿디 아니ᄒᆞ며 샤직(社稷)이 평안티 아닐가 저허ᄒᆞ리오, 이ᄅᆞᆯ 인ᄒᆞ야 빈되(貧道) 뉵국의 운유ᄒᆞ야 두로 모든 나라ᄒᆡ 고ᄒᆞᄂᆞ니 가히 이런 영쥰(英俊)은 일ᄒᆞᆯ 거시 아니니이다."

진효공이 닐오ᄃᆡ,

"딤이 엇디 이런 놉ᄒᆞᆫ 사ᄅᆞᆷ이 위국의 숨어ᄂᆞᆫ 줄 알리오 그ᄃᆡ 효유(曉喩)티 아니면 그저 일ᄒᆞᆯ 번 ᄒᆞ과라."

일변으로 광녹ᄉᆞ(光祿寺)ᄅᆞᆯ 분부ᄒᆞ야 왕오ᄅᆞᆯ 관ᄃᆡᄒᆞ야 보내고 일변으로 무로ᄃᆡ,

"반부 듕의 뉘 능히 위예 드러가 손빈을 도적ᄒᆞ야 낼고?"

무안군(武安君) ᄇᆡᆨ긔(白起) 츌반 쥬왈,

"신이 가리이다."

왕이 무로ᄃᆡ,

"ᄆᆞᄉᆞᆷ 모양을 ᄒᆞ고 갈고?"

ᄇᆡᆨ긔 닐오ᄃᆡ.

"당일의 방연이 방ᄌᆞ존대(放恣尊大)ᄒᆞ며 졔국을 【67】 묘시(藐視)ᄒᆞ고 일즉 대언비(大言碑)ᄅᆞᆯ 셰워 각국의 됴공ᄒᆞ믈 ᄌᆡ촉ᄒᆞ더니 우리 왕이 이제 항셔와 표장(表章)을 ᄃᆞᆺ고 다만 공녜(貢禮)란 말고 다만 항셔ᄅᆞᆯ 드리고 인ᄒᆞ야 손빈을 도적ᄒᆞ야 오리이다."

진왕이 쥰주ᄒᆞ야 즉시 항표ᄅᆞᆯ ᄃᆞᆺ고 ᄇᆡᆨ긔ᄅᆞᆯ 타발(打發)ᄒᆞ야 바로 위방의 보낸대 ᄇᆡᆨ긔 위왕을 보고 알외ᄃᆡ,

"신 진ᄇᆡᆨ긔(秦伯起) 당일의 방부매 대언비ᄅᆞᆯ 셰워 각국 졔후의 진봉ᄒᆞ기ᄅᆞᆯ ᄌᆡ촉ᄒᆞ믈 인ᄒᆞ야 과군(寡君)이 나라히 공허ᄒᆞ야 진봉ᄒᆞᆯ 거시 업서 특별이 신으로 ᄒᆞ야곰 권도로 항셔표장을 가져 헌경(獻敬)ᄒᆞᄂᆞᆫ 녜도ᄅᆞᆯ ᄒᆞ더이다."

위왕이 대희ᄒᆞ야 표장을 ᄇᆞᆺ고 ᄇᆡᆨ긔ᄅᆞᆯ 다반(茶飯)으로 ᄃᆡ졉ᄒᆞ고 노비와 반뎐(盤纏)을 준대 ᄇᆡᆨ긔 하ᄃᆡᆨᄒᆞ고 나와 ᄇᆡᆨ긔 [ᄇᆡᆨ]의슈ᄌᆡ(白衣秀才)의 모양을 ᄒᆞ고 특별이 비뎐원의 【68】 니ᄅᆞ러 손빈을 탐방(探訪)ᄒᆞ려 ᄒᆞ니 원ᄂᆡ 비뎐원의 거워지[229] 족히 쳔 우ᄒᆡ 오ᄅᆞ리니 어ᄂᆞ 거시 손빈인 줄 알리오마ᄂᆞᆫ 손빈이 원듕의 이셔 모든 걸ᄋᆞ(乞兒)로 더브러 교졉디 아니코 두로 팀향남글 가지고 다ᄅᆞᆫ 쳠하 아래 이셔 죵일토록 혹 졔곡(啼哭)ᄒᆞ며 혹 담쇼ᄅᆞᆯ ᄌᆞ약(自若)히 ᄒᆞ더니 그날 ᄇᆡᆨ긔 저ᄅᆞᆯ ᄎᆞ줄 줄 알고 노래ᄅᆞᆯ ᄇᆞᄅᆞᆷ벽 우ᄒᆡ ᄡᅥ ᄀᆞᆯ오ᄃᆡ,

샨쳔혹[육]슈싱쥰걸(山川毓秀生俊傑)
무자가셩명셰진 (父子家聲名世振.)
과포부모방명ᄉᆞ (抛離父母訪名師)
운몽산듕슈도ᄒᆡᆼ (雲夢山中修道行.)

산쳔이 ᄲᅡ여난 거ᄉᆞᆯ 길러 영쥰이 나니
무ᄌᆞ가셩이 세상의 일홈나 진동ᄒᆞᄂᆞᆫ도다
부모ᄅᆞᆯ ᄇᆞ리고 일홈난 스승을 ᄎᆞᄌᆞ니
운몽산 가온대 도ᄒᆡᆼ을 ᄃᆞᆨ도다

슈득텬셔뉵갑문 (授得天書六甲文)
【69】 구노텰뎐쇼텬신(驅雷掣電召天神.)
호풍환우경빙박 (呼風喚雨擊氷雹)
등한산두셩군병 (等閑撒荳成軍兵.)

텬셔와 뉵갑문을 어더
우레ᄅᆞᆯ 모ᄃᆞ며 번게ᄅᆞᆯ 텨 텬신을 브ᄅᆞᄂᆞᆫ도다.
호풍ᄒᆞ며 환우ᄒᆞ야 빙박을 티고
등한이 ᄑᆞᆺ출 ᄲᅵ호매[230] 군ᄉᆡ 이ᄂᆞᆫ도다

거디운ᄒᆞᆫ봉ᄌᆡ란 (詎知運限逢災殃)
함입텬나병지망 (陷入天羅倂地網.)
블환샤혜블환퓽 (不患邪兮不患瘋)
디위음모시악쟝 (秪爲陰謀施惡瘴.)

엇디 운ᄒᆞᆫ이 ᄌᆡ란을 맛날 줄 알리오

---

229) 【거워지】 명 거지. ¶ 乞丐‖ 원ᄂᆡ 비뎐원의 거워지 족히 쳔 우ᄒᆡ 오ᄅᆞ리니 (見卑田院乞丐成千.) <孫龐 2:68>

230) 【ᄲᅵᇂ다】 동 흩뿌리다. ¶ 撒‖ 호풍ᄒᆞ며 환우ᄒᆞ야 빙박을 티고 등한이 ᄑᆞᆺ출 ᄲᅵ호매 군ᄉᆡ 이ᄂᆞᆫ도다 (呼風喚雨擊氷雹, 等閑撒荳成軍兵.) <孫龐 2:69>

텬나와 디망이 다ᄆᆞᆺ 함입ᄒᆞ엿도다
샤ᄅᆞᆯ 환티 아니ᄒᆞ며 풍을 환티 아니ᄒᆞ야
다만 음모ᄅᆞᆯ 위ᄒᆞ야 악쟝을 베펏도다

슈디도일여도년 (誰知度日如度年)
슈ᄋᆡᆨ디ᄌᆡ과ᄎᆞ건 (守厄持災過此愆.)
슈시묘약뇨오병 (誰施妙藥瘳吾病?)
만셜노향샤샹텬 (滿爇爐香謝上天.)

뉘 날 디내ᄆᆞᆯ ᄒᆡ 디냄 ᄀᆞᆺ디 ᄒᆞᄂᆞᆫ 줄 알리오
ᄋᆡᆨ을 딕희여 ᄌᆡᄅᆞᆯ 기ᄃᆞ려 이 허믈을 디내려 ᄒᆞᄂᆞᆫ도다
뉘 묘ᄒᆞᆫ 약을 베퍼 내 병을 ᄒᆞ리온고?
ᄀᆞ독이 향을 픠워 샹텬을 샤례ᄒᆞ노라

【70】 ᄇᆡᆨ긔 보고 믄득 닐오ᄃᆡ,

"아니 손션ᄉᆡᆼ인다?"

손빈이 닐오ᄃᆡ,

"ᄇᆡᆨ대인아 고이히 너기디 말라."

ᄇᆡᆨ긔 닐오ᄃᆡ,

"내 ᄯᅩ 셩명을 통티 아녀셔 션ᄉᆡᆼ이 엇디ᄒᆞ야 아ᄂᆞ뇨?"

손빈이 닐오ᄃᆡ,

"내 엇디 아디 못ᄒᆞ리오. 그ᄃᆡᄂᆞᆫ 진국 무안군(武安君)이로다. 내 아디 못ᄒᆞ면 엇디 노래ᄅᆞᆯ 쓰며 대인이 이 노래ᄅᆞᆯ 보디 아녀시면 ᄯᅩᄒᆞᆫ 내 손빈인 줄 아디 못ᄒᆞ리라."

ᄇᆡᆨ긔 닐오ᄃᆡ,

"션ᄉᆡᆼ이 임의 과거 미리ᄉᆞᄅᆞᆯ 아니 내 오ᄂᆞᆯ 오미 므ᄉᆞ 일을 위ᄒᆞ엿ᄂᆞ뇨?"

손빈이 미히 웃고 ᄇᆡᆨ귀의 귀예 다혀 ᄀᆞ마니 닐오ᄃᆡ,

"대인의 이제 오믄 진왕의 명을 밧드러 손빈을 도적ᄒᆞ야 셩의 내고져 ᄒᆞ미니라."

ᄇᆡᆨ긔 대경ᄒᆞ야 닐오ᄃᆡ,

"손션ᄉᆡᆼ아 네 과연 션견의 명이 이시니 실로 이ᄅᆞᆯ 위ᄒᆞ야 왓노라."

손빈이 닐오ᄃᆡ,

"쇽졀업시 대인 【71】 을 슈고롭게 ᄒᆞ야 ᄒᆞᆫ 번 발셥(跋涉)ᄒᆞ도다. 나의 쳔일의 ᄌᆡ앙이 ᄎᆞ디 못ᄒᆞ야시니 가히 의량셩(宜梁城)을 나디 못ᄒᆞᆯ 거시오. ᄒᆞᄆᆞᆯ며 방연이 블시(不時) ᄎᆡ인이 뎡찰ᄒᆞ니 만일 풍셩(風聲)을 예루(洩漏)ᄒᆞ면 니른바 요회[231]ᄅᆞᆯ 블밀(不密)히 ᄒᆞ면 곳 화ᄅᆞᆯ 비ᄌᆞ미라. 대인은 쳥컨대 도라가 진왕긔 ᄇᆡ복ᄒᆞ야 손빈이 쳔일 ᄌᆡ앙이 ᄎᆞ거든 일비(一臂)의 힘을 도으리이다 ᄒᆞ라."

ᄇᆡᆨ긔 손빈이 즐겨 가디 아니ᄆᆞᆯ 보고 십분 면강(勉强)키 어려워 위ᄅᆞᆯ 하딕ᄒᆞ고 진의 도라가다.

왕외(王敖) ᄯᅩ 초의 니ᄅᆞ러 됴문 밧긔셔 대쇼삼셩ᄒᆞ고 대곡 삼셩ᄒᆞ거ᄂᆞᆯ 초왕이 블러 무론대 왕의 진왕긔 고ᄒᆞ던 말로ᄡᅥ ᄌᆞ시 고ᄒᆞᆫ대 초왕이 닐오ᄃᆡ,

"딤의 나라히 경히 션[현]ᄉᆞ(賢士)ᄅᆞᆯ 구코져 ᄒᆞ더니 이런 고ᄉᆡ(高士) 잇도다."

【72】 ᄒᆞ고 즉시 황협(黃協)을 블러 위예 드러가 거ᄌᆞᆺ 진공ᄒᆞ므로 ᄡᅧ 말을 삼고 승요취편(乘機取便)ᄒᆞ야 손빈을 도적ᄒᆞ야 셩의 내라 ᄒᆞᆫ대 황협(黃協)이 녕지ᄒᆞ야 위방의 니ᄅᆞ러 몬져 드러가 공을 드린 후 비뎐원의 가 손빈의 쇼식을 탐방ᄒᆞ더니 댜ᄅᆞᆫ[232] 쳠하(簷下) 아래 ᄒᆞᆫ 츌뉴발슈(出類拔萃)ᄒᆞᆫ 거워지 두 됴(條) 팀향 됴막을 가지고 안자 노래 블러 ᄀᆞᆯ오ᄃᆡ,

시미통운미달 (時未通運未達)
투ᄉᆞᆷ명ᄉᆞᄒᆞᆨᄉᆞᆷ법 (投甚明師學甚法)
함입텬나디망듕 (陷入天羅地網中)
공유텬셔병뉵갑 (共有天書併六甲.)

시 통티 못ᄒᆞ며 운이 달티 못ᄒᆞ야시니
므ᄉᆞᆷ ᄇᆞᆯ근 스승과 므ᄉᆞᆷ 법 ᄇᆡ호미 업도다.
텬나와 디망 가온대 함입ᄒᆞ야시니
쇽졀업시 텬셔와 ᄀᆞᆲ[233] 뉵갑이 잇도다

---

231) 【요회】 명 기회(機會). ¶ 機 ‖ ᄒᆞᄆᆞᆯ며 방연이 블시 ᄎᆡ인이 뎡찰ᄒᆞ니 만일 풍셩을 예루ᄒᆞ면 니른바 요회ᄅᆞᆯ 블밀히 ᄒᆞ면 곳 화ᄅᆞᆯ 비ᄌᆞ미라 (况龐涓不時差人察聽, 倘洩漏風聲, 所謂機不密, 卽釀禍矣.) <孫龐 2:71>

232) 【댜ᄅᆞ다】 형 짧다. ¶ 矮 ‖ 댜ᄅᆞᆫ 쳠하 아래 ᄒᆞᆫ 츌뉴발슈ᄒᆞᆫ 거워지 두 됴 팀향 됴막을 가지고 안자 노래 블러 ᄀᆞᆯ오ᄃᆡ (只見矮簷下, 坐着個出類拔萃的丐子, 拄着兩條沉香木拐, 口中歌道.) <孫龐 2:72> ⇒ 뎌ᄅᆞ다, ᄧᆞ르다, 쟈ᄅᆞ다, 져르다, 져ᄅᆞ다, ᄌᆞᄅᆞ다

233) 【ᄀᆞᆲ】 부 나란히. 함께. ¶ 倂 ‖ 텬나와 디망

몰숨찬몰숨탑 (沒甚飡沒甚榻)
뇨과일시아일삽 (聊過一時捱一霎.)
유됴ᄌᆡ만난완시 (有朝災滿難完時)
【73】 호파풍샤도별삭[각] (好把瘋邪都撇却.)

므슴 먹을 것도 업고 므슴 탑도 업ᄉᆞ니
애오라디[234] ᄒᆞᆫ ᄣᆡ와 ᄒᆞᆫ 더술 견ᄃᆡ여 디내리라
ᄌᆡ앙이 ᄎᆞ고 난이 완ᄒᆞᆫ ᄣᆡ 이시면
다 풍샤ᄅᆞᆯ 가져 져ᄇᆞ리리라

황협이 듯기ᄅᆞᆯ 파ᄒᆞ고 드ᄃᆡ여 무로ᄃᆡ,

"죡해 아니 이 손빈션ᄉᆡᆼ인다?"

손빈이 닐오ᄃᆡ,

"대인은 초방(楚邦) 황협공이로니 므ᄉᆞ 일로 이에 니르럿ᄂᆞ뇨?"

황협이 ᄀᆞ마니 닐오ᄃᆡ,

"긔괴타, 내 뎔로 더브러 일면도 아디 못ᄒᆞ거ᄂᆞᆯ 엇디 내 초방 황협인 줄 아ᄂᆞᆫ고?"

손빈이 웃고 ᄀᆞ마니 닐오ᄃᆡ,

"내 대인을 아디 못ᄒᆞ면 대인이 엇디 날을 알리오. 내 이제 공의 온 ᄠᅳᆺ을 아노라."

황협이 ᄀᆞ마니 손빈을 ᄃᆡᄒᆞ야 ᄀᆞᆯ오ᄃᆡ,

"내 초왕(楚王)의 지의(旨意)ᄅᆞᆯ 바다 거ᄌᆞᆺ 위예 드러 진공(進貢)ᄒᆞ므로 ᄡᅧ 요희[235]ᄅᆞᆯ 타 션ᄉᆡᆼ을 도적ᄒᆞ야 우리 초국의 니ᄅᆞ고져 ᄒᆞ노라."

손빈이 손을 저어 닐오ᄃᆡ,

"가기 어렵도다. 나의 쳔일의 ᄌᆡ양이 ᄎᆞ디 못ᄒᆞ야시니 쳔일을 ᄎᆡ오고야 거의 의량셩을 나리라."

황협이 닐오ᄃᆡ,

"션ᄉᆡᆼ이 엇디 이 말을 내ᄂᆞ뇨? 내 임의 미리 계칙을 뎡ᄒᆞ야 인죵(人從)을 미복ᄒᆞ야 다만 황혼을 기ᄃᆞ려 션ᄉᆡᆼ을 도적ᄒᆞ야 셩의 내려 ᄒᆞᄂᆞ니 션ᄉᆡᆼ이 만일 가디 아니면 초왕긔 복주(覆奏)ᄒᆞ기 어려올 분 아니라 ᄯᅩ 그 일이 패루[敗露]ᄒᆞ【74】리라."

손빈이 스ᄉᆞ로 ᄀᆞ마니 닐오ᄃᆡ,

"뎨 날을 격동ᄒᆞᄂᆞᆫ 말이라. 만일 뎌ᄅᆞᆯ 허티 아니ᄒᆞ면 엇디 즐겨 셩의 나가리오."

드ᄃᆡ여 황협ᄃᆞ려 닐오ᄃᆡ,

"대인이 날을 도적ᄒᆞ야 내려 ᄒᆞ나 방연이 방슈(防守)ᄒᆞ기ᄅᆞᆯ 심히 엄히 ᄒᆞ니 쟝ᄎᆞᆺ 므슴 모칙으로 가히 도적ᄒᆞ야 셩의 내려 ᄒᆞᄂᆞ뇨?"

황협이 닐오ᄃᆡ,

"나의 어린 소견의ᄂᆞᆫ 오ᄂᆞᆯ밤 황혼 시예 션ᄉᆡᆼ이 나의 건복(巾服)을 닙고 나의 술위ᄅᆞᆯ ᄐᆞ고 나ᄂᆞᆫ 술위 모ᄂᆞᆫ 군ᄉᆡ 되야 초국 납공ᄒᆞᄂᆞᆫ 긔호ᄅᆞᆯ 세오고 셩의 올라가면 비록 아ᄆᆞ리[236] 어드려 ᄒᆞ나 엇디 못ᄒᆞ리니 이 됴티 아니ᄒᆞ냐."

손빈이 머리ᄅᆞᆯ 조아 응윤(應允)ᄒᆞᆫ대 황협이 잠간 가다가 다시 ᄉᆡᆼ각ᄒᆞᄃᆡ,

"셩의 나가기ᄂᆞᆫ 쉬오나 비뎐원의 나기ᄂᆞᆫ 어렵도다."

반향이나 듀뎌(躊躇)ᄒᆞ다가 ᄯᅩ 계칙을 ᄉᆡᆼ각ᄒᆞ야 어두을 ᄣᆡ예 죵인(從人)을 분부ᄒᆞ야 여라믄 독 술을 사 몽약(蒙藥)을 플고 거ᄌᆞᆺ 닐오ᄃᆡ 관가의셔 거워지 먹이ᄂᆞᆫ 거시라 ᄒᆞ야 바로 비뎐원의 메여 가니 거워지 관가의셔 흐터 주【75】ᄂᆞᆫ 거시라 ᄒᆞ믈 듯고 ᄑᆞ리 [피] 봄 ᄀᆞᆺᄐᆞ야 사발과 대통을 가져 먹ᄂᆞ니ᄂᆞᆫ 먹고 못 먹ᄂᆞ니ᄂᆞᆫ 가지고 가더니 이윽ᄒᆞ야 입어귀로 춤을 흘리고 인ᄉᆞᄅᆞᆯ 아디 못ᄒᆞ야 다 ᄯᅡ히 업더뎟거ᄂᆞᆯ 요희ᄅᆞᆯ 타 손빈을 가져 시러 원문(院門)의 내여 술위 속의 녀코 ᄉᆞ면으로 에워 의량셩을 나니 ᄣᆡ 경히 초경 텬긔라 슈셩관이 문을 ᄌᆞᆷ으라 ᄒᆞ더니 초국 납공긔ᄅᆞᆯ 보고 다 막디 아니코 내여 노흐니 원ᄂᆡ 손빈이 셩을 나며 즉시 둔갑법으로ᄡᅥ 의구히 비뎐원의 도라와 업더디며 뎟바딘 거워

가온대 함입ᄒᆞ야시니 쇽졀업시 텬셔와 ᄒᆞᆷ 뉵갑이 잇도다 (陷入天羅地網中, 共有天書併六甲.) <孫龐 2:72>

234) 【애오라디】 부 애오라지. ¶ 聊 ‖ 므슴 먹을 것도 업고 므슴 탑도 업ᄉᆞ니 애오라디 ᄒᆞᆫ ᄣᆡ와 ᄒᆞᆫ 더술 견ᄃᆡ여 디내리라 (沒甚飡沒甚榻, 聊過一時捱一霎.) <孫龐 2:72> ⇒ 아야라, 애아로시, 애아ᄅᆞ시, 애야라, 애여러, 애오라디, ᄋᆡ오라지

235) 【요희】 명 기회(機會). ¶ 機 ‖ 내 초왕의 지의ᄅᆞᆯ 바다 거ᄌᆞᆺ 위예 드러 진공ᄒᆞ므로 ᄡᅧ 요희ᄅᆞᆯ 타 션ᄉᆡᆼ을 도적ᄒᆞ야 우리 초국의 니ᄅᆞ고져 ᄒᆞ노라 (小可領楚君旨意, 假以入魏進奉爲由, 乘機取便, 要盜先生盜俺楚國.) <孫龐 2:73>

236) 【아ᄆᆞ리】 부 아무리. 어떻게. ¶ 셩의 올라가면 비록 아ᄆᆞ리 어드려 ᄒᆞ나 엇디 못ᄒᆞ리니 이 됴티 아니ᄒᆞ냐 (城門雖緊, 搜進不搜出, 一齊混出城, 却不是好?) <孫龐 2:74>

지롤 다 믈 ᄶᅧ 먹여 다 ᄢᅵ와 일졀(一切) 이 쇼식을 주류(走漏)티 아니ᄒᆞ다.

황협이 셩의 나 수십 니롤 힝ᄒᆞ야 술위롤 여러 보니 손빈은 보디 못ᄒᆞ고 다만 ᄒᆞᆫ댱 글을 술위 속의 두어시니 됴히 우히 ᄒᆞ야시되,

불시손빈불귀초 (不是孫臏不歸楚)
쳔일지셩난달[탈]태 (千日災星難脫胎.)
【76】 긔어초방황대인(寄語楚邦黃大人)
ᄇᆡ복됴뎡믈괴아(拜覆朝廷勿怪我.)

손빈이 초로 도라가디 아니려 ᄒᆞ미 아니라
쳔날 지셩을 버서 되키 어렵도다
말을 초나라 황대인의게 브티ᄂᆞ니
절ᄒᆞ고 됴뎡의 회복ᄒᆞ야 날을 고이히 너기디 말라

황협이 보고 크게 크게 놀라 ᄀᆞᆯ오ᄃᆡ,

"엇디 이런 일이 이시리오. 앗가 손빈이 술위 속의 잇더니 셩을 나매 믄득 형영(形影)이 업ᄉᆞ니 엇디 이 신인이 아니리오. 임의 뎨 가디 아니려 ᄒᆞ면 비록 가나 ᄆᆞᄎᆞᆷ내 변이 이시리니 간텹(柬帖)을 가져 됴뎡의 회보ᄒᆞ미 맛당토다."

ᄒᆞ더라.

위료의 도뎨 왕의 일〻의 ᄯᅩ 한국(韓國)의 니ᄅᆞ러 한왕을 효유(曉喩)ᄒᆞᆫ대 한왕이 즉시 댱샤(張奢)롤 보내야 공헌(貢獻)을 드리고 손빈을 도적ᄒᆞ려 ᄒᆞ다가 엇디 못ᄒᆞ다.

왕의 됴국(趙國)의 니ᄅᆞ러 됴왕을 효유ᄒᆞᆫ대 됴왕이 념파(廉頗)롤 보내여 납항표(納降表)롤 드리고 손빈을 도적ᄒᆞ려 ᄒᆞ다가 【77】 엇디 못ᄒᆞ다.

방연이 손빈을 비뎐원의 가도므로브터 쥬히로 더브러 계교롤 뎡ᄒᆞ야 미양 손빈을 해코져 ᄒᆞ되 쥬히(朱亥) 미양[237] 그 말을 막더니 일〻의 쥬히 비뎐원의 니ᄅᆞ러 손빈을 보니 손빈이 돌 우히 누어 손바닥을 두드리고 한가로이 누어 글을 을퍼 ᄀᆞᆯ오ᄃᆡ,

고고빅쳑일듀숑(孤高百尺一株松)
폐운챠일쵹창공(蔽雲遮日觸蒼空.)
지가무셩승오초(枝柯茂盛乘吳楚)
긔[지]히반환연됴궁(枝亥盤桓燕趙宮.)

외로이 빅 자히나 놉흔 ᄒᆞᆫ 듀 솔히
구름을 덥흐며 날을 ᄀᆞ리와 창을 ᄶᅦᄂᆞᆫ도다
가지 무셩ᄒᆞ야 오초롤 걸탓고
근본이 연ㆍ됴의 반환ᄒᆞ엿도다

녹엽지지영치봉(綠葉枝枝迎彩鳳)
쳥가곡곡와창농(青柯曲曲臥蒼龍.)
【78】 약봉텬디광명됴(若逢天地光明照)
산만쳥향칠국듕(散漫淸香七國中.)

프론 닙흔 가지지 치봉을 맛고
프론 가지ᄂᆞᆫ 구비〻 챵농이 누엇도다
만일 텬디의 광명이 빗최믈 맛나면
ᄆᆞᆰ은 향내 칠국 가온대 산만ᄒᆞ리로다.

유일쵸부무이목(有一樵夫無耳目)
슈듕악뎡무뎡부(手中握定無情斧.)
무[고]애챡도동냥지(靠崖砍倒棟梁材)
지엽불감개모옥(枝葉不堪蓋茅屋.)

ᄒᆞᆫ 쵸뷔 이셔 귀와 눈이 업ᄉᆞ니
손 가온대 무졍ᄒᆞᆫ 돗긔롤 쥐엿도다
언덕을 의지ᄒᆞ야 동냥의 지목을 딕어 넘으티니[238]
가지와 닙히 모옥을 이긔여 덥디 못ᄒᆞ리로다

긔호곡사우호슈(旣好哭時又好笑)
됴됴모모쳠젼규(朝朝暮暮簷前叫)
쳔담삼쳑금닌어(淺潭三尺錦鱗魚)
슈인긍파ᄉᆞ륜됴(修人肯把絲綸釣.)

237) 【미양】 [부] 늘. 항상(恒常). ¶ 每每 ‖ 방연이 손빈을 비뎐원의 가도므로브터 쥬히로 더브러 계교롤 뎡ᄒᆞ야 미양 손빈을 해코져 ᄒᆞ되 쥬히 미양 그 말을 막더니 (且說龐涓自把孫臏拘禁卑田院, 幾番與朱亥商量, 定計要害孫臏, 朱亥每每不然其言.) <孫龐 2:77>

238) 【넘으티다】 [동] 넘어뜨리다. ¶ 倒 ‖ 언덕을 의지ᄒᆞ야 동냥의 지목을 딕어 넘으티니 가지와 닙히 모옥을 이긔여 덥디 못ᄒᆞ리로다 (靠崖砍倒棟梁材, 枝葉不堪蓋茅屋.) <孫龐 2:78>

임의 됴히 우럼즉ᄒᆞ고 ᄯᅩ 됴히 우섬즉ᄒᆞ니
됴ː와 묘ː의 쳠하 알픠셔 브ᄅᆞ지ː는도다.

야튼 못 석 자 금닌어ᄅᆞᆯ
어ᄂᆞ 사ᄅᆞᆷ니 ᄉᆞ륜을 가져 낫그리오

인불치시아불치(人不採時我不採)
【79】 도쳐디혐텬디칙(到處只嫌天地窄)
감여교룡징대히(敢與蛟龍爭大海)
약파곤어구츌ᄂᆡ(若把困魚救出來.)

사ᄅᆞᆷ이 [ㅅ +킈]디 아닐 ᄣᅢ예 내 ᄐᆡ디 아니ᄒᆞ니
니ᄅᆞᆫ 곳마다 다만 텬디의 크믈 혐의로이 너기ᄂᆞᆫ도다
만일 곤ᄒᆞᆫ 고기ᄅᆞᆯ 가져 구ᄒᆞ야 내면
감히 교룡으로 더브러 바다ᄒᆞᆯ ᄃᆞ토리라.”

쥬희 듯기ᄅᆞᆯ 다ᄒᆞ고 ᄀᆞ마니 무로ᄃᆡ、

“션싱이 아니 거즛 미친 톄 ᄒᆞᄂᆞᆫ다?”

손빈이 ᄃᆡ답디 아니커ᄂᆞᆯ 쥬희 ᄯᅩ 닐오ᄃᆡ,

“션싱은 모로미 숨기디 말라. 나ᄂᆞᆫ 쥬희러니 방연이 ᄆᆡ양 날로 더브러 샹의ᄒᆞ야 션싱을 해ᄒᆞ려 ᄒᆞᄃᆡ 내 ᄌᆡ삼 듯디 아니ᄒᆞ야 이ᄣᅢᄀᆞ지 쳔연(遷延)ᄒᆞ니 션싱은 모로미 방비ᄒᆞ라.”

손빈이 닐오ᄃᆡ,

“임의 대인의게 보ᄒᆞ믈 닙어시니 내 ᄯᅩᄒᆞᆫ 맛당이 대인긔 보ᄒᆞ리라. 목하의 대인이 ᄇᆡᆨ날 ᄌᆡ앙이 잇ᄂᆞ니라.”

쥬희 변ᄉᆡᆨᄒᆞ고 닐오ᄃᆡ,

“션싱아 가히 피ᄒᆞ랴.”

손빈이 닐오ᄃᆡ,

“ᄲᆞᆯ리 가 일ᄇᆡᆨ 일【80】을 피ᄒᆞ여야 ᄇᆞ야흐로 무ᄉᆞᄒᆞ리라.”

쥬희 ᄲᆞᆯ리 집의 도라와 부인 뉴시(劉氏)ᄃᆞ려 니ᄅᆞᆫ대 부인이 닐오ᄃᆡ,

“손빈이 귀곡의게 습ᄒᆞᆨ(習學)ᄒᆞ야시니 반ᄃᆞ시 션텬의 수ᄅᆞᆯ 알디니 이 말을 가히 밋디 아니티 못ᄒᆞᆯ 거시니 뎌의 말대로 ᄇᆡᆨ일을 숨으라. 명됴의 내 됴회예 드러가 계규ᄒᆞ야 다만 닐오ᄃᆡ 네 병이 팀듕ᄒᆞ야 시러곰 됴회티 못ᄒᆞᆫ다 ᄒᆞ미 엇더ᄒᆞ뇨?”

의논을 뭇고 ᄇᆞᆰᄂᆞᆫ 아ᄎᆞᆷ의 위왕이 됴회ᄅᆞᆯ 베프거ᄂᆞᆯ 뉴부인(劉夫人)이 가젼의 니ᄅᆞ러 계주(啓奏)ᄒᆞᄃᆡ,

“신의 지아비[239] 쥬희 병드러 병셰 심히 위독ᄒᆞᆫ디라 됴하ᄅᆞᆯ 참예티 못ᄒᆞ리 ᄇᆞ라건대 어엿비 너기쇼셔.”

위왕이 쥰주ᄒᆞᆫ대 쥬희 일로브터 됴의 나디 아니코 집의 누언디 구십 구일이러니 이 날 부인ᄃᆞ려 닐오ᄃᆡ.

“됴히 ᄇᆡᆨ일의 ᄌᆡ앙【81】을 버서나 셕돌을 드러 안자시니 긔운이 답ːᄒᆞᆫ디라. 밧겻티 가 ᄃᆞᆫ녀 오리라.”

뉴시 닐오ᄃᆡ,

“ᄇᆡᆨ일의셔 ᄒᆞᆯ리 나마시니 오ᄂᆞᆯ만 ᄎᆞᆷ아 ᄂᆡ일 나ᄃᆞᆫ니라.[240]”

쥬희 닐오ᄃᆡ,

“후원의 가 ᄒᆞᆫ ᄎᆞ례 ᄃᆞᆫ녀오리라.”

부인이 닐오ᄃᆡ,

“다만 문 밧글난 나디 아니미 됴흐리라.”

쥬희 후원의 오니 ᄒᆞᆫ 늘근 가마괴 담 우희 안자 쥬희ᄅᆞᆯ 향ᄒᆞ야 두어 ᄆᆞᄃᆡᄅᆞᆯ 울리ᄂᆞᆯ 쥬희 쾌티 아녀 닐오ᄃᆡ,

“뎌 괴믈이 엇디 일편도이[241] 날을 ᄃᆡᄒᆞ야 우ᄂᆞ뇨. 내 뎌거ᄉᆡ 셩명을 업시ᄒᆞ리라.”

ᄒᆞ고 급히 쇼ᄉᆡ(小廝)ᄅᆞᆯ 블러 궁젼을 가져오라 ᄒᆞ야 ᄒᆞᆫ 살로 ᄡᅩ니 가마괴ᄂᆞᆫ 맛디 아니ᄒᆞ고 담 밧글 넘어 가니 원ᄂᆡ 이 담 안ᄒᆞᆫ 뎡안평(鄭安平) 승샹의 화원이라. 뎡안평의 녀ᄋᆞ(女兒)의 일홈은 ᄋᆡ련(愛蓮)이니 방년이 십칠이라. 안ᄉᆡᆨ이 미려ᄒᆞ야 사기려 ᄒᆞ야도 【82】 사기디 못ᄒᆞ고 그리려 ᄒᆞ야도 그리디 못ᄒᆞᆯ디라. 뎡안평이 극히 진ᄋᆡ(珍愛)ᄒᆞ더니 그날 쇼졔 아ᄎᆞᆷ밥을 먹고 시ᄋᆞ(侍兒) 슈가[기](數個)로 더브러 동산 가

---

239) 【지아비】 명 지아비. 남편. ¶ 夫 ‖ 신의 지아비 쥬희 병드러 병셰 심히 위독ᄒᆞᆫ디라 (臣夫朱亥, 染病危篤, 有失朝駕.) <孫龐 2:80>

240) 【나ᄃᆞᆫ니다】 동 나다니다. ¶ 走 ‖ ᄇᆡᆨ일의셔 ᄒᆞᆯ리 나마시니 오ᄂᆞᆯ만 ᄎᆞᆷ아 ᄂᆡ일 나ᄃᆞᆫ니라 (有心躲過百日, 那在乎這一日, 索性在家坐坐, 過了明日走罷.) <孫龐 2:81>

241) 【일편도이】 부 {일편(一偏)되게.} 편벽되게. ¶ 偏 ‖ 뎌 괴믈이 엇디 일편도이 날을 ᄃᆡᄒᆞ야 우ᄂᆞ뇨 내 뎌거ᄉᆡ 셩명을 업시ᄒᆞ리라 (這怪物偏對我叫, 待我送他命去.) <孫龐 2:81> ⇒ 일편되이

온대 니ᄅᆞ러 그ᄅᆡ[242] ᄯᅱ려 ᄒᆞ더니 계유 그ᄅᆡ예 오ᄅᆞ며 홀연이 담 속으로셔 ᄒᆞᆫ 살이 너머 와 정히 가슴을 마ᄌᆞ니 ᄒᆞᆫ 소ᄅᆡᄅᆞᆯ ᄒᆞ고 ᄶᅡᄒᆡ 업더디거ᄂᆞᆯ 모든 시ᄋᆡ 나아와 살흘 ᄲᅢ히니 임의 화타(花朶) 쇼졔 삽시간의 황천의 귀 되여는디라. 모든 시ᄋᆡ 놀라 혼비텬의(魂飛天外)ᄒᆞ고 ᄇᆡᆨ산구쇼(魄散九霄)ᄒᆞ야 다시 살 너머온 곳을 ᄎᆞᆺ더니 쥬ᄒᆡ의 집 담 우ᄒᆡ 쇼ᄉᆡ 너머와 다 무로ᄃᆡ,

"내 집 살히 네 집 동산의 너머 갓더니 너ᄒᆡ 본다?"

모든 시ᄋᆡ 닐오ᄃᆡ,

"뎌 놈의 집 살이 우리 쇼져ᄅᆞᆯ ᄡᅩ아 죽엿다."

ᄒᆞ고 그 살을 가지고 급히 듕당의 드러가 뎡안평의게 고ᄒᆞᄃᆡ,

"화ᄉᆞ료(禍事了)! 【83】 쇼졔 ᄇᆡᆨ화원(百花園)의 가 노다가 쥬가의 동산의셔 뎌 살이 와 우리 쇼져ᄅᆞᆯ ᄡᅩ아죽엿ᄂᆞ이다."

뎡안평이 그 말을 듯고 ᄒᆞᆫ숨의 후원의 니ᄅᆞ니 과연 쇼졔 그ᄅᆡ 미ᄐᆡ 죽어 잇는디라. 삽시간의 눈믈이 심솟듯 ᄒᆞ야 크게 블러 닐오ᄃᆡ,

"쥬ᄒᆡ야 원ᄂᆡ 거즛 병든 톄ᄒᆞ야 집의 이셔 모반ᄒᆞ야 궁마ᄅᆞᆯ 조련ᄒᆞ다가 내 녀ᄋᆞᄅᆞᆯ ᄡᅩ아죽엿도다."

크게 ᄒᆞᆫ 소ᄅᆡᄅᆞᆯ 디ᄅᆞ고 ᄆᆞᆯ긔 올라 바ᄅᆞ[243] 됴문 알ᄑᆡ 니ᄅᆞ러 원통ᄒᆞᄆᆞᆯ 크게 브ᄅᆞ지지거ᄂᆞᆯ 위왕이 블러 뎐 알ᄑᆡ 니ᄅᆞ거ᄂᆞᆯ 무ᄅᆞᄃᆡ,

"ᄆᆞᄉᆞ 일로 극굴극원ᄒᆞᄂᆞ뇨?"

뎡안평이 닐오ᄃᆡ,

"쥬ᄒᆡ 거즛 병들믈 일ᄏᆞᆺ고 집의 이셔 반ᄒᆞ기ᄅᆞᆯ ᄭᅬᄒᆞ야 궁마ᄅᆞᆯ 조련ᄒᆞ다가 신의 녀ᄋᆞᄅᆞᆯ ᄡᅩ아죽엿ᄂᆞ이다."

위왕이 닐오ᄃᆡ,

"엇디 이런 일이 이시리오 즉시 금위 무ᄉᆞᄅᆞᆯ 명 【84】 ᄒᆞ야 쥬ᄒᆡᄅᆞᆯ 쾌히 잡아오라."

ᄒᆞᆫ대 모든 무ᄉᆡ 쥬ᄒᆡ의 집의 니ᄅᆞ러 쥬ᄒᆡᄅᆞᆯ 결박ᄒᆞ야 뎐젼의 니ᄅᆞᆫ대 위왕이 무로ᄃᆡ,

"쥬ᄒᆡ야 네 거즛 병든 톄ᄒᆞ고 궁마ᄅᆞᆯ 조련ᄒᆞ야 무고히 뎡안평의 ᄯᆞᆯ을 ᄡᅩ아 죽이니 맛당이 므슴 죄ᄅᆞᆯ 어드려 ᄒᆞᄂᆞ뇨?"

쥬ᄒᆡ 닐오ᄃᆡ,

"신ᄒᆡ 만ᄉᆡ(萬死)로소이다. 신이 병드러 집의 잇다가 ᄒᆞ련디 수일이라. 마촘 화원의 가 산민(散悶)ᄒᆞ다가 담 우ᄒᆡ 고이ᄒᆞᆫ 새 안자 신을 ᄃᆡᄒᆞ야 년ᄒᆞ야 울기ᄅᆞᆯ 그치디 아니ᄒᆞ거ᄂᆞᆯ 신이 궁젼(弓箭)을 갓다가 그 새ᄅᆞᆯ ᄡᅩ앗더니 긔약디 아녀셔 그ᄅᆞᆺ 뎡녀(鄭女)의 명을 샹ᄒᆡ와시니 ᄇᆞ라건대 그 경을 ᄉᆞᆯ피쇼셔."

왕이 닐오ᄃᆡ,

"그ᄅᆞᆺ 인명을 샹ᄒᆡ오니 맛당이 죄 듀ᄒᆞ염즉ᄒᆞ나 아직 경이 가긍(可矜)ᄒᆞᄆᆞᆯ 념ᄒᆞ고 텬긔 대한(大旱)ᄒᆞᆫ디라. 과인이 ᄯᅩ 【85】 텬졔(天齊)듕의 가 긔향긔우〔行香祈雨〕ᄒᆞ랴 ᄒᆞᄂᆞ니 아직 남뇌(南牢)예 가도앗다가 딤이 도라오기ᄅᆞᆯ 기ᄃᆞ려 쳐티ᄒᆞ리라."

쥬ᄒᆡ 부인 뉴시(劉氏) 됴뎡의셔 쥬ᄒᆡᄅᆞᆯ 자바 남뇌예 가도ᄆᆞᆯ 보고 믄득 ᄆᆞᄋᆞᆷ의 ᄒᆞᆫ 계교ᄅᆞᆯ 내여 가동을 더블고 바ᄅᆞ 비뎐원의 니ᄅᆞ러 산젼(散錢)ᄒᆞ모로ᄡᅥ 연고ᄅᆞᆯ 삼고 손빈을 보니 원듕의 거워지 만ᄒᆞᆫ디라 어ᄂᆞ 거시 손빈인 줄 아디 못ᄒᆞ더니 머리ᄅᆞᆯ 두로혀 보니 ᄒᆞᆫ 사ᄅᆞᆷ이 팀향남글[244] 딥고 다ᄅᆞᆫ 쳠하의 지혀 셔〻 돈을 ᄎᆞᆺ디 아니ᄒᆞ고 뉴부인을 ᄌᆞ시 보거ᄂᆞᆯ 부인이 가동을 블러 구십 문젼(文錢)을 갓다가 알ᄑᆡ 노ᄒᆞᆫ대 손빈이 닐오ᄃᆡ.

"공히 부인 거술 바ᄃᆞ랴."

뉴부인이 닐오ᄃᆡ,

"네 엇던 사ᄅᆞᆷ인다?"

손빈이 닐오ᄃᆡ,

"나ᄂᆞᆫ 곳 손빈이로다. 젼일 쥬대인이 날을 와 보거 【86】 늘 내 ᄃᆡᄒᆞ야 닐오ᄃᆡ, 'ᄇᆡᆨ일의 ᄌᆡ앙이 이시니 숨으라' ᄒᆞ엿더니 고이타 혜아리디 아녀셔 음양을 고디 듯디 아니ᄒᆞ고 내 말대로

242) 【그ᄅᆡ】 명 그네. ¶ 鞦韆 ‖ 동산 가온대 니ᄅᆞ러 그ᄅᆡ ᄯᅱ려 ᄒᆞ더니 계유 그ᄅᆡ예 오ᄅᆞ며 (到園中打鞦韆耍子, 總是天數, 纔上得鞦韆架.) <孫龐 2:82>

243) 【바ᄅᆞ】 부 바로. ¶ 逕 ‖ 크게 ᄒᆞᆫ 소ᄅᆡᄅᆞᆯ 디ᄅᆞ고 ᄆᆞᆯ긔 올라 바ᄅᆞ 됴문 알ᄑᆡ 니ᄅᆞ러 원통ᄒᆞᄆᆞᆯ 크게 브ᄅᆞ지지거ᄂᆞᆯ (鄭安平大叫一通, 折身上馬, 逕到朝門首, 喧天喊起屈來.) <孫龐 3:7>

244) 【팀향낡】 명 침향나무. ¶ 沉香木 ‖ ᄒᆞᆫ 사ᄅᆞᆷ이 팀향남글 딥고 다ᄅᆞᆫ 쳠하의 지혀 셔셔 돈을 ᄎᆞᆺ디 아니ᄒᆞ고 뉴부인을 ᄌᆞ시 보거ᄂᆞᆯ (見一人拄着沉香木拐, 站立矮簷下, 不來討錢, 一眼把劉夫人看定.) <孫龐 2:85>

아니ᄒᆞ야 이제 남뇌예 갓텨시니 엇디ᄒᆞ려 ᄒᆞᄂᆞ뇨?"

부인이 절ᄒᆞ야 ᄀᆞᆯ오ᄃᆡ,

"거즛 산젼(散錢)ᄒᆞ라 왓노라 ᄒᆞ나 실은 ᄉᆞ부롤 보려 ᄒᆞ미라. ᄇᆞ라건대 ᄉᆞ부ᄂᆞᆫ 내 지아비롤 구ᄒᆞ라."

손빈이 닐오ᄃᆡ,

"방연이 블시의 사ᄅᆞᆷ을 보내여 와 술피니 이목이 블편ᄒᆞᆫ디라 부인은 쳥컨대 도라가쇼셔. 내 ᄉᆞᄉᆞ로 쳐티ᄒᆞ미 이시리이다."

부인이 손빈을 하딕ᄒᆞ고 집의 도라갓더니 그날 삼경 텬긔예 손빈이 비뎐원의 이셔 텬갑녕문과 디갑녕문과 뉵갑녕문을 안졍(按定)ᄒᆞ고 손의 비결(秘訣)을 잡고 공듕을 ᄇᆞ라고 ᄒᆞᆫ 번 ᄉᆞ매롤 쩔티며 소릐ᄒᆞ야 닐오ᄃᆡ,

"다 오라!"

홀연 동남샹의 【87】 ᄒᆞᆫ 소릐 나며 말 만ᄒᆞᆫ 큰 블근 바퀴[245] 오거ᄂᆞᆯ 손빈이 자바 품의 녀코 삽시간의 셔남샹의 ᄯᅩ ᄒᆞᆫ 소릐 나며 말만치[246] 큰 어롬 박회 쩌러뎌 오거ᄂᆞᆯ 손빈이 ᄉᆞ매 속의 녀흐니 이ᄂᆞᆫ 금오(金烏)와 옥퇴(玉兎)라. 다 손빈의 거두어시ᄆᆞᆯ 닙엇ᄂᆞᆫ디라.

ᄎᆞ일의 위왕이 됴회롤 베퍼 즁신이 비ᄒᆞ기롤 ᄆᆞᄎᆞ매 위왕이 무로ᄃᆡ,

"과인이 ᄆᆡ양 됴회롤 베프매 텬식이 미명(微明)ᄒᆞ더니 오ᄂᆞᆯ날의 이리 혼암(昏暗)ᄒᆞ뇨?"

말이 ᄆᆞᆺ디 못ᄒᆞ야셔 ᄉᆞ텬감(司天監)이 알외ᄃᆡ,

"진시(辰時)로소이다."

위왕이 닐오ᄃᆡ,

"고이타 엇디 진시(辰時)예 날 비출 보디 못ᄒᆞᆯ소뇨?"

즁관이 알외ᄃᆡ,

"오ᄂᆞᆯ 됴ᄂᆡ 혼암(昏暗)ᄒᆞᆯ ᄲᅮᆫ 아니라 셩과 셩외 다 ᄒᆞᆫᄀᆞᆯᄀᆞᆺ티 혼암ᄒᆞ니이다."

위왕이 크게 놀라 즁관ᄃᆞ려 무로ᄃᆡ,

"므ᄉᆞᆷ 연고고?"

즁관이 다 회답디 못ᄒᆞ거ᄂᆞᆯ 위왕이 팀음ᄒᆞ기롤 【88】 냥구(良久)히 ᄒᆞ고 닐오ᄃᆡ,

"아니 뇌 듕의 원앙(寃枉)ᄒᆞᆫ 일이 잇ᄂᆞ냐? 과인이 맛당이 교텬대샤(郊天大赦)ᄒᆞ리라."

ᄒᆞ고 당하 위왕이 샤셔(赦書)롤 반포(頒布)ᄒᆞ야 대쇼경듕(大小輕重) 슈도(囚徒)롤 의논티 말고 임의 발각(發覺)ᄒᆞ니나 발각디 못ᄒᆞ니나 결뎡(結正)ᄒᆞ니나 결뎡티 못ᄒᆞ니나 다 샤면ᄒᆞ니 손빈이 비뎐원의 이셔 작법ᄒᆞ니 삽시의 홍뉸(紅輪)이 죠요(照耀)ᄒᆞ고 옥퇴(玉兎) 환광(還光)ᄒᆞ니 위왕이 깃거ᄒᆞ고 만됴 문뮈 뎐디긔 절ᄒᆞ야 샤례티 아니리 업더라.

이 샤셔의 쥬히재 임의 남뇌예 나 일이 업ᄂᆞᆫ디라. 위왕이 인ᄒᆞ야 관직을 회복ᄒᆞ다. 쥬히부듕의 도라가 부인을 보고 머리롤 븟들고 통곡ᄒᆞᆫ대 부인이 닐오ᄃᆡ.

"이 다 네 음양을 밋디 아녀 이 화롤 브ᄅᆞ미라. 만일 숀션싱의 말을 드러 다시 홀롤 숨어 빅일 지앙을 치 【89】 와시면 엇디 뎌러ᄐᆞᆺᄒᆞᆫ 옥의 가티 고로오ᄆᆞᆯ 바ᄃᆞ리오. 네 오ᄂᆞᆯ날 너롤 뉘 구ᄒᆞ야 낸가 너기ᄂᆞᆫ다?"

쥬히 니ᄅᆞᄃᆡ,

"텬은대샤(天恩大赦)ᄒᆞ야 힝혀 이 지앙을 버순가 ᄒᆞ노라."

부인이 닐오ᄃᆡ,

"네 오히려 아디 못ᄒᆞᄂᆞᆫ도다. 내 친히 비뎐원의 니ᄅᆞ러 돈을 흐트므로ᄡᅧ 핀계ᄒᆞ야 손ᄉᆞ부의게 구ᄒᆞᆷ올 비니 손ᄉᆞ뷔 작법ᄒᆞ야 일월을 거두니 텬디 ᄇᆞᆰ디 아닌디라. 됴뎡이 즉시 교텬대샤(郊天大赦)롤 ᄂᆞ리오니 기실은 너 ᄒᆞᆫ 사ᄅᆞᆷ을 위ᄒᆞ야 옥의 ᄀᆞ독ᄒᆞᆫ 허다 죄슈롤 다 벗겨내리라."

쥬히 놀라 닐오ᄃᆡ.

"과연 이 말 ᄀᆞᄐᆞ면 숀션싱은 내 듕싱(重生) 부뫼라."

부인이 닐오ᄃᆡ,

"녯말의 ᄀᆞᆯ오ᄃᆡ 은혜롤 알고 갑디 아니ᄒᆞ미 군ᄌᆞ 아니라 ᄒᆞ니 쾌히 숀셩[션]싱을 쳥ᄒᆞ야 집의 ᄃᆞ려와 조만의 뎌롤 봉양ᄒᆞ야 일이 【90】

245) 【바퀴】 명 바퀴. ¶ 輪 ‖ 홀연 동남샹의 ᄒᆞᆫ 소릐 나며 말 만ᄒᆞᆫ 큰 블근 바퀴 오거ᄂᆞᆯ 손빈이 자바 품의 녀코 (忽見東南上一聲響亮, 滾下斗來大一塊紅輪, 孫臏按住揣在懷內.) <孫龐 2:87> ⇒ 박괴, 박회

246) 【-만치】 조 -만치. -만큼. ¶ 一來大 ‖ 셔남샹의 ᄯᅩ ᄒᆞᆫ 소릐 나며 말만치 큰 어롬 박회 쩌러뎌 오거ᄂᆞᆯ 손빈이 ᄉᆞ매 속의 녀흐니 (西南上, 又一聲響亮, 弔下斗來大一塊氷輪, 孫臏收入袖內.) <孫龐 2:87> ⇒ -마치

잇거든 뎌ᄅᆞᆯ 더브러 계규ᄒᆞ미 됴토다."

쥬희 닐오ᄃᆡ,

"부인의 니ᄅᆞᄂᆞᆫ 말이 올흐나 다만 내 친히 비뎐원의 가면 쇼식을 누셜ᄒᆞ기 쉽고 ᄯᅩ 뎍당(的當)이 갈 사ᄅᆞᆷ이 업ᄉᆞ니 이ᄅᆞᆯ 엇디 쳐티ᄒᆞ리오?"

부인이 닐오ᄃᆡ.

"내 ᄒᆞᆫ 계괴 이시니 조만의 슈지(脩齋)ᄒᆞᆯ 일긔(日期)ᄅᆞᆯ ᄀᆞᆯᄒᆞ야 여러 셤 밥을 지어 비뎐원의 가져가 다만 닐오ᄃᆡ, '대인이 병 알ᄒᆞᆯ ᄯᅢ예 일즉 셜뢰심원(設牢心願)을 허ᄒᆞ엿더니 이제 됴뎡이 대샤ᄒᆞ야 경듕 죄슈ᄅᆞᆯ 다 노핫ᄂᆞᆫ디라. 이제 비뎐원의 와 가난ᄒᆞᆫ 사ᄅᆞᆷ을 됴흔 일ᄒᆞ야 셜뢰심원을 갑노라' ᄒᆞ면 ᄒᆞ나흔 숀션싱긔 비샤ᄒᆞ기 됴코 둘흔 인ᄒᆞ야 ᄀᆞ마니 뎔로 더브러 말ᄒᆞ기 됴흘디라. 이 계교로ᄡᅥ 뎌ᄅᆞᆯ 인졉(引接)ᄒᆞ야 집의 ᄃᆞ려오미 엇더ᄒᆞ뇨?"

쥬희 닐오ᄃᆡ,

"반ᄃᆞ시 날을 ᄀᆞᆯᄒᆡᆯ 거시 【91】 아니라 니일 힝ᄒᆞ미 됴토다."

의논을 뎡ᄒᆞ고 ᄇᆞᆰᄂᆞᆫ 날 닷 셤 밥을 지어 여러 가동으로 ᄒᆞ야곰 ᄆᆡ야 비뎐원의 니ᄅᆞ러 뉴부인이 친히 밥을 ᄒᆞᆺ틀ᄉᆡ 져근더ᄉᆡ ᄒᆞᆺ기ᄅᆞᆯ 거의 다 ᄒᆞ매 뉴부인이 다ᄅᆞᆫ 쳠하 기ᄉᆞᆰ의 니ᄅᆞ러 ᄀᆞ마니 손빈을 ᄃᆡᄒᆞ야 닐오ᄃᆡ,

"ᄉᆞ부ᄅᆞᆯ 만히 힘닙어 댱부(丈夫)의 ᄒᆞᆫ 목숨을 구ᄒᆞ니 은혜ᄅᆞᆯ 다 갑기 어려온디라. 지아비 ᄉᆞᄉᆞ로 와 ᄉᆞ부긔 비샤코져 ᄒᆞ나 이목이 번다ᄒᆞᆷ을 저허 특별이 쳡으로 ᄒᆞ야곰 밥 ᄒᆞᆺ기ᄅᆞᆯ 핀계ᄒᆞ야 ᄉᆞ부ᄅᆞᆯ 쳥ᄒᆞ야 집의 봉양ᄒᆞ고져 ᄒᆞ니 아디 못게라 존의 엇더ᄒᆞ뇨?"

손빈이 닐오ᄃᆡ,

"부인의 ᄠᅳᆺ이 감격ᄒᆞ나 내 오ᄂᆞᆯ은 몸을 움즉이디 못ᄒᆞᆯ 거시니 반 ᄃᆞᆯ이 디난 후 무오일(戊午日)을 기ᄃᆞ려 가히 션싱을 언약ᄒᆞ야 오긔묘(吳起廟)의 니ᄅᆞ러 날을 기ᄃᆞ리게 ᄒᆞ라."

뉴부인이 【92】 닐오ᄃᆡ.

"됴흔 날이 만커ᄂᆞᆯ ᄉᆞ뷔 엇디 이날로 뎡ᄒᆞᄂᆞ뇨?"

손빈이 닐오ᄃᆡ,

"이날 방연이 계교ᄅᆞᆯ 뎡ᄒᆞ야 비뎐원의 블을 노하 내 셩명(生命)을 해ᄒᆞᆯ 거시니 내 믄득 몸을 버서 ᄃᆞ라나 불의 타 죽은 톄ᄒᆞ야 뎔노 ᄒᆞ야곰 의심티 아니케 ᄒᆞ고 즉시 부듕으로 가면 ᄯᅩᄒᆞᆫ 쇼식을 누셜티 아니ᄒᆞ리라."

부인이 손빈을 니별ᄒᆞ고 부듕의 도라오니 일월이 임염(荏苒)ᄒᆞ야 반 ᄃᆞᆯ이 디나고 무오일(戊午日)이 다ᄃᆞᆺ거ᄂᆞᆯ[247] 쥬희 가동을 ᄃᆞ리고 ᄀᆞ마니 오긔묘 듕의 니ᄅᆞ러 기ᄃᆞ리더니 날이 졈을매 손빈이 비뎐원의셔 입으로 뉵갑녕문을 외오고 공듕을 ᄇᆞ라며 ᄉᆞ매ᄅᆞᆯ ᄯᅥᆯ티니 져근더시 텬혼디함ᄒᆞ야 흑뮈(黑霧) 미만(迷漫)ᄒᆞ거ᄂᆞᆯ 손빈이 팀향막대ᄅᆞᆯ 딥고 저추겨[248] 오긔묘 듕의 니ᄅᆞ러 쥬희로 더브러 서ᄅᆞ 볼ᄉᆡ 쥬희 【93】 내ᄃᆞ라 절ᄒᆞ야 닐오ᄃᆡ,

"내 션싱의 큰 은혜ᄅᆞᆯ 바다 일즉 갑ᄒᆞᆯ 길히 업ᄉᆞᆫ디라. 특별이 션싱을 쳥ᄒᆞ야 집의 도라가 조만의 봉양ᄒᆞ야 져기 효경(孝敬)ᄒᆞ야 내 ᄆᆞᄋᆞᆷ을 펴고져 ᄒᆞ노라."

손빈이 깃거 허ᄒᆞ고 닐오ᄃᆡ,

"감은 셩싱으로 더브러 가려니와 져근덧 반 ᄯᅢᄅᆞᆯ 머므러 방연의 블 노키ᄅᆞᆯ 기ᄃᆞ려 ᄒᆞᆫ가지로 보고 가미 됴토다."

두 사ᄅᆞᆷ이 ᄒᆞᆫ가지로 묘듕의 안자 한화ᄒᆞ더니 이경의 다ᄃᆞ라 방연이 여러 사ᄅᆞᆷ을 거ᄂᆞ려 ᄀᆞᆯ[249]과 나모 인화(引火)ᄒᆞᆯ 긔구ᄅᆞᆯ 가지고 비뎐원 문 알픠 니ᄅᆞ러 대문을 좀으고[250] ᄉᆞ면으로 블을 노흐니 다만 보니,

> 녈염(烈焰)이 공듕의 들고 함셩이 ᄶᅡᄒᆞᆯ
> 진동ᄒᆞ니 일좌(一座) 비뎐원이 삽시의 화ᄒᆞ야
> 와늑장(瓦礫場)이 되고 쳔여 개 걸되(乞徒)

---

247) 【다ᄃᆞᆺ-】 동 «다ᄃᆞᆮ다» 다다르다. ¶ 부인이 손빈을 니별ᄒᆞ고 부듕의 도라오니 일월이 임염ᄒᆞ야 반 ᄃᆞᆯ이 디나고 무오일이 다ᄃᆞᆺ거ᄂᆞᆯ (劉夫人就別孫臏回府, 朝來暮去, 日子眞過的快, 不覺又月半後戊午日.) <孫龐 2:92>

248) 【저추기다】 동 절뚝거리다. ¶ 拐阿拐的 ‖ 손빈이 팀향 막대ᄅᆞᆯ 딥고 저추겨 오긔묘 듕의 니ᄅᆞ러 (孫臏拄了沈香木拐, 拐阿拐的, 一步步捱到吳起廟.) <孫龐 2:92>

249) 【ᄀᆞᆯ】 명 갈대. ¶ 蘆葦 ‖ ᄀᆞᆯ과 나모 인화ᄒᆞᆯ 긔구ᄅᆞᆯ 가지고 (都帶着蘆葦乾柴引火之物.) <孫龐 2:93>

250) 【좀으다】 동 (문 따위를) 잠그다. ¶ 鎖 ‖ 비뎐원 문 알픠 니ᄅᆞ러 대문을 좀으고 ᄉᆞ면으로 블을 노흐니 (來到卑田院門首, 鎖上大門, 四面放起火來.) <孫龐 2:93>

경ᄀᆡᆨ의 변ᄒᆞ야 쵸난(焦爛)ᄒᆞᆫ 귀거시251) 되도다. 【94】 사발ᄀᆞ티 큰 비얌은 ᄒᆞᆷ긔 겁(劫)의 ᄯᅥ러디고 자히나 긴 늘근 쥐ᄂᆞᆫ 다 직앙을 맛나도다. ᄉᆞ면의 호곡(號哭)은 하놀이 것거디고 ᄯᅡ히 ᄡᅧ여디ᄂᆞᆫ252) ᄃᆞᆺᄒᆞ고 일 회녹(回祿)은 ᄒᆞ야곰 귀신이 저허ᄒᆞ고 신녕이 놀날러라.

가히 어엿브다 원의 ᄀᆞ독ᄒᆞᆫ 쳔이나 죄 업ᄉᆞᆫ 거워지 ᄒᆞ나토 버서나디 못ᄒᆞ고 다 타 죽으니 졍히 니론바,

城門失火, 殃及池魚,
楚國亡猿, 禍延林木.

셩문이 실화(失火)ᄒᆞ매
직앙이 지어(池魚)의 밋고
쵸목[국](楚國)이 망운[원](亡猿)ᄒᆞ매
홰(禍) 님목(林木)의 미ᄎᆞ미러라.

손빈이 ᄒᆞᆫ 번 블 니ᄂᆞᆫ 양을 보고 즉시 쥬희로 더브러 ᄒᆞᆫ가지로 부듕의 도라오다. 져근덧 ᄒᆞ야 블이 ᄭᅥ디니 방연이 심만의족(心滿意足)ᄒᆞ야 스ᄉᆞ로 혜오ᄃᆡ, ‘손빈이 반ᄃᆞ시 블의 타 죽어시리라.’ ᄒᆞ야 사ᄅᆞᆷ을 거ᄂᆞ리고 흔연(欣然)이 도라가다.

이튼날 아ᄎᆞᆷ의 위왕이 됴회ᄅᆞᆯ 베프니 군신이 알외ᄃᆡ,

“밤의 비뎐원이 실화ᄒᆞ야 【95】 원의 ᄀᆞ독ᄒᆞ야 쳔남은 거워지 타 죽거이다.”

위왕이 크게 놀라 닐오ᄃᆡ,

“이러ᄐᆞᆺᄒᆞᆫ 고이ᄒᆞᆫ 일이 잇도다. 이 블이 어드로253) 조차 니러나뇨?”

방연이 알ᄑᆡ 나아와 닐오ᄃᆡ,

“이 반ᄃᆞ시 하놀 블이라. 이 거워지 ᄇᆡᆨ디의 됴뎡 냥식을 먹고 촌공(寸功)도 갑흐미 업ᄉᆞᆫ디라. 일로ᄡᅥ 다 타 죽긔 ᄒᆞ니 하놀이 ᄂᆞ리오신 직앙을 가히 도망티 못ᄒᆞ리이다.”

위왕이 닐오ᄃᆡ,

“결단코 하놀 블이 아니라. 반ᄃᆞ시 이 범샹ᄒᆞᆫ 블이로다.”

방연이 닐오ᄃᆡ,

“결단코 하놀 불이 아니라 반ᄃᆞ시 이 범샹ᄒᆞᆫ 불이면 일뎡(一定) 손빈이 일변 블을 노코 일변 틈을 타 ᄃᆞ라나고 타 죽은 톄ᄒᆞ야 사ᄅᆞᆷ으로 ᄒᆞ야곰 의심티 아니케 ᄒᆞ미라. 쥬샹은 급히 각 문의 분부ᄒᆞ야 얼골을 그려 군인을 만히 시겨 듀야로 방도(防盜)ᄒᆞ야 손빈을 ᄃᆞ라나디 못ᄒᆞ긔 ᄒᆞ쇼셔.”

위왕 【96】 이 쥰주ᄒᆞ야 즉시 방연으로 ᄒᆞ야곰 각 문의 뎐지(傳旨)ᄒᆞ야 손빈의 얼골을 그려 방슈(防守)ᄒᆞ라 ᄒᆞ다.

연괵왕(燕蒯王)이 일〻의 뎐의 오ᄅᆞ니 왕의 ᄯᅩ 됴문 밧긔 니ᄅᆞ러 년ᄒᆞ야 세 ᄆᆞᄃᆡᄅᆞᆯ 울고 세 ᄆᆞᄃᆡᄅᆞᆯ 웃거놀 ᄇᆡᆨ관이 급히 알왼대 연왕이 닐오ᄃᆡ,

“이 반ᄃᆞ시 이인(異人)이라 쾌히 블러오라.”

왕외 드ᄃᆡ여 나아가 가젼의 부복ᄒᆞ거놀 연왕이 무로ᄃᆡ,

“엇디 우ᄉᆞ며 엇디 우ᄂᆞ뇨?”

왕외 닐오ᄃᆡ,

“신은 이산(夷山) 위료(尉繚)의 도뎨 왕외러니 크게 울믄 쥬샹의 가젼 손부마의 아ᄃᆞᆯ 손빈이 운몽산 귀곡션ᄉᆞᄅᆞᆯ 스승을 삼아 ᄌᆡ조ᄅᆞᆯ ᄇᆡ화 경셔젼ᄎᆡᆨ과 삼냑뉵도(三略六韜)ᄅᆞᆯ 아디 못ᄒᆞᆯ 배 업ᄉᆞ며 ᄯᅩ 삼권텬셔ᄅᆞᆯ ᄇᆡ화 능히 텰뎐구뢰(掣電驅雷)ᄒᆞ며 호풍환우ᄒᆞ며 초목을 딘을 일우며 사셕으로 군ᄉᆞᄅᆞᆯ ᄆᆡᆫᄃᆞᄂᆞ니 방연이 뎨 뫼히 ᄂᆞ려 다ᄅᆞᆫ 나라흘 도 【97】 아 그 명망을 업시ᄒᆞ며 병권을 아술가 두려 셔갑(徐甲)을 보내여 년ᄒᆞ야 두어 ᄎᆞ례ᄅᆞᆯ 청ᄒᆞ야 소겨 위예 니ᄅᆞ니 두

251) 【귀것】 명 귀신(鬼神). ¶ 鬼 ‖ 일좌 비뎐원이 삽시의 화ᄒᆞ야 와늑장이 되고 쳔여 개걸되 경ᄀᆡᆨ의 변ᄒᆞ야 쵸난ᄒᆞᆫ 귀거시 되도다 (烈焰騰空, 喊聲振地, 一座卑田院, 些時化作瓦礫場, 千餘乞丐徒, 頃刻變爲焦爛鬼.) <孫龐 2:93> ⇒ 귓것, 귓것ㅅ

252) 【ᄡᅧ여디다】 동 째지다. 찢어지다. ¶ 裂 ‖ ᄉᆞ면의 호곡은 하놀이 것거디고 ᄯᅡ히 ᄡᅧ여디ᄂᆞᆫ ᄃᆞᆺ ᄒᆞ고 일 회녹은 ᄒᆞ야곰 귀신이 저허ᄒᆞ고 신녕이 놀날러라 (四下啼號, 恰似天摧地裂, 一窩回祿也, 敎鬼駭神驚.) <孫龐 2:94> ⇒ ᄶᅧ여디다, ᄶᅧ여지다

253) 【어드로】 부 어디서. ¶ 從何 ‖ 이러ᄐᆞᆺᄒᆞᆫ 고이ᄒᆞᆫ 일이 잇도다 이 블이 어드로 조차 니러나뇨 (有這樣事, 這火從何而起?) <孫龐 2:95>

발을 버히고 쳔일의 지앙을 바ᄃᆞ믈 위ᄒᆞ미오, 년ᄒᆞ야 세 번 우ᄉᆞ믄 텬하 졔휘 경현만ᄉᆞ(輕賢慢士)ᄒᆞ야 놉흔 사ᄅᆞᆷ을 아디 못ᄒᆞ니 만일 사ᄅᆞᆷ을 위예 보내여 손빈을 도적ᄒᆞ야 오면 엇디 텬해 일통(一統)티 못ᄒᆞ믈 근심ᄒᆞ리오. 빈되(貧道) 이를 위ᄒᆞ야 두로 뉵국의 노라 각방을 효요(曉諭)ᄒᆞᄂᆞ니 아디 못게라 어ᄂᆞ 나라히 홍복(洪福)이 졔텬(齊天)ᄒᆞ야 이 사ᄅᆞᆷ을 어더 만날고 ᄒᆞᄂᆞ이다."

연왕이 이 말을 듯고 크게 깃거 닐오ᄃᆡ,

"만일 션싱의 ᄀᆞᄅᆞ치디 아니면 이 경텬옥듀(擎天玉柱)롤 일홀 번 ᄒᆞ여라."

ᄒᆞ고 근시(近侍)롤 분부ᄒᆞ야 왕오롤 다반(茶飯)을 먹인대 왕외 다반을 먹고 샤은ᄒᆞ고 가니라.

연왕이 무로ᄃᆡ,

"문무 듕의 뉘 가히 위국의 【98】 드러가 손빈을 도적ᄒᆞ야 올고?"

말을 ᄆᆞᆺ디 못ᄒᆞ야셔 문무 듕의 ᄒᆞᆫ 관원이 나아와 알외니라.

第8回
경위국냥방긔호 퇴연병빅뎡황금
征魏國兩邦旗號 退燕兵百錠黃金

원니 이 관원은 손빈의 아비 손조 부매라. 나아와 알외디,

"손빈은 신의 아돌이라. 쥬샹이 뎌롤 구ᄒᆞ믄 다른 나라히 도적ᄒᆞ야 오려 홈과 다른디라. 신이 두 ᄒᆡᄋᆞ로 더브러 인마 삼만을 거ᄂᆞ려 친히 위국의 니ᄅᆞ러 명졍언슌(名正言順)이 손빈을 어더 도라오리이다."

연왕이 닐오디,

"과인이 드ᄅᆞ니 위왕이 쥬의(主意) 젹다 ᄒᆞ니 혹 방연이 막아 손빈을 노하 도라보내디 아니ᄒᆞ면 엇디 쳐티ᄒᆞ리오?"

손죄 닐오디,

"방연이 져기 ᄌᆞ당(阻當)ᄒᆞ미 잇거든 몬져 그 머리롤 가져 위롤 위ᄒᆞ야 간(奸)을 덜미 가ᄒᆞ니이다."

연왕이 닐오디,

"그러ᄒᆞ【99】면 어ᄂᆞ날의 군ᄉᆞ롤 긔뎡(起程)ᄒᆞ려 ᄒᆞᄂᆞ뇨?"

손죄 닐오디,

"신이 오ᄂᆞᆯ날 교댱의 가 인마롤 졍졔ᄒᆞ야 ᄇᆞᆰ는 날의 문득 가려 ᄒᆞᄂᆞ이다."

연왕이 대희ᄒᆞ더라.

ᄎᆞ일의 손죄 손뇽(孫龍)·손호(孫虎)롤 더블고 삼만 인마롤 거ᄂᆞ려 바로 유쥐셩(幽州城)을 ᄯᅥ나 위롤 ᄇᆞ라며 진발(進發)ᄒᆞ니 이번 츌병홈은 젼의 진을 틸 적과 크게 서ᄅᆞ ᄀᆞᆺ디 아닌디라. 다만 보니,

> ᄉᆞ롬은 퓨호(彪虎) ᄀᆞᆺᄐᆞ며 ᄆᆞᆯ은 교룡 ᄀᆞᆺ고 빗치 셤ᄉᆞ 션명ᄒᆞᆫ 병(兵)이오 ᄃᆡᄃᆡ 경슉ᄒᆞᆫ 군용이라. 구겸창(鉤鎌鎗)은 월아산(月牙鏟)을 ᄃᆡᄒᆞ엿고 낭아젼(狼牙箭)은 오호궁(烏號弓)을 고ᄒᆞ며 [호]두패(虎頭牌) 녕ᄌᆞ패(令字牌)ᄂᆞᆫ 삼신오령(三申五令)을 ᄲᅵᆺ고 ᄉᆞᄌᆞ긔(獅子旗) 비호긔(飛虎旗)ᄂᆞᆫ 팔괘구궁(八卦九宮)을 안(按)ᄒᆞ야시며 젼ᄃᆡ병(前隊兵) 후ᄃᆡ병은 함미(銜枚) 질손[쥬](疾走)ᄒᆞ고 후쵸마(後哨馬) 젼쵸마ᄂᆞᆫ 셥젼츄풍(躡電追風)ᄒᆞ며 쥬경(酒酊)ᄒᆞ고 헌화(喧譁)ᄒᆞ【100】ᄂᆞ니 군법으로ᄡᅥ 다ᄉᆞ리며 호령을 준의(遵依)ᄒᆞᄂᆞ니ᄂᆞᆫ ᄯᅩᄒᆞᆫ 그 공을 혜더라.

힝ᄒᆞ연디 여러 날의 의량(宜梁) 계구(界口)의 니ᄅᆞ러 손죄 뎐녕(傳令)ᄒᆞ야 십니 밧긔 안영(安營)ᄒᆞ고 부ᄌᆞ 영듕의셔 샹의ᄒᆞ야 닐오디,

"용병의 도ᄂᆞᆫ 궤살(詭詐)을 염티 아니ᄒᆞᄂᆞ니 이제 세 영을 ᄆᆡᆫᄃᆞ라 ᄒᆞᆫ 영의ᄂᆞᆫ 진국 긔치롤 셰우고 ᄒᆞᆫ 영의ᄂᆞᆫ 초국 긔호롤 셰오고 ᄯᅩᄒᆞᆫ 영의ᄂᆞᆫ 연국 긔호롤 셰워, ᄒᆡᄋᆞ 손뇽은 진국 군ᄉᆞ의 모양을 ᄒᆞ야 빅긔의 긔호롤 셰우고 손호ᄂᆞᆫ 일만 인을 거ᄂᆞ려 초군ᄉᆞ의 모양을 ᄒᆞ야 황협(黃協)의 긔호롤 셰우고 다 듕도(中道)의 ᄆᆡ복ᄒᆞ엿다가 내일 만인을 거ᄂᆞ려 몬져 딘을 내여든 방연의 군ᄉᆞ 거ᄂᆞ려 올 즈음의 냥쵸(兩哨) 복병이 일시의 살입(殺入)ᄒᆞ면 뎌의 군시 반ᄃᆞ시 어즈러워 패ᄒᆞ리라."

손뇽 손회 명을 엇고【101】각일의 군ᄉᆞ 일만을 거ᄂᆞ려 드ᄃᆡ여 가 ᄆᆡ복ᄒᆞ다.

손죄 친히 군ᄉᆞ 일만을 거ᄂᆞ려 의량셩하의 니ᄅᆞ러 군시 크게 웨여 닐오디,

"삼공ᄌᆞ 손빈을 내여 보내면 만시 다 됴흐려니와 만일 반개 '블不' ᄌᆞ롤 닐럿다가ᄂᆞᆫ 셩듕의 드러가 너히 일국 인민을 ᄒᆞ나토 남고디 아니ᄒᆞ리라."

순셩관(巡城管)이 군경의 긴급ᄒᆞᄆᆞᆯ 보고 급히 보ᄒᆞᄃᆡ,

"이제 연방 손죄 인마ᄅᆞᆯ 거ᄂᆞ리고 의량 계구의 둔찰ᄒᆞ야 쟝ᄎᆞᆺ 셩을 드러와 삼공ᄌᆞ 손빈을 ᄎᆞ자가려 ᄒᆞᆫ다."

ᄒᆞᆫ대 위왕이 보ᄒᆞᄆᆞᆯ 듯고 드ᄃᆡ여 방연ᄃᆞ려 무로ᄃᆡ,

"이제 연국 손죄 약간 군병을 거ᄂᆞ려 의량 셩ᄒᆞ의 이셔 손빈을 ᄎᆞᄌᆞ니 쟝ᄎᆞᆺ 엇더ᄒᆞ리오?"

방연이 닐오ᄃᆡ,

"쥬샹은 근심티 마ᄅᆞ소셔. 신이 일즉 사ᄅᆞᆷ의 말을 드ᄅᆞ니 손죄 당년의 군ᄉᆞᄅᆞᆯ 니ᄅᆞ【102】혀 진의 드러갓다가 무안군(武安君) ᄇᆡᆨ긔의게 겁채(劫寨)ᄒᆞᄆᆞᆯ 닙어 부ᄌᆞ 삼인이 도찬(逃竄)ᄒᆞ야 연의 도라왓다 ᄒᆞ니 이러ᄐᆞᆺᄒᆞᆫ 인믈이야 블과 필부의 용이라. 엇디 족히 괘티(掛齒) 아니ᄒᆞ리오. 신이 군ᄉᆞᄅᆞᆯ 거ᄂᆞ려 셩의 나가 ᄉᆡᆼ금활착(生擒活捉)ᄒᆞ야 도라오리이다."

위왕이 닐오ᄃᆡ,

"이번 가매 연병을 믈리티고 도라오면 네 공젹을 혜리라."

방연이 위왕의게 하ᄃᆡᆨᄒᆞ고 군ᄉᆞ 삼만을 거ᄂᆞ려 셩의 나가 영뎍(迎敵)ᄒᆞᆯ시 냥개 셩명을 통ᄒᆞ고 방연ᄃᆞ려 ᄀᆞᆯ오ᄃᆡ,

"내 이번 오미 셩을 ᄃᆞ토며 내 히ᄋᆞ 손빈을 내여 연의 원슈되며 ᄇᆡᆨ셩이 고로오ᄆᆞᆯ 밧긔 말라."

ᄒᆞ니 방연이 닐오ᄃᆡ,

"손빈을 도라보내디 아니ᄒᆞ면 네 엇디ᄒᆞᆯ다?"

손죄 닐오ᄃᆡ,

"손빈을 도라보내디 아니ᄒᆞ면 몬져 네 나귀 귀ᄅᆞᆯ 버혀 뼈 내 ᄒᆞᆫ【103】을 싯고 다시 네 위국 소혈을 찌허 인민 쵸멸(剿滅)ᄒᆞ리라."

방연이 눈을 브릅ᄯᅳ고 칼ᄒᆞᆯ 드러 경히 서ᄅᆞ 마자 싸ᄒᆞᆯ 즈음의 다만 드ᄅᆞ니 좌쵸(左哨)의셔 ᄒᆞᆫ 소ᄅᆡ 나향(鑼響)의 긔 우ᄒᆡ 진국 ᄇᆡᆨ긔라 뻣고 일지(一枝) 인매 즛텨 드러오고 우쵸(右哨)의셔 ᄯᅩ ᄒᆞᆫ 소ᄅᆡ 나향의 긔 우ᄒᆡ 초국 황협이라 뻣고 일지인매 살입ᄒᆞ니 방연이 진·최 합병ᄒᆞ야시ᄆᆞᆯ 보고 심듕의 놀라 ᄉᆞᄉᆞ로 닐오ᄃᆡ, '이 놈이 간사코 사오나와 원ᄂᆡ 진·초 이국 병마ᄅᆞᆯ 비러 서ᄅᆞ 도으니 칠국 듕의 강(强)ᄒᆞᆫ 진과 장(壯)ᄒᆞᆫ 최라. 져근 거시 만ᄒᆞᆫ 거ᄉᆞᆯ ᄃᆡ뎍디 못ᄒᆞᄂᆞ니 엇디ᄒᆞ야 이긔리오.' ᄒᆞ고 헷 ᄒᆞᆫ 칼로 막고 ᄆᆞᆯ머리ᄅᆞᆯ 도로혀 ᄃᆞ라나거ᄂᆞᆯ 손죄 ᄯᅩᆯ오디 아니ᄒᆞ고 이긔믈 어더 도라오다.

방연이 분찬(奔竄)ᄒᆞ야 셩의 드러가 위왕을 보고 닐오ᄃᆡ,

"신이 손조로 더브러 젼블수합의 혜아리디 아녀셔 이놈의 진국 ᄇᆡᆨ긔 일지 군마와 쵸국 황협의 일지 인마ᄅᆞᆯ 비러 듕도의 ᄆᆡ복ᄒᆞ엿다가 딘을 즛텨 도라오니 신은 드ᄅᆞ니 과블뎍듕(寡不敵衆)이오 약난어강(弱難禦强)이니 다만 삼만 인마ᄅᆞᆯ 업시ᄒᆞ고 계유 도망ᄒᆞ야 도라 왓ᄂᆞ이다."

위왕이 크게 노ᄒᆞ야 닐오ᄃᆡ,

"네 당일의 대언비ᄅᆞᆯ 셰워 ᄉᆞᄉᆞ로 쟈랑ᄒᆞ야 닐오ᄃᆡ, '텬하의 ᄒᆞ나히 잇고 둘히 업다' ᄒᆞ더니 오ᄂᆞᆯ 삼쵸병(三哨兵)을 능히 ᄃᆡ뎍디 못ᄒᆞ고 도망ᄒᆞ야 도라오니 아니 다ᄅᆞᆫ 나라ᄒᆡ 우음을 바ᄃᆞ랴."

위왕이 졍히 노ᄒᆞ야 ᄒᆞ더니 쵸매 와 보ᄒᆞ되,

"탐텽ᄒᆞ니 다만 연국 병매 잇고 진·초 인마ᄂᆞᆫ 다 업ᄉᆞ니 원ᄂᆡ 손죄 군위ᄅᆞᆯ 장케 ᄒᆞ려 ᄒᆞ야 거즛 진·초 긔호ᄅᆞᆯ 셰웟더라 ᄒᆞᄂᆞ이다."

방연이 닐오ᄃᆡ,

"이런 일이 이시면 그ᄅᆞᆺ 이놈의 계규의 ᄲᅡ뎌시니【105】뎡코 이 도적을 사ᄅᆞ잡으리라."

위왕이 문무ᄅᆞᆯ ᄒᆞᆺ고 궁의 드러간대 쥬희(朱亥) 마올의 도라와 급히 손빈을 ᄃᆡᄒᆞ야 닐오ᄃᆡ,

"션ᄉᆡᆼ이 집의 이셔 외간 긔별을 아디 못ᄒᆞᄂᆞ냐. 연국 녕존(令尊)이 군ᄉᆞᄅᆞᆯ 거ᄂᆞ려 션ᄉᆡᆼ을 ᄎᆞ자 도라가려 ᄒᆞ거ᄂᆞᆯ 방연이 일지군마ᄅᆞᆯ 거ᄂᆞ려 셩의 나 영뎍ᄒᆞᄂᆞ니라."

손빈이 닐오ᄃᆡ,

"과연 이 일이 잇ᄂᆞ냐? 나의 노부ᄂᆞᆫ 쇠매(衰邁)ᄒᆞᆫ 사ᄅᆞᆷ이라 엇디 방연의 장용(壯勇)ᄒᆞᄆᆞᆯ 당ᄒᆞ리오. 아디 못게라 승패 엇더ᄒᆞ뇨?"

쥬희 닐오ᄃᆡ,

"녕존 대인이 비록 나히 만흐나 긔묘와 묘산(妙算)이 만하 방연이로 더브러 교젼ᄒᆞᆯᄯᅢ예 좌쵸(左哨)로셔 일지인매 진국 ᄇᆡᆨ긔의 긔호ᄅᆞᆯ 셰오고 살출(殺出)ᄒᆞ며 우쵸의 일지인매 초국 황협의 긔호ᄅᆞᆯ 셰워 살출ᄒᆞ니 방연이 진·쵸 두 나라 인매 서르 도으믈 보고 【106】 겁ᄒᆞ야 싸호디 아니코 도망ᄒᆞ야 도라오니 도로혀 삼만 인마롤 죽이고 녕존은 이긔믈 어더 도라왓더니 앗가야 탐매 와 보ᄒᆞ되,

"진(秦) 초(楚) 두 나라 인매 다 업고 거즛 거시라."

ᄒᆞ믈 듯고 방연이 교아졀치(咬牙切齒)ᄒᆞ야 녕존의 계교의 싸디믈 한ᄒᆞ야 붉ᄂᆞᆫ 날의 승부롤 결ᄒᆞ려 ᄒᆞᄂᆞ니라."

졍히 문답홀 ᄉᆞ이예 날이 졈으럿ᄂᆞᆫ디라. 두 사롬이 각ᄀᆞ 흐터디다.

ᄎᆞ일 조됴의 방연이 피괘(披掛)ᄒᆞ고 위왕긔 알외여 ᄀᆞᆯ오되,

"신이 어제 그릇 손조의 궤계의 싸뎌시니 오늘 밍셰코 이놈을 사ᄅᆞ잡아 모든 문무도 ᄒᆞ야곰 크게 웃게 ᄒᆞ리이다."

위왕이 닐오되,

"병가의 도ᄂᆞᆫ ᄉᆞᄉᆞ로 쟈랑ᄒᆞ매 잇디 아니ᄒᆞ니 손조롤 사ᄅᆞ잡아 와야 겨유 공젹을 알리라."

방연이 군ᄉᆞ롤 거ᄂᆞ리고 셩의 나가 손조로 더브러 대젼ᄒᆞ니 원ᄂᆡ 【107】 손빈이 그때예 쥬히의 화원 속의 이셔 연·위의 교봉ᄒᆞᄂᆞᆫ 살긔롤 보니 윗나라 긔셰ᄂᆞᆫ 더욱 장ᄒᆞ고 연나라 긔운은 졈ᄀᆞ 쇠패ᄒᆞ거ᄂᆞᆯ 손빈이 즉시 뉵갑녕문을 안졍(按定)ᄒᆞ고 입속의셔 ᄀᆞ만ᄀᆞ만 진언을 외오니 삽시예 뇌뎐벽녁(雷電霹靂)이 반공(半空)의셔 드러티며 비사주셕(飛砂走石)ᄒᆞ고 사발 만ᄒᆞᆫ 빙박(冰雹)이 의량셩 밧글 향ᄒᆞ야 어즈러이 떠러뎌 다만 위 인마롤 샹히오고 연나라 군사ᄂᆞᆫ ᄒᆞ나토 샹히오디 아니ᄒᆞ니 방연이 빙박을 마자 쌈이 프ᄅᆞ며 머리 싸여디고 부리 ᄒᆞ야뎌 금투고ᄂᆞᆫ 귀롤 덥허시며 호항(護項)은 반만 쌈을 ᄀᆞ리와 대패ᄒᆞ야 도망ᄒᆞ야 셩의 드러오니 손죄 영의 도라가 깃거 손뇽·손호롤 ᄃᆡᄒᆞ야 ᄀᆞᆯ오되,

"히ᄋᆞ야 연왕의 홍복이 졔텬ᄒᆞ야 어ᄂᆞ 신녕이 공듕의 이셔 딘 【108】 을 도아 빙박을 ᄂᆞ리와 위국 인마롤 샹히오고 우리나라 군ᄉᆞᄂᆞᆫ ᄒᆞ나토 샹히오디 아니ᄒᆞ고 방연이 마자 대패ᄒᆞ야 동주셔찬(東走西竄)ᄒᆞ야 도망ᄒᆞ야 셩의 드러가니 이 엇디 연나라 홍복이 아니리오."

방연이 도망ᄒᆞ야 가 믄득 위왕을 보고 닐오되,

"신이 손조로 더브러 교젼ᄒᆞ야 졍히 사ᄅᆞ잡으려 ᄒᆞ더니 아디 못게라 이놈이 므슴 볍[법]슐이 이셔 반공의 사발 ᄀᆞᄐᆞᆫ 빙박을 어즈러이 ᄂᆞ리텨 우리 딘듕 인마롤 샹히오고 이놈의 인마ᄂᆞᆫ 하나토 샹티 아니ᄒᆞ고 신은 마자 이긔디 못ᄒᆞ야 도라왓ᄂᆞ이다."

위왕이 크게 노ᄒᆞ야 닐오되,

"이놈이 쟈랑홀 줄만 아라 군ᄉᆞ 내디 못ᄒᆞ야셔ᄂᆞᆫ 말만 티레ᄒᆞ야 텬해 어즈러이 써러딤 ᄀᆞᆺ다가 밋 딘의 나매 ᄒᆞᆫ 손조 사ᄅᆞ잡기롤 사 믄득 공을 일우디 못ᄒᆞ니 본ᄃᆡ 맛당이 듕법으로 뼈쳐홀 【109】 거시로ᄃᆡ 아직 공쥬롤 ᄉᆡᇰ각ᄒᆞ고 네 죄롤 샤ᄒᆞ노라."

위왕이 노호오믈 씌여 됴회롤 파ᄒᆞ니 모든 문뮈 드ᄃᆡ여 파ᄒᆞ야 흐터디다.

쥬히 부듕의 도라와 손빈으로 서ᄅᆞ 볼싀 손빈이 무러 ᄀᆞᆯ오되,

"대인아 내 이셔 기ᄃᆞ련디 오란디라. 오ᄂᆞᆯ은 노뷔 방연으로 더브러 싀살ᄒᆞ며 어ᄂᆞ 집이 이긔뇨?"

쥬히 닐오되,

"깃보다 오ᄂᆞᆯ은 녕존이 크게 이긔고 방연은 대패ᄒᆞ야ᄂᆞ니라."

손빈이 닐오되,

"노뷔 므슴 요힝으로 쏘 이긔뇨?"

쥬히 닐오되,

"원ᄂᆡ 녕존이 작법ᄒᆞ야 일변으로 방연을 ᄃᆡ뎍ᄒᆞ며 일변으로 일딘 빙박을 ᄂᆞ리와 위국 인마롤 다 샹히오고 방연은 동주셔찬ᄒᆞ야 왓ᄂᆞ니라."

손빈이 미ᄀᆞ히 웃더라. 쥬히 분부ᄒᆞ야 술을 두어 손빈으로 더브러 ᄒᆞᆫ가지로 먹더니 손빈이 닐오되,

"대인을 소기디 아니 【109】 ᄒᆞ리니 앗가 내 후원의 이셔 연·위 냥가 살긔롤 보니 위 긔운은 졍히 밍ᄒᆞ고 연 긔운은 졈ᄀᆞ 쇠ᄒᆞ거ᄂᆞᆯ 내 ᄀᆞ만ᄒᆞᆫ[254] 가온대 이셔 노부의 ᄒᆞᆫ 딘을 도아 빙

254) 【ᄀᆞ만ᄒᆞ다】 형 은밀(隱密)하다. 비밀(秘密)하다. ¶ 暗 ‖ 내 ᄀᆞ만ᄒᆞᆫ 가온대 이셔 노부의 ᄒᆞᆫ 딘을 도아 빙박을 ᄂᆞ리와 위국 인마롤 샹잔ᄒᆞ고 방연을 텨 샹히와시니 (我在暗中默助老父一陣, 降下氷雹, 傷殘魏國人馬, 打壞龐涓.) <孫龐 2:109>

박을 ᄂᆞ리와 위국 인마ᄅᆞᆯ 샹잔ᄒᆞ고 방연을 뎌 샹ᄒᆡ와시니 만일 그러티 아녀시면 노뷔 거의 이 놈의 손의 샹ᄒᆞᆯ러니라."

쥬ᄒᆡ 놀라 ᄀᆞᆯ오ᄃᆡ,

"션싱의 이 말 ᄀᆞᄐᆞᆯ딘대 ᄂᆡ응외합(內應外合)ᄒᆞ미라. 냥국이 샹디(相持)ᄒᆞ야시니 어ᄂᆞ ᄣᅢ예 계유 평안ᄒᆞᆯ고?"

손빈이 닐오ᄃᆡ,

"노부의 군ᄉᆞᄅᆞᆯ 믈리려 ᄒᆞᆯ딘대 심히 쉬오니 이 공이 다 대인의 몸의 잇게 ᄒᆞ리라. 대인이 ᄇᆞᆰᄂᆞᆫ 날 가히 드러가 위왕ᄭᅴ 알외고 셩의 나가 군ᄉᆞᄅᆞᆯ 믈리티라."

쥬ᄒᆡ ᄯᆞᆷ을 가ᄅᆞ ᄒᆞᆯ리고 눈을 둥그러킈 ᄡᅳ며 머리ᄅᆞᆯ 저어 닐오ᄃᆡ,

"내 궁매 닉디 못ᄒᆞ고 무예 졍티 못ᄒᆞ니 방연도 믈리티디 못ᄒᆞ거든 【111】 내 엇디ᄒᆞ야 가리오."

손빈이 ᄀᆞᆯ오ᄃᆡ,

"대인이 즐겨 가려 ᄒᆞ면 ᄒᆞᆫ 살도 허비티 아니ᄒᆞ며 ᄒᆞᆫ 군ᄉᆞ도 죽이디 아니ᄒᆞ고 다만 내 편지ᄅᆞᆯ 가져 ᄇᆞᆰᄂᆞᆫ 날의 위왕ᄭᅴ 알외여 만일 위왕이 군ᄉᆞ 믈리틸 법을 뭇거든 네 닐오ᄃᆡ, '뎔로 더브러 무투(武鬪)티 말고 다만 뎔로 더브러 문권(文勸)ᄒᆞ야 잘 군ᄉᆞᄅᆞᆯ 믈려 연국의 도라가게 ᄒᆞ리이다.' ᄒᆞ면 위왕이 무로ᄃᆡ, '엇디ᄒᆞ야 문권이라 ᄒᆞᆯ고? 네 니ᄅᆞ라.' ᄒᆞ여든 ᄀᆞᆯ오ᄃᆡ, '손빈이 오둔(五遁)의 ᄇᆞᆰ고 신법이 태고(太高)ᄒᆞ야 죵적이 브졍(不定)ᄒᆞ니 뎨 사ᄅᆞᆷ을 보려 ᄒᆞ면 ᄀᆞ장 쉽고 사ᄅᆞᆷ이 뎌ᄅᆞᆯ 보려 ᄒᆞ면 ᄀᆞ장 어려오니 감간 군ᄉᆞᄅᆞᆯ 믈려 연의 도라가든 ᄒᆞᆫ ᄒᆡᄅᆞᆯ ᄒᆞᆫᄒᆞ야 손빈을 ᄎᆞ자 보내고 ᄒᆞᆫ ᄒᆡ ᄂᆡ예 손빈이 업거든 군ᄉᆞᄅᆞᆯ 니ᄅᆞ혀 임의로 졍벌ᄒᆞ라.' ᄒᆞ면 방연이 반ᄃᆞ시 너ᄅᆞᆯ 우ᄉᆞ리니 네 닐오ᄃᆡ, '방연【112】부마ᄂᆞᆫ 날을 웃디 말라. 내 만일 연병을 믈리티디 못ᄒᆞ거든 졍원(情願)으로 내 슈급을 버혀 너ᄅᆞᆯ 주고 내 연병을 믈리티거든 네 므어ᄉᆞᆯ 날을 주려 ᄒᆞᄂᆞ뇨?' ᄒᆞ면 방연이 반ᄃᆞ시 너ᄅᆞᆯ 이십 뎡 황금을 허ᄒᆞᆯ 거시니 가히 뎔로 더브러 더느디 말고 네 닐오ᄃᆡ, '내 슈급이 이십 뎡 금만 ᄡᆞ리오' ᄒᆞ야 일ᄇᆡᆨ뎡을 주거든 뎌와 더느라.[255]"

쥬ᄒᆡ 닐오ᄃᆡ,

"만일 녕존의 병매 믈러가디 아니면 죄업시 슈급만 아이랴?"

손빈이 닐오ᄃᆡ,

"대인은 방심ᄒᆞ라. 노뷔 나의 친필을 보면 결단코 군ᄉᆞᄅᆞᆯ 믈리디 아닐리 업ᄂᆞ니라. ᄒᆞᄆᆞᆯ며 내 부듕의 이셔 허다 일ᄌᆞᄅᆞᆯ 요ː〔攪擾〕ᄒᆞᄃᆡ 보답ᄒᆞ미 업더니 ᄇᆞᆰᄂᆞᆫ 날 방연의 몃열 근 금을 가져 구의[256] 일로ᄡᅥ ᄉᆞᄉᆞᄅᆞᆯ 갑흐면 됴티 아니랴."

쥬ᄒᆡ 환텬희디(歡天喜地)ᄒᆞ야 드ᄃᆡ여 손【113】빈을 니별ᄒᆞ고 가다.

ᄇᆞᆰᄂᆞᆫ 날 새배 쥬ᄒᆡ 즉시 됴회예 드러가니 위왕이 뎐의 올라 즁신ᄃᆞ려 무러 ᄀᆞᆯ오ᄃᆡ,

"연병이 창궐ᄒᆞ야 셰 가히 당티 못ᄒᆞᆯ디라. 모든 문무 듕의 뉘 가히 셩의 나가 연병을 믈리틸고?"

쥬ᄒᆡ 응셩ᄒᆞ야 알외ᄃᆡ,

"신 쥬ᄒᆡ 감히 연병을 믈러가게 ᄒᆞ리이다."

위왕이 닐오ᄃᆡ,

"네 무예 고강(高强)티 못ᄒᆞ니 ᄃᆡ뎍기 어려올가 ᄒᆞᄂᆞ이다."

쥬ᄒᆡ 닐오ᄃᆡ,

"신이 연병을 믈리티미 스ᄉᆞ로 모칙이 잇ᄂᆞᆫ디라. 병을 움즉여 싀살티 말고 다만 모로미 두어 귀 말로 문강(文講)ᄒᆞ야 화ᄒᆞ게 ᄒᆞ야 뎔로 ᄒᆞ야곰 군ᄉᆞᄅᆞᆯ 믈리게 ᄒᆞ리이다."

위왕이 닐오ᄃᆡ,

"엇디 니른 문강고?"

쥬ᄒᆡ 닐오ᄃᆡ,

"신이 손조ᄃᆞ려 닐오ᄃᆡ, '네 집 녕낭(令郎)이 오둔법(五遁法)이 ᄇᆞᆰ고 신통(神通)이 현묘ᄒᆞ야 죵적이 부졍ᄒᆞ니 뎨 만일 너ᄅᆞᆯ 보려 ᄒᆞ면 경ᄀᆡᆨ의 볼 【114】 거시오, 네 만일 뎌ᄅᆞᆯ 보려 ᄒᆞ면 쳔 번이나 어렵고 만 번이나 어려오니 대인이 잠간 군ᄉᆞᄅᆞᆯ 믈려 연의 도라가 ᄒᆞᆫ ᄒᆡᄅᆞᆯ 관ᄒᆞᆫ(寬

---

255) 【더느다】 [동] 던지다. 내기하다. ¶ 賭 ‖ 일ᄇᆡᆨ 뎡을 주거든 뎌와 더느라 (許你一百錠黃金, 你就與他賭.) <孫龐 2:112>

256) 【구의】 [명] 관청(官廳). 관가(官家). ¶ 公 ‖ ᄒᆞᄆᆞᆯ며 내 부듕의 이셔 허다 일ᄌᆞᄅᆞᆯ 요ːᄒᆞᄃᆡ 보답ᄒᆞ미 업더니 ᄇᆞᆰᄂᆞᆫ 날 방연의 몃열 근 금을 가져 구의 일로ᄡᅥ ᄉᆞᄉᆞᄅᆞᆯ 갑흐면 됴티 아니랴 (況我在府中, 攪擾許多日子, 無些報答, 明日且取龐涓幾十錠金, 將公報私, 與大人措箱也好.) <孫龐 2:112>

限)ᄒᆞ야 우리나라히 손빈을 어더 도라보내게 ᄒᆞ고 만일 긔약 디나ᄃᆞ록 언약을 져ᄇᆞ리거든 임의로 군ᄉᆞᄅᆞᆯ 거ᄂᆞ려 와 티라' ᄒᆞ리이다."

위왕이 닐오ᄃᆡ,

"과연 가 뎌ᄅᆞᆯ 다래여 군ᄉᆞᄅᆞᆯ 믈리고 오거든 듕히 샹을 더으리라."

방연이 크게 두어 소ᄅᆡᄅᆞᆯ 웃거ᄂᆞᆯ 위왕이 방연ᄃᆞ려 무ᄅᆞᄃᆡ,

"네 우ᄉᆞ믄 엇디오?"

방연이 닐오ᄃᆡ,

"손죄 교활ᄒᆞ기 이샹ᄒᆞ니 엇디 뎌 오활(迂闊)ᄒᆞ고 석은 말을 듯고 군ᄉᆞᄅᆞᆯ 믈려 도라가리오."

쥬희 닐오ᄃᆡ,

"방부마ᄂᆞᆫ 사ᄅᆞᆷ을 웃디 말라. 내 만일 두어 말로 손조ᄅᆞᆯ 다래여 군ᄉᆞᄅᆞᆯ 믈리면 네 므어ᄉᆞ로 날을 던어[257] 주려 ᄒᆞᄂᆞᆫ다?"

방연이 쾌히 ᄃᆡ답ᄒᆞ야 닐오ᄃᆡ,

"이번 가 【115】 매 ᄒᆞᆫ 살을 허비티 아니ᄒᆞ고 ᄒᆞᆫ 군ᄉᆞ도 죽이디 아니ᄒᆞ고 손조의 군ᄉᆞᄅᆞᆯ 믈리티면 내 너ᄅᆞᆯ 이십 뎡(錠) 황금을 주고 네 만일 연병을 믈리티디 못ᄒᆞ면 날을 므어ᄉᆞᆯ 주려 ᄒᆞᄂᆞᆫ다?"

쥬희 닐오ᄃᆡ,

"만일 믈리티디 못ᄒᆞ면 내 슈급을 너ᄅᆞᆯ 주리라."

방연이 닐오ᄃᆡ,

"네 임의 슈급을 주려 ᄒᆞ면 일ᄇᆡᆨ 뎡 황금도 관겨티 아니ᄒᆞ니 너와 더느쟈.[258]"

방연이 혜오ᄃᆡ, '엇디 두어 귀 말로 시러곰 손조의 군ᄉᆞᄅᆞᆯ 믈리티리오.' ᄒᆞ야 ᄲᅧ 일ᄇᆡᆨ 뎡 황금을 더느거ᄂᆞᆯ 쥬희 위왕긔 알외ᄃᆡ,

"ᄇᆞ라건대 쥬샹은 일원 관원을 명ᄒᆞ야 ᄇᆞᆰ이 보ᄅᆞᆯ ᄒᆞ쇼셔."

위왕이 닐오ᄃᆡ,

"방연이 디면 일ᄇᆡᆨ 뎡 금을 즐겨 내려니와 네 디면 슈급을 버히디 아니리라. 과인이 뎡안평을 명ᄒᆞ야 너 두 집 보ᄅᆞᆯ ᄃᆞᆯ리라."

뎡안평(鄭安平)이 【116】 츌반 주왈,

"만일 신을 보(保)과댜 ᄒᆞ실딘대 모ᄅᆞ미 뎌 냥개 쥬샹의 알ᄑᆡ셔 군녕장(軍領狀)을 ᄡᅧ 각〻 일홈을 두어야 신이 가히 보ᄅᆞᆯ ᄒᆞᆯ소이다."

위왕이 닐오ᄃᆡ,

"경의 말이 유리ᄒᆞ도다. "

당하 쥬희 방연이 각〻 일홈을 두어 뎡안평을 맛디고 쥬희 집으로 나와 손빈의 편지ᄅᆞᆯ 가지고 경궁단젼(輕弓短箭)과 쥰마융장(駿馬絨粧)으로 수십긔 군ᄉᆞᄅᆞᆯ 더블고 의량셩으로 나바로 손조의 영문 알ᄑᆡ 니ᄅᆞ러 몰긔 ᄂᆞ린대 긔패관(旗牌官)이 잡고 무ᄅᆞᄃᆡ,

"어ᄃᆡ 셰작인다?"

ᄒᆞ고 자바다가 손조의게 뵌대 손죄 무로ᄃᆡ,

"네 어ᄃᆡ 사ᄅᆞᆷ이완ᄃᆡ 감히 내 영젼의 와 군경을 타탐(打探)ᄒᆞᄂᆞᆫ다?"

쥬희 블망블황(不忙不慌)이 닐오ᄃᆡ,

"대인은 식노(息怒)ᄒᆞ쇼셔. 나ᄂᆞᆫ 위국 우승샹 쥬희러니 위왕의 명을 밧ᄌᆞ와 대인으로 더브러 강화ᄒᆞ려 ᄒᆞᄂᆞ이다."

손죄 닐오ᄃᆡ,

【117】 "녕낭(令郎) 삼공지 법이 오둔(五遁)의 ᄇᆞᆰ으며 신통긔묘(神通奇妙)ᄒᆞ야 도덕이 놉고 아독ᄒᆞ며[259] 죵젹이 브졍ᄒᆞ야 뎨 사ᄅᆞᆷ을 보려 ᄒᆞ면 손바닥 뒤혐ᄀᆞ티 쉽고 사ᄅᆞᆷ이 뎌ᄅᆞᆯ 보랴 ᄒᆞ면 하ᄂᆞᆯ의 오ᄅᆞᆷᄀᆞ티 어려오니 쳥컨대 대인은 군ᄉᆞᄅᆞᆯ 거두어 나라히 도라가고 ᄒᆞᆫ ᄒᆡ로 관ᄒᆞᆫ(寬限)ᄒᆞ야 공ᄌᆞᄅᆞᆯ ᄎᆞ자 귀방(貴邦)의 도라보내고 만일 ᄒᆞᆫ ᄒᆡ 닉예 공ᄌᆞᄅᆞᆯ 도라보내디 못ᄒᆞ거든 이ᄣᅢ예 군ᄉᆞᄅᆞᆯ 니ᄅᆞ혀 텨도 두 나라히 원ᄒᆞᄂᆞᆫ ᄆᆞ옴이 업ᄉᆞ리라."

손죄 ᄀᆞᆯ오ᄃᆡ,

"아니 그 가온대 간사ᄒᆞ미 잇ᄂᆞ냐?"

쥬희 닐오ᄃᆡ,

"아ᄆᆞ 사ᄅᆞᆷ도 업ᄉᆞ니 대인은 좌우ᄅᆞᆯ 믈리

---

257) 【던어-】 «더너다» 내기하다. ¶ 賭 ‖ 네 므어ᄉᆞ로 날을 던어 주려 ᄒᆞᄂᆞᆫ다 (你賭甚麼與我?) <孫龐 2:114>

258) 【더느다】 ㉧ 던지다. 내기하다. ¶ 賭賽 ‖ 네 임의 슈급을 주려 ᄒᆞ면 일ᄇᆡᆨ 뎡 황금도 관겨티 아니ᄒᆞ니 너와 더느쟈 (你既肯輸首級, 我就做一百錠黃金不着, 和你打個賭賽.) <孫龐 2:115> ⇒ 더너다, 더ᄂᆞ다, 던으다

259) 【아독ᄒᆞ다】 ㉨ 아득하다. ¶ 玄 ‖ 녕낭 삼공지 법이 오둔의 ᄇᆞᆰ으며 신통긔묘ᄒᆞ야 도덕이 놉고 아독ᄒᆞ며 죵젹이 브졍ᄒᆞ야 (令郎三公子, 法明五遁, 神通奇妙, 道德高玄, 踪跡不定.) <孫龐 2:117> ⇒ 아득다, 아득ᄒᆞ다

라. 서ᄅᆞ 고홀 말이 잇노라."

손죄 분부ᄒᆞ야 좌우ᄅᆞᆯ 믈리거ᄂᆞᆯ 쥬희 ᄉᆞ매 가온대로셔 손빈의 편지ᄅᆞᆯ 내여 두 손으로 밧드러 손조ᄅᆞᆯ 주어 ᄀᆞᆯ오ᄃᆡ,

"삼공ᄌᆞ 셔신이 여긔 이시니 날로 ᄒᆞ야곰 드리라【118】ᄒᆞ더이다."

손죄 바다 ᄢᅥ혀보니 손빈의 필적이라. ᄌᆞ시 보니 ᄒᆞ여시ᄃᆡ,

> 아ᄋᆞᆸ260)ᄂᆞ니 부친이 군ᄉᆞᄅᆞᆯ 니ᄅᆞ혀 위예 드러오시믄 아히 함원부굴(含冤負屈)ᄒᆞᄆᆞᆯ 위ᄒᆞ미라. 쥬희의 덕이 뫼ᄀᆞ티 놉하 깁히 장원(莊園)의 ᄀᆞᆷ초와 구ᄒᆞ야내니 방적의 원슈ᄂᆞᆫ ᄆᆞᄎᆞᆷ내 갑흘디라. ᄯᅩ ᄇᆞ라건대 부친은 쥬젼(週全)ᄒᆞ샤 군ᄉᆞᄅᆞᆯ 쉬오며 갑오ᄉᆞᆯ 거더 연의 도라가시면 고당의 취히[면](聚面)ᄒᆞ미 날이 이시리이다.
>
> 부효남 빈은 ᄇᆡᆨᄇᆡ 샹셔ᄒᆞ노라.

ᄒᆞ엿더라.

손죄 간파(看罷)의 깃브ᄆᆞᆯ 이긔디 못ᄒᆞ야 ᄀᆞᆯ오ᄃᆡ,

"원ᄂᆡ ᄋᆞ지 대인의 슈련(垂憐)ᄒᆞ시ᄆᆞᆯ 힘닙어 거두어 ᄐᆡᆨ샹(宅上)의 두시니 이 은혜ᄂᆞᆫ 갑기 어려오니 나의 군ᄉᆞ 믈리미 므어시 어려오리오."

ᄒᆞ고 즉시 뎐녕ᄒᆞ야 회군 긔호ᄅᆞᆯ 셰오니 병매 진짓 뫼히 믄허디며261) 바다히 터디ᄂᆞᆫ【119】ᄃᆞᆺᄒᆞ야 영채ᄅᆞᆯ ᄲᅡ혀 ᄃᆞᆺ거ᄂᆞᆯ 손죄 쥬희ᄅᆞᆯ 보내고 손농·손호ᄅᆞᆯ 거ᄂᆞ려 바로 연국의 도라오니 졍히,

> 이 두 나라히 젼토[투](戰鬪)ᄒᆞ매 녀셔(黎庶)ᄅᆞᆯ 샹히오고 ᄒᆞᆫ 죠히 가셔(家書) 대군을 믈리티미러라.

쥬희 크게 깃거 ᄆᆞᆯ을 채텨 셩의 드러가 위왕긔 알외ᄃᆡ,

"신이 쥬샹의 홍복을 힘닙어 손조의 인매 다 도라가고 뎨 닐오ᄃᆡ, '일년 ᄂᆡ예 손빈을 도라보내고 만일 도라보내디 아니면 ᄯᅩ 군ᄉᆞᄅᆞᆯ 니ᄅᆞ혀 티렷노라 ᄒᆞ더이다.'"

졍히 니ᄅᆞᆯ ᄉᆞ이예 탐매 ᄂᆞ라와 보ᄒᆞᄃᆡ,

"연병이 다 발영(拔營)ᄒᆞ야 갓ᄂᆞ이다."

위왕이 크게 깃거 닐오ᄃᆡ,

"됴흔 쥬희로다. 과연 몃 귀 말노 손조의 병을 믈리틘고?"

ᄒᆞ노라.

방연이 겨ᄐᆡ 이셔 만면슈괴ᄒᆞ야 아ᄆᆞ 소ᄅᆡ도 못ᄒᆞ거ᄂᆞᆯ 뎡안평이 닐오ᄃᆡ,

"방부마야 ᄒᆞᆫ 말이 입의 나매 ᄉᆞ매(駟馬) ᄯᆞᆯ오기 어렵다262) ᄒᆞ니 뎨 만일【120】뎌시면 슈급 가지미 내 손의 이실 거시오. 네 이제 뎌시니 일ᄇᆡᆨ 뎡 금을 뎌ᄅᆞᆯ 주미 ᄯᅩᄒᆞᆫ 내 몸의 잇ᄂᆞᆫ디라. 장ᄎᆞᆺ 엇디ᄒᆞ려 ᄒᆞᄂᆞ뇨?"

방연이 다만 ᄀᆡ구티 아니ᄒᆞ고 ᄲᅣᆷ이 블것다가 희고 희엿다가 블어 마ᄋᆞᆯ의 도라가 일ᄇᆡᆨ뎡 황금을 가져 쥬희ᄅᆞᆯ 준대 뎡안평이 모든 알퓌셔 군녕장을 ᄡᅳ고 위왕이 ᄯᅩ 능금단필(綾錦段疋)과 금화어쥬(金花御酒)ᄅᆞᆯ 준대 쥬희 샤은ᄒᆞ고 부듕의 도라오니 손빈이 닐오ᄃᆡ,

"대인아 하례ᄒᆞ노라."

---

260)【-ᄋᆞᆸ-】回 -압-. ¶ 신이 아ᄋᆞᆸᄂᆞ니 이 사ᄅᆞᆷ이 우두방 토원항의 잇ᄂᆞᆫ 방형의 아ᄃᆞᆯ이라 (臣認得此人, 牛頭街兎元巷開染坊龐衡之子.) <孫龐 1:81>

261)【믄허디다】동 무너지다. ¶ 崩 ‖ 즉시 뎐녕ᄒᆞ야 회군 긔호ᄅᆞᆯ 셰오니 병매 진짓 뫼히 믄허디며 바다히 터디ᄂᆞᆫ ᄃᆞᆺᄒᆞ야 영채ᄅᆞᆯ ᄲᅡ혀 ᄃᆞᆺ거ᄂᆞᆯ (登時傳令打起回兵旗號, 那些兵馬, 眞是山崩海決一般, 滔滔的拔營就走.) <孫龐 2:118> ⇒ 문허디다, 문허지다, 믄허지다, 믈어디다, 믈허디다

262)【一言旣出, 駟馬難追 일언기출, 사마난추】 yīyánjìchū, sìmǎnánzhuī <成> ᄒᆞᆫ 말이 입의 나매 ᄉᆞ매 ᄯᆞᆯ오기 어렵다 ‖ "龐駙馬, ~. 他若輸了, 決要在我身上取首級與你. 你今輸了, 要在我身上取一百錠金子與他." 방부마야 ᄒᆞᆫ 말이 입의 나매 ᄉᆞ매 ᄯᆞᆯ오기 어렵다 ᄒᆞ니 뎨 만일 뎌시면 슈급 가지미 내 손의 이실 거시오. 네 이제 뎌시니 일ᄇᆡᆨ 뎡 금을 뎌ᄅᆞᆯ 주미 ᄯᅩᄒᆞᆫ 내 몸의 잇ᄂᆞᆫ디라 (孫龐 2:119) ᄒᆞᆫ 말이 입의 나매 ᄉᆞ매駟馬 ᄯᆞᆯ오기 어려온디라; 말이 입의 ᄒᆞᆫ번 난 후 몰로 ᄯᆞᆯ와잡디 못ᄒᆞᆯ닷 말이라 ‖ "~. 晩弟明日準行." ᄒᆞᆫ 말이 입의 나매 ᄉᆞ매 ᄯᆞᆯ오기 어려온디라〔말이 입의 ᄒᆞᆫ번 난 후 몰로 ᄯᆞᆯ와잡디 못ᄒᆞᆯ닷 말이라〕쇼뎨 당ᄃᆞᆼ히 명일의 ᄒᆡᆼᄒᆞ리니 (玉嬌 3:72)

쥬희 만면의 우음을 먹음고 ᄃᆡ답ᄒᆞ야 ᄀᆞᆯ오ᄃᆡ,

"만히 션싱의 신긔묘산을 ᄀᆞᄅᆞ치시믈 닙어 이 척촌(尺寸)의 공을 엇고 ᄯᅩ 방연의 일[빅] 뎡금ᄌᆞ(金子)ᄅᆞᆯ 아ᄉᆞ믈 감격ᄒᆞ야 ᄒᆞ노라."

손빈이 닐오ᄃᆡ,

"빅뎡 금은 쇼ᄉᆡ어니와 방연이 젼혀 자랑ᄒᆞᆯ 줄만 아더니 이번 이긔매 ᄒᆞ나흔 뎌의 긔운을 걱고 둘흔 모든 【121】 문무의 우임이 되미 됴토다."

쥬희 닐오ᄃᆡ,

"션싱의게 감사ᄒᆞ믈 다 ᄒᆞ디 못ᄒᆞᆯ로다."

손빈이 ᄀᆞᆯ오ᄃᆡ,

"미셰ᄒᆞᆫ 일을 엇디 족히 사례ᄒᆞ리오. 내 ᄇᆞᆰᄂᆞᆫ 날 큰 부귀ᄒᆞᆯ 일을 어더 대인을 보보ᄒᆞ리라."

쥬희 당시예 만문가권을 블러 손빈의게 비샤ᄒᆞ다.

방연이 쥬희 손조의 군ᄉᆞ 믈리티믈 보고 ᄯᅩ 빅뎡 황금을 일흔디라. 쵸조ᄒᆞ야 도라가 텽샹의 안자 심듕의 ᄀᆞ마니 혜요ᄃᆡ,

"쥬희 두어 말로 손죄 엇디 군ᄉᆞᄅᆞᆯ 믈리리오. 그 가온대 반ᄃᆞ시 연괴 잇도다."

ᄒᆞ고 밤이 고요ᄒᆞ고 경이 깁흔 후의 ᄀᆞ마니 화원의 니ᄅᆞ러 머리ᄅᆞᆯ ᄒᆞᆫ 번 드러보니 손빈의 본명셩(本命星)이 쥬희의 부듕의 경히 비최엿ᄂᆞᆫ디라.

방연이 크게 놀라 닐오ᄃᆡ,

"원ᄂᆡ 쥬희 손빈을 집의 ᄀᆞᆷ초와[263] 두고 ᄀᆞ마니 연국을 통ᄒᆞ야 셔신이 왕【122】ᄂᆡᄒᆞ모로ᄡᅥ 손죄 문득 믈러가시니 이 놈이 가히 ᄒᆞᆫ 된디라. 내 ᄇᆞᆰᄂᆞᆫ 날 쥬샹긔 알외고 만히 군ᄉᆞᄅᆞᆯ 거ᄂᆞ려 쥬희 부듕을 ᄡᆞ면으로 에우고 ᄌᆞ시 어더 만일 손빈을 자바내면 쥬희 일가 인구(人口)ᄅᆞᆯ 뇨당(了當)ᄒᆞ야 ᄡᅥ 내 ᄒᆞᆫ을 시ᄉᆞ미 됴토다."

방연이 ᄆᆞᆸᄡᅳᆯ ᄆᆞᄋᆞᆷ을 낼 제 손빈이 쥬희 부듕의셔 졍히 쥬희로 더브러 술먹더니 쥬희 홀연이 ᄌᆞ치음ᄒᆞ거ᄂᆞᆯ[264] 손빈이 ᄀᆞᆯ오ᄃᆡ,

"대인의 뎌 ᄌᆞ치음[265]이 ᄀᆞ장 됴티 아니ᄒᆞ니 ᄇᆞᆰᄂᆞᆫ 날 방연이 쥬샹긔 알외고 군ᄉᆞᄅᆞᆯ 만히 거ᄂᆞ리고 부문을 에워 날을 어드리라."

쥬희 이 말을 듯고 크게 놀라 닐오ᄃᆡ,

"이 일을 엇디ᄒᆞ여야 됴흐리오?"

손빈이 닐오ᄃᆡ,

"일이 해롭디 아니ᄒᆞ니 ᄇᆞᆰᄂᆞᆫ 날 뎨 오기ᄅᆞᆯ 기ᄃᆞ려 다ᄅᆞᆯ 달다 ᄒᆞ거든 다ᄅᆞᆯ 주고 믈을 달라 ᄒᆞ거든 믈을 주고 결단코 므셔워 【123】 말며 일가노유ᄅᆞᆯ 분부ᄒᆞ야 황당티 말게 ᄒᆞ라. 내 ᄉᆞᄉᆞ로 장신(藏身)ᄒᆞᄂᆞᆫ 법이 이시리니 뎌의 두로 ᄎᆞᄌᆞ믈 임의로 ᄒᆞ게 ᄒᆞ라. 결단코 뎌의 손이 ᄧᅥ러디디 아니리라."

쥬희 면강(勉強)ᄒᆞ야 ᄃᆡ답ᄒᆞ나 ᄆᆞᄋᆞᆷ의 노티 못ᄒᆞ야 ᄆᆞᄋᆞᆷ의 ᄀᆞ마니 스ᄉᆞ로 뉘우처 닐오ᄃᆡ,

"당초의 뎌ᄅᆞᆯ ᄃᆞ려와 내 머믈워 두믄 길흉의 서ᄅᆞ 샹냥(商量)ᄒᆞ려 ᄒᆞ엿더니 엇디 오ᄂᆞᆯ날 이런 홰 올 줄 알리오 엇디 ᄒᆞ여야 됴흘고?"

ᄒᆞ야 ᄒᆞᄅᆞ밤을 긴 한숨과 뎌른 탄식으로 번ᄂᆡ복거(翻來覆去)ᄒᆞ야 ᄌᆞᆷ이 평안티 아니ᄒᆞ더라.

위왕이 조됴ᄅᆞᆯ 베펏더니 방연이 계주(啓奏)ᄒᆞᄃᆡ,

"쥬샹아, 신이 야리예 텬샹을 우러ː 보니 손빈의 복명셩이 쥬희의 부듕의 비최여시니 믄득 이 쥬희 손빈을 집의 숨겨두고 ᄀᆞ마니 연국으로 더브러 셔신이 왕ᄂᆡᄒᆞᄂᆞᆫ디라. 이러므로 손죄 군ᄉᆞᄅᆞᆯ 믈려가미라. 【124】 신이 오ᄂᆞᆯ 특별이 와 쥬샹긔 알외ᄂᆞ니 군ᄉᆞᄅᆞᆯ 니ᄅᆞ혀 쥬희의 집을 에우고 손빈을 어더 오려 ᄒᆞᄂᆞ이다."

위왕이 닐오ᄃᆡ,

"요긴티 아닌 일로 ᄉᆞ단(事端)을 니ᄅᆞ혀 므엇ᄒᆞ려 ᄒᆞᄂᆞ뇨. 네 만일 군ᄉᆞᄅᆞᆯ 니ᄅᆞ혀 가 과연 손빈을 어더 내면 쥬희의 님금 소긴 죄ᄂᆞᆫ 스ᄉᆞ로 응당이 만문(滿門)을 취참(取斬)ᄒᆞ려니와 만일 손빈을 어더 내디 못ᄒᆞ면 도로혀 쥬희의 일당 믈취(沒趣)ᄒᆞ믈 밧디 아니ᄒᆞ랴?"

263) 【ᄀᆞᆷ초다】 동 감추다. ¶ 藏匿 ‖ 원ᄂᆡ 쥬희 손빈을 집의 ᄀᆞᆷ초와 두고 (原來把孫臏藏匿在家.) <孫龐 2:121>

264) 【ᄌᆞ치음ᄒᆞ다】 동 재채기하다. ¶ 打噴涕 ‖ 손빈이 쥬희 부듕의셔 경히 쥬희로 더브러 술먹더니 쥬희 홀연이 ᄌᆞ치음ᄒᆞ거ᄂᆞᆯ (當夜孫臏正與朱亥飲酒, 朱亥猛可打箇噴涕.) <孫龐 2:124>

265) 【ᄌᆞ치음】 명 재채기. ¶ 噴涕 ‖ 대인의 뎌 ᄌᆞ치음이 ᄀᆞ장 됴티 아니 ᄒᆞ니 (大人這噴涕打得不好.) <孫龐 2:122>

방연이 닐오ᄃᆡ,

"만일 쥬히 손빈을 ᄀᆞᆷ초디 아녀시면 모ᄅᆞ거니와 ᄀᆞᆷ초와 집의 두어시면 엇디 ᄃᆞ라날가 근심ᄒᆞ리오. 쾌히 가 어더 자바오리이다."

위왕이 ᄃᆡ의 즐겨 마디 아니ᄒᆞ믈 보고 윤주ᄒᆞᆫ대 방연이 군ᄉᆞᄅᆞᆯ 거ᄂᆞ리고 바ᄅᆞ 쥬히의 부문 알ᄑᆡ 니ᄅᆞ러 젼후로 일〻히 에우고 몰긔 ᄂᆞ려 부듕의 드러간대 쥬히 마자 닐오ᄃᆡ,

"방 【125】 부매 폐사(敝舍)의 니ᄅᆞ시미 므슴 연괴니잇고?"

방연이 ᄀᆞᆯ오ᄃᆡ,

"쥬히야 네 됴흔 일 ᄒᆞᄂᆞᆫ고나! 손빈을 가져 집의 ᄀᆞᆷ초고 연국으로 더브러 통ᄒᆞ야 반ᄒᆞ기ᄅᆞᆯ 꾀ᄒᆞ야 거즛 손조의 군ᄉᆞᄅᆞᆯ 믈리고 나의 빅뎡 황금을 아ᄉᆞ니 내 이제 쥬샹의 틱지ᄅᆞᆯ 밧ᄌᆞ와 네 집의 니ᄅᆞ러 손빈을 어더다가 너의 젼가ᄅᆞᆯ 살륙ᄒᆞ리라."

쥬히 됴히 닐오ᄃᆡ,

"방부마야 관연 내 집의 이셔 어더내면 젼개 죄ᄅᆞᆯ 바다도 말을 못ᄒᆞ려니와 만일 엇디 못ᄒᆞ면 내 문의 나기 어려오리라."

방연이 모든 군ᄉᆞᄅᆞᆯ 블러 누의 오ᄅᆞ며 집의 올라 젼텽과 후당과 고방과 침실과 뇌원과 샹낭의 두로 어더 대되 열여ᄃᆞᆲ 번이나 어드ᄃᆡ 또 엇디 손빈을 보리오. 방연이 스ᄉᆞ로 ᄉᆡᆼ각ᄒᆞ야 닐오ᄃᆡ,

'반ᄃᆞ시 풍셩을 주루(走漏)ᄒᆞ야 도적이 어ᄃᆡ 가 숨은고. 【126】 그러티 아니면 엇디 업술리 이시리오.'

군ᄉᆞᄅᆞᆯ 분부ᄒᆞ야 ᄌᆞ셰이 다시 어드라 ᄒᆞ니 군ᄉᆡ 뎐졍 안 길남은 셕판을 다 들티며 화원 속 늙고 큰 나모불희ᄅᆞᆯ 다 파 넘으티나 엇디 어드리오. 왼편으로 어드며 올흔편으로 어더 ᄌᆞᆼ일토록 엇다가 ᄒᆞᆯ 길히 업서 쥬히ᄅᆞᆯ 니별티 아니ᄒᆞ고 군ᄉᆞᄅᆞᆯ 거ᄂᆞ려 바로 위왕을 뵌대 위왕이 닐오ᄃᆡ,

"손빈을 어든다?"

방연이 닐오ᄃᆡ,

"아디 못게라. 어ᄂᆡ 놈이 쇼식을 통ᄒᆞ야 손빈을 다ᄅᆞᆫ 곳의 ᄀᆞᆷ초왓ᄂᆞ이다."

위왕이 노ᄒᆞ야 닐오ᄃᆡ,

"갈 ᄯᅢ예 손빈이 사라 쥬히 집의 잇다 ᄒᆞ더니 와셔ᄂᆞᆫ 또 닐오ᄃᆡ, '어더내디 못ᄒᆞ엿노라' ᄒᆞ니 분명이 광언망셜(誑言妄說)로 님금을 업슈이 너기미로다."

방연이 다시 아모 말도 못ᄒᆞ고 다만 퇴됴ᄒᆞ야 부듕으로 도라가 【127】 다.

쥬히 방연이 손빈을 어더내디 못ᄒᆞ고 소흥(掃興)ᄒᆞ야 도라가믈 보고 믄득 뉴부인ᄃᆞ려 닐러 ᄀᆞᆯ오ᄃᆡ,

"방연이 도로혀 믈츄(沒趣)ᄒᆞ야[266] 가시니 다만 아디 못게라 손션ᄉᆡᆼ이 어ᄃᆡ 숨엇ᄂᆞᆫ고?"

말이 ᄆᆞᆺ디 못ᄒᆞ야셔 다만 드ᄅᆞ니 등 뒤히셔 브ᄅᆞᄃᆡ,

"내 예 잇노라."

ᄒᆞ더라.

---

266) 【믈츄ᄒᆞ다】 형 {몰취(沒趣)하다.} 무료(無聊)하다. ¶ 沒趣 ‖ 방연이 도로혀 믈츄ᄒᆞ야 가시니 다만 아디 못게라 손션ᄉᆡᆼ이 어ᄃᆡ 숨엇ᄂᆞᆫ고 (龐涓倒沒趣去了, 不知孫先生藏于何處.) <孫龐 2:127>

손방연의 孫龐演義 권지ᄉᆞᆷ

第9回

손빈계장목궤 방연굴수피마
孫臏計藏木櫃 龐涓屈受披麻

【2】 쥬히(朱亥) 뉴부인이 손빈의 소ᄅᆡᄅᆞᆯ 듯고 놀라 급히 머리ᄅᆞᆯ 도로혀 보니 손빈이 등 뒤희 잇거ᄂᆞᆯ 쥬히 무로ᄃᆡ,

"앗가 션ᄉᆡᆼ이 어ᄃᆡ 숨엇더뇨?"

손빈이 닐오ᄃᆡ,

"내 향안(香案) 밋ᄐᆡ 잇더니라."

쥬히 밋디 아녀 ᄀᆞᆯ오ᄃᆡ,

"향안 아래ᄅᆞᆯ 번ᄂᆡ복거(翻來覆去)ᄒᆞ야 몃번을 어드ᄃᆡ 션ᄉᆡᆼ을 보디 못ᄒᆞᆯ러라."

손빈이 미히 웃고 닐오ᄃᆡ,

"내 오둔(五遁)의 ᄇᆞᆰ아 금(金)을 만나면 금의 숨고 슈(水)ᄅᆞᆯ 만나면 슈의 숨고 화(火)ᄅᆞᆯ 만나면 화의 숨고 토(土)ᄅᆞᆯ 만나면 토의 숨ᄂᆞ니 마ᄎᆞᆷ 목(木)을 만나 숨엇ᄂᆞᆫ디라. 이러모로 날을 엇디 못ᄒᆞ엿ᄂᆞ니라."

쥬히 닐오ᄃᆡ,

"션ᄉᆡᆼ은 진짓 신인이로다."

ᄒᆞ고 가동을 분 【3】 부ᄒᆞ야 술을 버려 서ᄅᆞ 경하ᄒᆞ더라.

방연이 손빈을 어더내디 못ᄒᆞ고 위왕의 ᄒᆞᆫ 번 발작ᄒᆞ몰 넙고 부듕의 도라가 심히 쾌티 못ᄒᆞ야 좌ᄉᆞ우샹(左思右想)ᄒᆞ야 십분 의혹ᄒᆞ야 닐오ᄃᆡ,

"분명이 어제 밤의 손빈의 복명셩(本命星)이 쥬히 집의 비최엿더니 오ᄂᆞᆯ 어드ᄃᆡ 엇디 못ᄒᆞ니 긔괴ᄒᆞᆫ디라. 오ᄂᆞᆯ밤의 다시 뎌의 본명셩이 어ᄃᆡ 비최엿ᄂᆞᆫ고 보리라."

ᄒᆞ고 바로 후원의 니ᄅᆞ러 머리ᄅᆞᆯ 드러보니 본명셩이 단졍히 쥬히 부듕의 비최엿ᄂᆞᆫ디라. 방연이 ᄀᆞ마니 닐오ᄃᆡ,

"이 놈의 본명셩이 쥬히 집의 비최여시니 엇디 다시 어더내디 못ᄒᆞ리오. ᄇᆞᆰᄂᆞᆫ 날 아ᄎᆞᆷ의 모ᄅᆞ미 됴뎡의 알외디 마라 쇼식을 누셜티 말고 ᄀᆞ마니 스ᄉᆞ로 ᄇᆡᆨ쉰 명 가뎡(家丁)을 더블고 바ᄅᆞ 쥬히 집의 니ᄅᆞ러 ᄌᆞ시 ᄒᆞᆫ ᄎᆞ례ᄅᆞᆯ 어더 그 【4】 블의예 내ᄃᆞᄅᆞ면[267] 엇디 ᄀᆞᆷ초리오."

ᄒᆞ고 산계(筭計)ᄒᆞ기ᄅᆞᆯ 임의 뎡ᄒᆞ고 도로 당샹의 니ᄅᆞ러 년야(連夜)ᄒᆞ야 가뎡(家丁)을 뎜졔(點齊)ᄒᆞ야 다만 ᄇᆞᆰ기ᄅᆞᆯ 기ᄃᆞ려 가려 ᄒᆞ더라.

손빈이 쥬히로 더브러 술 먹더니 두 사ᄅᆞᆷ이 방연의 수포(搜捕)ᄒᆞ던 ᄉᆞ셜(辭說)을 니ᄅᆞ며 무쟝대쇼(撫掌大笑)ᄒᆞ더니 손빈이 ᄀᆞᆯ오ᄃᆡ,

"내 ᄯᅩ 뎜복(占卜)ᄒᆞ야[268] 이놈이 다시 올가 보리라."

ᄒᆞ고 손ᄀᆞ락을 곱아 수ᄅᆞᆯ 혜아려 보고 쥬히ᄅᆞᆯ ᄃᆡᄒᆞ야 ᄀᆞᆯ오ᄃᆡ,

---

267) 【내ᄃᆞᆯ-】 동 «내ᄃᆞᆮ다» 내닫다. 내달리다. ¶ ᄇᆞᆰᄂᆞᆫ 날 아ᄎᆞᆷ의 모ᄅᆞ미 됴뎡의 알외디 마라 쇼식을 누셜티 말고 ᄀᆞ마니 스ᄉᆞ로 ᄇᆡᆨ쉰 명 가뎡을 더블고 바ᄅᆞ 쥬히 집의 니ᄅᆞ러 ᄌᆞ시 ᄒᆞᆫ ᄎᆞ례ᄅᆞᆯ 어더 그 블의예 내ᄃᆞᄅᆞ면 엇디 ᄀᆞᆷ초리오 (我明蚤不要奏知朝廷, 省得走漏消息, 悄自帶百十名家將, 再到朱亥家裏細搜一通, 出其不意, 難道也藏過了?) <孫龐 3:3> ⇒ 내ᄃᆞᆮ다, 내ᄃᆞᆺ-, ᄂᆡ다르다

268) 【뎜복ᄒᆞ다】 동 점복(占卜)하다. ¶ 卜卦 ‖ 내 ᄯᅩ 뎜복ᄒᆞ야 이놈이 다시 올가 보리라 (我且再卜一卦, 看那厮還來不來.) <孫龐 3:4> 빌기ᄅᆞᆯ ᄆᆞᄎᆞ미 ᄌᆞᆷ을 드니 ᄭᅮᆷ의 부친이 당 우희 안졋거ᄂᆞᆯ 초등이 나아가 졀ᄒᆞᄃᆡ 이의 츅교 〔뎜복ᄒᆞᄂᆞᆫ ᄃᆡ쪽이라〕 ᄒᆞᆫ ᄡᅡᆼ을 ᄯᅡ히 더지니 여ᄃᆞᆲ 팔ᄌᆞ 형샹 ᄀᆞᆺ거ᄂᆞᆯ (祝畢就寢, 夢見父坐于上, 朝棟上前揖之, 乃擲祝筶一雙于地, 得聖筶若八字形.) <包公 鎖匙 1:84>

"대인아 방연이 ᄆᆞ옴이 오히려 죽디 아녀 ᄂᆡ일 아ᄎᆞᆷ의 ᄯᅩ 와 날을 어드리라."

쥬희 닐오ᄃᆡ,

"션ᄉᆡᆼ아 이번의 만일 오면 우리 방속 지이[269] 허디 아니ᄒᆞ랴."

손빈이 닐오ᄃᆡ,

"다 방해롭디 아니ᄒᆞ니 이ᄣᅢ예 ᄒᆞᆫ 간 뷘 방을 서럿고[270] ᄒᆞᆫ 됴ᄒᆞᆫ 나모 궤ᄅᆞᆯ 가져 그 가온대 노하 ᄉᆞ면 ᄇᆞ람벽의 다티 말게 ᄒᆞ고 돌지약과 흙덩이ᄅᆞᆯ ᄀᆞ【5】ᄃᆞᆨ 담고 ᄌᆞ믈쇠로 ᄌᆞᄆᆞ고[271] 거출 봉ᄒᆞ고 투셔[272] 티고 방문을 ᄯᅩᄒᆞᆫ ᄌᆞᆷ으고 열쇠란 집 ᄀᆞ옴아ᄂᆞᆫ[273] 한미ᄅᆞᆯ 주고 그 한미ᄅᆞᆯ 블러 오라. 내 분부ᄒᆞᆯ 말이 잇노라."

쥬희 일변으로 의계ᄒᆞ야 힝ᄉᆞᄒᆞ고 일변으로 관가파(管家婆)ᄅᆞᆯ 블러오니 그 한미 심히 모양이 업ᄉᆞᆫ디라. ᄒᆞᆫ가지 당쳐ᄂᆞᆫ 뉵십세라. 냥빈(兩鬢)이 봉숑(蓬鬆)ᄒᆞ고 등을 고프리고 온 ᄂᆞᆺ촌 추사문(縐紗紋) ᄀᆞᆺ고 머리ᄂᆞᆫ 은실을 드리온ᄃᆞᆺ ᄒᆞ고 옷ᄉᆞ매 ᄒᆞ야뎌시며[274] 치마복이 터디며 피육(皮肉)이 쵸췌ᄒᆞ니 비록 면목(面目)이 실로 믜오나[275] 팔ᄌᆞ(八字)ᄅᆞᆯ 일워내면 귀ᄒᆞᆫᄃᆞᆺ시 보더라. 그 한미 머리ᄅᆞᆯ 흔들고 ᄃᆞ라와 먼니 셔거ᄂᆞᆯ 손빈이 ᄀᆞᆯ오ᄃᆡ,

"나아오라 분부ᄒᆞᆯ 일이 잇노라."

한미 나아와 셔거ᄂᆞᆯ 귀예 다혀 ᄀᆞ마니 닐오ᄃᆡ,

"이리〻 ᄒᆞ라."

니ᄅᆞ기ᄅᆞᆯ ᄆᆞᆺ고 ᄀᆞ마니 ᄀᆞᆯ오ᄃᆡ,

"ᄇᆞᄃᆡ 【6】 긔록ᄒᆞ엿다가 가히 문을 여디 말라."

할미[276] 머리ᄅᆞᆯ 가져 어즈러이 좃고 입의 ᄀᆞᄃᆞᆨ이 ᄃᆡ답ᄒᆞ야 ᄀᆞᆯ오ᄃᆡ,

"임의 아랏노라."

쥬희 타발(打發)ᄒᆞ야 드려보내다.

손빈이 쥬희ᄅᆞᆯ ᄃᆡᄒᆞ야 닐러 ᄀᆞᆯ오ᄃᆡ,

"대인아 방연이 어더 빈 방 알ᄑᆡ 니ᄅᆞ면 뎨 결단코 므슴 방인고 무ᄅᆞᆯ 거시니 네 가히 닐오ᄃᆡ, '고방(庫房)이라' ᄒᆞ면 뎨 무로ᄃᆡ, '므어ᄉᆞᆯ ᄀᆞᆷ초왓ᄂᆞ뇨?' ᄒᆞ야든 대인이 닐오ᄃᆡ, '부마ᄅᆞᆯ 소기디 아니리니다. 금은긔명(金銀器皿)과 뎐의 어든 일ᄇᆡᆨ 뎡 금ᄌᆞᄅᆞᆯ 다 뎌 속의 녀헛다.' ᄒᆞ면 뎨 ᄆᆞᄎᆞᆷ내 문 열믈 구ᄒᆞ리니 네 여러 뎌ᄅᆞᆯ 뵈라."

[쥬희 ᄀᆞᆯ오ᄃᆡ],

"방연이 니심(利心)이 심히 듕ᄒᆞ니 금은긔명이란 말을 듯고 궤ᄅᆞᆯ 메여가면 엇디ᄒᆞ야 됴흘고?"

[손빈이 ᄀᆞᆯ오ᄃᆡ],

"뎌 궤예 돌지약을 내여가고 뎌의 금은지믈을 밧ᄭᅩ와 보내면 엇덜가 시브뇨[277]?"

---

269) 【-지이】 조 -까지. ¶ 通 ‖ 션ᄉᆡᆼ아 이번의 만일 오면 우리 방속지이 허디 아니ᄒᆞ랴 (先生, 這番若來, 可不把我房屋通拆毀了?) <孫龐 3:4>

270) 【서럿-】 동 «서렂다» 거두어 치우다. 정리(整理)하다. ¶ 收拾 ‖ 다 방해롭디 아니ᄒᆞ니 이ᄣᅢ예 ᄒᆞᆫ 간 뷘 방을 서럿고 ᄒᆞᆫ 됴ᄒᆞᆫ 나모 궤ᄅᆞᆯ 가져 그 가온대 노하 ᄉᆞ면 ᄇᆞ람벽의 다티 말게 ᄒᆞ고 (不妨, 如今可收拾一間空房, 擡一口好木櫃, 放在中間, 四邊不要靠着墻壁.) <孫龐 3:4>

271) 【ᄌᆞᄆᆞ다】 동 (문 따위를) 잠그다. ¶ 上鎖 ‖ ᄌᆞ믈쇠로 ᄌᆞᄆᆞ고 거출 봉ᄒᆞ고 투셔 티고 방문을 ᄯᅩᄒᆞᆫ ᄌᆞᆷ으고 (上了鎖, 用了印信封皮, 把房門亦封鎖停當.) <孫龐 3:5>

272) 【투셔】 명 {투서 (圖書 túshū).} 도장[印]. 중국어 차용어. ¶ 印信 ‖ ᄌᆞ믈쇠로 ᄌᆞᄆᆞ고 거출 봉ᄒᆞ고 투셔 티고 방문을 ᄯᅩᄒᆞᆫ ᄌᆞᆷ으고 (上了鎖, 用了印信封皮, 把房門亦封鎖停當.) <孫龐 3:5>

273) 【ᄀᆞ옴아-】 동 관장(管掌)하다. 다스리다. ¶ 管 ‖ 열쇠란 집 ᄀᆞ옴아ᄂᆞᆫ 한미ᄅᆞᆯ 주고 그 한미ᄅᆞᆯ 불러 그 한미ᄅᆞᆯ 블러 오라 내 분부ᄒᆞᆯ 말이 잇노라 (匙鑰交與管家婆, 只要叫出管家婆來, 等我分付他一通說話.) <孫龐 3:5>

274) 【ᄒᆞ야디다】 동 헐어지다. 해어지다. ¶ 開 ‖ 옷ᄉᆞ매 ᄒᆞ야뎌시며 치마복이 터디며 피육이 쵸췌ᄒᆞ니 (袖衫開, 裙褶碎, 贏得腌臢併憔悴.) <孫龐 3:5> ⇒ ᄒᆞ야지다, ᄒᆞ여디다, ᄒᆞ여지다, ᄒᆡ야디다, ᄒᆡ야지다, ᄒᆡ여디다, ᄒᆡ여지다

275) 【믜오-】 형 «믭다» 밉다. ¶ 憎 ‖ 비록 면목이 실로 믜오나 팔ᄌᆞᄅᆞᆯ 일워내면 귀ᄒᆞᆫᄃᆞᆺ시 보더라 (雖然面目實堪憎, 八字生成該近貴.) <孫龐 3:5> ⇒ 믭다

276) 【할미】 명 할미. ¶ 婆子 ‖ 할미 머리ᄅᆞᆯ 가져 어즈러이 좃고 입의 ᄀᆞᄃᆞᆨ이 ᄃᆡ답ᄒᆞ야 ᄀᆞᆯ오ᄃᆡ (婆子把頭亂點, 滿口答應說.) <孫龐 3:6> ⇒ 한미, 할믜, ᄒᆞᆫ미

쥬희 손빈의【7】계교ᄅᆞᆯ 밧고 각〻 침실의 도라가다.

이튼날 방연이 과연 ᄇᆡᆨ십 명 가뎡(家丁)을 ᄃᆞ리고 바ᄅᆞ 쥬희 집의 니ᄅᆞ니 방연이 오기ᄅᆞᆯ 일 ᄒᆞ엿ᄂᆞᆫ디라. 쥬희 좀 속의 방연이 왓단 말을 듯고 급히 니러나 소셰도 못ᄒᆞ고 슈신건복(隨身巾服)을 닙고 텽을 나오며 닐오ᄃᆡ,

"방부마야 네 어제 일〻을 어드ᄃᆡ 손빈을 어더내디 못ᄒᆞ고 오ᄂᆞᆯ ᄯᅩ 와 ᄆᆞ엇ᄒᆞ려 ᄒᆞ나뇨?"

방연이 닐오ᄃᆡ,

"네 어제 손빈을 ᄀᆞᆷ초와시니 오ᄂᆞᆯ 특별이 와 ᄒᆞᆫ 번 ᄌᆞ셔이 어드려 ᄒᆞ노라."

쥬희 닐오ᄃᆡ,

"방부마야 네 임의 어드려 ᄒᆞ면 어더보려니와 오ᄂᆞᆯ 다시 엇디 못ᄒᆞ면 닐로 더브러 그치디 아니리라."

방연이 즁인을 분부ᄒᆞ야 대문 우흐로 브터 후원 담 다ᄒᆞᆫ ᄃᆡᄀᆞ지 어드ᄃᆡ 손빈을 어더내디 못ᄒᆞ니 방연이 ᄂᆡ텽 뒤흐로 ᄃᆞᆺ다가 ᄒᆞᆫ 간 빈방이【8】봉쇄ᄒᆞ기ᄅᆞᆯ 심히 ᄀᆞᆺ게 ᄒᆞ엿거ᄂᆞᆯ 믄득 무로ᄃᆡ,

"ᄆᆞᄉᆞᆷ 방이며 이 속의 ᄆᆞ어ᄉᆞᆯ ᄀᆞᆷ초왓ᄂᆞ뇨?"

쥬희 닐오ᄃᆡ,

"실로 서ᄅᆞ 소기디 아니ᄒᆞ리니 이 속의 ᄀᆞᆷ촌 거ᄉᆞᆫ 다 금은긔명과 젼일 부마의게 어든 ᄇᆡᆨ뎡 금ᄌᆞ도 ᄯᅩᄒᆞᆫ 여긔 ᄀᆞᆷ초왓ᄂᆞ니라."

방연이 닐오ᄃᆡ,

"그 듕의 반ᄃᆞ시 연괴 잇도다. 쾌히 여러 뵈라."

쥬희 닐오ᄃᆡ,

"사ᄅᆞᆷ의 ᄌᆞ식 ᄀᆞᆺ디 아닌 말 말라. ᄌᆡᄇᆡᆨ(財帛) 거쳐ᄅᆞᆯ 엇디 경히 사ᄅᆞᆷ을 내여 뵈리오. 만일 부마 부듕 ᄌᆡᄇᆡᆨ을 즐겨 사ᄅᆞᆷ을 뵐가 시브냐. 셰상의ᄂᆞᆫ 이런 일이 업ᄉᆞ니 결단코 여러 뵈디 못ᄒᆞ리라."

방연이 브ᄃᆡ 보려 ᄒᆞᆫ대 쥬희 ᄒᆞᆯ 길히 업서 관가파(管家婆)ᄅᆞᆯ 블러,

"열쇠ᄅᆞᆯ 가져오라."

그 한미 일변 도라오며 일변 ᄭᅮ지저 닐오ᄃᆡ,

"이 사ᄅᆞᆷ은 ᄉᆞ톄(事體)ᄅᆞᆯ 모ᄅᆞᄂᆞᆫ도다. 사ᄅᆞᆷ의 집 ᄌᆡᄇᆡᆨ 고방(庫房)을 엇디 쳔ᄌᆞ(擅自)히 여【9】러보려 ᄒᆞᄂᆞ뇨!"

방연이 이 말을 듯고 크게 노ᄒᆞ야 한미ᄅᆞᆯ ᄭᅳ어다가 ᄯᅡ히 업디ᄅᆞ고 주머괴[278]와 발로 무수히 티니 한미 감히 우디 못ᄒᆞ고 셩을 ᄎᆞᆷ아 경히 문을 열려 ᄒᆞ더니 그 방 속의셔 손빈이 닐오ᄃᆡ,

"한미 내 분부ᄒᆞ야 문을 여디 말라 ᄒᆞ엿더니 오ᄂᆞᆯ ᄯᅩ 열랴 ᄒᆞ니 아니 내 셩명을 단송(斷送)ᄒᆞ려 ᄒᆞᄂᆞᆫ다."

방연이 환텬희지(歡天喜地)ᄒᆞ야 닐오ᄃᆡ,

"분명이 손빈을 뎨 녀허 두고 도로혀 날을 소겨 ᄌᆡᄇᆡᆨ 거쳐라 ᄒᆞ니 내 만일 ᄌᆞ셔이 엇디 못ᄒᆞ면 ᄒᆞ마면[279] 일ᄒᆞᆯ 번 ᄒᆞ여다. 이제ᄂᆞᆫ ᄂᆞᆯ개ᄅᆞᆯ 도텨도 ᄂᆞ라나기 어렵도다!"

한미 방문을 연대 방연이 몬져 드러가니 ᄉᆞ면의 아모 것도 업고 다만 큰 나모 궤 하나히 거듕ᄒᆞ야 노히고 봉쇄ᄅᆞᆯ 심히 ᄀᆞᆺ게 ᄒᆞ엿거ᄂᆞᆯ 방연이 닐오ᄃᆡ,

"손빈을 결단코 이 궤 속의 녀허시니 여러 날【10】을 뵈라."

쥬희 닐오ᄃᆡ,

"뎌 궤 속의 ᄀᆞᆷ촌 거시 졍히 이 금은긔명이니 엇디 사ᄅᆞᆷ을 ᄀᆞᆷ초와실 리 이시리오. 사ᄅᆞᆷ을 ᄀᆞᆷ초와시면 숨고와 죽디 아녀시랴."

말을 ᄆᆞᆺ디 못ᄒᆞ야셔 소릐ᄒᆞ야 닐오ᄃᆡ,

"쥬대인아 쳔만 빌건대 여디 마라. 날을 잠간이나 살긔 ᄒᆞ라."

---

277)【시브다】[형] 싶다. ¶ 뎌의 금은 ᄌᆡ믈을 밧ᄭᅩ와 보내면 엇덜가 시브뇨 (不怕他不換金銀財物還你.) <孫龐 3:7>

278)【주머괴】[명] 주먹. ¶ 拳頭 ‖ 방연이 이 말을 듯고 크게 노ᄒᆞ야 한미ᄅᆞᆯ ᄭᅳ어다가 ᄯᅡ히 업디ᄅᆞ고 주머괴와 발로 무수히 티니 한미 감히 우디 못ᄒᆞ고 셩을 ᄎᆞᆷ아 경히 문을 ᄒᆞ더니 (龐涓聽見大惱, 把那婆子拽將過來, 揪倒在地, 拳頭脚尖, 打了一頓, 婆子不敢啼哭, 納着口氣, 正去動手開門.) <孫龐 3:9> ⇒ 주머귀, 주먹, 주먹외, 쥬머괴, 쥬먹

279)【ᄒᆞ마면】[부] 하마터면. ¶ 險些 ‖ 분명이 손빈을 뎨 녀허 두고 도로혀 날을 소겨 ᄌᆡᄇᆡᆨ 거쳐라 ᄒᆞ니 내 만일 ᄌᆞ셔이 엇디 못ᄒᆞ면 ᄒᆞ마면 일ᄒᆞᆯ 번 ᄒᆞ여다 (分明把個孫臏藏在裡面, 反哄我說是財帛去處, 又是我搜簡得細膩不然險些被他漏了網.) <孫龐 3:9> ᄒᆞ마면 튱냥을 해ᄒᆞᆯ랏다 (險些誤害忠良!) <三國 9:109>

방연이 긔운이 니러나 말을 일오디 못ᄒᆞ야 닐오ᄃᆡ,

"손빈의 말이 뎌 궤 속의셔 나거ᄂᆞᆯ 엇디 뎌ᄅᆞᆯ 위ᄒᆞ야 챠엄(遮掩)ᄒᆞ려 ᄒᆞᄂᆞ뇨."

모든 가뎡을 블러 궤재 ᄡᅥ메여 됴뎡으로 드러가쟈 ᄒᆞ니 모든 가뎡이 일시의 ᄡᅥ메고 ᄃᆞᆺ거ᄂᆞᆯ 쥬히 조당(阻當)티 아니ᄒᆞ고 다만 발을 구ᄅᆞ며 가ᄉᆞᆷ을 두ᄃᆞ리고 크게 블러 닐오ᄃᆡ,

"방연아 네 ᄀᆞ장 무리ᄒᆞ도다! 거ᄌᆞᆺ 손빈 어드믈 일홈삼고 나의 일 궤 금은긔명을 다 아사가ᄂᆞ뇨!"

ᄒᆞ고 즉시 ᄯᆞᆯ려 됴문 알ᄑᆡ 니ᄅᆞ니 위왕이 경히 【11】 됴회ᄅᆞᆯ 베퍗거ᄂᆞᆯ 쥬히 나아가 알외ᄃᆡ,

"쥬샹긔 알외ᄂᆞ이다. 부마 방연이 손빈 어드믈 일홈삼아 어제 와 ᄎᆞᆽ기ᄅᆞᆯ 엇다가 엇디 못ᄒᆞ고 오ᄂᆞᆯ ᄇᆞᆰ디 못ᄒᆞ야셔 빅슈 가뎡을 ᄃᆞ리고 신의 집의 니ᄅᆞ러 고방의 드러가 일 궤 금은긔명을 메여 가니 이놈이 국셰ᄅᆞᆯ 의지ᄒᆞ야 지믈을 보고 ᄠᅳᆺ을 내니 ᄇᆞ라건대 쥬샹은 어엿비 너기샤 도로 ᄎᆞ자 주시면 은혜 텬디 ᄀᆞᆺᄐᆞ리이다."

위왕이 ᄀᆞᆯ오ᄃᆡ,

"엇디 이런 고이ᄒᆞᆫ 일이 이시리오. 네 예셔 기ᄃᆞ리라."

뎨 마디 못ᄒᆞ야 됴회예 나아오리니 머어시라 ᄒᆞᄂᆞᆫ고 보라.

방연이 나모 궤ᄅᆞᆯ 모든 가뎡을 메여 압셰우고 뒤히 ᄯᆞᆯ와 가니 일로의 손빈이 궤 속의셔 말을 그치디 아녀 ᄀᆞᆯ오ᄃᆡ,

"방부마야 내 당일의 널로 더브러 팔비(八拜)ᄒᆞ야 벗이 되야 스승을 ᄒᆞᆫ가지로 ᄒᆞ야 업을 바들 제 경이 【12】 동포(同胞)의셔 낫더니 므어시 네게 져ᄇᆞ리미 잇관ᄃᆡ 이런 독슈ᄅᆞᆯ ᄇᆞ리ᄂᆞ뇨?"

방연이 ᄃᆡ답ᄒᆞ야 닐오ᄃᆡ,

"내 너의 소기믈 닙어시니 ᄒᆞᆫ가지로 가 쥬샹을 보쟈."

손빈이 궤 속의셔 언삼어ᄉᆞ(言三語四)ᄒᆞ야 바로 됴문 알ᄑᆡ 니ᄅᆞ러 방연이 몬져 드러가 위왕긔 뵌 대 왕이 닐오ᄃᆡ,

"네 엇디 거ᄌᆞᆺ 손빈 엇ᄂᆞᆫ 일홈을 의탁ᄒᆞ고 뎌의 금은긔명을 아사온다?"

방연이 ᄀᆞᆯ오ᄃᆡ,

"신이 엇디 법을 모로고 쳔ᄌᆞ히 뎌의 집이 드러가 일궤 금은을 메여오리오. 쥬히 손빈을 가져 궤 속의 ᄀᆞᆷ초고 거ᄌᆞᆺ 닐오ᄃᆡ, '금은긔명이라' ᄒᆞᄂᆞᆫ디라. 이러므로 ᄡᅧ 사ᄅᆞᆷ으로 ᄒᆞ야곰 메여 뎐 알ᄑᆡ 니ᄅᆞ러 당면ᄒᆞ야 여러 보랴 ᄒᆞᄂᆞ이다."

"엇디 이 쇽의 손빈이 잇ᄂᆞᆫ 줄 아ᄂᆞ뇨?"

방연이 닐오ᄃᆡ,

"메여올 제 속의셔 말을 ᄒᆞ더니 됴문 밧긔 니ᄅᆞ러셔야 그쳣ᄂᆞ이다."

위 【13】 왕이 모든 사ᄅᆞᆷ을 명ᄒᆞ야 그 궤ᄅᆞᆯ 가져 금난뎐(金鸞殿) 우히 노코 피봉(皮封)을 ᄠᅦ이고 ᄌᆞ믈쇠ᄅᆞᆯ 열고 보니 손빈도 보디 못ᄒᆞ고 금은긔명도 보디 못ᄒᆞ고 ᄀᆞ득ᄒᆞᆫ 거시 다 돌지약과 흙뎡이 뿐이라. 쥬히 금난뎐 우히 이셔,

"괴롭다 방부마야! 네 ᄀᆞ장 사오납도다. 나의 금은긔명을 메여다가 박두와셜(磚頭瓦屑)[280]을 밧고와 녀허시니 강도와 다ᄅᆞ미 이시리오."

냥반(兩班) 문뮈 다 보고 블평(不平)ᄒᆞ야 일졔히 나아와 알외ᄃᆡ,

"분명이 방부매 뎌의 거ᄉᆞᆯ 밧고와ᄂᆞ이다."

쥬히 드러와 알외연디 임의 반일이나 되엿고 뎌ᄂᆞᆫ 이제야 와시니 ᄒᆞᆫ 궤란 니ᄅᆞ도 말고 열 궤라도 밧고와시리이다.

위왕이 크게 노ᄒᆞ야 닐오ᄃᆡ,

"지믈을 탐ᄒᆞ야 법을 닛고 ᄉᆞᄉᆞ로이 금은을 밧고니 맛당이 므ᄉᆞᆷ 죄ᄅᆞᆯ 어드려 ᄒᆞᄂᆞ뇨?"

방연이 닐오ᄃᆡ,

【14】 "신이 일노의 ᄯᆞᆯ와와 일즉 됴문 알ᄑᆡ 니ᄅᆞ럿고 일즉 집의ᄂᆞᆫ 가도 아녀시니 엇디 신이 밧고왓다 ᄒᆞᄂᆞ니잇고?"

위왕이 ᄀᆞᆯ오ᄃᆡ,

"네 발명티 말라. 쥬히ᄂᆞᆫ 와 알외연디 임의 반일이나 되엿고 너ᄂᆞᆫ 이제야 왓고 네 닐오ᄃᆡ, '손빈이 궤 속의셔 말ᄒᆞᆫ다' ᄒᆞ더니 여니ᄂᆞᆫ 다 박두와셜이니 박두와셜은 ᄆᆞᄎᆞᆷ내 말을 못ᄒᆞᆯ 거시니 반ᄃᆞ시 네 밧고와ᄂᆞᆫ디라. ᄡᅢ히 내여주

---

280) 【磚頭瓦屑 전두와셜】 zhuāntouwǎxiè <名> 박두와셜 ‖ "龐駙馬, 你太狠心, 把我一櫃金銀器皿, 抬回去, 換了~, 與强盜何異." 괴롭다 방부마야 네 ᄀᆞ장 사오납도다 나의 금은긔명을 메여다가 박두와셜을 밧고와 녀허시니 강도와 다ᄅᆞ미 이시리오 (孫龐 3:13) ⇒ 돌지약과 흙뎡이

라.”

방연이 닐오ᄃᆡ,

“신의 집읜들 약간 금은긔명이 업ᄉᆞ리잇가.”

위왕이 ᄀᆞᆯ오ᄃᆡ,

“뉘 네 거술 구ᄒᆞ더냐. 뎌의 원믈을 도로 보내미 편토다.”

방연이 비록 혼신(渾身)의 입이 이시나 발명키 어려온디라. 모든 문뮈 방연의 말 못ᄒᆞᄂᆞᆫ 양 보고 더옥 뎌의 거술 밧고왓다 ᄒᆞ야 일졔히 닐오ᄃᆡ,

“방부마야 뎨 뎌의 거술 밧고왓다 ᄒᆞ미 명정언【15】순(名正言順)ᄒᆞ니 뎌의게 도라보내믈 고ᄒᆞ노라.”

방연이 즁관의 우기믈 닙어 다만 집의 도라와 차(釵)와 지환(指環)과 슈식(首飾)과 산금(散金)과 셰은(碎銀)과 긔명즙믈(器皿什物)을 헤아리디 아니ᄒᆞ고 슈습ᄒᆞ야 금난뎐 우희셔 궤에 녀허 쥬희ᄅᆞᆯ 주고 위왕이 문무ᄅᆞᆯ ᄒᆞ고 파됴(罷朝)ᄒᆞ다. 쥬희 ᄒᆞᆫ 궤 믈건을 어더 가지고 ᄆᆞᄋᆞᆷ이 즐겁고 ᄯᅳᆺ이 깃버 도라와 부듕의 니ᄅᆞ러 손빈을 보고 ᄌᆞ셔이 ᄒᆞᆫ 번을 니ᄅᆞᆫ대 손빈이 ᄀᆞᆯ오ᄃᆡ,

“내 젼의 닐오ᄃᆡ 내 부귀예 일로 대인을 보ᄒᆞ리라 ᄒᆞ엿더니 오ᄂᆞᆯ이야 내 ᄆᆞᄋᆞᆷ을 ᄆᆞ찻노라.”

쥬희 만고칭샤(萬口稱謝)ᄒᆞ고 술을 두어 칭샤ᄒᆞ더라.

방연이 부의 도라가 뇌뢰교가(怒惱交加)ᄒᆞ야 ᄀᆞᆯ오ᄃᆡ,

“손빈을 엇디 못ᄒᆞ고 ᄯᅩ 허다 금은을 일흐니 밤이 고요커든 ᄯᅩ 가 보리라.”

ᄒᆞ고 안자 밤 들기ᄅᆞᆯ 기ᄃᆞ려 후원의 니ᄅᆞ러 손빈【16】의 본명셩을 보니 쥬희의 집을 ᄯᅥ나디 아녓ᄂᆞᆫ디라. 드ᄃᆡ여 닐오ᄃᆡ,

“녯사ᄅᆞᆷ의 말의 ᄒᆞᄃᆡ, ‘쥬의 업ᄉᆞ면 댱뷔(丈夫) 아니라’[281] ᄒᆞ니 ᄇᆞᆰᄂᆞᆫ 날 다시 어드리라.”

방연이 예셔 ᄯᅳᆺ 먹을 제 손빈이 뎌곳의셔 아ᄂᆞᆫ디라. 쥬희ᄃᆞ려 닐오ᄃᆡ,

“방연이 나의 본명셩이 부샹(府上)의 비최엿ᄂᆞᆫ 양을 보고 ᄇᆞᆰᄂᆞᆫ 날 ᄯᅩ 와 어드려 ᄒᆞ리라.”

말을 ᄆᆞᆺ디 못ᄒᆞ야셔 가동이 황망히 보ᄒᆞᄃᆡ,

“관가패 방연의게 마자 죽엇ᄂᆞ이다.”

쥬희 놀라 ᄂᆞᆺ비ᄎᆞᆯ 면[변]ᄒᆞ거ᄂᆞᆯ 손빈이 닐오ᄃᆡ,

“대인이 이 요희[282]ᄅᆞᆯ 타 ᄭᅬᄅᆞᆯ 가히 베프리니 ᄒᆞᆫ 간 됴흔 방을 졍졔히 ᄒᆞ고 일댱(一張) 됴흔 상을 노코 일부 됴흔 포개(鋪蓋)ᄅᆞᆯ ᄭᆞᆯ고 한믜 시슈(尸首)ᄅᆞᆯ 내여다가 상 우희 누이고 됴흔 니블을 덥고 여러 낫 차환으로 안희 이셔 방문【17】을 반흔 열고 다만 닐오ᄃᆡ, ‘이 내의 모친이 안희 이셔 양병(養病)ᄒᆞᆫ다’ ᄒᆞ야 ᄇᆞᆰᄂᆞᆫ 날 네 뎌ᄅᆞᆯ ᄃᆡᄒᆞ야 몬져 닐오ᄃᆡ, ‘네 년일ᄒᆞ야 손빈 엇기도 우리 모친을 놀래여 병이 나 십분(十分) 팀듕ᄒᆞ엿다’ ᄒᆞ고 뎨 두로 어더 이 방의 니ᄅᆞ러 보려 ᄒᆞ거든 가히 막디 말고 뎌의 상 알ᄑᆡ 니ᄅᆞ기ᄅᆞᆯ 기ᄃᆞ려 짐즛 뎔로 더브러 어우러뎌 ᄡᅡ화 상문(床門)을 밀텨 너므티고[283] 거즛 니블을 들혀 보고 ‘내 모친이 놀라 죽거다!’ ᄒᆞ고 대쇼 남녀ᄅᆞᆯ 블러 분부ᄒᆞ야 일시의 울라 ᄒᆞ고 다시 방연을 잡아 업디ᄅᆞ고 그 머리와 발로 몬져 ᄒᆞᆫ ᄎᆞ례ᄅᆞᆯ 틴 후의 뎌ᄅᆞᆯ 자바 됴뎡의 드러가 다만 니로ᄃᆡ, ‘노모ᄅᆞᆯ 놀래여 죽여시니 방연을 샹명(償命)ᄒᆞ야지라’ ᄒᆞ야 후의란 죽디 말게 ᄒᆞ고 뎌의 효ᄌᆞ의 마ᄃᆡᄅᆞᆯ 닙고 상댱(喪杖)을 딥【18】고 관가패의 영장을 보낸 후의야 ᄇᆞ야흐로 뎌ᄅᆞᆯ

---

281)【無毒不丈夫　무독부장부】wúdúbùzhàngfu <熟> 쥬의 업ᄉᆞ면 댱뷔 아니라 ‖ “古云: ～, 左右與他結下寃仇, 明日還要去搜.” 녯사ᄅᆞᆷ의 말의 ᄒᆞᄃᆡ 쥬의 업ᄉᆞ면 댱뷔 아니라 ᄒᆞ니 ᄇᆞᆰᄂᆞᆫ 날 다시 어드리라 (孫龐 3:16)

282)【요희】 명 기회(機會). ¶ 機會 ‖ 대인이 이 요희ᄅᆞᆯ 타 ᄭᅬᄅᆞᆯ 가히 베프리니 ᄒᆞᆫ 간 됴흔 방을 졍졔히 ᄒᆞ고 일댱 됴흔 상을 노코 (大人, 乘此機會, 就可設謀, 快快收拾一間齊整好房, 房里鋪一張好床.) <孫龐 3:16> ⇒ 요회

283)【너므티다】 동 넘어뜨리다. ¶ 推倒 ‖ 뎨 두로 어더 이 방의 니ᄅᆞ러 보려 ᄒᆞ거든 가히 막디 말고 뎌의 상 알ᄑᆡ 니ᄅᆞ기ᄅᆞᆯ 기ᄃᆞ려 짐즛 뎔로 더브러 어우러뎌 ᄡᅡ화 상문을 밀텨 너므티고 (待他搜到那間房, 要進去看, 你說老母患病在內, 怎好進去, 他一定要進去, 不可攔阻, 只要等他走到床邊, 故意與他結紐, 把床門推倒幾扇.) <孫龐 2:78> ⇒ 너무치다, 넘으티다

요ᄃᆡ(饒待)ᄒᆞ라'."

쥬ᄒᆡ 이 말을 듯고 근심ᄒᆞ던 ᄂᆞᆺ빗출 곳텨 웃ᄂᆞᆫ ᄂᆞᆺ출 ᄒᆞ고 년야로 타뎜(打點)ᄒᆞ야 공ᄉᆞᄒᆞ더니 과연 잇튼날 방연이 가뎡을 ᄃᆞ리고 쥬ᄒᆡ 부듕의 니ᄅᆞ러 쥬ᄒᆡ 방연ᄃᆞ려 닐오ᄃᆡ,

"년ᄒᆞ야 와 손빈으란 어더가디 아니코 도로혀 나의 허다ᄒᆞᆫ 금은긔명을 밧고와 가니 이ᄂᆞᆫ 관겨티 아니ᄒᆞ거니와 나의 노모ᄅᆞᆯ 놀래여 병드러 됴셕의 명이 잇거ᄂᆞᆯ 네 ᄯᅩ 됴히 왓도다."

방연이 대로ᄒᆞ야 닐오ᄃᆡ,

"쥬ᄒᆡ야 네 어제 금난뎐 우희셔 날을 얼거 강되라 ᄒᆞ고 간사로이 나의 허다ᄒᆞᆫ 믈ᄉᆞ(物事)ᄅᆞᆯ 앗고 오ᄂᆞᆯ 인명으로 날을 누ᄅᆞ려 ᄒᆞ나 내 두려 아니ᄒᆞᄂᆞ니 네 모친을 놀래여 죽이고 샹명(償命)ᄒᆞ미 므어시 대ᄉᆡ리오. 결단코 ᄌᆞ셔이 어드리라."

【19】 드ᄃᆡ여 모든 가뎡을 블러 ᄌᆞ셔이 어드라 ᄒᆞ니 졍히 군ᄉᆞᄂᆞᆫ 쟝슈ᄅᆞᆯ ᄯᆞ로며 ᄆᆞᆯ은 나셩(鑼聲) 드ᄅᆞ니 ᄀᆞᆺᄐᆞ야 일졔히 ᄃᆡ답ᄒᆞ고 동으로 어드며 셔로 ᄎᆞ자 엇기ᄅᆞᆯ 여러 째ᄅᆞᆯ ᄒᆞᄃᆡ ᄯᅩ 엇디 못ᄒᆞ고 동남으로 도라오다가 ᄒᆞᆫ 방문을 반은 열고 반은 다닷거ᄂᆞᆯ 방연이 무로ᄃᆡ,

"이 므슴 방고?"

쥬ᄒᆡ 닐오ᄃᆡ,

"노모의 와방(臥房)이라. 이제 양병ᄒᆞ야 이 속의 잇ᄂᆞ니라."

방연이 드러가려 ᄒᆞ거ᄂᆞᆯ 쥬ᄒᆡ 잡고 닐오ᄃᆡ,

"못ᄒᆞ리라. 노뫼 명이 경긱의 이시니 ᄯᅩ 놀래면 명이 반ᄃᆞ시 휴(休)ᄒᆞ리니 가히 드러가디 못ᄒᆞ리라."

방연이 닐오ᄃᆡ,

"일뎡(一定) 손빈을 예 ᄀᆞᆷ초와 두고 거즛 닐오ᄃᆡ, '노모의 와방이라' ᄒᆞᆫ다."

ᄒᆞ고 ᄒᆞᆫ 발로 ᄎᆞ고 방 속의 드러가니 모든 차환이 다 소ᄅᆡᄒᆞ야 닐오ᄃᆡ,

"노부인이 병셰 팀듕ᄒᆞ니 대경소괴(大驚小怪)히 방속의 ᄃᆞ라드러[284] 므엇ᄒᆞ려 【20】 ᄒᆞᄂᆞ뇨? 각ᆢ ᄂᆡ외 이시니 쾌히 나가라."

쥬ᄒᆡ ᄃᆞ라드러 방연을 잡고 짐즛 상(床)ᄀᆞ의 니ᄅᆞ러 밀텨 ᄒᆞᆫ 소ᄅᆡ 나니 여닐곱 평상 살히 부러딘디라. 쥬ᄒᆡ ᄒᆞᆫ 손으로 방연을 잡고 ᄒᆞᆫ 손으로 니블을 들혀[285] 보다가 크게 웨여 닐오ᄃᆡ,

"됴티 아니타. 내 노모ᄅᆞᆯ 놀래여 죽여시니 쾌히 노모의 명을 도라보내라."

ᄒᆞ고 쇼ᄉᆡ(小廝)와 차환(丫鬟)이 일시예 방셩대곡ᄒᆞ니 방연이 이ᄅᆞᆯ 보고야 비로소 놀랍고 저허 ᄃᆡ답디 못ᄒᆞ고 쥬ᄒᆡ 동으로 자바 잇글면 동으로 가고 셔로 자바 잇글면 서로 가 모든 차환과 쇼ᄉᆡ 엇디 부마와 왕친을 헤리오. 슈지무지족지도지(手之舞之足之蹈之)ᄒᆞ야 ᄒᆞᆫ ᄎᆞ례ᄅᆞᆯ 통타(痛打)ᄒᆞ고 모든 가뎡이 사ᄅᆞᆷ 죽으ᄆᆞᆯ 보고 도망ᄒᆞ야 홋터뎌 가거ᄂᆞᆯ 쥬ᄒᆡ 닐오ᄃᆡ,

"내 널로 더브러 쥬샹긔 가 뵈리라."

방연이 닐오ᄃᆡ,

"네 【21】 모친이 본ᄃᆡ 병이 잇고 나의 사라ᄂᆞᆫ 거ᄉᆞᆯ 텨 죽이미 아니라 하ᄂᆞᆯ의 올라가도 내 명을 샹ᄒᆞ디 못ᄒᆞ리라."

쥬ᄒᆡ 방연의 가ᄉᆞᆷ을 잡아 됴뎡의 나아오니 위왕이 졍히 퇴됴(退朝)ᄒᆞ려 ᄒᆞ더니 뎌의 둘히 금난뎐 우흐로 잇글고 오ᄆᆞᆯ 보고 위왕이 무로ᄃᆡ,

"너희 두 사ᄅᆞᆷ이 므슴 연고로 잇그러 됴뎡의 나아와 됴뎡 대톄(大體)ᄅᆞᆯ 셜만이 너기ᄂᆞ뇨?"

쥬ᄒᆡ 눈믈을 흘리고 닐오ᄃᆡ,

"방연이 년ᄒᆞ야 두 ᄎᆞ례ᄅᆞᆯ 어더 신의 금은 긔명을 밧고와 가고 ᄯᅩ 신의 어미ᄅᆞᆯ 놀래여 병이 드럿더니 오ᄂᆞᆯ 졍히 위독ᄒᆞᆯ 즈음의 혜아리디 아녀셔 ᄯᅩ 가뎡을 만히 거ᄂᆞ리고 와 손빈을 어드랴 ᄒᆞ야 째 두ᄃᆞ려 신의 어믜 와방(臥房)의 드러와 신의 어미ᄅᆞᆯ 놀래여 죽엿ᄂᆞ이다."

ᄒᆞ고 말을 ᄆᆞᄎᆞ매 원통ᄒᆞ여라 브ᄅᆞ지ᆢ며 크게 울거ᄂᆞᆯ 【22】 위왕이 방연을 ᄃᆡᄒᆞ야 닐오ᄃᆡ,

"어제 적졍(賊情)의 일은 됴히 프러주엇거니와 오ᄂᆞᆯ 인명을 이 진짓 일이라. 다시 믈리티

---

284) 【ᄃᆞ라들다】 동 달려들다. ¶ 赶到 ‖ 노부인이 병셰 팀듕ᄒᆞ니 대경소괴히 방속의 ᄃᆞ라드러 므엇ᄒᆞ려 ᄒᆞᄂᆞ뇨 각ᆢ ᄂᆡ외 이시니 쾌히 나가라 (老夫人病體沉重, 大驚小怪, 赶到房裡則甚, 各有內外, 快些出去.) <孫龐 3:19>

285) 【들혀다】 동 들치다. ¶ 揭 ‖ 쥬ᄒᆡ ᄒᆞᆫ 손으로 방연을 잡고 ᄒᆞᆫ 손으로 니블을 들혀 보다가 크게 웨여 닐오ᄃᆡ (朱亥一隻手扭着龐涓, 一隻手連忙揭被看, 厲聲高叫道.) <孫龐 3:20> ⇒ 들치다

디 못ᄒᆞ리니 뎌의 명을 샹ᄒᆞ려 ᄒᆞᄂᆞᆫ다."

방연이 눈섭을 ᄡᅵᆼ긔고[286] ᄀᆞᆯ오ᄃᆡ,

"뎌의 노뫼 본ᄃᆡ 병이 이셔 상(床)의 잇고 신의 바ᄅᆞ 텨 죽이미 아니라 블과 그ᄅᆞᆺ 샹히오미니 엇디 샹명토록 ᄒᆞ리오."

모든 문뮈 닐오ᄃᆡ,

"비록 그ᄅᆞᆺ 샹히와시나 맛당이 죽을 죄라. 일이 이 디경의 니ᄅᆞ매 녕아니치(伶牙利齒)도 빈뵈디 못ᄒᆞᄂᆞ니 왕ᄌᆞ도 법을 범ᄒᆞ면 셔민과 죄 ᄒᆞᆫ가지라. 거ᄌᆞᆺ 거시라 ᄒᆞ나 졍이라 ᄒᆞ나 젼혀 젼혀 고쥬(苦主)의 손의 잇ᄂᆞ니 쥬대인긔 비러 '쵸방椒房' 두 ᄌᆞᄅᆞᆯ 보아 약간 눅혀[287] 달라 ᄒᆞ라."

이ᄣᅢ예 위왕재 안둔(安頓)키 어려온디라. 방연의게 일편도이[288] ᄒᆞ면 냥반 문뮈 심복(心服)디 아닐가 저허ᄒᆞ고 쥬ᄒᆡ대로 ᄒᆞ면 쵸방【23】의 친을 욕되게 ᄒᆞᆯ디라. 좌ᄉᆞ우샹(左思右想)ᄒᆞᄃᆡ 쥬의(主意) 업서 모든 문무의 ᄒᆞᄂᆞᆫ 대로 ᄒᆞ니 모든 문뮈 방연ᄃᆞ려 ᄒᆞᆫ 번 니ᄅᆞ고 ᄯᅩ ᄒᆞᆫ 번 쥬ᄒᆡᄃᆞ려 권ᄋᆡ(勸慰)ᄒᆞᆫ대 쥬ᄒᆡ 닐오ᄃᆡ,

"샹명티 아니려 ᄒᆞ면 뎔로 ᄒᆞ야곰 효ᄌᆡ(孝子)되야 마(麻)ᄅᆞᆯ 닙고 효복(孝服)을 ᄃᆡ(帶)ᄒᆞ고 상댱 딥고 친히 내 어미ᄅᆞᆯ 보내여 녕장(營葬)ᄒᆞ여야[289] 내 요ᄃᆡᄒᆞ리라."

위왕이 ᄀᆞᆯ오ᄃᆡ,

"이ᄂᆞᆫ 극히 쉬온 곳이로다."

ᄒᆞ고 모든 문뮈 ᄀᆞᆯ오ᄃᆡ,

"ᄯᅩ 극히 쉬온 곳 이로다."

ᄒᆞ니 방연이 드ᄃᆡ여 만고승응(滿口承應)ᄒᆞ야 즐겨 효ᄌᆡ 되려 ᄒᆞ거ᄂᆞᆯ 쥬ᄒᆡ 드ᄃᆡ여 집의 도라와 관목(棺木)을 쟝만ᄒᆞ려 ᄒᆞᆯ시 일변 ᄉᆡᆼ각ᄒᆞᄃᆡ, '비록 방연을 욕을 뵈나 만일 손빈을 집의 두면 일후의 그 화ᄅᆞᆯ 반ᄃᆞ시 바ᄃᆞ리니 이 긔회ᄅᆞᆯ 타 ᄒᆞᆫ 낫 협져관ᄌᆡ(夾底棺材)ᄅᆞᆯ ᄆᆡᆫᄃᆞ라 손빈을 ᄀᆞᆷ초와 셩의 내여 타발(打發)ᄒᆞ야 연【24】국의 도라보내면 엇디 후환을 ᄭᅳᆫ흐미 아니리오.' ᄉᆡᆼ각ᄒᆞ기ᄅᆞᆯ 임의 뎡ᄒᆞ고 도라와 부듕의 니ᄅᆞ러 손빈을 본대 손빈이 무로ᄃᆡ,

"대인아 사뎨 엇더뇨?"

쥬ᄒᆡ ᄀᆞᆯ오ᄃᆡ,

"내 방연을 자바 잇글고 가젼의 니ᄅᆞ러 뎌ᄅᆞᆯ 샹명ᄒᆞ랴 ᄒᆞᆫ대 모든 문뮈 인졍을 보아 뎌ᄅᆞᆯ 요ᄃᆡᄒᆞᆫ대 뎨 당면ᄒᆞ야 만구승응(滿口承應)ᄒᆞ야 효ᄅᆞᆯ 이며 마ᄅᆞᆯ 닙고 친히 보내여 안장ᄒᆞ려 ᄒᆞ거ᄂᆞᆯ 내 이제 도라와 관목을 쟝만ᄒᆞ려 ᄒᆞ노라."

손빈이 이윽고 ᄀᆞᆯ오ᄃᆡ,

"과연 뎌ᄅᆞᆯ 소겻다."

쥬ᄒᆡ ᄀᆞᆯ오ᄃᆡ,

"내 이제 ᄒᆞᆫ 일이 이셔 션ᄉᆡᆼ과 의논코져 ᄒᆞ니 두려ᄒᆞ건대 션ᄉᆡᆼ이 여긔 이셔 탈신ᄒᆞ야 셩의 나기 어려오니 협져관ᄌᆡ(夾底棺材)ᄅᆞᆯ 쟝만ᄒᆞ고 우희 한ᄆᆡ 시슈ᄅᆞᆯ 담고 아래 션ᄉᆡᆼ을 ᄀᆞᆷ초와 타발ᄒᆞ야 셩의 나가면 션ᄉᆡᆼ의 탈신ᄒᆞᄂᆞᆫ 계괴 됴티 아니랴."

손【25】빈이 ᄀᆞᆯ오ᄃᆡ,

"이 계괴 비록 됴흐나 저허ᄒᆞ건대 방연이 풍셩(風聲)을 알면 탈신ᄒᆞ기 어려올가 ᄒᆞ노라."

쥬ᄒᆡ ᄀᆞᆯ오ᄃᆡ,

"헤아리건대 두립디 아닌디라. 뎨 관을 열고 엇든[290] 아닐 거시니 다만 ᄒᆞ기ᄅᆞᆯ 비밀히 ᄒᆞᆯ디라."

손빈이 머리ᄅᆞᆯ 조아 응ᄒᆞᆫ대 쥬ᄒᆡ 급히 협져관ᄌᆡᄅᆞᆯ ᄆᆡᆼ글고[291] 할ᄆᆡ 시슈ᄅᆞᆯ 담고 미ᄐᆡ 손

---

286) 【ᄡᅵᆼ긔다】 동 찡그리다. ¶ 促 ‖ 방연이 눈섭을 ᄡᅵᆼ긔고 ᄀᆞᆯ오ᄃᆡ (龐涓促着眉頭道.) <孫龐 3:22> ⇒ ᄡᅵᆼ긔다, 싱긔다, 찡긔다, 찡띄다

287) 【눅히다】 동 눅이다. 늦추다. ¶ 鬆 ‖ 쥬대인긔 비러 쵸방 두 ᄌᆞᄅᆞᆯ 보아 약간 눅혀 달라 (你只該軟求朱大人, 教他看椒房兩字分上, 畧鬆些罷.) <孫龐 3:22> ⇒ 누기다, 눅이다

288) 【일편도이】 부 {일편(一偏)되게.} 편벽되게. ¶ 偏 ‖ 이ᄣᅢ예 위왕재 안둔키 어려온디라 방연의게 일편도이 ᄒᆞ면 냥반 문뮈 심복디 아닐가 저허ᄒᆞ고 쥬ᄒᆡ대로 ᄒᆞ면 쵸방의 친을 욕되게 ᄒᆞᆯ디라 (連個魏王難好安頓, 偏了龐涓, 恐兩班文武不服, 依了朱亥, 又辱沒了椒房之親.) <孫龐 3:22> ⇒ 일편되이, 일편저이

289) 【녕장ᄒᆞ다】 동 영장(營葬)하다. 장사를 치르다. ¶ 出殯 ‖ 샹명티 아니려 ᄒᆞ면 뎔로 ᄒᆞ야곰 효ᄌᆡ되야 마ᄅᆞᆯ 닙고 효복을 ᄃᆡᄒᆞ고 상댱 딥고 친히 내 어미ᄅᆞᆯ 보내여 녕장ᄒᆞ여야 내 요ᄃᆡᄒᆞ리라 (也罷, 既不償命, 要他扮作孝子, 披麻帶孝, 手執哭喪棒, 親送我母出殯, 就饒了他.) <孫龐 3:23> ⇒ 영장ᄒᆞ다

290) 【엇-】 동 «얻다» 찾다. 수색(搜索)하다. ¶ 搜簡 ‖ 두립디 아닌디라 뎨 관을 열고 엇든 아닐 거시니 다만 ᄒᆞ기ᄅᆞᆯ 비밀히 ᄒᆞᆯ디라 (料不怕他開棺搜簡, 只要做得機密.) <孫龐 3:25> ⇒ 얻다, 엇ㄷ-

빈을 ᄀᆞᆷ초고 일가 대쇠 다 효복을 닙고 다만 방연의 오기ᄅᆞᆯ 기ᄃᆞ려 긔신(起身)ᄒᆞ랴 ᄒᆞ더라.

방연이 년ᄒᆞ야 두 ᄎᆞ례 원굴(寃屈)ᄒᆞᆫ 일을 만나고 ᄆᆞ음의 심히 블평ᄒᆞ야 도라가 ᄒᆞᆫ 괘(卦)ᄅᆞᆯ 어드니 손빈이 반ᄃᆞ시 관 속의 ᄀᆞᆷ초여 도망ᄒᆞ야 셩의 날 줄 혜아리고 심듕의 ᄉᆡᆼ각ᄒᆞᄃᆡ, ‘셩의 나매 ᄶᅡ 속의 뎌ᄅᆞᆯ ᄆᆡ장ᄒᆞ면 뎨 ᄶᅡ 틈으로 ᄃᆞ라나든 못ᄒᆞ리라.’ ᄒᆞ고 ᄒᆞᆯ 길히 업서 쥬희 집의 니ᄅᆞ러 피마집쟝(披麻執杖) 【26】 ᄒᆞ고 긴긴히 관을 븟들고 몸을 니ᄅᆞ려 일로의 거ᄋᆡ(擧哀)ᄒᆞ야 보내여 셩의 내니 관가(管家)ᄒᆞ던 한미 비록 죽으나 풍광(風光)이 갸륵ᄒᆞᆫ디라. 부마로 효ᄌᆞᄅᆞᆯ 삼고 냥반 문뮈 다 와 송빈(送殯)ᄒᆞ니 관이 ᄒᆞᆫ 번 셩의 나매 방연이 토공(土工)을 블러 분부ᄒᆞ야 ᄆᆡ장ᄒᆞ려 ᄒᆞ거ᄂᆞᆯ 쥬희 스ᄉᆞ로 ᄀᆞ마니 혜오ᄃᆡ, ‘뎌 관목을 ᄶᅡ히 무ᄃᆞ면 가히 손션ᄉᆡᆼ을 단송(斷送)티 아니하랴.’ ᄒᆞ고 입을 여러 말려 닐오ᄃᆡ,

“아직 이 관을 여긔 두라. 인가의 영장(營葬) 일졀(一節)은 ᄌᆞ손의게 관계ᄒᆞᆫ 대ᄉᆡ라. 반ᄃᆞ시 황도길일(黃道吉日)을 ᄀᆞᆯ희여야 보야흐로 가히 ᄒᆞ토(下土)ᄒᆞ리라.”

쥬희 즐겨 ᄆᆡ장티 아니ᄒᆞᄃᆡ 방연이 브ᄃᆡ 안동(眼同)ᄒᆞ야 뭇고 가려 ᄒᆞ니 쥬희 마디 못ᄒᆞ야 토공(土工)을 블러 관을 뭇고 쥬희 ᄆᆞ음의 쵸젼(焦煎)ᄒᆞ기ᄅᆞᆯ 이긔디 못ᄒᆞ야 닐오ᄃᆡ,

“본ᄃᆡ 뎌 【27】 탈신(脫身)ᄒᆞ려 ᄒᆞ엿더니 도로혀 뎌의 셩명을 단송ᄒᆞ니 이 쉬라. 뎌ᄅᆞᆯ 엇디ᄒᆞ리오.”

ᄒᆞ고 다 집의 도라오다.

쥬희 번ː뇌ː(煩煩惱惱)ᄒᆞ야 정히 집의 니ᄅᆞ니 손빈이 방 속의셔 ᄒᆞᆫ 소ᄅᆡᄅᆞᆯ 블러 닐오ᄃᆡ,

“대인이 도라왓ᄂᆞ냐?”

쥬희 크게 놀라 닐오ᄃᆡ,

“손셩ᄉᆡᆼ아, 네 앗가 관 속의 이셔 임의 뭇고 왓거ᄂᆞᆯ 엇디ᄒᆞ야 예 잇ᄂᆞ뇨?”

손빈이 미쇼 왈,

“대인아 내 방연이 블션(不善)ᄒᆞᆫ ᄆᆞ음을 먹어 내 관 속의 드러 셩의 날 줄 알고 내 셩명을 해코져 ᄒᆞᄆᆞᆯ 보고 몬져 도망ᄒᆞ야 도라왓노라.”

쥬희 왈,

“됴히 디명(知命)ᄒᆞᄂᆞᆫ 손션ᄉᆡᆼ이로다! 쇽졀업시 날로 ᄒᆞ야곰 일일을 쵸젼ᄒᆞ게[292] ᄒᆞ여다.”

ᄒᆞ고 술을 두어 압경(壓驚)ᄒᆞ더라.

손빈의 어미 연단공쥐 여러 ᄒᆡᄅᆞᆯ 손빈을 보디 못ᄒᆞ엿다가 젼의 손조의 군ᄉᆞᄅᆞᆯ 블려 도라오ᄆᆞᆯ 인 【28】 ᄒᆞ야 쥬희의 부듕의 숨어시ᄆᆞᆯ 듯고 가동 손왕(孫旺)으로 ᄒᆞ야곰 위국의 니ᄅᆞ러 쥬희 집의 가 손빈을 마자 도라오라 ᄒᆞᆫ대 손빈이 손왕의 와시ᄆᆞᆯ 보고 방연이 쇼식을 알가 두려 쥬희ᄃᆞ려 닐오ᄃᆡ,

“대인아 노뫼 연의 이셔 ᄉᆞ렴(思念)ᄒᆞ연디 날이 오란디라. 특별이 사ᄅᆞᆷ을 보내여 날을 마자 도라가려 ᄒᆞ니 이번은 면티 못ᄒᆞ야 하딕ᄒᆞ노라.”

쥬희 슌수츄션(順手推船)ᄒᆞ야 ᄀᆞᆯ오ᄃᆡ,

“임의 녕당대인(令堂大人)이 먼니 와 서ᄅᆞ 마ᄌᆞ니 결단코 가고져 ᄒᆞᆯ디라. 션ᄉᆡᆼ이 임의 가려 ᄒᆞ면 어ᄂᆞ ᄣᅢ예 긔신ᄒᆞ려 ᄒᆞᄂᆞ뇨?”

손빈이 ᄀᆞᆯ오ᄃᆡ,

“오ᄂᆞᆯ 가랴 ᄒᆞ노라.”

쥬희 급히 쥬셕을 정히 ᄒᆞ야 보낼ᄉᆡ 술이 두어 슌 디나매 텬ᄉᆡᆨ이 느졋ᄂᆞᆫ디라. 손빈이 긔신ᄒᆞ야 닐오ᄃᆡ,

“텬ᄉᆡᆨ이 혼암ᄒᆞ니 이ᄣᅢᄅᆞᆯ 타 셩의 나미 됴토다.”

쥬희 노비와 반뎐(盤纏)을 손왕 【29】 (孫旺)을 주고 친히 손빈을 보내여 셩의 날ᄉᆡ 정히 힝ᄒᆞᆯ ᄉᆞ이예 젼면의 등홰(燈火) 명냥(明亮)ᄒᆞ고 인매 족옹(簇擁)ᄒᆞ야 오니 믄득 이 방연이 슌힝ᄒᆞ야 도라오미러라. 쥬희 놀라 넉시 몸의 븟디 아녀 손빈을 ᄇᆞ리고 쇼로로 말미아마 집으로 도라오니 손왕이 쥬희 ᄂᆞᄃᆞ시 ᄃᆞᄅᆞᄆᆞᆯ 보고 경황망조ᄒᆞ야 손빈을 ᄇᆞ리고 ᄒᆞᆯ로 도망ᄒᆞ야 ᄒᆞᆺ터디거

291) 【ᄆᆡᆼ글다】 ㉾ 만들다. ¶ 起 ‖ 쥬희 급히 협져관ᄌᆡᄅᆞᆯ ᄆᆡᆼ글고 할미 시슈ᄅᆞᆯ 담고 미틔 손빈을 ᄀᆞᆷ초고 (朱亥連忙合起一口夾底棺材, 把管家婆尸首盛于上面, 下底藏了孫臏.) <孫龐 3:25> ⇒ ᄆᆡᆼᄀᆞᆯ다

292) 【쵸젼ᄒᆞ다】 ㉻ {초전(焦煎)하다.} 초조(焦燥)하다. 다급하다. ¶ 熬煎 ‖ 됴히 디명ᄒᆞᄂᆞᆫ 손션ᄉᆡᆼ이로다 쇽졀업시 날로 ᄒᆞ야곰 일일을 쵸젼ᄒᆞ게 ᄒᆞ여다 (好個知命的孫先生! 空叫我熬煎了一日.) <孫龐 3:27>

놀 방연이 손빈을 사ᄅᆞ잡아 노흘 어더 ᄆᆡ고 무로ᄃᆡ,

"일향 어ᄃᆡ 숨엇더뇨?"

손빈이 ᄃᆡ답ᄒᆞ야 닐오ᄃᆡ,

"쥬히 부듕의 잇더니라."

방연이 ᄀᆞᆯ오ᄃᆡ,

"됴히 숨엇고나[293]! ᄇᆞᆰ는 날 됴뎡의 보내여 쥬히 일가재 다 버히리라."

ᄒᆞ고 손빈을 자바 부듕의 니ᄅᆞ러 ᄒᆞᆫ ᄎᆞ례 티며 ᄒᆞᆫ ᄎᆞ례 무러 오경ᄭᆞ지 니ᄅᆞ러 홀연이 말을 아니커ᄂᆞᆯ 좌우 나아와 보니 ᄆᆡᆫ 거ᄉᆞᆫ 손빈이 아니오 ᄒᆞᆫ 됴(條) 문듕방 【30】 이라. 황망히 방연의게 알왼대 방연이 밋디 아녀 ᄉᆞᄉᆞ로 와 보니 과연 ᄒᆞᆫ 됴 문듕방이라. 크게 놀라 ᄀᆞᆯ오ᄃᆡ,

"엇디 이런 고이ᄒᆞᆫ 일이 이시리오. 어제 분명이 손빈이러니 ᄒᆞᄅᆞ밤을 ᄆᆡ야두니 믄득 변ᄒᆞ야 문듕방이 되엿도다!"

원ᄂᆡ 이는 손빈이 손왕이 쥬히 집의 니ᄅᆞ러 쇼식이 누셜ᄒᆞᆯ가 두려 이 법을 ᄡᅥ 다만 닐오ᄃᆡ, '긔신(起身)ᄒᆞ야 셩의 나렷ᄂᆞ다' ᄒᆞ야 손왕을 소겨 ᄒᆞᆺ터뎌 도망ᄒᆞ게 ᄒᆞ미러라. 쥬히 일야ᄅᆞᆯ 좀이 안돈티 아니ᄒᆞ야 심듕의 심히 ᄆᆞ셔워 혜오ᄃᆡ '방연이 손빈을 자바가시니 반ᄃᆞ시 몸의 홰 미ᄎᆞ리라' ᄒᆞ야 졍히 사ᄅᆞᆷ을 보내여 타탐(打探)ᄒᆞ랴[294] ᄒᆞ더니 손빈이 텽 우희 안자 무로ᄃᆡ,

"대인은 황당(謊張)티 말라. ᄒᆞ나토 일ᄒᆞ미 업ᄉᆞ리라."

쥬히 보고 ᄯᅩ 크게 놀라 ᄀᆞᆯ오ᄃᆡ,

"【31】 션ᄉᆡᆼ이 어제 방연의게 잡혀가더니 엇디 ᄯᅩ 집의 잇ᄂᆞ뇨?"

손빈이 ᄀᆞᆯ오ᄃᆡ,

"내 어제 부문도 나디 아녓노라."

쥬히 왈,

"방연이 자바가던 거ᄉᆞᆫ 엇던 사ᄅᆞᆷ고?"

손빈이 미쇼 왈,

"이는 부샹(府上) ᄒᆞᆫ 됴 문디방이라."

쥬히 이 말을 듯고 ᄒᆞᆫ ᄎᆞ례ᄅᆞᆯ ᄎᆞᆷ디 못ᄒᆞ야 웃고 ᄇᆡ야흐로 ᄒᆞ터뎌가다.

293) 【-고나】 回 ((어간이나 어미 뒤에 붙어)) -구나. ¶ 방연이 ᄀᆞᆯ오ᄃᆡ 됴히 숨엇고나 ᄇᆞᆰ는 날 됴뎡의 보내여 쥬히 일가재 다 버히리라 (龐涓道: "躲得好! 明蚤送上朝廷, 連朱亥一家人口, 盡行取斬.) <孫龐 3:29>

제위왕(齊威王)이 일ᄋᆞ의 조됴(早朝)ᄅᆞᆯ 베퍼더니 냥반 문뮈 됴ᄇᆡᄒᆞ기ᄅᆞᆯ ᄆᆞᄎᆞ매 주ᄉᆞ관(奏事官)이 나아와 알외ᄃᆡ,

"됴문 알ᄑᆡ 쳥포도인(青袍道人)이 이셔 크게 울기ᄅᆞᆯ 세 소ᄅᆡᄅᆞᆯ ᄒᆞ고 크게 웃기ᄅᆞᆯ 세 소ᄅᆡᄅᆞᆯ ᄒᆞ고 왕긔 뵈오ᄆᆞᆯ 쳥ᄒᆞᄂᆞ이다."

제왕이 ᄒᆞ야곰 드러오라 ᄒᆞ야 무로ᄃᆡ,

"어ᄃᆡ 은유ᄒᆞᄂᆞᆫ 도인이완ᄃᆡ 감히 대곡대쇼ᄒᆞᄂᆞ뇨?"

도인이 ᄀᆞᆯ오ᄃᆡ,

"신은 이산(夷山) 위료(尉繚)의 도뎨 왕의 러니 연방 손빈이 어려셔브터 귀곡션ᄉᆡᆼ의게 가지조ᄅᆞᆯ ᄇᆡ화 병셔젼칙과 뉵 【32】 갑녕문을 ᄇᆡ홧더니 방연이 소겨 위 나라희 니ᄅᆞ러 두 발을 버히고 쳔일의 지앙을 바ᄃᆞᄆᆞᆯ 위ᄒᆞ미오 우ᄉᆞ믄 텬하 제휘 영쥰을 아디 못ᄒᆞᄆᆞᆯ 위ᄒᆞ미니 만일 사ᄅᆞᆷ이 이셔 윗나라희 드러가 손빈을 도적ᄒᆞ야 셩의 날 재 이시면 강산이 온구(穩久)ᄒᆞ며 샤직이 견뢰〔堅牢〕ᄒᆞ리니 쇼되 일로 인ᄒᆞ야 뉵국의 은유ᄒᆞ야 모든 나라희 두로 고ᄒᆞᄂᆞ니 아디 못게라 어ᄂᆞ 나라 왕휘 홍복(洪福)이 졔텬(齊天)ᄒᆞ야 이 사ᄅᆞᆷ을 어더 만날고 ᄒᆞᄂᆞ이다."

제왕이 대희ᄒᆞ야 ᄀᆞᆯ오ᄃᆡ,

"내 나라희 현ᄉᆡ 업더니 션ᄉᆡᆼ이 쳔거ᄒᆞ미 아니런ᄃᆞᆯ ᄒᆞ마[295] 현ᄉᆞᄅᆞᆯ 일흘 번 ᄒᆞ도다."

광녹ᄉᆞ(光祿寺)ᄅᆞᆯ 분부ᄒᆞ야 다반을 경제히 ᄒᆞ야 왕오ᄅᆞᆯ 관ᄃᆡᄒᆞᆫ대 왕외 됴문을 나 바로 이산으로 가다. 제왕이 드ᄃᆡ여 무로ᄃᆡ,

"반부(班府) 듕의 뉘 윗나라희 드러가 손빈을 【33】 도적ᄒᆞ야 올고? 만일 도적ᄒᆞ야 됴뎡의 도라오면 관직을 더으리라."

294) 【타탐ᄒᆞ다】 동 {타탐(打探)하다.} 알아보다. ¶ 打探 ‖ 쥬히 일야ᄅᆞᆯ 좀이 안돈티 아니ᄒᆞ야 심듕의 심히 ᄆᆞ셔워 혜오ᄃᆡ 방연이 손빈을 자바가시니 반ᄃᆞ시 몸의 홰 미ᄎᆞ리라 ᄒᆞ야 졍히 사ᄅᆞᆷ을 보내여 타탐ᄒᆞ랴 ᄒᆞ더니 (朱亥回家, 一夜睡不安穩, 心中甚是驚怖, 思想: '龐涓拿了孫臏, 自己的禍也要來了.' 正差人去打探.) <孫龐 3:30>

295) 【ᄒᆞ마】 부 하마터면. ¶ 내 나라희 현ᄉᆡ 업더니 션ᄉᆡᆼ이 쳔거ᄒᆞ미 아니런ᄃᆞᆯ ᄒᆞ마 현ᄉᆞᄅᆞᆯ 일흘 번 ᄒᆞ도다 (我國正缺賢士, 不枉先生推薦.) <孫龐 3:32> ⇒ 하마, ᄒᆞ마터면, ᄒᆞ마트면, ᄒᆞᄆᆡ, ᄒᆞᆷ아

샹태우(上大夫) 복ᄌᆞ해(卜子夏) 샹젼 주왈,

"신이 감히 윗나라희 니ᄅᆞ러 거즛 항표ᄅᆞᆯ 드리고 다거(茶車) 오십 냥을 거ᄂᆞ리고 거즛 진공(進貢)ᄒᆞᄆᆞ로ᄡᅥ 일홈을 삼고 손빈을 도적ᄒᆞ야 셩의 나오리이다."

졔왕이 ᄀᆞᆯ오ᄃᆡ,

"다거의 엇디 ᄀᆞᆷ초와 내여 오리오?"

복ᄌᆞ해 ᄀᆞᆯ오ᄃᆡ,

"다거 오십 냥을 다 협샹(夾箱)을 ᄆᆡᆼ그라 샹ᄌᆞ 밋티 손빈을 ᄀᆞᆷ초와 셩의 내여 오리이다."

졔왕이 즉시 다거(茶車)ᄅᆞᆯ ᄆᆡᆫᄃᆞ라 다ᄅᆞᆯ 술위 속의 녀코 복ᄌᆞ해 드ᄃᆡ여 졔왕긔 하딕ᄒᆞ고 바로 님ᄎᆡ셩(臨淄城)의 나가니라.

第10回
조디인금션탈각 더완셕발초심샹
招頑石撥草尋蟓 造紙人金蟬脫殼

졔국 샹태우(上大夫) 복샹(卜商)이 오십 병[냥] 다거(茶車)를 거느리고 님츼셩(臨淄城)을 떠나 힝ᄒᆞ연디 여러 날의 위방(魏邦)의 니르러 다거를 가져 위왕긔 【34】 드린대 크게 깃거 다 밧고 근시를 분부ᄒᆞ되,

"복태우는 샹국ᄉᆞ신(上國使臣)이오 공문뎨지(孔門弟子)니 가히 경만(輕慢)티 못ᄒᆞᆯ디라."

ᄒᆞ고 광녹ᄉᆞ(光祿司)를 명ᄒᆞ야 잔치를 금뎡관역(金亭館驛)의 베프고 우샹 쥬히(朱亥)를 명ᄒᆞ야 뫼시라 ᄒᆞᆫ대 쥬히 명을 바다 복샹으로 더브러 금뎡관역의 니르니 광녹시 연셕을 졍졔히 ᄒᆞ엿거ᄂᆞᆯ 술을 먹을 ᄉᆞ이예 복샹이 ᄀᆞ마니 혜아리되, '졍히 손빈의 쇼식을 알 길히 업더니 힝혀 위왕이 쥬히로 ᄒᆞ야곰 날을 더졉긔 ᄒᆞ니ᄯᆞ녀[296] 뎌의 허실과 존망을 알 거시라' ᄒᆞ고 드듸여 무러 ᄀᆞᆯ오되,

"쥬대인아 당일의 연국 부마 손죄 군ᄉᆞ를 니ᄅᆞ혀 뎡젼(征戰)ᄒᆞᆫ 므ᄉᆞ 일이러뇨?"

쥬히 닐오되,

"손죄 군ᄉᆞ를 니ᄅᆞ혀 우리나라흘 침노ᄒᆞᆫ은 그 아ᄃᆞᆯ 손빈이 우리나라히 이시믈 인ᄒᆞ야 특【35】별이 와 ᄎᆞᄌᆞ려 ᄒᆞ미러니이다."

복샹이 ᄀᆞᆯ오되,

"엇디 젼졍ᄐᆞ록 ᄒᆞ리오. 후의 손빈을 도라보내냐?"

쥬히 머리를 흔드러 ᄀᆞᆯ오되,

"일즉 도라 보내디 아녓ᄂᆞ니라. 손빈이 오둔(五遁)의 볽고 텬문을 닉이 알고 팔문둔갑과 뉵갑녕문이 이셔 법술이 졍긔(精奇)ᄒᆞ고 죵젹이 브졍ᄒᆞᆫ디라. 비록 웟나라히 이시나 ᄆᆞᄎᆞᆷ내 엇기ᄂᆞᆫ 어려온디라. 이러모로 그만ᄒᆞ야 두엇ᄂᆞ니라."

복샹이 또 무로되,

"손죄 임의 손빈을 어더 도라가디 못ᄒᆞ야시면 엇디 당일의 군ᄉᆞ를 믈려가뇨?"

쥬히 ᄀᆞᆯ오되,

"뎔로 더브러 강화ᄒᆞ야 ᄒᆞᆫ ᄒᆡ로 ᄒᆞᆫᄒᆞ야 손빈을 어더 도라보내고 만일 ᄒᆞᆫ ᄒᆡ 너예 손빈을 어더 도라보내디 못ᄒᆞ면 다시 와 뎡젼ᄒᆞ랴 ᄒᆞ얏ᄂᆞ니라."

복샹이 ᄀᆞᆯ오되,

"손빈을 이제 ᄎᆞᄌᆞᆯ 곳이 잇ᄂᆞ냐?"

쥬히 【36】 ᄀᆞᆯ오되,

"뎨 어듸 ᄀᆞᆷ초엿ᄂᆞᆫ 줄 알리오."

두 사ᄅᆞᆷ이 일문일답ᄒᆞ야 불셔 홍일(紅日)이 평셔(平西)ᄒᆞ엿ᄂᆞᆫ디라. 쥬히 니별ᄒᆞ고 마올로 도라오고 복샹은 금뎡관역의셔 머므다.

쥬히 집의 도라간대 손빈이 마자 닐오되,

"대인아 파됴(罷朝)ᄒᆞ미 엇디 늣더뇨?"

쥬히 왈,

"졔국이 샹태우 복ᄌᆞ하(卜子夏)를 보내여 항표(降表)와 다거 오십 냥을 드리니 됴뎡이 날로 ᄒᆞ야곰 뎌를 마자 금뎡관역의 가 음연ᄒᆞ다가 보야흐로 졔유 흣터뎌 왓노라."

손빈이 ᄀᆞᆯ오되,

"복ᄌᆞ해 이번 오미 다를 드리려 ᄒᆞᆫ다 ᄒᆞ나 실은 내 죵젹을 ᄎᆞᄌᆞ려 ᄒᆞ미라. 내 이번은 결단코 하딕고 가리라. 볽ᄂᆞᆫ 날 대인이 다시 금뎡관역의 가거든 내 편지 이시니 번거히 ᄒᆞᄂᆞ니 복

296) 【-ㅣᄯᆞ녀】 囨 -을 이르랴? -이야 말할 것이 있으랴? ¶ 졍히 손빈의 쇼식을 알 길히 업더니 힝혀 위왕이 쥬히로 ᄒᆞ야곰 날을 더졉긔 ᄒᆞ니ᄯᆞ녀 뎌의 허실과 존망을 알 거시라 (正沒處打探孫臏消息, 幸得魏王差朱亥陪我, 且探他虛實存亡則個.) <孫龐 3:34>

태우의게 브티라.”

쥬ᄒᆡ ᄀᆞᆯ오ᄃᆡ,

“원ᄂᆡ 복ᄌᆞ해 거ᄌᆞᆺ 다 드리ᄆᆞᆯ 탁(托)ᄒᆞ고 션ᄉᆡᆼ을 ᄎᆞᄌᆞ 【37】 라 와시면 ᄇᆞᆰᄂᆞᆫ 날 됴뎡의 알외고 뎌ᄅᆞᆯ 타발(打發)ᄒᆞ야 나라ᄒᆡ 도라 보내리라.”

손빈이 ᄀᆞᆯ오ᄃᆡ,

“대인아 내 만일 이번 긔회ᄅᆞᆯ 디내티면 영셰ᄐᆞ록 다시 위방을 ᄯᅥ나디 못ᄒᆞ리라.”

쥬ᄒᆡ ᄀᆞᆯ오ᄃᆡ,

“만일 이 ᄀᆞᄐᆞ면 다만 존의대로 ᄒᆞ리라.”

ᄇᆞᆰᄂᆞᆫ 날 쥬ᄒᆡ 손빈의 글월을 가지고 금뎡관역의 가 복샹(卜商)을 보고 셔담(敍談)ᄒᆞᆯ ᄉᆞ이예 복샹의 몸을 니ᄅᆞ혀 오ᄉᆞᆯ 고티라 드러가거ᄂᆞᆯ 쥬ᄒᆡ ᄯᆞᆯ와가다가 ᄉᆞ고 무인ᄒᆞᄆᆞᆯ 보고 ᄉᆞ매 속으로셔 글월을 내여 복샹을 준대 ᄌᆞ해 글월을 보니 거치 ᄡᅳᄃᆡ 복태우 ᄀᆡ탁(開坼)이라 ᄒᆞ고 속의 ᄒᆞ여시ᄃᆡ,

“말을 누셜티 말고 ᄇᆞᆰᄂᆞᆫ 날 아ᄎᆞᆷ의 쥬대인 부듕으로 서ᄅᆞ 모드ᄆᆞᆯ 구ᄒᆞ노라. 손빈은 돈슈〻 ᄒᆞ노라.”

ᄒᆞ엿더라.

복샹이 글월을 보고 ᄃᆡᄒᆞ야 ᄀᆞᆯ오ᄃᆡ,

“쥬ᄃᆡ인아 손션ᄉᆡᆼ 글 【38】 월의 날로 ᄒᆞ야곰 ᄂᆡ일 아ᄎᆞᆷ의 부샹의 니ᄅᆞ러 ᄒᆞᆫ 번 못쟈[297] ᄒᆞ야시니 내 임의 ᄀᆞᄅᆞ치ᄆᆞᆯ 바닷ᄂᆞᆫ디라 ᄇᆞ라건대 대인은 다〻ᄇᆡ복(多多拜覆)ᄒᆞ더라.”

ᄒᆞᆯ식 쥬ᄒᆡ 복샹을 하딕ᄒᆞ고 도라와 손빈을 보고 ᄀᆞᆯ오ᄃᆡ,

“션ᄉᆡᆼ아 복ᄌᆞ해 션ᄉᆡᆼ의 글월을 보고 ᄀᆞᆯ오ᄃᆡ, ‘션ᄉᆡᆼ의 ᄀᆞᄅᆞ치ᄆᆞᆯ 바닷노라’ ᄒᆞ더라. 션ᄉᆡᆼ이 만일 가려 ᄒᆞ면 노비(路費)가 언머나 ᄒᆞ뇨?”

ᄒᆞᄅᆞᆫ 손빈이 ᄀᆞᆯ오ᄃᆡ,

“노비란 말고 다만 죠ᄒᆡ사ᄅᆞᆷ[298] 다ᄉᆞᆺ과 ᄇᆡᆨ미 ᄒᆞᆫ 되ᄅᆞᆯ 주라.”

ᄎᆞ일의 복ᄌᆞ해 드러가 위왕의게 하딕ᄒᆞ고 나라ᄒᆡ 도라가려 ᄒᆞᆫ대 위왕이 친히 ᄌᆞ하ᄅᆞᆯ 됴문 밧긔 내여보내고 드ᄃᆡ여 환궁ᄒᆞ다. ᄌᆞ해 다거의 안자 쥬ᄒᆡ 부듕의 니ᄅᆞ러 ᄇᆡ별(拜別)ᄒᆞᆯ식 쥬ᄒᆡ 마자 드러가 녜ᄅᆞᆯ ᄆᆞᄎᆞ매 ᄒᆞᆫ가지로 후당의 드러가 말ᄒᆞ랴 ᄒᆞᆯ식 드ᄃᆡ여 머믈워 밥먹이고 한인(閑人)으로 【39】 ᄒᆞ야곰 츌입디 못ᄒᆞ게 ᄒᆞ고 손빈이 ᄇᆡ야흐로 나와 ᄌᆞ하ᄅᆞᆯ 본대 ᄌᆞ해 ᄀᆞᆯ오ᄃᆡ,

“쥬샹이 오래 션ᄉᆡᆼ의 큰 덕을 듯고 특별이 날을 보내여 서ᄅᆞ 청ᄒᆞ더이다.”

손빈이 ᄃᆡ답ᄒᆞ야 ᄀᆞᆯ오ᄃᆡ,

“우리 쇼되(小道) 엇디 다ᄒᆡᆼ이 졔군(齊君)이 서ᄅᆞ ᄇᆞᄅᆞ시ᄆᆞᆯ 어더 대인이 용심ᄒᆞ시니 오ᄂᆞᆯ 셩의 내시믄 실로 지셩ᄒᆞᆫ 덕이로소이다.”

쥬ᄒᆡ를 향ᄒᆞ야 샤례ᄒᆞ야 ᄀᆞᆯ오ᄃᆡ,

“오래 존부(尊府)의 이셔 은혜로이 ᄀᆞᆷ초와 숨기시ᄆᆞᆯ 닙으니 만일 총진(寸進)이 이시면 맛당이 후히 갑흐리이다.”

밥 먹기ᄅᆞᆯ ᄆᆞᄎᆞ매 쥬ᄒᆡ 손빈을 다거 협져(夾底)의 ᄀᆞᆷ초고 쥬ᄒᆡ ᄌᆞ하ᄅᆞᆯ 문 밧긔 내여 보낸대 ᄌᆞ해 모든 사ᄅᆞᆷ으로 ᄒᆞ야곰 몬져 다거ᄅᆞᆯ 모라가라 ᄒᆞ고 ᄌᆞ하ᄂᆞᆫ 뒤ᄒᆡ[299] ᄯᆞᆯ와가다. ᄒᆞᆫ 다거 우ᄒᆡ 죠ᄒᆡ 사ᄅᆞᆷ을 노하 즉시 변ᄒᆞ야 손빈을 ᄆᆡᆫ다라 ᄇᆡ야흐로 동문을 【40】 나려 ᄒᆞ더니 슈문군쟝이 손빈을 자바 술위 아래 ᄂᆞ리와 ᄆᆡ야 부마부의 와 방연을 뵌대 방연이 십분 환희ᄒᆞ더니 ᄯᅩ 보ᄒᆞᄃᆡ 셔문의셔 손빈이 하나ᄒᆞᆯ 자바왓다 ᄒᆞ고 남문의셔 ᄯᅩ 손빈을 자바오고 ᄯᅩ 북문의셔 손빈을 자바왓ᄂᆞᆫ디라. 방연이 쥬의 업서 법쟝(法場)의 와 ᄒᆞᆫ 칼로 버히니 네 낫 죠ᄒᆡ 사ᄅᆞᆷ이라. 도보쉬 급히 와 방연의게 보ᄒᆞᆫ대 방연이 크게 놀라 ᄆᆞ음을 잡디 못ᄒᆞ야 급히 손을 고바 ᄒᆞᆫ 괘(卦)ᄅᆞᆯ 어드니 진짓 손빈은 동으로 가ᄂᆞᆫ디라. 급히 군ᄉᆞᄅᆞᆯ 거ᄂᆞ려 동문으로 나가다.

손빈이 다거 우ᄒᆡ 잇다가 복ᄌᆞ하ᄅᆞᆯ ᄃᆡᄒᆞ야 닐오ᄃᆡ,

“방연이 ᄯᆞᆯ오기ᄅᆞᆯ[300] 급히 ᄒᆞ니 나ᄂᆞᆫ 다거

---

297) 【못-】 동 «몯다» 모이다. ¶ 會 ‖ 손션ᄉᆡᆼ 글월의 날로 ᄒᆞ야곰 ᄂᆡ일 아ᄎᆞᆷ의 부샹의 니ᄅᆞ러 ᄒᆞᆫ 번 못쟈 ᄒᆞ야시니 (孫先生書上, 敎我明蚤到府上一會.) <孫龐 3:38>

298) 【죠ᄒᆡ사ᄅᆞᆷ】 명 종이사람. ¶ 紙人 ‖ 노비란 말고 다만 죠ᄒᆡ사ᄅᆞᆷ 다ᄉᆞᆺ과 ᄇᆡᆨ미 ᄒᆞᆫ 되 주라 (大人可打點紙人五箇、白米一升.) <孫龐 3:38>

299) 【뒿】 명 뒤. ¶ 後 ‖ ᄌᆞ해 모든 사ᄅᆞᆷ으로 ᄒᆞ야곰 몬져 다거ᄅᆞᆯ 모라가라 ᄒᆞ고 ᄌᆞ하ᄂᆞᆫ 뒤ᄒᆡ ᄯᆞᆯ와가다 (子夏使衆人推茶車先行, 自己慢慢隨後.) <孫龐 3:39>

300) 【ᄯᆞᆯ오다】 동 따르다. ¶ 追趕 ‖ 방연이 ᄯᆞᆯ오기ᄅᆞᆯ 급히 ᄒᆞ니 나ᄂᆞᆫ 다거의 ᄂᆞ려 대인으로 더브러 길ᄒᆞᆯ 논호ᄂᆞ니 만일 방연이 ᄯᆞᆯ와

의 누려 대인으로 더브러 길흘 논호누니 만일 방연이 쏠와오거든 됴히 탈신(脫身)ᄒᆞ야 가 몬져 신냥교(新梁橋)【41】 우히 가 날을 기ᄃᆞ리라."

복ᄌᆞ해 ᄀᆞᆯ오ᄃᆡ,

"션싱이 단신으로 가니 만일 방연을 만나셔ᄅᆞ 잡히면 ᄋᆞ희(兒戲) ᄀᆞᆺ디 아니리니 션싱은 일노(一路)의 조심ᄒᆞ야 가라."

손빈이 ᄀᆞᆯ오ᄃᆡ,

"방해롭디 아니리라."

ᄒᆞ고 다거의 누려 ᄌᆞ하로 더브러 각ᄂᆞ 길흘 논화 가다. 손빈이 두어 니롤 힝티 못ᄒᆞ야셔 젼면의 사ᄅᆞᆷ의 집 문 알ᄑᆡ ᄒᆞᆫ 부인이 문의 지다혀[301] 셔셔 울거ᄂᆞᆯ 손빈이 나아와 무로ᄃᆡ,

"낭ᄌᆡ야 므ᄉᆞ 일로 문의 셔ᄂᆞ 우ᄂᆞ뇨?"

그 부인이 ᄀᆞᆯ오ᄃᆡ,

"나의 파패(婆婆)[302] 칠십여 셰러니 앗가 비롤 알하 죽엇ᄂᆞᆫ디라. 이롤 위ᄒᆞ야 우노라."

손빈이 무로ᄃᆡ,

"네 댱뷔(丈夫) 어ᄃᆡ 잇ᄂᆞ뇨?"

부인이 머리롤 ᄀᆞᄅᆞ쳐 닐오ᄃᆡ,

"젼면 밧 속의셔 기음ᄆᆡ더니 일시롤 기ᄃᆞ리ᄃᆡ 도라오니 아니ᄒᆞᆫ다."

ᄒᆞᆫ대 손빈이 ᄀᆞᆯ오ᄃᆡ,

"내 뎌 밧ᄐᆡ 가 네 댱부롤 블러오리라."

ᄒᆞ고 바로 젼면으로【42】 ᄃᆞᄅᆞ니 과연 ᄒᆞᆫ 밧 속의 농뷔 이셔 기음ᄆᆡ거ᄂᆞᆯ 손빈이 블러 ᄀᆞᆯ오ᄃᆡ,

"이 기음ᄆᆡᄂᆞᆫ[303] 한ᄌᆡ(漢子)야. 네 집 모친이 비 알하 죽어시니 네 집 낭ᄌᆡ 너 도라오기롤 보라 날로 ᄒᆞ야곰 슌편(順便)의 뎐ᄒᆞ니 가히 ᄲᆞᆯ리 도라가라."

농뷔 이 말을 듯고 급히 호ᄆᆡ롤 메고 ᄃᆞᆺ거ᄂᆞᆯ 손빈이 블러 ᄀᆞᆯ오ᄃᆡ,

"내 너롤 ᄒᆞᆫ 환약을 주ᄂᆞ니 네 모친의 입의 녀허 환혼(還魂)ᄒᆞ거든 도라오고 너의 사립(蓑笠)과 젼긔(田器)란 노하두라. 내 네 ᄃᆡ신의 됴관(照管)ᄒᆞ리라.[304]"

농뷔 사립흘 벗고 호ᄆᆡ롤 더뎌[305] 손빈을 주고 세 거롬을 두 거롬의 ᄒᆞ야 ᄂᆞᄂᆞ시 ᄃᆞᆺ거ᄂᆞᆯ 손빈이 삿가ᄉᆞᆯ ᄡᅳ고 누역[306]을 닙고 호ᄆᆡ롤 가지고 밧 가온대셔 기음ᄆᆡ고 가져온 죠희 사ᄅᆞᆷ을 내여 녕문을 념동(念動)ᄒᆞ고 '변ᄒᆞ리라!' ᄒᆞ니 죠희 사ᄅᆞᆷ이 ᄯᅩ 변ᄒᆞ야 손빈의 모양이 되거【43】늘 졍븍샹(正北上) 못 속의 죠희로 된 사ᄅᆞᆷ을 머리란 남으로 두고 발ᄎᆡ란 븍으로 두어 못믈 우히 ᄯᅴ오고 ᄒᆞᆫ ᄃᆡ 빅미롤 내여 죠희 사ᄅᆞᆷ 겻ᄐᆡ 두로 ᄒᆞᆫ ᄎᆞ례롤 ᄢᅵ코 진언을 념ᄒᆞ니 삽시예 ᄡᆞᆯ이 변ᄒᆞ야 빅만이나 ᄒᆞᆫ 귀덕이[307] 되야 시슈(尸首)롤 ᄲᅮᆯ거ᄂᆞᆯ[308] 손빈은 인ᄒᆞ야 기음ᄆᆡ더라. 방

오거든 됴히 탈신ᄒᆞ야 가 몬져 신냥교 우히 가 날을 기ᄃᆞ리라 (龐涓追趕甚緊, 等我下了茶車, 與大人分路, 倘龐涓追來, 還好脫身, 約定在新梁橋相會. 大人先到可等我.) <孫龐 3:40>

301) 【지다히다】 동 기대다. ¶ 倚 ‖ 손빈이 두어 니롤 힝티 못ᄒᆞ야셔 젼면의 사ᄅᆞᆷ의 집 문 알ᄑᆡ ᄒᆞᆫ 부인이 문의 지다혀 셔ᄂᆞ 울거ᄂᆞᆯ 손빈이 나아와 무로ᄃᆡ (孫臏行不數里, 見前面一個人家門首, 站一婦人, 倚門而哭, 孫臏上前問道.) <孫龐 3:41>

302) 【파파】 명 {파파(婆婆).} 할머니. ¶ 婆婆 ‖ 나의 파패 칠십여 셰러니 앗가 비롤 알하 죽엇ᄂᆞᆫ디라 (我有個婆婆七十餘歲, 適患心疼而死.) <孫龐 3:41>

303) 【기음ᄆᆡ다】 동 김매다. ¶ 鋤 ‖ 기음ᄆᆡᄂᆞᆫ 한ᄌᆡ야 네 집 모친이 비 알하 죽어시니 (鋤田的, 你家母親心疼死了.) <孫龐 3:42>

304) 【됴관ᄒᆞ다】 동 {조관(照管)하다.} 돌보다. 보살피다. ¶ 照管 ‖ 너의 사립과 젼긔란 노하두라 네 ᄃᆡ신의 됴관ᄒᆞ리라 (你把箬笠、簑衣、耕器之類, 都放在這里, 我替你照管.) <孫龐 3:42>

305) 【더디다】 동 던지다. ¶ 撇下 ‖ 농뷔 사립흘 벗고 호ᄆᆡ롤 더뎌 손빈을 주고 세 거롬을 두 거롬의 ᄒᆞ야 ᄂᆞᄂᆞ시 ᄃᆞᆺ거ᄂᆞᆯ (農夫除下簑笠, 脫下簑衣, 撇下鋤頭, 交付與孫臏, 三脚兩步, 飛一似走去.) <孫龐 3:42>

306) 【누역】 명 도롱이. ¶ 簑衣 ‖ 손빈이 삿가ᄉᆞᆯ ᄡᅳ고 누역을 닙고 호ᄆᆡ롤 가지고 밧 가온대셔 기음ᄆᆡ고 (孫臏將箬笠戴了, 簑衣穿了, 拿了鋤頭, 踹在田裡鋤田.) <孫龐 3:42>

307) 【귀덕이】 명 구더기. ¶ 蛆蟲 ‖ 진언을 념ᄒᆞ니 삽시예 ᄡᆞᆯ이 변ᄒᆞ야 빅만이나 ᄒᆞᆫ 귀덕이 되야 시슈롤 ᄲᅮᆯ거ᄂᆞᆯ (念誦眞言, 那些米霎時變了百萬蛆虫, 把那尸首緊緊攢住.) <孫龐 3:43>

308) 【ᄲᅮᆯ다】 동 뚫다. ¶ 攢 ‖ 진언을 념ᄒᆞ니 삽시예 ᄡᆞᆯ이 변ᄒᆞ야 빅만이나 ᄒᆞᆫ 귀덕이 되야 시슈롤 ᄲᅮᆯ거ᄂᆞᆯ (念誦眞言, 那些米霎時變

연이 군ᄉᆞᄅᆞᆯ 거ᄂᆞ리고 동문으로 나 ᄉᆞ오 리ᄂᆞᆫ 니ᄅᆞ니 멀리 ᄌᆞ하(子夏)의 다게 뵈거ᄂᆞᆯ 급히 ᄯᆞᆯ오며 방연이 크게 블러 ᄀᆞᆯ오ᄃᆡ,

"복ᄌᆞ하야 쾌히 손빈을 머므러 두고 가라."

복ᄌᆞ해 블황블망(不慌不忙)이 다거ᄅᆞᆯ 머믈우고 ᄀᆞᆯ오ᄃᆡ,

"방부마ᄂᆞᆫ 너모 사ᄅᆞᆷ을 업슈이 너기디 말라. 내 젼의 노왕(魯王)이 일로 ᄒᆞ야 항표ᄅᆞᆯ 드리고 다ᄅᆞᆯ 나와시니 내 엇디 네 손빈이 부샹 젼텽후옥(前廳後屋)의 잇ᄂᆞᆫ 줄 알리오. 손빈이 ᄯᅩ 활뷔(活寶) 아니라. 뎌ᄅᆞᆯ 므【44】어ᄉᆡ ᄡᅳ리오. 오십 냥 다게 다 예 이시니 ᄌᆞ셔이 어더 보라."

방연이 모ᄃᆞᆫ 군ᄉᆞ로 ᄒᆞ야곰 수릐 속의 ᄌᆞ셔이 어드ᄃᆡ 술의마다 다 업거ᄂᆞᆯ 방연이 겨유 ᄌᆞ하ᄅᆞᆯ 노코 ᄆᆞᆯ을 채 텨 그 밧 ᄀᆞ의 니ᄅᆞ러 농부ᄃᆞ려 무로ᄃᆡ,

"일즉 두 막대 딥흔 황의도ᄉᆡ(黃衣道士)도ᄉᆡ 디나가더냐?"

손빈이 머리도 드디 아니ᄒᆞ고 소ᄅᆡ도 아니ᄒᆞ고 손으로 븍을 ᄀᆞᄅᆞ치거ᄂᆞᆯ 모든 군ᄉᆡ ᄀᆞᆯ오ᄃᆡ,

"이ᄂᆞᆫ 벙어리니 뎌ᄃᆞ려 뭇디 말 거시라."

ᄒᆞ고 모든 군ᄉᆡ 일시예 븍으로 가니 ᄒᆞᆫ 못 속의 손빈이 두남각븍(頭南脚北)ᄒᆞ고 믈 우ᄒᆡ 죽어 잇거ᄂᆞᆯ 모든 군ᄉᆡ ᄀᆞᆯ오ᄃᆡ,

"이 못 속 죽엇ᄂᆞᆫ 황의도인(黃衣道人)이 아니 손빈가?"

방연이 나아와 보니 과연 손빈이라.

"이 도적놈이 의량셩 안ᄒᆡ셔 나 죽어시면 내 됴히 너ᄅᆞᆯ ᄒᆞᆫ 닙 관ᄌᆡ나 주어 아모 ᄡᅡ히나 므ᄃᆞᆯ 거ᄉᆞᆯ 네 엇디 이고ᄃᆡ셔 죽【45】엇ᄂᆞᆫ다? 진짓 니론바 주거도 무ᄃᆞᆯ ᄡᅡ히 업다 ᄒᆞ미로다. 당년 붕위(朋友) 오ᄂᆞᆯ날 은혜 긋고 의 긋처디도다."

ᄒᆞ고 군ᄉᆞᄅᆞᆯ 분부ᄒᆞ야 일시의 의량셩으로 도라가다.

손빈이 이 법으로ᄡᅥ 방연을 소겨 도라보내고 ᄀᆞ마니 스ᄉᆞ로 혜오ᄃᆡ,

"이제야 겨유 됴히 방심(放心)ᄒᆞ야[309] 길흘 가리로다."

ᄒᆞ고 뎐부 오기ᄅᆞᆯ 기ᄃᆞ리디 아니ᄒᆞ고 삿갓과 누역과 호ᄆᆡᄅᆞᆯ 밧ᄀᆞ의 노코 두 팀향막대ᄅᆞᆯ 덥고 ᄃᆞᆺ더니 텬ᄉᆡᆨ이 쟝ᄎᆞᆺ 느젓거ᄂᆞᆯ ᄉᆞ면으로 두로 보니 다 뎐디오. 압ᄒᆡ 촌이 업고 뎜이 업서 졍히 머믈 ᄃᆡ 업서ᄒᆞ더니 젼면의 님목(林木) ᄉᆞ이예 일ᄃᆡ 분쟝(粉墻)이 잇거ᄂᆞᆯ 손빈이 혜아리ᄃᆡ,

"분쟝 안ᄒᆡ 반ᄃᆞ시 인개 이시리라."

ᄒᆞ고 수플 속으로 드러오니 믄득 큰 팔ᄌᆞ 쟝문이 잇고 문 알ᄑᆡ 마ᄃᆡ셕(馬臺石) 둘흘 노코 심샹ᄒᆞᆫ【46】촌샤문뎡(村舍門庭) ᄀᆞᆺ디 아닌디라. 손빈이 문의 나아가 드러가려 ᄒᆞ더니 ᄒᆞᆫ 노한(老漢)이 안흐로셔 마조 나오며 무로ᄃᆡ,

"어드러셔 오ᄂᆞᆫ다?"

손빈이 풀당 ᄭᅩ자 닐오ᄃᆡ,

"나ᄂᆞᆫ 과됴(過道)ᄒᆞᄂᆞᆫ 사ᄅᆞᆷ이러니 긔약디 아니ᄒᆞ야셔 이에 니ᄅᆞ러 하ᄂᆞᆯ이 느저 녀뎜(旅店)을 ᄎᆞᆺ디 못ᄒᆞ야 봉장(寶庄)을 비러 ᄒᆞᄅᆞ밤을 자고 ᄇᆞᆰᄂᆞᆫ 아ᄎᆞᆷ의 즉시 가려 ᄒᆞ노라."

노한이 ᄀᆞᆯ오ᄃᆡ,

"우리 여긔ᄂᆞᆫ 쳔ᄌᆞ히 들 인개(人家) 아니라. 내 드러가 원외(員外)의게 품ᄒᆞ야 머믈우라 ᄒᆞ여야 네 가히 머믈리라."

손빈이 ᄀᆞᆯ오ᄃᆡ,

"즐겨 머믈우려 ᄒᆞ나 아니 머믈우려 하나 노쟈(老者)의 방편(方便)ᄒᆞᄆᆞᆯ ᄇᆞ라노라."

노한이 드러가거ᄂᆞᆯ 마ᄃᆡ셕 우ᄒᆡ 안자 됴흔 쇼식을 드ᄅᆞᆯ가 ᄇᆞ라더니 노한이 나와 닐오ᄃᆡ,

"원외 너ᄅᆞᆯ 드러오라 ᄒᆞ더라."

ᄒᆞᆫ대 손빈이 쳔환만희(天歡萬喜)ᄒᆞ야 노한을 ᄯᆞᆯ와 대문을 드러【47】텬동과셔(穿東過西)ᄒᆞ야 허다 방옥(房屋)과 듕문을 디나 대텽의 니ᄅᆞ러 손빈이 ᄀᆞ마니 기려 닐오ᄃᆡ,

"됴흔 큰집이로다. 아디 못게라 이 엇던 ᄌᆡ쥐(財主)고?"

ᄒᆞ더니 노한이 손으로 여ᄂᆞᆫ 문ᄀᆞ올 ᄀᆞᄅᆞ쳐 닐오ᄃᆡ,

"뎨 나오시ᄂᆞᆫ 거시 원외라."

了百萬蛆虫, 把那尸首緊緊攢住.) <孫龐 3:43>

309)【방심ᄒᆞ다】[동] {방심(放心)하다.} 마음을 놓다. ¶ 放心 ‖ 이제야 겨유 됴히 방심ᄒᆞ야 길흘 가리로다 (好了, 今番纔好放心行路.) <孫龐 3:45> ᄉᆞ샹운이 져긔셔 일ᄌᆞᄅᆞᆯ 평안이 지내던 말노 노태태ᄂᆞᆫ 방심ᄒᆞ기ᄅᆞᆯ 쳥ᄒᆞ고 (史湘雲也將那裏過日平安的話說了, 請老太太放心.) <紅樓 108:5>

ᄒᆞ여놀 손빈이 원외(員外)ᄅᆞᆯ 보니,

나히 이순(耳順)을 디낫고 쉬 고희(古稀)예 갓가왓ᄂᆞᆫ디라. 학발(鶴髮)이 쇼됴(蕭條)ᄒᆞ니 비록 이 관을 빠시나 머리 다 ᄆᆡ엿고[310] 농종(龍鐘)이 쇠마(衰邁)ᄒᆞ니 비록 막대ᄅᆞᆯ 딥허시나 나오기 어렵더라. 용안(容顔)은 고긔로오미 만코 아치(牙齒)ᄂᆞᆫ 실로 희소ᄒᆞ야시며 녜도(禮度)ᄂᆞᆫ 죵용(從容)ᄒᆞ니 촌장의 뎌후로(樗朽老) ᄀᆞᆺ디 아니ᄒᆞ고 언ᄉᆞᄂᆞᆫ 강개ᄒᆞ니 응당이 관개구가인(冠蓋舊家人)이러라.

원외 손빈이 몸의 누른 오술 닙엇고 도ᄉᆞ의 복식을 ᄒᆞ야시ᄆᆞᆯ 보고 믄득 무로ᄃᆡ,

"션싱은 어ᄃᆞ러셔 왓ᄂᆞ뇨?"

손빈이 ᄀᆞᆯ오ᄃᆡ,

"운몽산 【48】 슈렴동 귀곡션ᄉᆞ의 도뎨 손빈이러니 의량셩의 잇다가 이제 쟝ᄎᆞᆺ 졔로 가려 ᄒᆞ더니 이에 니ᄅᆞ러 하ᄂᆞᆯ이 느저시니 감히 봉장(寶莊)의셔 ᄒᆞᄅᆞ밤 디내ᄆᆞᆯ 비ᄂᆞ이다."

원외 무로ᄃᆡ,

"션싱이 뎡안평을 아ᄂᆞᆫ다?"

손빈이 ᄀᆞᆯ오ᄃᆡ,

"뎡안평은 지극ᄒᆞᆫ 벗이라. 방연이 날을 여러 번 해ᄒᆞ려 ᄒᆞ되 뎡안평 쥬히 후영 졔 대인의 구ᄒᆞᄆᆞᆯ 닙어 잔싱을 보젼ᄒᆞ엿ᄂᆞ이다."

ᄀᆞᆯ오ᄃᆡ,

"션싱은 아디 못ᄒᆞᄂᆞᆫ다. 뎡안평은 나의 쇼지라."

손빈이 놀라 ᄀᆞᆯ오ᄃᆡ,

"원ᄂᆡ 이 녕낭(令郞)이면 죄ᄅᆞᆯ 어드미 만토다."

원외 분부ᄒᆞ야 져녁밥을 ᄒᆞ야 손빈을 ᄃᆡ졉ᄒᆞ고 셔방을 ᄡᅳ러 손빈을 안헐(安歇)킈 ᄒᆞ다.

이튼날 손빈이 절ᄒᆞ야 하딕고 나오려 ᄒᆞᆫ대 원외 잡고 머믈워 ᄀᆞᆯ오ᄃᆡ,

"션싱을 빗내 님ᄒᆞ시ᄆᆞᆯ 엇기 어려 【49】 오니 엇디 ᄒᆞᄅᆞ밤만 자고 가려 ᄒᆞᄂᆞ뇨? 집의셔 몃 날을 반환(盤桓)ᄒᆞ야 간들 므어시 방해로오리오."

손빈이 ᄀᆞᆯ오ᄃᆡ,

"감히 서ᄅᆞ 속이디 못ᄒᆞ리니 졔국 샹태우 복ᄌᆞ하로 더브러 신냥교의 가 모드ᄆᆞᆯ 언약ᄒᆞ야시니 저허ᄒᆞ건대 가기ᄅᆞᆯ 더ᄃᆡᄒᆞ면 언약을 져ᄇᆞ릴디라. 이러모로 ᄡᅧ 급히 가려 ᄒᆞᄂᆞ이다."

원외 손빈의 닙위(立意)ᄒᆞ야 가랴 ᄒᆞᄆᆞᆯ 보고 말리기 어려워 쥬셕을 ᄀᆞ초와 서ᄅᆞ 보낼ᄉᆡ 음쥬ᄒᆞᄂᆞᆫ ᄉᆞ이예 원외 ᄀᆞᆯ오ᄃᆡ,

"이제 졔국의 가매 두 발이 편티 아니ᄒᆞ니 엇디 가리오. 내 션싱을 교ᄌᆞᄅᆞᆯ ᄐᆡ와 신냥교의 보내리라."

손빈이 몸을 굽혀 티샤(致謝)ᄒᆞᆫ대 원외 가동 뎡쳔(鄭千) 뎡칠(鄭七)을 블러 교ᄌᆞᄅᆞᆯ 메여 내여 보낸대 손빈이 니별ᄒᆞ고 교자ᄅᆞᆯ ᄐᆞ거ᄂᆞᆯ 뎡쳔 뎡칠이 가다가 삼분노구(三岔路口)의 머믈워 노코 뎡칠이 【50】 ᄀᆞ마니 뎡쳔ᄃᆞ려 무로ᄃᆡ,

"가가(哥哥)야 우리 이 도인을 메여 신량교의 니ᄅᆞ면 므어술 샤례ᄒᆞᄂᆞᆫ고?"

뎡쳔이 웃고 ᄀᆞᆯ오ᄃᆡ,

"이 도인이 가진 거시 업고 ᄯᅩ 졔국으로 가려 ᄒᆞ니 므슴 우리게 샤례ᄒᆞᄂᆞᆫ 거시 이시리오."

뎡칠이 ᄀᆞᆯ오ᄃᆡ,

"가가야 임의 우리 샤례ᄒᆞᆯ 거시 업ᄉᆞ면 이제 신냥교로 가디 말고 쇼로로 향ᄒᆞ야 의량셩의 드러가 방부마ᄅᆞᆯ 주면 우리 다 젹은 발젹(發跡)이야 아니ᄒᆞ랴."

니ᄅᆞᆫ바 이 사ᄅᆞᆷ의 ᄆᆞᄋᆞᆷ을 동ᄒᆞᄂᆞᆫ디라. 뎡쳔이 이 말을 듯고 뉴슈뎜두(流水點頭)ᄒᆞ야 ᄀᆞᆯ오ᄃᆡ,

"유리(有理)ᄒᆞ다."

ᄒᆞ고 둘히 메여가던 길흘 ᄇᆞ리고 의량셩을 ᄇᆞ라며 오더니 손빈이 교ᄌᆞ 속의 안자 머리ᄅᆞᆯ 드러 보고 이 의량셩인 줄 알고 ᄀᆞ마니 ᄉᆞᄉᆞ로 혜요ᄃᆡ,

"내 이 두 낫 터럭 도틴 귀거시 착농(捉弄)ᄒᆞᄆᆞᆯ 닙어 날을 메여 뎌 속으로 드러가면 아니 내 셩 【51】 명을 해ᄒᆞ랴."

ᄒᆞ고 급히 진언을 외오니 슈유(須臾)의 안개 ᄭᅵ

---

310) 【ᄆᆡ다】 통 밀다. 깎다. ¶ 禿 ‖ 나히 이순을 디낫고 쉬 고희예 갓가왓ᄂᆞᆫ디라 학발이 쇼됴ᄒᆞ니 비록 이 관을 빠시나 머리 다 ᄆᆡ엿고 농종이 쇠마ᄒᆞ니 비록 막대ᄅᆞᆯ 딥허시나 나오기 어렵더라 (年過耳順, 壽近古稀, 鶴髮蕭條, 總是戴冠頭盡禿, 龍鐘衰邁, 雖然拄杖步難前.) <孫龐 3:47>

이며 구름이 아독ᄒᆞ야 일좌(一座) 의량셩을 ᄀᆞ리오니 뎡쳔 뎡칠이 동셔남븍을 분별티 못ᄒᆞ야 길만 ᄯᆞᆯ와 힝ᄒᆞ더니 두 놈이 ᄒᆞᆫᄀᆞᆯᄀᆞᆺ티 심듕의 혜오ᄃᆡ,

"긔괴타 앗가 분명이 의량셩이 뵈더니 엇디 이리 먼리 오ᄃᆡ 의량셩 그림재도 보디 못ᄒᆞᆯ소뇨."

ᄒᆞ고 두 사ᄅᆞᆷ이 쉬디 아니코 메고 ᄃᆞᄅᆞ니 만신(滿身)의 ᄯᆞᆷ[311]이 흘러 오시 다 젓고 긔운이 급ᄒᆞ야 우레 소릐 ᄀᆞᆺ더니 머리ᄅᆞᆯ 드러 ᄒᆞᆫ 번 보니 젼면 일좌(一座) 고산(高山)이 심히 놉하 ᄀᆞ장 니해(利害)ᄒᆞᆫ디라.

산뎡(山頂)은 은의히 두표(斗杓)ᄅᆞᆯ 년ᄒᆞ엿고 슈쵸(樹梢)ᄂᆞᆫ 방블이 운슈(雲霄)의 ᄉᆞᄆᆞᆺ차시며 차아(嵯峨)ᄒᆞᆫ 괴셕(怪石)은 보매 반낫 졍권(精拳) ᄀᆞᆺ고 노대(老大)ᄒᆞᆫ 고[교]송(喬松)은 ᄇᆞ라매 ᄒᆞᆫ 우산을 년ᄒᆞᆷ ᄀᆞᆺ고 ᄉᆞ위(西圍)ᄂᆞᆫ 험쥰ᄒᆞ고 【52】 팔면은 최의(崔巍)ᄒᆞ니 봉젼(峰顚)의 흘닙(屹立)ᄒᆞ매 청풍이 문을 ᄡᅩ니 몽혼이 놀랍고 쳔슈(泉水) 비류(飛流)ᄒᆞ니 한긔 사ᄅᆞᆷ의게 ᄉᆞᄆᆞᆺ차 호발(毫髮)이 ᄂᆡᆼ(冷)ᄒᆞ니 비록 싀호(豺虎)의 굴혈이 업ᄉᆞ나 뎡코 강인(强人)의 결채(結寨)ᄒᆞ미 이실러라.

두 놈이 교ᄌᆞᄅᆞᆯ ᄇᆞ리워[312] 산각(山脚) 아래 노코 ᄀᆞ마니 닐오ᄃᆡ,

"아니 이 도인이 므ᄉᆞᆷ 법ᄉᆞᆯ이 이셔 짐ᄌᆞᆺ 우리ᄅᆞᆯ 허다ᄒᆞᆫ 길ᄒᆞᆯ 오게 ᄒᆞᆫ가? 아디 못게라 이 산 일홈이 므어시며 어드로 가ᄂᆞᆫ 길힌고?"

ᄒᆞ더니 말이 ᄆᆞᆺ디 못ᄒᆞ야셔 뫼 우희셔 ᄒᆞᆫ 소릐 나향(鑼響)의 과연 ᄒᆞᆫ ᄢᅦ 누래(嘍囉) 내ᄃᆞᄅᆞ니 낫나치 머리의 신홍〔茜紅〕[313]두건을 ᄡᅳ고 손의 도곤(刀棍)을 잡고 나오며 크게 블러 ᄀᆞᆯ오ᄃᆡ,

"쾌히 매로젼(買路錢)을 머믈워 두고 가라!"

뎡쳔 뎡칠이 놀라 뭉쳐 ᄒᆞᆫ 덩이 되야 머리 ᄌᆞᆺ기ᄅᆞᆯ 마ᄂᆞᆯ 두ᄃᆞ리ᄃᆞ시 ᄒᆞ며 ᄀᆞᆯ오ᄃᆡ,

"모든 【53】 대왕은 명을 요ᄃᆡᄒᆞ쇼셔. 나ᄂᆞᆫ 뎡안평 승샹부듕 동복(童僕)이러니 교ᄌᆞ 메여왓ᄂᆞᆫ디라. 몸 ᄲᅳᆫ 분문(分文)도 업ᄉᆞ니 매로젼을 어드려 ᄒᆞ거든 교ᄌᆞ 속 도인ᄃᆞ려 달라 ᄒᆞ라."

모든 누래 교ᄌᆞ 발을 것고 ᄌᆞ셔이 보니 어ᄃᆡ 도인이 이시리오. ᄒᆞᆫ덩이 큰 뭉우리돌히[314] 안ᄒᆡ 잇ᄂᆞᆫ디라. 뎡쳔 뎡칠이 놀라 ᄀᆞᆯ오ᄃᆡ,

"실로 고이타. 본명이 ᄒᆞᆫ 낫 도인이러니 엇디 변ᄒᆞ야 돌히 되엿ᄂᆞ뇨?"

뎡칠이 ᄀᆞᆯ오ᄃᆡ,

"결단코 이 도인이 농법(弄法)ᄒᆞ미로다. 앗가 메여올ᄉᆞ록 졈〻 므겁더니."

모든 누래 ᄀᆞᆯ오ᄃᆡ,

"ᄯᅩ ᄆᆡ여다가 대왕을 뵈여 너희 두 사ᄅᆞᆷ으로 ᄒᆞ야곰 도인을 어더내게 ᄒᆞᆯ 거시라."

ᄒᆞ고 모든 누래 뎡쳔 뎡칠을 잡아ᄆᆡ야 경히 뫼흐로 올라가더니 홀연 교ᄌᆞ 속의셔 브ᄅᆞᄃᆡ,

"내 예 잇노라."

모든 누래 다시 보니 돌 【54】 ᄒᆞᆫ 보디 못ᄒᆞ고 교ᄌᆞ 속의 황의도인이 안잣거ᄂᆞᆯ 모든 누래 잡아내여다 닐오ᄃᆡ,

"이 도인이 압양법(魘禳法) 잇ᄂᆞᆫ가 시브니 자바다가 대왕긔 뵐 거시라."

ᄒᆞ고 손빈을 자바 뫼흐로 올려가니 뫼 우희 냥고[기](兩个) 대왕이 거러 내ᄃᆞ라오며 무로ᄃᆡ,

---

311) 【ᄯᆞᆷ】 명 땀. ¶ 汗 ‖ 두 사ᄅᆞᆷ이 쉬디 아니코 메고 ᄃᆞᄅᆞ니 만신의 ᄯᆞᆷ이 흘러 오시 다 젓고 (兩個只得抬了，不住地走，抬得通身是汗.) <孫龐 3:51> ⇒ ᄯᆞᆷ

312) 【ᄇᆞ리우다】 동 부리다. ¶ 歇 ‖ 두 놈이 교ᄌᆞᄅᆞᆯ ᄇᆞ리워 산각 아래 노코 ᄀᆞ마니 닐오ᄃᆡ (兩個把轎歇在山脚下， 背地道.) <孫龐 3:52>

313) 【茜紅 천홍】 qiànhóng <名> [쳔홍] 곡도숑 믈든 비단 (譯下 織造 3b) 곡도숑 믈 (方二 布帛 26b) 곡도손믈(課目 綵色 82a) ▼신홍 ‖ "山上一聲鑼響， 果閃出一夥嘍囉， 個個頭戴～巾， 手執刀棍, 赶下山來." 뫼 우희셔 ᄒᆞᆫ 소릐 나향의 과연 ᄒᆞᆫ ᄢᅦ 누래 내ᄃᆞᄅᆞ니 낫나치 머리의 신홍 두건을 ᄡᅳ고 손의 도곤을 잡고 나오며 (孫龐 3:52) [쳔홍] 곡됴숑 ‖ "～氈段藍綾子袴兒。" 곡도숑 믈 드린 블근비체 털조쳐 드려 ᄧᅡᆫ 비단과 람 고로와로 ᄒᆡ욘 고의 (飜老 下 50b) 곡도숑 믈 드린 블근빗체 털조차 ᄧᅡᆫ 비단과 남능 고의 (老下 46a) "須臾姊妹二人陪吃了餅， 收下家火去， 揩抹桌席， 鋪～顫條。" (金瓶 59)

314) 【뭉우리돌ㅎ】 명 뭉치돌. ¶ 頑石 ‖ ᄒᆞᆫ 덩이 큰 뭉우리 돌히 안ᄒᆡ 잇ᄂᆞᆫ디라 (一塊大頑石在內.) <孫龐 3:53>

"이 도인이 어드러셔 오ᄂᆞ뇨?"

손빈이 ᄀᆞᆯ오ᄃᆡ,

"나ᄂᆞᆫ 운몽산 귀곡션ᄉᆞ의 도뎨 손빈이러니 의량셩으로브터 졔국의 가려 ᄒᆞ노라."

두 대왕이 손빈이란 말을 듯고 퇴금산도옥쥬(堆金山倒玉柱)ᄒᆞ야 ᄂᆞ려 절ᄒᆞ야 ᄀᆞᆯ오ᄃᆡ,

"일홈을 드런디 오란디라. 눈이 이셔도 놉흔 사ᄅᆞᆷ을 아디 못ᄒᆞ야시니 ᄇᆞ라건대 ᄉᆞ부ᄂᆞᆫ 죄ᄅᆞᆯ 샤ᄒᆞ쇼셔."

손빈이 ᄀᆞᆯ오ᄃᆡ,

"내 일즉 이위(二位)의 ᄂᆞᆺ출 아디 못ᄒᆞ며 존셩(尊姓)과 대명(大名)을 아디 못ᄒᆞ거ᄂᆞᆯ 엇디 이대도록 ᄒᆞᄂᆞ뇨?"

두 대왕이 ᄀᆞᆯ오ᄃᆡ,

"나 두 사ᄅᆞᆷ은 ᄒᆞ【55】나히 일홈은 오획(吳獳)오 ᄒᆞᆫ나히 일홈은 마승(馬昇)이니 본ᄃᆡ 위왕의 가젼 도지휘(刀指揮)러니 위왕이 방연을 ᄉᆞ랑ᄒᆞ고 미더 두 사ᄅᆞᆷ을 오십 어곤(御棍)을 티고 관직을 샥뎨(削除)ᄒᆞ니 일로 인ᄒᆞ야 이 샤반산(蛇盤山)의 의셔 낙초(落艸)ᄒᆞ야 왕이 되엿노라."

손빈이 ᄀᆞᆯ오ᄃᆡ,

"이위(二位) 엇디 의구히 기샤귀뎡(改邪歸正)티 아니ᄒᆞᄂᆞ뇨?"

오획 마승이 ᄀᆞᆯ오ᄃᆡ,

"ᄉᆞ부ᄂᆞᆫ 아디 못ᄒᆞᄂᆞᆫ도다. 당금의 위국 됴듕이 태반이나 방연의 우익(羽翼)이라. 다쇼 원노훈신(元老勳臣)도 오히려 겸구결셜(箝口結舌)ᄒᆞ야 믈러 뎐묘(田畝)의 가시니 우리 엇디 감히 시무ᄅᆞᆯ 아디 못ᄒᆞ리오. 셜화(說話)ᄒᆞᆯ ᄉᆞ이예 모든 누래 뎡쳔 뎡칠을 ᄃᆞ리고 와 ᄀᆞᆯ오ᄃᆡ,

"냥가 교뷔 발락(發落)ᄒᆞ시믈 구ᄒᆞᄂᆞ이다."

손빈이 미히 웃고 오획 마승을 ᄃᆡᄒᆞ야 ᄀᆞᆯ오ᄃᆡ,

"뎌 두 사ᄅᆞᆷ은 본ᄃᆡ 뎡안평 승샹 집 가동【56】이러니 내 젼의 그 집의 비러 잘ᄉᆡ 뎌 주인의 대덕을 감격ᄒᆞ야 ᄒᆞᄂᆞ니 뎌 놈으로 ᄒᆞ야곰 교ᄌᆞᄅᆞᆯ 메여 졔예 드러가라 ᄒᆞ더니 두 사ᄅᆞᆷ이 듕심의 몹ᄲᅳᆫ 뜻을 먹으나 내 포파(佈擺)ᄒᆞ믈 닙어시니 뎌ᄅᆞᆯ 요ᄃᆡᄒᆞ야 도라보내야 됴히 쥬인의 명을 회복긔 ᄒᆞ라."

오획 마승이 뎡쳔 뎡칠을 노하 뫼히 ᄂᆞ리와 보내고 즉시 쥬셕을 베퍼 관ᄃᆡ(管待)ᄒᆞ더니 술이 두어 슌의 니ᄅᆞ매 오획 마승이 ᄀᆞᆯ오ᄃᆡ,

"우리 원컨대 ᄉᆞ부ᄅᆞᆯ 조차 졔국으로 가미 엇더ᄒᆞ뇨?"

손빈 왈,

"ᄒᆞᆫ가지로 가미 비록 됴흐나 다만 졔왕이 엇던 줄을 아디 못ᄒᆞ니 내 몬져 가 보아 졔왕이 과연 납현ᄋᆡᄉᆞ(納賢愛士)ᄒᆞ거든 이ᄣᅢ예 이공(二公)을 보조ᄒᆞ야 ᄒᆞᆫ가지로 일뎐(一殿)의 신해(臣下)되미 엇디 가티 아니 ᄒᆞ리오."

두 사ᄅᆞᆷ이 크게 깃거 손빈을 뫼히 ᄂᆞ리와 보낸대【57】손빈이 오획 마승을 니별ᄒᆞ고 ᄒᆡᆼᄒᆞ연 디 여러 ᄣᅢ예 신냥교의 니ᄅᆞ니 복ᄌᆞ해 손빈 오ᄂᆞᆫ 양을 ᄇᆞ라보고 수리예 ᄂᆞ려 영졉ᄒᆞ야 의구히 ᄒᆞᆫ가지로 다거의 안자 졔ᄅᆞᆯ ᄇᆞ라며 나아가다. 손빈이 노샹의셔 ᄌᆞ하ᄅᆞᆯ ᄃᆡᄒᆞ야 ᄀᆞᆯ오ᄃᆡ,

"대인아 이번 오매 몸의 촌젼(寸箭)의 공이 업ᄉᆞ니 만일 참신(讒臣)의 니간(離間)ᄒᆞ믈 만나면 대인의 일편(一片) 미졍(美情)을 허비티 아니ᄒᆞ랴. 번거히 ᄒᆞᄂᆞ니 대인은 졔예 니ᄅᆞ러 몬져 어디니ᄅᆞᆯ ᄉᆞ랑ᄒᆞ고 션비ᄅᆞᆯ 앗기ᄂᆞᆫ 곳을 어더 내 잠간 머므러 공 잇기ᄅᆞᆯ 기ᄃᆞ려 계유 감히 졔왕의게 뵈리라."

ᄌᆞ해 ᄀᆞᆯ오ᄃᆡ,

"션싱은 반ᄃᆞ시 과히 념녀티 말라. 우리나라히 노왕(魯王) 뎐긔(田忌) 잇ᄂᆞ니 졔왕의 어뎨(御第)라. ᄀᆞ장 어디니ᄅᆞᆯ 존ᄒᆞ고 션비ᄅᆞᆯ 공경ᄒᆞᄂᆞ니 션싱을 보내여 이 부듕의 니ᄅᆞ러 잠간 머믈미【58】편ᄒᆞ니라."

손빈이 ᄀᆞᆯ오ᄃᆡ,

"만일 이러틋 ᄒᆞ믈 어드면 감샤ᄒᆞ믈 다 ᄒᆞ디 못ᄒᆞ리로다."

셜화ᄒᆞᆯ ᄉᆞ이예 임의 님츼셩(臨淄城)의 드러왓ᄂᆞᆫ디라. 두 사ᄅᆞᆷ이 다거의 ᄂᆞ려 ᄒᆞᆫ가지로 노왕부 문 알픠 니ᄅᆞ러 ᄌᆞ해 ᄀᆞᆯ오ᄃᆡ,

"션싱은 잠간 기ᄃᆞ리라. 내 몬져 드러가 노왕긔 알외리라."

ᄌᆞ해 드러가 노왕긔 뵌대 왕이 무로ᄃᆡ,

"손빈 도적ᄒᆞ려 ᄒᆞ던 일이 엇디 되뇨?"

ᄌᆞ해 ᄀᆞᆯ오ᄃᆡ,

"임의 도적ᄒᆞ여 와 부문 알픠 잇ᄂᆞ이다."

노왕이 닐오ᄃᆡ,

"션싱이 엇디 뎌ᄅᆞᆯ 더브러 됴의 드러가 쥬샹을 뵈디 아니ᄒᆞ고 믄득 혀[315] 내 부문 알픠 니ᄅᆞ러시니 므ᄉᆞᆷ 연괴 잇ᄂᆞ뇨?"

ᄌᆞ해 ᄀᆞ로ᄃᆡ,

"손션ᄉᆡᆼ이 닐오ᄃᆡ, 이번 오매 ᄎᆞᆫ젼의 공이 업ᄉᆞᆫ디라 참신이 니간ᄒᆞᆯ가 저허 즐겨 됴의 드러가 쥬샹을 뵈디 아니ᄒᆞ고 ᄋᆡ현납ᄉᆞᄒᆞᄂᆞᆫ ᄃᆡ로【59】어더 잠간 머므러 공 잇ᄂᆞᆫ 날의 즐겨 가로 보련노라 ᄒᆞᄂᆞᆫ디라. 신이 드ᄅᆞ니 뎐해(殿下) 관홍(寬洪)ᄒᆞ고 대도(大度)ᄒᆞ며 듕ᄉᆞ(重士)ᄒᆞ고 존현(尊賢)ᄒᆞᄂᆞᆫ디라. 특별이 손빈을 혀와 뵈ᄂᆞ니 뎌롤 아직 머믈워 부듐의 두쇼셔. 노왕이 깃보미 ᄂᆞᆾ출 조차 열리여 쾌히 쳥ᄒᆞ야 드러오라 ᄒᆞᆫ대 ᄌᆞ해 손빈을 마자 부의 드러와 손빈이 노왕을 보고 군신녜롤 ᄒᆡᆼᄒᆞᆫ대 노왕이 크게 깃거 ᄀᆞ로ᄃᆡ,

"오래 션ᄉᆡᆼ의 놉흔 일홈을 우러더니 ᄠᅳᆺᄒᆞ디 아녀셔 오ᄂᆞᆯ 서ᄅᆞ 만나니 ᄒᆡᆼ심(幸甚)ᄒᆞ도다."

손빈이 ᄀᆞ로ᄃᆡ,

"일됴의 뎐하롤 만나니 원이 ᄌᆞ죡ᄒᆞ거ᄂᆞᆯ ᄯᅩ 춍조〔寵留〕ᄒᆞ시몰 닙으니 엇디 작약(雀躍)ᄒᆞ몰 이긔리오."

노왕이 ᄀᆞ로ᄃᆡ,

"젼면 큰 셔쥐 진실로 관작(寬綽)ᄒᆞ고 유티(幽致)ᄒᆞ나 저허ᄒᆞ건대 션ᄉᆡᆼ이 오ᄅᆞᄂᆞ리기 편티 아닐【60】ᄒᆞᄂᆞ니 동녁 셔원(書院)을 쇄소(洒掃)ᄒᆞ야 션ᄉᆡᆼ을 쥬탁게 ᄒᆞ리라."

손빈이 칭사(稱謝)ᄒᆞ거ᄂᆞᆯ ᄌᆞ해 니별ᄒᆞ고 됴회예 드러가 가(駕)롤 뵈니 시의 ᄀᆞ로ᄃᆡ,

시니뇽호풍운회 (時來龍虎風雲會)
운지군신도의딘 (運至君臣道宜眞.)
쳔니유연능복주 (千里有緣能輻輳)
무연ᄃᆡ면블샹친 (無緣對面不相親.)

ᄣᅢ 오매 뇽호와 풍운이 못고
운이 니ᄅᆞ매 군신의 되 진지 시로다
쳔니의 인연이 이시매 능히 복주ᄒᆞ고
인연이 업ᄉᆞ매 ᄂᆞᆾ출 ᄃᆡᄒᆞ야 서ᄅᆞ 친티 못ᄒᆞᄂᆞᆫ도다

ᄌᆞ해 노왕부의 나 됴의 드러와 바로 졔왕을 뵌대 졔왕이 보고 무로ᄃᆡ,

"경이 도라와시니 손빈을 도적ᄒᆞ야 온다?"

ᄌᆞ해 알외ᄃᆡ,

"신이 명을 녕ᄒᆞ야 위예 드러가 다거 우히 손빈을 도적ᄒᆞ야 셩의 내여 왓더니 방연이 군ᄉᆞ롤 거ᄂᆞ려 ᄯᆞ올가 저【61】허 다 거의 ᄂᆞ려 신으로 더브러 길흘 ᄂᆞᆫ화 언약ᄒᆞ야 서ᄅᆞ 신냥교의 모ᄃᆞ려 ᄒᆞ엿더니 신이 뎨 이셔 기ᄃᆞ련디 오라ᄃᆡ 오디 아니ᄒᆞ니 ᄉᆡᆼ각건대 다ᄅᆞᆫ 나라흘 간가 ᄒᆞᄂᆞ이다. 다만 긔록건대 손빈이 술위예 ᄂᆞ릴 ᄣᅢ예 신을 ᄃᆡᄒᆞ야 몃 귀 말을 니ᄅᆞ니, 그 말의 ᄀᆞ로ᄃᆡ,

경ᄏ단심장 (耿耿丹心壯)
외ᄏ튱효존 (巍巍忠孝存)
하몽졔쥬덕 (荷蒙齊主德)
단블부인군 (端不負仁君.)

경ᄏ이 단심이 장ᄒᆞ고
외ᄏ히 튱회 잇도다
졔 쥬의 덕을 닙어시니
진실로 어딘 님금을 져ᄇᆞ리디 아니리라.

ᄒᆞ더이다. 신이 혜아리니 손빈은 ᄇᆡ의망은(背義忘恩)ᄒᆞᆯ 사ᄅᆞᆷ이 아니라 결단코 실신(失信)티 아니ᄒᆞ리니 오라디 아녀셔 반ᄃᆞ시 오리이【62】다."

졔왕이 탄ᄒᆞ야 ᄀᆞ로ᄃᆡ,

"과인이 실로 너롤 보내여 위국의 니ᄅᆞ러 손빈을 도적ᄒᆞ야 도라와 샤직(社稷)을 광보(匡扶)ᄒᆞ며 됴방(朝邦)을 보존ᄒᆞᆯ가 ᄇᆞ라더니 쇽졀업시 도라올 줄 엇디 알리오. 과인으로 ᄒᆞ야곰 크게 ᄇᆞ라던 바롤 일헛도다."

말을 ᄆᆞᆺ디 못ᄒᆞ야셔 황문관(黃門官)이 드러와 알외ᄃᆡ,

"초국이 ᄉᆞ신을 보내여 고기롤 드리ᄃᆡ 됴문 밧긔셔 뎐지(傳旨) 업ᄉᆞ매 감히 드러오디 못ᄒᆞᄂᆞ이다."

졔왕이 ᄒᆞ야곰 ᄉᆞ신을 블러 드러오라 ᄒᆞᆫ대 초ᄉᆡ(楚使) 드러와 숑호(嵩呼)ᄒᆞ고 절ᄒᆞ기롤 ᄆᆞ

---

315)【혀다】㊀ 당기다. ¶ 引 ‖ 션ᄉᆡᆼ이 엇디 뎌롤 더브러 됴의 드러가 쥬샹을 뵈디 아니ᄒᆞ고 믄득 혀 내 부문 알퓌 니ᄅᆞ러시니 므ᄉᆞᆷ 연괴 잇ᄂᆞ뇨 (先生怎不同他人朝見駕, 却引到我府門首, 有甚原故?) <孫龐 3:58>

ᄎᆞ매 알외ᄃᆡ,

"신은 초국 ᄉᆞ신이러니 초왕의 명을 밧ᄃᆞ러 특별이 와 고기를 드리ᄂᆞ이다."

졔왕이 ᄀᆞᆯ오ᄃᆡ,

"언머나 ᄒᆞᆫ 고기완ᄃᆡ 너로 ᄒᆞ야곰 먼니 와 일댱(一場)을 진공케 ᄒᆞ더뇨?"

초시 ᄀᆞᆯ오ᄃᆡ,

"고기 다만 둘히 【63】 로ᄃᆡ 다ᄅᆞᆫ 고기와 ᄀᆞᆺ디 아니ᄒᆞᆫ디라. 본국의 ᄆᆞᄉᆞᆷ 일홈인 줄 알 사ᄅᆞᆷ이 업ᄉᆞᆫ디라. 우리 쥬샹이 일로 인ᄒᆞ야 특별이 신을 보내여 진샹ᄒᆞ고 냥반 문무듕의 이 고기 ᄆᆞᄉᆞᆷ 일홈인 줄 알 리 잇거든 졍원(情願)으로 년ㆍ 납공ᄒᆞ고 셰ㆍ(歲歲) ᄅᆡ됴(來朝)ᄒᆞ려니와 만일 반듕 문뮈 알 사ᄅᆞᆷ이 업ᄉᆞ면 대왕이 항셔와 표쟝을 우리 쵸왕긔 드리라 ᄒᆞ더이다."

졔왕이 무로ᄃᆡ,

"고기 어ᄃᆡ 잇ᄂᆞ뇨? 가져와 과인을 뵈라."

초시 됴문 밧긔 나가 슈궤(水櫃)를 메여 고기를 가져 금난뎐 우희 니ᄅᆞᆫ대 졔왕이 농졍(龍睛)과 봉목(鳳目)을 둘러 ᄌᆞ셰이 보니 이 고기 계유 자 남즉은 ᄒᆞ고 겁질이 먹빗 ᄀᆞᆺ고 입이 크고 비놀이 ᄀᆞ놀거ᄂᆞᆯ 졔왕이 머리를 흔드러 ᄀᆞᆯ오ᄃᆡ,

"과인이 이 고기를 보디 못ᄒᆞ엿노라."

모든 문뮈 비브ᄅᆞᆨ 【64】 보기를 ᄒᆞᆫ ᄎᆞ례 ᄒᆞ되 각ㆍ 폐구무언(閉口無言)ᄒᆞ거ᄂᆞᆯ 졔왕이 무로ᄃᆡ,

"모든 문뮈 이 고기를 아ᄂᆞ냐? ᄆᆞᄉᆞᆷ 면식(名色)고?"

즁인이 다 닐오ᄃᆡ,

"아디 못ᄒᆞ노라."

ᄒᆞ니 졔왕이 즐겨 아녀 ᄂᆞᆺ치 근심ᄒᆞᄂᆞᆫ 비ᄎᆞᆯ 씌고,

"엇디ᄒᆞ여야 됴흘고? ᄆᆞᄎᆞᆷ내 초국의 니ᄅᆞ러 항표를 드리디 못ᄒᆞ리라."

즁신이 ᄀᆞᆯ오ᄃᆡ,

"쥬샹은 근심티 마ᄅᆞ쇼셔. 이 고기를 알려 ᄒᆞ면 다만 노왕 뎐해 금고(今古)를 방남(博覽)ᄒᆞ며 고명원견(高明遠見)ᄒᆞ니 반ᄃᆞ시 알리이다."

졔왕이 ᄀᆞᆯ오ᄃᆡ,

"노왕을 블러오라."

오라디 아녀셔 노왕이 니ᄅᆞ거ᄂᆞᆯ 졔왕이 ᄀᆞᆯ오ᄃᆡ,

"어뎨야 초왕이 ᄉᆞ신을 보내여 고기 둘흘 국듕 문물이 ᄆᆞᄉᆞᆷ 변[명]ᄉᆡᆨ(名色)인 줄 알거든 년ㆍ납공ᄒᆞ고 셰ㆍ ᄂᆡ됴(來朝)ᄒᆞ고 만일 아ᄂᆞᆫ 사ᄅᆞᆷ이 업거든 우리나라흐로 ᄒᆞ야곰 항표를 뎌의게 드리라 ᄒᆞᄃᆡ 마ᄎᆞᆷ 모든 【65】 문뮈 다 아디 못ᄒᆞᄂᆞᆫ디라. 그러모로 어뎨를 블럿노라."

第11回
노왕냥ᄎᆞ잉훼어 원달일번조함졍
魯王兩次認靴魚 遠達一番遭陷穽

노왕(魯王) 뎐긔(田忌) 뎐 알퓌셔 궤ᄅᆞᆯ 여러 고기ᄅᆞᆯ 반향이나 보고 알외ᄃᆡ,

"신이 일즉 이 고기ᄅᆞᆯ 보디 못ᄒᆞ야시니 므ᄉᆞᆷ 명ᄉᆡᆨ(名色)인 줄 아디 못ᄒᆞᄂᆞ이다."

졔왕이 ᄀᆞᆯ오ᄃᆡ,

"어뎨 임의 아디 못ᄒᆞ면 부의 도라가라."

근시ᄅᆞᆯ 분부ᄒᆞ야 고기 궤ᄅᆞᆯ 아ᄉᆞ라 ᄒᆞ고 초 ᄉᆞ신으로 ᄒᆞ야곰 ᄇᆞᆰᄂᆞᆫ 날 뎐지ᄅᆞᆯ 기ᄃᆞ리라 ᄒᆞ고 됴회ᄅᆞᆯ 파ᄒᆞ다. 노왕이 부의 도라오거ᄂᆞᆯ 손빈이 마자 무로ᄃᆡ,

"오ᄂᆞᆯ 뎐하ᄅᆞᆯ 블러 드러가니 므ᄉᆞ 일이 잇더뇨?"

노왕이 ᄀᆞᆯ오ᄃᆡ,

"일죵(一種) 긔ᄉᆡ(奇事) 잇더라. 초국이 ᄒᆞᆫ 빵 고기ᄅᆞᆯ 드려 우리나라히 므ᄉᆞᆷ 일홈인 줄을 아라 만일 알 리 잇거든 졍원(情願)으로 년〻 납공ᄒᆞ고 세〻니 【66】 됴ᄒᆞ려니와 아디 못ᄒᆞ거든 우리나라흐로 항표ᄅᆞᆯ 드리라."

ᄒᆞ니 됴듕 즁다 문뮈 다 보ᄃᆡ 아디 못ᄒᆞᄂᆞᆫ 디라 됴뎡이 이ᄅᆞᆯ 위ᄒᆞ야 날을 쳥ᄒᆞ야 가 뵈ᄃᆡ 내 ᄯᅩ 뎌ᄅᆞᆯ 아디 못ᄒᆞ엿노라."

손빈 왈,

"이 고기 모양은 엇더ᄒᆞ며 다쇼(多少)ᄂᆞᆫ 엇더ᄒᆞ더뇨?"

노왕이 ᄀᆞᆯ오ᄃᆡ,

"이 고기 기릐[316] 자 남ᄌᆞᆨᄒᆞ고 겁질이 검고 입이 크고 비ᄂᆞᆯ이 ᄌᆞ더라."

손빈이 미쇼왈,

"뎐해 이 고기ᄅᆞᆯ 아디 못ᄒᆞᄂᆞ냐? 이 고기 일홈이 훼어(靴魚)[317]니 약슈화[하](弱水河) 듕으로셔브터 나ᄂᆞ니 그믈로도 잡디 못ᄒᆞ고 낙시로도 잡디 못ᄒᆞᄂᆞ니 이러모로 셰샹 사ᄅᆞᆷ이 보니 드므니 이 고기ᄅᆞᆯ 잡흐려 ᄒᆞ면 법슐이 잇ᄂᆞ니 믈 ᄭᆞ의 가 세 번 손펵티고[318] 세 번 브ᄅᆞ면 이 고기 ᄠᅱ여 믈ᄀᆞ의 나ᄂᆞ니라."

노왕이 ᄀᆞᆯ오ᄃᆡ,

"이런 일이 잇ᄂᆞ냐?"

손빈이 ᄀᆞᆯ오ᄃᆡ,

"뎐 【67】 해 밋디 아니커든 명됴(明朝)의 됴회예 나아가 초ᄉᆞ(楚使)로 ᄒᆞ야곰 와 보라 ᄒᆞ고 뎐해 믈궤 ᄀᆞ의 니ᄅᆞ러 세 번 손펵티고 세 번 브ᄅᆞ라. 이 고기 즉시 믈궤예 ᄠᅱ여 나리라."

노왕이 환희ᄒᆞ야 ᄀᆞᆯ오ᄃᆡ,

"만일 ᄠᅱ여나디 아니ᄒᆞ면 엇디ᄒᆞ여야 됴흐리오!"

손빈이 ᄀᆞᆯ오ᄃᆡ,

"뎐하ᄂᆞᆫ 방심ᄒᆞ쇼셔. 신이 예 이셔 작법ᄒᆞ면 이 고기 ᄠᅱ여나디 아닐가 근심티 아니ᄒᆞ리이다."

노왕이 ᄀᆞᆯ오ᄃᆡ,

---

316) 【기릐】 [명] 길이. ¶ 長 ‖ 이 고기 기릐 자 남ᄌᆞᆨᄒᆞ고 겁질이 검고 입이 크고 비ᄂᆞᆯ이 ᄌᆞ더라 (僅長一尺, 皮如黑色, 巨口細鱗.) <孫龐 3:66>

317) 【훼어】 [명] {훼어(靴魚).} 고기 이름. ¶ 靴魚 ‖ 이 고기 일홈이 훼어니 약슈화 듕으로셔브터 나ᄂᆞ니 그믈로도 잡디 못ᄒᆞ고 낙시로도 잡디 못ᄒᆞᄂᆞ니 (那魚名爲靴魚, 出自弱水河中, 網不能取, 鉤不可得.) <孫龐 3:66>

318) 【손펵티다】 [동] 손뼉티다. ¶ 手拍 ‖ 셰샹 사ᄅᆞᆷ이 보니 드므니 이 고기ᄅᆞᆯ 잡흐려 ᄒᆞ면 법슐이 잇ᄂᆞ니 믈 ᄭᆞ의 가 세 번 손펵티고 세 번 브ᄅᆞ면 이 고기 ᄠᅱ여 믈ᄀᆞ의 나ᄂᆞ니라 (人世罕見, 要取此魚, 有個法術, 向水涯邊, 把手拍三下, 叫三聲, 那魚就跳上涯來.) <孫龐 3:66>

"임의 이러ᄐᆞᆺ ᄒᆞ면 명조의 됴회예 나아가리니 다만 모ᄅᆞ미 션싱은 일비(一臂)의 공을 비러 공이 이시면 스ᄉᆞ로 맛당이 듕샤ᄒᆞ리라."

손빈이 ᄀᆞᆯ오ᄃᆡ,

"뎐해 엇디 샤ᄌᆞ(謝字)ᄅᆞᆯ 노ᄒᆞ시ᄂᆞᆫ이잇가? 다만 ᄒᆞᆫ 말이 이시니 만일 졔왕이 다ᄅᆞᆫ 거ᄉᆞᆯ 주거든 ᄒᆞ나토 밧디 말고 다만 이 두 고기ᄅᆞᆯ 가져오라. 신이 ᄡᅳᆯ듸 잇ᄂᆞ이다."

노왕이 만구응ᄃᆡᄒᆞ고 【68】 이튼날 조됴의 뎐의 올라와 알외ᄃᆡ,

"신이 부의 도라가 계유 ᄉᆡᆼ각ᄒᆞ니 이 고기 약슈화[하](弱水河) 듕으로셔 나니 일홈은 훠에니이다."

초ᄉᆡ 겨ᄐᆡ셔 노왕이 아ᄂᆞᆫ 양 보고 ᄆᆞᆫ득 무ᄅᆞᄃᆡ,

"뎌 고기의 일홈은 알거니와 므ᄉᆞᆷ 묘쳐(妙處) 잇ᄂᆞ나잇가?"

노왕이 ᄀᆞᆯ오ᄃᆡ,

"내 슈궤 ᄀᆞ의 니ᄅᆞ러 세 번 손뼉티고 세 번 브ᄅᆞ면 이 고기 믈속으로셔 ᄯᅱ여나리라."

졔왕이 ᄀᆞᆯ오ᄃᆡ,

"어뎨야 네 다만 이 고기ᄅᆞᆯ 알 만ᄒᆞ니 엇디 화샤쳠족(畵蛇添足) ᄒᆞᄂᆞ뇨? 뎨 믈궤예 ᄯᅱ여나디 아니ᄒᆞ면 도로혀 사ᄅᆞᆷ이 우음을 닙디 아니ᄒᆞ랴?"

노왕이 ᄀᆞᆯ오ᄃᆡ,

"우리 왕은 념녀티 마ᄅᆞ쇼셔. 신이 뎡코 이 고기ᄅᆞᆯ ᄯᅱ여나게 ᄒᆞ리이다."

졔왕이 근시로 ᄒᆞ야곰 슈궤ᄅᆞᆯ 갓가이 노흔대 노왕이 슈궤 ᄀᆞ의 니ᄅᆞ러 세 번 손뼉티고 세 번 브ᄅᆞ니 그 고기 공듕의 ᄯᅱ여올라 【69】 금난뎐 우희 나리거ᄂᆞᆯ 졔왕이 텬안(天顔)이 대희ᄒᆞ야 ᄀᆞᆯ오ᄃᆡ,

"됴흔 어뎨로다. 과연 금고(今古)ᄅᆞᆯ 방남(博覽)ᄒᆞ며 고명원견(高明遠見)ᄒᆞ야 이 고기ᄅᆞᆯ 앗ᄂᆞᆫ도다."

만됴 문뮈 낫〻치 노왕을 기리고 년ᄒᆞ야 초 ᄉᆞ신재 어려 ᄒᆞᆰ을 ᄇᆞᄅᆞ며 남그로[319] 사긴 사ᄅᆞᆷ ᄀᆞᆺ거ᄂᆞᆯ 졔왕이 근시ᄅᆞᆯ 분부ᄒᆞ야 의구히 믈궤 속의 노흐라 ᄒᆞ니 근시 잡으니 ᄒᆞᆫ 낫치 ᄯᅱ노라[320] 그치디 아니ᄒᆞ야 이 ᄒᆞ나히 임의 죽엇ᄂᆞᆫ디라. 졔왕이 쾌티 아녀 ᄀᆞᆯ오ᄃᆡ,

"두 낫 고기로셔 가히 앗갑다. ᄒᆞᆫ 낫치 죽도다."

노왕이 ᄀᆞᆯ오ᄃᆡ,

"ᄒᆞ나히 죽어시나 ᄒᆞ나히 오히려 사라시니 쥬샹이 ᄲᆞᆯ리 초ᄉᆞᄅᆞᆯ 나라희 도라보내여 초왕ᄃᆞ려 년〻의 납공ᄒᆞ고 세〻너됴ᄒᆞ야 일년이나 오디 아니ᄒᆞ거든 즉시 군ᄉᆞᄅᆞᆯ 니ᄅᆞ혀 졍토ᄒᆞ리라."

홀ᄉᆡ 졔왕이 이 말대로 ᄒᆞ야 ᄉᆞ신을 타발ᄒᆞ야 초로 도라 【70】 보내고 황금 쳔냥과 능단 ᄇᆡᆨ필을 가져 노왕을 준대 노왕이 ᄀᆞᆯ오ᄃᆡ,

"황금능단은 신히 가히 밧디 못ᄒᆞᄂᆞ니 우리 왕은 두 낫 훠어ᄅᆞᆯ 주쇼셔"

졔왕이 ᄀᆞᆯ오ᄃᆡ,

"어뎨 이 고기ᄅᆞᆯ 구ᄒᆞ니 본ᄃᆡ 너ᄅᆞᆯ 줄 거시로ᄃᆡ 다만 초국이 둘만 드려시니 죽은 거ᄉᆞᆯ 가져가고 산 거ᄉᆞᆫ 과인이 금년디(金蓮池) 안희 기ᄅᆞ고져 ᄒᆞ노라."

노왕이 고두샤은ᄒᆞ고 죽은 거ᄉᆞᆯ 가져 부의 도라온대 손빈이 마자 ᄀᆞᆯ오ᄃᆡ,

"뎐하야 부의 도라오ᄆᆞᆯ 하례ᄒᆞ노라."

노왕이 만면의 우음을 먹음고 ᄀᆞᆯ오ᄃᆡ,

"'션싱이 과연 현묘(玄妙)ᄒᆞ야 초국ᄉᆞ신이 놀라 눈이 둥그러ᄒᆞ고 입이 어리고 만됴 ᄃᆡ신이 머리ᄅᆞᆯ 흔들며 혀를 ᄲᅡ디워 이제 임의 초국 ᄉᆞ신을 타발ᄒᆞ야 초로 도라보내고 뎔로 ᄒᆞ야곰 연고의 진봉ᄒᆞ야 세〻 추됴(趨朝)ᄒᆞ라.' ᄒᆞ고 【71】 'ᄒᆞᆫ ᄒᆡ나 만일 오디 아니ᄒᆞ면 군ᄉᆞᄅᆞᆯ 니ᄅᆞ혀 졍토ᄒᆞ리라.' ᄒᆞ니 됴뎡이 크게 깃거 ᄒᆞᆫ 산 거ᄉᆞᆫ 금어 년모ᄉᆡ 녀코 죽은 거ᄉᆞᆯ 날을 주더라."

손빈이 환희ᄒᆞ야 ᄀᆞᆯ오ᄃᆡ,

"비록 죽은 거시나 신이 ᄡᅳᆯ듸 잇ᄂᆞ이다."

---

319) 【낢】 명 나무. ¶ 木 ‖ 만됴 문뮈 낫〻치 노왕을 기리고 년ᄒᆞ야 초 ᄉᆞ신재 어려 ᄒᆞᆰ을 ᄇᆞᄅᆞ며 남그로 사긴 사ᄅᆞᆷ ᄀᆞᆺ거ᄂᆞᆯ (滿朝文武, 個個喝采魯王, 連那楚國使臣, 弄得泥塑木雕了.) <孫龐 3:69>

320) 【ᄯᅱ놀다】 동 뛰놀다. ¶ 跳躍 ‖ 졔왕이 근시ᄅᆞᆯ 분부ᄒᆞ야 의구히 믈궤 속의 노흐라 ᄒᆞ니 근시 잡으니 ᄒᆞᆫ 낫치 ᄯᅱ노라 그치디 아니ᄒᆞ야 이 ᄒᆞ나히 임의 죽엇ᄂᆞᆫ디라 (齊王分付近侍, 依舊放入水櫃中, 近侍取在手, 一尾跳躍不絶. 這一尾早已亡之, 命矣夫了.) <孫龐 3:69>

ᄒᆞ니 원ᄂᆡ 손빈이 이 죽은 ᄒᆞᆫ 낫 고기ᄅᆞᆯ 므어시 ᄡᅳ리오만은 손빈이 두 발을 버히모로브터 열 발가락이 업ᄂᆞᆫ디라. 취루(醜陋)ᄒᆞ믈 이긔디 못ᄒᆞ야 이 훠어(靴魚)ᄅᆞᆯ 가져 견양을 삼아 졍ᄒᆞ고 공교로온 가족쟝이[321]ᄅᆞᆯ 블러 연코 조촐ᄒᆞᆫ[322] 즘싱의 가족으로 ᄒᆞᆫ ᄡᅡᆼ 훠ᄅᆞᆯ ᄆᆡᆫᄃᆞ라 다리 우희 신으려 ᄒᆞ더라.

손빈이 이후의 노왕부의 이셔 삼일의 쇼연(小宴)ᄒᆞ고 오일의 대연(大宴)ᄒᆞ야 ᄇᆡᆨ만[반]경봉(百般敬奉)ᄒᆞ더라. 손빈이 ᄆᆡ양 날마다 강무담병(講武談兵)ᄒᆞ야 ᄎᆞᆫ가(寸暇)도 업더니 홀연 ᄒᆞᆯᄅᆞᆫ 노왕이 수미(愁眉)ᄅᆞᆯ 부젼(不展)ᄒᆞ고 【72】 면ᄃᆡ우용(面帶憂容)이어ᄂᆞᆯ 손빈이 무러 ᄀᆞᆯ오ᄃᆡ,

"뎐해 므ᄉᆞᆷ ᄯᅳᆺ의 걸리ᄭᅵᆫ[323] 일이 잇ᄂᆞ뇨?"

노왕이 ᄀᆞᆯ오ᄃᆡ,

"우리 졔국이 ᄆᆡ양 ᄒᆡ 단양졀일(端陽節日)의 됴뎡이 날로 ᄒᆞ야곰 태ᄉᆞ 추긔(鄒忌)로 더브러 연무당의 가 비샤(比射)ᄒᆞ더니 이 추긔ᄂᆞᆫ 년〻의 삼시(三矢)ᄅᆞᆯ 발ᄒᆞ야 삼시ᄅᆞᆯ 다 맛치고 나ᄂᆞᆫ 삼시ᄅᆞᆯ 발ᄒᆞ야 ᄒᆞᆫ 살도 마치디 못ᄒᆞ니 다ᄅᆞᆫ 무예ᄂᆞᆫ 뎨 날만 ᄀᆞᆺ디 못ᄒᆞᄃᆡ 다만 젼법이 내 뎌만 못ᄒᆞ니라."

손빈이 ᄯᅩ 무ᄅᆞᄃᆡ,

"ᄒᆞᆫ 번 비샤ᄒᆞ매 ᄯᅩ 므ᄉᆞᆷ 샹벌이 잇ᄂᆞ뇨?"

노왕이 ᄀᆞᆯ오ᄃᆡ,

"년녜(年例)의 추긔ᄂᆞᆫ 세 살을 마치매 됴뎡이 뎌ᄅᆞᆯ 치단(綵緞)과 능나(綾羅)와 금화(金花) 이타(二朶)와 어쥬 세 잔을 주고 나ᄂᆞᆫ ᄒᆞᆫ 살도 못 마치면 벌로 죠희곳 두 숑이ᄅᆞᆯ 이고 ᄎᆞᆫ 믈 세 사발을 먹더니 오ᄂᆞᆯ 이ᄅᆞᆯ ᄉᆡᆼ각ᄒᆞ매 심히 즐겁디 아니ᄒᆞ도다."

【73】 손빈이 ᄀᆞᆯ오ᄃᆡ,

"뎐ᄒᆞᄂᆞᆫ 모ᄅᆞ미 번뇌티 마ᄅᆞ쇼셔. 신이 이예 이시니 녜 ᄀᆞᆺ디 아닐디라. 뎐하로 ᄒᆞ야곰 금화ᄅᆞᆯ 곳고 어쥬ᄅᆞᆯ 먹으며 추태ᄉᆞ로 ᄒᆞ야곰 지화(紙花)ᄅᆞᆯ 금ᄒᆞ며 냥슈ᄅᆞᆯ 먹게 ᄒᆞ리니 오ᄂᆞᆯ로브터 동산 가온대 태ᄌᆞ(垜子)ᄅᆞᆯ 셰오고 신이 뎐하ᄅᆞᆯ ᄀᆞᄅᆞ쳐 ᄡᅩ이면 ᄇᆡᆨ발ᄇᆡᆨ듕ᄒᆞ리라. 노왕이 흔연ᄒᆞ야 즉시 궁젼을 가지고 손빈으로 더브러 동산의 드러가 몬져 ᄉᆞ십 보의 믈려 후의 팔십보로 위졸(爲卒)ᄒᆞ야 니기니 졈〻 ᄡᅩ미[324] 손이 닉어 ᄒᆞᆫ 살도 ᄲᅥ러디미 업더라. 새배 보야며[325] 밤이 밧바 불셔 단양졀일이 다ᄃᆞ랏ᄂᆞᆫ디라."

손빈이 노왕으로 ᄒᆞ야곰 져ᄅᆞᆯ 군ᄃᆡ 속의 녀허 ᄒᆞᆫ가지로 연무뎡의 가니 졔왕이 문무 다관을 거ᄂᆞ려 ᄇᆡ가(排駕)ᄒᆞ야 임의 니ᄅᆞ럿ᄂᆞᆫ디라.[326] 졔왕이 【74】 당의 올라 뎐지ᄒᆞ야 태ᄉᆞ 추긔로 ᄒᆞ야곰 노왕으로 더브러 비샤(比射)ᄒᆞ라 ᄒᆞ니 두 사ᄅᆞᆷ이 각〻 보됴궁(寶雕弓) ᄒᆞᆫ 댱(張)과 낭아뎐(狼牙箭) 삼지(三枝)ᄅᆞᆯ ᄢᅵ고 연무댱의 니ᄅᆞ러 각〻 지조ᄅᆞᆯ 펼시 추긔 ᄆᆡ양 ᄒᆡ마다 노왕 샹풍(上風)을 니기[327] 겸ᄒᆞ야시매 뎌의 젼법(箭法)이 아ᄅᆞᆷ답디 아닌 줄 아ᄂᆞᆫ디라 크게 탹의(着意)티 아니ᄒᆞ야 ᄀᆞᆯ오ᄃᆡ,

"뎐ᄒᆞᄂᆞᆫ 몬져 기궁(開弓)ᄒᆞ쇼셔."

---

321) 【가족쟝이】 명 갓바치. ¶ 皮匠 ‖ 졍ᄒᆞ고 공교로온 가족쟝이ᄅᆞᆯ 블러 연코 조촐ᄒᆞᆫ 즘싱의 가족으로 (叫那精巧皮匠把軟淨獸皮.) <孫龐 3:71>

322) 【조촐ᄒᆞ다】 형 조촐하다. 깨끗하다. ¶ 淨 ‖ 이 훠어ᄅᆞᆯ 가져 견양을 삼아 졍ᄒᆞ고 공교로온 가족쟝이ᄅᆞᆯ 블러 연코 조촐ᄒᆞᆫ 즘싱의 가족으로 ᄒᆞᆫ ᄡᅡᆼ 훠ᄅᆞᆯ ᄆᆡᆫᄃᆞ라 다리 우희 신으려 ᄒᆞ더라 (把這靴魚做個樣子, 叫那精巧皮匠把軟淨獸皮, 配上一隻, 湊作一雙靴, 穿在脚上.) <孫龐 3:71> ⇒ 조촐ᄒᆞ다, 조쵸ᄒᆞ다, 조촐ᄒᆞ다, 죠촐ᄒᆞ다, 좃촐ᄒᆞ다

323) 【걸리ᄭᅵ다】 동 거리끼다. 얽매이다. ¶ 縈 ‖ 홀연 ᄒᆞᆯᄅᆞᆫ 노왕이 수미ᄅᆞᆯ 부젼ᄒᆞ고 면ᄃᆡ우용이어ᄂᆞᆯ 손빈이 무러 ᄀᆞᆯ오ᄃᆡ 뎐해 므ᄉᆞᆷ ᄯᅳᆺ의 걸리ᄭᅵᆫ 일이 잇ᄂᆞ뇨 (忽一日, 魯王愁眉不展, 面帶憂容, 孫臏問道: "殿下何事縈懷?") <孫龐 3:72> ⇒ 거리ᄭᅵ다, 걸니ᄭᅵ다, ᄀᆞ리ᄭᅵ다

324) 【ᄡᅩ다】 동 쏘다. ¶ 射 ‖ 졈졈 ᄡᅩ미 손이 닉어 ᄒᆞᆫ 살도 ᄲᅥ러디미 업더라 (看看射得手熟, 再無一矢落空.) <孫龐 3:73>

325) 【보야다】 동 보채다. 재촉하다. ¶ 催 ‖ 새배 보야며 밤이 밧바 불셔 단양졀일이 다ᄃᆞ랏ᄂᆞᆫ디라 (晨催暮促, 早又到端陽日.) <孫龐 3:73>

326) 【니ᄅᆞ다】 동 이르다. ¶ 到 ‖ 졔왕이 문무 다관을 거ᄂᆞ려 ᄇᆡ가ᄒᆞ야 임의 니ᄅᆞ럿ᄂᆞᆫ디라 (恰好齊王帶集文武多官, 排駕已到.) <孫龐 3:73>

327) 【니기】 부 익히. ¶ 慣 ‖ 추긔 ᄆᆡ양 ᄒᆡ마다 노왕 샹풍을 니기 겸ᄒᆞ야시매 뎌의 젼법이 아ᄅᆞᆷ답디 아닌 줄 아ᄂᆞᆫ디라 크게 탹의티 아니ᄒᆞ야 (那鄒忌因每年慣占魯王上風, 曉得他箭法不可, 不大着意.) <孫龐 3:74>

노왕이 겸양티 아니ᄒᆞ고 살ᄒᆞᆯ 먹여 활을 ᄃᆞᆼ긔여[328] ᄒᆞᆫ 술로 정히 홍심(紅心)을 마치니 추긔 노왕의 ᄒᆞᆫ 살로 마치는 양을 보고 크게 놀라 즉시 신위(神威)ᄅᆞᆯ 펴 활을 ᄃᆞᆼ긔며 살ᄒᆞᆯ 노흐니 본ᄃᆡ 다 마칠 거시로ᄃᆡ 손빈이 군ᄃᆡ 속의셔 살 못가ᄂᆞᆫ 법을 ᄡᅥ 뎌 살히 ᄢᅥ러디게 ᄒᆞ니 추긔 경아(驚訝)ᄒᆞ야 ᄀᆞᆯ오ᄃᆡ,

"고이ᄒᆞ다. 내 살히 ᄇᆡᆨ발ᄇᆡᆨ듕(百發百中) 【75】 ᄒᆞ더니 엇디 오ᄂᆞᆯ은 ᄡᅩ와 맛디 못ᄒᆞᆫ고?"

노왕이 둘재 살ᄒᆞᆯ ᄡᅩ니 ᄯᅩ 홍심을 바친디라. 추긔 ᄀᆞᆯ오ᄃᆡ,

"가히 노홉다. 엇디 뎌ᄂᆞᆫ 년ᄒᆞ야 두 살ᄒᆞᆯ 마친고?"

ᄒᆞ고 즉시 ᄯᅩ ᄒᆞᆫ 살ᄒᆞᆯ 발ᄒᆞ야 ᄯᅩ ᄯᅡ히 ᄢᅥ러디ᄂᆞᆫ디라. 추긔 눈의 블이 나며 발을 구ᄅᆞ며 가ᄉᆞᆷ을 두드리거ᄂᆞᆯ 노왕이 추긔의 두 살 마치디 못ᄒᆞ믈 보고 크게 쾌활ᄒᆞ야 뎨삼젼을 가져 ᄡᅩ니 ᄯᅩ 홍심이 마잣ᄂᆞᆫ디라. 추긔 더옥 분ᄒᆞ야 ᄀᆞᆯ오ᄃᆡ,

"뎨 ᄆᆡ양 비샤ᄒᆞ매 삼시(三矢)의셔 ᄒᆞᆫ 낫도 못 마치더니 금셰(今歲)ᄂᆞᆫ 엇디ᄒᆞ야 뎌ᄂᆞᆫ 년ᄒᆞ야 세 살을 마친고? 내 다만 이 ᄒᆞᆫ 낫 살히 손의 이시니 만일 마치디 못ᄒᆞ면 모든 사ᄅᆞᆷ의 우음을 닙으랴."

ᄒᆞ고 일변으로 활을 ᄃᆞᆼ긔며 입으로 브ᄅᆞᄃᆡ,

"군아뉵독대신(軍牙六纛大神)아 【76】 위령을 도으쇼셔. 추긔 이 살만 ᄇᆞ라ᄃᆡ ᄆᆞᄋᆞᆷ이 흔들리고 손이 ᄯᅥᆯ려 ᄯᅩ 크게 헛거ᄉᆞᆯ ᄡᅩ앗ᄂᆞᆫ디라."

ᄡᅩ기ᄅᆞᆯ ᄆᆞᄎᆞᆫ 후의 졔왕이 무로ᄃᆡ,

"올흔 어ᄂᆞ 사ᄅᆞᆷ이 탈표(奪標)ᄒᆞ뇨?"

즁관이 알외ᄃᆡ,

"노왕 뎐해 세 살을 년ᄒᆞ야 마치고 추태ᄉᆞᄂᆞᆫ ᄒᆞᆫ 살도 마치디 못ᄒᆞ엿ᄂᆞ이다."

졔왕이 ᄀᆞᆯ오ᄃᆡ,

"올흔 어뎨(御弟) 탈표(奪標)ᄒᆞ니 깃보믈 니긔디 못ᄒᆞ여라."

뎐지ᄒᆞ야 노왕을 블러 당의 올라오니 노왕이 환안열ᄉᆡᆨ(歡顔悅色)으로 가젼(駕前)의 니ᄅᆞ러 세 잔 어쥬ᄅᆞᆯ 먹고 두 숑이 금화ᄅᆞᆯ 곳고 ᄎᆡ단과 홍나(紅羅)ᄅᆞᆯ 녕ᄒᆞ야 샤은ᄒᆞ고 당의 ᄂᆞ린대 추긔 노긔교가(怒氣交加)ᄒᆞ야 심듕의 항복디 아니ᄒᆞ고 입의 원언을 내거ᄂᆞᆯ 졔왕이 이 말을 듯고 ᄀᆞᆯ오ᄃᆡ,

"이ᄂᆞᆫ 년년 구녜라. 마치ᄂᆞ니ᄂᆞᆫ 샹ᄒᆞ고 못 마치ᄂᆞᆫ 이ᄂᆞᆫ 벌ᄒᆞ니 어뎨ᄂᆞᆫ 【77】 년〻의 마치디 못ᄒᆞ매 감심(甘心)ᄒᆞ야 벌을 바드ᄃᆡ 일구차원(一口嗟怨)ᄒᆞᄂᆞᆫ 말이 업더니 올흔 네 ᄉᆞᄉᆞ로 ᄡᅩ아 마치디 못ᄒᆞ고 ᄂᆞᆷ을 원ᄒᆞᄂᆞ뇨?"

추긔 나아와 ᄀᆞᆯ오ᄃᆡ,

"마촘 보니 노왕 뎐하 군ᄃᆡ 듕의 ᄒᆞᆫ 이인(異人)이 이셔 작법ᄒᆞ니 일로ᄡᅥ 신의 살이 맛디 아니ᄒᆞᄂᆞᆫ디라. 일로 마ᄋᆞᆷ의 의혹ᄒᆞᄂᆞ이다."

졔왕이 ᄀᆞᆯ오ᄃᆡ,

"엇디 이런 일이 이시리오. 쾌히 어뎨ᄅᆞᆯ 블러오라."

급히 노왕을 블러 당샹의 오ᄅᆞ거ᄂᆞᆯ 졔왕이 무로ᄃᆡ,

"어뎨야 츄태ᄉᆡ 닐오ᄃᆡ, '너의 군ᄃᆡ 듕의 엇던 이인이 잇더라' ᄒᆞ니 올흐냐?"

노왕이 알외ᄃᆡ,

"신이 감히 숨기디 못ᄒᆞᄂᆞ니 과연 ᄒᆞᆫ 이인이 잇ᄂᆞ이다."

졔왕이 무로ᄃᆡ,

"엇던 사ᄅᆞᆷ이뇨?"

노왕이 ᄀᆞᆯ오ᄃᆡ,

"[교] 향일 복ᄌᆞ해 위국의 다(茶) 드리라 가셔 손빈을 도적ᄒᆞ야 내여왓 【78】 ᄂᆞ이다."

졔왕이 크게 놀라 ᄀᆞᆯ오ᄃᆡ,

"이 손빈이면 일향(一向) 어ᄃᆡ 잇더뇨?"

노왕이 ᄀᆞᆯ오ᄃᆡ,

"신의 집의 자최ᄅᆞᆯ 브텨시니[329] 뎨 몸의 촌젼(寸箭)의 공이 업ᄉᆞᆫ디라. 감히 우리 츄샹ᄭᅴ 샐리 뵈디 못ᄒᆞ엿ᄂᆞ니 젼의 훠어ᄅᆞᆯ 아라 믈궤예셔 ᄲᅱ여나게 ᄒᆞ미 다 이 손빈의 신통과 둔갑의 긔묘ᄒᆞ미니이다. 오ᄂᆞᆯ 단양비샤(端陽比射)ᄒᆞ믈 인ᄒᆞ야 신이 뎌ᄅᆞᆯ ᄃᆞ리고 연무당의 니ᄅᆞ러 우리나라ᄒᆞᆯ 굿뵈려[330] ᄒᆞ더니이다."

---

328) 【ᄃᆞᆼ긔다】 동 당기다. ¶ 扯 ‖ 노왕이 겸양티 아니ᄒᆞ고 살ᄒᆞᆯ 먹여 활을 ᄃᆞᆼ긔여 ᄒᆞᆫ 살로 정히 홍심을 마치니 (魯王並不謙遜, 搭上箭, 扯滿弓, 騰地一箭射去, 剛剛中着垜上紅心.) <孫龐 3:74>

329) 【브티다】 동 부치다. ¶ 寄 ‖ 신의 집의 자최ᄅᆞᆯ 브텨시니 뎨 몸의 촌젼의 공이 업ᄉᆞᆫ디라 (一向寄跡在臣府內, 他因身無寸箭之功.) <孫龐 3:78>

330) 【굿뵈다】 동 구경시키다. ¶ 觀光 ‖ 신이

제왕이 깃봄이 ᄂᆞᆾᄎᆞ로조차 열리여 ᄀᆞᆯ오ᄃᆡ,

"ᄉᆡᆼ각ᄒᆞ연디 오라더니 어뎨의 부듕의 잇다 ᄒᆞ니 가 쾌히 블러오라. ᄒᆞᆫ 번 보리라."

손빈이 급히 가젼의 니ᄅᆞ러 녜ᄇᆡᄒᆞ고 슝호(嵩呼)ᄒᆞ거ᄂᆞᆯ 제왕이 ᄀᆞᆯ오ᄃᆡ,

"ᄉᆞᆫ션ᄉᆡᆼ아 과인이 오래 큰 일홈을 우러고 목ᄆᆞ른 ᄃᆡ 믈 ᄉᆡᆼ각ᄒᆞᆷ ᄀᆞᆺ더니 젼의 임의 【79】 내 나라ᄒᆡ 니ᄅᆞ러시니 비록 공이 업ᄉᆞ나 ᄒᆞᆫ 번 보미 맛당ᄒᆞ거ᄂᆞᆯ 엇디 오ᄂᆞᆯ날 니ᄅᆞ러 경히 처엄으로 서ᄅᆞ ᄆᆞᆺᄂᆞ뇨?"

손빈이 ᄀᆞᆯ오ᄃᆡ,

"신이 와 뵈디 아니려 ᄒᆞᆫ 줄이 아니라 촌공도 다토미 업ᄉᆞᆫ디라. 스ᄉᆞ로 참숑(慚悚)ᄒᆞ믈 ᄭᅵᄃᆞᆺ디 못ᄒᆞᄂᆞ이다."

제왕이 닐오ᄃᆡ,

"엇디 이런 말을 ᄒᆞᄂᆞ뇨? 놉흔 사ᄅᆞᆷ과 긔특ᄒᆞᆫ 션ᄇᆡᄂᆞᆫ 심샹히 엇기 어려온디라. 엇디 반ᄃᆞ시 공이 이신 후의 서ᄅᆞ 보리오. 과인이 금일의 션ᄉᆡᆼ을 ᄒᆞᆫ 벼ᄉᆞᆯ을 ᄒᆞ이고져331) ᄒᆞᄃᆡ 이고디 납현녜ᄉᆞ(納賢禮士)ᄒᆞᄂᆞᆫ 고디 아니라 명일의 됴뎡의 나아가 과인이 맛당히 듕히 ᄡᅳ리라."

손빈이 샤은ᄒᆞ더라.

이ᄋᆞᆨ고 제왕이 환궁ᄒᆞ니 노왕이 손빈으로 더브러 부듕으로 도라오다.

이튼날 아춤의 제왕이 됴하ᄅᆞᆯ 베프고 손빈 【80】 을 인견ᄒᆞ야 경히 벼ᄉᆞᆯ을 봉코져 ᄒᆞ더니 황문관이 알외ᄃᆡ,

"구요산(九曜山) 벽녀[녁]동(霹靂洞) 야료[룡](野龍) 원달(袁達)이 사ᄅᆞᆷ을 보내여 냥식 이ᄇᆡᆨ셕을 비러 됴문 밧긔셔 기ᄂᆞ[ᄃᆞ]리ᄂᆞ이다."

제왕이 닐오ᄃᆡ,

"우리나라ᄒᆡ 년ᄒᆞ야 흉황(凶荒)ᄒᆞ야332) 군ᄉᆡᆨ 만코 ᄇᆡᆨ셩이 만하 냥최(糧草) 스ᄉᆞ로 넉〻디 못ᄒᆞ니 엇디 놈 빌릴 거시 이시리오. 온 사ᄅᆞᆷ을 ᄀᆞᆺᄐᆞ야 인견티 말고 다ᄅᆞᆫ 나라ᄒᆡ 가 빌게 ᄒᆞ라."

황문관이 녕지ᄒᆞ야 온 사ᄅᆞᆷ을 닐러 보내다. 제왕이 보뎐 우ᄒᆡ 안자 이ᄋᆞᆨ이 팀음ᄒᆞ야 닐오ᄃᆡ,

"원달은 망명ᄒᆞᆫ 초귀(草寇)라 흉ᄆᆡᆼᄒᆞ기 이샹ᄒᆞ야 칠국이 문풍(聞風)ᄒᆞ매 의구티 아니리 업서 큰 나라ᄒᆞᆫ 금을 주고 쟈근 나라ᄒᆞᆫ 위ᄅᆞᆯ ᄉᆞ양ᄒᆞ야 원달로 ᄒᆞ야곰 ᄆᆞ양 득디(得志)케 ᄒᆞᄂᆞᆫ디라. 내 오ᄂᆞᆯ날 냥 【81】 식이 업서 주디 못ᄒᆞ니 결단코 사오나온333) ᄠᅳ들 내여 군ᄉᆞᄅᆞᆯ 니ᄅᆞ혀 챵난(猖亂)ᄒᆞᆯ 거시니 엇디면 됴ᄒᆞ리오?"

추긔 알픠 나아와 알외ᄃᆡ,

"이제 쥬샹이 손빈을 벼ᄉᆞᆯ을 ᄒᆞ이고져 ᄒᆞ시ᄃᆡ 만일 젹은 벼ᄉᆞᆯ을 맛디면 우리 쥬샹이 어디 니ᄅᆞᆯ 경히 넉이고 션ᄇᆡᄅᆞᆯ 업슈이 너긴다 니ᄅᆞᆯ 거시오. 만일 큰 벼ᄉᆞᆯ을 봉ᄒᆞ면 뎨 긔공(奇功)이 업ᄉᆞ라 ᄒᆞ야 구디 식양코 밧디 아닐가 저허ᄒᆞᄂᆞᆫ디라. 엇디 손빈으로 ᄒᆞ야곰 구요산의 가 원달을 쵸도[포](勦捕)케 아니시ᄂᆞ니잇가. 도적을 평ᄒᆞᆫ 후의 고관과 현쟉으로ᄡᅧ 맛디면 냥심(兩心)이 열복ᄒᆞ리이다."

제왕이 올히 넉여 즉시 손빈으로 ᄒᆞ야곰 군ᄉᆞᄅᆞᆯ 거ᄂᆞ려 구요산의 가 야룡 원달을 티라 ᄒᆞᆫ대 손빈이 알외ᄃᆡ,

"신이 원컨대 노왕 뎐하로 더 【82】 브러 ᄒᆞᆫ가지로 군ᄉᆞᄅᆞᆯ 거ᄂᆞ려 가지이다."

제왕이 닐오ᄃᆡ,

"임의 이러ᄒᆞ면 ᄯᅩ 슈문농(須文龍)과 슈문호(須文虎)로 ᄒᆞ야곰 션봉인(先鋒印)을 가져 ᄒᆞᆫ가지로 나아가 돕게 ᄒᆞ라."

손빈이 녕지ᄒᆞ야 나와 즉시 노왕 뎐긔(田忌)와 슈문농 슈문호로 더브러 ᄒᆞᆫ 가지로 교댱의 나아가 졍병(精兵) 일만(一萬)을 뎜고ᄒᆞ야 즉일의 긔병ᄒᆞᆯ시 손빈이 타분(打扮)ᄒᆞᆫ 양을 보니,

---

뎌ᄅᆞᆯ ᄃᆞ리고 연무댱의 니ᄅᆞ러 우리나라ᄒᆞᆯ ᄀᆞᆺ뵈려 ᄒᆞ더니이다 (以此臣帶他進演武場來觀光我國.) <孫龐 3:78>

331) 【ᄒᆞ이다】 [동] 하게 하다. 시키다. ¶ 授 ‖ 과인이 금일의 션ᄉᆡᆼ을 ᄒᆞᆫ 벼ᄉᆞᆯ을 ᄒᆞ이고져 ᄒᆞᄃᆡ (寡人今日欲授先生一職.) <孫龐 3:79>

332) 【흉황ᄒᆞ다】 [동] 흉황(凶荒)하다. ¶ 荒歉 ‖ 우리나라ᄒᆡ 년ᄒᆞ야 흉황ᄒᆞ야 군ᄉᆡᆨ 만코 ᄇᆡᆨ셩이 만하 냥최 스ᄉᆞ로 넉넉디 못ᄒᆞ니 엇디 놈 빌릴 거시 이시리오 (我國連年荒歉, 糧草自且不敷, 那有得借人?) <孫龐 3:80>

333) 【사오나오-】 [형] «사오납다» 사납다. ¶ 歹 ‖ 내 오ᄂᆞᆯ날 냥식이 업서 주디 못ᄒᆞ니 결단코 사오나온 ᄠᅳ들 내여 군ᄉᆞᄅᆞᆯ 니ᄅᆞ혀 챵난ᄒᆞᆯ 거시니 엇디면 됴ᄒᆞ리오 (我今日沒糧借他. 決萌歹意, 必要興兵倡亂, 怎生是好?) <孫龐 3:81>

어미계관(魚尾雞冠)은 머리털을 뭇것고 젼포ᄂᆞᆫ 소련(素練)과 혼쳥(渾靑)을 혜혓더라. 황융됴(黃絨絛)ᄂᆞᆫ 도가의 경을 ᄆᆡ엿고 슈피훠(獸皮靴)ᄂᆞᆫ 발을 덥허시니 공교로온 졔되 새롭고 시톄롭더라.[334] 비예 팔문둔갑을 숨겻고 가ᄉᆞᆷ의 뉵갑녕문ᄅᆞᆯ ᄀᆞᆷ초와시니 ᄎᆡᆨ뇌편뎡(策雷鞭霆)ᄒᆞ야 귀신이 놀라고 호풍환우(呼風喚雨)ᄒᆞ매 뎍이 저허ᄒᆞᄂᆞᆫ도다.

병매 바로 구요산【83】으로 향ᄒᆞ야 나아가더니 초매(哨馬) 보ᄒᆞᄃᆡ,

"젼면의 샤반산(蛇盤山)이 잇고 산 우희 두 산왕이 이셔 길ᄒᆞᆯ 막으니 인매 능히 나아가디 못ᄒᆞᄂᆞ이다."

손빈이 뎐녕ᄒᆞ야,

"인마ᄅᆞᆯ 거ᄂᆞ려 머므러 둔ᄒᆞ고 션봉 슈문뇽과 슈문호로 ᄒᆞ야곰 알ᄑᆡ 나아가 빠호라.[335]"

두 쟝쉬 인마ᄅᆞᆯ 거ᄂᆞ려 창을 두로고 도치ᄅᆞᆯ 잡아 늑마(勒馬)ᄒᆞ야 산젼의 니ᄅᆞ니 두 산왕(山王)이 븕은 투고 와 빗난 갑오ᄉᆞᆯ 닙고 각ː 댱팔샤모(丈八蛇矛)ᄅᆞᆯ 잡고 알ᄑᆡ 나아와 무로ᄃᆡ,

"두 쟝쉬 므ᄉᆞᆷ 일홈고?"

슈문뇽 슈문회 닐오ᄃᆡ,

"우리ᄂᆞᆫ 졔나라 어뎨 노왕 휘하 손빈션싱 시겨 보내신 젼부션봉(前部先鋒) 슈문뇽과 슈문회로라."

산왕이 닐오ᄃᆡ,

"임의 손ᄉᆞ뷔 식여 보내여시면 두 장군은 모ᄅᆞ미 싸호디 말라. 우리 두 사ᄅᆞᆷ이 졍【84】원(情願)으로 항복고져 ᄒᆞ노라."

슈문뇽·슈문회 드ᄃᆡ여 두 산왕을 거ᄂᆞ려 영문 알ᄑᆡ 니ᄅᆞ니 긔패(旗牌) 즉시 듕문의 드러와 보호ᄃᆡ,

"두 산왕이 즐겨 싸호디 아니ᄒᆞ고 다 항복ᄒᆞ믈 원ᄒᆞᄂᆞᆫ디라. 션봉이 임의 거ᄂᆞ려 영 알ᄑᆡ와 녕을 기ᄃᆞ리ᄂᆞ이다."

노왕이 ᄒᆞ야곰 드러와 뵈라 ᄒᆞᆫ대 산왕이 듕군(中軍)의 드러와 노왕을 보고 몸을 구펴 열두 번 절ᄒᆞ고 세 번 쳔세(千歲)ᄅᆞᆯ 브ᄅᆞ고 몸을 두로혀 손빈을 보고 ᄯᅩ 심ː이 팔비ᄒᆞ거ᄂᆞᆯ 손빈이 ᄌᆞ셔히 ᄒᆞᆫ 번 보고 닐오ᄃᆡ,

"내 이 뉜고? ᄒᆞ엿더니 원ᄂᆡ 이 두 쟝군이랏다?"

노왕이 닐오ᄃᆡ,

"션싱이 뎔로 더브러 친ᄒᆞ미 잇ᄂᆞ냐?"

손빈이 닐오ᄃᆡ,

"뎌 두 사ᄅᆞᆷ이 본ᄃᆡ 초귀(草寇) 아니라. 위왕의 가젼 낭원 ᄃᆡ두지휘(帶刀指揮)니【85】일명은 오회(吳獬)오 일명은 마승(馬昇)이라. 위왕이 방연을 툥신(寵信)ᄒᆞ믈 인ᄒᆞ야 오십 어곤을 티고 관직을 샥직ᄒᆞ니 일로ᄡᅧ 뎌 샤반산의 이셔 낙초(落草)ᄒᆞ야 왕이 된디라. 뎌즈음긔[336] 신이 이 뫼ᄒᆞᆯ 디날ᄉᆡ 두 사ᄅᆞᆷ이 ᄃᆡ졉ᄒᆞ믈 닙어 일면지분(一面之分)이 잇ᄂᆞ니라. 졔왕이 납현ᄉᆞ의[ᄋᆡᄉᆞ](納賢愛士)ᄒᆞ시믈 듯고 즉시 신을 더브러 ᄒᆞᆫ가지로 졔로 와 ᄀᆡ샤귀졍(改邪歸正)코져 ᄒᆞ야 ᄯᅳᆺ 먹언디 임의 오란디라. 오ᄂᆞᆯ날 임의 귀슌ᄒᆞ니 맛당이 슈용ᄒᆞ염즉 ᄒᆞ니이다."

노왕이 닐오ᄃᆡ,

"군듕의 궐난 벼ᄉᆞᆯ이 업ᄉᆞ니 뎌 두 사ᄅᆞᆷ을 엇디 쳐티ᄒᆞ리오?"

손빈이 닐오ᄃᆡ,

"아직 슈시(須氏) 형뎨로 ᄒᆞ야곰 져근덧 좌우감군(左右監軍)이 되게 ᄒᆞ고 오회와 마승을 잠간 션봉인을 주쇼셔."

노왕이 그 말을 올히 넉여【86】드ᄃᆡ여 슈문뇽과 슈문호로 좌우감군을 ᄒᆞ이고 오회와 마승으로 션봉을 삼은대 두 쟝쉬 인을 거더 샤은ᄒᆞ고 드ᄃᆡ여 군ᄉᆞᄅᆞᆯ 거ᄂᆞ려 알프로 향ᄒᆞ야 나아가니 져근 더ᄉᆡ 구요산의 니ᄅᆞ러 평양(平陽)ᄒᆞᆫ

---

334)【시톄롭다】㉻ «시톄롭다» 시체(時體)롭다. 그 시대의 풍습과 유행에 맞다. ¶ 時新 ‖ 황융됴ᄂᆞᆫ 도가의 경을 ᄆᆡ엿고 슈피훠ᄂᆞᆫ 발을 덥허시니 공교로온 졔되 새롭고 시톄롭더라 (黃絨絛繫道家情, 獸皮靴掩足, 巧樣更時新.) <孫龐 3:82> ⇒ 시톄로오-

335)【빠호다】㉯ 싸우다. ¶ 인마ᄅᆞᆯ 거ᄂᆞ려 머므러 둔ᄒᆞ고 션봉 슈문뇽과 슈문호로 ᄒᆞ야곰 알ᄑᆡ 나아가 빠호라 (孫臏令須文龍、須文虎上前勦捕.) <孫龐 3:83>

336)【뎌즈음긔】㉮ 저즈음께. 전일(前日)에. ¶ 前者 ‖ 뎌즈음긔 신이 이 뫼ᄒᆞᆯ 디날ᄉᆡ 두 사ᄅᆞᆷ이 ᄃᆡ졉ᄒᆞ믈 닙어 일면지분이 잇ᄂᆞ니라 (前者臣往此山經過, 承他二人一面之識.) <孫龐 3:85> ⇒ 뎌즈음긔, 뎌즈음씌, 뎌즘씌, 뎌ᄌᆞ음씌, 뎌좀씌, 저즈음긔, 져즈음긔, 져즈음씌, 져즘씌, 져ᄌᆞ음씌

싸흘 골ᄒᆞ야 영채(營寨)롤 베프고 인마롤 둔찰(屯札)ᄒᆞ다.

손빈이 듕군의 의셔 녕을 뎐ᄒᆞ야,

"병매 시러곰 어즈러이 나아가디 못ᄒᆞ게 ᄒᆞ고 몬져 디형을 헤아려 문을 ᄂᆞ화 딘을 티고 션봉 오회와 마승으로 분부ᄒᆞ야 일지인마롤 거ᄂᆞ려 몬져 구요산 알픠 나아가 싸홈을 도도디 만일 원달이 나와 싸호거든 짐즛 패ᄒᆞ야 이긔기롤 구티 말라."

두 쟝쉬 녕을 듯고 즉시 몰게 올라 군ᄉᆞ롤 거ᄂᆞ려 나아가다. 손빈이 슈문농 슈문호롤 블러 【87】 분부ᄒᆞ디,

"너희 두 쟝쉬 췌신긔(聚神旗)롤 잡고 영 알픠셔 딘을 술펴 다만 오회와 마승이 몰을 돌려 도라오몰 보고 즉시 취신긔롤 가져 년ᄒᆞ야 세 번 펄텨 내 영듕의셔 작법ᄒᆞ게 ᄒᆞ라."

슈문농 슈문회 녕을 듯고 취신긔롤 가져 영문 알픠 나가 놉흔 디 우히 올라 ᄌᆞ셔히 딘을 술피더라.

오회 마승이 군ᄉᆞ롤 거ᄂᆞ려 구요산 알픠 나아가 딘셰롤 베프고 격고명나(擊鼓鳴鑼)ᄒᆞ야 알플 당ᄒᆞ야 싸홈[337]을 도ᄌᆞ니 이 날 원달이 벽녁동 듕의 이셔 모든 두령 독고딘(獨孤陳) 니목(李牧)으로 더브러 졔왕이 냥식 아니 주몰 노ᄒᆞ야 군ᄉᆞ롤 니ᄅᆞ혀 작난홀 일을 의논ᄒᆞ더니 홀연 쇼루래(小嘍囉) ᄂᆞᄃᆞ시 도라와 알외디,

"졔군이 군ᄉᆞ롤 니ᄅᆞ혀 우리롤 틸시 션봉 【88】 이 인마롤 거ᄂᆞ려 산 알픠 나아와 싸홈을 도ᄌᆞᄂᆞ이다."

원달이 우으며 닐오디,

"이런 고이ᄒᆞᆫ 일이 잇도다. 내 일죽 긔병ᄒᆞ야 뎌롤 침노코져 ᄒᆞ미 업거ᄂᆞᆯ 뎨 도로혀 몬져 와 날을 티믄 엇디오?"

독도딘 니목이 골오디,

"가가(哥哥)야, 됴흔 미매(買賣) 문의 와시니 ᄀᆞ장 됴됴다. 다만 뎔로 ᄒᆞ야곰 오고 가디 못ᄒᆞ게 ᄒᆞ리라."

원달이 골오디,

"이위(二位)ᄂᆞᆫ 날을 위ᄒᆞ야 산채롤 딘슈(鎭守)ᄒᆞ라. 내 친히 딘의 가 졔병의 강약을 보리라."

됴흔 원달이 진짓,

> 용밍효웅(勇猛驍雄)ᄒᆞ미 개셰(蓋世)ᄒᆞ니 구요산샹(九曜山上)의 나탁(哪吒)이라. 기산긔부(開山巨斧)ᄂᆞᆫ 슈듕(手中)의 잡앗고 분애녈마(奔涯劣馬)롤 닉이 ᄐᆞ며 가족은 웅비(熊羆)와 호표(虎豹)롤 가지고 미록(麋鹿)과 쟝파(獐犯)롤 먹으며 살인방화ᄒᆞ기롤 싱애(生涯)롤 삼으니 뎨긔(提起)ᄒᆞ매 신이 놀라 【89】 며 저허ᄒᆞ더라.

원달이 피괘(披掛)ᄒᆞ기롤 경졔히 ᄒᆞ고 몰을 뛰워 뫼흘 ᄂᆞ려가니 진실노 ᄒᆞ여곰,

> 삼원호쟝귀졔쥬(三員虎將歸齊主) 일디군ᄉᆞ칠국존(一代軍師七國尊)이러라.

원달이 딘 알픠 나아와 크게 ᄒᆞᆫ 소리롤 웨여 골오디,

"어ᄂᆞ 곳[고] 무명(無名)ᄒᆞᆫ 쇼졸이 믄득 감히 군ᄉᆞ롤 거ᄂᆞ려 내 구요산 알픠 와 드레여 문의 와 목숨을 보내고져 ᄒᆞᄂᆞ뇨?"

오회 마승이 닐오디,

"나ᄂᆞᆫ 졧나라 노왕 휘하 손빈 군시 식여보내신 젼부션봉 오희 마승이로라."

원달이 흡ᄌᆞ(哈哈) 대쇼ᄒᆞ야 골오디,

"오회 마승아, 너희 등이 일향(一向) 반샤산(盤蛇山)을 뎜거ᄒᆞ야 우리 인후요[로](咽喉要路)롤 그칫더니 엇디ᄒᆞ야 비얌투명(背暗投明)ᄒᆞ며 기샤귀졍(改邪歸正)ᄒᆞ얏ᄂᆞ뇨? 너희 이제 오미 졔왕이 너희로 ᄒᆞ야곰 냥식을 거ᄂᆞ려 내게 보 【90】 내더냐. 도로혀 널로 ᄒᆞ야곰 목숨을 드리느냐?"

오희 마승이 닐오디,

"너희 역텬강적(逆天强賊)아! 됴뎡 냥초(糧草)롤 엇디 경히 너롤 주리오. 냥초롤 구ᄒᆞ거든 날로 더브러 삼합(三合)을 싸화 날을 이긔면 냥초롤 빌려 너희롤 주고 날을 이긔디 못ᄒᆞ면 너롤 ᄒᆞ야곰 경긱의 피 황사(黃沙)의 적셔 구요산 알픠 머리 업손 원귀 되게 ᄒᆞ리라."

---

337) 【싸홈】 명 싸움. ¶ 戰 ‖ 오회 마승이 군ᄉᆞ롤 거ᄂᆞ려 구요산 알픠 나아가 딘셰롤 베프고 격고명나ᄒᆞ야 알플 당ᄒᆞ야 싸홈을 도ᄌᆞ니 (且說吳猰、馬昇領兵到九曜山前, 排開陣勢, 擊鼓鳴鑼, 當前搦戰.) <孫龐 3:87>

원달이 닐오딕,

"이 놈아 사롬을 웃디 말고 몰을 노화 내 슈단을 보라."

냥개 션봉과 일개 초귀 구요산 알퓌셔 평싱 긔력을 다 뻐 ᄉᆞ시(巳時)로 브터 싸화 오시(午時)의 니ᄅᆞ딕, 승부룰 결티 못ᄒᆞ엿더니 삼십여 합이 디나매 오회 마승이 몰을 두로혀 거즛 패ᄒᆞ야 ᄃᆞ라난대 원달이 몰을 노화 쫄오 【91】 거늘 영문 알퓌 슈문농·슈문회 두 쟝쉬 거즛 패ᄒᆞ야 ᄃᆞ라오물 보고 급히 쵸신긔를 가져 년ᄒᆞ야 세 번 펼티니 손빈이 영듕의 이셔 그 움즉이믈 보고 손빈으로 구신결(驅神訣)을 쥐고 입으로 뉵갑녕문을 념ᄒᆞ며 ᄒᆞᆫ 소릭롤 졔릭(齊來)ᄒᆞ야 웨니 삽시간의 건곤(乾坤)이 혹암(黑暗)ᄒᆞ고 텬디 혼미ᄒᆞᆫ디라. 원달이 놀라 혼블부톄(魂不附体)ᄒᆞ야 동을 ᄇᆞ라며 셔로 술피되 길흘 ᄎᆞᆺ디 못ᄒᆞ야 몰을 힘뻐 채 텨 압흘 ᄇᆞ라며 돌려 바로 슈목님(樹木林) 듕으로 드러가 셔니 두 녁흐로셔 반마삭(絆馬索)[338]이 내ᄃᆞ라 몰 발을 거러 ᄃᆞᆼ긔니 사롬과 몰이 일시의 것구러디거늘[339] 졔병이 쪄 나아가 원달을 잡아 사발ᄀᆞ티 큰 노흐로 미야 듕군댱(中軍帳) 알퓌 바티거늘 손빈 【92】 이 무로딕,

"원달아, 네 오늘날 사ᄅᆞ잡히믈 닙어시니 ᄆᆞ옴의 즐겨 귀항(歸降)ᄒᆞ면 너롤 ᄒᆞᆫ 번 죽으믈 면케 ᄒᆞ리라."

원달이 골오딕,

"뉘 너의 운몽산 귀곡ᄌᆞ의 뎨진 줄 모ᄅᆞ리오. 샤슐로 사롬을 사ᄅᆞ잡으니 희한ᄒᆞᆫ 일이 아니라. 영셰롤 항ᄒᆞ리니 네 진짓 본ᄉᆞ(本事)롤 내여 딘샹의셔 날을 사ᄅᆞ잡으면 ᄇᆞ야ᄒᆞ로 귀항ᄒᆞ리라."

손빈이 닐오딕,

"네 만일 진짓 본ᄉᆞ로 너롤 잡과댜[340] ᄒᆞ면 이 무어시 어려오리오."

ᄒᆞ고 군ᄉᆞ롤 분부ᄒᆞ야 민 거술 플고 인마롤 주어 노화 보내니 원달이 노흐믈 엇고 영의 나와 몰을 채 텨 ᄒᆞᆫ 줄 닉ᄀᆞ티 ᄃᆞ라나 산샹으로 가다.

노왕이 무로딕,

"손션싱이 오늘날 홍병ᄒᆞ야 이에 니ᄅᆞ믄 젼혀 이 도적 잡기롤 위ᄒᆞ 【93】 미라. 임의 잡으매 맛당이 샐리 죽여 칠국을 위ᄒᆞ야 해롤 더엄즉ᄒᆞ거늘 므슴 연고로 도로혀 노화 보내뇨?"

손빈이 닐오딕,

"이 해롭디 아닌디라. 이 사롬이 ᄆᆞ옴이 항복디 아니ᄒᆞ면 비록 잡아도 쏘ᄒᆞᆫ 쁠 고디 업ᄉᆞᆫ디라. 뎨 심복(心服)ᄒᆞ기롤 기ᄃᆞ려 ᄌᆞ연히 귀슌킈 ᄒᆞ리라."

원달이 도망ᄒᆞ야 뫼히 올라와 벽녁동의 니ᄅᆞ거늘 니목·독고딘이 나와 마자 닐오딕,

"가개 도라왓나냐, 졔병을 살해ᄒᆞ냐?"

원달이 닐오딕,

"니ᄅᆞ디 말라. 원닉 반샤산 오회·마승이 ᄀᆡ샤귀뎡(改邪歸正)ᄒᆞ야 젯나라 션봉이 되야 내게 ᄒᆞᆫ 딘을 크게 패ᄒᆞ야 ᄃᆞ라가거늘 내 몰을 노화 ᄯᆞᆯ오더니 싱각 아녀 손빈이 영듕의셔 작법ᄒᆞ니 내 그 꾀 속의 싸뎌 깁흔 수플 속으로 【94】 ᄃᆞᆺ다가 반마삭(絆馬索)의 걸려 너머디니 날을 잡아 듕군의 도[ᄃᆞ]려가 귀항ᄒᆞ믈 권ᄒᆞ거늘 내 니ᄅᆞ딕, '진짓 슈단을 브려 날을 잡으면 내 즐겨 귀항ᄒᆞ마' ᄒᆞᆫ대 일로 인ᄒᆞ야 노히믈 어더 도라오라."

니목 독고딘이 다 머리롤 흔드러 닐오딕,

"가얌이[가(哥)야, 이] ᄀᆞ장 니해ᄒᆞ다. 네 샹해 칠국의 소문나 위명(威名)이 크게 베픈디라. 일로뻐 너롤 감히 해티 못ᄒᆞ니 만일 다ᄅᆞᆫ 사롬 ᄀᆞᆺᄐᆞ면 임의 히분(齏粉)이 되여실디라. 엇디 목숨을 어더 니어 도라오리오."

원달이 닐오딕,

"뎨 군시 교만ᄒᆞ믈 인ᄒᆞ야 반ᄃᆞ시 ᄃᆞᆫᄃᆞᆫ이 졔방(隄防)티 아니ᄒᆞ리니 그 블의예 내ᄃᆞ라 ᄀᆞ촌 거시 업ᄉᆞᆫ 거술 티면 반ᄃᆞ시 공을 일울디니 오늘밤 이경의 우리 쇼루라롤 뎜거ᄒᆞ야 ᄀᆞ만이가 영채롤 엄습ᄒᆞ 【95】 야 편갑(片甲)도 머므로

---

338) 【반마삭】 명 |반마삭(絆馬索).| ¶ 絆馬索 ‖ 반마삭이 내ᄃᆞ라 몰 발을 거러 ᄃᆞᆼ긔니 사롬과 몰이 일시의 것구러디거늘 (却被絆馬索絆住馬足, 連人帶馬, 一齊番倒.) <孫龐 3:91>

339) 【것구러디다】 동 거꾸러지다. ¶ 番倒 ‖ 반마삭이 내ᄃᆞ라 몰 발을 거러 ᄃᆞᆼ긔니 사롬과 몰이 일시의 것구러디거늘 (被絆馬索絆住馬足, 連人帶馬, 一齊番倒.) <孫龐 3:91>

340) 【-과댜】 미 -게 하고자. ¶ 네 만일 진짓 본ᄉᆞ로 너롤 잡과댜 ᄒᆞ면 이 무어시 어려오리오 (你要我眞本事拿你, 這有何難.) <孫龐 3:92>

디 말면 엇디 됴티 아니리오.”

두 사ᄅᆞᆷ이 다 닐오ᄃᆡ,

“됴흔 계괴로다.”

서ᄅᆞ 의논을 뎡당(停當)ᄒᆞ매 즉시 정예ᄒᆞᆫ 군ᄉᆞ 이쳔을 뎜긔(點起)ᄒᆞ야 각〻 방신긔계(防身器械)ᄅᆞᆯ 가지고 이경(二更)을 기ᄃᆞ려 계규대로 일을 힝ᄒᆞ려 ᄒᆞ더라.

손빈이 듕군당의 안자 뎐녕ᄒᆞ야,

“모든 군ᄉᆞ로 ᄒᆞ야곰 듕군 문 알ᄑᆡ 굴헝[341]을 ᄑᆞᄃᆡ 다ᄉᆞᆺ 길 깁희와 열 길 너ᄇᆡᄅᆞᆯ ᄒᆞ고 우ᄒᆡ ᄆᆞᄅᆞᆫ 흙과 어즈러온 플로 덥고 황혼의 각 영의 등쵹을 혀디 아니ᄒᆞ고 다만 듕쵸(中哨)의 등화ᄅᆞᆯ 혀고 병마ᄅᆞᆯ 흐터 ᄉᆞ면의 ᄆᆡ복ᄒᆞ야 적인이 협채(劫寨)ᄒᆞ믈 막ᄌᆞᄅᆞ라.”

듕군이 일〻히 준녕(尊令)ᄒᆞ다. 이 밤 이경의 원달 니목 독고딘 삼인이 각〻 정졔히 피괘(披掛)ᄒᆞ고 이쳔 쇼로라ᄅᆞᆯ 거【96】ᄂᆞ려 사ᄅᆞᆷ은 함ᄆᆡ(銜枚)ᄒᆞ고 ᄆᆞᆯ은 늑구(勒口)ᄒᆞ야 인매 ᄶᅧ 졔영으로 나아가니 다만 듕쵸의 등쵹이 ᄇᆞᆰ아시ᄆᆞᆯ 보고 원달이 인마ᄅᆞᆯ 거ᄂᆞ려 당션(當先)ᄒᆞ고 니목 독고딘이 뒤흘 딘압ᄒᆞ야 납함(吶喊)ᄒᆞ며 즁군으로 살입(殺入)ᄒᆞ더니 인매 일시의 브ᄅᆞ지지며 돌〻녹〻(骨骨碌碌)히 투항(土坑)[342] 속의 ᄲᅡ디ᄆᆞᆯ 보고 ᄆᆞᆯ머리ᄅᆞᆯ 두로혀 일시의 ᄃᆞ라나거ᄂᆞᆯ 졔병이 ᄯᆞᆯ오디 아니ᄒᆞ고 ᄉᆞ면으로 ᄶᅧ오며 노피 웨ᄃᆡ,

“원달을 사니로 무ᄃᆞ라.”

원달이 투항(土坑)[343] 속의셔 웨여 닐오ᄃᆡ,

“사ᄅᆞᆷ의 셩명을 가ᄇᆡ야이[344] 결과티 말고 날을 노하 니ᄅᆞ혀면 ᄒᆞᆯ 말이 이셰라.”

모든 군ᄉᆡ 요구창(拗鉤槍)으로 원달을 거러 ᄃᆞᆼ긔야 ᄆᆡ야 듕군으로 드려오니 원달이 노왕과 손빈을 보고 다만 머리ᄅᆞᆯ 숙여 ᄶᅡᄒᆡ【97】업더여 말ᄒᆞ디 아니ᄒᆞ거ᄂᆞᆯ 손빈이 닐오ᄃᆡ,

“네 두 번 사ᄅᆞ잡혀시니 네 가히 귀슌ᄒᆞᆯ다?”

원달이 닐오ᄃᆡ,

“젼의 ᄒᆞᆫ 말이 이니시 만일 진짓 본ᄉᆞᄅᆞᆯ 부려 딘샹의 날을 잡으면 내 그제야 귀슌ᄒᆞ리니 이러ᄐᆞ시 암산계(暗算計)로ᄡᅥ 사ᄅᆞᆷ을 잡으면 비록 죽어도 항복디 아니ᄒᆞ리라.”

손빈이 닐오ᄃᆡ,

“엇디 암산계라 니ᄅᆞᄂᆞ뇨? ᄡᅡ홈은 궤도(詭道)ᄅᆞᆯ ᄡᅳᆫ닷 말을 듯디 못ᄒᆞ엿ᄂᆞᆫ다? 내 만일 계교로ᄡᅥ 너ᄅᆞᆯ 잡디 아니ᄒᆞ고 네 몬져 와 내 영을 겁ᄒᆞ기ᄅᆞᆯ 기ᄃᆞ리면 엇디 더ᄃᆡ디 아니ᄒᆞ리오. 너ᄅᆞᆯ ᄯᅩ 노화 보내ᄂᆞ니 이번은 딘 우히셔 너ᄅᆞᆯ 잡디 아니ᄒᆞ고 반ᄃᆞ시 반공듕의셔 너ᄅᆞᆯ 잡으리라.”

원달이 닐오ᄃᆡ.

“헛 쟈랑 말라. 등운가무(騰雲駕霧)ᄒᆞᄂᆞᆫ 법곳 아니면 엇【98】디 반공듕의셔 날을 잡으리오.”

손빈이 닐오ᄃᆡ,

“널로 더브러 결오디 말고 다만 반공듕의셔 잡아와 신통이 광대ᄒᆞ믈 나타내리다.”

군사ᄅᆞᆯ 분부ᄒᆞ야 다시 노하 보내라 ᄒᆞ니 믄득 군ᄉᆡ 원달의 ᄆᆡᆫ 거술 프러 영문 밧긔 내티니 원달이 ᄃᆞᆯ려 벽녁동으로 도라와 동문을 ᄃᆞᆫ〻이 닷고 ᄯᅩ 니목과 독고딘으로 더브러 의논ᄒᆞ더라.

이튼날 아ᄎᆞᆷ의 손빈이 오회 마승을 분부ᄒᆞ야 구요산 알ᄑᆡ 니ᄅᆞ러 의구히 ᄡᅡ홈을 도〻되 전과 ᄀᆞᆺ티 패ᄒᆞ고 이긔믈 구티 말라. ᄒᆞ고 인ᄒᆞ야 슈문뇽 슈문호로 ᄒᆞ야곰 취신긔(聚神旗)ᄅᆞᆯ 잡아 영 알ᄑᆡ셔 딘을 ᄉᆞᆯ피라 ᄒᆞ다. 오회·마승이 군ᄉᆞᄅᆞᆯ 거ᄂᆞ려 바로 산 알ᄑᆡ 니ᄅᆞ니 마ᄎᆞᆷ 원달이 정히 군ᄉᆞᄅᆞᆯ 거ᄂᆞ려【99】ᄂᆞ려오거ᄂᆞᆯ 두 편

341)【굴헝】㊔ 구렁. ¶ 土坑 ‖ 모든 군ᄉᆞ로 ᄒᆞ야곰 듕군 문 알ᄑᆡ 굴헝을 ᄑᆞᄃᆡ 다ᄉᆞᆺ 길 깁희와 열 길 너ᄇᆡᄅᆞᆯ ᄒᆞ고 (着衆軍士向中軍門首, 掘個土坑, 五丈深, 十丈闊.) <孫龐 3:95>

342)【투항】㊔ {투항(土坑tǔkēng).} 구렁. 구덩이. 중국어 차용어. ¶ 坑 ‖ 인매 일시의 브ᄅᆞ지지며 돌〻녹〻히 투항 속의 ᄲᅡ디ᄆᆞᆯ 보고 (人馬齊聲叫苦, 骨骨碌碌, 通跌下坑.) <孫龐 3:96> ⇒ 굴헝

343)【투항】㊔ {투항(土坑tǔkēng).} 구렁. 중국어 차용어. ¶ 坑 ‖ 원달이 투항 속의셔 웨여 닐오ᄃᆡ (袁達在坑裏叫道.) <孫龐 3:96> ⇒ 굴헝

344)【가ᄇᆡ야이】㊕ 가벼이. 가볍게. ¶ 半三不四 ‖ 사ᄅᆞᆷ의 셩명을 가ᄇᆡ야이 결과티 말고 날을 노하 니ᄅᆞ혀면 ᄒᆞᆯ 말이 이셰라 (不要把人性命, 半三不四結果了, 放我起來, 還有話說.) <孫龐 3:96> ⇒ 가부야이, 가븨아이, 가ᄫᅡ이, ᄀᆞ부야이

이 서ᄅᆞ ᄃᆡᄒᆞ매 블븐도ᄇᆡᆨ(不分皂白)ᄒᆞ고 ᄆᆞᆯ을 ᄲᅱ워 ᄃᆞ라드러 ᄲᅡ화 십수합의 디나매 두 쟝ᄉᆔ 거즛 패ᄒᆞ야 ᄆᆞᆯ을 두로혀 ᄃᆞ라나거ᄂᆞᆯ 원달이 채텨 알ᄑᆞᆯ ᄇᆞ라며 급히 ᄯᆞᆯ오더니 슈문농·슈문회 영 알ᄑᆡ셔 ᄇᆞ라보고 ᄎᆔ신긔ᄅᆞᆯ 가져 년ᄒᆞ야 세 번 펼티거ᄂᆞᆯ 손빈이 공듕을 ᄇᆞ라며 ᄒᆞᆫ 머곰 법슐(法水)을 ᄲᅳᆷ으니라.

第12回
규요산야룡납관 승상부태위태혼
九曜山野龍納款 承相府太尉退婚

손빈의 영듕의 싱셔 츄신긔(聚神旗) 움즉이믈 보고 쏄리 ᄒᆞᆫ 머곰 법슐을 쁨으며 진언을 념동(念動)ᄒᆞ니 슈유(須臾)의 문뮈 미만(迷漫)ᄒᆞ고 태양이 혼폐(昏蔽)ᄒᆞ야 동셔남북을 아디 못ᄒᆞ고 다만 젼면의 일좌 고산이 뵈ᄂᆞᆫ디라. 원달이 심황의란(心慌意亂) 【100】 ᄒᆞ야 몰을 채 텨 ᄉᆞ면을 ᄒᆞᆫ 번 ᄇᆞ라니 다만 뫼히 오ᄅᆞᆯ 길히 잇고 뫼히 ᄂᆞ릴 길흔 업ᄂᆞᆫ디라. 졍히 경황ᄒᆞᆯ ᄌᆞ음의 홀연이 드ᄅᆞ니 멀리셔 나모 버히ᄂᆞᆫ 소릐 나거ᄂᆞᆯ ᄀᆞ마니 ᄉᆞᄉᆞ로 혜요ᄃᆡ,

'이 분명히 쵸부(樵夫)의 나모 버히ᄂᆞᆫ 소릐니 ᄯᅩᄒᆞᆫ 뎌ᄅᆞᆯ 블러 길ᄒᆞᆯ 무ᄅᆞ리라.'

ᄒᆞ고 녀셩ᄒᆞ야 크게 블러 닐오ᄃᆡ,

"쵸가(樵哥)야 쾌히 와 내 ᄒᆞᆫ 목숨을 구ᄒᆞ라."

쵸뷔 먼니셔 무로ᄃᆡ,

"네 엇던 사ᄅᆞᆷ고?"

원달이 닐오ᄃᆡ,

"나ᄂᆞᆫ 구요산 벽녁동 야농 원달이로라."

쵸뷔 가ᄀᆞ대쇼(呵呵大笑)ᄒᆞ야 ᄀᆞᆯ오ᄃᆡ,

"너ᄂᆞᆫ ᄒᆞᆫ 남산(南山) 밍회(猛虎)라. 평일의 사ᄅᆞᆷ을 상ᄒᆡ오미 만터니 오ᄂᆞᆯ날 하ᄂᆞᆯ이 널로 ᄒᆞ야곰 깁흔 함졍의 ᄲᅡ뎌시니 내 엇디 너ᄅᆞᆯ 구ᄒᆞ리오."

원달이 쵸조ᄒᆞ야 ᄀᆞ마니 ᄉᆞᄉᆞ로 【101】 닐오ᄃᆡ,

"구티 아니믄 올커니와 엇디 당면ᄒᆞ야 사ᄅᆞᆷ을 이러ᄐᆞ시 ᄭᅮ짓ᄂᆞ뇨? 아직 긔운을 먹음고 노호오믈 ᄎᆞᆷ아 뎌를 달애여야 날을 구케 ᄒᆞ고 챤ᄎᆞ이 쳐티ᄒᆞ리라."

ᄯᅩ 웨여 닐오ᄃᆡ,

"쵸가야 이 뫼흔 내 일즉 ᄃᆞᆫ니디 아녓ᄂᆞᆫ디라. 아디 못게라 어ᄂᆞ 편의 갈 길히 잇ᄂᆞ뇨? 날을 위ᄒᆞ야 길ᄒᆞᆯ ᄀᆞᄅᆞ쳐 ᄂᆞ려가게 ᄒᆞ면 네게 듕히 샤례ᄒᆞ리라."

쵸뷔 닐오ᄃᆡ,

"너ᄂᆞᆫ 뎌편 뫼 속의 잇고 나ᄂᆞᆫ 이 편 뫼 속의 이셔 슈목이 쵸[총]밀(叢密)ᄒᆞ야 너ᄅᆞᆯ 가구키 어려오니 엇디ᄒᆞ리오."

원달이 닐오ᄃᆡ,

"내 등 뒤히 흑동ᄃᆞᆼ(黑洞洞)ᄒᆞ야 ᄆᆞᄅᆞᆫ 우믈 ᄀᆞᄐᆞ니 능히 ᄂᆞ려 가랴?"

쵸뷔 닐오ᄃᆡ,

"가믄 가려니와 내 말을 드ᄅᆞ라."

원달이 닐오ᄃᆡ,

"ᄇᆞ라건대 쵸가ᄂᆞᆫ ᄀᆞᄅᆞ치라."

쵸뷔 ᄇᆞᆰ게 을러 ᄀᆞᆯ오ᄃᆡ,

【102】 쵸부고대왕 (樵夫告大王)
텽아죵두소 (聽我從頭訴)
힝과오칠니 (行過五七里)
반ᄌᆞ유퇴로 (方纔有退路.)

쵸뷔 대왕의게 고ᄒᆞᄂᆞ니
내 죵두ᄒᆞ야 혜ᄂᆞᆫ 양을 드ᄅᆞ라
힝ᄒᆞ야 오칠 니ᄅᆞᆯ 디나면
ᄇᆡ야흐로[345] 계유 믈러갈 길히 잇도다

냥슈요반디[뇌] (兩手要扳牢)
일심막경포 (一心莫驚怖)
약환산뇨슈 (若還撒了手)

---

345) 【비야흐로】 ㊇ 바야흐로. ¶ 方纔 ‖ 비야흐로 계유 믈러갈 길히 잇도다 (方纔有退路.) <孫龐 3:102>

명즉황쳔부 (命卽黃泉赴.)

두 손을 모롬이 ᄃᆞᆫ:이 밧들고
ᄒᆞᆫ ᄆᆞᄋᆞᆷ을 놀라 전즈리디[346] 말라
만일 도로혀 손을 노화 ᄇᆞ리면
명이 즉시 황천으로 가리라

샹유대산녕 (上有大山嶺)
하유교룡취 (下有蛟龍聚)
과득교룡동 (過得蛟龍洞)
【103】 유개독샤우 (有個毒蛇寓.)

우희 큰 뫼히 잇고
아래 교룡이 이셔 모닷도다
시러곰 교룡동을 디나매
독사의 굴혈이 잇도다

긔죠ᄇᆡᆨ화샤 (幾條白花蛇)
반회십니수 (盤廻十里數)
ᄒᆡᆼ과독샤쳐 (行過毒蛇處)
유개호당[낭]듀 (有个虎狼住.)

멧 낫 ᄇᆡᆨ화새
서려 십니의 버덧도다
ᄒᆡᆼᄒᆞ야 독샤의 고ᄃᆞᆯ 디나매
ᄯᅩ 호랑의 집이 잇도다

원망ᄉᆞ셩문 (遠望似城門)
근관ᄉᆡᆼ흑무 (近觀生黑霧)
좌뎐팔십회 (左轉八十回)
우뎐구십보 (右轉九十步.)
일족녀군차 (一簇女裙釵)
ᄉᆡᆼ득진교호 (生得眞嬌好.)

멀리 ᄇᆞ라면 셩문 ᄀᆞᆺ고
갓가이 보면 거믄 안개 나ᄂᆞᆫ도다
원녁ᄒᆞᆯ 도라가기ᄅᆞᆯ 팔십보ᄅᆞᆯ ᄒᆞ고
올흔녁ᄒᆞᆯ 도라가기ᄅᆞᆯ 구십보ᄅᆞᆯ ᄒᆞ면
ᄒᆞᆫ ᄡᅦ 겨집의 무리
삼기기ᄅᆞᆯ 진짓 아릿다이[347] ᄒᆞ엿도다

【104】 유일노은[요]졍 (有一老妖精)
당노다치무 (擋路多馳騖.)
이약피긔뉴 (你若被羈留)
영셰신담오 (永世新擔誤.)

ᄒᆞᆫ 늘근 요졍이 이셔
길ᄒᆞᆯ 막아 티무ᄒᆞ미 만토다.
너 만일 잡혀 머믈ᄆᆞᆯ 만나면
영셰토록 몸을 그ᄅᆞᆺ ᄆᆡᆫᄃᆞᆯ리라

긔개통비후 (幾个通臂猴)
ᄀᆡ댱잡화포 (開張雜貨鋪.)
가거문일셩 (可去問一聲)
변유하산노 (便有下山路.)

멧 낫치나 ᄒᆞᆫ 통비휘
잡화푸ᄌᆞᄅᆞᆯ 열어시니
가히 가 ᄒᆞᆫ 소ᄅᆡᄅᆞᆯ 므르면
믄득 뫼흐로 ᄂᆞ릴 길히 이시리라."

원달이 듯고 크게 놀라 혀ᄅᆞᆯ ᄡᅡ디워[348] 주릴 줄을 몰라 ᄀᆞᆯ오ᄃᆡ,

"쵸가야 날을 속이디 말라. 엇디 이러ᄐᆞᆺ 여러번 놀라오미 이시리오. 결단코 날을 와 구ᄒᆞ라."

쵸뷔 ᄀᆞᆯ오ᄃᆡ,

【105】 "너ᄅᆞᆯ 구키 어렵디 아니ᄒᆞᄃᆡ 네 와 내 ᄒᆞᆫ가지 일을 ᄒᆞᆯ다?"

원달이 만구응승ᄒᆞ야 ᄀᆞᆯ오ᄃᆡ,

"즐겨 날을 구ᄒᆞ면 ᄒᆞᆫ 가지 ᄲᅮᆫ이 아니라 열 가지라도 하라. ᄒᆞᄂᆞᆫ 대로 ᄒᆞ리라."

쵸뷔 ᄀᆞᆯ오ᄃᆡ,

"내게 ᄒᆞᆫ 낫 광주리 이시니 드리워 너ᄅᆞᆯ

---

346) 【전즈리다】 동 위축되다. ¶ 怖 ‖ 두 손을 모롬이 ᄃᆞᆫ:이 밧들고 ᄒᆞᆫ ᄆᆞᄋᆞᆷ을 놀라 전즈리디 말라 (兩手要扳牢, 一心莫驚怖.) <孫龐 3:102>

347) 【아릿다이】 부 아리땁게. ¶ 嬌好 ‖ ᄒᆞᆫ ᄡᅦ 겨집의 무리 삼기기ᄅᆞᆯ 진짓 아릿다이 ᄒᆞ엿도다 (一簇女裙釵, 生得眞嬌好.) <孫龐 3:103> ⇒ 아릿다니, 아릿ᄯᆞ이

348) 【ᄡᅡ디우다】 동 빼다. ¶ 伸 ‖ 원달이 듯고 크게 놀라 혀ᄅᆞᆯ ᄡᅡ디워 주릴 줄을 몰라 ᄀᆞᆯ오ᄃᆡ (袁達把舌頭一伸, 險些縮不進去.) <孫龐 3:104> ⇒ ᄡᅡ디오다, ᄡᅡ지오다, ᄡᆡ디우다, ᄡᆡ지오다

주어든 투고와 갑오술 버서 광주리 속의 담아든 몬져 다리야 올리고 다시 광주리ᄅᆞᆯ 노화 너ᄅᆞᆯ 구ᄒᆞ리라."

원달이 ᄀᆞᆯ오ᄃᆡ,

"ᄒᆞᆫ 번 ᄒᆞᆯ 일을 엇디 두 번 ᄒᆞ리오. 모도 ᄃᆞ리야 가미 엇더ᄒᆞ뇨?"

쵸뷔 ᄀᆞᆯ오ᄃᆡ,

"투고 털갑과 ᄯᅩ 사ᄅᆞᆷ이 너모 무거오니 ᄒᆞᆫ 번의 ᄃᆞ리기 어려온디라. 만일 ᄃᆞ리다가 ᄭᅳᆫ허디면 구을러 ᄂᆞ려가면 브ᄃᆡ 육병(肉餠)[349]이 되리라."

원달이 ᄀᆞᆯ오ᄃᆡ,

"이 ᄉᆞ싱 관겨ᄒᆞᆫ[350] 일이니 네 말이 ᄀᆞ장 유리(有理)ᄒᆞᆫ디라. 몬져 광주리ᄅᆞᆯ ᄂᆞ리와 【106】 투고와 갑오술 가져 가라."

쵸개(樵哥) 뫼 우희 가 광주리ᄅᆞᆯ ᄂᆞ리오거ᄂᆞᆯ 원달이 투고와 갑오술 버서 광주리 속의 담고 웨여 닐오ᄃᆡ,

"ᄃᆞ리라."

쵸뷔 광주리ᄅᆞᆯ ᄃᆞ리야 투고와 갑오술 내여 노코 ᄯᅩ 광주리ᄅᆞᆯ 드리오거ᄂᆞᆯ 원달이 속의 올라 안ᄌᆞ니 쵸뷔 ᄀᆞᆯ오ᄃᆡ,

"눈을 ᄀᆞᆷ아 내 ᄃᆞ리기ᄅᆞᆯ 기ᄃᆞ리라."

원달이 두 눈을 ᄃᆞᆫ〻이 ᄀᆞᆷ으니 다만 귀ᄀᆞ의 수르ᄅᆞ[351] ᄒᆞᄂᆞᆫ 소ᄅᆡ 나며 바로 반공듕으로 ᄃᆞ리야 올라가거ᄂᆞᆯ 원달이 광주리 속의 이셔 웨여 닐오ᄃᆡ,

"쵸가야 평디 우희 이심 ᄀᆞᆺ디 아니ᄒᆞ야 ᄃᆞ릴ᄉᆞ록 졈〻 놉흐믄 엇디오?"

쵸뷔 닐오ᄃᆡ,

"네 몸이 심히 므거워 날로 ᄒᆞ야곰 허다ᄒᆞᆫ 긔력을 다 ᄲᅢ시니 다시 ᄡᅳᆯ 힘이 업ᄉᆞᆫ디라. 아직 광주리재 나모 가지 우희 ᄃᆞᆯ고 【107】 내 집의 가 밥 먹고 다시 와 너ᄅᆞᆯ 노화 ᄂᆞ리오리라."

원달이 닐오ᄃᆡ,

"네 ᄂᆞᆷ의 ᄉᆞ싱을 혜아리디 아니ᄒᆞ고 스ᄉᆞ로 편코져 ᄒᆞᄂᆞᆫ 셩품이로다. 네 날을 나모 가지 우희 걸고 도라가 밥 먹으려 ᄒᆞ니 만일 노히 ᄭᅳᆫ허뎌[352] 구을러 ᄂᆞ려뎌 너ᄅᆞᆯ 블러도 ᄃᆡ답ᄒᆞ리니 업ᄉᆞ면 어이ᄒᆞ리오?"

쵸뷔 닐오ᄃᆡ,

"내 너ᄅᆞᆯ 위ᄒᆞ야 밥을 먹디 아닐디니 뎌 나모 우희 여러 낫 복셩홰 열려시니 네 눈을 ᄡᅧ 손을 느리혀 닉으니로 ᄀᆞᆯᄒᆞ야 두 나출 ᄡᅡ ᄂᆞ리와 날로 ᄒᆞ야곰 긔력을 엇게 ᄒᆞ라."

원달이 고개ᄅᆞᆯ 조아 닐오ᄃᆡ,

"그리ᄒᆞ마."

ᄒᆞ고 눈을 여러 ᄒᆞᆫ 번 보니 고산쥰녕(高山峻嶺)과 밀슈춍님(密樹叢林)은 보디 못ᄒᆞ고 놉게 긔ᄯᅢ[353] 우희 ᄃᆞᆯ려ᄂᆞᆫ디라. 다만 보니 손빈이 쳥포도개(靑袍皀蓋)와 우션눈건(羽扇綸巾) 【108】 으로 평디 우희 셔〻 무로ᄃᆡ,

"원달아 네 닐오ᄃᆡ, '내 등운가무ᄒᆞᄂᆞᆫ 법을 모ᄅᆞ니 반공듕의 너ᄅᆞᆯ 잡디 못ᄒᆞ리라.' ᄒᆞ더니 이제 내 반공듕의 잡으ᄆᆞᆯ 닙어시니 가히 내 진짓 본ᄉᆞᄅᆞᆯ 아ᄂᆞᆫ다?"

원달이 닐오ᄃᆡ,

"ᄉᆞ부야 네 신통을 내 임의 다 아라시니 날을 노하 ᄂᆞ리오면 귀항ᄒᆞᄆᆞᆯ 원ᄒᆞ노라."

손빈이 닐오ᄃᆡ,

---

349) 【육병】 명 {육병(肉餠).} 초주검. ¶ 肉餠 ‖ 투고 털갑과 ᄯᅩ 사ᄅᆞᆷ이 너모 무거오니 ᄒᆞᆫ 번의 ᄃᆞ리기 어려온디라. 만일 ᄃᆞ리다가 ᄭᅳᆫ허디면 구을러 ᄂᆞ려가면 브ᄃᆡ 육병이 되리라 (又是盔甲, 又是人, 筐兒重, 一遭不好扯, 倘然斷了吊將下去, 只好摔做肉餠.) <孫龐 3:105> ⇒ 육니, 육댱, 육장, 육쟝

350) 【관겨ᄒᆞ다】 형 {관계(關係)하다.} 관련되다. 중요하다. 대단하다. ¶ 干係 ‖ 이 ᄉᆞ싱 관겨ᄒᆞᆫ 일이니 네 말이 ᄀᆞ장 유리ᄒᆞᆫ디라 몬져 광주리ᄅᆞᆯ ᄂᆞ리와 투고와 갑오술 가져 가라 (說得有理, 性命干係, 且把筐兒放過來扯了盔甲再處.) <孫龐 3:105>

351) 【수르ᄅᆞ】 부 수르르. ¶ 颼颼的 ‖ 원달이 두 눈을 ᄃᆞᆫ〻이 ᄀᆞᆷ으니 다만 귀ᄀᆞ의 수르ᄅᆞ ᄒᆞᄂᆞᆫ 소ᄅᆡ 나며 바로 반공듕으로 ᄃᆞ리야 올라가거ᄂᆞᆯ (袁達兩眼緊閉, 耳邊聽得颼颼的響, 直扯上半空裡了.) <孫龐 3:106>

352) 【ᄭᅳᆫ허디다】 동 끊어지다. ¶ 斷 ‖ 네 날을 나모 가지 우희 걸고 도라가 밥 먹으려 ᄒᆞ니 만일 노히 ᄭᅳᆫ허뎌 구을러 ᄂᆞ려뎌 너ᄅᆞᆯ 블러도 ᄃᆡ답ᄒᆞ리니 업ᄉᆞ면 어이ᄒᆞ리오 (你掛我在樹梢, 回去吃飯, 倘繩子斷了怎麽得了?) <孫龐 3:107>

353) 【긔ᄯᅢ】 명 깃대. ¶ 旗竿 ‖ 고산쥰녕과 밀슈춍님은 보디 못ᄒᆞ고 놉게 긔ᄯᅢ 우희 ᄃᆞᆯ려ᄂᆞᆫ디라 (不見高山峻嶺, 也無密樹叢林, 高高的掛在旗竿上.) <孫龐 3:107>

"의구히 눈을 ᄀᆞᆷ으라."

원달이 두 눈을 ᄃᆞᆫ〻이 ᄀᆞᆷ거ᄂᆞᆯ 손빈이 소릐딜러 믈러가라 ᄒᆞ니 져근 더ᄉᆡ 긔ᄢᅢᄂᆞᆫ ᄯᅩ 보디 못ᄒᆞ고 평디 우ᄒᆡ 안ᄌᆞᆺᄂᆞᆫ디라.

원달이 만셩 갈치ᄒᆞ야 ᄀᆞᆯ오ᄃᆡ,

"ᄉᆞ부야 과연 됴흔 본ᄉᆡ로다. 내 이제 항복ᄒᆞ려니와 다만 ᄉᆞ부긔 뭇ᄂᆞ니 앗가 고산 밀슈와 긔ᄢᅢ 다 어드러 가뇨?"

손빈이 우으며 닐오ᄃᆡ,

"이 팔문둔법이라. 경ᄀᆞᆨ ᄉᆞ이예 【109】 나아오라 ᄒᆞ면 나아오고 믈러가라 ᄒᆞ면 믈러가ᄂᆞ니라."

원달이 알ᄑᆡ 나아와 몸을 굽혀 절ᄒᆞ고 ᄯᆞᆯ와 듕군의 드러가 노왕긔 뵈니 노왕이 무로ᄃᆡ,

"션ᄉᆡᆼ이 엇디 세 번 사ᄅᆞ잡고 세 번 노화 계유 뎨 귀슌ᄒᆞ믈 어드뇨?"

손빈이 ᄀᆞᆯ오ᄃᆡ,

"신이 원달을 세 ᄎᆞ례ᄅᆞᆯ 노화 뎌ᄅᆞᆯ 듕심의 열복게 ᄒᆞ리라. ᄒᆞ믈며 뎨 뎐하의 ᄒᆞᆫ 낫 범 ᄀᆞᄐᆞᆫ 쟝쉬라. 칠국 가온대 뉘 문풍의 구티 아니리오. 이제 뎌ᄅᆞᆯ 거두어 졧나라 쟝슈ᄅᆞᆯ 삼으면 엇디 칠국이 와 진공티 아닐가? 근심ᄒᆞ리오."

노왕이 크게 깃거ᄒᆞ더라. 원달이 귀항ᄒᆞ매 패잔 군ᄉᆡ ᄂᆞᄃᆞ시 뫼ᄒᆡ 올라가니 니목·독고딘ᄃᆞ려 니ᄅᆞ니 두 사ᄅᆞᆷ이 듯고 크게 노ᄒᆞ야 닐오ᄃᆡ,

"뎨 졧나라ᄒᆡ 항복ᄒᆞ매 진가ᄅᆞᆯ 【110】 아디 못ᄒᆞᆯ디라. 우리 뫼ᄒᆡ ᄂᆞ려가 원달을 ᄎᆞ자오미 됴토다."

두 사ᄅᆞᆷ이 즉시 결속(結束)ᄒᆞ고 뫼ᄒᆡ ᄂᆞ려오니 다마 보니 뎨 일개ᄂᆞᆫ,

쳘개횡귀비 (鐵鎧橫龜背)
은회요설명 (銀盔耀雪明)
포리십양금 (袍披十樣錦)
ᄃᆡ속호현근 (帶束虎絃觔.)

쇠갑오ᄉᆞᆫ 거복의 등을 빗겻고
은 투고ᄂᆞᆫ 눈의 비최여 ᄇᆞᆯ갓도다
뎐포ᄂᆞᆫ 열 가지 비단을 헤혓고[354]
요ᄃᆡᄂᆞᆫ 호현근을 뭇거도다

빵편뇽두미 (雙鞭龍掉尾)
궁젼긴슈신 (弓箭緊隨身)
영웅칭니목 (英雄稱李牧)
ᄉᆞ히진문명 (四海盡聞名.)

빵편은 뇽이 ᄭᅩ리ᄅᆞᆯ 흔드ᄂᆞᆫ ᄃᆞᆺᄒᆞ고
궁젼은 긴히 몸을 ᄯᆞ랏도다
영웅을 니목을 일ᄏᆞᄅᆞ니
ᄉᆞ히다 일홈을 드럿도다

【111】 신피우갑후 (身披牛甲厚)
두ᄃᆡ신홍건 (頭戴茜紅巾)
살인블참안 (殺人不斬眼)
노략최무졍 (擄掠最無情.)

몸의 두터은 우갑을 헤혓고[355]
머리의 신홍건을 뻣도다
사ᄅᆞᆷ을 죽이매 눈도 ᄀᆞᆷ쟉이디[356] 아니ᄒᆞ고
노략ᄒᆞ매 ᄀᆞ장 무졍ᄒᆞ도다

강도쟝텰병 (鋼刀長鐵柄)
녈마향동녕 (劣馬響銅鈴)
하산인귀파 (下山人鬼怕)
명황독고딘 (名喚獨孤陳.)

강도ᄂᆞᆫ 쇠 ᄌᆞᆯ리[357] 길고
녈마ᄂᆞᆫ 동녕을 울리ᄂᆞᆫ도다
뫼ᄒᆡ ᄂᆞ리매 사ᄅᆞᆷ과 귀신이 저허ᄒᆞ니
일홈을 독고딘이라 브ᄅᆞᄂᆞᆫ도다

냥개 호한이 산채 쇼루라 삼천을 다 됴발ᄒᆞ야 일시의 ᄡᅧ 뫼ᄒᆡ ᄂᆞ려와 졔 영문 알ᄑᆡ 니ᄅᆞ러 뇌고명나ᄒᆞ며 함셩 【112】 이 진디(震地)ᄒᆞ야

354) 【헤혀다】 [동] 헤치다. ¶ 披 ‖ 뎐포ᄂᆞᆫ 열 가지 비단을 헤혓고 요ᄃᆡᄂᆞᆫ 호현근을 뭇거도다 (袍披十樣錦, 帶束虎絃觔.) <孫龐 3:110>

355) 【헤혀다】 [동] 헤치다. ¶ 披 ‖ 몸의 두터은 우갑을 헤혓고 머리의 신홍건을 뻣도다 (身披牛甲厚, 頭戴茜紅巾.) <孫龐 3:111>

356) 【ᄀᆞᆷ쟉이다】 [동] 깜짝이다. ¶ 斬眼 ‖ 사ᄅᆞᆷ을 죽이매 눈도 ᄀᆞᆷ쟉이디 아니ᄒᆞ고 노략ᄒᆞ매 ᄀᆞ장 무졍ᄒᆞ도다 (殺人不斬眼, 擄掠最無情.) <孫龐 3:111> ⇒ 끔져기다

357) 【ᄌᆞᆯㄹ】 [명] «ᄌᆞᄅᆞ» 자루. ¶ 柄 ‖ 강도ᄂᆞᆫ 쇠 ᄌᆞᆯ리 길고 녈마ᄂᆞᆫ 동녕을 울리ᄂᆞᆫ도다 (鋼刀長鐵柄, 劣馬響銅鈴.) <孫龐 3:111> ⇒ 잘ㄴ, 쟈로, ᄌᆞ로, ᄌᆞᄅᆞ, ᄌᆞᆯ, ᄌᆞᆯㄴ

원달을 ᄎᆞᆺ거ᄂᆞᆯ 긔패관(旗牌官)이 급히 듕군의 보ᄒᆞ니 노왕이 손빈을 ᄃᆡᄒᆞ야 닐오ᄃᆡ,

"적병이 흉ᄆᆡᆼ(凶猛)ᄒᆞ야 영문을 ᄡᅧ 드러오니 엇디 ᄲᅧ 믈리티리오?"

손빈이 닐오ᄃᆡ,

"뎐하ᄂᆞᆫ 방심ᄒᆞ라 신이 ᄯᅩ 사ᄅᆞ잡을 법이 잇다."

ᄒᆞ고 인ᄒᆞ야 션봉 오회 마승으로 ᄒᆞ야곰,

"영병 출딘ᄒᆞ야 패ᄒᆞ고 이긔기ᄅᆞᆯ 구티 말라."

두 쟝슈 녕을 바다 즉시 피괘(披掛)ᄒᆞ고 영의 나와 두 편의 딘을 ᄃᆡᄒᆞ매 셩명을 통티 말고 바로 ᄆᆞᆯ을 ᄯᅱ워 ᄃᆞ라드러 일댱을 크게 싸호니,

진운미야(陣雲迷野)
분분옹과마숨녈(紛紛擁戈麻森列)
ᄇᆡᄀᆡ철긔(排開鐵騎)
【113】 과동금비(摑動金鞞)
시문슈우슈녈(試問誰優誰劣)
착호금농(捉虎擒龍)
개개피견집예(个个披堅執銳)
슌시냥빵호걸(詢是兩雙豪傑)
뇨졔영(料齊營)
금우ᄇᆡ쳠우혁(今又倍添威赫)
휴셜ᄎᆞ졔미(休說此際未)
분승부(分勝負)
디불시(知不是)
심샹긔셜(尋常機設)
【114】 화슌회상(畵楯廻翔)
운긔엄영(雲旂掩映)
응유무궁신ᄎᆡᆨ(應有無窮神策)
슈신출긔졔승(須信出奇制勝)
가용과모(賈勇誇謀)
총시ᄇᆡᆨ녕묘슐(總是伯齡妙術)
간삽시납관(看霎時納款)
셩문빵열(星門雙悅.)

두 편이 싸화 삼십여 합이 디나매 오회 마승이 ᄆᆞᆯ을 두로혀 ᄃᆞ라난대 니목 독고딘이 즐겨 노티 아니ᄒᆞ고 명을 ᄇᆞ려 ᄯᆞᆯ오거ᄂᆞᆯ 손빈이 ᄂᆞᆨ갑 녕문을 념동ᄒᆞ니 삽시간【115】의 텬혼디함(天昏地暗)ᄒᆞ고 지쳑을 분변티 못ᄒᆞᄂᆞᆫ디라. 니목 독고딘이 심황의란(心慌意亂)ᄒᆞ야 몸을 두로혀 ᄃᆞᆺ더니 출렁 ᄒᆞᄂᆞᆫ ᄒᆞᆫ 소ᄅᆡ 나며 두 사ᄅᆞᆷ이 ᄆᆞᆯ ᄐᆞᆫ 재[358] 깁흔 소(沼) 가온대 ᄲᅡ디거ᄂᆞᆯ 손빈이 놉히 웨여 닐오ᄃᆡ,

"모ᄃᆞᆫ 군ᄉᆞᄂᆞᆫ 일시예 와 흙과 플을 만이 운뎐ᄒᆞ야 소 속의 더퍼 뎌놈을 사니재[359] 므ᄃᆞ라."

니목 독고딘이 속의 이셔 크게 웨여 ᄀᆞᆯ오ᄃᆡ,

"손ᄉᆞ부ᄂᆞᆫ 목숨을 살오라. 우리 두 사ᄅᆞᆷ이 항복ᄒᆞ믈 원ᄒᆞ노라."

손빈이 닐오ᄃᆡ,

"임의 항ᄒᆞ믈 원ᄒᆞ면 눈을 ᄀᆞᆷ으라. 너희ᄅᆞᆯ 구ᄒᆞ야 소히 내리라."

두 사ᄅᆞᆷ이 그 말대로 일시예 눈을 ᄀᆞᆷ은대 손빈이 소ᄅᆡ 딜러 믈러가라 ᄒᆞ거ᄂᆞᆯ 두 사ᄅᆞᆷ이 눈을 ᄡᅥ ᄒᆞᆫ 번 보니 깁흔 소히[360] 업고 다만 ᄒᆞᆫ 평디의 안잣ᄂᆞᆫ디라.

【116】 니목 독고딘이 즉시 절ᄒᆞ야 ᄀᆞᆯ오ᄃᆡ,

"손ᄉᆞ부ᄂᆞᆫ 진짓 신인이라. 우리 등이 실졍으로 항복ᄒᆞ믈 원ᄒᆞᄂᆞ니."

손빈이 믄득 두 사ᄅᆞᆷ을 거ᄂᆞ려 영의 나아가 노왕긔 뵌대 노왕이 심히 깃거 즉시 뎐녕ᄒᆞ야 구요산 벽녁동 듕의 잇ᄂᆞᆫ 냥초ᄅᆞᆯ 가져 진수(盡數)히 졔영(齊營)으로 운뎐(運搬)ᄒᆞ고 발채(拔寨)ᄒᆞ야 개가(凱歌)ᄅᆞᆯ 블리고 도라오니 슌일(旬日) ᄉᆞ이예 병매(兵馬) 도라와 님츼셩이 니ᄅᆞ니 노왕이 손빈으로 더브러 ᄒᆞᆫ가지로 드러와 됴현ᄒᆞᆫ대 졔왕이 무로ᄃᆡ,

"어뎨! 손션ᄉᆡᆼ으로 더브러 ᄒᆞᆫ가지로 도라오

358) 【재】 [명] 채. ¶ 連…帶… ‖ 출렁 ᄒᆞ고 ᄒᆞᆫ 소ᄅᆡ나며 두 ᄉᆞᄅᆞᆷ이 ᄆᆞᆯ ᄐᆞᆫ 재 깁흔 소 가온대 ᄲᅡ디거ᄂᆞᆯ (撲通一聲響, 兩个連人帶馬, 都弔下个深潭裡.) <孫龐 3:115>

359) 【사니재】 [부] 산채로. ¶ 活 ‖ 모ᄃᆞᆫ 군ᄉᆞᄂᆞᆫ 일시예 와 흙과 플을 만이 운뎐ᄒᆞ야 소 속의 더퍼 뎌놈을 사니재 므ᄃᆞ라 (衆軍士齊來, 多搬土石, 撇下潭去, 活埋他兩个罷.) <孫龐 3:115>

360) 【숗】 [명] {소(沼).} 늪. ¶ 潭 ‖ 두 사ᄅᆞᆷ이 눈을 ᄡᅥ ᄒᆞᆫ 번 보니 깁흔 소히 업고 다만 ᄒᆞᆫ 평디의 안잣ᄂᆞᆫ디라 (二人開眼一看, 無甚深潭, 却是一剗平地.) <孫龐 3:115>

냐? 야룡 원달을 슈포(收捕)ᄒᆞ던 일은 엇디ᄒᆞ뇨?"

노왕이 알외ᄃᆡ,

"신이 군ᄉᆞ롤 거ᄂᆞ려 몬져 반샤산의 니ᄅᆞ러 손션싱의 일홈을 ᄒᆞᆫ 번 니ᄅᆞ매 간과(干戈)롤 움즉이디 아녀셔 오회 마승을【117】항복 밧고 다시 구요산의 니ᄅᆞ러 손션싱이 세 번 사ᄅᆞ잡고 세 번 노화 야룡 원달을 거두고 후의 ᄯᅩ 니목 독고딘을 거두니이다. 션싱의 팔문둔법과 뉵갑 녕문의 됴ᄒᆞ미라. 이러므로ᄡᅥ 그롤 쪌티매 이긔몰 취ᄒᆞ고 몰이 니ᄅᆞ매 공을 일우니이다."

졔왕이 대희ᄒᆞ야 손빈은 황금 쳔일(千鎰)과 촉금(蜀錦) 빅단(百端)과 금화 이타(二朶)와 어쥬 삼비롤 주고 벼술을 졔국ᄉᆞ마됴병군ᄉᆞ텬하통병대원슈남평군왕(齊國司馬趙兵軍士天下統兵大元帥南平郡王)을 보ᄒᆞ고 남평부ᄉᆞ롤 짓고 ᄯᅩ 보검 일부(一部)롤 주어 편의힝ᄉᆞ(便宜行事)ᄒᆞ라 ᄒᆞ고 원달은 딘국쟝군(鎭國將軍)을 봉ᄒᆞ고 니목은 좌감군(左監軍)을 봉ᄒᆞ고 독고딘은 우감군(右監軍)을 봉ᄒᆞ고 오회 마승으로 젼부션봉을 ᄒᆞ이고 노왕을 황금과 촉금(蜀錦)을【118】주고 슈문농 슈문호롤 어쥬와 금화롤 주니 각ː 고두샤은(叩頭謝恩)ᄒᆞ다. 졔왕이 노왕으로 ᄒᆞ야곰 즁쟝(衆將)을 거ᄂᆞ려 군ᄉᆞ 손빈을 뫼셔 셩듕의셔 삼일을 유가(遊街)ᄒᆞ라 ᄒᆞ니 노왕이 녕지(領旨)ᄒᆞ야 졔쟝으로 더브러 출됴ᄒᆞ야 몰게 올라 손빈을 뫼셔 유가(遊街)ᄒᆞ더니 경히 힝홀 ᄉᆞ이예 젼면(前面)의 놉고 큰 집이 잇거놀 손빈이 노왕ᄃᆞ려 무로ᄃᆡ,

"뎐ᄒᆞ야 젼면의 경졔(整齊)ᄒᆞᆫ 틱원(宅園)이 아디 못게라. 뉘 집고?"

노왕이 닐오ᄃᆡ,

"이ᄂᆞᆫ 우승샹 소ᄃᆡ(蘇代)의 집이라. 그 어미 노부인 쥬시(朱氏) 크게 현덕(賢德)이 이셔 비록 녀뤼(女流)나 규위(閨儀) 경슉ᄒᆞ고 박고통금(博古通今)ᄒᆞᄂᆞᆫ디라. 션싱이 삼일 유가ᄒᆞᆫ 후의 날로 더브러 ᄒᆞᆫ가지로 가 ᄒᆞᆫ 번 ᄎᆞᄌᆞ미 엇더ᄒᆞ뇨?"

손빈이 닐오ᄃᆡ,

"임의 당됴(當朝) 샹뷔(相府)면 ᄉᆞ톄예 셜리 가 뵈염즉ᄒᆞ도다."

【119】노왕이 닐오ᄃᆡ,

"삼일 후의 가미 더ᄃᆡ디 아니ᄒᆞ도다. 삼일이 디나매 노왕이 손빈으로 더브러 입됴ᄒᆞ야 샤은ᄒᆞ고 즉시 소부(蘇府)로 오니 이 날 소ᄃᆡ 오히려 됴회롤 파티 못ᄒᆞ야 부듕의 잇디 아닌디라. 노부인이 노왕이 오몰 듯고 급히 봉관(鳳冠)과 화[하]피(霞披)롤 ᄀᆞ초고 텽의 나와 마자 당의 올려 녜필ᄒᆞ매 부인이 무러 ᄀᆞᆯ오ᄃᆡ,

"오ᄂᆞᆯ날 뎐해 강님ᄒᆞ시니 봉벽(蓬壁)이 비치 나ᄂᆞᆫ도다."

노왕이 칭샤ᄒᆞ더라. 부인이 ᄯᅩ 무로ᄃᆡ,

"뎌 위(位) 대인은 존셩대명(尊姓大名)은 므어시라 ᄒᆞᄂᆞ뇨?"

노왕이 닐오ᄃᆡ,

"뎌ᄂᆞᆫ 운몽산 귀곡션ᄉᆡ의 도뎨 셩은 손이오 명은 빈이오 도호ᄂᆞᆫ 빅녕션싱(伯齡先生)이라. 요ᄉᆞ이 구요산 벽녁동의 가 야룡 원달을 항복바다 득승회됴(得勝回朝)ᄒᆞ니 벼술을【120】졔국ᄉᆞ마됴병국ᄉᆞ텬하통병원슈남평군왕을 봉ᄒᆞ고 특지(特旨)로 삼일유가(三日遊街)ᄒᆞ게 ᄒᆞ시니 유가ᄒᆞ기롤 ᄆᆞᄎᆞ매 특별이 부듕의 나아와 뵈ᄂᆞ이다."

노부인이 닐오ᄃᆡ,

"이 믄득 손션싱이랏다![361] 내 아ᄒᆡ 샹ᄒᆡ 션싱의 대명을 니ᄅᆞ더니 오ᄂᆞᆯ날 거죠롤 볼 줄 엇디 뜻ᄒᆞ여시리오. 오ᄂᆞᆯ날 내 아ᄒᆡ 우연히 됴회예 드러가 도라오디 못ᄒᆞ야 마ᄌᆞ몰 일흐니 죄롤 어드미 격디 아니ᄒᆞ도다."

손빈이 흠신(欠身) 칭샤ᄒᆞ더라. ᄒᆞᆫ ᄎᆞ례 말ᄒᆞ고 두 슌(巡) 차롤 파ᄒᆞ매 노왕이 ᄯᅩ 무로ᄃᆡ,

"뎌ᄌᆞ음긔 드ᄅᆞ니 노부인이 녕ᄋᆡ쇼졔(令愛小姐) 잇다 ᄒᆞ니 아디 못게라 쳥년이 언머나 ᄒᆞ뇨?"

부인이 ᄀᆞᆯ오ᄃᆡ,

"쇼녜 금년이 십구 셰라."

노왕이 ᄀᆞᆯ오ᄃᆡ,

"오ᄂᆞᆯ날 오믄 ᄒᆞ나흔 노부인【121】과 녕낭(令郎) 승샹긔 뵈고져 ᄒᆞ미오 둘흔 특별이 녕ᄋᆞ롤 위ᄒᆞ야 듕미되고져 ᄒᆞ노라."

---

361)【-랏다】回 ((동사, 형용사 어간 뒤에 붙어)) -구나. -로다. -도다. ¶ 就是 ‖ 이 믄득 손션싱이랏다 내 아ᄒᆡ 샹ᄒᆡ 션싱의 대명을 니ᄅᆞ더니 오ᄂᆞᆯ날 거죠롤 볼 줄 엇디 뜻ᄒᆞ여시리오 (此位就是孫先生, 小兒時常談及, 不意今日獲瞻奇表怎麼好.) <孫龐 3:120>

부인이 닐오ᄃᆡ,

"뎐해 뉘 집을 니ᄅᆞ고져 ᄒᆞ시ᄂᆞ뇨?"

노왕이 ᄀᆞᆯ오ᄃᆡ,

"예 안존 남평왕 손션ᄉᆡᆼ이 일위 슈명부인(受命夫人)이 업ᄉᆞᆫ디라. 녕ᄋᆞ를 구ᄒᆞ야 년인(聯姻)코져 ᄒᆞᄂᆞ니 일만 번 ᄇᆞ라건대 부인은 개락(慨諾)ᄒᆞ라. 명일 길신(吉辰)의 빙녜를 ᄀᆞ초와 보내고져 ᄒᆞ노라."

부인이 ᄀᆞᆯ오ᄃᆡ,

"쇼녀의 추용(粗容)과 비질(鄙質)이 엇디 이긔여 군왕을 뫼셤즉ᄒᆞ리오. 아직 아히 도라오믈 기ᄃᆞ려 의논ᄒᆞ야 다시 쳐티ᄒᆞ리라."

노왕이 ᄀᆞᆯ오ᄃᆡ,

"부인은 반ᄃᆞ시 과히 겸ᄉᆞ티 말고 특별이 윤허ᄒᆞ믈 ᄇᆞ라노라."

노부인이 만구승응(滿口承應)ᄒᆞ거ᄂᆞᆯ 노왕이 손빈으로 더브러 하딕ᄒᆞ고 믈러오다.

【122】 ᄎᆞ일의 노왕이 빙녜를 쥰비ᄒᆞ고 고악(高樂)이 훤텬(喧天)ᄒᆞ야 소부로 드려보내니 노부인이 소ᄃᆡ로 더브러 의논ᄒᆞ야 뎡당(停當)ᄒᆞ야 드ᄃᆡ여 년인(聯姻)ᄒᆞ믈 허ᄒᆞ야 서ᄅᆞ 츄ᄉᆞ(推辭)ᄒᆞ미 업더라.

태ᄉᆞ 추긔(鄒忌) ᄎᆞᄌᆞ(次子) 추간(鄒諫)이 이셔 오히려 혼취(婚娶)티 못ᄒᆞ엿더니 일ᄋᆞᆯ의 태위 오영(吳英)을 와 보와 듕ᄆᆡᄒᆞ야 소노부인(蘇老夫人)의게 혼인 구ᄒᆞ믈 쳥ᄒᆞ거ᄂᆞᆯ 오태위 ᄀᆞᆯ오ᄃᆡ,

"내 드ᄅᆞ니 사ᄅᆞᆷ이 닐오ᄃᆡ, '소가 소져를 노왕뎐해 듕ᄆᆡᄒᆞ야 임의 남평군왕 손빈션ᄉᆡᆼ의게 허ᄒᆞ엿다' ᄒᆞ니 뎍실(的實)ᄒᆞᆫ 줄을 아디 못ᄒᆞᄂᆞᆫ디라. ᄇᆞᆰᄂᆞᆫ 날 반ᄃᆞ시 빙녜를 가져가 소승샹을 보아 만일 젼말이 와뎐(訛傳)이어든 활변(活變)ᄒᆞᆯ 법이 이시리라."

추태ᄉᆞ(鄒太師) 의윤(依允)ᄒᆞ야 즉시 금차보훈(金釵寶訓)과 금단반합(金段盤盒)을 ᄀᆞ초와 오태우로 ᄒᆞ야곰 【123】 거ᄂᆞ려 소부로 가니 이날 마ᄎᆞᆷ 소ᄃᆡ 됴회를 파ᄒᆞ고 도라와 노부인으로 더브러 경히 쇼져의 혼ᄉᆞ를 의논ᄒᆞ더니 오태위 녜믈을 가지고 와시믈 보고 노부인이 놀라고 고히 너겨 ᄀᆞᆯ오ᄃᆡ,

"아디 못게라. 대인이 후례를 보내시니 므ᄉᆞᆷ 의논ᄒᆞᆯ 일이 겨시뇨?"

오태위 ᄀᆞᆯ오ᄃᆡ,

"이제 노부인긔 알외ᄂᆞ니 추태ᄉᆞ의 뎨이위 국귀(國舅) 일즉 혼취티 못ᄒᆞ엿ᄂᆞᆫ디라. 녕ᄋᆡ쇼졔 공용현슉(恭容賢淑)ᄒᆞ믈 듯고 특별이 날로 ᄒᆞ야곰 듕ᄆᆡᄒᆞ야 빙녜를 가져 부듕의 와시니 ᄇᆞ라건대 부인과 다ᄆᆞᆺ 승샹은 윤허ᄒᆞ라. 두 집이 무강ᄒᆞᄃᆡ ᄒᆞ야 경히 셩친ᄒᆞ기 됴토다."

노부인이 변ᄉᆡᆨᄒᆞ야 ᄀᆞᆯ오ᄃᆡ,

"대인아 이 일이 되디 못ᄒᆞᆯ 일이로다. 젼일의 노왕 뎐해 친히 와 듕ᄆᆡᄒᆞ야 임의 【124】 소녀로ᄡᅥ 남평군왕 손군ᄉᆞ의게 허ᄒᆞ야 빙녜를 바다시니 엇디 고티미 이시리오."

오태위 ᄀᆞᆯ오ᄃᆡ,

"추태ᄉᆞ의 암ᄋᆞᆷᄒᆞᆫ 셰를 엇디 도라보디 아니ᄒᆞ리오. ᄇᆞ라건대 노부인은 쥬션ᄒᆞ야 이를 ᄇᆞ리고 뎌긔 나아가면 족히 놉흔 정을 알리라."

노부인이 ᄀᆞᆯ오ᄃᆡ,

"대인아 엇디 이런 말을 ᄒᆞᄂᆞ뇨? 태시 비록 셰 크나 내 집 가문의 서ᄅᆞ 오ᄅᆞ며 ᄂᆞ리디 아니ᄒᆞ니 셰를 미더 혼인을 구ᄒᆞ미 군ᄌᆞ의 졍니 아니라. 추태시 임의 쇼녀를 빙코져 ᄒᆞᆯ딘대 엇디 미리 ᄒᆞᆫ 말을 통티 아니ᄒᆞ고 오ᄂᆞᆯ날 돌연히 빙녜를 보내니 ᄒᆞᆫ 낫 쇼녜 엇디 두 짓 차를 먹으리오. ᄇᆞ라건대 대인은 녜로ᄡᅥ 회복ᄒᆞ라."

오태위 노부인이 허티 아니믈 보고 몸을 구펴혀 소ᄃᆡ를 ᄃᆡᄒᆞ야 닐오【125】ᄃᆡ,

"ᄇᆞ라건대 대인은 노부인긔 권ᄒᆞ야 대ᄉᆞ를 일게 ᄒᆞ라."

소ᄃᆡ ᄀᆞᆯ오ᄃᆡ,

"다ᄅᆞᆫ 일은 가히 망회(挽回)ᄒᆞ려니와 혼인 일ᄉᆞᄂᆞᆫ 녀ᄂᆞ 일과 다ᄅᆞ니 엇디 변경ᄒᆞᆯ 리 이시리오. ᄒᆞ믈며 노왕 뎐해 듕ᄆᆡᄒᆞ고 빙녜를 몬져 보내여시니 ᄉᆞ리의 어늬 압셤즉 ᄒᆞ뇨?"

오태위 반향을 팀음ᄒᆞ야 ᄀᆞᆯ오ᄃᆡ,

"임의 이러ᄐᆞᆺ ᄒᆞ면 빙녜를 잠간 예 머므뤄 두고 내 친히 남평부의 가 손션ᄉᆡᆼ을 보고 ᄒᆞᆫ 계규(計較)를 구ᄒᆞ야 도라가 태ᄉᆞᄭᅴ[362] 회복(回覆)ᄒᆞ리라."

소승샹이 ᄀᆞᆯ오ᄃᆡ,

"그리ᄒᆞ미 됴토다."

---

362) 【-ᄭᅴ】 [조] -께. ¶ 내 친히 남평부의 가 손션ᄉᆡᆼ을 보고 ᄒᆞᆫ 계규를 구ᄒᆞ야 도라가 태ᄉᆞᄭᅴ 회복ᄒᆞ리라 (待某到南平府內去求孫先生一計, 好去回覆太師.) <孫龐 3:125>

ᄒᆞ고 드ᄃᆡ여 좌우를 분부ᄒᆞ야 빙녜를 명ᄇᆡᆨ히 뎜수(點收)ᄒᆞ야 거두어 ᄀᆞᆷ초다 오태위 일변 추부 하인을 몬져 보내고 일변 소노부인과 소승샹을 니별ᄒᆞ고 ᄒᆞᆫ 숨의 남평부【126】알퓌 돌려가 몰게 ᄂᆞ려 셩명을 통ᄒᆞ니 이ᄯᅢ 손빈이 졍히 부듕의 잇고 노왕이 ᄯᅩᄒᆞᆫ 좌듕의 잇ᄂᆞᆫ디라. 손빈이 오태위 와시믈 듯고 급히 나와 마자 당의 올라 녜필ᄒᆞ매 빈쥬를 ᄂᆞᆫ화 안ᄌᆞ니 오태위 ᄒᆞᆫ 말도 못ᄒᆞ고 다만 쳔급(喘急)ᄒᆞ야 죽을ᄃᆞᆺ ᄒᆞᄂᆞᆫ디라. 노왕이 무러 ᄀᆞᆯ오ᄃᆡ,

“태위 총ᄒᆞ(匆匆)이 오니 므ᄉᆞᆷ 비밀ᄒᆞᆫ 일이 잇ᄂᆞ뇨?”

오태위 ᄀᆞᆯ오ᄃᆡ,

“신이 급히 오믄 ᄒᆞᆫ 일이 이셔 뎐하와 다ᄆᆞᆺ 군왕으로 더브러 의논코져 ᄒᆞᄃᆡ 기구키 비편ᄒᆞ야 ᄒᆞᄂᆞ이다.”

노왕이 왈,

“다만 니ᄅᆞ미 해롭디 아니토다.”

오태위 왈,

“추태ᄉᆡ 빙녜를 ᄀᆞ초와 신으로 ᄒᆞ야곰 듕미ᄒᆞ야 소승샹의 부듕의 니ᄅᆞ러 소쇼져의 혼ᄉᆞ를 니ᄅᆞ더니 소노부인이 닐오ᄃᆡ, ‘젼일의 뎐해 듕미ᄒᆞ야【127】군왕의 빙녜를 바닷노라’ ᄒᆞ야 년인ᄒᆞ믈 허티 아니ᄒᆞ니 내 므ᄉᆞᆷ 말로 도라가 태ᄉᆞ의게 회복ᄒᆞ리오. 이 일이 ᄀᆞ장 냥난(兩難)ᄒᆞᆫ디라. 특별이 와 군왕의 ᄒᆞᆫ 묘계를 구ᄒᆞ야 에우믈 플고져 ᄒᆞ노라.”

손빈 왈,

“소노부인과 소대인이 추태ᄉᆞ를 믈리티기 어려워 ᄒᆞ면 엇디 뎌 짓 빙녜를 도라보내디 아니ᄒᆞᄂᆞ뇨?”

노왕이 ᄀᆞᆯ오ᄃᆡ,

“엇디 이럴 리 이시리오. 이 다 추긔 친ᄉᆞ를 강구(强求)ᄒᆞ미라. 소노부인과 소승샹의게 엇디 간셥ᄒᆞ리오. ᄒᆞ물며 추긔ᄂᆞᆫ 블과 이 태시오 ᄯᅩ 군왕이 아니라 비록 셰를 미드나 사ᄅᆞᆷ의 친ᄉᆞᄂᆞᆫ 강박디 못ᄒᆞ리라.”

오태위 ᄀᆞᆯ오ᄃᆡ,

“졍히 일로 위ᄒᆞ야 니ᄅᆞ미라. 이러므로ᄡᅥ 군왕의 ᄒᆞᆫ 계규를 구ᄒᆞ라.”

ᄒᆞ노라.

손빈이 ᄀᆞᆯ오ᄃᆡ,

“아【128】므 계칙도 업ᄉᆞ니 뎌의 강박ᄒᆞ야 혼인ᄒᆞᆯ ᄯᆞᄅᆞᆷ이로다.”

오태위 우서 ᄀᆞᆯ오ᄃᆡ,

“군왕이 귀신막측(鬼神莫測)ᄒᆞᆯ 슐이 이시니 엇디 이 죠고만 계괴 업ᄉᆞ리오. 결단코 ᄒᆞᆫ 됴흔 계규를 어더야 내 가미 계유 됴흐리라.”

손빈이 태위 강박(强迫)ᄒᆞ믈 보고 마디 못ᄒᆞ야 귀예 다히고 ᄀᆞ마니 두 어귀 말을 니ᄅᆞ고 ᄀᆞᆯ오ᄃᆡ,

“계규대로 ᄒᆞ고 쇼식을 주루티 말라.”

오태위 크게 깃거 노왕과 손빈을 하딕ᄒᆞ고 ᄯᅩ 소승샹 부듕의 니ᄅᆞ러 노부인과 다ᄆᆞᆺ 소승샹을 보고 손빈의 셜화(說話)ᄒᆞᆫ 계교를 ᄀᆞ마니 니ᄅᆞᆫ대 노부인과 소승샹이 환텬희긔[디](歡天喜地)ᄒᆞ야 ᄒᆞ거ᄂᆞᆯ 태위 긔신ᄒᆞ야 추태ᄉᆞ 부듕의 가 회보ᄒᆞ야 ᄀᆞᆯ오ᄃᆡ,

“소노부인이 응윤ᄒᆞ야 빙녜를 밧고 길일을 ᄀᆞᆯᄒᆞ야 혼인【129】ᄒᆞ려 ᄒᆞ더라.”

ᄒᆞᆫ대 추태ᄉᆡ 친ᄉᆞ 응윤ᄒᆞ믈 듯고 심화희기(心花喜開)ᄒᆞ야 연셕을 졍졔ᄒᆞ야 빙옹(氷翁)을 관ᄃᆡ(款待)ᄒᆞ고 양쥬의(羊酒儀)의 일ᄇᆡᆨ 금을 준대 오태위 흔연이 바다가다.

져근덧 ᄉᆞ이예 두 ᄃᆞᆯ이 디나거ᄂᆞᆯ 오태위 태ᄉᆞ 부듕의 오니 태ᄉᆡ 무러 ᄀᆞᆯ오ᄃᆡ,

“빙옹이 오ᄂᆞᆯ날 강님ᄒᆞ니 아니 소가의셔 므ᄉᆞᆷ 긔별ᄒᆞᆫ 일이 잇ᄂᆞ냐?”

오태위 머리를 흔드러 ᄀᆞᆯ오ᄃᆡ,

“이를 위ᄒᆞ미 아니라 ᄒᆞᆫ 말이 이셔 태ᄉᆞ긔 품코져 ᄒᆞᄂᆞ이다. 이군듸[국귀](二國舅) 소쇼져의 혼ᄉᆞ를 뎡ᄒᆞᆫ 후로브터 이국귀 인연이 업서 그런디 소쇼졔 복이 업서 그런디 쇼졔 병을 어더 다반(茶飯)을 입의 적시디 아니ᄒᆞ고 신식(神思) 황홀(恍惚)ᄒᆞ야 영의문복(迎醫問卜)ᄒᆞ매 다ᄒᆞ리디 못ᄒᆞ리라 니ᄅᆞ니 혜아리매 길ᄒᆞ미 젹고 흉ᄒᆞ미 만흔디라.【130】소노부인이 날로 ᄒᆞ야곰 태ᄉᆞ긔 여러 번 비샤ᄒᆞ야 닐오ᄃᆡ, ‘사라도 태ᄉᆞ 부듕 사ᄅᆞᆷ이오 죽어도 태ᄉᆞ 부듕 귀신이 될 거시니 일즉이 소져를 부듕의 도라보내여 이국구로 더브러 셩친ᄒᆞᆫ 후의 찬ᄒᆞ이 됴리ᄒᆞ야 만일 인연이 이시면 병이 ᄒᆞ리기도 고이티 아니ᄒᆞ리라’ ᄒᆞ더이다.”

추태ᄉᆡ ᄀᆞᆯ오ᄃᆡ,

“소쇼졔 임의 병이 드런디 오라면 소노부인이 맛당이 사ᄅᆞᆷ을 보내여 내게 통ᄒᆞ야 날로

ᄒᆞ야곰 의ᄉᆞ롤 쳥ᄒᆞ야 병을 고티게 ᄒᆞ미 올커ᄂᆞᆯ 엇디 ᄒᆞᆫ 말도 긔별ᄒᆞᆫ 일이 업고 오ᄂᆞᆯ날 병이 임의 위티ᄒᆞᆫ 후의 돌연히 내 부듕의 보내여 셩친ᄒᆞ믈 구ᄒᆞᄂᆞ뇨? 이 일은 결단코 명을 좃디 못ᄒᆞᆯ가 ᄒᆞ노라."

추간(鄒諫)이 겨티 잇다가 ᄀᆞᆯ오ᄃᆡ,

【131】"허다ᄒᆞᆫ 빙녜 이시니 어ᄃᆡ 가 곱고 셩ᄒᆞᆫ 신인을 엇디 못ᄒᆞᆯ 거시라. 구ᄐᆞ야 뎌 병든 귓거ᄉᆞᆯ 구ᄒᆞ야 므엇ᄒᆞ리오. 일즉 믈리팀만 ᄀᆞᆺ디 못ᄒᆞ도소이다."

오태위 손을 저어 ᄀᆞᆯ오ᄃᆡ,

"닐으디 말라. 소부인이 셩이 녈화 ᄀᆞᄐᆞ야 쇼져롤 타발(打發)ᄒᆞ야 보내믈 더듸ᄒᆞᆯ가 저허ᄒᆞᄂᆞ니라. 엇디 퇴친ᄒᆞᆫ 닷 말을 내여 니ᄅᆞ리오."

추태ᄉᆡ 닐오ᄃᆡ,

"쇼ᄋᆡ 인연이 업ᄉᆞᆫ 줄이 아니라 다만 이 쇼졔 복이 업ᄉᆞ미로다. 쇼ᄋᆡ 퇴친코져 ᄒᆞᆯ 분이 아니라 내 의ᄉᆡ ᄯᅩᄒᆞᆫ 그러ᄒᆞ여라."

오태위 ᄀᆞᆯ오ᄃᆡ,

"엇디ᄒᆞ여야 됴흐리오. 임의 닙의(立意)ᄒᆞ야 퇴친코져 ᄒᆞᆯ딘대 내 ᄂᆞᆺ 업기롤 혜디 못ᄒᆞᆯ 거시니 다만 가 소노부인을 보아 므어시라 ᄒᆞᄂᆞᆫ고 보리라."

추태ᄉᆡ ᄀᆞᆯ오ᄃᆡ,

【132】"쳥컨대 태위ᄂᆞᆫ 날을 위ᄒᆞ야 ᄒᆞᆫ 번 가 ᄃᆞᆫ여오ᄃᆡ 다만 소노부인이 즐겨 퇴혼ᄒᆞ믈 ᄇᆞ라ᄂᆞ니 빙녜ᄂᆞᆫ ᄎᆞ자도 됴코 ᄎᆞᆺ디 못ᄒᆞ야도 됴토다."

오태위 왈,

"소노부인이 만일 즐겨 퇴혼하면 톄면을 도라보는 집이라. 결단코 한 가지 빙녜도 머믈우디 아니ᄒᆞ리니 태ᄉᆞᄂᆞᆫ 방심ᄒᆞ라. 이제 부듕 하인으로 더브러 ᄒᆞᆫ가지로 소부의 가 내 계규롤 베퍼 퇴친ᄒᆞ믈 도모ᄒᆞ리니 만일 퇴친티 못ᄒᆞ야도 태ᄉᆡ 모로미 번뇌티 말라."

추태ᄉᆡ 왈,

"젼혀 태위의 죵편(從便)ᄒᆞ야 퇴친ᄒᆞ믈 ᄇᆞ라ᄂᆞ니 일이 일면 우부지(愚父子) 족히 아의(雅誼)롤 감샤ᄒᆞ리라."

즉시 여라믄 가동을 분부ᄒᆞ야 보아 갸ᄌᆞ[363]롤 출혀 오태위로 더브러 소부의 니ᄅᆞ니 소노부인이 마자 무러 ᄀᆞᆯ오ᄃᆡ,

【133】"대인이 일즉 태ᄉᆞ 부듕의 가 쇼녀의 병들믈 통ᄒᆞ냐?"

오태위 닐오ᄃᆡ,

"앗가 ᄀᆞᆺ[364] 가 닐으니 태ᄉᆡ(太師) 쇼져의 병이 이시믈 듯고 닐오ᄃᆡ 이국귀(二國舅) 인연이 업ᄉᆞᆫ 줄이 아니라 쇼졔 복이 업다 ᄒᆞ고 병듕의 셩친ᄒᆞ기는 결단코 명을 좃기 어려오니 다만 노부인이 퇴친(退親)ᄒᆞ시믈 구ᄒᆞ더이다."

노부인이 듯고 심듕의 크게 노ᄒᆞ야 추회ᄉᆞ롤 ᄒᆞᆫ ᄎᆡ례롤 ᄭᅮ짓고 후당으로 드러가 빙녜롤 내여와 낫ᄂᆞᆺ치 ᄶᅡ히 더디며 구듕(口中)의 ᄭᅮ지저 닐오ᄃᆡ,

"노살ᄌᆡ(老殺才)야, 벼ᄉᆞᆯ을 의지ᄒᆞ고 셰롤 미더 망녕도이 ᄉᆞᄉᆞ로 존대ᄒᆞ야 혼ᄉᆞ롤 뎡홈도 네 ᄆᆞᄋᆞᆷ으로 ᄒᆞ고 혼ᄉᆞ롤 믈리팀도 네 ᄆᆞᄋᆞᆷ으로 ᄒᆞ니 내 녀ᄋᆞ로ᄡᅥ 공연히 희롱의 거ᄉᆞᆯ 삼앗도다."

오태위 ᄀᆡ유(開諭)ᄒᆞ야 닐오ᄃᆡ,

【134】"노부인은 노티 말라. 혼인을 비록 믈리티나 두 집이 오히려 실낫 만ᄒᆞᆫ 친분이 이시니 엇디 언어로ᄡᅥ 욕ᄒᆞ리오."

부인이 ᄀᆞᆯ오ᄃᆡ,

"쇼뎨 병이 ᄒᆞ리면 닐을 일이 업거니와 다만 일 됴티 아닌 일이 이시면 결단코 뎔로 더브러 그치디 아니ᄒᆞ리라."

오태위 추부 가동을 블러 ᄯᅳᆯ히 ᄇᆞ린 녜믈을 주어 명ᄇᆡᆨ히 뎜수(點數)ᄒᆞ야 메여 가다. 오태위 도라가 추태ᄉᆞ롤 보고 ᄌᆞ셔히 뵈복ᄒᆞ고 빙녜 ᄒᆞ나토 업디 아니ᄒᆞ니 태ᄉᆡ 크게 깃거 ᄀᆞᆯ오ᄃᆡ,

"태위 잘 됴뎡티 아니터면 엇디 능히 이 일을 일우리오."

즉시 술을 베퍼 티샤ᄒᆞ다. 추뷔 퇴친ᄒᆞᆫ 후의 두어 ᄃᆞᆯ이 디나매 손빈이 길일 냥시롤 ᄀᆞᆯᄒᆡ야 소쇼져로 더브러 셩친ᄒᆞᆯᄉᆡ 이날 졔왕이【135】됴회롤 베프거ᄂᆞᆯ 노왕이 알외ᄃᆡ,

"남평왕 손빈이 오ᄂᆞᆯ날의 소ᄃᆡ의 누의롤 취ᄒᆞ야 셩친ᄒᆞ니 신이 쥬혼(主婚)ᄒᆞ엿ᄂᆞᆫ디라. 특

---

363)【갸ᄌᆞ】㊔ {가자(架子).} 들것. ¶ 槓 ‖ 즉시 여라믄 가동을 분부ᄒᆞ야 보아 갸ᄌᆞ롤 출혀 (當下着十數个家僮, 準備袱包短槓.) <孫龐 3:132>

364)【ᄀᆞᆺ】㊒ 갓. ¶ 纔 ‖ 앗가 ᄀᆞᆺ 가 닐으니 태ᄉᆡ 쇼져의 병이 이시믈 듯고 닐오ᄃᆡ (纔去說來. 太師聞小姐有恙說.) <孫龐 3:133>

별이 와 알외ᄂᆞ이다."

졔왕이 크게 깃거 즉시 근시ᄅᆞᆯ 분부ᄒᆞ야 금단 금[화] 어쥬 탕양(湯羊)을 가져 남평 부듕의 가 경하ᄒᆞ라 ᄒᆞ다. 이ᄯᅢ 추태ᄉᆡ 됴회예 이셔 노왕의 알외ᄆᆞᆯ 듯고 노발이 츙관ᄒᆞ고 눈의 화광이 소사 됴회ᄅᆞᆯ 파ᄒᆞ고 부듕의 도라와 더옥 분노ᄒᆞ거ᄂᆞᆯ 대국구 추강(鄒綱)이 알픠 나아와 무로ᄃᆡ,

"아〻야. 오ᄂᆞᆯ날 므ᄉᆞ 일로 즐겨 아닛ᄂᆞᆫ 비치 잇ᄂᆞ뇨?

추태ᄉᆡ 닐오ᄃᆡ,

"내 아희 내 쇽졀업시 당됴태ᄉᆡ되야 도로혀 사ᄅᆞᆷ의 속이ᄆᆞᆯ 닙으니 엇디 노홉디 아니리오."

추강이 ᄀᆞᆯ오ᄃᆡ,

"뉘 감히 야〻ᄅᆞᆯ 속이리오. 【136】 야애 엇디 잡아다가 혀거나[365] 각거나 임의로 ᄒᆞ디 아니ᄒᆞ시ᄂᆞ니잇가?"

태ᄉᆡ ᄀᆞᆯ오ᄃᆡ,

"남평왕 손빈이 궤계다단(詭計多端)ᄒᆞ야 오태우로 더브러 동모ᄒᆞ야 우리 부듕 친ᄉᆞᄅᆞᆯ 믈리텻더니 원ᄂᆡ 노왕뎐해 쥬혼ᄒᆞ야 오ᄂᆞᆯ날의 손빈이 소ᄃᆡ의 누의ᄅᆞᆯ 셩친ᄒᆞ야 앗가 노왕이 어젼의 알외더라."

추강이 ᄀᆞᆯ오ᄃᆡ,

"소쇼졔 병이 이시니 손빈이 엇디 뎌ᄅᆞᆯ 취ᄒᆞᆯ 리 이시리오."

태ᄉᆡ ᄀᆞᆯ오ᄃᆡ,

"이 진짓 궤계라. 오태ᄉᆡ 젼의 내 부듕의 와 병든 연고ᄅᆞᆯ 통ᄒᆞ거ᄂᆞᆯ 내 일시의 그ᄅᆞᆺ ᄉᆡᆼ각ᄒᆞ야 도로혀 뎌의게 비러 소부의 가 즉시 퇴혼ᄒᆞ엿더니 이제 ᄉᆡᆼ각ᄒᆞ니이다. 계규ᄅᆞᆯ 베퍼 날을 와 속이미라."

추강이 ᄀᆞᆯ오ᄃᆡ,

"이 어렵디 아닌디라. 우리 형뎨 두 사ᄅᆞᆷ이 【137】 오ᄂᆞᆯ 나조ᄒᆡ[366] 일ᄇᆡᆨ 명 졍장(精壯)ᄒᆞᆫ 군ᄉᆞᄅᆞᆯ 거ᄂᆞ려 각〻 졔미단곤(齊眉短棍)을 들고 세거림[367]의 ᄆᆡ복ᄒᆞ엿다가 쇼졔 오기ᄅᆞᆯ 기ᄃᆞ려 일시예 ᄃᆞ라드러 교ᄌᆞ와 사ᄅᆞᆷ재 ᄶᅧ 아사 부듕으로 도라오면 이 엇디 됴티 아니리오."

태ᄉᆡ 크게 깃거 왈,

"됴흔 계귀며 됴흔 계귀로다!"

즉시 군ᄉᆞᄅᆞᆯ 됴발ᄒᆞ야 황혼을 기ᄃᆞ려 각〻 방신긔계(防身器械)ᄅᆞᆯ ᄯᅴ고 일시의 세거리 어귀에 가 ᄆᆡ복ᄒᆞ야 신인의 교ᄌᆞ 오기ᄅᆞᆯ 기ᄃᆞ려 동슈(動手)코져 ᄒᆞ더라.

---

365) 【혀다】 [동] 켜다. ¶ 剮 ‖ 뉘 감히 야〻ᄅᆞᆯ 속이리오 야애 엇디 잡아다가 혀거나 각거나 임의로 ᄒᆞ디 아니ᄒᆞ시ᄂᆞ니잇가 (那个敢騙哄爹, 爹拿他來就剮就剁.) <孫龐 3:136>

366) 【나죵】 [명] 저녁. ¶ 晩 ‖ 오ᄂᆞᆯ 나조ᄒᆡ 일ᄇᆡᆨ 명 졍장ᄒᆞᆫ 군ᄉᆞᄅᆞᆯ 거ᄂᆞ려 각각 졔미단곤을 들고 세거림의 ᄆᆡ복ᄒᆞ엿다가 (今晩帶百十名精壯軍士, 各執齊眉短棍, 埋伏三岔路口.) <孫龐 3:137> ⇒ 나됴, 나죄, 낫

367) 【세거림】 [명] 세거리. ¶ 三岔路口 ‖ 오ᄂᆞᆯ 나조ᄒᆡ 일ᄇᆡᆨ 명 졍장ᄒᆞᆫ 군ᄉᆞᄅᆞᆯ 거ᄂᆞ려 각각 졔미단곤을 들고 세거림의 ᄆᆡ복ᄒᆞ엿다가 (今晩帶百十名精壯軍士, 各執齊眉短棍, 埋伏三岔路口.) <孫龐 3:137> ⇒ 삼분노구, 세거리

第13回
가신인화당변험 진쇼져슈부년인
假新人華堂變臉 眞小姐帥府聯姻

【2】 남평군왕(南平郡王) 손빈이 과연 음양이 경통흔더라. 이 날 부듕의 이셔 스스로 ᄀ만이 혜아리되,

"오늘날 혼인이 므슴 방애(防碍)홀 일이 이실고?"

즉시 굴지심문(屈指尋文)ᄒ야 스매예셔 ᄒ 괘롤 뎐ᄒ고 노왕을 디ᄒ야 닐오디,

"오늘날 혼인을 일오디 못ᄒ리로다."

노왕이 골오디,

"엇디 이럴 니 이시리오. 길일 냥시롤 골히여시니 ᄯ 고티기도 어렵도다."

손빈이 닐오디,

"앗가 마춤 뉵갑녕문을 안ᄒ야 길흉을 졈복ᄒ니 태시 사룸을 요로(要路)의 미복 【3】 ᄒ야 쇼져롤 아사갈 딩퍼로소이다."

노왕이 골오디,

"션싱의 신통이 광대ᄒ고 묘산(妙算)이 졀륜(絶倫)ᄒ니 엇디 미리 ᄒ 계규롤 뎡ᄒ야 이 친ᄉ롤 일우디 아닛ᄂ뇨?"

손빈이 골오디,

"뎐ᄒ야 신이 ᄒ 계귀 이시니 이제 몬져 ᄒ 사룸을 소부의 보내여 거줏 소쇼젠 톄ᄒ야 교ᄌ의 올나 세거리 어귀로 향ᄒ야 뎨 임의로 아사가게 ᄒ고 밤이 고요ᄒ ᄣ롤 타 교ᄌ롤 보내여 진짓 소쇼져롤 마자 ᄃ려오면 엇디 됴티 아니ᄒ리오."

노왕이 골오디,

"이 계귀 졀묘커니와 션싱이 눌을 보내여 소쇼젠 톄ᄒ야 ᄒᄂ뇨?"

손빈이 골오디,

"다ᄅ 사룸은 가디 못홀 거시니 반ᄃ시 야룡 원달을 보내여야 이 【4】 에 편당ᄒ리라."

노왕이 골오디,

"뎨 신지(身才) 당대ᄒ니 교ᄌ의 안치기 맛ᄌ디[368] 아닐가 저허ᄒ노라."

손빈이 골오디,

"이ᄂ 해롭디 아니ᄒ니 흑디혼텬(黑地昏天)의 엇디 진가롤 분변ᄒ리오."

노왕 왈,

"원달노 ᄒ야곰 갈딘대 몬져 쵹부(囑付)ᄒ야 경당ᄒ라."

손빈이 원달을 블너 귀예 다히고 ᄀ만이 닐오디,

"여ᄎᄎᄒ라."

응낙ᄒ고 믈러나다.

노왕이 드디여 원달노 더브러 싱쇼고악(笙簫鼓樂)을 ᄀ초와 일힝(一行) 의종(儀從)이 남평부롤 ᄯ나 바로 소승상 집으로 향ᄒ니 소노부인이 마자 당의 올니거ᄂ 노왕이 추태ᄉ의 사룸을 미복ᄒ야 쇼져 아ᄉ려 ᄒᄂ 일을 ᄌ셔히 니ᄅ대 소노부인이 크게 놀나 왈,

"뎐 【5】 하야 이 일을 엇디ᄒ여야 됴흐리오. 녀이 나히 어리니 ᄀ장 쌀게[369] 젹은디라. 엇디 이러ᄐᄒ 놀나오믈 당ᄒ리오."

노왕이 골오디,

---

368) 【맛ᄌ-】 동 «맛굿다» 맞다. 알맞다. ¶ 뎨 신지 당대ᄒ니 교ᄌ의 안치기 맛ᄌ디 아닐가 저허ᄒ노라 (他身材長大, 只怕坐在轎裏狼犺.) <孫龐 4:4>

369) 【쌀게】 명 쓸개. ¶ 膽 ‖ 뎐하야 이 일을 엇디ᄒ여야 됴흐리오 녀이 나히 어리니 ᄀ장 쌀게 젹은디라 엇디 이러ᄐᄒ 놀라오믈 당ᄒ리오 (殿下, 這事怎好? 我女孩兒年幼, 最是小膽, 怎底受得驚恐.) <孫龐 4:5> ⇒ 쓸게, 열

"해롭디 아닌디라. 손션ᄉᆡᆼ이 묘ᄒᆞᆫ 계귀 이셔 ᄒᆞᆫ 사ᄅᆞᆷ을 보내여 거즛 쇼졘 톄ᄒᆞ야 교ᄌᆞ의 올나 세거리 어귀로 향ᄒᆞ야 뎨 아사가기ᄅᆞᆯ 기ᄃᆞ려 다시 교ᄌᆞᄅᆞᆯ 출혀 진짓 쇼져ᄅᆞᆯ 마자 부듕의 가 셩친코져 ᄒᆞᄂᆞ니라."

노부인이 ᄀᆞᆯ오ᄃᆡ,

"이 계귀 ᄀᆞ장[370] 됴커니와 아디 못게라 눌노 ᄒᆞ야곰 쇼져의 ᄃᆡ신의 보내려 ᄒᆞᄂᆞ뇨?"

노왕이 ᄀᆞᆯ오ᄃᆡ,

"뎌 원달을 보내려 ᄒᆞᄂᆞ니라."

원달이 이 말을 듯고 크게 거러 돌입ᄒᆞ거ᄂᆞᆯ 부인이 머리ᄅᆞᆯ 드러 ᄒᆞᆫ 번 보니,

ᄒᆞᆫ 길이나 ᄒᆞᆫ 몸이 길고 열 우희【6】옴이나 ᄒᆞᆫ 허리 크도다. 디들고[371] 거믄 일좌 분지 ᄀᆞᄐᆞᆫ 얼굴이오 ᄐᆞᆨ[372]은 누른 냥편 구레나로ᄉᆡ ᄆᆞᄅᆞ녹은 눈섭과 큰 입은 샹ᄆᆡ(像貌) 녕졍(獰猙)ᄒᆞ고 큰 ᄡᅳᆯ게와 추ᄒᆞᆫ ᄆᆞᄋᆞᆷ은 ᄉᆡᆼ셩(生成) 노모(鹵莽)ᄒᆞ도다. 굴근 거ᄅᆞᆷ을 보니 ᄆᆡᆼ회(猛虎) ᄯᆞᄅᆞᆷ ᄀᆞᆺ고 목소ᄅᆡᄅᆞᆯ 드ᄅᆞ니 뇌뎡이 귀ᄅᆞᆯ 울힘 ᄀᆞᆺ도다. 악ᄒᆞᆫ(惡狠)ᄒᆞ야 오히려 살인ᄒᆞ고 ᄆᆞᄋᆞᆷ이 ᄀᆞ득ᄒᆞ얏고 유[웅]규〻(雄糾糾)ᄒᆞ야 강냥(强梁)ᄒᆞᆫ 긔운을 벗디 못ᄒᆞ얏더라.

노부인이 ᄒᆞᆫ 번 보고 크게 놀나 노왕ᄃᆞ려 무러 ᄀᆞᆯ오ᄃᆡ,

"쇼녜 신ᄃᆡ[ᄌᆡ](身材) 슈려ᄒᆞ거ᄂᆞᆯ 장군이 너모 추대(粗大)ᄒᆞ니[373] 신인(新人) ᄀᆞᆺ디 아닐가 저허ᄒᆞ노라."

노왕 왈,

"다만 뎌ᄅᆞᆯ 속여 교ᄌᆞ재 아사가면 므ᄉᆞᆷ ᄀᆞᄐᆞ며 아니ᄆᆞᆯ 의논ᄒᆞ리오."

노부인이 드ᄃᆡ여 원달ᄃᆞ려【7】무로ᄃᆡ,

"네 신인의 노ᄅᆞᄉᆞᆯ 아ᄂᆞᆫ다?"

원달이 ᄀᆞᆯ오ᄃᆡ,

"아ᄂᆞ이다."

노부인이 ᄀᆞᆯ오ᄃᆡ,

"신인은 교ᄌᆞ 속의 안자 ᄀᆞ장 ᄎᆞ믈셩이 이셔야 ᄒᆞᄂᆞ니 말ᄒᆞ디 못ᄒᆞ고 사ᄅᆞᆷ ᄭᅮ짓디 못ᄒᆞ고 쇼마[374] 보디 못ᄒᆞ니 긔운을 움죽이디 못ᄒᆞ고 일마다 근신(謹愼)ᄒᆞ야〻 이에 가리라."

원달 왈,

"ᄌᆞ연히 됴흔 도리 이시리라. 노부인은 근심티 말고 ᄲᆞᆯ니 ᄂᆞᆺ ᄀᆞ리올 거ᄉᆞᆯ 내여오라."

부인이 만구응승ᄒᆞ야 ᄀᆞᆯ오ᄃᆡ,

"잇다〻."

ᄒᆞ고 즉시 차환을 블너 연지와 화분(花粉)을 가져 내여 오니 원달이 ᄀᆞᆯ오ᄃᆡ,

"이거ᄉᆞᆫ 므엇ᄒᆞ라 가져왓ᄂᆞ뇨? 됴흔 술이 잇거든 여러 병을 가져오라. 내 난취(爛醉)케 먹어 ᄂᆞᆺ출 ᄀᆞ리와 신인 노ᄅᆞᆺᄒᆞ기 됴흐리라."

노부인이 ᄀᆞᆯ오ᄃᆡ,

"공교로온 말이 바로 니ᄅᆞᆷ 만【8】ᄀᆞᆺ디 못ᄒᆞ다[375] ᄒᆞ니 엇디 ᄂᆞᆺ ᄀᆞ리올 거시라 ᄒᆞ더뇨?"

ᄒᆞ고 드ᄃᆡ여 가동을 블러 두 병 됴흔 술을 내여 오니 원달이 잔도 기ᄃᆞ리디 아니ᄒᆞ고 입의 다히고 드리 그으니 두 병 술을 ᄒᆞᆫ 뎜도 남고디 아

---

370) 【ᄀᆞ장】 [부] 가장. ¶ 甚 ‖ 이 계귀 ᄀᆞ장 됴커니와 아디 못게라 눌노 ᄒᆞ야곰 쇼져의 ᄃᆡ신의 보내려 ᄒᆞᄂᆞ뇨 (此計甚好, 不知着那個假粧小女.) <孫龐 4:5>

371) 【디들다】 [동] 찌들다. ¶ 魆黑 ‖ ᄒᆞᆫ 길이나 ᄒᆞᆫ 몸이 길고 열 우희옴이나 ᄒᆞᆫ 허리 크도다 디들고 거믄 일좌 분지 ᄀᆞᄐᆞᆫ 얼굴이오 (一丈身長, 十圍腰大, 魆黑一付甌兜臉.) <孫龐 4:6>

372) 【ᄐᆞᆨ】 [명] 턱. ¶ 腮 ‖ ᄐᆞᆨ은 누른 냥편 구레나로ᄉᆡ ᄆᆞᄅᆞ녹은 눈섭과 큰 입은 샹ᄆᆡ 녕졍ᄒᆞ고 큰 ᄡᅳᆯ게와 추ᄒᆞᆫ ᄆᆞᄋᆞᆷ은 ᄉᆡᆼ셩노모ᄒᆞ도다 (焦黃兩片落腮鬍, 濃眉巨口, 像貌猙獰, 膽大心粗, 生成鹵莽.) <孫龐 4:6>

373) 【추대ᄒᆞ다】 [형] {추대(粗大)하다} ¶ 粗夯 ‖ 쇼녜 신ᄃᆡ 슈려ᄒᆞ거ᄂᆞᆯ 장군이 너모 추대ᄒᆞ니 신인 ᄀᆞᆺ디 아닐가 저허ᄒᆞ노라 (小女身材生得秀溜, 此位太粗夯了, 只怕粧來不像.) <孫龐 4:6>

374) 【쇼마】 [명] 소변(小便). ¶ 出恭 ‖ 말ᄒᆞ디 못ᄒᆞ고 사ᄅᆞᆷ ᄭᅮ짓디 못ᄒᆞ고 쇼마 보디 못ᄒᆞ니 긔운을 움죽이디 못ᄒᆞ고 일마다 근신ᄒᆞ야〻 이에 가리라 (說不得話, 罵不得人, 出不得恭, 動不得氣, 樣樣謹愼, 纔好去得.) <孫龐 4:7> ⇒ 소마

375) 【巧言不如直道 교언불여직도】 qiǎoyánbùrú zhídào <諺> 공교로온 말이 바로 니ᄅᆞᆷ 만 ᄀᆞᆺ디 못ᄒᆞ다 ‖ "老夫人道: '∼.' 怎麽說個蓋面的東西, 遂喚家僮取出兩瓶好酒." 노부인이 ᄀᆞᆯ오ᄃᆡ 공교로온 말이 바로 니ᄅᆞᆷ 만 ᄀᆞᆺ디 못ᄒᆞ다 ᄒᆞ니 엇디 ᄂᆞᆺ ᄀᆞ리올 거시라 ᄒᆞ더뇨 (孫龐 4:7)

니ᄒᆞ고 머리의 ᄶᅩ존 슈식이 업고 오ᄉᆞᆯ ᄀᆞᄃᆡ 아니ᄒᆞ고 어둡기ᄅᆞᆯ 기ᄃᆞ려 교ᄌᆞ의 오ᄅᆞ고 즉시 쥬렴을 디워[376] ᄒᆞᆫ 사ᄅᆞᆷ도 아디 못ᄒᆞ게 ᄒᆞ고 노왕이 교ᄌᆞ 멜군을 블러 일시예 메여 소부ᄅᆞᆯ ᄯᅥ나니 앏ᄒᆡ 두 줄 화등강쵹(花燈絳燭)을 셰우고 고악(鼓樂)이 훤텬(喧闐)ᄒᆞ야 신인의 교ᄌᆞᄂᆞᆫ 압셔고 노왕의 교ᄌᆞᄂᆞᆫ 뒤ᄒᆡ셔 삼분노구(三岔路口)의 니ᄅᆞ니 추부 미복ᄒᆞᆫ 군인이 소쇼져의 교ᄌᆞ 오믈 보고 일시의 납함ᄒᆞ고 각〻 단곤을 들고 젼경(剪徑)ᄒᆞᄂᆞᆫ 【9】 강인(强人)ᄀᆞᆺ티 벌 엉긔ᄃᆞᆺ 나아드러 신인의 교ᄌᆞᄅᆞᆯ 에워ᄡᆞ며 일시예 웨되,

"쾌히 태ᄉᆞ부로 메여 가면 사ᄅᆞᆷ마다 듕샹이 이시리라."

노왕이 이 압ᄒᆡ 나아가 무러 ᄀᆞᆯ오ᄃᆡ,

"너희ᄂᆞᆫ 엇던 사ᄅᆞᆷ이완ᄃᆡ 감히 길ᄒᆞᆯ 막아 신인의 교ᄌᆞᄅᆞᆯ 아ᄉᆞ려 ᄒᆞᄂᆞ뇨?"

추강·추간이 사ᄅᆞᆷ 속으로셔 내ᄃᆞ라 ᄃᆡ답ᄒᆞ되,

"신인은 우리 부듕 사ᄅᆞᆷ이라. 소쇼졔 본ᄃᆡ 우리 부듕과 혼ᄉᆞᄅᆞᆯ 뎡ᄒᆞ얏거ᄂᆞᆯ 무단이 셜계(設計)ᄒᆞ야 소쇼졔 병이 위티타 ᄒᆞ야 우리집으로 ᄒᆞ야곰 퇴친케 ᄒᆞ고 즉시 손셩ᄉᆡᆼ의게 빙녜ᄅᆞᆯ 바다 오ᄂᆞᆯ 나조ᄒᆡ[377] 셩친ᄒᆞ믈 허ᄒᆞ니이다."

소뷔 형셰ᄅᆞᆯ 븟좃고 긔엄[염]을 ᄡᅩᆯ와 우리 집을 심히 ᄂᆞᆽ게 너기미라.

노왕 【10】 이 ᄀᆞᆯ오ᄃᆡ,

"부듕의셔 몬져 납빙ᄒᆞ야시면 소쇼졔 믄득 부듕 사ᄅᆞᆷ이라. ᄉᆞ리예 그ᄅᆞᄃᆡ 아니ᄒᆞ니 즁인을 분부ᄒᆞ야 추부로 메여 가라."

모든 군ᄉᆡ 메여가랏 말을 듯고 일시예 ᄃᆞ라드러 신인의 교ᄌᆞᄅᆞᆯ 아사 메고 ᄃᆞᆺ더니 수보ᄅᆞᆯ 힝티 못ᄒᆞ야셔 두 편 교ᄌᆞ채 눌려 활ᄀᆞᆺ티 눌니ᄂᆞᆫ디라. 모든 군ᄉᆡ 비 ᄀᆞᆺᄐᆞᆫ ᄯᆞᆷ이 가ᄅᆞ 흘너 허리 느리고 등이 구버 웃 긔운이 아랫 긔운을 닛디 못ᄒᆞᄂᆞᆫ디라. 일변 ᄃᆞᄅᆞ며 일변 ᄉᆡᆼ각ᄒᆞ되, '이 쇼졔 ᄀᆞ장 무거오니 머리 우ᄒᆡ 언머나 금은쥬취(金銀珠翠)ᄅᆞᆯ ᄭᅩᆺ고 몸의 언머나 금슈능듀(錦綉綾紬)ᄅᆞᆯ 닙언관ᄃᆡ 우리로 ᄒᆞ야곰 이러ᄐᆞ시 긔력이 진케 ᄒᆞᄂᆞ뇨?' 이윽고 부듕의 니ᄅᆞ니 추강·추간 【11】 이 몬져 드러가 태ᄉᆞᄃᆞ려 젼ᄉᆞᄅᆞᆯ 비셰히 알왼대 태시 아사오믈 듯고 깃브믈 이긔디 못ᄒᆞ야 ᄀᆞᆯ오ᄃᆡ,

"손빈 그 놈이 계규ᄅᆞᆯ ᄡᅥ 내 며ᄂᆞ리ᄅᆞᆯ 아사가더니 오ᄂᆞᆯ날 다시 내 짓 사ᄅᆞᆷ이 되니 녜브터 인연이 우연티 아니타 ᄒᆞ더니 과연 인력으로 못ᄒᆞᆯ디라. 됴히 뎌 놈으로 ᄒᆞ야곰 가마귀 코ᄅᆞᆯ 먹게 ᄒᆞ리로다."

원달이 교ᄌᆞ 속의 이셔 이 말을 듯고 미〻히 닝쇼ᄒᆞ야 ᄀᆞᆯ오ᄃᆡ,

"가마괴 코 가마귀 코 오라디 아녀 너희로 ᄒᆞ야곰 원노야의 긔력을 맛보게 ᄒᆞ리라."

츄태ᄉᆡ 차환을 블러,

"뎜심을 가져 쇼졔ᄅᆞᆯ 주어 먹게 ᄒᆞ고 길시ᄅᆞᆯ 기다려 교ᄌᆞ의셔 나게 하라."

차환이 즉시 육포ᄌᆞ(肉包子) ᄒᆞᆫ 반을 내여 셜흔아믄[378] 낫 【12】 치나 ᄒᆞ더라. 경〻이 쥬렴을 들혀고[379] 반재 드리밀며 닐오ᄃᆡ,

"청컨대 쇼져ᄂᆞᆫ 뎜심ᄒᆞ라."

원달이 손을 느리혀 바다 경긱 ᄉᆞ이예 ᄒᆞᆫ 반 육포ᄌᆞᄅᆞᆯ 다 먹고 편편ᄒᆞᆫ 반을 내미니 차환이 반이 뷔고 ᄒᆞᆫ 낫[380]도 남디 아녀시믈 보고 ᄀᆞ만이 ᄉᆞᄉᆞ로 놀나 ᄀᆞᆯ오ᄃᆡ,

376) 【디우다】 동 내리다. 내려뜨리다. ¶ 上 ‖ 교ᄌᆞ의 오ᄅᆞ고 즉시 쥬렴을 디워 ᄒᆞᆫ 사ᄅᆞᆷ도 아디 못ᄒᆞ게 ᄒᆞ고 노왕이 교ᄌᆞ 멜군을 블러 일시예 메여 소부ᄅᆞᆯ ᄯᅥ나니 (坐在轎裏, 上了轎簾, 不令一個外人知道, 魯王喚抬轎的進來, 抬新人起身.) <孫龐 4:8>

377) 【나죻】 명 저녁. ¶ 晚 ‖ 소쇼졔 본ᄃᆡ 우리 부듕과 혼ᄉᆞᄅᆞᆯ 뎡ᄒᆞ얏거ᄂᆞᆯ 무단이 셜계ᄒᆞ야 소쇼졔 병이 위티타 ᄒᆞ야 우리집으로 ᄒᆞ야곰 퇴친케 ᄒᆞ고 즉시 손셩ᄉᆡᆼ의게 빙녜ᄅᆞᆯ 바다 오ᄂᆞᆯ 나조ᄒᆡ 셩친ᄒᆞ믈 허ᄒᆞ니이다 (蘇小姐原是我府内定下的, 如何假設一計, 小姐病重將危要我家退親, 既退親也罷, 不該隨卽納了孫先生聘禮, 許其今晩成親.) <孫龐 4:9> ⇒ 나됴, 나죄, 낫

378) 【셜흔아믄】 관 삼십여(三十餘). ¶ 三十來个 ‖ 차환이 즉시 육포ᄌᆞ ᄒᆞᆫ 반을 내여 셜흔아믄 낫치나 ᄒᆞ더라 (管家婆連忙取一盤純肉包子, 約有三十來个.) <孫龐 4:11>

379) 【들혀다】 동 들추다. ¶ 揭開 ‖ 경〻이 쥬렴을 들혀고 반재 드리밀며 닐오ᄃᆡ (輕輕揭開一線轎簾, 連盤遞將進去.) <孫龐 4:12>

380) 【낫】 명 낫. 개(個). ¶ 個 ‖ 차환이 반이 뷔고 ᄒᆞᆫ 낫도 남디 아녀시믈 보고 ᄀᆞ만이 ᄉᆞᄉᆞ로 놀나 ᄀᆞᆯ오ᄃᆡ (見盤內不剩一個, 暗自喫驚道.) <孫龐 4:12>

"어인 신인이 식냥이 이대도록 크뇨?"
ᄒᆞ더라.

추태ᄉᆡ 음양관(陰陽官)을 분부ᄒᆞ야 신인의 교ᄌᆞ의 ᄂᆞ릴 길시ᄅᆞᆯ ᄀᆞᆯ히라 ᄒᆞᆫ대 음양관이 알외되,

"우양츌권(牛羊出圈)을 기ᄃᆞ려 신인이 교ᄌᆞ의 ᄂᆞ리게 ᄒᆞ라."
ᄒᆞ니 우양츌권은 졍히 튝미시(丑未時)ᄅᆞᆯ 니ᄅᆞ미라. 원달이 이 말을 듯고 ᄭᅵᄃᆞᆺ디 못ᄒᆞ야 노호미 ᄆᆞᄋᆞᆷ 우흐로 조차 니러나고 모딘 【13】 긔운이 빨개 ᄀᆞ으로 조차 니러나ᄂᆞᆫ디라. ᄭᅮ지저 ᄀᆞᆯ오ᄃᆡ,

"이 놈이 됴히 절노 ᄒᆞ야곰 음양관을 삼앗거ᄂᆞᆯ 말 ᄃᆡ답ᄒᆞᆯ 줄을 아디 못ᄒᆞᄂᆞᆫ도다. 어ᄃᆡ 우양츌권시 이시리오. 분명이 날노ᄡᅧ 즘싱의 비ᄒᆞ미라."

ᄒᆞ고 불 ᄀᆞᆺᄐᆞᆫ 셩을 누ᄅᆞ디 못ᄒᆞ야 교ᄌᆞ 밧긔 ᄯᅱ여 내ᄃᆞ라 우레ᄀᆞᆺ티[381] ᄒᆞᆫ 소ᄅᆡᄅᆞᆯ 디ᄅᆞ고 몬져 교ᄌᆞᄅᆞᆯ ᄭᅢ텨[382] 분ᄀᆞᆺ티 ᄆᆞ[ᄇᆞ]ᄋᆞ고[383] ᄑᆞᆯᄒᆞᆯ ᄲᅩᆸ내며 주먹을 ᄀᆞ다마 바로 태ᄉᆞ부듕으로 ᄌᆞᆺ텨 드러가니 추태ᄉᆡ 추강·추간으로 더브러 이러 ᄐᆞᆺᄒᆞᆫ 신인이 내ᄃᆞᄅᆞᄆᆞᆯ 보고 ᄯᅩ 손빈의 계규의 ᄲᅡ디ᄆᆞᆯ 알고 각〻 경황ᄒᆞ야 숨거ᄂᆞᆯ 원달이 바로 부ᄂᆡ로 ᄯᆞᆯ와 드러가며 티니 태ᄉᆞ의 가쇽은 【14】 그림재도 업시 숨고 다만 차환과 쇼ᄉᆡ(小廝) 밋처 숨디 못ᄒᆞ야 ᄒᆞᆯ노 ᄌᆡ앙을 당ᄒᆞ야 개〻히 션혈(鮮血)이 몸의 흐ᄅᆞ고 과실이 ᄂᆞᆺ치 ᄀᆞ독ᄒᆞ야,

"야〻ᄂᆞᆫ 사ᄅᆞᆷ 살오라."
ᄒᆞᄂᆞᆫ 소ᄅᆡ 온 집안의 ᄀᆞ득ᄒᆞ엿더라.

원달이 졍히 어즈러이 티더니 교ᄌᆞ 메여온 군ᄉᆡ 문 밧긔 잇다가 부듕이 심히 드레여 신인의 교ᄌᆞ ᄂᆞ리노라. 드레ᄂᆞᆫ 소ᄅᆡ ᄀᆞᆺ디 아니ᄆᆞᆯ 듯고 ᄂᆞᄃᆞ시 듕당(中堂)으로 드러오니 오히려 티ᄂᆞᆫ 소ᄅᆡ 그치디 아니ᄒᆞ거ᄂᆞᆯ 그 듕의 두 놈이 이셔 닐오ᄃᆡ,

"드러가디 말나. 이 신인이 살쉬(殺手) 이셔 문의 들며 몬져 집안 사ᄅᆞᆷ을 ᄌᆞᆺ텨 하마위(下馬威)[384]ᄅᆞᆯ 베프니 드러갓다가 됴히 ᄒᆞᆫ ᄎᆞ례ᄅᆞᆯ 마ᄌᆞᆯ 거시니 져근덧 기ᄃᆞ리라."

【15】 "ᄯᅩ 담대ᄒᆞᆫ 두 놈이 이셔 신인이 삼일 디난 후의 하마위ᄅᆞᆯ ᄒᆞᆯ 법 잇거니와 엇디 교ᄌᆞ의 ᄂᆞ리며 즉시 손을 움즉일니 이시리오. 드러가 보미 해롭디 아니ᄒᆞ다."

즁인이 일시의 ᄂᆡ당으로 드러가 원달을 보고 일시의 짜히 것구러디거ᄂᆞᆯ 원달이 ᄃᆞ라드러 주머귀 비뎜[385]ᄀᆞᆺ티 어즈러이 티거ᄂᆞᆯ 그 듕 부

---

381) 【-ᄀᆞᆺ티】 조 -같이. -처럼. ¶ 블 ᄀᆞᆺᄐᆞᆫ 셩을 누ᄅᆞ디 못ᄒᆞ야 교ᄌᆞ 밧긔 ᄯᅱ여 내ᄃᆞ라 우레ᄀᆞᆺ티 ᄒᆞᆫ 소ᄅᆡᄅᆞᆯ 디ᄅᆞ고 몬져 교ᄌᆞᄅᆞᆯ ᄭᅢ텨 분ᄀᆞᆺ티 ᄇᆞᄋᆞ고 (按不住火性, 跳出轎來, 豁喇一聲響, 先把轎打得粉碎, 磨拳擦掌, 直打進府內.) <孫龐 4:13> 如 ‖ 마쵸와 도적이 ᄀᆞᆯ외여 변방 주문이 뫼ᄀᆞᆺ티 ᄡᅡ혓거ᄂᆞᆯ 다 ᄀᆞ리와 우흐로 알외디 아니ᄒᆞ니 (邊寇猖獗, 奏牘如山, 俱蠱蔽而不上達.) <醒風 1:40>

382) 【ᄭᅢ티다】 동 깨치다. ¶ 打 ‖ 블 ᄀᆞᆺᄐᆞᆫ 셩을 누ᄅᆞ디 못ᄒᆞ야 교ᄌᆞ 밧긔 ᄯᅱ여 내ᄃᆞ라 우레ᄀᆞᆺ티 ᄒᆞᆫ 소ᄅᆡᄅᆞᆯ 디ᄅᆞ고 몬져 교ᄌᆞᄅᆞᆯ ᄭᅢ텨 분ᄀᆞᆺ티 ᄆᆞᄋᆞ고 (按不住火性, 跳出轎來, 豁喇一聲響, 先把轎打得粉碎, 磨拳擦掌, 直打進府內.) <孫龐 4:13>

383) 【ᄇᆞᄋᆞ다】 동 부수다. 부스러뜨리다. ¶ 粉碎 ‖ 블 ᄀᆞᆺᄐᆞᆫ 셩을 누ᄅᆞ디 못ᄒᆞ야 교ᄌᆞ 밧긔 ᄯᅱ여 내ᄃᆞ라 우레ᄀᆞᆺ티 ᄒᆞᆫ 소ᄅᆡᄅᆞᆯ 디ᄅᆞ고 몬져 교ᄌᆞᄅᆞᆯ ᄭᅢ텨 분ᄀᆞᆺ티 ᄇᆞᄋᆞ고 (按不住火性, 跳出轎來, 豁刺一聲響, 先把轎子打得粉碎.) <孫龐 4:13>

384) 【下馬威 하마위】 xiàmǎwēi <熟> [햐마위] 첫호령 (譯補 瑣說 56a) (方四 雜語 32a) (課目 性行 48a) 하마위 *新官到任對下屬顯示威風。後泛指初次見面給予的打擊或威嚇。‖ "這個新人有殺手, 進門先把家裏人, 打個~, 好道進去也是一頓, 捱得一霎是一霎." 이 신인이 살쉬 이셔 문의 들며 몬져 집안 사ᄅᆞᆷ을 ᄌᆞᆺ텨 하마위ᄅᆞᆯ 베프니 드러갓다가 됴히 ᄒᆞᆫ ᄎᆞ례ᄅᆞᆯ 마ᄌᆞᆯ 거시니 져근덧 기ᄃᆞ리라 (孫龐 4:14) 하마ᄒᆞᄂᆞᆫ 위엄 ‖ "養軍千日, 用在一時, 怎好推辭? 若去呢, 別人猶可, 就是余謙這厮有些難見。倘若見面就吃他一個~, 莫說一拳一脚, 卽一彈指, 我就吃飯不 。" 양병쳔일이 용ᄌᆡ일시라 ᄒᆞ니 엇지 츄ᄉᆞᄒᆞ며 만일 가게 되면 다른 ᄉᆞ람은 관게치 아니ᄒᆞ거니와 여겸져놈을 보기 어려오니 나를 보고 일긔 하마ᄒᆞᄂᆞᆫ 위엄을 부릴진ᄃᆡ ᄒᆞᆫ 쥬머괴와 ᄒᆞᆫ 발길은 니ᄅᆞ지 말고 ᄒᆞᆫ 숀가락으로 ᄂᆞᄅᆞᆯ 퉁길지라도 밥의 달지 못ᄒᆞᆯ 거시오 (綠牡 4:117) "一心只要來這裏, 頭兒沒動, ~討了這幾下在身上。" (金瓶 20)

385) 【비뎜】 명 {비점(點).} 빗발. ¶ 雨點 ‖ 즁인이 일시의 ᄂᆡ당으로 드러가 원달을 보고 일시의 짜히 것구러디거ᄂᆞᆯ 원달이 ᄃᆞ라드러

리 구든 놈이 이셔 어즈러이 웨여 골오딕,

"야ᄌᆞ는 명을 살오라. 우리 등이 앗가 야ᄌᆞ를 슈고로이 메여와시니 공으로 죄를 쇽ᄒᆞ야 티기를 그치다."

이 말을 ᄒᆞ디 아니면 도로혀 가커니와 이 두어 말의 원달의 열 길이나 ᄒᆞᆫ 셩을 도돈디라. 즐겨 노티 아니ᄒᆞ고 금강 ᄀᆞᆺ튼 주머【16】귀를 둘너 ᄆᆞ옴긋[386] ᄒᆞᆫ ᄎᆞ례를 티고 크게 거러 밧그로 향ᄒᆞ야 ᄃᆞᆺ거ᄂᆞᆯ 추가 부ᄌᆞ 삼인이 원달의 몸 두로혀믈 보고 그제야 계유 머리를 내미니 추간이 추강을 원망ᄒᆞ야 닐오딕,

"므숨 요긴ᄒᆞᆫ 일로 화를 니ᄅᆞ혀뇨? 내 말대로 일즉이 퇴친호미 됴커ᄂᆞᆯ 므ᄉᆞ 일노 아사온다?"

ᄒᆞ고,

"이러ᄐᆞᆺᄒᆞᆫ 됴흔 신인을 아사와 온 집 사ᄅᆞᆷ이 다 반ᄉᆡᆼ반ᄉᆞ(半生半死)ᄒᆞ게 마ᄌᆞ뇨? 뎌의 계귀 네 계규의셔 낫도다."

추강이 골오딕,

"내 소쇼져를 아사오고져 ᄒᆞ미라. 엇디 이런 고이ᄒᆞᆫ 거ᄉᆞᆯ 아사올 줄 알니오. 이 다 네 명즁(命中)의 흔난셩(紅鸞星)과 텬회셩(天喜星)이 비최디 아니미라. 놈을 원망ᄒᆞ야 므엇ᄒᆞ【17】리오."

이때 추태ᄉᆡ 반일을 소릭를 못ᄒᆞ고 눈이 뻣ᄌᆞᄒᆞ고 입이 어리며 손이 저리고 다리 부드러워 움즉이디 못ᄒᆞ거ᄂᆞᆯ 추강·추간이 서ᄅᆞ 의논ᄒᆞ되,

"야ᄌᆞ 나 만흔 사ᄅᆞᆷ이 이러ᄐᆞᆺ 놀나믈 바다시니 아직 평안이 자시게 ᄒᆞ고 ᄇᆞᆰ는 날 아직 평안이 자시게 ᄒᆞ고 ᄇᆞᆰ는 날 됴회예 드러가 됴뎡의 알윈 후의 이 흔을 플니라."

하고 둘히 태ᄉᆞ를 붓드러 가다.

남평왕 손빈이 이 날 밍샹군(孟嘗君) 부인과 뎐단(田單)의 부인과 복ᄌᆞ하(卜子夏)의 부인을 청ᄒᆞ야 삼위(三位) 부인이 향거보교(香車寶轎)로 소부의 가 영친홀ᄉᆡ 소노부인이 봉관화[하]피(鳳冠霞披)로 나와 모든 부인을 마자 서ᄅᆞ 보기를 ᄆᆞᄎᆞ매 노부인이 일변 분부ᄒᆞ야 잔치를 베퍼 디겹ᄒᆞ고【18】일변 차환을 블러 분부ᄒᆞ야 지친녀권(至親女眷)을 청ᄒᆞ야 쇼져를 위ᄒᆞ야 소장(梳粧)ᄒᆞ라 ᄒᆞ니 져근더ᄉᆡ ᄭᆞᆺ가지 ᄀᆞᆺ튼 쇼져를 가져 졍졔히 단장ᄒᆞ니 더옥 표티(標致)ᄒᆞᆫ디라. 다년 모녀의 졍이 일됴의 손을 ᄂᆞᆫ호기를 면티 못ᄒᆞ니 이때를 당ᄒᆞ야 부인과 쇼졔 슬프믈 이긔디 못ᄒᆞ더라.

시왈,

모ᄌᆞ냥졍농 (母子兩情濃)
샹니편ᄀᆡᆨ듕 (相離片刻中.)
블감회슈쳐 (不堪回首處)
분부여동풍 (吩咐與東風.)

모ᄌᆡ 두 졍이 깁흐니
서ᄅᆞ ᄯᅥ나기를 편ᄀᆡᆨ ᄉᆞ이예 ᄒᆞᄂᆞᆫ도다
이긔여 머리를 두로혀디 못ᄒᆞᆯ 고든
분부ᄒᆞ야 동풍을 여ᄒᆞᄂᆞᆫ도다

쇼졔 장ᄎᆞᆺ 교ᄌᆞ의 오ᄅᆞᆯᄉᆡ 모든 부인이 몬져 소노부인【19】긔 하딕ᄒᆞ고 니러나니 신인이 교ᄌᆞ의 올나 두 줄[兩行] 등쵹은 현황(熒煌)ᄒᆞ고 ᄒᆞᆫ ᄢᅦ 관현(管絃)이 뇨량(嘹喨)ᄒᆞ야 남평부의 니ᄅᆞ러 근시 다 드ᄅᆞ매 소쇼재 교ᄌᆞ의 ᄂᆞ리거ᄂᆞᆯ 모든 문무 관뇌 ᄇᆞ라보니 과연 일위 표티가인(標致佳人)이러라.

션빈(蟬鬢)은 구름이 싸혓고 ᄃᆡ미(黛眉)ᄂᆞᆫ 뫼흘 그렷도다. 염질(艶質)이 셰간의 드므니 셩(城)을 혹ᄒᆞ며 나라흘 기우리티고[387] 방지(芳姿) 텬하의 젹으니 ᄃᆞᆯ을 ᄂᆞ리오고 ᄭᅩᆺ출 븟그럽게 ᄒᆞᄂᆞᆫ도다. 옥운(玉暈)이 블근 빗치 나니 흡연히 부용(芙蓉)이 믈의 처엄으로 빗쳠 ᄀᆞᆺ고 신장(新粧)이 아릿다오믈 먹음으니

주머귀 비뎜ᄀᆞᆺ티 어즈러이 티거ᄂᆞᆯ (衆人赶進內堂, 看見袁達, 一齊跌翻地上, 袁達撳倒便打, 拳頭如雨點亂落.) <孫龐 4:15>

386)【ᄆᆞ옴긋】閅 마음껏. ¶ 索性 ‖ 즐겨 노티 아니ᄒᆞ고 금강 ᄀᆞᆺ튼 주머귀를 둘너 ᄆᆞ옴긋 ᄒᆞᆫ ᄎᆞ례를 티고 (袁達越發不肯放, 金剛樣的拳頭, 索性照顧幾下, 打過一通.) <孫龐 4:16> ⇒ ᄆᆞ옴것, ᄆᆞ옴긋, ᄆᆞ옴ᄀᆞ지, ᄆᆞ옴ᄭᆞᆺ

387)【기우리티다】動 기울이다. ¶ 傾 ‖ 염질이 셰간의 드므니 셩을 혹ᄒᆞ며 나라흘 기우리티고 방지 텬하의 젹으니 ᄃᆞᆯ을 ᄂᆞ리오고 ᄭᅩᆺ출 븟그럽게 ᄒᆞᄂᆞᆫ도다 (艶質世間稀, 惑城傾國, 芳姿天下少, 閉月羞花.) <孫龐 4:19>

완연히 한담(菡萏)이 잠간 믈결의 님홈 ᄀᆞᆺ도다. 아담ᄒᆞᆫ 빙긔(氷肌)ᄂᆞᆫ 졉분(蝶粉)을 베프디 【20】 아니ᄒᆞ고 경연(輕盈)ᄒᆞᆫ 혜질(蕙質)은 농향(龍香)을 적심 ᄀᆞᆺ도다. 표ᄒᆞ(飄飄)ᄒᆞ야 삼도(三島)로셔 ᄂᆞ림 ᄀᆞᆺ고 뇨ᄒᆞ(裊裊)히 오운(五雲)의셔 ᄲᅥ러뎌 ᄂᆞ린가 의심ᄒᆞ더라.

냥 신인이 경히 분향ᄒᆞ고 참비ᄒᆞ더니 밧그로셔 ᄒᆞᆫ 사ᄅᆞᆷ이 크게 브ᄅᆞ지ᄌᆞ며 부듕으로 드러와 ᄀᆞᆯ오ᄃᆡ,

"내 와 희쥬(喜酒)ᄅᆞᆯ 먹으려 ᄒᆞ노라."

모든 문뷔 보니 믄득 이 원달이라. 원달이 신인이 참비ᄒᆞᆷ을 보고 소ᄅᆡᄅᆞᆯ 그치고 ᄒᆞᆫ ᄀᆞ으로 츼여셔거ᄂᆞᆯ[388] 노왕이 겻ᄐᆞ로 블너와 무러 ᄀᆞᆯ오ᄃᆡ,

"네 추태ᄉᆞ 부듕의 가 엇디 탈신ᄒᆞ야 도라오뇨?"

원달이 ᄀᆞᄅᆞᄃᆡ,

"내 단졍히 교ᄌᆞ 속의 안잣더니 음양관이 닐오ᄃᆡ, '우양츌권ᄒᆞᆯ ᄣᅢ예 교ᄌᆞ의 ᄂᆞ리와 ᄒᆞ거ᄂᆞᆯ 내 【21】 ᄉᆡᆼ각ᄒᆞ니 듀야 열두 시예 ᄌᆞ튝인묘(子丑寅卯)시 진ᄉᆞ오미(辰巳午未)시 신유슐히(申酉戌亥)시ᄂᆞᆫ 잇거니와 엇디 우(牛)시와 양(羊)시 이시리오. 분명히 날노ᄡᅥ 즘ᄉᆡᆼ의 비ᄒᆞᄂᆞᆫ디라."

일시의 셩을 ᄎᆞᆷ디 못ᄒᆞ야 교ᄌᆞ 밧긔 ᄯᅱ여내ᄃᆞ라 바로 ᄌᆞᆺ텨 ᄂᆡ당으로 드러가니 추가 부지 그림재도 업시 숨거ᄂᆞᆯ 눈의 뵈ᄂᆞ니면 남녀ᄅᆞᆯ ᄀᆞᆯ희디 아니ᄒᆞ고 ᄡᅳ드러 업디ᄅᆞ고 ᄆᆞ옴ᄀᆞᆺ 텨 개ᄌᆞ히 ᄒᆞᆫ ᄎᆞ례식 이밧고[389] 파ᄒᆞ야 도라왓ᄂᆞ이다."

노왕이 ᄀᆞᆯ오ᄃᆡ,

"우양츌권은 졍히 튝미(丑味)시라. 추태ᄉᆞᄂᆞᆫ 왕친국쳑(王親國戚)이니 네 셩을 부려 ᄂᆡ당으로 텨드러가미 맛당티 아니ᄒᆞ고 ᄯᅩ 허다ᄒᆞᆫ 사ᄅᆞᆷ을 텨 샹히와시니 ᄇᆞᆰᄂᆞᆫ 날 됴뎡이 알 【22】 면 엇디ᄒᆞ리오?"

원달이 ᄀᆞᆯ오ᄃᆡ,

"이ᄂᆞᆫ 내게 간셥디 아닌디라. 뉘 저ᄃᆞ려 신인이 교ᄌᆞ의셔 ᄂᆞ리도 아녀셔 금긔도 업시 ᄆᆞᄉᆞᆷ 육포ᄌᆞ(肉包子) ᄒᆞᆫ 반을 주라 ᄒᆞ더뇨. 그 포ᄌᆞᄅᆞᆯ 먹으며 긔운이 발ᄒᆞ야 긔운 우히 ᄒᆞᆫ 층 긔운이 더ᄒᆞ니 희식(戲事) 실식(實事) 되과라.[390]"

ᄒᆞ더라.

냥인이 졍히 문답ᄒᆞᆯ ᄉᆞ이예 신낭 신뷔 비당(拜堂)ᄒᆞ기ᄅᆞᆯ ᄆᆞᄎᆞ매 동방심쳐로 드러가 합증[근]비(合巹杯)ᄅᆞᆯ 마시고 동심ᄃᆡ(同心帶)ᄅᆞᆯ 프니 냥졍이 샹득(相得)ᄒᆞ미 어슈(魚水) ᄀᆞᆺ더라.

모든 문뷔 서너 잔 희쥬ᄅᆞᆯ 마시매 동방이 졈ᄌᆞ 희거ᄂᆞᆯ 잔치ᄅᆞᆯ 파ᄒᆞ고 각ᄌᆞ 니러나 입됴ᄒᆞ다.

졔왕이 뎐의 올나 됴회ᄅᆞᆯ 베프더니 태ᄉᆞ 추긔 츌반 주왈,

"신이 【23】 디ᄂᆞᆫ 밤의 무망지원(無妄之寃)을 맛ᄂᆞᆫ디라 특별이 쥬샹긔 알외고져 ᄒᆞᄂᆞ이다."

왕이 무로ᄃᆡ,

"므ᄉᆞᆷ 원시 잇ᄂᆞ뇨?"

추태ᄉᆞ 알외ᄃᆡ,

"신의 ᄎᆞᄌᆞ 추간이 이셔 일족 혼취티 못ᄒᆞ얏ᄂᆞᆫ디라. 젼일의 태우 오영(吳英)으로 ᄒᆞ야곰 듕미ᄒᆞ야 금은 빙녜로ᄡᅥ 소ᄃᆡ의 누의로 더브러 친ᄉᆞᄅᆞᆯ 뎡ᄒᆞ얏더니 ᄉᆡᆼ각 밧 남평왕 손빈이 ᄀᆞ만이 음모ᄅᆞᆯ 베퍼 내 친ᄉᆞᄅᆞᆯ 믈리티고 스ᄉᆞ로 납빙ᄒᆞ야 어제 영친ᄒᆞᆷ을 듯고 신이 심듕의 격노ᄒᆞ야 군ᄉᆞᄅᆞᆯ 삼분노구의 믹복ᄒᆞ야 소쇼져ᄅᆞᆯ 아사오고져 ᄒᆞ더니 긔시 비밀티 못ᄒᆞ야 쇼식이 누셜ᄒᆞᆫ디라. 손빈이 구요산의 가 항복바든 야룡 【24】 원달로ᄡᅥ 거ᄌᆞᆺ 소ᄃᆡ 누읜 톄ᄒᆞ야 교ᄌᆞ 가온대 안쳐 삼분노구ᄅᆞᆯ 향ᄒᆞ니 모든 군인이 진가ᄅᆞᆯ ᄀᆞᆯ희디 아니ᄒᆞ고 아사 도라오니 원달이 교ᄌᆞ의셔

388) 【츼여셔다】 동 비켜서다. ¶ 원달이 신인이 참비ᄒᆞᆷ을 보고 소ᄅᆡᄅᆞᆯ 그치고 ᄒᆞᆫ ᄀᆞ으로 츼여셔거ᄂᆞᆯ 노왕이 겻ᄐᆞ로 블너와 무러 ᄀᆞᆯ오ᄃᆡ (袁達看見新人參拜, 就不作聲, 魯王喚他去問道.) <孫龐 4:20>

389) 【이밧―】 동 «이받다» 대접하다. 봉양하다. ¶ 奉承 ‖ 추가 부지 그림재도 업시 숨거ᄂᆞᆯ 눈의 뵈ᄂᆞ니면 남녀ᄅᆞᆯ ᄀᆞᆯ희디 아니ᄒᆞ고 ᄡᅳ드러 업디ᄅᆞ고 ᄆᆞ옴ᄀᆞᆺ 텨 개ᄌᆞ히 ᄒᆞᆫ ᄎᆞ례식 이밧고 파ᄒᆞ야 도라왓ᄂᆞ이다 (鄒家父子通躲過了, 是男是女, 揪翻就打, 個個奉承一頓, 散場回來.) <孫龐 4:21> ⇒ 이받다

390) 【―과라】 미 ((주로 동사, 형용사 어간 뒤에 붙어)) ((주로 일인칭 주어와 함께 쓰여)) -었다. ¶ 그 포ᄌᆞᄅᆞᆯ 먹으며 긔운이 발ᄒᆞ야 긔운 우히 ᄒᆞᆫ 층 긔운이 더ᄒᆞ니 희시 실시 되과라 (那包子發氣的, 氣上加氣, 不得不成眞了.) <孫龐 4:22>

내드라 흉팅을 브려 일문 대쇼노유롤 골히디 아니ᄒᆞ고 다텨 샹히오고 탈신ᄒᆞ야 ᄃᆞ라난디라. ᄇᆞ라건대 쥬샹은 사힉(査核)ᄒᆞ야 쳐티ᄒᆞ야 신의 목숨이 지젼(再全)킈 ᄒᆞ쇼셔. 졔왕이 어뎨 노왕을 블러 무러 ᄀᆞᆯ오ᄃᆡ,

"이 일이 엇디ᄒᆞ야 니러낫ᄂᆞ뇨?"

노왕이 ᄀᆞᆯ오ᄃᆡ,

"추태ᄉᆡ 친ᄉᆞ롤 뎡ᄒᆞ며 아니 뎡ᄒᆞ믄 신이 아디 못ᄒᆞᄃᆡ 남평왕 손빈이 소쇼졔 일즉 친ᄉᆞ롤 뎡티 아녀시믈 듯고 감히 납빙ᄒᆞ야 어제 【25】 영친ᄒᆞ더니 손션싱이 음양이 졍통ᄒᆞ야 졈복디 아녀셔 몬져 아ᄂᆞᆫ디라. 추태ᄉᆡ 군인을 미복ᄒᆞ야 신인을 아ᄉᆞ랴 ᄒᆞ믈 보고 뎔로 ᄒᆞ야곰 아사가게 ᄒᆞ니 만일 손션싱의 신통을 미리 아라 밧고디 아냐시면 소쇼졔 반ᄃᆞ시 태ᄉᆞ의 아사가미 되리니 손션싱의 친ᄉᆡ 엇디 일니오."

졔왕이 ᄀᆞᆯ오ᄃᆡ

"냥가 납빙 션휘 잇ᄂᆞ냐?"

노왕이 ᄀᆞᆯ오ᄃᆡ,

"납빙 션후롤 의논ᄒᆞ면 손션싱이 몬져 ᄒᆞ니이다."

졔왕이 ᄀᆞᆯ오ᄃᆡ,

"추태ᄉᆡ 임의 뎡친코져 ᄒᆞ면 맛당이 과인의게 알외여 쳐분을 기ᄃᆞ릴 거시어ᄂᆞᆯ 군인을 미복ᄒᆞ야 길흘 즐너[391] 아ᄉᆞ려 ᄒᆞ니 ᄉᆞ리의 뎜즉ᄒᆞᆫ디라. 【26】 손빈의 친ᄉᆞᄂᆞᆫ 과인의 쳑니(戚里)로 말미암아시니 죄괘 업고 원달은 추누ᄒᆞᆫ[392] 셩을 브려 추부 사ᄅᆞᆷ을 티미 맛당티 아니ᄒᆞ니 벌노 석 ᄃᆞᆯ 녹봉을 거두라."

이 날 됴회롤 파ᄒᆞ니 추태ᄉᆡ 부듕의 도라와 대로ᄒᆞ야 다만 손빈을 ᄒᆞᆫᄒᆞ되 계귀 업서 대국구 추강을 블너 분부ᄒᆞ되,

"네 윗 나라히 가 부마 방연ᄃᆞ려 닐오ᄃᆡ, '당초의 우리나라 태우 복ᄌᆞ해롤 드리믈 인ᄒᆞ야 차 수뤼예 손빈을 도적ᄒᆞ야 시러 도라와 인ᄒᆞ야 구요산 벽녁동 야룡 원달을 거두어 공이 이시니 됴뎡이 깃거 봉ᄒᆞ야 ᄉᆞ마됴병군ᄉᆞ총병대원슈남【27】 평군왕(司馬調兵軍師銃兵大元帥南平郡王)을 삼아 보검 일구(一口)롤 주고 편의힝ᄉᆞ(便宜行事)ᄒᆞ게 ᄒᆞ니 손빈이 공이 놉흐며 벼술이 듕ᄒᆞ믈 의시(倚恃)ᄒᆞ야 듕신(衆臣)의 권을 칭탈ᄒᆞ고 됴강(朝綱)을 발란(撥亂)ᄒᆞ야 졔왕의 가젼의 이셔 십주구쥰(十奏九准)ᄒᆞ니 만고됴 신지(臣宰)롤 이러ᄐᆞ시 경시ᄒᆞ니 부친이 ᄆᆞᄋᆞᆷ의 심히 블평ᄒᆞ야 특별이 날노 ᄒᆞ야곰 부마로 서ᄅᆞ 의논ᄒᆞ야 일즉이 군ᄉᆞ롤 거ᄂᆞ려 졔의 니ᄅᆞ러 너응외합(內應外合)ᄒᆞ야 손빈을 사ᄅᆞ잡아 디젼의 봉헌ᄒᆞ야 제국 군신을 위ᄒᆞ야 해롤 덜게 ᄒᆞ라'."

추강이 ᄀᆞ로ᄃᆡ,

"가믄 가려니와 모로미 뵈ᄂᆞᆫ 폐빅을 어더야 보야흐로 뎔로 뵈미 묘토다."

추태ᄉᆡ ᄀᆞᆯ오ᄃᆡ,

"이 말이 【28】 유리타. 그러티 아니면 뎌롤 보기 됴티 아니리라."

ᄒᆞ고 즉시 황금 오빅냥과 금폐(錦幣) 일빅 단(端)과 칠보관 일뎡(一頂)과 빅옥디 일됴(一條)롤 타뎜(打點)ᄒᆞ야 준대 추강이 즉일의 부롤 떠나 슌[ᄉᆞ]일(旬日) ᄉᆞ이예 임의 의량셩의 나아가 방연의 문 압히 니ᄅᆞ러 명텹(名帖)과 녜믈을 몬져 드려보낸대 방연이 명텹의 추강(鄒綱)의 일홈이 ᄡᅳ엿고 ᄯᅩ 외방ᄉᆞ신인 줄 보고 ᄯᅩ 허다 녜믈을 보고 므ᄉᆞ 일인 줄 아디 못ᄒᆞ야 드ᄃᆡ여 청ᄒᆞ야 서ᄅᆞ 보고 녜롤 ᄆᆞᄎᆞ매 방연이 무러 ᄀᆞᆯ오ᄃᆡ,

"장군이 귀방이 어ᄃᆡ며 므슴 ᄀᆞᄅᆞ치미 잇ᄂᆞ뇨?"

추강이 ᄀᆞᆯ오ᄃᆡ,

"나 추강은 졔국 태ᄉᆞ 추긔의 아들이【29】 로소이다."

방연이 ᄀᆞᆯ오ᄃᆡ,

"국[구]대인(國舅大人)이 폐방(蔽邦)의 빗내 님ᄒᆞ시니 반ᄃᆞ시 기유홀 배 잇도소이다."

추강이 닐오ᄃᆡ,

---

391) 【즐ㄴ-】 동 «즈ᄅᆞ다» 질러 막다. ¶ 攔 ‖ 추태ᄉᆡ 임의 뎡친코져 ᄒᆞ면 맛당이 과인의게 알외여 쳐분을 기ᄃᆞ릴 거시어ᄂᆞᆯ 군인을 미복ᄒᆞ야 길흘 즐너 아ᄉᆞ려 ᄒᆞ니 ᄉᆞ리의 뎜즉ᄒᆞᆫ디라 (鄒太師旣要定婚, 合來奏寡人得知, 自有處分, 不該埋伏多人, 攔路搶奪了, 于理有虧.) <孫龐 4:25> ⇒ 즈르다, 즈ᄅᆞ다

392) 【추누ᄒᆞ다】 형 {조로(粗鹵 cūlǔ)하다.} 거칠다. 중국어 차용어. ¶ 鹵莽 ‖ 손빈의 친ᄉᆞᄂᆞᆫ 과인의 쳑니로 말미암아시니 죄괘 업고 원달은 추누ᄒᆞᆫ 셩을 브려 추부 사ᄅᆞᆷ을 티미 맛당티 아니ᄒᆞ니 벌노 석 ᄃᆞᆯ 녹봉을 거두라 (孫臏親事, 係寡人戚里, 無甚罪過, 袁達不合鹵莽, 打傷鄒府多人, 罰俸三月.) <孫龐 4:26> ⇒ 추로ᄒᆞ다, 추루ᄒᆞ다

"나의 이 번 오미 ᄒᆞ나흔 부마의 위명을 흠모ᄒᆞ야 특별이 비알(拜謁)ᄒᆞ미오. 둘흔 신뵈(信報) 이셔 부마ᄭᅴ 알외려 ᄒᆞᄂᆞ이다."

방연이 ᄀᆞᆯ오ᄃᆡ,

"국구대인의 보ᄒᆞᄂᆞᆫ 배 므ᄉᆞᆷ 쇼식이뇨?"

추강이 ᄀᆞᆯ오ᄃᆡ,

"당초의 우리 졔국 태우 복ᄌᆞ해 다롤 드릴 ᄉᆡ 다거 우히 ᄀᆞ만이 손빈을 도적ᄒᆞ야 도라오니 우리 쥬샹이 뎌롤 가젼의 두어 드ᄃᆡ여 구요산 야룡 원달을 잡아 공이 잇ᄂᆞᆫ디라 뎌롤 봉ᄒᆞ야 졔국ᄉᆞ마됴병군ᄉᆞ통병대원슈롤 삼아 보검 일구 【30】 롤 주어 편의힝ᄉᆞᄒᆞ게 ᄒᆞ니 손빈이 벼ᄉᆞᆯ이 놉흐며 위(位) 듕(重)ᄒᆞ믈 미더 ᄉᆞᄉᆞ로 존대ᄒᆞᆫ 톄ᄒᆞ야 됴강(朝綱)을 발란(撥亂)ᄒᆞᄂᆞᆫ디라. 노부(老父) 졔 대신 업슈히 너기믈 통분ᄒᆞ야 특별이 날노 ᄒᆞ야곰 부마ᄭᅴ 알외ᄂᆞ니 ᄇᆞ라건대 부마ᄂᆞᆫ 샐니 일지 병마롤 거ᄂᆞ려 졔예 니ᄅᆞ시면 노뷔 ᄂᆡ응외합(內應外合)ᄒᆞ야 손빈을 잡아 ᄃᆡ젼의 니ᄅᆞ러 이 ᄒᆞᆫ을 싯게 ᄒᆞ라."

방연이 ᄎᆞ언을 듯고 ᄒᆞᆫ ᄎᆞ례롤 어린 ᄃᆞᆺ ᄒᆞ야 ᄀᆞᆯ오ᄃᆡ,

"국가대인(國舅大人)아, 당일의 복ᄌᆞ해 손빈을 도적ᄒᆞ야 동문을 나가거ᄂᆞᆯ 내 군ᄉᆞ롤 거ᄂᆞ려 ᄯᆞᆯ오니 뎨 두 다리롤 움즉이디 못ᄒᆞᄂᆞᆫ디라. 임의 죽어 못 속의 잇 【31】 거ᄂᆞᆯ 내 친히 보아시니 엇디 이제 졔나라히 ᄯᅩ 손빈이 잇다 ᄒᆞᄂᆞ뇨?"

추강이 ᄀᆞᆯ오ᄃᆡ,

"이 사ᄅᆞᆷ이 일죽 귀곡션ᄉᆞ의게 업을 바다 변환ᄒᆞ미 비샹ᄒᆞ니 죽어 못듕의 잇ᄂᆞᆫ 거ᄉᆞᆫ 거즛 거신가 ᄒᆞ노라."

방연 왈,

"이런 일이 이시면 내 ᄯᅩ 뎌의 긔곡(機轂)의 ᄲᅡ뎟도다."

방연이 일변 ᄉᆞ샤[샹](思想)ᄒᆞ며 일변 분부ᄒᆞ야 쥬셕을 쟝만ᄒᆞ야 추강을 관ᄃᆡᄒᆞᆫ대 추강이 술이 두어 슌비 디매 방연으로 더브러 두어 귀 발을 ᄒᆞ니 무비(無非) 뎔노 ᄒᆞ야곰 군ᄉᆞ롤 니ᄅᆞ혀 졔의 니ᄅᆞ러 ᄂᆡ응외합ᄒᆞᆯ 말이러라. 슈유(須臾)의 연셕을 파ᄒᆞ고 추강이 니별ᄒᆞ고 긔신ᄒᆞᆫ대 방연이 읍ᄒᆞ고 【32】 ᄯᅩ 읍ᄒᆞ고 샤례ᄒᆞ야 ᄀᆞᆯ오ᄃᆡ,

"ᄉᆞᄉᆡᆨ(四色) 녜믈을 바드미 맛당티 아니ᄒᆞ도다."

ᄒᆞ나 ᄒᆞᆫ가지도 도라보내미 업ᄉᆞᆫ디라.

시 이셔 ᄀᆞᆯ오ᄃᆡ,

후뢰결탐심 (厚賂結貪心)
긔관조득심 (機關造得深.)
기님무답증 (臨岐無答贈)
일쇼표은근 (一笑表慇懃.)

두터온 회뢰 탐심을 ᄆᆡ자시니
긔관을 ᄆᆡᆫ돌기롤 시러곰 깁히 ᄒᆞ얏도다
길흘 님ᄒᆞ야 ᄃᆡ답ᄒᆞ야 줄 거시 업ᄉᆞ니
ᄒᆞᆫ 우숨으로 은근ᄒᆞᆷ을 표ᄒᆞᄂᆞᆫ도다

방연이 ᄎᆞ됴(次朝)의 드러가 왕ᄭᅴ 알외여 ᄀᆞᆯ오ᄃᆡ,

"당초 졔국 복ᄌᆞ해 다롤 드릴 제 원ᄂᆡ 다거 우히 손빈을 ᄀᆞ만이 도적ᄒᆞ야 가니 졔왕이 가젼의 두어 인ᄒᆞ야 구요산 야룡 원달을 사ᄅᆞ잡은 대 뎌롤 봉ᄒᆞ야 【33】 졔국ᄉᆞ마됴병군ᄉᆞ통군대원슈남형군왕을 삼고 보검 일구롤 주어 편의로 일을 힝ᄒᆞ라 ᄒᆞ니 손빈이 됴뎡의 이셔 관고작현(官高爵顯)ᄒᆞᆷ을 미더 즁장의 권을 아사 됴뎡을 발란(撥亂)ᄒᆞ며 대신을 금열ᄒᆞ니 심히 모든 문무로 더브러 블화ᄒᆞᆫ디라. 녯말의 닐오ᄃᆡ, '몬져 하슈(下手)ᄒᆞᆫ 재 강ᄒᆞ다' ᄒᆞ니 이제로 위ᄒᆞ야 계규컨대 문뮈 블화ᄒᆞᆫ ᄯᅢ롤 타 신이 일지 군을 거ᄂᆞ려 몬져 가 졔롤 티리니 만일 졔롤 티디 아니면 혜아리건대 졔 몬져 군ᄉᆞ롤 거ᄂᆞ려 우리 위롤 티리니 가히 더ᄃᆡ디 못ᄒᆞ리이다."

위왕이 ᄀᆞᆯ오ᄃᆡ,

"경히 올토다. 향일의 부매 일죽 과인의게 알외되, '손빈이 너의 ᄯᆞᆯ오이믈 닙어 못 속의 죽엇다' ᄒᆞ더니 오ᄂᆞᆯ 【34】 엇디 ᄯᅩ 사랏다 ᄒᆞᄂᆞ뇨?"

방연이 ᄀᆞᆯ오ᄃᆡ,

"원ᄂᆡ 죽은 거ᄉᆞᆫ 진짓 손빈이 아니라 이ᄂᆞᆫ 뎨 법ᄉᆞᆯ을 ᄡᅥ 거즛 거ᄉᆞᆯ ᄆᆡᆼ글미니이다."

위왕이 ᄀᆞᆯ오ᄃᆡ,

"임의 이러ᄐᆞᆺᄒᆞ면 이 사ᄅᆞᆷ의 변환ᄒᆞ기 측냥키 어려오니 경이 맛당이 오만 정장ᄒᆞᆫ 군ᄉᆞ롤 거ᄂᆞ려 용심ᄒᆞ야 이긔고 도라오면 과인의 힝일가 ᄒᆞ노라."

방연이 위왕을 하딕고 됴의 나와 교댱의 가 오만 인마롤 타뎜ᄒᆞ야 딘위무음군(鎭魏武音君) 긔호롤 세우고 즉일 등텽ᄒᆞ야 경히 힝홀 ᄉᆞ이예 쵸매 와 보ᄒᆞ딕,

"능히 나아가디 못홀소이다. 젼면은 됴국 디방 빅녕관(百翎關)이라."

ᄒᆞᆫ대 방연이 군ᄉᆞ롤 분부ᄒᆞ야 블러【35】관을 여러 길흘 빌려 힝군ᄒᆞ야 디나가게 ᄒᆞ라 ᄒᆞ니 ᄒᆞ나흔 졔롤 티려 ᄒᆞ미오. 둘흔 됴방(趙邦)을 협졔(挾制)ᄒᆞ려 ᄒᆞ미러라. 모든 군ᄉᆡ 쎠 관 알ᄑᆡ 니ᄅᆞ러 소ᄅᆡ롤 ᄀᆞ다ᄃᆞ마 크게 블러,

"우리 위국 무음군이 군ᄉᆞ롤 거ᄂᆞ려 졔롤 티려 ᄒᆞ더니 힝군홀 길흘 빌리라."

ᄒᆞᆫ대 관 딕흰 쇼괴(小校) 놀나 머리 목의 븟디 아냐 태수 닌샹여(藺相如)의게 알왼대 닌샹예 크게 노ᄒᆞ야 ᄀᆞᆯ오ᄃᆡ,

"이 놈이 심히 뷔뢰(憊癩)ᄒᆞ도다. 임의 군ᄉᆞ롤 거ᄂᆞ려 졔롤 티려 ᄒᆞ면 졔로 가는 길히 잇거놀 엇디 이 우리 빅녕관을 디나리오. 분명이 졔롤 티랴 일홈ᄒᆞ고 됴나라흘 협졔(挾制)ᄒᆞ려 ᄒᆞ미로다."

부쟝(副將) 념강(廉剛)은【36】념파(廉頗)의 아ᄃᆞᆯ이라. 나아와 알외ᄃᆡ,

"이제 방연이 군ᄉᆞ롤 거ᄂᆞ려 졔롤 티랴 ᄒᆞ니 졔국이 손빈이 이셔 신통이 긔묘ᄒᆞ니 반ᄃᆞ시 뎌 대패ᄒᆞ야 가리니 대패ᄒᆞ야 도라 갈 제 다ᄅᆞᆫ 길노 도라가면 관겨티 아니커니와 만일 젼대로 우리 빅녕관을 디나려 ᄒᆞ거든 이ᄣᆡ 관문을 다ᄃᆞ뎌롤 도라가디 못ᄒᆞ게 ᄒᆞ미 편ᄒᆞ니이다."

닌샹예 ᄀᆞᆯ오ᄃᆡ,

"말이 유리ᄒᆞ도다."

파관두목(把關頭目)을 분부ᄒᆞ야 '관문을 여러 위군을 디나가게 ᄒᆞ라.' ᄒᆞᆫ대 슈유(須臾)의 관을 연대 방연이 인마롤 거ᄂᆞ려 도ᄃᆞᄒᆞ야 디나가더니 젼군이 경히 힝ᄒᆞ야 삼분노고(三岔路口)의 니ᄅᆞ러 냥됴(兩條) 대뢰 이시되 일로는 졔방을 통【37】ᄒᆞ얏ᄂᆞᆫ디라. 방연이 쵸마(哨馬)ᄃᆞ려 무러 ᄀᆞᆯ오ᄃᆡ,

"이리 가미 졔국이 갓가오냐."

초매 회답ᄒᆞ되,

"연국으로 가미 갓가오니이다."

방연이 ᄀᆞᆯ오ᄃᆡ,

"임의 이러ᄒᆞ면 연나라흘 티고 후의 졔나라흘 티리라."

군ᄉᆡ 이 녕(令)을 엇고 연국 길로 오니 원ᄂᆡ 이는 방연이 졔롤 ᄀᆞᄅᆞ치며 됴롤 ᄭᅵ며[393] 연을 티랴 ᄒᆞᆫ 큰 쥬의러라. 군이 힝ᄒᆞ야 함님(咸林) 디방의 니ᄅᆞ니 젼면의 ᄒᆞᆫ 장원(庄院)이 뵈거놀 방연이 즉시 뎐녕ᄒᆞ야 ᄀᆞᆯ오ᄃᆡ,

"나의 원개(冤家) 이시니 이 다 죽이고 갈디라. 이에 잠간 둔찰(屯扎)ᄒᆞ라."

즁군(衆軍)이 일시예 둔찰ᄒᆞ니라.

---

393)【ᄭᅵ다】 동 에워싸다. 옹위(擁衛)하다. ¶挾 ‖ 원ᄂᆡ 이는 방연이 졔롤 ᄀᆞᄅᆞ치며 됴롤 ᄭᅵ며 연을 티랴 ᄒᆞᆫ 큰 쥬의러라 (元來這是龐涓指齊挾趙伐燕, 一大主意.) <孫龐 4:37>

第14回
념강명상ᄇᆡᆨ녕관 방연신ᄐᆡᆷ신하슈
廉剛命喪百翎關 龐涓身浸新河水

【38】 원ᄂᆡ 함님(咸林) 디방이 믄득 손조의 디방이라. 방연이 모든 군ᄉᆞᄅᆞᆯ 거ᄂᆞ려 장(庄)을 에우고 장샹(庄上)의 인역(人役)을 남녀노쇼ᄅᆞᆯ 헤아리디 아냐 다 죽이고 장원을 블디ᄅᆞ고 군마ᄅᆞᆯ 최잔(催儹)ᄒᆞ야[394] 나아갈ᄉᆡ 쵸매(哨馬) 보ᄒᆞᄃᆡ,

"젼면이 유쥬셩(幽州城)이로소이다."

방연이 뎐녕ᄒᆞ야 영채ᄅᆞᆯ 찰하(扎下)ᄒᆞ다.

연괵왕(燕蒯王)이 그 날 경히 금난뎐(金鑾殿)의 안잣더니 각문 ᄃᆡᆨ흰 두목이 와 보ᄒᆞᄃᆡ,

"위국 부마 방연이 군ᄉᆞ 오만을 거ᄂᆞ리고 졔ᄅᆞᆯ ᄀᆞᄅᆞ치고 됴ᄅᆞᆯ 씨며 연을 텨 군ᄉᆞᄅᆞᆯ 유쥬셩하의 둔ᄒᆞ얏ᄂᆞ이다."

왕이 이 말을 듯고 대경ᄒᆞ야 ᄀᆞᆯ오ᄃᆡ,

"군ᄉᆡ 임의 니ᄅᆞ러 그 셰 심히 위틱ᄒᆞ니 엇디ᄒᆞ야 도적을 믈리리오."

【39】 부마 손죄 손농 손호ᄅᆞᆯ ᄃᆞ리고 나아와 알외ᄃᆡ,

"신의 부ᄌᆞ 삼인이 감히 군ᄉᆞᄅᆞᆯ 거ᄂᆞ려 가리니 빌건대 우리 왕은 일도 표장을 닷가 신의 대ᄒᆡᄋᆞ(大孩兒) 손농을 주엇다가 이 번 가매 이긔여 도라오면 ᄌᆞ블필셜(自不必說)이오 만일 이긔디 못ᄒᆞ거든 손농으로 ᄒᆞ야곰 슌노(順路)로 졔방의 드러가 군ᄉᆞᄅᆞᆯ 비러 구응(救應)ᄒᆞ라 ᄒᆞ쇼셔."

위왕이 윤주ᄒᆞ야 표장을 닷가 손농을 주어ᄂᆞᆯ,

"손조 부ᄌᆞ 삼인이 투고 ᄡᅳ고 갑옷 닙고 연왕을 하ᄃᆡᆨᄒᆞ고 유쥬셩을 나딘 압ᄑᆡ 와 빠호믈 도ː니 방연이 영듕의셔 듯고 피괘샹마(披掛上馬)ᄒᆞ야 손의 대쟉도(大斫刀)ᄅᆞᆯ 들고 튱봉(衝鋒)ᄒᆞ야 딘으로셔 내ᄃᆞᆺ거ᄂᆞᆯ 손죄 크게 블러 닐오ᄃᆡ,

【40】 "방연아, 네 연고업시 군ᄉᆞᄅᆞᆯ 거ᄂᆞ려 우리 디경을 범ᄒᆞ니 이 엇던 도리고?"

방연이 ᄀᆞᆯ오ᄃᆡ,

"일즉이 항표ᄅᆞᆯ 드리면 군ᄉᆞᄅᆞᆯ 믈려 도라가려니와 블ᄌᆞ(不字)ᄅᆞᆯ 니ᄅᆞ면 너의 연국 인민을 다 토멸ᄒᆞ리라."

손죄 ᄭᅮ지저 닐오ᄃᆡ,

"죽기 두려 아닛ᄂᆞᆫ 도적놈아. 이런 망녕된 말을 ᄒᆞᄂᆞᆫ다! 텬시와 인ᄉᆡ 다 뎡쉬 이시니 일즉이 ᄆᆞᆯ긔 ᄂᆞ려 항복ᄒᆞ야 너의 ᄒᆞᆫ 번 죽기ᄅᆞᆯ 면ᄒᆞ라."

방연이 노ᄒᆞ야 ᄆᆞᆯ을 돌려 나아와 벽면(劈面)ᄒᆞ야 ᄃᆡᆨ거ᄂᆞᆯ 손조 부ᄌᆞ 세 사ᄅᆞᆷ이 일시예 나아와 크게 ᄉᆞ십여 합을 빠호ᄃᆡ 승부ᄅᆞᆯ 블분이라. 손조 손호ᄂᆞᆫ ᄆᆞᆯ머리ᄅᆞᆯ 두로혀[395] 셩으로 도라오고 손농은 단긔로 바로 졔 【41】 나라ᄒᆡ 가 구완을 어드라가다. 방연이 크게 이긔믈 어더 영으로 도라가고 손조의 부ᄅᆞᄂᆞᆫ 셩의 드러가 왕

394) 【최잔ᄒᆞ다】 ㊐ {최찬(催儹cuīzǎn)하다.} 독촉하다. 중국어 차용어. ¶ 儹 ‖ 방연이 모든 군ᄉᆞᄅᆞᆯ 거ᄂᆞ려 장을 에우고 장샹의 인역을 남녀노쇼ᄅᆞᆯ 헤아리디 아냐 다 죽이고 장원을 블디ᄅᆞ고 군마ᄅᆞᆯ 최잔ᄒᆞ야 나아갈ᄉᆡ (龐涓分付衆軍, 把庄所圍了, 庄上人役, 不論男女老幼, 盡皆殺死, 不留一個, 米麥粮食, 給散衆軍, 放火燒燬庄院, 儹軍又進.) <孫龐 4:38>

395) 【두로혀다】 ㊐ 돌이키다. 돌리다. ¶ 兜轉 ‖ 손조 손호ᄂᆞᆫ ᄆᆞᆯ머리ᄅᆞᆯ 두로혀 셩으로 도라오고 손농은 단긔로 바로 졔나라ᄒᆡ 가 구완을 어드라가다 (孫操、孫虎兜轉馬飛奔入城, 孫龍一騎馬徑往齊國取救.) <孫龐 4:40>

을 뵌대 왕이 믈오디.

"승패 엇더ᄒᆞ뇨?"

손죄 ᄀᆞᆯ오디,

"신의 부ᄌᆞ 삼인이 군ᄉᆞ롤 거ᄂᆞ려 셩의 나가 방연으로 더브러 ᄉᆞ십여 합을 싸호디 능히 이긔디 못ᄒᆞ고 군ᄉᆞ롤 휴졀(虧折)ᄒᆞ야 셩의 도라오고 내 ᄒᆡᄋᆞ 손농은 구완을 구ᄒᆞ라."

바로 졔국의 가시니 이제 셩문을 긴히 닷고 됴교(弔橋)롤 놉히 들고 셩디(城池)롤 방슈ᄒᆞ야 써 졔국의 구병을 기ᄃᆞ릴 거시니이다.

연왕이 쥰주(准奏)ᄒᆞ야 손조로 ᄒᆞ야곰 됴병(調兵)ᄒᆞ야 방슈ᄒᆞ라 ᄒᆞ다.

손농이 ᄆᆞᆯ을 둘려 신혼(晨昏)을 블분(不分)ᄒᆞ야 님치셩(臨淄城)의 【42】 드러가 바로 됴문압픠 니ᄅᆞ러 ᄆᆞᆯ을 ᄂᆞ리니 황문감(黃門監)이 계주ᄒᆞ디,

"연방이 ᄉᆞ롤 보내여 후지(候旨)ᄒᆞ야 됴현ᄒᆞ랴 ᄒᆞᄂᆞ이다."

졔왕이 뎐지ᄒᆞ야 손농을 블러 가젼의 니ᄅᆞ러 무러 ᄀᆞᆯ오디,

"연국 ᄉᆞ신이 므ᄉᆞ 일노 왓ᄂᆞ뇨?"

손농이 ᄀᆞᆯ오디,

"나ᄂᆞᆫ 연국 부마 손조의 아ᄃᆞᆯ 손농이러니 연왕의 표쟝을 가져 특별이 와 뵈ᄋᆞᆸᄂᆞ니, 위국 방연이 이제 연고 업시 졔롤 ᄀᆞᄅᆞ치고 됴롤 씨고 연을 티랴 ᄒᆞ야 군ᄉᆞ롤 거ᄂᆞ려 유쥐셩하의 둔ᄒᆞ얏ᄂᆞ니 병이 미ᄒᆞ야 써 디뎍기 어려온디라. 특별이 신을 보내여시니 ᄇᆞ라건대 우리 왕은 일지 병마롤 거ᄂᆞ려 나아가 구ᄒᆞ쇼셔."

왕이 표롤 보고 심하의 ᄉᆡᆼ 【43】 각ᄒᆞ되, '연방 손빈이 이제 우리나라히 이시니 슌치(脣齒)의 나라히라. 맛당이 구응(救應)ᄒᆞᆯ 거시라.' ᄒᆞ고 손농을 타발ᄒᆞ야 광녹ᄉᆞ(光祿司)롤 명ᄒᆞ야 다반(茶飯)을 먹이라 ᄒᆞ고 드ᄃᆡ여 사ᄅᆞᆷ을 남평부의 보내여 군왕 손빈을 블러 됴회ᄒᆞ라 ᄒᆞᆫ대 손빈이 임의 도병(刀兵)이 동ᄒᆞ얏ᄂᆞᆫ 줄 알고 급히 가젼의 니ᄅᆞ거ᄂᆞᆯ 왕이 ᄀᆞᆯ오디,

"손션ᄉᆡᆼ아, 위국 방연이 연고 업시 군ᄉᆞ롤 거ᄂᆞ려 졔롤 ᄀᆞᄅᆞ치고 됴롤 세고 연을 티랴 ᄒᆞ랴 군ᄉᆞ롤 유쥐셩하의 둔ᄒᆞ야 군졍이 긴급ᄒᆞᆫ디라. 너희 대형 손농이 특별이 와 일지 병마롤 비러 구응ᄒᆞ라 ᄒᆞᆫ다."

ᄒᆞᆫ대 손빈이 ᄀᆞᆯ오디,

"신의 형 손농이 어ᄃᆡ 잇ᄂᆞ니 잇고?"

【44】 졔왕이 즉시 손농을 블러 손빈으로 서ᄅᆞ 보게 ᄒᆞ니 형뎨 두 사ᄅᆞᆷ이 여러 ᄒᆡ롤 보디 못ᄒᆞ얏ᄂᆞᆫ디라. 잠간 서ᄅᆞ 만나매 졍이 지친의 낫ᄂᆞᆫ디라. 진실노 일댱 대희ᄒᆞ야 창졸간의 서ᄅᆞ ᄌᆞ셔ᄒᆞᆫ 문안도 통티 못ᄒᆞ야셔 졔왕이 믈오디,

"손션ᄉᆡᆼ아, 이제 위병이 네 연나라ᄒᆞᆯ 침노ᄒᆞ니 엇디 쳐티ᄒᆞ리오."

손빈이 ᄀᆞᆯ오디,

"신이 일지 인마롤 거ᄂᆞ려 연나라ᄒᆞᆯ 구코져 ᄒᆞ되 방연이 군ᄉᆞ롤 둔ᄒᆞ야 뎨 이시니 냥가 인매 연방을 브ᄅᆞ면 븍방 ᄉᆡᆼ녕(生靈)을 샹해ᄒᆞᆯ디니 실노 편티 아니ᄒᆞᆫ디라. 신이 이제 군ᄉᆞ롤 거ᄂᆞ려 의량의 가 위롤 티면 위예 사ᄅᆞᆷ이 업서 반ᄃᆞ시 방연의 군ᄉᆞ롤 가져 도라오리니 【45】 이때 위국 디방을 즛ᄇᆞᆯ고396) 연방 빅셩을 샹잔을 닐위디 아니ᄒᆞ리이다."

졔왕이 닐오디,

"션ᄉᆡᆼ의 묘산이 극히 맛당ᄒᆞ니 ᄲᆞᆯ리 군ᄉᆞ롤 내라."

손빈이 노왕 뎐긔(田忌)로 더브러 원달(袁達)과 니목(李牧) 독고딘(獨孤陳) 오희(吳豨) 마승(馬昇)과 슈문뇽(須文龍) 슈문호(須文虎) 칠원대쟝을 거ᄂᆞ리고 ᄉᆞ됴ᄒᆞ니 손농이 졔왕과 손빈을 하딕ᄒᆞ고 도로 연국으로 도라오다.

손빈이 노왕과 졔왕과 졔쟝을 거ᄂᆞ려 교댱의 가 삼만 인마롤 뎜고ᄒᆞ야 즉시 위롤 ᄇᆞ라며 진발ᄒᆞ다. ᄒᆡᆼᄒᆞᆫ 디 여러 날의 블셔 의량의 니ᄅᆞ럿ᄂᆞᆫ디라. 손빈이 군ᄉᆞ롤 뎐녕ᄒᆞ야 영안오좌(營安五座)ᄒᆞ며 쟝녈오화(帳列五花)ᄒᆞ고 【46】 듕군의 칠층위ᄌᆞ슈(七層圍子手)롤 버리니,

뎨일층은 묘ᄉᆞ화슈피병패(描獅畵獸避兵牌)오

뎨이층은 됴궁긴고낭아젼(雕弓緊扣狼牙箭)이오

---

396) 【즛ᄇᆞᆯ다】 동 짓밟다. ¶ 蹂躪 ‖ 신이 이제 군ᄉᆞ롤 거ᄂᆞ려 의량의 가 위롤 티면 위예 사ᄅᆞᆷ이 업서 반ᄃᆞ시 방연의 군ᄉᆞ롤 가져 도라오리니 이때 위국 디방을 즛ᄇᆞᆯ고 연방 빅셩을 샹잔을 닐위디 아니ᄒᆞ리이다 (臣今統兵, 竟到宜梁伐魏, 料來魏國無人, 必取龐涓兵回, 那時蹂躪魏國地方, 不致傷殘燕邦百姓.) <孫龐 4:45> ⇒ 즛발-, 즛밟다, 즛ᄇᆞᄅᆞ다, 즛ᄇᆞᆯ오-

뎨삼층은 쥬병참쟝대쟉도(誅兵斬將大斫刀)오
뎨ᄉᆞ층은 벽녕ᄀᆡ산션화부(劈嶺開山宣花斧)오
뎨오층은 취모단텰쌍봉검(吹毛斷鐵雙鋒劍)이오
뎨뉵층은 한관양월탁텬채(寒光漾月托天叉)오
뎨칠층은 쥬영텰한대쳠창(珠纓鐵桿大尖鎗)이러라.

시예 ᄀᆞᆯ오ᄃᆡ,

팔문둔갑안주텬 (八門遁甲按週天)
텰전구뢰법갱현 (掣電驅雷法更玄)
【47】 일셩녕하졔영슉(一聲令下諸營肅)
수만비휴블감언 (數萬貔貅不敢言.)

팔문둔갑은 쥬텬을 안ᄒᆞ야시니
번개를 흔들고 우레를 모드매 법이 다시 깁도다
ᄒᆞᆫ 소ᄅᆡ 녕이 ᄂᆞ리매 모든 영이 슉ː ᄒᆞ니[397]
수만이나 ᄒᆞᆫ 비휘 감히 말호디 못ᄒᆞᄂᆞᆫ도다.

노왕이 손빈으로 더브러 인마를 뎐녕ᄒᆞ야 각문을 에우고 명나뢰고ᄒᆞ며 함살이 년텬ᄒᆞ야 ᄉᆞ하(四下)의 표[동]쟝[銅牆]과 텰벽(鐵壁) ᄀᆞᆺᄐᆞ니 진짓 에우미 졔밀(齊密)ᄒᆞᆫ디라. 위왕이 경히 됴회 밧더니 각 문 두목이 ᄂᆞᄃᆞ시 드러와 알외되,

"화시(禍事) 니ᄅᆞ럿ᄂᆞ이다! 방부매 녕병ᄒᆞ야 나가매 다만 졔를 틴다 ᄒᆞ더니 지졔협됴벌연(指齊挾道伐燕)ᄒᆞ야 군ᄉᆞ를 연나라 유쥬셩하의 둔ᄒᆞ야 도로혀 졔국 손빈을 덧내어[398] 군ᄉᆞ를 니ᄅᆞ혀 각 문을 에워 이제 셩을 텨 드러오니 셰 【48】 급ᄒᆞ미 잇ᄂᆞᆫ디라 맛당이 섈니 믈니티쇼셔."

위왕이 알외믈 듯고 반향이나 소ᄅᆡ를 못ᄒᆞ다가 ᄀᆞᆯ오ᄃᆡ,

"방연이 ᄀᆞ장 무단ᄒᆞ도다. 갈 제 닐오ᄃᆡ, '군ᄉᆞ를 거ᄂᆞ려 졔를 티라.' ᄒᆞ더니 뉘 지졔협도벌연 ᄒᆞᆯ 줄 알니오. 이 일을 엇디ᄒᆞ야 플고?"

믄득 ᄀᆞᆯ오ᄃᆡ,

"모든 문무의 뉘 군ᄉᆞ를 거ᄂᆞ려 영뎍(迎敵)ᄒᆞᆯ고?"

모든 문뮈 귀먹당이[399]와 벙어리 ᄀᆞᆺᄐᆞ야 ᄒᆞ나토 ᄃᆡ답ᄒᆞ리 업거ᄂᆞᆯ 위왕이 ᄯᅩ 물은대, 승샹 뎡안평과 다못 쥬히 후영 셔갑이 다 나와 ᄀᆞᆯ오ᄃᆡ,

"쥬샹긔 알외ᄂᆞ니 손빈은 귀곡션싱의 도뎨라. 능히 호풍환우ᄒᆞ매 콩출 ᄒᆞᆺ터 군ᄉᆞ를 ᄆᆞᆫᄃᆞ니 됴듕의 다만 【49】 방부마곳[400] 아니면 뎌의 ᄃᆡ쉬(對手) 아니라. 비록 면강(勉强)ᄒᆞ야 명쟝츌ᄉᆞ(命將出師)ᄒᆞ나 ᄆᆞᄎᆞᆷ내 손(損)ᄒᆞ미 잇고 익(益)ᄒᆞ미 업ᄉᆞ니 이제를 위ᄒᆞ야 계규컨대 사ᄅᆞᆷ을 연방의 보내여 방부마를 블러 군ᄉᆞ를 거ᄂᆞ려 도라오면 보야흐로 졔병을 믈리틸가 ᄒᆞᄂᆞ이다."

위왕이 ᄀᆞᆯ오ᄃᆡ,

"이 일이 이러ᄒᆞ면 가히 디완(遲緩)티[401]

---

397) 【슉슉ᄒᆞ다】 형 씩씩하다. 엄숙(嚴肅)하다. ¶ 肅 ‖ ᄒᆞᆫ 소ᄅᆡ 녕이 ᄂᆞ리매 모든 영이 슉ː ᄒᆞ니 수만이나 ᄒᆞᆫ 비휘 감히 말호디 못ᄒᆞᄂᆞᆫ도다 (一聲令下諸營肅, 數萬貔貅不敢言.) <孫龐 4:47>

398) 【덧내다】 동 자극(刺戟)하다. ¶ 惹 ‖ 다만 졔를 틴다 ᄒᆞ더니 지졔협됴벌연ᄒᆞ야 군ᄉᆞ를 연나라 유쥬셩하의 둔ᄒᆞ야 도로혀 졔국 손빈을 덧내어 군ᄉᆞ를 니ᄅᆞ혀 각 문을 에워 이제 셩을 텨 드러오니 셰 급ᄒᆞ미 잇ᄂᆞᆫ디라 맛당이 섈니 믈니티쇼셔 (只說伐齊, 誰知指齊挾道伐燕, 將人馬屯在燕邦幽州城下, 到惹得齊國孫臏興兵, 不計其數, 把各門圍住, 卽日攻打進城, 勢在燃眉, 合當亟退.) <孫龐 4:47>

399) 【귀먹당이】 명 귀머거리. ¶ 모든 문뮈 귀먹당이와 벙어리 ᄀᆞᆺᄐᆞ야 ᄒᆞ나토 ᄃᆡ답ᄒᆞ리 업거ᄂᆞᆯ (衆文武誰敢領兵迎敵, 衆文武竟沒一人答應.) <孫龐 4:48>

400) 【-곳】 조 ((체언류 바로 뒤에 붙어)) -만. -곧. ¶ 손빈은 귀곡션싱의 도뎨라 능히 호풍환우ᄒᆞ매 콩출 ᄒᆞᆺ터 군ᄉᆞ를 ᄆᆞᆫᄃᆞ니 됴듕의 다만 방부마곳 아니면 뎌의 ᄃᆡ쉬 아니라 (那孫臏是鬼谷仙師徒弟, 善能呼風喚雨, 撒荳成兵, 朝中除龐涓駙馬, 沒個是他對手.) <孫龐 4:49>

401) 【디완ᄒᆞ다】 동 {지완(遲緩)하다.} 지체(遲滯)하다. ¶ 緩 ‖ 이 일이 이러ᄒᆞ면 가히 디완티 못ᄒᆞ리라 ᄒᆞ고 즉시 셔갑을 보내여 과인의 지의로ᄡᅥ 방연을 브ᄅᆞ라 (既然如此, 勢不可緩, 卽

못ᄒᆞ리라."
ᄒᆞ고,

"즉시 셔갑을 보내여 과인의 지의(旨意)로 ᄡᅧ 방연을 브ᄅᆞ라."

셔갑이 녕지ᄒᆞ야 즉시 ᄆᆞᆯ을 타 동문으로 나려 ᄒᆞ더니 원달이 션하[화]부(宣花斧)ᄅᆞᆯ 드러 길ᄒᆞᆯ 막아셔 크게 ᄒᆞᆫ 소ᄅᆡᄅᆞᆯ 딜러 ᄀᆞᆯ오ᄃᆡ,

"어드러[402] 가ᄂᆞᆫ다?"

셔갑이 슈듕(手中)의 아모 병긔도 업ᄉᆞᆫ디라. 【50】 감히 뎔노 더브러 ᄡᅡ호디 못ᄒᆞ야 즉시 ᄆᆞᆯ긔 ᄂᆞ려 ᄃᆡ답ᄒᆞ야 ᄀᆞᆯ오ᄃᆡ,

"위왕의 명을 밧ᄌᆞ와 연국 유쥐셩의 니ᄅᆞ러 부마 방연을 블러 군ᄉᆞᄅᆞᆯ 거ᄂᆞ려 도라오려 ᄒᆞ노라."

원달이 ᄀᆞᆯ오ᄃᆡ,

"네 임의 방연의 군ᄉᆞᄅᆞᆯ 블러 도라오려 ᄒᆞ면 네 셩명을 사로ᄂᆞ니 뎨 일즉이 도라와 나 야애(爺爺) 뎔로 더브러 싀살ᄒᆞ게 ᄒᆞ라."

셔갑이 만구답응ᄒᆞ고 계유 셩명(性命)을 어더 ᄆᆞᆯᄭᅴ 올라 밧비 갈ᄉᆡ 사ᄅᆞᆷ은 발을 멈추디 아니ᄒᆞ고 ᄆᆞᆯ은 굽을 긋치디 아니ᄒᆞ야 여러 듀애 디나매 연국 유쥐셩하의 니ᄅᆞ러 방연의 영듕의 드러가 위왕의 지의ᄅᆞᆯ 펴 닑은대 방연이 졔국 【51】 손빈이 군ᄉᆞᄅᆞᆯ 거ᄂᆞ려 위셩을 에우고 위왕의 지의예 죄ᄅᆞᆯ 제게 만히 도라보내여시ᄆᆞᆯ 보고 ᄀᆞ장 탹급(着急)ᄒᆞ야 셔갑을 ᄃᆡᄒᆞ야 ᄀᆞᆯ오ᄃᆡ,

"셔션싱아, 임의 우리나라히 졔병의 에우ᄆᆞᆯ 닙어시되 됴뎡이 일즉 ᄒᆞᆫ 사ᄅᆞᆷ도 군ᄉᆞᄅᆞᆯ 거ᄂᆞ려 도적을 믈리티리 업ᄂᆞ냐?"

셔갑이 머리ᄅᆞᆯ ᄒᆞᆫ들고 ᄀᆞᆯ오ᄃᆡ,

"손빈이 병슐이 졍긔(精奇) ᄒᆞ야 플을 뷔여 ᄆᆞᆯ을 ᄆᆡᆫᄃᆞᆯ고 ᄭᅩᆺ출 헤텨 군ᄉᆞᄅᆞᆯ ᄆᆡᆫᄃᆞᄂᆞ니 됴뎡 사ᄅᆞᆷ이 손빈이랏 말을 듯고 뉘 ᄆᆞᄋᆞᆷ이 ᄎᆞ고 담이 ᄯᅥᆯ니디 아니ᄒᆞ리오. 부매 아니면 뎌의 ᄃᆡ슈(對手) 아니라. ᄒᆞᄆᆞᆯ며 ᄯᅩ 모든 문뮈 닐오ᄃᆡ, '네 연고 업시 이 화ᄅᆞᆯ 내엿다.' ᄒᆞ야 더옥 츌두(出頭)ᄒᆞ리 업더라.

【52】 방연이 ᄀᆞᆯ오ᄃᆡ,

"이 엇디 내 부른 홰라 ᄒᆞ더뇨?"

셔갑이 ᄀᆞᆯ오ᄃᆡ,

"네 연고 업시 군ᄉᆞᄅᆞᆯ 거ᄂᆞ려 지졔협됴벌연곳 아니면 엇디 졔병으로 ᄒᆞ야곰 위ᄅᆞᆯ 티리오."

방연이 노ᄒᆞ야 ᄀᆞᆯ오ᄃᆡ,

"내 군ᄉᆞᄅᆞᆯ 거ᄂᆞ려 도라가 졔병을 믈리티고 소찬(素餐)ᄒᆞᄂᆞ니로 더브러 챤챤이 말ᄒᆞᆯ 거시라."

ᄒᆞ고 대쇼 삼군을 뎐녕ᄒᆞ야 영을 ᄲᅡ혀 위로 도라갈ᄉᆡ 위국 인매 발영(拔營)ᄒᆞᄆᆞᆯ 듯고 회군긔호ᄅᆞᆯ 셰우니 셰 ᄒᆡ됴난용(海潮亂湧)ᄒᆞᆷ ᄀᆞᆺᄐᆞ야 모든 군ᄉᆡ 다 옛길노 향ᄒᆞ야 졍히 ᄒᆡᆼᄒᆞ더니 쵸매 보ᄒᆞᄃᆡ,

"젼면이 ᄇᆡᆨ녕관이로소이다."

셔갑이 방연ᄃᆞ려 닐오ᄃᆡ,

"ᄇᆡᆨ녕관(百翎關)은 이 됴국 디방이니 병매 【53】 이리 가면 ᄒᆞ나ᄒᆞᆫ 됴국 인민을 놀랠 거시오. 둘ᄒᆞᆫ 길히 머니 일ᄌᆞᄅᆞᆯ 쳔연(遷延)ᄒᆞ거니 다ᄅᆞᆫ 길노 가미 올ᄒᆞ니라."

방연이 ᄀᆞᆯ오ᄃᆡ,

"관겨티 아니ᄒᆞ니 이 젼의 오던 길히라."

갓갑기ᄅᆞᆯ 탐ᄒᆞ야 다ᄅᆞᆫ 길로 가면 됴방의 우이믈[403] 닙어 뎨 닐오ᄃᆡ,

"연병의 살패(殺敗)ᄒᆞ야 다ᄅᆞᆫ 길로 도망ᄒᆞ야 간다 ᄒᆞ리라."

ᄒᆞ고 즁군을 분부ᄒᆞ야 관 아래 가 웨되,

"위국 무음군이 군ᄉᆞᄅᆞᆯ 거ᄂᆞ려 나라ᄒᆞᆯ 도라간다 ᄒᆞ라."

젼군이 급히 관 압픠 니ᄅᆞ러 웬대 슈관ᄒᆞᆫ 쇼괴 닌샹여(藺相如)의게 보ᄒᆞ야 ᄀᆞᆯ오ᄃᆡ,

"방부매 군ᄉᆞᄅᆞᆯ 거ᄂᆞ려 관문을 열나 ᄒᆞᆫ다."

ᄒᆞᆫ대 닌샹예 쾌티 아내 ᄀᆞᆯ오ᄃᆡ,

"이 놈이 올 제 이리로 【54】 디나오고 갈

着徐甲, 賫寡人旨意, 快到燕邦宣龐涓.) <孫龐 4:49> 우리 대당 법녕이 엄ᄒᆞ니 져기 디완ᄒᆞ면 죄칙이 날 거시니 이제 비록 대우ᄒᆞ나 머무디 못ᄒᆞ리라 <표희 3:19> ⇒ 지완ᄒᆞ다

402) 【어드러】 ㉾ 어디로. ¶ 那里 ‖ 어드러 가ᄂᆞᆫ다 (那里去的?) <孫龐 4:49> 어드러 향ᄒᆞ시뇨 (往那裏去了?) <玉嬌 3:39> 어드러 가ᄂᆞᆫ다 (走哪裏去!) <三國 21:55> ⇒ 어드러로, 어드로, 어ᄃᆡ로

403) 【우이다】 ㉿ 웃기다. 조소(嘲笑)하다. ¶ 笑 ‖ 갓갑기ᄅᆞᆯ 탐ᄒᆞ야 다ᄅᆞᆫ 길로 가면 됴방의 우이믈 닙어 뎨 닐오ᄃᆡ 연병의 살패ᄒᆞ야 다ᄅᆞᆫ 길로 도망ᄒᆞ야 간다 ᄒᆞ니라 (若貪近往別路走, 到要使趙邦笑, 只說被燕兵殺敗, 往別路逃回了.) <孫龐 4:53>

제 ᄯᅩ 이리로 디나니 벅ᄇᆡ이 업슈히 너겨 됴방을 협졔(挾制)ᄒᆞ려 ᄒᆞ미로다."

념강(廉剛)이 나아와 ᄀᆞᆯ오ᄃᆡ,

"방연이 이제 오매 반ᄃᆞ시 연병의 살패ᄒᆞ믈 닙어시리니 그 군ᄉᆡ 피폐ᄒᆞ며 ᄆᆞᆯ이 곤ᄒᆞᆫ ᄣᅢ롤 타 뎌롤 노화 보내디 말고 내 일ᄃᆡ(一隊) 인마롤 거ᄂᆞ려 막즐라[404] 뎌롤 관을 디나믈 허티 말고 뎔노 ᄒᆞ야곰 다ᄅᆞᆫ 길로 가게 ᄒᆞ고 뎨 다만 별노로 가랴 ᄒᆞ면 말녀니와 우리 빅녕관으로 가랴 ᄒᆞ거든 결단ᄒᆞ야 뎔노 ᄒᆞ야곰 마패병슈(馬敗兵消)ᄒᆞ야 우리 됴방이 사ᄅᆞᆷ의 협졔ᄒᆞ믈 뵈디 아니ᄒᆞ리이다."

닌샹예 ᄀᆞᆯ오ᄃᆡ,

"이 말이 유리ᄒᆞ다."

ᄒᆞ고 인마롤 경졔ᄒᆞ야 관을 【55】 열고 나가 ᄡᅡ호라 ᄒᆞᆫ대 념강(廉剛)이 즉시 만여지군(萬餘之軍)을 거ᄂᆞ려 피갑샹마ᄒᆞ야 일됴 텰환창(鐵桿鎗)을 빗기고 크게 관문을 열고 군ᄉᆞ롤 ᄶᅧ 갈길흘 막으니 방연이 일지 병매 ᄌᆞᆺ딜러오믈 보고 즉시 뎐녕ᄒᆞ야 잠간 신하(新河) 언덕 ᄀᆞ의 영채롤 찰(札)ᄒᆞ니 이 신하 언덕은 빅녕관 이십리 동안[405]이라 디셰 공활ᄒᆞ야 안영하채(安營下寨)홀 고디라. 방연의 인매 찰됴(札住)ᄒᆞ믈 보고 셔갑을 ᄃᆡᄒᆞ야 ᄀᆞᆯ오ᄃᆡ,

"됴ᄂᆞᆫ 우흠 흙 나라히라. 혜아리건대 이 쟝슈 제 뎍ᄉᆔ리오. 다만 네 젼군을 거ᄂᆞ려 관을 ᄌᆞᆺ텨 나아가게 족ᄒᆞ도다."

셔갑이 ᄀᆞᆯ오ᄃᆡ,

"우리나라히 부마롤 기ᄃᆞ리미 ᄲᅵᄅᆞᆫ 블 【56】 ᄀᆞᄐᆞ니 이 ᄒᆞᆫ 번 ᄉᆡ살ᄒᆞ매 냥가 도병(刀兵)이 엇디 홀ᄂᆞ[406]로셔 손을 논흘니 이시리오. 이도 이여니와 만일 됴국이 즐겨 도병을 휴식디 아니ᄒᆞ야 졔병을 합ᄒᆞ야 위롤 티면 일이 더옥 플기 어려우리니 젼군을 슈습ᄒᆞ야 다ᄅᆞᆫ 길로 가미 올흐니이다."

방연이 ᄉᆞ지저 ᄀᆞᆯ오ᄃᆡ,

"너 ᄀᆞᄐᆞᆫ 나비(懦夫) 다ᄅᆞᆫ 사ᄅᆞᆷ의 지긔(志氣)롤 기리고 나의 위풍을 업시ᄒᆞᄂᆞᆫ도다. 다ᄅᆞᆫ 길로 가면 믓젼의란 가디 아니ᄒᆞ고 뎌의 관 속으로셔 죽여 나오믈 보고 다ᄅᆞᆫ 길로 가면 더옥 됴국의 우음을 닙으리라."

셔갑이 면강(勉强)ᄒᆞ야 ᄆᆞᆯ게 올라 젼군 오쳔을 거ᄂᆞ려 관 알퓌 니ᄅᆞ니 념강이 【57】 ᄆᆞᆯ을 내여 ᄡᅡ화 십여 합이 못ᄒᆞ여셔 셔갑이 대패ᄒᆞ야 ᄆᆞᆯ을 도로혀 ᄃᆞ라난대 념강이 이긔믈 엇고 관의 드러 의구히 관을 닷아 파슈ᄒᆞ거ᄂᆞᆯ 셔갑이 패ᄒᆞ야 ᄃᆞ라난대 방연이 크게 노ᄒᆞ야 ᄀᆞᆯ오ᄃᆡ,

"손방 인마도 오히려 이긔디 못ᄒᆞ야 나의 명도(名頭)롤 업시ᄒᆞᆫ다."

ᄒᆞ고 즉시 피쾌(披掛)ᄒᆞ고 손의 대쟉도롤 들고 ᄆᆞᆯ을 돌려 관 알퓌 니ᄅᆞ러 크게 웨여 ᄀᆞᆯ오ᄃᆡ,

"쾌히 문을 열나. 뉘 감히 군ᄉᆞ롤 거ᄂᆞ려 나의 갈길흘 막ᄂᆞ뇨?"

념강이 관 우희셔 블러 닐오ᄃᆡ,

"방연아, 네 쾌히 다ᄅᆞᆫ 길로 가면 됴커니와 만일 나의 관 열기롤 기ᄃᆞ리랴 ᄒᆞ면 ᄒᆞ나흘 만나면 하나흘 【58】 죽이고 둘흘 보면 둘흘 죽이리니 네 개 ᄀᆞᄐᆞᆫ 목숨은 앗갑디 아니ᄒᆞ거니와 위국 허다ᄒᆞᆫ 군매 샹해오미 앗갑도다."

방연이 대로ᄒᆞ야 두 눈이 ᄲᅡ디ᄂᆞᆫ ᄃᆞᆺᄒᆞ야 모든 군ᄉᆞ롤 블러 뎌 관으로 나가라 ᄒᆞᆫ대 념강이 셰 됴티 아니믈 보고 인마롤 거ᄂᆞ려 관을 열고 ᄌᆞᆺ텨 나오거ᄂᆞᆯ 방연이 마자 무러 ᄀᆞᆯ오ᄃᆡ,

"네 셩명이 뉘완ᄃᆡ 믄득 군ᄉᆞ롤 거ᄂᆞ려 관구(關口)롤 막ᄂᆞ뇨?"

념강이 ᄀᆞᆯ오ᄃᆡ,

---

404) 【막즐ᄅᆞ-】 동 «막ᄌᆞᄅᆞ다» 막지르다. 막다. 거절(拒絶)하다. ¶ 擋住 ‖ 내 일ᄃᆡ 인마롤 거ᄂᆞ려 막즐라 뎌롤 관을 디나믈 허티 말고 뎔노 ᄒᆞ야곰 다ᄅᆞᆫ 길로 가게 ᄒᆞ고 (待某領一隊人馬擋住, 不許過關, 教他往別路走.) <孫龐 4:54> ⇒ 막ᄌᆞ르다, 막ᄌᆞᄅᆞ다, 막즐ㄴ-

405) 【동안】 명 동안. ¶ 방연이 일지 병매 ᄌᆞᆺ딜러오믈 보고 즉시 뎐녕ᄒᆞ야 잠간 신하 언덕 ᄀᆞ의 영채롤 찰ᄒᆞ니 이 신하 언덕은 빅녕관 이십리 동안이라 디셰 공활ᄒᆞ야 안영하채홀 고디라 (龐涓見說關裡殺出一枝兵馬, 擋他歸路, 卽傳令暫且札營, 在新河岸邊, 這新河岸離百翎關有二十里之地, 地勢空濶, 正好安營下寨的所在.) <孫龐 4:55> 동안이 ᄡᅳ면 의견이 싱긴다 (停留長智.) <西遊 66b>

406) 【홀ᄂᆞ】 명 «ᄒᆞᄅᆞ» 하루. ¶ 一日 ‖ 우리나라히 부마롤 기ᄃᆞ리미 ᄲᅵᄅᆞᆫ 블 ᄀᆞᄐᆞ니 이 ᄒᆞᆫ 번 ᄉᆡ살ᄒᆞ매 냥가 도병이 엇디 홀ᄂᆞ로셔 손을 논흘니 이시리오 (我國懸望, 勢急如火, 此去一殺, 兩家刀兵, 怎得一日丢手.) <孫龐 4:56> ⇒ 하로, ᄒᆞ로, ᄒᆞᄅᆞ, 홀ㄹ

“나ᄂᆞᆫ 됴쟝 념강이러니 네 날을 아디 못ᄒᆞᄂᆞᆫ다?”

방연이 가〻대쇼ᄒᆞ야 ᄀᆞᆯ오ᄃᆡ,

“내 엇던 대쟝인고 ᄒᆞ얏더니 원ᄂᆡ 념파(廉頗)의 ᄋᆞᄌᆞ(兒子) 유취황동(乳臭黃童)이 믄득 무리ᄒᆞ야 우흘 【59】 범ᄒᆞᄂᆞᆫ도다.”

념강이 ᄃᆡ답도 아니ᄒᆞ고 창으로 벽면ᄒᆞ야 ᄃᆞᆯ러오거ᄂᆞᆯ 방연이 칼흘 드러 어즈러이 ᄃᆞᆯ러 ᄡᅡ호기ᄅᆞᆯ 수합이 못ᄒᆞ야셔 념강이 능히 당티 못ᄒᆞ야 ᄆᆞᆯ머리ᄅᆞᆯ 도로혀 관으로 ᄃᆞᆺ거ᄂᆞᆯ 방연이 진녁ᄒᆞ야 ᄯᆞᆯ와 ᄒᆞᆫ 칼로 념강의 허리ᄅᆞᆯ 버혀 마하의 ᄂᆞ리더니 그 나믄 병졸은 일반은 죽고 일반은 도망ᄒᆞ니 이ᄣᅢ예 텬ᄉᆡᆨ이 느졋ᄂᆞᆫ디라. 방연이 이긔믈 어더 영의 도라와 셔갑ᄃᆞ려 념강의 허리 버히며 군ᄉᆞᄅᆞᆯ 살샹[殺傷]ᄒᆞ믈 니ᄅᆞᆫ대 셔갑이 ᄀᆞᆯ오ᄃᆡ,

“비록 이긔믈 어더 도라왓거니와 됴국과 ᄯᅩ 원슈ᄅᆞᆯ ᄆᆡ자시니 이ᄅᆞᆯ 엇디 ᄒᆞ려니오. 임의 이 ᄀᆞᄐᆞᆯ 【60】 딘대 오ᄂᆞᆯ밤의 가히 군ᄉᆞᄅᆞᆯ 발ᄒᆞ야 도라갈 거시라.”

방연의 ᄆᆞᄋᆞᆷ의 홍치려[407] ᄒᆞ야 ᄀᆞᆯ오ᄃᆡ,

“엇디 오ᄂᆞᆯ 도라가리오. ᄇᆞᆰᄂᆞᆫ 날 쾌히 관을 나가미 늣디 아니ᄒᆞ니라.”

ᄒᆞ고 갑오ᄉᆞᆯ 버ᄉᆞ며 투고ᄅᆞᆯ 플고 크게 쥬셕을 베퍼 셔갑으로 더브러 턍음(暢飮)ᄒᆞ더니 술이 쟝ᄎᆞᆺ 난(闌)ᄒᆞ매 방연이 셔갑ᄃᆞ려 ᄀᆞᆯ오ᄃᆡ,

“년일ᄒᆞ야 신고ᄒᆞ야시니 오ᄂᆞᆯ밤의 일즉자고 ᄇᆞᆰᄂᆞᆫ 날 군ᄉᆞᄅᆞᆯ 최찰ᄒᆞ야[408] 나라히 도라가리라.”

ᄒᆞᆫ대 셔갑이 ᄀᆞᆯ오ᄃᆡ,

“유리타.”

ᄒᆞ고 이인(二人)이 헤여뎌 각〻 영의 와 쉬더니 쟝ᄎᆞᆺ 이경은 ᄒᆞ야셔 연국 손조 부ᄌᆞ 삼인이 일지 병마ᄅᆞᆯ 거ᄂᆞ려 사ᄅᆞᆷ은 다 함의(啣枚)ᄒᆞ고 【61】 ᄆᆞᆯ은 다 늑고(勒口)ᄒᆞ야 신하변의 니ᄅᆞ러 창으로 디ᄅᆞ며 칼노 버혀 바로 위 영듕의 ᄃᆞ라드니 금괴졔명ᄒᆞ며 함셩이 진디(振地)ᄒᆞ니 위영 병ᄉᆡ 다 ᄌᆞᆷ 속의 놀라 ᄭᆡ야 사ᄅᆞᆷ이 미처 갑 닙디 못ᄒᆞ고 ᄆᆞᆯ이 미처 안장하디 못ᄒᆞ야 ᄡᅡ홀 ᄆᆞᄋᆞᆷ이 업ᄂᆞᆫ디라. 서ᄅᆞ ᄌᆞᆺᄇᆞᆯ아 죽으니 그 수ᄅᆞᆯ 아디 못ᄒᆞᆯ러라. 방연이 군매 겁영ᄒᆞ믈 듯고 어ᄃᆡᆺ 군맨 줄 아디 못ᄒᆞ야 ᄌᆞᆷ결의 셔갑을 블러 ᄭᅴ와 사쇼(些小) 군마ᄅᆞᆯ 거ᄂᆞ려 칼흘 잡고 ᄆᆞᆯ긔 올라 ᄒᆞᆫ 줄 ᄂᆡᄀᆞ티 압흘 향ᄒᆞ야 도찬(逃竄)ᄒᆞ니 손조 부ᄌᆡ 이번의 탹실(着實)이 이긔믈 어더 방연의 군ᄉᆡ 이번의 삼분의 이분을 살해ᄒᆞᆫ디라. 【62】 손죄 년ᄒᆞ야 군ᄉᆞᄅᆞᆯ 거ᄂᆞ려 연방의 도라오니 시이셔 ᄀᆞᆯ오ᄃᆡ,

반야병긔밀 (半夜兵機密)
고영군마연 (孤營軍馬捐.)
댱구심입위 (長驅深入魏)
젼승획귀연 (戰勝獲歸燕.)

반야의 병긔 비밀ᄒᆞ니
외로온 영의 군마ᄅᆞᆯ ᄇᆞ렷도다
기리 모라 깁히 위로 드러가니
젼승ᄒᆞ고 연으로 도라오믈 어드리로다.

ᄎᆞ일 쳥신의 방연이 패잔인마ᄅᆞᆯ 슈집(收集)ᄒᆞ더니 탐매 보ᄒᆞ니 그제야 이 손조 부ᄌᆡ 군ᄉᆞᄅᆞᆯ 거ᄂᆞ려 겁영ᄒᆞᆫ 줄을 알고 방연이 발을 구ᄅᆞ고 가슴을 두ᄃᆞ리며 심하의 ᄉᆡᆼ각ᄒᆞ되,

‘손조의게 인마ᄅᆞᆯ 태반이나 죽여 업시ᄒᆞ야시니 므슴 면목으로 【63】 의량셩의 드러가 위왕과 만됴 공경을 보리오. 아직 여긔 둔병ᄒᆞ야 찬〻이 도라가리라.’

ᄒᆞ고 즁군을 분부ᄒᆞ야 신하 언덕의 다시 딘티고 경히 영듕의 안자 근심ᄒᆞ더니 이변(耳邊)의 홀연 거믄고 ᄐᆞᄂᆞᆫ 소ᄅᆡ 들니거ᄂᆞᆯ 방연이 군ᄉᆞᄅᆞᆯ 무ᄅᆞᄃᆡ,

“어ᄃᆞ셔 거믄고 ᄐᆞᄂᆞᆫ 소ᄅᆡ 나ᄂᆞ뇨?”

모든 군ᄉᆡ ᄃᆡ답ᄒᆞᄃᆡ,

“듯디 못ᄒᆞᆯ소이다.”

방연이 ᄀᆞᆯ오ᄃᆡ,

“아니 ᄇᆞ람결이 슌티 못ᄒᆞ야 듯디 못ᄒᆞᄂᆞᆫ

---

407) 【홍치다】 동 미상. ¶ 방연의 ᄆᆞᄋᆞᆷ의 홍치려 ᄒᆞ야 ᄀᆞᆯ오ᄃᆡ 엇디 오ᄂᆞᆯ 도라가리오 ᄇᆞᆰᄂᆞᆫ 날 쾌히 관을 나가미 늣디 아니ᄒᆞ니라 (龐涓道: “有心耽擱, 何在一晚, 明蚤進關不遲.”) <孫龐 4:60>

408) 【최찰ᄒᆞ다】 동 재촉하다 ¶ 趲 ‖ 년일ᄒᆞ야 신고ᄒᆞ야시니 오ᄂᆞᆯ밤의 일즉자고 ᄇᆞᆰᄂᆞᆫ 날 군ᄉᆞᄅᆞᆯ 최찰ᄒᆞ야 나라히 도라가리라 (連日辛苦, 今晚可睡早些, 明日好趲兵回國.) <孫龐 4:60>

다? 슌풍을 기ᄃᆞ려 ᄌᆞ시히 드러보라."

말이 못디 못ᄒᆞ야셔 과연 일좌 금셩(琴聲)이 들니되 소릭 심히 유양(悠揚)ᄒᆞ고 쳥일(淸逸)ᄒᆞ디라.

다만 드ᄅᆞ니,

무산야우현듕긔 (巫山夜雨絃中起)
샹슈츄파디하싱 (湘水秋波指下生)
빅벽황금슈유가 (白璧黃金雖有價)
고산뉴슈쇼디음 (高山流水少知音.)

무산 밤비ᄂᆞᆫ 줄 가온대셔 니러나고
샹슈의 ᄀᆞ을 믈결은 손가락 아래셔 나는도다
빅벽과 황금은 비록 갑시 이시나
고산과 뉴슈ᄂᆞᆫ 디음이 젹도다

즁군이 ᄀᆞᆯ오ᄃᆡ,

"어ᄃᆡ셔 거믄고 소릭 과연 나ᄂᆞ이다."

방연이 즉시 군ᄉᆞ로 ᄒᆞ야곰 ᄉᆞ하 탐텽ᄒᆞ니 다만 신하 속의 일위 션싱이 이시니,

머리의 눈건(綸巾)을 쓰고 손의 우션(羽扇)을 쥐여시며 몸의 쳥소포(靑素袍)ᄅᆞᆯ 닙엇고 허리의 조식(皂色) ᄯᅴ[409]ᄅᆞᆯ ᄯᅴ여시니 번ᄃᆞᆺᄒᆞᆫ 면공(面孔)은 텬싱 일쫑 긔지오 삼각 아름다온 슈염은 ᄉᆞᄉᆞ로 삼분 도긔(道氣) ᄀᆞ자시니 비록 셰외(世外)예 쇼요ᄒᆞᄂᆞᆫ 뉘 아니나 ᄯᅩ 【65】 ᄒᆞᆫ 환듕(寰中)의 은일의 뉘러라.

이 션싱이 홀로 일엽 져근 빅ᄅᆞᆯ 명에 메우고 빅 속의 ᄒᆞᆫ 댱 거믄 칠ᄒᆞᆫ 탁ᄌᆞᄅᆞᆯ 노코 향노와 거믄고와 한 권 칙을 버리고 챤ᄎᆞ이 샹뉴(上流)로 조차 ᄂᆞ려오거ᄂᆞᆯ 군ᄉᆡ 급히 가 방연의게 알외여 ᄀᆞᆯ오ᄃᆡ,

"거믄고 ᄠᆞᄂᆞ니ᄂᆞᆫ 신하슈(新河水)의 일위 션싱이 쳥포조ᄃᆡ와 눈건우션을 일엽쇼쥬(一葉小舟)ᄅᆞᆯ ᄒᆞ야 샹뉴(上流)로 조차 ᄂᆞ려오ᄂᆞ이다."

방연이 이 말을 듯고 급히 영으로 나와 신하 ᄀᆞ의 다ᄃᆞ라 그 션싱이 언덕의 오ᄅᆞ기ᄅᆞᆯ 기ᄃᆞ리더니 오라디 아녀 빅 언덕 ᄀᆞ의 다ᄃᆞᆺ거ᄂᆞᆯ 그 션싱이 빅ᄅᆞᆯ 가져[410] 언덕의 다히고 그 칙을 가지고 언덕으로 올나 오거ᄂᆞᆯ 【66】 연이 나아가 도실[신](倒身)ᄒᆞ야 녜ᄅᆞᆯ 베프고 션싱을 마자 즁군당(中軍帳) 속의 드러가 안기ᄅᆞᆯ ᄆᆞᆺ고 방연이 무러 ᄀᆞᆯ오ᄃᆡ,

"션싱의 존셩과 대명이 무어시며 어ᄃᆡ려셔 오ᄂᆞ뇨?"

션싱이 ᄀᆞᆯ오ᄃᆡ,

"빈도(貧道)ᄂᆞᆫ 셩은 쇼(蕭)오 ᄲᅡᆼ명은 고달(古達)이니 운몽산 슈렴동 귀곡션싱을 조차 도ᄅᆞᆯ 비홧더니 감히 족하(足下)의 고셩과 존명을 뭇노라."

방연이 ᄀᆞᆯ오ᄃᆡ,

"나의 셩은 방이오. 명은 연이니 내 ᄯᅩ 귀곡션ᄉᆡᆼ의 도뎨러니 일향 운몽산의 이셔도 엇디 션싱을 보디 못ᄒᆞ더뇨?"

쇼고달이 우서 ᄀᆞᆯ오ᄃᆡ,

"비록 소싱이 ᄒᆞᆫ 가지나 일이 션휘(先後) 잇ᄂᆞ니 나의 도 비호믄 젼의 잇고 너의 도 비호믄 후의 이시니 【67】 이러므로 서ᄅᆞ 만나디 못ᄒᆞ엿ᄂᆞ니라."

방연이 흠신(欠身)ᄒᆞ야 ᄀᆞᆯ오ᄃᆡ,

"이러ᄒᆞ면 그ᄃᆡ 내 ᄉᆞ형(師兄)이니 두 사ᄅᆞᆷ이 ᄯᅩᄒᆞᆫ 일개로다. 쳥컨대 ᄉᆞ형ᄃᆞ려 뭇노니 가졋ᄂᆞᆫ 칙이 므슴 글고?"

쇼고달이 ᄀᆞᆯ오ᄃᆡ,

"이 칙 일홈은 칠젼뎡후셰(七箭定喉書)니 우리 술ᄒᆞᄂᆞᆫ 사ᄅᆞᆷ은 ᄡᅳᄃᆡ ᄡᅳᆯ ᄃᆡ 업ᄉᆞ되 마ᄎᆞᆷ 손ᄀᆞ의 잇ᄂᆞᆫ디라 힝혀 유실홀가 저허 이러므로ᄡᅧ 몸ᄀᆞ의 두엇노라."

방연이 ᄀᆞᆯ오ᄃᆡ,

"이 칠젼뎡후셰 므슴 ᄡᅳᆯ ᄃᆡ 잇ᄂᆞ뇨?'

고달이 ᄀᆞᆯ오ᄃᆡ,

"이 속의 글은 압딘(魘鎭)ᄒᆞᄂᆞᆫ 독법(毒法)

409) 【ᄯᅴ】 명 띠. ¶ 帶 ‖ 일위 션싱이 이시니 머리의 눈건을 쓰고 손의 우션을 쥐여시며 몸의 쳥소포ᄅᆞᆯ 닙엇고 허리의 조식 ᄯᅴᄅᆞᆯ ᄯᅴ여시니 (頭戴綸巾, 手携羽扇, 身穿件靑素袍, 腰繫條皂色帶.) <孫龐 4:64>

410) 【가져】 동 가져. 가져서. "다가"의 현대형. ¶ 把 ‖ 오라디 아녀 빅 언덕 ᄀᆞ의 다ᄃᆞᆺ거ᄂᆞᆯ 그 션싱이 빅ᄅᆞᆯ 가져 언덕의 다히고 그 칙을 가지고 언덕으로 올나오거ᄂᆞᆯ (不多時, 舟到岸邊, 先生把舟繫了纜, 取了那部書, 走上岸來.) <孫龐 4:65>

이라. 심샹ᄒᆞᆫ ᄃᆡᄂᆞᆫ 가히 쁠 거시 아니라."

방연이 ᄀᆞᆯ오ᄃᆡ,

"감히 ᄉᆞ형ᄃᆞ려 뭇ᄌᆞᆸᄂᆞ니[411] 빌려 ᄒᆞᆫ 번 보게 ᄒᆞ라."

고달이 어려온 빗치 【68】 업서 그 글을 가져 방연을 준대 방연이 바다 ᄒᆞᆫ ᄎᆞ례 펴 보고 ᄀᆞ만이 스ᄉᆞ로 깃거 ᄉᆡᆼ각ᄒᆞ되,

"과연 이 압냥(魘禳)ᄒᆞᄂᆞᆫ 글이니 뎌롤 주디 말고 일후의 쁠 고디 이시리라."

ᄒᆞ고 ᄉᆞ샹(思想)ᄒᆞ기롤 임의 뎡ᄒᆞ매 그 ᄎᆡᆨ을 임의 ᄉᆞ매 속의 ᄀᆞᆷ초와 ᄀᆞᆯ오ᄃᆡ,

"ᄉᆞ형아, 만일 한가(閒暇)롤 엇거든 쳔만 번 ᄇᆞ라ᄂᆞ니 의량셩의 와 날을 ᄒᆞᆫ 번 보라."

고달이 ᄀᆞᆯ오ᄃᆡ,

"특별이 올 줄을 마치 밋디 못ᄒᆞ거니와 순편(順便)이 이시면 와 탐망(探望)ᄒᆞ리라."

ᄒᆞ고 몸을 니ᄅᆞ혀 방연으로 더브러 신하 ᄀᆞ의 니ᄅᆞ러 구듕(口中)의 니ᄅᆞ디 아니ᄒᆞ나 심하(心下)의 ᄉᆡᆼ각ᄒᆞ야 ᄀᆞᆯ오ᄃᆡ,

"이 사ᄅᆞᆷ이 됴히 탐이 만토다. 계유 일면의 교ᄌᆞᆯ 엇고 나의 【69】 칠젼뎡후셔롤 아사 ᄉᆞ매 속의 녀코 나의게 도라보내믈 뎨 긔티 아니ᄒᆞ니 내 뎌ᄃᆞ려 무러 ᄎᆞ자 볼 거시라."

ᄒᆞ고 드듸여 ᄀᆡ구ᄒᆞ야 ᄀᆞᆯ오ᄃᆡ,

"방대인아 만히 슈고로이 서ᄅᆞ 보내믈 샤례ᄒᆞᄂᆞ니 앗가 그 ᄎᆡᆨ을 ᄉᆞ매 속의 녀허 겨시더니 아모ᄃᆡ도 쁠ᄃᆡ 업ᄉᆞ니 가히 내게 도라보내미 올흐니라."

방연이 ᄀᆞᆯ오ᄃᆡ,

"잠간 예 두어 내 ᄒᆞᆫ 번 ᄌᆞ셔히 보게 ᄒᆞ라. 보기롤 ᄆᆞᄎᆞ매 가히 밧드러 보내리라."

쇼고달이 ᄀᆞᆯ오ᄃᆡ,

"이 말이 됴히 우숩도다. 일노조차 서ᄅᆞ 니별ᄒᆞ매 너와 내 아모 ᄣᅢ예 모들 줄을 모르고 네 나의 갈길흘 동셔남북이며 ᄒᆡ각텬애(海角天涯)롤 아디 못ᄒᆞ니 ᄇᆞᆰᄂᆞᆫ 날 엇디 날을 어더 ᄎᆡᆨ을 뎐 【70】 ᄒᆞ리오."

방연이 ᄀᆞᆯ오ᄃᆡ,

"그러ᄒᆞ면 내 보내기 편티 아니ᄒᆞ니 됴흐나 구ᄌᆞ나 션ᄉᆡᆼ이 우리 위국의 오라. 이ᄣᅢ 도라 보내리라."

고달이 ᄀᆞᆯ오ᄃᆡ,

"사ᄅᆞᆷ이 닐오ᄃᆡ, 네 죠심안ᄃᆡ(鵰心雁爪)오 교활ᄒᆞ다 ᄒᆞ더니 말이 헷 거ᄉᆞᆯ 뎐티 아니ᄒᆞᄂᆞᆫ도다. 내 글을 엇디 즐겨 도라보내디 아니ᄒᆞᄂᆞ뇨? 나ᄂᆞᆫ 슌ᄒᆞᆫ 사ᄅᆞᆷ이라 이롤 쁠ᄃᆡ 업ᄉᆞ니 너롤 주ᄂᆞ니 이후ᄂᆞᆫ 너 ᄀᆞᆺᄐᆞᆫ 몹쁠 사ᄅᆞᆷ을 사괴디 아니ᄒᆞ리니 너롤 다시 가 보디 아니ᄒᆞ리라."

방연이 죠심안ᄃᆡ(鵰心雁爪)랏 말을 듯고 심하의 대로(大怒)ᄒᆞ야 열 손가락을 벌겨 쇼고달을 잡아 신하슈의 드리티고져 ᄒᆞ더니 고달이 비록 신지 젹으나 심히 【71】 본ᄉᆡ(本事) 잇ᄂᆞᆫ디라. 몸을 ᄢᅢ텨 버서나 도로혀 ᄃᆞ라드러 방연의 후령(後領)을 잡아 신하슈의 ᄌᆞᆷ갓다가 추혀드러[412] 도로 ᄌᆞᆷ가 ᄌᆞᆨ히 두 시긱이나 ᄒᆞᆫ 후 방연을 잡아 ᄡᅡ히 더디니 방연 닐곱 번 죽고 여ᄃᆞᆲ 번 사라 언덕의 누어 움ᄌᆞᆨ이디 못ᄒᆞ거ᄂᆞᆯ 고달이 ᄒᆞᆫ 줄 구름을 ᄐᆞ고 등공(騰空)ᄒᆞ야 간대 방연이 피두산발(披頭散髮)ᄒᆞ고 샹하 의복이 저ᄌᆞ 튀ᄒᆞᆫ[413] ᄃᆞᆰ ᄀᆞᆺᄐᆞᆫ디라. 즉시 ᄶᅧ쥬어리ᄒᆞ고 비예 가 쇼고달을 잡으라 ᄒᆞ니 져근비도 영향(影響)도 업ᄂᆞᆫ디라. 다만 영의 도라온대 셔갑이 ᄀᆞᆯ오ᄃᆡ,

"부매 믈의 ᄲᅡ뎌 물이 ᄇᆡ 속의 이실디라. 쾌히 ᄒᆞᆫ 번 토ᄒᆞ라."

방연이 교의 우희 【72】 안고 군ᄉᆞ로 ᄒᆞ야곰 ᄇᆡ가족을 쥐므ᄅᆞ니[414] 오라디 아녀셔 냥분

---

411) 【-ᄌᆞᆸ-】 回 -잡-. ¶ 감히 뭇ᄌᆞᆸᄂᆞ니 빌려 ᄒᆞᆫ 번 보게 ᄒᆞ라 (敢問師兄借瞧一瞧看.) <孫龐 4:67>

412) 【추혀들다】 동 추켜들다. ¶ 捺 ‖ 몸을 ᄢᅢ텨 버서나 도로혀 ᄃᆞ라드러 방연의 후령을 잡아 신하슈의 ᄌᆞᆷ갓다가 추혀드러 도로 ᄌᆞᆷ가 ᄌᆞᆨ히 두 시긱이나 ᄒᆞᆫ 후 방연을 잡아 ᄡᅡ히 더디니 방연 닐곱 번 죽고 여ᄃᆞᆲ 번 사라 (折身擺脫, 反把龐涓領後緊緊一把攢住, 把他捺在新河裡, 捺一會放起來, 放起來又捺下去, 足有兩個時辰, 把個龐涓淹得七死八活, 撇在地上.) <孫龐 4:71> ⇒ 추야들다, 추여들다, 취혀들다

413) 【튀ᄒᆞ다】 동 (물에) 튀기다. (물에) 빠지다. ¶ 落湯 ‖ 샹하 의복이 저저 튀ᄒᆞᆫ ᄃᆞᆰ ᄀᆞᆺᄐᆞᆫ디라 즉시 ᄶᅧ쥬어리ᄒᆞ고 비예 가 (上下衣服浸得透濕, 好似落湯雞一樣. 打點赶到舟裡.) <孫龐 4:71>

414) 【쥐므ᄅᆞ다】 동 주무르다. ¶ 搓挪 ‖ 방연이 교의 우희 안고 군ᄉᆞ로 ᄒᆞ야곰 ᄇᆡ가족을 쥐므ᄅᆞ니 오라디 아녀셔 냥분이나 ᄒᆞᆫ 쳥슈롤 토ᄒᆞ매 (龐涓坐在椅上, 着軍士把肚皮着實

(兩盆)이나 ᄒᆞᆫ 청슈(淸水)ᄅᆞᆯ 토ᄒᆞ매 셔갑이 무러 왈,

“그 칙을 뎌의게 도라보내냐?”

방연이 ᄀᆞᆯ오ᄃᆡ,

“이 칙을 위ᄒᆞ야 믈의 ᄲᅡ뎌 닐곱 번 죽고 여ᄃᆞᆲ 번 살 제 거의 셩명늘 도라보낼 번 ᄒᆞ야시니 엇디 뎌의게 도라보낼 니 이시리오.”

급히 ᄉᆞ매 속을 더드머 어더내니 임의 ᄒᆞᆫ ᄯᅥᆨ이 되얏ᄂᆞᆫ디라. 즉시 ᄒᆡ의 ᄆᆞᆯ뇌며[415] 영을 ᄲᅢ혀 위로 도라오니 시예 ᄀᆞᆯ오ᄃᆡ,

낭적션싱인막식 (浪跡先生人莫識)
신셔일권빙간득 (神書一卷憑奸得.)
신하반향죡쇼혼 (新河半響足消魂)
【73】 챠잉미구환고국(且剩微軀還故國.)

낭적ᄒᆞᄂᆞᆫ 션싱을 사ᄅᆞᆷ이 알니 업ᄉᆞ니
신셔 ᄒᆞᆫ 권을 간사히 어드믈 빙ᄒᆞ얏도다
신하의 반향이나 죡히 쇼혼ᄒᆞ니
ᄯᅩᄒᆞᆫ 미ᄂᆞᆫ 몸을 남겨 고국의 도라보내도다

노왕과 손빈이 즁쟝과 허다 인마ᄅᆞᆯ 거ᄂᆞ리고 위셩(魏城)을 에웟더니 일〻의 쵸매 보ᄒᆞᄃᆡ,

“방연이 군ᄉᆞᄅᆞᆯ 거ᄂᆞ려 도라온다.”

ᄒᆞᆫ대 손빈이 즉시 칼ᄒᆞᆯ 딥고 손의 비결을 잡고 입의 녕문을 외오고 공듕을 향ᄒᆞ야 크게 소리ᄒᆞ야 ‘믈러나라!’ ᄒᆞᆫ대 홀홀〔倏忽〕ᄉᆞ이예 ᄉᆞ위(四圍)ᄒᆞ얏던 병매 ᄒᆞ나토 보디 못ᄒᆞᄂᆞᆫ디라. 방연이 즉시 의량셩의 니ᄅᆞ러 ᄒᆞᆫ 낫 병마도 보디 못ᄒᆞᄂᆞᆫ디라. 셔갑ᄃᆞ려 무러 ᄀᆞᆯ오ᄃᆡ,

“네 닐오ᄃᆡ, ‘손빈이 군ᄉᆞᄅᆞᆯ 거ᄂᆞ려 셩을 틴다.’ ᄒᆞ더니 엇디 ᄒᆞ거ᄂᆞᆯ 보디 못ᄒᆞᆯ소뇨?”

셔갑이 눈이 둥그러 ᄒᆞ고 입이 어려 회답디 못ᄒᆞ 【74】 거ᄂᆞᆯ 방연이 ᄀᆞᆯ오ᄃᆡ,

“이 싱각건대 반ᄃᆞ시 됴뎡이 보ᄒᆞᄆᆞᆯ 듯고 너ᄅᆞᆯ 타발(打發)ᄒᆞ야 보내여 날을 블러오ᄃᆡ 그 실은 졔병이 오미 업도다.”

셔갑이 ᄀᆞᆯ오ᄃᆡ,

“므ᄉᆞᆷ 일을 ᄒᆞᄂᆞ뇨? 셩의 날 ᄯᅢ 제국 인매 은산과 텰벽 ᄀᆞᆺᄐᆞ야 에워 나의 셩명재 ᄒᆞ마 졔쟝의 슈듕의 죽을러니 내 방부마의 군ᄉᆞᄅᆞᆯ 가져 도라오라 ᄒᆞᄆᆞᆯ 듯고 계유 날을 노하 보내더라.”

ᄒᆞᆫ대 방연이 크게 우서 ᄀᆞᆯ오ᄃᆡ,

“이ᄂᆞᆫ 네 방부마의 군ᄉᆞᄅᆞᆯ 거ᄂᆞ려 도라오랴 ᄒᆞᄆᆞᆯ 듯고 혜아리매 나의 살패(殺敗)ᄒᆞᄆᆞᆯ 닙어 능히 취승티 못ᄒᆞᆯ가 ᄒᆞ야 즉시 병마ᄅᆞᆯ 슈습ᄒᆞ야 도라가도다.”

ᄒᆞ고 셔갑을 분부ᄒᆞ야 ᄀᆞᆯ오ᄃᆡ,

“네 모로미 【75】 쇼식을 주루티 말나. 내 스ᄉᆞ로 쳐티ᄒᆞᆯ 일이 이시리라.”

ᄒᆞ고 바로 의량셩의 나아가 방연이 셔갑으로 더브러 됴회예 나아간대 위왕이 방연ᄃᆞ려 무러 ᄀᆞᆯ오ᄃᆡ,

“젼일의 군ᄉᆞᄅᆞᆯ 거ᄂᆞ려 갈 제 다만 닐오ᄃᆡ, ‘졔ᄅᆞᆯ 티랴노라’ ᄒᆞ더니 ‘엇디 졔ᄅᆞᆯ ᄀᆞᄅᆞ치고 됴ᄅᆞᆯ ᄡᅵ고 연을 텨 졔병으로 ᄒᆞ야곰 셩을 에워 공타(攻打)ᄒᆞ기ᄅᆞᆯ 여러 날 ᄒᆞ니 엇디ᄒᆞ야 뎌ᄅᆞᆯ 믈니티리오.”

방연이 ᄀᆞᆯ오ᄃᆡ,

“손빈이 신의 군ᄉᆡ 도라오ᄆᆞᆯ 듯고 도라간디 여러 날이로소이다. 어ᄃᆡ 셩 아래 ᄒᆞᆫ 낫 졔병이 잇더니 잇고?”

위왕이 ᄀᆞᆯ오ᄃᆡ,

“어제 졔병이 예 이셔 셩을 텨시니 어이다 업다 ᄒᆞᄂᆞ뇨?”

방연이 ᄀᆞᆯ오ᄃᆡ,

“쥬샹은 【76】 방심ᄒᆞ쇼셔. 신이 셔갑으로 더브러 도라오며 보니 졔병은 ᄏᆞ니와 살짓[416] ᄒᆞ나토 보디 못ᄒᆞ야시니 엇디 졔병이 예 이셔 셩을 티리잇고?”

이옥ᄒᆞ야 ᄯᅩ 보ᄒᆞᄃᆡ,

“ᄉᆞ하로 셩 티미 급ᄒᆞ야 젼의셔[417] 비ᄒᆞ매

搓挪一番， 不多會， 吐出兩盆來淸水.) <孫龐 4:72> ⇒ 쥐무르다, 쥐무ᄅᆞ다, 쥐믈ㄴ-

415) 【ᄆᆞᆯ뇌이다】 [동] 말리다. ¶ 晒乾 ‖ 급히 ᄉᆞ매 속을 더드머 어더내니 임의 ᄒᆞᆫ ᄯᅥᆨ이 되얏ᄂᆞᆫ디라 즉시 ᄒᆡ의 ᄆᆞᆯ뇌며 영을 ᄲᅢ혀 위로 도라오니 (忙向袖中取將出來, 已結做一餅, 莫想揭動一頁, 隨卽趁日色晒乾了, 一面拔營回朝.) <孫龐 4:72>

416) 【살짓】 [명] 화살깃. ¶ 箭翎毛 ‖ 신이 셔갑으로 더브러 도라오며 보니 졔병은 ᄏᆞ니와 살짓 ᄒᆞ나토 보디 못ᄒᆞ야시니 엇디 졔병이 예 이셔 셩을 티리잇고 (臣與徐甲回來, 向各門打探, 莫說齊兵, 箭翎毛也不見一根, 有甚齊兵在此攻城.) <孫龐 4:76>

417) 【-의셔】 [조] -에서. -보다. ¶ 比 ‖ ᄉᆞ하로

더옥 니해(利害)ᄒᆞ여이다."

위왕이 ᄀᆞᆯ오ᄃᆡ,

"네 닐오ᄃᆡ, '졔병이 믈러갓다' ᄒᆞ더니 ᄯᅩ 엇디 이럿ᄐᆞᆺ 보ᄒᆞᄂᆞ뇨? 쾌히 가 졔병을 믈리티라. 만일 졔병을 믈니티디 못ᄒᆞ면 엇디 쵸방(椒房)의 친을 혜아리리오. 머리ᄅᆞᆯ 버혀 호령ᄒᆞ리라."

방연이 이 말을 듯고 위왕을 ᄃᆡᄒᆞ야 ᄀᆞᆯ오ᄃᆡ,

"우리 왕은 잠간 뇌뎡의 노ᄅᆞᆯ 거두쇼셔. 신이 도라가 멸괵(滅虢)의 계규ᄅᆞᆯ ᄡᅧ 닙긱(立刻)의 가히 졔병을 믈리티리이다."

위왕이 ᄀᆞᆯ오ᄃᆡ,

"너의 아모 계칙이나 ᄡᅳ믈 님ᄒᆞᄂᆞ니 다만 졔병을 믈리티라."

방연이 마ᄋᆞᆷ의 도라오리라.

셩 티미 급ᄒᆞ야 젼의셔 비ᄒᆞ매 더옥 니해ᄒᆞ여이다 (齊兵四下攻城甚急, 比先前越發利害.) <孫龐 4:76> ⇒ –도곤, –두곤, –보담, –보덤, –에셔

第15回

겸졔ᄉᆞ마안굴ᄉᆞ 금한후원달회영
賺齊師馬安屈死 擒韓后袁達回營

방연(龐涓)이 부듕의 도라와 ᄀᆞ마니 가쟝(家將) 마안(馬安)을 블러 ᄃᆡᄒᆞ야 닐러 ᄀᆞᆯ오ᄃᆡ,

"내 네 평일의 쟉ᄉᆞ(作事)ᄒᆞ미 ᄌᆞ셔ᄒᆞᆫ 줄 아ᄂᆞ니 너의 ᄒᆞᆫ 곳의 가 군ᄉᆞᄅᆞᆯ 비러 오믈 구ᄒᆞᄂᆞ니 네 가히 갈소냐?"

마안이 ᄀᆞᆯ오ᄃᆡ,

"군ᄉᆞᄅᆞᆯ 쳔일을 치매 용녁(用力)이 일됴의 잇ᄂᆞ니 엇디 가디 아니ᄒᆞ리오."

방연이 ᄀᆞᆯ오ᄃᆡ,

"몬져 너ᄅᆞᆯ ᄒᆞᆫ 병 술을 주어 샹마비(上馬杯)ᄅᆞᆯ 삼으리라."

ᄒᆞ고 가동(家僮)을 블러,

【78】 "술을 가져다가 뎌ᄅᆞᆯ 주라."

ᄒᆞᆫ대 마안이 평일 술이라 ᄒᆞ면 셩명(性命)을 도라보디 아니ᄒᆞᄂᆞᆫ디라. 급히 바다 맛도 아니보고 ᄒᆞᆫ 번의 다 마시고 두 번재 그ᄅᆞᆺ술 먹으랴 ᄒᆞ더니 홀연 것구러 칠교(七竅)로 셩혈(鮮血)을 흘니고 ᄒᆞᆫ 번 버릇젹이다가[418] 죽으니 원ᄂᆡ 이 술은 됴흔 술이 아니라 방연이 약ᄐᆞᆫ 술이러라. 원ᄂᆡ 마안의 샹뫼 방연으로 더브러 ᄀᆞᆺᄐᆞᆫ디라. 방연이 졔병(齊兵)을 믈니틸 계괴 업서 가도멸괵(假途滅虢)[419]ᄒᆞᆯ 의ᄉᆞᄅᆞᆯ 내야 짐즛 마안을 약 먹여 죽여 슈급(首級)을 ᄡᅳ려 ᄒᆞ미러라.

방연이 즉시 슈급을 가져 가쟝 하무지(何茂才)로 ᄒᆞ야곰 창긋ᄐᆡ ᄆᆡ야 셩 우희 가 졔병을 블러 닐러 ᄀᆞ로ᄃᆡ,

【79】 "위왕(魏王)이 부마 방연으로 ᄒᆞ야곰 졔ᄅᆞᆯ 티라 ᄒᆞ엿더니 녕지ᄅᆞᆯ 준티 아냐 도로혀 졔ᄅᆞᆯ ᄀᆞᄅᆞ치고 됴(趙)ᄅᆞᆯ ᄡᅵ고 연(燕)을 티니 됴뎡이 크게 노ᄒᆞ야 뎌의 군ᄉᆞᄅᆞᆯ 거더 도라와 방부마의 슈급을 버혀 예 잇ᄂᆞ니 노왕뎐하와 다못 손션싱은 나와 보쇼셔 ᄒᆞ야 이 슈급을 가져 뎌ᄅᆞᆯ 주라."

하무지 명을 녕ᄒᆞ야 창긋ᄐᆡ 마안의 슈급을 ᄆᆡ야 셩의 와 소ᄅᆡᄅᆞᆯ 놉히 ᄒᆞ야 블러 ᄀᆞᆯ오ᄃᆡ,

"졔국 군ᄉᆞᄂᆞᆫ 드ᄅᆞ라. 우리 위왕이 부마 방연으로 ᄒᆞ야곰 군ᄉᆞᄅᆞᆯ 거ᄂᆞ려 졔ᄅᆞᆯ 티라 ᄒᆞ얏더니 졔 왕명을 준티 아니ᄒᆞ고 졔ᄅᆞᆯ ᄀᆞᄅᆞ치며 됴ᄅᆞᆯ ᄡᅵ고 연을 티니 됴뎡이 크게 노ᄒᆞ야 【80】 방부마ᄅᆞᆯ 블러 머리ᄅᆞᆯ 버혀 예 잇ᄂᆞ니 노왕 뎐하와 다못 손션싱은 나아와 보라. 슈급을 밧드러 드리려 ᄒᆞᄂᆞ이다."

졔병이 드러가 고ᄒᆞᆫ대 노왕이 이 말을 듯

418) 【버릇젹이다】 동 버르적거리다. 버둥거리다. ¶ 掙 ‖ 홀연 것구러 칠교로 셩혈을 흘니고 ᄒᆞᆫ 번 버릇젹이다가 죽으니(一交跌翻在地, 只見七竅中鮮血迸流, 掙得一掙嗚呼尙享了.) <孫龐 4:78> ⇒ 버르져기다, 버릇져기다

419) 【가도멸괵】 명 가도멸괵(假途滅虢). 길을 빌려 괵나라를 멸망시키다. 길을 빌린다는 명목으로 상대방을 멸망시키는 계략. 춘추시대에 진(晉)나라가 우(虞)나라에게 길을 빌려 괵나라를 멸망시키고 돌아오는 길에 우나라도 멸망시킴. ¶ 방연이 졔병을 믈니틸 계괴 업서 가도멸괵ᄒᆞᆯ 의ᄉᆞᄅᆞᆯ 내야 짐즛 마안을 약 먹여 죽여 슈급을 ᄡᅳ려 ᄒᆞ미러라 (龐涓爲甚將藥酒藥死馬安, 因馬安與龐涓面貌相似, 沒奈何要成假途滅虢之計, 故把他來藥死.) <孫龐 4:78> 이ᄂᆞᆫ 길ᄒᆞᆯ 비러 괵을 멸ᄒᆞᄂᆞᆫ 계귀 [녯말이니 괵 ᄯᅡ 길ᄒᆞᆯ 비러 나가 놈을 티렷노라 ᄒᆞ다가 괵 ᄯᅡ히 니ᄅᆞ러 방비ᄒᆞ미 업ᄉᆞᆫ 줄을 보고 인ᄒᆞ여 뎌 멸ᄒᆞ니라] 니 거즛 일홈으로 셔쳔을 티렷노라 ᄒᆞ나 실은 형쥐ᄅᆞᆯ 취ᄒᆞ려 ᄒᆞ미니 (此乃假途滅虢之計也. 虛名收蜀, 實來取荊州也.) <三國 18:54>

고 급히 손빈(孫臏)으로 더브러 몰긔 올나 영의 나와 무러 왈,

"뉘 이리 요란이 구ᄂᆞ뇨?"

하무지 답응ᄒᆞ야 ᄀᆞᆯ오ᄃᆡ,

"방부매 왕명을 준티 아니ᄒᆞ야 군ᄉᆞ롤 거ᄂᆞ려 '지졔협됴벌연(指齊挾趙伐燕)'ᄒᆞ거놀 위왕이 특별이 머리롤 버혀 휘하의 드리ᄂᆞ이다."

손빈이 ᄂᆡᆼ쇼(冷笑) 왈,

"내 다만 방연으로 더브러 월족(刖足)ᄒᆞᆫ 원쉬 잇고 살명(殺命)ᄒᆞᆫ 원쉬 업ᄉᆞ니 일즉이 위왕이 방연을 버힐 줄 아던들 ᄆᆡ야 와 그 두 발을 베힐디니 엇【81】디 머리롤 버히도록 ᄒᆞ리오. 임의 이러틋 ᄒᆞ면 회군 긔호롤 셰우라."

하무지 환텬희디(歡天喜地)ᄒᆞ야 방연의게 비보(飛報)ᄒᆞ야 ᄀᆞᆯ오ᄃᆡ,

"졔병이 임의 회군 긔호롤 셰우더이다."

방연이 깃브믈 이긔디 못ᄒᆞ야 급히 됴회예 드러가 위왕을 보고 알외여 ᄀᆞᆯ오ᄃᆡ,

"신이 가도멸괵의 계교롤 ᄡᅧ 손빈의 군ᄉᆞ롤 임의 믈녀 졔예 도라가시니 혜아리건대 손빈이 이번 도라가매 아못 방비도 업ᄉᆞ리니 이제 일지병(一枝兵)을 어더 년야(連夜)ᄒᆞ야 뎌롤 ᄯᆞ롸 영채롤 겁틱ᄒᆞ야 브ᄃᆡ 이긔고 됴뎡의 도라오리이다."

위왕이 ᄀᆞᆯ오ᄃᆡ,

"승패ᄂᆞᆫ 병가의 긔필(期必)티 못ᄒᆞᆯ 일이라 경이【82】맛당이 조심ᄒᆞ야 이 도롤 ᄒᆞ라."

방연이 위왕을 하딕ᄒᆞ고 일지 인마롤 거ᄂᆞ려 슈후(隨後)ᄒᆞ야 튜한[간](追趕)ᄒᆞ다. 손빈이 군ᄉᆞ롤 도로혈ᄉᆡ 길 우히셔 노왕ᄃᆞ려 닐러 왈,

"뎐ᄒᆞ야 이 슈급이 방연의 슈급이 아니라 가쟝 마안이 방연으로 더브러 샹뫼 일양(一樣)이라. 방연이 약쥬롤 먹여 죽여 그 슈급을 가져 우리 군ᄉᆞ롤 믈니고 년야ᄒᆞ야 군ᄉᆞ롤 거ᄂᆞ려 우리 영채롤 겁틱ᄒᆞ리니 이제 계교로 계규롤 일우미 됴흐니이다."

ᄒᆞ고

"인마롤 ᄉᆞ면의 ᄆᆡ복ᄒᆞ고 일좌 공영(空營)을 셰워 뎌의 오기롤 기ᄃᆞ려 뎔로 ᄒᆞ야곰 대패ᄒᆞ게 ᄒᆞ리이다."

노왕이 ᄀᆞᆯ오ᄃᆡ,

"뎨 오랴【83】ᄒᆞ면 슈호[후](隨後)ᄒᆞ야 오리니 우리들이 미리 요긴히 쥰비ᄒᆞᆯ 거시니라."

손빈이 즉시 공영을 셰우고 즁쟝을 분부ᄒᆞ야,

"각ː 거ᄂᆞ린 바롤 쥰비ᄒᆞ야 ᄉᆞ면의 ᄆᆡ복ᄒᆞ얏다가 방연이 와 겁채(劫寨)ᄒᆞ기롤 기ᄃᆞ려 호포(號炮)ᄒᆞᆫ 소ᄅᆡ롤 듯고 복병이 ᄉᆞ긔(四起)ᄒᆞ야 일시의 ᄲᅧ 올나와 줏딜러 뎌롤 편갑도 도라가디 못ᄒᆞ게 ᄒᆞ라."

즁쟝이 각ː 녕을 준ᄒᆞ야 가다.

손빈이 계유 분발ᄒᆞ기롤 뎡ᄒᆞ매 방연이 년야ᄒᆞ야 ᄯᆞ롸 니ᄅᆞ니 이ᄣᆡ 이경은 ᄒᆞ얏ᄂᆞᆫ디라. 위병이 ᄒᆞᆫ 소ᄅᆡ 납함의 대도활부(大刀闊斧)로 졔병을 즛텨 졔영으로 드러오니 졔병이 일인도 업【84】ᄉᆞ니 방연이 임의 계규의 ᄲᅡ딘 줄 알고 몸을 굽혀 군ᄉᆞ롤 거ᄂᆞ려 도라가려 ᄒᆞ더니 홀연 일셩포향(一聲砲響)의 졔국 복병이 내ᄃᆞ라 위국 인마롤 둥그러케 에워 병인(兵刃)니 교졉ᄒᆞ니 위국 인매 ᄃᆡ뎍ᄒᆞᆯ ᄆᆞ옴이 업서 다만 어즈러이 ᄃᆞ라나니 졔국 병쟝이 한살(赶殺)ᄒᆞ야 경진(罄盡)ᄒᆞ니 놉흔 언덕 우히 사롬의 머리 어즈러이 구을며 ᄂᆞᄌᆞᆫ 기천 속의 피흘러 내히[420] 되엿더라. 혼살(混殺)ᄒᆞᄂᆞᆫ 듕 방연만 도망ᄒᆞᆫ디라. 방연이 말을 채 텨 나ᄂᆞᆫ ᄃᆞ시 도망ᄒᆞ야 의량셩(宜粱城)의 가 위왕ᄭᅴ 됴회ᄒᆞᆫ대 위왕이 무러 ᄀᆞᆯ오ᄃᆡ,

"경이 군ᄉᆞ롤 거ᄂᆞ려 졔병을 ᄯᆞ롸 영채롤 겁틱【85】ᄒᆞ랴 ᄒᆞ더니 엇디 도라오뇨?"

방연이 왈,

"신의 죄 만번이나 죽엄즉ᄒᆞ이다. 아디 못게라 쇼식을 누 통ᄒᆞ야 신이 도로혀 손빈의 ᄭᅬ예 ᄲᅡ뎌 일지 인마롤 죽이고 ᄃᆡ피ᄒᆞ야 됴회ᄒᆞᄂᆞ니 ᄇᆞ라건대 ᄒᆞᆫ 번 죽으몰 샤ᄒᆞ쇼셔.

위왕이 대로 왈,

"네 됴흔 일은 ᄒᆞ야다 샹해 호언난어(胡言亂語)로 매췌과강(賣嘴誇強)ᄒᆞ더니 오ᄂᆞᆯ 므슴 ᄂᆞᆾ초로 날을 보ᄂᆞ뇨? 공쥬의 면샹곳 보디 아니ᄒᆞ면 너롤 죽여 엄을 만단(萬段)의 내여 경히 용샤티 아니ᄒᆞ리라."

방연이 고두(叩頭)ᄒᆞ야 ᄀᆞᆯ오ᄃᆡ,

"신이 만 번이나 죽엄즉ᄒᆞ이다. 말을 ᄆᆞᆺ디 못ᄒᆞ야셔 각문 두목이 ᄂᆞᄃᆞ시 와 보ᄒᆞᄃᆡ,

---

420)【넣】 명 내[川]. ¶ 河 ‖ 놉흔 언덕 우히 사롬의 머리 어즈러이 구을며 ᄂᆞᄌᆞᆫ 기천 속의 피 흘러 내히 되엿더라 (但見高崗上人頭亂滾, 低窪處血湧成河.) <孫龐 4:84>

"졔국 병매 【86】 다시 와 셩을 티되 셰 심히 챵궐(猖獗)ᄒᆞ다."

ᄒᆞᆫ대 위왕이 ᄯᅩ ᄒᆞᆫ 번 놀나믈 닙으미 젹디 아니ᄒᆞ거ᄂᆞᆯ 모든 문뮈 나아와 알외되,

"졔병이 잠간 갓다가 도로 오니 그 긔미ᄅᆞᆯ 측냥키 어려온디라. 뎌의 병마ᄂᆞᆫ 번듕(繁衆)ᄒᆞ고 우리 나라ᄒᆞᆫ 군ᄉᆡ 미ᄒᆞ고 쟝슈 젹으니 실로 ᄃᆡ뎍기 어려운디라. 다ᄅᆞᆫ 나라희 가 구완을 구ᄒᆞ야〻 졔병을 믈니리이다."

위왕이 쥰주ᄒᆞ야 글 두 봉을 닷가 ᄒᆞᆫ 봉은 셔갑(徐甲)을 주어 셔문으로 나가 진국(秦國)의 니ᄅᆞ러 군ᄉᆞᄅᆞᆯ 빌고 ᄒᆞᆫ 봉은 후영(侯嬰)을 주어 동문으로 나가 한(韓)국의 가 군ᄉᆞᄅᆞᆯ 빌나 ᄒᆞᆫ대 두 사ᄅᆞᆷ이 녕지ᄒᆞ야 각〻 【87】 가다. 셔갑이 이 셔문을 나더니 졔쟝(齊將) 독고딘(獨孤陳)을 만나 갈 길흘 막고 크게 블러 왈,

이 놈아, 네 어ᄃᆡᄅᆞᆯ 가ᄂᆞᆫ다?

셔갑이 ᄃᆡ왈,

"내 쥬샹 명을 밧ᄌᆞ와 진국의 가 군ᄉᆞᄅᆞᆯ 빌랴 ᄒᆞ노라."

독고딘이 ᄀᆞᆯ오ᄃᆡ,

"본ᄃᆡ 너ᄅᆞᆯ 죽일 거시로ᄃᆡ 내 네 군ᄉᆞ 빌라 가믈 겁(怯)ᄒᆞᆫ다[421] ᄒᆞᆯ 거시니 너ᄅᆞᆯ 노화 보내ᄂᆞ니 ᄲᆞᆯ리 가 수이 도라오라."

셔갑이 채ᄅᆞᆯ 텨 ᄃᆞᆺ다.

후영이 ᄯᅩ 동문의 나가다가 ᄯᅩ 원달(袁達)이 갈 길흘 막으며 ᄭᅮ지저 왈,

"죽을 줄 모ᄅᆞᄂᆞᆫ 도적은 어드러 가랴 ᄒᆞᄂᆞ뇨?"

후영이 급히 ᄆᆞᆯ긔 ᄂᆞ려 ᄀᆞᆯ오ᄃᆡ,

"위왕의 명을 밧ᄌᆞ와 한국의 가 구완을 쳥ᄒᆞ라 가노라."

【88】 원달이 ᄀᆞᆯ오ᄃᆡ,

"본ᄃᆡ 도치로 네 셩명을 결ᄒᆞᆯ 거시로ᄃᆡ 가히 어엿브다. 너의 위왕이 문의 지혀 ᄇᆞ라리니 ᄲᆞᆯ니 가 ᄲᆞᆯ니 오라."

후영이 반은 죽어 ᄲᆞᆯ니 가다.

셔갑이 몬져 진국의 니ᄅᆞ니 그 날 진효공(秦孝公)이 뎐의 올랏더니 황문(黃門)이 보ᄒᆞᄃᆡ,

"위국이 ᄉᆞᄅᆞᆯ 보내여 됴문 밧긔 잇ᄂᆞ이다."

진왕이

"블러오라."

ᄒᆞᆫ대 셔갑이 드러와 슝후(嵩呼)ᄒᆞ고 녜ᄇᆡ(禮拜)ᄒᆞᆫ대 진왕이 믈오ᄃᆡ,

"위국 ᄉᆞ신이 므ᄉᆞ 일로 예 니ᄅᆞ뇨?"

셔갑이 ᄀᆞᆯ오ᄃᆡ,

"위신(魏臣) 셔갑이 쥬샹 명을 밧ᄌᆞ와 표ᄅᆞᆯ 밧드러 쥬샹ᄭᅴ 드리ᄂᆞ니 이제 졔국 노왕이 대군을 통녕(統領)ᄒᆞ야 위셩을 에워 위ᄐᆡᄒᆞ미 됴셕(朝夕) 잇ᄂᆞᆫ디라. 【89】 우리 나라히 쟝슈 젹고 군ᄉᆡ 미ᄒᆞ야 능히 ᄃᆡ뎍디 못ᄒᆞᄂᆞ니 ᄇᆞ라건대 대왕은 일녀(一旅)의 군ᄉᆞᄅᆞᆯ 내여 졔ᄅᆞᆯ 파ᄒᆞ고 위ᄅᆞᆯ 구ᄒᆞ면 엇디 ᄒᆞᆫ갓 과군(寡君)의 ᄒᆡᆼ(幸)이리오. ᄯᅩᄒᆞᆫ 합국(闔國) 인민의 ᄒᆡᆼ일가 ᄒᆞ노라."

진왕이 글을 가져 펴보고 흔연(欣然)ᄒᆞ야 윤낙(允諾)ᄒᆞ고 셔갑을 광녹ᄉᆞ(光祿司)의 보내여 다반으로 관ᄃᆡᄒᆞ라 ᄒᆞ고 드ᄃᆡ여 냥반문무(兩班文武)ᄃᆞ려 무러 왈,

"뉘 군ᄉᆞᄅᆞᆯ 거ᄂᆞ려 가 의량의 에운 거ᄉᆞᆯ 플고?"

언필(言畢)의 무안군(武安君) ᄇᆡᆨ긔(白起) 나아와 닐오ᄃᆡ,

"신이 원컨대 군ᄉᆞᄅᆞᆯ 거ᄂᆞ려 나아가리이다. 당초 손빈이 위국 비뎐원(卑田院)의 이실 제 ᄇᆡᆨ의슈ᄉᆞ(白衣秀士)의 모양을 ᄒᆞ야 뎌ᄅᆞᆯ 도적ᄒᆞ야 나라희 도라오랴 【90】 ᄒᆞ니 뎨 닐오ᄃᆡ, '쳔일의 ᄌᆡ앙이 이시니 ᄌᆡ앙이 ᄎᆞ기ᄅᆞᆯ 기ᄃᆞ려 뎐의 올나 샤례ᄒᆞ랏노라.' ᄒᆞ더니 이제 ᄌᆡ앙이 차시ᄃᆡ 졔예 가고 우리나라희 오디 아니ᄒᆞ니 신이 쳥지(請旨)ᄒᆞ야 군ᄉᆞᄅᆞᆯ 거ᄂᆞ려 졔예 드러가 손빈을 ᄎᆞᆺ고져 ᄒᆞ연디 오라더니 이 요희〔機會〕ᄅᆞᆯ 타 ᄒᆞᆫ ᄎᆞ례ᄅᆞᆯ ᄃᆞᆫ녀 오리이다."

진왕이 쥰주(准奏)ᄒᆞ니 ᄇᆡᆨ긔 하딕고 나와 졍히 인마ᄅᆞᆯ 타뎜ᄒᆞ더니 셔갑이 드러와 ᄉᆞ샤ᄒᆞ고 ᄇᆡᆨ긔로 더브러 일만 졍병을 거ᄂᆞ려 도라오니 진짓 웅병(雄兵)은 범 ᄀᆞᆺ고 젼마(戰馬)ᄂᆞᆫ 뇽 ᄀᆞᄐᆞ야 의량셩하의 니ᄅᆞ니 원ᄂᆡ 손빈이 임의 ᄇᆡᆨ긔

421 【겁ᄒᆞ다】 동 {겁(怯)하다.} 겁(怯)내다. 겁(怯)먹다. ¶ 怕 ‖ 본ᄃᆡ 너ᄅᆞᆯ 죽일 거시로ᄃᆡ 내 네 군ᄉᆞ 빌나 가믈 겁ᄒᆞᆫ다 ᄒᆞᆯ 거시니 너ᄅᆞᆯ 노화 보내ᄂᆞ니 ᄲᆞᆯ리 가 수이 도라오라 (本待殺你, 只說我怕你借兵, 放汝快走, 速去速來.) <孫龐 4:87> 懦 ‖ 쟝군이 엇디 이리 겁ᄒᆞᄂᆞ뇨? 내 보니 칠로병이 닐곱 무디 서근 플 ᄀᆞᄐᆞ니 엇디 념녀ᄒᆞ리오 (何如是之懦也? 吾觀七路之兵, 如七堆腐草, 何足介意!) <三國 6:75>

군ᄉᆡ 오ᄂᆞᆫ 줄 아ᄂᆞᆫ디라. 몬져 둔갑법으로ᄡᅥ 졔병이 ᄒᆞ나토 【91】 ᄌᆞᆼ적이 업ᄉᆞ니 ᄇᆡᆨ긔 셩하의 니ᄅᆞ러 졔병을 보디 못ᄒᆞᄂᆞᆫ디라. 쵸마(哨馬)로 ᄒᆞ야곰 네 녁흐로 쵸탐ᄒᆞ되 형양[영향](影響)도 업거ᄂᆞᆯ 셔갑ᄃᆞ려 무러 ᄀᆞᆯ오ᄃᆡ,

"졔병이 일인도 업고 아모ᄃᆡ 둔ᄒᆞ얏ᄂᆞᆫ 줄을 모ᄅᆞ니 엇디 이러ᄐᆞᆺ 밍낭(孟浪)ᄒᆞ뇨[422]?"

셔갑이 ᄀᆞᆯ오ᄃᆡ,

"대인아 엇디 이런 말을 ᄒᆞᄂᆞ뇨? 튜일(逐日)ᄒᆞ야 함살이 년텬(連天)ᄒᆞ야[423] 북을 두ᄃᆞ리며 증을 울려 ᄡᅡ홈을 도:되 우리나라ᄒᆡ 인매 결쇼(缺少)ᄒᆞ믈 인ᄒᆞ야 만: 브드[득]이ᄒᆞ야 너ᄒᆡ 진국의 가 구완을 비러 와시니 엇디 졔병이 업시 밍낭이 와 빈다 ᄒᆞᄂᆞ뇨?"

두 사ᄅᆞᆷ이 셜화ᄒᆞᆯ ᄉᆞ이예 ᄒᆞᆫ 가지로 의량셩의 나아가 병마ᄅᆞᆯ 연무 【92】 댱(演武場)의 둔찰ᄒᆞ고 ᄇᆡᆨ긔 드러와 됴회ᄒᆞᆯᄉᆡ ᄀᆞᆯ오ᄃᆡ,

"신 진 무안군 ᄇᆡᆨ긔 대왕이 ᄉᆞ신을 보내여 군ᄉᆞᄅᆞᆯ 빌므로 날을 보내여 군ᄉᆞᄅᆞᆯ 거ᄂᆞ려 나아와 위ᄅᆞᆯ 도아 졔ᄅᆞᆯ 파ᄒᆞ랴 ᄒᆞ더니 앗가 셩하의 니ᄅᆞ러 ᄒᆞᆫ 낫 졔병도 보디 못ᄒᆞ고 신이 ᄯᅩ 쵸마로 좌우로 보ᄃᆡ ᄌᆞᆼ적도 업ᄉᆞ니 대왕이 군ᄉᆞᄅᆞᆯ 비러 므어ᄉᆡ ᄡᅳ려 ᄒᆞᄂᆞ뇨?"

위왕이 왈,

"쟝군아 졔병이 갓가이셔 셩을 텨시니 엇디 졔병이 업다 ᄒᆞᄂᆞ뇨? 이 반ᄃᆞ시 손빈이 므ᄉᆞᆷ 법을 ᄒᆞ야 챠엄(遮掩)ᄒᆞ미라. 이런고로 쟝군이 보디 못ᄒᆞ얏도다. ᄯᅩ 쳥컨대 쟝군은 금뎡관역(金亭館驛)의 가 군ᄉᆞᄅᆞᆯ 쉬윗다가 다시 보ᄒᆞ기ᄅᆞᆯ 기ᄃᆞ려 군ᄉᆞᄅᆞᆯ 발 【93】 ᄒᆞ야 ᄒᆞᆫ 번 믈니티라."

ᄒᆞ고 드ᄃᆡ여 명ᄒᆞ야,

"금뎡관역의 베프고 셔갑으로 ᄒᆞ야곰 잔치ᄅᆞᆯ 뫼시라."

ᄒᆞ고 일변으로 양식 마초ᄅᆞᆯ 주다. ᄇᆡᆨ긔 역듕의 반 ᄃᆞᆯ을 머므니 위왕이 뎌ᄅᆞᆯ 삼일의 쇼연(小宴)ᄒᆞ고 오일의 대연(大宴)ᄒᆞ야 이리 후히 관ᄃᆡᄒᆞ믄 뎌ᄅᆞᆯ 됴히 머믈워 졔병을 믈리티고 타발ᄒᆞ야 보내려 ᄒᆞ더니 뉘 졔병이 듯고 발동(發動)티 아닐 줄 알니오. ᄇᆡᆨ긔 ᄆᆞᄋᆞᆷ의 심히 닛디 못ᄒᆞ야 와 위왕의게 하ᄃᆡᆨᄒᆞ야 ᄀᆞᆯ오ᄃᆡ,

"신이 이번 오매 실노 위ᄅᆞᆯ 돕고 졔ᄅᆞᆯ 파ᄒᆞ고 공을 일워 도라가랴 ᄒᆞ얏더니 ᄒᆞᄆᆞᆯ며 이제 졔병이 묘망ᄒᆞ니 인매 예 【94】 이시매 냥초(糧草)ᄅᆞᆯ 허비ᄒᆞᆯ ᄯᆞᄅᆞᆷ이라. 신이 특별이 대왕ᄭᅴ 하ᄃᆡᆨᄒᆞᄂᆞ니 군ᄉᆞᄅᆞᆯ 거ᄂᆞ려 잠간 도라갓다가 오리이다."

위왕이 ᄀᆞᆯ오ᄃᆡ,

"쇽졀업시 쟝군을 슈고롭게 ᄒᆞ야시니 엇디 쳐티ᄒᆞ리오."

군ᄉᆡᄅᆞᆯ 명ᄒᆞ야 능금(綾錦)과 단필(鍛匹)과 노비(路費) 금은을 가져 무안군을 호위ᄒᆞ야 진의 도라보낸대 ᄇᆡᆨ긔 ᄉᆞ샤(謝辭)ᄒᆞ고 군ᄉᆞᄅᆞᆯ 거ᄂᆞ려 셔문의 나 ᄉᆞ오시[십] 리ᄂᆞᆫ 가더니 ᄯᅩ 졔병이 다시 명나뇌고(鳴鑼擂鼓)ᄒᆞ고 함살이 년텬(連天)ᄒᆞ야 분용(奮勇)ᄒᆞ야 셩을 ᄐᆡᆫ대 위왕이 즉시 셔갑으로 ᄒᆞ야곰 ᄇᆡᆨ긔의 군ᄉᆞ랄 ᄯᆞᆯ오라 ᄒᆞᆫ대 셔갑이 명을 녕ᄒᆞ야 ᄆᆞᆯ긔 올라 등뎡(登程)ᄒᆞ야 ᄯᆞᆯ와 ᄆᆞᆯ 우ᄒᆡ셔 소ᄅᆡᄅᆞᆯ 놉히 ᄒᆞ야 블러 왈,

"무안군 대인은 쳥컨대 군ᄉᆞᄅᆞᆯ ᄌᆡ쵹 【95】 ᄒᆞ야 도라오쇼셔. 졔병이 ᄯᅩ 셩을 티ᄂᆞ이다."

ᄇᆡᆨ긔 이 말을 듯고 군ᄉᆞᄅᆞᆯ 거ᄂᆞ려 의량의 니ᄅᆞ니 밋 진병이 셩하의 니ᄅᆞ기[424]의 미처ᄂᆞᆫ ᄯᅩ 졔병이 ᄒᆞ나토 업ᄂᆞᆫ디라. ᄇᆡᆨ긔 셔갑ᄃᆞ려 닐오ᄃᆡ,

"네 와 졔병이 ᄯᅩ 셩을 ᄐᆡᆫ다 ᄒᆞ더니 내 이

---

422) 【밍낭ᄒᆞ다】 동 {맹랑(孟浪)하다.} 경솔하다. ¶ 孟浪 ‖ 졔병이 일인도 업고 아모ᄃᆡ 둔ᄒᆞ얏ᄂᆞᆫ 줄을 모ᄅᆞ니 엇디 이러ᄐᆞᆺ 밍낭ᄒᆞ뇨 (齊兵並沒一箇, 又不見屯在何處, 恁般孟浪.) <孫龐 4:91> 쇼졔의 방문 ᄣᅦ미 비록 밍낭ᄒᆞ나 젼혀 구형을 구ᄒᆞ기ᄅᆞᆯ 위ᄒᆞ미 눈섭의 불 븟ᄂᆞᆫ ᄃᆡ 언 발의 오좀 노ᄂᆞᆫ 계ᄀᆞ나 실노 무가내히라 (小弟此番揭榜雖覺孟浪, 但因要救舅兄, 不得已做了一個'火燒眉毛, 且顧眼前'之計, 實是無可奈何.) <鏡花 8:63>

423) 【년텬ᄒᆞ다】 형 {연천(連天)하다.} ¶ 連天 ‖ 튜일ᄒᆞ야 함살이 년텬ᄒᆞ야 북을 두ᄃᆞ리며 증을 울려 ᄡᅡ홈을 도도되 (逐日喊震連天, 鳴鑼擂鼓, 攻城搦戰.) <孫龐 4:91>

424) 【니ᄅᆞ다】 동 이르다. ¶ 至 ‖ ᄇᆡᆨ긔 이 말을 듯고 군ᄉᆞᄅᆞᆯ 거ᄂᆞ려 의량의 니ᄅᆞ니 밋 진병이 셩하의 니ᄅᆞ기의 미처ᄂᆞᆫ ᄯᅩ 졔병이 ᄒᆞ나토 업ᄂᆞᆫ디라 (白起聞說, 掣兵復轉宜梁, 及至秦兵復到城下, 齊兵又一箇不見了.) <孫龐 4:95> 到 ‖ 졔병이 ᄯᅩ 셩을 ᄐᆡᆫ다 ᄒᆞ더니 밋 셩하의 니ᄅᆞ매 (說齊兵又來攻城, 比及復到城下.) <孫龐 4:95>

제 군ᄉᆞ를 거ᄂᆞ려 도라오매 졔병이 ᄯᅩ ᄒᆞ나토 업ᄉᆞ니 이 엇딘 일고?"

셔갑이 입을 닷고 말을 못ᄒᆞ더라. 두 사ᄅᆞᆷ이 드러와 위왕ᄭᅴ 뵈고 빈ᄀᆡ ᄀᆞᆯ오ᄃᆡ,

"신의 병매 임의 여러 니롤 갓거ᄂᆞᆯ 셔션싱이 와 졔병이 ᄯᅩ 셩을 틴다 ᄒᆞ더니 밋 셩하의 니ᄅᆞ매 졔의 일긔와 일졸을 보디 못ᄒᆞ니 이 엇디 니잇고?"

위왕이 웃고 닐오ᄃᆡ,

"이는 션【96】싱을 속여 도라오게 ᄒᆞᆫ 거시 아니라 이 실노 졔병이 ᄯᅩ 와 셩을 티ᄂᆞᆫ디라. 이러므로 션싱을 쳥ᄒᆞ야 왓ᄂᆞ니 다시 몃 ᄯᅢ를 머믈워 화락(下落)을 보고 도라가미 편ᄒᆞ도다."

빈ᄀᆡ 다만 병마롤 안둔(安頓)ᄒᆞ고 이예 머므니 시예 ᄀᆞᆯ오ᄃᆡ,

걸ᄉᆞ원구셰여분(乞師援救勢如焚)
나식군ᄉᆞ션둔군(那識軍師善遁軍.)
사거션닉공쥬족(乍去旋來空駐足)
직교겸쇄무안군(直敎賺殺武安君.)

군ᄉᆞ롤 비러 구원ᄒᆞ매 셰 블브틈 ᄀᆞᄐᆞ니
엇디 군ᄉᆞ 둔갑 잘ᄒᆞᄂᆞᆫ 줄을 알니오.
잠간 갓다가 도로 오매 쇽졀업시 발을 머[멈]추니
다만 무안군을 겸쇄ᄒᆞ얏도다

손빈이 영듕의 이셔 ᄀᆞ만이 원달과 니목(李牧)·독고딘 삼쟝이 군녕을 준위ᄒᆞ야 군ᄉᆞ롤 거ᄂᆞ려 영의 나【97】아가다 무안군 빈ᄀᆡ 금뎡관역의셔 머므니 왕이 젼대로 관ᄃᆡᄒᆞ여 반 ᄃᆞᆯ이나 머므니 빈ᄀᆡ 번뇌ᄒᆞ몰 견ᄃᆡ여 ᄯᅩ 두어 날을 머믈워 위왕긔 하딕ᄒᆞ야 ᄀᆞᆯ오ᄃᆡ,

"신이 군ᄉᆞ롤 거ᄂᆞ려 이예 이션디 오라되 ᄯᅩ 동졍(動靜)이 업ᄉᆞ니 신이 이에 머므러 일월이 쳐년(遷延)ᄒᆞ니 므어시 일의 유익ᄒᆞ리잇가? 이번은 고ᄉᆞᄒᆞ고 군ᄉᆞ롤 거ᄂᆞ려 도라가려 ᄒᆞᄂᆞ이다."

위왕이 빈ᄀᆡ 뎡ᄒᆞ야 가랴 ᄒᆞ몰 보고 다시 머므르기 어려워 빈ᄀᆡᄃᆞ려 닐러 ᄀᆞᆯ오ᄃᆡ,

"쟝군이 이번의 다시 오매 풍상(風霜)을 바다 노둔(勞頓)케 ᄒᆞ니 과인이 심히 ᄯᅳᄃᆡ 평안티 아니ᄒᆞ여라."

드ᄃᆡ여 근시로 ᄒᆞ야곰 금은과 단필을 가져 무안【98】군을 주어 긔뎡(起程)ᄒᆞ게 ᄒᆞ라 ᄒᆞᆫ대 방연이 겻ᄐᆡ 이셔 스ᄉᆞ로 니ᄅᆞ며 스ᄉᆞ로 말ᄒᆞ야 ᄀᆞᆯ오ᄃᆡ,

"엇디 군ᄉᆞ롤 비러 일보(一步)의 힘도 내디 못ᄒᆞ고 도로혀 허다ᄒᆞᆫ 거술 속여 어더 도라간다."

ᄒᆞᆫ대 빈ᄀᆡ 이 말을 듯고 심듕의 크게 노ᄒᆞ야 ᄀᆞ만이 스ᄉᆞ로 ᄀᆞᆯ오ᄃᆡ,

"원닉 이 안조포심(雁爪鵰心)의 놈이 손빈으로 더브러 깁흔 원슈롤 지으몰 인ᄒᆞ야 위왕이 군ᄉᆞ롤 비러 왓거ᄂᆞᆯ 엇디 날을 허다ᄒᆞᆫ 거술 가져 간다 ᄒᆞᄂᆞ뇨? 이번은 군싀 즛딜러 셩의 드러와도 내 구티 아니ᄒᆞ리라."

빈ᄀᆡ 위왕을 하딕ᄒᆞ고 셩의 나 수십 리 못 가셔 졔병이 ᄯᅩ 셩을 티고 손빈이 ᄯᅩ 녕ᄒᆞ야,

"이번의 사ᄅᆞᆷ이 만일【95】셩을 나려 ᄒᆞ거든 내여 보내디 말나."

ᄒᆞ니라. 위왕이 경히 금난뎐의 안자 됴회롤 파티 못ᄒᆞ얏더니 각 문 두목이 와 보ᄒᆞᄃᆡ,

"ᄯᅩ 졔병이 와 셩을 틴다."

ᄒᆞᆫ대 위왕이 셔갑으로 ᄒᆞ야곰 빈ᄀᆡ 명을 ᄲᅩ와 블러오라 ᄒᆞᆫ대 셔갑이 몰을 ᄃᆞᆯ려 셔문으로 나더니 오희(吳獬) 마승(馬昇)을 만나 크게 ᄒᆞᆫ 소ᄅᆡ롤 브ᄅᆞᄃᆡ,

"이 놈은 ᄉᆞ활(死活)도 아디 못ᄒᆞᄂᆞ냐? 두 번 너롤 노화 보내여 구병을 가져오게 ᄒᆞ니 ᄯᅩ 와 어즈러이 드레ᄂᆞ냐? 쾌히 이 슈급(首級)을 머믈오라."

셔갑이 ᄒᆞᆫ이 몸의 븟디 아니ᄒᆞ야 몰을 채텨 도라와 위왕을 보고 왈,

"졔병이 막아 보내디 아니ᄒᆞ니 신이 ᄒᆞ마 셩명을【100】도라 보낼 번ᄒᆞ야 다만 믈러와 회보ᄒᆞᄂᆞ이다."

위왕이 즁쟝을 분부ᄒᆞ야 방슈(防守)ᄒᆞ라 ᄒᆞ다.

무안군 빈ᄀᆡ 군ᄉᆞ롤 거ᄂᆞ려 진으로 도라오더니 경히 흑봉산(黑峯山)의 니ᄅᆞ러 ᄒᆞᆫ 소ᄅᆡ 나항(鑼響)의 ᄒᆞᆫ 산왕이 일ᄃᆡ 누라(嘍囉)롤 거ᄂᆞ리고 내ᄃᆞ라 갈 길흘 막으며 닐오ᄃᆡ,

"쾌히 미로젼(買路錢)을 주고 가라."

빈ᄀᆡ ᄀᆞᆯ오ᄃᆡ,

"모로미 사ᄅᆞᆷ을 그ᄅᆞᆺ 아라보디 말나. 나ᄂᆞᆫ 진국 무안군 ᄇᆡᆨ긔니 뉘 내의 위명(威名)을 모로리오. ᄒᆞ물며 왕ᄂᆡᄒᆞᄂᆞᆫ 샹괴(商賈) 아니라 ᄆᆞᄉᆞᆷ 너 줄 ᄆᆡ로젼425)이 이시리오."

산왕이 ᄀᆞᆯ오ᄃᆡ,

"관병(官兵)이나 관쟝(官將)이나 다 혜아리디 아니ᄒᆞ고 다 구ᄒᆞᄂᆞ니 다만 ᄆᆡ로젼이 업거든 투고와 의갑을【101】다 버서 노코 가라."

ᄇᆡᆨ긔 대로ᄒᆞ야 칼ᄒᆞᆯ 드러 쌔텨 오거ᄂᆞᆯ 됴ᄒᆞᆫ 산왕이 ᄀᆡ산대부(開山大斧)ᄅᆞᆯ 드러 마자 ᄲᅡ화 십여 합의 승부ᄅᆞᆯ 블분(不分)ᄒᆞ더니 다만 ᄃᆞᄅᆞ니 ᄆᆞᆯ 뒤흐로셔 일셩 나향의 냥개 산왕이 무수ᄒᆞᆫ 인마ᄅᆞᆯ 거ᄂᆞ려 위국이 ᄇᆡᆨ긔 준 금은 보ᄇᆡ와 능나 단필과 일용[응]난초(一應糧草)ᄅᆞᆯ 다 아사가니 ᄇᆡᆨ긔 오히려 압ᄒᆞᆯ 도라보디 못ᄒᆞ니 엇디 뒤ᄒᆞᆯ 도라 보리오. ᄆᆞᆯ을 채 텨 ᄉᆞ이 길로 가거ᄂᆞᆯ 산왕이 급히 블너 ᄀᆞᆯ오ᄃᆡ,

"ᄇᆡᆨ쟝군은 ᄃᆞ라나디 말나. 나ᄂᆞᆫ 강인(强人)이 아니라 졔쟝 원달·니목·독고딘이러니 손군ᄉᆞ의 녕을 밧ᄌᆞ와 특별히 와 쟝군ᄭᅴ 알외ᄂᆞ니 향일의 쟝【102】군이 위예 니ᄅᆞ러 손군ᄉᆞᄅᆞᆯ 쳥ᄒᆞᄃᆡ 손군ᄉᆡ 진의 즐겨 가디 아닛ᄂᆞᆫ 거시 아니라 지앙이 쳔일의 ᄎᆞ디 못ᄒᆞ얏고 ᄯᅩ 문뇌(門路) 업서 탈신키 됴티 아니터니 후의 졔국 복태우(卜大夫)의 다거(茶車)의 인편ᄒᆞᆷ을 만나고 ᄯᅩ 임의 지회ᄅᆞᆯ 버섯ᄂᆞᆫ디라. 일노ᄡᅧ 승편ᄒᆞ야 졔예 도라가시니 후회 이시리니 쟝군은 고이히 너기디 마ᄅᆞ쇼셔."

ᄇᆡᆨ긔 마샹의셔 두어 소릐ᄅᆞᆯ 웃고 도라가니라. 원달 니목 독고딘이 즉시 인마ᄅᆞᆯ 슈집ᄒᆞ야 졔영의 도라와 아사온 능금(綾錦)과 단ᄇᆡᆨ(段帛)과 금은과 냥향(粮餉)을 다 프러 드리니 손빈과 노왕이 대희ᄒᆞ야 냥향을 즁군을 흐터 주고 금은 단ᄇᆡᆨ은 유공ᄒᆞᆫ 군ᄉᆞᄅᆞᆯ 논화 주고 잔치【103】ᄅᆞᆯ 베퍼 경샹(慶賞)ᄒᆞ니 시예 왈,

ᄃᆡ연ᄀᆡ쳐집군웅(玳筵開處集群雄)
격셕명금낙심늉(擊石鳴金樂甚融)
안셜가효찬약우(案設嘉餚餐若雨)
경샹미쥬음여홍(傾觴美酒飮如虹.)

ᄃᆡ연을 연 고ᄃᆡ 군웅이 모ᄃᆞ니
격셕ᄒᆞ며 명금ᄒᆞ매 즐거오미 심히 깁도다
반의 가효ᄅᆞᆯ 베퍼시니 먹음으ᄆᆞᆯ 비[단]ᄀᆞᆺ티 ᄒᆞ고
잔의 미쥬ᄅᆞᆯ 거후르니 마시ᄆᆞᆯ 무지게ᄀᆞᆺ티 ᄒᆞᄂᆞᆫ도다

분ː갑ᄉᆞ환셩용(紛紛甲士歡聲湧)
개ː지관협긔홍(個個材官俠氣洪)
우견젼봉영외지(又見傳烽營外至)
져간호쟝주부공(佇看虎將奏膚功.)

분ːᄒᆞᆫ 갑ᄉᆞᄂᆞᆫ 즐기ᄂᆞᆫ 소릐 용ᄒᆞ고
개ː 지관은 협긔 크도다
ᄯᅩ 봉화ᄅᆞᆯ 뎐ᄒᆞ야 영 밧긔 니ᄅᆞᄆᆞᆯ 보니
쟝ᄎᆞᆺ 호쟝이 큰 공을 알외ᄆᆞᆯ 보리로다

음쥬ᄒᆞᆯ ᄉᆞ이예 쵸매 듕군의 와 알외되,

"이제 한쇼왕(韓昭王)의 졍궁낭ː(正宮娘娘) 위왕 친ᄆᆡ의 일홈은 위양공쥐(魏陽公主)니【104】인마ᄅᆞᆯ 거ᄂᆞ려 위ᄅᆞᆯ 도으라 ᄒᆞ야 군ᄉᆞᄅᆞᆯ 의량셩 칠팔 리 ᄯᅡ히 둔ᄒᆞ얏다."

ᄒᆞ니 손빈이 연셕간의셔 니목을 보내여 일지병을 거ᄂᆞ려 영졉ᄒᆞ라 ᄒᆞ고 니목ᄃᆞ려 닐오ᄃᆡ,

"네 이긔믈 어더 여의 도라오면 다시 공을 경하ᄒᆞᄂᆞᆫ 연셕을 베플니라."

니목이 명을 엇고 젼장피괘(全粧披掛)ᄒᆞ고 손의 ᄡᅡᆼ편(雙鞭)을 잇글고 군ᄉᆞᄅᆞᆯ 거ᄂᆞ려 바로 딘 압픠 니ᄅᆞ러 ᄀᆞᆯ오ᄃᆡ,

"강쟝(强將)이 잇거든 ᄆᆞᆯ을 내고 약쟝(弱將)이 잇거든 오디 말나."

한국 쵸매 영의 드러가 낭ː끠 ᄉᆞᆯ오ᄃᆡ,

"졔국 쟝쉬 군ᄉᆞᄅᆞᆯ 거ᄂᆞ려 ᄡᅡ홈을 도ᄃᆞᆫ다."

ᄒᆞᆫ대 낭ː이 댱샤(張奢)로 ᄒᆞ야곰 군ᄉᆞᄅᆞᆯ 내여 졉젼ᄒᆞ라 ᄒᆞᆫ대 댱섀 녕을【105】엇고 피괘ᄒᆞ기ᄅᆞᆯ 졍졔히 ᄒᆞ니 《쟈고텬鷓鴣天》 시(詞) 이셔 ᄀᆞᆯ오ᄃᆡ,

슈갑표ː괘마아(繡甲飄飄掛鏌鋣)

425) 【ᄆᆡ로젼】 명 {매로전(買路錢).} 길세. ¶ 買路錢 ‖ 나ᄂᆞᆫ 진국 무안군 ᄇᆡᆨ긔니 뉘 내의 위명을 모로리오 ᄒᆞ물며 왕ᄂᆡᄒᆞᄂᆞᆫ 샹괴 아니라 ᄆᆞᄉᆞᆷ 너 줄 ᄆᆡ로젼이 이시리오 (吾乃秦國武安君白起, 誰不知我威名, 又非過路經商, 有甚買路錢與你.) <孫龐 4:100>

웅효젹ᄌᆞ시당샤(雄梟的的是張奢)
보도원[언]월비빵젼(寶刀偃月飛雙電)
ᄌᆞ마싀운산오화(紫馬嘶雲散五花.)

슈갑 오ᄉᆞᆫ 표ᄌᆞ ᄒᆞ야 마야ᄅᆞᆯ 거러시니
웅효ᄒᆞ야 젹ᄌᆞ ᄒᆞ니ᄂᆞᆫ 이 당새로다
보도ᄂᆞᆫ ᄃᆞᆯ을 뉘여시니 빵믁[무]지게ᄅᆞᆯ ᄂᆞ니고
ᄌᆞ마ᄂᆞᆫ 구름의 우니 오화ᄅᆞᆯ ᄒᆞ텃도다

님딘거고셩과(臨陣去鼓聲撾)
듕군녕츌유화슈(中軍令出有譁誰)
미디오젼금됴ᄉᆞ(未知鏖戰今朝事)
승득쳥졔니목야(勝得青齊李牧耶.)

님딘ᄒᆞ야 가매 북소릐 드레니
듕군의 녕이 나매 뉘 드레리[426] 이시리오
아디 못게라 금됴 빠홈 일이
쳥졔 니목을 이긘가 문흔가

당새 군ᄉᆞᄅᆞᆯ 거ᄂᆞ려 딘의 나니 니목이 마자 셩명을 통ᄒᆞ고 냥개 ᄆᆞᆯ을 노화 일댱 대젼의 이십여 합을 【106】 싸호니 당새 힘이 능히 ᄃᆡ뎍디 못ᄒᆞ야 병잠기[427]ᄅᆞᆯ 잇글며 갑오ᄉᆞᆯ ᄇᆞ리고 대패ᄒᆞ야 영으로 도라가거ᄂᆞᆯ 니목이 크게 이긔ᄆᆞᆯ 엇고 금을 울녀 군ᄉᆞᄅᆞᆯ 거두어 도라와 노왕과 손빈을 보아 ᄀᆞᆯ오ᄃᆡ,

"뎐하의 텬위와 군ᄉᆞ의 복녁(福力)을 힘닙어 당샤ᄅᆞᆯ 대패ᄒᆞ야 일지병을 ᄌᆞᆺ디ᄅᆞ고 동도셔찬(東逃西竄)ᄒᆞ야 영으로 갓ᄂᆞ이다."

노왕과 손빈이 대희ᄒᆞ야 즁쟝으로 ᄒᆞ야곰 니목을 뫼셔 잔치ᄅᆞᆯ 비셜ᄒᆞ야 공을 경ᄒᆞᄒᆞ니 졍히 이,

뇽징호투기인국(龍爭虎鬪皆因國)
쟝손벽망지위명(將損兵亡只爲名.)

당새 패잔군병을 거ᄂᆞ려 영의 도라가 낭ᄌᆞ을 보고 【107】 닐오ᄃᆡ,

"졔쟝 니목이 심히 효용(驍勇)ᄒᆞ야 힘으로 능히 이긔디 못ᄒᆞ야 죄ᄅᆞᆯ[을] 지고 이에 왓ᄂᆞ이다."

낭ᄌᆞ이 이 말을 듯고 대로ᄒᆞ야 ᄀᆞᆯ오ᄃᆡ,

"이 처엄으로 군ᄉᆞᄅᆞᆯ 내여 뎌의 살패(殺敗)ᄅᆞᆯ 닙어 예긔(銳氣)ᄅᆞᆯ 최찰킈[428] ᄒᆞ야시니 ᄇᆞᆰᄂᆞᆫ 날 내 친히 군ᄉᆞᄅᆞᆯ 거ᄂᆞ려 젼승ᄒᆞᄆᆞᆯ 어드리라."

ᄎᆞ일의 한국 낭ᄌᆞ이 친히 피패ᄒᆞ고 영의 나니 «쟈고텬鷓鴣天» 식 이셔 닐러 ᄀᆞᆯ오ᄃᆡ,

금관봉시츄홍영(金冠鳳翅墜紅纓)
쵹금화포영일신(蜀錦花袍映日新)
뎜ᄌᆞ어린금갑찬(點點魚鱗金甲燦)
만ᄌᆞ옥ᄃᆡ보장셩(彎彎玉帶寶粧成.)

금관봉시도 홍영을 드리웟고
쵹금화포ᄂᆞᆫ 날을 ᄇᆞ이아[429] 새롭도다
뎜ᄌᆞᄒᆞᆫ 어린 은갑 오시 빗나고
만ᄌᆞᄒᆞᆫ 옥ᄃᆡᄂᆞᆫ 보비로 ᄭᅮ며 일웟도다

【108】 현보검대도경(懸寶劒大刀擎)

---

426) 【드레다】 동 들레다. 큰소리로 떠들다. 시끄럽게 하다. ¶ 譁 ‖ 님딘ᄒᆞ야 가매 북소릐 드레니 듕군의 녕이 나매 뉘 드레리 이시리오 (臨陣去鼓聲撾, 中軍令出有譁誰?) <孫龐 4:105> ⇒ 들네다, 들ᄂᆡ다, 들레다, 들에다

427) 【병잠기】 명 병장기(兵仗器). ¶ 兵 ‖ 당새 힘이 능히 ᄃᆡ뎍디 못ᄒᆞ야 병잠기ᄅᆞᆯ 잇글며 갑오ᄉᆞᆯ ᄇᆞ리고 대패ᄒᆞ야 영으로 도라가거ᄂᆞᆯ (張奢力不能敵, 曳兵棄甲, 不顧軍馬, 敗陣回營.) <孫龐 4:106> ⇒ 병잠개, 병쟝긔, 병쟝기, 병쟝기, 병좀기

428) 【최찰ᄒᆞ다】 동 꺾다. 위축(萎縮)시키다. ¶ 喪 ‖ 이 처엄으로 군ᄉᆞᄅᆞᆯ 내여 뎌의 살패ᄅᆞᆯ 닙어 예긔ᄅᆞᆯ 최찰킈 ᄒᆞ야시니 ᄇᆞᆰᄂᆞᆫ 날 내 친히 군ᄉᆞᄅᆞᆯ 거ᄂᆞ려 젼승ᄒᆞᄆᆞᆯ 어드리라 (這厮初次出兵, 就被他殺敗回來, 喪了銳氣, 待我明日親自出軍, 獲個全勝.) <孫龐 4:107> 挫 ‖ 너희 님뎍ᄒᆞ여 몬져 ᄃᆞ라나 내 예긔ᄅᆞᆯ 최찰킈 ᄒᆞ니 후의 ᄯᅩ 이리 ᄒᆞ면 다 참ᄒᆞ리라 (臨敵先退, 挫吾銳氣! 再後如此, 盡皆斬首!) <三國 20:34>

429) 【ᄇᆞ이다】 동 빛나다. 부시다. ¶ 映 ‖ 금관봉시도 홍영을 드리웟고 쵹금화포ᄂᆞᆫ 날을 ᄇᆞ이아 새롭도다 (金冠鳳翅墜紅纓, 蜀錦花袍映日新) <孫龐 4:107> ᄒᆞᆫ 길 군식 창과 환되 히예 ᄇᆞ이고 북소릐 짜히 진동ᄒᆞ야 나아와 거가ᄅᆞᆯ 구ᄒᆞᆫ다 (有一路軍馬, 鎗刀映日, 金鼓震天, 前來救駕.) <三國 5:18> ⇒ 바이다, ᄇᆡ애다

봉두훠답ᄌᆞ뇽닌(鳳頭靴踏紫龍鱗)
위양공쥬친님딘(魏陽公主親臨陣)
녀쟝춍듕현셩명(女將叢中顯姓名.)

보검을 걸고 대도ᄅᆞᆯ 드러시니
봉두훠ᄂᆞᆫ ᄌᆞ뇽닌을 신엇도다
위양공쥐 친히 딘을 님ᄒᆞ니
여쟝 춍듕의 셩명이 나타나도다

낭ᄂᆞᆼ(娘娘)이 일지병을 거ᄂᆞ려 딘 압픠 나 빠홈을 도든대 졔국 쵸매 ᄂᆞᄃᆞ시 영의 드러가 보ᄒᆞᄃᆡ,

"한국 낭ᄂᆞᆼ이 영 압픠 나 빠홈을 도든다."

ᄒᆞᆫ대 원달을 블러,

"이리ᄂᆞ ᄒᆞ라."

ᄒᆞᆫ대 원달이 녕을 듯고 즉시 피괘(披掛)ᄒᆞ고 ᄆᆞᆯ긔 올나 딘 알픠 나가 서ᄅᆞ 셩명을 통티 아니ᄒᆞ고 마자 빠화 두어 합이 못ᄒᆞ야셔 원달이 파탄(破綻)을 내여 한국 낭ᄂᆞᆼ을 사ᄅᆞ잡아 ᄂᆞᄃᆞ시 영【109】으로 도라오니 «우미인虞美人» 시 이셔 ᄀᆞᆯ오ᄃᆡ,

한(韓) 녜쥐(女主) ᄆᆞ옴이 용무(庸莽)ᄒᆞ야
청졔(青齊)예 쟝슈ᄅᆞᆯ 격긔 너기ᄂᆞᆫ도다
칼흘 들고 나아 빠화 디며 이긔기ᄅᆞᆯ 더ᄂᆞ니
엇디 환ᄂᆞ(桓桓)ᄒᆞᆫ 원달의 도쵀 서ᄅᆞ 맛ᄂᆞᆫ 줄을 알리오
교병(交逄)ᄒᆞ매 임의 오래매 군셩(軍聲)이 진동ᄒᆞᄂᆞᆫ도다
부용슈(芙蓉綬)ᄅᆞᆯ 자바시니 가히 앗갑도다.
분ᄃᆡ(粉黛) ᄯᅩ 사ᄅᆞ잡히니
일노 조차 강닌(强隣)이 미복(弭服)ᄒᆞ야 징침(爭侵)ᄒᆞᆯ 그치리로다

손빈이 원달이 한후(韓后)ᄅᆞᆯ 잡아 도라오ᄆᆞᆯ 듯고 급히 나가 영졉ᄒᆞ야 ᄀᆞᆯ오ᄃᆡ,

"신이 옥개(玉蓋) 친졍(親征)ᄒᆞ시ᄆᆞᆯ 아디 못ᄒᆞ고 텬위ᄅᆞᆯ 무범(冒犯)ᄒᆞ니 죄 만번이나 죽엄즉ᄒᆞ이다."

ᄒᆞ고 원달을 ᄭᅮ지저 왈,

"네 사ᄅᆞᆷ을 사ᄅᆞ잡【110】으매 닉력을 ᄉᆞᆯ피디 아니ᄒᆞ야 됴흐나 사오나오나 잡으면 믄득 도라오니 네 일이 누추(鹵粗)ᄒᆞᆷ을 인ᄒᆞ야 낭ᄂᆞᆼ으로 ᄒᆞ야곰 이리 놀나시게 ᄒᆞ도다."

ᄒᆞ고 긔패관(旗牌官)을 블러 미러내여 가군법을 힝ᄒᆞ라 ᄒᆞ니 낭ᄂᆞᆼ이 ᄀᆞᆯ오ᄃᆡ,

"션싱이 엇디 죄ᄅᆞᆯ 뎌의게 도라 보내ᄂᆞ뇨? 강신을 ᄃᆞ토며 셰계ᄅᆞᆯ 아ᄉᆞ믄 각ᄂᆞ 그 님군을 위ᄒᆞ야 튱심을 다ᄒᆞ미어ᄂᆞᆯ 엇디 인졍을 도라보리오. 그만ᄒᆞ야 두쇼셔."

손빈이 ᄀᆞᆯ오ᄃᆡ,

"낭ᄂᆞᆼ 금면(金面)을 보아 이번은 요ᄃᆡᄒᆞᄂᆞ니 ᄲᆞᆯ니 나아와 샤죄ᄒᆞ라."

원달이 낭ᄂᆞᆼ을 향ᄒᆞ야 고두샤죄(叩頭謝罪)ᄒᆞ고 영으로 나가니라.

손빈이 낭ᄂᆞᆼ을 마자 영의 도라가 노왕으로 더브【111】러 녜ᄒᆞ기ᄅᆞᆯ ᄆᆞᆺ고 손빈이 무러 ᄀᆞᆯ오ᄃᆡ,

"쳥컨대 낭ᄂᆞᆼᄭᅴ 뭇ᄌᆞᆸᄂᆞ니 엇디ᄒᆞ야 군ᄉᆞᄅᆞᆯ 거ᄂᆞ려 이예 니ᄅᆞ니잇고?'

낭ᄂᆞᆼ이 ᄀᆞᆯ오ᄃᆡ,

"션싱아, 내 위왕으로 더브러 지친(至親)의 분이 잇ᄂᆞᆫ디라. 우리 한국의 와 군ᄉᆞᄅᆞᆯ 비니 엇디 안자셔 그 위틱ᄒᆞᆷ을 보리오. 일로ᄡᅥ 군ᄉᆞᄅᆞᆯ 거ᄂᆞ려 니ᄅᆞ럿노라."

손빈이 ᄀᆞᆯ오ᄃᆡ,

"낭ᄂᆞᆼ이 아디 못ᄒᆞᄂᆞᆫ도다. 신이 위왕으로 더브러 아ᄆᆞᆺ 구원도 업ᄉᆞ되 다만 방연으로 더브러 월족(刖足)ᄒᆞᆫ 원쉬 잇ᄂᆞ이다."

낭ᄂᆞᆼ이 닐오ᄃᆡ,

"엇디 월족ᄒᆞᆫ 원쉬 잇ᄂᆞ뇨?"

손빈이 죵젼 결의ᄒᆞ던 셜화와 다만 월족ᄒᆞᆫ 근유(根由)ᄅᆞᆯ 일ᄂᆞ히 진주ᄒᆞᆫ대 낭ᄂᆞᆼ이 ᄀᆞᆯ오ᄃᆡ,

"이러ᄒᆞ면 방【112】부마의 본심이 독ᄒᆞᆫ(毒狠)ᄒᆞ도다."

손빈이 ᄀᆞᆯ오ᄃᆡ,

"신이 방연으로 월족ᄒᆞᆫ 원쉬 잇고 듀륙(誅戮)ᄒᆞᆫ 원이 업ᄉᆞ니 ᄒᆞᆫᄒᆞᄂᆞᆫ 바ᄂᆞᆫ 뎌 쵸심안죄(鵰心雁爪) 됴강을 발란(撥亂)ᄒᆞ되 위왕이 눈이 이셔도 아디 못ᄒᆞ고 됴흔 사ᄅᆞᆷ으로 보ᄂᆞ니 신이 제 위왕이 뎌ᄅᆞᆯ ᄆᆡ야 내여 보내여 신으로 ᄒᆞ야곰 뎌의 두 발을 버히게 ᄒᆞᆷ을 구ᄒᆞᄂᆞ니 만일 위왕이 일죽이 뎌ᄅᆞᆯ ᄆᆡ야내여 보내면 군ᄉᆞᄅᆞᆯ 일죽

이 믈니고 만일 늣게야 보내면 늣게야 군스롤 믈니리이다."

낭ㆍ이 골오디,

"원닉 션싱의 군ᄉ 니ᄅ혀 온 쁘디 방연의 원슈 프디 못ᄒ야시믈 위ᄒ야 와시니 이번의 내 셩의 드러가 위왕끠 면주(面奏)ᄒ야 션싱을 위ᄒ 【113】 야 히원셕결(解冤釋結)ᄒ게 ᄒ리라."

손빈이 골오디,

"만히 낭ㆍ끠 샤례ᄒ노라."

낭ㆍ이 노왕과 손빈을 하딕ᄒ고 바로 의량셩하의 니ᄅ러 문을 열나 ᄒ야 셩의 드러가 위왕을 뵌대 왕이 크게 깃거ᄒ거놀 낭ㆍ이 골오디,

"드ᄅ니 명ᄒ야 우리 한방의 군ᄉ롤 비ᄅ시매 일로뻐 친히 군ᄉ롤 거ᄂ려 위롤 도와 졔롤 티려 ᄒ더니 혜아리디 아녀셔 군시 패ᄒ야 몸의 졔영의 함ᄒ엿더니 손빈 이셔 내 한국 졍궁(正宮)인 줄 알고 십분 공경ᄒ야 군신녜로뻐 디졉ᄒ고 손빈이 닐오디, '위왕으로 더브러 원슈 업ᄉ되 만일 방연으로 더브러 월족(刖足)ᄒ 귀(仇) 이 【114】 시니 다만 왕은 방연을 잡아내여 보내여 뎔로 ᄒ야곰 두 발을 버히고 군ᄉ롤 믈러가게 ᄒ라.' ᄒ더이다."

ᄯ 손빈과 방연과 결의ᄒ야 죠심안되(鵰心雁爪)라 ᄒ던 말을 ᄌ시 알왼대 방연이 겻티 이셔 이 말을 듯고 급히 가 젼의 나아와 알외여 골오디,

"한국 졍궁낭ㆍ(正宮娘娘)은 이 곳 우리 쥬샹 어미(御妹)라 신이 몸이 졔영의 ᄲ뎌시니 죽으므로뻐 구ᄒ미 윤커놀 엇디 도로혀 손빈을 위ᄒ야 공교로온 말로 어ᄌ러이 하니[430] 낭ㆍ이 뎌의 음양 법슐이 칠국의 치명(馳名)ᄒ믈 ᄉ랑ᄒ야 위롤 ᄇ리고 졔롤 통코져 ᄒᄂ 쁘디[431] 잇시미라. 나의 심히 맛당티 아닌가 ᄒᄂ이다."

위왕이 【115】 방연의 일당 춤언(讒言)을 듯고 낭ㆍ의 말을 밋디 아니ᄒ고 즉시 변식ᄒ야 탹실(着實)이 ᄒ ᄎ례롤 멋ᄒ니[432] 낭ㆍ이 분험(粉臉)의 븟그러오믈 먹음고 향싀(香腮)예 눈믈을 ᄧᄅ텨[433] 심듕의 대로ᄒ되 답홀 말이 업서 급히 하딕고 의량셩의 나와 ᄯ 졔영의 드러가 위왕이 춤언을 듯고 간언을 밋디 아니ᄒ믈 손빈ᄃ려 니ᄅ고 ᄯ 골오디,

"내 냥최(糧草) 만히 남아시니 손군ᄉ끠 드리ᄂ니 군ᄉ롤 샹ᄒ라. 나는 내 나라흐로 도라가노라."

손빈이 골오디,

"만히 낭ㆍ끠 샤례ᄒᄂ니 원슈롤 갑는 날 맛당이 친히 뎐의 올나 샤례ᄒ리라."

낭ㆍ이 드디여 니별ᄒ고 영의 도라가 인마롤 슈집ᄒ야 한국으로 도 【116】 라가다.

손빈이 냥국 원병이 다 믈러가믈 보고 즁군을 분부ᄒ야 젼대로 ᄉ면으로 셩을 틴대 각문 두목이 ᄯ 위왕끠 보ᄒ되,

"화ᄉ(禍事)로라! 졔병이 ᄯ 셩을 티되 인매 호대(浩大)ᄒ야 젼면과 ᄀ디 아니타."

ᄒ대 위왕이 보ᄒ믈 보고 다시 가히 베플 계귀 업서 졍히 우민(憂悶)ᄒ더니 홀연 반부듕의 ᄒ 관원이 나아와 알외되,

"우리 쥬샹은 반ᄃ시 근심티 마ᄅ쇼셔. 신이 졔병 믈니틸 묘법이 잇ᄂ이다."

ᄒ더라.

---

430) 【하—】 동 《할다》 호소(呼訴)하다. 하소연하다. ¶ 告訴 ‖ 신이 몸이 졔영의 ᄲ뎌시니 죽으므로뻐 구ᄒ미 윤커놀 엇디 도로혀 손빈을 위ᄒ야 공교로온 말로 어ᄌ러이 하니 (既然身陷齊營, 就當以死爲順, 怎麼到爲孫臏巧言亂訴.) <孫龐 4:114> ⇒ 할다

431) 【쁟】 명 뜻. ¶ 意 ‖ 낭ㆍ이 뎌의 음양 법슐이 칠국의 치명ᄒ믈 ᄉ랑ᄒ야 위롤 ᄇ리고 졔롤 통코져 ᄒᄂ 쁘디 잇시미라 (想是娘娘愛他陰陽法術七國馳名, 有棄魏通齊之意.) <孫龐 4:114>

432) 【멋ᄒ다】 동 말을 가로채다. ¶ 搶白 ‖ 즉시 변식ᄒ야 탹실이 ᄒ ᄎ례롤 멋ᄒ니 (登時變臉, 把娘娘搶白一場.) <孫龐 4:115>

433) 【ᄧᄅ티다】 동 떨어뜨리다. ¶ 墮 ‖ 낭ㆍ이 분험의 븟그러오믈 먹음고 향싀예 눈믈을 ᄧᄅ텨 심듕의 대로ᄒ되 답홀 말이 업서 (那娘娘一霎時粉臉含羞, 香腮墮淚, 心中大腦, 無言抵答.) <孫龐 4:115> ⇒ ᄧ르치다, ᄧ르티다, ᄧᄅ치다

第16回
가셕운풍환졀기 ᄉᆞ금폐추긔참언
駕席雲憑驪絶技 私金幣鄒忌讒言

이 관원은 다ᄅᆞᆫ 사ᄅᆞᆷ이 아니라 부마 방연(龐涓)이라. 나아와 위왕(魏王)ᄭᅴ 알외되,

"우리 왕은 모로미 번뇌티 마ᄅᆞ쇼셔. 【117】 신이 유ᄌᆔ(幽州)로셔 도라올 제 길히셔 ᄒᆞᆫ 션ᄉᆡᆼ을 만나니 신을 ᄒᆞᆫ 권 암마셔(魘魔書)ᄅᆞᆯ 주ᄃᆡ 일즉 친히 시험티 아냣더니 이 글이 맛디 아니ᄒᆞ면 말려니와 만일 과연 마ᄌᆞ면 뎡코 손빈으로 ᄒᆞ야곰 닐웻[434] ᄂᆡ예 죽고 다시 가히 구ᄒᆞᆯ 법이 업게 ᄒᆞ리이다."

위왕이 ᄀᆞᆯ오ᄃᆡ,

"므ᄉᆞᆷ 글고?"

방연이 ᄀᆞᆯ오ᄃᆡ,

"일홈은 칠젼뎡후셔(七箭定喉書)라. 사ᄅᆞᆷ이 나매 칠ᄇᆡᆨ 잇고 ᄌᆡ앙이 닐웨[435]예 다ᄒᆞᄂᆞ니 미혼(迷魂)이 국을 베프고 법대로 조ᄎᆞ면 그 사ᄅᆞᆷ이 닐웻만의 죽ᄂᆞ니이다."

434) 【닐웨】 명 이레. ¶ 七日 ‖ 이 글이 맛디 아니ᄒᆞ면 말려니와 만일 과연 마ᄌᆞ면 뎡코 손빈으로 ᄒᆞ야곰 닐웻 ᄂᆡ예 죽고 (那書不驗便罷, 如果有驗, 定交孫臏, 七日就死.) <孫龐 4:117>

위왕이 ᄀᆞᆯ오ᄃᆡ,

"경이 이런 긔이ᄒᆞᆫ 글을 어더시면 엇디 일즉이 ᄡᅳ디 아니ᄒᆞ뇨? 쾌히 고(孤)ᄅᆞᆯ 위ᄒᆞ야 닐웻 ᄂᆡ의 뎌의 셩명을 단송(斷送)ᄒᆞ라."

【118】 방연이 만구답응(滿口答應)ᄒᆞ야 ᄀᆞᆯ오ᄃᆡ,

"신이 도라가 오ᄂᆞᆯ밤브터 시험ᄒᆞ야 보리이다."

위왕이 문무ᄅᆞᆯ 흐트매 방연이 마을의 도라와 가쟝(家將) 하무ᄌᆡ(何茂才)ᄅᆞᆯ 블러 화원 속의 가 플 사ᄅᆞᆷ을 ᄆᆞᆫᄃᆞ되 손빈의 모양ᄀᆞᆺ티 ᄒᆞ고 두발을 버히고 ᄉᆡᆼ신갑ᄌᆞ(生辰甲子)ᄅᆞᆯ ᄡᅥ 플 사ᄅᆞᆷ의 ᄇᆡ 속의 ᄀᆞᆷ초와 집 ᄉᆞ당 ᄀᆞ의 공양ᄒᆞ고 ᄒᆞᆫ 댱 복셩화[436] 나모 활과 닐곱 낫 복셩화 나모 살ᄒᆞᆯ 쥰비ᄒᆞ고 칠국 아래 닐곱 등잔을 혀고 가ᄉᆞᆷ의 한 댱 뎡심등(定心燈)을 혀고 알ᄑᆡ 향안을 버리고 등촉을 ᄇᆞᆰ히고 긔품(幾品) 졔믈을 버리고 삼경 ᄣᅢ는 ᄒᆞ야셔 방연이 화원의 드러가 그 ᄎᆡᆨ을 펴노코 법어ᄅᆞᆯ 숑념(誦念)ᄒᆞ고 도목궁(桃木弓)을 ᄃᆞ릐여 도목젼(桃木箭) 【119】 을 먹여 플 사ᄅᆞᆷ의 왼눈을 ᄃᆡᄒᆞ야 살로 ᄌᆞ의[437]ᄅᆞᆯ ᄡᅩ아 마치고 왼눈 아래 등잔을 ᄭᅳ니 손빈이 영의 이셔

435) 【닐웨】 명 이레. ¶ 七日 ‖ 미혼이 국을 베프고 법대로 조ᄎᆞ면 그 사ᄅᆞᆷ이 닐웻만의 죽ᄂᆞ니이다 (設迷魂之局, 依法佈置, 其人七日遂死.) <孫龐 4:117>

436) 【복셩화】 명 복숭아. ¶ 桃 ‖ ᄒᆞᆫ 댱 복셩화 나모 활과 닐곱 낫 복셩화 나모 살ᄒᆞᆯ 쥰비ᄒᆞ고 칠규 아래 닐곱 등잔을 혀고 가ᄉᆞᆷ의 ᄒᆞᆫ 댱 뎡심등을 혀고 알ᄑᆡ 향안을 버리고 등촉을 ᄇᆞᆰ히고 긔품 졔믈을 버리고 (準備一張桃木弓, 七枝桃木箭, 七竅下點了七盞燈, 心頭一盞爲定心燈, 面前擺了香案, 明燈亮燭, 鋪設下幾品祭獻之物.) <孫龐 4:118>

437) 【ᄌᆞ의】 명 눈자위. ¶ 淸 ‖ 도목궁을 ᄃᆞ릐여 도목젼을 먹여 살로 ᄌᆞ의ᄅᆞᆯ ᄡᅩ아 마치고 왼눈 아래 등잔을 ᄭᅳ니 (扯開桃木弓, 搭上桃木箭, 對着草人左眼, 較淸一箭射去, 又把左眼下一盞燈吹滅了.) <孫龐 4:119> 眼中白 ‖ 광능의 두 쟝ᄉᆔ 이셔 ᄒᆞ나흔 두 ᄲᅣᆷ의 ᄲᅧ 내밀고 ᄂᆞᆾ치 븕고 ᄒᆞ나흔 눈의 ᄌᆞ의 만코 ᄂᆞᆾ치 프ᄅᆞ니 너희 그 셩명을 아ᄂᆞᆫ다 (你這廣陵有兩員將士屯扎在此, 一個兩顴、面色紅赤, 一個眼中白多黑少、面色如藍. 你可曉得他二人叫甚名字?) <後水滸 10:60>

훌연히 큰 ᄒᆞᆫ 소릐롤 딜러 ᄀᆞᆯ오ᄃᆡ,

"됴티 아니ᄒᆞ다. 왼 눈의 ᄒᆞᆫ 살흘 마자 경ᄀᆞᆨ(頃刻)의 빗치 업서 아모 거술 보려 ᄒᆞ야도 아라보디 못ᄒᆞᆯ로다."

노왕이 크게 놀라 혼이 몸의 븟디 아니ᄒᆞ며 만영 군신 개ᄀᆡ 심담을 ᄶᅥ더라. 노왕이 무러 ᄀᆞᆯ오ᄃᆡ,

"션싱아 엇디ᄒᆞ야 ᄒᆞᆫ 살흘 마ᄌᆞ며 일의 해롭디 아니ᄒᆞ랴?"

손빈이 ᄀᆞᆯ오ᄃᆡ,

"뎐하야 신이 방연의 칠젼뎡후셔롤 마자시니 세샹의 다만 닐웨롤 잇게 ᄒᆞ얏ᄂᆞ이다."

노왕이 ᄀᆞᆯ오ᄃᆡ,

"엇디ᄒᆞ야 이대도록 니해(利害)ᄒᆞ뇨? 션싱이 【120】 가히 플 법이 잇ᄂᆞ냐?"

손빈이 ᄀᆞᆯ오ᄃᆡ,

"계교롤 마자시니 다시 구ᄒᆡ홀 법이 업ᄂᆞ이다."

노왕이 번뇌ᄒᆞ믈 이긔디 못ᄒᆞ니 시예 ᄀᆞᆯ오ᄃᆡ,

운쥬유악쟈빵동(運籌幃幄藉雙瞳)
히가빈쟝디려공(奚暇頻將智慮攻)
믁지유인시계교(默地有人施計巧)
좌모ᄌᆞ각뎐광뭉(左眸自覺電光朦.)

유악의 운쥬ᄒᆞ매 빵동을 힘니브니[438]
엇디 결을 ᄒᆞ야 ᄌᆞ로 디려로 치리오
ᄀᆞ만ᄒᆞᆫ[439] ᄯᅡ히 사ᄅᆞᆷ이 계교롤 베프리 이시니
왼편 눈이 스ᄉᆞ로 뎐광이 어두믈 ᄭᅵᄃᆞ롤노다

욕심션뇨단칭쇼(欲尋仙療丹稱少)
ᄉᆞ멱신시슐샹궁(思覓神施術尙窮)
잉유쥬련화ᄉᆞ원(剩有主憐和士怨)
좌우텬운댱셩웅(坐虞天殞將星雄.)

신션의 ᄒᆞ리오믈 ᄎᆞᆺ고져 ᄒᆞ니 금단이 젹다 일ᄏᆞᆺ고
신녕이 베프믈 어드믈 ᄉᆡᆼ각ᄒᆞ니 슐이 오히려 궁ᄒᆞ도다
넉ᄀᆡ이 님군이 어엿비 너기고 군시 원망ᄒᆞ미 이시니
안자 하ᄂᆞᆯ이 댱셩을 ᄯᅥᄅᆞ티믈 근심ᄒᆞᄂᆞᆫ도다.

【121】 ᄎᆞ조(次早)의 방연이 셩의 올라 보니 졔병이 셩 티던 셰 어제 예셔 히타(懈怠)ᄒᆞ거ᄂᆞᆯ 방연이 ᄀᆞ만이 깃거 ᄀᆞᆯ오ᄃᆡ,

"됴타, 오ᄂᆞᆯ 셩 티믄 어제 비ᄒᆞ매 심히 ᄀᆞᆺ디 아니ᄒᆞ도다."

ᄒᆞ고 급히 위왕을 보고 ᄀᆞᆯ오ᄃᆡ,

"신이 어제 저녁의 칠젼뎡후셔롤 가져 시험ᄒᆞ야 뎌의 왼 눈을 살노 ᄡᅩ앗더니 오ᄂᆞᆯ 졔병이 셩 티미 과연 히타(懈怠)ᄒᆞ야 어제와 비티 못ᄒᆞ더라. 오ᄂᆞᆯ 져녁의 뎌의 올ᄒᆞᆫ 눈을 ᄡᅩ고 붉ᄂᆞᆫ 날과 훗날의 뎌의 두 귀롤 ᄡᅩ아 졈ᄌᆞ(漸漸) ᄡᅩ아 입과 코의 다ᄃᆞ라 뎨 칠일의 심와(心窩)의 ᄒᆞᆫ 살노 뎌의 셩명을 그ᄎᆞ리이다."

위왕이 크게 깃거 ᄀᆞᆯ오ᄃᆡ,

"됴ᄒᆞᆫ 부매로다. 심히 과인을 ᄃᆡᄒᆞ야 방국을 유디ᄒᆞᄂᆞᆫ도다. 졔병을 【122】 와 영화롤 ᄒᆞᆫ가지로 ᄒᆞ리라."

방연이 됴회예 믈러 삼경 ᄣᅢ예 ᄯᅩ 화원의 가 향촉을 졈긔(點起)ᄒᆞ고 칙을 혀노코 법슐을 외오고 복셩화 활의 살흘 먹여 플 사ᄅᆞᆷ의 올ᄒᆞᆫ 눈을 ᄃᆡᄒᆞ야 ᄒᆞᆫ 살노 ᄡᅩ고 ᄯᅩ 올ᄒᆞᆫ 눈 아래 등잔을 ᄭᅳ니 손빈이 영 속이 이셔 실셩ᄒᆞ야 크게 브ᄅᆞᄃᆡ,

"됴티 아니ᄒᆞ다. 올ᄒᆞᆫ 눈의 ᄯᅩᄒᆞᆫ 살흘 마ᄌᆞ니 이제ᄂᆞᆫ 아모 거술 보아도 몱디 아니ᄒᆞ니 엇디ᄒᆞ여야 됴흐리오."

ᄒᆞ고 발을 구ᄅᆞ며 가슴을 두ᄃᆞ려 ᄀᆞᆯ오ᄃᆡ,

"괴롭다."

고 ᄒᆞ니 시예 ᄀᆞᆯ오ᄃᆡ,

---

438) 【힘닙다】 동 힘입다. ¶ 藉 ‖ 유악의 운쥬ᄒᆞ매 빵동을 힘니브니 엇디 결을 ᄒᆞ야 ᄌᆞ로 디려로 치리오 (運籌幃幄藉雙瞳, 奚暇頻將智慮攻.) <孫龐 4:120>

439) 【ᄀᆞ만ᄒᆞ다】 형 은밀(隱密)하다. 비밀(秘密)하다. ¶ 默地 ‖ ᄀᆞ만ᄒᆞᆫ ᄯᅡ히 사ᄅᆞᆷ이 계교롤 베프리 이시니 왼편 눈이 스ᄉᆞ로 뎐광이 어두믈 ᄭᅵᄃᆞ롤 노다 (默地有人施計巧, 左眸自覺電光朦) <孫龐 4:120> ⇒ 가만ᄒᆞ다

사도션싱폐좌뎡(乍道先生蔽左睛)
샹교수졀긔란평(尙敎愁絶氣難平)
【123】 여하지빙쇼인디(如何再騁宵人志)
딕녕젼셩고쟈형(直令全成瞽者形.)

잠간 닐오ᄃᆡ 션싱이 좌뎡이 ᄀᆞ리오다 ᄒᆞ니
오히려 ᄒᆞ여곰 긔운이 뎡키 어렵도다
엇디 두 번 쇼인의 ᄠᅳᆺ을 빙ᄒᆞ야
바로 ᄒᆞ야곰 젼혀 고쟈의 얼골이 일긔 ᄒᆞ도다

지발공증간의독(指髮空增奸意毒)
힝쟝획개구뎐칙(行將劃個求痊策)
착도블각분심싱(捉刀不覺憤心生)
멱취냥의입뉴영(覓取良醫入柳營.)

머리털을 ᄀᆞᄅᆞ치매 쇽졀업시 간의의 독ᄒᆞᄆᆞᆯ 더으고
쟝ᄎᆞᆺ 구젼ᄒᆞᆯ 칙을 그어
칼ᄒᆞᆯ 잡으매 분심이 나ᄂᆞᆫ 줄을 ᄭᆡᄃᆞᆺ디 못ᄒᆞᄂᆞᆫ도다
냥의ᄅᆞᆯ 어더 뉴영으로 드러오리로다

노왕이 ᄉᆞ셰 됴티 아니ᄒᆞᄆᆞᆯ 보고 황쟝(慌張)ᄒᆞ야 ᄀᆞᆯ오ᄃᆡ,

"이 일을 엇디 쳐티ᄒᆞ리오?"

손빈이 ᄀᆞᆯ오ᄃᆡ,

"다만 다ᄉᆞᆺ날을 뎐ᄒᆞ로 더브러 취슈(聚首)ᄒᆞ야 잇고 닷새 후ᄂᆞᆫ 믄득 뎐하로 더브러 영결(永訣)ᄒᆞᆯ소이다."

노왕이 ᄀᆞᆯ오ᄃᆡ,

"이대ᄃᆞ록 니해ᄒᆞ랴. 션싱도 가히 이 칙이 잇ᄂᆞ냐?"

손빈이 머 【124】 리ᄅᆞᆯ 흔드러 ᄀᆞᆯ오ᄃᆡ,

"신이 이 글이 크게 음줄의 해로오미 이시ᄆᆞᆯ 인ᄒᆞ야 당초의 ᄇᆡ호디 아녓더니 귀곡ᄉᆞ뷔(鬼谷師父) 므ᄉᆞᆫ 연고로 도로혀 방연의게 뎐ᄒᆞ얏ᄂᆞᆫ고 아디 못ᄒᆞ여라."

노왕이 시미 쾌티 아녀 ᄒᆞ더라.

이튼날 방연이 ᄯᅩ 셩의 올나 졔병이 셩 티ᄂᆞᆫ 셰ᄅᆞᆯ 보니 다만 개심회의(個心灰意)라. 뎐투(戰鬪)ᄒᆞᆯ ᄠᅳ디 업거ᄂᆞᆯ 즉시 됴회예 드러가 위왕을 보고 ᄀᆞᆯ오ᄃᆡ,

"신이 어제 저녁의 손빈의 올흔 눈을 ᄡᅩ앗더니 오ᄂᆞᆯ 새배 셩의 올나 보니 졔병이 가가〻 뎐투ᄒᆞᆯ ᄠᅳ디 업디 졈〻 쇠패ᄒᆞ니 다만 닷새만 기ᄃᆞ리면 뎌의 명이 반ᄃᆞ시 휴ᄒᆞ리니 우리 왕의 만셰 ᄒᆞᆯ긔 가히 념네 업사리이다."

위왕이 슈염을 달호며 크게 쾌 【125】 ᄒᆞ야 ᄀᆞᆯ오ᄃᆡ,

"경이 맛당이 용심(用心)ᄒᆞ야 일을 힝ᄒᆞ라 다만 손빈을 업ᄉᆞ면 ᄯᅩ 새로이 대언비(大言碑)ᄅᆞᆯ 셰우미 됴토다."

군신이 크게 깃거ᄒᆞ니 시 이셔 ᄀᆞᆯ오ᄃᆡ,

디증목방대언과(知曾木榜大言過)
고향군뎐녕압마(故向君前逞魘魔)
계취과능도패부(計就果能圖霸否)
블금샹ᄃᆡ쇼가가(不禁相對笑呵呵.)

알괘라 일즉 목방의 대언을 ᄒᆞ얏ᄂᆞᆫ디라
짐즛 군뎐을 향ᄒᆞ야 압마법을 녕ᄒᆞᄂᆞᆫ도다
계괴 일매 과연 능히 패업을 도모ᄒᆞᆯ가 못ᄒᆞᆯ가
서ᄅᆞ ᄃᆡᄒᆞ매 우서 가〻ᄒᆞᄆᆞᆯ 금치 못ᄒᆞᆯ노다.

노왕과 즁쟝이 손빈의 그ᄅᆞᆺ ᄉᆞ슈의 ᄲᅡ뎌 가히 베플 계괴 업ᄉᆞᄆᆞᆯ 보고 졍히 샹감(傷感)ᄒᆞ더니 긔패관(旗牌官)이 드러와 보ᄒᆞᄃᆡ,

"밍샹군(孟嘗君)이 니ᄅᆞ럿다."

ᄒᆞ니 밍샹군은 곳 뎐문(田文)이라.

노왕이 급히 영의 나와 영졉ᄒᆞ야 영듕의 니ᄅᆞ러 시례 【126】 샤[셔]좌(施禮敍坐)ᄒᆞ매 밍샹군이 ᄀᆞᆯ오ᄃᆡ,

"됴뎡이 날로 ᄒᆞ야곰 산양과 어쥬로ᄡᅥ 영의 니ᄅᆞ러 샹노ᄒᆞ라 ᄒᆞ시더이다."

노왕이 탄ᄒᆞ야 닐오ᄃᆡ,

"블힝ᄒᆞ야 가국이 복이 업서 손군ᄉᆡ 방연의 압진ᄒᆞᄂᆞᆫ 법을 마자 홀연히 두 눈을 머러 죽기 됴셕의 이시되 가히 구ᄒᆞᆯ 법이 업세라."

밍샹군이 놀나 ᄀᆞᆯ오ᄃᆡ,

"엇디ᄒᆞ여야 됴흐리오. 내 시험ᄒᆞ야 뎌의 면젼의 가셔 날을 아라보는가 볼 거시라."

ᄒᆞ고 밍샹군이 ᄀᆞ만이 나아가 손빈의 알픠 션대 노왕이 ᄀᆞᆯ오ᄃᆡ,

"션싱의 알픠 션 거시 뉘뇨?"

손빈이 ᄀᆞᆯ오ᄃᆡ,

"괴롭다 두 눈을 보디 못ᄒᆞ니 엇디 사ᄅᆞᆷ을 알니오."

ᄆᆡᆼ샹군이 ᄀᆞᆯ오ᄃᆡ,

"손션싱아 됴뎡이 날로 ᄒᆞ여곰 산양과 어쥬로 ᄒᆞ야곰 【127】 션싱의게 경하ᄒᆞ라 ᄒᆞ더라."

ᄒᆞᆫ대 손빈이 ᄀᆞᆯ오ᄃᆡ,

"원ᄂᆡ 뎐해 와 겨시되 신이 블힝ᄒᆞ야 압딘법을 만나 두 눈이 ᄇᆞᆰ디 아니ᄒᆞ야 마ᄌᆞᄆᆞᆯ[440] 일흐니 일만 번 빌건대 죄ᄅᆞᆯ 용샤ᄒᆞ쇼셔."

일변 니ᄅᆞ며 일변 몸을 니ᄅᆞ혀 셔거ᄂᆞᆯ ᄆᆡᆼ샹군이 손빈을 붓드러 안치고 ᄀᆞᆯ오ᄃᆡ,

"션싱은 모로미 녜예 거리ᄭᅵ디 말나. 혜아리매 병이 일의 방해롭디 아니ᄒᆞ랴."

손빈이 머리ᄅᆞᆯ 흔드러 ᄀᆞᆯ오ᄃᆡ,

"신의 명이 다만 닷쇄ᄅᆞᆯ 세샹의 이실소이다."

ᄆᆡᆼ샨군이 닐오ᄃᆡ,

"션싱이 엇디 명이 댱구(長久)티 아닐 줄을 아나뇨?"

손빈이 ᄀᆞᆯ오ᄃᆡ,

"뎐하야, 이 압진ᄒᆞᄂᆞᆫ ᄎᆡᆨ이 일홈은 칠뎐뎡후셰라 몬져 【128】 신의 두 눈을 ᄡᅩ아 멀고 졈〻 두 귀와 입과 코ᄅᆞᆯ ᄡᅩ아 뎨칠일의 니ᄅᆞ매 ᄒᆞᆫ 살로 념통을 ᄡᅩ면 명이 휴ᄒᆞ리이다."

ᄆᆡᆼ샹군이 ᄀᆞᆯ오ᄃᆡ,

"션싱이 임의 이 법을 알면 엇디 ᄲᆞᆯ니 구티 아니ᄒᆞᄂᆞ뇨?"

손빈이 ᄀᆞᆯ오ᄃᆡ,

"구티 못ᄒᆞ리라."

ᄆᆡᆼ샹군이 ᄀᆞᆯ오ᄃᆡ,

"엇디 구티 못ᄒᆞ리라 ᄒᆞᄂᆞ뇨?"

손빈이 ᄀᆞᆯ오ᄃᆡ,

"다ᄅᆞᆫ 거ᄉᆞᆫ 다 구티 못ᄒᆞ고 다만 등운가무(騰雲駕霧)ᄒᆞᄂᆞᆫ ᄌᆡ 이셔야 ᄇᆞ야흐로 계유 구ᄒᆞ리라."

ᄆᆡᆼ샹군이 ᄀᆞᆯ오ᄃᆡ,

"션싱의 셰 급박ᄒᆞ매 이시니 ᄲᆞᆯ니 방문(榜文)을 내여 ᄉᆞ하댱쾌(四下張掛)ᄒᆞ야 만일 등운가무하ᄂᆞᆫ니 잇거든 몬져 관직을 보ᄒᆞ고 션싱이 ᄒᆞ리기ᄅᆞᆯ 기ᄃᆞ려 쳔금 샹과 만호후(萬戶侯)ᄂᆞᆫ 결단코 노티 아니ᄒᆞ리라."

손빈이 【129】 ᄀᆞᆯ오ᄃᆡ,

"임의 이리ᄒᆞ랴 ᄒᆞ면 ᄲᆞᆯ니 방문을 내여 댱쾌ᄒᆞᆯ 거시라."

ᄒᆞ고 오히(吳獬)로 ᄒᆞ야곰 ᄡᅳ라 ᄒᆞ니 방문의 ᄒᆞ여시되,

졔 남평군왕 손빈은 외람히 ᄡᅥ 졀튱(折衝)ᄒᆞᄂᆞᆫ 직을 임ᄒᆞ 구루(劬勞)ᄒᆞ야 식[신]공(臣工)을 게얼니 ᄒᆞᆯ가 저허ᄒᆞ며 군국이 경심(經心)ᄒᆞᄂᆞᆫ디라. ᄎᆡᆨ판(責辦)ᄒᆞ매 쥬젼을 져ᄇᆞ릴가 근심ᄒᆞ더니 임의 만군의 즁을 메매 도로혀 ᄡᅡᆼ목의 ᄇᆞᆰ으ᄆᆞᆯ 일흔디라. 일로ᄡᅥ 뎌 냥의(良醫)ᄅᆞᆯ 구ᄒᆞ야야 이질(異疾)을 ᄒᆞ리오랴 ᄒᆞᄂᆞ니 원컨대 쥰엉(俊彦)을 브ᄅᆞᄂᆞ니 모ᄅᆞ미 지일(指日)의 능ᄒᆞᄆᆞᆯ 품어시며 시러곰 미구(微軀)ᄅᆞᆯ 보(保)ᄒᆞᆯ딘대 반ᄃᆞ시 셥운(躡雲)ᄒᆞᄂᆞᆫ ᄌᆡ 【130】 조ᄅᆞᆯ 쟈뢰ᄒᆞᄂᆞᆫ디라. 셜ᄉᆞ 빗출 슈유지경(須臾之頃)의 도로혀면 비로소 번게 ᄇᆞ라 듯ᄒᆞᄆᆞᆯ 위로ᄒᆞ고 만일 환(患)을 위급지간(危急之間)의 건지면 거의 곡쳠(鵠瞻)ᄒᆞᄃᆞ시 ᄒᆞᄆᆞᆯ 즐길디라. 맛당이 황금의 듕샹을 내리니 엇디 후질의 가봉(加封)ᄒᆞᄆᆞᆯ 앗기리오.

ᄒᆞ얏더라.

계유 방문을 걸매 ᄒᆞᆫ 사ᄅᆞᆷ이 ᄠᅧ혀가니 이 사ᄅᆞᆷ은 ᄆᆡᆼ샹군의 문하 삼쳔 식ᄀᆡᆨ 듕 풍환(馮驩)이라 군ᄉᆡ 급히 드러가 보ᄒᆞ되,

"풍환이라 사ᄅᆞᆷ이 방문을 거두러 갓ᄂᆞ이다."

ᄒᆞᆫ대 노왕이 즉시 블러 영의 드러와 무러 ᄀᆞᆯ오ᄃᆡ,

"네 등운가무(騰雲駕霧)ᄒᆞᄂᆞᆫ 줄을 아ᄂᆞᆫ다?"

풍환이 ᄀᆞᆯ오ᄃᆡ,

"아ᄂᆞ이다."

손빈이 ᄀᆞᆯ오ᄃᆡ,

"임의 구름을 ᄐᆞᆯ 줄 알면 므ᄉᆞᆷ 【131】 구름을 ᄐᆞᆯ 줄 알다?"

풍환이 ᄀᆞᆯ오ᄃᆡ,

"돗구름 ᄐᆞᆯ 줄 아ᄂᆞ이다."

손빈이 ᄀᆞᆯ오ᄃᆡ,

---

440) 【맞다】 동 맞다. ¶ 迎迓 ‖ 두 눈이 ᄇᆞᆰ디 아니ᄒᆞ야 마ᄌᆞᄆᆞᆯ 일흐니 (雙目不明, 有失迎迓.) <孫龐 4:127>

“다만 저허ᄒᆞ건대 돗구름이 놉디 못ᄒᆞᆯ가 ᄒᆞ노라.”

ᄶᅡ히셔 이삼십 댱은 ᄠᅳᄂᆞ니라.

손빈이 ᄀᆞᆯ오ᄃᆡ,

“이ᄂᆞᆫ 진실로 그ᄅᆞ니 네 오ᄂᆞᆯ밤의 향방(向方)을 보와 ᄀᆞ만이 방연의 부듕의 가라. 뎨 삼경의 작법ᄒᆞᄃᆡ 반ᄃᆞ시 화원 가온대 가묘(家廟) 좌우희셔 ᄒᆞᄂᆞ니 이곳의 ᄒᆞᆫ 낫 플사ᄅᆞᆷ이 나와 ᄀᆞᆽ고 칠교 아래 닐곱 등잔이 이시되 두 등잔은 블을 ᄭᅧᆺ고 탁ᄌᆞ 우희 ᄒᆞᆫ 권 칙과 복셩화 활 다ᄉᆞᆺ 낫과 복셩화 살이 이시니 가히 슈습ᄒᆞ야 ᄒᆞᆫ 고ᄃᆡ 노코 플사ᄅᆞᆷ의 눈 속의 두 낫 살ᄒᆞᆯ ᄲᅢ히고441) 두 눈 아래 등잔을 새로 혀고 다시 초인과 궁젼(弓箭)과【132】칙을 ᄒᆞᆫ 고ᄃᆡ 노코 블을 디ᄅᆞ고 오라. 듕히 샹ᄉᆞᄒᆞ리라.”

풍환이 손빈의 말을 듯고 블디ᄅᆞᆯ 긔구ᄅᆞᆯ 가지고 바로 영 밧 너ᄅᆞᆫ 들희 가 ᄒᆞᆫ닙 돗출 ᄭᆞᆯ고 우희 안자 입으로 진언을 외오며 ᄒᆞᆫ 손의 비결을 잡고 ᄒᆞᆫ 손으로 ᄇᆞ람을 브ᄅᆞ니 이윽고 반곤(半空) 듕의 ᄯᅧ 두로 ᄒᆞᆫ 번 보고 방연의 화원을 ᄇᆞ라며 운두의셔 ᄲᅱ여 ᄂᆞ려 두로 ᄎᆞ자가 묘ᄀᆞ의 니ᄅᆞ니 ᄒᆞᆫ 향안(香案)을 노코 ᄒᆞᆫ 낫 초인을 공양ᄒᆞ여시니 초인이 손빈의 모양 ᄀᆞᆽ고 초인의 우희 닐곱 등잔이시되 두 등잔을 ᄭᅧᆺ고 탁ᄌᆞ 우희 ᄒᆞᆫ 권 칙과 복셩화 나모 화살과 여러 그ᄅᆞᆺ 졔믈을 버렷거ᄂᆞᆯ 풍환이 졔믈을 믈수442) 다 먹고 다시 초인의 눈속의【133】두 살ᄒᆞᆯ ᄲᅢ히고 의구히 두 등잔을 혀고 ᄒᆞᆫ 권 칙과 궁젼 초인을 ᄒᆞᆫᄃᆡ 녀고 블을 딜러 ᄒᆞᆫ ᄣᅢ 못ᄒᆞ야셔 술와 자회와 그림재도 업시ᄒᆞ니 손빈이 영듕의셔 소ᄅᆡᄒᆞ야 ᄀᆞᆯ오ᄃᆡ,

“됴타. 두 눈이 명낭ᄒᆞ야 보기 녜ᄀᆞᆺ다.”

ᄒᆞ거ᄂᆞᆯ 노왕이 밍샹군과 블을 가져 비최여 보니 손빈의 두 눈이 과연 의구히 보니 손빈의 두 눈이 과연 의구히 ᄇᆞᆰ은디라. 모다 크게 깃거ᄒᆞ니 «청평락淸平樂» ᄉᆞ(詞) 이셔 ᄀᆞᆯ오ᄃᆡ,

쇼뎨쟝예, 번뇌청무뎨, 의구츄호능찰의
(消除障瞖, 盼睞淸無際, 依舊秋毫能察矣.)
죵ᄎᆞ방연졀의, 삽시뎐슌광한, 음분다쇼〻잔, 멸막조신칭경, 뇌타담협풍환 (從此龐涓折意, 霎時電瞬光寒, 陰氛多少消殘, 遮莫君臣稱慶, 賴他談鋏馮驩.)

풍환이 방연의 화원 듕의 이셔 압딘ᄒᆞᆫ 거ᄉᆞᆯ 술【134】오고 의구히 일도 셕운(蓆雲)을 멍에 메예 졔 영을 압희 니ᄅᆞ러 바로 듕군으로 드러가 이왕(二王)ᄭᅴ 뵌대 손빈이 깃브미 ᄂᆞᆺᄎᆞ로 조차 나 닐오ᄃᆡ,

“네 ᄌᆡ조ᄅᆞᆯ 힘닙어 나의 일명을 구ᄒᆞ니 므어ᄉᆞ로 ᄡᅥ 명 살온 은혜ᄅᆞᆯ 갑흐리오.”

밍샹군이 우서 ᄀᆞᆯ오ᄃᆡ,

“션ᄉᆡᆼ이 엇디 이런 말을 ᄒᆞᄂᆞ뇨? 군ᄉᆞᄅᆞᆯ 쳔일을 치매 ᄡᅳ미 일됴의 잇다 ᄒᆞ니 이ᄂᆞᆫ 나의 문하(門下) 식ᄀᆡᆨ(食客)이니 맛당이 됴명을 보호ᄒᆞᆯ디라 엇디 보은 두 ᄌᆞᄅᆞᆯ ᄂᆞᆺᄂᆞ뇨?”

손빈이 졔왕이 보낸 금은과 단ᄇᆡᆨ과 산양어쥬ᄅᆞᆯ 가져 풍환을 샹주니 풍환이 넌〻ᄒᆞ야 ᄇᆡ샤ᄒᆞ고 가니 시의 ᄀᆞᆯ오ᄃᆡ,

석탄귀릭식쇼어(昔嘆歸來食少魚)
【135】ᄌᆞ쟝금ᄇᆡᆨᄌᆡ회니(玆將金帛載回車)
남ᄋᆡ단원다ᄌᆡ예(南兒但願多材藝)
하탄왕후블듕여(何憚王侯不重予.)

녜ᄂᆞᆫ 귀릐ᄒᆞ믈 탄ᄒᆞ매 밥의 고기 업더니
이제 금ᄇᆡᆨ을 가져 도라ᄀᆞᄂᆞᆫ 수릐예 시럿도다
남ᄋᆡ 다만 ᄌᆡ예 만흐믈 원ᄒᆞᆯ디니
엇디 왕휘 날을 듕히 너기디 아니믈 탄ᄒᆞ리오

방연이 이날 밤 삼경의 뒤 화원의 니ᄅᆞ러 작법ᄒᆞ랴 ᄒᆞ더니 홀연 초인을 보디 못ᄒᆞ고 탁ᄌᆞ 우희 비셔(秘書)와 궁젼(弓箭)과 졔믈(祭物)재 다

441)【ᄲᅢ히다】㊀ 빼다. ¶ 取 ‖ 플사ᄅᆞᆷ의 눈 속의 두 낫 살ᄒᆞᆯ ᄲᅢ히고 (把草人眼內兩枝箭, 輕輕取了出來.) <孫龐 4:131>

442)【盡數 진수】jìnshù <副> 몰쇽 (同下 雜語 49a) (蒙下 雜語 41a) 믈수 ‖ “擺列幾品祭物, 馮驩先把祭物～吃了.” 여러 그ᄅᆞᆺ 졔믈을 버렷거ᄂᆞᆯ 풍환이 졔믈을 믈수 다 먹고 (孫龐 4:132) 몰수히 ‖ “村口守把的這厮們～殺了, 不留一個, 只有這幾個奔進村裏來。” 촌어귀ᄅᆞᆯ 직흰다 홈을 듯고 짓쳐 들어오며 뎌놈의 무리ᄅᆞᆯ 몰수히 죽여 ᄒᆞᆫ 놈도 남기지 아니ᄒᆞ고 (新文 水滸 3:41:98)

업ᄂᆞᆫ디라. 방연이 십분 경아(驚訝)ᄒᆞ야 온 짜흘 두로 ᄎᆞᄌᆞ니 다만 ᄒᆞᆫ 무덕이 ᄌᆡ 잇거ᄂᆞᆯ 방연이 이ᄅᆞᆯ 보고 혼비텬외(魂飛天外)ᄒᆞ고 ᄇᆡᆨ산구슈(魄散九霄)ᄒᆞ야 ᄀᆞᆯ오ᄃᆡ,

"고이타, 이 화원의 엇던 사ᄅᆞᆷ이 드러오리오 젼문 후문의 봉쇄ᄒᆞᆫ 거시 다 ᄀᆞ자시니443) 아디 못게라 엇던 사ᄅᆞᆷ이 믈건을 다 술온고? ᄇᆞᆰᄂᆞᆫ 날 【136】로 ᄒᆞ야곰 무ᄉᆞᆫ ᄂᆞᆺᄎᆞ로 드러가 됴현ᄒᆞ고 ᄆᆞ어시라 ᄒᆞ리오."

일야 번뇌ᄒᆞ더니 하ᄂᆞᆯ이 ᄇᆞᆰ디 못ᄒᆞ야셔 방연이 드러가 됴회ᄒᆞ고 비무ᄒᆞ기ᄅᆞᆯ ᄆᆞᄎᆞ매 알외여 ᄀᆞᆯ오ᄃᆡ,

"신이 맛당히 만 번이나 죽엄즉ᄒᆞ이다. 신이 집의 압딘ᄒᆞ얏던 것과 일젼 칠뎐명후셰 어제 밤의 엇더 사ᄅᆞᆷ이 후원의 드러와 블을 노화 다 술왓ᄂᆞ이다."

위왕이 이 말을 듯고 대로ᄒᆞ야 주머괴ᄅᆞᆯ 쥐며 손바닥을 ᄀᆞ다ᄃᆞ모며 칼흘 두ᄃᆞ려 ᄀᆞᆯ회ᄅᆞᆯ 흔드러 셩내여 ᄀᆞᆯ오ᄃᆡ,

"이 놈이 아모ᄃᆡ도 크게 ᄡᅳᆯᄃᆡ 업도다 엇디이 동냥(棟梁)의 그ᄅᆞ시리오. 날마다 거즛말로 과인을 추이다가 이제ᄂᆞᆫ 칙다 업다 ᄒᆞᄂᆞᆫ도다."

【137】언필의 각 문 두목이 드러와 보ᄒᆞᄃᆡ,

"졔병이 셩 티미 그 세 심히 흉용(洶湧)ᄒᆞ다."

ᄒᆞ니 위왕이 방연을 향ᄒᆞ야 닐오ᄃᆡ,

"신의 일의 관겨티 아니ᄒᆞ니 이 도병이 신으로 인ᄒᆞ야 나미 아니라. 다 쥬공이 ᄉᆞᄉᆞ로 화ᄅᆞᆯ 브ᄅᆞ미라. 엇디 다 신의 몸의 밀티시ᄂᆞ니잇고?"

위왕이 ᄀᆞᆯ오ᄃᆡ,

"엇디 내 도병을 오게 ᄒᆞ얏다 ᄒᆞᄂᆞ뇨?"

방연이 ᄀᆞᆯ오ᄃᆡ,

"주공이 당일 졔예 이실 제 졔왕의게 벽딘쥬(辟塵珠)ᄅᆞᆯ 허ᄒᆞ얏다가 주디 아니ᄒᆞ고 ᄀᆞ만이 도라왓더니 오ᄂᆞᆯ날 도병은 진실로 일로 말ᄆᆡ암모미라. 이제 쥬샹이 도병을 평뎡ᄒᆞ랴 ᄒᆞ면 어렵디 아니ᄒᆞ니 가히 일통 항표(降表)ᄅᆞᆯ【138】닥고 벽딘쥬ᄅᆞᆯ 가져 졔왕ᄭᅴ 드리면 졔 ᄌᆞ연 군ᄉᆞᄅᆞᆯ 퇴ᄒᆞ리니 우리나라히 셔ᄾ 태평ᄒᆞ몰 보리이다."

위왕이 방연의 ᄒᆞᆫ 좌각 ᄭᆞ미ᄂᆞᆫ 말을 듯고 주의 업서 다만 윤주ᄒᆞ야 항표ᄅᆞᆯ ᄡᅳ고 벽딘쥬ᄅᆞᆯ 금합의 담고 셔갑(徐甲)으로 ᄒᆞ야곰 졔예 드러가 화친ᄒᆞ몰 쳥ᄒᆞ라 ᄒᆞᆫ대 셔갑이 ᄀᆞ만이 가쟝 하무지로 ᄒᆞ야곰 셔갑을 쳥ᄒᆞ야 부듕의 니ᄅᆞ너 분부ᄒᆞ야 ᄀᆞᆯ오ᄃᆡ,

"셔션ᄉᆡᆼ아 순편(順便)의 날을 위ᄒᆞ야 쳔냥 황금을 가져다가 추태ᄉᆞ(鄒太師)ᄭᅴ 매촉(買囑)ᄒᆞ야 뎔로 ᄒᆞ야곰 졔왕 가젼의셔 됴흔 말로 졔왕을 달내여 손빈의 인마ᄅᆞᆯ 도라가게 ᄒᆞ라."

셔갑이 녕명ᄒᆞ야 졔로 가다.

【139】손빈의 영의 이셔 굴지심문(屈指尋文)ᄒᆞ야 노왕을 ᄃᆡᄒᆞ야 닐오ᄃᆡ,

"뎐하야 위왕이 관원으로 ᄒᆞ야곰 벽딘쥬ᄅᆞᆯ 우리나라히 드리고 방연이 황금 쳔냥을 추태시ᄭᅴ 매촉ᄒᆞ야 뎔로 ᄒᆞ야곰 드러가 쥬공을 보고 나의 군ᄉᆞᄅᆞᆯ 가져 도라가게 ᄒᆞ니라."

ᄒᆞᆫ대 노왕 왈,

"임의 이러ᄒᆞ면 각 문을 분부ᄒᆞ야 셩을 엄히 딕희워444) 다만 셩의 사ᄅᆞᆷ이 나리 엇거든 노화 보내디 말미 편ᄒᆞ도다."

손빈이 ᄀᆞᆯ오ᄃᆡ,

"이ᄂᆞᆫ 그리 못ᄒᆞ리라. 만일 다ᄅᆞᆫ 나라히 진공ᄒᆞᄂᆞᆫ 거시면 해롭디 아니ᄒᆞ려니와 우리나라히 진공ᄒᆞᄂᆞᆫ 거ᄉᆞᆯ 잡고 노화 보내디 아냣다가 됴뎡이 알면 그 죄 젹의 아니ᄒᆞ리라."

노왕이 이 말대로 ᄒᆞ다.

셔갑이 의량【140】셩의 나와 놉히 웨되,

"졔병은 길흘 ᄉᆞ양ᄒᆞ라. 위쥐 날로 ᄒᆞ야곰 졔예 드러가 진공ᄒᆞ라."

ᄒᆞᆫ대 졔군이 졔예 진공ᄒᆞ야 ᄒᆞ몰 보고 다

---

443) 【ᄀᆞᆽ다】 ㉻ 갖추어 있다. 구비(具備)되어 있다. ¶ 俱 ‖ 고이타 이 화원의 엇던 사ᄅᆞᆷ이 드러오리오 젼문 후문의 봉쇄ᄒᆞᆫ 거시 다 ᄀᆞ자시니 (古怪, 花園中誰人進得來? 前後門俱是封鎖好的.) <孫龐 4:135> 兼全 ‖ 만일 세 가지 일이 ᄀᆞᄌᆞ면 내 보야흐로 ᄀᆡ가ᄒᆞ련노라 ᄒᆞ니 (若三件兼全, 我方嫁之.) <三國 17:31>

444) 【딕희우―】 ㉦ 지키다. ¶ 守 ‖ 임의 이러ᄒᆞ면 각 문을 분부ᄒᆞ야 셩을 엄히 딕희워 다만 셩의 사ᄅᆞᆷ이 나리 엇거든 노화 보내디 말미 편ᄒᆞ도다 (既然如此, 各門着人嚴守. 但有人出城, 就教拿住, 不許放去便了.) <孫龐 3:139> ⇒ ᄃᆡᆨ희다, 딕희다, 직희다

막디 못ᄒᆞ야 길흘 여러 ᄆᆞ춤내 셔갑을 내여 보내니 셔갑이 님치셩(臨淄城)의 나아가 몬져 추패ᄉᆞᄭᅴ 뵈ᄆᆞᆯ 구ᄒᆞᆫ대 추태시 외국ᄉᆞ신이 와 보ᄆᆞᆯ 구ᄒᆞ믈 보고 급히 쳥ᄒᆞ야 녜ᄅᆞᆯ ᄆᆞᆺ고 좌뎡ᄒᆞ매 태시 무러 ᄀᆞᆯ오ᄃᆡ,

"션ᄉᆡᆼ이 엇디 오뇨?"

셔갑이 ᄀᆞᆯ오ᄃᆡ,

"나ᄂᆞᆫ 위국 ᄉᆞ신 셔갑이러니 위왕 명을 밧ᄌᆞ와 벽딘쥬와 항표ᄅᆞᆯ 졔왕ᄭᅴ 드리고 그밧긔 방부마의 황금 쳔냥을 가져 드리니 쳔냥을 보고 만면의 우음을 띄고 ᄀᆞᆯ오ᄃᆡ,

"부마의 후히 주믈 엇디 감히 감당ᄒᆞ리오."

셔갑이 ᄀᆞᆯ오ᄃᆡ,

"방부매 요구ᄒᆞ믄 【141】 태시 졔왕의 가젼의셔 호언을 알외여 손빈의 군사ᄅᆞᆯ 도라오게 ᄒᆞ면 족히 아ᄋᆡ(雅愛)ᄒᆞᄆᆞᆯ 보리라."

ᄒᆞᆫ대 태시 ᄀᆞᆯ오ᄃᆡ,

"부마의 분부ᄅᆞᆯ 엇디 감히 좃디 아니ᄒᆞ리오. 후례(厚禮)ᄂᆞᆫ 아직 두ᄂᆞ니 다만 션ᄉᆡᆼ은 ᄇᆞᆰᄂᆞᆫ 날 졔왕을 보고 날 보앗노라 말라. 내 겻티셔 몃귀 말노 뎌의 군ᄉᆞᄅᆞᆯ 가져 도라오게 ᄒᆞ리라."

셔갑이 만구칭샤(滿口稱謝)ᄒᆞ고 태ᄉᆞᄅᆞᆯ 하딕ᄒᆞ고 금뎡관역의 가 머므라.

ᄎᆞ일 조됴의 셔갑이 드러와 됴현ᄒᆞᆫ대 졔왕이 무러 왈,

"어ᄂᆞ 나라 ᄉᆞ신이 이에 와 므ᄉᆞ 일ᄒᆞ려 ᄒᆞᄂᆞ뇨?"

셔갑이 ᄀᆞᆯ오ᄃᆡ,

"위진 셔갑이 항표와 벽딘쥬ᄅᆞᆯ 가져 진샹ᄒᆞᄂᆞ이다."

졔왕이 대희ᄒᆞ야 시신(侍臣)을 블러 일〻히 밧고 벽딘쥬ᄅᆞᆯ 가져 ᄌᆞ셔 【142】 히 보고 닐와ᄃᆡ,

"과인이 구슬을 ᄉᆡᆼ각ᄒᆞ얀디 여러 ᄢᅢ러니 금일이야 손의 니ᄅᆞ거다."

졍히 완샹ᄒᆞᆯ ᄉᆞ이예 태ᄉᆞ 추긔(鄒忌) 나아와 알외ᄃᆡ,

"우리 쥬샹ᄭᅴ 알외ᄂᆞ니 이제 위국이 항표와 벽딘쥬ᄅᆞᆯ 보내여 화ᄒᆞᄒᆞ믈 통ᄒᆞ니 우리 쥬샹은 맛당이 일도 지의ᄅᆞᆯ ᄂᆞ리와 의량셩의 가 손빈의 군ᄉᆞᄅᆞᆯ 가져 도라와 ᄒᆞ나흔 이 국이 화ᄒᆞᄒᆞ믈 알우고 둘흔 ᄇᆡᆨ셩의 샹잔(傷殘)ᄒᆞᆫ 거ᄉᆞᆯ 업시ᄒᆞᆯ 거시니이다."

졔왕이 쥰주ᄒᆞ야 일변으로 금패관을 보내여 ᄐᆡᆨ지ᄅᆞᆯ ᄲᅡ 의량셩의 가 손빈을 블러오고 일변으로 촉금(蜀錦)과 ᄎᆡ단(彩段)을 가져 셔갑을 준대 셔갑이 샤은ᄒᆞ고 의량셩으로 도라가 복지(覆旨)ᄒᆞ니 시왈,

【143】 매국죵ᄂᆡ츌셰훈(賣國從來出世勳)
단긔ᄉᆞ탁쳔금일(但期私橐千金溢)
구린인득티은근(仇隣因得致殷勤)
나렴공가ᄇᆡᆨᄃᆡ근(那念公家百代僅)

매국ᄒᆞᄂᆞ니 죵ᄂᆡ 츌셰ᄒᆞᆫ 훈이라
구린이 인ᄒᆞ야 은근ᄒᆞᄆᆞᆯ 닐위ᄂᆞᆫ도다
다만 ᄉᆞ탁의 쳔금이 넘ᄶᅵᄆᆞᆯ[445] 긔약ᄒᆞ니
엇디 공가의 ᄇᆡᆨᄃᆡ 근(僅)ᄒᆞᄆᆞᆯ 념녀ᄒᆞ리오

됴[포]복긔ᄉᆞ희합지(匍匐豈辭希合旨)
주쟝독샹걸회군(奏章獨上乞回軍)
응지이쇼위방거(應知貽笑魏邦去)
신블신혜군불군(臣不臣兮君不君.)

됴[포]복ᄒᆞ야 엇디 ᄠᅳᆺ을 마치ᄆᆞᆯ ᄉᆞ양ᄒᆞ리
오
주쟝을 ᄒᆞᆯ노 알외매 회군ᄒᆞᄆᆞᆯ 비도다
벅〻이 알괘라 위방의 우음을 기텨 가니
신해 신하티 못ᄒᆞ고 님군이 님군티 못ᄒᆞ도
다

금패관이 ᄐᆡᆨ지ᄅᆞᆯ 가져 날이 못ᄒᆞ야셔 의량셩의 다ᄃᆞ라 졔 영문 알ᄑᆡ ᄆᆞᆯ을 ᄂᆞ린대 긔패관이 드러가 알외니 노왕과 ᄆᆡᆼ샹군과 손빙이 급히 마자 향안을 베프고 죠 【144】 셔ᄅᆞᆯ 닑으니 죠셔 왈,

ᄉᆡᆼ각ᄒᆞ니 고(孤)의 냥덕(凉德)이 경의 듕모(重謨)ᄅᆞᆯ 비러 그러모로 위 털 군ᄉᆞᄅᆞᆯ 니ᄅᆞ혀 경외(境外)예 과량(裹糧)ᄒᆞᄆᆞᆯ 써리디 아니ᄒᆞ고 본ᄃᆡ 젼졔(全齊)예 긔(擧)ᄅᆞᆯ 쇽(屬)ᄒᆞ야

---

445) 【넘ᄶᅵ다】 [동] 넘치다. ¶ 溢 ‖ 다만 ᄉᆞ탁의 쳔금이 넘ᄶᅵᄆᆞᆯ 긔약ᄒᆞ니 엇디 공가의 ᄇᆡᆨᄃᆡ 근ᄒᆞᄆᆞᆯ 념녀ᄒᆞ리오 (但期私橐千金溢, 那念公家百代僅.) <孫龐 4:143> ⇒ 넘디다, 넘ᄯᅵ다, 넘ᄢᅵ다, 넘ᄣᅵ다, 넘ᄶᅵ다

시니 엇디 됴듕(朝中)의 명을 감쳥(甘聽)ᄒᆞ리오. 그러나 병괘(兵戈) 운요(雲擾)ᄒᆞ매 쥬획간난(籌畫艱難)ᄒᆞᄆᆞᆯ 탄ᄒᆞᄆᆞᆯ 면티 못ᄒᆞᆯ 거시오. 승패 ᄉᆞ분(絲分)ᄒᆞ니 엇디 도금(韜鈐)의 젼용(展用)ᄒᆞᄆᆞᆯ 거둠만 ᄀᆞᄐᆞ니오. 셜ᄉᆞ 군ᄉᆞᄅᆞᆯ 년ᄒᆞ야 쉬디 못ᄒᆞ면 협광(浹纊)ᄒᆞᆯ 재 도로혀 도비(掉臂)ᄒᆞᄂᆞᆫ 무리 되고 만일 파장(破戕)ᄒᆞᄂᆞᆫ 형상이 되ᄂᆞ니 이러 병마대원슈(兵馬大元帥) 남평군왕 손빈이 근뇌 임의 오래고 공젹이 ᄌᆞ못 만【145】ᄒᆞᆫ디라 진실로 맛당히 금ᄃᆡ(金臺)예 얼골을 그려 아ᄅᆞᆷ다오ᄆᆞᆯ 만긔(萬□)예 들니리니 엇디 다만 일홈이 동듀(銅柱)의 표ᄒᆞ야 기리미 쳔츄의 ᄀᆞ득ᄒᆞᆯ ᄲᅮᆫ이리오. 괴(孤) 이제 임의 위로 더브러 화친ᄒᆞ야시니 경이 ᄯᅩᄒᆞᆫ 맛당이 졔경(齊境)의 도라오고 타향의셔 뉴톄(留滯)티 말나. 삼가 이 죠셔ᄅᆞᆯ ᄲᅧ와 맛ᄂᆞ니 경히 그 호녀(虎旅)ᄅᆞᆯ 셩티(星馳)ᄒᆞ라. 괴 맛당히 농영(龍營)의 딘벽(塵辟)ᄒᆞ리라. 경ᄌᆡ무홀(敬哉無忽)ᄒᆞ라.

ᄒᆞ엿더라.

닑기ᄅᆞᆯ ᄆᆞᄎᆞ매 손빈이 즁군을 분부ᄒᆞ야 회군긔호(回軍旗號)ᄅᆞᆯ 셰우고 영을 ᄲᅢ혀 도라가니 ᄒᆞᆫ 소ᄅᆡ 녕이 ᄂᆞ리매 뫼히 믄허디며 바다히 터딤 ᄀᆞᆺᄐᆞ야 인매 도〻(滔滔)ᄒᆞ야 【146】 도라갈ᄉᆡ 힝ᄒᆞ야 바로 삼분노고(三岔路口)[446]의 니ᄅᆞ러 ᄒᆞᆫ 길흔 졔방(齊邦)으로 가고 ᄒᆞᆫ 길흔 한국으로 가ᄂᆞᆫ디라. 손빈이 이왕을 ᄃᆡᄒᆞ야 ᄀᆞᆯ오ᄃᆡ,

"다만 녀긔 안영ᄒᆞ고 원달(袁達) 니목(李牧) 독고딘(獨孤陳)으로 영채(營寨)ᄅᆞᆯ ᄃᆡ희우고 신이 두 위 뎐하로 더브러 ᄒᆞᆫ 가지로 한국의 가 ᄃᆞᆫ녀오ᄉᆞ이다. 당일 위양공쥬(魏陽公主) 우리ᄅᆞᆯ 허다 냥초ᄅᆞᆯ 주어시니 슌노(順路)의 뎌의게 샤례ᄒᆞ염즉ᄒᆞ니이다."

노왕 왈,

"이 말이 유리타."

ᄒᆞ고 삼인이 각〻 ᄆᆞᆯ ᄐᆞ고 수십명 군ᄉᆞᄅᆞᆯ 거ᄂᆞ려 한국 됴문 밧긔 다ᄃᆞ라 ᄆᆞᆯ을 ᄂᆞ리니 한왕이 졍히 뎐의 올랏더니 황문관(黃門官)이 알외ᄃᆡ,

"졔국 노왕 밍샹군 손군ᄉᆡ 됴문 압픠셔 후지(候旨)ᄒᆞᄂᆞ이다."

한왕이 즉시 난가(鑾駕)ᄅᆞᆯ 베퍼 됴문 밧긔 가 【147】 영졉ᄒᆞ야 금난뎐(金鑾殿)의 니ᄅᆞ러 각〻 서ᄅᆞ 보고 녜필ᄒᆞ매 한왕이 근시ᄅᆞᆯ 명ᄒᆞ야 비단자리ᄅᆞᆯ 비셜ᄒᆞ고 ᄉᆞ좌(賜坐)ᄒᆞᆫ대 손빈이 ᄀᆞᆯ오ᄃᆡ,

"향일의 낭〻(娘娘)이 위예 겨샤 신을 냥초ᄅᆞᆯ 주어 겨시더니 이제 반ᄉᆞᄒᆞ야 졔로 도라가ᄂᆞᆫ디라. 특별이 와 샤례ᄒᆞᄂᆞ이다."

한쇼왕(韓昭王)이 이 말을 듯고 년ᄒᆞ야 두어 소ᄅᆡᄅᆞᆯ 탄식ᄒᆞ고 눈의 ᄀᆞ득ᄒᆞᆫ 눈믈을 흘니거ᄂᆞᆯ 손빈이 무러 왈,

"우리 왕이 엇디 홀연이라 샹감ᄒᆞ시ᄂᆞ니잇고?"

한왕이 눈믈을 슷고 닐오ᄃᆡ,

"손군ᄉᆡ야. 과인이 졍궁(正宮)은 곳 위양공쥬라. 위왕으로 더브러 지친(至親)의 분이 잇더니 젼의 위국이 군ᄉᆞᄅᆞᆯ 빌거ᄂᆞᆯ 과인이 다만 댱샤(張奢)로 ᄒᆞ야곰 군ᄉᆞᄅᆞᆯ 거ᄂᆞ려 위예 드러가 구완ᄒᆞ랴 【148】 ᄒᆞ얏더니 혜아리디 아냐 졍궁이 형ᄆᆡ(兄妹)의 졍분을 위ᄒᆞ야 괴로이 친히 군ᄉᆞᄅᆞᆯ 거ᄂᆞ려 가 구ᄒᆞᄆᆞᆯ 구ᄒᆞ거ᄂᆞᆯ 과인이 허ᄒᆞ얏더니 도로혀 방연의 일댱 긔구(氣嘔)ᄅᆞᆯ 닙어 도라와 일노 인ᄒᆞ야 오라디 아녀셔 신ᄉᆞ(身死)ᄒᆞ엿다."

ᄒᆞᆫ대,

"샹국의 와 현알ᄒᆞ믄 특별이 낭〻이 냥초 주신 은혜ᄅᆞᆯ 샤례ᄒᆞ려 ᄒᆞ미러니 ᄠᅳᆺ밧긔 승하(昇遐)ᄒᆞ야 겨시니 비도(悲悼)ᄒᆞᄆᆞᆯ 이긔디 못ᄒᆞᆯ소이다."

한왕이 분부ᄒᆞ야 잔ᄎᆡᄅᆞᆯ 베프라 ᄒᆞᆫ대 이윽고 쥬셕이 졍졔ᄒᆞ얏거ᄂᆞᆯ 한왕이 노왕과 손빈과 밍샹군으로 더브러 턍음(暢飮)ᄒᆞ고 잔ᄎᆡᄅᆞᆯ 파ᄒᆞ매 ᄉᆞ매 속으로셔 ᄒᆞᆫ 간텹(柬帖)을 내여 한왕ᄭᅴ 드려 ᄀᆞᆯ오ᄃᆡ,

"특 【149】 별이 간텹을 드리ᄂᆞ니 쥬샹이 가히 거두어 ᄀᆞᆷ초왓다가 등한(等閑)ᄒᆞᄂᆞᆫ ᄢᅢᄂᆞᆫ 여러 보디 말고 급ᄒᆞᆫ 어려온 ᄢᅢ예 여러 보쇼셔."

---

446) 【삼분노고】 명 {삼분노구(三岔路口).} 세거리 어귀. ¶ 三岔路 ‖ 인매 도〻ᄒᆞ야 도라갈ᄉᆡ 힝ᄒᆞ야 바로 삼분노고의 니ᄅᆞ러 ᄒᆞᆫ 길흔 졔방으로 가고 ᄒᆞᆫ 길흔 한국으로 가ᄂᆞᆫ디라 (軍馬滔滔回轉, 行至三岔路一條路徑至齊邦, 一條路通着韓國.) <孫龐 4:146> ⇒ 삼노 어귀, 삼분노구

한왕이 밧고 ᄀᆞᆯ오ᄃᆡ,

"만히 군ᄉᆞ의 구호ᄒᆞᄆᆞᆯ 샤례ᄒᆞ노라."

삼인이 드듸여 한왕을 하딕ᄒᆞᆫ대 한왕이 송힝(送行)ᄒᆞᄂᆞᆫ 녜믈을 ᄀᆞ초와 바로 셔화문(西華門) 압ᄒᆡ 니ᄅᆞ러 니별ᄒᆞᆫ대 뎐긔(田忌)와 뎐문(田文)과 손빈이 절ᄒᆞ야 하딕고 ᄆᆞᆯ긔 올라 시 이셔 ᄀᆞᆯ오ᄃᆡ,

응쇼션ᄉᆞ노입한(應召旋師路入韓)
블감툐탕변회란(不堪惆悵便回鑾)
싱증탐년만됴뎡(生憎貪佞盈朝廷)
뇨득귀시사엄관(料得歸時詐掩棺.)

응쇼ᄒᆞ야 션ᄉᆞᄒᆞ매 길히 한으로 드러가니
이긔여 툐탕ᄒᆞ야[447] 수릐ᄅᆞᆯ 두로디 못ᄒᆞᆯ노다
탐녕이 됴뎡의 ᄀᆞ독ᄒᆞᄆᆞᆯ[448] 싱증ᄒᆞ니
도라가ᄂᆞᆫ ᄯᅢ예 거즛 관을 다ᄅᆞᆯ 줄을 혜아릴노다

【150】 삼인이 힝ᄒᆞ야 삼분노구(三岔路口)의 나니 원달 니목 독고딘이 즁쟝을 거ᄂᆞ리고 영의 나 영졉ᄒᆞ야 영듕의 니ᄅᆞ러 즁쟝으로 더브러 참현ᄒᆞ기ᄅᆞᆯ ᄆᆞᆺ고 즉시 뎐녕ᄒᆞ야 긔군ᄒᆞ야 나라ᄒᆞᆯ 도라갈ᄉᆡ 새배 힝ᄒᆞ고 밤의 쉬여 수일이 못ᄒᆞ야 님츼셩의 나아가 뎐젼당을 챵의 녀코 창도(鎗刀)ᄂᆞᆫ 고(庫)의 ᄀᆞᆷ초와 군ᄃᆡᄂᆞᆫ 영의 도라보내고 ᄒᆞᆫ 가지로 드러와 졔왕ᄭᅴ 됴현ᄒᆞᆫ대 졔왕이 대희 왈,

"손군ᄉᆡ야 너의 위국 노심ᄒᆞᄆᆞᆯ 만히 밧도다. 만일 군ᄉᆞ의 큰 튱셩곳 아니러면 엇디 위국이 항표와 벽딘쥬ᄅᆞᆯ 그리리오."

손빈 왈,

"이ᄂᆞᆫ 우리 쥬샹의 홍복과 두 뎐하의 호의ᄅᆞᆯ 힘닙으미니 신이 므ᄉᆞᆫ 공이 이시리잇고?"

졔왕이 남평 【151】 왕을 금ᄇᆡᆨ과 어쥬ᄅᆞᆯ 샹주고 나믄 즁쟝은 공을 의논ᄒᆞ야 승샹ᄒᆞᆫ대 각〻 샤은ᄒᆞ고 나오다.

손빈이 도라와 남평부의 니ᄅᆞ니 날이 가고 ᄃᆞᆯ이 와 광음이 경신속ᄒᆞ더라. ᄒᆞᄅᆞᄂᆞᆫ 져녁의 후화원의 이셔 본명셩샹(本命星象)을 보다가 ᄒᆞᆯ연이 대경ᄒᆞ야 ᄀᆞᆯ오ᄃᆡ,

"삼 년을 블니ᄒᆞ미 이시니 모로미 일홈을 숨기고 거즛 죽은 톄ᄒᆞ야 압딘ᄒᆞ여야 안녕무ᄉᆞ(安寧無事)ᄒᆞ리라."

ᄒᆞ고 두서 날 디난 후의 드듸여 팔문둔갑(八門遁甲)과 뉵갑녕문(六甲靈文)을 ᄡᅥ 거즛 거술 병셰 위독ᄒᆞᆫ 톄ᄒᆞ고 원달로 ᄒᆞ야곰 드러가 됴회ᄒᆞ고 알외여 ᄀᆞᆯ오ᄃᆡ,

"손군ᄉᆡ 군ᄉᆞᄅᆞᆯ 거ᄂᆞ려 도라오므로브터 풍질(瘋疾)을 어더 반신을 ᄡᅳ디 못ᄒᆞ야 병셰 졈〻 위독ᄒᆞ야 위 【152】 ᄐᆡᄒᆞ기 슌식(瞬息)의 잇ᄂᆞᆫ디라 특별이 쥬샹ᄭᅴ 알외ᄂᆞ이다."

왕이 대경ᄒᆞ야 ᄀᆞᆯ와ᄃᆡ,

"군ᄉᆡ 병이 이러ᄐᆞᆺ ᄒᆞ면 엇디 ᄇᆞᆯ셔 니ᄅᆞ디 아닌다? 태의관으로 ᄒᆞ야곰 급히 가 간병ᄒᆞ고 회복ᄒᆞ라."

원달이 하딕ᄒᆞ고 됴문 밧긔 나와 어의ᄅᆞᆯ ᄃᆞ리고 와 손빈의 병을 보니라.

---

447) 【툐탕ᄒᆞ다】 동 {추창(惆悵)하다.} 실망하여 슬퍼하다. ¶ 惆悵 ‖ 응쇼ᄒᆞ야 션ᄉᆞᄒᆞ매 길히 한으로 드러가니 이긔여 툐탕ᄒᆞ야 수릐ᄅᆞᆯ 두로디 못ᄒᆞᆯ노다 (應召旋師路入韓, 不堪惆悵便回鑾.) <孫龐 4:149> 졍히 툐탕ᄒᆞ고 방황호믈 마디 아니ᄒᆞ더니 (蘇友白只管沉吟惆悵.) <玉嬌 3:8> ⇒ 초챵ᄒᆞ다, 쵸창ᄒᆞ다

448) 【ᄀᆞ독ᄒᆞ다】 형 가득하다. ¶ 盈 ‖ 탐녕이 됴뎡의 ᄀᆞ독ᄒᆞᄆᆞᆯ 싱증ᄒᆞ니 도라가ᄂᆞᆫ ᄯᅢ예 거즛 관을 다ᄅᆞᆯ 줄을 혜아릴노다 (生憎貪佞盈朝廷, 料得歸時詐掩棺.) <孫龐 4:149> ⇒ ᄀᆞ득ᄒᆞ다

손방연의 孫龐演義 권지오

第17回
남평왕미명사ᄉᆞ 안듕ᄌᆞ관간샹시
南平王埋名詐死 顔仲子觀柬詳詩

【2】 태의관(太醫官)이 졔왕(齊王)의 명을 바다 남평부(南平府)의 니ᄅᆞ러 손빈(孫臏)의 병증을 다ᄉᆞ려 ᄃᆞᆯ이 남으니 금셕과 쇼[쵸]목의 약을 낫〻치 다 ᄡᅳ되 ᄃᆞᆯ히 블 브음 ᄀᆞᆺᄐᆞ야 병세 더옥 팀듕ᄒᆞ야 비록 구젼환혼단(九轉還丹)이 이셔도 다 살길히 업ᄂᆞᆫ디라. 태의 디황(岐黃)의 묘ᄉᆞᆯ을 다 펴되 이 광경을 보매 능히 ᄒᆞ리디 못ᄒᆞᆯ 줄 알고 졔왕ᄢᅴ 복주ᄒᆞᆫ대 졔왕이 이 쇼식을 듯고 십분 번뇌ᄒᆞ야 ᄒᆞ더라. 탄지ᄒᆞᆯ ᄉᆞ이예 ᄯᅩ ᄃᆞᆯ이 디난디라. 일〻ᄒᆞᆫ 손빈이 원달(袁達)을 블너 귀예 다혀 ᄀᆞ만이 두어 귀 말을 분부ᄒᆞ고 드ᄃᆡ여 됴히 【3】 사ᄅᆞᆷ ᄒᆞ나ᄒᆞᆯ ᄆᆡᆼ글고 입 속의 ᄡᆞᆯ 칠〻 마은아홉 낫 출 녀코 텬갑녕문(天甲靈文)과 뉵갑녕문(六甲靈文)을 념동(念動)ᄒᆞ고 소ᄅᆡᄒᆞ야 변ᄒᆞ라 ᄒᆞ니 즉시 변ᄒᆞ야 죽엄이 되〻 손빈의 모양이어ᄂᆞᆯ 부듕 젼텽의 노코 만문(滿門)이 통곡ᄒᆞ고 원달이 ᄆᆞᆯ을 ᄃᆞᆯ녀 가 졔왕ᄢᅴ 주문ᄒᆞᄃᆡ,

"손쟝군이 약을 먹으되 효험이 업서 어제 밤 이경의 신고(身故)ᄒᆞ엿ᄂᆞᆫ이다."

졔왕이 듯고 크게 놀나 두 눈의 눈믈을 흘려 ᄀᆞᆯ오ᄃᆡ,

"과연 죽어시면 군ᄉᆞ의 슈요(壽夭)의 간셥ᄒᆞ미 아니라 만일 우리 졔국 군신과 ᄇᆡᆨ셩의 복이 업ᄉᆞ미로다. 모든 문무관이 분부ᄒᆞ야 흐터디〻 말나. 과인이 오ᄂᆞᆯ 친히 남평부의 가 손군ᄉᆞ롤 됴상ᄒᆞ리라."

모든 관 【4】 원이 녕지ᄒᆞ다. 오라디 아니ᄒᆞ야 졔왕이 남평부의 니ᄅᆞ러 원달이 즁쟝(衆將)을 거ᄂᆞ려 나와 영졉ᄒᆞ야 마자 부의 드러가 손빈의 시슈(尸首)롤 보고 고ᄐᆡ만상(苦態萬狀)이라. 모든 문뮈 ᄯᅩᄒᆞᆫ 비도(悲悼)ᄒᆞ믈 마디 아니ᄒᆞ더라.

졔왕이 뎐지ᄒᆞ야 손군ᄉᆞ롤 향탕의 목욕ᄒᆞ고 금관곽(衾棺槨)을 왕후뎨롤 ᄡᅧ 빙념ᄒᆞ고 관을 가져 듕텽의 두고 졔왕이 통곡ᄒᆞ고 근시(近侍)로 ᄒᆞ야곰 분향졈쵹(焚香點燭)ᄒᆞ고 거가ᄒᆞ야 환궁ᄒᆞ고 즉시 슈문뇽(須文龍) 슈문호(須文虎)로 ᄒᆞ야곰 각국의 부음을 뎐ᄒᆞ되 손군싀 이실 제 각 나라ᄒᆞᆯ 위ᄒᆞ야 근심을 ᄂᆞᆫ호더니 이제 블힝ᄒᆞ야 신고ᄒᆞ야시니 각 나라히 다 모로미 ᄉᆞ신을 보내여 됴 【5】 효(弔孝)ᄒᆞ게 ᄒᆞ라. 뉵원 ᄉᆞ신이 녕지ᄒᆞ야 각〻 나라ᄒᆞᆯ 갈식 셩야(星夜)로 나아오다. 슈문뇽이 진(秦)나라히 니ᄅᆞ러 드러가 됴회ᄒᆞ고 주문ᄒᆞ야 ᄀᆞᆯ와ᄃᆡ,

"졔국(齊國) ᄉᆞ신 슈문뇽이 쥬샹의 명을 밧드러 왓ᄂᆞ니 손군싀 병을 어더 신고ᄒᆞ야시니 손군싀 이실 ᄣᅢ예 일즉 각국을 위ᄒᆞ야 근심을 ᄂᆞᆫ호더니 이제 특별이 부음을 보ᄒᆞᄂᆞ니 빌건대 대왕은 관원을 보내여 졔예 니ᄅᆞ러 군ᄉᆞ롤 위ᄒᆞ야 됴ᄒᆞ게 ᄒᆞ쇼셔."

진왕이 ᄀᆞᆯ오ᄃᆡ,

"과인이 아랏노라."

ᄒᆞ고 슈문뇽을 타발(打發)ᄒᆞ야 도라가라 ᄒᆞ다. 진왕이 냥반 문무ᄃᆞ려 무ᄅᆞᄃᆡ,

"졔왕이 관원을 보내여 졔예 드러가 됴효ᄒᆞ믈 고ᄒᆞ니 쟝ᄎᆞᆺ 엇디ᄒᆞ여야 됴흐 【6】 리오."

무안군(武安君) ᄇᆡᆨ긔(白起) 알외여 ᄀᆞᆯ오ᄃᆡ,

"우리 쥬샹ᄢᅴ 알외ᄂᆞ니 만일 졍니(正理)로 의논ᄒᆞ면 아니 가미 일의 해로오미 업거니와 만일 서ᄅᆞ 화호(和好)롤 통ᄒᆞ믈 의논컨대 우리나라히 ᄒᆞᆫ 번 가 됴상ᄒᆞ미 ᄯᅩᄒᆞᆫ 가디 아니미 업고 손빈의 진가(眞假) 쇼식을 탐텽ᄒᆞ미 됴흐리이다."

진왕이 쥰주ᄒᆞ야 무로ᄃᆡ,

"뉘 가야 됴흐리오?"

ᄇᆡᆨ긔 ᄀᆞᆯ오ᄃᆡ,

"ᄆᆞᄅᆞ미 다ᄅᆞᆫ 이ᄅᆞᆯ 보내디 말고 신이 가 ᄒᆞᆫ 번 ᄃᆞᆫ녀오리이다."

진왕이 분부ᄒᆞ야 ᄀᆞᆯ오ᄃᆡ,

"일즉 가 일즉 도라오다."

ᄇᆡᆨ긔 녕지ᄒᆞ야 졔로 드러가다. 슈문회 위국(魏國) 의량셩(宜梁城)의 드러와 위왕ᄭᅴ 됴회ᄒᆞ야 ᄀᆞᆯ오ᄃᆡ,

"졔국 ᄉᆞ신 슈문회 쥬샹의 명을 바다 손군ᄉᆡ 풍질(瘋疾)을 어더 신고ᄒᆞ【7】믈 인ᄒᆞ야 특별이 와 부음을 통ᄒᆞᄂᆞ니 손군ᄉᆡ 사라실 날의 귀요산(九曜山) 벽녁동(霹靂洞) 야룡(野龍) 원달을 항복바다 일즉 칠국을 위ᄒᆞ야 근심을 ᄂᆞᆫ홧더니 이제 ᄇᆞ라건대 관원을 보내여 됴효(弔孝)킈 ᄒᆞ쇼셔."

위왕이 이 말을 듯고 슈문호ᄅᆞᆯ 타발ᄒᆞ야 도라보내고 ᄀᆞ만이 스ᄉᆞ로 ᄀᆞᆯ오ᄃᆡ,

"졔왕이 됴히 무례ᄒᆞ도다. 손빈이 임의 죽어시면 그만ᄒᆞ야 말 거시어ᄂᆞᆯ 엇디 과인으로 ᄒᆞ야곰 관원을 보내여 됴상ᄒᆞ라 ᄒᆞᄂᆞ뇨? 의논컨대 맛당이 보내디 아니ᄒᆞᆯ 거시로ᄃᆡ 이 연고ᄅᆞᆯ 비러 진가 쇼식을 탐텽(探聽)ᄒᆞᆷ만 ᄀᆞᆺ디 못ᄒᆞ다."

ᄒᆞ고 쥬히(朱亥)로 ᄒᆞ야곰 부례(賻禮)ᄅᆞᆯ 출혀 졔나라히 가 됴상ᄒᆞ고 진가 쇼식을 타탐ᄒᆞ고【8】섈니 도라와 복명ᄒᆞ라 ᄒᆞᆫ대 쥬히 녕지ᄒᆞ야 즉일 등뎡(登程)ᄒᆞ다. 방연(龐涓)이 손빈의 부음을 듯고 ᄀᆞ만이 심복 사ᄅᆞᆷ으로 ᄒᆞ야곰 몬져 졔방의 가 쇼식을 타탐ᄒᆞ라 ᄒᆞ다.

진 무안군 ᄇᆡᆨ긔 님최셩(臨淄城)의 니ᄅᆞ러 금뎡관역의 머믈워 각국 ᄉᆞ신이 졔예 니ᄅᆞ기ᄅᆞᆯ 기ᄃᆞ려 ᄒᆞᆫ가지로 졔왕ᄭᅴ 됴현ᄒᆞ랴 ᄒᆞ더라. 슌일ᄉᆞ이예 초국(楚國) 황협(黃協)과 연국(燕國) 손조(孫操)와 한국(韓國) 댱샤(張奢)와 됴국(趙國) 념파(廉頗)와 위국(魏國) 쥬히(朱亥) 진·초·위·연·됴·한 뉵국 ᄉᆞ신이 뉵쇽(陸續)ᄒᆞ야 다 니ᄅᆞ러 일시의 드러와 졔왕ᄭᅴ 참현ᄒᆞᆫ대 졔왕이 ᄀᆞᆯ오ᄃᆡ,

"뉵국 ᄉᆞ신아, 손군ᄉᆡ 사라 이신 제 일즉 너희 각국을 위ᄒᆞ야 근심을 ᄂᆞᆫ홧더니 이제 블힝ᄒᆞ야【9】신고ᄒᆞ야시니 과인이 일즉 너희ᄅᆞᆯ 거ᄂᆞ려 ᄒᆞᆫ 가지로 남평부의 니ᄅᆞ러 됴효ᄒᆞ리라."

ᄒᆞ고 분부ᄒᆞ야 난가ᄅᆞᆯ 베플ᄉᆡ 다만 보니,

보년츌셩인(寶輦出城闉)
졍긔요일빈(旌旂耀日彬)
고취회급셜(鼓吹廻急雪)
거마쳔향딘(車馬踐香塵.)

보년이 셩인으로 나니
졍긔 요일ᄒᆞ야 빗나도다
고취ᄂᆞᆫ 급ᄒᆞᆫ 눈을 두로혀고
거마ᄂᆞᆫ 향 틧글449)을 ᄇᆞᆲ도다

ᄉᆞ졸환은갑(士卒擐銀甲)
군왕좌년인(君王坐練茵)
남평요ᄌᆡ목(南平遙在目)
ᄇᆞᆯᄒᆡ잠니신(渤海暫離身.)

ᄉᆞ졸은 은 갑오술 둘럿고
군왕은 깁자리의 안잣도다
남평이 멀니 눈의 이시니
ᄇᆞᆯᄒᆡ의 잠간 몸이 ᄯᅥ나도다

【10】위됴삼뎨츌(爲弔三齊出)
인ᄒᆡ뉵국신(因偕六國臣)
쳐쳥횡옥뎌(凄淸橫玉筯)
ᄋᆡ감향금슌(哀感響金錞.)

삼뎨 호걸을 됴상ᄒᆞ믈 위ᄒᆞ야
인ᄒᆞ야 뉵국 신하ᄅᆞᆯ ᄒᆞᆷᄭᅴ450) ᄒᆞ얏도다
쳬텽이 옥뎌ᄅᆞᆯ 빗기고
ᄋᆡ감히 금슌을 울니ᄂᆞ도다

졍이침단셜(鼎以沉檀爇)
ᄃᆡ쟝강납딘(臺將絳蠟陳)
녜의ᄀᆡ소금(禮儀皆素錦)
졔품진긔딘(祭品盡奇珍.)

졍에 침단으로서 ᄯᅴ오고451)

449)【틧글】 명 티끌. ¶ 塵 ‖ 고취ᄂᆞᆫ 급ᄒᆞᆫ 눈을 두로혀고 거마ᄂᆞᆫ 향 틧글을 ᄇᆞᆲ도다 (鼓吹廻急雪, 車馬踐香塵.) <孫龐 5:9> ⇒ 드틀, 듣글, 듯글, 뒷글, ᄯᅳᆺ글, ᄯᅴᆺ글, ᄯᅴ글, ᄶᅵᆺ글, 틋글, 틔글, 틔ㅅ 글, 틔ᄭᅳᆯ, 틧ㅅ 글

450)【ᄒᆞᆷᄭᅴ】 부 함께. ¶ 偕 ‖ 삼뎨 호걸을 됴상ᄒᆞ믈 위ᄒᆞ야 인ᄒᆞ야 뉵국 신하ᄅᆞᆯ ᄒᆞᆷᄭᅴ ᄒᆞ얏도다 (爲弔三齊出, 因偕六國臣.) <孫龐 5:10> ⇒ ᄒᆞᆷᄭᅴ

디의 강납을 가져 베펏도다
녜의는 다 소금으로 ᄒᆞ얏고
졔품은 다 긔진으로 ᄒᆞ얏도다

쳐쳐뎡가쥬(處處停歌酒)
인인실원빈(人人悉怨顰)
ᄉᆞ산최태악(似山摧泰嶽)
【11】 여ᄌᆞ실ᄌᆞ친(如子失慈親.)

쳐ᄌᆞ의 노래와 술을 그치고
인ᄌᆞ이 다 원ᄒᆞ야 찡긔ᄂᆞᆫ도다[452]
뫼히 태악을 것금 ᄀᆞᆺᄌᆞ고
아ᄃᆞᆯ이 ᄌᆞ친을 일흠 ᄀᆞᆺ도다

ᄉᆡᆼ작등단슈(生作登壇帥)
망위진국신(亡爲鎭國臣.)
구비응만도(口牌應滿道)
텬지ᄉᆞ샹신(千載事嘗新.)

사라셔 단의 오론 쟝쉬 되야시니
죽으매 나라흘 딘뎡ᄒᆞᄂᆞᆫ 신녕이 되도다
구비 벅ᄌᆞ이 길히 ᄀᆞ독흘 거시니
텬디의 일이 오히려 새로오리로다

뉵국 ᄉᆞ신이 어가롤 ᄯᆞᆯ와 남평부의 니ᄅᆞ니 원달(袁達) 니목(李牧) 독고딘(獨孤陳)과 오히(吳獬) 마승(馬昇)이 즁쟝을 거ᄂᆞ려 멀니 나와 영졉ᄒᆞ거ᄂᆞᆯ 졔왕이 부의 드러가 근시로 ᄒᆞ야곰 군ᄉᆞ의 녕구(靈柩) 알픠 졔뎐(祭奠)을 버리고 졔왕이 각국 ᄉᆞ신을 분부ᄒᆞ야 ᄀᆞᆯ오ᄃᆡ,

"과인이 몬져 젼녜롤 힝ᄒᆞᆫ 후의 뉵국이 ᄎᆞ례로 나아와 됴상ᄒᆞ라."

뉵국 ᄉᆞ신 【12】 이 녕명ᄒᆞ야 냥샹의 뫼셔 셔거ᄂᆞᆯ 졔왕이 분향뎐쟉ᄒᆞ고 슈문농으로 ᄒᆞ여곰 졔문을 펴 닑으니 ᄒᆞ야시되,

유(維) 대쥬(大周) 현왕(顯王) 념유(念有) 구 년 츄팔월(秋八月) 삭월(朔月) 삼일의 졔위왕(齊威王)은 삼가 쇼뢰(小牢)의 녜로ᄡᅥ 남평군왕 손빅녕(孫伯齡) 션ᄉᆡᆼ의 녕(靈)의 고ᄒᆞ야 ᄀᆞᆯ오ᄃᆡ 오회(嗚呼)라! 션ᄉᆡᆼ아 ᄒᆡ츄(解推)ᄒᆞᄂᆞᆫ 은혜롤 펴니 솔쟉(率作)ᄒᆞ야 우국의 브즈런ᄒᆞ몰 겸ᄒᆞ얏고 토악(吐握)ᄒᆞᄂᆞᆫ 의ᄉᆡ 깁흐니 승용(承庸)ᄒᆞ야 순필(舜弼)의 듕ᄒᆞ몰 참ᄒᆞ얏도다. 고명(高名)이 오래 우됴(宇宙)의 드리오고 홍녈(鴻烈)이 더옥 건곤(乾坤)의 진동ᄒᆞᄂᆞᆫ도다. 붉으믄 부모(𪐝毛)롤 알고 터박(□博)ᄒᆞ믄 계쳑(雞跖)을 궁ᄒᆞᄂᆞᆫ도다. 샹계 연나라히 ᄲᅩ다다니[453] 당시의 인걸의 【13】 일홈을 쳔ᄒᆞ고 수러 졔 도읍으로 오니 여러 ᄒᆡ롤 경쳔(擎天)ᄒᆞᄂᆞᆫ 공이 나타나도다. 이러므로ᄡᅥ 투계주고(鬪雞走狗)ᄒᆞ니 인민이 낙읍(樂業)ᄒᆞ야 살기롤 평안ᄒᆞ고 냑디공셩(掠地攻城)ᄒᆞ매 군ᄉᆡ 감은ᄒᆞ야 죽기롤 본밧ᄂᆞᆫ도다. 편쇼(褊小)ᄒᆞᆫ 폐국(敝國)이 뉴리(流離)ᄒᆞᄂᆞᆫ 탄(嘆)을 듯디 못ᄒᆞ고 강한(强悍)ᄒᆞᆫ 닌방(隣邦)이 구원(搆怨)ᄒᆞᆫ 군ᄉᆡ 멀니 도라나도다. ᄒᆡᆼ병(行兵)ᄒᆞ몰 유악(帷握)의셔 의논ᄒᆞ니 귀신이 진경(震驚)ᄒᆞ고 묘법을 강쟝(疆場)의 펴니 풍운이 변ᄉᆡᆨᄒᆞᄂᆞᆫ도다. 젹심(赤心)을 헤혀[454] 사괴매 도로혀 셰뢰(世路) 최잔(摧殘)ᄒᆞ몰 만나고 묘슐을 가져 몸을 보젼ᄒᆞ며 사ᄅᆞᆷ이 명텰(明哲)이라 일ᄏᆞᄅᆞ미 븟그럽디 아니ᄒᆞ니 진실노 공업(功業)이 기농(夔龍)의 션(選)을 【14】 날ᄒᆞ고 지혜(才華) 원개(元凱)의 믈이[455]롤 다ᄒᆞᄂᆞᆫ 재로다. ᄠᅳᆺ밧긔 년쟝(蓮帳)을 졍히 열매 텬되(泉

451) 【픠오다】 동 피우다. ¶ 爇 ‖ 경에 침단으로서 픠오고 ᄃᆡ의 강납을 가져 베펏도다 (鼎以沉檀爇, 臺將絳蠟陳) <孫龐 5:10>

452) 【찡긔다】 동 찡그리다. ¶ 顰 ‖ 쳐ᄌᆞ의 노래와 술을 그치고 인ᄌᆞ이 다 원ᄒᆞ야 찡긔ᄂᆞᆫ도다 (處處停歌酒, 人人悉怨顰.) <孫龐 5:10> ⇒ 찡긔다, ᄉᆡᆼ긔다, 찡긔다, 찡믜다

453) 【ᄲᅩ다디다】 동 쏟아지다. ¶ 鍾 ‖ 샹계 연나라히 ᄲᅩ다디니 당시의 인걸의 일홈을 쳔ᄒᆞ고 수러 졔 도읍으로 오니 여러 ᄒᆡ롤 경쳔ᄒᆞᄂᆞᆫ 공이 나타나도다 (蓋祥鍾燕域, 當時擅人杰之名, 面駕往齊都, 幾載著擎天之績.) <孫龐 5:12>

454) 【헤혀다】 동 헤치다. ¶ 披 ‖ 젹심을 헤혀 사괴매 도로혀 셰뢰 최잔ᄒᆞ몰 만나고 묘슐을 가져 몸을 보젼ᄒᆞ며 사ᄅᆞᆷ이 명텰이라 일ᄏᆞᄅᆞ미 붓그럽디 아니ᄒᆞ니 (披丹交友, 翻遭世路摧殘, 操術保身, 不愧人稱明哲.) <孫龐 5:13>

455) 【믈이】 명 무리. ¶ 儔 ‖ 진실노 공업이 기농의 션을 날ᄒᆞ고 지혜 원개의 믈이롤 다ᄒᆞᄂᆞᆫ 재로다 (誠功業將夔龍之選, 而才華盡元凱之儔.) <孫龐 5:14> ⇒ 믈, 믈이

臺) 믄득 다ᄃᆞ니 쟝ᄎᆞᆺ 어무(禦侮)ᄒᆞ믈 뫼ᄒᆞ매 임의 식번휘어(識辨靴魚)ᄒᆞ미 업고 힘닙어 쟝위(張威)코쟈 ᄒᆞ매 다시 발궁우젼(拔窮羽箭)ᄒᆞ미 븟그럽도다. 과인(寡人)이 이에 니ᄅᆞ러 누은 거술 ᄇᆞ라 눈믈을 ᄲᅧᄅᆞ티며 외그림재롤 ᄇᆞ라보와 ᄆᆞᄋᆞᆷ을 슬허ᄒᆞᄂᆞᆫ디라. 삼가 뉵국 신하롤 거ᄂᆞ려 엄숙ᄒᆞᆫ 군긔[樽壘]롤 비ᄒᆞ고 경결(淨潔)ᄒᆞᆫ 빈도(蘋藻)롤 븟그려 ᄒᆞᄂᆞ니 머리ᄯᅳᆯ이 믄허딤 ᄀᆞᆺᄐᆞ야 녕상(靈爽)을 단간(壇間)의 ᄇᆞ라믈 원ᄒᆞ고 졔ᄒᆞ미 싱추(生芻)의 긋치니 감히 튱근(忠勤)을 뎐샹의 갑다 니ᄅᆞ랴. 만일 구버 술피믈 드리오면 특별 【15】 이 신녕이 의지ᄒᆞ믈 쥬쇼셔. 음용(音容)은 ᄉᆞ모ᄒᆞ매 엇디 쳐완(悽惋)ᄒᆞ믈 이긔리오. 오호의지 샹향(尙饗).

졔왕이 졔ᄒᆞ기롤 ᄆᆞᄎᆞ매 노왕(魯王) 뎐긔(田忌) 나아와 술을 세 잔을 나오고[456] 눈믈 두 줄을 흘니고 만시(輓詩) 일슈롤 나오니 시왈,

과인삼년국면우(掛印三年國免憂)
쟝경모략압왕후(仗卿謀略壓王侯)
금문쥰험교니외(金門峻嶮蛟龍畏)
옥뎐징영호표수(玉殿崢嶸虎豹愁.)

인을 거런디 삼 년의 나라히 근심을 면ᄒᆞ니
경의 모략이 왕후롤 누루믈 힘닙엇도다
금문이 쥰험ᄒᆞ니 교리 저허ᄒᆞ고
옥년이 징영ᄒᆞ니 호표 근심ᄒᆞᄂᆞᆫ도다

가히금냥하쳐은(駕海金梁何處隱)
경텬옥쥬등한휴(擎天玉柱等閒休)
【16】 하죵지견명현출(何從再見名賢出)
영우강산도ᄇᆡᆨ두(永佑江山到白頭.)

바다흘 멍에 ᄒᆞᆫ 금쇼리ᄂᆞᆫ 어ᄂᆞ 고ᄃᆡ 수므뇨?
하ᄂᆞᆯ흔[457] 버틔온 옥기둥은 등한이 그치도다
엇디 조차 다시 명현의 나믈 보아
기리 강산을 도아 ᄇᆡᆨ두의 니ᄅᆞ리오

노왕이 졔롤 ᄆᆞᄎᆞ매 진나라 ᄇᆡᆨ긔 나아와 분향ᄒᆞ고 졔흘ᄉᆡ 입으로 손션싱을 일ᄏᆞᆺ고 만시(輓詩) 일슈롤 드리ᄂᆞ니 신녕은 감ᄒᆞ쇼셔. 시왈,

결의투ᄉᆞ이수년(結義投師已數年)
우인실의긔봉연(爲因失義起烽烟)
졔방젼투기인여(齊邦戰鬪皆因汝)
위국징디디ᄒᆞᆫ연(魏國爭持只恨涓.)

의롤 ᄆᆡ자 스승의게 더디미 임의 두어 ᄒᆡ예
실의ᄒᆞ믈 인ᄒᆞ야 한 ᄂᆡ 니러나ᄂᆞᆫ도다
졔방의 젼투ᄒᆞᆫ 다 너롤 인ᄒᆞ고
위국의 징디ᄒᆞᆫ 다만 연을 ᄒᆞᆫᄒᆞᄂᆞᆫ도다

젼마함원ᄆᆡ야디(戰馬啣冤埋野地)
경인함원상황쳔(征人含怨喪黃泉)
【17】 휴병념갑금됴시(休兵斂甲今朝始)
각보강산과긔년(各保江山過幾年.)

젼마ᄂᆞᆫ 원을 먹음어 야지의 ᄆᆞ티고
경인은 원을 먹음어 황쳔의 죽도다
군ᄉᆞ롤 그치고 갑오술 거ᄃᆞ미 오ᄂᆞᆯ 아ᄎᆞᆷ으로 비로ᄉᆞ니[458]
각ᄀᆞᆨ 강산을 보젼ᄒᆞ야 몃 ᄒᆡ롤 디나리로다

ᄇᆡᆨ긔 졔롤 ᄆᆞᄎᆞ매 초국 황협이 압픠 나아와 분향ᄒᆞ고 술노ᄡᅥ ᄯᅡ히 붓고 입의 일ᄏᆞᄅᆞᄃᆡ,
"숀션싱아 나ᄂᆞᆫ 초국 츌신 황협이러니 명을 밧드러 와 션싱 녕위예 졔뎐ᄒᆞ고 만시 일슈롤 드리ᄂᆞ니 신녕은 감ᄒᆞ쇼셔."

456) 【나오다】 동 내다. 내오다. ¶ 進‖ 노왕 뎐긔 나아와 술을 세 잔을 나오고 (魯王田忌上前, 進酒三爵.) <孫龐 5:15>

457) 【하ᄂᆞᇂ】 명 하늘. ¶ 天‖ 바다흘 멍에 ᄒᆞᆫ 금쇼리ᄂᆞᆫ 어ᄂᆞ 고ᄃᆡ 수므뇨 하ᄂᆞᆯ흔 버틔온 옥기동은 등한이 그치도다 (駕海金梁何處隱, 擎天玉柱等閒休.) <孫龐 5:15>

458) 【비롯다】 동 시작하다. ¶ 始‖ 군ᄉᆞ롤 그치고 갑오술 거ᄃᆞ미 오ᄂᆞᆯ 아ᄎᆞᆷ으로 비로ᄉᆞ니 각ᄀᆞᆨ 강산을 보젼ᄒᆞ야 몃 ᄒᆡ롤 디나리로다 (休兵斂甲今朝始, 各保江山過幾年.) <孫龐 5:17>

초국군신모대현(楚國君臣慕大賢)
욕구보필ᄒᆞᆫ무연(欲求輔弼恨無緣)
명문ᄒᆡ우유산듕(名聞海宇猶山重)
슈둔건곤블세뎐(袖遁乾坤不世傳.)

초국 군신이 대현을 ᄉᆞ모ᄒᆞ니
보필을 구코져 ᄒᆞ되 인연이 업ᄉᆞ몰 ᄒᆞᆫᄒᆞᄂᆞᆫ도다
일홈이 ᄒᆡ우의 들니ː 뫼히 므거옴 ᄀᆞᆺ고
ᄉᆞ매예 건곤을 ᄀᆞᆷ초니 세상의 뎐티 못ᄒᆞᄂᆞᆫ도다

긔뇨상풍됴옥슈(詎料霜風調玉樹)
【18】 간쟝둔갑비황쳔(却將遁甲秘黃泉)
일죵신위귀텬후(一從神位歸天後)
블견뇽ᄌᆡᆼ호투년(不見龍爭虎鬪年.)

엇디 상풍이 옥질을 ᄣᅥ러ᄇᆞ릴 줄 헤아려시리오
믄득 둔갑을 가져 황쳔의 ᄀᆞᆷ초도다
ᄒᆞᆫ 번 신위 하ᄂᆞᆯ의 도라가므로 ᄇᆞ터
뇽이 ᄃᆞ토고 범이 ᄡᅡ호ᄂᆞᆫ ᄃᆡ롤 보디 못ᄒᆞ리로다

황협이 졔롤 ᄆᆞᄎᆞ매 됴국 념패(廉頗) 분향비뎐ᄒᆞ고 입의 일ᄏᆞᄅᆞᄃᆡ,

"숀션ᄉᆡᆼ아 나ᄂᆞᆫ 됴국 념패러니 션ᄉᆡᆼ이 내 아히롤 위ᄒᆞ야 허리 버힌 원슈롤 갑ᄒᆞᆯ가 ᄇᆞ라더니 ᄠᅳᆺ밧긔 일즉 션ᄉᆡᆼ이 텬계예 오ᄅᆞ니 실노 념패디블ᄒᆡᆼ(廉頗之不幸)ᄒᆞ미라. 이제 됴왕의 명으로 만시 일슈롤 드려 졔뎐ᄒᆞᄂᆞ니 션ᄉᆡᆼ 녕위ᄂᆞᆫ 모ᄅᆞ미 흠향ᄒᆞ라."

연국셩현ᄉᆞ(燕國生賢士)
졔방득거신(齊邦得鉅臣)
【19】 결교봉역적(結交逢逆賊)
월족우간인(刖足遇奸人.)

연국의 어딘 션비 나니
졔방이 본 신하롤 어덧도다
벗을 ᄆᆡᄌᆞ매 역적을 만나고
발을 버히매 간인을 만나도다

젹원쟝모젼(積怨長謀戰)
셩구영블친(成仇永不親)
뉵방졔몰복(六邦齊沒福)
영쥰조위신(英俊早爲神.)

원을 ᄡᅡ하 가니 ᄡᅡ호믈 쐬ᄒᆞ고
원싊 이러 깁히 친티 아니ᄒᆞᄂᆞᆫ도다
여ᄉᆞᆺ 나라히 다 복이 업ᄉᆞ니
영쥰이 일즉 신녕이 되도다

념패 졔롤 ᄆᆞᄎᆞ매 한국(韓國) 당새(張奢) 분향비젼(焚香拜奠)ᄒᆞ고 입의 일ᄏᆞᄅᆞᄃᆡ,

"손션ᄉᆡᆼ아 나ᄂᆞᆫ 한국 당새러니 명을 밧드러 졔ᄒᆞᄂᆞ니 션ᄉᆡᆼ이 한쥬(韓主) 낭ː(娘娘)을 위ᄒᆞ야 보슈ᄒᆞᆯ가 ᄇᆞ라더니 엇디 션계예 오롤 줄을 ᄠᅳᆺᄒᆞ야 시리오. 일슈롤 션ᄉᆡᆼ 녕위(靈右)예 두ᄂᆞ니 업듸여 ᄇᆞ라건대 신녕은 【20】 감(鑒)ᄒᆞ쇼셔."

오야당셩츄(午夜長星墜)
현인치ᄎᆞᄌᆡ(賢人値此災)
한국위양ᄉᆞ(韓國魏陽死)
졔방손빈ᄆᆡ(齊邦孫臏埋.)

오야의 당셩이 ᄣᅥ러디니
현인이 이 지앙을 만나도다
한국의 위양이 죽고
졔방의 손빈이 무티도다

간괘하일뎡(干戈何日定)
운무긔시ᄀᆡ(雲霧幾時開)
슈ᄒᆡᄉᆡᆼ민ᄋᆡᆨ(誰解生民厄)
청평득슈회(淸平得遂懷.)

간괘 어ᄂᆞ날 뎡ᄒᆞ며
운뮈 몃 ᄣᅢ예 열닐고
뉘 ᄉᆡᆼ민의 ᄋᆡᆨ을 프러
청평ᄒᆞ야 시러곰 ᄠᅳᆺ을 일우리오

당새 졔롤 ᄆᆞᄎᆞ매 연방 손죄 나아와 통곡ᄒᆞ야 분향ᄒᆞ고 술을 부으며 입의 일ᄏᆞᄅᆞᄃᆡ,

"삼낭(三郎) 손빈아, 네 나매 【21】 영이(穎異)ᄒᆞ니 죽으매 반ᄃᆞ시 신녕이 될디라. 나ᄂᆞᆫ 네 아비 손죄라. 연왕의 명을 밧드러 와 졔뎐ᄒᆞ고

만시 일슈롤 녕좌의 두ᄂᆞ니 샹향(尙享)ᄒᆞ라."

부ᄌᆞ규의이수년(父子睽違已數年)
거디텬의상영현(詎知天意喪英賢)
졔방실각간셩쟝(齊邦失却干城將)
연국분니부모연(燕國分離父母緣.)

부지 규의ᄒᆞ연디 임의 두어 ᄒᆡ예
엇디 하놀 ᄯᅳ디 영현을 죽일 줄 알니오
졔방의 간셩슈롤 일헛고
연국의 부마의 인연을 ᄂᆞ홧도다

부고친ᄋᆞᄋᆞ슈요(父苦親兒兒壽夭)
모비ᄋᆡᄌᆞᄌᆞ신연(母悲愛子子身捐)
효죵냥월ᄉᆞᄋᆡ쳐(曉鐘凉月思兒處)
블견친ᄋᆞ톄루년(不見親兒涕淚漣.)

아비 친아ᄒᆡ롤 셜워ᄒᆞ매 아ᄒᆡ 목숨이 요졀ᄒᆞ고
어미 ᄉᆞ랑ᄒᆞᄂᆞᆫ 아ᄃᆞᆯ을 슬허ᄒᆞ매 아ᄃᆞᆯ의 몸이 ᄇᆞ렷도다.
새벽 북과 촌 ᄃᆞᆯ의 아ᄒᆡ ᄉᆡᆼ각ᄒᆞᄂᆞᆫ 곳의
친ᄋᆞ롤 보디 못ᄒᆞ니 톄뤼 년ᄒᆞᄂᆞᆫ도다.

【22】 손죄 졔롤 ᄆᆞᄎᆞ매 위국 쥬ᄒᆡ(朱亥) 분향비뎐ᄒᆞ고 입의 일ᄏᆞᄅᆞ디,

"숀션ᄉᆡᆼ아 나ᄂᆞᆫ 위국 쥬ᄒᆡ러니 명을 밧드러 와 만시 일슈롤 드리ᄂᆞ이다."

신통텬디산영현(神通天地産英賢)
하ᄉᆞ션ᄉᆡᆼ슈블젼(何事先生壽不全)
교ᄒᆡᆼ간샤샹지셰(狡倖奸邪常在世)
튱셩졍딕상황쳔(忠誠正直喪黃泉.)

신통이 텬디 영현을 내시니
므ᄉᆞ 일 션ᄉᆡᆼ이 슈ᄒᆞᆫ이 온젼티 못ᄒᆞ뇨
교ᄒᆡᆼ 간샤ᄂᆞᆫ 샹해 셰상의 잇고
튱셩 졍딕은 황쳔이 주엇도다

졔방실각경텬듀(齊邦失却擎天柱)
널국난류노듕년(列國難留魯仲連)
아역ᄒᆡᆼ도디긔비(我亦幸叨知己輩)
유장속빅헌녕젼(惟將束帛獻靈前.)

졔방은 경텬듀롤 일헛고
널국은 노듕년을 머므ᄅᆞ기 어렵도다
내 ᄯᅩ 다ᄒᆡᆼ이 디긔 무리예 참예ᄒᆞ얏도다
오직 속빅을 가져 녕젼의 드리ᄂᆞᆫ도다

【23】 뉴국 ᄉᆞ신이 졔ᄒᆞ기롤 ᄆᆞᄎᆞ매 원달니목 독고딘과 마승 오ᄒᆡ롤 거ᄂᆞ려 입의 일ᄏᆞᄅᆞ디,

"군ᄉᆡ야 우리 등이 용우ᄒᆞ나 시러곰 군ᄉᆞ의 대은을 감격ᄒᆞ야 각ː 만시 일슈롤 드리ᄂᆞ니 신위ᄂᆞᆫ 녕감ᄒᆞ라."

원달의 시의 ᄀᆞᆯ오디,

튜ᄉᆞ셕일우군후(追思昔日遇君侯)
경개슈쳥파경뉴(傾蓋垂青破格留)
긔지동심모국ᄉᆞ(幾載同心謀國事)
편시분슈장황구(片時分首葬荒丘.)

ᄯᅩ와 ᄉᆡᆼ각ᄒᆞ니 셕일 군후롤 만나니
경개 슈쳥ᄒᆞ매 파격ᄒᆞ야 머므로ᄂᆞᆫ도다
몃 ᄒᆡ롤 동심ᄒᆞ야 국ᄉᆞ롤 꾀ᄒᆞ고
편시의 손을 ᄂᆞᆫ화 황구의 영장ᄒᆞ도다

블금통곡셔풍참(不禁痛哭西風慘)
기애비가졔슈츄(其奈悲歌濟水秋)
공파보도빈안취(空把寶刀頻按取)
무죵지도졍도무(無從再睹整兜鍪.)

셔풍이 참졀ᄒᆞᆫ디 통곡ᄒᆞ몰 금티 못ᄒᆞᄂᆞ니
졔슈 ᄀᆞ올ᄒᆡ[459] 슬피 놀매 어이 ᄒᆞ리오
쇽졀업시 보도롤 자바 ᄌᆞ롤 밋거니
조차 다시 투고롤 졍졔ᄒᆞ몰 보디 못ᄒᆞ리로다

니목 독고딘 만시예 ᄀᆞᆯ오디,

유긔교봉긔토경(猶記交鋒氣吐鯨)
외ᄉᆞ신칙듕ᄉᆞ명(畏師神策重師名)

---

459) 【ᄀᆞᇫ】 명 가을. ¶ 秋 ‖ 셔풍이 참졀ᄒᆞᆫ디 통곡ᄒᆞ몰 금티 못ᄒᆞᄂᆞ니 졔슈 ᄀᆞ올ᄒᆡ 슬피 놀매 어이 ᄒᆞ리오 (不禁痛哭西風慘, 其奈悲歌濟水秋.) <孫龐 5:22> ⇒ 가ᅀᆞᆶ, 가ᄋᆞᆯ, ᄀᆞ을, ᄀᆞ올, ᄀᆞᅀᆞᆶ

【24】 감심휘하슈편둥(甘心麾下隨鞭鐙)
협녁군젼파벽영(協力軍前破壁營.)

오히려 교봉ᄒᆞ매 긔운이 교태를 토ᄒᆞ믈 긔록ᄒᆞ니
ᄉᆞ의 신칙을 저허ᄒᆞ고 ᄉᆞ의 일홈을 듕히 너기ᄂᆞᆫ도다
휘하의 감심ᄒᆞ야 편등을 ᄯᆞ오고
군젼의 협녁ᄒᆞ야 벽녕을 파ᄒᆞᄂᆞᆫ도다

히도쟝셩최벽낙(駭睹將星摧碧落)
경문흉부편남평(驚聞凶訃遍南平)
교인공망명혼지(敎人哭望靈魂至)
영딘졔방각국존(永鎭齊邦各國尊.)

댱셩이 빅낙의 최ᄒᆞ믈 몰나보고
흉뵈 남평의 편ᄒᆞ야시매 몰나보ᄂᆞᆫ도다
사ᄅᆞᆷ으로 ᄒᆞ야곰 녕혼의 니ᄅᆞ믈 ᄇᆞ라ᄂᆞ니
길히 졔방을 딘뎡ᄒᆞ매 각국이 준ᄒᆞᄂᆞᆫ도다

오히 마승의 만시예 골오ᄃᆡ,

통극환쟝보검간(痛極還將寶劍看)
당년우즁거반사(當年千衆據蛇盤)
약비투순니련댱(若非投順來蓮帳)
안득표명셰듕관(安得標名署重官.)

통ᄒᆞ미 주ᄒᆞ매 도로혀 보검을 가져 보니
당년의 즁을 거ᄂᆞ려 반샤의 가ᄒᆞ얏도다
만일 와 련댱의 투순티 아니면
엇디 일홈을 표ᄒᆞ야 듕관 셔ᄒᆞ믈 어디리오

【25】 냥의졍긔구밍슈(兩意正期驅猛獸)
일녕하ᄉᆞ가비난(一靈何事駕飛鸞)
가감계슈원문하(可堪稽首轅門下)
단진간댱냥누탄(斷盡肝腸兩淚彈.)

냥의 졍히 밍슈 믈몰 긔약ᄒᆞ더니
일녕이 므스 일노 비난을 가ᄒᆞ뇨
가히 원문 아래 계슈ᄒᆞ믈 이긔리오
간댱을 끈허 다ᄒᆞ매 두 눈믈을 ᄲᅮ리ᄂᆞᆫ도다

각ː 졔뎐ᄒᆞ기를 ᄆᆞᄎᆞ매 졔왕이 분부ᄒᆞ야 뉵국 ᄉᆞ신을 금뎡관역의 머므러 ᄡᅥ 너일 손션싱의 츌관ᄒᆞᆫ 후의 가히 각국의 도라가라 ᄒᆞ니 즁신이 각ː 녕명ᄒᆞ야늘 졔왕이 거가ᄒᆞ야 회됴(回朝)ᄒᆞ얏더니 ᄎᆞ일 오고(五鼓)의 문무 슈가(隨駕)ᄒᆞᄂᆞ니 다 호의(縞衣)와 소복(素服)으로 남평부의 와 손빈ᄒᆞ야 긔신홀식 다만 보니,

옥퇴침광(玉兎沉光)ᄒᆞ고 금계보셔(金雞報曙)ᄒᆞ니 녕ː담ː(零零湛湛)ᄒᆞᆫ 노쥬(露珠)ᄂᆞᆫ ᄀᆞ놀게 댱님(長林)의 ᄲᅮ리며 텹ː【26】층ː(疊疊層層)ᄒᆞᆫ 하치(霞彩)ᄂᆞᆫ 겸ː 광뎐(廣殿)을 님ᄒᆞ며 은ː히 젼후(傳呼)ᄒᆞᄂᆞᆫ 소릐 드러니 비로소 어개 처엄으로 비호ᄂᆞᆫ 줄을 알며 슴ː(森森)ᄒᆞᆫ 문뮈 줄이 ᄀᆞ득ᄒᆞ니 다 이 쇼포(素袍)로 서ᄅᆞ 기ᄃᆞ리며 표(鑣)를 올니며 비(轡)를 안(按)ᄒᆞ야 편시(片時)의 임의 녯 남평(南平)의 니ᄅᆞ러시며 지(紙)를 화(化)ᄒᆞ며 관(棺)을 뷔ᄒᆞ매 금샹(今上)이 몬져 신즉목(新卽墨)의 와시며 관(棺)을 부(扶)ᄒᆞᆫ 즉 슬프미 텬(天)을 진동ᄒᆞ며 개ː(箇箇) 눈믈을 홍두우(紅杜宇)를 흘니거날 예(輿)를 인(引)ᄒᆞᆫ즉 노래 히루(薤露)를 양(揚)ᄒᆞ니 분ː(紛紛)ᄒᆞᆫ 오시 빅부용(白芙蓉) ᄀᆞᄐᆞ며 경(磬)을 티며 요(鐃)를 울니매 셕지(釋子) ᄇᆞᆰ히 범어(梵語)를 외오며 쇼(簫)를 취(吹)ᄒᆞ며 관(管)을 농(弄)ᄒᆞ니 도뉘(道流) 다 현긔(玄机)를 쳔(闡)ᄒᆞ며 요ː(飄飄)ᄒᆞ니 공듕의 녕번(靈幡) 냥쉬(兩首) 나븟기며 긔ː(奇奇)ᄒᆞ【27】며 괴ː(怪怪)ᄒᆞ니 가젼(街前)의셔 신마(神馬) 천반(千般)이 둘니며 쥬렴(珠簾)을 거더시며 향안(香案)을 베펴시니 신영(神影)이 사라 봉녕(鳳輦)의 거ᄒᆞ얏거늘 셩ᄌᆞ(姓字)를 ᄡᅧ시며 관계(官階)를 버려시니 명졍(銘旌)을 놉히 대농뎡(大龍亭)의 ᄭᅩ자시며 가동반(街東畔)의 문무관이 진슈(珍饈)를 버려시니 가셔반(街西畔)의 무쟝이 슬허톄루(涕淚)를 기우리티며 홀연이 뎐ᄒᆞ야 닐오ᄃᆡ 은혜로 어졔(御祭)를 버렷다 ᄒᆞ니 밍연(猛然)히 향이 팀단(沉檀)을 ᄲᅮᆷ으믈 밧고 웅쟝(熊掌)과 셩순(猩唇)을 버려시며 금준(金樽)과 옥안(玉盌)을 베퍼고 분(粉)으로 포효(咆哮)ᄒᆞᄂᆞᆫ 사샹(獅象)을 납셩〔捻成〕ᄒᆞ얏고 사당(獅糖)을 압념(狎獵)ᄒᆞᄂᆞᆫ 난봉(鸞鳳)을 요취(澆就)ᄒᆞ야시며 빈(殯)을 보ᄂᆞ니ᄂᆞᆫ 년셩갈치(連聲喝

采)ᄒᆞ니 오히려 두 낫 눈만 삼겻ᄂᆞᆫ[460] 줄을 ᄒᆞᆫ(恨)ᄒᆞ【28】고 빈(殯)을 보내ᄂᆞ니ᄂᆞᆫ 젼가병괴(塡衢並軌)ᄒᆞ야 뎨 이 일됴의 신해라 쟈랑ᄒᆞ며 쟝ᄎᆞᆺ 셔교(西郊)의 나매 광야(曠野)와 황원(荒原)이 동념(動念)ᄒᆞ며 임의 황쳔의 도라가매 쳐풍고위(凄風苦雨) 쇼혼(銷魂)ᄒᆞ니 졍히 이 사람마다 무샹ᄒᆞᆫ 길히라. 참졀쳐량(慘切凄凉)ᄒᆞ야 사ᄅᆞᆷ을 슬프게 ᄒᆞ더라.

문무ᄇᆡᆨ관이 손빈의 관목을 보내여 영장ᄒᆞᆯ시 녜로ᄡᅥ 영장ᄒᆞ고 각ː 흐터뎌 부로 도라오다. 뉵국 ᄉᆞ신이 와 졔왕을 보고 하딕ᄒᆞ야 본국으로 도라가려 ᄒᆞ거ᄂᆞᆯ 졔왕이 위국 쥬희ᄅᆞᆯ 타발(打發)ᄒᆞ야 도라보내고 오국 ᄉᆞ신을 ᄃᆡᄒᆞ야 닐러 ᄀᆞᆯ오ᄃᆡ,

"쥬희ᄂᆞᆫ 이 위국 사ᄅᆞᆷ이라. 일로 인ᄒᆞ야 뎌ᄅᆞᆯ 몬져 타발ᄒᆞ야 나라ᄒᆞ로 도라보내고 너희ᄅᆞᆯ 머므러【29】예 두어 ᄒᆞᆫ 의논ᄒᆞᆯ 말이 이시되 쇼식을 주로(走露)ᄒᆞᆯ가 저허ᄒᆞ노라. 숀션ᄉᆡᆼ이 임의 죽어시니 방연이 반ᄃᆞ시 군ᄉᆞᄅᆞᆯ 니ᄅᆞ혀 졍젼(征戰)ᄒᆞᆯ 거시니 이후의 만일 방연이 군ᄉᆞᄅᆞᆯ 거ᄂᆞ려 진을 티거든 각국이 다 와 진을 구ᄒᆞ고 초ᄅᆞᆯ 티거든 다 와 초ᄅᆞᆯ 구ᄒᆞ고 한을 티거든 다 와 한을 구ᄒᆞ고 졔ᄅᆞᆯ 티거든 다 와 졔ᄅᆞᆯ 구ᄒᆞ라. 동심뉵녁(同心戮力)ᄒᆞ야 가히 신(信)을 일티 못ᄒᆞᆯ디니라."

즁신이 다 응ᄒᆞ거ᄂᆞᆯ 졔왕이 각국 ᄉᆞ신을 분부ᄒᆞ야,

"나라희 도라가 본쥬ᄭᅴ 비샤ᄒᆞ야 과인이 블일(不日)의 관원을 보내여 나아와 티샤(致謝)ᄒᆞᆯ 일을 알외라."

ᄒᆞ고 일변으로 광녹ᄉᆞ(光祿司)의 뎐지ᄒᆞ야 잔치ᄅᆞᆯ 별뎐의 베퍼 졔국 ᄉᆞ신을 년음【30】ᄒᆞᆯ시 ᄇᆡᆨ긔와 황협과 념파와 손조와 [illegible] 각ː 두어 잔을 마시고 졔왕을 비별ᄒᆞ고 ᄆᆞᆯ게 올나 각ː 나라ᄒᆞ로 도라가다.

쥬희 도라와 의량셩의 니ᄅᆞ러 드러가 됴회ᄒᆞᆫ대 위왕이 쥬희ᄃᆞ려 무로ᄃᆡ,

"손빈이 과연 죽엇더냐?"

쥬희 ᄀᆞᆯ오ᄃᆡ,

"손빈이 과연 죽엇더이다. 신이 졔방의 이실 제 각국 ᄉᆞ신으로 더브러 안동(眼同)ᄒᆞ야 손빈 낙장(落葬)ᄒᆞ고 각국 ᄉᆞ신이 흐터뎌 나라ᄒᆞ로 도라왓다."

ᄒᆞᆫ대 위왕이 깃브믈 이긔디 못ᄒᆞ야 ᄀᆞᆯ오ᄃᆡ,

"이 도적이 임의 죽어시면 우리나라히 계유 태평ᄒᆞ리로다."

방연이 쳔만 번 깃거 닐오ᄃᆡ,

"손빈아 네 신긔묘산(神機妙算)이 만ᄒᆞᆯ와[461] ᄒᆞ더니 이제 나의 눈 알ᄑᆡ셔 죽도다. 원ᄂᆡ 방연【31】이 심슐이 ᄀᆞ장 만하 오히려 손빈이 진짓 죽어시믈 밋디 아녀 ᄀᆞ만이 사ᄅᆞᆷ을 보내여 졔예 드러가 탐텽ᄒᆞ야 ᄒᆞ나히 도라오고 ᄒᆞ나히 ᄯᅩ 가 낙역(絡繹)ᄒᆞ야 긋디 아니ᄒᆞ더라. ᄒᆡ 가고 ᄃᆞᆯ이 와 광음이 신속ᄒᆞᆫ디라.

츈홰(春花) 쟉ː(灼灼)ᄒᆞ믈 보앗더니 ᄯᅩ 하일(夏日)의 염ː(炎炎)ᄒᆞ믈 만나고 동니(東籬)의 황국(黃菊)이 츄텬(秋天)의 고아시며 경긔의 셜편(雪片)위 분ː(紛紛)ᄒᆞ니 진짓 쇼홰(韶華) 과ᄀᆡᆨ(過客) ᄀᆞᆺᄐᆞᆫ디라. 흐ᄅᆞᄂᆞᆫ ᄒᆡᄅᆞᆯ 헛도이 디내디 말나. 잠시의 쾌락ᄒᆞ고 잠시의 한가ᄒᆞ니 ᄇᆡᆨ두(白頭)의 탄(嘆)을 기ᄃᆞ리디 말나."

이 두어 귀 말이 삼 년이 홀ːᄒᆞ믈[462] 표ᄒᆞ미러라. 홀ː홀 ᄉᆞ이예 블셔 삼 년 광경(光景)

---

460) 【삼기다】 동 만들다. ¶ 生 ‖ 사당을 압념ᄒᆞᄂᆞᆫ 난봉을 요취ᄒᆞ야시며 빈을 보ᄂᆞ니ᄂᆞᆫ 년셩갈치ᄒᆞ니 오히려 두 낫 눈만 삼겻ᄂᆞᆫ 줄을 ᄒᆞᆫᄒᆞ고 (糖澆就狎獵鸞鳳, 看殯的喝采連聲, 猶恨止生雙雙眼.) <孫龐 5:27>

461) 【-ㄹ와】 미 ((동사, 형용사 어간 뒤에 붙어)) -는구나. ¶ 손빈아 네 신긔묘산이 만ᄒᆞᆯ와 ᄒᆞ더니 이제 나의 눈 알ᄑᆡ셔 죽도다 (孫臏, 你有許多神機妙算. 如今也死在我眼裏.) <孫龐 5:30> 此와字与롸字同. ᄒᆞ字下有ㄹ, 則롸字不成語訓, 故自歸於와字, 皆從上連讀, 則自同矣. ‖ 위연이 ᄃᆞᆯ을 ᄲᅩᆯ와 이에 니ᄅᆞ러 아ᄅᆞᆷ다온 글을 드ᄅᆞ매 소ᄅᆡ 나ᄂᆞᆫ 줄을 ᄭᆡᄃᆞᆺ디 못ᄒᆞᆯ와 (學生偶爾看月到此, 因聞佳句清妙, 不覺手舞足蹈, 失聲唐突, 多得罪了.) <玉嬌 1:90>

462) 【홀홀ᄒᆞ다】 형 빠르다. ¶ 倏忽 ‖ 이 두어 귀 말이 삼 년이 홀ːᄒᆞ믈 표ᄒᆞ미러라 (幾句說話, 倏忽三年光景.) <孫龐 5:31> ⇒ 홀홀ᄒᆞ다

이 디낫ᄂᆞᆫ디라. 방연이 사ᄅᆞᆷ을 보내여 왕ᄂᆡᄒᆞ야 타탐(打探)ᄒᆞᄃᆡ[463] 긋처 쇼식이 【32】 업ᄂᆞᆫ디라 ᄀᆞ만이 ᄉᆞᄉᆞ로 환희ᄒᆞ야 ᄀᆞᆯ오ᄃᆡ,

"이 도적을 삼 년을 형영(形影)을 보디 못ᄒᆞ니 과연 죽을시 올토다. 다시 다른 념녜 업도다."

ᄒᆞ더라. 일ᄒᆞᆫ의 위왕이 됴회ᄅᆞᆯ 베펏더니 방연이 가젼의 부복ᄒᆞ야 술와 ᄀᆞᆯ오ᄃᆡ,

"당초 손빈이 이실 날의 우리 쥬샹이 벽딘쥬ᄅᆞᆯ 졔왕끠 드렷더니 이제 손빈이 죽언디 삼년이 와 신이 군ᄉᆞᄅᆞᆯ 거ᄂᆞ려 졔ᄅᆞᆯ 텨 다시 벽딘쥬ᄅᆞᆯ 아사 오고 승시(乘時)ᄒᆞ야 뉵국을 평뎡ᄒᆞ야 우리 쥬샹으로 ᄒᆞ야곰 뎐하ᄅᆞᆯ 통일의 ᄒᆞ미 신의 ᄠᅳᆺ이로소이다."

위왕이 대희ᄒᆞ야 윤주ᄒᆞᆫ대 방연이 녕지ᄒᆞ야 십만 병마ᄅᆞᆯ 졍졔ᄒᆞ야 즉시 등뎡ᄒᆞ야 힝ᄒᆞ야 삼분노(三岔路)의 니ᄅᆞ러 쵸매(哨馬) 【33】 보ᄒᆞ되,

"ᄒᆞᆫ 길흔 졔ᄅᆞᆯ 통ᄒᆞ고 ᄒᆞᆫ 길흔 한을 통ᄒᆞ얏다."

ᄒᆞᆫ대 방연이 물오ᄃᆡ,

"졔방이 갓가오냐 한방이 갓가오냐?'

쵸매 답왈,

"한방이 갓갑다."

ᄒᆞᆫ대 방연이 인마ᄅᆞᆯ 뎐녕ᄒᆞ야,

"한방의 드러가 몬져 한을 티고 후의 졔ᄅᆞᆯ 티리라."

ᄒᆞ니 삼군이 녕을 엇고 한을 ᄇᆞ라고 나아가더니 졍히 힝ᄒᆞᆯ ᄉᆞ이예 쵸매 보ᄒᆞᄃᆡ,

"젼면이 한셩이 갓가와 인매 나아가디 못ᄒᆞᄂᆞ이다."

방연이 ᄀᆞᆯ오ᄃᆡ,

"반ᄃᆞ시 나아가디 말고 여긔 안녕ᄒᆞᆯ 거시라."

ᄒᆞ니 좌ᄂᆞᆫ 청뇽(青龍)을 안ᄒᆞ야시며 우ᄂᆞᆫ ᄇᆡᆨ호(白虎)요 압픠 쥬쟉(朱雀)을 버려시며 뒤흔 현뮈(玄武)오 도검과 호도패(虎頭牌)ᄅᆞᆯ 밀ᄒᆞᆫ히 버려시며 쟝모(長矛)와 다못 긔부(巨斧)ᄅᆞᆯ 족ᄒᆞᆫ히 세웟더라. 한 【34】 쇼왕(韓昭王)이 졍히 보뎐의 안자 군신을 됴회 밧더니 각 문 두목이 ᄂᆞᄂᆞ시 보ᄒᆞᄃᆡ,

"위국 방연이 십만 병을 거ᄂᆞ려 우리나라ᄒᆞᆯ 졍벌ᄒᆞ랴 ᄒᆞ야 셩하의 찰영(扎營)ᄒᆞ니 긔셰 심히 창궐하다."

ᄒᆞᆫ대 한왕이 대경ᄒᆞ야 ᄀᆞᆯ오ᄃᆡ,

"과인이 샹해 싱각ᄒᆞ되 손빈 군ᄉᆡ 죽어시니 방연이 일뎡 군ᄉᆞᄅᆞᆯ 거ᄂᆞ려 각국을 졍벌ᄒᆞᆯ가 ᄒᆞ얏더니 싱각디 아니ᄒᆞ야셔 몬져 우리 한방을 티니 엇더ᄒᆞ리오."

즉시 댱샤ᄅᆞᆯ 명ᄒᆞ야,

"군ᄉᆞᄅᆞᆯ 거ᄂᆞ려 영뎍ᄒᆞ라."

ᄒᆞᆫ대 댱새 녕지ᄒᆞ야 즉시 피괘ᄒᆞ고 셩의 나가 ᄡᅡ홈을 도ᄃᆞᆫ대 위영 쵸매 듕군의 알왼대 방연이 즉시 피괘(披掛)ᄒᆞ기ᄅᆞᆯ 졍졔히 ᄒᆞ고 군ᄉᆞᄅᆞᆯ 거ᄂᆞ려 딘 압희 【35】 니ᄅᆞ러 문긔 열니ᄂᆞᆫ 고ᄃᆡ 이쟝이 셩명을 통티 아니ᄒᆞ고 일댱대젼(一場大戰)ᄒᆞ야 삼십여 합이 못ᄒᆞ야 댱새 대패ᄒᆞ야 한국 수만 군ᄉᆞᄅᆞᆯ 업시ᄒᆞ고 도찬(逃竄)ᄒᆞ야 셩의 드러가 왕을 뵌대 왕이 무러 왈,

"승패 엇더ᄒᆞ뇨?"

댱새 ᄀᆞᆯ오ᄃᆡ,

"방연의 효용ᄒᆞ미 ᄶᅡᆨ이 업서 신이 능히 이긔디 못ᄒᆞ야 수만 즁을 업시ᄒᆞ고 다만 ᄃᆡ죄ᄒᆞ야 됴회ᄒᆞᄂᆞ이다."

쇼왕이 눈섭을 찡긔여 ᄀᆞᆯ오ᄃᆡ,

"너ᄅᆞᆯ 고이히 너기디 아니ᄒᆞ노라. 우리 나라히 쟝쉬 젹고 병이 미ᄒᆞ니 혜아리건대 능히 이긔디 못ᄒᆞᆯ 아ᄅᆞᆺᄂᆞ니 이 일을 엇디ᄒᆞ야 플고?"

반향이나 팀음(沉吟)ᄒᆞ다가 홀연 싱각고 니로ᄃᆡ,

"과인이 긔록ᄒᆞ니 손션싱이 당년의 우리나라 【36】 히 와 실제 ᄒᆞᆫ 간텹(柬帖)을 머므러 날을 주어 분부ᄒᆞ야 ᄀᆞᆯ오ᄃᆡ, '급ᄒᆞ고 어려우미 잇거든 ᄢᅥ혀 보라.' ᄒᆞ더니 이제 병매 셩을 님ᄒᆞ야시되 ᄃᆡ뎍ᄒᆞ리 업ᄉᆞ니 졍히 어려오미라. ᄯᅩ 간텹을 가셔 볼 거시라."

ᄒᆞ고 즉시 ᄂᆡ실 옥갑 가온대 간텹을 가져 ᄢᅥ혀 보니 우희 네 귀 글이 이셔 ᄀᆞᆯ오ᄃᆡ,

샹문오식사녕히(尙聞吾媳産嬰孩)
지노빈붕만월ᄂᆡ(在路賓朋滿月來)

463) 【타탐ᄒᆞ다】 동 {타탐(打探)하다.} 알아보다. ¶ 打探 ‖ 방연이 사ᄅᆞᆷ을 보내여 왕ᄂᆡᄒᆞ야 타탐ᄒᆞᄃᆡ 긋처 쇼식이 업ᄂᆞᆫ디라 (龐涓差人往來打探, 絶無一些消息.) <孫龐 5:31>

졔지긔비무긔명(齊至擧盃無器皿)
국됴일셕칠왕싀(國朝一夕七王猜.)

오히려 드르니 며ᄂᆞ리[464] 아희롤 나흐니
길히 잇ᄂᆞᆫ 빈붕이 ᄀᆞ독ᄒᆞᆫ 돌이 오ᄂᆞᆫ도다
다 니ᄅᆞ러 잔을 들매 디명이 업ᄉᆞ니
국됴 ᄒᆞᄅᆞ 아ᄎᆞᆷ의 칠왕이 싀긔ᄒᆞᄂᆞᆫ도다.[465]

한왕이 이 글을 보고 댱샤ᄃᆞ려 무ᄅᆞᄃᆡ,

"이 글귀 므ᄉᆞᆷ 말고?"

댱【37】새 여러 번 보ᄃᆡ 아디 못ᄒᆞ거ᄂᆞᆯ 한왕이 냥반 문뮈ᄃᆞ려 무ᄅᆞᄃᆡ,

"뉘 금고(今古)롤 박남(博覽)ᄒᆞ야 이 네 셜화롤 알니 잇ᄂᆞ뇨?"

문신 안듕ᄌᆞ(顔仲子) 나아와 간텹(柬帖)을 ᄒᆞᆫ 번 보고 알외여 ᄀᆞᆯ오ᄃᆡ,

"우리 쥬상아 만일 이 간텹 쁜 말 ᄀᆞᆺ톨딘대 분명이 네 귀 장두시(藏頭詩)니 보건대 손션싱이 일족 죽디 아니ᄒᆞ야 졔국의 숨엇ᄂᆞᆫ가 ᄒᆞᄂᆞ이다."

한왕이 경아(驚訝)ᄒᆞ야 ᄀᆞᆯ오ᄃᆡ,

"엇디 장두시라 ᄒᆞᄂᆞ뇨?"

안듕ᄌᆞ ᄀᆞᆯ오ᄃᆡ,

"이 네 귀예 네 ᄌᆞ롤 ᄀᆞ초아시니 '샹문오식산영히尙聞吾媳産嬰孩'ᄂᆞᆫ 이 '손孫' 지오 '국됴일셕칠왕싀國朝一夕七王猜'ᄂᆞᆫ 이 'ᄉᆞ死' 지니 '손빈블ᄉᆞ孫臏不死' 네 ᄌᆞ롤 ᄀᆞ초와시니 손빈이 죽디 아냣단 말이오. 네 귀 머리예 '샹지졔국尙在齊國' 네 지 이시니 이ᄂᆞᆫ 오히려 졔국의 잇【38】단 말이니 이ᄂᆞᆫ ᄉᆞ명ᄉᆞ암(四明四暗) 장두시니이다."

한왕이 ᄀᆞᆯ오ᄃᆡ,

"만일 손션싱이 이시면 과인이 므어ᄉᆞᆯ 다시 근심ᄒᆞ리오."

댱샤ᄃᆞ려 무러 ᄀᆞᆯ오ᄃᆡ,

"네 당초 졔국의 가 됴효(弔孝)ᄒᆞᆯ 제 졔왕이 므ᄉᆞᆷ 말을 ᄒᆞ더뇨?"

댱새 졔왕이 ᄒᆞ던 말을 일ᄋᆞ히 알왼대 한왕 왈,

"임의 이러ᄒᆞ면 어ᄃᆡ 가 능간(能幹)ᄒᆞᆫ[466] 관원을 어더 이 간텹을 가져 졔국의 가 군ᄉᆞ롤 비러 이 어려오믈 플고 겸ᄒᆞ야 손션싱이 쇼식을 방문ᄒᆞᆯ고?"

냥반 문뮈 다 벙어리 ᄀᆞᆺᄐᆞ야 일인도 ᄃᆡ답ᄒᆞ리 업더니 또 년ᄒᆞ야 두어 소리롤 무로ᄃᆡ 대답ᄒᆞ리 업ᄉᆞ니 한왕이 졍히 번뇌ᄒᆞᆯ ᄉᆞ이예 ᄒᆞᆫ 늙은 양범(樣範) 업ᄉᆞᆫ 관원이 나아가 답응ᄒᆞ야 ᄀᆞᆯ오ᄃᆡ,

【39】"신이 원컨대 졔국의 니ᄅᆞ러 군ᄉᆞ롤 비러 구응ᄒᆞ고 또 손군ᄉᆞ의 쇼식을 탐방ᄒᆞ리이다."

ᄒᆞ더라.

---

464)【며ᄂᆞ리】 명 며느리. ¶ 媳 ‖ 오히려 드르니 며ᄂᆞ리 아희롤 나흐니 길히 잇ᄂᆞᆫ 빈붕이 ᄀᆞ독ᄒᆞᆫ 돌이 오ᄂᆞᆫ도다 (尙聞吾媳産嬰孩, 在路賓朋滿月來.) <孫龐 5:36> ⇒ 며누리, 식부

465)【싀긔ᄒᆞ다】 동 시기(猜忌)하다. ¶ 猜 ‖ 다 니ᄅᆞ러 잔을 들매 디명이 업ᄉᆞ니 국됴 ᄒᆞᄅᆞ 아ᄎᆞᆷ의 칠왕이 싀긔ᄒᆞᄂᆞᆫ도다 (齊至擧盃無器皿, 國朝一夕七王猜.) <孫龐 5:36>

466)【능간ᄒᆞ다】 형 {능간(能幹)하다.} 능력(能力) 있다. 일을 잘 감당해 나갈 만한 능력이나 재간이 있다. ¶ 能幹 ‖ 임의 이러ᄒᆞ면 어ᄃᆡ 가 능간ᄒᆞᆫ 관원을 어더 이 간텹을 가져 졔국의 가 군ᄉᆞ롤 비러 이 어려오믈 플고 겸ᄒᆞ야 손션싱이 쇼식을 방문ᄒᆞᆯ고 (怎得個能幹的官, 拿了這柬帖星夜去到齊邦.) <孫龐 5:38>

第18回
당천노풍월겸 위태ᄌᆞ호랑슈
張蒨奴風月賺 魏太子虎狼囚

이 관원은 뉜고 ᄒᆞ니 교방사(敎坊司) 악관 당쵸간(張肖蘭)이라. 나히 쟝ᄎᆞᆺ 칠십이니 작ᄉᆞ(作事)ᄅᆞᆯ 정졔히 ᄒᆞ고 언에(言語) 녕니ᄒᆞ더라. 한왕(韓王)이 몃 소ᄅᆡ로 무ᄅᆞᄃᆡ 냥반문무 듕 ᄒᆞ나토 ᄃᆡ답디 아니ᄆᆞᆯ 보고 이에 스ᄉᆞ로 올나 나아가 ᄃᆡ답ᄒᆞ야 ᄀᆞᆯ오ᄃᆡ,

"신이 원컨대 가리이다."

왕이 ᄀᆞᆯ오ᄃᆡ,

"네 년긔(年紀) 노대(老大)ᄒᆞ니 다만 가디 못ᄒᆞᆯ가 저허ᄒᆞ노라."

당쵸간이 ᄀᆞᆯ오ᄃᆡ,

"우리 님군은 방심(放心)ᄒᆞ쇼셔. 녯말의 닐오ᄃᆡ, '늙어도 맛당이 더옥 장ᄒᆞᆯ디라(老當益壯)' ᄒᆞ야시니 대ᄉᆞᄅᆞᆯ 【40】 그ᄅᆞᆺ ᄆᆡᆫᄃᆞ디 아니 ᄒᆞ리이다."

한왕이 ᄀᆞᆯ오ᄃᆡ,

"네 임의 가량이면 간텹(柬帖)을 잘 슈쟝ᄒᆞ야 방연(龐涓)의 영 압ᄒᆡ 디나가되 모ᄅᆞᆷ즉이[467] 수이 가 수이 오라."

당쵸간이 분부ᄅᆞᆯ 듯고 나가 이경 ᄣᆡᄅᆞᆯ 기ᄃᆞ려 몃 낫 녀악(女樂)을 ᄃᆞ리고 쵹부(囑咐)ᄒᆞ기ᄅᆞᆯ 졍당(停當)히 ᄒᆞ고 밤을 년ᄒᆞ야 한셩을 ᄲᅡ뎌나 위영(魏營) 문머리의 니ᄅᆞ니 야슌(夜巡)ᄒᆞᄂᆞᆫ 군ᄉᆡ ᄯᆞᆯ와 갓가이 나아와 크게 ᄒᆞᆫ 소ᄅᆡᄅᆞᆯ ᄭᅮ짓고 당쵸간과 여러 녀악을 잡아 방연의게 알왼대 방연이 졍히 듕군댱(中軍帳) 안희[468] 이셔 병셔ᄅᆞᆯ 보다가 야슌ᄒᆞᄂᆞᆫ 군ᄉᆡ ᄒᆞᆫ ᄉᆞ나희와 겨집[469]을 잡아 왓ᄂᆞᆫ 양보고 무러 ᄀᆞᆯ오ᄃᆡ,

"엇던 사ᄅᆞᆷ이완ᄃᆡ 밤을 인연ᄒᆞ야 ᄀᆞ만이 영 압ᄒᆞᆯ 디나 어드러로 가려 【41】 ᄒᆞᄂᆞᆫ다?"

당쵸간이 닐오ᄃᆡ,

"부마(駙馬)야 소인은 이 교방ᄉᆞ 당쵸간이러니 본ᄃᆡ 의량(宜梁) 위국(魏國) 사ᄅᆞᆷ으로 뎌즘ᄭᅴ[470] 졔병(齊兵)이 셩을 님ᄒᆞ믈 인ᄒᆞ야 모든 녀악을 ᄃᆞ리고 한국의 니ᄅᆞ러 난을 피ᄒᆞ얏더니 이제 부마의 병이 한을 티시니 만일 함셩(陷城)ᄒᆞ면 능히 사디 못ᄒᆞᆯ디라. 그러므로 이리 승야(乘夜)ᄒᆞ야 모든 녀악을 ᄃᆞ리고 다시 의량으로 도라가옵더니 범 ᄀᆞᄐᆞᆫ 위엄을 모범(冒犯)ᄒᆞ올 줄 ᄉᆡᆼ각디 못ᄒᆞ야ᄉᆞ오니 ᄇᆞ라건대 잔명을 요ᄃᆡᄒᆞ실가 ᄒᆞᄂᆞ이다."

방연이 ᄀᆞᆯ오ᄃᆡ,

"내 ᄯᅩ ᄆᆞᆺᄂᆞ니 뎌 녀악이 노래 부ᄅᆞᆯ 주ᄅᆞᆯ 아ᄂᆞ냐?"

당쵸간이 ᄒᆞ나ᄒᆞᆯ ᄀᆞᄅᆞ쳐 ᄀᆞᆯ오ᄃᆡ,

"부마야 이거시 내 친ᄉᆡᆼ 녀ᄋᆡ니 일홈을 쳔뇌(蒨奴)라 ᄒᆞ고 노래 부 【42】 ᄅᆞ기ᄅᆞᆯ 극히 잘

---

467) 【모ᄅᆞᆷ즉이】 [부] 모름지기. ¶ 須要 ‖ 네 임의 가량이면 간텹을 잘 슈쟝ᄒᆞ야 방연의 영 압ᄒᆡ 디나가되 모ᄅᆞᆷ즉이 수이 가 수이 오라 (你旣去得, 好生收藏柬帖, 往龐涓營前經過, 須要謹愼, 速去速來.) <孫龐 5:40> ⇒ 모로미, 모롬이, 모름즉이, 모ᄅᆞ미, 모ᄅᆞᆷ이

468) 【안ᇂ】 [명] 안. ¶ 內 ‖ 방연이 졍히 듕군댱 안희 이셔 병셔ᄅᆞᆯ 보다가 (龐涓正在中軍帳內, 秉燭觀看兵書) <孫龐 5:40>

469) 【겨집】 [명] 계집. ¶ 婦 ‖ 야슌ᄒᆞᄂᆞᆫ 군ᄉᆡ ᄒᆞᆫ ᄉᆞ나희와 겨집을 잡아왓ᄂᆞᆫ 양 보고 (見夜巡軍士, 把一干男婦捉到.) <孫龐 5:40>

470) 【뎌즘긔】 [부] 저즈음께. 전일(前日)에. ¶ 본ᄃᆡ 의량 위국 사ᄅᆞᆷ으로 뎌즘ᄭᅴ 졔병이 셩을 님ᄒᆞ믈 인ᄒᆞ야 모든 녀악을 ᄃᆞ리고 한국의 니ᄅᆞ러 난을 피ᄒᆞ얏더니 (原是宜梁魏國人氏, 向因齊兵臨城, 帶衆女樂到韓國躱難.) <孫龐 5:41>

ᄒᆞᄂᆞ니이다."

방연이 깃거 ᄀᆞᆯ오ᄃᆡ,

"내 군듕이 젹막ᄒᆞ야 졍히 쇼견(消遣)ᄒᆞᆯ 사ᄅᆞᆷ이 업더니 네 녀ᄋᆡ 노래 부ᄅᆞ기ᄅᆞᆯ 잘 ᄒᆞᆫ다 ᄒᆞ니 뎌ᄅᆞᆯ 블러오라."

당쳔뇌 도라와 알ᄑᆡ[471] 갓가이 오니 방연이 ᄒᆞᆫ 번 ᄌᆞ시 보니 십분 아ᄅᆞᆷ다온디라.

«진누월秦樓月» ᄉᆡ(詞) 이셔 ᄀᆞᆯ오ᄃᆡ,

안여옥, 요디샹파경쵸속, 경쵸속교능묘무, 션가신곡, 교은만죵모란족, 합의심뎌황금옥, 황금옥, 가인최시, 인향분욱. (顏如玉, 腰肢常把輕綃束, 輕綃束嬌能妙舞, 善歌新曲, 妖嬈萬種描難足, 合宜粱貯黃金屋, 黃金屋, 可人最是, 異香芬郁.)

방연이 이에 당쳔노ᄃᆞ려 무로ᄃᆡ,

"네 부친이 너ᄅᆞᆯ 노래ᄅᆞᆯ 잘 브ᄅᆞᆫ다 ᄒᆞ니 가히 브ᄅᆞ기ᄅᆞᆯ 어드랴?"

쳔뇌 닐오ᄃᆡ,

"노개(奴家) 약간 ᄒᆞ나 둘흘 비환ᄂᆞ이다."

방연이 ᄀᆞᆯ오ᄃᆡ,

"므ᄉᆞᆷ 새 【43】 곡됴ᄂᆞᆫ 브ᄅᆞ면 내 드ᄅᆞ리라."

쳔뇌 ᄀᆞᆯ오ᄃᆡ,

"노개 뎌즈음긔[472] 난을 한셩(韓城)의 피ᄒᆞᆯ ᄉᆡ 우연히 새벽의 피란ᄒᆞᄂᆞᆫ 곡됴ᄅᆞᆯ 지엇ᄂᆞ니 엇디 나아가 블러 부마야(駙馬爺)긔 들리디 아니ᄒᆞ리잇고마ᄂᆞᆫ 다만 더러운 글이 놉흔 귀ᄅᆞᆯ 더러이미 아실가 저허ᄒᆞᄂᆞ이다."

방연이 ᄀᆞᆯ오ᄃᆡ,

"너모 겸ᄉᆞ 말고 브ᄅᆞ라."

쳔뇌 구술 ᄀᆞᄐᆞᆫ 목소릐ᄅᆞᆯ ᄀᆞ다ᄃᆞᆷ고 블근 입시울[473]을 여러 황망히 나 브ᄅᆞ니,

【졍궁 단졍호 正宮 端正好】
딘량쇼니란호(趁良宵離蘭戶)
ᄀᆡ궁장분작촌슈(改宮粧扮作村姝)
ᄉᆞ량욕분츌양댱노(思量欲奔出羊腸路)
급젼젼즘찬금년보(急煎煎怎趲金蓮步.)

ᄆᆞᆯᄀᆞᆫ 밤을 미처 난초 지게[474]ᄅᆞᆯ ᄯᅥ나ᄂᆞᆫ도다.
궁장을 고쳐 ᄆᆞ올[475] 겨집이 되엿도다
ᄃᆞ라나고져 ᄉᆡᆼ각ᄒᆞ니 양댱 길로 가도다
급히 젼〻ᄒᆞ니 금년보로 ᄲᅡ뎌 ᄃᆞᆺ도다.

【44】 【곤슈구滾銹球】
나고득야힝시(那顧得夜行時)
수쳠노(愁沾露)
젼상풍(剪霜風)
피무안쳐(避無安處.)
망도셩병마원호(望都城兵馬喧呼.)

밤의 가던 ᄣᅢᄅᆞᆯ 도라 ᄉᆡᆼ각ᄒᆞ니
시름이 이슬을 적시ᄂᆞᆫ도다
서리ᄇᆞ람이 버히ᄂᆞᆫ ᄃᆞᆺᄒᆞ니
피ᄒᆞ야 가매 평안ᄒᆞᆫ 고디 업도다
도셩을 ᄇᆞ라보니 병매 어즈러이 드레ᄂᆞᆫ도다[476]

---

471) 【알ᄑᆡ】 명 앞. ¶ 뎡안평이 모든 알ᄑᆡ셔 군녕장을 ᄡᅳ고 (鄭安平當衆焚了那張軍令狀.) <孫龐 2:120>

472) 【뎌즈음긔】 부 저즈음께. 전일(前日)에. ¶ 向日 ‖ 노개 뎌즈음긔 난을 한셩의 피ᄒᆞᆯᄉᆡ 우연히 새벽의 피란ᄒᆞᄂᆞᆫ 곡됴ᄅᆞᆯ 지엇ᄂᆞ니 엇디 나아가 블러 부마야긔 들리디 아니ᄒᆞ리잇고마ᄂᆞᆫ 다만 더러운 글이 놉흔 귀ᄅᆞᆯ 더러이미 아실가 저허ᄒᆞᄂᆞ이다 (奴家向日避難韓城, 偶撰得一套曉行避難的曲子, 不若就唱與駙馬爺聽, 只恐俚鄙之詞, 有汚尊耳.) <孫龐 5:43> ⇒ 뎌즈음ᄢᅴ, 뎌즘ᄢᅴ, 뎌ᄌᆞ음긔, 뎌ᄌᆞ음ᄢᅴ, 뎌즘ᄢᅴ, 저즈음긔, 져즈음긔, 져즈음ᄢᅴ, 져즘ᄢᅴ, 져ᄌᆞ음ᄢᅴ

473) 【입시울】 명 입술. ¶ 口 ‖ 쳔뇌 구술 ᄀᆞᄐᆞᆫ 목소릐ᄅᆞᆯ ᄀᆞ다ᄃᆞᆷ고 블근 입시울을 여러 황망히 나 브ᄅᆞ니 (倩奴整頓珠喉, 逗開檀口, 不慌不忙, 唱道.) <孫龐 5:43> ⇒ 입ᄉᆞᆲ, 입ᄉᆞᆯ, 입슈얼, 입스얼, 입시울, 입시우리

474) 【지게】 명 지게. ¶ 戶 ‖ ᄆᆞᆯᄀᆞᆫ 밤을 미처 난초 지게ᄅᆞᆯ ᄯᅥ나ᄂᆞᆫ도다 (趁良宵離蘭戶.) <孫龐 5:43>

475) 【ᄆᆞ올】 명 마을. 시골. ¶ 村 ‖ 궁장을 고쳐 ᄆᆞ올 겨집이 되엿도다 (改宮粧扮作村姝.) <孫龐 5:43>

476) 【드레다】 동 들레다. 큰소리로 떠들다. 시끄럽게 하다. ¶ 喧呼 ‖ 도셩을 ᄇᆞ라보니 병매 어즈러이 드레ᄂᆞᆫ도다 (望都城兵馬喧呼.) <孫龐 5:44> ⇒ 들네다, 들ᄂᆡ다, 들레다, 들에다

기견나쇄수운(只見那鎖愁雲)
미령무믈뎡지(迷冷霧沒定止)
고단역녀(孤單逆旅.)

다만 시름ᄒᆞᄂᆞᆫ 구름만 보리로다
ᄎᆞᆫ 안개 ᄀᆞ독ᄒᆞ야 뎡홀 고디 업ᄉᆞ니
외로은 나그내 되엿도다

난분분우루포쥬(亂紛紛雨淚拋珠)
호교아댱사금옥뎌(好敎我長辭金屋貯)
【45】 경별낭금가상셔(輕別囊琴架上書)
블유인감탄차우(不由人感嘆嗟吁.)
어즈러온 눈믈이 일천 구술을 ᄲᅥᄅᆞ티니[477]
날로 ᄒᆞ야곰 기리 금옥의 간ᄉᆞᄒᆞᆫ 거술 ᄉᆞ양킈 ᄒᆞ고
가ᄇᆡ야이 주머니의 거믄고와 상 우 칙을
사ᄅᆞᆷ의 차우ᄒᆞ야 감탄홈과 ᄀᆞᆺ디 아니토다

【보골도呆骨都】
도여금무가내텬애긔(到如今無可奈天涯去)
향텬애유마무여(向天涯有馬無輿)
공교인단누두잔몽오경죵(空敎人斷樓頭殘夢頭五更鐘)
공교인턍화간니수삼월[우](空敎人悵花間離愁三月[雨].)

이제 니ᄅᆞ러 텬애의 가매 ᄲᅧ ᄒᆞ옴업ᄉᆞ니[478]
텬애롤 향ᄒᆞ매 몰이 이시ᄃᆡ 수ᄅᆡ 업도다
쇽졀업시 사ᄅᆞᆷ으로 ᄒᆞ야곰 누두의셔 애롤 그ᄎᆞ니
쇽졀업시 사ᄅᆞᆷ으로 ᄒᆞ야곰 곳 ᄉᆞ이의셔 슬허ᄒᆞ니 근심이 삼월 비로다

슈셕염다교녀(誰憐惜多嬌人)
ᄌᆞ반탁쇠년부(自伴着衰年父)
딘일미디운산수쇄인(鎮一味對雲山愁殺人)
흡연시셕님소궁고(恰便是析林巢窮鳥苦.)

뉘 아릿다이[479] 티 만흔 겨집을 어엿비 ᄒᆞ리오
ᄉᆞᄉᆞ로 쇠년의 아비롤 벗ᄒᆞ엿도다
ᄒᆞᆫ ᄆᆞᄋᆞᆷ을 딘뎡ᄒᆞ야 운산을 ᄒᆞ매 사ᄅᆞᆷ을 시름ᄒᆞ니
흡연이 수플 ᄯᅥ난 새 ᄀᆞᆺ도다

【46】 【반독셔伴讀書】
ᄌᆞ효뎨당년취(再休題當年趣)
셜뎡듕지시셰(雪庭中裁詩絮)
녀반ᄋᆞ(女伴兒)
슈록셩남희유취(水綠城南嬉遊聚.)

다시 당년 일을 니ᄅᆞ디 말라
셜뎡 가온대
녀반이
우리 셩 남녁히 프ᄅᆞ러시니 모다 노ᄂᆞᆫ도다

쳑금뎐투쵸환가무(擲金錢鬪草還歌舞)
일시ᄉᆞ유창텬튀[쇼](一時似有蒼天妬)
회수셩허(回首成虛.)

금돈을 더디고 플흘[480] ᄡᅡ하 도로혀 가무ᄒᆞᄂᆞᆫ도다
ᄒᆞᆫ ᄣᅢ의 창텬이 새오ᄂᆞᆫ ᄃᆞᆺᄒᆞ미 이시니
머리롤 두로혀매 헛된 거시 되엿도다

【도도녕叨叨令】
인ᄎᆞ샹츌위셩(因此上出危城)
승탁천초셰(乘着天初曙)
【47】 샹부교(上浮橋)

---

477) 【ᄲᅥᄅᆞ티다】 동 떨어뜨리다. ¶ 拋 ‖ 어즈러온 눈믈이 일천 구술을 ᄲᅥᄅᆞ티니 날로 ᄒᆞ야곰 기리 금옥의 간ᄉᆞᄒᆞᆫ 거술 ᄉᆞ양킈 ᄒᆞ고 (亂紛紛雨淚拋珠, 好敎我長辭金屋貯) <孫龐 5:44> ⇒ ᄲᅥ르치다, ᄲᅥ르티다, ᄲᅥᄅᆞ치다

478) 【ᄒᆞ옴업다】 형 하염없다. 쓸데없다. ¶ 無可奈 ‖ 이제 니ᄅᆞ러 텬애의 가매 ᄲᅧ ᄒᆞ옴업ᄉᆞ니 텬애롤 향ᄒᆞ매 몰이 이시ᄃᆡ 수ᄅᆡ 업도다 (到如今, 無可奈天涯去, 向天涯有馬無輿.) <孫龐 5:45>

479) 【아릿다이】 부 아리땁게. ¶ 嬌 ‖ 뉘 아릿다이 티 만흔 겨집을 어엿비 ᄒᆞ리오 ᄉᆞᄉᆞ로 쇠년의 아비롤 벗ᄒᆞ엿도다 (誰憐惜多嬌人, 自伴着衰年父) <孫龐 5:45> ⇒ 아릿다니, 아릿ᄯᅡ이

480) 【픎】 명 풀. ¶ 草 ‖ 금돈을 더디고 플흘 ᄡᅡ하 도로혀 가무ᄒᆞᄂᆞᆫ도다 (擲金錢鬪草還歌舞.) <孫龐 5:46>

부탁친야도(扶着親爺渡)
만의삼(滿衣衫)
진딘오듀(盡塵汚住.)

일로 인연ᄒᆞ야 위티로온 셩을 나니
하ᄂᆞᆯ이 처엄으로 새ᄆᆞᆯ 조찻도다
부교의 오ᄅᆞ니
아비ᄅᆞᆯ 븟드러 건넛도다
의삼이 ᄀᆞ독ᄒᆞ니
듯글의 다 더러윗도다

냑운환(掠雲鬟)
몰개소ᄋᆞ여(沒個梳兒與)
홀텬득호도셩마가야(忽聽得呼噪聲麽歌也)
홀텬득호도셩마가야(忽聽得呼噪聲麽歌也)
조이시도언문(早已是到轅門)
나괘극여패죠(那戈戟如鱗布.)

구름 ᄀᆞᆺ튼 귀미톨
다ᄃᆞᆷᄋᆞ미 비치 업도다
홀연이 ᄭᅮ짓ᄂᆞᆫ 소리ᄅᆞᆯ 드ᄅᆞ매
임의 원문이 다ᄃᆞ라시니
괘극이 ᄉᆞ면ᄒᆞ엿도다

【쇼화샹笑和尚】
【48】 호호호호득인혼단무(諕諕諕諕得人魂斷無)
경경경(驚驚驚)
경쇄아심퇴녹(驚殺我心搥鹿)
수수수수쇄인두로(愁愁愁愁殺人頭虜)
기기기(棄棄棄)
기귀황토(棄歸黃土)

사ᄅᆞᆷ을 놀래야 혼빅이 업ᄉᆞᆫ ᄃᆞᆺᄒᆞ도다
사ᄅᆞᆷ을 근심ᄒᆞ야 머리 업ᄉᆞᆫ 거시 되니
놀라고 놀라
ᄉᆞᄉᆞ로 근심ᄒᆞᄂᆞᆫ도다
ᄇᆞ리고 ᄇᆞ려
황토의 도라가ᄆᆞᆯ 저허ᄒᆞ고

힝힝힝(幸幸幸)
힝년오(幸恬吾)
희희희(喜喜喜)
희턍츌(喜唱出)
져단샹경곡(這段傷情曲.)

힝ᄒᆞ고 힝ᄒᆞ니
힝혀 날을 ᄉᆞ랑ᄒᆞ도다
깃보고[481] 깃보니
깃보미 나
샹경ᄒᆞᄂᆞᆫ 곡됴ᄅᆞᆯ 브ᄅᆞᄂᆞᆫ도다

【49】 【포노인鮑老人】
단원이정전공셩대댱부(但願伊征戰功成大丈夫)
ᄌᆞ호쟝명표텬부(纔好將名標天府)
간천츄만고여(看千秋萬古餘)
여비구뎐방예(如碑口傳芳譽.)

경뎐ᄒᆞ야 대댱뷔 공 일우ᄆᆞᆯ 원ᄒᆞᄂᆞ니
됴히 일홈이 텬부의 올라
천츄만〻 ᄀᆞ지
아ᄅᆞᆷ다온 기리ᄆᆞᆯ 기리 뎐ᄒᆞᄂᆞᆫ도다

휴도와겁〻교〻(休道我怯怯嬌嬌)
뎡〻뇨〻셥〻유〻(停停裊裊, 喋喋嚅嚅)
환권샹부호박(還勸觴浮琥珀)
검도령녹(劍韜萍綠.)

나의 아리ᄯᅡ이[482] ᄉᆞᄉᆞ로 겁ᄒᆞ며
셥〻유〻ᄒᆞ믄 도로혀 니ᄅᆞ디 몰라
잔의 호박을 ᄯᅴ여 나아가 권ᄒᆞᄂᆞᆫ도다
칼히 프ᄅᆞᆫ ᄆᆞᆯ을 ᄀᆞᆷ초아시니

【살미煞尾】
쳔간나빙륜다감팀도셔(請看那冰輪剛沉到西)
【50】 조동산샹치오(早東山上彩烏)
희탁져여슈쟉광진가부(覰着這如水的韶光眞可懼)
감년아쳐량하디멱환우(堪憐我凄凉何地覓歡

481) 【깃보다】 형 기쁘다. ¶ 喜 ‖ 깃보고 깃보니 깃보미 나 샹경ᄒᆞᄂᆞᆫ 곡됴ᄅᆞᆯ 브ᄅᆞᄂᆞᆫ도다 (喜喜喜, 喜唱出, 這段傷情曲.) <孫龐 5:48>

482) 【아리ᄯᅡ이】 부 아리땁게. ¶ 嬌嬌 ‖ 나의 아리ᄯᅡ이 ᄉᆞᄉᆞ로 겁ᄒᆞ며 셥〻유〻ᄒᆞ믄 도로혀 니ᄅᆞ디 몰라 (休道我怯怯嬌嬌, 停停裊裊, 喋喋嚅嚅.) <孫龐 5:45> ⇒ 아릿다니, 아릿다이, 아릿ᄯᅡ이

娛)

반주개표화축슈연분추(拌做個飄花逐水燕分離.)

청컨대 어름 박희 셔로 기우러디믈 일즉 보리

일즉이 동녁 뫼히 오ᄅᆞᄂᆞᆫ도다

믈 ᄀᆞᄐᆞᆫ 봄비치 가히 진실로 앗가오믈 보니

내의 쳐량이 어ᄂᆞ ᄯᅢ의 환우를 ᄎᆞᄌᆞ믈 어엿버483) ᄒᆞᄂᆞᆫ도다

ᄇᆞ려 ᄯᅥ러딘 곳치 믈을 ᄯᆞᄅᆞ며 져비 삿기를 ᄂᆞ홧도다

방연의 텽파(聽罷)의 년셩 갈치(喝采)ᄒᆞ야 기리기를 마디 아니ᄒᆞ며 쳔노를 머므러 영듕의 두고져 ᄒᆞ되 위왕이 알면 맛당이 못 닉일가 두려 댱쵸간(張肖簡)ᄃᆞ려 무로되,

"네 이제 네 아희돌ᄃᆞ려 어드러 가려 ᄒᆞᄂᆞᆫ다?"

댱쵸간이 닐오되,

"의량으로 도라갈소이다."

방연이 닐오되,

"내 너를 노비와 반뎐 오십 냥을 주ᄂᆞ니 네 가히 네 아희를 ᄃᆞ리고 의량으로 도라갓다가 내 모든 나라흘 【51】 텨 이긔고 회됴ᄒᆞ기를 기ᄃᆞ려 쳔노(蒨奴)를 내 부듕의 보내면 그 ᄯᅢ예 널로 ᄒᆞ야곰 벼술을 ᄒᆞ이리라."

댱쵸간이 닐오되,

"부마야(駙馬爺)긔 깁히 샤례ᄒᆞᄂᆞ니 반ᄉᆞ(班師)ᄒᆞ시기를 기ᄃᆞ려 쳔ᄒᆞᆫ ᄌᆞ식을 부듕의 보내리이다."

ᄒᆞ고 쳔노를 블러 고두사례ᄒᆞ라 ᄒᆞ고 모든 녀악을 ᄃᆞ려 영의 나올시 심듕의 ᄉᆞᄉᆞ로 깃거 ᄀᆞᆯ오되,

"방적이 임의 내 계교의 ᄲᅡ디거다."

ᄒᆞ고 몰을 돌려 졔국의 드러가니라.

손빈이 일홈을 ᄀᆞᆷ초와 거ᄌᆞᆺ 죽은 톄ᄒᆞ고 부듕 후원 츄슈 ᄒᆞᆫ 간 방 그ᄋᆞᆨᄒᆞᆫ 고ᄃᆡ 이셔 안흘 금셔(琴書)와 향젼(香篆)을 버리고 홀로 포단(蒲團)의 의지ᄒᆞ야 날마다 안히 【52】 셔 쇼요(逍遙)ᄒᆞ야 도를 즐길시 두 ᄧᅡᆨ 문을 듀야 긴ː히 다라 좀으되 열쇠를 ᄂᆞᆷ을 맛디ː 아니ᄒᆞ고 ᄉᆞᄉᆞ로 간ᄉᆞᄒᆞ며 음식뉴ᄂᆞᆫ 다만 부인 소시(蘇氏) ᄒᆞᆫ 시비로 더브러 ᄯᅢ를 조차 보내되 ᄀᆞ만이 문을 세 번 두ᄃᆞ리면 안ᄒᆞ로셔 열쇠를 내여와 드려가고 나온 후의 의구히 좀가 ᄒᆞᆫ 낫 외인으로 ᄒᆞ야곰 아디 못ᄒᆞ게 ᄒᆞ고 ᄒᆞᆫᄀᆞᆯᄀᆞᆺ티 삼 년을 두문블출(杜門不出)ᄒᆞ더니 일ː은 부인이 시비로 ᄒᆞ야곰 다반을 손빈의게 보낸대 손빈이 부인ᄃᆞ려 ᄀᆞᆯ오되,

"내 삼 년 지앙이 임의 진ᄒᆞ야시니 아직 소문을 밧긔 내디 말고 나가 ᄀᆞ만이 원달을 블러 날을 보게 ᄒᆞ면 브ᄃᆡ 분부ᄒᆞᆯ 말이 이시리라."

부인이 허락ᄒᆞ면 나 【53】 와 가동(家僮)으로 ᄒᆞ야곰 원달을 브ᄅᆞ되,

"부인이 분부ᄒᆞᆯ 말이 잇다."

ᄒᆞ니 오라디 아녀셔 원달이 와 뵈거ᄂᆞᆯ 부인이 ᄃᆞ리고 후원 방 속의 가 손빈의게 뵐ᄉᆡ 원달이 머리를 두ᄃᆞ려 ᄀᆞᆯ오되,

"ᄉᆞ뷔 숨으션디 삼 년이로ᄃᆡ 감히 누셜티 못ᄒᆞ얏더니 금일의 다힝히 ᄉᆞ부ᄭᅴ 뵈거이다."

손빈이 ᄀᆞᆯ오되,

"내 삼 년 지앙이 임의 차시니 네 가히 ᄀᆞ만이 가 노왕 뎐ᄒᆞ를 쳥ᄒᆞ야 오라. ᄒᆞᆯ 말이 이시되 쇼식을 누셜ᄒᆞᆯ가 두리ᄂᆞ니 뎔로 ᄒᆞ야곰 위의를 ᄀᆞ쵸디 말고 다만 너를 조차오게 ᄒᆞ라."

원달이 명을 듯고 노왕 부듕의 가 노왕ᄃᆞ려 닐오되,

"ᄉᆞ뷔 지앙이 ᄎᆞ시매 신을 블러 뎐ᄒᆞ를 쳥ᄒᆞ되 쇼 【54】 식을 가히 누셜티 못ᄒᆞᆯ 거시니 위의를 ᄀᆞ초디 말고 다만 신을 조차 오시게 ᄒᆞ라 ᄒᆞ더이다."

노왕이 즉시 안마를 ᄀᆞ초아 나오거ᄂᆞᆯ 원달이 슈가ᄒᆞ야 남평부(南平府)의 니ᄅᆞ니 가동이 드러가 보ᄒᆞ거ᄂᆞᆯ 원달이 노왕을 ᄃᆞ리고 바로 후원의 가 손빈을 뵐ᄉᆡ 노왕이 ᄀᆞᆯ오되,

"션안(仙顔)을 못보완디 세 츈취(春秋)디낫더니 이제 서ᄅᆞ 만나니 블승흔힝(不勝忻幸)ᄒᆞ여라."

483) 【어엿브다】 형 불쌍하다. ¶ 憐 ‖ 믈 ᄀᆞᄐᆞᆫ 봄비치 가히 진실로 앗가오믈 보니 내의 쳐량이 어ᄂᆞ ᄯᅢ의 환우를 ᄎᆞᄌᆞ믈 어엿버 ᄒᆞᄂᆞᆫ도다 (覷着這如水的韶光眞可懼, 堪憐我凄凉何地覓歡娛.) <孫龐 5:50> ⇒ 어엿부다

손빈이 ᄀᆞᆯ오ᄃᆡ,

"신이 삼 년 지앙을 인ᄒᆞ야 이 딘압(鎭壓)ᄒᆞᄂᆞᆫ 법을 ᄒᆞ얏더니 이제 지앙이 버서시매 감히 뎐하를 보옵기를 쳥ᄒᆞ얏ᄂᆞ니 ᄇᆞ라건대 뎐하ᄂᆞᆫ 죄를 샤ᄒᆞ쇼셔. 신이 어제 밤의 텬문을 보오니 방연 적지 병을 니ᄅᆞ혀 졔를 향ᄒᆞ야 한을 티랴 【55】 ᄒᆞ옵ᄂᆞ니 신이 뎌즘ᄭᅴ[484] ᄒᆞᆫ 간텹을 밧드러 한왕을 주어 멸노 ᄒᆞ야곰 난을 님ᄒᆞ야 ᄣᅥ혀 보라 ᄒᆞ야시니 뎨 이제 일뎡 관원을 뎡ᄒᆞ야 간텹을 가져 우리 졔국의 와 병을 빌니ᄂᆞᆫ 됴뎡이 필연 뎐하ᄭᅴ 쇼식을 무를 거시니 다만 아디 못ᄒᆞᄂᆞᆫ 톄 ᄒᆞ시면 됴뎡이 뎐하로 ᄒᆞ야곰 ᄎᆞᄌᆞ라 ᄒᆞᆯ 거시니 가히 ᄒᆞᆫ ᄆᆞᄅᆞᆫ 샤문을 비러 만일 손빈이 죽어시면 유지를 도로 드리고 만일 이실딘대 헛도이 죽인 죄를 샤ᄒᆞ시면 그제야 ᄒᆞᆫ 가지로 님군ᄭᅴ 뵈리이다 ᄒᆞ쇼셔. 그 ᄣᅢ예 신이 뎐하로 더브러 츌ᄉᆞᄒᆞ면 신의 발 버힌 원슈 갑기ᄂᆞᆫ ᄀᆞ장 쉬오리이다."

노왕이 ᄀᆞᆯ오ᄃᆡ,

"괴(孤) 임의 아라시니 다만 한국 ᄉᆞ신이 와 병 빌 【56】 기를 기ᄃᆞ려 됴뎡이 션싱의 죵젹을 날ᄃᆞ려 뭇거든 괴 ᄌᆞ연 잘 ᄃᆡ답ᄒᆞ미 이시리라."

서ᄅᆞ 말ᄒᆞᆯ 적 연셕을 비셜ᄒᆞ고 여ᄐᆡ 브어ᄂᆞ지 권ᄒᆞ고 ᄣᅥ낫던 경을 펴며 즉금 시ᄉᆞ를 의논ᄒᆞ야 일댱을 술 먹어 즐기고 파ᄒᆞ매 원달이 의구히 슈가ᄒᆞ야 노왕부로 도라오니 시예 ᄀᆞᆯ오ᄃᆡ,

화진규위삼지심(話盡暌違三載心)
군신샹듀쥬빈딤(君臣相得酒頻斟)
명됴관유오왕사(明朝管有吾王赦)
ᄃᆡ좌금계ᄎᆞ디님(坐待金雞此地臨.)

ᄣᅥ낫던 삼지 ᄆᆞ옴을 닐러 다ᄒᆞ고
군신이 샹득ᄒᆞ매 술을 ᄌᆞ로[485] 붓ᄂᆞᆫ도다
명됴의 응당이 우리 왕의 새 이실 거시니
안자 금계 이 ᄯᅡ히 님ᄒᆞᆷ을 기ᄃᆞ리노라

당쵸간이 님츼셩이 가 졔왕ᄭᅴ 드러가 뵌대 왕이 무로ᄃᆡ,

"어니 나라 치뎡ᄒᆞᆫ ᄉᆞ신인다?"

당쵸간이 ᄀᆞᆯ오ᄃᆡ,

"신 【57】 은 한국 교방ᄉᆞ 악관 당쵸간이러니 당년의 노왕 뎐해 손군ᄉᆞ로 더브러 위를 티고 반ᄉᆞᄒᆞ야 도라올 적 한국의 니ᄅᆞ러 손군시 ᄒᆞᆫ 간텹을 한왕을 주어 ᄀᆞᆯ오ᄃᆡ, '급ᄒᆞ고 어려온 ᄣᅢ예 ᄣᅥ혀 보라.' ᄒᆞ얏더니 이제 위국 방연이 병 십만을 거ᄂᆞ려 졔를 향ᄒᆞ야 한을 틸ᄉᆡ 본국이 병을 내여 ᄡᅡ호미 니티 아닌디라. 한왕이 간텹을 ᄣᅥ혀 보니 ᄉᆞ귀 장두시(藏頭詩)를 ᄲᅥ거늘 ᄠᅳᆺ을 ᄌᆞ시 보니 남평왕이 오히려 죽디 아니ᄒᆞ얏고 ᄒᆞ믈며 대왕의 유지의 니ᄅᆞ신 말솜을 밧ᄌᆞ와 시니 방연이 병을 거ᄂᆞ려 아모 나라ᄒᆞᆯ 텨도 모든 나라히 ᄒᆞᆫ가 지로 뉵녁(戮力)ᄒᆞ야 서ᄅᆞ 돕쟈 ᄒᆞ얏ᄂᆞᆫ디라. 일즉 과군(寡君)이 신을 치뎡ᄒᆞ 【58】 야 대왕ᄭᅴ 병을 비러 난을 구ᄒᆞ고 일즉 군ᄉᆞ의 과연 이시며 업ᄉᆞᆷ을 알녀 ᄒᆞ미로소이다."

졔왕이 간텹을 ᄣᅥ혀 ᄒᆞᆫ 번 ᄂᆞ리보ᄃᆡ 그 ᄠᅳᆺ을 아디 못ᄒᆞᄂᆞᆫ디라. 모든 문무ᄃᆞ려 믈오ᄃᆡ,

"이 ᄉᆞ귀 장두시를 엇디 알리오."

문무 졔신이 다 아디 못ᄒᆞ더니 복ᄌᆞ해(卜子夏) 손의 바다 ᄒᆞᆫ 번 닐그매 주ᄒᆞ야 ᄀᆞᆯ오ᄃᆡ,

"이 간텹을 보건대 손빈을 보나 다ᄅᆞ디 아니ᄒᆞ이다. 과연 ᄉᆞ귀 장두시의 손빈이 죽디 아니코 본국의 숨어 잇도소이다."

졔왕이 밋디 아냐 ᄀᆞᆯ오ᄃᆡ,

"엇디 이럴 니 이시리오. 과인이 친히 가 념습(殮襲)을 보아시니 엇디 죽디 아냣다 니ᄅᆞ리오."

복ᄌᆞ해 ᄀᆞᆯ오ᄃᆡ,

"그 죽은 거시 혹 거ᄌᆞᆺ 거신가 쥬공도 그 ᄣᅢ예 ᄯᅩᄒᆞᆫ ᄌᆞ시 아ᄅᆞ시기 어 【59】 려우리이다."

졔왕이 ᄀᆞᆯ오ᄃᆡ,

"당초 노왕이 손빈으로 더브러 ᄒᆞᆫ 가지로 한국의 갓던 거시니 손빈이 간텹 머므러 줄 ᄣᅢ의 노왕이 반ᄃᆞ시 친히 보아시리라."

ᄒᆞ고 근신을 치뎡ᄒᆞ야 노왕을 오라 ᄒᆞᆫ대

484) 【뎌즘ᄭᅴ】 圉 저즈음께. 전일(前日)에. ¶ 向日 ‖ 신이 뎌즘ᄭᅴ ᄒᆞᆫ 간텹을 밧드러 한왕을 주어 멸노 ᄒᆞ야곰 난을 님ᄒᆞ야 ᄣᅥ혀 보라 ᄒᆞ야시니 (臣向日曾有一柬帖奉與韓王, 敎他臨難開拆.) <孫龐 5:55>

485) 【ᄌᆞ로】 圉 자주. ¶ 頻 ‖ ᄣᅥ낫던 삼지 ᄆᆞ옴을 닐러 다ᄒᆞ고 군신이 샹득ᄒᆞ매 술을 ᄌᆞ로 붓ᄂᆞᆫ도다 (話盡暌違三載心, 君臣相得酒頻斟.) <孫龐 5:56>

이윽고 노왕이 오거늘 졔왕이 물오ᄃᆡ,

"어뎨 왕년의 위롤 티고 도라올 적 손빈으로 더브러 ᄒᆞᆫ 가지로 한국의 가시니 손빈이 간텹을 머르러 줄 ᄣᅢ의 어뎨 일즉 보왓ᄂᆞ다?"

노왕이 ᄭᅵ니 ᄃᆡ답ᄒᆞᄃᆡ,

"신이 일즉 보오니 손빈이 간텹 줄 ᄣᅢ의 한왕을 ᄃᆡᄒᆞ야 닐오ᄃᆡ, '난이 잇거든 그제야 ᄣᅧ혀보라' ᄒᆞᆫ대 편지 ᄉᆞ연은 죠금도 아디 못ᄒᆞᄂᆞ이다."

졔왕이 ᄀᆞᆯ오ᄃᆡ,

"그 간텹의 사귀 쟝두시롤 ᄡᅥ시ᄃᆡ 【60】 '손빈블ᄉᆞ상ᄌᆡ졔국孫臏不死尙在齊國'이라. 이 여ᄃᆞᆲ ᄌᆞ ᄡᅳ여시니 이제 이시며 잇디 아니믄 어뎨 반ᄃᆞ시 알니라."

노왕이 ᄀᆞᆯ오ᄃᆡ,

"신이 음양ᄉᆡᆼᄉᆞ(陰陽生死)의 일을 아디 못ᄒᆞ옵ᄂᆞ니 엇디 시러곰 알니 잇고 대왕이 만일 손빈의 쇼식을 알고져 ᄒᆞ시면 신의 남평부의 가 손부인의게 탐디ᄒᆞ면 존망을 가히 알니이다."

졔왕이 ᄀᆞᆯ오ᄃᆡ,

"어뎨 가히 ᄭᅵ니 가 ᄎᆞ자 보고 과인의게 회복ᄒᆞ라."

노왕이 ᄀᆞᆯ오ᄃᆡ,

"ᄯᅩᄒᆞᆫ 말솜이 잇ᄂᆞ니 대왕이 신을 ᄒᆞᆫ ᄇᆞᆯ 샤문을 주어 가져 가긔 ᄒᆞ시면 이번 가 ᄎᆞ자 보아 손빈이 과연 죽어시면 유지 도로 드리길 니ᄅᆞ디 말려니와 만일 ᄎᆞ자 죽디 아냐실딘대 손빈이 ᄀᆡ군ᄒᆞᆫ 죄 이시니 샤문이 몬져 이시면 【61】 깃거 ᄒᆞᆫ 가지로 와 뵈리이다."

졔왕이 ᄀᆞᆯ오ᄃᆡ,

"과연 이시량이면 ᄒᆞᆫ 허믈은 ᄏᆞ니와486) 비록 누범(屢犯)ᄒᆞᆫ 죄 이셔도 과인이 ᄯᅩᄒᆞᆫ 다 샤ᄒᆞ리라."

ᄒᆞ고 즉시 근시(近侍)롤 명ᄒᆞ야 문방ᄉᆞ보(文房四寶)롤 나와 어필노 친히 ᄒᆞᆫ ᄇᆞᆯ 샤문을 ᄡᅥ 노왕을 주거늘 노왕이 하딕고 남평부의 니ᄅᆞ니 손빈이 의관을 졍히 ᄒᆞ고 나와 맛거늘 노왕이 유지롤 녕ᄒᆞ야

486) 【ᄏᆞ니와】 ㊊ 그렇거니와. 커녕. 물론이고. ¶ 莫說 ‖ 과연 이시량이면 ᄒᆞᆫ 허믈은 ᄏᆞ니와 비록 누범ᄒᆞᆫ 죄 이셔도 과인이 ᄯᅩᄒᆞᆫ 다 샤ᄒᆞ리라 (得他果在, 莫說一次, 就有屢犯之罪, 寡人亦盡赦之.) <孫龐 5:61>

"부의 드러가 손션ᄉᆡᆼ은 유지롤 밧ᄌᆞ오라."

ᄒᆞᆫ대 손빈이 향안(香案)을 비셜ᄒᆞ고 닑기롤 ᄆᆞᄎᆞ매 망궐샤은(望闕謝恩)ᄒᆞ고 다시 노왕으로 더브러 녜 ᄒᆞᆯ식 손빈이 ᄀᆞᆯ오ᄃᆡ,

"뎐하야 신이 만일 이시면 방연이 감히 군ᄉᆞ롤 나오디 못ᄒᆞᆯ 거시매 일노ᄡᅥ 내 팔ᄌᆞ롤 ᄣᅢ노라. 일홈을 ᄀᆞᆷ초고 거ᄌᆞᆺ 죽 【62】 은 톄ᄒᆞ믄 방연 적ᄌᆡ로 ᄒᆞ야곰 나오게 ᄒᆞ노라 삼군을 뎐녕ᄒᆞ야 쇼식을 누셜티 아니킈 ᄒᆞ얏ᄂᆞ니 방연이 만일 신의 사라 잇ᄂᆞᆫ 줄 알면 필연 도망ᄒᆞ야 ᄃᆞ라날 거시니 이럴딘대 향긔로온 밋기와 됴ᄒᆞᆫ 낙시롤 베프나 뎌롤 낫고아 내디 못ᄒᆞᆯ가 ᄒᆞᄂᆞ이다."

노왕이 ᄀᆞᆯ오ᄃᆡ,

"괴 임의 아랏노라."

ᄒᆞ고 손빈을 ᄃᆞ리고 부듕을 ᄣᅥ나 됴뎡의 니ᄅᆞ러 졔왕ᄭᅴ 뵈온대 졔왕이 손빈을 보고 대경ᄒᆞ야 ᄀᆞᆯ오ᄃᆡ,

"손션ᄉᆡᆼ아 네 임의 죽언디 볼셔 삼 년이어늘 엇디ᄒᆞ야 오늘날 살믈 어덧ᄂᆞ뇨?"

손빈이 ᄀᆞᆯ오ᄃᆡ,

"신의 죄 만 번이나 죽엄즉ᄒᆞ이다. 신이 방연으로 더브러 발 버힌 원싊 잇ᄂᆞᆫ디라. 방연 적ᄌᆡ 만일 신이 세 【63】 샹의 잇ᄂᆞᆫ 줄을 알면 기리 병을 니ᄅᆞ혀 나오디 아닐 거시므로 신의 팔ᄌᆞ와 수롤 ᄣᅢ노라 거ᄌᆞᆺ 삼 년을 죽은톄 ᄒᆞ고 실노 ᄒᆞ야곰 병을 내게 ᄒᆞᄂᆞ니 신이 이제 녕병(領兵)ᄒᆞ야 한을 구ᄒᆞ되 신의 ᄀᆡ호(旗號)란 일졀 내디 말고 다만 노왕 뎐해 원달로 더브러 ᄀᆡ호롤 번득이면 신은 다만 영듕의 수머이셔 ᄀᆞ만이 됴병(調兵)ᄒᆞ야 ᄌᆞ연이 쳐티(處置)ᄒᆞ미 이시리이다."

졔왕이,

"그대로 ᄒᆞ라."

ᄒᆞᆫ대

"댱쵸간을 몬져 보내여 한왕ᄭᅴ 곡졀을 통ᄒᆞ라."

ᄒᆞ고 노왕이 손빈으로 더브러 됴뎡을 ᄣᅥ나 갈식 원달 니목 독고뎐 오ᄒᆡ 마승 슈문농 슈문호 등 모든 쟝슈롤 거ᄂᆞ려 인마롤 뎜고ᄒᆞ야 즉시 ᄀᆡ뎡(起程)ᄒᆞ니,

【64】 하고굉텬향(畵鼓轟天響)

동나진디명(銅鑼振地鳴)

포셩댱호령(砲聲張號令)
긔영양건곤(旗影颺乾坤.)

화고ᄒᆞᆫ 하ᄂᆞᆯ을 드레ᄂᆞᆫ 소릐오
동나는 ᄶᅡ흘 움즉여 우러라
포셩은 호령을 베프고
긔영을 건곤의 나붓기더라[487]

ᄆᆡᆼ녈젼졍마(猛劣專征馬)
효웅관젼병(驍雄慣戰兵)
창도여셜교(鎗刀如雪皎)
견쟈진쇼혼(見者盡消魂.)

ᄆᆡᆼ녈ᄒᆞᆫ 젼졍ᄒᆞᄂᆞᆫ ᄆᆞᆯ이오
효용ᄒᆞᆫ ᄡᅡ홈 닉은 군ᄉᆡ러라
창되 눈ᄀᆞ티 희니
보ᄂᆞᆫ 재 다 쇼혼ᄒᆞᆯ러라

모든 군ᄉᆡ ᄒᆞᆫ 광야의 니ᄅᆞ러 손빈이 뎐녕ᄒᆞᄃᆡ,

"인마ᄅᆞᆯ 다 이속의 안둔ᄒᆞ라."

ᄒᆞ고 원달 니목 독고딘 세 쟝슈ᄅᆞᆯ 치뎡ᄒᆞ야 일지(一枝) 졍병을 거ᄂᆞ리고 젼면 동【65】북방으로 가 위국 냥쵸 시른 군ᄉᆞᄅᆞᆯ ᄎᆞᄌᆞ라 ᄒᆞᆫ대 삼쟝이 녕명ᄒᆞ야 군ᄉᆞᄅᆞᆯ 거ᄂᆞ려 젼면으로 향ᄒᆞ야 나아가더니 이십 니ᄂᆞᆫ 가셔 멀리 ᄇᆞ라보니 긔치 번득이고 금고ᄅᆞᆯ 울리며 일지병이 나오거ᄂᆞᆯ 원달이 ᄆᆞᆯ을 둘려가며 크게 ᄒᆞᆫ 소릐ᄅᆞᆯ 크게 웨여 ᄀᆞᆯ오ᄃᆡ,

"너 쟈ᄂᆞᆫ 뉘며 인마ᄅᆞᆯ 거ᄂᆞ려 어드러 가ᄂᆞ뇨?"

ᄒᆞᆫ대 ᄒᆞᆫ 쟝싊 ᄆᆞᆫ지 ᄃᆡ답ᄒᆞ야 ᄀᆞᆯ오ᄃᆡ,

"우리ᄂᆞᆫ 의량 위국 위왕의 가하신(駕下臣) 셔갑(徐甲)이러니 됴뎡이 아등을 치뎡ᄒᆞ야 태ᄌᆞ 필챵(畢昌)을 보호ᄒᆞ야 냥초 단빅과 산양 어쥬ᄅᆞᆯ 가지고 방부마 영듕의 가 드리려 ᄒᆞ노라."

원달이 눈을 드러 보니 《희텬잉喜遷鶯》 ᄉᆡ(詞)이셔 ᄀᆞᆯ오ᄃᆡ,

금과봉옹, 즉봉챡일개쇼년, 몰사효용,【66】슈갑젼표, 영관속발, 요계금됴비봉, 뎐시필챵태ᄌᆞ위향군젼ᄒᆞ용, 냥슈집대도, 감요ᄉᆞ감경송, 샹풍흡시나셔갑지창, 쇄졈니화무, 텰긔년표, 됴호병만, 디좌하승ᄉᆞ동, 화긔홀연고쳐, 문시슈가비공, 뇨샹블면기갑예병, 화셩츈몽(金戈蜂擁, 簇捧着一个少年, 沒些驍勇, 綉甲拴袍, 纓冠束髮, 腰繫錦條飛鳳, 傳是畢昌太子爲向軍前犒用, 兩手執大刀, 堪耀似堪驚悚, 相從恰是那徐甲持鎗, 碎點梨花舞, 鐵騎聯鑣, 雕弧並挽, 只怕禍乘斯動, 晝旗忽懸高處, 問是誰家飛鞚, 料想不免弃甲曳兵, 化成春夢.)

원달이 조차 가며 ᄭᆞ지저 ᄀᆞᆯ오ᄃᆡ,

"냥초와 즙물을 다 예 두고 너희 몸만 가라."

필챵 태ᄌᆡ 대로ᄒᆞ야 마샹의셔 ᄭᆞ지저 ᄀᆞᆯ오ᄃᆡ,

"됴뎡 냥쵸ᄅᆞᆯ 엇디ᄒᆞ야 길ᄒᆞᆯ 막고 감히 겁탈ᄒᆞᄂᆞᆫ다?"

원달이 ᄀᆞᆯ오ᄃᆡ,

"냥초 즙물을 쾌히 머믈워 두고 가라 블연즉 너희 두 목숨으로 ᄒᆞ야곰 다 내 손의 죽게 ᄒᆞ리라."

필챵 태ᄌᆡ 대로ᄒᆞ야 칼ᄒᆞᆯ 두로【67】고 ᄆᆞᆯ을 ᄲᅱ워 나아오거ᄂᆞᆯ 원달이 돗긔ᄅᆞᆯ 드러 마자 서ᄅᆞ 수십 합을 ᄡᅡ호더니 원달이 손을 느리혀 마샹의셔 태ᄌᆞ의 ᄉᆞ만ᄃᆡ(獅蠻帶)[488]ᄅᆞᆯ 잡고 가ᄇᆡ야이 ᄆᆞᆯ재 잇그러 군ᄉᆞᄅᆞᆯ 블러 함거의 든ː이 가도라 ᄒᆞ고 일딘을 대살ᄒᆞ니 셔갑이 경황실식

487)【나봇기다】동 나부끼다. ¶ 颺 ‖ 포셩은 호령을 베프고 긔영을 건곤의 나봇기더라(砲聲張號令, 旗影颺乾坤.) <孫龐 5:64>

488)【獅蠻帶 사만대】shīmándài <名> ᄉᆞ만ᄃᆡ *有獅子蠻王圖案裝飾的腰帶。‖ "袁達舒過手, 抓住太子的~, 輕輕將他提過馬來, 叫軍士鎖在囚車裡, 徐甲驚慌, 只顧自己性命, 飛奔逃回." 원달이 손을 느리혀 마샹의셔 태ᄌᆞ의 ᄉᆞ만ᄃᆡᄅᆞᆯ 잡고 가ᄇᆡ야이 ᄆᆞᆯ재 잇그러 군ᄉᆞᄅᆞᆯ 블러 함거의 든ː이 가도라 ᄒᆞ고 일딘을 대살ᄒᆞ니 셔갑이 경황실식ᄒᆞ야 다만 셩명을 보젼ᄒᆞ야 ᄂᆞᄂᆞᆫᄃᆞ시 도망ᄒᆞ야 도라오니 (孫龐 5:67) "康回出馬, 頭頂爛銀盔, 身披龍鱗甲, 腰束~, 手持大杆刀, 坐下烏龍馬." 강회 ᄆᆞᆯ을 돌려 나니 머리의 난은투고ᄅᆞᆯ ᄡᅳ고 몸의 뇽닌갑을 닙고 허리의 ᄉᆞ만ᄃᆡᄅᆞᆯ ᄯᅴ고 손의 대한도ᄅᆞᆯ 잡고 오룡마ᄅᆞᆯ ᄐᆞ고 (開闢 1:77) "黃羅抹額, 紫綉羅袍, ~緊束狼腰, 豹皮裩牢拴虎體。" (金瓶 62)

(驚慌失色)ᄒᆞ야 다만 셩명을 보젼ᄒᆞ야 ᄂᆞᆫᄃᆞ시 도망ᄒᆞ야 도라오니 시(詩) 이셔 골오ᄃᆡ,

호군원도ᄉᆞ구티(犒軍遠道事驅馳)
슈위경봉즉믁ᄉᆞ(誰意驚逢卽墨師)
봉옹괘모원달지(蜂擁戈矛袁達至)
낭분교야필챵수(狼奔郊野畢昌愁.)

호군ᄒᆞ매 먼 길히 구티를 일삼으니
뉘 즉믁ᄉᆞ를 만나 놀라믈 뜻ᄒᆞ리오
봉옹ᄒᆞᆫ 괘모ᄂᆞᆫ 원달이 니ᄅᆞ고
교야의 낭분ᄒᆞ니 필챵이 근심ᄒᆞᄂᆞᆫ도다

삼군쇼파부슈구(三軍笑破俘囚口)
【68】 일쟝비분패비긔(一將飛奔敗比騎)
챠막위제셩셰원(遮莫魏齊成世怨)
총인손ᄌᆞ쟝무긔(總因孫子仗謀欺.)

삼군은 우ᄉᆞ매 부쇼의 입이 파ᄒᆞ고
일쟝은 ᄂᆞᄃᆞ시 패분ᄒᆞ긔 ᄒᆞᄂᆞᆫ도다
위와 졔 원슈 일게 말라
다 손ᄌᆞ의 모칙으로 속이믈 인ᄒᆞ미로다

니목 독고딘이 이 위국 인마를 다 죽이고 군듕의 분부ᄒᆞ야 단빅과 냥초를 다 아사 가지고 삼쟝이 병을 거두어 회군ᄒᆞ야 영의 도라와 노왕과 다뭇 손군ᄉᆞ를 뵐ᄉᆡ 원달이 이에 위태ᄌᆞ 필챵을 사ᄅᆞ잡은 함거와 ᄆᆞᄅᆞᆺ 냥초 즙믈과 산양 어쥬를 일〻히 다 바티고 그 ᄉᆞ연을 일〻히 고ᄒᆞᆫ대 손빈이 깃거 골오ᄃᆡ,

"내 사라셔 다시 너희 삼쟝으로 ᄒᆞ야곰 슈고를 시기도다."

ᄒᆞ고 단빅과 어쥬로뻐 각〻 샹(賞)ᄒᆞ니 노왕이 겨ᄐᆡ 【69】 이셔 스ᄉᆞ로 일ᄏᆞ라 골오ᄃᆡ,

"나는 다만 이에 무욕ᄒᆞᆫ 사ᄅᆞᆷ이라. 어ᄃᆡ가 뎌런 신긔묘슐(神機妙術)로뻐 냥초를 어드리오. 이런 사ᄅᆞᆷ은 진실로 셰샹의 드므다."

하더라.

손빈이 군ᄉᆞ를 분부ᄒᆞ야 필챵 태ᄌᆞ를 후영의 가도고 날노 소반(蔬飯)을 주어 먹이니 대개 저를 구ᄐᆞ야 죽이려 ᄒᆞ미 아니라 방연을 잡디 못ᄒᆞ야시니 아직 후영의 가도앗다가 방연을 잡은 후 태ᄌᆞᄂᆞᆫ 본국으로 노하 보내려 ᄒᆞ미러라.

손빈이 이에 뎐녕ᄒᆞ야 양쥬(羊酒)를 흐터 삼군을 호샹ᄒᆞ고 군ᄉᆞ를 뎐녕ᄒᆞ야 영으로 도라가니라.

셔갑이 도망ᄒᆞ야 의량으로 도라가 입됴ᄒᆞᆯᄉᆡ 위왕이 셔갑ᄃᆞ려 무러 골오ᄃᆡ,

"네 단빅 양쥬를 가져 【70】 방부마를 향하(享賀)ᄒᆞ고 와시며 태ᄌᆞ 필챵은 엇디 ᄒᆞᆫ 가지로 오디 아니ᄒᆞ얏ᄂᆞ뇨?"

셔갑이 고두 왈,

"신의 죄 만ᄉᆞ무셕이로소이다."

ᄒᆞ고 머리를 두ᄃᆞ려 죽으믈 쳥ᄒᆞᆫ대 위왕이 무러 골오ᄃᆡ,

"연고를 쾌히 닐러 딤의 ᄆᆞᄋᆞᆷ을 싀훤케 ᄒᆞ라."

셔갑이 고두ᄒᆞ고 골오ᄃᆡ,

"신이 태ᄌᆞ를 보호ᄒᆞ야 경히 힝ᄒᆞ더니 듕도의셔 졔쟝 원달과 니목 독고딘을 만나니 압길흘 막아 태ᄌᆞ를 사로잡고 호상 냥초 등 믈을 다 겁탈ᄒᆞ옵거ᄂᆞᆯ 신은 계유 도망ᄒᆞ야 도라와 유지를 쳥ᄒᆞ야 뎡탈ᄒᆞ랴 ᄒᆞᄂᆞ이다."

위왕이 이 말을 듯고 대경ᄒᆞ야 크게 ᄒᆞᆫ 소리를 디르고 혼블브톄(魂不附體)ᄒᆞ거ᄂᆞᆯ 문무 졔신이 일시의 주달 【71】 ᄒᆞ야 골오ᄃᆡ,

"이 일은 도시 방부마의 연괴로소이다. 당초의 녕병ᄒᆞ야 졔를 티랴 ᄒᆞ다가 졔는 아니 티고 졔를 향ᄒᆞ야 됴를 뼈 연을 틸ᄉᆡ 도로혀 님츼병을 니ᄅᆞ혀 졔에 납항(納降)ᄒᆞ야 졔왕ᄭᅴ 벽딘쥬를 드리고 계유 경젼을 긋쳣더니 이제 ᄯᅩ 녕병ᄒᆞ야 졔를 티랴 ᄒᆞ다가 졔란 아니 티고 졔를 향ᄒᆞ야 한을 티니 므슴 뜻인디 아디 못ᄒᆞ옵거니와 엇디 방연이 스ᄉᆞ로 화를 브ᄅᆞ미 아니리잇고?"

위왕이 이 말을 듯고 더옥 노ᄒᆞ야 셔갑ᄃᆞ려 골오ᄃᆡ,

"과인이 ᄒᆞᆫ ᄌᆞ로 칼흘 봉ᄒᆞ야 너를 맛디ᄂᆞ니 모롬즉이 방연을 주되, 제 만일 태ᄌᆞ를 구ᄒᆞ야 도라온즉 만시 다 됴흐려니와 블연즉 반ᄃᆞ시 【72】 방연이 과인을 감히 보디 못ᄒᆞᆯ 거시니 절로 ᄒᆞ야곰 스ᄉᆞ로 죽으라 ᄒᆞ고 도라와 회주ᄒᆞ라."

셔갑이 녕명ᄒᆞ야 도라가니라.

제국 병매 듀야로 비로ᄒᆞ야 비로소 한셩의 니ᄅᆞ러 방연의 영을 십 니는 두고 손빈이 뎐녕

(傳令)ᄒᆞ야 ᄉᆞ졸을 안둔ᄒᆞ고 노왕이 손빈으로 더브러 듕군당(中軍帳)의 안자 졍히 일을 의논ᄒᆞ다가 손빈이 원달을 블러 닐러 ᄀᆞᆯ오ᄃᆡ,

"네 몬져 녕병ᄒᆞ야 영의 나가 ᄡᅡ홈을 도ː되 짐ᄌᆞᆺ 거ᄌᆞᆺ 패ᄒᆞ야 이긔기ᄅᆞᆯ 브ᄃᆡ 취티 말나."

ᄒᆞ고 ᄯᅩ 슈문농과 슈문호ᄅᆞᆯ 블러 명ᄒᆞ야 ᄀᆞᆯ오ᄃᆡ,

"네 취신긔(聚神旗)ᄅᆞᆯ 가지고 영문 슈료딘(首料陣)의 졉닙(站立)ᄒᆞ얏ᄃᆞ가 원달이 패ᄒᆞ야 도라오ᄆᆞᆯ 보고 긔ᄅᆞᆯ 세 번 【73】 두론즉 내 영듕의 잇다가 부작곳 ᄒᆞ면 됴흐리라."

이쟝(二將)이 녕을 듯고 취신긔ᄅᆞᆯ 가셔 영의 나 ᄉᆞ후(伺候)ᄒᆞ니 원달이 갑듀ᄅᆞᆯ 경제ᄒᆞ야 결속ᄒᆞ고 손의 션화부(宣花斧)ᄅᆞᆯ 들고 화룡구(火龍駒)ᄅᆞᆯ ᄐᆞ고 위영의 니ᄅᆞ러 결딘ᄒᆞ고 ᄡᅡ홈을 도ː거ᄂᆞᆯ 위영 쵸매 듕군의 보ᄒᆞᆫ대 방연이 이 쇼식을 듯고 피갑샹마ᄒᆞ야 손의 옥판도(玉板刀)ᄅᆞᆯ 쥐고 ᄇᆡᆨ희타ᄅᆞᆯ 타 솔병 츌딘ᄒᆞ야 냥개 서ᄅᆞ 성명을 통ᄒᆞ고 뉴마교봉(勒馬交鋒)ᄒᆞ야 크게 삼십여 합을 ᄡᅡ호더니 원달이 ᄆᆞᆯ을 두로혀 양패주ᄒᆞ거ᄂᆞᆯ 방연이 뒤히셔 급히 쏠오니 슈문호 등이 영 압히셔 원달의 패ᄒᆞ야 오ᄆᆞᆯ 보고 취신긔ᄅᆞᆯ 년ᄒᆞ야 세 번 【74】 두로니 손빈이 영듕의셔 보고 입으로ᄂᆞᆫ 뉵갑녕문(六甲靈文)을 외오며 좌슈(左手)로ᄂᆞᆫ 칼ᄒᆞᆯ 딥고 우슈(右手)의ᄂᆞᆫ 부작을 들고 젼포ᄅᆞᆯ ᄧᅥᆯ티고 크게 소릐ᄒᆞ고 ᄃᆞᄅᆞᆯ시 경ᄀᆡᆨ간의 본영을 ᄧᅥ나 수십 니ᄂᆞᆫ 믈러가니 방연이 일힝을 거ᄂᆞ려 긔치ᄅᆞᆯ 다 블디ᄅᆞ며 제국 인마 일딘을 ᄌᆞᆺ디르고 졔영의 나아가 조두(灶頭)[489]ᄅᆞᆯ ᄌᆞ시 혜니 대되 십만 삼쳔 오ᄇᆡᆨ이라.

방연이 닐오ᄃᆡ,

"졔병이 과연 호대(浩大)ᄒᆞ도다! 조두 쉬이러ᄐᆞᆺᄒᆞ니 아디 못게라 대되 인매 언머나 잇ᄂᆞ뇨?"

ᄒᆞ고 드ᄃᆡ여 위영 인마ᄅᆞᆯ 분부ᄒᆞ야 다 졔영의 가 안둔(安屯)ᄒᆞ더니 홀연 군ᄉᆡ 보ᄒᆞᄃᆡ,

"태우 셔갑이 니ᄅᆞ럿ᄂᆞ이다."

ᄒᆞᆫ대 방연이 닐오ᄃᆡ,

"이에 쳥ᄂᆡ(請來)ᄒᆞ라."

셔갑 【75】 이 듕군의 드러가 서ᄅᆞ 볼ᄉᆡ 녜필의 방연이 무ᄅᆞᄃᆡ,

"션ᄉᆡᆼ이 엇디 오시니잇고?"

셔갑이 ᄃᆡ왈,

"방부마야 ᄒᆞᆫ 말노 다 니ᄅᆞ기 어렵도다. 젼일 날을 치뎡ᄒᆞ야 필챵 태ᄌᆞᄅᆞᆯ 보호ᄒᆞ야 양쥬딘ᄇᆡᆨ 냥초ᄅᆞᆯ 영듕의 보내여 부마ᄭᅴ 향하ᄒᆞ라 ᄒᆞ더니 블의예 듕도의셔 제장 원달을 만나니 요로(要路)의 잇다가 태ᄌᆞᄅᆞᆯ ᄉᆡᆼ금ᄒᆞ야 함거의 가도고 향하 등물을 겁탈ᄒᆞ매 나ᄂᆞᆫ 계유 셩명을 도망ᄒᆞ야 의량의 도라가 됴뎡의 주달ᄒᆞ니 쥬공이 대로ᄒᆞ샤 ᄒᆞᆫ ᄌᆞᄅᆞ 칼ᄒᆞᆯ 봉ᄒᆞ야 나ᄅᆞᆯ 맛뎌 부마ᄅᆞᆯ 주되 만일 태ᄌᆞᄅᆞᆯ 구ᄒᆞ야 환됴ᄒᆞᆫ즉 부마ᄅᆞᆯ 보려니와 블연즉 부마로 ᄒᆞ 【76】 야곰 이 칼노 ᄌᆞ진ᄒᆞ라 ᄒᆞ시더이다."

방연이 ᄀᆞ장 대경ᄒᆞ야 ᄀᆞᆯ오ᄃᆡ,

"이런 일이 어이 이시리오. 내 마촘 졔장으로 더브러 졉젼ᄒᆞ얏기로 태ᄌᆡ 듕노의셔 사ᄅᆞ잡히미 이시되 아디 못ᄒᆞ야시니 내 이제 병을 발ᄒᆞ야 태ᄌᆞᄅᆞᆯ 구ᄒᆞ리라."

ᄒᆞ고 즉시 분부ᄒᆞ야 안마ᄅᆞᆯ ᄀᆞ촐ᄉᆡ 큰 쟉도(斫刀)ᄅᆞᆯ ᄎᆞ고 병을 거ᄂᆞ려 영을 ᄧᅥ나 가니라.

---

489) 【조두灶頭】 zàotou 명 부억 ¶ 방연이 일힝을 거ᄂᆞ려 긔치ᄅᆞᆯ 다 블디ᄅᆞ며 제국 인마 일딘을 ᄌᆞᆺ디르고 졔영의 나아가 조두ᄅᆞᆯ ᄌᆞ시 혜니 대되 십만 삼쳔 오ᄇᆡᆨ이라 (龐涓待領人馬趕上, 砍倒旗竿, 把齊國人馬, 混殺一陣, 擁進齊營, 將齊營灶頭, 細數一數, 共數得十萬三千五百.) <孫龐 5:74>

第19回
방연튜계듀황보 당지착즈츌졔영
龐涓墮計誅皇甫 張才錯刺出齊營

방연(龐涓)이 피괘정졔(披掛整齊)ᄒᆞ야 녕병츌영(領兵出營)ᄒᆞ야 딘을 버리고 군ᄉᆞ로 ᄒᆞ야곰 놉히 웨여 닐오ᄃᆡ,

"위태ᄌᆞ롤 쾌히 노화 보내라."

ᄒᆞ거놀 노왕(魯王)이 졍히 영듕의 안잣더니 쵸매(哨馬) 와 보ᄒᆞ되,

"위국(魏國) 방연이 녕병ᄒᆞ야 【77】 영젼의 와 ᄉᆞ지ᄌᆞ며 태ᄌᆞ롤 노화 보내라 ᄒᆞᄂᆞ이다."

손빈(孫臏)이 오희(吳獬) 마승(馬昇)을 분부ᄒᆞ야

"너희 두 쟝쉬 병을 거ᄂᆞ려 나가 마ᄌᆞ되 이긔기롤 취티 말나."

ᄒᆞᆫ대 오희 마승이 텽녕ᄒᆞ고 즉시 결속을 졍당이 ᄒᆞ야 군ᄉᆞ롤 거ᄂᆞ려 딘의 니ᄅᆞ니 방연이 크게 ᄒᆞᆫ 소ᄅᆡ롤 웨여 ᄀᆞᆯ오ᄃᆡ,

"ᄂᆡ쟝(來將)은 뉘완ᄃᆡ 감히 오ᄂᆞ뇨?"

이쟝이 답 왈,

"아등은 졔왕(齊王) 가하신(駕下臣) 노왕 휘하 젼부션봉(前部先鋒) 오희 마승이어니와 네 ᄯᅩ 일홈을 니ᄅᆞ라."

방연이 ᄯᅩ 닐오ᄃᆡ,

"뉘 내 위국 무음군(武音君)인 줄 아디 못ᄒᆞᆯ 거시라 엇디 일홈을 니ᄅᆞ리오. 쾌히 위태ᄌᆞ(魏太子)롤 노화 보내라. 불연이면 너희 졔국 인마로 ᄒᆞ야곰 ᄒᆞ나토 ᄉᆡᆼ환(生還)티 【78】 못ᄒᆞ게 ᄒᆞ리라."

오희 닐오ᄃᆡ,

"위태ᄌᆞ롤 도라가게 ᄒᆞᆯ딘대 크게 삼합을 ᄡᅡ화 이긔면 도라보내고 못 이긔면 너조차 잡아 바티리라."

방연이 대로ᄒᆞ야 칼흘 두로며 오거놀 오희·마승이 놀흘 드러 서ᄅᆞ 마자 ᄡᅡ홀ᄉᆡ[490] 서ᄅᆞ 오십여 합의 짐즛 거즛 패ᄒᆞ야 ᄃᆞ라나거놀 방연이 뉴마(勒馬)ᄒᆞ야 급히 ᄯᅩᆯ와 졔영(齊營)의 갓가이 오거놀 슈문호(須文虎) 이쟝이 영젼의셔 보고 취신긔(聚神旗)롤 년ᄒᆞ야 세 번을 두로니 손빈이 이쟝의 긔 두ᄅᆞ롤 보고 ᄀᆞ만이 녕문을 외오며 소ᄅᆡ 디ᄅᆞ니 영이 ᄯᅩ 이십 니롤 믈러가거놀 방연이 인마롤 거ᄂᆞ리고 가 쟝슈의 긔치롤 버히며 졔병(齊兵) 일딘을 즛디ᄅᆞ고 승시(乘時)ᄒᆞ야 군마롤 【79】 졔영의 안둔ᄒᆞ고 다시 졔영 조두(灶頭)롤 ᄌᆞ시 혜니 팔만 삼쳔이라. 암희(暗喜) 왈,

"젼일 십만 삼쳔 오ᄇᆡᆨ 군뒤러니 냥딘을 이긔며 졔병을 죽이매 이만 오ᄇᆡᆨ이 업다."

ᄒᆞ고 심환의희(心歡意喜)ᄒᆞ야 영듕의 안자 다만 위태ᄌᆞ롤 구ᄒᆞ야 평ᄉᆡᆼ의 비흔 바롤 져ᄇᆞ리디 아님만 ᄉᆡᆼ각ᄒᆞ더니 쵸매 보ᄒᆞ되,

"영젼의 ᄯᅩ 졔쟝이 녕병ᄒᆞ야 ᄉᆞ지ᄌᆞ니 긔예 졔국대쟝 니목(李牧)이라 크게 여ᄉᆺ ᄌᆞ롤 뻣더이다."

방연이 녕병 샹마ᄒᆞ고 영문의 나와 몰을 둘려 딘의 님ᄒᆞᆯᄉᆡ 각ᄀᆞ 셩명을 통티 아니코 일댱을 ᄡᅡ호더니 이윽고 니목이 채롤 드리오고 거즛 패ᄒᆞ야 ᄃᆞ라나니 방연이 칼흘 두ᄅᆞ고 셰롤 타 조차 오 【80】 거놀 슈문농등이 영젼의셔 보고 취신긔롤 세 번 두ᄅᆞᆫ대 손빈이 영의셔 ᄯᅩ 튝디법(縮地法)을 ᄡᅥ 둔갑 녕문을 외오고 ᄯᅩ 이십 니롤 슈유(須臾)의 믈러가니 방연이 병을 ᄲᅧ ᄯᅩᆯ와 군ᄉᆞ의 긔치롤 버히고 졔국 병마 일딘을 즛

490) 【놂】 몡 칼날. ¶ 刀 ‖ 오희 마승이 놀흘 드러 서ᄅᆞ 마자 ᄡᅡ홀ᄉᆡ (吳獬馬昇擧刀相迎這場戰鬪.) <孫龐 5:78>

디ᄅᆞ니 이번은 이젼 두순의 비기건대 죽인 배 더옥 만흔디라. 방연이 년ᄒᆞ야 이긔ᄆᆞᆯ 엇고 ᄉᆞ졸을 ᄯᅩ 졔영의 안둔ᄒᆞᆯ시 다시 졔영 조두ᄅᆞᆯ ᄌᆞ시 혜니 계유 오만 일쳔이 잇ᄂᆞᆫ디라. 방연이 대희ᄒᆞ야 닐오ᄃᆡ,

"년ᄒᆞ야 졔병을 죽이니 이제 남은 배 삼분의 일이 잇다."

ᄒᆞ더라.

후의 보ᄂᆞᆫ 재 방연이 세 번 졔병을 죽이고 수만 조두ᄅᆞᆯ 업시ᄒᆞ미 실노 크게 이긔다 ᄒᆞᄂᆞᆫ가나【81】ᄂᆞᆫ 닐오ᄃᆡ,

"방연이 세 번 졔병을 살패ᄒᆞ되 졔병은 일즉 일인도 요동ᄒᆞ미 업ᄂᆞ미 너ᄂᆞᆫ 이 죽은 거시 므슴 사ᄅᆞᆷ만 너기ᄂᆞᆫ다."

원간 손빈이 텬셔(天書) 삼 권을 어더 팔문둔법(八門遁法)과 텬갑녕문(天甲靈文)과 디갑녕문(地甲靈文)과 뉵갑녕문(六甲靈文)을 외왓ᄂᆞᆫ디라. 플을 버혀 ᄆᆞᆯ을 ᄆᆡᆫᄃᆞᆯ고 ᄑᆞᆺ출 더뎌 군ᄉᆞᄅᆞᆯ 일우며 이술을 ᄀᆞᄅᆞ쳐 피ᄅᆞᆯ ᄆᆡᆫᄃᆞ니 방연의 졔영 죽인 거시 다 거즛 거시라. 진짓 졔병은 ᄒᆞ나토 샹ᄒᆞᆫ 거시 업ᄂᆞᆫ 줄을 엇디 알리오.

손빈이 영의 잇다가 금창(金鎗) 독고딘(獨孤陳)을 됴발ᄒᆞ고 녕명ᄒᆞ야 싸홈을 도ː되 짐즛 패ᄒᆞ야 녕명ᄒᆞ야 젼장피괘(全粧披掛)ᄒᆞ야 일지병을 거【82】ᄂᆞ리고 딘젼의 나가 고셩녀호(高聲勵呼) 왈,

"방적은 쾌히 항복ᄒᆞ라."

위영 쵸매 듕군의 보ᄒᆞ니 방연이 즉시 결속을 졍졔ᄒᆞ야 칼ᄒᆞᆯ 쥐고 녕병 츌영ᄒᆞ야 놉히 웨여 닐오ᄃᆡ,

"쾌히 위태ᄌᆞᄅᆞᆯ 내야 보내여 너희 셩명을 보젼ᄒᆞ라."

독고딘이 응티 아니코 창을 두로고 ᄃᆞ라드러 싸홀시 이십 합이 못ᄒᆞ야 독고딘이 거즛 패ᄒᆞ야 갈시 방연이 녕병ᄒᆞ야 ᄯᅩᆯ오거ᄂᆞᆯ 슈문호 이 쟝이 영젼의셔 독고딘이 패ᄒᆞ야 오믈 보고 취신긔ᄅᆞᆯ 년ᄒᆞ야 세 번 두로니 손빈이 진언(眞言)을 념동(念動)ᄒᆞ고 소리 디ᄅᆞ며 본영을 ᄇᆞ리고 ᄯᅩ 이십 니ᄅᆞᆯ 믈러가니 방연이 인마ᄅᆞᆯ 조차 졔병을 에우고 일딘을 난살(亂殺)ᄒᆞ니 젼댱의【83】셩혈(腥血)이 흐ᄅᆞ고 딘젼의 죽엄이 ᄡᅡ혓ᄂᆞᆫ디라. 방연이 심하의 크게 쾌히 너겨 ᄉᆞ졸을 졔영의 안둔ᄒᆞ고 다시 졔영 조두ᄅᆞᆯ ᄌᆞ시 혜니 나믄 쉬 계유 삼만이 잇ᄂᆞᆫ디라. 방연이 깃브ᄆᆞᆯ 이긔디 못ᄒᆞ야 닐오ᄃᆡ,

"두 번 냥딘을 주디ᄅᆞ미 업던들 졔병을 능히 당ᄒᆞᆯ 쟤 업술낫다."

손빈이 년ᄒᆞ야 여러가지 튝디법으로ᄡᅥ 방연을 속여 마릉도(馬陵道) 셩의 니ᄅᆞᆯ시 손빈이 ᄀᆞ만이 오희 마승 슈문농 슈문호 네 쟝슈ᄅᆞᆯ 블러,

"ᄀᆞ만이 각ː 일지병을 거ᄂᆞ리고 마릉의 가 길 ᄉᆞ면의 ᄆᆡ복ᄒᆞ라."

ᄒᆞ고 ᄯᅩ 귀예 다히고 ᄀᆞ만이 의논ᄒᆞᆯ시 네 쟝쉬 명령을 듯고 각ː 피괘졍당ᄒᆞ야 군ᄉᆞᄅᆞᆯ 거ᄂᆞ려 마릉【84】의 가 ᄆᆡ복ᄒᆞ니라. 이적의 방연이 심듕의 스ᄉᆞ로 혜아리되,

"비록 보ᄒᆞ야 세 번을 이긔여 졔병 칠만여 수ᄅᆞᆯ 죽여시나 일즉 태ᄌᆞᄅᆞᆯ 구티 못ᄒᆞ야시니 다만 태ᄌᆞᄅᆞᆯ 구ᄒᆞ야 됴뎡의 도라가야 내 공을 일우리라."

ᄒᆞ고 졍히 번뇌ᄒᆞᆯ 사이의 군ᄉᆡ 듕군의 보ᄒᆞᄃᆡ,

"영젼의 ᄒᆞᆫ 황의도인(黃衣道人)이 와 닐오ᄃᆡ, '부마야애 쵸현납ᄉᆞ(招賢納士) ᄒᆞ믈 듯고 특별이 와 휘하의 튜쇽ᄒᆞ믈 원ᄒᆞ노라.' ᄒᆞ더이다."

방연이 ᄀᆞᆯ오ᄃᆡ,

"임의 도인일딘대 결단코 범인이 아니리니 잘 쳥ᄒᆞ야 뫼셔 오라."

도인이 쳥ᄒᆞ믈 듯고 거러 듕군의 드러가 방연을 볼시 몸을 굽혀 녜ᄒᆞ거ᄂᆞᆯ 방연이 ᄯᅩᄒᆞᆫ 공경ᄒᆞ야 마자 ᄌᆞ시 보【85】니,

> 톄되(態度) 비범ᄒᆞ야 연미(燕尾) 슈염이오 학형(隺形) 풍신이라. 허리의 일구(一口) 보검을 빗겻고 손의 칠쳑 고궁(枯笻)을 빗기 쥐여시니 산듕 도모와 믈의 션골이 쥰일쇼삽ᄒᆞ야 딘셰인이 아니러라.

방연이 긔특이 너겨 물오ᄃᆡ,

"션싱의 존셩대명(尊姓大名)이 어드러 조차 오시ᄂᆞ니잇고?"

도인이 닐오ᄃᆡ,

"쇼도ᄂᆞᆫ 황빅양(黃伯陽) 션싱의 뎨지(弟子)니 셩은 황보(皇甫)오 명은 디(智)라 삼 권 텬서ᄅᆞᆯ 비화 능히 ᄇᆞ람을 브ᄅᆞ며 비ᄅᆞᆯ 쳥ᄒᆞ야 능히

초목으로 딘을 민돌며 사셕(砂石)으로 군ᄉᆞ롤 밍그더니 대인이 쵸현납ᄉᆞ(招賢納士)ᄒᆞ시믈 듯고 먼길흘 거리ᄭᅵ디 아냐 왓ᄂᆞ이다."

방연이 이 말을 듯고 심히 깃거 닐오ᄃᆡ,

"우리 위방이 경히 현ᄉᆞ 업더니 【86】 션싱이 임의 즐겨 돕고져 ᄒᆞ면 ᄒᆞᆫ 일이 이시니 ᄌᆞ시 혜아려 보라. 이제 위태ᄌᆞ(魏太子) 필챵(畢昌)이 졔쟝의 싱금ᄒᆞ믈 닙어 영듕의 가도앗ᄂᆞᆫ디라. 여러 번 녁구(力救)ᄒᆞ되 능티 못ᄒᆞ니 아디 못게라 션싱은 므슴 묘ᄒᆞᆫ 묘칙이 잇ᄂᆞ뇨? 위태ᄌᆞ롤 구ᄒᆞ야 됴뎡의 도라 주달ᄒᆞ면 벼술 더으믈 젹디 아니리라."

황뵈 닐오ᄃᆡ,

"쇼되 이리 오믄 경히 위태ᄌᆞ 사ᄅᆞ잡혀시매 특별이 임을 다ᄒᆞ야 서ᄅᆞ 돕고져 ᄒᆞ미로소이다."

방연 왈,

"임의 션싱의 ᄒᆞᆫ 폴 힘을 어더시니 태지 환됴티 못ᄒᆞ믈 엇디 근심ᄒᆞ리오."

ᄒᆞ고 드듸여 좌영의 머믈우니라.

손빈이 영듕의 안자 음양을 보고 뉵갑을 외오다가 노왕ᄃᆞ려 닐오ᄃᆡ,

【87】 "뎐하야 방연이 게셔 ᄒᆞᆫ 사ᄅᆞᆷ을 어드니 이에 황빅양의 뎨ᄌᆞ 황보디(皇甫智)라. ᄡᅳ기롤 잘못ᄒᆞ면 비록 아모리 ᄒᆞ야도 죡히 무셥디 아니ᄒᆞ거니와 다만 우리 셰월을 허비ᄒᆞ면 군냥도 어렵고 병긔롤 일시도 쉬디 못ᄒᆞᆯ가 ᄒᆞᄂᆞ이다."

노왕이 닐오ᄃᆡ,

"션싱아 뎨 예셔 사ᄅᆞᆷ을 ᄡᅳ매 우리 예셔 업시티 못ᄒᆞᆯ 거시니 엇디ᄒᆞ면 됴흐리오."

손빈 왈,

"신이 이제 몬져 ᄒᆞᆫ 계교롤 뎡ᄒᆞ야시니 계교대로 되면 태평 무ᄉᆞᄒᆞ려니와 계괴 만일 이긔디 못ᄒᆞ면 도로 샹젼ᄒᆞ미 이시리이다."

ᄒᆞ고 밧비 텹ᄌᆞ롤 ᄡᅥ 녕문을 외오며 공듕을 ᄇᆞ라며 소릭 디ᄅᆞ고 더디니 일딘 광풍이 니러나 그 텹ᄌᆞ롤 부처 방연의 듕군 【88】 당 속의 니롤ᄉᆡ 방연이 경히 군ᄉᆞ로 ᄒᆞ야곰 좌영의 가 황보디(皇甫智)롤 쳥ᄒᆞ야 군졍을 의논ᄒᆞ랴 ᄒᆞ더니 믄득 보니 텹지 ᄇᆞ람을 조차 몸의 ᄲᅥ러디거ᄂᆞᆯ 갓다가 ᄒᆞᆫ 번 보니 네 귀 글이라. 그 글의 ᄒᆞ야시되,

빅양지도황보디(伯陽之徒黃甫智)
슉연텬셔칭졀셰(熟演天書稱絕世)
무심닉조무음군(無心來助武音君)
졔국봉치특명ᄉᆞ(齊國奉差追命使.)

빅양의 뎨ᄌᆞ 황보디ᄂᆞᆫ
텬셔롤 닉이 외와 세샹의 그 ᄶᅡᆨ이 업다 일ᄏᆞᆺᄂᆞᆫ도다
무음군의게 와 도올 ᄆᆞ음이 업고
졔국 치뎡ᄒᆞᆫ 사신이로다

방연이 보기롤 ᄆᆞᄎᆞ매 ᄀᆞ장 대경ᄒᆞ야 ᄀᆞ만이 ᄉᆞᄉᆞ로 닐오ᄃᆡ,

"원간 이 황보디란 놈이 졔영 셰작(細作)이랏다! 샹텬야 위방을 도으샤 텹ᄌᆞ롤 ᄂᆞ리와 날을 뵈시니 만일 【89】 그러티 아니터면 우리 대ᄉᆞ 위티ᄒᆞ리랏다!"

ᄒᆞ고 경히 니롤 제 군ᄉᆡ 황보디롤 쳥ᄒᆞ야 계유 영듕의 드러올ᄉᆡ 방연이 은아(銀牙)롤 골매 노목(怒目)을 브롭더 허리의셔 쳥봉 보검(青鋒寶劍)을 ᄲᅢ혀 알퓌 가 버혀 두 동의 내니 예셔 방연이 황보디롤 죽이매 뎨셔 손빈이 볼셔 알고 쳔만 깃거 노왕ᄃᆞ려 닐오ᄃᆡ,

"뎐하야 방적이 내 계교의 ᄲᅡ디도다. 제 임의 황보디롤 ᄒᆞᆫ 칼히 참ᄒᆞ야 냥단의 내얏ᄂᆞᆫ디라. 그 사ᄅᆞᆷ을 업시ᄒᆞ야시니 다시 더신ᄒᆞ야 됴ᄒᆞᆯ 재 업술 거시니 이제야 신이 다시 므슴 근심이 이시리오."

노왕이 크게 일ᄏᆞ라 깃거ᄒᆞ더라.

방연이 황보롤 죽인 후 가쟝 당지(張才)롤 블러 갓가이 안치고 ᄀᆞ만이 골오ᄃᆡ,

"당지야 내 널로 ᄒᆞ야곰 졔 【90】 영의 보내여 셰작(細作)을 살고져 ᄒᆞᄂᆞ니 네 가히 갈가 시브냐."

당지 입의 ᄀᆞ독이 응ᄒᆞ야 닐오ᄃᆡ,

"가 군졍을 ᄌᆞ시 탐디ᄒᆞ야 슈시 응변을 잘ᄒᆞ리이다."

방연이 골오ᄃᆡ,

"ᄒᆞᆫ갓 셰작 ᄲᅮᆫ 아니라 널로 ᄒᆞ야곰 ᄌᆞ긱이 되과랴 ᄒᆞ노라."

당지 닐오ᄃᆡ,

"내 담냥이 크고 슈죡이 ᄂᆞᆯ나니[491] 힘ᄌᆞᄒᆞ

---

491) 【ᄂᆞᆯ나다】 형 날래다. ¶ 便捷 ‖ 슈족이 ᄂᆞᆯ나

긴들 므어시 어려우리잇고?"

방연이 심환의희(心歡意喜)ᄒᆞ야 당지ᄃᆞ려 닐오ᄃᆡ,

"네 임의 갈딘대 너ᄅᆞᆯ 입문결(入門訣) ᄀᆞᄅᆞ치리라. 졔 영의 가 노왕을 볼 ᄣᅢ의 너ᄅᆞᆯ 위영군신줄 알거시니 네 다만 닐오ᄃᆡ, 근ᄂᆡ의 방부매 희뇌무샹(喜怒無常)ᄒᆞ야 잠간 ᄒᆞ면 ᄉᆞ졸을 죄 줄시 경ᄒᆞ면 편달(鞭撻)이오 듕ᄒᆞᆫ즉 살육ᄒᆞ야 호령(號令)이 브졍(不正)ᄒᆞ고 샹벌이 블송ᄒᆞ매 대왕의 관홍(寬洪) 대량 이 ᄋᆡ병셕졸(愛兵惜卒)ᄒᆞ시믈 듯고 특별이 휘하의 튜속ᄒᆞ노라 ᄒᆞ면 뎨 반ᄃᆞ시 너ᄅᆞᆯ 【91】 믈워 둘 거시니 가히 나ᄅᆞᆯ ᄃᆡᄒᆞ야 용심ᄒᆞ야 손빈이 과연 이시며 업ᄉᆞᆫ 쇼식을 ᄎᆞ자 알고 듕군당 속의 가 듯보아 과연 노왕만 잇거든 네 가히 공교ᄒᆞᆫ ᄣᅢᄅᆞᆯ 타 노왕을 딜러 죽이고 도라오면 듕히 샹ᄒᆞ미 이시리라."

당지 답응ᄒᆞ야 닐오ᄃᆡ,

"쇼인이 아라시니 구틔야 분부 마ᄅᆞ쇼셔. 졔 영의 가 ᄌᆞ연이 승긔취편(乘機取便)을 잘 ᄒᆞ리이다."

방연이 닐오ᄃᆡ,

"쳔만 가히 긔관을 누셜티 못ᄒᆞᆯ 거시니 요긴히 잘ᄒᆞ라."

당지 년셩 회답ᄒᆞ야,

"아랏ᄂᆞ이다."

ᄒᆞ고 니도(利刀)ᄅᆞᆯ 씌고 방연의게 하딕고 영을 ᄯᅥ나 졔영의 니ᄅᆞ러 노왕 휘하의 튜쇽ᄒᆞ라 가니라.

이적의 손빈이 좌지영듕(坐在營中)ᄒᆞ야 ᄉᆞ매 가온대 음양을 졈복(占卜)ᄒᆞ다가 볼셔 임【92】의 방연이 당지ᄅᆞᆯ 치뎡ᄒᆞ야 셰작을 삼아 힝ᄒᆞ랴 ᄒᆞᄂᆞᆫ 일을 아랏ᄂᆞᆫ디라. 노왕ᄃᆞ려 닐오ᄃᆡ,

"뎐하야 방연 젹지 가쟝 당지ᄅᆞᆯ 보내여 셰작을 삼아 거즛 투슌(投順)ᄒᆞ라 일홈ᄒᆞ고 신의 이시며 업ᄉᆞᆫ 쇼식을 알녀ᄒᆞ니 오ᄂᆞᆫ ᄠᅳᆺ이 됴티 아니ᄒᆞ고 승편ᄒᆞ야 뎐하ᄅᆞᆯ 햐슈코져 ᄒᆞ니 브ᄃᆡ 용심ᄒᆞ야 뎌ᄅᆞᆯ 잘 방어ᄒᆞ쇼셔."

ᄒᆞ고 각영 군ᄉᆞ의게 분부ᄒᆞᄃᆡ,

"사ᄅᆞᆷ이 와 손군ᄉᆞ의 이시며 업ᄉᆞ믈 방문ᄒᆞ리 잇거든 가히 ᄃᆡ답ᄒᆞᄃᆡ '손군ᄉᆡ 죽언디 삼년이니 엇디 ᄯᅩ 이시리오.' ᄒᆞ고 뎨 다시 무로ᄃᆡ, '이제 듕군 ᄂᆡ의 위 호령을 발ᄒᆞ며 쟝슈ᄅᆞᆯ 보내여 됴병ᄒᆞᄂᆞ뇨?' ᄒᆞ거든 '다만 황ᄇᆡᆨ양 군ᄉᆡ 안희셔 됴병ᄒᆞᄂᆞ니라.' 【93】 니ᄅᆞ고 가히 손ᄧᆞᄂᆞᆫ ᄒᆞ나토 뎨긔(提起)틀 말나. 만일 ᄒᆞ나히나 녕을 좃디 아니ᄒᆞ고 손빈을 니ᄅᆞᆯ 쟤 이시면 즉시 요참(腰斬)ᄒᆞ야 모든 군ᄉᆞᄅᆞᆯ 뵈화 결단코 요ᄃᆡ티 아니리라."

ᄒᆞ니 각영 ᄉᆞ졸이 감히 엄영(嚴令)을 조차 다 손빈으로 황ᄇᆡᆨ양이라 일ᄏᆞᆺ디 아니ᄒᆞ랴 ᄒᆞ리 업더라.

ᄣᅢ 옴디 아니셔 긔패(旗牌)와 보ᄒᆞᄃᆡ,

"영문(營門) 머리예 ᄒᆞᆫ 장ᄉᆡ 이셔 닐오ᄃᆡ, '위국 방연의 가쟝이러니 방연의게 편달ᄒᆞ믈 넙어 견ᄃᆡ디 못ᄒᆞ야 이에 왓ᄂᆞ니 투젼ᄒᆞ랴 ᄒᆞ노라.' ᄒᆞ더이다."

노왕이 닐오ᄃᆡ,

"절노 ᄒᆞ야곰 드러오게 ᄒᆞ라."

당지 명을 듯고 듕군당 젼의 니ᄅᆞ러 노왕을 볼시 은근이 공슈ᄌᆡ비(拱手再拜)ᄒᆞ거ᄂᆞᆯ 노왕이 물오ᄃᆡ,

"너ᄂᆞᆫ 엇던 쟝ᄉᆡ며 【94】 어ᄃᆡ셔 왓ᄂᆞ뇨?"

당지 닐오ᄃᆡ,

"대왕아 쇼인의 일홈은 당지니 방부마 가쟝으로 조차 ᄃᆞᆫ니더니 요ᄉᆞ이 방부매 희뇌(喜怒)가 무샹ᄒᆞ고 ᄉᆞ졸을 앗기디 아니ᄒᆞ야 경ᄒᆞᆫ즉 편달의 괴로오믈 밧고 듕ᄒᆞᆫ즉 듀륙(誅戮)의 형벌을 넙으니 졔 영듕의 이셔 집역(執役)ᄒᆞ기 어려운디라. 대왕의 왕양(汪洋)ᄒᆞᆫ 도량이 병졸 앗기ᄀᆞᄅᆞᆯ ᄉᆞ랑ᄒᆞ시ᄂᆞᆫ ᄌᆞ식 ᄀᆞᆺ티 ᄒᆞ시믈 듯고 일이 휘하의 도라왓ᄂᆞ이다."

노왕 왈,

"네 임의 내게 와시니 엇디 밧들 아니리오."

ᄒᆞ고 군ᄉᆞ 황ᄇᆡᆨ양ᄃᆞ려 능히 ᄡᅥᆷ즉ᄒᆞ며 아니믈 무ᄅᆞᆫ대 황ᄇᆡᆨ양 왈,

"ᄎᆞ인이 용ᄆᆡᆼ다모(勇猛多謀)ᄒᆞ니 우리 예셔 가히 뎌ᄅᆞᆯ 젹긔 ᄡᅳ디 못ᄒᆞ리이다."

ᄒᆞᆫ대 당지 쳔환만희(千歡萬喜)ᄒᆞ야 심【95】하의 스ᄉᆞ로 닐오ᄃᆡ,

"도로혀 황ᄇᆡᆨ양으로 군ᄉᆞᄅᆞᆯ 삼아시니 ᄒᆞᆫ낫 음양도 아디 못ᄒᆞᄂᆞᆫ디라. 나ᄂᆞᆫ 본ᄃᆡ 셰작으로 승편ᄒᆞ야 힝ᄌᆞᄒᆞ랴 ᄒᆞ거ᄂᆞᆯ 도로혀 날을 용ᄆᆡᆼ다모ᄒᆞᆫ 됴ᄒᆞᆫ 사ᄅᆞᆷ이라 ᄒᆞ야 크게 ᄡᅳ려 ᄒᆞ니 저희

니 힝ᄌᆞᄒᆞ긴들 므어시 어려우리잇고 (手脚便捷, 要去行刺, 一發不難.) <孫龐 5:90>

셩명이 맛당이 뭇츠리로다."

ᄒᆞ더라.

노왕이 댱지ᄃᆞ려 닐오ᄃᆡ,

"네 뎌롤 ᄇᆞ리고 이리 오ᄂᆞᆫ 일이 일편 됴흔 ᄆᆞ옴을 엇기 어려오니 이제 아직 내 휘하의 이셔 군ᄉᆞ롤 쌀와 졍토(征討)롤 ᄒᆞᆫ 가지로 ᄒᆞ면 셩공ᄒᆞᄂᆞᆫ 날의 관직을 더으리라."

댱지 고두샤은ᄒᆞ고 듕군을 써나 즉시 각영을 돌며 손빈의 쇼식을 탐텽ᄒᆞ니 다 닐오ᄃᆡ,

"군ᄉᆞ 황빅양이 듕군댱의 이셔 됴병(調兵) 【96】 ᄒᆞ며 셜연ᄒᆞᆫ다."

ᄒᆞ고 ᄒᆞᆫ 사ᄅᆞᆷ도 다시 손빈 두 ᄌᆞ롤 거더디 아니ᄒᆞ더라.

홀ᄂᆞᆫ[492] 손빈이 심복 군ᄉᆞ롤 분부ᄒᆞ야 두 낫 초인을 ᄆᆡᆫᄃᆞ되 다 킈[493]롤 여ᄉᆞᆺ 자흔[494] ᄒᆞ게 ᄒᆞ고 플사ᄅᆞᆷ의 입속의 각ᄀᆞ 빅미(白米) ᄒᆞᆫ 우흡식 녀코 돗틔[495] 오좀개[496]예 피롤 담아 ᄀᆞᄂᆞᆫ[497] 노흘[498] 부리롤 동여 플사ᄅᆞᆷ의 인후의 ᄃᆞ라 ᄒᆞ나흔 노왕의 모양을 ᄆᆡᆫ돌고 ᄒᆞ나흔 손빈의 모양으로 ᄆᆡᆫᄃᆞ라 다 옷 닙히고 관 쓰여 면모롤 장뎜(粧點)ᄒᆞ기롤 졍당이 ᄒᆞ야 노왕의 샹은 듕군댱 속 샹면의 안치고 가온대 ᄒᆞᆫ 댱 탁ᄌᆞ롤 노코 탁ᄌᆞ 우히 ᄒᆞᆫ 권 병셔롤 펴노코 측슈(側首)의 긴 등경(燈檠)의 【97】 등을 혀고 강사(絳紗)로 집찌고 ᄇᆞ람 격 뒤히 ᄀᆞ만이 몃 낫 군ᄉᆞ롤 ᄀᆞᆷ초아 움ᄌᆞᆨ이니 활동(活動) 줄을 잡아 ᄀᆞ만이 펴며 ᄃᆡᆼ긔여 이목구비(耳目口鼻)와 ᄉᆞ지빅톄(四肢百體) 다 젼동ᄒᆞ게 ᄆᆡᆫᄃᆞ라 노왕은 머리롤 숙이며 고개롤 들고 황빅양은 잇다감 귀롤 다히며 머리롤 조아 완연이 산 사ᄅᆞᆷ 담화 ᄂᆞᄂᆞᆫ 모양 ᄀᆞᆺ톤디라. 손빈이 몸을 ᄀᆞᆷ초고 진언을 외오니 듕군 댱사 등이 혹 붉으며 혹 흐리고 안개 두로며 구름이 아득하거ᄂᆞᆯ 손빈이 노왕으로 더브러 후영의 잠간 피ᄒᆞ다.

댱지 이날 져녁의 ᄆᆞ옴이 잇ᄂᆞᆫ디라 자디 아니ᄒᆞ고 삼경은 ᄒᆞ야셔 ᄀᆞ만이 듕영으로 드러가랴 홀시 네 녁흐로 둘너 ᄇᆞ 【98】 라보니 뎡듕이 고요ᄒᆞ야 인젹이 업고 다만 ᄇᆞ라보니,

긔 긋터 안개 거더시니 일눈 돌이 호치(皓彩) 션명ᄒᆞ야시며 치각(寨脚)의 ᄂᆡ ᄉᆞ라뎌시니 삼겸[경]구[누]슈(三更漏水)의 샹션(商聲)이 뇨량ᄒᆞ고 규ᄀᆞ(糾糾)ᄒᆞᆫ 쟝군은 오히려 갑오술 닙고 칼흘 차시며 환도롤 씌여시니 엇디 감히 눈의 조오롬[499]이 이시며 졔ᄀᆞ(齊齊)ᄒᆞᆫ ᄉᆞ졸은 순풍(巡風)ᄒᆞ니 다 오히려 칼날을 가져시며 막대롤 잡아시니 엇디 몸의 곤돈(困頓)ᄒᆞ믈 도라보리오. 듕군댱 속의 등블이 불근 거술 흔들고 외영채변(外營柵邊)의 풍셩이 촌 거술 돕더라. 단신이 디나가매 만댱(萬丈) 니군(驪宮)의 드러오ᄂᆞᆫ가 의심되고 뎍영(隻影)이 화탐ᄒᆞ매 쳔층호혈(千層虎穴)의 니룸 ᄀᆞᆺ더라.

듕군댱 압히 다ᄃᆞ라 【99】 ᄌᆞ셔히 여어 보

492) 【홀ᄂᆞ】 명 «ᄒᆞᄅᆞ» 하루. ¶ 一日 ‖ 홀ᄂᆞᆫ 손빈이 심복 군ᄉᆞ롤 분부ᄒᆞ야 두 낫 초인을 ᄆᆡᆫᄃᆞ되 (一日孫臏分付心腹軍士, 扎縛兩個草人.) <孫龐 5:96> 홀니 디나매 텨원이 ᄯᅩ 왓다 ᄒᆞ거ᄂᆞᆯ (過不一日, 早報郜元上山.) <後水滸 2:44>

493 【킈】 명 키. ¶ 두 낫 초인을 ᄆᆡᆫᄃᆞ되 다 킈롤 여ᄉᆞᆺ 자흔 ᄒᆞ게 ᄒᆞ고 (紮縛兩個草人, 都有六尺長大.) <孫龐 5:96>

494) 【잫】 명 자[尺]. ¶ 尺 ‖ 두 낫 초인을 ᄆᆡᆫᄃᆞ되 다 킈롤 여ᄉᆞᆺ 자흔 ᄒᆞ게 ᄒᆞ고 (紮縛兩個草人, 都有六尺長大.) <孫龐 5:96>

495) 【돗ㅌ】 명 «돌» 돼지. ¶ 猪 ‖ 돗틔 오좀개예 피롤 담아 ᄀᆞᄂᆞᆫ 노흐로 부리롤 동여 플사ᄅᆞᆷ의 인후의 ᄃᆞ라 (用猪尿胞盛血在內, 將細繩扎住口, 縛在草人喉下.) <孫龐 5:96>

496 【오좀개】 명 오줌통. ¶ 尿胞 ‖ 돗틔 오좀개예 피롤 담아 ᄀᆞᄂᆞᆫ 노흐로 부리롤 동여 플사ᄅᆞᆷ의 인후의 ᄃᆞ라 (用猪尿胞盛血在內, 將細繩扎住口, 縛在草人喉下.) <孫龐 5:96>

497) 【ᄀᆞᄂᆞ-】 형 «ᄀᆞᄂᆞᆯ다» 가늘다. ¶ 細 ‖ 돗틔 오좀개예 피롤 담아 ᄀᆞᄂᆞᆫ 노흐로 부리롤 동여 플사ᄅᆞᆷ의 인후의 ᄃᆞ라 (用猪尿胞盛血在內, 將細繩扎住口, 縛在草人喉下.) <孫龐 5:96>

498) 【놓】 명 노. 끈. ¶ 繩 ‖ 돗틔 오좀개예 피롤 담아 ᄀᆞᄂᆞᆫ 노흘 부리롤 동여 플사ᄅᆞᆷ의 인후의 ᄃᆞ라 (用猪尿胞盛血在內, 將細繩扎住口, 縛在草人喉下.) <孫龐 5:96>

499) 【조오롬】 명 졸음. ¶ 睡 ‖ 규규ᄒᆞᆫ 쟝군은 오히려 갑오술 닙고 칼흘 차시며 환도롤 씌여시니 엇디 감히 눈의 조오롬이 이시며 (雄糾糾將軍擐甲, 猶然提着刀佩着劒, 何曾敢睡眼昏花.) <孫龐 5:98>

니 노왕이 황ᄇᆡᆨ양으로 더브러 ᄃᆡ면ᄒᆞ야 안자 담병강무(談兵講武)ᄒᆞ거ᄂᆞᆯ 당지 ᄀᆞ만이 깃거 ᄀᆞᆯ오ᄃᆡ,

"이놈들이 죽을 줄도 아디 못ᄒᆞ고 이리 밤든 ᄃᆡ ᄡᅵ야 안자 교항졉이(交項接耳)ᄒᆞ야 므ᄉᆞᆷ 말을 ᄒᆞᄂᆞᆫ고 두 사ᄅᆞᆷ의 셩명이 오ᄂᆞᆯ 밤의 맛당이 내 손의 죽으리로다."

ᄒᆞ고 ᄀᆞ만이 깃거 몃 거ᄅᆞᆷ을 나아오니 냥샹(兩廂)의 군ᄉᆡ 임의 코 고으고 ᄌᆞᆷ이 닉엇고 좌우의 근시 인역(人役)이 업거ᄂᆞᆯ 당지 품속의셔 빵봉검 빠혀 손의 잡고 댱을 들고 크게 거러 나아가 노왕의 목을 견ᄒᆞ고 ᄒᆞᆫ 칼노 디ᄅᆞ고 황ᄇᆡᆨ양을 ᄒᆞᆫ 칼노 딜러[500] 넘으티니 두 사ᄅᆞᆷ이 즉시 싸히 업디뎌 셩혈이 님니(淋漓)ᄒᆞ얏거ᄂᆞᆯ 당지 천만 번 깃【100】거 즉시 탈신ᄒᆞ야 년야ᄒᆞ야 도망ᄒᆞ야 방연디영으로 도라와 헌송ᄒᆞᆫ대 방연이 당지ᄃᆞ려 물오ᄃᆡ,

"사톄 엇더뇨?"

당지 ᄃᆡ답ᄒᆞ야 ᄀᆞᆯ오ᄃᆡ,

"부마 야ᆢ(爺爺)의 녕을 밧ᄃᆞ러 졔영의 투항ᄒᆞ니 노왕과 다못 군ᄉᆞ 황ᄇᆡᆨ양이 흔연(欣然)ᄒᆞ야 거두어 ᄡᅳ거ᄂᆞᆯ 내 각영의 들며 쇼식을 탐텽ᄒᆞ니 손빈은 실로 과연 죽엇고 듕군댱 속의셔 됴병ᄒᆞ며 군ᄉᆞᄅᆞᆯ 됴발ᄒᆞ고 녕을 베프ᄂᆞᆫ 군ᄉᆞ 황ᄇᆡᆨ양이 쥬쟝ᄒᆞᆫ 거ᄉᆞᆯ 어제밤 삼경의 내 ᄀᆞ만이 드러가 댱압히 니ᄅᆞ니 노왕과 다못 황ᄇᆡᆨ양이 ᄃᆡ면ᄒᆞ야 안자 담병셜무ᄒᆞ거ᄂᆞᆯ 내 이 두 놈을 일시예 딜러 죽이고 도망ᄒᆞ야 영의 도라왓ᄂᆞ이다."

방연이 환희【101】ᄒᆞ야 ᄀᆞᆯ오ᄃᆡ,

"두 사ᄅᆞᆷ이 과연 죽엇ᄂᆞ냐?"

당지 ᄀᆞᆯ오ᄃᆡ,

"쇼인이 엇디 감히 부마야ᆢ 안젼의셔 거ᄌᆺ 말을 ᄒᆞ리잇고? 밋디 아니ᄒᆞ시거든 이 칼히 펴 ᄆᆞ드ᄅᆞᆯ 보쇼셔."

방연이 칼ᄒᆞᆯ 보고 ᄀᆞᆯ오ᄃᆡ,

"네 일즉 가 디ᄅᆞ디 아냐다 ᄒᆞᄂᆞᆫ 줄이 아니라 그ᄅᆺ 다ᄅᆞᆫ 사ᄅᆞᆷ을 딜럿ᄂᆞᆫ가 저허ᄒᆞᄂᆞ니 이러ᄐᆺᄒᆞ면 ᄆᆞᆫ득 이 범을 그리다 개 ᄀᆞᆺ틈과 ᄀᆞᆺᄐᆞ리니 도로혀 됴티 아니ᄒᆞ리라."

당지 손을 흔드러 ᄀᆞᆯ오ᄃᆡ,

"부마 야ᆢᄂᆞᆫ 쳥컨대 방심ᄒᆞ쇼셔. 죠곰도 차착(差錯)이 업ᄂᆞ니 경긱의 반ᄃᆞ시 풍셩이 이시리이다."

방연이 ᄀᆞᆯ오ᄃᆡ,

"임의 이럿ᄐᆺᄒᆞ면 공히 너의 용심ᄒᆞᆷ을 바드미니 너ᄅᆞᆯ 금은과 양쥬ᄅᆞᆯ 샹ᄒᆞᆯ 거시니 일ᆢ히 바다【102】가라. 당지 고두샤은ᄒᆞ니 시 이셔 ᄀᆞᆯ오ᄃᆡ,

고인긔모가만텬(古人奇謀可瞞天)
영니군신ᄌᆞ안연(營裏君臣自晏然)
감쵸구방심독의(堪誚仇邦心毒矣)
환증ᄌᆞ긱계소언(還憎刺客計疎焉.)

고인의 긔특ᄒᆞᆫ 계괴 가히 하ᄂᆞᆯ을 속염즉ᄒᆞ니
영니 군신이 스ᄉᆞ로 안연ᄒᆞ얏도다
원슈의 나라히 ᄆᆞ옴이 심히 독ᄒᆞᆫ 줄을 꾸지졈즉ᄒᆞ고
ᄌᆞ긱의 계괴 섯긘 줄을 도로혀 믜여ᄒᆞᄂᆞᆫ도다

귀슈슈피금ᄌᆞ증(歸雖授彼金貲贈)
거측이ᄌᆞ쇼어뎐(去則貽玆笑語傳)
ᄒᆞᄉᆞ디댱졍의단(何事只將正誼斷)
응교쳔ᄌᆡ매방연(應教千載罵龐涓.)

도라가 비록 뎌 금ᄌᆡ 주ᄂᆞᆫ 거ᄉᆞᆯ 바드니
가면 이 쇼ᄋᆞ의 뎐ᄒᆞᄂᆞᆫ 거ᄉᆞᆯ ᄭᅵ티리로다
므ᄉᆞ 일로 다만 경의ᄅᆞᆯ 가져 ᄭᅳᆫ헛ᄂᆞᆫ고?
벅ᆢ이 텬지ᄅᆞᆯ ᄀᆞ로쳐 방연을 꾸지ᄌᆞ리로다

오라디 아냐셔 위영 쵸매 ᄂᆞᄂᆞᆫᄃᆞ시 듕군의 드러와 고ᄒᆞᄃᆡ,

"오ᄂᆞᆯ 졔영의 다만 원달(袁達)의 긔호만 세웟ᄂᆞ이다."

방【103】연이 대희ᄒᆞ야 ᄀᆞ만이 기려 ᄀᆞᆯ오ᄃᆡ,

"과연 됴흔 댱지로다. 온갖 일을 진심ᄒᆞ야 ᄒᆞ니 과연 듕히 썸즉 ᄒᆞ도다. 내 념녀ᄒᆞᄂᆞᆫ 바ᄂᆞᆫ 네 그ᄅᆺ 다ᄅᆞᆫ 사ᄅᆞᆷ을 딜럿ᄂᆞᆫ가 저허ᄒᆞ더니 과연

---

500) 【딜ᄅᆞ-】 동 «디르다» 지르다. ¶ 刺 ‖ 황ᄇᆡᆨ양을 ᄒᆞᆫ 칼노 딜러 넘으티니 (又把黃伯陽刺上一刀.) <孫龐 5:99>

뎌ᄅᆞᆯ 딜러 죽이시니 내 이제 챤챤이[501] 졔국 인마ᄅᆞᆯ 다 즛딜러 죽이고 태ᄌᆞᄅᆞᆯ 구ᄒᆞ야 됴뎡의 도라가게 ᄒᆞ미 반쟝(反掌)ᄒᆞᆷ ᄀᆞᆺ트리라."

ᄒᆞ더라.

손빈이 방연이 계교의 ᄲᅡ뎌시ᄆᆞᆯ 보고 즉시 분부ᄒᆞ야 노왕의 긔호ᄅᆞᆯ ᄀᆞᆷ초고 다만 원달의 긔호ᄅᆞᆯ 세워 졍히 뎔로 ᄒᆞ야곰 ᄭᅬ예 ᄲᅡ디게 ᄒᆞ야 월족ᄒᆞᆫ 원슈ᄅᆞᆯ 갑흐려 ᄒᆞ더라.

텬식이 임의 느ᄌᆞ매 손빈이 군ᄉᆞᄅᆞᆯ 분부ᄒᆞ야 후영의 가 쥬홍궤(朱紅櫃) 열ᄒᆞᆯ[502] 내여 오니 그 속의 든 거ᄉᆞᆫ 다【104】귀두(鬼頭)와 귀험(鬼臉)이라. 드ᄃᆡ여 모든 군ᄉᆞᄅᆞᆯ ᄂᆞᆫ화 주고 귀예 다혀 ᄀᆞ만이 닐오ᄃᆡ,

"이리〻 ᄒᆞ라."

모든 군ᄉᆡ 준녕ᄒᆞ야 낫〻치 귀험과 귀두ᄅᆞᆯ ᄡᅳ니 머리털이 븕고 ᄂᆞᆺ치 프ᄅᆞ며 머리ᄅᆞᆯ 프러 귀신의 모양을 ᄒᆞ니 녕형은 흉괴ᄒᆞ야 진짓 귀신과 다ᄅᆞ미 업ᄂᆞᆫ디라. 다 방연의 영채 젼후 님목(林木) 가온대 ᄆᆡ복ᄒᆞ얏더니 삼경 ᄣᅢ예 ᄉᆞ면의셔 비〻졀〻(悲悲切切)이 울며 입 가온대 방연을 무수히 ᄭᅮ지저 닐오ᄃᆡ,

"나라ᄒᆞᆯ 그ᄅᆞᆺ ᄆᆡᆫᄃᆞᆯ며 님군을 업슈히 너기고 인뉸을 샹해오고 텬니ᄅᆞᆯ 해멸ᄒᆞᄂᆞᆫ 간사ᄒᆞᆫ 도적아! 죄 업시 졔국의 허다ᄒᆞᆫ 셩명을 살해ᄒᆞ야시니 결단코 너ᄅᆞᆯ 죽여 우리 원슈ᄅᆞᆯ 갑흐리라."

방연이 당 속의셔 자다가【105】ᄉᆞ면의 신호귀곡(神呼鬼哭)ᄒᆞᄂᆞᆫ 소ᄅᆡᄅᆞᆯ 듯고 ᄇᆞᆯ셔 임의 ᄆᆞᄋᆞᆷ의 놀나며 담이 ᄯᅥᆯ니더니 ᄭᅮ짓ᄂᆞᆫ 소ᄅᆡᄅᆞᆯ 드ᄅᆞ매 더옥 혼이 몸의 븟디 아냐 ᄀᆞ만이 스ᄉᆞ로 ᄀᆞᆯ오ᄃᆡ,

"뎌 말마다 졔국 허다ᄒᆞᆫ 셩명을 해ᄒᆞ얏다 ᄒᆞ니 응당이 졔병의 원혼이 ᄒᆞᆺ터디〻 아냐 명을 달나 ᄒᆞ미라. 모ᄅᆞ미 뎌ᄅᆞᆯ 저허 말아야 ᄒᆞᆯ디나 이거시 귀신일딘대 날을 보면 응당이 놀라 ᄒᆞᆺ터디리라."

ᄒᆞ고 급히 군ᄉᆞᄅᆞᆯ 거ᄂᆞ려 조출ᄉᆡ 등불을 죠요히 ᄒᆞ고 칼ᄒᆞᆯ 빗기고 ᄆᆞᆯ게 올나 조차 영의 나와 소ᄅᆡᄅᆞᆯ ᄀᆞᄃᆞ마 ᄭᅮ지저 ᄀᆞᆯ오ᄃᆡ,

"너희 무리 원귀 이리 무례티 못ᄒᆞᆯ디라. 반야삼경(半夜三更)의 엇디 영 압희 와 졔곡(啼哭)ᄒᆞᄂᆞ뇨? 쾌히 흐터디면 됴뎡의 도라【106】가ᄂᆞᆫ 날 ᄒᆞᆫ 도댱을 베퍼 너희 음혼을 쵸도(超度)케 ᄒᆞ리라."

말을 ᄆᆞᆺ디 못ᄒᆞ야셔 일딘 음풍이 디나 고ᄃᆡ 수만 머리 ᄑᆞᆫ 귓거시 입은 피분 ᄀᆞᆺ고 ᄂᆞᆺᄎᆞᆫ 프ᄅᆞ며 눈은 금녕 ᄀᆞᆺ고 엄니 브ᄅᆞ도라 실노 보기의 흉악ᄒᆞᆫ디라. 다 방연의 ᄆᆞᆯ 알픠 와 어즈러이 ᄂᆞᆲᄠᅳ거ᄂᆞᆯ[503] 방연이 칼을 두ᄅᆞ며 ᄆᆞᆯ을 채 텨 바로 쏠와 마릉도(馬陵道)의 니ᄅᆞ러 ᄒᆞᆯᄒᆞᆯ ᄉᆞ이예 귀신은 다 보디 못ᄒᆞ고 ᄒᆞᆫ 길 압픠 큰 늙은 황양남기[504] 잇고 나모 우희 ᄒᆞᆫ 등자ᄂᆞᆯ 거러 죠요ᄒᆞ야 백듀(白晝) ᄀᆞᆺ고 우희 여ᄉᆞᆺ 큰 ᄌᆞᄅᆞᆯ ᄡᅧ시되, '방연이 이 나모 아래셔 죽으리라 〔龐涓死此殊下〕.' ᄒᆞ얏ᄂᆞᆫ디라. 원ᄂᆡ 이 두 글시ᄂᆞᆫ 손빈의 월족ᄒᆞᆫ 원슈ᄅᆞᆯ 갑흐랴 ᄒᆞ야 몬져 계【107】교ᄅᆞᆯ 베퍼 ᄭᅮᆯ믈[505]로 먹의 섯거 나모 우회 ᄡᅧ 두니 수년 후의 가얌이[506]와 좀이 다 파먹어 절로 된 것 ᄀᆞᆺ더라. ᄯᅩ 두 줄 글이 이시니 그 글의 ᄒᆞ야시되, '마릉길 황양남긔 졔병이 빅〻

501) 【챤챤이】 [부] 천천히. ¶ 내 념녀ᄒᆞᄂᆞᆫ 바ᄂᆞᆫ 네 그ᄅᆞᆺ 다ᄅᆞᆫ 사ᄅᆞᆷ을 딜럿ᄂᆞᆫ가 저허ᄒᆞ더니 과연 뎌ᄅᆞᆯ 딜러 죽이시니 내 이제 챤챤이 졔국 인마ᄅᆞᆯ 다 즛딜러 죽이고 패ᄌᆞᄅᆞᆯ 구ᄒᆞ야 됴뎡의 도라가게 ᄒᆞ미 반쟝ᄒᆞᆷ ᄀᆞᆺ트리라 (我所慮的恐他誤刺了人, 今日止扯袁達旗號, 魯王黃伯陽果然被他刺死了. 我如今慢慢把他人馬般盡, 救取魏太子還朝如反掌矣.) <孫龐 5:105>

502) 【엻】 [수] 열. ¶ 十 ‖ 텬식이 임의 느ᄌᆞ매 손빈이 군ᄉᆞᄅᆞᆯ 분부ᄒᆞ야 후영의 가 쥬홍 궤 열ᄒᆞᆯ 내여오니 (天色已晚齊營分付軍士, 向後營取出那十□紅油櫃來.) <孫龐 5:103>

503) 【ᄂᆞᆲᄠᅳ다】 [동] 날뛰다. ¶ 亂跑 ‖ 방연의 ᄆᆞᆯ 알픠 와 어즈러이 ᄂᆞᆲᄠᅳ거ᄂᆞᆯ (通往前面亂跑.) <孫龐 5:106> 踴躍 ‖ 븍군들이 ᄇᆡ 우희 이셔 ᄂᆞᆲᄠᅳ며 용밍을 ᄂᆡ여 창도 두르며 환도도 ᄡᅳ거ᄂᆞᆯ (北軍在船上, 踴躍施勇, 刺槍使刀.) <三國 16:15>

504) 【황양낡】 [명] 황양(黃楊)나무. ¶ 黃楊樹 ‖ 알픠 큰 늙은 황양남기 잇고 나모 우희 ᄒᆞᆫ 등잔을 거러 (只見面前老大一株黃楊樹, 樹上掛着一盞燈.) <孫龐 5:106>

505) 【ᄭᅮᆯ믈】 [명] 꿀물. ¶ 蜜水 ‖ 원ᄂᆡ 이 두 줄 글시ᄂᆞᆫ 손빈의 월족ᄒᆞᆫ 원슈ᄅᆞᆯ 갑흐랴 ᄒᆞ야 몬져 계교ᄅᆞᆯ 베퍼 ᄭᅮᆯ믈로 먹의 섯거 나모 우희 ᄡᅧ 두니 (原來通是孫臏爲要報刖足之仇, 預先設計安排下的, 當日把蜜水調墨, 寫在樹上.) <孫龐 5:107>

506) 【가얌이】 [명] 개미. ¶ 蟻 ‖ 수년 후의 가얌이와 좀이 다 파 먹어 (數年之後被螻蟻蛀空.) <孫龐 5:107>

이[507] 베퍼 텰통 ᄀᆞᆺᄐᆞ니 삼경 삼뎜의 미하(渭河) ᄀᆞ올 디날 제 졍히 방연의 죽을 고디라 〔馬陵道黃陽樹齊兵密排如鐵柱, 三更三點過渭河, 正是龐涓身死處〕' ᄒᆞ더라.

방연이 등잔 우ᄒᆡ ᄡᅳᆫ 여ᄉᆞᆺ ᄌᆞᄅᆞᆯ 볼제 ᄇᆞᆯ셔 임의 심듕의 저허ᄒᆞ더니 다시 이 두 줄 ᄡᅳᆫ 거ᄉᆞᆯ 보고 대경ᄒᆞ야 ᄀᆞᆯ오ᄃᆡ,

"이 말 ᄀᆞᆺᄐᆞᆯ딘대 내 예 니ᄅᆞ기ᄅᆞᆯ 그ᄅᆞᆺ ᄒᆞ얏도다."

ᄒᆞ고 졍히 ᄆᆞᆯ머리ᄅᆞᆯ 두로혀려 ᄒᆞ더니 ᄒᆞᆫ 소ᄅᆡ 포향(砲響)의 네 녁희 복병이 니러나 오ᄒᆡ 마승과 슈문농 슈문회 일만 궁노슈(弓弩手)ᄅᆞᆯ【108】거ᄂᆞ려 방연을 동댱(銅墻)과 텰빅[벽](鐵壁) ᄀᆞᆺ티 에우니라.

507) 【ᄇᆡᆨᄇᆡᆨ이】 㽈 빽빽이. ¶ 密 ‖ 졔병이 ᄇᆡᆨᄇᆡᆨ이 베퍼 텰통 ᄀᆞᆺᄐᆞ니 (齊兵密排如鐵柱.) <孫龐 5:107>

第20回
텬셔분시쥬마릉 셩공블슈귀운몽
踐誓分屍走馬陵 成功拂袖歸雲夢

오희 마승 슈문농 슈문회 궁노슈를 거ᄂᆞ려 방연을 에워 ᄒᆡ심(垓心)의 두고 모든 군ᄉᆡ 졍히 궁노를 발ᄒᆞ랴 ᄒᆞ거ᄂᆞᆯ 손빈이 뎐녕ᄒᆞ야 살ᄒᆞᆯ 노티 말나 ᄒᆞ고 ᄆᆞᆫ득 블러 ᄀᆞᆯ오ᄃᆡ,

"방적(龐賊)아, 네 날을 아ᄂᆞᆫ다?"

등홰 휘황(煇煌)ᄒᆞᆫ 총듕(叢中)의 방연이 머리를 드러 손빈을 보고 혼이 텬외(天外)의 ᄂᆞ라나고 온 몸이 저려 몰긔 ᄂᆞ려디거ᄂᆞᆯ 손빈이 군ᄉᆞ를 분부ᄒᆞ야 방연을 함거(檻車) 속의 가도고 손빈이 두ᄃᆞ치고 ᄭᅮ지저 ᄀᆞᆯ오ᄃᆡ,

"이 나라ᄒᆞᆯ 그ᄅᆞᆺ ᄆᆡᆫᄃᆞᆯ며 님군을 업슈히 너기고 졍을 닛고 의【109】를 져ᄇᆞ리ᄂᆞᆫ 도적놈아! 네 당년의 쥬션딘(朱仙鎭) 우희셔 하ᄂᆞᆯ을 ᄃᆡᄒᆞ야 ᄆᆡᆼ셰ᄒᆞ야 ᄀᆞᆯ오ᄃᆡ, '밤의 마릉도(馬陵道)의 ᄃᆞᆺ다가 어즈러온 살ᄒᆞᆯ 마자 죽어 칠국이 고기ᄅᆞᆯ ᄂᆞᆫ호리라.' ᄒᆞ더니 네 이제 이런 현보(現報)ᄅᆞᆯ 바다시니 네 ᄉᆡᆼ각ᄒᆞ니 연고 업시ᄂᆞᆫ 마릉도의 ᄃᆞᆺ디 아닐더라. 네 오ᄂᆞᆯ날 반야삼경의 예 오미 엇디 텬궁의 시기미 아니리오. 내 이제 너ᄅᆞᆯ 만뇌(萬弩)로 죽이디 아니ᄒᆞ고 ᄯᅩᄒᆞᆫ 여긔셔도 죽이디 아니ᄒᆞ고 위태ᄌᆞ 필챵(畢昌)을 의량 위왕의게로 ᄃᆞ라보내고 윗나라 ᄒᆞᆫ 조각 ᄶᅡᄒᆞᆯ 비러 네 죽엄을 ᄂᆞᆫ호리라."

후의 호증션ᄉᆡᆼ(胡曾先生)의 시 이셔 ᄀᆞᆯ오ᄃᆡ,

츄엽쇼〻구월텬 (墜葉瀟瀟九月天)
【110】 군[구]이독과마릉쳔(驅羸獨過馬陵川)
노방고목튱셔쳐 (路傍古木虫□處)
긔득장군파뎍년 (記得將軍破敵年.)

ᄯᅥ러디ᄂᆞᆫ 닙히 쇼〻ᄒᆞᆫ 구월 하ᄂᆞᆯ의
ᄆᆞᆯ을 모라 혼자 마릉쳔을 디나ᄂᆞᆫ도다
길ᄀᆞ 고목 튱셔ᄒᆞᆫ 곳의
쟝군의 파젹ᄒᆞᆯ ᄒᆡᄅᆞᆯ 긔록ᄒᆞ얏도다

도ᄌᆞᆷ(陶潛) «독ᄉᆞ시讀史詩»의 ᄀᆞᆯ오ᄃᆡ,

만뇌ᄉᆞᆷ나복마릉 (萬弩森羅伏馬陵)
심담손ᄌᆞ회ᄒᆡᆼ병 (深談孫子會行兵)
긔쟝듕개오셩혈 (幾將重鎧汚腥血?)
요득미구난젼형 (饒得微軀亂箭刑.)

일만 손의[508] ᄉᆞᆷ나ᄒᆞ야 마릉의 ᄆᆡ복ᄒᆞ야시니
손ᄌᆡ ᄒᆡᆼ병ᄒᆞᆯ 줄 알믈 깁히 니ᄅᆞᄂᆞᆫ도다
몃 번 갑오ᄉᆞᆯ 가져 셩혈을 더러인고?
미ᄒᆞᆫ 몸니 난젼의 죽은 줄을 알니로다

명니ᄒᆡ기동업지 (名利解開同業志)
요관탑하공ᄉᆞ심 (機關打破共師心)
영웅슈신당회의 (英雄須信當懷義)
【111】 막ᄒᆞᆨ방연ᄌᆞ운신 (莫學龐涓自殞身.)

명니ᄂᆞᆫ 동업ᄒᆞ던 ᄠᅳᆺ을 ᄒᆡ기ᄒᆞ고
긔관은 공ᄉᆞᄒᆞ던 ᄆᆞᄋᆞᆷ을 타파ᄒᆞᄂᆞᆫ도다
영웅이 모ᄅᆞ미 맛당이 의ᄅᆞᆯ 회ᄒᆞᄆᆞᆯ 미들디니
방연의 스ᄉᆞ로 몸을 ᄇᆞ리ᄆᆞᆯ ᄇᆡ호디 말라

---

508) 【손의】 [명] 쇠뇌. ¶ 弩 ‖ 일만 손의 ᄉᆞᆷ나ᄒᆞ야 마릉의 ᄆᆡ복ᄒᆞ야시니 손ᄌᆡ ᄒᆡᆼ병ᄒᆞᆯ 줄 알믈 깁히 니ᄅᆞᄂᆞᆫ도다 (萬弩森羅伏馬陵, 深談孫子會行兵.) <孫龐 5:110> ⇒ 소뇌, 손외, 쇼ᄂᆡ, 숀외

동병션ᄉᆡᆼ 시 일졀이 이셔 손빈의 일을 탄식ᄒᆞ니 ᄀᆞᆯ오ᄃᆡ,

귀곡동ᄉᆞ셕미슈 (鬼谷仝師昔未讐)
공명심승경샹우 (功名心勝竟相尤)
가유[요]츌사회인의 (假饒黜詐懷仁義)
화ᄌᆞᄌᆞᆷ슈[쇼]복ᄌᆞ우 (禍自潛消福自悠.)

귀곡을 ᄒᆞᆫ가지로 스ᄉᆡᆼᄒᆞ매[509] 네ᄂᆞᆫ 원슈 아니러니
공명을 ᄆᆞᄋᆞᆷ이 승ᄒᆞ매 ᄆᆞᄎᆞᆷ내 서ᄅᆞ 허믈ᄒᆞᄂᆞᆫ도다
만일 ᄒᆞ야곰 사ᄅᆞᆯ 츌ᄒᆞ고 인의ᄅᆞᆯ ᄀᆞᆯ희ᄒᆞ면
홰 스ᄉᆞ로 ᄌᆞᆷ쇼ᄒᆞ고 복이 스ᄉᆞ로 길니로다

손빈이 군사ᄅᆞᆯ 거두어 영의 도라와 노왕을 보고 방연을 미러 댱 압히 ᄶᅩᆯ니고 손빈이 ᄀᆞᆯ오ᄃᆡ,

"뎐하야, 이제 신이 태ᄌᆞ 필챵을 나라히 도라보내고 위 ᄡᅡᄒᆞᆯ 비러 이 젹ᄌᆞᄅᆞᆯ 죽이려 ᄒᆞᄂᆞ이다."

노왕이 이 말을 조차 군ᄉᆞᄅᆞᆯ 뎐녕ᄒᆞ야 영을 ᄲᅢ혀 마릉을 ᄯᅥ나 의량셩의 니ᄅᆞ러 셩 【112】 밧긔 영채ᄅᆞᆯ 둔찰ᄒᆞ고 손빈이 ᄒᆞᆫ 칠 ᄆᆞᆯ을 ᄐᆞ고 스ᄉᆞ로 의량셩 아래 니ᄅᆞ러 군ᄉᆞᄅᆞᆯ 분부ᄒᆞ야 웨되,

"졔국 손빈 군ᄉᆡ 마릉도 우희셔 방연을 잡아시니 본ᄃᆡ 위왕으로 더브러 원슈 업ᄂᆞᆫ디라. 태ᄌᆞ 필챵을 도라보내ᄂᆞ니 위왕을 청컨대 친히 셩 우희 와 태ᄌᆞᄅᆞᆯ ᄃᆞ려가라."

ᄒᆞᆫ대 셩샹 두 목이 급히 ᄂᆞᄃᆞ시 됴의 드러 위왕ᄭᅴ 알왼대 위왕이 마릉도의셔 방연 사ᄅᆞ잡닷 말을 듯고 놀나 혼비빅산ᄒᆞ더니 다시 태ᄌᆞᄅᆞᆯ ᄃᆞ려가라 ᄒᆞᄆᆞᆯ 듯고 다시 만면슈참(滿面羞慚)ᄒᆞ나 ᄒᆞᆯ일이 업서 다만 문무다관(文武多官)을 거ᄂᆞ리고 셩 우흐로 와 손빈을 보고 공슈ᄒᆞ야 ᄀᆞᆯ오ᄃᆡ,

"손션ᄉᆡᆼ은 인후(仁厚)ᄒᆞᆫ ᄆᆞᄋᆞᆷ을 베퍼 풍상을 ᄭᅥ리디 아 【113】 니ᄒᆞ야 고(孤)의 태ᄌᆞᄅᆞᆯ 도라보내ᄆᆞᆯ 샤례ᄒᆞ노라."

손빈이 미처 흠신티 못ᄒᆞ야 ᄀᆞᆯ오ᄃᆡ,

"신이 본ᄃᆡ 대왕으로 더브러 원슈 업고 다만 방연으로 더브러 발 버힌 원슈 잇ᄂᆞᆫ디라. 이제 방연이 마릉도 샹의셔 ᄉᆡᆼ금ᄒᆞᄆᆞᆯ 닙어시니 응당이 태ᄌᆞᄅᆞᆯ 도라보낼디라. 대왕이 가히 군ᄉᆞ로 ᄒᆞ야곰 츄천판(秋千板)을 노화 태ᄌᆞᄅᆞᆯ 잇그러 셩의 올녀 가쇼셔."

위왕이 ᄀᆞᆯ오ᄃᆡ,

"깁히 션ᄉᆡᆼ의 큰 은혜ᄅᆞᆯ 감격ᄒᆞ야 ᄒᆞ노라."

ᄒᆞ고 즉시 군ᄉᆞᄅᆞᆯ 분부ᄒᆞ야 츄천판을 ᄂᆞ리텨 태ᄌᆞᄅᆞᆯ 잇그러 셩의 올려ᄀᆞ거ᄂᆞᆯ 손빈이 ᄯᅩ 위왕을 ᄃᆞᄒᆞ야 ᄀᆞᆯ오ᄃᆡ,

"신이 ᄯᅩᄒᆞᆫ 말이 잇ᄂᆞ니 대왕은 청컨대 드ᄅᆞ쇼셔. 신이 이제 동문 ᄒᆞᆫ 조각 ᄶᅡ 【114】 ᄒᆞᆯ 비러 ᄇᆞᆰᄂᆞᆫ 아ᄎᆞᆷ의 방연을 죽이려 ᄒᆞᄂᆞ이다."

위왕이 ᄀᆞ만이 혜아려 ᄀᆞᆯ오ᄃᆡ,

"손빈이 듕후ᄒᆞ미 만터니 과연 이 말이 튱후티 아니토다. 임의 방연을 죽이려 ᄒᆞ면 어ᄃᆡ셔 못죽여 구ᄐᆞ야 내 동문을 비러 뎌ᄅᆞᆯ 죽이리오. 이ᄂᆞᆫ 분명이 날을 슈욕ᄒᆞ미로다."

ᄒᆞ고 위왕이 다믄 함호응윤(含糊應允)ᄒᆞ고 손빈을 니별ᄒᆞ고 회됴ᄒᆞ야 태ᄌᆞ로 더브러 도라와 금난뎐의 안자 근심ᄒᆞᄂᆞᆫ 눈섭을 펴디 아니ᄒᆞ고 머리 숙여 팀음ᄒᆞ다가 냥반문무ᄅᆞᆯ ᄃᆡᄒᆞ야 닐러 ᄀᆞᆯ오ᄃᆡ,

"ᄇᆞᆰᄂᆞᆫ 날 손빈의 우리 동문 밧글 비러 방연을 죽이라 ᄒᆞ니 이ᄂᆞᆫ 과연 나ᄅᆞᆯ 슈욕ᄒᆞ미라. 이ᄅᆞᆯ 엇디 쳐티ᄒᆞ리오?"

방연의 아ᄃᆞᆯ 방영(龐英) 【115】 이 나아와 알외되,

"신이 일ᄃᆡ 졍예ᄒᆞᆫ 군ᄉᆞᄅᆞᆯ 비러 동문의 나가 법쟝(法場)을 겁틱ᄒᆞ야[510] 아비ᄅᆞᆯ 구ᄒᆞ야 도라오리이다"

위왕이 ᄀᆞᆯ오ᄃᆡ,

"네 만일 부친을 구ᄒᆞ야 도라오면 위국을 ᄃᆡᄒᆞ야 빗출 도됴미라."

---

509) 【스ᄉᆡᆼᄒᆞ다】 동 스승으로 삼다. ¶ 귀곡을 ᄒᆞᆫ가지로 스ᄉᆡᆼᄒᆞ매 네ᄂᆞᆫ 원슈 아니러니 공명을 ᄆᆞᄋᆞᆷ이 승ᄒᆞ매 ᄆᆞᄎᆞᆷ내 서ᄅᆞ 허믈ᄒᆞᄂᆞᆫ도다 (鬼谷仝師昔未讐, 功名心勝竟相尤.) <孫龐 5:111> 명뎐이 됴림ᄒᆞ시고 신기쇼격이라 ᄉᆡᆼ이 비록 무샹ᄒᆞ나 셩현을 스ᄉᆡᆼᄒᆞᄂᆞ니 슈졀 녈녀ᄅᆞᆯ 감히 망녕되이 비례로 ᄉᆡᆼ각ᄒᆞ리오 <보은 6:38>

510) 【겁틱ᄒᆞ다】 동 겁칙하다. ¶ 신이 일ᄃᆡ 졍예ᄒᆞᆫ 군ᄉᆞᄅᆞᆯ 비러 동문의 나가 법쟝을 겁틱ᄒᆞ야 아비ᄅᆞᆯ 구ᄒᆞ야 도라오리이다 (臣領軍士出東門去劫法場.) <孫龐 5:115>

ᄒᆞ고 위왕이 문무ᄅᆞᆯ ᄎᆞᆺ고 됴회ᄅᆞᆯ 파ᄒᆞ다. 이튼날 오경의 방연이 결속ᄒᆞ기ᄅᆞᆯ 졍졔히 ᄒᆞ고 군ᄉᆞᄅᆞᆯ 거ᄂᆞ려 각〻 도보ᄅᆞᆯ 잡고 동심 벽녁ᄒᆞ야 동문을 크게 열고 ᄌᆞᆺ텨 나와 법쟝을 겁틱ᄒᆞ야 ᄒᆞ더니 혜아리디 아니 ᄒᆞ야셔 원달이 갈길흘 막으며 ᄭᆞ지저 ᄀᆞ로ᄃᆡ,

“죠ᄀᆞ만 도적놈은 어드러로 드ᄅᆞ려 ᄒᆞᄂᆞ뇨?”

방영이 겁내여 ᄆᆞᆯ을 채텨 도찬(逃竄)ᄒᆞ거ᄂᆞᆯ 원달이 ᄆᆞᆯ을 ᄯᅱ여 ᄒᆞᆫ 돗【116】 ᄎᆡ로 방영을 ᄶᅢ텨 ᄆᆞᆯ 알ᄑᆡ ᄂᆞ리더니 «뎜강슌點降唇» ᄉᆞ(詞)이셔 ᄀᆞ로ᄃᆡ,

감용당션 (敢勇當先)
소과원달 (素誇袁達)
일명귀텬하 (一命歸天下)
위풍대 (威風大)
도쳐인경파 (到處人驚怕.)

감용ᄒᆞ야 압흘 당ᄒᆞ니
본ᄃᆡ 원달을 쟈랑ᄒᆞᄂᆞᆫ도다
ᄒᆞᆫ 목숨이 쳔하로 도라가도다
위풍이 커
도쳐의 사ᄅᆞᆷ이 놀나ᄂᆞᆫ도다

젼쥬방영 (戰駐龐英)
취마가편 (驟馬加鞭)
긍교휴파댱 (肯敎休罷將)
이[날]거부경가 (伊捺巨斧輕加)

ᄡᅡ화 방영을 머믈워시니
ᄆᆞᆯ을 돌려 채ᄅᆞᆯ 더으니
즐겨 ᄀᆞᄅᆞ쳐 그쳐라 ᄒᆞ리오
큰 도ᄎᆡ 가ᄇᆡ야이 더어니

【117】 위군(魏軍)이 방영의 죽ᄂᆞᆫ 양을 보고 각〻 도산(逃散)ᄒᆞ거ᄂᆞᆯ 원달이 ᄒᆞᆫ 필 ᄆᆞᆯ을 돌려 셩 아래 니ᄅᆞ러 웨되,

“셩샹 두목은 듯고 ᄲᆞᆯ리 위왕긔 보ᄒᆞ라. 손군ᄉᆡ 본ᄃᆡ 예셔 방연을 죽이디 아닐 거시로ᄃᆡ 짐즛 뎌의 ᄋᆞᄌᆞ 방연을 속여 혀내여 참초뎨근(斬草除根)ᄒᆞ랴 ᄒᆞ미러니 임의 군ᄉᆞ의 계교ᄅᆞᆯ 마쳐시니 이제 모두탄(毛頭灘)의 가 뎌ᄅᆞᆯ 죽이려 ᄒᆞᄂᆞ니 관원을 보내디 말고 청컨대 너ᄒᆡ 위왕이 이ᄃᆞᆯ 스므닷쇄 날 친히 모두탄의 니ᄅᆞ러 각국 졔후로 더브러 모다 방연을 죽이려 ᄒᆞ니 만일 ᄒᆞᆫ 나라히나 니ᄅᆞ디 아니ᄒᆞ면 손군ᄉᆡ 친히 군ᄉᆞᄅᆞᆯ 거ᄂᆞ려 졍토(征討)ᄒᆞ리니 후회ᄅᆞᆯ ᄭᅥ리디 말라.”

니ᄅᆞ기ᄅᆞᆯ 파ᄒᆞ매 ᄒᆞᆫ【118】 소ᄅᆡ 포향의 원달이 군ᄉᆞᄅᆞᆯ 거ᄂᆞ려 가거ᄂᆞᆯ 셩샹 두목이 위왕ᄃᆞ려 방영 죽은 일과 원달의 니ᄅᆞ던 말을 일〻히 고ᄒᆞᆫ대 위왕이 이 말을 듯고 번뇌ᄒᆞ믈 이긔디 못ᄒᆞ야 만이 ᄉᆡᆼ각ᄒᆞ야 ᄀᆞ로ᄃᆡ.

“내 만일 가디 아니ᄒᆞ면 손빈이 ᄯᅩᄒᆞᆫ ᄒᆞᆫᄒᆞᄂᆞᆫ ᄆᆞ옴을 둘 거시오. 내 만일 가면 방연이 ᄯᅩᄒᆞᆫ 나의 부매니 지친의 졍분이라. 쟝ᄎᆞᆺ 어ᄂᆞ 면목으로 각국 졔후ᄅᆞᆯ 보리오.”

팀음ᄒᆞ기ᄅᆞᆯ 반향을 ᄒᆞ다가 믄득 쥬희(朱亥)ᄃᆞ려 닐러 ᄀᆞ로ᄃᆡ,

“경이 가히 과인을 ᄃᆡ신ᄒᆞ야 모두탄의 니ᄅᆞ러 방부마 죽일 양을 보고 각국졔후의게 다 ᄆᆡ복ᄒᆞ되 과인이 병드러 시러곰 잔치예 참예치 못ᄒᆞ니 다【119】 ᄅᆞᆫ날 관원을 보내여 사례ᄒᆞ리라 ᄒᆞ라.”

쥬희 녕지ᄒᆞ야 몃 낫 근슈(跟隨)ᄒᆞᄂᆞᆫ 군ᄉᆞᄅᆞᆯ 거ᄂᆞ리고 바로 모두탄(毛斗灘)으로 가다.

손빈이 엿 당 격문을 ᄡᅧ 셩야(星夜)로 뉵원(六員) ᄉᆞ신으로 ᄒᆞ여곰 진·초·연·한·됴·위 여ᄉᆞᆺ 나라ᄒᆡ 가 뉵국 왕후ᄅᆞᆯ 청ᄒᆞ야 본 월 스므닷쇈 날 모두탄의 니ᄅᆞ러 안동(眼同)ᄒᆞ야 방연 죽이믈 보라 ᄒᆞ니 격문의 ᄀᆞ로ᄃᆡ,

대개 드ᄅᆞ니 군부(君父)ᄅᆞᆯ 긔능(欺凌)ᄒᆞᄂᆞᆫ 쟈ᄂᆞᆫ 법이 반ᄃᆞ시 그 결례[511]ᄅᆞᆯ 적(赤)ᄒᆞ고 그 몸을 죽이며 시비ᄅᆞᆯ 쥬당(譸張)ᄒᆞᄂᆞᆫ 쟈ᄂᆞᆫ 형벌이 반ᄃᆞ시 그 니ᄅᆞᆯ 브ᄅᆞ치고 그 혀로 밧갈디라. 그로 황〻(煌煌)ᄒᆞᆫ 뎐측(典則)이 오래 텬됴(天朝)의 나타나시니 탕탕(蕩蕩)ᄒᆞᆫ 건곤의 엇디 가히 쇼〻(宵小)ᄅᆞᆯ 용납ᄒᆞ리오. 손

511) 【결례】 명 겨레. 족당(族黨). 친척(親戚). ¶ 族 ‖ 대개 드ᄅᆞ니 군부ᄅᆞᆯ 긔능ᄒᆞᄂᆞᆫ 쟈ᄂᆞᆫ 법이 반ᄃᆞ시 그 결례ᄅᆞᆯ 적ᄒᆞ고 그 몸을 죽이며 (蓋聞欺凌君父者, 法必赤其族而僇其身.) <孫龐 5:119> ⇒ 겨레, 겨릐, 결네, 결릐, 결에

【120】 빈이 뉵왕의 공경ᄒᆞ야 밧들믈 힘 닙어 호댱(虎帳) 가온대셔 담병(談兵)ᄒᆞ믈 엇고 ᄉᆞ히(四海)예 정셩을 미뢰믈 쟈뢰(資賴)ᄒᆞ야 뇽검(龍劍) 아래 졔잔(除殘)ᄒᆞ믈 ᄇᆞ라ᄂᆞᆫ디라. 그윽이 오ᄂᆞᆯ 발호(跋扈)ᄅᆞᆯ ᄉᆡᆼ각ᄒᆞ니 뉘 그 명완(冥頑)ᄒᆞ믈 씌 ᄃᆞᆺ디 못ᄒᆞ며 인ᄒᆞ야 이ᄣᅢ 완민(頑民)을 ᄉᆡᆼ각ᄒᆞ니 뉘 그 강퍅(剛愎)ᄒᆞ믈 아디 못ᄒᆞ리오마ᄂᆞᆫ 다 위의 방연 ᄀᆞᆺᄐᆞᆫ 쟈ᄂᆞᆫ 잇디 아닌디라 ᄆᆞᄋᆞᆷ의 여의 간교(奸巧)ᄒᆞ믈 품엇고 셩이 일희 탐ᄒᆞ믈 심거시니 연념멸티(捐廉蔑恥)ᄒᆞᄂᆞᆫ 거동은 귀인을 보내 반ᄃᆞ시 짓고 망은비의(忘恩背義)ᄒᆞᄂᆞᆫ ᄆᆞᄋᆞᆷ은 국ᄉᆞ(國事)ᄅᆞᆯ 비러 ᄌᆞ로 홍ᄒᆞᄂᆞᆫ도다. 법을 희롱ᄒᆞ고 구의[512]ᄅᆞᆯ 누기며 아래 되야 우희 더으【121】라 ᄒᆞ니 ᄇᆡᆨ셩을 슈화(水火)의 구ᄒᆞᆯ 술이 잇디 아닌디라. 엇디 녈국의 도라 ᄉᆞ직의 긔권(機權)을 잡으믈 ᄉᆡᆼ각ᄒᆞ며 님군을 요순(堯舜)의 니ᄅᆞᆯ ᄆᆞᄋᆞᆷ이 ᄀᆞᆺ디 거ᄂᆞᆯ 이에 졔후ᄅᆞᆯ 속여 군민의 셩명을 ᄭᅳᆫ코져 ᄒᆞᄂᆞᆫ도다. 뎨 임의 그 험괴(險怪)ᄅᆞᆯ 본ᄃᆡ 두어시니 이 엇디 그 ᄌᆞ간(雌奸)을 용샤ᄒᆞ리오. 진실로 맛당이 그 뎐형(典刑)을 바르게 ᄒᆞ야 ᄡᅥ 귀신의 진노ᄒᆞ믈 셜ᄒᆞ고 그 신슈(身首)ᄅᆞᆯ ᄂᆞᆫ화 ᄡᅥ 텬디의 대위(大威)ᄅᆞᆯ 버렴즉ᄒᆞᆫ디라. 삼가 본월 십오일을 ᄀᆞᆯ히여[513] 즁개(衆駕) 모두탄의 모드믈 기ᄃᆞ려 ᄂᆞᆯ히[514] 방연의 목이 더으믈 보과라 청ᄒᆞᄂᆞ니 손빈 ᄒᆞᆫ 사ᄅᆞᆷ의 희뇌(喜怒)의 관샤ᄒᆞ미 【122】 아니라 실로 오쥬(吾主) 각국의 우근(憂勤)ᄒᆞ믈 미뤼므로 믈미암ᄂᆞᆫ디라. 힝혀 규환(糾桓)ᄒᆞ믈 명ᄒᆞ야 뉵ᄉᆞ(六師)ᄅᆞᆯ 경졔(整齊)ᄒᆞ야 호죵(護從)ᄒᆞ며 안연(安讌)을 탐ᄒᆞ야 쾌거(快擧)ᄅᆞᆯ ᄇᆞᆰ고 보디 아니티 마ᄅᆞᆯ디니 ᄒᆞ믈며 해ᄅᆞᆯ 기티미 무궁ᄒᆞ니 깁히 인〻의 은통(隱痛)ᄒᆞ미 되고 얼(孽)을 지으미 쇽(贖)ᄒᆞ기 어려우니 엇디 셩셰(聖世)의 샹형(上刑)을 도망ᄒᆞ리오. 고로 우긔(羽騎)ᄅᆞᆯ 보내여 ᄡᅥ 셩뎐(星傳)ᄒᆞ니 모로미 운ᄉᆡ(雲師) 우집(雨集)ᄒᆞ믈 ᄇᆞ리로다. 안자셔 무덕(懋績)을 일우니 기리 역명(逆萌)을 ᄶᅵᄅᆞ친디라. 대쥬현왕(大周顯王) 삼십이 년 츄구월 십유이 일의 남평군왕병마대원슈(南平郡王兵馬大元帥) 손빈은 삼가 격(檄)ᄒᆞ노라."

ᄒᆞ얏더라.

【123】 수문뇽이 ᄒᆞᆫ 필 ᄆᆞᆯ노 바로 본국의 도라와 졔왕ᄭᅴ 됴현ᄒᆞ니 이ᄣᅢ의 졔 위왕이 죽고 태ᄌᆞ 션왕(仙王)이 위예 니엇ᄂᆞᆫ디라. 슈문뇽이 알외와 ᄀᆞᆯ오ᄃᆡ,

"쥬공아, 손군ᄉᆡ 마릉도샹의셔 바연을 사ᄅᆞ잡아 이제 모두탄의 니ᄅᆞ러 이ᄃᆞᆯ 스므닷쇈 날 각국 졔후ᄅᆞᆯ 보아 안동ᄒᆞ야 방연을 죽이랴 ᄒᆞᆯ시 신을 보내여 어가ᄅᆞᆯ 영졉ᄒᆞ라 ᄒᆞ더라."

졔왕이 깃거 ᄀᆞᆯ오ᄃᆡ,

"이 도적을 더러시니 우리 션왕ᄌᆡ텬지령을 위로ᄒᆞᆯ 분 아니라 각국 왕후의 년〻 심혼을 ᄡᅵ ᄉᆞ리로다."

즉시 뎐지ᄒᆞ야 ᄇᆞᆰᄂᆞᆫ 날 난가ᄅᆞᆯ 쥰비ᄒᆞ야 과인이 친히 모두탄의 가리라. ᄒᆞ고 이튼날 졔 셔왕이 년의 오ᄅᆞ니 젼편 반과 젼후 반과 좌집 반과 우집 반과 이십 【124】 ᄉᆞ십ᄉᆞ 반ᄃᆡ 두지휘와 삼십뉵원 보가텬의 옹주ᄒᆞ야 구름 ᄀᆞᆺᄐᆞ니 두어 날이 못ᄒᆞ야 션왕 어개 모두탄의 니ᄅᆞ니 노왕 뎐긔 손빈으로 더브러 즁쟝을 거ᄂᆞ려 칠층 위ᄅᆞᆯ 버리고 멀니 와 영졉ᄒᆞ야 마자 듕군당의 드러가 좌ᄅᆞᆯ 뎡ᄒᆞ매 손빈이 즁쟝을 거ᄂᆞ려 됴비ᄒᆞ기ᄅᆞᆯ ᄆᆞᆺ거ᄂᆞᆯ 졔왕이 손빈을 ᄃᆡᄒᆞ야 ᄀᆞᆯ오ᄃᆡ,

"과인이 이젼의 텹보ᄅᆞᆯ 드ᄅᆞ매 흔힝ᄒᆞ믈 이긔디 못ᄒᆞᄂᆞ니 션ᄉᆡᆼ이 옥을 춤고 븟그러오믈 견ᄃᆡ여 능히 오ᄂᆞᆯ날 일을 일우도다."

손빈이 ᄀᆞᆯ오ᄃᆡ,

"신이 션왕(宣王)의 텬부디ᄌᆡ(天覆地載)ᄒᆞ신 덕과 쥬공의 셩덕홍은(盛德弘仁)을 힘닙어 역적이 사로잡히고 큰 원슈ᄅᆞᆯ 시러곰 갑흐니 신이 시러곰 명심누골(銘心鏤骨) 【125】 ᄒᆞ야 션왕과 쥬공의 대덕을 닛디 못ᄒᆞᆯ소이다."

션왕이 ᄀᆞᆯ오ᄃᆡ,

"이ᄂᆞᆫ 하ᄂᆞᆯ이 ᄡᅥ[515] 션ᄉᆡᆼ을 져ᄇᆞ리디 아니

512) 【구의】 명 관청(官廳). 관가(官家). ¶ 公 ‖ 법을 희롱ᄒᆞ고 구의ᄅᆞᆯ 누기며 아래 되야 우희 더으라 ᄒᆞ니 <孫龐 5:120>

513) 【ᄀᆞᆯ히다】 동 가리다. 선택(選擇)하다. ¶ 擇 ‖ 본월 십오일을 ᄀᆞᆯ히여 즁개 모두탄의 모드믈 기ᄃᆞ려 (謹擇本月二十五日, 候會衆駕于毛頭之灘.) <孫龐 5:121> ⇒ ᄀᆞᆯ희다, ᄀᆞᆯᄒᆞ다

514) 【ᄂᆞᆶ】 명 칼. 칼날. ¶ 刃 ‖ ᄂᆞᆯ히 방연의 목이 더으믈 보과라 청ᄒᆞᄂᆞ니 (請看加刃于龐涓之頸.) <孫龐 5:121>

ᄒᆞ신 배라 과인이 므ᄉᆞᆷ 덕이 이시리오. 방적은 이제 어ᄃᆡ 잇ᄂᆞ뇨?"

손빈이 ᄀᆞᆯ오ᄃᆡ,

"슈거(囚車)의 좀가 틱지ᄅᆞᆯ 기ᄃᆞ려 쳐티ᄒᆞ랴 ᄒᆞᄂᆞ이다."

션왕이 ᄀᆞᆯ오ᄃᆡ,

"방연이 므ᄉᆞᆷ 형상이완ᄃᆡ 이럿ᄐᆞ시 심샹[셩](心性)이 험괴(險怪)ᄒᆞ뇨? 과인이 동궁의 이실 ᄯᅢ의 일죽 션ᄉᆡᆼ의 말을 드러시나 일 쳔 번 드ᄅᆞ미 ᄒᆞᆫ 번 봄만 ᄀᆞᆺ디 못ᄒᆞ다 ᄒᆞ니 슈거재 내압흐로 가져오라. 과인이 ᄒᆞᆫ 번 보리라."

손빈이 군ᄉᆞ로 ᄒᆞ야곰 방연 가돈 술위ᄅᆞᆯ 미러 가젼의 니ᄅᆞ니 션왕이 보고 ᄭᅮ지저 ᄀᆞᆯ오ᄃᆡ,

"이 역텬 강[간]적(奸賊)아! 졔국이 위국으로 더브러 므【126】ᄉᆞᆷ 원쉬 잇관ᄃᆡ ᄯᅢ 업시 군ᄉᆞᄅᆞᆯ 니ᄅᆞ혀 졍벌ᄒᆞ기ᄅᆞᆯ 일삼고 모든 나라ᄒᆞᆯ 협졔ᄒᆞ야 텬ᄒᆞᄅᆞᆯ 병ᄐᆞᆫ(倂呑)ᄒᆞ고져 ᄒᆞ더니 오ᄂᆞᆯ날 대디(大地) ᄉᆞᄉᆡ(私事) 업ᄉᆞ시고 황텬(皇天)이 갑흐미 겨샤 역당을 돕디 아냐 사ᄅᆞ잡히믈 닙어시니 네 므ᄉᆞᆷ 말을 ᄒᆞ리오."

ᄒᆞ고 뎐지ᄒᆞ야 ᄃᆞᆫ〻이 가도아 후영(後營)의 두엇다가 각 방 졔휘 다 ᄆᆞᆺ기ᄅᆞᆯ 기ᄃᆞ려 ᄒᆞᆫ 가지로 졍죄(正罪)ᄒᆞ리라 ᄒᆞ고 다시 어쥬(御廚)의 분부ᄒᆞ야 연셕을 쥰비ᄒᆞ야 각국 졔후ᄅᆞᆯ ᄃᆡ졉ᄒᆞ게 ᄒᆞ다.

연·초·진·한·오국 졔휘 각〻 긔약대로 모드되 오직 위왕이 오디 아니ᄒᆞ니 오국 졔휘 션왕으로 더브러 서ᄅᆞ 보ᄂᆞᆫ 녜ᄅᆞᆯ ᄆᆞᄎᆞ매 드ᄃᆡ여 졔로ᄡᅥ 샹방(上邦)을 삼아 션왕을 ᄉᆞ양ᄒᆞ【127】야 슈셕(首席)의 안치고 각국 졔휘 좌ᄅᆞᆯ 뎡ᄒᆞ고 잔치ᄅᆞᆯ 비셜ᄒᆞ야 술이 두어 슌 디나매 손빈이 군ᄉᆞᄅᆞᆯ 분부ᄒᆞ야,

"방연 역적을 잡아오라!"

모든 군ᄉᆡ 방연의 슈거ᄅᆞᆯ 미러 모든 졔후의 면젼의 니ᄅᆞ니 손빈이 ᄀᆞᆯ오ᄃᆡ,

"오ᄂᆞᆯ날 녈국 졔휘 우희 겨시니 손빈의 ᄒᆞᆫ 말을 드ᄅᆞ쇼셔. 손빈이 블인블의(不仁不義)ᄒᆞ미 아니라 당년 운몽산(雲夢山)의 갈 ᄯᅢ의 길히셔 우연이 서ᄅᆞ 만나 절로 더브러 쥬션딘 우히셔 의ᄅᆞᆯ ᄆᆡ자 ᄒᆞᆫ가지로 귀곡션ᄉᆞ의게 더 져ᄌᆡᄅᆞᆯ ᄇᆡ환디 삼년의 글이 이시면 ᄒᆞᆫ가지로 닑기 ᄌᆡ조 이시면 ᄒᆞᆫ가지로 ᄇᆡ호쟈 언약ᄒᆞ얏ᄂᆞᆫ디라. 신이 튝일ᄒᆞ야 닑ᄂᆞᆫ 글을 절로 ᄒᆞ야곰 닑게 ᄒᆞ【128】되 뎌의 닑ᄂᆞᆫ 글은 ᄒᆞᆫ ᄌᆞ도 신으로 ᄒᆞ야곰 보디 못ᄒᆞ게 ᄒᆞ니 이ᄂᆞᆫ 도로혀 관겨티 아니ᄒᆞ거니와 신이 도적으로 더브러 므ᄉᆞᆷ 원쉬 잇관ᄃᆡ 몬져 ᄲᅬ히 ᄂᆞ려와 위방의 벼술ᄒᆞ야 일시 영춍(榮寵)을 미더 대언비(大言碑)ᄅᆞᆯ 셰워 녈국을 묘시(藐視)ᄒᆞ니 왕위(王敖) 도치ᄅᆞᆯ ᄉᆞ매의 녀허 비〔牌〕ᄅᆞᆯ ᄭᆡ티고 신의 ᄒᆞᆨ업이 져기 낫다 니ᄅᆞ니 뎨 믄득 위왕을 속여 세 번 셔갑을 보내여 신을 속여 ᄲᅬ히 ᄂᆞ려 오니 딘 결우기ᄅᆞᆯ 인ᄒᆞ야 원슈ᄅᆞᆯ ᄆᆡ자 드ᄃᆡ여 교지(矯旨)ᄒᆞ야 신으로 ᄒᆞ야곰 화ᄌᆡᄅᆞᆯ 막으라 ᄒᆞ고 도로혀 모반ᄒᆞᆫ다 달아 운양시(雲陽市)의 가 신을 죽이려 ᄒᆞ다가 신의 텬셔ᄅᆞᆯ 엇고져 ᄒᆞ야 위왕ᄭᅴ 속여 알외야 죽이기ᄅᆞᆯ 면ᄒᆞ고 신【129】의 ᄲᅡᆼ죡을 버혀 쳔일망나(千日網羅)의 ᄌᆡ앙을 밧게 ᄒᆞ니 그 가온대 쳔만 가지나 ᄒᆞᆫ 극악은 다 혜기 어려운디라. 신이 뎌 도적으로 더브러 본ᄃᆡ 듀륙(誅戮)ᄒᆞᆯ 원슈 업고 다만 발 버힌 원쉬 잇시니 오ᄂᆞᆯ날 다만 뎌 도적의 두 발을 버혀야 ᄇᆡ야흐로 신의 일ᄉᆡᆼ 깁흔 ᄒᆞᆫ을 ᄡᅵ사리니 모든 대왕은 혜아리쇼셔."

말이 ᄆᆞᄎᆞ매 두 눈믈이 비오ᄃᆞᆺ ᄒᆞᄂᆞᆫ디라. 모든 왕이 다 각〻 참연(慘然)ᄒᆞ야 일시의 소ᄅᆡ ᄒᆞ야 ᄀᆞᆯ오ᄃᆡ,

"션ᄉᆡᆼ의 쳐티ᄒᆞ미 극당(極當)ᄒᆞᆫ디라. 고등(孤等)이 삼가 명을 바드리이다."

손빈이 군ᄉᆞᄅᆞᆯ 분부ᄒᆞ야 구리 협도〔銅閘〕ᄅᆞᆯ 가져 오라 ᄒᆞ고 방연을 슈거 속으로셔 잡아내야 ᄒᆞᆫᄀᆞᆯᄀᆞᆺ치 당년 운양시(雲陽市)의셔 ᄒᆞ【130】던 형상ᄀᆞᆺ티 ᄒᆞ야 동여ᄆᆡ기ᄅᆞᆯ ᄆᆞᄎᆞ매 방연의 열 발가락을 협도 가온대 녀코 우소〻 ᄒᆞᆫ 소ᄅᆡ예 열 낫 발가락이 즉시 ᄶᅡ히 ᄯᅥ러디고 ᄉᆡᆼ혈이 ᄉᆡᆷ 솟ᄃᆞᆺᄒᆞ니 방연이 긔졀ᄒᆞ얀디 두어 시나 ᄒᆞᆫ 후 계유 ᄭᆡ거ᄂᆞᆯ 손빈이 ᄀᆞᆯ오ᄃᆡ,

"방적아, 오ᄂᆞᆯ날 네 말 버힌 아ᄑᆞ미 심ᄒᆞᆫ 줄 아라ᄂᆞᆫ다? 당초의 내 발 버힐 적의 나도 이와 ᄀᆞᆺ티 알ᄑᆞ더라. 텬니쇼연(天理昭然)ᄒᆞ야 보복ᄒᆞᄂᆞ니 이러ᄐᆞ시 ᄇᆞᆰ은 줄 알니오."

말이 ᄆᆞᄎᆞ매 노왕 뎐긔 내ᄃᆞ라 ᄀᆞᆯ오ᄃᆡ,

"내 원슈 갑ᄂᆞᆫ 양을 보라. 방적아, 네 당초

---

515) 【ᄡᅥ】 [부] 써. 하여. ¶ 以‖ 이ᄂᆞᆫ 하ᄂᆞᆯ이 ᄡᅥ 션ᄉᆡᆼ을 져ᄇᆞ리디 아니ᄒᆞ신 배라 (此天所以不負先生也.) <孫龐 5:125>

의 내 ᄂᆞᆺ치 홍분(紅粉)을 ᄇᆞ르고 슈염을 버히고 세 ᄲᅢᆯ 나게 머리 빗기고 두 층의 옷 닙혀 날로 ᄒᆞ야곰 욕을 품고 붓그【131】러오몰 먹음어 나라히 도라왓더니 텬망(天網)이 회:(恢恢)ᄒᆞ야 보응이 심히 ᄲᆞᄅᆞᆫ 줄 알니오. 네 일향 강ᄒᆞᆫ 톄 ᄒᆞ더니 오ᄂᆞᆯ날 어ᄃᆡ 가뇨? 오날 모든 왕후의 면젼의셔 너ᄅᆞᆯ ᄒᆞᆫ ᄎᆞ례 슈욕ᄒᆞᆯ이라.”

ᄒᆞ고 즉시 군ᄉᆞ로 ᄒᆞ야곰 방연을 잡아 ᄂᆞᆺ치 홍분을 ᄇᆞᄅᆞ고 슈염을 버히고 세 ᄲᅢᆯ 나게 머리 빗기고 두 층의 옷 닙혀 슈욕(羞辱)ᄒᆞ기ᄅᆞᆯ ᄆᆞᄎᆞ매 한쇼왕(韓昭王)이 ᄯᅩ 나아와 닐오ᄃᆡ,

“방적아, 위양공쥬(魏陽公主)ᄂᆞᆫ 과인의 경궁황휘(正宮皇后)라. 널로 더브러 므ᄉᆞᆷ 원쉬 잇관ᄃᆡ 위왕 면젼의셔 교언화어(巧言花語)로 속여 할아516) 낭:으로 ᄒᆞ야곰 울긔(鬱氣)ᄒᆞ야 나라히 도라와 즉시 죽으니 이 다 간적으로 인연ᄒᆞ야 명을 일흐미라. 내【132】이제 이 원슈ᄅᆞᆯ 갑흐리라.”

ᄒᆞ고 모든 군ᄉᆞ로 ᄒᆞ야곰 갈공쇠517)로 방연의 혀ᄅᆞᆯ 딕어내여 ᄒᆞᆫ 굿틀 버히니 쇼왕이 원슈 갑기ᄅᆞᆯ ᄆᆞᄎᆞ매 됴국 념패(廉頗) 방연을 ᄀᆞᄅᆞ쳐 ᄭᅮ지저 ᄀᆞᆯ오ᄃᆡ,

“방연아, 내 아희 념강(廉剛)이 ᄇᆡᆨ녕관(百翎關)을 딕희엿거ᄂᆞᆯ 네 강ᄒᆞ몰 밋고 관을 비러 군ᄉᆞᄅᆞᆯ 힝ᄒᆞ고져 ᄒᆞ거ᄂᆞᆯ 내 아희 ᄒᆞᆫ ᄎᆞ례 길흘 빌니: 네게 ᄶᅩᆨᄒᆞᆫ디라. 네게 므ᄉᆞᆷ 원쉬 잇관ᄃᆡ 두번재 ᄯᅩ 와 내 아희 허리ᄅᆞᆯ 버히니 오ᄂᆞᆯ 원슈 갑흘 ᄯᅢ 어이 이실 줄 알니오.”

ᄒᆞ고 ᄒᆞᆫ 손으로 방연의 몸을 잡고 ᄒᆞᆫ 손으로 쳥봉보검(靑鋒寶劒)을 ᄲᅡ혀 힘긋 ᄒᆞᆫ 번 티니 방연의 허리 두 동의 난디라. 방연이 임의 죽으매 칠국이 죽엄을 논ᄒᆞᆯ【133】시 방연을 버혀 닐곱 덩이ᄅᆞᆯ ᄆᆡᆫᄃᆞ라 졔ᄂᆞᆫ 샹방이라 머리ᄅᆞᆯ 가져가고 진은 왼ᄑᆞᆯ흘518) 가지고 쵸ᄂᆞᆫ 올ᄒᆞᆫᄑᆞᆯ을 가지고 ᄒᆞᆫ은 올ᄒᆞᆫ 다리ᄅᆞᆯ 가지고 됴ᄂᆞᆫ 왼 다리ᄅᆞᆯ 가지고 허리 두 동의 낸 거ᄉᆞᆫ 연이 ᄒᆞ나흘 가지고 위 ᄒᆞ나흘 가지니 논호기ᄅᆞᆯ ᄆᆞᄎᆞ매 각국이 방연의 죽엄을 가져 도라가 국문 밧긔 ᄃᆞ라 호령ᄒᆞ야 가마괴 무러 너흘며519) 새 딕조오며520) 비 브ᄃᆡ이ᄌᆞ며521) 날이 ᄆᆞᆯ뇌이기ᄅᆞᆯ522) 임의로 ᄒᆞ게 ᄒᆞ랴 ᄒᆞ더라.

위왕은 좌의 잇디 아니ᄒᆞᆫ디라. 쥬ᄒᆡ로 ᄒᆞ야곰 가져가게 ᄒᆞ고 방연의 념통과 부하523)와 간과 챵ᄌᆞᄅᆞᆯ 가셔 쥬ᄒᆡᄅᆞᆯ 맛뎌 도라가 셜연공쥬ᄅᆞᆯ 주라 ᄒᆞ다.

당하 졔 션왕이 각국【134】졔후로 더브러 의논ᄒᆞ야 드ᄃᆡ여 손빈을 봉ᄒᆞ야 텬하총병군ᄉᆞ

516)【할다】[동] 참소(讒訴)하다. 호소(呼訴)하다. 하소연하다. ¶ 胡奏 ‖ 널로 더브러 므ᄉᆞᆷ 원쉬 잇관ᄃᆡ 위왕 면젼의셔 교언화어로 속여 할아 낭:으로 ᄒᆞ야곰 울긔ᄒᆞ야 나라히 도라와 즉시 죽으니 이 다 간적으로 인연ᄒᆞ야 명을 일흐미라 (他與你有甚寃仇, 你在魏王駕前使心用倖, 巧言花語一番胡奏, 教娘娘受了鬱氣, 回朝身故, 皆因你這奸賊, 輕喪其命.) <孫龐 5:131> ⇒ 헐다, ᄒᆞᆯ다, ᄒᆞᆯ오-

517)【갈공쇠】[명] 갈고리. ¶ 鉤 ‖ 모든 군ᄉᆞ로 ᄒᆞ야곰 갈공쇠로 방연의 혀ᄅᆞᆯ 딕어내여 ᄒᆞᆫ 굿톨 버히니 (把龐涓舌頭, 使鉤搭出來, 割去一段.) <孫龐 5:132>

518)【왼ᄑᆞᆯ】[명] 왼팔. ¶ 左臂 ‖ 졔ᄂᆞᆫ 샹방이라 머리ᄅᆞᆯ 가져가고 진은 왼ᄑᆞᆯ흘 가지고 초ᄂᆞᆫ 올ᄒᆞᆫᄑᆞᆯ흘 가지고 (齊爲上邦, 取了首級, 秦邦取了左臂, 楚邦取了右臂.) <孫龐 5:133>

519)【너흘다】[동] 물다. 물어뜯다. 씹다. ¶ 啣 ‖ 가마괴 무러 너흘며 새 딕조오며 비 브ᄃᆡ이ᄌᆞ며 날이 ᄆᆞᆯ뇌이기ᄅᆞᆯ 임의로 ᄒᆞ게 ᄒᆞ랴 (任他鴉啣鳥啄, 雨打日晒.) <孫龐 5:133> ⇒ 너흐-

520)【딕조오다】[동] 찍고 쪼다. ¶ 啄 ‖ 가마괴 무러 너흘며 새 딕조오며 비 브ᄃᆡ이ᄌᆞ며 날이 ᄆᆞᆯ뇌이기ᄅᆞᆯ 임의로 ᄒᆞ게 ᄒᆞ랴 (任他鴉啣鳥啄, 雨打日晒.) <孫龐 5:133>

521)【브ᄃᆡ잇다】[동] 부딪다. 부딪치다. ¶ 打 ‖ 가마괴 무러 너흘며 새 딕조오며 비 브ᄃᆡ이ᄌᆞ며 날이 ᄆᆞᆯ뇌이기ᄅᆞᆯ 임의로 ᄒᆞ게 ᄒᆞ랴 (任他鴉啣鳥啄> 雨打日晒.) <孫龐 5:133> ⇒ 부듯다, 부듸이다, 부듸잇-, 부듸잇다, 부ᄃᆡ잇다, 브드잇-, 브드잇ㅈ-, 브드잇다, 브듯다, 브딋-, 브ᄃᆞ잇-, 브ᄃᆞ잇다, 브ᄃᆡ잇다

522)【ᄆᆞᆯ뇌이다】[동] 말리다. ¶ 曬 ‖ 가마괴 무러 너흘며 새 딕조오며 비 브ᄃᆡ이ᄌᆞ며 날이 ᄆᆞᆯ뇌이기ᄅᆞᆯ 임의로 ᄒᆞ게 ᄒᆞ랴 (任他鴉啣鳥啄> 雨打日晒.) <孫龐 5:133> ⇒ 말뇌다, 말뇌오다, 말뇌이다, 말누이다, ᄆᆞᆯ뇌다, ᄆᆞᆯ뇌오다, ᄆᆞᆯ뇌이다, ᄆᆞᆯ뢰다, ᄆᆞᆯ뢰오다, ᄆᆞᆯ뢰이다, ᄆᆞᆯ외다

523)【부하】[명] 폐. 허파. ¶ 肺 ‖ 방연의 념통과 부하와 간과 챵ᄌᆞᄅᆞᆯ 가져 쥬ᄒᆡᄅᆞᆯ 맛뎌 도라가 셜연공쥬ᄅᆞᆯ 주라 ᄒᆞ다 (龐涓的心肺肝腸, 也交付朱亥稍回, 付與瑞蓮公主.) <孫龐 5:133> ⇒ 부아, 부화

(總兵軍師)ᄅᆞᆯ 삼고 칠국 금인(金印)을 ᄎᆡ우니[524] 손빈이 ᄀᆞᆯ오ᄃᆡ,

"이제로브터 뻐 후로 각〻 졔ᄅᆞᆯ 존ᄒᆞ야 납공(納貢)ᄒᆞ야 셔ᄅᆞ 화ᄒᆞ미 읏듬이오. 만일 ᄒᆞ나히 블복ᄒᆞ미 이시면 군ᄉᆞᄅᆞᆯ 니ᄅᆞ혀 졍벌ᄒᆞ리니 신의 블튱ᄒᆞ믈 죄ᄒᆞ디 마ᄅᆞ쇼셔."

모든 졔휘 다 ᄀᆞᆯ오ᄃᆡ,

"삼가 군ᄉᆞ의 엄녕(嚴令)을 준힝ᄒᆞ리이다."

ᄒᆞ더라.

잔ᄎᆡᄅᆞᆯ 파ᄒᆞ매 각국 졔휘 졔왕과 다뭇 손빈을 하딕ᄒᆞ고 각〻 난가(鑾駕)ᄅᆞᆯ 베퍼 길흘 ᄂᆞᆫ화 나라흐로 도라가니 졔션왕(齊宣王)이 만면환희ᄒᆞ야 대ᄃᆡ 인마ᄅᆞᆯ 거ᄂᆞ려 득승ᄒᆞ야 나라흐로 도라가다.

쥬희 나라희 도라가 위왕ᄭᅴ 뵌대 왕【135】이 물오ᄃᆡ,

"네 모두탄의 가 방부마 죽이ᄂᆞᆫ 양을 보니 뉵국 졔휘 다 모닷더냐?"

쥬희 ᄀᆞᆯ오ᄃᆡ,

"각국 졔휘 다 오고 다만 쥬샹이 아니 가실 분이러이다."

위왕이 물오ᄃᆡ,

"방부마ᄅᆞᆯ 엇디 죽이뇨?

쥬희 닐오ᄃᆡ,

"이 말을 ᄒᆞ고져 ᄒᆞ면 한심(寒心)ᄒᆞᆫ디라. 손빈이 몬져 부마의 두 발을 버혀 당년의 발 버힌 원슈ᄅᆞᆯ 갑고 노왕(魯王)이 나ᄅᆞᆺ 버히고 ᄂᆞᆺ칠ᄒᆞᆫ 원슈ᄅᆞᆯ 잡고 한왕이 혀ᄅᆞᆯ 버혀 위양공쥬 참소ᄒᆞᆫ 원슈ᄅᆞᆯ 갑고 념패 아ᄃᆞᆯ 념강의 허리 버힌 원슈ᄅᆞᆯ 갑ᄒᆞᆫ 후 다시 칠국으로 ᄒᆞ야곰 죽엄을 ᄂᆞᆫ홀ᄉᆡ 방부마ᄅᆞᆯ 닙곱 덩이의 ᄂᆞᆫ화 졔ᄂᆞᆫ 샹방이라. 머리ᄅᆞᆯ 가지고 진국은 왼ᄑᆞᆯ흘【136】가지고 초방은 올ᄒᆞᆫ ᄆᆞᆯ흘 가지고 한국은 왼다리ᄅᆞᆯ 가지고 됴국은 올ᄒᆞᆫ 다리ᄅᆞᆯ 가지고 허리 두 덩이의셔 ᄒᆞᆫ 덩이ᄂᆞᆫ 연이 가지고 ᄒᆞᆫ 덩이ᄂᆞᆫ 우리 위로 보내니 칠국이 회동ᄒᆞ야 부마의 고기ᄅᆞᆯ 국문(國門) 밧긔 ᄃᆞ라 호령ᄒᆞ라 ᄒᆞ더이다."

위왕이 한숨 뎌 ᄀᆞᆯ오ᄃᆡ,

"방연아 방연아, 뉘 널노 ᄒᆞ야곰 평ᄉᆡᆼ의 허다 원슈ᄅᆞᆯ ᄆᆡ자 오ᄂᆞᆯ날 죽은 후의 이런 고초(苦楚)ᄅᆞᆯ 바드라 ᄒᆞ더뇨?"

쥬희 ᄀᆞᆯ오ᄃᆡ,

"부마의 심폐와 간댱은 모든 왕휘 신으로 ᄒᆞ야곰 가져다가 공쥬ᄭᅴ 드리라 ᄒᆞ더이다."

위왕이 ᄀᆞᆯ오ᄃᆡ,

"마디 못ᄒᆞ야 공쥬의게 부음을 통ᄒᆞᆯ 거시니 네 됴히 가져다가 뎐ᄒᆞ야 공쥬로 ᄒᆞ야곰 놀나게【137】말고 과인이 챤〻이 권위(勸慰)ᄒᆞ게 ᄒᆞ라."

쥬희 드ᄃᆡ여 부마 부듕의 가 공쥬ᄭᅴ 보ᄒᆞ니 셔련공즮 부매 칠국이 분시(分尸)ᄒᆞ믈 듯고 스ᄉᆞ로 누(樓)의 ᄯᅥ러뎌 죽으니라. 졔션왕이 회됴ᄒᆞ야 금난뎐 우희 크게 경하 연셕을 베퍼 군신이 턍음(暢飮)ᄒᆞᆯᄉᆡ 션왕이 분부ᄒᆞ야 방연의 슈급을 가져 국문 밧ᄭᅴ ᄃᆞ라 호령ᄒᆞ야 디나ᄃᆞᆫ니ᄂᆞᆫ 군민으로 효유(曉諭)ᄒᆞ야 사ᄅᆞᆷ마다 슈급을 ᄀᆞᄅᆞ쳐 방적을 통매ᄒᆞ기ᄅᆞᆯ 세 소리ᄅᆞᆯ ᄒᆞ라 ᄒᆞ고 일변 틱지ᄅᆞᆯ ᄂᆞ리와 이 발각(發覺) 미발각(未發覺)이 결증(結證) 미결증(未結證) 모든 죄슈ᄅᆞᆯ 다 노코 대쇼부셰(大小賦稅) 세 고[ᄀᆞ]올을 감ᄒᆞ고 군신이 잔ᄎᆡᄅᆞᆯ ᄆᆞᆺ고 샤은ᄒᆞ고 나오다.

손빈이 남평부의 도【138】라와 스ᄉᆞ로 ᄉᆡᆼ각ᄒᆞ되 놉ᄒᆞᆫ 일홈이 임의 터디고 큰 원싊 임의 갑핫고 귀곡션ᄉᆞ의 당부ᄒᆞ신 말이 이시니 일즉 졔왕을 하딕ᄒᆞ고 집을 ᄇᆞ리고 연국의 가 부모ᄅᆞᆯ 보고 형수ᄅᆞᆯ 본 후 즉시 운몽산으로 도라가 급뉴용퇴(急流勇退)ᄒᆞ며 명텰보신(明哲保身)ᄒᆞᄂᆞᆫ 사ᄅᆞᆷ이 되리라 ᄒᆞ야 ᄠᅳ들 임의 뎡ᄒᆞ고 ᄎᆞ일 조됴의 표ᄅᆞᆯ 올니고 인슈(印綬)ᄅᆞᆯ 프러 션왕ᄭᅴ 알외여 ᄀᆞᆯ오ᄃᆡ,

"신이 구〻(區區)ᄒᆞᆫ 쇼슐(小術)을 의지ᄒᆞ야 졔ᄅᆞᆯ 뎡ᄒᆞ고 위ᄅᆞᆯ 텨 왕ᄌᆞᄅᆞᆯ 사ᄅᆞ잡고 방연을 버히고 귀ᄒᆞ미 ᄇᆡᆨ뉴[뇨](百僚)의 읏듬이니 이ᄂᆞᆫ 인신(人臣)의 극ᄒᆞ미라. 이제 신이 원컨대 관ᄃᆡᄅᆞᆯ 바티고 다시 운몽산의 도라가 귀곡션ᄉᆞ로 더브러 ᄒᆞᆫ가지로 늙고져 ᄒᆞᄂᆞ니 ᄇᆞ라건대【139】쥬공은 준주ᄒᆞ쇼셔."

션왕이 놀나 ᄀᆞᆯ오ᄃᆡ,

"션ᄉᆡᆼ이 엇디 이런 말을 내ᄂᆞ뇨? 과인이 처엄으로 대위(大位)ᄅᆞᆯ 니어 졍히 션ᄉᆡᆼ의 우익ᄒᆞ믈 어더 패업을 도모ᄒᆞᄂᆞᆫ가 ᄒᆞ더니 엇디 셔ᄅᆞ ᄇᆞ림을 이러ᄐᆞ시 ᄲᆞᄅᆞ게 ᄒᆞᄂᆞ뇨?"

---

524) 【ᄎᆡ우다】 동 채우다. ¶ 掛 ‖ 손빈을 봉ᄒᆞ야 텬하 총병군ᄉᆞᄅᆞᆯ 삼고 칠국 금인을 ᄎᆡ우니 (遂將孫臏封爲天下總兵軍師, 掛七國金印.) <孫龐 5:134> ⇒ ᄎᆡ오다

ᄒᆞ고 허티 아니ᄒᆞ거ᄂᆞᆯ 손빈이 년ᄒᆞ야 ᄉᆞ표ᄅᆞᆯ 올니ᄂᆞ 션왕이 마디 못ᄒᆞ야 쇼요거(逍遙車) ᄒᆞᆫ 냥과 냥마 십승(十乘)과 금빅 각ᄂᆞ 두어 수뤼ᄅᆞᆯ 주고 만됴문무ᄅᆞᆯ 분부ᄒᆞ야 다 셩문 밧긔 가 젼송ᄒᆞ라 ᄒᆞ니 손빈이 금빅을 ᄉᆞ양ᄒᆞ고 다만 쇼요긔 ᄒᆞᆫ 냥과 냥마 일필을 밧고 비샤ᄒᆞ고 츌됴ᄒᆞ야 쳐ᄌᆞᄅᆞᆯ 니별ᄒᆞ고 ᄆᆞᄎᆞᆷ내 셔문으로 나가니 거매 가얌이 뫼ᄃᆞᆺ[525] ᄒᆞ고 관개 구름 못ᄃᆞᆺ ᄒᆞᆫ디라.

【140】 손빈이 모ᄃᆞᆫ 문무로 더브러 즐거오ᄆᆞᆯ 다ᄒᆞ고 니별ᄒᆞ고 만셩 빅셩이 다 칭션(稱羨)티 아니리 업더라.

훗 사ᄅᆞᆷ이 시 이셔 칭찬ᄒᆞ야 ᄀᆞᆯ오ᄃᆡ,

운몽긔년ᄉᆞ표략 (雲夢幾年師豹略?)
졔방일츌시뇽도 (齊邦一出試龍韜)
공셩변블귀산슈 (功成便拂歸山袖)
슈ᄉᆞ당시손ᄌᆞ고 (誰似當時孫子高?)

운몽의 몃 ᄒᆡᄅᆞᆯ 표략을 스싱ᄒᆞ얏던고[526]
졔방의 ᄒᆞᆫ 번 나매 뇽도ᄅᆞᆯ 시험ᄒᆞ도다
공을 일우매 믄득 뫼히 도라가ᄂᆞᆫ ᄉᆞ매ᄅᆞᆯ ᄲᅥᆯ티니[527]
뉘 당시의 손ᄌᆞ의 놉흠 ᄀᆞᄐᆞᆫ고?
손방연의 죵

525) 【뫼다】 동 꼬이다. ¶ 擁 ‖ 거매 가얌이 뫼ᄃᆞᆺ ᄒᆞ고 관개 구름 못ᄃᆞᆺ ᄒᆞᆫ디라 (車馬蟻擁, 冠蓋雲聯.) <孫龐 5:139>

526) 【스싱ᄒᆞ다】 동 스승으로 삼다. ¶ 師 ‖ 운몽의 몃 ᄒᆡᄅᆞᆯ 표략을 스싱ᄒᆞ얏던고 졔방의 ᄒᆞᆫ 번 나매 뇽도ᄅᆞᆯ 시험ᄒᆞ도다 (雲夢幾年師豹略? 齊邦一出試龍韜.) <孫龐 5:140>

527) 【ᄲᅥᆯ티다】 동 떨치다. ¶ 拂 ‖ 공을 일우매 믄득 뫼히 도라가ᄂᆞᆫ ᄉᆞ매ᄅᆞᆯ ᄲᅥᆯ티니 뉘 당시의 손ᄌᆞ의 놉흠 ᄀᆞᄐᆞᆫ고 (功成便拂歸山袖, 誰似當時孫子高.) <孫龐 5:140> ⇒ ᄠᅥᆯ티다, ᄲᅥᆯ치다

뎨일회
탐뒤위결당교긔군 모허명신참감양위
貪大位結黨巧欺君 慕虛名信讒甘讓位

【1】화셜 칠국(七國) 시절에 연왕(燕王) 쾌(噲) 나라를 다ᄉᆞ리믹 다만 편안이 놀기를 조화ᄒᆞ되 오히려 셩현의 도덕은 ᄉᆞ모ᄒᆞᄂᆞᆫ지라. 만약 츙냥졍직(忠良正直)ᄒᆞᆫ 신하 잇셔 보좌ᄒᆞ면 오히려 나라를 망ᄒᆞ도록 이르지 아니ᄒᆞ엿스련마ᄂᆞᆫ 공교히 한 낫 간신을 두엇스되 일홈은 ᄌᆞ지(子之)라 ᄉᆞ룸됨이 담은 하날보다 크고 셩품은 불보다 급ᄒᆞ며 마음은 갈구리보다 굽고 인의례지난 드러본 비 업되 간교ᄒᆞᆫ 말은 하슈(河水) 갓흐며 신장은 팔쳑이오 허리ᄂᆞᆫ 열 아람이며 용력이 장딕ᄒᆞ야 손으로 능히 날나가난 시를 잡고 힝보가 쌜으기ᄂᆞᆫ 닷ᄂᆞᆫ 톳기를 ᄯᅩᆯ우며 텰창 쓰기를 잘ᄒᆞ야 만부부당지용(萬夫不當之勇)이 잇슴으로 연(燕) 역왕(易王) 셔로붓터 나라 권셰를 잡앗더니 역왕이 죽고 연왕 쾌 인군이 되믹 인ᄒᆞ야 상국(相國)으로 잇스나 ᄯᅳᆺ이 맛지 못ᄒᆞᆷ으로 권셰를 일을가 두려ᄒᆞ야 시시로 근심ᄒᆞ며 ᄉᆞ룸을 인연ᄒᆞ야 연왕의게 친밀ᄒᆞ도록 천거ᄒᆞ기를 도모코ᄌᆞ ᄒᆞ되 연왕의게 친신ᄒᆞᆫ ᄉᆞ룸이 업슴으로 마음과 갓치 ᄒᆞ지 못ᄒᆞ더니 일〻은 소진(蘇秦)의 아오 소딕(蘇代)를 보믹 소진과 갓치 말을 능히 ᄒᆞᆷ으로 졔후의게 일홈이 잇슬 ᄲᅮᆫ 아니라 지혜 족ᄒᆞᆫ 고로 연왕이 친근이 공경ᄒᆞ난 빈라 감안이 싱각ᄒᆞ되,

'만일 이 ᄉᆞ룸이 연왕의게 천거ᄒᆞ게 되면 권셰 ᄌᆞ루가 반셕(磐石) 갓흐리라 ᄒᆞ되 져와 평일에 친ᄒᆞᆷ이 업고 ᄯᅩ 지믈노 ᄉᆞ괴고ᄌᆞ ᄒᆞ나 욕심이 틱산을 숨키고ᄌᆞ ᄒᆞ리니 엇지ᄒᆞ리오?'

ᄒᆞ다가 다시 싱각ᄒᆞ되,

'닉 드르니 져의게 쳔금소져(千金小姐)가 잇셔 ᄉᆞ랑ᄒᆞ기를 장즁보옥(掌中寶玉)갓치 ᄒᆞᆫ다 ᄒᆞ니 만약 우리 아히와 셩친을 ᄒᆞ게 되면 친가지의(親家之誼)를 싱각ᄒᆞ【2】고 아니 쥬션치 못ᄒᆞ리라.'

계교를 졍ᄒᆞ고 심복딕부 녹모슈(鹿毛壽)의게 즁믹 되기를 간쳥ᄒᆞ니 져 녹모슈의 위인은 부귀를 탐ᄒᆞ기난 다시 의논ᄒᆞᆯ 빈 업스되 오직 오륜과 의리난 막미ᄒᆞᆫ 지라. ᄌᆞ지의 권셰 혁혁ᄒᆞᆷ을 좃치 당류(黨類)가 되얏더니 잇ᄯᅢ에 ᄌᆞ지의 간쳥ᄒᆞᆷ을 듯고 즉시 소딕를 보고 진진지의(秦晉之義)를 밋고ᄌᆞ ᄒᆞᆷ을 말ᄒᆞ니 소딕 비록 유셰긱(遊說客)으로 ᄉᆞ방 졔후와 친ᄒᆞᆷ이 잇스되 오직 졔나라 연나라를 즁히 아ᄂᆞ니 이난 두 나라이 화호(和好)ᄒᆞ면 왕닉ᄒᆞ기 편ᄒᆞᆯ ᄲᅮᆫ이 아니라 권세 졔 장즁에 잇슬 것 갓치 ᄒᆞ든 비러니 ᄯᅳᆺ밧게 소진이 죽은 후로 졔션왕(齊宣王)이 졈〻 소진의 간ᄉᆞᄒᆞᆷ을 씨닷고 연왕과 젼과 ᄀᆞᆺ치 ᄒᆞ믹 소딕 스스로 혜아리되, 양국에 흔단(釁端)이 잇고 보면 필연 졔 몸에도 히가 도라오리라 ᄒᆞ야 연왕을 권ᄒᆞ야 아달노 졔나라에 볼모ᄒᆞ고 바야흐로 편안이 된 ᄯᅢ라. 그런 고로 녹모슈의 말을 듯고 ᄌᆞ지의 아달과 셩친ᄒᆞ믹 ᄌᆞ지 연왕의게 보호ᄒᆞᆷ를 말ᄒᆞ니 소딕 이로되,

"연왕의 위인이 어리셕고 의심이 만흐니 만약 권ᄒᆞ여도 밋지 아니리니 긔회를 보아 말ᄒᆞ니만 못ᄒᆞᆯ가 ᄒᆞ노라."

ᄌᆞ지 듯고 깃거ᄒᆞ더라.

일일은 연왕이 소딕를 졔나라에 보닉여 아달을 보고 오라 ᄒᆞ엿더니 소딕 도라와 아달이 무양(無恙)ᄒᆞᆷ으로 고ᄒᆞ니 연왕이 뭇되,

"드르니 졔환공(齊桓公)과 진문공은 관즁(管仲)과 구범(舅犯)을 엇고 텬하 픽쥬가 되다 ᄒᆞ더니 이졔 밍상군(孟嘗君)은 당셰 현인이라 ᄒᆞ니 졔왕이 ᄯᅩ 픽쥬가 될가 ᄒᆞ노라."

소딕 긔회를 타 딕답ᄒᆞ되,

"졔왕이 비록 밍상군갓치 어진 ᄌᆞ를 두엇스나 신은 보건딕 능히 픽쥬난 되지 못ᄒᆞ리라 ᄒᆞᄂᆞ이다."

연왕이 그 연고를 무르니 소딕 일오딕,

"어닉 나라든지 어진이 엇기난 용이ᄒᆞ나 젼임(專任)ᄒᆞ기난 극난ᄒᆞ오니 졔왕이 밍상군의 어진 것슨 아나 능히 □지 못ᄒᆞᄂᆞ니 엇지 픽쥬가 되리잇고?"

연왕이 탄식ᄒᆞ되,

"하날이 ᄉᆞ룸으로 졔나라에 나게 ᄒᆞ시되 졔왕이 능【3】히 쓰지 못ᄒᆞ니 가셕ᄒᆞ도다 만일 밍상군 갓흔 직 연나라에 잇게 되면 과인은 중히 쓰려노라."

소딕 이로딕,

"딕왕이 ᄉᆞ근취원(捨近取遠)을 ᄒᆞ시도다. 방금 상국 ᄌᆞ지ᄂᆞᆫ 녯 ᄉᆞ룸에 비ᄒᆞ여도 붓그러울 것이 업거늘 딕왕은 엇지 밍상군을 ᄉᆞ모ᄒᆞ시ᄂᆞ잇고?"

연왕이 깃버ᄒᆞ되,

"ᄌᆞ지로 엇지 밍상군과 갓다 ᄒᆞᄂᆞ뇨? 경은 ᄌᆞ셔ᄒᆞᆫ 말을 ᄒᆞ라."

소딕 니로딕,

"밍상군은 문무에 능ᄒᆞᆷ이 업스되 다만 숨쳔 식긱의 힘을 의뢰ᄒᆞᆷ이나 엇지 ᄌᆞ지의 안방졍국(安邦定國)ᄒᆞᆯ 계칙과 만인젹(萬人敵)ᄒᆞᆯ 용밍에 비ᄒᆞ리잇고? 옛날 슌(舜)과 우(禹) 갓도소이다."

연왕이 딕희ᄒᆞ되,

"만약 경의 말이 아니면 과인이 씨닷지 못ᄒᆞ엿스리로다."

ᄒᆞ고 곳 ᄌᆞ지를 불너 나라 졍ᄉᆞ를 젼관ᄒᆞ라 ᄒᆞᆫ딕 ᄌᆞ지 이로딕,

"왕이 국ᄉᆞ로 신의게 뎐탁(專托)ᄒᆞ시니 신이 엇지 감히 견마의 힘을 다ᄒᆞ지 아니리잇고!"

연왕이 깃버ᄒᆞ야 이후로 궁중에셔 마음것 힝낙ᄒᆞ고 졍ᄉᆞ를 간셥ᄒᆞᆷ이 업스니 ᄌᆞ지 연왕의 의심 업슴을 보고 연나라를 찬탈ᄒᆞᆯ 뜻이 잇셔 감안이 녹모슈와 상의ᄒᆞ되,

"이졔 연왕이 혼암ᄒᆞᆷ으로 일국 권셰가 모다 닉 장악(掌握) 중에 잇ᄂᆞ니 나라 도모ᄒᆞ기 용이ᄒᆞ니 다만 장군 시피(市被)와 각관이 군ᄉᆞ를 거ᄂᆞ리고 잇ᄂᆞ니 만약 거ᄉᆞ를 ᄒᆞ엿다가 셩ᄉᆞ치 못ᄒᆞᆯ가 두려ᄒᆞ노라."

녹모슊 이로딕,

"만일 군ᄉᆞ를 이르혀 나라를 쌧고ᄌᆞ ᄒᆞ면 비단 시피의게만 병권이 잇슬 ᄲᅮᆫ 아니라 셜혹 셩공을 ᄒᆞᆯ지라도 졔휘 엇지 그져 잇기를 바라리오. 이ᄂᆞᆫ 화란을 지촉ᄒᆞᆷ이니 상국이 큰 뜻이 잇게 되면 닉 묘계로 도모ᄒᆞ고 군ᄉᆞ를 동치 안케 ᄒᆞ리이다."

ᄌᆞ지 딕희ᄒᆞ야 뭇되,

"신하로 인군을 도모코ᄌᆞ ᄒᆞᄆᆡ 군ᄉᆞ를 동ᄒᆞᆯ지라도 능히 셩ᄉᆞ키 어렵거든 엇지 나라가 스ᄉᆞ로 도라오도록 ᄒᆞᆯ 리치 잇스리오?"

녹모슊 이로딕,

"상국이 아지 못ᄒᆞ시도다! 군ᄉᆞ로 텬하를 닷토기ᄂᆞᆫ 후셰에셔 ᄒᆞᆫ 빅니 숨딕(三代)에 셩뎨명왕(聖帝明王)은 어진이의게 젼위ᄒᆞᄉᆞ 요난 슌의게 젼ᄒᆞ시【4】고 슌은 우의게 젼ᄒᆞ시되 일홈ᄒᆞ기를 양위라 ᄒᆞ엿ᄂᆞ니 이졔 연왕이 국ᄉᆞ로 상국의게 젼권ᄒᆞ고 궁중에셔 편안ᄒᆞᆫ 낙을 누리며 스ᄉᆞ로 셩현의 명예ᄂᆞᆫ ᄉᆞ모ᄒᆞᄂᆞ니 닉 숨촌불난셜(三寸不爛舌)로 셩인이 양위ᄒᆞ시든 바를 말ᄒᆞ면 졔 반ᄃᆞ시 깃버ᄒᆞ야 좃치리니 엇지 군ᄉᆞ로 찬탈ᄒᆞ니보다 낫지 아니리오?"

ᄌᆞ지 이로딕,

"이 계괴 가장 묘ᄒᆞᄂᆞ 요슌 이후에 양위ᄒᆞᆷ이 업고 ᄯᅩ 젼국 인심이 호랑(虎狼) 갓흐니 엇지 졸련이 연왕으로 양위를 ᄒᆞ도록 ᄒᆞ리오?"

녹모슊 이로딕,

"연왕의 동졍을 보건딕 셩현을 본밧기에 어리셕은 지라 요슌의 아름다온 일노 그 마음을 동ᄒᆞ도록 ᄒᆞ야 상국을 위ᄒᆞ야 도모ᄒᆞ리이다."

ᄌᆞ지 딕희ᄒᆞ되,

"힘써 도모ᄒᆞ야 셩ᄉᆞᄒᆞ면 결단코 중히 갑푸리라."

녹모슊 즉시 연왕을 보고 이로딕,

"딕왕이 궁중에셔 힝낙ᄒᆞ시고 졍ᄉᆞ를 친집(親執)지 아니시니 마음이 질겁다 ᄒᆞ시ᄂᆞ잇가?"

연왕이 이로딕,

"과인의 마음이 실노 편안ᄒᆞ노라."

녹모슊 이로딕,

"딕왕의 마음이 질겁다 ᄒᆞ시나 일홈은 아름답다 못ᄒᆞ리로소이다."

연왕이 놀나 뭇되,

"엇지 일홈이 아름답지 못ᄒᆞ다 ᄒᆞᄂᆞ뇨?"

녹모쉬 이로ᄃᆡ,

"경ᄉᆞ를 부지런이 ᄒᆞ믄 인군의 일이어ᄂᆞᆯ 이졔 ᄃᆡ왕은 경ᄉᆞ난 친이 아니시고 다만 힝낙ᄒᆞ시기만 조히 역이시니 엇지 아름다온 일홈을 드르시리잇고?"

연왕이 이로ᄃᆡ,

"경ᄉᆞ를 부지런이 못ᄒᆞ나 상국 ᄌᆞ지 젼권ᄒᆞᄆᆡ 과인과 다름이 잇스랴."

녹모쉬 이로ᄃᆡ,

"인군은 인군이오 신하ᄂᆞᆫ 신ᄒᆡ니 ᄌᆞ지 비록 어질고 경ᄉᆞ를 부지런이 ᄒᆞ나 엇지 ᄃᆡ왕을 ᄃᆡ신ᄒᆞ야 요순갓치 착ᄒᆞᆫ 일홈이 나도록 ᄒᆞ리잇고. 만약 ᄃᆡ왕이 요순과 갓고ᄌᆞ ᄒᆞ시면 요순ᄒᆞ시든 일을 힝ᄒᆞ소셔."

연왕이 뭇되,

"ᄌᆞ고 이ᄅᆡ로 인군 즁착ᄒᆞᆫ ᄌᆡ 허다ᄒᆞ거ᄂᆞᆯ 엇지 홀노 요순만 셩인이라 ᄒᆞᄂᆞ뇨?"

녹모쉬 이로ᄃᆡ,

"요순으로 셩인이라 ᄒᆞᆷ은 다름이 아니라 인군의 ᄌᆡ리로써 어지니의게 양여ᄒᆞᆷ이니 요와 순이 【5】 년로ᄒᆞ시ᄆᆡ 나라로 어진이의게 젼ᄒᆞ시고 스ᄉᆞ로 한가히 쾌락ᄒᆞ심으로 텬히 다만 어지니가 인군 된 것만 알고 요와 순의 힝낙ᄒᆞ심은 아지 못ᄒᆞᆫ ᄇᆡ라. 이졔 ᄃᆡ왕이 경ᄉᆞ로 ᄌᆞ지의게 젼권케 ᄒᆞ셧스나 인군의 명의ᄂᆞᆫ 오히려 ᄃᆡ왕게 잇ᄂᆞ니 ᄃᆡ왕이 경ᄉᆞ에난 부지런치 못ᄒᆞ시고 오직 힝낙ᄒᆞ기만 죠히 역이시니 텬히 아름답지 못ᄒᆞᆫ 일홈으로 ᄃᆡ왕을 지목ᄒᆞ며 엇지 뇨순과 갓다 ᄒᆞ리요?"

연왕이 깃버 ᄯᅩ 뭇되,

"경의 말 갓ᄒᆞᆯ진ᄃᆡᆫ 후셰에 엇지 한 ᄉᆞᄅᆞᆷ도 양위ᄒᆞᆫ ᄌᆡ 업ᄂᆞ뇨?"

녹모쉬 이로ᄃᆡ,

"시속 졔휘 엇지 능히 요순이 셩인이신지 알 ᄌᆡ 잇스리오! 그런 고로 인군의 ᄌᆡ리만 탐ᄒᆞ야 양위ᄒᆞᆫ ᄌᆡ 업슴이로소이다."

연왕이 이로ᄃᆡ,

"과인이 셜혹 양위를 ᄒᆞ량이면 엇지 인군의 락을 누리도록 되리오?"

녹모쉬 이로ᄃᆡ,

"ᄃᆡ왕이 만약 어지니의게 양위를 ᄒᆞ시게 되면 비록 인군의 일홈과 인군의 권은 업슬지나 엇지 인군의 힝락이야 누리지 못ᄒᆞ시리오. 이ᄂᆞᆫ ᄃᆡ셩인이 ᄒᆞ시든 ᄇᆡ로소이다."

연왕이 ᄃᆡ희ᄒᆞ되,

"양위ᄒᆞ난 락이 원ᄅᆡ 이 갓ᄒᆞᆷ을 과인이 아지 못ᄒᆞ엿ᄂᆞ니 무슴 락을 ᄒᆞ려 ᄒᆞ야 양위를 아니ᄒᆞ리오? 경은 가히 ᄌᆞ지의게 젼ᄒᆞ라. 과인이 장ᄎᆞᆺ 양위코ᄌᆞ ᄒᆞ노라."

녹모쉬 이로ᄃᆡ,

"ᄃᆡ왕이 만일 이와 갓치 ᄒᆞ시면 ᄯᅩᄒᆞᆫ 요순이로소이다."

ᄒᆞ고 황망이 ᄌᆞ지의게 통ᄒᆞ니 ᄌᆞ지 깃버ᄒᆞ더라.

각셜 연왕이 녹모슈와 문답ᄒᆞ든 말을 ᄐᆡᄌᆞ(太子) 평(平)이 듯고 황망이 연왕게 간왈,

"주나라 텬ᄌᆡ 소공(召公)을 연국에 봉ᄒᆞ신지 슈ᄇᆡᆨ년을 상젼ᄒᆞ얏거ᄂᆞᆯ 이졔 부왕이 한가히 힝락ᄒᆞ시기를 위ᄒᆞ야 일죠에 다른 ᄉᆞᄅᆞᆷ의게 양위코ᄌᆞ ᄒᆞ시니 이난 스ᄉᆞ로 조종(祖宗) 종ᄉᆞ(宗祀)를 ᄭᅳᆫ코ᄌᆞ ᄒᆞ심이라. 허믈며 인군은 머리요 신하ᄂᆞᆫ 괴굉(股肱)이어ᄂᆞᆯ 엇지 괴굉으로 머리우에 더ᄒᆞ리잇고?"

연왕이 이로ᄃᆡ,

"양위ᄒᆞ기ᄂᆞᆫ 요순 갓ᄒᆞᆫ ᄃᆡ셩인이라야 ᄒᆞ신 ᄇᆡ니 너의 알 ᄇᆡ 아니라 ᄒᆞ노라. 비록 일홈은 양위라 【6】 말ᄒᆞ나 실상은 스ᄉᆞ로 닌군의 락을 누리고ᄌᆞ ᄒᆞᆷ이니 너ᄂᆞᆫ 여러 말 〻나."

ᄐᆡᄌᆞ 평이 통곡ᄒᆞ되,

"인군이라야 인군의 락을 누릴 것이어ᄂᆞᆯ 엇지 인군의 ᄌᆞ리ᄂᆞᆫ 다른 ᄉᆞᄅᆞᆷ의게 바리고 인군의 락을 누린다 ᄒᆞ시ᄂᆞ잇가? 부왕은 다시 ᄉᆡᆼ각ᄒᆞ시고 간신의게 고혹ᄒᆞ신 ᄇᆡ 되지 마소셔."

연왕이 ᄃᆡ로ᄒᆞ되,

"이ᄂᆞᆫ ᄂᆡ ᄯᅳᆺ이어ᄂᆞᆯ 엇지 간신의게 고혹ᄒᆞᆫ ᄇᆡ리오? 너ᄂᆞᆫ 다만 인군 ᄌᆞ리만 연연히 역이나 쥬나라 팔ᄇᆡᆨ 졔휘 이졔ᄭᅡ지 망치 아닌 ᄌᆡ 몃치나 된다 ᄒᆞᄂᆞ뇨?"

ᄐᆡᄌᆞ 평이 부왕의 ᄯᅳᆺ을 도로혀지 못ᄒᆞᆯ 쥴 알고 눈물을 머음고 나오ᄆᆡ 신하 즁에셔 간ᄒᆞᄂᆞᆫ ᄌᆡ 잇스되 연왕이 일병(一幷) ᄭᅮ지져 물니치고 됴셔를 ᄂᆡ려 유ᄉᆞ(有司)를 명ᄒᆞ야 ᄐᆡᆨ일ᄒᆞ라 ᄒᆞ야 상국 ᄌᆞ지의게 양위ᄒᆞ려 ᄒᆞ니 ᄌᆞ지 됴셔를 보고 마음에난 깃버ᄒᆞ나 거짓 표를 올녀 감당치 못ᄒᆞᆷ을 ᄉᆞ양ᄒᆞ니 연왕이 ᄯᅩ 됴셔로 겸ᄉᆞ치 말나 ᄒᆞᄆᆡ ᄌᆞ지 ᄯᅩ 표로 ᄉᆞ양ᄒᆞ니 녹모쉬 연왕게 고

왈,

"되왕이 상국의 고ᄉᆞᄒᆞ는 뜻을 아시ᄂᆞ뇨?"

연왕 왈,

"아지 못ᄒᆞ노라."

녹모쉬 이로되,

"셕에 요와 슌은 양위를 ᄒᆞ시되 그 아달이 부왕의 마음을 슌히 ᄒᆞ며 닷톰이 업셧스되 하우시(夏禹氏)는 익(益)의게 양위ᄒᆞᄆᆡ 그 아달이 부왕의 마음을 슌치 안코 익의 텬하를 ᄲᅦᆺ슨 고로 후셰에 하후시 덕을 요슌만 못ᄒᆞ다 ᄒᆞ엿ᄂᆞ니 이졔 상국 ᄌᆞ지의 고ᄉᆞᄒᆞᆷ은 ᄐᆡ지 되왕 압ᄒᆡ셔 울며 간ᄒᆞ든 것을 드른지라 비록 되왕은 그 말을 좃지 아니시ᄂᆞ ᄐᆡᄌᆞ는 원한ᄒᆞᆷ이 심ᄒᆞ리니 ᄌᆞ지 만약 되왕의 뜻을 밧드럿다가 종ᄂᆡ에 ᄐᆡᄌᆞ의게 ᄲᅢ긴 ᄇᆡ 되면 긋ᄯᅢ는 도로혀 상국도 되지 못ᄒᆞᆯ가 두려ᄒᆞ야 여러 번 ᄉᆞ양ᄒᆞᆷ이로소이다."

연왕이 이로되,

"ᄐᆡᄌᆞ는 죡히 근심ᄒᆞᆯ ᄇᆡ 업다."

ᄒᆞ고 됴셔를 ᄂᆡ려 ᄐᆡᄌᆞ를 폐ᄒᆞ야 셔인을 삼아 셩 밧ᄭᅦ ᄂᆡ쳐 졍ᄉᆞ에 간예치 못ᄒᆞ게 ᄒᆞ고 다시 ᄌᆞ지의게 양위ᄒᆞ려 ᄒᆞᄆᆡ ᄌᆞ지 다시 ᄉᆞ양ᄒᆞᆷ이 업더라.

남교(南郊)에 슈션되(受禪臺)를 짓고 연왕이 문무ᄇᆡᆨ관으로 【7】 승상부에 가 ᄌᆞ지를 마져 슈션되로 와 션위ᄒᆞ게 ᄒᆞ니 ᄌᆞ지 인군의 복식을 갓초고 법가(法駕)에 오르ᄆᆡ ᄇᆡᆨ관이 좌우로 비렬ᄒᆞ야 슈션되에 이르니 연왕이 마져 졀ᄒᆞ고 옥시로 ᄌᆞ지의게 젼ᄒᆞ며 이로되,

"과인이 덕이 박ᄒᆞ야 능히 졍ᄉᆞ를 다ᄉᆞ리지 못ᄒᆞ더니 되왕의 셩덕이 당우(唐虞)에 지남을 앙모ᄒᆞ고 인군의 ᄌᆞ리를 양여ᄒᆞ노니 원컨되 되왕은 은덕을 널니 베푸러 ᄇᆡᆨ셩의 간극ᄒᆞᆷ을 구ᄒᆞ라."

ᄌᆞ지 옥시를 밧고 되답ᄒᆞ되,

"텬명이 이에 이르시니 감히 군은을 공경ᄒᆞ야 밧지 아니리오. 맛당히 어진 뜻을 밧드러 갑푸려 ᄒᆞᄂᆞ이다."

연왕이 ᄇᆡᆨ관을 영솔ᄒᆞ고 북향 조하ᄒᆞ니 ᄌᆞ지 급히 말뉴ᄒᆞ되,

"되왕이 ᄐᆡ상왕(太上王)의 놉흐심이 잇거늘 엇지 신하의 반렬에 거ᄒᆞ시리잇고! ᄲᆞᆯ니 궁으로 도라가시면 놉히 밧듯는 례를 의논ᄒᆞ리이다."

연왕이 환궁ᄒᆞᄆᆡ ᄌᆞ지 텬디게 졔ᄉᆞᄒᆞ고 조회를 바든 후 젼지ᄒᆞ야 소되(蘇代)와 녹모슈(鹿毛壽)로 상경(上卿)을 삼고 문화궁(文華宮)을 소쇄ᄒᆞ야 연왕으로 고요히 셥양케 ᄒᆞ고 ᄇᆡᆨ관이 ᄉᆞᄉᆞ로 조회치 못ᄒᆞ게 ᄒᆞᆫ 후 조회를 파ᄒᆞ고 ᄎᆞ일 젼지ᄒᆞ되,

"미녀 ᄉᆞᆷ쳔인과 남ᄌᆞ ᄉᆞᆷ쳔을 션틱ᄒᆞ야 궁즁에셔 시봉케 ᄒᆞ라."

ᄒᆞ고 ᄯᅩ 젼지ᄒᆞ되,

"민간 부셰를 젼보다 반을 더 밧치라."

ᄒᆞ니 신민이 보고 모다 되경ᄒᆞ야 의논이 분분ᄒᆞᆫ지라. 녹모쉬 감안이 ᄌᆞ지의게 고ᄒᆞ되,

"되왕이 ᄉᆡ로 인군 위에 오르시ᄆᆡ 신민이 모다 ᄉᆡ 졍영(政令)을 관망ᄒᆞᄂᆞ니 것짓 착ᄒᆞᆫ 일노 됴셔를 ᄂᆡ리ᄉᆞ 인심을 슈습ᄒᆞᆫ 연후에 다시 쾌락ᄒᆞ시기를 ᄒᆡᆼᄒᆞ실 것이어늘 이졔 진물을 탐ᄒᆞ며 ᄉᆡᆨ을 구ᄒᆞ는 됴셔를 반포ᄒᆞ시ᄆᆡ 민심이 흉흉(洶洶)ᄒᆞ오니 되왕은 셰 번 ᄉᆡᆼ각ᄒᆞ소셔."

ᄌᆞ지 이로되,

"경이 아지 못ᄒᆞ도다. 젼일 졍영이 관후ᄒᆞᆷ으로 상히 ᄒᆡᄐᆡᄒᆞ엿거늘 이졔 ᄯᅩ 어진 일을 ᄒᆡᆼᄒᆞᆫ즉 필련 ᄇᆡᆨ셩의 마음이 긔탄이 업스리니 다시 혹독ᄒᆞᆫ 령을 ᄒᆡᆼ코ᄌᆞ ᄒᆞ면 엇지 질겨 좃치리오. 이졔 신졍지초(新政之初)에 엄ᄒᆞᆫ 졍령으로 ᄒᆡ【8】 ᄐᆡᄒᆞ든 것을 발키려 ᄒᆞ노라."

녹모쉬 이로되,

"되왕의 모략은 신의 소견으로는 능히 측량치 못ᄒᆞᆯ ᄇᆡ로쇼이다. 다만 위엄을 ᄒᆡᆼᄒᆞ려 ᄒᆞ시거든 ᄲᆞᆯ니 ᄒᆞ쇼셔. 더된즉 ᄯᅩ ᄇᆡᆨ셩의 의논이 잇슬가 ᄒᆞᄂᆞ이다."

ᄌᆞ지 이로되,

"위엄을 ᄒᆡᆼ코ᄌᆞ ᄒᆞ면 무엇이 어려오리오."

ᄒᆞ니 후ᄉᆡ 엇지된고? 하회를 분ᄒᆡᄒᆞ라.

뎨이회
연무장횡삭시위 무종산잠신도란
演武場橫槊示威 無終山潛身逃難

화셜 ᄌᆞ지(子之) 부도를 힝코ᄌᆞ ᄒᆞ야 위엄을 베풀식 젼지ᄒᆞ야,

"명일 연무장(演武場)에 가 조련ᄒᆞ리라."

ᄒᆞ고 녹모슈와 일반 당류(黨類)를 거ᄂᆞ려 장ᄃᆡ상에 안지ᄆᆡ 교장 중에 병마 뎡졔(整齊)ᄒᆞ엿거ᄂᆞᆯ 졔장의게 젼령ᄒᆞ되,

"이졔 열국이 각기 디경을 직희ᄆᆡ 장수와 군식 용밍치 아니면 능히 위엄으로 협박ᄒᆞ나 항복밧기 어려오리니 졔장은 각々 밍확(猛獲)의 용력을 본밧게 ᄒᆞ라. 만약 실상이 업스면 죄로 다ᄉᆞ리이라."

졔장이 령을 듯고 진셰를 비포ᄒᆞ고 칼과 창을 시험ᄒᆞ며 활쏘기를 맛치ᄆᆡ ᄌᆞ지 보고 이로ᄃᆡ,

"이는 모다 예로붓터 젼히온 비니 무엇이 능타 ᄒᆞ리오. 과인의 텰창을 가져오라."

네 낫 군식 텰창을 메고 나와 ᄃᆡ 아러 노니 중이 빅 근이라. ᄯᅩ 젼령ᄒᆞ되,

"졔장 중에 능히 이 창을 들고 말게 올나 쓰는 지 잇스면 ᄃᆡ장군을 숨으리라."

령이 나리ᄆᆡ 금괴졔명(金鼓齊鳴)ᄒᆞ더니 좌영 중으로 한 장쉬 금투갑에 말를 달녀나오며 ᄃᆡ규ᄒᆞ되,

"소장이 시험ᄒᆞ리이다!"

ᄒᆞ거ᄂᆞᆯ 모다 보니 편장군 걸률(乞栗)이라. 말게 ᄂᆡ려 두 손으로 창을 들고 다시 말게 오르려 ᄒᆞ다 못ᄒᆞ야 다만 장ᄃᆡ를 한번 돌고 ᄂᆡ려 노니 즁인이 갈치ᄒᆞ고 금괴 졔명ᄒᆞᄆᆡ ᄌᆞ지 보고 웃더니 후초(後哨) 중에 한 장쉬 텰갑텰투로 말를 노아 나오며 ᄃᆡ규ᄒᆞ되,

"져갓치 ᄒᆞ량이면 엇지 【9】 창을 쓴다 ᄒᆞ리오? 소장의 ᄒᆞᄂᆞᆫ 양을 보소셔."

ᄒᆞ고 말를 달녀오더니 평싱 힘을 다ᄒᆞ야 창을 끌러 말게 올녀 두 손으로 들고 말을 노아 한번 돌더니 ᄂᆡ려 놋는지라. 금괴 졔명ᄒᆞ며 즁인이 ᄯᅩ 갈치ᄒᆞ거ᄂᆞᆯ ᄌᆞ지 보니 이는 부장군 비긔(費器)라. 우스며 분부ᄒᆞ야 은화(銀花) 일ᄃᆡ(一隊)와 은치(銀彩) 한 필노 걸률을 쥬고 금화 일ᄃᆡ와 금치(金彩) 한 필노 비긔를 상쥬라 ᄒᆞᆫ 후 졔신을 ᄃᆡᄒᆞ야 이로ᄃᆡ,

"창을 져갓치 쓰면 엇지 우습지 아니리오. 과인이 한번 시험ᄒᆞ야 졔 경으로 보게 ᄒᆞ리라."

ᄒᆞ고 갑쥬를 갓초고 말게 올나 쌍수로 창을 들고 쓰기를 룡과 범이 쒸노듯 ᄒᆞ더니 바람이 이러나며 찬 긔운이 참담ᄒᆞ며 ᄉᆞ름과 말이 뵈지 아니ᄒᆞᄆᆡ 만영 장졸이 심한골경(心寒骨硬)ᄒᆞ야 만세를 부르니 ᄌᆞ지 만심환희ᄒᆞ야 크게 우스며 뭇되,

"과인의 창 쓰는 법이 엇더ᄒᆞ뇨?"

만조 문뮈 싸에 업ᄃᆡ여 이로ᄃᆡ,

"ᄃᆡ왕의 텬위는 실노 고금에 업스리로다."

ᄒᆞ니 ᄌᆞ지 말게 ᄂᆡ려 하령ᄒᆞ되,

"과인이 ᄌᆞ금(自今)으로 창 쓰는 신무(神武)로 나라를 졍돈ᄒᆞ리니 령을 좃는 ᄌᆞ는 중상ᄒᆞ고 거역ᄒᆞ는 ᄌᆞ는 죽이리라."

ᄒᆞ며 금젼으로 숨군을 상ᄉᆞᄒᆞᆫ 후 환궁ᄒᆞ니 이후로 ᄉᆞ름마다 그 용밍을 두려ᄒᆞ야 나라 일을 마음ᄃᆡ로 ᄒᆞ되 감히 거역ᄒᆞ는 지 업스ᄆᆡ 민심이 흉흉ᄒᆞ야 분한을 픔고 난리를 싱각ᄒᆞ더니 장군 시피(市被) 불평ᄒᆞᆫ 마음을 견ᄃᆡ지 못ᄒᆞ야 감안이 틔ᄌᆞ 평을 보고 의논ᄒᆞ되,

"연국은 젼하의 나라어ᄂᆞᆯ 엇지 이 간젹을 인군이라 용납ᄒᆞ리오? 반다시 죽여야 ᄂᆡ 마음이 쾌ᄒᆞ리로소이다."

티지 이로디,

"니 엇지 간젹 죽이기를 원치 아니리오마는 이 도젹이 용밍ᄒᆞ고 간담이 도으니 만일 말과 갓지 못ᄒᆞ면 도로혀 화를 취ᄒᆞᆯ가 두리노라."

시피 이로디,

"태지 엇지 이갓치 약ᄒᆞ시뇨! 니 밍셰코 이 역젹을 죽이려 ᄒᆞᄂᆞ이다!"

ᄒᆞ더니 맛참 ᄌᆞ지 병 드럿슴을 알고 디희ᄒᆞ되,

"하ᄂᆞᆯ이 나의 원ᄒᆞᄂᆞᆫ 바를 좃고ᄌᆞ ᄒᆞ시도다!"

ᄒᆞ고 번부군(本部軍) 천【10】여 명을 거나리고 밤에 궁문으로 짓쳐 드러가미 빅셩드리 ᄌᆞ지의 학정을 한입골슈(寒入骨髓)ᄒᆞ엿다가 시피의 거병ᄒᆞᆷ을 보고 벌쎄 일 듯 ᄶᅩᆺ추 드러가미 궁문이 닷쳣ᄂᆞᆫ지라 불을 노며 함셩이 텬디 진동ᄒᆞ니, ᄌᆞ지 병즁에 듯고 시피의 군ᄉᆞ 다소를 아지 못ᄒᆞ야 다만 궁문을 굿게 직히라 ᄒᆞ고 날이 발근 후 너시로 검병(禁兵)을 졈고ᄒᆞ야 일졔히 짓쳐 나오니 시피의 군ᄉᆞ와 빅셩드른 모다 오합지즁(烏合之衆)이라 진셰를 일우지 못ᄒᆞ고 오직 금을 치며 북을 울이고 짓쳐 드러가미 ᄌᆞ지 검병을 지촉ᄒᆞ야 나가라 ᄒᆞ미 빅셩드리 분한이 텰골ᄒᆞ야 한편으로 ᄶᅩᆺ기며 한편으로 짓쳐 드러가니 너외 혼살ᄒᆞ야 죽엄이 산 갓되 오히려 승뷔 업더니, 녹모슈로 병부를 가지고 각영 군ᄉᆞ를 불너 구완ᄒᆞ게 ᄒᆞ미 오리지 아니ᄒᆞ야 각영 군시 이르니 빅셩드리 형셰 위급ᄒᆞᆷ을 보고 각기 혀여지니 시피의 군시 엇지 ᄒᆞᆯ노 져당ᄒᆞ리오 다만 픽ᄒᆞ야 다라ᄂᆞ니 녹모슈 군ᄉᆞ를 지휘ᄒᆞ야 짓치라 ᄒᆞ되 군ᄉᆞ의 마음도 분히 역이ᄂᆞᆫ 고로 힘을 다ᄒᆞ지 아니ᄒᆞ야 상지(相持)ᄒᆞᆫ 지 십여 일에 ᄌᆞ웅을 견단지 못ᄒᆞ더니 잇써 ᄌᆞ지의 병이 ᄎᆞ복ᄒᆞᆫ지라 오리 상지ᄒᆞᆷ을 디로ᄒᆞ야 갑쥬를 갓초며 큰 창을 들고 슈쳔인을 거ᄂᆞ려 나ᄂᆞᆫ 듯이 나오미 시피 연일 싸화 피곤ᄒᆞᆫ 즁 ᄌᆞ지 군ᄉᆞ을 거ᄂᆞ리고 친이 진를 임ᄒᆞᆷ을 보고 평일에 그 용밍ᄒᆞᆷ을 아ᄂᆞᆫ지라 싸홀 ᄯᅳᆺ이 업셔 살기를 도망ᄒᆞ거ᄂᆞᆯ ᄌᆞ지 ᄶᅩᆺ치며 창으로 질너 말게 ᄯᅥ러지니 즁군이 칼노 ᄶᅵᆨ어 죽이미 시피의 군시 쥬장의 죽ᄂᆞᆫ 것을 보고 도망ᄒᆞ려 ᄒᆞ되 갈 곳이 업ᄂᆞᆫ지라 일졔히 ᄭᅮ러 만셰를 부르며 살기를 빌거ᄂᆞᆯ ᄌᆞ지 보고 웃스며 이로디,

"져갓치 무릉ᄒᆞᆫ 무리 엇지 작난(作亂)를 ᄒᆞ려 ᄒᆞ엿ᄂᆞ뇨!"

녹모쉬 이로디,

"디왕 갓ᄒᆞ신 텬위ᄂᆞᆫ 고금에 업슬가 ᄒᆞᄂᆞ이다."

ᄌᆞ지 뭇되,

"져 항복ᄒᆞᆫ 군ᄉᆞ를 엇지 쳐치ᄒᆞ리오?"

녹모쉬 이로디,

"죄ᄂᆞᆫ 시피의게 잇고 군ᄉᆞ의【11】게ᄂᆞᆫ 업ᄂᆞ니 빌건디 디왕은 용셔ᄒᆞ소셔."

ᄌᆞ지 이로디,

"경의 말이 올타."

ᄒᆞ고 궁즁에 도라오니 즁신이 하례ᄒᆞ거ᄂᆞᆯ ᄌᆞ지 시피 죽이든 일을 말ᄒᆞ며 ᄌᆞ긍ᄒᆞ기를 마지 아니ᄒᆞ미 녹모쉬 이로디,

"시피ᄂᆞᆫ 한 낫 소인의 무리라 엇지 감히 작ᄂᆞᆫᄒᆞᆯ 의식 잇셧스리오? 필련 가라친 지 잇스리로소이다."

ᄌᆞ지 이로디,

"시피 ᄉᆞᄉᆞ로 군ᄉᆞ를 거ᄂᆞ리고 싸호다가 죽엇거ᄂᆞᆯ 엇지 가라친 지 잇다 ᄒᆞ리오."

녹모쉬 이로디,

"시피 디왕과 원쉬 업거ᄂᆞᆯ 엇지 스ᄉᆞ로 죽기를 취ᄒᆞ리잇고. 일노 보건뒨 가라친 지 잇슴이 분명ᄒᆞ도소이다."

ᄌᆞ지 이로디,

"연왕은 임의 양위를 ᄒᆞ엿ᄂᆞ니 다시 시피를 가라쳣스리오?"

녹모쉬 이로디,

"연왕은 비록 가라치지 아니ᄒᆞ나 태ᄌᆞᄂᆞᆫ 양위ᄒᆞᆷ을 간ᄒᆞ엿ᄂᆞ니 엇지 시피를 가라[치]지 아니리잇고."

ᄌᆞ지 이로디,

"태ᄌᆞ 평은 폐위셔인(廢爲庶人)ᄒᆞᆫ 지 오릭거ᄂᆞᆯ 엇지 시피를 가라쳣스리오?"

녹모쉬 이로디,

"태ᄌᆞ를 폐ᄒᆞ야 셔인을 ᄉᆞᆷ은 고로 그 보수를 ᄒᆞ려 ᄒᆞ야 시피를 갓[가]라친 듯ᄒᆞ오니 신이 싱각건디 시피 갓흔 지 ᄯᅩ 업지 아니ᄒᆞ리니 디왕은 깁히 싱각ᄒᆞ소셔."

ᄌᆞ지 시피를 죽이고 다시 염여ᄒᆞᆯ 비 업다가 녹모슈의 말에 ᄭᆡ다라 드듸여 태ᄌᆞ 평을 잡으려 ᄒᆞ니 태부(太傅) 곽외(郭隗) 이 말을 듯고

놀나 감안이 ᄐᆡᄌᆞ 평을 보고 녹모슈의 ᄒᆞ든 말을 젼ᄒᆞ며 이로ᄃᆡ,

"일이 급ᄒᆞ엿ᄂᆞ니 젼하는 ᄲᆞᆯ니 계교ᄒᆞ시고 지톄 마쇼셔."

ᄐᆡ지 듯고 울며 이로ᄃᆡ,

"부왕이 쳔승의 귀ᄒᆞ심으로 무엇에 쾌치 못ᄒᆞ야 간신의 말을 밋고 양위를 ᄒᆞ시고 홀노 문화궁(文華宮)에 거ᄒᆞ시니 그 ᄯᅳᆺ을 아지 못ᄒᆞ며 셜혹 양위를 ᄒᆞ실지라도 ᄉᆞᄅᆞᆷ이나 갈히여 젼ᄒᆞ셧스면 오히려 나라나 다ᄉᆞ렷스련이와 이갓치 불인불의ᄒᆞᆫ 간젹의게 젼위ᄒᆞ야 ᄇᆡᆨ셩으로 잔학ᄒᆞᆷ을 밧게 ᄒᆞ고 ᄯᅩ ᄒᆡ가 ᄂᆡ 몸에 도라오게 되니 비록 간젹의 악ᄒᆞᆷ이라 ᄒᆞ나 실상은 부왕이 ᄌᆞ취ᄒᆞ신 빈니 안심ᄒᆞ고 잇다가 당ᄒᆞᆯ ᄲᅮᆫ이니 무삼 계괴【12】 잇스리오?"

곽외 이로ᄃᆡ,

"젼ᄒᆡ 그르도쇼이다! 연국 죵ᄉᆞ가 오직 젼하 ᄲᅮᆫ이이어ᄂᆞᆯ 엇지 보젼키를 ᄉᆡᆼ각지 아니시고 오활(迂闊)ᄒᆞᆫ[1] 말을 ᄒᆞ시ᄂᆞ뇨?"

ᄐᆡ지 이로ᄃᆡ,

"션ᄉᆡᆼ의 금옥 갓흔 말을 드르니 엇지 좃지 아니리오. 무슴 계교로 보젼ᄒᆞ기를 도모ᄒᆞ리오?"

곽외 이로ᄃᆡ,

"간젹의 독ᄒᆞᆫ 슈단이 이에 밋치ᄆᆡ 능히 만쥬치 못ᄒᆞ리니 오직 다른 곳으로 도망ᄒᆞ야 잠간 피ᄒᆞ니만 못ᄒᆞ니 간젹의 잔학ᄒᆞᆷ이 이 갓흔즉 필련 오리지 아니ᄒᆞ야 화란이 잇스리니 ᄯᅢ를 타 다시 조종의 긔업을 회복ᄒᆞᆷ이 영웅의 일이라 ᄒᆞ노이다."

ᄐᆡ지 이로ᄃᆡ,

"ᄌᆞ지의 간당이 ᄉᆞ면에 업ᄂᆞᆫ 곳이 업ᄂᆞ니 만일 피화ᄒᆞ기를 비밀이 못ᄒᆞ면 그 화를 면치 못ᄒᆞᆯ가 ᄒᆞ노라."

곽외 이로ᄃᆡ,

"ᄌᆞ지 쥬ᄉᆡᆨ에 침혹ᄒᆞ야 젼하를 의심ᄒᆞᆷ이 업거ᄂᆞᆯ 녹모슈의 참쇼를 듯고 이ᄀᆞᆺ치 ᄒᆞᆷ이 다 염녀ᄒᆞᆯ ᄇᆡ 업ᄂᆞ니 젼하ᄂᆞᆫ 방심ᄒᆞ시고 ᄲᆞᆯ니 도망ᄒᆞ쇼셔."

ᄐᆡ지 이로ᄃᆡ,

"어ᄂᆡ 나라로 가면 가히 피화를 ᄒᆞ리오?"

곽외 이로ᄃᆡ,

"ᄌᆞ지 잔포학민ᄒᆞᄆᆡ 결단코 오ᄅᆡ지 아니리니 젼히 만일 멀니 가셧다가 화란이 잇ᄂᆞᆫ ᄯᅢ에 ᄲᆞᆯ니 도라와 나라를 회복기 어려오리니 갓가온 곳으로 가니만 못ᄒᆞ리로쇼이다."

ᄐᆡ지 이로ᄃᆡ,

"션ᄉᆡᆼ의 말 갓ᄒᆞᆯ진ᄃᆡᆫ 어ᄃᆡ로 가리오?"

곽외 이로ᄃᆡ,

"여긔셔 ᄇᆡᆨ리를 못ᄒᆞ가셔 무종산(無終山)이 잇스되 심히 유벽ᄒᆞ고 신의 옛 친구가 은거ᄒᆞ야 아ᄂᆞᆫ 지 업ᄂᆞ니 젼하ᄂᆞᆫ 갓치 궁인의 복ᄉᆡᆨ을 ᄒᆞ고 그곳으로 가 셩명을 변ᄒᆞ고 ᄌᆞ지의 망ᄒᆞᆯ ᄯᅢ를 기ᄃᆞ리리로쇼이다."

ᄐᆡ지 곽외의 말과 갓치 복ᄉᆡᆨ을 곳치고 도망ᄒᆞ려 ᄒᆞᆯᄉᆡ 곽외 다시 ᄉᆡᆼ각기를 오ᄅᆡᄒᆞ다가 근시 하나를 ᄐᆡ지의 복ᄉᆡᆨ을 ᄒᆞ야 말를 타고 얼골을 가리고 남문으로 갈녀 나가며 거짓 졔나라로 도망ᄒᆞᄂᆞᆫ 모양을 ᄒᆞ고 가ᄃᆞ가 ᄇᆡᆨ리 밧 무인쳐에 이르러 의복을 버셔바리고 감안이 도라오라 ᄒᆞ며 ᄯᅩ 근시 하나에게 분부ᄒᆞ되,

"만일 잡으러 오거든 곽ᄐᆡ부와 갓치 죽기【13】를 청ᄒᆞ라 조정으로 드러갓다 ᄒᆞ라."

ᄒᆞ고 ᄐᆡᄌᆞ와 곽외 감안이 도망ᄒᆞ니라.

ᄎᆞ셜 ᄌᆞ지 비록 말노ᄂᆞᆫ ᄐᆡᄌᆞ를 잡으라 ᄒᆞ나 실상은 ᄒᆡᆼ치 아니ᄒᆞ엿더니 녹모슈 다시 지촉ᄒᆞ되,

"신이 어졔 말ᄒᆞᆫ 바 ᄐᆡᄌᆞ의 일을 심상이 보지 마쇼셔."

ᄒᆞ니 ᄌᆞ지 그졔야 시위장군의게 젼지ᄒᆞ야 ᄐᆡᄌᆞ를 잡아오라 ᄒᆞ니 시위장군이 나는 듯이 ᄐᆡᄌᆞ 잇ᄂᆞᆫ 곳으로 가보니 업ᄂᆞᆫ지라. 근시다려 무른ᄃᆡ ᄃᆡ답ᄒᆞ되,

---

1) 【오활ᄒᆞ다】 [형] {오활(迂闊)하다.} 사정(事情)에 어둡다. ¶ 迂腐 ‖ 젼ᄒᆡ 그르도쇼이다 연국 죵ᄉᆞ가 오직 젼하 ᄲᅮᆫ이이어ᄂᆞᆯ 엇지 보젼키를 ᄉᆡᆼ각지 아니시고 오활ᄒᆞᆫ 말을 ᄒᆞ시ᄂᆞ뇨 (殿下差矣! 大王已受奸人之愚, 不獨以江山送人, 連性命也未必保. 今燕先王宗祀, 惟殿下一人. 殿下若不思急爲之計, 而持此迂腐之論, 豈干蠱之義耶?) <樂田 2:12> 迂闊 ‖ 홀노 보옥은 이 오활ᄒᆞ고 어린 공ᄌᆞ의 셩픔으로 스ᄉᆞ로 ᄒᆞ기롤 져 네 사ᄅᆞᆷ이 가모롤 위열ᄒᆞᄂᆞᆫ 말이라 ᄒᆞ고 (獨寶玉是個迂闊獃公子的心性, 自爲是那四人承悅賈母之詞.) <紅樓 56:84> 져믄 사ᄅᆞᆷ의 말이 오활ᄒᆞ도다 내 마촘 그ᄃᆡ 식냥을 아라 ᄃᆡ졉ᄒᆞ엿거니와 뉘 그ᄃᆡ 셩품을 알리오 <낙셩 1:113>

“식젼에 곽태부의 말을 듯고 죄를 청ᄒᆞ려 조졍으로 갓다.”

ᄒᆞ니 시위장군이 도라와 회보ᄒᆞᆫᄃᆡ ᄌᆞ지 이로ᄃᆡ,

“죄를 청ᄒᆞ라 왓스면 엇지 지금ᄭᅡ지 아니 왓스리오?”

녹모ᄉᆔ 이로ᄃᆡ,

“필련 집에 슘어 잇셔 방ᄉᆡᆨ(防塞)ᄒᆞᆫ가[2] ᄒᆞᄂᆞ이다.”

ᄌᆞ지 젼지ᄒᆞ야 시위 일ᄃᆡ로 가셔 뒤지라 ᄒᆞ니 도라와 보ᄒᆞ되,

“각쳐로 슈식ᄒᆞ나 잡지 못ᄒᆞ엿다.”

ᄒᆞ니 녹모ᄉᆔ ᄯᅩ 이로ᄃᆡ,

“ᄐᆡᄌᆡ 쇼식를 먼져 듯고 도망ᄒᆞᆷ이니 만약 잡아 쥭이지 못ᄒᆞ면 후환이 되리이다.”

ᄌᆞ지 ᄃᆡ로ᄒᆞ야 젼지ᄒᆞ되,

“졔가 도망을 ᄒᆞ여도 멀이 가지ᄂᆞᆫ 못ᄒᆞ엿스리라.”

ᄒᆞ고 각 영쟝(營將)으로 길을 난화 ᄶᅩᆺᄎᆞ 잡으라 ᄒᆞ니 남문 직흰 지 보ᄒᆞ되,

“ᄐᆡᄌᆡ 말을 달녀 얼골을 가리고 남문으로 나갓ᄂᆞ이다.”

ᄒᆞ거ᄂᆞᆯ 군ᄉᆡ 말을 노아 ᄶᅩᆺᄎᆞ ᄇᆡᆨ리를 못 가셔 고묘 압희 ᄐᆡᄌᆞ의 々복이 잇거ᄂᆞᆯ 가지고 도라와 회보ᄒᆞ되,

“타국으로 도망ᄒᆞ여 갓다.”

ᄒᆞ니 ᄌᆞ지 문셔를 각 ᄃᆡ방에 보ᄂᆡ고 잡으려 ᄒᆞᄆᆡ 연왕의 ᄌᆞ손드리 각々 마음이 편치 못ᄒᆞ야 ᄐᆡᄌᆞ의 셔뎨 공ᄌᆞ직(公子職)이 한국(韓國)으로 도망ᄒᆞᄆᆡ 각국 졔휘 이 쇼식을 듯고 ᄌᆞ지의 무도ᄒᆞᆷ을 무히 역여 모다 불평ᄒᆞᆫ 마음이 잇스니 후ᄉᆡ 엇지된고? 하회를 분히ᄒᆞ라.

---

2) 【방ᄉᆡᆨᄒᆞ다】 동 {방색(防塞)하다.} 핑계하여 모면하다. ¶ 搪塞 ‖ 녹모ᄉᆔ 이로ᄃᆡ 필련 집에 슘어 잇셔 방ᄉᆡᆨᄒᆞᆫ가 ᄒᆞᄂᆞ이다 (鹿毛壽奏道: “必是隱藏在家, 將此言搪塞.”) <樂田 2:13> 즁인이 몬져 듯기의 니환이 ᄒᆞᆯ노 일을 판단ᄒᆞᆫ다 ᄒᆞᄆᆡ 각각 심즁의 가마니 깃거ᄒᆞ여 뻐ᄒᆞᄃᆡ 니환이 평일의 후덕ᄒᆞ여 은혜ᄅᆞᆯ 만히 베플며 벌을 쥬지 아니ᄒᆞᄆᆡ ᄌᆞ연 봉져의 비ᄒᆞ면 방ᄉᆡᆨᄒᆞ여 (衆人先聽見李紈獨辦, 各各心中暗喜, 以爲李紈素日是個厚道多恩無罰的, 自然比鳳姐兒好搪塞.) <紅樓 55:13>

뎨ᄉᆞᆷ회
명장흥ᄉᆞ위탐린리 견군소고ᄀᆡ회젼건
命將興師爲貪隣利 見君訴苦蓋悔前愆

【14】 화셜 쥬난왕(周赧王) 원년에 션왕(宣王)이 연국이 ᄃᆡ란ᄒᆞᆷ을 듯고 군신과 상의ᄒᆞ되,

"연나라이 우리나라 북방에 잇셔 비록 그 아달노 볼모를 ᄒᆞ고 화호(和好)ᄒᆞ나 피ᄎᆞ에 틈을 보아 치려 ᄒᆞ더니 이졔 연국 신미[민](臣民)이 ᄌᆞ지(子之)의게 불복ᄒᆞ야 ᄂᆡ란이 이러낫ᄂᆞ니 이ᄂᆞᆫ 망ᄒᆞᄂᆞᆫ ᄀᆡ회라 ᄂᆡ 장찻 치고ᄌᆞ ᄒᆞ노니 경등의 ᄯᅳᆺ은 엇더ᄒᆞ뇨?"

로셩(老成)ᄒᆞᆫ 신하ᄂᆞᆫ 이로되,

"연국에 비록 ᄂᆡ란이 잇스나 쥬나라 텬ᄌᆡ 봉ᄒᆞ신 나라히니 만일 치게 되면 졔휘 불복ᄒᆞᆯ 것이오 ᄯᅩ ᄌᆞ지 용ᄆᆡᆼᄒᆞᄆᆡ 승부를 미리 졍치 못ᄒᆞ리니 다시 피폐ᄒᆞ기를 기대려 도모ᄒᆞ니만 못ᄒᆞᆯ가 ᄒᆞᄂᆞ이다."

ᄒᆞ니 용ᄆᆡᆼ 잇ᄂᆞᆫ 신하ᄂᆞᆫ 이로ᄃᆡ,

"이ᄂᆞᆫ 셕은 션ᄇᆡ의 〃논이라! 시무(時務)를 아ᄂᆞᆫ ᄌᆡ 호걸이니 연과 졔가 졉경 되ᄆᆡ 우리가 치지 아니면 연나라히 치려 ᄒᆞᆯ지라. 이졔 연국에 ᄂᆡ란이 잇슴은 하날이 망케 ᄒᆞ심이어ᄂᆞᆯ 엇지 취치 아니리오? ᄃᆡ왕은 ᄲᆞᆯ니 상장을 명ᄒᆞ야 일리 십만 군ᄉᆞ를 거ᄂᆞ리고 가 연나라 도읍을 답평(踏平)ᄒᆞ면 ᄌᆞ지 비록 용ᄆᆡᆼᄒᆞ나 민심이 ᄇᆡ반ᄒᆞᄆᆡ 필부의 용에 지나지 못ᄒᆞ야 ᄉᆞ로잡기 용이ᄒᆞᆯ지라. 만약 연국을 엇게 되면 텬하 졔휘 졔나라 강ᄒᆞᆫ 것을 두려 감히 항거치 못ᄒᆞ리이다."

졔왕이 ᄃᆡ희ᄒᆞ야 뭇되,

"뉘 가히 연나라를 파ᄒᆞ리오?"

반부(班部) 즁에셔 한 사ᄅᆞᆷ이 나와 부복ᄒᆞ되,

"신이 비록 ᄌᆡ죄 업스나 일지군을 거ᄂᆞ리고 가 ᄌᆞ지를 ᄉᆞ로잡아 ᄃᆡ왕게 드리리이다."

ᄒᆞ거ᄂᆞᆯ 졔왕이 보니 장군 광장(匡章)이라. 인ᄒᆞ야 뭇되,

"경이 가려 ᄒᆞ니 군사를 을마나 ᄒᆞ면 가히 치리오?"

광장이 이로ᄃᆡ,

"군ᄉᆞᄂᆞᆫ 만ᄒᆞᆫ ᄃᆡ 잇지 아니ᄒᆞ고 졍예ᄒᆞᆷ에 잇ᄂᆞ니 졍병 심만을 쥬시면 가히 연국에 종횡ᄒᆞ리이다."

졔왕이 그 말을 장히 역여 광장으로 상장군을 ᄉᆞᆷ아 군ᄉᆞ 십만을 거ᄂᆞ리고 가 연나라을 치게 ᄒᆞ니 광장이 ᄐᆡᆨ일 츌ᄉᆞᄒᆞᆯ시 청하(淸河)와 발ᄒᆡ(渤海)를 좃ᄎᆞ 나가며 연국 신민을 진동코ᄌᆞ ᄒᆞ야 격문을 보ᄂᆡ여 위엄을 빗ᄂᆡ니 그 격셔에 왈,

【15】 졔국 ᄃᆡ원슈 상장군 광장은 연국 신민의게 포고ᄒᆞ노니 ᄌᆞ지 신하로 인군의 ᄌᆡ리를 찬탈ᄒᆞ고 ᄇᆡᆨ셩을 잔학ᄒᆞ야 죄악이 관영(貫盈)ᄒᆞᆷ을 업시코ᄌᆞ ᄒᆞ야 십만 ᄃᆡ군으로 디경에 이르나니 쥬텬ᄌᆡ 봉ᄒᆞ신 지 팔ᄇᆡᆨ년에 연왕 쾌(噲)와 간젹 ᄌᆞ지 갓ᄒᆞᆫ ᄌᆡ 업ᄂᆞᆫ지라. 연왕 쾌ᄂᆞᆫ 조종의 ᄀᆡ업을 바려 불츙불효를 범ᄒᆞ고 ᄌᆞ지ᄂᆞᆫ 간계로 인군을 속여 ᄌᆞ리를 ᄲᅢᆺ고 ᄇᆡᆨ셩을 포학ᄒᆞ니 비록 쇄시만단(碎尸萬端)ᄒᆞ여도 죄를 속지 못ᄒᆞᆯ지라. 졧나라 환공의 ᄑᆡ업을 이어 텬ᄌᆞ의 위엄을 ᄯᅥᆯ치려 ᄒᆞ노니 너의 신민된 ᄌᆞᄂᆞᆫ 하ᄂᆞᆯ을 슌이 ᄒᆞ고 거역지 말지어다.

격셔가 연국에 이르ᄆᆡ 녹모쉬 먼져 보고 마음에 착급ᄒᆞ야[3] ᄌᆞ지의게 고ᄒᆞ되,

---

3) 【착급ᄒᆞ다】 [형] {착급(着急)하다.} 황급(遑急)하다. 초조(焦燥)하다. ¶ 着忙 ‖ 격셔가 연국에 이르ᄆᆡ

"신이 젼에 딕왕게 고ᄒᆞ고 션위ᄒᆞᆫ 일노 졔후의게 포고ᄒᆞ야 치하ᄒᆞ도록 알외나 딕왕이 듯지 아니ᄒᆞ시더니 이졔 졔왕이 광장으로 군ᄉᆞ를 거ᄂᆞ리고 문죄ᄒᆞ려 오ᄂᆞ니 장찻 엇지ᄒᆞ리잇고?"

ᄌᆞ지 웃되,

"경은 엇지 겁ᄒᆞᄂᆞ뇨? 과인이 인군될 복과 직조와 용밍이 잇고 연국 디방이 쳔여 리요 디갑(帶甲)이 슈십만이며 병경악족(兵精糧足)ᄒᆞᄂᆞ니 광장이 비록 군ᄉᆞ를 거ᄂᆞ리고 오나 양을 몰고 범의 골노 드러옴 갓흐니 엇지 근심ᄒᆞᆯ 비리오."

녹모쉬 이로딕,

"신은 드르니 병교졸틱ᄌᆞ(兵嬌卒怠者)ᄂᆞᆫ 픽(敗)라 ᄒᆞ니 가히 소우(疏虞)홈이 업도록 ᄒᆞ리니 딕왕은 군ᄉᆞ로 셩지를 굿게 직히쇼셔."

ᄌᆞ지 웃되,

"젼일에 시픠 작란ᄒᆞᆯ 쎠에도 경은 공겁ᄒᆞ나 과인이 한 창으로 죽엿ᄂᆞ니 이졔 장광이 온들 그와 다르리오."

녹모쉬 이로딕,

"국상장군으로 군ᄉᆞ 십만을 거ᄂᆞ리고 물미듯 드러오거놀 엇지 시픠의게 비ᄒᆞ리잇고."

ᄌᆞ지 이로딕,

"경이 말이 이 갓흐니 맛당히 대쟝 가뢰(賈雷)를 명ᄒᆞ야 군ᄉᆞ 오만을 거ᄂᆞ려 광장을 딕젹ᄒᆞ며 각쳐 지경을 직히라 ᄒᆞ야 만약 쇼우홈이 잇스면 용셔치 아니리라."

ᄒᆞ고 가뢰로 군ᄉᆞ를 거ᄂᆞ리고 가라 ᄒᆞ니 녹모쉬 이로딕,

"비록 이갓치 방비ᄒᆞ【16】나 쏘ᄒᆞᆫ 승픽를 아지 못ᄒᆞ리니 딕왕은 별노히 냥칙을 싱각ᄒᆞ소셔."

ᄌᆞ지 우스며 왈,

"졔나라 군시 날기 잇셔도 능히 방비홈을 날나 드러오지 못ᄒᆞ리니 경은 과히 염녀 말나. 혹ᄌᆞ 불여의홈이 잇스면 과인의 힘으로 당ᄒᆞ리라."

ᄒᆞ고 환궁ᄒᆞ니라.

녹모쉬 쳐음에 연왕 쾌를 권ᄒᆞ야 ᄌᆞ지의게 양위ᄒᆞ도록 홈은 ᄌᆞ지의 용밍과 지혜 과인홈을 보고 각 졔휘 감히 침범치 못ᄒᆞ리라 ᄒᆞ야 ᄌᆞ지를 찬조ᄒᆞ야 찬탈ᄒᆞ고 져ᄂᆞᆫ 부귀를 누리려 홈이러니 쓧과 갓지 못ᄒᆞ야 ᄌᆞ지 쥬식에 황음ᄒᆞ야 빅셩이 요란ᄒᆞᆫ 중 광장의 군시 디경을 범ᄒᆞ믹 마음이 황겁ᄒᆞ야 ᄌᆞ지를 간ᄒᆞ되 듯지 아니홈을 보고 괴로온 경셰를 말ᄒᆞᆯ 곳이 업셔 문화궁에 드러가 연왕 쾌를 보니 연왕은 쳐량히 안져 조을고 겻히 몃 ㄱ 궁인이 ᄉᆞ후ᄒᆞ나 경식이 참담ᄒᆞᆫ 지라. 녹모쉬 마음에 뉘웃치며 조현ᄒᆞ되,

"녹모쉬 조현(朝見)ᄒᆞ나이다."

ᄒᆞ니 연왕이 혼침ᄒᆞᆫ 중에 듯고 놀나 보니 녹모슈라 슬품을 견디지 못ᄒᆞ야 눈물을 먹음고 이로딕,

"녹딕뷔 엇지 이곳에 오뇨? 이 아니 몽즁이냐?"

녹모쉬 알외되,

"딕왕은 경신을 슈습ᄒᆞ소셔. 엇지 꿈이라 ᄒᆞ시ᄂᆞ잇가?"

연왕이 이로딕,

"과인이 비록 양위ᄂᆞᆫ ᄒᆞ엿스나 경과 젼일 군신지의 잇거놀 한번도 보지 아니ᄒᆞ더니 오날은 엇지 완ᄂᆞ뇨?"

녹모쉬 이로딕,

"신이 아니오려 홈이 아니라 딕왕이 셥양ᄒᆞ시ᄂᆞᆫ 곳에 요란홈이 방히될가 오지 못홈이로소이다."

연왕이 이로딕,

"경의 말 갓흘진딘 오날은 엇지 완ᄂᆞ뇨?"

녹모쉬 이로딕,

"신이 딕왕을 권ᄒᆞ야 양위ᄒᆞ도록 홈은 소딕의 말을 그릇 듯고 ᄌᆞ지를 착ᄒᆞᆫ ᄉᆞ룸인가 ᄒᆞ얏더니 근일 보건딕 쥬식에 침혹ᄒᆞ야 빅셩을 잔학ᄒᆞ기로 신이 여러 번 간ᄒᆞ엿스되 듯지 아니ᄒᆞ더니 방금 졔병이 디경을 범ᄒᆞ나 조금도 동심홈이 업ᄂᆞ니 일노 혀아리건딘 딕왕의 양위ᄒᆞ신 마음을 져바림인고로 신이 승간(乘間)ᄒᆞ야 딕왕게 조【17】현ᄒᆞ오니 여긔 오셔 셥양ᄒᆞ심이 쓧과 갓흐시니잇가?"

연왕이 듯고 눈물이 비오듯 ᄒᆞ되,

녹모쉬 먼져 보고 마음에 착급ᄒᆞ야 ᄌᆞ지의게 고ᄒᆞ되 (檄文一路行來, 早有人報知燕國. 鹿毛壽聞信, 十分着忙, 立時報知子之道.) <樂田 3:15> 보옥의 착급ᄒᆞ여 ᄒᆞᄂᆞᆫ 거슬 두려워ᄒᆞ여 (又怕寶玉着急.) <紅樓 52:95> 그 중 ᄒᆞᆫ ᄉᆞ람이 권히ᄒᆞ야 이르되 그디들은 착급히 구지 말나 (門中有個解勸道: "你們衆位不必着急.) <綠牡 1:85> ⇒ 착급ᄒᆞ다, 축급ᄒᆞ다, 탹급ᄒᆞ다

"과인이 션왕의 긔업을 계승ᄒᆞ야 연산(燕山)과 역슈(易水) 이쳔여 리를 두고 군신으로 질기더니 도로혀 괴로옴을 두려ᄒᆞ야 경의 말을 듯고 양위를 ᄒᆞ엿더니 이 궁으로 온 후로 옷과 밥도 업셔 쥬야에 두어 긔 늘근 궁인으로 지강[糟糠]을 먹고 잇스니 엇지 긔나 돗과 다르리오. 몸이 괴롭기난 옥에 갓친 것이나 다름 업습은 모다 경의 덕이나 무슴 셥양을 ᄒᆞᆫ다 ᄒᆞᄂᆞ뇨?"

녹모쉬 짜에 빅복ᄒᆞ야 말을 못ᄒᆞ다가 이로ᄃᆡ,

"엇지 이럿토록 ᄒᆞ리잇가! 이난 신이 ᄃᆡ왕을 그릇홈이니 좀시 참고 게시면 ᄌᆞ지 졔병과 싸화 피ᄒᆞ거든 신이 소ᄃᆡ와 빅셩을 회동ᄒᆞ야 ᄃᆡ왕으로 복위ᄒᆞ도록 ᄒᆞ리이다."

연왕이 이로ᄃᆡ,

"만약 이 갓흐면 다시 텬일(天日)을 봄이니 다만 물이 한번 가면 다시 도라오지 못홀가 ᄒᆞ노라."

녹모쉬 이로ᄃᆡ,

"ᄉᆞ셰를 보아 도모ᄒᆞ리이다."

ᄒᆞ고 하직고 나오니라.

각셜 광장(匡章)의 군ᄉᆡ 연나라로 짓쳐 오더니 셩 직히든 장졸이 ᄌᆞ지 원망홈이 골슈에 ᄉᆞ못친지라 누가 힘을 다ᄒᆞ야 직히리오. 또 빅셩드른 ᄌᆞ지가 인군으로 오러 잇슬가 두려ᄒᆞ야 셩문을 열고 항복ᄒᆞ며 장졸과 갓치 단ᄉᆞ호장(簞筈壺漿)으로 졔병을 맛되 다만 빅셩을 히치 말나 ᄒᆞ니 광장이 쳐음은 의혹ᄒᆞ다가 손에 병긔 업습을 보고 ᄃᆡ희ᄒᆞ야 령을 ᄂᆞ리되,

"빅셩을 잔히치 말나."

ᄒᆞ며 반졈 힘도 허비치 안코 연나라 셩지 칠팔 쳐를 엇고 가릐의 군ᄉᆞ와 만나ᄆᆡ 가릐난 ᄌᆞ지의 당유(黨類)라 졔병의 강셩홈을 보고 비록 두려ᄒᆞ나 힘으로 막고ᄌᆞ ᄒᆞ야 진셰를 베풀며 장창을 빗기고 나오며 이로ᄃᆡ,

"연나라와 졔나라히 화호ᄒᆞᆫ 지 오러거ᄂᆞᆯ 네 무슴 일노 ᄃᆡ경을 침범ᄒᆞᄂᆞ뇨?"

광장이 ᄃᆡ답ᄒᆞ되,

"연과 졔는 소공(召公)과 ᄐᆡ공(太公)의 ᄌᆞ손이어ᄂᆞᆯ ᄌᆞ지와 무슴 관계 잇스리오. 이는 란신적ᄌᆞ(亂臣賊子)라. ᄂᆡ ᄃᆡ의를 드러 치ᄂᆞ니 엇지 일홈 업다 ᄒᆞ랴."

가릐 이【18】로ᄃᆡ,

"연왕이 덕이 업습으로 ᄌᆞ지의게 양위홈이오 찬탈홈은 아니노라."

광장이 이로ᄃᆡ,

"인군과 신하는 갓과 신 갓ᄒᆞ니 갓이 비록 파상ᄒᆞ나 가히 발에 신지 못ᄒᆞᆯ 것이오 신이 비록 시 것이나 엇지 머리에 쓰리오! 허물며 ᄌᆞ지는 신하 즁 ᄃᆡ간ᄃᆡ악(大奸大惡)이어ᄂᆞᆯ 무슴 덕이 잇서 감히 션위를 밧고 졔후와 동렬이 되고ᄌᆞ ᄒᆞ리오? 네 텬명을 아지 못ᄒᆞ고 망녕되이 향[항]거ᄒᆞ려 ᄒᆞ니 쥭어 뭇칠 싸히 업스리라."

ᄒᆞ고 군ᄉᆞ를 지휘ᄒᆞ야 나아가니 가릐 머리를 돌녀 군ᄉᆞ를 부르ᄆᆡ 오만 군ᄉᆡ 갑옷과 창을 바리고 도망ᄒᆞᄂᆞᆫ 지 열에 칠팔이라. 가릐 급히 도망코ᄌᆞ ᄒᆞ다가 좌편 팔에 살을 맛고 말게 써러지니 졔병이 닷토아 육장을 믠드니라. 가릐 쥭으ᄆᆡ 다시 막을 지 업셔 졔병이 무인디경갓치 연나라 도셩에 다다르ᄆᆡ 탐마(探馬) ᄌᆞ지의게 보ᄒᆞ니 후ᄉᆡ 엇지된고? 하회를 분ᄒᆡᄒᆞ라.

뎨ᄉᆞ회
연ᄌᆞ지무도슈졔형 졔광쟝유심란연국
燕子之無道受齊刑 齊匡章有心亂燕國

화셜 ᄌᆞ지(子之) 급ᄒᆞᆷ을 듯고 녹모슈(鹿毛壽)를 불너 상의 왈,

"졔나라 군ᄉᆡ 엇지 그리 ᄲᆞᆯ니 왓ᄂᆞ뇨?"

녹모쉬 ᄃᆡ답ᄒᆞ되,

"젼일 신이 알외되 듯지 아니시고 쥬ᄉᆡᆨ에 침혹ᄒᆞ며 ᄇᆡᆨ셩을 잔학ᄒᆞ신 고로 졔병이 이르ᄂᆞᆫ 곳마다 창을 거구로 ᄭᅳᆯ고 다라나 막을 지 업기로 신이 다시 알외려 ᄒᆞ나 ᄃᆡ왕이 진로ᄒᆞ실가 두려ᄒᆞ야 감히 고치 못ᄒᆞᆷ이로소이다."

ᄌᆞ지 ᄉᆡᆼ각다가 이로ᄃᆡ,

"과인이 잇ᄂᆞ니 무엇을 두려ᄒᆞ리오. 과인의게 친신ᄒᆞᆫ 군ᄉᆡ 을마나 되ᄀᆞᆺᄂᆞ뇨?"

녹모쉬 이로ᄃᆡ,

"신이 졈고ᄒᆞ여[4] 보오니 밧게 잇난 군ᄉᆞ난 이ᄉᆞᆷ십 만이로되 도셩에 닛난 ᄌᆡ 만여 명 즁에 친신ᄒᆞᆯ ᄌᆞ난 ᄉᆞ쳔 명에 지나지 못ᄒᆞᄂᆞ이다."

ᄌᆞ지 우스며 이로ᄃᆡ,

"군ᄉᆞ난 졍예ᄒᆞᆫ 데 잇고 만ᄒᆞᆫ 데 상관 업ᄂᆞ【19】니 경은 근심치 말고 친신ᄒᆞᆫ 군ᄉᆞ 오쳔 명만 졈고ᄒᆞ라. 과인이 한 창으로 광장을 질너 쥭이리라."

녹모쉬 몸을 버셔나지 못ᄒᆞ고 군ᄉᆞ 오쳔을 졈고ᄒᆞ야 남셩에 이르니 ᄌᆞ지 갑쥬를 갓쵸고 슈ᄇᆡᆨ 긔 건장을 거ᄂᆞ려 오쳔 명 군ᄉᆞ를 졈고ᄒᆞᆫ 후 궁으로 도라와 하령ᄒᆞ되,

"셩 우에 긔을 ᄭᅩᆺ고 셩문을 굿게 직혀 ᄉᆞᆷ일을 지나면 졔병의 예긔 쇠찰ᄒᆞ리니 과인이 나가 치거든 녹경(鹿卿)은 군ᄉᆞ를 모라 후응이 되면 졔병 십만을 발바 쥭이리라."

ᄒᆞ고 소를 잡아 장졸을 호궤ᄒᆞ니 군ᄉᆞ의 질기난 소ᄅᆡ 텬디 진동ᄒᆞ되 ᄇᆡᆨ셩은 ᄌᆞ지 원망ᄒᆞᆷ이 텰골ᄒᆞ야 도로혀 이길가 두려ᄒᆞ야 감안이 셩문을 열고 졔병으로 깃쳐 드러오게 ᄒᆞ니 금괴현[훤]텬ᄒᆞ며 졍긔 폐일ᄒᆞ야 ᄐᆡ산이 누르듯 드러오ᄆᆡ ᄌᆞ지의 친신병 오쳔이 종젹업시 도망ᄒᆞᆫ지라. ᄌᆞ지와 녹모슈난 능히 버셔나지 못ᄒᆞᄆᆡ 쥭기를 무릅쓰고 일장을 혼젼ᄒᆞ다가 녹모슈난 여러 장졸의 창과 칼에 질녀 쥭으니 ᄌᆞ지 홀노 창을 빗기고 동츙셔돌(東衝西突)ᄒᆞ야 날이 늣도록 싸화 졔병 쥭은 지 다소를 아지 못ᄒᆞ니 엇지 십만 ᄃᆡ병을 져당ᄒᆞ리오. 광장의 한번 호령에 일졔히 에워싸고 치니 ᄌᆞ지 비록 용ᄆᆡᆼᄒᆞ나 팔에 칼을 질니며 허리에 살을 맛고 긔력이 졈졈 진ᄒᆞ야 다라나고ᄌᆞ ᄒᆞ다가 말이 창을 맛고 걱구허[러]지ᄆᆡ ᄌᆞ지 ᄯᅡ에 ᄯᅥ러지니 졔병이 칼노 ᄶᅵᆨ으려 ᄒᆞ거ᄂᆞᆯ 광장이 젼령ᄒᆞ야 ᄉᆞ로잡으라 ᄒᆞ야 텰ᄉᆡᆨ(鐵索)으로 결박ᄒᆞ야 함거에 가두고 일ᄃᆡ 병졸노 호송ᄒᆞ야 임치로(臨淄)로 보ᄂᆡ며 쳡셔를 올니고 연왕 셩즁에 군ᄉᆞ를 둔쳐 연왕 쾌가 어ᄃᆡ 잇슴을 탐지ᄒᆞ더라.

각셜 연왕 쾌 녹모슈의 말을 듯고 업친 믈을 다시 거두고ᄌᆞ ᄒᆞᄂᆞᆫ 마음이 잇셔 근시로 ᄆᆡ일 소식을 탐지ᄒᆞ더니 홀련 드르니 방포쇼ᄅᆡ 텬디 진동ᄒᆞ며 졔병이 셩즁에 드러와 녹모슈를 쥭

---

4) 【졈고ᄒᆞ다】 동 점고(點考)하다. ¶ 査點 ‖ 신이 졈고ᄒᆞ여 보오니 밧게 잇난 군ᄉᆞ난 이ᄉᆞᆷ십 만이로되 도셩에 닛난 ᄌᆡ 만여 명 즁에 친신ᄒᆞᆯ ᄌᆞ난 ᄉᆞ쳔 명에 지나지 못ᄒᆞᄂᆞ이다 (臣已査點明白，兵散在外者雖有二、三十萬人，然實在都城者不過萬餘，而萬餘中，敢親信者不過四五千人.) <樂田 4:18> 신의 ᄯᅳᆺ도 ᄯᅩᄒᆞᆫ ᄲᅡ져 쥭기로 결단ᄒᆞ야시니 군인의 ᄐᆡ만ᄒᆞ믈 분ᄒᆞ야 들여 ᄇᆡᆨ사ᄅᆞᆷ을 졈고ᄒᆞ니 <표히 1:9> ⇒ 뎜고ᄒᆞ다

이고 즈지를 스로잡아 갓다 ᄒᆞ며 ᄯᅩ 연왕 잇는 곳을 찻는다 ᄒᆞ거ᄂᆞᆯ 연왕 쾌 숨혼【20】칠빅(三魂七魄)이 운쇼(雲霄)에 흣터짐을 ᄭᆡ닷지 못ᄒᆞ야 통곡ᄒᆞ되,

"이는 과인이 즈취홈이라."

ᄒᆞ고 들보에 목을 미고 죽으니 광장은 연왕을 잡아 임치로 보니려 ᄒᆞ다가 마음과 갓치 못홈을 한ᄒᆞ며 군ᄉᆞ로 연국 종묘를 휠고 부고 중 보화를 탈취ᄒᆞ야 수워레 시러 임치로 보니며 졔왕의 발낙(發落)을 쳥ᄒᆞ니 잇ᄯᅵ에 연국 디방 쳔여 리가 모다 광장의 어든 빈 되야 도셩에 잇셔 빅셩을 노략ᄒᆞ더라.

각셜 졔션왕(齊宣王)이 광장으로 연국을 치라 ᄒᆞᆫ 지 오십여 일에 연국을 디파ᄒᆞ고 즈지를 사로잡으며 보화를 슈운ᄒᆞ야 보니고 공을 쳥ᄒᆞ미 깃븜을 이긔지 못ᄒᆞ야 노략ᄒᆞ야 온 보화는 궁중으로 드리고 즈지는 가두엇다가 턱일ᄒᆞ야 종묘에 현부(獻俘)홀시 졔 션왕(宣王)이 참남이 곤복을 갓초고 병위를 베푼 후 즈지를 잡아 드려 쑬니고 뭇되,

"너는 연나라 필부로 경승으로 잇슴도 과분ᄒᆞ거든 혼군을 속이고 양위ᄒᆞᆫ다 칭탁ᄒᆞ야 인군의 즈리를 찬탈코즈 ᄒᆞ야 간악ᄒᆞᆫ 꾀로 연국 종ᄉᆞ를 탈취ᄒᆞ고 오히려 어진 일을 힝치 아니ᄒᆞ야 황음무도ᄒᆞ미 우흐로 하날이 무이 역이시고 아리로 빅셩이 원망ᄒᆞ기로 과인이 그 잔포홈을 업시ᄒᆞ고 만민의 도탄을 구코즈 ᄒᆞ야 너를 잡아다가 죄를 다시리려 ᄒᆞᄂᆞ니 네 무슴 말을 ᄒᆞ랴."

즈지 눈을 감고 귀 먹은 듯ᄒᆞ미 졔왕이 명ᄒᆞ야 즈지를 능지쳐ᄉᆞ(陵遲處死)ᄒᆞ야 그 고기로 오작을 먹게 ᄒᆞ야 란신적즈를 징계ᄒᆞᆫ 후 광장의 공을 포장ᄒᆞ고 인ᄒᆞ야 연국을 소평ᄒᆞ라 ᄒᆞ니 광장이 더욱 교만ᄒᆞ야 빅셩을 무휼홈이 업고 미일 군ᄉᆞ를 노아 지물을 겁탈ᄒᆞ니 민졍이 평안ᄒᆞᆫ 날이 업더라.

각셜 연국 빅셩드리 즈지를 원망홈이 골슈에 ᄉᆞ못쳐 단ᄉᆞ호장으로 졔병을 마지며 티평ᄒᆞᆫ 락을 보려 ᄒᆞ엿더니 광장의 잔포불인홈이 즈지보다 심ᄒᆞ미 일노 인ᄒᆞ야 민심이 분한을 품고 연티즈 평을 ᄎᆞᄌᆞ 셰우고 연국을 회복고즈 ᄒᆞ더라.

ᄎᆞ셜 곽외(郭隗) 티즈(太子) 평(平)으로【21】무종산(無終山) 친구의 집에 숨어 잇셔 셩명을 변ᄒᆞ고 ᄉᆞ롬을 보니여 밧겻 소식를 탐지ᄒᆞ더니 졔병이 드러와 즈지를 잡아가고 연왕은 스ᄉᆞ로 죽엇다 홈을 듯고 티지 통곡ᄒᆞ되,

"이 원슈를 어니 ᄯᅵ에 갑푸리오?"

ᄒᆞ니 곽외 말유ᄒᆞ되,

"젼하는 이 갓흔 말은 마소셔. 졔병이 ᄉᆞ면에 잇ᄂᆞ니 만일 ᄉᆞ긔(事機) 비밀치 못ᄒᆞ면 화가 밋칠가 ᄒᆞᄂᆞ이다."

티지 이로듸,

"종ᄉᆞ가 망ᄒᆞ고 빅셩은 졔나라 인민이 되엿ᄂᆞ니 니 ᄉᆞ라 잇셔 무엇ᄒᆞ리오. 차라리 죽어 션왕을 좃는 이만 못홀가 ᄒᆞ노라."

곽외 이로듸,

"젼하는 안졍이 계시면 신이 감안이 나아가 확실ᄒᆞᆫ 소식을 탐지ᄒᆞᆫ 연후에 다시 의논ᄒᆞ리로소이다."

ᄒᆞ고 젼과 ᄀᆞᆺ치 궁인의 모양을 ᄒᆞ고 옥젼계(玉田界)로 나오니 원릭 무종산은 상고 ᄯᅵ에 무종국(無終國)으로 연ᄂᆞ라 옥젼계와 폅근ᄒᆞ더라. 곽외 밋쳐 소식을 탐지ᄒᆞ지 못ᄒᆞ야 한 ᄉᆞ롬이 즈셰 보거ᄂᆞᆯ 곽외 아라볼가 두려ᄒᆞ야 궁벽골노 드러가니 그 ᄉᆞ롬이 좃ᄎᆞ 드려오며 이로듸,

"우리 등이 곽로야를 아니 차져본 곳이 업더니 다힝이 이곳에셔 만나도다."

ᄒᆞ거ᄂᆞᆯ 곽외 머리를 슉이고 다라나미 그 ᄉᆞ롬이 좃ᄎᆞ오며 ᄯᅩ 이로듸,

"로야는 엇지 피ᄒᆞ시ᄂᆞ뇨? 나는 다른 ᄉᆞ롬이 아니라 젼에 로야를 뫼시고 잇든 포신(鮑信)이니 방금 연나라에 인군이 업셔 빅셩이 도라갈 곳이 업기로 로야를 ᄎᆞ져 뵈옵고 의논ᄒᆞ려 ᄒᆞᄂᆞ이다."

곽외 도라보니 과연 얼골이 아든 것 갓ᄒᆞᆫ지라 의아ᄒᆞ야 디답ᄒᆞ되,

"그듸 엇지 날다려 곽로야라 부르ᄂᆞ뇨? 잘못 아랏도다."

포신이 이로듸,

"로야난 의심치 마소셔. 연국 빅셩이 참아 졔ᄂᆞ라로 도라가지 못ᄒᆞ야 로야를 ᄎᆞ져 회복기를 의논ᄒᆞ려 ᄒᆞᄂᆞ니 로야난 은휘치 마소셔."

곽외 뭇되,

"네 말과 갓흘진듸 빅셩이 엇지 나라를 회복ᄒᆞ려 ᄒᆞᄂᆞ뇨?"

포신이 이로ᄃᆡ,

“여긔셔난 말ᄒᆞᆯ 곳이 아니라.”

ᄒᆞ고 곽외를 청ᄒᆞ야 빈 집으로 드러가 문을 닷고 이로ᄃᆡ,

“로얘 ᄐᆡᄌᆞ와 갓치 피신 【22】 ᄒᆞᆫ[ᄒᆞ]신 후로 ᄌᆞ지의 잔포ᄒᆞᆷ이 잠시도 견ᄃᆡ지 못ᄒᆞᆯ너니 다ᄒᆡᆼ이 졔병이 드러오ᄆᆡ 졔환공(齊桓公) 갓치 ᄇᆡᆨ셩을 무휼ᄒᆞᆯ가 ᄒᆞ야 단ᄉᆞ호장으로 문을 열고 그 군ᄉᆞ를 마져 드렷더니 광장이 ᄌᆞ지를 잡아간 후로 ᄇᆡᆨ셩 ᄋᆡ휼ᄒᆞᆯ 마음은 업고 종묘를 허러바리고 지보를 탈취ᄒᆞ야 가되 오직 토디만 나마쓰ᄆᆡ 민심이 황황ᄒᆞ야 나라를 회복코ᄌᆞ ᄒᆞ야 ᄐᆡᄌᆞ와 로야를 ᄎᆞ져 의논ᄒᆞ려 ᄒᆞ노니 로야난 이 긔회를 타 ᄐᆡᄌᆞ를 셰워 인군을 ᄉᆞᆷ고 연국을 회복ᄒᆞ시면 민심이 ᄌᆞ연 슌종ᄒᆞ리이다.”

곽외 이로ᄃᆡ,

“네 말이 유리ᄒᆞ나 네 ᄒᆞᆯ노 엇지ᄒᆞ고ᄌᆞ ᄒᆞᄂᆞ뇨?”

포신이 이로ᄃᆡ,

“옥젼(玉田) 일경(一境) ᄇᆡᆨ셩은 모다 동심 합의ᄒᆞ엿ᄂᆞ니 엇지 나 ᄒᆞᆫ 사ᄅᆞᆷ의 ᄯᅳᆺᄲᅮᆫ이리잇고!”

곽외 이로ᄃᆡ,

“그러ᄒᆞ면 너난 몃 ᄀᆡ 로셩(老成)ᄒᆞᆫ[5] ᄇᆡᆨ셩을 불너오라. ᄂᆡ 다시 의논ᄒᆞ리라.”

포신이 ᄃᆡ 답고 가더니 오ᄅᆡ지 아니ᄒᆞ야 이ᄉᆞᆷ십 ᄀᆡ로 셩ᄒᆞᆫ ᄇᆡᆨ셩과 갓치 와 말ᄒᆞ난 ᄇᆡ 한갈갓흐니 분격ᄒᆞᆷ을 참지 못ᄒᆞ야 눈믈이 ᄯᅥ러지거ᄂᆞᆯ 곽외 이로ᄃᆡ,

“졔군의 츙의 이 갓흐니 연ᄂᆞ라 복이라. ᄐᆡᄌᆡ 머지 안케 잇ᄂᆞ니 근심 말ᄂᆞ.”

쥬인이 ᄐᆡᄌᆡ 이 잇다 ᄒᆞᆷ을 듯고 용약환희(踴躍歡喜)ᄒᆞ며 뭇되,

“ᄐᆡᄌᆡ 어ᄃᆡ 계시니잇가? 우리 가셔 뫼셔오려 ᄒᆞᄂᆞ이다.”

곽외 이로ᄃᆡ,

“ᄐᆡᄌᆞ 청ᄒᆞ기ᄂᆞᆫ 용이ᄒᆞ나 졔나라 군ᄉᆞ를 엇지ᄒᆞ면 물니치리오.”

즁인이 이로ᄃᆡ,

“졔나라 군ᄉᆡ 우리 보기를 ᄀᆡ와 돗갓치 ᄒᆞ야 일호 방비함이 업도 다만 쥬식을 토ᄉᆡᆨᄒᆞ며[6] 지보를 탈취ᄒᆞᄂᆞ니 슐도 취ᄒᆞ도록 ᄒᆞ고 죽이려 ᄒᆞ면 셕은 플 베듯 ᄒᆞᆯ 것이ᄂᆞ 쥬장ᄒᆞ리 업기로 지금것 ᄒᆡᆼ치 못ᄒᆞ엿ᄂᆞ니 이졔 ᄐᆡᄌᆞ 계시다 ᄒᆞ오니 한편으로 ᄐᆡᄌᆞ를 뫼셔오고 한편으로 졔병을 죽이면 무엇이 어려오리잇고!”

곽외 ᄃᆡ희ᄒᆞ되,

“너의 능히 이갓치 ᄒᆞ면 가위 연국 의민(義民)이라 ᄒᆞᆯ지ᄂᆞ 뉴[옥]젼 도셩이 머지 아니ᄒᆞ고 광장이 알고 오면 우리 군ᄉᆞ와 장슈 업ᄂᆞ니 엇지 ᄃᆡ적ᄒᆞ려 ᄒᆞ려ᄂᆞ뇨?”

즁인이 이로ᄃᆡ,

“연ᄂᆞ라 젼일 【23】 장슈와 군ᄉᆡ 모다 숨어 잇ᄂᆞ니 만일 ᄐᆡᄌᆡ 연국을 즁흥ᄒᆞ심을 알면십일이 못되야 십만 정병은 모뒤리니 가히 먼져 ᄉᆞ방에 방문을 붓치고 부르려 ᄒᆞᄂᆞ이다.”

곽외 이로ᄃᆡ,

“이갓치 ᄒᆞ량이면 일시라도 지체치 못ᄒᆞ리니 ᄲᆞᆯ니 ᄒᆡᆼᄒᆞ라.”

ᄒᆞ고 ᄐᆡᄌᆞ 잇난 곳을 가라치니 즁인이 감안이 ᄇᆡᆨ셩을 회동ᄒᆞ야 한편으로 법가와 긔반을 갓초아 ᄐᆡᄌᆞ를 마져오고 한편으로 쥬식을 만히 쥰비ᄒᆞ야 졔병을 취ᄒᆞᆫ 후 방문을 붓쳐 ᄉᆞ방 군ᄉᆞ를 부르고 한편으로 ᄉᆞᆷ황묘(三皇廟)를 슈집(收拾)ᄒᆞ야 ᄐᆡᄌᆞ를 마져 직위ᄒᆞ게 ᄒᆞ니 후세 엇지 된도[고]? 하회를 분ᄒᆡᄒᆞ라.

---

5) 【로셩ᄒᆞ다】 형 {노성(勞成)하다.} 숙성(熟成)하다. 많은 경험을 쌓아 세상 일에 익숙하다. ¶ 老成 ‖ 그러ᄒᆞ면 너난 몃 ᄀᆡ 로셩ᄒᆞᆫ ᄇᆡᆨ셩을 불너오라 ᄂᆡ 다시 의논ᄒᆞ리라 (既是這等, 你可悄悄再喚幾個老成的與他商量.) <樂田 4:22> 동산 ᄉᆞᆨ의 잇ᄂᆞᆫ 로파 즁의 분슈가 로셩ᄒᆞ고 능히 치포ᄒᆞᆯ 쥴 아ᄂᆞᆫ 사ᄅᆞᆷ을 ᄀᆞᆯᄒᆡ여 내니 져ᄅᆞᆯ 맛겨 슈습ᄒᆞ고 판리ᄒᆞ게 ᄒᆞᄃᆡ (不如在園子裏所有的老媽媽中, 揀出幾個本分老成能知園圃的, 派準他們收拾料理.) <紅樓 56:17> 졔가 로셩치 못ᄒᆞ니 져 그ᄅᆞᄉᆞᆯ 가져 날다려 블게 ᄒᆞ라 (他不老成, 仔細打了碗, 讓我吹罷.) <紅樓 58:69> ⇒ 노셩ᄒᆞ다

6) 【토ᄉᆡᆨᄒᆞ다】 동 {토색(討索)하다.} ¶ 詐 ‖ 졔나라 군ᄉᆡ 우리 보기를 ᄀᆡ와 돗갓치 ᄒᆞ야 일호 방비함이 업도 다만 쥬식을 토ᄉᆡᆨᄒᆞ며 지보를 탈취ᄒᆞᄂᆞ니 슐도 취ᄒᆞ도록 ᄒᆞ고 죽이려 ᄒᆞ면 셕은 플 베듯 ᄒᆞᆯ 것이ᄂᆞ (這些齊兵, 看得燕民如土, 毫不提防, 每日只是詐酒詐食, 只消舍着些酒食, 將他們灌醉, 殺之如切菜耳.) <樂田 4:22> ⇒ 토삭ᄒᆞ다

뎨오회

곽ᄐᆡ뷔쳥ᄆᆡᄉᆞ마골 연소왕고츅황금ᄃᆡ
郭太傅請買死馬骨 燕昭王高築黃金臺

화셜 곽외(郭隗) 즁인과 계교를 경ᄒᆞ고 ᄇᆡᆨ셩으로 법가(法駕)를 가지고 무종(無終)으로 가 ᄐᆡᄌᆞ를 청ᄒᆞ며 ᄌᆞ셔ᄒᆞᆫ 말을 고ᄒᆞ게 ᄒᆞ니 ᄐᆡ지 듯고 깃버도 ᄒᆞ며 근심도 ᄒᆞ니 깃버ᄒᆞᆷ은 즁흥을 ᄒᆞ게 됨이오 근심ᄒᆞ기ᄂᆞᆫ 셩ᄉᆞ키 이러올가 ᄒᆞᆷ이나 일이 이갓치 되ᄆᆡ 다시 멈츄지 못ᄒᆞ야 ᄒᆡᆼ홀ᄉᆡ ᄇᆡᆨ셩의 질기ᄂᆞᆫ 소릐 우뢰 갓흐며 ᄐᆡᄌᆞ를 뫼셔 옥젼(玉田)으로 오니 잇ᄯᆡ 셩즁 ᄇᆡᆨ셩드리 방문을 보고 각문을 파슈ᄒᆞ고 츄식으로 졔병을 취케 ᄒᆞ야 죽인 후 칼과 창이며 갑옷과 투구를 탈취ᄒᆞ고 말을 젼파ᄒᆞ되,

"우리 연나라에도 인군이 잇다."

ᄒᆞ니 다른 곳 ᄇᆡᆨ셩들도 모다 졔병을 죽이고 ᄉᆞᆷ황묘로 모듸여 ᄐᆡᄌᆞ로 보위에 오르게 ᄒᆞ고 소왕(昭王)이라 ᄒᆞ니 소왕이 ᄇᆡᆨ셩의 경셩을 감복ᄒᆞ며 그 고초ᄒᆞᆷ을 긍칙ᄒᆞ야 텬디와 산쳔에 졔ᄒᆞ고 ᄃᆡ셩통곡ᄒᆞ되,

"연국이 불힝ᄒᆞ야 션왕이 간신의게 찬탈ᄒᆞᆫ 비 되ᄆᆡ 졔국이 흔단을 보고 도셩을 파ᄒᆞᄆᆡ 나라히 망ᄒᆞ고 종묘가 터히 되엿더니 이졔 즁부뢰(衆父老) 션의를 잇지 아니ᄒᆞ고 과인으로 나라를 회복게 ᄒᆞ니 과인이 【24】 비록 불초ᄒᆞᄂᆞ 인민의 바라ᄂᆞᆫ 바를 물니치지 못ᄒᆞᆫ 고로 부득이 인군의 ᄌᆞ리에 거ᄒᆞ야 ᄇᆡᆨ셩으로 편안키를 도모코ᄌᆞ ᄒᆞ야 감히 황텬(皇天)과 후토(后土)게 고ᄒᆞ노니 발키 감ᄒᆞ소셔."

ᄒᆞ며 눈믈이 비오듯ᄒᆞ니 ᄇᆡᆨ셩드리 보고 셔로 이로ᄃᆡ,

"우리 인군이 이 갓흐니 엇지 강산 회복기를 근심ᄒᆞ리오!"

ᄒᆞ고 셩즁에 드러가 안돈케 ᄒᆞᄆᆡ 소왕이 곽외로 상국을 ᄉᆞᆷ으니 곽외 여러 ᄇᆡᆨ셩 즁에셔 몃 ᄀᆡ 호걸을 ᄲᅩᆸ아 장슈를 ᄉᆞᆷ고 격문을 젼ᄒᆞ야 각쳐 군ᄉᆞ를 부르니 ᄉᆞ방에 숨어 잇든 군ᄉᆡ 격문을 보고 모힌 ᄌᆡ ᄉᆞᆷ만여 즁이라. 곽외 다시 방을 각 디방에 젼ᄒᆞ되,

"옥젼 ᄇᆡᆨ셩이 ᄐᆡᄌᆞ를 무종산에 마져 소왕을 ᄉᆞᆷ고 연국을 즁흥ᄒᆞ엿ᄂᆞ니 옛날 신민과 각 디방이 부득이 졔나라에 졈영된 ᄌᆞᄂᆞᆫ 츙분을 격발ᄒᆞ야 ᄲᆞᆯ니 옥젼느로 모듸여 도셩을 회복케 ᄒᆞ라."

ᄒᆞ니 각쳐 ᄇᆡᆨ셩이 분々양々(紛紛攘攘)이 모듸니 졔병이 황겁ᄒᆞ야 졔나라로 도라가ᄂᆞᆫ ᄌᆞ도 잇고 연도로 도망ᄒᆞ야 광장(匡章)의게 고ᄒᆞᄂᆞᆫ ᄌᆞ도 잇더라.

광장은 오직 연락ᄒᆞ기을 탐ᄒᆞ야 이로ᄃᆡ,

"옥젼은 젹은 고을이오 쟝슈와 군ᄉᆡ 업스며 ᄯᅩ 연나라히 졔나라에 항복ᄒᆞᆫ ᄌᆡ 십의 팔구ᄂᆞ 되ᄂᆞ니 엇지 ᄃᆡᄉᆞ를 도모ᄒᆞ리오."

ᄒᆞ다가 각쳐에셔 도망ᄒᆞ야 온 군ᄉᆞ의 말을 듯고 그졔야 경황ᄒᆞ야 옥젼을 치려 ᄒᆞ되 졔병은 교만ᄒᆞ야 싸호기를 시려 ᄒᆞ고 연병은 분한ᄒᆞ야 죽기를 두려 아니ᄒᆞᄆᆡ ᄯᅳᆺ과 갓지 못ᄒᆞ고 연도를 직히려 ᄒᆞ되 연나라 ᄇᆡᆨ셩이 ᄉᆞ면으로 짓쳐 오면 엇지 탈신ᄒᆞ리오 ᄒᆞ야 다만 도라갈ᄉᆡ 젼에 올ᄯᆡ에ᄂᆞᆫ 지나ᄂᆞᆫ 곳마다 문을 열고 항복ᄒᆞᄂᆞᆫ 고로 용이ᄒᆞ더니 도라가게 되ᄆᆡ 각쳐에 모다 연국긔호를 ᄭᅩᆺ고 직히기를 텰통갓치 ᄒᆞ니 광장이 죽도록 싸화 계우 졔나라 디경에 갓가이 오ᄆᆡ 십만 졍병이 칠팔 쳔에 지나지 못ᄒᆞ고 이곳은 관ᄋᆡᆨ 즁디로 직히기를 엄밀히 ᄒᆞ니 광장이 엇지 지나리오. 졍히 위급ᄒᆞ야 속슈무칙 【25】 이러니 소왕이 ᄉᆞ롬으로 ᄑᆡ문(牌文)을 보ᄂᆡ엿스되,

졔와 연이 옛로붓터 화호ᄒᆞ더니 이졔 졔병의 동ᄒᆞᆷ은 연을 탐ᄒᆞᆷ이 아니라 ᄌᆞ지를 업시코ᄌᆞ ᄒᆞᆷ이라. 과인이 ᄉᆡ로 직위ᄒᆞᄆᆡ 졔병이 반ᄉᆞ(班師)ᄒᆞᆷ은 화호ᄒᆞ기를 잇지 아니ᄒᆞᆷ이니 지나ᄂᆞᆫ 각쳐 셩읍은 막지 말지어다.

연병이 ᄑᆡ문을 보고 광장을 노아보ᄂᆡ니 광장이 관을 나 다시 군위를 ᄯᅥᆯ치고 연국을 이긔고 도라오ᄂᆞᆫ 모양으로 임치에 이르러 졔왕을 보니 졔왕이 젼공을 ᄉᆡᆼ각ᄒᆞ고 소왕으로 다시 회복게 ᄒᆞᆫ 일은 궁구치 아니ᄒᆞ더라.

각셜 소왕이 장슈와 군ᄉᆡ 적고 광장이 다시 와셔 칠가 염녀ᄒᆞ얏더니 도망ᄒᆞᆷ을 듯고 ᄃᆡ희ᄒᆞ니 졔장이 모다 쇼왕의게 고ᄒᆞ되,

"광장이 종묘를 회쳘ᄒᆞ며 ᄌᆡ물을 노락[략]ᄒᆞ고 도망ᄒᆞ야 갓ᄂᆞ니 그 죄를 용셔치 못ᄒᆞᆯ지라. 잇ᄯᆡ를 타 군ᄉᆞ를 거ᄂᆞ리고 ᄶᅩᆺᄎᆞ 치면 한 달이 못되여 광장의 머리를 버혀 ᄃᆡ왕게 드리리이다."

소왕이 상국 곽외의게 의논ᄒᆞ니 곽외 이로ᄃᆡ,

"불가ᄒᆞ도소이다. 졔나라ᄂᆞᆫ ᄃᆡ국이니 용이히 도모치 못ᄒᆞᆯ지라. 졔병이 오기를 ᄌᆞ지를 죽인다 일홈ᄒᆞᆷ이러니 이졔 ᄃᆡ왕이 즉위ᄒᆞ시ᄆᆡ 곳 반ᄉᆞᄒᆞ야 갓ᄂᆞ니 비록 부득이 ᄶᅩᆺ기여 감이ᄂᆞ 외양으로 보면 ᄃᆡ왕게ᄂᆞᆫ ᄒᆡ됨이 업거ᄂᆞᆯ 만일 광장을 ᄯᆞ라가 죽이면 졔왕이 횡포ᄒᆞᆷ으로 잠잠ᄒᆞ고 잇스리오? 이ᄂᆞᆫ 스ᄉᆞ로 화를 취코ᄌᆞ ᄒᆞᆷ이니 거짓 인졍이나 씻쳐 노아 보ᄂᆡ고 편안ᄒᆞ기를 도모ᄒᆞ야 군ᄉᆞ와 양식이 족ᄒᆞᆫ 후에 원슈를 갑푸려 ᄒᆞ여도 늣지 아니리이다."

쇼왕이 ᄃᆡ희ᄒᆞ되,

"상국의 고견원려(高見遠慮)ᄂᆞᆫ 지식 업ᄂᆞᆫ ᄌᆞ로 엇지 알 ᄇᆡ리오."

ᄒᆞ고 인ᄒᆞ야 ᄑᆡ문을 보ᄂᆡ여 광장을 노아 보ᄂᆡ게 ᄒᆞ엿더라.

연국 ᄇᆡᆨ셩이 궁실을 쇼쇄ᄒᆞ고 쇼왕을 마져 도라오ᄆᆡ 쇼왕이 신민의 ᄯᅳᆺ을 감격ᄒᆞ며 텬디에 졔ᄉᆞᄒᆞᆫ 후 종 【26】 묘를 슈리ᄒᆞ고 ᄇᆡᆨ셩을 안무ᄒᆞ며 현릉ᄒᆞᆫ 쟝ᄉᆞ를 ᄐᆡᆨᄒᆞ야 군ᄉᆞ를 훈련ᄒᆞ고 군량을 져축ᄒᆞ야 원슈 갑기를 계교ᄒᆞᆯ시 ᄆᆡ일 졍ᄉᆞ 여가(餘暇)면 상국 곽외로 의논ᄒᆞ되,

"불ᄒᆡᆼ이 ᄌᆞ지의 변을 만나 션왕이 씻지 못ᄒᆞᆯ 욕을 당ᄒᆞ셧ᄂᆞ니 과인이 쥬야로 이를 ᄉᆡᆼ각ᄒᆞ면 죽기로 ᄆᆡᆼ셔ᄒᆞ고 원슈를 갑고 말녀ᄒᆞ나 다만 ᄉᆡᆼ각건ᄃᆡ 졔ᄂᆞᆫ ᄃᆡ국이오 군ᄉᆡ 만흐니 능히 파치 못ᄒᆞᆯ지라 반다시 긔이ᄒᆞᆫ ᄌᆡ조와 어진 션비를 어더야 ᄯᅳᆺ과 ᄀᆞᆺ치 ᄒᆞ리니 관즁(管仲) 갓흐니 아니면 가히 ᄃᆡᄉᆞ를 일우지 못ᄒᆞᆯ지라. 잇ᄯᆡ를 당ᄒᆞ야 현릉지ᄉᆡ(賢能之士) 열국(列國)에 훗터 잇스리니 과인이 비ᄉᆞ후폐(卑詞厚幣)[7]로 맛고ᄌᆞ ᄒᆞ노니 상국은 가라치라."

곽외 이로ᄃᆡ,

"ᄃᆡ왕이 현ᄉᆞ를 구코ᄌᆞ ᄒᆞ시니 진실노 왕ᄑᆡ(王霸)의 되라 신의게 한 낫 계칙이 잇ᄂᆞ니 스ᄉᆞ로 오도록 ᄒᆞ리이다. 옛날 인군이 쳔리마(千里馬)를 ᄉᆞ랑ᄒᆞ야 쳔금으로 근시ᄒᆞᄂᆞᆫ 환관을 쥬고 ᄉᆞ방에 구ᄒᆞ라 ᄒᆞ엿더니 환관이 텬하를 도라도 구ᄒᆞ지 못ᄒᆞ다가 어ᄂᆡ 곳에 쳔리마가 잇다 ᄒᆞᆷ을 듯고 가셔 보니 말이 그동안 죽엇ᄂᆞᆫ지라 환관이 회보ᄒᆞᆯ 계교를 ᄉᆡᆼ각ᄒᆞ고 오ᄇᆡᆨ금을 쥬고 쳔리마의 ᄲᅧ를 ᄉᆞ가지고 도라오ᄆᆡ 그 인군이 보고 ᄃᆡ로ᄒᆞ되, 'ᄂᆡ 쳔금을 앗기지 안코 쥰마를 ᄉᆞ려 ᄒᆞᆷ은 능히 일ᄒᆡᆼ쳔리ᄒᆞᆷ을 위ᄒᆞᆷ이어ᄂᆞᆯ 말ᄲᅧᄂᆞᆫ 무엇에 쓰리오.' 환관이 ᄃᆡ답ᄒᆞᄃᆡ, '쳔리마를 아니 엇고ᄌᆞ ᄒᆞ시면 말련이와 만일 구ᄒᆞ고ᄌᆞ ᄒᆞ시면 종당 쳔리ᄆᆡ 오리이다. 텬하에셔 신이 오ᄇᆡᆨ금으로 말ᄲᅧ ᄉᆞ온 것을 알면 모다 긔이ᄒᆞ다 칭도(稱道)ᄒᆞ며 죽은 말도 즁가를 쥬고 삿거든 허믈며 쳔리ᄆᆡ리오 ᄒᆞ리니 ᄃᆡ왕이 기ᄃᆡ리시면 쳔리ᄆᆡ 오리이다.' ᄒᆞ더니 반년이 못되야 쳔리마 이른 ᄌᆡ 세 ᄀᆡ가 되엿ᄂᆞ니 이졔 ᄃᆡ왕이 어진 이를 구코ᄌᆞ ᄒᆞ시나 어ᄃᆡ 잇슴을 알니오. 쳥컨ᄃᆡ 신으로 말ᄲᅧ를 삼으시면 텬ᄒᆡ 듯고 갈오ᄃᆡ '신 갓ᄒᆞᆫ 것도 쓰셧거든 허믈며 신보다 어진 ᄌᆡ리오.' ᄒᆞ고 불원쳔리ᄒᆞ고 【27】 오리이다."

소왕이 ᄃᆡ희ᄒᆞ야 신궁을 건축ᄒᆞ고 곽외를 밧드러 졔ᄌᆞ의 례로 공경ᄒᆞ니 슈월지간에 각국

---

7) 【卑詞厚幣 비사후폐】 bēicíhòubì <熟> 비ᄉᆞ후폐 *謂謙恭之言詞與豊厚之禮物. ‖ "當此雄强兼争之際, 雖有奇才, 必散在列國, 寡人欲~以招之, 不識其道何由?" 잇ᄯᆡ를 당ᄒᆞ야 현릉지ᄉᆡ 열국에 훗터 잇스리니 과인이 비ᄉᆞ후폐로 맛고ᄌᆞ ᄒᆞ노니 상국은 가라치라 (樂田 5:26)

에셔 소왕의 어진이를 구홈을 알더라.

쇼왕이 ᄯᅩ 싱각ᄒᆞ되,

'신궁은 곽상국을 위홈에 지ᄂᆞᆫ지 못ᄒᆞ니 텬하호걸이 오히려 ᄂᆡ가 어진이 ᄉᆞ모ᄒᆞᆫ 경셩을 아지 못ᄒᆞ리라.'

ᄒᆞ고 이에 역슈(易水) 겻히 일좌 고ᄃᆡ를 화려히 짓고 일홈을 초현ᄃᆡ(招賢臺)라 ᄒᆞ니 일노 인ᄒᆞ야 쇼왕이 어진이 구홈을 아지 못ᄒᆞᄂᆞᆫ 지 업더라.

잇ᄯᅥ 됴(趙)나라 ᄉᆞ람 극신(劇辛)과 졔나라 ᄉᆞ람 츄연(鄒衍)과 위(魏)나라 ᄉᆞ룸 굴경(屈景)이 모다 지릉이 츌즁ᄒᆞ고 지략이 초군ᄒᆞ더니 초현ᄃᆡ 일홈을 듯고 이르ᄆᆡ 쇼왕이 마져 보고 ᄀᆡᆨ경(客卿)을 숨아 조셕으로 졍ᄉᆞ를 강논ᄒᆞ며 ᄇᆡᆨ셩이 왕ᄉᆞ에 쥭은 ᄌᆞᄂᆞᆫ 조상ᄒᆞ며 환과고독(鰥寡孤獨)을 무휼ᄒᆞᄆᆡ 이갓치 ᄒᆞᆫ 지 일년에 잔 파ᄒᆞ엿든 나라히 쇼셩되고 ᄉᆞ방호걸이 도라오기를 져ᄌᆞ갓치 ᄒᆞ니 쇼왕이 곽외다려 왈,

"과인의 부지홈으로 상국의 덕을 입어 나라를 회복ᄒᆞᆫ 지 일년에 ᄉᆞ졸를 무휼ᄒᆞ고 호걸이 도라온 지 만흐니 잇ᄯᅢ를 당ᄒᆞ야 가히 한번 힘을 다ᄒᆞ리잇가?"

곽외 갈오ᄃᆡ,

"아니로쇼이다. ᄇᆡᆨ셩은 비록 편안ᄒᆞ나 긔운이 오히려 ᄯᅥᆯ치지 못ᄒᆞ엿고 ᄉᆞ졸이 비록 은혜를 감동ᄒᆞ나 오히려 졀졔(節制) 업스며 호걸이 비록 도라오나 모다 장지 아니니 ᄃᆡ왕이 원슈를 갑ᄌᆞ ᄒᆞ시면 노력을 더ᄒᆞ시면 스ᄉᆞ로 ᄯᅢ가 잇스리이다."

쇼왕이 듯고 마음에 쳑연(惕然)ᄒᆞ야 지비ᄒᆞ더라.

각셜 잇ᄯᅥ 됴(趙)나라에 현시 잇스되 셩은 악(樂)이오 명은 의(毅)니 악양(樂羊)의 손ᄌᆞ라. 악양이 위문후(魏文侯)의 장슈 되어 즁산(中山)을 쳐 숨년 만에 파ᄒᆞ고 도라와 공을 의논홀시 문휘 우스며 글 한 상ᄌᆞ를 뵈고 왈,

"과인이 이갓치 회방(毁謗)ᄒᆞᄂᆞᆫ 글을 밋든들 경이 엇지 공을 일우리오?"

ᄒᆞ니 악양이 지비 왈,

"신이 오날 ᄃᆡ왕의 공으로 아노이다."

ᄒᆞ니 문휘 인ᄒᆞ야 악양을 령슈(靈壽)에 봉ᄒᆞᄆᆡ 열국이 그 일홈을 젼ᄒᆞ더라. 악의(樂毅)ᄂᆞᆫ 그 손ᄌᆞ니 장문지종(將門之種)으로 【28】 병법을 조화ᄒᆞ니 혹이 히롱ᄒᆞ야 왈,

"네 병법을 말ᄒᆞ니 능히 군ᄉᆞ를 거ᄂᆞ리고 즁산을 파ᄒᆞ고 네 조부의 ᄯᅳᆺ을 잇깃ᄂᆞ뇨?"

악의 우스며 왈,

"즁산 파ᄒᆞᆫ 것이 엇지 긔이ᄒᆞ다 ᄒᆞ리오. 다만 가셕ᄒᆞᆫ 것은 당금 졔후에 위문후(魏文侯)갓치 어진 지 업셔 ᄒᆞ노라."

ᄒᆞ니 즁인 모다 웃더라.

악의 빈곤ᄒᆞ기 날노 심ᄒᆞᄆᆡ 안히 화시(和氏) 권ᄒᆞ되,

"그ᄃᆡ 지조를 품고 됴나라에셔 능히 씨지 못ᄒᆞ니 드르니 졔나라히 ᄃᆡ국이오 ᄆᆡᆼ상군(孟嘗君)과 쇼계지(蘇季子) 모다 영화를 누리다 ᄒᆞ니 엇지 가지 안ᄂᆞ뇨?"

악의 왈,

"ᄂᆡ 싱각 업숨이 아니로되 공명이 ᄯᅢ가 잇고 졔나라히 ᄯᅩ한 용납홀 ᄯᅡ히 아니ᄼᆞ 다만 슈고로을 ᄲᅮᆫ이라 ᄒᆞ노라."

화시 지숨 권ᄒᆞᄆᆡ 악의 마지 못ᄒᆞ야 졔나라로 가니 잇ᄯᅥ 졔민왕(齊湣王)이 부강홈을 밋고 쓰ᄂᆞᆫ ᄇᆡ 모다 아당ᄒᆞᄂᆞᆫ ᄉᆞ룸 ᄲᅮᆫ이니 엇지 ᄇᆡᆨ셩을 양셩ᄒᆞ며 ᄉᆞ졸를 훈련ᄒᆞᄂᆞᆫ 계칙을 알이오. 유락(流落)ᄒᆞ기를 오릭 ᄒᆞ다가 다시 됴나라로 도라오니 됴 무령왕(武靈王)이 호복(胡服)을 ᄒᆞ고 스ᄉᆞ로 강ᄒᆞ기를 도모ᄒᆞ다가 변을 만나 ᄉᆞ구(沙丘)에셔 쥭고 됴나라히 흉ᄼᆞᄒᆞᄆᆡ 악의 쳐ᄌᆞ를 ᄃᆡ리고 위나라 ᄃᆡ량(大梁)으로 가ᄆᆡ 친구드리 나셔 벼살ᄒᆞ기을 권ᄒᆞᄆᆡ 악의 빈곤홈을견ᄃᆡ지 못ᄒᆞ야 위 쇼왕의게 벼살ᄒᆞ니 위 쇼왕은 용군(庸君)이라 엇지 악의 현명홈을 알니오 다만 ᄃᆡ졉기를 평상히 ᄒᆞᄆᆡ 악의 울ᄼᆞ불락(鬱鬱不樂)ᄒᆞ더니 연 쇼왕이 초현ᄃᆡ를 짓고 곽외로 스승을 숨아 어진이를 구ᄒᆞ기을 목마름갓치 ᄒᆞ다 홈을 듯고 ᄃᆡ희ᄒᆞ야 화시와 아달 악한(樂閑)으로 의논 왈,

"ᄂᆡ 드르니 연 쇼왕이 어진이를 구하야 졔나라 원슈를 갑푸려 ᄒᆞᆫ다 ᄒᆞ니 이ᄂᆞᆫ ᄂᆡ가 득의지츄(得意之秋)라. 몸을 버셔나 연나라로 가 졔나라 원슈를 갑고 일홈을 텬하에 ᄂᆡ려 ᄒᆞᄂᆞ니 그ᄃᆡᄂᆞᆫ 잠간 이곳에 유ᄒᆞ면 ᄂᆡ 연 쇼왕과 계교를 졍ᄒᆞᆫ 후 ᄃᆡ려가려 ᄒᆞ노라."

화시 왈,

"젼에 졧나라로 가 씨이지 못ᄒᆞ고 이곳에 온 후 벼살을 ᄒᆞ야 녹봉으로 긔한를 면ᄒᆞ거늘 엇지 ᄯᅩ 바라고 가려 【29】 ᄒᆞᄂᆞ뇨?"

악의 쇼왈,

"졔 민왕은 츄솔ᄒᆞᆫ ᄉᆞ롬이니 엇지 쥭을 것을 알며 위 쇼왕은 용군이니 ᄂᆡ 엇지 그 녹을 탐ᄒᆞ야 종신ᄒᆞ리오!"

ᄒᆞ더라.

잇ᄯᅴ 연나라 ᄉᆞ지 위나라에 경하ᄒᆞ려 왓ᄂᆞᆫ지라 악의 위 쇼왕을 드러가 보고 쥬왈,

"신이 녹만 먹고 안졋ᄉᆞᄆᆡ 스ᄉᆞ로 붓그러ᄒᆞ노니 연나라 ᄉᆞᄌᆞ를 ᄯᅡ라가 답례코ᄌᆞ ᄒᆞᄂᆞ이다."

위 쇼왕이 그 말을 좃ᄎᆞ 표쟝(表章)을 써 쥬며 가라 ᄒᆞ니 악의 쳐ᄌᆞ를 이별ᄒᆞ고 연국에 이르러 표장을 올이니 연 쇼왕이 악의 ᄉᆞ신으로 왓슴을 듯고 놀ᄂᆞ 문왈,

"악양(樂羊)은 위ᄂᆞ라 녯날 명장이니 악의(樂毅) 그 ᄌᆞ손인 듯ᄒᆞᄆᆡ 혹ᄌᆞ 장약(□□)이 잇고 보면 엇지 노아 보ᄂᆡ리오."

ᄒᆞ고 드ᄃᆡ여 편젼으로 부르니 악의 드러와 조현ᄒᆞᄆᆡ 연 쇼왕이 악의 인믈이 영쥰홈과 거지 헌앙홈을 보고 지리[位]를 쥬고 문왈,

"과인이 드르니 위문후 ᄯᅢ에 명장 악양이 잇다 ᄒᆞ더니 경의 일가가 아닌뇨?"

악의 ᄃᆡ왈,

"이ᄂᆞᆫ 신의 션조로쇼이다."

연 쇼왕이 ᄃᆡ렬 왈,

"션싱의 이 갓홈을 보니 과연 쟝문장종(將門將種)이라 이졔 다힝이 만ᄂᆞᄆᆡ 가라침을 원ᄒᆞ노라."

악의 ᄃᆡ왈,

"신이 위왕의 명을 밧고 왓스나 실상인즉 신이 오기를 쳥홈이라. ᄃᆡ왕이 초현ᄃᆡ를 짓고 어진이를 구ᄒᆞ신다 홈을 듯고 한번 일월지명(日月之明)을 앙쳠ᄒᆞ야 평싱 마음을 쾌ᄒᆞ고ᄌᆞ 홈이러니 이졔 욕되이 권ᄋᆡ(眷愛)ᄒᆞ심[8]을 엇ᄉᆞ오니 듯든 바보다 지ᄂᆞᆫ지라. 신이 엇지 간담을 다ᄒᆞ야 무르시ᄂᆞᆫ 말솜을 ᄃᆡ답지 아니리잇가!"

연 쇼왕이 더욱 깃버 문왈,

"당금ᄒᆞ야 군웅이 병입ᄒᆞ야 나라를 부강코ᄌᆞ ᄒᆞᄂᆞ니 용병ᄒᆞᄂᆞᆫ 되 무엇이 압셔ᄂᆞ뇨?"

악의 ᄃᆡ왈,

"션싱의 용병ᄒᆞ신 도를 보면 인의를 먼져 ᄒᆞ셧ᄉᆞᄂᆞ 이졔 ᄉᆞ롬을 ᄃᆡᄒᆞ야 인의를 말ᄒᆞ면 엇지 웃지 아니리잇고? 이ᄂᆞᆫ 송양공(宋襄公)이 픠홈이로쇼이다. 이졔를 당ᄒᆞ야 ᄂᆞ라를 다ᄉᆞ리고ᄌᆞ ᄒᆞ면 먼져 ᄂᆞ라를 부ᄒᆞ게 ᄒᆞ며 ᄇᆡᆨ셩을 강ᄒᆞ게 ᄒᆞ며 군ᄉᆞ를 웅장ᄒᆞ게 ᄒᆞᆫ 연후에 가히 원슈도 갑풀 것이오 붓그 【30】 렴도 씨스리니 ᄂᆞ라를 부ᄒᆞ게 홈이 취렴(聚斂)홈이 아니라 졀용(節用)을 ᄒᆞ야 ᄇᆡᆨ셩을 강ᄒᆞ도록 홈이오 은혜로 감화ᄒᆞ야 그 긔운을 돕ᄂᆞᆫ 것이 장슈와 군ᄉᆞ를 웅장이 홈이니 악ᄒᆞᆫ ᄌᆞᄂᆞᆫ 쥭이고 블법ᄒᆞᄂᆞᆫ ᄌᆞᄂᆞᆫ 업시ᄒᆞ야 무고ᄒᆞᆫ 데 위엄을 베푸지 아니면 불언즁에 인의 잇ᄂᆞ니 치국ᄒᆞᄂᆞᆫ 되 이에셔 ᄂᆞ지 아니리이다."

연 쇼왕이 희동안식(喜動顏色)ᄒᆞ되,

"션싱의 놉흔 의논이 모식(茅塞)홈을 긔도ᄒᆞ니 진실노 ᄃᆡ현이라 엇지 신하의 위에 굴ᄒᆞ리오?"

ᄒᆞ고 ᄀᆡᆨ례로 ᄃᆡ졉ᄒᆞ니 악의 지솜 ᄉᆞ양ᄒᆞᆫᄃᆡ 연 쇼왕 왈,

"션싱이 됴ᄂᆞ라에ᄂᆞᆫ 부모 ᄃᆡ방이니 신하로 홈이 가ᄒᆞ고 위ᄂᆞ라에ᄂᆞᆫ 군신지의가 잇건이와 과인과ᄂᆞᆫ 부모도 아니오 군신도 아니기로 ᄀᆡᆨ례로 ᄃᆡ졉ᄒᆞ거늘 엇지 ᄉᆞ양ᄒᆞᄂᆞ뇨?"

악의 왈,

"ᄃᆡ왕이 연ᄂᆞ라 인군이시며 됴ᄂᆞ라 인군은 아니시ᄂᆞ 인군의 ᄌᆞ리ᄂᆞᆫ 갓호시고 신이 비록 위ᄂᆞ라 신하요 연ᄂᆞ라 신하ᄂᆞᆫ 아니ᄂᆞ 신하의 ᄌᆞ리가 갓타여 명분이 졍홈이 잇ᄂᆞ니 엇지 례를 폐ᄒᆞ리잇고."

쇼왕 왈,

"통뎐하ᄒᆞ고 비록 군신의 지리를 졍홈이 잇ᄉᆞᄂᆞ 엇지 어진이의게 일체로 쓰리오. 쳥컨ᄃᆡ ᄀᆡᆨ위를 졍ᄒᆞ고 가라침을 원ᄒᆞ노라."

악의 쇼왕의 공경홈이 지셩을 홈을 보고 복ᄃᆡ 고왈,

"ᄃᆡ왕이 이갓치 신를 ᄉᆞ랑ᄒᆞ시니 이졔 폐부에 말노 ᄃᆡ왕게 고ᄒᆞ리이다."

쇼왕이 친이 붓드러 이르키며 왈,

---

8) 【권ᄋᆡᄒᆞ다】 동 권애(眷愛)하다. ¶ 盼睞 ‖ 이졔 욕되이 권ᄋᆡᄒᆞ심을 엇ᄉᆞ오니 듯든 바보다 지ᄂᆞᆫ지라 (今旣親承龍鳳之姿, 又辱寵加盼睞, 是所見又過于所聞.) <樂田 5:29>

"션싱은 무슴 말을 ᄒᆞ려ᄂᆞ뇨? 발키 과인에게 고ᄒᆞ라."

악의 무슴 말을 한고? 하회를 분힉ᄒᆞ라.

뎨륙회
연왕명안식현신 악의셩심합명쥬
燕王明眼識賢臣 樂毅誠心合明主

화셜 악의 졍식 디왈,

"신이 위느라에 벼살ᄒᆞᆫ ᄌᆞ는 가히 신의 지조를 베펄가 ᄒᆞᆷ이 아니오 난리를 디ᄒᆞ야 잠시 우거ᄒᆞᆷ이며 오날 연느라에 ᄉᆞ신으로 온 것도 위느라를 위ᄒᆞ야 옴이 아 【31】 니라 디왕이 어진이 구ᄒᆞ심을 듯고 인군을 턱ᄒᆞ야 아는 바를 다ᄒᆞ려 ᄒᆞᆷ이니 이는 신의 츙곡(衷曲)이라 한번 쳠비(瞻拜)ᄒᆞ옵고 슈어(數語)를 못ᄒᆞ와 디왕의 ᄉᆞ랑ᄒᆞ심을 입ᄉᆞ오니 세상 인군에 비치 못ᄒᆞᆯ 고로 신의 간담을 알외며 붓그럼을 무릅쓰고 츙곡을 고ᄒᆞ오니 디왕이 원슈를 갑ᄌᆞ ᄒᆞ시면 신의게 위임을 ᄒᆞ신즉 신이 젹은 졍셩을 다ᄒᆞ려 ᄒᆞ느니 디왕은 어더ᄒᆞ시뇨?"

소왕이 희동안식ᄒᆞ야 왈,

"과인이 나라 어든 이리로 어진이 구ᄒᆞ기를 즁히 역이미 비록 ᄉᆞ방호걸이 도라옴을 어덧스나 션싱의 웅지디략(雄才大略) 갓ᄒᆞ니 업는지라 셔로 보기 느짐을 한탄ᄒᆞ더니 다힝이 쥬션ᄒᆞᆷ으로써 허ᄒᆞᆷ을 입으미 실노 몽미간 바라지 못ᄒᆞᆫ 빈니 이는 과인의 다힝이 아니오 연나라 ᄉᆞ직이 다힝ᄒᆞᆷ이니 원컨디 션싱은 금옥지언을 뉘웃지 말나."

악의 디왈,

"인군이 신하 구ᄒᆞᆷ은 용이ᄒᆞ되 신히 인군 턱ᄒᆞ기난 어려온지라. 신이 이졔 인군을 엇고 간담을 고ᄒᆞ엿느니 엇지 뉘웃치리잇고. 디왕이 만일 신의 말을 염여ᄒᆞ시면 신이 벼살 밧기을 원치 안느이다."

소왕 왈,

"어진이 쓰는 것이 나라에 흥폐 존망이 달녓느니 엇지 셜만ᄒᆞ리오. 션싱은 잠간 관역에 잇스면 과인이 목욕고묘(沐浴告廟)ᄒᆞ고 션싱을 초현디로 청ᄒᆞ야 인슈(印綬)를 젼ᄒᆞ고 국ᄉᆞ를 밋기려 ᄒᆞ노라."

악의 만심환희ᄒᆞ야 지비ᄒᆞ고 관역으로 도라오니라.

각셜 연소왕(燕昭王)이 악의(樂毅)를 관역으로 보닌 후 신궁(新宮)에 가 곽외(郭隗)를 보고 악의 ᄉᆞ일을 말ᄒᆞ니 곽외 듯고 디희 왈,

"너 드르니 악군은 장상지지(將相之才)가 잇스되 됴나라와 위나라 인군이 쓰지 안임을 가셕ᄒᆞ더니 이졔 디왕의 초현디 일홈을 듯고 왓느니 이는 신이 젼에 말ᄒᆞᆫ 바 쳔리미라 졔나라 원슈를 갑품이 이 ᄉᆞ롬의게 잇느니 디왕은 밋게 쓰시고 일치 마소셔."

연 소왕이 곽외의 뜻이 ᄌᆞ긔 마음과 갓ᄒᆞᆷ을 깃버ᄒᆞ며 지계 슴일ᄒᆞ고 친이 종묘에 고ᄒᆞᆫ 후 황금으로 아경(亞卿) 인(印)를 식 【32】 여 뎨ᄉᆞ일 쳥신(淸晨)에 빅관을 거느리고 초현디에 이르러 악의를 쳥ᄒᆞ미 악의 이르러 소왕게 조현ᄒᆞ니 소왕이 지리를 쥬고 왈,

"션싱으로 긱경위에 잇게 ᄒᆞ고 신하의 반렬에 굴지 안일 것이로디 과인이 션왕의 원슈 갑지 못ᄒᆞᆷ이 통입골슈(痛入骨髓)ᄒᆞ기로 나라로 경의게 듯고ᄌᆞ ᄒᆞ야 시로 아경 인슈를 지어 경을 쥬느니 경은 ᄉᆞ양치 말나."

ᄒᆞ며 친이 인을 젼ᄒᆞ니 악의 쌍슈로 밧고 지비 왈,

"이졔 디왕이 신의게 즁임을 밋기시니 신이 감히 당치 못ᄒᆞᆯ 비나 밧고 ᄉᆞ양치 안는 ᄌᆞ는 디왕의 영명ᄒᆞ심으로 신을 아시고 쓰고져 ᄒᆞ심을 싱각ᄒᆞᆷ이라. 신이 이졔 벼살을 밧은즉 직분을 맛당히 말ᄒᆞ오리니 디왕은 드르소셔. 신은 드르니 '날기를 잘ᄒᆞ는 ᄌᆞ는 날기를 다듬ᄶᅩ 다

라나기를 잘ᄒᆞᄂᆞᆫ ᄌᆞᄂᆞᆫ 발를 멈츈다.'[9] ᄒᆞ니 연국이 ᄌᆞ지와 광장의 란을 만ᄂᆞᆫ 후 원긔를 회복지 못ᄒᆞ엿고 졔는 ᄃᆡ국이라 일조일셕에 능히 그 원슈를 갑지 못ᄒᆞ리니 신이 ᄇᆡᆨ셩을 례의로 가라쳐 나라로 부강케 ᄒᆞ며 군ᄉᆞ를 졀졔로 훈련ᄒᆞ고 그 변이 잇기를 기ᄃᆞ려 졔후와 합ᄒᆞ야 도모ᄒᆞ리이다."

소왕 왈,

"과인이 오히려 몽즁에 잇더니 경의 가라침을 드럿ᄂᆞ니 엇지 참고 기ᄃᆞ리지 아니리오."

악의 왈,

"만일 ᄃᆡ왕게 말ᄒᆞᄂᆞᆫ 지 잇들러도 듯지 마소셔."

소왕 왈,

"과인이 임의 나라로 경의게 붓쳣ᄂᆞ니 엇지 다른 말을 드르리오. 경은 의심치 말나."

ᄒᆞ고 인ᄒᆞ야 잔치ᄒᆞᆯ식 악의(樂毅)로 곽외(郭隗)와 극신(劇辛)과 츄연(鄒衍)과 굴경(屈景)의 우에 안치고,

"군신이 히티ᄒᆞ지 말며 형법을 직히며 무익ᄒᆞᆫ 말을 말며 경도로 인군을 권ᄒᆞᄂᆞᆫ ᄌᆞᄂᆞᆫ 상을 쥬고 비리로 유인ᄒᆞᄂᆞᆫ ᄌᆞᄂᆞᆫ 죄로 다ᄉᆞ리라."

ᄒᆞ며 ᄯᅩ 각영 각치에 하령ᄒᆞ되,

"군ᄉᆞᄂᆞᆫ 장령을 직히고 【33】 조련ᄒᆞ기를 겨얼니 말며 ᄃᆡ오를 분명이 ᄒᆞ야 란잡ᄒᆞᆷ이 업게 ᄒᆞ라."

ᄒᆞ니 이갓치 ᄒᆡᆼᄒᆞᆫ 지 일년이 못되야 연국 긔상이 발련(勃然) 가관이라. 소왕이 ᄃᆡ희ᄒᆞ야 왈,

"경이 과인을 위ᄒᆞ야 노신(勞神)ᄒᆞᆷ이 이 갓흐되 경의 가솔은 멀니 잇스미 과인이 심히 불안ᄒᆞᄂᆞ니 ᄲᆞᆯ니 ᄃᆞ려와 마음을 편케 ᄒᆞ라."

악의 왈,

"위왕이 신이 비반ᄒᆞᆷ을 다ᄉᆞ리려 ᄒᆞ야 쳐ᄌᆞ를 가두고 보니지 아니ᄒᆞ나 신이 국ᄉᆞ에 여가 업더니 이졔 ᄃᆡ왕이 말ᄉᆞᆷᄒᆞ시니 ᄃᆞ려오려 ᄒᆞᄂᆞ니다."

ᄒᆞ고 왕쳡(王捷)을 불너 위국에 가 가권을 ᄃᆞ려오라 ᄒᆞ되 여ᄎᆞᄋᆞᄋᆞᄒᆞ라 ᄒᆞ니 왕쳡이 위국에 이르러 부인 화시(和氏)와 아오 악승(樂勝)을 보고 글을 젼ᄒᆞ니 악승이 만심환희ᄒᆞ야 왕쳡을 ᄂᆡ실노 불너 의논ᄒᆞ되,

"노애 가권을 ᄃᆞ리라 보니셧스나 위왕이 노아 보니지 아니ᄒᆞ니 엇지ᄒᆞ리오?"

왕쳡 왈,

"노애 이를 아시고 두 가지 계교를 이르시되 이월 십오일은 ᄃᆡ량(大梁) 풍속이 ᄇᆡᆨ셩과 관환(官宦)이 모다 셩 밧 남악묘(南嶽廟)에 가 향을 ᄉᆞ로고 종일 놀다 도라오ᄂᆞ니 먼져 거마와 ᄒᆡᆼ장을 북셩 좌우에 감초고 오시(午時)가 되거든 이노야로 연나라 장슈 모양을 ᄒᆞ고 방포ᄒᆞ며 북문를 ᄲᆡ고 나오면 밧게셔 포셩을 듯고 졉응ᄒᆞᄂᆞᆫ 인미 잇스리라 ᄒᆞ시더이다."

악승이 ᄃᆡ희ᄒᆞ야 화시와 악시(樂氏) 종족(宗族)으로 슈습게 ᄒᆞ고 거마를 쥰비ᄒᆞ야 감안이 북셩에 가 기ᄃᆞ리게 ᄒᆞᆫ 후 악승이 오시 되기를 기ᄃᆞ려 군복을 갓초며 ᄃᆡ도를 들고 말게 올나 ᄉᆞᆷᄉᆞ 기 ᄃᆡ한를 거ᄂᆞ려 방포ᄒᆞ고 북문을 열고 ᄃᆡ규ᄒᆞ되,

"연왕의 젼지를 밧들고 악아경(樂亞卿) 노야(老爺) 부인과 공ᄌᆞ며 종족으로 연국에 도라가게 ᄒᆞ되 ᄒᆡᆼ긔(行期)가 급ᄒᆞᆷ으로 위왕게 하직을 못ᄒᆞ노라."

ᄒᆞ며 거마를 지촉ᄒᆞ야 나아가니 셩 직히든 군ᄉᆡ 불의에 이를 당ᄒᆞ미 엇지 막으리오. 악승의 일ᄒᆡᆼ이 나간 후 뒤를 ᄯᅡ라 좃치니 일셩포향에 한 ᄯᅦ 인미 거마를 마져 가며 고셩(鼓聲)이 헌텬(喧天)ᄒᆞ미 급히 위왕의게 보ᄒᆞ야 군ᄉᆞ로 ᄯᅡ루게 ᄒᆞ나 【34】 임의 멀니 갓더라.

악의 가권을 맛고 소왕의게 ᄉᆞ례ᄒᆞ니 소왕이 악승으로 장슈를 ᄉᆞᆷ으니라. 쥬난왕(周赧王) ᄉᆞ년에 진나라에셔 장의(張儀)를 보니여 소왕(昭王)을 달니여 진나라를 셤기라 ᄒᆞ니 소왕이 군신으로 상의ᄒᆞᆫᄃᆡ 굴경(屈景) 왈,

"각ᄋᆞ 나라를 직히미 엇지 ᄯᅡ흐로 남을 쥬며 셤기리오. 만약 진나라이 군ᄉᆞ로 치거든 우리도 군ᄉᆞ로 막으리니 ᄃᆡ왕은 살피고 듯지 마소셔."

즁인이 모다 이로ᄃᆡ,

"굴군(屈君)의 말이 유리ᄒᆞ다."

ᄒᆞ되 오직 악의 말을 아니ᄒᆞ거ᄂᆞᆯ 소왕이 문왈,

"경은 엇더ᄒᆞ뇨?"

악의 ᄃᆡ왈,

"굴군의 말은 나라 직희ᄂᆞᆫ 졍논이나 오날

---

9) 善飛者, 必先斂其翅; 善走者, 必先縮其足.

장의(張儀)의 말은 일시 긔밀혼 말이오 경논은 아니라. 경논 아닌 것을 경논으로 디답호면 이는 져난 허혼 것으로 호고 나는 실것으로 홈이니 그 누홈을 바들지라. 맛당히 긔변(機變)으로 디답훌 것이로소이다."

소왕이 놀나 문왈,

"장의의 말을 엇지 긔변이라 호느뇨?"

악의 이로딕,

"장의 육국을 연횡(連衡)호야 진나라를 셤기게 홈이 장의々 마음이오 육국의 마음은 아니라. 장의는 변ᄉ라 입으로 진나라를 허장호야 능히 육국으로 진를 셤기게 혼즉 장의々 공이니 셜혹 육국이 싸호로 진를 셤기지 아니훌지라도 진나라에난 군ᄉ 비용이 업고 장의를 죄로 다ᄉ리지 아닐지라. 또 장의는 진나라 츄신이 아님으로 상히 시긔호느니 오릭지 아니호야 긔변이 잇슬지라. 딕왕은 샹산오셩(常山五城)으로 허혼다 호고 졔후드리 싸호로 진나라 셤기기를 기딕시면 신이 졔후를 규합호야 진를 셤기지 못호도록 호리니 연나라에 무슴 방히됨이 잇스리잇고?"

소왕이 딕희호야 장의를 딕호야 상산오셩을 허호되 졔후드리 싸홀 드린 후 과인도 보닉리라 호니 장의 딕희호야 진으로 도라가고 호려호더니 진혜왕(秦惠王)이 훙[홍]호고 틱지 등극호니 진 무왕(武王)이라. 틱ᄌ 쩍에 장의를 깃버 아니혼지라 군신이 모다 장의々 단쳐를 드러 회방(毁謗)홈으로 무왕이 【35】 장의々 말을 듯지 아니혼지라. 졔휘 이 소식을 듯고 과연 진을 셤기지 아니호니 소왕이 악의々 션견지명을 경복호더라.

악의 치국양민혼 지 십여 년에 원슈 갑홀 일을 졔긔홈이 업스미 군신이 소왕게 고왈,

"딕왕이 악의로 아경을 솜아 병권을 위임호신 ᄌ(者)는 졔나라를 쳐 원슈를 갑고ᄌ 호심이어놀 이졔 군ᄉ를 훈련혼 지 십여 년에 원슈 갑기는 말호지 안코 다만 쾌락으로 질기니 이는 스ᄉ로 망치[지](亡之)홈이라. 딕왕도 쏘한 망치[지]호시니잇가?"

소왕 왈,

"과인이 엇지 원슈를 이지리오. 써를 기딕리노라."

군신 왈,

"어닉 써를 기딕리시느잇가? 졔는 딕국인고로 감히 치지 못호고 츄탁홈이로소이다."

소왕이 탄왈,

"악경이 젼일에 오날 말이 잇슬 것을 염녀호더니 과연이로다. 졔경은 다시 말을 말나. 과인이 임의 허락혼 빈 잇노라."

군신이 붓그러 물러가더라. 하회 엇지된고? 분힉호라.

뎨칠회
졔민왕쌀이츙신이ᄉᆞ악 악원슈회뎨후이츌ᄉᆞ
齊湣王殺二忠臣以肆惡 樂元帥會諸侯而出師

화셜 악의(樂毅) 소왕(昭王)이 참소 듯지 아니홈을 십분 감격ᄒᆞ야 원슈 갑흘 마음이 급홈으로 ᄉᆞ롬을 졔나라에 보ᄂᆡ여 탐지ᄒᆞ더니 잇ᄯᅢ 졔션왕(齊宣王)이 죽고 민왕(湣王)이 즉위ᄒᆞ니 위인이 교만ᄒᆞ며 국부병강홈을 밋고 동으로 양(梁)을 치며 셔흐로 초(楚)를 쳐셔 ᄒᆡ마다 쉴 ᄯᅢ가 업더니 쥬난왕(周赧王) 이십칠 년에 텬히 흉々ᄒᆞ야 강포홈만 위쥬ᄒᆞᄆᆡ 진왕(秦王)이 쥬텬ᄌᆞ 보기를 ᄉᆞ롬 업ᄂᆞᆫ 것갓치 ᄒᆞ야 셔뎨(西帝)라 참칭코ᄌᆞ ᄒᆞ되 텬하에 호령치 못홀가 ᄒᆞ야 위염(魏冉)을 졔나라에 보ᄂᆡ여 민왕으로 동뎨(東帝)를 숨고 됴(趙)나라 치기를 언약ᄒᆞ니 민왕이 ᄃᆡ희ᄒᆞ야 좃고ᄌᆞ ᄒᆞᄆᆡ 일반 아당ᄒᆞᄂᆞᆫ 신하드리 조타 아니ᄒᆞᄂᆞᆫ 지 업스되 오직 즁ᄃᆡ부(中大夫) 고호현(孤狐喧)이 불가홈을 극간ᄒᆞ니 졔 민왕이 발련 변 【36】 ᄉᆡᆨᄒᆞ며 ᄂᆡ다 버히라 ᄒᆞᄆᆡ 도부쉬 일졔히 나와 고호헌을 단구산에 버히고 민왕이 로긔 츙텬ᄒᆞ야 젼지ᄒᆞ야 동뎨라 칭ᄒᆞ라 ᄒᆞ고 환궁ᄒᆞ야 다시 싱각ᄒᆞᄆᆡ 마음에 의심이 업지 아니ᄒᆞ야 누구와 의논ᄒᆞ려 ᄒᆞ든ᄎᆞ 소ᄃᆡ 이르러 조현ᄒᆞᄆᆡ 민왕이 ᄃᆡ희ᄒᆞ야 진왕이 위염을 보ᄂᆡ여 졔나라로 동뎨를 숨고 갓치 됴나라를 치려 ᄒᆞᄂᆞᆫ 일과 고호헌을 죽인 말을 ᄒᆞ며 엇더홈을 무르니 소ᄃᆡ(蘇代) 々왈,

"진왕이 스ᄉᆞ로 참호(僭號)를 칭ᄒᆞᄆᆡ 졔휘 분로홀 지 가타 홀 지 아지 못ᄒᆞ야 ᄃᆡ왕으로 동뎨라 ᄒᆞ고ᄌᆞ 홈이 텬하 의논을 갓치 듯고ᄌᆞ 홈이니 ᄃᆡ왕이 그 말을 듯지 아니면 진왕의 ᄠᅳᆺ을 물니침이니 ᄃᆡ왕은 ᄉᆞ양치 마시고 진왕의 엇지홈과 졔후의 동졍을 보아 ᄒᆞ소셔."

민왕이 ᄃᆡ희 왈,

"그러ᄒᆞ면 됴나라를 가히 치깃ᄂᆞ뇨?"

소ᄃᆡ 왈,

"남의 나라를 치다가 이긔지 못ᄒᆞ면 도로혀 치지 아니홈만 못ᄒᆞ니 됴나라히 비록 적으나 ᄯᅩ한 강국이니 이긔기를 긔필치 못홀지라. 신의 소견은 송나라를 친이만 못ᄒᆞ니 만일 송을 파ᄒᆞ면 텬히 졔나라 강홈을 두려 ᄒᆞ리이다."

민왕이 ᄃᆡ희ᄒᆞ야 군ᄉᆞ를 발ᄒᆞ야 송나라을 치니 송(宋) 강왕(康王)이 교만ᄒᆞ고 포악ᄒᆞ더니 졔병이 이르ᄆᆡ 민심이 이산홈으로 가히 막을 지 업스니 강왕이 경황망조ᄒᆞ야 위나라로 다라나다가 ᄶᅩᆺ우ᄂᆞᆫ 군ᄉᆡ 급히 이르ᄆᆡ 위국에 가지 못ᄒᆞ고 온현(溫縣)에셔 죽고 송나라히 망ᄒᆞ니라.

졔민왕이 송을 파ᄒᆞᆫ 후로 마음이 더욱 교만ᄒᆞ며 포악ᄒᆞ기가 송나라보다 심ᄒᆞ야 남으로 초나라와 셔흐로 진나라를 치며 강ᄒᆞᆫ 것을 닷토며 ᄯᅩ 동뎨 되기를 싱각ᄒᆞ야 쥬나라를 멸ᄒᆞ고 텬ᄌᆞ 되고ᄌᆞ ᄒᆞᄂᆞᆫ 마음이 날과 밤으로 이질 ᄯᅢ가 업ᄂᆞᆫ지라. 종실 진게(陳擧) 보다 못ᄒᆞ야 직언극간ᄒᆞᄆᆡ 민왕이 ᄃᆡ로ᄒᆞ야 도부슈(刀斧手)를 불너 동문에 ᄂᆡ다 버히라 ᄒᆞ니라. 연나라에셔 탐지ᄒᆞ라 왓든 지 도라가 악의々게 고ᄒᆞ니 악의 소왕게 고왈,

"신이 나 【37】 라 다ᄉᆞ린 후로 지금것 ᄎᆞ타(蹉跎)ᄒᆞ며 졔나라 원슈를 갑지 못ᄒᆞᆫ ᄌᆞᄂᆞᆫ 긔회를 엇지 못홈이러니 이졔 드르니 민왕이 포악ᄒᆞ야 쥬나라를 멸ᄒᆞ고ᄌᆞ ᄒᆞ니 이ᄂᆞᆫ 망홀 징조요 ᄃᆡ왕이 원슈 갑풀 ᄯᅢ라 감히 그 일을 상양ᄒᆞ시기를 쳥ᄒᆞ노이다."

소왕이 희왈,

"과인이 원함을 품은 지 이십 팔년이라 션왕의 욕을 셜ᄒᆞ야 칼노 졔왕의 비를 갈으고ᄌᆞ 홈이 조셕에 잇칠 ᄯᅢ가 업더니 이졔 경이 도모

ᄒᆞᆯ 긔틀을 말ᄒᆞ니 맛당히 나라 군ᄉᆞ를 다 일으케 젯나라와 닷토다가 비록 죽어도 한이 업ᄂᆞ니 원컨ᄃᆡ 경은 방약(方略)을 가라치라.”

악의 왈,

“젯나라히 비록 포악ᄒᆞ야 반ᄃᆞ시 망ᄒᆞᆯ지나 장슈와 군ᄉᆡ 강ᄒᆞ야 용이히 도모치 못ᄒᆞ리니 신의 소견으로 계교ᄒᆞ면 졔후를 회합(會合)ᄒᆞ야 치면 능히 공을 일우리이다.”

소왕 왈,

“졔후를 회합ᄒᆞ야 치ᄂᆞᆫ 것이 묘계나 다만 졔휘 우리 ᄯᅳᆺ과 ᄀᆞᆺ지 못ᄒᆞᆯ가 두려ᄒᆞ노라.”

악의 왈,

“회합ᄒᆞᄂᆞᆫ ᄉᆞ실이 잇ᄂᆞ니 연나라 졉경되ᄂᆞᆫ 됴나라ᄂᆞᆫ 우리와 화호ᄒᆞ니 필련 좃칠 것이오 됴왕이 좃친즉 한나라ᄂᆞᆫ 됴나라와 친밀ᄒᆞ니 됴나라가 화합ᄒᆞᄂᆞᆫ 것을 보면 ᄯᅩ한 회합ᄒᆞᆯ 것이며 진나라ᄂᆞᆫ 리를 탐ᄂᆞᆫ 나라히라 됴나라에 위탁ᄒᆞ야 젯나라 치ᄂᆞᆫ 리로써 달ᄂᆡ면 ᄯᅩᄒᆞᆫ 좃칠 것이오 위나라ᄂᆞᆫ 신이 바리고 온고로 깃버 아니ᄒᆞ깃스나 ᄆᆡᆼ상군이 젯나라에셔 쫏기여 위나라로 와 졍승으로 잇스ᄆᆡ 졔왕이 한ᄒᆞ기을 심히 깁히 ᄂᆞ니 연나라이 젯나라를 친다 ᄒᆞ면 반ᄃᆞ시 위왕을 권ᄒᆞ야 좃게 ᄒᆞᆯ 것이오 초나라ᄂᆞᆫ 젯나라 긔탄ᄒᆞ기를 심히 ᄒᆞ야 우리를 좃지 아닐지나 젯나라히 급ᄒᆞ면 필연 초나라로 가리니 젯나라 망ᄒᆞ게 ᄒᆞᆯ ᄌᆞᄂᆞᆫ 반ᄃᆞ시 초나라인가 ᄒᆞᄂᆞ이다.”

소왕이 ᄃᆡ희ᄒᆞ야 악의로 ᄃᆡ장을 ᄉᆞᆷ고 젯나라를 치려 ᄒᆞᆯᄉᆡ 악의 극신다려 문왈,

“졔 젯나라를 치려 ᄒᆞᄆᆡ 오국를 회합ᄒᆞ여야 가히 파ᄒᆞᆯ지라. 한(韓)과 됴(趙)와 진(秦)은 ᄂᆡ 가련이와 위(魏)나라ᄂᆞᆫ ᄂᆡ가 연(燕)나【38】라에 벼살ᄒᆞᆷ을 함원ᄒᆞ고 초나라ᄂᆞᆫ 그ᄃᆡ를 즁히 역이ᄂᆞ니 나를 ᄃᆡ신ᄒᆞ야 한번 가기를 청ᄒᆞ노라.”

극신이 응낙ᄒᆞ거ᄂᆞᆯ 악의 거마를 갓초고 금보를 가져 됴나라에 이르니 잇ᄯᅢ 됴 혜문왕(惠文王)이 평원군(平原君)으로 졍승을 ᄉᆞᆷ은지라. 악의 먼져 예물을 가지고 평원군을 가 보니 평원군이 마져 왈,

“그ᄃᆡ 연나라을 다ᄉᆞ리ᄆᆡ 명망이 즁ᄒᆞ거ᄂᆞᆯ 오날 엇지 여긔 이르며 후ᄒᆞᆫ 예물은 무ᄉᆞᆷ ᄯᅳᆺ이뇨?”

악의 왈,

“과군의 션왕이 젯나라에 욕을 바든 것은 공ᄌᆞ도 아ᄂᆞᆫ ᄇᆡ라 이졔 원슈를 갑고ᄌᆞ ᄒᆞ되 젯나라ᄂᆞᆫ 강ᄒᆞ고 연나라ᄂᆞᆫ 약ᄒᆞᆷ으로 감히 ᄌᆞ젼치 못ᄒᆞᆯ고로 하신를 보ᄂᆡ여 귀국에 구완ᄒᆞ기를 청ᄒᆞ노니 공ᄌᆞᄂᆞᆫ 됴ᄃᆡ왕게 쥬달ᄒᆞ야 갓치 젯나라를 파ᄒᆞ면 하간(河間) ᄯᅡᄒᆞᆯ 밧드러 보ᄂᆡ려 ᄒᆞᄂᆞ니 공ᄌᆞᄂᆞᆫ 살피소셔.”

평원군 왈,

“젯나라ᄂᆞᆫ 텬하에셔 무이 역이ᄂᆞᆫ 바요 ᄯᅩ 악군이 친이 왓ᄂᆞ니 엇지 듯지 아니리오. 맛당히 과군(寡君)을 권ᄒᆞ려 ᄒᆞ노라.”

말을 맛지 못ᄒᆞ야 진나라 ᄉᆞᄌᆡ 됴나라에 왓다가 평원군을 보려 온지라. 평원군이 연나라와 젯나라를 의논ᄒᆞᄆᆡ 악의 왈,

“젯나라ᄂᆞᆫ 연나라 원슈 ᄲᅮᆫ이 아니라 진나라에도 ᄯᅩᄒᆞᆫ 원슈라 ᄒᆞ노라.”

진ᄉᆞᄌᆡ(秦使者) 놀나 문왈,

“졔ᄂᆞᆫ 동에 잇고 진은 셔에 잇ᄂᆞ니 엇지 원슈라 ᄒᆞᄂᆞ뇨?”

악의 왈,

“이졔 텬하에 강ᄒᆞᆫ ᄌᆞᄂᆞᆫ 진나라이어ᄂᆞᆯ 진나라이 젯나라로 동뎨를 ᄉᆞᆷ으ᄆᆡ 스ᄉᆞ로 놉흔 쳬ᄒᆞ야 쥬나라를 멸ᄒᆞ고 텬ᄌᆡ 되고ᄌᆞ ᄒᆞ니 텬ᄒᆡ 젯나라 강ᄒᆞᆫ 것은 알되 엇지 진나라 잇슴을 알니요! 일노 보건ᄃᆡᆫ 원슈가 아니라 ᄒᆞ리잇고. 이졔 연나라이 젯나라를 치ᄆᆡ 진나라이 만일 연나라를 돕지 아니면 젯나라 강ᄒᆞᆷ을 두려ᄒᆞᆷ이니 엇지 텬하에 우슴을 밧지 아니리오?”

진나라 ᄉᆞᄌᆡ 듯고 왈,

“악군의 말이 유리ᄒᆞ니 도라가 과군의게 고ᄒᆞ야 군ᄉᆞ를 발ᄒᆞ게 ᄒᆞ려노라.”

악의 다시 한ᄂᆞ라로 가 한왕(韓王)을 보고 됴나라 진나라이 발병ᄒᆞ기를 허락ᄒᆞ엿다 ᄒᆞ며 리ᄒᆡ로 달【39】ᄂᆡᄆᆡ 한왕이 ᄯᅩᄒᆞᆫ 허락ᄒᆞ거ᄂᆞᆯ 악의 만심환희ᄒᆞ야 도라와 소왕게 회보ᄒᆞ니라.

각셜 극신이 위왕(魏王)을 보고 발병ᄒᆞ기을 청ᄒᆞ니 위왕 ᄆᆡᆼ상군다려 왈,

“연왕이 과인의 악의를 ᄲᅦ셔 갓ᄂᆞ니 엇지 한ᄒᆞᆸ지 아니리오.”

ᄒᆞ니 ᄆᆡᆼ상군이,

“졔왕이 ᄌᆞ긔를 쫏참을 분히 역여 위왕을 리ᄒᆡ로 권ᄒᆞ야 발병ᄒᆞ기를 허락ᄒᆞᄆᆡ 극신이 ᄯᅩ 초왕을 보고 달ᄂᆡ여 허락을 밧고 도라와 소왕의

게 회보ᄒᆞ니 소왕이 ᄃᆡ희ᄒᆞ야 졔나라 치기를 결단ᄒᆞ니 후시 엇지된고? 하회를 분히ᄒᆞ라.

뎨팔회
연소왕디렬졀졔병 한 장군상명필부용
燕昭王大閱節制兵 韓將軍喪命匹夫勇

화셜 쥬난왕(周赧王) 삼십칠 년에 연쇼왕(燕昭王)이 졔나라를 칠 셰 병권으로 악의의게 위임ᄒᆞ미 문셔를 각국에 보니여 발병ᄒᆞ기를 약회(約會)ᄒᆞ고 스ᄉᆞ로 병마를 교장에 모둬고 졈금ᄒᆞ야 인〻이 경용ᄒᆞ고 디오가 엄명ᄒᆞᆫ 후 튁일ᄒᆞ야 쇼왕을 연무쟝(演武場)으로 쳥ᄒᆞ고 각영 쟝ᄉᆞ로 비렬ᄒᆞ니 졍긔(旌旗)는 밀포(密布)ᄒᆞ고 거마는 연락(連絡)ᄒᆞᆫ지라. 쇼왕이 보고 만심환희ᄒᆞ야 악의다려 왈,

"군용(軍容)의 웅쟝ᄒᆞᆷ이 모다 경이 오릭 교련ᄒᆞᆫ 공이라 졔국이 비록 강ᄒᆞ나 능히 도모ᄒᆞ리로다. 군ᄉᆞ를 오식으로 분ᄒᆞᆷ은 오힝(五行)을 응ᄒᆞᆷ이언니와 장구디진ᄒᆞ는 ᄯᆡ는 엇지 써 병힝ᄒᆞᄂᆞ뇨?"

악의 왈,

"비록 병힝을 ᄒᆞ나 스ᄉᆞ로 수미가 잇ᄂᆞ니 그럿치 아니면 엇지 쟝구병진ᄒᆞ리잇고."

ᄒᆞ며 인ᄒᆞ야 장호관(掌號官)을 명ᄒᆞ야 명나격고ᄒᆞ니 오디 인마 홀련 변ᄒᆞ야 쟝ᄉᆞ진이 되여 슈미 셔로 응ᄒᆞ미 그 변화의 무궁ᄒᆞᆷ을 가히 칭양치 못ᄒᆞᆯ너라. 금빅으로 장졸을 후상코 환궁ᄒᆞ니라. 출ᄉᆞᄒᆞᆯ ᄯᆡ를 당ᄒᆞ미 진나라에셔는 디쟝 ᄉᆞ란(斯難)과 됴나라에셔는 디장 념파(廉頗)와 한나라에셔는 디쟝 포연(暴鳶)과 위나라에셔는 디쟝 진비(晋鄙)로 각〻 삼만 군을 거ᄂᆞ려 연나라를 돕게 ᄒᆞ니 쇼왕이 악【40】의로 상장군(上將軍)을 비ᄒᆞ야 오국 군ᄉᆞ를 거ᄂᆞ리고 졔나라를 치게 ᄒᆞ니 악의 십만 디병과 졔후 병을 합ᄒᆞ야 졔슈(濟水)에 모둬미 군셰 텬디 진동ᄒᆞ더라. 졔나라 변방 직히든 장쉬 황망히 조정에 보ᄒᆞ니 잇ᄯᆡ 졔민왕이 보ᄒᆞᆫ 것을 보고 디쇼 왈,

"셕일에 연왕 쾌(噲)도 광쟝의게 죽엇ᄂᆞ니 너도 ᄯᅩᄒᆞᆫ 죽으라 오도다. 진은 디국이니 연을 돕기 무괴언이와 한위됴는 소국이니 엇지 와셔 죽고ᄌᆞ ᄒᆞᄂᆞ뇨?"

ᄒᆞ고 디쟝 상ᄌᆞ(向子)를 명ᄒᆞ야 군ᄉᆞ 십만을 거ᄂᆞ리고 졔슈로 가 오국 병을 물니치라 ᄒᆞ니 상ᄌᆡ 명을 밧고 흔연이 군ᄉᆞ를 거ᄂᆞ리고 가니라. 민왕이 상ᄌᆞ를 보니고 쳡보를 기디리더니 로신 왕촉(王蠋)이 병드러 버살을 바리고 집에 잇더니 이 소식을 듯고 급히 민왕을 보고 간왈,

"신이 드르니 연소왕이 악의로 아경(亞卿)을 삼고 졔나라 원슈를 갑고ᄌᆞ ᄒᆞᆷ이 이십여 년이라 ᄒᆞ되 감히 경동치 아니ᄒᆞ더니 이졔 한 위 됴 진 ᄉᆞ국 병역을 합ᄒᆞ야 디경을 범ᄒᆞ오니 그 형셰 웅장ᄒᆞ야 경국지병(傾國之兵)을 발ᄒᆞ야도 오히려 져당치 못ᄒᆞᆯ 것이어ᄂᆞᆯ 디왕은 엇지 초〻(草草)히 상ᄌᆞ 일인으로 가 영젹게 ᄒᆞ시ᄂᆞ닛가? 디왕은 ᄲᆞᆯ니 디병을 거ᄂᆞ리시고 구완ᄒᆞᄉᆞ 소우ᄒᆞᆷ이 업게 ᄒᆞ소셔."

민왕이 소왈,

"경이 로의(老矣)라! 엇지 오활ᄒᆞᆫ 말을 ᄒᆞᄂᆞ뇨? 승픽와 시셰를 아지 못ᄒᆞᆷ이라. 근일 우리 군식 픽ᄒᆞᆷ이 업거ᄂᆞᆯ 엇지 오날 이긔지 못ᄒᆞᆯ 리치 잇스리오? 경은 방심ᄒᆞ고 쳡음(捷音)을 기디리라."

왕촉 왈,

"디왕이 싱각이 그러셔이다! 승픽는 군ᄉᆞ의 다소와 형셰의 강약과 모략의 득실에 잇ᄂᆞ니 엇지 시셰(時勢)로 의논ᄒᆞ리잇고? 만〻불가(萬萬不可)ᄒᆞ오니 디왕은 ᄲᆞᆯ니 구완ᄒᆞ소셔."

민왕 왈,

"너는 늘것ᄂᆞ니 쾌히 도라가 죽을 ᄯᆡ 나 기디리고 여긔 잇셔 여러 말 〻ᄂᆞ."

왕촉이 탄왈,

"디왕이 이졔 신를 쏫치시니 신이 다시 무숨 말을 ᄒᆞ리잇고마는 디왕이 다시 신의 말을 싱각ᄒᆞ시리이다."

ᄒᆞ고 하직고 가니라.

민왕이 일반 아당ᄒᆞᄂᆞᆫ 신하와 왕【41】촉의 말을 웃더니 홀련 보ᄒᆞ되,

"상지 싸호다 죽고 십만 디병이 반은 죽엇스며 반은 도망ᄒᆞ미 오국 군ᄉᆡ 디경을 지나 짓쳐 드러오되 형셰 위급ᄒᆞ다."

ᄒᆞ니 민왕이 그졔야 급히 십만 디병을 발ᄒᆞ야 스ᄉᆞ로 즁군(中軍)이 되고 한셥(韓聶)으로 디장을 숨아 대젹ᄒᆞ려 ᄒᆞ니 한셥은 무례고강(武藝高强)ᄒᆞ며 만부부당지용이 잇더라. 민왕이 졔셩(濟城)에 이르러 상ᄌᆞ의 픽ᄒᆞᆫ 연유 무르니 셩직히든 장쉬 디답ᄒᆞ되,

"상지(向子) 진쟝(秦將)으로 교봉ᄒᆞ더니 홀련 한나라 진으로 한 쟝쉬 돌출ᄒᆞ며 창으로 질너 죽이미 군ᄉᆡ 구ᄒᆞ려 ᄒᆞ더니 연나라 군ᄉᆡ 짓쳐 오미 디픽ᄒᆞ야 도망ᄒᆞ고 죽은 지 반이나 되나이다."

ᄒᆞ거ᄂᆞᆯ 민왕이 픽잔병을 초집ᄒᆞ야 제상(濟上)에 안영(安營)ᄒᆞ고 오국 군ᄉᆞ를 바라보니 셔로 의각지셰(犄角之勢)를 ᄒᆞ야 정긔ᄂᆞᆫ 히빗에 빗ᄂᆞ고 금고ᄂᆞᆫ 하날에 진동ᄒᆞᄂᆞᆫ지라. 민왕이 한셥을 도라보아 왈,

"네 능히 져 군ᄉᆞ를 파ᄒᆞ깃ᄂᆞ뇨?"

한셥이 디왈,

"오국 군ᄉᆡ 비록 일이십만이나 연국이 쥬쟝ᄒᆞᆷ이오 진(秦) 한(韓) 됴(趙) 위(魏) ᄉᆞ국은 불과ᄒᆞ야 쳥ᄒᆞ야 온 긱이라. 신이 먼져 긔병으로 악의를 버히면 ᄉᆞ국 군ᄉᆞᄂᆞᆫ 놀나 다라ᄂᆞ리이다."

ᄒᆞ고 창을 빗기고 문긔 아리 나와 왕니치빙(往來馳騁) ᄒᆞ며 디호 왈,

"악의ᄂᆞᆫ 젹은 더벙머리 ᄌᆞ식이라 임의 죽으려 왓ᄂᆞ니 엇지 항복지 안ᄂᆞ뇨?"

연진 즁으로 숨셩 포향에 금괴 제명ᄒᆞ고 문긔 열니ᄂᆞᆫ 곳에 악의 봉시투구[鳳翅金盔]에 룡인갑(龍麟甲)을 입고 손에 오식긔(五色旗)를 들고 좌우에 밍쟝을 거ᄂᆞ리고 나오며 응셩 왈,

"나ᄂᆞᆫ 연국 상장 악의니 이졔 셩쥬의 명을 밧고 오국 군ᄉᆞ를 거ᄂᆞ려 너의 혼군을 죽여 션왕의 원슈를 갑고 텬하를 위ᄒᆞ야 잔포ᄒᆞᆷ을 업시ᄒᆞ려 ᄒᆞᄂᆞ니 엇지 혼군은 나오지 아니ᄒᆞ고 너갓흔 무명소장(無名小將)으로 나오게 ᄒᆞ뇨? 너ᄂᆞᆫ 셩명을 통ᄒᆞ고 결박을 바드라."

한셥이 디로ᄒᆞ야 말을 노아 츙돌ᄒᆞ니 악의 편장으로 디젹게 ᄒᆞ려 ᄒᆞ더니 됴진 즁으로 왕디 디한도(大杆刀)를 들고 말를 달녀 나오며 대규ᄒᆞ되,

"【42】한셥 필뷔 감히 광언을 ᄒᆞᄂᆞ뇨! 너도 상ᄌᆞ의 모양이 되려 ᄒᆞᄂᆞ뇨?"

ᄒᆞ고 칼노 찍으미 한셥이 창으로 막고 싸화 이십 합에 진ᄂᆞ라 진즁으로 나츙(羅忠)이 장팔ᄉᆞ모를 빗기고 말을 달녀 싸홈을 도으미 한진 즁으로 당대렬(唐大烈)이 텰퇴를 들고 ᄂᆞ오고 위진 즁으로 밍션(孟先)이 방텬극을 빗기고 ᄂᆞ와 병력ᄒᆞ야 싸홈을 도으니 한셥이 디소 왈,

"너의ᄂᆞᆫ 모다 오라 님 엇지 두려ᄒᆞ리오!"

ᄒᆞ며 좌츙우돌ᄒᆞ야 조금도 두리ᄂᆞᆫ 빗이 업거ᄂᆞᆯ ᄉᆞ장이 에워싸고 치미 한셥이 용력을 다ᄒᆞ야 ᄉᆞ장과 반일을 싸호되 승뷔 업ᄂᆞᆫ지라 민왕이 쟝대에셔 보고 한셥이 실슈ᄒᆞᆯ가 두리더니 연진으로 긔를 두르며 츙돌ᄒᆞᆯ 쓰이 잇거ᄂᆞᆯ 급히 금을 쳐 군ᄉᆞ를 거두니 한셥이 비록 두려ᄒᆞᆷ이 업스ᄂᆞ 반일을 싸호되 이긔지 못ᄒᆞ다가 금 치ᄂᆞᆫ 것을 빙ᄌᆞᄒᆞ야 이로디,

"우리 쥬공이 부르시기로 너의를 아직 용셔ᄒᆞ노라."

ᄒᆞ고 도라오니 사쟝이 ᄯᅩᄒᆞᆫ 쫄우지 아니ᄒᆞ고 각〻 본진으로 도라오니라.

각셜 한셥이 도라가 민왕을 보니 민왕 왈,

"장군이 반일을 싸호되 이긔지 못ᄒᆞ엿ᄂᆞ니 엇지ᄒᆞ리오?"

한셥 왈,

"대왕은 근심 마소셔. 너일은 신이 경병을 거ᄂᆞ리고 연영에 돌입ᄒᆞ야 츌기불의(出其不意)에 악의를 버히리이다."

경히 말ᄒᆞᄂᆞᆫ ᄉᆡ이에 오국 군ᄉᆡ 돌출ᄒᆞ며 짓쳐 드러오니 졔국 병쟝이 어너 결을에 셔로 도라보리오 ᄉᆞ산분쥬ᄒᆞᄂᆞᆫ지라. 한셥이 보고 다라나고ᄌᆞ ᄒᆞ되 남이 우슬가 ᄒᆞ더니 악의 장ᄉᆞ진 속에 셔〻 이로디,

"한셥 필부야! 너를 용셔ᄒᆞ야 보니리니 능히 다시 싸호랴."

한셥의 셩이 불 갓타여 장창을 빗기고 이로딕,

"네 머리를 버히지 못ᄒ면 닉 한을 푸지 못ᄒ리라."

ᄒ고 싸호려 ᄒ더니 좌편으로 등방이 딕도를 드러 찍으며 이로딕,

"한셥은 어딕로 닷ᄂ뇨!"

한셥이 놀나 창으로 막고ᄌ ᄒ더니 우편으로 악승이 돌츌ᄒ며 대도를 드러 찍으며 대규ᄒ되,

"한셥은 엇지 항복지 안ᄂ뇨?"

한셥이 【43】 쏘 창으로 막으니 등방(鄧方)이 쏘 칼노 질너 싸호려 할 지음에 악승의 칼이 엇기와 한 팔을 찍어 말게 써러져 죽으니 한셥이 졔나라에셔는 일대 호걸이러니 이졔 악승에게 죽어 남가일몽이 되엿더라. 우시 엇지된고? 하문을 분ᄒ라.

뎨구회

픽일진우일진급亽소미 하일셩우일셩세여파쥭
敗一陣又一陣急似燒眉 下一城又一城勢如破竹

화셜 민왕(湣王)이 장대에셔 보믹 한셥(韓聶)과 숨천갑시 진중에 드러 종젹이 업스믹 젼령ᄒᆞ야 급히 구ᄒᆞ라 ᄒᆞ니 중쟝이 연진으로 돌립ᄒᆞ려 ᄒᆞ나 오국 병이 쳥황젹빅흙으로 어위 싸감히 츙돌치 못하더니 홀련 진이 열니며 숨천갑시 어지러이 도망ᄒᆞ며 한셥이 악승(樂乘)의게 버힌 빈 되니 민왕과 졔쟝이 막불낙담상혼이러라. 악의 한셥을 버히고 숨만 경병을 지휘ᄒᆞ야 졔영으로 짓쳐 오니 민왕이 친이 진젼에 나와 군ᄉᆞ를 난화 막을시 연국 션봉은 악승이라. 민왕이 대로ᄒᆞ되,

"뉘 나를 위ᄒᆞ야 져 도젹을 잡아 한 장군 원슈를 갑푸리오!"

ᄒᆞ니 마군 대중으로 낙문(駱文)이 나오니 이는 한셥의 싱질이라. 장창을 빗기고 말을 노아 악승을 지르믹 악승이 마져 싸화 오십여 합에 불분승부러니 악승이 낙문의 창법이 한슉(嫻熟)홈을 보고 말을 돌녀 다라나믹 낙문이 짜라오며 창으로 지르니 악승이 홀련 돌쳐셔며 좌수로 칼을 드러 창을 막고 우슈로 텰편을 드러치니 낙운이 급히 피ᄒᆞ다 못ᄒᆞ야 등을 맛고 피를 토ᄒᆞ며 만상에 업대여 다라나니 ᄉᆞ국 병장이 보고 일졔히 엄살ᄒᆞ니 사ᄅᆞᆷ은 룡 갓고 말은 범 갓흐며 금고ᄂᆞᆫ 우뢰 갓치 짓쳐오니 민왕이 황망이 영문을 닷고 강궁포셕(强弓炮石)으로 막으며 직히니 악의 각쳐에 고시를 붓치되,

"연국이 흥병홈은 다만 졔왕을 잡아 원슈를 갑푸려 홈이오 제국 빅셩과【44】ᄂᆞᆫ 간셥이 업ᄂᆞ니 병쟝을 물논ᄒᆞ고 항복ᄒᆞ면 결단코 빅셩을 소요케 안일 것이오 능히 졔왕을 ᄉᆞ로잡거나 머리를 버혀 오ᄂᆞᆫ ᄌᆞᄂᆞᆫ 쳔금 상에 만호후를 봉ᄒᆞ리라."

ᄒᆞ니 민왕이 보고 더욱 황겁ᄒᆞ야 감안이 병마로 부장에게 영솔ᄒᆞ야 막기를 방비ᄒᆞ라 ᄒᆞ고 스ᄉᆞ로 수십만 병을 거ᄂᆞ리고 임치(臨淄)로 가니라.

민왕이 ᄯᅥᄂᆞᆫ 후 부장이 연병과 상지ᄒᆞᆫ 지 슈십 일이 못되여 오국 병의게 짓친 비 되여 쥭엄이 뫼 갓고 피 흘너 닉 되니 잔병 픽장이 ᄉᆞ산분쥬(四散奔走)ᄒᆞ미 악의 대희ᄒᆞ야 쳡셔(捷書)를 소왕의게 보ᄒᆞ고 크게 잔치ᄒᆞ야 ᄉᆞ국 쟝ᄉᆞ를 청ᄒᆞ야 공을 하례ᄒᆞ며 군ᄉᆞ를 호궤ᄒᆞ고 진나라와 한나라 군사ᄂᆞᆫ 먼져 반ᄉᆞᄒᆞ게 ᄒᆞ며 됴병으로 젯나라 하간을 슈습게 ᄒᆞ고 위병으로 젯나라 변방을 거두게 ᄒᆞ니 됴 위 이국이 대희ᄒᆞ야 가거ᄂᆞᆯ 악의 극신(劇辛)으로 연로(沿路)를 직히라 ᄒᆞ고 스ᄉᆞ로 숨만 경병을 잇글고 장구직입(長驅直入)ᄒᆞ니 뉘 감히 막으리오. 악의 츄호를 범ᄒᆞ고 연왕이 위덕을 널니 효유ᄒᆞ미 항복지 안ᄂᆞᆫ 지 업더라. 역셩(歷城)에 이르니 이곳을 직희ᄂᆞᆫ ᄌᆞᄂᆞᆫ 강계(姜桂)니 졔국 종실이라. 비록 년로ᄒᆞ나 위인이 굴강(倔强)ᄒᆞ며 ᄯᅩ한 지간이 잇더니 악의 군시 이름을 듯고 병쟝을 거ᄂᆞ려 ᄉᆞ문을 직히며 오빅군으로 북문 밧께셔 연병을 기대리니 탐미 악의게 보ᄒᆞᆫ대 악의 번리 강계를 호한으로 알미 만약 병역으로 위협ᄒᆞ면 쥭을지언뎡 항복지 아니리라 ᄒᆞ야 대병을 머믈고 스사로 경병 천여를 잇글고 역셩에 이르러 강계와 담화할시 악의 이로대,

"이졔 연나라 이 군ᄉᆞ를 이르케 졔를 치ᄂᆞᆫ 것이 무고이 침범홈이 아니오 실노 원슈를 갑푸려 홈이니 이ᄂᆞᆫ 로장군도 아ᄂᆞᆫ 빈니 그런 고로 이르ᄂᆞᆫ 곳에 빅셩은 츄호도 불범ᄒᆞ엿ᄂᆞ니 로쟝군은 이 ᄉᆞ경을 살피시고 길을 빗니소셔."

강계 이로대,

"닉 왕명을 밧고 셩을 직히ᄂᆞ니 엇지 길을 빌니리오!"

악의 다시 말ᄒᆞ고ᄌᆞ ᄒᆞ더니 【45】 겻히 일원 소쟝이 대규ᄒᆞ되,

"지ᄂᆞᆫ 바 셩지(城池)가 아니 항복ᄒᆞᆫ 지 업거늘 엇지 로젹이 광망ᄒᆞᆫ 말노 막ᄂᆞᇿ? 소장이 이 로젹을 버히리이다!"

ᄒᆞ거ᄂᆞᆯ 악의 보니 이ᄂᆞᆫ 평쟝 감슈(甘壽)라. 창을 빗기고 말을 노아 곳 강계의게 다라드니 강계 보고 우스며 이화창(梨花槍)을 드러 마져 싸화 칠팔 합에 강계 창을 쓸고 셩을 도라 동으로 다라나니 감슊 계교를 아지 못ᄒᆞ고 ᄶᅩᆺ우기를 급히 ᄒᆞᄆᆡ 강계 감슈의 갓가이 오ᄂᆞᆫ 것을 보고 ᄌᆞ웅검을 날녀 감슈의 머리를 향ᄒᆞ고 찍으니 감슊 급히 피ᄒᆞ며 창으로 막를 ᄯᅴ에 칼이 감슈의 말머리를 찍어 걱구러지ᄆᆡ 감슊 ᄯᅥ러지니 강계 말을 돌녀 창으로 지으러 ᄒᆞᆯ 지음에 연진 중 졔쟝이 일졔히 구ᄒᆞ며 그 즁ᄒᆞᆫ 장슊 감안ᄒᆞᆫ 살노 강계를 쏘아 맛치니 강계 놀나 퇴보ᄒᆞᄆᆡ 연쟝이 감수를 구ᄒᆞ야 도라간지라. 강계 연병의 허다ᄒᆞᆷ을 보고 북셩을 답평(踏平)ᄒᆞᆯ 것 갓치 ᄒᆞᄆᆡ 오빅 졔병이 쥬장은 픠ᄒᆞ야 동셩으로 다라나고 연병의 셰 대ᄒᆞᆷ을 두려 ᄒᆞ야 북셩으로 도망ᄒᆞᄆᆡ 악의 젼령ᄒᆞ야 치지 말나 ᄒᆞ더라.

ᄎᆞ일 강계 북셩이 무ᄉᆞᄒᆞ고 오빅군에 한나토 손상ᄒᆞᆫ 지 업슴을 보고 ᄯᅩ 오빅군을 잇글고 나와 길을 막거ᄂᆞᆯ 감슊 악의다러 왈,

"강계의 밋ᄂᆞᆫ 바ᄂᆞᆫ 다만 ᄌᆞ웅검이라. 원슊 엇지 짓쳐 파치 아니시ᄂᆞᇿ?"

악의 왈,

"우리 지나ᄂᆞᆫ 바에 항복지 안ᄂᆞᆫ 지 업거ᄂᆞᆯ ᄒᆞᆯ로 강계 외로온 셩으로 항거ᄒᆞ니 ᄯᅩᄒᆞᆫ 졔나라에ᄂᆞᆫ 츙의ᄉᆡ라. 닉 참아 뭇지르지 못ᄒᆞᄂᆞ니 졔군은 다만 강계를 유인ᄒᆞᆯ 도리를 ᄒᆞ면 닉 스ᄉᆞ로 파ᄒᆞᆯ 계괴 잇노라."

감슊 왈,

"원슈의 심모원견(深謀遠見)은 소쟝 등의 아지 못ᄒᆞᆯ 빈라. 이졔 소쟝이 가 강계를 유인ᄒᆞ리이다."

ᄒᆞ고 진젼에 나와 창으로 강계를 질너 왈,

"어졔 하마 ᄒᆞ면 로젹(老賊)의 손에 쥭을 번 ᄒᆞ엿ᄂᆞ니 오날 네 머리를 갈나 원슈를 갑푸련이와 네 능히 【46】 비검(飛劍)으로 나를 버히깃ᄂᆞᇿ?"

강계 우스며 이로대,

"네 어졔ᄂᆞᆫ 요힝으로 도망ᄒᆞ엿건이와 오날은 쥭이고 말니라."

ᄒᆞ고 마ᄌᆞ 싸화 칠팔 합에 강계 엇지 감슈를 대젹ᄒᆞ리오. 창을 쓸고 젼과 갓치 셩동으로 다라ᄂᆞᄆᆡ 감슊 져를 유인ᄒᆞ려 ᄒᆞ야 대규ᄒᆞ되,

"로젹은 어대로 가ᄂᆞᇿ!"

ᄒᆞ며 ᄶᅩᆺ우지 아니ᄒᆞᄆᆡ 강계 돌라셔도 아니며 비검을 날녀 ᄯᅩ 찍으니 악의 보고 방포ᄒᆞ며 진을 변ᄒᆞ야 쟝ᄉᆞ의 형셰로 짓치ᄆᆡ 오빅군이 져당치 못ᄒᆞ야 셩으로 도망ᄒᆞ야 드러갈 ᄯᅴ에 악의 일빅 군ᄉᆞ로 졔병의 모양을 ᄒᆞ고 ᄒᆞᆷ게 드러가게 ᄒᆞᆫ지라. 일졔히 납함ᄒᆞ며 셩문을 ᄭᅢ치고 연병을 마져 드려 지나게 ᄒᆞ되 빅셩을 소요ᄒᆞᆷ이 업ᄂᆞᆫ지라. 감슊 강계다러 왈,

"로젹은 드르라. 닉 번ᄃᆡ 네 머리를 버힐 것이로대 악원슊 네가 츙신이라 ᄒᆞ기로 용셔ᄒᆞ노라."

ᄒᆞ고 말을 노아 연병을 ᄯᅡ라 지나가니 강계 탄왈,

"닉 악의 이갓치 용병ᄒᆞᆷ은 ᄉᆡᆼ각지 못ᄒᆞᆫ 비라."

ᄒᆞ고 표연이 산즁으로 도라가 은셩미명(隱姓埋名)ᄒᆞ더라.

악의ᄾ ᄃᆡ병이 역셩(歷城)을 지나ᄆᆡ 병셰 ᄃᆡ진ᄒᆞ야 은위 병힝ᄒᆞᄆᆡ 슴ᄉᆞ월이 지나지 못ᄒᆞ야 졔나라 셩 ᄉᆞ오십 쳐를 항복밧고 닉셩(萊城)에 이르니 이곳 직힌 ᄌᆞᄂᆞᆫ 만귀[滿冤]라 위인이 긔모(奇謀) 쓰기을 조아ᄒᆞ더니 졔나라 셩 ᄉᆞ오십 쳐가 항복ᄒᆞᆷ을 보고 힘써 ᄃᆡ젹고ᄌᆞ ᄒᆞ되 병미장과(兵微將寡)ᄒᆞ야 능히 ᄃᆡ젹지 못ᄒᆞ고 항복고ᄌᆞ ᄒᆞ되 마음에 질겁지 못ᄒᆞ야 이에 ᄉᆡᆼ각ᄒᆞ되,

'항셔를 보ᄂᆡ고 영졉ᄒᆞ여 드린 후 군ᄉᆞ 이쳔을 겸고ᄒᆞ야 남셩 육십니 밧 것우니 산에 믹복ᄒᆞ고 악의ᄾ 군ᄉᆡ 반이 지나기를 기ᄃᆡ려 호포 일셩에 즁간을 짓치리라.'

ᄒᆞ고 빅셩을 거ᄂᆞ리고 향화등촉으로 셩문을 열고 악의 군ᄉᆞ를 영졉ᄒᆞ니 악의 오ᄂᆞᆫ 길에 항복ᄒᆞᄂᆞᆫ ᄌᆞ의 위인이 엇더ᄒᆞᆷ을 미리 탐지ᄒᆞᆫ 고로 만귀의 위인이 긔묘를 조아ᄒᆞᆷ을 드른지라.

의심이 업지 아니ᄒᆞ야 뭇되,

"이 셩즁에ᄂᆞᆫ 엇지ᄒᆞ야 군식 업ᄂᆞ뇨?"

만귀 ᄃᆡ왈,

【47】"이 셩즁에 군식 불과 쳔여 명이로ᄃᆡ 모다 로약이니 엇지 군ᄉᆞ라 칭ᄒᆞ리잇고?"

악의 왈,

"만일 군식 업스면 네 홀노 이 셩은 직히여 무엇ᄒᆞ리오? 나를 ᄯᅡ라가게 ᄒᆞ라."

만귀 왈,

"원쉬 가ᄌᆞ ᄒᆞ시니 좃키ᄂᆞᆫ ᄒᆞ나 능ᄒᆞᆫ 것이 업기로 븟그러 ᄒᆞ노이다."

악의 왈,

"ᄉᆞ롬이 엇지 다 능ᄒᆞ리오마ᄂᆞᆫ ᄂᆡ 드르니 네 ᄆᆡ복ᄒᆞ기을 잘ᄒᆞᆫ다 ᄒᆞ니 이만ᄒᆞ야도 족ᄒᆞ니 네 ᄆᆡ복ᄒᆞ기을 조아ᄒᆞ면 남이 ᄆᆡ복홀 것도 알지라. 여긔셔 임치(臨淄) 가ᄂᆞᆫ 길에 산곡이 만흐ᄆᆡ ᄆᆡ복홈이 잇슬가 두리ᄂᆞ니 네 ᄌᆞ셰히 탐지ᄒᆞ면 공으로 즁상홀 것이오 만일 탐지ᄒᆞ기을 잘못ᄒᆞ야 날노 실슈홈이 잇슨즉 죄를 용셔치 아니리라."

ᄒᆞ고 인ᄒᆞ야 즁장을 명ᄒᆞ야 압영ᄒᆞ야 가라 ᄒᆞᆫᄃᆡ 만귀 져의 계교을 알믈 놀나 ᄯᅡ에 업ᄃᆡ여 ᄋᆡ걸ᄒᆞ되,

"소쟝의 죄 쥭엄즉ᄒᆞ도소이다. 원쉬 츙셩으로 ᄉᆞ롬을 ᄃᆡ졉ᄒᆞ시고 의심치 아니시ᄆᆡ 우쥰ᄒᆞᆫ 소견으로 군ᄉᆞ 이쳔을 우이산(牛耳山)에 ᄆᆡ복ᄒᆞ엿더니 이졔 원쉬 명찰ᄒᆞ심이 이 갓흐시니 졔국 강산은 능히 보존치 못홀지라. 원컨ᄃᆡ 부월노 버히시기을 쳥ᄒᆞ노이다."

악의 ᄃᆡ소 왈,

"양국이 교병ᄒᆞᄆᆡ 각기 지술(智術)노 닷토ᄂᆞ니 엇지 죄라 ᄒᆞ리오. 네 직고을 ᄒᆞ니 가히 용셔ᄒᆞ리라."

ᄒᆞ고 인ᄒᆞ야 복병을 것어니 셩을 직히라 ᄒᆞ니 만귀 ᄇᆡᄉᆞᄒᆞ고 가거ᄂᆞᆯ 악의ᄂᆞᆫ 의구히 군ᄉᆞ를 모라 나아가니 후시 엇지된고? 하문을 분히ᄒᆞ라.

뎨십회
제겁연연승편젼겁제영
초모제제임위번구초구
齊劫燕燕乘便轉劫齊營
楚謀計齊臨危翻求楚救

각셜 졔민왕(齊湣王)이 도망ᄒᆞ야 임치(臨淄)로 도라와 일노 근심ᄒᆞ미 아당ᄒᆞᄂᆞᆫ 신하드리 술을 권ᄒᆞ야 위로ᄒᆞ더니 ᄯᅩ 역셩(歷城)과 ᄂᆡ셩(萊城)을 실수ᄒᆞᆷ을 듯고 황망ᄒᆞ며 이로ᄃᆡ,

"젼일에 악의 과인의게 잇【48】슬 ᄯᅥ 무릉ᄒᆞᆫ 위인으로 알앗더니 불의에 창궐ᄒᆞ기 이 갓흐니 엇지ᄒᆞ리오?"

힝신(幸臣) 나[니]위(夷維) 이로ᄃᆡ,

"이ᄂᆞᆫ 악의〻 릉ᄒᆞᆷ이 아니라 ᄃᆡ왕이 겁ᄒᆞ심이니 젼일에 비록 ᄑᆡᄒᆞ엿스나 오히려 군ᄉᆡ 이십만이어ᄂᆞᆯ 막을 ᄉᆡᆼ각은 아니시고 ᄃᆡ왕이 먼져 도망ᄒᆞ시미 쥬장 업ᄂᆞᆫ 군ᄉᆡ 엇지 ᄑᆡ치 아니리잇고."

민왕이 이로ᄃᆡ,

"일이 이 지경 되엿ᄂᆞ니 뉘웃쳐 밋지 못ᄒᆞ노라."

나위 이로ᄃᆡ,

"지난 말은 ᄒᆞᆯ 것 업ᄂᆞᆫ지라. 악의 쳐음으로 올 ᄯᅥ에 ᄉᆞ국 군ᄉᆡ ᄀᆞᆺ치 힘을 다ᄒᆞ야 돕더니 이졔 드르미 ᄉᆞ국 군ᄉᆞᄂᆞᆫ 가고 악의〻 군ᄉᆞ ᄲᅮᆫ이라 ᄒᆞ오니 비록 장구ᄃᆡ진ᄒᆞ나 실상 군ᄉᆞᄂᆞᆫ 십만에 ᄎᆞ지 못ᄒᆞᆯ지라 지금이라도 우리나라 군ᄉᆞ를 졈고ᄒᆞ면 일리 삼만은 되리니 다시 ᄃᆡ장한 ᄉᆞᄅᆞᆷ으로 거ᄂᆞ리고 가 치게 ᄒᆞ면 아즁피과(我衆彼寡)ᄒᆞ니 엇지 이긔지 못ᄒᆞ리잇고?"

민왕이 깃버ᄒᆞ되,

"네 말이 유리ᄒᆞ다."

ᄒᆞ고 급히 젼지ᄒᆞ야 잇ᄂᆞᆫ 바 군ᄉᆞ를 졈고ᄒᆞ니 십이 만이라. ᄃᆡ장 경기(耿介)를 명ᄒᆞ야 거ᄂᆞ려 쳥셩(青城)에 이르러 악의 군ᄉᆞ와 만ᄂᆞᆫ지라. 경긔 악의를 진젼으로 쳥ᄒᆞ야 이로ᄃᆡ,

"너ᄂᆞᆫ 연국 무명소장으로 졔후의 힘을 비러 이긔미 가히 요힝이라 ᄒᆞᆯ지라. 급히 도라가 너의 인군의게 공을 드리고 상이나 쳥ᄒᆞᆯ 것이어ᄂᆞᆯ 망녕되이 지릉을 밋고 깁히 즁디(重地)에 드러와 죽기가 목젼에 잇스되 오히려 ᄭᅵ닷지 못ᄒᆞᄂᆞ뇨?"

악의 이로ᄃᆡ,

"너의 인군을 죽여 원슈를 갑고ᄌᆞ ᄒᆞ미 병불혈린(兵不血刃)ᄒᆞ고 ᄉᆞ오십 셩을 파ᄒᆞ니 엇지 인력으로 ᄒᆞᆯ리오 너 갓ᄒᆞᆫ 무리ᄂᆞᆫ 오히려 ᄭᅵ닷지 못ᄒᆞ고 포악ᄒᆞᆫ 것를 돕고ᄌᆞ ᄒᆞ니 엇지 죽기를 면ᄒᆞ리오!"

경기 이로ᄃᆡ,

"졔나라 부강ᄒᆞᆷ은 텬하도 아ᄂᆞᆫ 비라 이졔 비록 두어 고을〻 실슈ᄒᆞ엿스나 오히려 임치와 히ᄃᆡ(海岱)의 슈천리와 슈십만 병장(兵將)이 잇ᄂᆞ니 너의 이리만(一二萬) 고군약졸(孤軍弱卒)을 두려ᄒᆞ리오. ᄂᆡ 졔왕의 명【49】으로 네 머리를 버히려 왓ᄂᆞ니 쾌히 말게 ᄂᆡ 결박을 밧드라."

악의 즁장을 도라보아 왈,

"뉘 나를 위ᄒᆞ야 이 역젹을 ᄉᆞ로잡을 리오?"

말이 맛지 못ᄒᆞ야 부션봉 등방(鄧方)이 진젼에 나와 싸홈을 도도미 경기 보고 급히 장졸을 지휘ᄒᆞ야 영젹게 ᄒᆞ니 휘하에 장관이 이숨빅인이 나 셔로 보며 한 ᄉᆞᄅᆞᆷ도 나와 ᄃᆡ젹ᄒᆞ리 업거ᄂᆞᆯ 경기 급히 ᄉᆞ장을 명ᄒᆞ야 싸호라 ᄒᆞᆫᄃᆡ ᄉᆞ장이 마지 못ᄒᆞ야 말을 달녀나와 등방을 마져 싸호미 양진 즁에셔 금괴 우뢰 갓타며 등방이 분용ᄒᆞ야 싸호기을 십합이 못되여 한 장슈를 버히니 경기 황망히 ᄯᅩ ᄉᆞ장을 명ᄒᆞ야 싸홈을 돕게 ᄒᆞ미 연진상으로 셩봉 악승(樂乘)이 짓쳐 나오며 츙살ᄒᆞ니 졔장 등이 엇지 당ᄒᆞ리오. 몃 합이 못되여 양원(兩員) 장(將)을 버혀 말게 닉리치믹 경기 또 수장을 불너 싸호라 ᄒᆞ나 뉘 감히 압호로 향ᄒᆞ리오. 딕오가 분々이 부경ᄒᆞᆫ지라. 악의 보고 호포일셩에 즁군을 지휘ᄒᆞ야 엄살ᄒᆞ믹 등방 악승이 승계ᄒᆞ야 짓쳐 쥭이며 쫏치니 경기 딕픽ᄒᆞ야 이십려 리를 다라나 바야흐로 군ᄉᆞ를 슈습ᄒᆞ야 영치를 셰우고 일반 모ᄉᆞ와 상의ᄒᆞ되 악의々 병장이 십분 용밍ᄒᆞ야 능히 딕젹지 못ᄒᆞ리니 엇지ᄒᆞ리오. 모ᄉᆞ 됴원(趙遠)이 이로딕,

"연병이 오날 크게 이긔믹 필련 방비홈이 업스리니 경병을 졈고ᄒᆞ야 밤 이경에 감이 가겁영ᄒᆞ면 져의 병장이 비록 용밍ᄒᆞ나 능히 져당치 못ᄒᆞ리이다."

경기 딕희ᄒᆞ되,

"참모의 계교 묘ᄒᆞ다."

ᄒᆞ고 쌀이 힝ᄒᆞ려 ᄒᆞ니 모ᄉᆞ 가륜(賈倫)이 이로딕,

"됴참모의 계 교ᄒᆞ나 닉 소견으로ᄂᆞᆫ 악의々게ᄂᆞᆫ 쓰지 못ᄒᆞ리이다. 악의 용병ᄒᆞ기을 능히 ᄒᆞ니 엇지 쥰비홈이 업스리오. 원쉬 만일 경히 즁디에 드러갓다가 방비홈이 잇고 졔 도로혀 우리 영치를 엄습ᄒᆞ면 엇지 져당ᄒᆞ리오. 아니 방비ᄒᆞ지 못ᄒᆞ리이다."

경기 침음ᄒᆞ되,

"이와 갓호면 다시 이긔여 볼날 니 업스리로다."

모ᄉᆞ 호직(狐直)이 이로딕,

"양위 참【50】모의 말을 아니 신즁치 못ᄒᆞᆯ 것이나 의심ᄒᆞ고 결단치 못ᄒᆞ면 이ᄂᆞᆫ 픽ᄒᆞᄂᆞᆫ 되라 양젼지계를 ᄒᆞ니만 못ᄒᆞ니 먼져 숨천 경병을 겁치ᄒᆞ게 ᄒᆞ야 만약 쥰비홈이 잇거든 급히 도라와 회복ᄒᆞ게 ᄒᆞ면 원쉬 강궁경뇌(强弓硬弩)로 믹복ᄒᆞ고 딕치를 직힌즉 졔 비록 빅만지즁이나 능히 드러오지 못ᄒᆞ리이다."

경기 딕희ᄒᆞ야,

"딕장 ᄉᆞ쥰(史俊)을 명ᄒᆞ야 참모 됴원과 갓치 경병 숨천을 거ᄂᆞ리고 가 연영(燕營)을 겁츅ᄒᆞ야 만일 셩공하거든 방포ᄒᆞ면 닉 딕군을 잇글고 가 졉응ᄒᆞ리라."

ᄒᆞ고 궁뇌와 포셕을 믹복ᄒᆞ야 연병의 츙돌홈을 방비ᄒᆞ니 ᄉᆞ쥰이 됴원으로 군ᄉᆞ를 거ᄂᆞ리고 가 연영을 겁칙ᄒᆞ니라.

추셜 악의 경기 쫏기를 이십여 리를 ᄒᆞ다가 안영ᄒᆞ믹 졔장을 분포ᄒᆞ야 믹복ᄒᆞ고 졔병이 겁치ᄒᆞ기을 기딕려 승셰ᄒᆞ야 졔영을 업습ᄒᆞ려 ᄒᆞ니 졔장이 텽명ᄒᆞ고 가거ᄂᆞᆯ 악의 장즁에 잇셔 호포를 준비ᄒᆞ야 임시 암호ᄒᆞ려 ᄒᆞ더라.

각셜 ᄉᆞ준 됴원이 감안이 연영에 이르믹 비록 경고 소릭ᄂᆞᆫ 잇스나 고요ᄒᆞ야 ᄉᆞᄅᆞᆷ은 업ᄂᆞᆫ지라. 계교에 빠졋다 ᄒᆞ야 군ᄉᆞ를 모라 납함ᄒᆞ며 연영 즁으로 짓쳐 드러가니 한 ᄉᆞᄅᆞᆷ도 업스믹 경히 의혹ᄒᆞ더니 홀련 포셩이 ᄉᆞ면에셔 나믹 비로소 딕경ᄒᆞ야 군ᄉᆞ를 급히 물너올 ᄯᅢ에 일셩포향에 금괴 졔명ᄒᆞ니 ᄉᆞ준이 혼비빅산ᄒᆞ더니 다만 포셩 ᄲᅮᆫ이오 ᄉᆞᄅᆞᆷ은 업스믹 ᄉᆞ쥰 됴원이 희출망외(喜出望外)ᄒᆞ야 군ᄉᆞ를 지촉ᄒᆞ야 도라오니라.

원릭 악의 졔영을 겁칙ᄒᆞ려 ᄒᆞ되 준비홈이 잇셔 짓쳐 드러가지 못ᄒᆞᆯ 쥴을 알고 군ᄉᆞ를 길가에 믹복ᄒᆞ야 졔병이 도망ᄒᆞ야 도라가기를 기딕려 즁간을 짓치고 나와 졔병 반을 끈코 장슈로 일반은 막고 노아보닉지 말ᄂᆞ ᄒᆞ고 또 악승(樂乘) 등방(鄧方)으로 이천 인마를 거ᄂᆞ리고 졔병의 모양으로 ᄉᆞ준(史俊) 됴원(趙遠)의 군ᄉᆞ 도망ᄒᆞᄂᆞᆫ 뒤를 싸라가게 ᄒᆞ니라. 잇ᄯᅢ 경기 영즁에 잇셔 쳡음을 기딕리더니 홀련 연영 즁에 호포 소【51】릭를 듯고 ᄉᆞ준이 실슈홈이 잇ᄂᆞᆫ가 ᄒᆞ야 졉응코ᄌᆞ ᄒᆞ되 딕치가 실슈ᄒᆞᆯ가 두려ᄒᆞ야 궁뇌 포셕으로 긴이 직히더니 ᄉᆞ쥰 됴원이 도망ᄒᆞ야 도라와 셩공치 못홈을 말ᄒᆞ며 다힝이 일인도 썩지 아니ᄒᆞ엿다 ᄒᆞ더니 말이 맛지 못ᄒᆞ야 등방과 악승의 두 필 말이 이천인을 거ᄂᆞ리고 즁군 징상으로 짓쳐 드러오믹 경기 즁장으로 보고 담이 쩌러지고 혼빅이 비월ᄒᆞ야 어딕로 좃ᄎᆞ옴을 아지 못ᄒᆞ며 슈각이 황난ᄒᆞ야 ᄉᆞ산도쥬(四散逃走)ᄒᆞᆯ시 경기ᄂᆞᆫ 다힝이 호위ᄒᆞᄂᆞᆫ 사ᄅᆞᆷ이 잇셔 후영으로 도망ᄒᆞ고 기여 병장은 닥치ᄂᆞᆫ딕로 쥭은 지 그 슈를 아지 못ᄒᆞ더니 악의 々 딕병이 또 이르러 군ᄉᆞ를 난와 각영을 겁칙ᄒᆞ니 졔병이 각ᄌᆞ 도싱(逃生)ᄒᆞ야 날이 발기에 이르믹 악의 금을 쳐 군ᄉᆞ를 거두니어ᄃᆞᆫ 군긔 마필 등물이며 양초가 산 갓고 쥭엄이 만산편야ᄒᆞ야 십만 졔병에 일인도 보지 못ᄒᆞᆯ너라.

악의 졔병을 딕파ᄒᆞ고 원근 빅셩을 무휼ᄒᆞ며 츄호를 불법ᄒᆞ믹 빅셩드른 민왕의 잔학홈을 바든지 오릭다가 악의々 군시 무인지경갓치 드

러가 월여가 못되여 곳 임치에 다〻르니 민왕이 경기의 픽ᄒᆞ야 도라옴을 보고 다시 딕젹ᄒᆞᆯ 계괴 업더니 악의〻 군시 ᄯᅩ 셩 밧게 이름을 듯고 황망히 군ᄉᆞ를 졈고ᄒᆞ야 나가 마져 싸호려 ᄒᆞ니 모다 병들고 쥬려 긔동치 못ᄒᆞᄂᆞᆫ 체ᄒᆞ며 한 ᄉᆞ름도 나오난 지 업ᄂᆞᆫ지라. 다만 셩문을 긴이 직히게 ᄒᆞ고 타국에 구완을 쳥ᄒᆞ고ᄌᆞ ᄒᆞ되 진과 위와 됴와 한은 임의 연나라를 돕ᄂᆞᆫ 고로 감히 싱의치 못ᄒᆞ고 다만 초국과 셔로 친밀하든 나라히라 ᄒᆞ야 위급ᄒᆞᆫ ᄯᅢ를 당ᄒᆞᄆᆡ ᄉᆞ체를 도라보지 못ᄒᆞ고 ᄉᆞ름을 보니여 구완ᄒᆞ기를 쳥ᄒᆞ려 ᄒᆞᆯ시 초국은 원릐 리만 탐ᄒᆞᄂᆞᆫ 나라히라. ᄉᆞ신을 명ᄒᆞ야 낙셔(洛西) 싸흘 버혀 뇌물을 ᄒᆞ고 슈히 발병ᄒᆞ기을 쳥ᄒᆞ라 ᄒᆞ니 ᄉᆞ지 연【52】야 ᄒᆞ야 가ᄆᆡ 멀니 잇ᄂᆞᆫ 믈이 갓가온 불를 구치 못ᄒᆞᆷ을[10] 한ᄒᆞ며 미일 궁즁에셔 착급ᄒᆞ야 ᄒᆞ더니 홀련 니위(夷維) 감안이 말ᄒᆞ되,

"큰일 낫다!"

ᄒᆞ니 민왕이 놀나 연고를 무른딕 니위 이로딕,

"앗가 궁문 밧게 나가다 드르니 빅셩드리 분〻이 의논ᄒᆞ되 연국 군시 다만 딕왕을 잡아 원슈를 갑고ᄌᆞ ᄒᆞ며 우리 빅셩은 침범ᄒᆞᆷ이 업ᄂᆞ니 우리 괴로이 셩은 직혀 무엇ᄒᆞ리오. ᄂᆡ일 셩문을 열고 연병을 마져 드리면 원슈 잇ᄂᆞᆫ ᄌᆞᄂᆞᆫ 스ᄉᆞ로 원슈를 갑고 우리 빅셩은 안졍ᄒᆞ리라 ᄒᆞ니 신이 그 말을 듯고 말을 아니ᄒᆞ지 못ᄒᆞ야 고ᄒᆞ오니 ᄲᆞᆯ이 계칙을 졍ᄒᆞ소셔."

민왕이 듯고 놀나 능히 말을 못ᄒᆞ니 니위 ᄯᅩ 이로딕,

"딕왕은 황겁지 마시고 속히 계교를 힝ᄒᆞ소셔."

민왕이 이로딕,

"져 빅셩들을 모다 쥭이지 못ᄒᆞ리니 이졔 빅셩드리 아지 못ᄒᆞᆯ ᄯᅢ를 타셔 반야에 타국으로 도망ᄒᆞ엿다가 초병이 이르기를 기딕려 다시 회복ᄒᆞᆷ이 늣지 안일가 ᄒᆞ노라."

니위 이로딕,

"딕왕의 계교 신의 소견과 갓ᄉᆞ오니 다시 의려ᄒᆞ실 비 아니로소이다."

민왕이 인ᄒᆞ야 감안이 친신ᄒᆞᆫ 문무의게 젼지ᄒᆞ야 거마를 준비ᄒᆞ고 반야에 감안이 문을 열고 다라나니 후시 엇지된고? 하회를 분히ᄒᆞ라.

10) 遠水救不得近火.

뎨십일회
셩공장이소슈졔후봉 망국군상ᄃᆡ징텬ᄌᆞ례
成功將已小受諸侯封 亡國君尙大爭天子禮

각셜 졔 민왕이 반야에 셩문을 열고 다라나미 ᄇᆡᆨ셩드리 더욱 긔탄ᄒᆞᆯ 것이 업셔 셩문을 얼고 연병을 영졉ᄒᆞᆯ시 향파 등촉으로 길가에셔 쑬러 마지니 악의 만심환희ᄒᆞ야 군ᄉᆞ를 단속ᄒᆞ야 셩에 드러가미 시경의 안연ᄒᆞᆷ이 의구ᄒᆞ더라. 악의 표를 올녀 소왕(昭王)게 쳡보ᄒᆞ고 일면으로 친신ᄒᆞᆫ 병장으로 궁문을 직히라 ᄒᆞ고 졔왕의 젹취(積聚)ᄒᆞᆫ 바 지물긔명이며 완호보물【53】을 모다 ᄉᆞ츌(査出)ᄒᆞ고 셕일 연국에셔 노략ᄒᆞᆫ 바 보경을 슈웨 실어 연국으로 보ᄂᆡ니 연 소왕이 쳡셔를 보고 희츌말의ᄒᆞ다가 ᄯᅩ 허다 물건과 셕일 일은 바 보긔를 ᄎᆞ져 도라옴을 보고 악의々 셩심를 감격ᄒᆞ야 문무을 명ᄒᆞ야 감국ᄒᆞ라 ᄒᆞ고 친이 졔상에 이르러 악의를 불너 보고 지숨칭ᄉᆞᄒᆞ되,

"연국이 망ᄒᆞᆫ 지 오ᄅᆡ더니 오날 경이 큰 공을 셰우고 과인의 원슈를 갑푸면 션왕의 욕됨을 셜치ᄒᆞ엿도다."

ᄒᆞ고 인ᄒᆞ야 악의를 봉ᄒᆞ야 창국군(昌國君)을 숨으니 악의 ᄉᆞ양ᄒᆞ되,

"이는 다 션왕이 신령ᄒᆞ시고 ᄃᆡ왕의 홍복이오니 신이 엇지 감히 즁작을 바드리잇고."

소왕 왈,

"ᄒᆞᆫ번 싸화 졔병을 이기긔만 ᄒᆞ여도 그 공이 크다 ᄒᆞ려든 뉵월지간에 졔나라 칠십여 셩을 항복 밧고 과인의 평ᄉᆡᆼ 철골지원(徹骨之怨)을 셜치(雪恥)ᄒᆞ엿ᄂᆞ니 그 공젹의 큰 것이 졔환(齊桓) 진문 이러로 업슬지라. 이만 벼살노 엇지 다 갑난다 말ᄒᆞ리오."

ᄒᆞ고 이에 금ᄇᆡᆨ(金帛)과 우쥬(牛酒)로 솜군을 호상(犒賞)ᄒᆞ고 유공ᄒᆞᆫ 장ᄉᆞ을 즁상ᄒᆞ니 병장이 만셰를 부르며 깃버ᄒᆞ는 소ᄅᆡ 우뢰 ᄀᆞᆺ더라. 상ᄉᆞᄒᆞ기를 밋치미 악의 쥬왈,

"나라를 엇기는 용이ᄒᆞ고 직히기는 어려온지라. 졔왕이 비록 도망ᄒᆞ엿스나 오히려 여얼(餘孼)이 미진ᄒᆞ엿ᄂᆞ니 아직 항복지 아닌 직 비록 졔장이라 ᄒᆞ나 항복ᄒᆞᆫ 즉 이도 ᄯᅩᄒᆞᆫ 연국 ᄇᆡᆨ셩이니 심복을 숨을려 ᄒᆞᆫ즉 인의로 감화ᄒᆞ지 아니면 가히 심열셩복(心悅誠服)기를 바라지 못ᄒᆞ리니 ᄃᆡ왕은 오날 졔나라 파ᄒᆞᆫ 것을 다힝이 아지 마소셔."

소왕이 이로ᄃᆡ,

"심모원례(深謀遠慮) 더욱 로셩(老成)ᄒᆞᆫ 의논이니 과인이 엇지 다른 뜻이 잇스리오. 이졔 항복지 아니ᄒᆞᆫ 곳을 엇지ᄒᆞ면 교화로 귀슌케 ᄒᆞ리오. 경의 뜻을 좃치이라 ᄒᆞ노라."

악의 ᄇᆡᄉᆞ슈명ᄒᆞ고 소왕과 ᄌᆞᆫ치를 크게 열고 군신이 환락ᄒᆞ다가 소왕이 도라가니라.

각셜 악의 다시 임치로 도라가 극신(劇辛)과 상의ᄒᆞ고 항복ᄒᆞᆫ 바 칠십여 셩으로 연국 군현을 숨고 ᄯᅩ 하령ᄒᆞ되,

"졔나라히【54】이졔 임의 연국에 부속ᄆᆡ 모다 ᄒᆞᆫ 집이어ᄂᆞᆯ 엇지 파슈를 ᄒᆞ며 구속을 ᄒᆞ리오?"

ᄒᆞ고 직히든 군ᄉᆞ를 일병(一幷) 것어 도라가게 ᄒᆞ고 ᄯᅩ 하령ᄒᆞ되,

"ᄇᆡᆨ셩의 궁곤ᄒᆞᆷ을 모다 졔왕이 부셰를 혹독히 ᄒᆞᆷ이라."

ᄒᆞ고 일병[11] 면제ᄒᆞ라 ᄒᆞ며 ᄯᅩ 하령ᄒᆞ되,

---

11)【일병】[부] {일병(一幷).} 함께. 모두. ¶ 一概. ‖ ᄇᆡᆨ셩의 궁곤ᄒᆞᆷ을 모다 졔왕이 부셰를 혹독히 ᄒᆞᆷ이라 ᄒᆞ고 일병 면제ᄒᆞ라 ᄒᆞ며 (小民窮苦, 豈堪剝削, 凡齊王所行之暴令一概除去, 凡齊王苛求之賦斂一概蠲免.) <樂田 11:54> 都 ‖ 나의 방즁의

"졔국이 부강은 졔션왕(齊宣王)과 밋 션신(先臣) 관이오(管夷吾)의 공이라. 비록 그 ᄌᆞ손이 포학ᄒᆞ야 망ᄒᆞ엿스나 환공과 이오의 공은 민멸치 못ᄒᆞ리라."

ᄒᆞ고,

"ᄉᆞ당을 짓고 ᄉᆞ시 향화를 끈치 말게 ᄒᆞ라."

ᄒᆞ고 ᄯᅩ 하령ᄒᆞ되,

"어진이와 ᄌᆡ조 잇난 ᄌᆡ 민왕의 폄쳑ᄒᆞᆷ을 만나 숨어 잇ᄂᆞᆫ ᄌᆡ 만흐니 맛당히 쳔거ᄒᆞ야 쓰리라."

ᄒᆞ니 ᄇᆡᆨ상드리 악의 ᄒᆞ난 ᄇᆡ 모다 민심에 합ᄒᆞᆷ을 보고 심열셩복지 아니리 업더라. 악의 다시 항복지 아니ᄒᆞᆫ 곳을 초안ᄒᆞᆯ시 ᄉᆞᄅᆞᆷ이 말ᄒᆞ되,

"획읍[畫邑]이 오히려 항복지 아니ᄒᆞ엿나니 군ᄉᆞ로 치소셔."

ᄒᆞ거ᄂᆞᆯ 악의 이로ᄃᆡ,

"ᄂᆡ 드르니 현신 왕촉(王蠋)은 획읍 ᄉᆞᄅᆞᆷ으로 간ᄒᆞ다 듯지 아니ᄒᆞ미 믈너가 그 집에 잇다 ᄒᆞ니 만일 군ᄉᆞ로 에우고 치면 옥셕이 구분ᄒᆞ리라."

ᄒᆞ고 인ᄒᆞ야 군ᄉᆞ를 발ᄒᆞ야 획읍 ᄉᆞᆷ십리에 쥬둔케 ᄒᆞ고 ᄉᆞᄌᆞ로 후례를 갓초아 왕촉을 보고 이로ᄃᆡ,

"창국군(昌國君)이 왕ᄐᆡ부(王太傅)의 현량 츙신ᄒᆞᆷ을 듯고 금ᄇᆡᆨ을 갓초아 마져 연왕을 돕게 ᄒᆞᄂᆞ니 ᄐᆡ부난 ᄲᆞᆯ니 ᄒᆡᆼᄒᆞ소셔."

ᄒᆞ니 왕촉이 ᄉᆞ례ᄒᆞ되,

"악원슈의 알음다온 ᄯᅳᆺ은 감ᄉᆞᄒᆞ나 ᄂᆡ 나히 늘거 ᄒᆡᆼ치 못ᄒᆞᄂᆞ니 군은 나를 위ᄒᆞ야 조흔 말노 회ᄉᆞᄒᆞ라."

ᄉᆞᄌᆡ 이로ᄃᆡ,

"창국군이 날다려 이로ᄃᆡ ᄐᆡ뷔 만약 오게 되면 연왕게 알외여 만승지읍(萬乘之邑)을 봉ᄒᆞᆯ 것이오 만약 연왕을 비박(鄙薄)히 ᄒᆞ고 창국군을 즁히 역이지 아니ᄒᆞ야 아니 온즉 군ᄉᆞ로 획읍을 도륙ᄒᆞ리라 ᄒᆞ니 ᄐᆡ뷔 한 몸을 놉히고ᄌᆞ ᄒᆞ다가 일읍 ᄇᆡᆨ셩으로 죽게 ᄒᆞ리오. 세 번 ᄉᆡᆼ각ᄒᆞ라."

왕촉이 앙텬 탄왈,

"ᄂᆡ 드르니 츙신은 두 인군을 셤기지 아니ᄒᆞ고 렬녀난 두 지아비를 곳치지 안난다[12] ᄒᆞ니 비록 졔왕이 나의 간ᄒᆞ난 말을 듯지 아니【55】ᄒᆞ엿스나 세々로 졔(齊)나라 ᄇᆡᆨ셩이라 엇지 일조에 연(燕)나라에 항복ᄒᆞ리오? 의(義) 안닌 것으로 ᄉᆞ난 것이 의로 죽난이만 못ᄒᆞ다."

ᄒᆞ고 안으로 드러가 나무에 목을 ᄆᆡ고 죽으니 ᄉᆞᄌᆡ 급히 드러가 구ᄒᆞ나 밋지 못ᄒᆞ고 도라와 악의(樂毅)게 보ᄒᆞ니 악의 탄식ᄒᆞ되,

---

냥개 노귀 잇스니 ᄉᆞ환이 족ᄒᆞᆫ지라 샹공이 임의 져ᄀᆞᆺ치 ᄉᆞ랑ᄒᆞ고 즐기시니 져 네 ᄀᆡ를 일병 ᄃᆞ려다가 쳡을 ᄉᆞᆷ으시미 아니 조흐시니잇가 (我房中向有老嬷服侍, 可以無須多婢. 相公旣然喜愛, 莫若把他四個~帶去作妾, 豈不好嬷?) <鏡花 13:8> 一併 ‖ 식경 동안이 되지 못ᄒᆞ여셔 열두 글제를 발셔 다 지엇ᄂᆞᆫ지라 각각 등출ᄒᆞ여 내여 모다 영츈의게 맛지고 셜랑젼〔조희 일홈〕한 장을 별노 가져다가 일병 등출하여 ᄲᆞᆯ식 (沒有頓飯工夫, 十二題已全, 各自謄出來, 都交與迎春, 另拿了一張雪浪箋過來, 一併謄寫出來.) <紅樓 38:45> 一并 ‖ 하관의 ᄯᅳᆺ에 여겸을 명일에 강남으로 보ᄂᆡ되 ᄒᆞᆫ 긔픠와 ᄒᆞᆫ가지 나의 령젼을 가지고 ᄯᅡ라 앏푸로 가 슈구 포복과 ᄉᆞ와 안건ᄭᆞ지 일병 가져오면 ᄒᆞ관이 령뎨의 일을 친심ᄒᆞ리라 (下官意欲叫余謙明日回江南, 差一旗牌, 持我令箭, 隨他偕去, 將水寇鮑福幷私娃一案一幷提來, 下官面審.) <綠牡 5:72>

12)【忠臣不事二君, 烈女不更二夫 충신불사이군, 열녀불경이부】zhōngchénbùshì'èrjūn,liènǚbùgēng'èrfū <熟> 忠臣ᄋᆞᆫ 셩 다ᄅᆞᆫ 두 님금을 셤기디 아니ᄒᆞ고 烈女ᄂᆞᆫ 두 샤옹ᄋᆞᆯ 고텨 ᄒᆞ디 아니ᄒᆞᄂᆞ니라 /忠臣ᄋᆞᆫ 두 님금을 셤기디 아니ᄒᆞ고 烈女ᄂᆞᆫ 두 남진을 고텨 아니ᄒᆞᄂᆞ니라 ‖ "王蠋曰: ~。" 王蠋이 ᄀᆞ로ᄃᆡ 忠臣ᄋᆞᆫ 셩 다ᄅᆞᆫ 두 님금을 셤기디 아니ᄒᆞ고 烈女ᄂᆞᆫ 두 샤옹ᄋᆞᆯ 고텨 ᄒᆞ디 아니ᄒᆞᄂᆞ니라 (飜小 3:10b) 王蠋〔齊ㅅ 나라 忠臣이니 戰國 적 사ᄅᆞᆷ이라〕이 ᄀᆞᆯ오ᄃᆡ 忠臣ᄋᆞᆫ 두 님금을 셤기디 아니ᄒᆞ고 烈女ᄂᆞᆫ 두 남진을 고텨 아니ᄒᆞᄂᆞ니라 (小學 2:44b) 츙신은 두 인군을 셤기지 아니ᄒᆞ고 렬녀난 두 지아비를 곳치지 안난다 ‖ "王蠋聽了, 乃仰天嘆息道: '吾聞~. 齊王雖昏愚殘暴, 疏斥老成, 不聽予之忠諫, 然予久食其祿, 齊臣也, 卽今被黜, 退耕于此, 亦齊民也, 豈有世爲齊臣、齊民, 而一旦從燕之理?" 왕촉이 앙텬 탄왈 ᄂᆡ 드르니 츙신은 두 인군을 셤기지 아니ᄒᆞ고 렬녀난 두 지아비를 곳치지 안난다 ᄒᆞ니 비록 졔왕이 나의 간ᄒᆞ난 말을 듯지 아니ᄒᆞ엿스나 셰々로 졔나라 ᄇᆡᆨ셩이라 엇지 일조에 연나라에 항복ᄒᆞ리오 (樂田 11:54)

"이는 나의 허물이라."

ᄒᆞ고 유ᄉᆞ(有司)를 명ᄒᆞ야 후히 장ᄉᆞᄒᆞ고 그 무덤을 표ᄒᆞ야 왈,

"졔 츙신 왕쵹지묘(王蠋之墓)라."

ᄒᆞ고 군ᄉᆞ를 것어 도라오게 ᄒᆞ야 츙신의 은혜를 표ᄒᆞ니라.

악의 ᄯᅩ 군ᄉᆞ로 안평(安平)을 치니 ᄇᆡᆨ셩이 모다 도망ᄒᆞᆯ시 ᄉᆞᄅᆞᆷ과 물건을 슈웨에 실고 ᄒᆡᆼᄒᆞᄆᆡ 거츄[車軸]가 긴 고로 셔로 걸녀 능히 ᄒᆡᆼ치 못ᄒᆞ고 ᄯᅩ 견고치 못ᄒᆞ야 상ᄒᆞᄆᆡ 능히 도망치 못ᄒᆞᆷ으로 연병의게 잡히여 죽은 지 만흐니 그 즁에 ᄒᆞᆫ ᄉᆞᄅᆞᆷ이 잇스되 셩명은 젼단(田單)이라. 민왕(湣王)의 종인(宗人)으로 지략이 잇더니 임치(臨淄)에 잇슬 ᄡᅥ에 병법으로 민왕의게 말ᄒᆞ되 민왕의 쓰는 바가 모다 쳠녕(諂佞)ᄒᆞᄂᆞᆫ 신하ᄲᅮᆫ이니 엇지 젼단의 거지ᄃᆡ략를 알리오. 다만 종친의 면분(面分)으로 임치 시리(市吏)를 숨은지라. 젼단이 ᄡᅥ를 만나지 못ᄒᆞᆷ을 알고 견ᄃᆡ고 잇더니 연병이 임치에 이르ᄆᆡ 민왕이 다라나니 셩즁 ᄇᆡᆨ셩드리 분〻이 도쥬ᄒᆞ거ᄂᆞᆯ 젼단이 엇지ᄒᆞ지 못ᄒᆞ야 여러 종인과 갓치 안평으로 도망ᄒᆞ니 안평도 장구(長久)ᄒᆞᆯ ᄶᅡ히 안닌지라. 집에셔 쓰든 슈례에 장츄[長軸]를 버히고 쇠로 박휘를 ᄊᆞ기을 견고이 ᄒᆞᄆᆡ 보ᄂᆞᆫ ᄉᆞᄅᆞᆷ드리 그 연고를 아지 못ᄒᆞ고 망되다 웃ᄂᆞᆫ지라. 젼단이 감안이 종인들노 슈례에 장쥬를 모다 ᄌᆞ긔ᄒᆞᆫ 것과 갓치 ᄒᆞ라 ᄒᆞ엿더니 오ᄅᆡ지 아니ᄒᆞ야 연병이 안평을 치ᄆᆡ 셩즁 ᄉᆞᄅᆞᆷ이 도망ᄒᆞᆯ시 모다 슈례에 장츄가 견고치 못ᄒᆞᆷ으로 옹식ᄒᆞᆫ 비 되나 홀노 젼시(田氏) 일동은 슈례가 견고ᄒᆞᆷ으로 평안이 즉묵(卽墨)으로 다라나니라.

각셜 민왕이 슈ᄇᆡᆨ 문무를 거ᄂᆞ리고 반야에셔 문을 열고 도망ᄒᆞ다가 날이 발글 ᄡᅥ에 ᄃᆡ명을 무르니 좌우 ᄃᆡ답ᄒᆞ되,

"위(衛)나라로 가기가 머니 안【56】타."

ᄒᆞ거ᄂᆞᆯ 민왕이 이로ᄃᆡ,

"위나라이 비록 젹으나 갓갑다 ᄒᆞ니 잔간 머물너 초국 군ᄉᆞ 오기를 기ᄃᆡ려 다시 구쳐ᄒᆞ리라."

ᄒᆞ고 ᄉᆞᄅᆞᆷ으로 위왕의게 이로ᄃᆡ,

"졔왕이 일이 잇셔 이 곳을 지나다가 ᄒᆡᆼᄌᆞ(行資)[13]가 불비ᄒᆞ니 이는 위왕의 칙임이기로 알게 ᄒᆞ노라."

위왕이 군신다려 뭇되,

"졔왕 ᄃᆡ졉을 엇지 ᄒᆞ리오?"

군신이 ᄃᆡ왈,

"졔왕이 연병의게 쫏기여 곤궁ᄒᆞᆯ ᄡᅥ를 당ᄒᆞ야 공손ᄒᆞᆫ 말노 구ᄒᆞᆯ 것이어ᄂᆞᆯ 이졔 언ᄉᆞ가 픠망ᄒᆞ오니 신 등의 소견으로ᄂᆞᆫ 상례로 ᄃᆡ졉ᄒᆞᆯ 것이라 ᄒᆞ노이다."

위왕 왈,

"불가ᄒᆞ니 졔는 인국(隣國)이라. 곤궁ᄒᆞ야 왓ᄂᆞ니 만일 박ᄃᆡᄒᆞ면 이는 실례ᄒᆞᆷ이오. 만약 졔왕이 회복ᄒᆞᄂᆞᆫ 날은 무슴 낫으로 다시 왕니ᄒᆞ리오?"

ᄒᆞ고 인ᄒᆞ야 친이 셩에 나가 마지며 졔왕이 젼에 동뎨(東帝)라 칭ᄒᆞᆯ ᄡᅥ에 신이라 ᄒᆞᆫ 고로 조현칭신(朝見稱臣)ᄒᆞ니 민왕이 번ᄅᆡ 교만이 관습이 된지라. 잇ᄡᅥ를 당ᄒᆞ여도 오히려 ᄭᆡ닷지 못ᄒᆞ고 엄연이 밧고 ᄯᅡ라온 신하들도 위왕이 칭신ᄒᆞᄂᆞᆫ 례를 보고 당연ᄒᆞᆷ을 알더라.

임의 셩즁에 드러오ᄆᆡ 졍젼에셔 조하ᄒᆞ며 유ᄉᆞ로 례악을 갓초아 십분 공경ᄒᆞᄆᆡ 민왕으로도 불안ᄒᆞ야 위왕(衛王)의게 우례를 ᄒᆞ려 ᄒᆞ니 니위(夷維)와 일반 간신드리 막고 말유ᄒᆞᄆᆡ 민왕이 그 말을 좃ᄎᆞ 여젼이 교만ᄒᆞ며 위왕을 례로 ᄃᆡ졉지 아니ᄒᆞ니 위왕은 인후(仁厚)ᄒᆞ야 참고 견ᄃᆡ나 군신드리 분ᄒᆞ야 당면ᄒᆞ야 졔왕을 욕ᄒᆞ려 ᄒᆞ되 위왕이 공경ᄒᆞᆷ을 괄시치 못ᄒᆞ야 망동치 못ᄒᆞ고 감안이 ᄇᆡᆨ셩들을 붓츅여 밤에 치즁(輜重) 긔용(器用)을 됴젹ᄒᆞ야 가게 ᄒᆞ니 민왕이 알고 ᄃᆡ로ᄒᆞ야 이르되,

"위국에셔 도젹을 감츄엇다가 과인의 물건을 겁탈ᄒᆞ게 ᄒᆞ니 이는 무례ᄒᆞᆷ이니 위왕을 보거든 면칙ᄒᆞ고 도젹을 잡아 물건을 ᄎᆞ지리라."

ᄒᆞ더니 위왕이 다시 와셔 보지 아니ᄒᆞ니 원ᄅᆡ 위왕이 졔왕을 후ᄃᆡᄒᆞ면 감격ᄒᆞ야 ᄒᆞ리라 ᄒᆞ다가 민왕의 텬셩이 교만ᄒᆞ기 ᄐᆡ심ᄒᆞᆷ으로 위

---

13) 【ᄒᆡᆼᄌᆞ】 명 행자(行資). 노자(路資). ¶ 군관의 치장으로 호조로셔 명ᄃᆡ 두 필과 ᄡᆞᆯ 두 셤을 주니 쳠보ᄒᆞ야 약간 의복을 ᄆᆞᆫ둘고 세젼 냥쳥으로셔 ᄒᆡᆼᄌᆞ로 잡물 주는 거시 이시니 <을연 1> 餱糜 ‖ 졔왕이 일이 잇셔 이 곳을 지나다가 ᄒᆡᆼᄌᆞ가 불비ᄒᆞ니 이는 위왕의 칙임이기로 알게 ᄒᆞ노라 (齊大王偶有事過衛, 行旅在途, 餱糜不備, 此衛大王之責也, 特特報知.) <樂田 11:56>

왕과 군신 ᄇᆡᆨ셩드리 모 【57】 다 마음이 도라 안지ᄆᆡ 엇지 와 보리오. ᄯᅩ 공궤ᄒᆞᆷ이 업스니 졔왕이 종일 기ᄃᆞ리다 못ᄒᆞ야 비곱흐고 ᄯᅩ 붓그러워 니유와 상의ᄒᆞ되,

"위왕이 나오지 아니ᄒᆞ니 엇지 ᄒᆞ리오?"

니위 왈,

"어졔 위왕이 조현ᄒᆞᆯ ᄭᆡ에 ᄃᆡ왕이 안연이 밧ᄂᆞᆫ 것을 군신드리 모다 목을 불읍ᄡᅳ고 불평ᄒᆞ여 ᄒᆞᄂᆞᆫ 모양이나 위왕이 구ᄋᆡᄒᆞᄂᆞᆫ 것 갓더니 밤에 물건을 겁탈ᄒᆞ고 위왕이 나오지 아니ᄒᆞ며 공괴도 아니ᄒᆞ니 무삼 변이 잇슬가 ᄒᆞᄂᆞ이다."

민왕이 ᄃᆡ경 왈,

"과연 그러ᄒᆞ면 이 곳에 잇지 못ᄒᆞ리로다."

니위 왈,

"오날 밤에 도망ᄒᆞ야 화를 면ᄒᆞ니만 못ᄒᆞ도소이다."

민왕이 반야에 니위 등으로 도망ᄒᆞ니 시종ᄒᆞ든 문무졔신은 밧게 잇셔 아지 못ᄒᆞ다가 잇흐날 찻다 못ᄒᆞ야 각기 혜여져 가니라.

민왕이 총々이 도망ᄒᆞ야 노국(魯國)에 이르러 노왕의게 통긔ᄒᆞᄆᆡ 노왕이 즁신으로 상의ᄒᆞ되,

"졔왕이 나라를 일코 도망ᄒᆞ야 여긔 왓ᄂᆞ니 맛당히 례ᄃᆡᄒᆞ난 졍으로 맛고 인국의 졍을 일치 아니리라."

ᄒᆞ고 ᄉᆞᄌᆞ를 관 밧게 보ᄂᆡ여 졔왕게 고ᄒᆞ되,

"과군 졔왕의 이르심을 듯고 하신을 보ᄂᆡ여 마져 드러오시게 ᄒᆞᄂᆞ이다."

ᄒᆞ니 졔왕이 밋쳐 ᄃᆡ답지 못ᄒᆞ야 니위 이로ᄃᆡ,

"노 ᄃᆡ왕이 졔 ᄃᆡ왕을 쳥ᄒᆞ시니 무삼 례로 ᄃᆡ졉고ᄌᆞ ᄒᆞ시ᄂᆞ뇨?"

ᄉᆞᄌᆡ ᄃᆡ답ᄒᆞ되,

"졔ᄂᆞᆫ ᄃᆡ국이니 엇지 박ᄃᆡᄒᆞ리오? 과군이 반다시 십 ᄐᆡ뢰(太牢)와 됴두(俎豆)로 ᄃᆡ졉ᄒᆞ리라 ᄒᆞ노라."

니위 왈,

"그ᄃᆡ의 말이 그르도다. 십 ᄐᆡ뢰로 ᄃᆡ졉ᄒᆞᄂᆞᆫ 것은 졔후가 졔후를 ᄃᆡ졉ᄒᆞᆷ이라. 졔 ᄃᆡ왕은 동뎨(東帝)라 ᄒᆞ야 텬ᄌᆡ니 텬ᄌᆡ 졔후의게 슌슈ᄒᆞᄂᆞᆫ 례를 엇지 아지 못ᄒᆞᄂᆞ뇨? 도라가 노 ᄃᆡ왕게 고ᄒᆞ야 실례ᄒᆞᆷ이 업게 ᄒᆞ라."

ᄉᆞᄌᆡ 니유의 광ᄑᆡᄒᆞᆷ을 보고 거짓 ᄃᆡ답ᄒᆞ되,

"명ᄃᆡ로 ᄒᆞ리라."

ᄒᆞ고 도라와 노왕게 졔국 군신의 망녕됨을 고ᄒᆞ니 노왕이 ᄃᆡ로 왈,

"졔왕이 교만ᄒᆞ기로 ᄒᆞ야 나라를 일코 도망ᄒᆞᄂᆞᆫ ᄭᆡ를 당ᄒᆞ야 오히려 교만ᄒᆞ며 죽을 것을 아지 못ᄒᆞ 【58】 ᄂᆞ니 엇지 능히 복국ᄒᆞᆯ 소망이 잇스리오."

ᄒᆞ고 관리를 명ᄒᆞ야 관문을 닷고 관상에셔 회답ᄒᆞ되,

"졔ᄃᆡ왕을 졔후로 알앗더니 근일 동뎨가 되엿다 ᄒᆞ니 이ᄂᆞᆫ 텬ᄌᆡ라. 졔후가 엇지 감히 텬ᄌᆞ로 오시게 ᄒᆞ리오. 쳥컨ᄃᆡ 다른 나라로 가소셔."

졔왕이 엇지ᄒᆞ지 못ᄒᆞ야 곤ᄒᆞᆷ을 무릅ᄡᅳ고 ᄒᆡᆼᄒᆞ야 츄국(鄒國)에 이르러 편이 쉬고ᄌᆞ ᄒᆞ니 ᄉᆡᆼ각밧 츄군(鄒君)이 죽엇ᄂᆞᆫ지라. 츄국 ᄉᆞᄌᆡ 이르러 졔왕게 ᄇᆡᄉᆞᄒᆞ되,

"국긔 불ᄒᆡᆼᄒᆞ야 구군이 셰상을 바리고 신군은 상즁에 잇셔 졉ᄃᆡᄒᆞᆯ ᄉᆞᄅᆞᆷ이 업ᄂᆞ니 ᄃᆡ왕은 혀아리소셔."

졔왕이 드러가고ᄌᆞ ᄒᆞ야 왈,

"ᄂᆡ 여긔 왓ᄂᆞ니 츄군의 상ᄉᆞ에 조상을 아니ᄒᆞ지 못ᄒᆞ노라."

니위 ᄯᅩ 이로ᄃᆡ,

"졔왕이 츄군을 조상ᄒᆞ려 ᄒᆞ심이 이ᄂᆞᆫ 텬ᄌᆡ 졔후의게 조상ᄒᆞᄂᆞᆫ 례로 ᄒᆞ여야 ᄒᆞ리니 너ᄂᆞᆫ ᄲᆞᆯ니 가 셜비ᄒᆞ기를 단졍히 ᄒᆞ라."

ᄉᆞᄌᆡ 거짓 ᄃᆡ답ᄒᆞ고 도라가 국인으로 상의ᄒᆞ고 관을 닷고 ᄉᆞ례ᄒᆞ되,

"츄국은 젹은 나라히라. 엇지 감히 텬ᄌᆞ로 조상ᄒᆞ게 ᄒᆞ시리오?"

ᄒᆞ니 졔왕이 인긔탄셩(忍氣呑聲)ᄒᆞ고 ᄒᆡᆼᄒᆞ더니 이르ᄂᆞᆫ 곳마다 졔왕의 교만ᄒᆞᆷ을 보고 모다 거절ᄒᆞᄆᆡ 도로에셔 방황ᄒᆞ다가 ᄉᆞᄅᆞᆷ으로 탐지ᄒᆞ니 졔국이 모다 연병의게 탈취ᄒᆞᆫ ᄇᆡ 되고 오직 계쥬(莒州)와 즉믁(卽墨)이 오히려 항복지 아니ᄒᆞ엿다 ᄒᆞ거ᄂᆞᆯ 니유와 상의ᄒᆞ고 게쥬로 도망ᄒᆞ야 잠간 안신ᄒᆞ고 초나라 구병이 오기를 기ᄃᆡ려 다시 회복ᄒᆞ려 ᄒᆞᆯᄉᆡ 드ᄃᆡ여 게쥬로 다라ᄂᆞ니 과연 완젼ᄒᆞᆫ지라. 졔왕을 보고 마져 드려 아즁에 머믈게 ᄒᆞ며 일면으로 셩을 직히고 연병을 막고

일면으로 ᄉᆞ룸을 초나라에 보너여 구완ᄒᆞ기를 청ᄒᆞ니 후시 엇지된고? 하문을 분히ᄒᆞ라.

뎨십이회
왕손가좌단쥬흉 전법장잠신흥국
王孫賈左袒誅凶 田法章潛身興國

【59】 각셜 제왕(齊王)이 게쥬(莒州)에 잇셔 ᄉᆞᄅᆞᆷ을 초(楚)나라에 보ᄂᆡ여 구완을 구ᄒᆞ니 잇ᄯᆡ에 초양왕(楚襄王)이 제왕의 급ᄒᆞᆷ을 듯고 ᄯᅩ 회셔(淮西)의 ᄯᅡᄒᆞᆯ 쥬마 ᄒᆞᄆᆡ 욕심이 동ᄒᆞ야 ᄃᆡ장군 요치(淖齒)를 보ᄂᆡᆯᄉᆡ 초왕이 분부ᄒᆞ되,

"연나라 이제 국을 칠 ᄯᆡ에 극신(劇辛)을 보ᄂᆡ여 발병ᄒᆞ기를 언약ᄒᆞᄆᆡ 허락ᄒᆞ엿더니 이제 연나라이 제국을 파ᄒᆞᄆᆡ 제왕이 ᄯᅩ 구완을 청ᄒᆞ니 경이 가거든 긔회를 보아 ᄒᆞ되 제를 구ᄒᆞ야 리(利)ᄒᆞ거든 제를 구ᄒᆞ고 연을 구ᄒᆞ야 리ᄒᆞ거든 연을 구ᄒᆞ라."

요치 명을 밧고 이십만 ᄃᆡ병을 거ᄂᆞ리고 게쥬에 이르러 제왕을 보니 제왕이 요치의 군세 웅장ᄒᆞᆷ을 보고 깃붐을 이긔지 못ᄒᆞ야 요치로 상국을 ᄉᆞᆷ아 졔국 병권과 민ᄉᆞ를 모다 젼관ᄒᆞ게 ᄒᆞ고 의긔양양ᄒᆞ야 교만ᄒᆞ기 의구ᄒᆞ더라.

각셜 요치 비록 졔국 병권을 젼관ᄒᆞ엿스나 셰々히 ᄉᆡᆼ각ᄒᆞ니,

'졔국은 게쥬와 즉믁 ᄲᅮᆫ이니 엇지 칠십여 셩을 회복ᄒᆞ리오. 감안이 악의와 상약ᄒᆞ고 계교로 졔왕을 죽이고 졧나라 ᄯᅡ를 평분ᄒᆞ면 초나라에 리ᄒᆞᆷ이오. 악의로 연왕게 알외고 날노 졔왕을 숨게 ᄒᆞ면 나ᄂᆞᆫ ᄂᆡ가 리ᄒᆞᆷ이라.'

ᄒᆞ고 감안이 심복 장관을 임치에 보ᄂᆡ여 악의를 보고 이로ᄃᆡ,

"이졔 이십만 즁을 거ᄂᆞ리고 졔를 구ᄒᆞᆫ다 ᄒᆞ나 실상은 연을 돕고ᄌᆞ ᄒᆞᆷ이라. 연왕게 쥬달ᄒᆞ고 다시 언약ᄒᆞ되 졔를 파ᄒᆞ거든 ᄯᅡᄒᆞᆯ 평분ᄒᆞ고 날노 졔왕이 되게 ᄒᆞ면 ᄂᆡ 맛당히 졔왕을 죽여 션왕의 원슈를 갑게 ᄒᆞ련이와 만약 듯지 아니ᄒᆞ면 나ᄂᆞᆫ 졧ᄂᆞ라를 구ᄒᆞ려 ᄒᆞ노라."

악의 보고 두려ᄒᆞ야 ᄯᅩ ᄒᆞᆫ 병장으로 감안이 요치를 보고 이로ᄃᆡ,

"졔왕의 무도ᄒᆞᆷ은 장군도 아ᄂᆞᆫ 비라. 만약 무도ᄒᆞᆫ 것을 버히면 이ᄂᆞᆫ 장군의 졔ᄂᆞ라히라. 장군은 스ᄉᆞ로 공명을 취ᄒᆞ야 환문(桓文)의 업을 일우면 뉘 막으리오?"

요치 듯고 만심환희ᄒᆞ야 졔왕 죽이기ᄅᆞᆯ 계교ᄒᆞᆯᄉᆡ 드ᄃᆡ여 이십만 ᄃᆡ군을 고리(鼓里)에 하치ᄒᆞ고 거짓 교련ᄒᆞᆫ다 칭탁ᄒᆞ며 졔왕을 청ᄒᆞ야 친이 【60】 보라 ᄒᆞ야 교련ᄒᆞᆫ 후 즉시 군ᄉᆞ를 ᄂᆞ아가 악의를 치리라 ᄒᆞ니 졔왕이 ᄃᆡ희ᄒᆞ되 조만에 ᄂᆞ라를 회복ᄒᆞ리라 ᄒᆞ야 이에 니유와 일반 영신(佞臣)을 거ᄂᆞ리고 흔연이 고리 요치의 영즁으로 오며 요치 멀니 ᄂᆞ와 영졉ᄒᆞ리라 ᄒᆞ야 완々이 ᄒᆡᆼᄒᆞ더니 일셩 포향에 장즁으로 ᄉᆞᆷᄇᆡᆨ 도부싊 일졔히 ᄂᆞ오며 ᄃᆡ규ᄒᆞ되,

"무도혼군(無道昏君)을 잡아ᄂᆡ리라."

ᄒᆞ거ᄂᆞᆯ 졔왕이 ᄃᆡ경ᄒᆞ며 오히려 이로ᄃᆡ,

"ᄂᆞᄂᆞᆫ 텬ᄌᆞ어ᄂᆞᆯ 뉘 감히 잡아ᄂᆡ리랴?"

ᄒᆞ니 말ᄒᆞᄂᆞᆫ ᄉᆡ이에 도부싊 말게 ᄭᅳ러ᄂᆡ려 결박ᄒᆞ야 장전에 이르니 일반 영신도 함게 결박ᄒᆞ야 요치를 보니 요치 장즁에 놉히 안져 졔왕을 가라치며 ᄭᅮ짓되,

"너ᄂᆞᆫ ᄑᆡ국의 인군으로 다만 잔포치 아니면 뉘 감히 침범ᄒᆞ리오? 교만ᄒᆞᆷ을 ᄌᆞ랑ᄒᆞ고 리를 즁히 역녀 ᄇᆡᆨ셩을 잔학ᄒᆞ다가 이제 악의의게 ᄑᆡᄒᆞ야 ᄂᆞ라를 바리고 도망ᄒᆞ야 외로온 셩에셔 살기를 도모코ᄌᆞ ᄒᆞ니 장찻 엇지ᄒᆞ려 ᄒᆞᆷ이뇨? ᄂᆡ 쵸왕의 명을 밧고 졔를 구코ᄌᆞ ᄒᆞ되 텬심이 임의 너를 무이 역이시고 ᄇᆡᆨ셩이 원망ᄒᆞ기로 ᄂᆡ 텬하를 위ᄒᆞ야 잔포을 업시ᄒᆞ고 ᄉᆡ 인군을 셰려 ᄒᆞ노니 너ᄂᆞᆫ ᄂᆞ를 고히 넉이지 말ᄂᆞ."

졔왕이 듯고 ᄃᆡ답ᄒᆞᆯ 말이 업더니 니유 이

로딕,

"졔왕이 교만ᄒᆞ고 잔포ᄒᆞᆷ은 변빅지 못ᄒᆞ건이와 츙셩되이고 ᄒᆞᄂᆞᆫ 지 업셔 여긔 이르럿ᄂᆞ니 이졔 장군이 훈계ᄒᆞ시니 맛당히 회과ᄒᆞ려노라."

요치 이로딕,

"하날에셔 숨일 혈우를 ᄂᆡ리시니 이ᄂᆞᆫ 하날이 고ᄒᆞ심이오. ᄯᅡ히 ᄶᅵ져졋스니 이ᄂᆞᆫ ᄯᅡ히 고ᄒᆞᆷ이오. ᄉᆞᄅᆞᆷ이 관을 당ᄒᆞ야 울다가 뵈지 아니ᄒᆞ니 이ᄂᆞᆫ ᄉᆞᄅᆞᆷ이 고ᄒᆞᆷ이어ᄂᆞᆯ 엇지 고ᄒᆞᆷ이 업다 ᄒᆞ리오?"

니위 능히 화를 면치 못ᄒᆞᆯ 것을 알고 졔왕을 안고 딕곡ᄒᆞ되,

"딕왕은 텬ᄌᆞ시되 창졸에 방비치 못ᄒᆞ고 필부의 손에 죽계 되니 이ᄂᆞᆫ 하날이냐? 명이냐?"

요치 명ᄒᆞ야 난도로 ᄶᅵᆨ어 죽이고 졔왕을 산이로 힘줄을 ᄢᅦ여 들보에 단지 숨일에 긔운이 ᄭᅳᆫ어져 죽으니 요【61】치 졔ᄂᆞ라 ᄌᆞ손이 원슈를 갑풀가 두려ᄒᆞ야 ᄉᆞᄅᆞᆷ으로 졔왕의 셰ᄌᆞ와 종족을 ᄉᆞ면으로 슈식ᄒᆞ야 모다 죽이려 ᄒᆞ니 졔왕의 셰ᄌᆞ(世子) 법장(法章)이 소식을 듯고 도망ᄒᆞ야 셩명을 곳치미 ᄎᆞ질 곳이 업더라. 요치 드딕여 글로 악의ᄭᅦ 고ᄒᆞ야 졔왕 죽인 공을 과장ᄒᆞ며 졔ᄂᆞ라 ᄯᅡᄒᆞᆯ ᄂᆞᆫ화 왕 되기를 구ᄒᆞ니 악의 그리ᄒᆞ라 ᄒᆞ나 다만 연타(延拖)ᄒᆞ고 힝치 아니ᄒᆞ미 요치ᄂᆞᆫ ᄯᅳᆺ과 갓치 되엿다 ᄒᆞ야 게쥬에셔 왕ᄌᆞ의 일을 힝ᄒᆞ며 혼포ᄒᆞ기를 졔왕보다 심ᄒᆞ니 게쥬 빅셩이 능히 견딕지 못ᄒᆞ더라.

각셜 졔왕의게 신하 하ᄂᆞ히 잇스되 셩은 왕손(王孫)이오 명은 가(賈)라. 십이 셰에 부친을 여위고 편모을 의지ᄒᆞ야 례의로 교훈ᄒᆞ미 졔왕이 그 고ᄋᆡᄒᆞᆷ을 불상히 녁여 시종관(侍從官)을 숨아 날노 졔왕을 뫼시더니 연병이 임치에 이르미 졔왕이 밤에 도망ᄒᆞᆯᄉᆡ 문무관이 모다 ᄶᅩᆺ우더니 왕손가 ᄯᅩ한 ᄯᅡ라 위국에 이르럿다가 졔왕이 ᄯᅩᄒᆞᆫ 도망ᄒᆞᆯ ᄯᅢ에 일직이 아지 못ᄒᆞᆫ 고로 군신이 셔로 일코 ᄎᆞ질 곳이 없ᄂᆞᆫ지라. 왕손가 집으로 도라오니 그 모친이 뭇되,

"네 왕을 좃찻더니 이졔 너만 도라오니 왕은 어대 잇ᄂᆞ뇨?"

왕손가 대왈,

"히익 왕을 좃ᄎᆞ 위국에 이르럿더니 왕이 밤에 도망ᄒᆞᆷ을 아지 못ᄒᆞᆫ 고로 ᄎᆞ질 곳이 업셔 집으로 도라왓ᄂᆞ이다."

뫼 딕로 왈,

"네 앗참에 ᄂᆞ가 졔역[14]에 도라오면 ᄂᆡ 문을 의지ᄒᆞ야 기딕리고 네 늣도록 도라오지 아니면 문을 의지ᄒᆞ야 바라ᄂᆞ니 어미가 너 바라믈 이갓치 ᄒᆞ거든 인군이 신하 바라기가 이에셔 다르리오? 이제 ᄂᆞ라히 망ᄒᆞ고 집이 엽쳐지미 네 왕을 좃ᄎᆞ 죽을 것이어ᄂᆞᆯ 무엇ᄒᆞ려 도라오뇨?"

왕손가 모친의 슈죄ᄒᆞᆷ을 듯고 울며 ᄯᅡ에 졀ᄒᆞ야 왈,

"히익 죄를 알앗ᄂᆞ니 이졔 가 왕을 ᄎᆞ지려 ᄒᆞ면 능히 모친은 셤기지 못ᄒᆞ리로소이다."

뫼 왈,

"츙효ᄂᆞᆫ 능히 쌍젼치 못ᄒᆞ리니 너ᄂᆞᆫ 날을 염녀치 말나."

왕손가 인ᄒᆞ야 졔왕을 ᄎᆞ져 게쥬에 이르러 졔왕【62】이 요치의게 죽엇슴을 듯고 방셩대곡(放聲大哭)ᄒᆞ며 분ᄒᆞᆷ을 참지 못ᄒᆞ야 분불고신(奮不顧身)ᄒᆞ고 시상에셔 엇기를 드러ᄂᆡ고 딕호(大呼)ᄒᆞ되,

"요치 비록 초나라 장수나 졔에 경승이 되미 졔나라 신하어ᄂᆞᆯ 그 인군을 죽이니 이ᄂᆞᆫ 불츙ᄒᆞᆷ이 심ᄒᆞᆫ지라. ᄂᆡ 밍셰코 죽이려 ᄒᆞᄂᆞ니 츙의지ᄉᆞ(忠義之士)ᄂᆞᆫ 나를 좃치라."

보ᄂᆞᆫ 지 모다 악연(愕然)ᄒᆞ며 이로딕,

"이 ᄉᆞᄅᆞᆷ이 나히 어리되 오히려 츙심이 잇ᄂᆞ니 우리ᄂᆞᆫ 졔나라 빅셩이 되여 엇지 져 ᄉᆞᄅᆞᆷ만 못ᄒᆞ며 ᄯᅩ 요치의 포악ᄒᆞᆷ이 날노 심ᄒᆞ니 아니 죽이지 못ᄒᆞ리라."

ᄒᆞ고 셔로 응ᄒᆞ야 모된 지 ᄉᆞ빅여 인이라. 잇ᄯᅢ 초병이 비록 만ᄒᆞ나 모다 셩 밧게 잇셔 셩 중 일을 아지 못ᄒᆞ고 요치ᄂᆞᆫ 졔왕을 죽인 후 마음을 노코 궁즁에셔 미녀 셩식으로 질기며 ᄉᆞ소

---

14)【졔역】명 저녁. ¶ 晩 ‖ 네 앗참에 ᄂᆞ가 졔역에 도라오면 ᄂᆡ 문을 의지ᄒᆞ야 기딕리고 네 늣도록 도라오지 아니면 문을 의지ᄒᆞ야 바라ᄂᆞ니 (*汝*朝出而晩歸, 則吾倚門而望; *汝*暮出而不還, 則吾倚閭而望.) <樂田 12:61> *夕* ‖ 오직 바라기ᄂᆞᆫ ᄭᅩᆺ그ᄂᆞᆯ과 달 졔역에 두어 말노 슬픈 졍을 펴게 되면 비록 일신이 표박ᄒᆞ야 욕을 당ᄒᆞᆯ지라도 영화로 알지나 그러ᄒᆞ나 셰상에 밋지 못ᄒᆞᆯ 것은 사ᄅᆞᆷ의 마음이라 (唯祈花陰月夕, 阮迹潛踪, 賜晤嬌顔, 得伸片語, 卽漂泊江山, 烟沉賤辱, 雖死之日, 猶生之年.) <雙美奇逢 10:45> ⇒ 전역, 제역

흔 군ᄉᆞ로 파문을 ᄒᆞ엿스나 이도 ᄯᅩ한 술이 취ᄒᆞ야 의갑과 창검을 바리고 꿈속에 잇더니 왕손ᄀᆡ ᄉᆞ빅여 인으로 왕궁을 향ᄒᆞ되 병긔가 업셔ᄒᆞ다가 초병의 바린 바 병긔를 보고 깃븜을 마지 아니ᄒᆞ며 ᄃᆡ함일셩에 일졔히 궁즁으로 몰미듯 드러가니 요치 혼침ᄒᆞᆫ 즁에 보고 놀나 반은 쥭은 듯ᄒᆞ야 뒤로 다라나려다가 왕손ᄀᆡ 즁인을 거ᄂᆞ리고 좃ᄎᆞ오며 난도로 ᄶᅵᆨ어 육장을 민드니 파문(把門)ᄒᆞ든 군ᄉᆞ 급히 좃ᄎᆞ오다가 쥬장(主將)이 쥭음을 보고 뉘 감히 압흐로 향ᄒᆞ리오. 모다 ᄉᆞ산도쥬(四散逃走)ᄒᆞ니 셩즁 빅셩이 왕손ᄀᆡ 요치(淖齒)를 쥭엿슴을 듯고 아니 깃버ᄒᆞ리 업셔 벌ᄯᅦ갓치 뫼여드러 셔로 돕ᄂᆞᆫ지라. 왕손ᄀᆡ 병쟝을 지휘ᄒᆞ야 ᄉᆞ면 셩문을 긴이 닷고 직히며 셩밧 군ᄉᆞ를 방비ᄒᆞ니 초병이 비록 다수ᄒᆞᄂᆞ 홀련 요치 쥭엇다 홈을 듯고 단속ᄒᆞ리 업스ᄆᆡ 반은 도망ᄒᆞ야 초나라로 도라가고 반은 임치(臨淄)로 가 악의(樂毅)에게 투항ᄒᆞ니 십일이 못되여 이십만 초병이 한 ᄉᆞ롬도 업시되니 왕손ᄀᆡ 게쥬(莒州)를 보젼ᄒᆞ야 빅셩을 안무ᄒᆞ며 다만 인군 업슴을 한ᄒᆞ야 ᄉᆞ롬으로 셰ᄌᆞ의 종젹을 탐지터라.

각셜 졔나라 셰ᄌᆞ【63】법장(法章)이 연병이 임치에 이름을 보고 빅셩의 모양으로 도망ᄒᆞ야 게쥬에 이르러 ᄯᅩ 요치의 변을 만ᄂᆞ 다른 곳으로 가려 ᄒᆞ되 갈 곳이 업슴으로 셩명올 곳치고 틱ᄉᆞ(太史) 후은(後嫰)의 집에 가 고용을 ᄒᆞ니 틱ᄉᆞ 후은은 귀인인지 아지 못ᄒᆞ고 오직 다른 고용과 ᄀᆞᆺ치 보되 다만 틱ᄉᆞ 후은의게 한 ᄯᆞᆯ이 잇스되 옥 ᄀᆞᆺ흔 긔부와 ᄭᅩᆺᄀᆞᆺ흔 얼골이며 단졍ᄒᆞᆫ 힝동과 현숙ᄒᆞᆫ 셩품이 진실노 귀인이니 비단 요조홀 ᄲᅮᆫ이 아니라 일쌍 혜안이 능히 ᄉᆞ롬의 부귀빈쳔과 치국경방(治國經邦)홈을 거울 빗치듯 아는 고로 허다 귀공ᄌᆞ드리 혼인을 구되 일병 허락홈이 업더니 일々은 우연이 법장이 여러 고용들과 화초에 물 쥬는 것을 보고 놀나 싱각ᄒᆞ되,

'져 고용ᄒᆞᄂᆞᆫ ᄌᆞ가 귀인이어놀 엇지 곤々ᄒᆞ기 이에 이르리오. 필련 ᄉᆞ고가 잇슴이로다.'

ᄒᆞ고 시비(侍婢)로 ᄶᅵᆨ々로 의복을 쥬고 그 니력을 뭇게 ᄒᆞ되 셰지 종니 발셜홈이 업스니 시비 회보ᄒᆞ되,

"아모리 힐문ᄒᆞᄂᆞ 니력은 말ᄒᆞ지 아니ᄒᆞ되 소비 보건ᄃᆡ 일개 궁인이러이다."

틱ᄉᆞ시 감안이 후원으로 가 시비로 셰ᄌᆞ를 블너오라 ᄒᆞ야 뭇되,

"너ᄂᆞᆫ 엇더ᄒᆞᆫ ᄉᆞ롬이뇨? 은휘치 말고 실상을 말ᄒᆞ면 ᄂᆡ 별노히 도리 잇스리라."

셰지 이로ᄃᆡ,

"소졔 시々로 의복을 쥬시니 감ᄉᆞ홈을 말ᄒᆞ지 못홀지라. 엇지 감히 속이리오? 소인은 실노 궁인이로다."

틱ᄉᆞ시 이로ᄃᆡ,

"너ᄂᆞᆫ 나를 속이지 말ᄂᆞ. 네 긔상을 보니 은연이 룡봉지ᄌᆞ(龍鳳之姿)요 궁인의 상은 아니라. ᄂᆡ 너를 번리 불상이 역이노니 엇지 말을 아니ᄒᆞᄂᆞ뇨?"

셰지 머리를 슉이고 오러 싱각ᄒᆞ다가 이로ᄃᆡ,

"소져의 한 쌍 눈은 거울ᄀᆞᆺ치 발고 한 조각 마음은 부모와 일반이며 지셩은 텬디와 ᄀᆞᆺ흐니 ᄂᆡ 쥭을지라도 소져를 속이지 못홀지라. ᄂᆞᄂᆞᆫ 졔ᄂᆞ라 셰ᄌᆞ 젼법장(田法章)이러니 국파가망(國破家亡)ᄒᆞᄆᆡ 이 곳에 유락ᄒᆞ엿ᄂᆞ니 바라건ᄃᆡ 소져ᄂᆞᆫ 이 말을 ᄂᆡ지 마시면 셩명을 보젼ᄒᆞ리로소이다."

틱ᄉᆞ시 깃버ᄒᆞ【64】며 이로ᄃᆡ,

"젼하는 염녀 마소셔. 오ᄅᆡ지 아니ᄒᆞ야 젼히 귀히 되시리이다."

셰지 이로ᄃᆡ,

"졔나라히 임에 망ᄒᆞ엿ᄂᆞ니 엇지 감히 귀ᄒᆞ기를 바라리오?"

틱ᄉᆞ시 이로ᄃᆡ,

"졔ᄂᆞ라가 망ᄒᆞᆫ 것은 션왕이 포학홈으로 망홈이오 젼시 긔슈가 진홈이 아닌 즉 스ᄉᆞ로 홍홀 긔약이 이르리니 젼하는 안심ᄒᆞ시고 기ᄃᆡ리소셔."

셰지 이로ᄃᆡ,

"졔ᄂᆞ라히 임의 터만 나마거늘 소졔 엇지 즁홍홀 것을 아ᄂᆞ뇨?"

태ᄉᆞ시 이로ᄃᆡ,

"악의(樂毅) 륙월지간에 졔ᄂᆞ라 칠십여 셩을 항복 바닷스되 이졔 졔나라에 잇슨지 삼 년에 맛침ᄂᆡ 게쥬(莒州)와 즉믁(卽墨)은 파치 못ᄒᆞ엿ᄂᆞ니 이는 텬의(天意)가 잇슴이니 일노ᄡᅥ 즁홍홀 것을 아ᄂᆞ이다."

셰지 이로ᄃᆡ,

"만약 ᄉᆞ직(社稷)의 신령ᄒᆞ심을 입고 다시 텬일을 보게 되면 소져로 왕비를 삼아 은혜를 갑푸리라."

ᄐᆡᄉᆞ시 법장의 귀이 될 것을 안 고로 드ᄃᆡ여 ᄉᆞᄉᆞ로 친홈이 잇셔더라. 셰지 ᄐᆡᄉᆞ시의 쥬션홈으로 ᄀᆡ한을 면ᄒᆞ고 잇더니 홀련 드르니 왕손기(王孫賈) 요치(淖齒)를 죽이고 셰ᄌᆞ를 ᄉᆞ면으로 찻ᄂᆞᆫ다 ᄒᆞ거늘 셰지 화복길흉(禍福吉凶)을 아지 못홈으로 경황망조(驚惶亡措)ᄒᆞ야 다만 숨고 피ᄒᆞ기만 싱각ᄒᆞ니 ᄐᆡᄉᆞ시 권유ᄒᆞ되,

"젼하ᄂᆞᆫ 은신ᄒᆞ기를 싱각지 마소셔. 이ᄂᆞᆫ 젼히 즁흥ᄒᆞᆯ ᄯᅢ니 가히 ᄀᆡ회를 일치 못ᄒᆞ리이다."

셰지 의심을 품고 결단치 못ᄒᆞ니 ᄐᆡᄉᆞ시 지솜 지촉ᄒᆞᄆᆡ 셰지 마지못ᄒᆞ야 ᄐᆡᄉᆞ 후은을 보고 이로ᄃᆡ,

"나ᄂᆞᆫ 졔 셰ᄌᆞ 젼법장(田法章)이러니 이졔 나를 찻ᄂᆞᆫ다 ᄒᆞ니 감히 피치 못ᄒᆞᆯ지라. 공은 나ᄂᆞᆯ 위ᄒᆞ야 통지ᄒᆞ라."

ᄐᆡᄉᆞ 후은이 듯고 셰ᄌᆞ로 아지 못ᄒᆞ야 후ᄃᆡ치 못홈을 뉘웃고 인ᄒᆞ야 왕손가의게 통보ᄒᆞ니 왕손기 ᄃᆡ희ᄒᆞ야 즉일에 거가(車駕)와 의장을 ᄀᆞ초고 일반 구신(舊臣)을 거ᄂᆞ려 ᄐᆡᄉᆞ 후은의 집에 이르러 셰ᄌᆞ를 마지니 셰지 나와 보ᄆᆡ 구신이 보고 모다 깃버ᄒᆞ며 곳 궁즁으로 마져 양왕(襄王)을 삼으니 일반 군신을 모다 즁작을 더ᄒᆞ고 셩심으로 ᄇᆡᆨ셩을 안무ᄒᆞ며 군ᄉᆞ를 훈련ᄒᆞ야 **[65]** 셩을 직히고 특별히 빙폐를 ᄀᆞ초아 ᄐᆡᄉᆞ시(太史氏)를 마져 왕후를 삼으니 ᄐᆡᄉᆞ 후은이 비로쇼 젼에 친홈이 잇슴을 알고 크게 ᄒᆞᆫᄒᆞ되,

"계집 아희로 십[시]집가지 아니ᄒᆞ고 친홈은 ᄂᆡ ᄯᆞᆯ이 아니라."

ᄒᆞ고 왕후된 후로븟터 드ᄃᆡ여 끈코 셔로 통셥홈이 업더라. 양왕이 게쥬가 고단홈을 보고 오릐 직히지 못ᄒᆞᆯ가 두려ᄒᆞ야 ᄉᆞ면으로 녯 신하를 부르니 원릐 졔나라 신희 젹지 아니ᄒᆞ되 민왕이 무도ᄒᆞ야 츙냥(忠良)을 쓰지 아니홈으로 모다 은피ᄒᆞ며 벼살ᄒᆞ기를 원치안타가 왕족이 ᄉᆞ졀(死絶)홈을 듯고 탄식ᄒᆞ되,

"왕ᄐᆡ부(王太傅)ᄂᆞᆫ 로퇴ᄒᆞ야 집에 잇셧스되 국파가 망ᄒᆞᆫ ᄯᅢ를 당ᄒᆞ야 녯 인군을 싱각ᄒᆞ고 실졀(失節)을 아니 ᄒᆞ엿거ᄂᆞᆯ 우리ᄂᆞᆫ 놉흔 벼살에 거ᄒᆞ야 즁ᄒᆞᆫ 녹를 밧다가 일조에 망ᄒᆞᄂᆞᆫ 것을 보고 편안ᄒᆞ기를 도모ᄒᆞ여 즁흥ᄒᆞ기를 싱각지 아니리오."

ᄒᆞ다가 왕손기(王孫賈) 요치(淖齒)를 죽이고 양왕을 셰움을 듯고 더욱 ᄀᆡ운을 격발ᄒᆞ되,

"흥망(興亡)과 셩픠(成敗)가 ᄉᆞ름에게 잇고 ᄃᆡ소강약(大小强弱)에 업다."

ᄒᆞ며 분ᄉᆞ이 게쥬로 도라오니 후시 엇지된고? 하문을 분히ᄒᆞ라.

뎨십삼회

악원슈식텬심용소읍 연소왕염공젹참참인
樂元帥識天心容小邑 燕昭王念功績斬讒人

각셜 졔양왕(齊襄王)이 일반 구신으로 게쥬(莒州)와 즉믁(卽墨)을 직히더니 즉믁 직히든 장쉬 죽은지라. ᄉᆞᆷ군을 쥬장ᄒᆞ리 업스ᄆᆡ 사ᄃᆡ뷔 셔로 뫼여 상의ᄒᆞ되,

"즉믁이 비록 젹은 셩이ᄂᆞ 오ᄂᆞᆯ은 졔ᄂᆞ라 근본이어ᄂᆞᆯ 이졔 직히든 장쉬 죽엇ᄂᆞ니 만일병법 아ᄂᆞᆫ 사ᄅᆞᆷ을 ᄐᆡᆨᄒᆞ야 장슈를 ᄉᆞᆷ지 아니면 누을 의뢰ᄒᆞ리오?"

ᄒᆞ고 즁인이 셔로 아ᄂᆞᆫ 사ᄅᆞᆷ을 쳔거ᄒᆞ되 모다 즁인의 마음에 합당치 못ᄒᆞ더니 홀련 ᄒᆞᆫ 사ᄅᆞᆷ이 이로ᄃᆡ,

"가히 장슈지ᄌᆡ를 쳔거ᄒᆞ려노라."

ᄒᆞ니 즁인이 누군뇨 무 【66】 론ᄃᆡ 그 사ᄅᆞᆷ이 이로ᄃᆡ,

"이ᄂᆞᆫ 별 사ᄅᆞᆷ이 아니라 안평인(安平人) 젼단(田單)이라 ᄒᆞ노라."

즁인이 모다 이로ᄃᆡ,

"이 사ᄅᆞᆷ이 과연 장ᄌᆡ(將才) 잇ᄂᆞ니 우리 이겻도다."

ᄒᆞ고 즁인이 젼단을 보고 청ᄒᆞ니 젼단이 즁인의 합의 쳔거ᄒᆞᆷ을 보고 이로ᄃᆡ,

"국파가 망ᄒᆞᆫ ᄯᆡᄅᆞᆯ 당ᄒᆞ야 나도 ᄯᅩᄒᆞᆫ 동종지칙(同宗之責)이 잇ᄂᆞ니 엇지 감히 사양ᄒᆞ리오? 졔ᄂᆞ라 중흠ᄒᆞᆷ이 다만 병법의 비밀ᄒᆞᆷ이 잇기로 다 말ᄒᆞ지 못ᄒᆞᄂᆞ니 졔군은 의심 말나."

ᄒᆞ고 인ᄒᆞ야 장쉬 되야 일쳬 사무에 권리를 모다 담착(擔着)ᄒᆞᆫ 후 병마를 졈검ᄒᆞ며 셩쳡(城堞)을 슈보ᄒᆞ고 젼시 종인을 항오(行伍)에 편입ᄒᆞ고 호강(豪强)ᄒᆞᆫ 지법을 범ᄒᆞ면 용셔ᄒᆞᆷ이 업고 빈민의 곤고ᄒᆞᆷ을 ᄇᆡᆨ반으로 무휼ᄒᆞ니 만셩 인민이 가장 두려ᄒᆞ며 ᄯᅩ 사랑ᄒᆞᄂᆞᆫ지라. 젼단이 사ᄅᆞᆷ을 게쥬에 보ᄂᆡ여 양왕의게 보ᄒᆞ고 연나라 군사를 막기로 상약(相約)ᄒᆞ니라.

각셜 악의 임치(臨淄)에 잇셔 왕손ᄀᆡ(王孫賈) 요치(淖齒)를 죽이고 양왕을 셰우며 게쥬와 즉믁을 진힌다 ᄒᆞᆷ을 듯고 이에 하령ᄒᆞ되,

"게쥬와 즉믁에 군사를 것어 오라."

ᄒᆞ며

"ᄇᆡᆨ셩으로 셩에 ᄂᆞ아가 왕ᄂᆡᄒᆞᆷ을 검치 말ᄂᆞ."

ᄒᆞ며 빈한ᄒᆞᆫ ᄌᆞ의게 양미(糧米)와 의복을 쥬며 졔나라로 도라가고자 ᄒᆞᄂᆞᆫ ᄌᆞᄂᆞᆫ 그 원ᄒᆞᄂᆞᆫ 바를 좃치니 연국 장ᄉᆡ 그 연고를 아지 못ᄒᆞ야 악의(樂毅)의게 무른ᄃᆡ 악의 이로대,

"장쉬되ᄆᆡ 엇지 싸홈ᄒᆞ기에 만능ᄒᆞ리오? 우흐로 텬의(天意)를 알고 아ᄅᆡ로 민심을 살핀 연후에 텬의와 민심이 모다 바리고 ᄇᆡ반ᄒᆞ여야 가히 셩공을 ᄒᆞᄂᆞ니 만약 병위(兵威)만 맛고 텬의와 민심을 거역ᄒᆞᆫ 즉 이ᄂᆞᆫ ᄑᆡ망ᄒᆞᄂᆞᆫ ᄃᆡ라. 졔민왕(齊湣王)이 잔포ᄒᆞᆷ으로 하날이 바리시고 민심이 ᄇᆡ반ᄒᆞᆫ 고로 ᄂᆡ 한번 싸화 칠십여 셩을 항복 바닷더니 민왕이 임의 죽으ᄆᆡ 잔포ᄒᆞ든 죄 사라지고 졔ᄂᆞ라 존망은 텬슈라. ᄂᆡ 텬문을 살피니 원셩이 명낭ᄒᆞᆫ 즉 이ᄂᆞᆫ 망국ᄒᆞᆯ 징죄 아니오 게쥬와 즉믁을 치되 오히려 항복 밧지 못ᄒᆞ니 이ᄂᆞᆫ 텬의와 민심이라. ᄂᆡ 엇지 감히 거역ᄒᆞ리오? 이졔 【67】 인군을 ᄉᆡ로 셰우고 장슈를 ᄐᆡᆨᄒᆞ니 졍히 분발격녀(憤發激勵)ᄒᆞᄂᆞᆫ ᄯᆡ라. 만일 더부러 징봉(爭鋒)을 ᄒᆞ면 엇지 피ᄒᆞ지 아니리오? 다만 인의를 벼풀고 ᄇᆡᆨ셩을 안무ᄒᆞ면 ᄌᆞ연 ᄂᆡ변(內變)이 ᄉᆡᆼᄒᆞᆫ 후 인심이 도라오고 텬의가 향ᄒᆞ리니 잇ᄯᆡᄂᆞᆫ 가히 졔ᄂᆞ라 일국 ᄃᆡ방을 편안이 누리리니 제군은 가히 아니 살피지 못ᄒᆞ리라 ᄒᆞ노라."

제장이 비복(拜服)ᄒᆞ더라. 이후로붓터 군사 훈련ᄒᆞ기를 힉틱히 아니ᄒᆞ며 빅셩을 인의로 무휼ᄒᆞ니 임의 항복ᄒᆞᆫ 빅셩은 모다 심복ᄒᆞ고 게쥬와 즉믁 빅셩도 ᄯᅩᄒᆞᆫ 그 은혜를 감복ᄒᆞ야 연ᄂᆞ라를 원슈로 원망치 아니ᄒᆞ니 젼단의 심복모ᄉᆡ(心腹謀士) 깁히 근심ᄒᆞ며 감안이 젼단(田單)을 보고 이로ᄃᆡ,

“연병이 포악홈을 힝ᄒᆞ고 졔ᄂᆞ라 빅셩을 무휼치 아닌 연후에야 가히 긔운을 분발ᄒᆞᆯ 것이어ᄂᆞᆯ 이졔 악의(樂毅) 싸홈에ᄂᆞᆫ 힘쓰지 아니ᄒᆞ고 오직 인의로 인민을 교화ᄒᆞ니 장군은 가히 ᄉᆡᆼ각을 아니치 못ᄒᆞ리라.”

ᄒᆞ노라. 젼단이 이로ᄃᆡ,

“니 ᄉᆡᆼ각ᄒᆞᆫ 지 오리ᄂᆞ니 ᄂᆞ라에 흥망은 텬의에 잇고 셩픠ᄂᆞᆫ 인심에 잇ᄂᆞᆫ 고로 민왕이 포악홈으로 하날이 망케 ᄒᆞ사 악의 ᄒᆞᆫ 번 사화 칠십여 셩을 항복바닷더니 이졔 숨 년이 되도록 게쥬(莒州)와 즉믁(卽墨)은 파치 못ᄒᆞ니 엇지 게쥬 즉믁에 병녁이 칠십여 셩 보다 강ᄒᆞᆷ이리오 이ᄂᆞᆫ 텬의라. 엇지 인력으로 ᄒᆞ며 악의의 인심을 교화홈으로 염녀ᄒᆞᄂᆞᆫ 빈 업지 아니나 악의 임치에 유ᄒᆞᆫ지 숨 년이라. 텬도가 족금 변치 아니ᄒᆞᆷ이 업ᄂᆞ니 허믈며 인ᄉᆡ리오? ᄂᆞᄂᆞᆫ 인사를 다ᄒᆞ야 텬심을 기ᄃᆡ리노라.”

모ᄉᆡ 듯고 탄복ᄒᆞ되,

“장군의 놉흔 의견은 심상이 알 빈 아니라.”

ᄒᆞ더라.

각셜 연ᄂᆞ라에 ᄃᆡ부 한 사ᄅᆞᆷ이 잇스되 셩명은 긔겁(騎劫)이니 신체 장대ᄒᆞ며 여력이 과인ᄒᆞ며 병법과 진법 말ᄒᆞ기를 조하ᄒᆞ더니 악의 한 번 싸홈에 셩공을 ᄒᆞ야 창국군(昌國君)이 되고 병권을 잡아 득의양々홈을 보고 져도 이ᄀᆞᆺ치 되지 못홈을 한ᄒᆞ야 악의를 참소ᄒᆞ야 쫏고 졔【68】가 대신ᄒᆞᆫ 후야 마음에 쾌ᄒᆞ리라 ᄒᆞ되 연소왕(燕昭王)이 악의와 한마음과 한 ᄯᅳᆺ이미 뉘 감히 한 말이라도 참소ᄒᆞ야 신텽ᄒᆞ도록 ᄒᆞ리오 ᄒᆞ더니 티ᄌᆞ의 위인(爲人)이 암미홈을 알고 이에 공동[聳動]ᄒᆞ고ᄌᆞ ᄒᆞ야 비사후례(卑詞厚禮)로 티ᄌᆞ와 은근이 사괴여 왕ᄂᆡᄒᆞ미 졍의 교칠(膠漆) ᄀᆞᆺ고 말은 아니 듯ᄂᆞᆫ 빈 업ᄂᆞᆫ지라. 맛참 티지 말ᄒᆞ다가 이로ᄃᆡ,

“악의의 공이 비단 연ᄂᆞ라 원슈만 갑풀 ᄲᅮᆫ이 아니라 졔나라 강토로 연ᄂᆞ라 판도를 확장ᄒᆞ미 이ᄂᆞᆫ 젼고에 소무(蘇武)라.”

ᄒᆞ니 긔겁(騎劫)이 승시ᄒᆞ야 ᄃᆡ답ᄒᆞ되,

“악의 연ᄃᆡ왕이 황금대(黃金臺)에셔 초텩ᄒᆞ신 총힝을 밧고 사 졔후의 힘을 버러 연션왕의 원슈를 갑하스ᄂᆞ 그러ᄒᆞᄂᆞ 졔나라 강토로 연ᄂᆞ라 판도에 확장홈은 아지 못홈이로소이다.”

티지 이로ᄃᆡ,

“악의 임의 졔ᄂᆞ라를 모다 항복 밧고 오직 게쥬와 즉믁이 항복지 아니ᄒᆞ엿스ᄂᆞ 조셕에 파ᄒᆞ리니 엇지 강토를 확장치 못ᄒᆞ다 ᄒᆞ리오?”

긔겁이 우스며 이로대,

“악의 만약 연ᄂᆞ라 강토를 확장코ᄌᆞ ᄒᆞ면 엇지 오날에 이르도록 ᄒᆞ리잇고?”

티지 놀나 뭇되,

“이ᄂᆞᆫ 무숨 말이뇨?”

긔겁이 이로ᄃᆡ,

“젼히 만 리를 명견ᄒᆞ시거ᄂᆞᆯ 엇지 이갓치 젹은 일을 아지 못ᄒᆞ시ᄂᆞ뇨? 악의 진심으로 게쥬와 즉믁을 파ᄒᆞ려면 순식간 사어ᄂᆞᆯ 엇지 숨 년에 이르도록 ᄒᆞ야 식 인군이 서고 장슈를 틱ᄒᆞ기에 이르러 도로혀 군ᄉᆞ를 물니々 그 마음을 가히 알지라. 쳣지ᄂᆞᆫ 은의로 민심을 교화ᄒᆞ야 ᄉᆞᄉᆞ로 졔왕이 되고ᄌᆞ ᄒᆞᆷ이오. 둘지ᄂᆞᆫ 게쥬와 즉믁을 파치 안코 일월을 쳔연ᄒᆞ야 병권을 농락ᄒᆞ려 ᄒᆞᆷ이오. 세지ᄂᆞᆫ 연대왕의 불휘(不諱)ᄒᆞ시기를 기대려 졔왕이 되고자 ᄒᆞᆷ이니 져의 마음을 ᄉᆞᄅᆞᆷ마다 알거ᄂᆞᆯ 엇지 연대왕과 젼하ᄂᆞᆫ 아지 못ᄒᆞ시고 다만 그 공을 칙々칭도(嘖嘖稱道)ᄒᆞ시ᄂᆞ뇨?”

티지 듯고 놀나 이로대,

“게쥬와 즉믁을 파치 못홈을 젼졍에 이긔지 못ᄒᆞᆫ가 ᄒᆞ엿더니 대부의 말갓ᄒᆞᆯ진ᄃᆡᆫ 기즁에 ᄉᆞ고가 잇슴이니 닉 부왕게 쥬【69】달ᄒᆞ야 져의 농락을 밧지 안케 ᄒᆞ리라.”

긔겁이 이로ᄃᆡ,

“젼히 만일 이 말을 ᄒᆞ시려 ᄒᆞ면 젼하의 ᄯᅳᆺ으로 말숨ᄒᆞ시고 신이 가라침은 발셜치 마소셔. 대왕이 의심ᄒᆞ실가 두리ᄂᆞ이다.”

티지 응낙고 소왕(昭王)의게 긔겁의 말노 고ᄒᆞ며 이로대,

“연ᄂᆞ라ᄂᆞᆫ 무한ᄒᆞᆫ 젼량과 병졸을 허비ᄒᆞ고 도로혀 악의의게 겸녕ᄒᆞᆫ 빈 되오니 부왕은 일직

이 도모ᄒᆞ소셔."

소왕이 듯고 대로ᄒᆞ되,

"소지 암미(暗昧)ᄒᆞ기 엇지 심ᄒᆞ뇨! 다힝히 창국군의 대지로 졔나라를 파ᄒᆞ고 민왕을 쥭여 션왕의 원슈를 갑고 날노 오날 졔후의게 긔운을 폐이도록 홈이 모다 창국군의 공이니 ᄌᆞ손된 지 대々로 그 갑풀 바를 ᄉᆡᆼ각홀 것이어ᄂᆞᆯ 엇지 소인의 투긔ᄒᆞᄂᆞᆫ 마음으로 군ᄌᆞ를 의심ᄒᆞ리오? 셜혹 졔가 항복바든 ᄶᅡ흐로 졔왕이 될지라도 무엇이 불가홈이 잇셔 네 이 말을 ᄂᆡ나뇨? 만약 외인이 듯게 되면 츙신으로 몸이 히티ᄒᆞ게 ᄒᆞ고 네 ᄋᆡ비로 엇더ᄒᆞᆫ ᄉᆞᄅᆞᆷ이 되게 홈이뇨? 게쥬와 즉믁이 항복지 아님도 창국군이 자연 깁흔 ᄯᅳᆺ이 잇스리니 엇지 유취소자(乳臭小子)의 알 ᄇᆡ랴."

ᄒᆞ고 드대여 궁녀를 명ᄒᆞ야 틱자를 이십 틱벌을 ᄒᆞ니 긔겁이 듯고 마음에 불안ᄒᆞ야 ᄉᆡᆼ각ᄒᆞ되,

'연왕이 틱자의 말도 고히 역니니 이ᄂᆞᆫ ᄒᆡ득지 못홀 ᄇᆡ라. 틱지 부왕의게 칙벌을 밧고 나를 고히 역이리니 ᄂᆡ 다시 능언지ᄉᆞ(能言之士)로 이 일을 ᄒᆡ셕게 ᄒᆞ리라.'

ᄒᆞ고 ᄃᆡ부 송식(宋璽) 구변 잇슴을 ᄉᆡᆼ각ᄒᆞ고 인ᄒᆞ야 송식를 가보고 이로ᄃᆡ,

"악의 졔왕이 되고ᄌᆞ 홈이 오릭되연ᄃᆡ 왕은 ᄭᆡ닷지 못ᄒᆞ고 도로혀 츙냥(忠良)으로 아난지라. ᄂᆡ ᄃᆡ왕게 말코ᄌᆞ ᄒᆞ나 반다시 밋지 아니리니 ᄃᆡ부난 번릭 ᄃᆡ왕이 경즁ᄒᆞ신난 ᄇᆡ니 만약 한 말노써 ᄃᆡ왕을 ᄭᆡ닷게 ᄒᆞ야 일직이 악의를 업시ᄒᆞ면 연국에 만힝일가 ᄒᆞ노니 아지 못게라. ᄃᆡ뷔 질겨 말을 ᄒᆞ시랴."

송식 이로ᄃᆡ,

"ᄃᆡ왕을 달ᄂᆡ여 악의를 업시홈은 용이ᄒᆞ나 악의를 ᄃᆡ신홀 지 극난일가 ᄒᆞ노라."

긔겁이 【70】 이로ᄃᆡ,

"이졔 연병의 경예홈으로 쥭게 된 두 셩 치기를 어ᄂᆡ 장싊 못ᄒᆞ리오? ᄃᆡ뷔 만일 날노 천거ᄒᆞ면 ᄂᆡ 맛당히 천금으로 갑푸리라."

송식 이로ᄃᆡ,

"만약 긔장군이 이갓치 ᄒᆞ량이면 ᄂᆡ 시험ᄒᆞ야 말ᄒᆞ리라."

ᄒᆞ고 인ᄒᆞ야 연소왕(燕昭王)을 보고 이로ᄃᆡ,

"왕이 졔나라 치ᄂᆞᆫ 것이 연나라를 위ᄒᆞ야 치시나잇가? 다른 ᄉᆞ람을 위ᄒᆞ야 치시나잇가?"

연왕이 이로ᄃᆡ,

"과연 졔나라 한을 셜코ᄌᆞ 홈이니 엇지 다른 ᄉᆞᄅᆞᆷ을 위ᄒᆞ야 치리오?"

송식(宋璽) 이로ᄃᆡ,

"ᄃᆡ왕이 ᄉᆞᄉᆞ로 치고ᄌᆞ ᄒᆞ시면 허다ᄒᆞᆫ 젼량과 군ᄉᆞ를 허비ᄒᆞ며 노심진력ᄒᆞ시고 엇지 다른 ᄉᆞᄅᆞᆷ으로 부귀를 누리게 ᄒᆞ시ᄂᆞᆫ잇고?"

연왕이 이로ᄃᆡ,

"항복 바든 바 셩지를 모다 연국 판도에 편입ᄒᆞ엿ᄂᆞ니 엇지 다른 ᄉᆞᄅᆞᆷ으로 부귀를 누리게 ᄒᆞᆫ다 ᄒᆞᄂᆞ뇨?"

송식 이로ᄃᆡ,

"연국 판도에 편입ᄒᆞ다 홈은 명의ᄲᅮᆫ이오 실상 부귀ᄂᆞᆫ 악의가 누리나이다."

연왕이 이로ᄃᆡ,

"원릭 남의 나라치ᄂᆞᆫ 것이 모다 쟝슈를 명ᄒᆞ야 침이니 엇지 홀노 과인이 악의로 치게 ᄒᆞᆫ 것이 온당치 못ᄒᆞ랴?"

송식 이로ᄃᆡ,

"장수를 명ᄒᆞ야 치ᄂᆞᆫ 것은 잠시간 일이오 셩공ᄒᆞᆫ 후ᄂᆞᆫ 복명(服命)ᄒᆞᄂᆞ니 엇지 슴 년을 유ᄒᆞ며 도라오지 아니ᄒᆞᄂᆞᆫ 리치가 잇스리오? 악의의 마음을 ᄉᆞᄅᆞᆷ마다 알되 ᄃᆡ왕이 홀노 아지 못ᄒᆞ시고 다만 은혜로만 ᄉᆡᆼ각ᄒᆞ시니 만일 졔나라 원슈를 갑고 도라오면 공이라 ᄒᆞ련이와 원슈를 갑고 도라오지 아니ᄒᆞ고 ᄉᆞᄉᆞ로 웅거ᄒᆞᆫ 즉 이ᄂᆞᆫ 공이 아니라 죄어ᄂᆞᆯ ᄃᆡ왕은 엇지 그 공만 ᄉᆡᆼ각ᄒᆞ시고 그 죄ᄂᆞᆫ 궁구치 아니시니 ᄃᆡ왕을 위ᄒᆞ야 염녀ᄒᆞᄂᆞᆫ ᄇᆡ로소이다."

연왕이 반일을 침음(沉吟)ᄒᆞ다가 이로ᄃᆡ,

"원릭 신하가 불일ᄒᆞ다."

ᄒᆞ고 인ᄒᆞ야 군신을 모뒤고 슐을 마실시 수순(數巡)이 지난 후 연왕이 탄식ᄒᆞ되,

"인군이 인군되ᄂᆞᆫ ᄌᆞᄂᆞᆫ 신하가 잇슴이오 나라히 나라되ᄂᆞᆫ ᄌᆞᄂᆞᆫ 어진 신히 잇슴이라. 임의 어진 신히 잇스면 이ᄂᆞᆫ 인군과 나라에 다힝이어ᄂᆞᆯ 엇지 【71】 ᄒᆞ야 조흔 ᄉᆞᄅᆞᆷ의게 리치 못ᄒᆞ게 ᄒᆞ고ᄌᆞ ᄒᆞ야 참소를 ᄒᆞ리오. 리ᄂᆞᆫ 가히 통한(痛恨)ᄒᆞᆫ ᄇᆡ노라. 이졔 과인이 졔나라 원슈를 갑기 위ᄒᆞ야 황금ᄃᆡ(黃金臺)를 건축ᄒᆞ엿더니 다힝히 창국군을 만나 병장을 훈련ᄒᆞᆫ 지 슴십 년에 능히 과인의 한을 셜ᄒᆞ고 공을 일윗슨즉 맛

당히 군신이 영화를 누릴 것이라. 투현질능(嫉賢妬能)ᄒᆞᆫ 간신에 송식 갓흔 지 잇셔 창국군(昌國君)이 스ᄉᆞ로 왕이 되고ᄌᆞ 혼다 ᄒᆞ며 과인을 붓축이ᄆᆡ 이ᄂᆞᆫ 군신간에 시종이 여일케 못홈이니 그 마음이 엇지 그리 험ᄒᆞ뇨? 만약 과인으로 그릇 듯게 되면 홀노 창국군의 일편혈심(一片血心)만 져바릴 것이 아니라 과인의 슴십 년 어진이 구ᄒᆞ든 마음ᄭᆞ지 힝운유슈가 되리니 엇지 통한치 아니리오? 이졔 간ᄉᆞ혼 말노 창국군이 이졔 왕이 되고ᄌᆞ 혼다 ᄒᆞ나 졔나라 파혼 공을 의논ᄒᆞ면 창국군으로 졔왕을 숨을 지라도 ᄯᅩ한 블가홈이 업스리라."

ᄒᆞ고 인ᄒᆞ야 좌우를 명ᄒᆞ야 송식(宋璽)를 잡아ᄂᆡ여 머리를 버히고 그 참소ᄒᆞᆫ 죄를 드러ᄂᆡ니 군신이 깃버ᄒᆞ며 만셰를 부르거ᄂᆞᆯ 소왕(昭王)이 ᄀᆡᆨ경(客卿) 굴경(屈景)으로 졀월과 됴셔(詔書)를 가지고 임치(臨淄)에 이르러 악의(樂毅)로 졔왕을 숨고 졔나라 ᄶᅡ홀 모다 관활ᄒᆞ라 ᄒᆞ니 악의 됴셔를 바다 여러 읽고 놀나 엇지홀 바를 아지 못ᄒᆞ며 굴경의게 ᄌᆞ셰 우러 송식의 참소홈을 알고 이에 울며 ᄶᅡ에셔 졀ᄒᆞ고 죽기로 밧지 아니ᄒᆞ며 표를 닥가 굴경으로 환슈ᄒᆞ게 ᄒᆞ니 소왕이 표를 여러 보니 그 표에 왈,

"창국군 신 악의ᄂᆞᆫ 슴가 표를 갓초아 연ᄃᆡ왕 폐하게 알외나이다. 신은 드르니 신하ᄂᆞᆫ 변치 못ᄒᆞᄂᆞᆫ ᄃᆡ졀(大節)이 잇고 장슈ᄂᆞᆫ 군ᄉᆞ를 거ᄂᆞ리고 호령ᄒᆞᄂᆞᆫ 공명(功名)이 잇다 ᄒᆞ오니 신 악의ᄂᆞᆫ 외국 신하로ᄃᆡ 왕이 한 번 보시고 경상(卿相)을 숨으ᄉᆞ 군국ᄃᆡ임(軍國大任)으로 위탁ᄒᆞ시며 간담(肝膽)과 심복(心腹)으로 ᄃᆡ졉ᄒᆞᄉᆞ 신의 말와 신의 계교를 아니 듯고 아니 좃치심이 업ᄉᆞ오니 신이 간 【72】 뢰도디(肝腦塗地)ᄒᆞ와도 능히 만일 갑지 못홀지라. 이졔 다힝이 한 번 ᄊᆞ화 졔나라를 이긔고 ᄃᆡ왕의 원슈와 붓그럼을 셜치ᄒᆞᄆᆡ 비록 젹은 경셩을 힘써스나 오히려 신의 마음을 다ᄒᆞ지 못ᄒᆞᆫ 고로 군ᄉᆞ를 머물너 졔국 디방을 순힝ᄒᆞ야 ᄃᆡ왕의 강토를 확장ᄒᆞ며 덕위를 병힝ᄒᆞ야 ᄃᆡ왕의 어지신 셩덕을 보급고ᄌᆞ ᄒᆞ되 게쥬(莒州) 즉믁(卽墨)이 셩을 아직 항복밧지 못홈은 신의 죄니 ᄉᆞ름의 말ᄒᆞᄂᆞᆫ 바가 맛당ᄒᆞ거ᄂᆞᆯ ᄃᆡ왕이 그 말을 신텽치 아니ᄉᆞ 신의 죄를 다ᄉᆞ리지 아니시니 그 감은ᄒᆞ옴이 다시 엇더ᄒᆞ오리잇가? 됴셔로 신을 졔왕을 봉ᄒᆞ심은 ᄃᆡ왕이 신을 ᄯᅩ한 의심ᄒᆞ심이니 이 마음을 두시게 된즉 신은 군ᄉᆞ를 거ᄂᆞ리고 협ᄉᆞᄒᆞᄂᆞᆫ 간인이오. ᄃᆡ졀을 변ᄒᆞᄂᆞᆫ 역신이라. 신은 결단고 군신의 졀을 욕되게 ᄒᆞ야 ᄃᆡ왕을 져바리지 아니리니 빌건ᄃᆡ ᄃᆡ왕은 셩명을 거두ᄉᆞ 신으로 심복의 경셩을 시종이 여일케 ᄒᆞ시고 쳔츄(千秋) ᄆᆡ명이 업도록 ᄒᆞ소셔. 만약 신으로 강졔로 불의에 ᄲᅡ지게 ᄒᆞ시게 되면 신은 죽을 ᄯᆞ름이오니 볼승황송지디(不勝惶悚之至)ᄒᆞ노이다."

소왕이 남필에 악의 죽기로써 ᄉᆞ양홈을 보고 ᄃᆡ희ᄒᆞ야 군신다려 이르되,

"ᄂᆡ 창국군이 과인의게 욕되게 아니홀 쥴을 아랏더니 이졔 과연 그러ᄒᆞ니 과인도 ᄯᅩ 창국군을 져바림이 업다ᄒᆞ리로라."

ᄒᆞ더라.

후시 엇지된고? 하문을 속히 ᄒᆞ라.

뎨십ᄉᆞ회
연불ᄒᆡᆼ단약망군 졔유모유언역장
燕不幸丹藥亡君 齊有謀流言易將

각셜 연소왕(燕昭王)이 악의(樂毅)를 의심치 아니ᄒᆞ며 신임ᄒᆞ기을 젼과 갓치ᄒᆞ고 궁즁에셔 쾌락을 ᄒᆞ되 오직 장슈치 못ᄒᆞᆯ가 두려ᄒᆞ야 신션의 슐법을 구ᄒᆞᄆᆡ 일반 방ᄉᆞ드리 금셕(金石)을 연단ᄒᆞ야 【73】 장ᄉᆡᆼᄒᆞ기을 구ᄒᆞ더라.

각셜 악의 소왕의 은혜를 더욱 감격ᄒᆞ야 이셩(二城) 치기를 상양ᄒᆞ더니 문ᄀᆡᆨ 범평(范平) 이ᄅᆞᆫ ᄌᆡ 달ᄂᆡ여 왈,

"원슈(元帥)의 학슐이 텬인을 관텰ᄒᆞ고 식견이 금고를 궁진ᄒᆞ시거늘 하날은 동남이 차지 못ᄒᆞ고 ᄯᅡᄒᆞᆫ 셔북이 기우러짐을 아지 못ᄒᆞ시ᄂᆞ니 허믈며 ᄉᆞ롬의 일을 능히 다ᄒᆞ고ᄌᆞ ᄒᆞ시리오? 원ᄉᆔ 슈월지간에 졔나라 칠십여 셩을 항복바드니 공이 크며 일홈을 일우고 ᄯᅩ 졔나라 종묘(宗廟)를 회텰ᄒᆞ고 즁긔(重器)를 옴기엿스니 연왕의 원슈를 갑고 불그럼을 셜치 ᄒᆞ엿ᄂᆞ니 이ᄂᆞᆫ 오ᄑᆡᆨ(五霸)의 공이라도 이에셔 더ᄒᆞ지 못ᄒᆞᆯ 것이늘 엇지 표연이 도라가 창국군(昌國君)의 복을 누리고 명졀(名節)을 완젼게 아니며 이셩 치기을 연々ᄒᆞ다가 즁산(中山)의 비방홈이 다시 이러나게 ᄒᆞ니 비록 명군이 듯지 아니ᄒᆞ야 아직 보젼ᄒᆞ나 원망을 임의 ᄆᆡ졋고 틈이 ᄉᆡᆼᄒᆞᆫ지라. 셜혹 연왕이 일조에 연관(捐館)ᄒᆞ시ᄂᆞᆫ 날은 금일과 갓지 못ᄒᆞᆯ가 두리ᄂᆞ니 비록 원슈의 홍ᄌᆡᄃᆡ략(鴻才大略)으로 임시ᄒᆞ야 변통홈이 잇다ᄒᆞ나 종ᄂᆡ 옥에 ᄒᆡᄌᆞᄂᆞᆫ 되리니 ᄯᅩ 텬도가 순환홈을 조히 여겨 능히 ᄉᆞ롬의 ᄯᅳᆺ과 갓지 못ᄒᆞᆯ지라. 셕에 졔왕이 광장(匡章)으로 연을 파ᄒᆞ고 거의 다 ᄒᆞ엿더니 엇지 연ᄃᆡ왕이 원슈를 구ᄒᆞ야 원슈을 갑고 셜치 홈을 혀아렷스리오? 오날 원ᄉᆔ 졔나라 파홈이 셕일 졔나라가 연을 파홈이라. 엇지 텬도가 연(燕)에만 잇고 졔(齊)에 업스리잇고?"

악의(樂毅) 이로ᄃᆡ,

"ᄂᆡ 이 일을 ᄉᆡᆼ각ᄒᆞ지 오린 고로 이셩 치기를 완々이 홈이라 다만 연왕의 후은(厚恩)을 밧고 일조에 바리고 가면 이ᄂᆞᆫ 보신(保身)ᄒᆞ기만 ᄉᆡᆼ각ᄒᆞ고 지우지은을 져바림인 고로 ᄂᆡ 참아 못ᄒᆞ고 오히려 힘을 다ᄒᆞ며 기타ᄂᆞᆫ 계교치 안노라."

범평(范平)이 왈,

"이ᄂᆞᆫ 원슈의 츙셩이 다만 힘을 다ᄒᆞ야 졔나라를 임의 다ᄒᆞ엿고 이졔 ᄉᆞᆷ 년이 되도록 이셩은 여젼ᄒᆞ니 힘을 더ᄒᆞᆯ 것이 업슴이라. 힘은 더ᄒᆞᆯ 것이 업스되 억지로 다ᄒᆞ고ᄌᆞ ᄒᆞ다가 일조에 변이 잇스 【74】 면 젼공ᄭᅡ지 바리리니 이ᄂᆞᆫ 지혜 잇ᄂᆞᆫ ᄌᆞ의 ᄒᆞᆯ ᄇᆡ 아니어늘 원슈의 고명(高明)ᄒᆞ심으로 도로혀 ᄒᆞ시니 ᄒᆡ득지 못ᄒᆞᆯ 일인 고로 감히 츄요지셜(芻蕘之說)노 드리ᄂᆞ니 빌건ᄃᆡ 원슈ᄂᆞᆫ 살피소셔."

악의 그 ᄯᅳᆺ을 감격ᄒᆞ야 깁히 ᄉᆞ례ᄒᆞ나 연왕의 츈ᄎᆔ(春秋) 놉지 아니ᄒᆞ고 ᄯᅩ 무양(無恙)ᄒᆞ며 연이 비록 졔을 파치 못ᄒᆞ나 졔가 ᄯᅩ한 엇지ᄒᆞ지 못ᄒᆞ며 이셩 항복밧ᄂᆞᆫ 일은 젹고 칠십여셩 직히ᄂᆞᆫ 일은 즁ᄃᆡᄒᆞᆫ 고로 능히 결단치 못ᄒᆞ더니 긔약지 아니ᄒᆞᆫ 소왕이 신션을 조하ᄒᆞ야 금셕 단약(丹藥)을 과다히 먹고 약셩이 발ᄒᆞᄆᆡ 능히 치료치 못ᄒᆞ고 쥬난왕(周赧王) ᄉᆞᆷ십뉵 년에 훙ᄒᆞ고 ᄐᆡᄌᆞ 악ᄌᆡ(樂資) 즉위ᄒᆞ니 혜왕(惠王)이라. 위인이 암약ᄒᆞ고 ᄯᅩ 의심이 만ᄒᆞᆫ지라 태ᄌᆞ로 잇슬 ᄯᆡ 악의(樂毅)를 참소ᄒᆞ다가 소왕의게 이십 태벌을 밧고 분한을 품은지 오ᄅᆡ더니 이졔 직위ᄒᆞᄆᆡ 졔어ᄒᆞᆯ 계고를 ᄉᆡᆼ각ᄒᆞ나 악의 군ᄉᆞ를 거ᄂᆞ리고 밧게 잇셔 권셰 즁홈으로 감히 엇지ᄒᆞ지 못ᄒᆞ고 ᄯᅩ 곽외(郭隗) 등 일반 로신이 시々

로 악의의 공을 칭도ᄒᆞ미 은연이 참고 잇더라. 악의 소왕이 안가(晏駕)ᄒᆞᆷ을 듯고 통곡ᄒᆞ기을 마지 아니ᄒᆞ며 벼살을 ᄉᆞ양ᄒᆞ고ᄌᆞ ᄒᆞ되 혜왕이 쳐음으로 직위ᄒᆞ엿스미 형적을 탈노ᄒᆞᆷ이 볼가ᄒᆞ야 잠간 견ᄃᆡ고 잇더니 젼단이 신왕이 즉위ᄒᆞᆷ을 듯고 깃버ᄒᆞᆷ을 이긔지 못ᄒᆞ야 이로ᄃᆡ,

"졔나라 즁홍ᄒᆞ기가 연나라 신왕의게 이시도다."

ᄒᆞ니 모다 밋지 아니ᄒᆞ며 이로ᄃᆡ,

"연나라 인군은 비록 밧귀엿스나 악의 오히려 병권을 잡앗ᄂᆞ니 엇지 능히 졔나라를 즁홍ᄒᆞ리오?"

젼단(田單)이 우스며 이로ᄃᆡ,

"너의 등의 알 ᄇᆡ 아니라."

ᄒᆞ고 악의를 후ᄃᆡᄒᆞ나 그러ᄒᆞ나 실상은 깃버 아니ᄒᆞᆫ다 ᄒᆞ거늘 ᄯᅩ ᄉᆞᄅᆞᆷ으로 신왕이 악의게 엇지ᄒᆞ며 친근ᄒᆞᄂᆞᆫ ᄌᆞᄂᆞᆫ 엇더ᄒᆞᆫ ᄉᆞᄅᆞᆷ이며 ᄒᆡᆼᄒᆞᄂᆞᆫ 바ᄂᆞᆫ 무ᄉᆞᆷ인지 탐지ᄒᆞ라 ᄒᆞ엿더니 도라와 회보ᄒᆞ되,

"혜왕(惠王)이 【75】 태ᄌᆞ ᄣᅢ에 악의의 말을 ᄒᆞ다가 이십 태벌 밧고 한을 품어 일야로 악의의 단쳐(短處)를 살피며 친근이 ᄒᆞᄂᆞᆫ ᄉᆞᄅᆞᆷ은 모다 아쳠ᄒᆞᄂᆞᆫ 무리로ᄃᆡ 뎨일이 긔겁(騎劫)이니 태ᄌᆞ ᄣᅢ로붓터 친밀ᄒᆞ엿고 ᄒᆡᆼᄒᆞᄂᆞᆫ 일은 황음무도(荒淫無道)에 갓갑다."

ᄒᆞ거늘 젼단이 손으로 이마에 언고 이로ᄃᆡ,

"이ᄂᆞᆫ 하날이 졔나라로 즁홍ᄒᆞ게 ᄒᆞ시도다."

ᄒᆞ고 ᄯᅩ 말 잘ᄒᆞᄂᆞᆫ ᄉᆞᄅᆞᆷ을 보ᄂᆡ여 말을 산포(散布)ᄒᆞ되 악의 ᄃᆡ병을 잇글고 오ᄅᆡ 졔나라에 잇ᄂᆞᆫ 뜻은 졔왕이 되야 졔나라 ᄃᆡ방에 웅거ᄒᆞ고ᄌᆞ ᄒᆞ되 연왕이 황금ᄃᆡ(黃金臺)에셔 춍ᄒᆡᆼ(寵幸)ᄒᆞ신 은혜를 구ᄋᆡᄒᆞ야 참아 못ᄒᆞ더니 이졔 연왕이 붕ᄒᆞ시고 신왕이 등극ᄒᆞ시미 감안이 게쥬(莒州)와 즉믁(卽墨) ᄉᆞᄅᆞᆷ으로 화친ᄒᆞ고 두 곳 ᄉᆞᄅᆞᆷ으로 져를 졔왕을 숨고 임치에 도읍ᄒᆞ려 ᄒᆞ미 두 곳 ᄇᆡᆨ셩이 다시 텽일을 볼 ᄣᅢ라 ᄒᆞ야 깃버ᄒᆞ며 오ᄅᆡ지 아니ᄒᆞ야 거ᄉᆞᄒᆞ려 ᄒᆞ되 오직 연왕이 알고 다른 장슈를 보ᄂᆡ여 두 곳을 쳐셔 파ᄒᆞᆯ가 두려ᄒᆞᆫ다 ᄒᆞ니 긔겁이 이 소식을 듯고 혜왕게 고ᄒᆞ되,

"신의 젼에 말이 엇더ᄒᆞ니잇고 ᄒᆞ니 션ᄃᆡ왕이 신의 말을 청납ᄒᆞ시고 져의 병권을 삭졔ᄒᆞ엿든들 엇지 이심(異心)을 ᄆᆡᆼ동ᄒᆞ엿스리잇고? 션ᄃᆡ왕이 익ᄋᆡ(溺愛)ᄒᆞ기을 과도ᄒᆞᄉᆞ 오날 화를 양셩케 ᄒᆞ시도다. ᄃᆡ왕이 만일 일즉 도모치 아니시면 비단 졔나라만 졈녕ᄒᆞᆯ 것이 아니라 연국 병장이 창국군의 은혜를 잇지 못ᄒᆞᄂᆞ니 엇지 연엔들 근심이 업스리잇가?"

혜왕이 듯고 발련 변ᄉᆡᆨᄒᆞ되,

"경이 말을 엇ᄃᆡ셔 드른요?"

긔겁이 이로ᄃᆡ,

"외간에 이셔 이 말을 분〻이 젼ᄒᆞᄂᆞ니 엇지 신 한 ᄉᆞᄅᆞᆷ만 아랏스리잇고?"

혜왕이 ᄉᆞᄅᆞᆷ으로 밧게 가 탐지ᄒᆞ라 ᄒᆞ미 회보ᄒᆞᄂᆞᆫ 말이 긔겁의 말과 일반이라.

혜왕이 바야흐로 긔겁의 말을 밋고 드ᄃᆡ여 한ᄒᆞ며 이로ᄃᆡ,

"혀아리지 아닌 악의 은혜 져바림이 이갓ᄒᆞ리오."

ᄒᆞ고 ᄉᆞᄅᆞᆷ을 보ᄂᆡ여 잡아다가 문죄ᄒᆞ려 ᄒᆞ니 긔겁이 말녀 왈,

"악의 용이히 ᄉᆞᄅᆞᆷ의게 잡혀오지 아니【76】리이다."

혜왕이 이로ᄃᆡ,

"잡아오지 아니ᄒᆞ면 엇지ᄒᆞ리오?"

긔겁이 이로ᄃᆡ,

"다만 됴셔를 ᄂᆞ리ᄉᆞ 오ᄅᆡ 밧게 잇셔 노고ᄒᆞᆷ을 칭도ᄒᆞ시고 별노히 장슈를 보ᄂᆡ여 ᄃᆡ신ᄒᆞ며 도라와 안향ᄒᆞ게 ᄒᆞ신다 ᄒᆞ면 졔 반다시 도라오리니 그ᄣᅢ에 임의로 쳐치ᄒᆞ셔도 다른 변이 업스리이다."

혜왕이 ᄃᆡ희ᄒᆞ되,

"경의 말이 가장 묘ᄒᆞ나 누를 보ᄂᆡ여 악의를 ᄃᆡ신케 ᄒᆞ리오?"

긔겁이 이로ᄃᆡ,

"신이 스ᄉᆞ로 천거ᄒᆞᆷ이 불가ᄒᆞ오나 신이 ᄌᆞ유(自幼)로 병셔와 젼칙을 독습ᄒᆞ와 진법와 용병ᄒᆞᄂᆞᆫ 군략을 아ᄂᆞ니 ᄃᆡ왕이 만일 파격ᄒᆞ시고 신을 쓰시면 신이 임치에 이른지 ᄉᆞᆷ월이 못 게되여 게쥬와 즉믁을 답평ᄒᆞ와 ᄃᆡ왕의 지은을 갑푸리이다."

혜왕이 ᄃᆡ희ᄒᆞ되,

"경이 이갓ᄒᆞᆫ 웅지ᄃᆡ략이 잇스면 엇지 쓰지 아니리오?"

긔겁이 ᄉ례ᄒ고 나오ᄆ 혜왕이 ᄎ일 조회를 베풀고 젼지ᄒ야 긔겁으로 상장군을 숨아 임치로 가ᄃ 병을 거ᄂ리고 계쥬와 즉믈을 치게 ᄒ고 창국군으로 도라와 안향을 ᄒ며 국경을 보좌ᄒ게 ᄒ니 태부 곽외 알외되,

“악의 직임은 가히 ᄃ신ᄒᆯ 지 업ᄂ니 만일 ᄃ신ᄒᆫ 즉 어든 바 졔나라를 보젼치 못ᄒ리이다.”

혜왕이 뭇되,

“악의 칙임이 불과ᄒ야 한 장슈에 지나지 못ᄒᄂ니 엇지 ᄃ신ᄒᆯ 지 업다 ᄒᄂ뇨?”

곽외 이로ᄃ,

“ᄃ왕이 츈츄(春秋) 방셩(方盛)ᄒᄉ 어진이 구ᄒ기 괴로옴과 장슈 숨기 어려음을 아지 못ᄒ시ᄂ 고로 용이히 이 말을 ᄒ시ᄂ이다. 션ᄃ왕이 졔나라 원슈를 갑고ᄌ ᄒ시ᄆ 조졍에 ᄉᄅᆷ이 업슴이 아니로되 황금ᄃ를 건축ᄒ시고 로신으로 죽은 말뼈가 되게 ᄒᄉ 텬하 호걸을 부르시ᄆ 비록 츄연(鄒衍)과 극신(劇辛)과 굴경(屈景) 갓ᄒᆫ 어진 이를 어덧셔도 오히려 졔나라 친ᄂ 대권을 위임치 못ᄒ시다가 악의의 지학이 관즁(管仲)과 손빈(孫臏) 갓흠을 아시고 아경을 비ᄒᄉ 국경을 밋기신지 숨십 년에 능히 졔나라를 파ᄒ고 욕과 북그럼을 셜치 ᄒ엿ᄂ니 이졔 々나라이 시 【77】 인군이 셔고 시장슈를 턱ᄒᄆ 악의 갈력(竭力)기를 경영ᄒ되 신 등은 오히려 실슈ᄒᆯ가 근심ᄒ거든 긔겁은 엇더ᄒᆫ ᄉᄅᆷ이완대 감히 대신ᄒ리잇고? 한 번 싸화 어든 졔나라를 실픽ᄒ리이다.”

혜왕이 밋쳐 답지 못ᄒ야셔 긔겁이 단지 아릭 잇다가 대셩징변ᄒ되,

“곽태부ᄂ ᄉᄅᆷ을 업슨 역이지 마소셔. ᄌ고로 운종룡(雲從龍)이오 풍종호(風從虎)니 무릇 셩군이 나시면 현신이 보좌ᄒᄂ니 이졔 대왕이 시로 등위ᄒ시ᄆ 룡이 날고 범이 회파람ᄒᄆ 스ᄉ로 풍운이 이러ᄂ니 엇지 악의로만 장셩갓치 의지ᄒ도록 ᄒ리잇고? 만일 연ᄂ라이 악의로 흥ᄒ엿다 ᄒᆫ즉 악의 ᄂ기 젼은 연ᄂ라이 엇지 슈빅 년 긔업을 창기ᄒ엿스며 만약 악의가 죽게 되면 연나라란 나라 되지 못ᄒ리잇가? 긔겁은 당々ᄒᆫ 인물노 일즉이 욕됨이 업셧거늘 태뷔 엇지 한 번 싸홈에 어든 졔나라를 실슈ᄒᆫ다 ᄒ시ᄂ뇨? 긔겁이 장슈 되ᄂ 날은 이셩 파ᄒ기을 심력을 허비치 아니리이다.”

곽외 듯고 탄식ᄒ되,

“나ᄂ 드르니 나라이 장차 흥ᄒ려 ᄒᄆ 상셔가 잇고 나라이 장차 망ᄒ려 ᄒᄆ 요얼이 잇다 ᄒ니 긔군은 ᄌ못 요얼이로다. 로신이 감히 닷토지 못ᄒ나 션대왕의 일편고심과 창국군의 수십 년 신고를 일조에 용노(庸奴)의 손에 타픽[隳敗]홈이 가셕이로소이다.”

혜왕이 능히 결단치 못ᄒ니 츄연이 출반쥬ᄒ되,

“신이 엇지 시비를 졍ᄒ리잇고마ᄂ 악의의 지릉은 텬히 알고 밋난 비요 긔겁의 지조난 비독(非獨) 텬하만 밋지 안코 아지 못ᄒᆯ쑨이 아니라 신도 쏘한 아지 못ᄒᄆ 밋지 아니ᄒ오니 ᄃ왕도 아지 못ᄒ시ᄆ 밋지 못ᄒ리니 ᄉᄅᆷ만 다 아지 못ᄒ야 밋지 못ᄒᄂ 지조로 ᄉᄅᆷ마다 아난 지조를 밧고려 ᄒ시니 엇지 능히 ᄉᄅᆷ을 복종케 ᄒ시리오? ᄃ왕은 살피소셔.”

혜왕이 듯고 깃버 아니ᄒ며 파조ᄒ야 궁즁에 이르러 긔겁을 블너 이로ᄃ,

“만조졔신이 모다 너ᄂ 깃버 아니ᄒ니 엇지ᄒ리 【78】 오?”

긔겁이 이로ᄃ,

“곽외 등 일반 로신이 션ᄃ왕의 일노 ᄃ왕을 압복홈이니 일직이 방비치 아니ᄒ고 쥬기를 기ᄃ리々 잇고 ᄃ왕이 신을 탁용ᄒ심이 션ᄃ왕이 악의 탁용ᄒ심과 다르리잇고? 신이 만일 악의를 ᄃ신ᄒ려 ᄒ야 악의 듯지 안커든 반다시 칼노 질르고 ᄃ왕의 법을 발커리이다.”

혜왕이 이로ᄃ,

“네 이갓ᄒᆫ 츙심이 잇ᄂ니 과인이 군신과 의논ᄒᆯ 빅 업다.”

ᄒ고 감안이 됴셔를 써 긔겁을 쥬고 졀월을 가지고 가게 ᄒ니 ᄎ일에 곽외 일반 로신이 긔겁이 감안이 봉지ᄒ고 악의를 ᄃ신ᄒ려 감을 알고 가셕홈을 탄식지 아니리 업셔 모다 병을 칭탁ᄒ고 숨고 피ᄒ되 혜왕은 오히려 그 연고를 아지 못ᄒ더라.

각셜 긔겁이 졀월을 가지고 임치로 갈시 악의 기간에 졔왕이 되엿스면 제게 리치 못ᄒᆯ가 두려ᄒ야 가며 탐지ᄒ니 악의 영즁에 잇다 ᄒ거늘 마음에 다힝ᄒ야 임치에 이르러 ᄉ지 됴셔를 가지고 왓슴을 통보ᄒ니 악의 황망이 향안을 비

셜ᄒᆞ고 일반 문무와 원문을 크게 열고나와 마져 됴셔를 여러 일그니 ᄒᆞ엿스되,

"연혜왕은 창국군 악상장군의게 됴셔ᄒᆞ노라. 과인은 드르니 조졍에셔 큰 공을 갑지 아니치 못ᄒᆞ고 신ᄒᆞᄂᆞᆫ 마음을 다ᄒᆞ지 아님이 업다 ᄒᆞ니 창국군이 션ᄃᆡ왕 시로븟터 ᄇᆡᆨ셩을 안무ᄒᆞ며 병장을 훈련ᄒᆞ기에 노고ᄒᆞᆫ 지 슴십 년이오. 졔나라 원슈를 갑고ᄌᆞ ᄒᆞ야 피견집예(被堅執銳)ᄒᆞ며 친이 시셕을 무릅쓰고 싀외에 노곤ᄒᆞᆫ지 ᄯᅩ 슴 년이라. 션ᄃᆡ왕이 비록 박ᄒᆞᆫ 명위로 창국군을 봉ᄒᆞ엿스나 오히려 편안이 누리지 못ᄒᆞ더니 이졔 션ᄃᆡ왕이 병갑을 바리시ᄆᆡ 엇지 참아 창국군으로 친이 젹봉을 무릅쓰게 ᄒᆞ리오? 긔겁을 명ᄒᆞ야 챵국군의 상장군 소임을 ᄃᆡ신ᄒᆞ야 병장을 통솔ᄒᆞ고 악원슈의 미진ᄒᆞᆫ 공을 완젼이 ᄒᆞ라 ᄒᆞ노 【79】 니 됴셔 이르ᄂᆞᆫ 날에 ᄲᆞᆯ니 환조ᄒᆞ면 과인은 어슈(魚水)를 갓츄고 군신의 질거옴을 다코ᄌᆞ ᄒᆞ노니 짐의 ᄯᅳᆺ을 허물치 말지어다. 이에 됴셔ᄒᆞ노라."

악의 일기을 맛치고 신왕을 ᄯᅳᆺ을 아나 ᄯᅩ 슴군이 변이 잇슬가 염녀ᄒᆞ야 흔연이 칭ᄉᆞᄒᆞ되,

"신의 노고홈은 신ᄌᆞ의 직분이어늘 셩은을 과히 입ᄉᆞ오니 황감무ᄃᆡ로소이다."

ᄒᆞ고 인ᄒᆞ야 잔치를 버푸러 관ᄃᆡᄒᆞᆫ 후 긔겁다려 이로ᄃᆡ,

"장군이 머니 오셧ᄂᆞ니 잠간 슘일을 쉬시면 칙ᄌᆞ를 소상이 ᄒᆞ야 교ᄃᆡᄒᆞ려노라."

긔겁이 악의의 흔연홈을 보고 외영에 나와 쉬더라. 악의 감안이 범평(范平) 등 즁장을 불너 상의ᄒᆞ되,

"ᄂᆡ 범군의 말을 듯지 아니ᄒᆞ다가 오날 욕을 일우니 가히 불힝이라 홀지나 이도 ᄯᅩᄒᆞᆫ 하놀이 ᄒᆞ심이니 졔군은 나를 위ᄒᆞ야 익셕히 알지 말고 이 졔를 당ᄒᆞ야 어ᄃᆡ로 감이 가ᄒᆞ다 ᄒᆞ리오?"

졔장이 분々이 불평ᄒᆞ야 이로ᄃᆡ,

"원슈의 공젹이 큰 것은 텬하에 뉘 아지 못ᄒᆞ리오. 이졔 신왕이 참소를 듯고 ᄉᆞ롬을 보ᄂᆡ며 ᄃᆡ신ᄒᆞ라 ᄒᆞ니 실노 ᄉᆞ졸의 긔운을 복종케 아니홈이라. 원쉬 임의 곤외의 권을 가지셧ᄂᆞ니 소장 등은 맛당히 원슈의 령을 듯고ᄌᆞ ᄒᆞ노니 션ᄃᆡ왕의 명과 갓치 졔왕이 되야 졔나라 ᄯᅡ에 웅거ᄒᆞ야 영웅의 ᄯᅳᆺ을 펼 것이라. 엇지 황々히 궁인과 갓치 도라갈 곳이 업셔ᄒᆞ리오? 소장 등은 실노 붓그러히 역이ᄂᆞ니 빌건ᄃᆡ 원슈난 지찰ᄒᆞ소셔."

범평이 이로ᄃᆡ,

"졔군의 々논ᄒᆞᄂᆞᆫ 바ᄂᆞᆫ 강냥발호(强梁跋扈)ᄒᆞᄂᆞᆫ 소위나 그러ᄒᆞᄂᆞ 원ᄅᆡ 원슈의 직히ᄂᆞᆫ 바ᄂᆞᆫ 츙효요 슝상ᄒᆞᄂᆞᆫ 바ᄂᆞᆫ 례의니 엇지 이갓흐시리오? 이졔 신왕이 어지 지조를 ᄶᅩ차 보ᄂᆡ니 이ᄂᆞᆫ 망홀 징조라. ᄯᅩ 젼단(田單)과 왕손기(王孫賈) 츙분(忠奮)을 격녀ᄒᆞᄆᆡ 원쉬 잇써를 타셔 일홈을 완젼이 홈이 엇지 아름답지 아니리오? 만약 연나라로 도라간즉 그믈 속에 들 것이니 버셔나려 ᄒᆞᄂᆞ 엇지 못ᄒᆞ리이다."

악의 이로 【80】 ᄃᆡ,

"범군의 말이 ᄂᆡ 마음과 갓흐ᄂᆞ 만약 몸을 보젼ᄒᆞ기를 위ᄒᆞ야 의논ᄒᆞ고 연나라로 도라가지 아닌즉 쳐ᄌᆞ종족을 엇지 보젼ᄒᆞ리오?"

범평이 이로ᄃᆡ,

"원쉬 연나라로 도라가지 아니시면 져 원슈를 졔어ᄒᆞᆫ 후 쳐ᄌᆞ와 종족의게 화가 밋츨 것이나 원쉬 다른 나라로 간즉 연ᄂᆞ라이 원슈를 긔탄ᄒᆞ야 쳐ᄌᆞ 종족의게도 후히 ᄒᆞ며 원슈의 환심을 엇고ᄌᆞ ᄒᆞ리니 원슈ᄂᆞᆫ 방심ᄒᆞ시고 염녀 마소셔."

악의 ᄃᆡ희ᄒᆞ되,

"범군의 말이 올토다. ᄂᆞᄂᆞᆫ 본시 됴나라 ᄉᆞ롬이니 맛당히 됴나라로 도라가리라."

ᄒᆞ고 이에 표를 써 혜왕의게 ᄉᆞ례ᄒᆞ니 그 표에 왈,

"창국군 신 악의ᄂᆞᆫ 결ᄒᆞ고 표를 연ᄃᆡ왕 폐하게 올니나이다. 신은 드르니 인군이 상 쥬지 아니홀 걸노 신하의게 더ᄒᆞᆫ즉 벌이오 신히 인군의게 공 아인 것을 힘쓴즉 죄라 ᄒᆞ니 신을 션ᄃᆡ왕이 타국 ᄉᆞ롬이라 아니시고 탁발ᄒᆞᄉᆞ 병권으로 밋기시ᄆᆡ 신이 심복을 다ᄒᆞ야 졔나라 원슈를 셜치ᄒᆞ엿더니 챵국군의 영춍을 쥬시니 이ᄂᆞᆫ 션ᄃᆡ왕의 은혜요 ᄯᅩᄒᆞᆫ 신의 업지 안키로 아니 밧지 못홈이러니 불힝ᄒᆞ와 션ᄃᆡ왕이 신민을 바리시ᄆᆡ 신은 오히려 갑병을 머물고 젼량을 모손(耗損)ᄒᆞ니 이ᄂᆞᆫ 신의 죄라. 응당 ᄃᆡ왕의 벌ᄒᆞ심을 바들 것이어늘 ᄃᆡ왕이 죄로 더ᄒᆞ지 아니시고 장슈로 신을 ᄃᆡ신ᄒᆞ게 ᄒᆞᄉᆞ 신을 불너 도라가 작녹를 누리게 ᄒᆞ시니 이ᄂᆞᆫ 다 ᄃᆡ왕이 벌노 상

을 ᄒᆞ시고 죄로 공을 ᄒᆞ시ᄂᆞᆫ 큰 은혜나 그러ᄒᆞ
ᄂᆞ 신이 환조ᄒᆞ기를 ᄉᆡᆼ각ᄒᆞᄆᆡ 붓그럼을 면치 못
ᄒᆞᆯ지라. 신은 본시 죠나라 ᄉᆞ롬이라. ᄃᆡ왕이 ᄉᆞ
ᄒᆞ야 죽이지 아니시니 공과 벌을 가히 이저바리
ᄋᆞ니 인ᄒᆞ야 죠ᄂᆞ라 ᄉᆞ롬됨이 족ᄒᆞ기로 칙인과
병부로 ᄃᆡ신은 ᄉᆞ롬의게 교ᄃᆡᄒᆞ고 신은 죠나라
로 도라가오며 【81】 신의 ᄌᆞ식과 종족은 머물너
ᄃᆡ왕을 셤기게 ᄒᆞ야 견마의 힘을 다ᄒᆞ게 하며
ᄉᆞᆷ가 표를 갓초아 써 들니ᄂᆞ이다.”

표를 쓰기을 맛고 칙인(敕印)과 병부며 칙적(冊籍)을 가져 중장의게 부탁ᄒᆞ되,

“ᄂᆡ 죠ᄂᆞ라로 도라간지 ᄉᆞᆷ일이 되거든 가히 교ᄃᆡᄒᆞ라. 만약 일직 알면 ᄯᆞᆯ라 ᄶᅩᆺ칠가 두리노라.”

ᄒᆞ고 감안이 ᄒᆡᆼᄒᆞ야 죠ᄂᆞ라로 도라간니라.

각셜 긔겁이 ᄎᆞ일에 악의를 보고ᄌᆞ ᄒᆞ니 중장이 대답ᄒᆞ되,

“칙ᄌᆞ를 아직 완비ᄒᆞ지 못ᄒᆞ야 셔로 보지 못ᄒᆞᆫ다.”

ᄒᆞ니 긔겁이 의혹이 심ᄒᆞᆫ중 ᄯᅩ 보니 제장이 분ᄋᆞ이 동셔에셔 의논ᄒᆞᄂᆞᆫ 모양이라. 홀련 ᄉᆡᆼ각ᄒᆞ되 악의ᄋᆞ 괴계가 아닌지 아지 못ᄒᆞ다 ᄒᆞ니 후ᄉᆡ 엇지ᄒᆞᆫ고? 하문을 분히ᄒᆞ라.

뎨십오회

ᄃᆡᄃᆡ장긔겁욕연ᄉᆞ 비신ᄉᆞ젼단넝졔긔
代大將騎劫辱燕師 拜神師田單逞齊氣

화셜 긔겁(騎劫)이 임치(臨淄) 영즁에 잇셔 악의를 보지 못ᄒᆞᄆᆡ 악의 암산홀가 두려ᄒᆞ야 감안이 종인으로 ᄉᆞ면에 탐텽ᄒᆞ라 ᄒᆞ얏더니 도라와 회보ᄒᆞ되,

"장관 한 사름이 보검으로 용ᄉᆞ를 쥬며 분부ᄒᆞ되 갈기를 잘ᄒᆞ야 밤에 쓰게 ᄒᆞ고 그릇ᄒᆞ지 말ᄂᆞ ᄒᆞᄆᆡ 그 용시 응낙ᄒᆞ고 가더이다."

ᄒᆞ더니 긔겁이 듯고 놀ᄂᆞ되,

"이ᄂᆞᆫ ᄌᆞ긱이로다. 졔 나를 보지 아니며 감안이 죽여 조졍 시비를 면코ᄌᆞ 홈이라."

ᄒᆞ고 종인의게 분부ᄒᆞ야 초인을 ᄆᆡᆫ드러 ᄌᆞ긔 의복을 입히고 느진 후 즁당에 안치고 병셔 보ᄂᆞᆫ 모양을 ᄒᆞᆫ 후 ᄃᆡ리고 온 병ᄉᆞ로 좌우에 ᄆᆡ복ᄒᆞ엿다가 ᄌᆞ긱이 드러오거든 자부라 ᄒᆞ고 ᄌᆞ긔ᄂᆞᆫ 토옥 속에 숨어셔 동경을 보더니 날이 뱌도록 바람도 부지 아는지라. 긔겁이 이로ᄃᆡ,

"ᄂᆡ 쥰비홈을 알고 감히 오지 못홈이라."

ᄒᆞ고 ᄃᆡ영으로 와 악의를 보려 【82】 ᄒᆞ니 즁장이 칙ᄌᆞ가 아직 완비치 못홈으로 ᄃᆡ답ᄒᆞᄆᆡ ᄌᆞ긔 영으로 도라와 십분 우려ᄒᆞ며 ᄯᅩ ᄉᆞ름으로 탐지ᄒᆞ니 회보ᄒᆞ되 일위 장군이 호령을 젼ᄒᆞ되,

"각영 장ᄉᆞᄂᆞᆫ 풀을 쥰비ᄒᆞ니 필련 불을 노려 ᄒᆞᄂᆞ이다."

ᄒᆞ거늘 긔겁이 이로ᄃᆡ,

"풀노 ᄉᆞ면을 에워싸고 불을 노면 엇지ᄒᆞ리오?"

ᄒᆞ고 감안이 피ᄒᆞ야 불 노키를 기ᄃᆞ리되 한 ᄉᆞ롬도 갓가이 오ᄂᆞᆫ 직 업스ᄆᆡ 다시 도라와 ᄉᆡᆼ각ᄒᆞ되,

'악의ᄂᆞᆫ 구원슈요 나ᄂᆞᆫ 신원슈니 졔장드러 엇지 악의々게 봉승ᄒᆞ리오?'

ᄒᆞ고 ᄯᅩ 악의 영즁으로 가 악의를 보려 ᄒᆞ니 즁장이 이로ᄃᆡ,

"칙을 완비ᄒᆞ엿ᄂᆞ니 명일 교ᄃᆡᄒᆞ리라."

ᄒᆞ거늘 긔겁이 도라오나 의혹ᄒᆞ되 악의 연숨일을 보지 아니ᄒᆞ니 과연 즉믁(卽墨)과 교통홈이라 ᄒᆞ고 ᄯᅩ ᄉᆞ롬으로 탐문ᄒᆞ라 ᄒᆞ엿더니 회보ᄒᆞ되,

"즉믁 ᄇᆡᆨ셩이 나무를 ᄒᆞ려 오되 연병이 검홈이 업다 ᄒᆞᄂᆞ 이ᄂᆞᆫ 악의 인의로 무휼ᄒᆞᄂᆞᆫ 고로 즉믁 ᄇᆡᆨ셩의 나무홈을 막지 아님이라."

긔겁이 이 소식을 듯고 즉믁 ᄇᆡᆨ셩의 왕ᄂᆡᄒᆞᄂᆞᆫ 것이 필련 악의와 연화(連和)홈이 분명홈이니 날을 히ᄒᆞ려 홈이 아니리오 일직이 다라나 셩명을 보젼ᄒᆞ리라 ᄒᆞ고 도망코ᄌᆞ ᄒᆞ니 ᄯᅡ라온 병쟝이 품ᄒᆞ되,

"악원쉬 젼일에 말솜ᄒᆞ시되 숨일 후면 인부를 교ᄃᆡᄒᆞ리라 ᄒᆞ엿거늘 이졔 분명이 아지도 못ᄒᆞ고 도망ᄒᆞ엿다가 일이 업고 보면 남의 우음을 엇지 면ᄒᆞ리잇고?"

긔겁이 병쟝의 말이 유리홈을 듯고 면강ᄒᆞ야 머무나 마음이 경황ᄒᆞᄆᆡ 능히 견ᄃᆡ지 못ᄒᆞ며 말을 쥰비ᄒᆞ엿다가 변이 잇스면 도망ᄒᆞ려 ᄒᆞ더니 오경 ᄯᅥᆨ에 연영 즁쟝이 신원슈를 교ᄃᆡᄒᆞ기 위ᄒᆞ야 병마를 졈고ᄒᆞ며 호포을 연방ᄒᆞᄆᆡ 긔겁이 놀나 즉믁 병이 오ᄂᆞᆫ 쥴 알고 슈힝ᄒᆞᄂᆞᆫ 병쟝도 도라보지 안코 말을 치쳐 연국으로 도망ᄒᆞ니라. 날이 발그ᄆᆡ 각영에셔 경긔와 검극을 슴렬ᄒᆞ며 금고을 진텬ᄒᆞ고 신원슈를 마져 ᄃᆡ영으로 가 칙인 칙적을 교ᄃᆡ 【83】 ᄒᆞ려 ᄒᆞ더니 신원슈 도망ᄒᆞᆫ지 오런지라. 슈힝ᄒᆞ엿든 병장드리 쾌ᄒᆞᆫ 말을 달녀 쫏ᄎᆞ가더니 다힝이 긔겁이 비반홈으로 말이 능히 ᄲᆞᆯ니 가지 못ᄒᆞᆫ지라. 긔겁을 만나 ᄌᆞ셔ᄒᆞᆫ ᄉᆞ연을 고ᄒᆞ며 급々히 도라가기을 쳥ᄒᆞ

거늘 긔겁이 마지못ᄒᆞ야 도라오니 각영 병장이 ᄃᆡ영으로 마져드려 칙인을 교활ᄒᆞ려 ᄒᆞᆯᄉᆡ 제장이 품ᄒᆞ되,

"악원쉬 스ᄉᆞ로 죄 잇슴을 알고 고국으로 도망ᄒᆞ엿다."

ᄒᆞ니 원ᄅᆡ 긔겁이 악의를 핍박ᄒᆞ야 연국으로 보ᄂᆡ려 ᄒᆞ엿더니 먼져 됴나라로 달아낫슴을 듯고 마음에 깃버 아니ᄒᆞ며 ᄉᆞᄅᆞᆷ으로 ᄯᅡ라 잡아 오라 ᄒᆞ니 즁장이 이로ᄃᆡ,

"악원쉬 간 지 임의 ᄉᆞᆷ일이니 엇지 ᄯᅡ라 밋치리오?"

긔겁이 즁쟝을 칙ᄒᆞ되,

"악원쉬 임의 됴나라로 갓스면 엇지 ᄂᆡ게 품ᄒᆞ지 아니ᄒᆞ뇨?"

즁쟝이 이로ᄃᆡ,

"악원쉬 몸은 비록 갓스나 칙인을 교부지 아니ᄒᆞ엿ᄂᆞ니 뉘 감히 말을 ᄒᆞ리오?"

긔겁이 엇지ᄒᆞ지 못ᄒᆞ야 다만 일면으로 병쟝을 졈고ᄒᆞ며 일면으로 표를 닥가 악의〻 표와 갓치 연왕의게 쥬달ᄒᆞ니 연왕이 악의 한을 품고 죠나라 힘을 비러 변을 지을가 두려ᄒᆞ되 연국이 십분 강셩ᄒᆞᆷ을 밋고 염녀ᄒᆞ지 아니ᄒᆞ나 악의〻 쳐ᄌᆞ죵족은 감히 요동치 못ᄒᆞ더라.

각셜 긔겁이 칙인을 교대ᄒᆞᆫ 후로 악의 힝ᄒᆞ든 바 졍령을 모다 변ᄀᆡᆼᄒᆞ며 악의난 은혜를 써스나 나ᄂᆞᆫ 위엄으로 힝ᄒᆞ리라 ᄒᆞ고 ᄉᆞᆷ만 졍병을 션턱ᄒᆞ야 스ᄉᆞ로 거ᄂᆞ리고 즉믁 ᄉᆞ면을 에우고 ᄆᆡ일 요긔납함(搖旗吶喊)ᄒᆞ며 양무요위(揚武耀威)ᄒᆞ니 젼단이 셩문을 긴이 닷고 젹막ᄒᆞᆫ 모양을 ᄒᆞ며 연병이 ᄀᆞᆺ가이 오면 시셕이 비오듯 ᄒᆞᄆᆡ 긔겁이 오직 병쟝이 즁다ᄒᆞᆷ을 밋고 셩하에셔 노략ᄒᆞᄂᆞᆫ 힝위 만ᄒᆞ며 능히 한낫 긔계를 베푸지 못ᄒᆞ니 젼단이 보고 암희ᄒᆞ되,

"악의 가고 긔겁이 온 것이 졔나라 복이ᄂᆞ 그러ᄒᆞᄂᆞ 져ᄂᆞᆫ 강ᄒᆞ고 우리ᄂᆞᆫ 약ᄒᆞ니 약ᄒᆞᆫ 것으로 강ᄒᆞᆫ 것을 졔어치 못ᄒᆞᆯ지니라. ᄂᆡ 드르니 셩인 【84】 이 일직이 신도로 인민을 갈라쳐 그 긔운을 진압ᄒᆞ다."

ᄒᆞ고 ᄎᆞ일 쳥신에 니러ᄂᆞ ᄉᆞᄅᆞᆷ을 ᄃᆡᄒᆞ야 이로ᄃᆡ,

"어졔 ᄉᆞᆷ경시분에 긔몽을 어드니 금갑신(金甲神)이나 나를 향ᄒᆞ야 이로ᄃᆡ 상뎨 명ᄒᆞᄉᆞ 졔국을 다시 즁홍ᄒᆞ시리니 너ᄂᆞᆫ 진력ᄒᆞ라 ᄒᆞ기로 ᄂᆡ 지ᄉᆞᆷ 당치 못ᄒᆞᆷ으로 ᄉᆞ양ᄒᆞ니 금갑신이 ᄯᅩ 이로ᄃᆡ 너ᄂᆞᆫ 근심치 말나. 상뎨 신인을 보ᄂᆡᄉᆞ 너의 군즁에 군ᄉᆞ를 ᄉᆞᆷ으시리니 신ᄉᆞ의 지도ᄒᆞᆷ을 좃치면 아니이 됨이 업스리라 ᄒᆞ기로 ᄂᆡ 신ᄉᆞ 잇ᄂᆞᆫ 곳을 무르니 금갑신이 손으로 한 ᄉᆞᄅᆞᆷ을 가라치며 이 ᄉᆞᄅᆞᆷ이라 ᄒᆞᄆᆡ ᄂᆡ 급피 붓들녀 ᄒᆞ다가 놀나 ᄭᆡ엿ᄂᆞ니 이 ᄭᅮᆷ이 심히 긔이ᄒᆞᄆᆡ 필련 응ᄒᆞᆷ이 잇슬 겻이오. 신ᄉᆞ의 모양을 ᄂᆡ 긔억ᄒᆞᄂᆞ니 맛당히 각쳐에 광구ᄒᆞ리라."

이ᄀᆞᆺ치 말ᄒᆞᆯ ᄯᆡ에 영문 압ᄒᆡ 한 낫 소졸이 머리에 파군모(破軍帽)를 스고 몸에 쇄반오[碎夾襖]를 입고 발에 탈피화(綻皮靴)를 신고 어리셕은 듯도 ᄒᆞ며 바람 마진것도 ᄀᆞᆺ치 젼단의 압흐로 다라들며 웃스며 젼단의 머리털을 붓들고 이로ᄃᆡ,

"네가 보든 신ᄉᆞ(神師)가 ᄂᆡ가 아니뇨?"

ᄒᆞ고 곳 몸을 돌쳐 다라나려 ᄒᆞ니 젼단이 목고 급히 이러ᄂᆞ 붓들고 이로ᄃᆡ,

"이ᄂᆞᆫ 졍히 ᄂᆡ ᄭᅮᆷ에 보든 신시니 가히 노아 보ᄂᆡ지 못ᄒᆞ리라."

ᄒᆞᆫᄃᆡ 그 ᄉᆞᄅᆞᆷ이 우스며 이로ᄃᆡ,

"ᄂᆡ 여긔 오기ᄂᆞᆫ 상뎨 명으로 너를 도아 연ᄂᆞ라를 파ᄒᆞ라 ᄒᆞ셧노라."

즁인이 듯고 모다 대희ᄒᆞ거늘 젼단이 쳥ᄒᆞ야 상좌에 안치고 의복을 가라입힌 후 즁인을 거ᄂᆞ리고 북면ᄒᆞ야 신ᄉᆞ로 셤기며 분부ᄒᆞ되 텬도가 미묘ᄒᆞ고 병긔가 비밀ᄒᆞ니 가히 누셜치 못ᄒᆞ리라 ᄒᆞ야 이후로 령ᄒᆞᄂᆞᆫ 바를 젼단이 바다 힝ᄒᆞ며 이로ᄃᆡ,

"이ᄂᆞᆫ 신ᄉᆞ의 령이라 ᄒᆞ야 ᄇᆡᆨ셩의게 유익ᄒᆞᆫ 것과 나라에 공 잇ᄂᆞᆫ 것을 모다 신ᄉᆞ의 신긔ᄒᆞᆷ이라."

ᄒᆞ니 피폐ᄒᆞ든 ᄇᆡᆨ셩의 마음이 발〻ᄒᆞ며 병쟝의 긔운이 웅쟝ᄒᆞ야 연병의 강ᄒᆞᆷ을 두려ᄒᆞᆷ이 업스니 젼단이 깃버ᄒᆞ며 ᄯᅩ 령ᄒᆞ되 신시 ᄇᆡᆨ셩으로 조셕에 조 【85】 상의게 제ᄉᆞᄒᆞ기를 졍셩으로 ᄒᆞ야 조상의 음공을 바드라 ᄒᆞ니 셩즁 ᄉᆞᄅᆞᆷ이 과연 신ᄉᆞ의 말을 밋고 앗참과 졔역밥으로 집 우에 버려 조상에 졔ᄒᆞᄆᆡ 집〻이 집 우에 음식이 편만ᄒᆞ니 ᄉᆡ와 가치가 날나와 먹난지라. 연병이 멀니 바라보ᄆᆡ ᄉᆡ와 가치 조셕으로 날나 ᄂᆡ려 셩즁에 편만ᄒᆞᆫ지라. 크게 놀나며 긔이ᄒᆞ다 ᄒᆞ더니 졔국에 신ᄉᆞ 잇셔 돕ᄂᆞ다 ᄒᆞᆷ을 듯고 이

로딕,

"이는 하날이 도으심이니 우리 만약 치게 되면 텬명을 거역홈이라."

ᄒᆞ야 연병의 마음이 히틱ᄒᆞ야 쟝령이 잇셔도 힘써 압흐로 향ᄒᆞ지 아니ᄒᆞ니 젼단이 대희ᄒᆞ야 ᄯᅩ 말을 젼파ᄒᆞ되,

"창국군이 비록 용병은 잘ᄒᆞᄂᆞ 위인이 약홈으로 졔병 ᄒᆞᄂᆞ토 죽이지 아니ᄒᆞᆫ 고로 졔병이 두려홈이 업셔 즉믁을 친지 솜 년에 항복밧지 못ᄒᆞ엿ᄂᆞ니 이졔 만약 죽이지는 아니ᄒᆞ여도 코만 버히면 졔병이 두려ᄒᆞ야 항복ᄒᆞ리라."

ᄒᆞ니 긔겁이 이 말을 듯고 이로대,

"이는 악의 셩공치 못ᄒᆞᆫ 빅라."

ᄒᆞ고 군즁에 하령ᄒᆞ되,

"졔병을 잡거든 죽이지 말고 셩 압히셔 코를 버히라."

ᄒᆞ니 졔병이 셩상에셔 통한홈을 견대지 못ᄒᆞ야 나가 싸호고ᄌᆞ ᄒᆞ되 다만 직히고 ᄂᆞ지 아니며 ᄯᅩ 말을 젼파ᄒᆞ되,

"졔인의 분묘가 모다 셩 밧게 잇ᄂᆞ니 만약 연병이 굴춍을 ᄒᆞ면 졔인이 조상의 욕됨을 보고 항복 아니ᄒᆞᆯ 지 업ᄉᆞ되 악의는 용병만 잘ᄒᆞᆫ다 ᄒᆞ나 이 ㄱᆞᆺ흔 계교는 업다."

ᄒᆞ니 긔겁이 이 말을 듯고 하령ᄒᆞ야 즉믁 셩밧게 잇는 졔인의 분묘를 굴춍ᄒᆞ야 히골을 닉여 바리니 셩즁 ᄉᆞ롬이 보고 울며 젼단을 보고 이로딕,

"연병이 우리 조상의게까지 잔학홈이 심ᄒᆞ니 죽기로 싸화 원슈를 갑푸려 ᄒᆞᄂᆞ이다."

젼단이 이로딕,

"잠간 기딕리면 ᄌᆞ연 만젼지칙이 잇ᄉᆞ리라."

ᄒᆞ고 감안이 말 잘ᄒᆞ난 장ᄉᆞ를 틱ᄒᆞ야 밤에 긔겁의 영즁으로 가 긔겁을 보고 이로딕,

"젼장군이 긔밀ᄒᆞᆫ ᄉᆞ졍이 잇셔 소장을 보닉여 원슈게 품ᄒᆞ라 ᄒᆞ【86】더이다."

ᄒᆞ니 긔겁이 이로딕,

"즉믁이 조셕에 파ᄒᆞ고 젼단의 죽기가 조셕에 잇거늘 오히려 항복지 아니ᄒᆞ고 무솜 말을 ᄒᆞ려ᄂᆞ뇨?"

장시 이로딕,

"젼장군과 졔왕의 종족이 항복ᄒᆞ려 홈이 오리되 원쉬 즁히 쓰지 아닐가 ᄒᆞ야 진시 항복지 못ᄒᆞ더니 이졔 셩즁에 양식이 진ᄒᆞ야 민심이 황々홈으로 소장을 보닉여 항복고ᄌᆞ ᄒᆞ오니 젼죄를 ᄉᆞᄒᆞ시고 즁용ᄒᆞ시기를 바라나이다."

긔겁이 뭇되,

"악원슈난 솜 년을 치되 너에 곤핍홈이 업더니 나는 친지 두 달에 엇지 량식이 곤핍ᄒᆞ다 ᄒᆞᄂᆞ뇨? 필시 간ᄉᆞᄒᆞᆫ 말이로다."

장시 이로딕,

"악원슈는 비록 치다 말ᄒᆞ나 졔인이 나무ᄒᆞ는 것과 젼장군과 왕복이 빈삭홈으로 솜 년에 곤핍홈이 업더니 이졔 원슈는 에우고 조셕으로 치며 졔병의 코를 버히고 졔인의 분묘를 굴춍을 ᄒᆞ미 소々ᄒᆞᆫ 즉믁 빅셩이 엇지 지텡ᄒᆞ리오? 이졔 실심으로 항복고ᄌᆞ ᄒᆞ오니 원슈는 의심치 마소셔."

긔겁이 딕소ᄒᆞ딕,

"악의 솜 년 항복밧지 못홈이 과연이로다. 곽외로 젹은 아지 못ᄒᆞ고 밋기를 틱산갓치 ᄒᆞ엿ᄂᆞ니 만일 이 일을 알고 보면 붓그러 죽으리로다."

ᄒᆞ며 장ᄉᆞ다러 일너 왈,

"너의을 도륙을 ᄒᆞᆯ 것이나 젼장군의 진심으로 항복홈을 가상ᄒᆞᆫ 고로 젼죄를 ᄉᆞᄒᆞ고 연왕게 쥬달ᄒᆞ야 녹용ᄒᆞ리니 지완이 ᄒᆞ야 죄를 더ᄒᆞ지 말나."

장시 이로딕,

"도라가 긔회를 졍ᄒᆞ고 다시 와 품ᄒᆞ리이다."

ᄒᆞ고 빅ᄉᆞᄒᆞ고 가거늘 긔겁이 딕희ᄒᆞ야 졔장을 모뒤여 연회ᄒᆞ며 이로딕,

"나의 용병홈이 악의와 엇더ᄒᆞ뇨?"

졔장이 이로딕,

"원슈의 용병ᄒᆞ심은 손오(孫吳)라도 더 ᄒᆞ지 못ᄒᆞ리이다."

긔겁이 딕희ᄒᆞ며 젼단의 항복기를 기딕리니 엇지된고 하회를 분히ᄒᆞ라.

뎨십뉵회

긔겁부지병난면상신복국
젼단츌긔계ᄌᆞ능파젹흥졔
騎劫不知兵難免喪身覆國
田單出奇計自能破敵興齊

【87】 각셜 장ᄉᆡ 도라가 젼단(田單)을 보고 긔겁(騎劫)의 말노 고ᄒᆞ니 젼단이 ᄃᆡ희ᄒᆞ야 ᄯᅩ 긔겁이 밋지 아닐가 ᄒᆞ야 감안이 황금 쳔일(千鎰)노 부민 이십 호을 쥬어 긔겁의게 드리고 이로ᄃᆡ,

"드르니 젼장군이 량식이 진ᄒᆞ야 원슈의게 항복ᄒᆞᆫ다 ᄒᆞ오니 만일 ᄃᆡ병이 셩에 드러오면 옥셕이 구분ᄒᆞᆯ 고로 민등이 황금 쳔일노 원슈게 드리ᄂᆞ니 민등을 고렴ᄒᆞᄉᆞ 병장을 지위ᄒᆞ야 보호ᄒᆞ시면 감격ᄒᆞᆷ을 이긔지 못ᄒᆞ리로소이다."

긔겁이 감안이 ᄉᆡᆼ각ᄒᆞ되,

'셩즁 ᄇᆡᆨ셩이 젼단의 항복ᄒᆞ려 ᄒᆞᆷ을 알고 보젼코ᄌᆞ ᄒᆞᆷ이니 의심ᄒᆞᆯ ᄇᆡ 업다.'

ᄒᆞ고 이에 이르ᄃᆡ,

"젼장군이 항복ᄒᆞ면 졔나라 ᄇᆡᆨ셩이 곳 연나라 ᄇᆡᆨ셩이니 엇지 살륙을 ᄒᆞ리오? ᄂᆡ 병장을 지휘ᄒᆞ야 노략ᄒᆞᆷ을 검ᄒᆞ리라."

ᄒᆞ고 젹은 령긔 ᄒᆞᄂᆞ식 쥬며 집에 ᄭᅩᆺ지라 ᄒᆞ니 ᄇᆡᆨ셩 등이 ᄇᆡᄉᆞᄒᆞ고 가거ᄂᆞᆯ 긔겁이 ᄉᆡᆼ각ᄒᆞ되,

'젼단의 항복ᄒᆞᆷ이 확실ᄒᆞ거ᄂᆞᆯ 군ᄉᆞ로 셩을 에우면 도로혀 날노 부족ᄒᆞ다 ᄒᆞ리니 군ᄉᆞ을 것고 심복게 ᄒᆞ니만 못ᄒᆞ다.'

ᄒᆞ고 인ᄒᆞ야 두 낫 ᄑᆡ문을 가지고 군ᄉᆞ을 것어오라 ᄒᆞ니 그 ᄑᆡ문에 왈,

"연 상장군긔난 고시ᄒᆞ노니 졔나라와 임의 약졍을 ᄒᆞ엿ᄂᆞ니 셩을 에우고 잇난 각영 쟝ᄉᆞᄂᆞᆫ 모다 것어 번영으로 도라오고 어김이 업게 ᄒᆞ라."

ᄑᆡ문이 이른지 한 시가 못되여 셩을 에웟든 군ᄆᆡ 모다 것어 도라오니 젼단이 보고 깃버ᄒᆞ며 ᄉᆞ롬을 긔겁의 영즁에 보ᄂᆡ여 항복ᄒᆞ난 긔약을 통긔ᄒᆞ니 긔겁이 밋고 쥰비ᄒᆞᆷ이 업더라.

각셜 근신이 악의 간 뒤에 오히려 영즁에 잇더니 긔겁이 젼단의 계교에 농낙ᄒᆞᆷ을 보고 표연이 도라가 욕을 면코ᄌᆞ 쥬의를 졍ᄒᆞ고 긔겁을 보고 이로ᄃᆡ,

"젼단의 항복ᄒᆞᆷ이 진가를 아ᄂᆞ뇨?"

긔겁이 이로ᄃᆡ,

"젹은 셩이 외롭고 양식이 핍진ᄒᆞᄆᆡ 엇지 항복지 아니리오!"

극신이 【88】 이로ᄃᆡ,

"젼단의 항복ᄒᆞ다 ᄒᆞᆷ이 분명이 간ᄉᆞᄒᆞᆷ이니 장군은 속지 말나."

긔겁이 이로ᄃᆡ,

"졔계 궁력 진ᄒᆞᆷ이니 무ᄉᆞᆷ 간ᄉᆞᄒᆞᆷ 잇스리오?"

극신이 이로ᄃᆡ,

"군ᄉᆞ의 겁ᄒᆞ고 용ᄆᆡᆼᄒᆞᆫ 것이 도시 군ᄉᆞ의 마음에 잇ᄂᆞ니 졔 거짓 항복ᄒᆞᆫ다 칭탁ᄒᆞ고 우리 군심을 ᄒᆡ티케 ᄒᆞᆷ이니 장군이 만약 밋고 쥰비치 아니면 반다시 악원슈의 공을 장군이 망ᄒᆞ리라 ᄒᆞ노라."

긔겁이 ᄃᆡ로ᄒᆞ되,

"장슈되여 시셰와 강약을 살필 것이니 오날 형셰로 말ᄒᆞ면 강약은 말 말고 도량식이 진ᄒᆞ야 항복ᄒᆞᆷ이 의심 업난지라. 젼단 필뷔 무ᄉᆞᆷ ᄌᆡ룡이 잇셔 감히 ᄉᆞ항계(詐降計)로 우리 이십만 ᄃᆡ병을 항거ᄒᆞ리오? 이ᄂᆞᆫ 군의 망녕된 말이라. 만약 다른 장슈 갓치 말ᄒᆞ면 군법으로 종ᄉᆞᄒᆞ리니 군은 그 간ᄉᆞᄒᆞᆫ 바를 ᄌᆞ셰 말ᄒᆞ라."

극신이 이로ᄃᆡ,

"병가의 요법은 허々실々ᄒᆞ야 가히 말노 다 ᄒᆞ지 못ᄒᆞ리니 다만 병을 아ᄂᆞᆫᄌᆡ라야 아ᄂᆞ니

장군이 비록 웅병밍장을 거└리고 조셕으로 셩을 치미 위엄이 잇는 듯 ᄒᆞ는 실상 계교로 졔병과 싸홧└뇨? 다만 포악ᄒᆞᆫ 힝동으로 졔인의 격로ᄒᆞᆯ 섇이니 엇지 양식이 핍진ᄒᆞ고 아니ᄒᆞᆷ을 알니요 악원슈는 숨 년을 에웟쓰되 지탕ᄒᆞ든 양식이 장군은 숨월을 에우미 졸련이 진ᄒᆞ다 ᄒᆞ고 항복ᄒᆞ리오 이는 분명이 간ᄉᆞᄒᆞᆷ이라 ᄒᆞ노라."

긔겁이 이로ᄃᆡ,

"만약 간ᄉᆞᄒᆞ면 엇지 긔약을 졍ᄒᆞ고 항복ᄒᆞ리오?"

극신이 이로ᄃᆡ,

"항복ᄒᆞ는 직 긔약을 졍ᄒᆞᆷ은 쥬장을 속이고 항복ᄒᆞᆷ이라. 이졔 젼단은 스ᄉᆞ로 장슈되어 항복ᄒᆞ려 ᄒᆞ면 막을 지 업거늘 엇지 긔약을 졍ᄒᆞ리오 이는 간ᄉᆞᄒᆞᆷ이라 ᄒᆞ노라."

긔겁이 이로ᄃᆡ,

"젼단은 간ᄉᆞᄒᆞᆷ이 잇다 ᄒᆞ나 셩중 부민이 황금을 밧치며 보젼ᄒᆞ믈 구ᄒᆞ니 이도 간ᄉᆞᄒᆞᆷ이뇨?"

극신이 이로ᄃᆡ,

"젼단이 항복지 아니면 혹 셩이 파ᄒᆞᆫ즉 도륙을 ᄒᆞᆯ가 근심ᄒᆞ야 보젼ᄒᆞ기을 구ᄒᆞ련이와 젼단이 항복ᄒᆞ려 ᄒᆞ고 우리 항복 밧기로 ᄒᆞ엿└니 무엇이 【89】 두려ᄒᆞ야 보젼ᄒᆞ기를 구ᄒᆞ리오? 이는 간ᄉᆞᄒᆞᆷ이라 ᄒᆞ노라."

긔겁이 이로ᄃᆡ,

"피ᄎᆞ에 힘이 상젹ᄒᆞ다가 홀연 사항을 ᄒᆞ면 방비ᄒᆞ련이와 이졔 우리난 형셰 강ᄒᆞ고 져의는 약ᄒᆞ거늘 셜혹 사항을 ᄒᆞᆫ다 ᄒᆞ여도 셰월을 쳔연ᄒᆞᆯ 섇이라. 엇지 능히 항복ᄒᆞ는 말을 빙ᄌᆞᄒᆞ고 무숨 긔병이 잇셔 우리를 파ᄒᆞ리오? 극군은 다심치 말└. ᄂᆡ 젼단의 항복을 밧고 ᄯᅩ 계쥬를 항복ᄒᆞ도록 ᄒᆞᆫ 후 연왕게 쳡보ᄒᆞ면 극군이 그졔야 나의 용병ᄒᆞᆷ이 악의 보다 낫다 ᄒᆞ리니 쳥컨ᄃᆡ 안져 기ᄃᆡ리라."

극진이 이로ᄃᆡ,

"장군이 별노히 긔모비계가 잇는 듯ᄒᆞ야 나의 말을 듯지 아니ᄒᆞ니 이후는 쓸 곳이 업└니 쳥컨ᄃᆡ 도라가 쳡음이나 기ᄃᆡ리려 ᄒᆞ노라."

긔겁이 이로ᄃᆡ,

"임의 극군이 가고ᄌᆞ ᄒᆞ니 강잉ᄒᆞ야 머믈지 못ᄒᆞ리니 쳥컨ᄃᆡ 존편ᄒᆞ라."

졍션봉 악승(樂乘)이 ᄯᅩᄒᆞᆫ 이로ᄃᆡ,

"젼단이 임의 항복ᄒᆞ기로 ᄒᆞ미 싸홈은 업스리니 소장도 말미를 엇고 도라가고ᄌᆞ ᄒᆞ└니 만약 반사치 아니시면 다시 오려나이다."

긔겁이 ᄯᅩᄒᆞᆫ 허락ᄒᆞ니 극신이 악승과 갓치 연국으로 도라가니라. 긔겁이 극신의 가는 것을 보고 우스며 졔장다려 이로ᄃᆡ,

"젹 극신도 션왕이 황금ᄃᆡ에셔 어진이 구ᄒᆞᆫ 사ᄅᆞᆷ이라. 지릉이 잇는가 ᄒᆞ얏더니 원리 허명섇이로다. 젼단의 분명 항복ᄒᆞ는 것을 엇지 사항계라 ᄒᆞ고 밋지 아니리오? 젼단이 항복ᄒᆞᆫ 후 쳔보를 올니면 졔가 붓그려 쥭나 아니쥭└ 보리라."

ᄒᆞ고 셩도 치지 안코 방비ᄒᆞᆷ도 업시 다만 와셔 항복기만 기대리더라.

각셜 극신과 악승이 연└라로 도라가 혜왕게 조현ᄒᆞ니 혜왕이 뭇되,

"계쥬(莒州)와 즉묵(卽墨)이 항복지 안코 뎡히 젼징ᄒᆞ는 ᄶᅥᆨ에 이경이 엇지 도라오뇨?"

극신이 알외되,

"계쥬 왕손가(王孫賈)와 즉묵 젼단이 비록 슉쟝(宿將)은 아니└ 용밍과 지혜 겸젼ᄒᆞᆷ으로 창국군을 능히 경젹지 못ᄒᆞ엿거든 긔겁은 병법도 아지 못ᄒᆞ며 젼단의 사항계를 아지 못ᄒᆞ기로 【90】 신이 간ᄒᆞ다 못ᄒᆞ야 왓└니 대왕은 ᄲᆞᆯ니 대병을 발ᄒᆞ사 구응ᄒᆞ소셔. 만약 지쳬ᄒᆞ면 연└라ᄭᆞ지 위ᄐᆡᄒᆞ리이다."

혜왕이 듯고 우스며 이로대,

"경은 염녀ᄒᆞᆷ이 엇지 과ᄒᆞ뇨? 긔겁이 비록 지죄 업스└ 이십만 대병을 거└리고 엇지 젼단을 이긔지 못ᄒᆞ리오? 젼단이 비록 지릉이 잇슨들 즉묵 한 셩으로 능히 대젹ᄒᆞ랴?"

극신이 연왕도 이갓흠을 보고 탄식ᄒᆞ되,

"일월이 비록 발그└ 능히 어둔 눈을 열녀보지 못ᄒᆞ게 ᄒᆞ고 뇌뎡이 비록 소ᄅᆡ 크나 능히 먹은 귀를 낫게 ᄒᆞ야 들니지 못ᄒᆞ└니 로신의 다심ᄒᆞᆷ을 칙지 마소셔."

ᄒᆞ고 앙ᄋᆞ이 하직고 └가니 혜왕도 ᄯᅩᄒᆞᆫ 깃버 아니ᄒᆞ더라.

각셜 긔겁이 비록 극신의 말을 듯지 아니ᄒᆞ엿스└ 두 달이 되도록 졔병의 동뎡이 업슴을 보고 의심이 업지 아니ᄒᆞ야 ᄉᆡᆼ각ᄒᆞ되,

'항복ᄒᆞᆯ 긔한이 아즉 머└ 셩중에셔 동뎡이 업스니 혹시 기중에 사가 잇는지 아지 못ᄒᆞ

ᄂᆞ니 셩을 에운 군사를 모다 것어슨즉 다시 에우기 어려우니 다만 양대 유병을 보ᄂᆡ여 조만에 슌시ᄒᆞ게 ᄒᆞ리라.'

ᄒᆞ니 젼단이 긔겁의 의심ᄒᆞᆷ을 알고 사ᄅᆞᆷ으로 것짓 ᄂᆞ무ᄒᆞ다가 잡혀간 체ᄒᆞ고 젼단의 항복ᄒᆞ려 ᄒᆞᆷ이 확실ᄒᆞ기로 마음을 노코 ᄂᆞ무ᄒᆞ려 왓노라 ᄒᆞ야 긔겁의 마음을 굿게 ᄒᆞᄆᆡ 군즁에서 슐을 마시며 질기고 ᄡᅡ홈 일관은 염두에도 ᄉᆡᆼ각지 안터라.

각셜 젼단이 긔겁의 계교에 ᄲᅡ짐을 깃버ᄒᆞ며 방비치 아니ᄒᆞᆫ 것을 승시ᄒᆞ야 엄습ᄒᆞ려 ᄒᆞ되 졔 비록 쥰비ᄒᆞᆷ이 업스ᄂᆞ 이십만 인마오. 우리ᄂᆞᆫ 불과ᄒᆞ야 사오쳔이니 셜혹 일시에 져의 치를 파ᄒᆞᄂᆞ 엇지 모다 죽이리오 만일 잔병을 슈습ᄒᆞ야 다시 와 셩을 치면 엇지ᄒᆞ리오? 맛당히 묘계로 경텬동디ᄒᆞᄂᆞᆫ 형셰로 답평을 ᄒᆞ여야 ᄒᆞ리라 ᄒᆞ고 이에 사ᄅᆞᆷ의게 고ᄒᆞ되,

"신ᄉᆡ 령ᄒᆞ시되 신병이 아니면 능히 연병을 파치 못ᄒᆞ리니 각 집에셔 소를 드리면 ᄌᆞ연이 신조가 잇스리라."

ᄒᆞ니 셩 【91】 즁 인민이 신ᄉᆞ의 령을 복종ᄒᆞᄂᆞᆫ 고로 소를 모다 밧치ᄆᆡ 젼단의 어든 바 소가 쳔여 필이라 큰 동산에 두고 오ᄉᆡᆨ 치단으로 소의 몸에 맛도록 옷을 짓고 오ᄉᆡᆨ으로 긔〻괴〻ᄒᆞ게 호표시랑의 형용을 거려 소의게 입히고 칼과 창으로 ᄲᅮᆯ에 ᄆᆡ고 갈ᄃᆡ에 기름을 발나 ᄭᅩ리에 ᄆᆡ고 황혼 시분에 졍병 오쳔으로 모다 텬신과 구괴의 모양을 ᄒᆞ야 각〻 리도를 가지고 장ᄉᆞ 두 ᄉᆞᄅᆞᆷ이 소 한나식 몰고 뒤를 ᄯᅡ라 연영에 갓가이 가셔 불노 쇠괴리 갈ᄃᆡ에 살오ᄆᆡ 소가 더운 것을 견ᄃᆡ지 못ᄒᆞ야 포효ᄒᆞ며 연영으로 다라들ᄆᆡ ᄉᆞ쳔 장ᄉᆞᄂᆞᆫ 뒤를 ᄶᅩᆺ우고 일쳔 장ᄉᆞᄂᆞᆫ 궁뇌로 쏘아 도망ᄒᆞᄂᆞᆫ ᄌᆞ를 방비ᄒᆞ니 산이 문어지고 조슈가 ᄲᅱ노듯 ᄒᆞᄆᆡ 사ᄅᆞᆷ은 넉슬 일코 말은 놀나 ᄲᅱ노니 잇ᄯᆡ에 연영에셔ᄂᆞᆫ 명조에 젼단이 와 항복ᄒᆞ리라 ᄒᆞ야 일직 ᄌᆞ고 쳥신에 셩에 드러가려 ᄒᆞ다가 반야 몽즁에 텬붕디탑지셩(天崩地塌之聲)이 나ᄆᆡ 모다 몽즁으로 좃ᄎᆞ 이러나 바라보니 하날에 다은 듯ᄒᆞᆫ 화광 즁에 오ᄎᆡ룡문(五彩龍紋) 악물이 범갓치 다라들며 그 뒤에 무슈ᄒᆞᆫ 텬신(天神)과 귀괴(鬼怪) ᄯᅡ라오니 창황망조ᄒᆞ야 혼ᄇᆡᆨ이 비월ᄒᆞᄆᆡ 무엇신지 분변ᄒᆞ리오. 악물(惡物)의 머리에 져촉ᄒᆞᄂᆞᆫ ᄃᆡ로 죽으며 텬신과 구괴ᄂᆞᆫ ᄃᆡ도활부(大刀闊斧)로 짓쳐오며 졔영중으로 금고소ᄅᆡ 우뢰 갓타여 벽녁이 ᄂᆡ리ᄂᆞᆫ 듯ᄒᆞ니 뉘 감히 압흐로 향ᄒᆞ리오? 사ᄅᆞᆷ마다 급히 도망ᄒᆞ며 ᄌᆞ상천답(自相踐踏)ᄒᆞ야 죽은 지 그 슈를 아지 못ᄒᆞ니 긔겁이 장즁에셔 ᄌᆞ다가 놀나 나와 보고 혼담이 ᄯᅥ러져 한 필 말게 올나 급〻히 도망ᄒᆞ다가 젼단을 만나ᄆᆡ ᄃᆡ규ᄒᆞ되,

"긔겁은 닷지 말나. 나 젼단이 와셔 항복ᄒᆞ노라."

ᄒᆞ며 승셰ᄒᆞ야 한 창으로 질너 말게 ᄂᆡ리치고 육장을 ᄆᆡᆫ드니 연병이 긔겁의 죽ᄂᆞᆫ 것을 보고 ᄃᆡ픠ᄒᆞ야 도망ᄒᆞ니 이ᄂᆞᆫ 쥬난왕 ᄉᆞᆷ십뉵 지러라. 쳔단이 긔겁을 죽이고 승〻축부ᄒᆞ야 날이 발근 후 군마를 다시 뎡돈ᄒᆞ고 이르ᄂᆞᆫ 곳마다 연병 【92】 이 픠ᄒᆞᄆᆡ 악의 ᄉᆞᆷ십년 젹공ᄒᆞ고 항복 바든 바 칠십여 셩이 일시에 졔나라로 다시 도라가니 젼단이 병마를 졔나라 북방 디경ᄭᆞ지 다〻라 거두ᄆᆡ 후ᄉᆡ 엇지된고 하문을 분히ᄒᆞ라.

이 픽ᄒᆞ믹 악의 숨십년 젹공ᄒᆞ고 항복 바든 바 칠십여 셩이 일시에 졔나라로 다시 도라가니 젼단이 병마를 졔나라 북방 디경ᄭᆞ지 다々라 거두믹 후시 엇지된고? 하문을 분히ᄒᆞ라.

뎨십칠회
젼쟝군법가영군 연슈장료셩ᄉ졀
田將軍法駕迎君 燕守將聊城死節

각셜 젼단(田單)이 졔셩(齊城)을 모다 회복ᄒᆞ고 군사를 것어 임치(臨淄)로 도라와 종묘를 소쇄ᄒᆞ며 궁실을 뎡리ᄒᆞ고 옛 신하를 불너 뎐일 잣취를 중홍ᄒᆞ니 뎌국의 풍되 의연ᄒᆞ미 뉘 뎐단의 대공을 부러 아니리오! 임치에 녯 신하와 쥬[즉]목(卽墨) 일반 장사드리 뎐단의게 청ᄒᆞ야 이로대,

"녯날 졧나라는 졔왕의 졧나라러니 오날 졧나라는 쟝군의 졧나라이라. 허물며 쟝군은 졧나라 종실이니 청컨대 쟝군은 졔왕이 되야 신민을 안무ᄒᆞ소셔."

뎐단이 깃버 아니ᄒᆞ되,

"이는 무숨 말이뇨! 신왕이 게쥬(莒州)에 현지(現在)ᄒᆞ시거늘 뉘 감히 논언ᄒᆞ야 죄를 범코ᄌᆞ ᄒᆞᄂᆞ냐? 졔군은 맛당히 법가(法駕)를 갓초고 게쥬로 가 신왕을 마져 인군의 위를 발니ᄒᆞ라."

졔인이 뎐단의 셩심을 경복ᄒᆞ니 젼단이 표를 갓초고 즁관을 명ᄒᆞ야 신왕을 마져 즉위ᄒᆞ니 이는 양왕(襄王)이라. 텬디와 종묘에 졔ᄒᆞ고 빅관의 조하를 바든 후 젼단으로 젼상에 안치고 슉부의 공을 칭송ᄒᆞ며 안편군(安平君)을 봉ᄒᆞ야 식음[읍] 만호를 겸ᄒᆞ야 상국을 숨아 국정을 다사리게 ᄒᆞ니 젼단이 빅사코 ᄂᆞ오미 쏘 왕손가(王孫賈)의 공을 포장ᄒᆞ야 아경(亞卿)을 숨고 그 모친으로 현덕부인(賢德夫人)을 봉ᄒᆞ며 젼공 쟝사를 입々히 상 쥰 후 왕후를 마져오고 틱사(太史) 후은(后嬓)으로 벼살을 더ᄒᆞ미 틱사 후은이 고사ᄒᆞ고 왕후로 다시 보지 아니ᄒᆞ더라.

지셜 젼단이 요셩(聊城)과 젹셩(狄城)을 항복밧지 못홈으로 양왕(襄王)게 알외고 숨만군을 잇글고 젹셩을 치라 갈시 잇쎠 의ᄉᆞ 한 사름 잇스되 셩명은 노즁연(魯仲連)이라. 위인 【93】 이 의긔를 조히 역이며 쏘 지조와 지혜 잇고 왕々히 남을 위ᄒᆞ야 의리를 분셕ᄒᆞᄂᆞᆫ 고로 일홈이 렬국에 즁ᄒᆞ더니 젼단이 듯고 가보니 즁연이 뭇되,

"이졔 쟝군이 군ᄉᆞ를 거ᄂᆞ리고 어듸로 가ᄂᆞ뇨?"

젼단이 이로듸,

"젹셩을 치라 가노라."

즁연이 이로대,

"엇지 다른 쟝슈를 보닉지 아니ᄒᆞ고 쟝군이 스사로 가ᄂᆞ뇨? ᄂᆡ 혜아리건대 항복 밧지 못홀가 ᄒᆞ노라."

젼단이 마음에 불복ᄒᆞ며 작별도 아니코 나와 젹셩에 이르니 젹셩 직히는 쟝쉬 사문을 닷고 시셕을 쥰비ᄒᆞ야 막으며 나와 싸호지 아니ᄒᆞ니 젼단이 조셕으로 친 지 숨월이 되々 능히 파치 못ᄒᆞ미 노즁언의 말을 싱각ᄒᆞ고 즁쟝으로 셩을 에우고 치라 ᄒᆞᆫ 후 감안이 도라와 즁연을 보고 뭇되,

"션싱은 과연 신인이로다! 엇지 젹셩 파치 못홀 것을 아ᄂᆞ뇨?"

즁연이 우스며 이로대,

"쟝군의 고명홈으로 엇지 아지 못ᄒᆞᄂᆞ뇨? 무릇 싸홈이란 것은 마음과 긔운이라. 마음이 능히 기운을 동ᄒᆞᆫ즉 이긔고 마음이 긔운을 고동치 못ᄒᆞᆫ즉 이긔지 못ᄒᆞᄂᆞ니 젼에 즉목(卽墨)에 잇셔는 쟝군은 쥭을 마음이 잇고 사졸은 살 긔운이 업는고로 용왕직젼(勇往直前)홈으로 능이 연나라를 파ᄒᆞ엿거니와 이졔 쟝군이 안평군 만호읍의 질김이 잇고 치민지간에 횡치ᄒᆞ미 사고ᄌᆞ ᄒᆞᄂᆞᆫ 낙이 잇고 ᄉᆞ졸은 감이 쥭고ᄌᆞ ᄒᆞᄂᆞᆫ 마

음이 업ᄂᆞ니 이ᄂᆞᆫ 젹셩이 비록 젹으나 능히 파치 못ᄒᆞᆷ이로라."

젼단이 칭ᄉᆞ코 영으로 도라와 친이 시셕지간에셔 북을 치며 ᄉᆞ졸을 고동ᄒᆞ미 군시 압흐로 향치 안ᄂᆞᆫ 지 업셔 숨일이 못되여 젹인이 항복ᄒᆞ니 젼단이 ᄯᅩ 요셩을 칠시 요셩 직히ᄂᆞᆫ 쟝슈ᄂᆞᆫ 악영(樂英)이니 악의(樂毅)에 족하라. 악의 병권을 일코 됴ᄂᆞ라로 간 후 긔겁(騎劫)이 픽흠을 분한ᄒᆞ기 마지 아니며 요셩을 직히더니 젼단의 군시 이름을 듯고 군ᄉᆞ 텬여를 거ᄂᆞ리고 장창을 빗기고 오화마(五花馬)를 타고 나오며 ᄃᆡ규ᄒᆞ되,

"네 영웅이라 ᄒᆞ며 엇지 진퇴 【94】 를 아지 못ᄒᆞᄂᆞ뇨. 악원슈의 숨십년 젹공ᄒᆞᆫ 공젹을 긔겁 역젹의 손에 일조에 망ᄒᆞ엿ᄂᆞ니 소々 요셩으로 악원슈의 공뇌 심젹을 표ᄒᆞ려든 오히려 마음에 부족ᄒᆞ야 와셔 쎗고ᄌᆞ ᄒᆞᄂᆞ냐?"

젼단이 이로ᄃᆡ,

"네 도리에 박지 못ᄒᆞ도다. 국가에난 홍ᄒᆞ고 쇠ᄒᆞᆷ이 잇ᄂᆞ니 이ᄂᆞᆫ 텬의에 도라감이라. 엇지 이 한 셩인들 연ᄂᆞ라에 둘 비리오."

악영이 이로ᄃᆡ,

"ᄂᆞᄂᆞᆫ 텬의도 아지 못ᄒᆞᄂᆞ니 인력으로 닷토리라."

젼단이 뭇되,

"뉘 ᄂᆞ가 싸호리오?"

진즁으로 한 장쉬 ᄂᆞ오니 셩명은 모박(毛剝)이라. ᄃᆡ도를 들고 악영을 취ᄒᆞ미 악영이 마져 싸화 숨십여 합에 악영이 ᄃᆡ로ᄒᆞ되,

"이 젹은 장슈를 능히 죽이지 못ᄒᆞ면 엇지 칠십여 셩을 다시 회복ᄒᆞ리오."

ᄒᆞ고 ᄃᆡ갈일셩ᄒᆞ되,

"젹장은 닷지 말ᄂᆞ!"

ᄒᆞ고 창으로 모박의 인후를 질너 죽이미 젼단이 보고 놀ᄂᆞ더니 진즁으로 한 쟝슈 ᄯᅩ ᄂᆞ오되 셩명은 피긔(皮開)라. ᄃᆡ부(大斧)을 들고 ᄂᆞ오며 ᄃᆡ규ᄒᆞ되,

"악영젹은 쾌히 머리를 가져오라. 너 모쟝군 원슈를 갑푸리라."

ᄒᆞ니 악영이 보고 창을 드러 마져 싸화 이십여 합에 악영의 창법이 원릭 신츌귀몰ᄒᆞ야 능히 당치 못ᄒᆞ미 피긔 오히려 방식을 ᄒᆞ더니 영이 ᄃᆡ갈일셩에 창으로 질너 죽이니 젼단이 그 용밍이 등한치 아님을 보고 이에 일원 소년 명쟝으로 싸호게 ᄒᆞ니 셩명은 젼표(田豹)라. 쟝창을 들고 ᄂᆞ오며 ᄃᆡ규ᄒᆞ되,

"악영젹은 감히 ᄂᆞ를 죽이깃ᄂᆞ뇨?"

악영이 우스며 이로ᄃᆡ,

"너의 졔ᄂᆞ라 쟝슈 심히 만흐니 죽이지 아니면 엇지 다 업시ᄒᆞ랴."

젼픠 이로되,

"ᄂᆞ도 너를 노아보ᄂᆡ지 아니리라."

ᄒᆞ고 두 말이 ᄂᆞ오며 쌍창이 어우러져 싸호니 과시 젹슈라. 빅합 이상을 싸호되 승부를 불분ᄒᆞ더니 날이 느지미 금을 쳐 각々 영으로 도라가니라.

각셜 젼단이 악영의 용밍ᄒᆞᆷ을 보고 근심ᄒᆞ미 젼픠 이로ᄃᆡ,

"졔 비록 영용ᄒᆞᄂᆞ 한 ᄉᆞ롬 뿐이니 능히 소쟝은 ᄃᆡ젹ᄒᆞ건이와 몸을 논우지ᄂᆞᆫ 못ᄒᆞ리니 명일 다 【95】 시 싸화 소쟝이 져를 노아보ᄂᆡ지 아니ᄒᆞ리니 원슈ᄂᆞᆫ 양변에 미복ᄒᆞ엿다가 승시ᄒᆞ야 셩으로 드러가며 치면 엇지 파치 못ᄒᆞ리릿가?"

젼단이 ᄃᆡ희ᄒᆞ야 복병ᄒᆞ기를 졍당이 ᄒᆞ고 ᄎᆞ일 셩을 치미 악영이 셩문을 닷고 ᄂᆞ지 아니며 궁뇌포셕으로 ᄂᆡ리치니 ᄎᆞ일 젼단이 ᄯᅩ 군ᄉᆞ를 논화 ᄉᆞ면을 에누미 악영이 ᄉᆞ면을 직히며 ᄂᆞ지 아니ᄒᆞ야 월여가 되되 능히 파치 못ᄒᆞ니 젼단이 로긔 츙텬ᄒᆞ야 ᄉᆞ면으로 운계를 노코 조셕으로 치니 악영이 젼단이 동문에 잇셔 독젼ᄒᆞᆷ을 알고 감안이 셔문으로 돌츌ᄒᆞ야 쟝슈를 죽이며 운계를 살우니 젼픠 급히 셔문에 이르미 악영이 북문으로 돌츌ᄒᆞ야 쟝슈을 죽이고 짓치니 졔병이 담젼심ᄒᆞᆫ(膽戰心寒)치 안닐 지 업셔 감히 갓가이 ᄒᆞ지 못ᄒᆞᄂᆞᆫ지라. 이갓치 ᄒᆞᆫ 지 ᄒᆡ가 넘도록 파치 못ᄒᆞ고 젼단이 군ᄉᆞ의 썩근 것과 젼량 소비ᄒᆞᆷ이 슈가 업스니 졔왕이 칙홀가 두려ᄒᆞ야 감안이 노즁년을 가 보니 즁년이 이로ᄃᆡ,

"악영은 악의의 족하로 악의의게 무예를 빈호고 위인이 긔졀이 잇더니 이졔 참소를 입고 연ᄂᆞ라로 도라가지 못ᄒᆞ며 ᄯᅩ 졔ᄂᆞ라로 오고ᄌᆞ ᄒᆞᄂᆞ 의가 아니라 ᄒᆞ야 요셩을 보젼ᄒᆞ고 살기를 도모ᄒᆞᄂᆞ니 쟝군이 만약 위엄으로 친즉 질겨 굴치 아닐지라. 너 ᄒᆞᆫ 봉 글을 써 셩즁으로 더지고 의리로 말ᄒᆞ면 졔 스ᄉᆞ로 회심을 ᄒᆞ리이다."

젼단이 대희ᄒᆞ야 즁년의게 글을 구ᄒᆞ야 가지고 도라와 살에 ᄆᆡ여 셩즁으로 쏘니 악영이 여러 보니 모다 져을 권ᄒᆞ야 졔ᄂᆞ라로 도라오게 ᄒᆞᄂᆞᆫ 말이라. 악영이 탄식ᄒᆞ되,

"ᄂᆡ 드르니 대쟝뷔 셰상에 쳐ᄒᆞ미 죽기를 도모ᄒᆞ고 살기를 ᄉᆡᆼ각지 안는다 ᄒᆞ니 ᄂᆡ 셩을 직히고 ᄇᆡᆨ셩을 죽도록 ᄒᆞ니 이는 불인홈이오 싸호다가 몸이 죽으면 이는 용ᄆᆡᆼ치 못홈이오 녹을 희망ᄒᆞ고 항복ᄒᆞ면 이는 불츙홈이오 연ᄂᆞ라로 도라가 참소를 밧는 것이 죽는이만 못ᄒᆞ다."

ᄒᆞ고 슴일을 울다 【96】 가 죽으니 후시 엇지된고? 하문을 분히ᄒᆞ라.

뎨십팔회
연혜왕진실졔셩방회화
망져군불망연구ᄌ유명
燕惠王盡失齊城方悔禍
望諸君不忘燕舊自留名

각셜 악영(樂英)이 죽으미 젼단(田單)이 요셩(聊城)을 엇고 도라가 스스로 안평지락(安平之樂)을 누리니라. 단셜(單說) 연혜왕(燕惠王)이 긔겁의 병픠신망(兵敗身亡)홈을 듯고 곽외(郭隗)와 극신(劇辛)의 말을 싱각ᄒᆞ고 통분홈을 이긔지 못ᄒᆞ야 긔겁(騎劫)다려 뭇고ᄌᆞ ᄒᆞᄂᆞ 이무급의라. 또 요셩에 악영이 ᄌᆞ살ᄒᆞ고 졔ᄂᆞ라 군시 쟝찻 연ᄂᆞ라 디경을 범ᄒᆞᆫ다 홈을 듯고 황망이 군신을 불너 상의ᄒᆞ미 ᄒᆞᆫ ᄉᆞ롬도 능히 말ᄒᆞᄂᆞᆫ 지 업거늘 이에 중신을 보니여 곽외와 극신을 쳥ᄒᆞ야 이로대,

"과인이 우미ᄒᆞ야 이경의 냥언을 듯지 안코 그릇 긔겁을 밋다가 대시 실픠ᄒᆞ미 뉘웃치ᄂᆞ 밋지 못ᄒᆞᆯ지라. 이졔 ᄼ병이 쟝찻 연을 범ᄒᆞ며 민왕(湣民)의 원슈를 갑고ᄌᆞ ᄒᆞᄂᆞ니 이 말이 비록 실상이 업슬지라도 방비를 아니치 못ᄒᆞᆯ 고로 이경을 쳥ᄒᆞ야 혹 쟝슈을 션턱ᄒᆞ든지 어진 지조를 구ᄒᆞ든지 ᄒᆞ야 막고자 ᄒᆞ노니 이경은 션왕을 싱각ᄒᆞ고 과인의 우미홈을 긔회치 말ᄂᆞ."

곽외 이로대,

"졔ᄂᆞ라이 ᄉᆡ로 경돈ᄒᆞ미 뜻이 족ᄒᆞᆫ지라. 필련 다른 싱각은 업스리니 악승으로 쟝군을 삼아 변방을 직희게 ᄒᆞ면 족히 근심ᄒᆞᆯ 비 업스ᄂᆞ 신은 도로혀 ᄒᆞᆫ가지 염녀가 잇ᄂᆞ니 연ᄂᆞ라와 됴ᄂᆞ라는 슌치지방(唇齒之邦)이라 녜로 왕니ᄒᆞ더니 근릭 드르니 대왕이 됴왕(趙王)의게 실례홈으로 미양 연ᄂᆞ라를 도모ᄒᆞᆯ 뜻이 잇다 ᄒᆞ고 또 창국군(昌國君)이 됴ᄂᆞ라로 간 후 대왕이 ᄒᆞᆫ번 존문ᄒᆞ심이 업고 그 쳐자의게 후히 ᄒᆞ심이 업스니 이ᄂᆞᆫ ᄒᆞᆫ단을 싱홈이 이 대왕이 어진이를 구ᄒᆞ고자 ᄒᆞ시ᄂᆞ 뉘 대왕을 진심으로써 알니잇고?"

혜왕이 ᄂᆞᆫ년(赧然)ᄒᆞ야 능히 답지 못ᄒᆞ니 극신(劇辛)이 이로대,

"대왕이 임 【97】 의 젼ᄉᆞ를 뉘웃치시면 가히 글을 닥가 회과홈을 말ᄒᆞᄉᆞ 창국군으로 도라오게 ᄒᆞ시면 연ᄂᆞ라이 비록 젹으ᄂᆞ 능히 편안ᄒᆞᆯ 것이오 셜혹 아니올지라도 울ᄼ불평ᄒᆞ든 긔운은 ᄉᆞ라져 다른 근심이 업스리이다."

혜왕이 그러히 역여 글을 닥가 됴ᄂᆞ라로 보니고 악의를 쳥ᄒᆞ니라.

각셜 악의 됴ᄂᆞ라로 가미 ᄉᆞᄼ로 은거치 못ᄒᆞ야 됴왕의게 조현ᄒᆞ니 됴왕이 ᄃᆡ희ᄒᆞ야 지리[位]를 쥬어 안치고 이로ᄃᆡ,

"경은 본시 됴인으로 연ᄂᆞ라에셔 공을 셰우미 과인이 미양 한ᄒᆞᄂᆞᆫ 비러니 이졔 다힝이 연ᄂᆞ라 ᄌᆞ손이 경의게 실례홈으로 경이 고국을 싱각ᄒᆞ고 오니 과인이 엇지 다힝치 아니리오!"

악의 손ᄉᆞ(遜謝)ᄒᆞ되 미신이 ᄃᆡ왕의 쟝양(長養)ᄒᆞ신 은혜를 입고 방에 유락ᄒᆞ야 남의 견마가 되엿더니 이제 바림을 바다 다시 고국산천을 바라고 오니 ᄃᆡ왕을 비반ᄒᆞᆫ 죄를 이긔지 못ᄒᆞᆯ 것이어ᄂᆞᆯ ᄃᆡ왕이 죄로 다ᄉᆞ리지 아니시고 도로혀 은유를 ᄒᆞ시니 텬디 홍은(洪恩)의 감격홈을 엇지 말솜으로 알외리잇가."

됴왕이 이로ᄃᆡ,

"경이 됴ᄂᆞ라를 바린 것이 아니라 과인이 경을 아지 못홈이러니 이졔 과인이 ᄭᆡ닷고 경이 또 도라왓ᄂᆞ니 이후ᄂᆞᆫ 인군이 신하를 알고 신하 인군을 알지라. 다힝이 유의ᄒᆞ라. 연ᄂᆞ라ᄂᆞᆫ 그ᄂᆞ라를 창ᄃᆡ홈으로 창국군(昌國君)을 봉ᄒᆞ엿ᄂᆞ니 됴ᄂᆞ라의 망져(望諸)ᄂᆞᆫ 곳 경의 구디니 경으로 망져군(望諸君)을 봉ᄒᆞ야 과인의 바라ᄂᆞᆫ 바를 발키려 ᄒᆞ노니 경은 ᄉᆞ양치 말ᄂᆞ."

악의 지숨 〻양타가 지비슈명ᄒᆞ니라.

홀련 됴왕이 악의를 불너 이로듸,

“됴와 연은 린국으로 셩긔 샹통ᄒᆞ야 례로 왕닉ᄒᆞ더니 근일 연왕이 경만ᄒᆞ기 례도에 어긔미 과인이 한ᄒᆞᄂᆞᆫ 비기로 장찻 군ᄉᆞ로 치고ᄌᆞ ᄒᆞᄂᆞ니 경은 엇더ᄒᆞ뇨?”

악의 면관읍빅ᄒᆞ되,

“신 악의ᄂᆞᆫ ᄉᆞ죄 ᄉᆞ죄로소이다!”

됴왕이 붓드러 안치며 경유(情由)를 무르니 악의 경식ᄒᆞ되,

“신은 드르니 츙냥(忠良)은 싱ᄉᆞ로써 마음을 변역지 아니ᄒᆞ고 【98】 례의지ᄉᆞᄂᆞᆫ 거리로 그 졀기 곳치지 안는다 ᄒᆞ니 셕일에 연소왕(燕昭王) 셤김이 오날 듸왕 셤김과 갓ᄒᆞᆫ지라. 신으로 듸왕게 득죄를 ᄒᆞ고 다른 ᄂᆞ라로 도망ᄒᆞ면 감히 듸왕을 뫼ᄒᆞ지 못ᄒᆞ려든 허물며 듸왕의 ᄌᆞ손이리잇가? 신은 감히 젼 은혜를 져바리지 못ᄒᆞ야 죽기로써 비ᄂᆞ니 듸왕은 용셔ᄒᆞ소셔.”

됴왕이 탄식ᄒᆞ되,

“경은 과연 고왕(故王)의게 츙셩을 잇지 못ᄒᆞ니 가히 공경ᄒᆞ리로다.”

ᄒᆞ고 드듸여 연ᄂᆞ라 치려 ᄒᆞ든 의논을 정지ᄒᆞ니 악의 지비 ᄉᆞ례ᄒᆞ고 ᄂᆞ오니라. 오리지 아니ᄒᆞ야 긔겁이 병픽신망ᄒᆞᆷ을 듯고 통셕ᄒᆞᆷ을 이긔지 못ᄒᆞ더니 홀련 ᄉᆞ진 와 혜왕의 글을 밧들고 도라가기를 쳥ᄒᆞ거늘 악의(樂毅) 감안이 싱각ᄒᆞ되,

“일신이 즁ᄒᆞᆫ 바도 잇고 경ᄒᆞᆫ 바도 잇ᄂᆞ니 졔국 칠십여 셩을 파ᄒᆞᆯ시ᄂᆞᆫ 즁ᄒᆞᆷ이ᄂᆞ 이졔 도라가ᄂᆞ 능히 졔셩을 항복 밧지 못ᄒᆞ리니 이ᄂᆞᆫ 경ᄒᆞᆷ이라. ᄂᆡ 됴에 잇스면 연을 도모ᄒᆞᆯ가 두려ᄒᆞ야 방비ᄒᆞ리니 이ᄂᆞᆫ 경ᄒᆞᆫ 중 즁ᄒᆞᆷ이라.”

쥬의를 졍ᄒᆞ고 회셔를 닥가 ᄉᆞᄌᆞ를 쥬어 보ᄂᆡ며 혜왕의게 ᄉᆞ례ᄒᆞ니 혜왕이 보고 뉘웃기를 이긔지 못ᄒᆞ야 곽외다려 무르니 곽외 이로대,

“창국군은 비록 됴에 잇스ᄂᆞ 그 쳐ᄌᆞᄂᆞᆫ 연에 잇ᄂᆞ니 대왕이 그 연에 잇ᄂᆞᆫ ᄌᆞ를 후히 ᄒᆞᆫ즉 됴에 잇ᄂᆞᆫ 지 대왕의 은혜를 감복ᄒᆞ련이와 만약 존휼치 아니시면 도라오고ᄌᆞ ᄒᆞᄂᆞ 엇지 의심치 아니리잇고.”

극신이 이로대,

“ᄉᆞ롬이 쳐ᄌᆞ ᄉᆞ란ᄒᆞᆷ이 몸보다 더ᄒᆞᄂᆞ니 이졔 악의 쳐지 연에 잇스미 후히 ᄒᆞᆫ즉 깃버ᄒᆞᆯ 것이오 박히 ᄒᆞᆫ족[즉] 로ᄒᆞ리니 곽군의 말이 올토소이다.”

혜왕이 이로대,

“이경의 〻논이 유리ᄒᆞ다.”

ᄒᆞ고 이에 죠셔로 ᄌᆞ칙ᄒᆞ니 그 죠셔에 왈,

“창국군이 션뎨게 츙셩을 다ᄒᆞ야 한번 싸홈에 천고에 업ᄂᆞᆫ 공을 세윗거ᄂᆞᆯ 과인이 불쵸ᄒᆞ야 존현보덕ᄒᆞᆷ을 아지 못ᄒᆞ고 그릇 긔겁의 참언을 신텽ᄒᆞ야 창황히 됴로 가게 ᄒᆞ니 【99】 미양 싱각ᄒᆞ미 뉘웃치나 밋지 못ᄒᆞᆯ지라. 옛 공훈을 말ᄒᆞ면 침식이 불안ᄒᆞ기로 ᄉᆞᄌᆞ를 보ᄂᆡ여 마져 도라오고ᄌᆞ ᄒᆞᄂᆞ 명에을 명치 아니ᄒᆞ미 대공을 갑지 못ᄒᆞ니 붓그럼이 극ᄒᆞᆫ지라 작록으로 그 몸에 갑지 못ᄒᆞᆫ즉 그 후손의게도 갑ᄂᆞ니 이졔 경의 쳐ᄌᆞ가 연에 잇기로 화시(和氏)를 봉ᄒᆞ야 창국 일품부인을 숨고 아달 악한(樂閑)으로 창국군을 습작게 ᄒᆞ며 악승(樂乘)으로 상장군을 봉ᄒᆞ야 과인의 허물을 드러ᄂᆡ여 뉘웃ᄂᆞᆫ 뜻을 표ᄒᆞ노라.

연국 신민이 악의〻 참소만 나감을 분〻불평ᄒᆞ다가 이졔 그 쳐ᄌᆞ를 봉작ᄒᆞᆷ을 보고 아니 깃버ᄒᆞ리 업고 화시와 악한이 ᄯᅩ 혜왕의 후대ᄒᆞᆷ을 감격ᄒᆞ야 글노 악의의게 통보ᄒᆞ미 악의 대희ᄒᆞ야 연왕과 통호ᄒᆞ기를 쳥ᄒᆞ미 됴왕이 ᄯᅩ한 허락ᄒᆞ니 악의 다시 연국에 이르미 혜왕이 젼과 갓지 아니ᄒᆞ야 ᄌᆞ리를 쥬고 우대ᄒᆞ며 젼과를 ᄉᆞ례하미 악의 비ᄉᆞᄒᆞ고 ᄂᆞ와 부쳐 부지 완취(完聚)ᄒᆞ야 반년을 유(留)ᄒᆞ다가 됴로 도라오니 잇ᄯᅵ에 졧ᄂᆞ라히 연ᄂᆞ라의 약ᄒᆞᆷ을 엿보되 악의 연됴간에 왕닉ᄒᆞᆷ으로 감히 뫼ᄒᆞ지 못ᄒᆞ니 연왕이 듯고 더욱 경즁(敬重)ᄒᆞᄂᆞᆫ지라. 이후로 악의 연됴에 왕닉ᄒᆞ기를 일가갓치 ᄒᆞ니 그 지룽과 지혜로 몸과 쳐ᄌᆞ 종족을 보젼ᄒᆞ미 후인이 칭도(稱道)ᄒᆞ기로 이 ᄉᆞ실을 긔록ᄒᆞ야 젼ᄒᆞ노라.

악의전단 종

國君之丘墓來歲祭掃常將軍樂乘加拜將軍以代昌国君執掌兵權之任其餘樂姓宗族有可用者並貴重之以彰寡人之過以志寡人之悔詔眾通知

燕国臣民四見樂毅有功遭讒而去皆憤忆不平今自後加爵錄于其妻子方總次喜過了年餘知氏并樂閒感惠王相待之厚因爲書使人通知于樂毅樂毅方總大喜因以劝趙王与燕王通好趙王欣然從之遂命樂毅到燕說命樂毅這番至燕不比舊臣朝見惠王惠王賜坐賜宴大加優待又深自謝其所讒之罪又留樂毅在燕住了半年使其夫妻完娶父子團圓然後許其沐趙復命以合二国之好此時斉国雖强處弱燕人正打張眼燕因見樂毅復到燕国以通燕趙之好遂而不敢有人報知燕王燕王因此愈敬樂毅自是之後樂毅往來燕趙如一家方顯其才能闕国忠能格王智能全身爲後七国之人物後人有待先之道

燕山日月似穿梭　易水浮云朝暮過
虽說黃金臺已朽　將軍名姓未曾磨

又有詩駁之道

黃金高築屬求賢　求到成功三十年
詩破敗將來無幾日　見孫不付實哄嘛

又有詩緫之道

蓟張之重雖然利　反覆多端不足聽
何似黃金台上草　千秋只不改青青

又有詩總結燕攻之策道

燕国茂活之增長　齊拜嬌敵贊王休
古今成敗皆如此　只望君王聖德修

惜適可惜燕先王二十年経營一旦敗于痛双之手此雖天命亦人事
殊可痛心正抱悵悶忽燕使來奉上惠之書申達迎請归国之意樂毅看
了暗想道人之一身有所爭亦有所惡昔于在燕能一戰勝斉六月下斉
七十余城故走也今若往豈能復一戰勝斉復下斉七十餘城若不
能則未免軽於莫若㧞趙吾雖不圖于燕王惟吾圖燕朝夕慮防尾軽尤
走也主意定了因復寫呈謝燕王其辭道
何昌国君亞卿臣樂毅謹復書呈于
燕大王足下臣不任不能奉承王命以順左右之心恐傷先帝之明
有害足下之仪故逃遁奔趙今足下使人數之以罪臣恐侍御者不
察先王之所以畜臣之理又不曰臣之所以事先王之心故敢以
書対臣聞聖賢之君不以祿私親其功多者賞之其能当者処之故
察能而授官者成力之君也論行而給交者立名之士也臣窃観先

王之舉也見有高世王之心故假節于魏以身得察于燕先王過舉
廁之賓客之中立之羣臣之上不謀父兄以爲亞卿臣窃不自知自
以为奉令承教可幸無罪故受命而不辞先王之命曰我有積怨深
怒于斉不量軽弱天欲以斉为事臣曰夫斉覇国之餘業而最勝之
遺事也練千曰兵習于戦攻王若欲伐之必與天下国之者若結于
趙及且淮北宋地楚魏之所欲也趙若許而約四国攻之斉可大破
也先王以为然具符節南使臣于趙頃而反命起兵撃斉以天之道
先王之靈河北之地隨先王而舉之濟上之軍兵人奉令撃斉大敗
斉人軽卒鋭兵長驅至国斉人遁而走莒僅以身免被三財宝貝出
珎器盡收入于燕斉器設于寧台大呂陳于元英故鼎反乎歷室前
兵之植乜于汶篁自五朝以來功未有及先王者也先王以为慊于
志故裂地而封之使得比小国諸侯臣窃不自知以为若命承教之

幸無罪是以受命不辞臣聞賢聖之君功立而不廢故著于春秋早
知不士冬成而不毀故声稱于後世若先王之報怨雪耻夷万乘之
彊国收八百歳之蓄積及至棄群臣之日餘政未衰執政任事之臣
修法令愼庶孽施乃乎萌隷皆可以教世匕聞之善作者不必得善
成善始者不必善終昔伍子胥說听于闔閭而吳王遠跡至到天差
弗是也賜之鴟夷而浮之江吳王不悟先論之可以功故沉于子胥
而不悔子胥不早見王之不同量是以至于八江而不化夫免身全
功以明先王之迹臣之上計也离毀辱之誹謗墮先王之名臣之所
大恐也臨不測之罪以幸为利以之所不敢出也臣聞古之君子交
絶不出惡声忠臣去国不潔其名臣雖不佞数奉教于君子矣恐侍
御者之親左右之說不察疏遠之行故敢献書以聞惟君之留意焉
樂毅寫完了書付來使來傳持归報之惠王惠王得書細匕大元其[illegible]

時躊不勝国悔心中暗想道迎請不归也還可矣何以留趙国君趙所拜
以謀燕国却將奈何因及請了郭魏劇辛二人來商議郭魏道昌国君則
在趙而昌国君之妻子則不在趙而在燕大王能厚其在燕者則在趙者
感大王之恵猶在燕也今在燕者不加存恤而在趙安肯舍趙而復歸燕
哉劇辛道人之愛妻子甚于愛身今樂毅妻子在燕乃之必甚燕之必怨
郭君之言是也大王不可不听惠王听了細匕想道乃感悟道二卿之論
甚爲有理乃下詔自責道
燕王詔曰昌国君忠勤先帝一戰不斉功斉千古寡人不肖不知敬
礼巳失尊賢報德又誤听騎劫讒言使之伐將致其忿怯去趙爵祿
虚懸每一思之悔恨何及言念勳舊寢食不安昨遣使迎請又不家
命篤致使大功莫報慚愧不勝窃思朝廷爵位不報其身則報其後
今幸妻子在燕其妻何氏着封昌国一品夫人其子樂閒着一封昌

稱為敵國然燕之下齊實報燕先王之仇也旣報其仇原不當書着其國
今齊國旣復則天理人情俱已平矣已故不為深慮今燕與趙唇齒也宜
和倘往來相與保守臣近聞趙王恐大王以破齊驕矜往往失和每每一
啟釁燕今昌國君被惑失城和宜還朝又不還朝而歸趙不還朝則不朝
蹤也歸趙則趙親也昌國君歸趙之後大王竟不復存問妻子在燕大王
又無所加禮此皆生釁之端也若昌國有罪於燕可則也況昌國君于燕
聞其一載下齊亦聞其從六月而下齊七十二城但聞先大王立其為齊
王而昌國君誓死辭而不受亦見其自立為王也即營州即墨二城之未
下亦不過從容朝夕以待其敝雖不下猶下也何嘗敢以二失相加遺而
此觀之則是昌國君于燕實有功而無罪也大王不知是何主見乃進騎
劫而退昌國君進騎劫者以騎劫為非也使騎劫果有寸長能一戰而成
下二城之功則昌國君自愧無能而遠避矣乃騎劫一敗塗地不猶不能

下二城並七十二餘城俱失去何以服昌國君之心大王方絕說或是要
求賢此雖非大王真心即便大王果真心求賢天下見大王待前賢如此
之薄又誰肯復出而瀝肝膽于大王哉燕王聽了赧然不能答低頭半晌
方說道寡人已知過矣但為今之計却將奈何劇辛因說道臣聞人惟求
舊大王旣已知過可修書一封備述其從前之誤細陳今悔過之私使人
先趙致于昌國君求其歸國以全舊好倘肯歸國燕雖小無慮不安旣悵
慨不肯歸國而稍由情和亦可消其秣秣不平之氣而無他患也燕王深
以為然因命人修書往趙迎請樂毅正是

明珠在掌不知貴　失知重于天下求
只恐水流歸大海　等問安肯復回頭

燕王修書差人往趙迎請樂毅但按下不題却說樂我自騎劫來代將之
後歸到趙因命燕為官功名顯達今一旦破棄歸趙不敢私自里隱居只

得報名來朝見趙王大喜因賜坐道來見寡人昌國君本是趙國人乃子
燕國立功名使寡人無顏往往用以為恨今幸燕之子孫無享國之福失
和于樂君使樂君盡勤故國之恩寡人何幸也樂毅遜謝道微臣蒙大王
長養之恩而不知報乃流落他邦為人犬馬今遭棄逐始遠首丘昔主之
罪何可勝言乃蒙大王不加顯戮反溫諭有加並天地之洪恩父母之至
愛感激之下不知有顏矣趙王道樂君之去趙非樂君之棄寡人是寡
人不知樂君也今寡人既有悔而知樂君矣樂君又不棄寡人而歸趙矣
此後君知臣臣知君幸為留意樂毅道大王之言以得微臣之心敢不効
力趙王道燕已昌其大國故封樂君昌國趙之望諸是樂君舊地旣加君
望諸之號聊以明寡人之望君其勿辭樂毅再三哲辭辭之不得方再拜
而受命正是

投燕不如方昌國　[illegible]

一自武侯聲價美　遂教千古重芳虞

樂毅在借過了些時忽趙王召樂毅說道趙與燕隣國也地相接聲氣相
通我以和往彼當以和久奈何聞之以往往輕侵寡人深以為恨欲興
兵伐之不知樂君以為何如樂毅聽了忙將冠簪除下泣拜於地道臣樂
毅死罪死罪以王急今悔侍扶起道將軍請起有何隱情不妨告朕樂毅
正色說道臣聞忠良之臣不以生死易其心和以之主不以去來改其節
因昔日事燕昭王也亦今日之事大王也臣今日旣事大王則凡開乎大
王者亦之大王也即使臣得罪大王而逃亡于他國亦必不敢謀大王之
僕隸況敢謀大王之子孫乎臣昔事燕昭王而今逃歸大王又焉不敢念
前恩而負心謀燕乎臣所以請死而乞大王原諒之趙王聽了歎息道原
來樂君忠不忘于故主如此可敬也寡人昔欲伐燕今為樂君只得罷之
樂毅因再三拜謝而出又過些時忽聞騎劫兵敗田單復了齊城不勝扇

246

第十八回

燕惠王盡失齊城方悔禍　望諸君子不忘燕舊留書名

詞曰　君徒原明一听讒構堅不了斷欲除吾栽英雄付之宵小一時任性殊快意滿盤失策方懊惱願君王洗眼辨賢愚江山保　聖臣心終悄ヒ賢臣行必矯ヒ一在是參商絕非由圳在国但知盡臣節玉邦九自思君好敢登臨憑吊望諸君千秋少　右調滿江紅

都說聊城守將樂英得了魯仲連之書大泣三日而自殺田單遂得了聊城成了他恢復全齊之大功丹迎襄王自莒至安平不題單說燕惠王自騎劫則後逃竄的燕兵紛ヒ的逃將有八報知燕王燕王猶不信後見來報因多知道是真方驚駭道騎劫何等才只知兵必敗至此急得在宮中只是跌腳再細ヒ想起郭隗劇辛之言比較着樂尾还

霸然三分不朕怨恨道樂毅破齊之功已成矣已下其七十餘城矣皆因即墨惟有二城莫說三年不下便再守三年再守十年又何妨也只可恨我一時不明听了騎劫狂言將樂毅黜田今不但莒州即墨不可得轉失已得城池漸皆失却豈不可惜欲要叫騎劫來問他他又無奈他身已死了他身死何足惜澒得国家受辱不小因恨騎劫遂傳旨將騎劫一家都拿斬了又急ヒ叫人出打听看七十二成失了多少还存多少好遣兵出守差人打听了回來復道七十二城又俱已　去久矣惟聊城乃是樂元帥侄兒樂英所守与齊大戰數場殺得齊兵倒退不敢近城欲要告急大王因大王懷恨樂元帥他是樂元帥的侄兒又畏罪不敢來告只得獨力苦守齊將田單無計可施只得央魯仲連寫書來勸他降齊他要降了恐辱抹了他樂元帥敢名欲丹燕又恐大王嗔　他不納因大哭了三日自殺而死自樂英殺後齊兵得志只怕还要殺过界來奪取燕邦大王須急

作急備燕王听了方慌了手腳道事至如此却將奈何破召朝臣商議而滿朝臣子無一人能知国事欲要召郭隗劇辛來計較又因為听信騎劫之言一向疎斥在外要見他又無顏面然事到此時千思万想並無別路只得使巫臣計他二人入朝郭隗与劇辛雖被王疎斥未免長快今既來召又不敢違逆只得勉強來見燕王道騎劫代將之事如何了燕王滿面羞慚道寡人愚昧不听二卿良言誤用騎劫果失大事今悔已無及這且慢論但聞得齊兵乘勝不以復齊為幸又欲加兵於燕以報湣王之仇寡人聞知甚是驚慌即便傳言不實然新敗之後不可不防故求教二卿或以还該選將或是还該求賢求二卿念先王之好不以愚昧介懷指示一二寡人當一一听從郭隗道齊新復国撫有瘡痍意亦足矣未必更生他想所傳加兵於燕者虛声也只消拜樂乘為將率護守燕境可保無他此下足慮也但臣还有一慮恐王道賢卿舍齊之外更有何慮郭隗道齊雖与燕

是

三月不能攻　攻破只三日
激發將軍心　士卒乃努力

田單既下狄城归見襄王又請往攻聊城襄王大喜厚加賞賚命往却説这聊城守將叫做樂英就是樂毅之姪因下聊城之時聊城守將逃去例卒就換了他爲守將後因騎刼代將樂毅逃归趙即燕王不悦樂毅就有人在惠王面前譖落樂毅之姪是樂英見樂毅失將每人倘使時々怨望喜得惠王面前不悦樂毅外貌还未露形迹故未下手早有人報知樂英劝他去了樂毅既怕失了兵權又懼有禍不敢归于燕王故因循下了後田單破了騎刼乘勢欲復齊城各城見齊勢大盡相率抗燕歸齊独樂英保守聊城追恨惠王道若不代將安有此失今燕城盡被齊兵復去我若也隨衆归齊何以見疾風勁草何以見樂元帥的兵將忠勇与衆不同因

死守城决不死田单得志前番田单乘勢來攻了一遍见一時之难下忽挫兵威爲他城看百様遂匆匆合之而去今见全齊盡復没個独的聊城燕之理只得請襄王之命又來攻伐田单久知樂英是員戟將兵馬臨城不敢就逼近因排開陣勢在城下計戲金鼓擂过三番方听得城中一声砲响忽開放兩扇城門擁出一陣人馬約有千餘樂英在前手持一柄大三尺跑身騎一疋五花名馬飛到陣前大声叫道田单你虽是個英雄却也要知些進退我樂元帥蒙王三十年辛苦纔下得你七十餘城不料君听不聰明騎刼代將被你一朝復去也可謂稱心滿志就怕此聊城一邑爲樂元帥表表功劳心跡也不爲过怎还要來爭奪可謂道汝何不明道理凡爲国家有興有衰当時齊衰七十二城爲昌国取去今日齊興七十二城爲我復來皆天意也天意既全归齊豈肯独由此一城爲燕有所樂英道天意难知我今且與你賭一賭人力你須看全齊人馬我不过一城

了方雨下鳴金各归营樂英收兵入城不題却説田单归营见樂英之猛勇甚是納悶田豹道樂英縱勇不过一人正好敵住小將却不能分身他顧明日交戰待小將用精神紧紧纏住他不放元帥却伏兵兩勞來攻拴入城去何愁不破田单甚喜因打點伏兵到次日臨城时戰不料樂英却紧閉城門不出只用弓弩砲石緊緊守住田单攻打了一日全沒入頭到次日分開兵馬四面圍攻樂英也四面緊守只是不出一連圍了月餘並不能討半點便宜田单急得怒氣冲天因下令四面架起雲梯逼近城下朝夕狠攻樂英探知田单在東門督戰他却悄悄閉了西門突然飛馬而出將攻城將官刺死軍士將雲梯焼燬田单隔知急急命田豹起到那西城他又突出此門斬將只殺得齊兵個个心寒人人胆怯誰敢十分逼近田单百計攻打樂英却百計保守攻打了歲餘只不能下田单兵馬已消折許多錢粮又虚耗無数恐齊王见罪心上慌了内想狄城不下亏魯仲

连點醒方纔下了莫非聊城也有緣因又暗暗來見魯仲连求計魯仲连道樂毅乃樂毅之姪受樂毅之教多能善戰为人又氣節今被人纔不敢归燕若要投齊又恐非义故保全聊城以偷生將軍之义君以偷武加之断不肯廣莫若待我为寿一封投入城中以义説之彼必自解田单大喜因求魯仲连一封書固去縛在箭上射城中樂英得下折開一看又只看上面寫的都是勸他來燕歸齊的言語樂英得書再三而讀因歎息道善聞丈夫處世得其生不得其死吾今日據城耐民不仁明日戰敗身死非質降齊又勢不忠归燕受譖不知不如一死因大泣三日而自殺只因這一殺有分教將軍得志又士成名不知後事如何且听下回分解

襄王心定了因出見文武擇日起行到了臨行莒州從亡諸臣想起淖齒
弒齊王之事心怕有禍尽推託誘以不敢上前惟王孫實奮然道君辱臣
死從死何况復自之大榮乃退縮如此當羞恥之因脫去朝服親为御車也
而行衆文武方纔匕而從行不日到了臨淄田單親率文武將士迎請入
城臨淄百姓夾道而觀臣道方纔見新王歡呼之聲動地襄王迎入宮中
直待郊过天地饗过宗廟然後臨殿朝見衆臣朝畢先宣田單上殿賜坐
說道齊国已危今得復安齊国已亡今得復存然当其危亡非叔父之精
誠能兵之非叔父之才勇雖任之亦不能破燕復齊如此細思之皆叔
父之功叔父之功上以垂立宗廟下復安輯人民即敬承宗祀未为不可
乃念原流不忘根本推寡人主齊之嗣則其純忠血义可泣鬼神寡人不
肖何能图報但念叔父知名始於安平今即拜叔父为安平君食邑万户
暴王後臣无玉堪上　不報其功之万一国家多事再拜叔父为相国以佐

寡人之不逮田單拜辭謝出詩是

效力不矜臣子義　降封成礼帝王恩
但愁恩義有时失　君負臣辜不忍言

襄王又召王孫賈上殿褒美之道淖齒乱齊坐擁蜂万流毒甚深一时荷
戈之盡皆袖手汝文臣乃寸鉄乃能左袒一呼招集義士剿之盛忝賢母
之教而一腔忠勇千古不磨矣其進爵拜为亞卿其母贈賢德夫人王孫
賈拜謝然後尾之臣并有功將士皆一一行賞又備車駕迎請君王了後
入宮又加贈太史後敫之官太史后敫若辞不受絶迹不見君王后之面
君王后垂公持礼敬之倍于常时齊国一番得失至此始定正是

湣王暴虐須臾爭　釀作兴亡三十年
但願君王行正道　何愁社稷不安全

再表田單自受封为安平君食邑万户甚是享用忽一日在朝文武查點

所復齊城尚有聊城狄城未下因奏知襄王襄王因召田單說道全齊賴
叔父大功盡皆克復惟狄城恃頑聊城逞強竟不肯下却將奈何田單道
狄小邑唾手可即破容臣先往破之再破聊城可也襄王听了大喜道叔
父肯往自不足平田單辞出因領兵三万前往攻之時有一義士姓魯名
仲連为好義有气節又多才智雖是齊人常遨匕列国往匕为人解紛排
难而一毫不取其利故諸侯聞其名多重之此时正在齊国田單聞知因
往拜見魯仲連見田單擁重兵將出兵之意因問田將軍既以火牛之妙
計復有全齊功已成矣名已立矣何不安享保全功名乃復擁重兵又將
焉往田單道全齊雖復尚有狄城作梗为齊王憂故單請往下之魯仲連
道狄城未下將軍倘遣他將往攻自可討自而得將軍將自往以愚料之
必不能下田單听了因笑之衆將不能下狄邑一小城此何故也愚所不
解魯仲連但笑而不答田單心中不服因不謝而辞出竟領兵至狄因圍

攻之以为旦暮可得不期狄城守將緊閉四門密排矢石絶不出戰田單
揮兵朝夕攻之至于三月之久竟不能下因想魯仲連之言方認道魯
仙連其神矣此何故也因分付衆將圍城自却暗匕还齊復請問於魯仲
連匕魯先生其神乎何以便知單之不能下狄以也魯仲連笑道將軍高
明豈不知此凡戰視心與气也心能鼓气則勝心不能鼓气則不勝將軍
在即墨處燕之強恐士卒不勇坐則身自畚锸以分其勞立則手自伏鍾
以同其苦以为上率倡士卒敢不從乎当此之際將軍有必死之心士卒
无偷生之气故猛勇而前而破燕也今將軍則大不然矣號稱安平君食
邑万户東有夜邑之奉西有淄上之娛黄金橫帶綉卷頭馳騁乎淄澠
之間則將軍有幸生之樂士卒无敢死之心此狄城雖小所以不下也田
單听了乃迎連點頭稱謝道承先生明教矣因馳馬还營后气循城親立
於矢石之間援枹鼓之上卒莫敢不奮攻不三日而狄人惧因出城降正

齊之七十二城已屬燕矣賴將軍才略一旦復之是今日之齊非昔日之齊也昔日之齊齊王之齊今日之齊將軍之齊也况將軍之齊同一田宗乃是齊王之齊齊之功非請將軍自立爲齊王以王齊国此合臣民意也請大王勿辞田单听了艴然不悦道是何言也新王現在莒州誰敢爲此叛言自取剿灭田单扯断道明若爲迎新王也諸君既念全齊无主宜速備法駕前往莒州迎王以正大位方是諸君臣擁戴新王之誠敬餘言慎毋再出説出众文臣武見田单不忘舊主出于誠心因兵众思稱揚將軍不獨才能益世忠義蓋古今敬服欲服敢不惟命田单大喜因具表遣衆官同至莒州迎請襄王归臨淄復位此時莒州已聞知田单復齊之事也有喜的也有憂的是乍破燕兵全齊盡復齊国復興一時聞之舊臣莫民皆訶揚負其気憂的是復齊乃田单之功忠據有临淄不復迎立故主漂城臣民紛紛議論襄王爲人又沒决断心下旁徨周凤甚是不安欲要

下一詔去獎励他的功勞加陞他的官爵有人說道大王莒州爲王原非田單爲立田单即是將將又非大王所命大王又不曾受他之朝他又不曾食大王一祿君臣又不曾會面一旦下詔殊屬不便襄王道我在臨淄爲世子已久誰不認得雖先王失国各分尚存待我自到臨淄去見田單看田單何說又有人說道大王去不得田單今非昔比擁着一二十萬大兵言若風雷氣成雲雨倘懷異心不敦臣节况他亦齊宗作此生與他分辨一時說得襄王心慌意乱不知所措惟大夫王孫賈獨進賀道恭喜大王返驾臨淄復主嗣宗廟有日矣襄王踟躇道大夫何言之易也寡人亡国遺孽衆大夫之苟全於此已爲僥倖何心更望全齊况今日齊已之復又俱田单之功勞田单守即墨三年不知費多少心今火牛大破燕軍師又不知費多少気力豈不思自承富貴焉肯讓人莒州一城寡人尚用为憂大夫奈何反以还臨淄主宗庙为賀王孫賈道凡論事先要論人大王

所惡名乃乱臣賊子之事非忠臣義士所爲臣观田单忠臣也義士也臣當補社稷整頓江山交还大王何須過慮襄王道大夫何以知之將軍田单忠义王孫賈道燕攻即墨势若泰山壓卵威如烈火焚岡設無一片精誠上通天地不顧死生誰敢此危存齊之破燕假威神鬼借力火牛設不吐盡一腔心血籌八風雷誰敢出此奇誠試思如此精誠如此心豈肯乱臣賊子之所有臣故知臣單之忠义願大王勿疑襄王听了大喜道誠如大夫所除則万幸矣既退入宮大史後敫女此時已立为後也迎着襄王枸說道恭喜大王復有全齊不日当归臨淄以正大位妾特預賀襄王道全齊雖復非寡人復之乃田单復之田单既復田单自應僭號焉肯入復寡人不然臨淄無望恐莒亦难常保君王後道大王論人事臣妾不知之若臣妾自天道观之則知田單必僭號不来襄王道大道何如君王後道臣妾前已言之矣凡国之興亡非小故也皆有天道存焉昔齊之亡非人

人力之所能矣天厭先湣王之暴而亡之也今齊之復雖人力復之實天憐齊祀之斷而假手於人力復之也天既憐齊祀而復之未有不復其君而復其臣不復其正支而復其旁支者大王齊君也正支也田單齊臣也旁支也名分具在豈容僭紊大王請安徐之迎大王之法駕不日將至也襄王尙未深信惟不得嫩且田單迎請之表並文武朝賀皆至矣襄王方大喜自嘆道寡人内有賢妃明於天道外有王孫大夫明于人事内外交輔豈不要哉後人有詩單讚王孫賈道

不有精誠貫古今　誰人肯向死中尋
千秋明眼於茲着　故識將軍忠义心

又有詩單讚君王後道

君在行時早識推　故行權便以相從
此皆深信天之道　豈是人間悅與容

色塗了 人神鬼怪之形各執刀斧利器不許開言緊緊跟于牛
尾之后 洞鑿通壕兩 壯士驅一牛出去驅牛到了城中便在直
对燕营却用火將牛尾上油灌過的麻葦燒將起來火一時燒及牛尾牛
负痛难当便咆哮怒觸直奔燕營四千壯士銜枚隨其后又令一千壯士
各持弓弩兩旁射來防其奔走一時奔突真有山崩潮涌之勢怎見得但
膽落馬馬嘶此時燕營見 昨辰田单又來報过明早出降今夜盡醉
寢以待明日入城取功賞 的牛夜忽聞馳驟洶涌之聲漸逼近營來不
覺 中馬起遠望見 燃之炬上千上万光明照燿就如白日
然的惡物如 虎一般奔突而來又見无數天神鬼怪跟
擋不着頭臉逆 都馬破魂都馬走那如就虎的惡物攻
上皆有傷朋鬥 者死者撞着就亡又見天神鬼怪大刀濶
得齊營中兵將 鼓鳴金連声一般隨後赶來那裡顧迩

正得烘醉誰人还敢上前相持誰有急急布逃筆奈人人想走個個思奔
一時擁擠自相踐踏而死者不計其數騎劫正在虎帳中安寢忽听得人
亂馬嘶急知有変忙只道 田单劫營不成人害及披甲出來一看忽見
倉虎成陣鬼神滿營不得魂胆俱死忙跳上一匹馬往营外就逃走恰恰
撞着出单趕到田单認得是騎劫忙攔住道騎劫不要走我田单來投降
了因乘勢一戟刺死落于馬下化做上泥正是

大丈夫仲不好 定要做將軍
誰料拋人骨 將軍死没坟

燕兵見騎劫被田单刺死軍中无主意相率大敗而去此周赧王三十六
年之事後人有詩道

火牛奇計雖然妙 到底还虧騎劫愚
假使金臺不易將 火牛未必又如何

田单既刺死了兵威騎劫一時大震便不肯停 单于夜收兵略歇歇息
便整頓隊伍乘勢追奔燕兵已經大別又听得主將已亡縱是英雄为誰
出力那裡还有開志就遇着齐兵厮殺此時齐兵氣盛燕兵氣餒着兵了
殺燕兵那可不裡殺的他过惟有敗走而已一路來樂毅所下之城邑
諸屬于燕反樂毅施人之恩不忍有負到了此際舊將軍樂毅又已出走
去了新將軍騎劫又已被田单殺了劇辛呂寺讨周辛又还朝不知消息
了及田单兵到又出营示迫逃齐數百年舊黑之恩一時威兵又赫赫炎
炎那裡还能为燕守節只得又相繼歸齐田单復了一城又添齐城不如
不意又皆復了八九兵馬直抵齐之北介田单故下令收兵正是

当年齐失容然易 今日燕还也不难
只是燕齐分兩様 算來原是一般般

田单兵因追勝有分教東方見光青不佳色不知後事如何且听下回分解

第十七回

一田將軍坐鎮迎君 燕守將聊城死節

詩曰

当前算得熱騰騰 过後閒評半是空 李宗思大楚救
往來还説下齐功 无窮新夢伊方始 多少残棋局未終
試想火牛何烈烈 而今了不見癲踪

話説田单盡復齐城成了大功方收兵回临淄重立齐家宗庙扫除宫闕
整理破残招致齐之舊臣與行齐之舊跡一時隱隱七大国之風依然还在
誰不羨田单之大功正是

為君难保国常存 只要賢臣能濟徒
若有賢能臣効力 国家亡了可重興

却說臨淄許多舊臣與眾星一 兵將見田单復了齐国功勞甚大又且
兵權独掌前日操從個終為將軍之理因合辭請于田单道齐王今已亡

二十万兵至便輸與田单田單縱有才能不过即墨一城能有多少兵將
兵至便連臨淄一帶俱復主剛君所慮恐亦不过又怪騎劫何之不听從
也劇辛見燕王亦是如此因欢息道日月虽明不能開瞽目之覌雷霆虽
響不能生聾耳之听老臣多言矣因怏怏辞出惠王看見亦不悅而罷正
是

老臣多杞慮　皆王認在曰
所以爭論時　兩心都不服

孫下惠王不題却說騎劫被劇辛說了一番虽然不听过了兩月見齊兵
不動不变也有些疑心暗想道納降的日期尚远他城中又不見動靜莫
非真乜有假圍城的兵既撤了不好又叫去關却只遣兩隊游兵早晚兩
次遶看城採听一回田单看见知騎劫有些疑心因又使那能言之人
扮做小民出城樵採故意的藏頭露尾與燕兵捉去來见騎劫騎乜正要

因嚇他道你齊国小民怎敢到我燕營來尋死快皇去走
小人道小的們虽是齊民今已投降將軍老介就是將軍老
人求將老介饒命騎劫道你主將投降尚未的確你們
迎小人田守將投降俱有告示安慰合城百姓人人看見了怎不
確騎劫道既是的確为甚只營遲延只因不粮未曾查清不便入冊故
耽閣了騎劫道果是真麼小人道若不是真小的們怎敢出城樵採騎
劫道既是真降饒你去罷百姓去了騎劫一發信以为实道我就知田单
不敢詐降不粮不清造冊未完是真竟成閒懐抱在軍中飲酒作樂只等
田单來降大將軍尋快樂各營小將军也就各尋快樂各營兵士也就各
尋快樂竟將戰鬪之事丟開一边不去問矣正是

为將須求为將才　真若才略便生災
苟言变詐浅难識　痛飲軍中誤不誤

却說田單打採的騎劫墮其計中滿心欢喜道眼中得燕軍可襲而破也
因想道騎劫既受了詐降全不設備雖可乘虛襲破但他有二十万人馬我
之精勇不过四五千人縱使一時攻破他的寨棚致他大敗却也殺他不
盡倘他収拾残兵又來攻城却將奈何又想道必須設一妙計做出驚天
動地之势將他嚇怕然后以精鋭乘之使他自相践踏方可躁躝他七八
但我人馬有限如何得能驚天動地又想道若要驚天動地除非甲神除
非龍虎鬼神人还可假扎龍虎神將何物去充又想道昔聞牛可与虎鬪
牛之力不减于虎况即墨城中家家以牛駕車瞥年甚多莫若收來以代
龍虎驅而出其不意亦可驚人但恐牛之性緩不使衝鋒又想道牛性雖
緩用火燒其尾則自急而前奔大腐中成算已熟因告人道神師有令燕
敗矣已定兵將皆登鬼神籙須神兵再其覌其国中姓刀鈴不畏勤須
用牛兵成其功凡城中人家馬之牛可盡收來听用人見是神師之令

又見說破燕有日都欢乜喜乜將牛送來田單查上共有一千餘頭了叫
人養在一箇大苑之中又叫人取了許多綵色的繒細絲織的繒綿照牛
的大小肥瘦做成牛衣衣上都用青黃赤白黑五樣顏色奇乜怪乜畫作蛟
龍虎豹的形狀穿縛牛身之上使人遠土里見只認做龍虎又取尖鋒刺
刃綁紮上却縛在牛角之上又將麻葦灌了膏油寸乜縛在牛尾之上牛尾
一摇就像一帚一般拖在尾后人見了皆猜乜疑乜不知何故來問田單
田單只推說是神師之令速我也不知道必不說破又將城垣掘了三五
十處叫民各鑿一洞且不鑿通到了約降的前一日田單乃殺了許多牛
具了許多酒將城四門紧乜閉了命老弱把守候到日落黃昏之際因盡
召五千精兵到來乃下令說道神師有令今日乃黃道大吉之辰天地鬼神
皆　臨陣將士皆在鬼神驅役之中只宜上前上前者神助不
宜退　退詠令巫因命五壯士飽食牛酒食畢叫蓋畫人以用五

実〻是詐将軍不要彼他瞞过騎刼笑道田單到此時計窮力竭莫說他他不敢詐就他果去是詐且請問他戰又殺不过逃又沒処走思想詐我些兵么劇辛道兵之勇怯全在兵心他詐稱投降者指望憐我們的兵心明〻是詐將軍若信以为真吞不設備則楽元帥下斉之功定要为將軍所送矣騎刼听了大怒道为將行兵須要看箇時勢論箇強弱若論今日燕斉之時勢強弱莫說田单食盡力竭直降于我即便有詐即堅一箇小小孤城能有多少兵將田单一箇匹夫能有多大本領便能以詐降之計破我三十万之大兵我使以誤信詐降之故寛容〻易〻遣將此全斉地土断送于地何言之妄也悟劇君前輩老臣要存体貌若使他將妄言便当以軍法從事且請問劇君何以知其詐劇辛長一声道兵家之妙法虚虚実〻难以盡言惟知兵者乃知之將軍虽擁雄兵朝夕攻城似乎威武过人矣然实討之曽与斉兵按一戰否即抉掾割鼻不过徒耀虚威以敷

斉怒並未埍斉一兵斬斉一將鋒來还是燕勞而斉逸斉力何以得如斉城之糧足食斉兵民久失兵民又未加食又未損楽元師圍城三年亦巳支持豈將軍圍城不三月而食便盡食不盡力不竭忽然而降所以知其詐也騎刼道既是詐為何又定降期劇辛道凡降而訂期者偷降也上有管轄不得自由故定一期以便接應今田单白为守將要降則降孰得而禁乃論朝救夕而定期此其爲詐又可知也騎刼道田单当面还說是詐难道城中富民以黄金千鎰來求保全也是詐不成劇辛道田单不降而處攻破其城或遭屠杀或被抢擄当除危之際富民以求財保全則有之今田单已投降將軍又允其降自無屠戮抢擄之事誰肯輕棄黄金千鎰而又買保全此其詐愈可知矣將軍恃太不知將邪老臣之多言恐非为燕王守士保兵也騎刼道兩敵力均忽太詐降則當防也今燕强斉寡燕大斉小燕戰向有餘斉守且不足降乃斉必然之事何更疑其有詐即使

有詐亦不过延挨時日安能倚降而別出奇兵以破我劇君可無多慮待我受了田单之降再往受莒州之降且報燕王劇君方信予之知兵也楽毅之上劇君請安坐待之劇辛道既將軍別有玄機則老朽陳人多言自不入听在此也無用还放燕以待其捷吉騎刼道既劇君要行予不敢強留但請尊便正先鋒楽乘亦上前稟道田单已有期料無争戰如未將亦求元帥給假往回一探嫂姪仙未即班師再來効力騎刼亦從劇辛道同楽乘二人一路往国騎刼見劇辛去了因大欸同衆將士說道这劇辛还是燕先王築黄臺求來之賢誰不道他有才有能原來盡是虚名一毫也故人情都不知道田单來降明〻是真他却看做有詐豈不可笑也此府說他〻只不信且待田单降後献捷之時再去着他不怕他不羞死拿定主意遂不攻打不守单等斉人來投降不題可憐

也是一片心

也是一双眼

也見一個人　奈何見識浅

却說劇辛与楽乘忙〻趕往燕国朝見恵王恵王已問道斉二城尚未曾下正在戰爭之时劇君与楽先鋒何遽反国劇辛奏道斉乃桓公之後原是大国賴昌国君三十年練兵養民之力又適遇湣王驕傲方能一且破下其七十餘城今虽上存二城在莒州新王初立又有王孫賈一班佞臣正在激厲之時即墨又有田单为將這田单虽非宿將却智勇兼全故昌国君与之对壘王平不能得意实是一箇勁敵今騎却代將毫不知兵節遍採聲言虚心对之尚憂有失乃徒时兵多視田单如無人竟受其詐降全不設備老臣恐失大主之事苦〻練之奈他一味驕矜百般固執毫不所從只恐敗亡已在旦夕老臣死法只得辞归告早大王迄大王速発大兵沿途接應縱不能再有臨淄守得一城燕之一城也死今盡矣爲可惜耳燕听了不亮失笑道劇君何过慮一至於此騎刼縱不才尚領着大兵

第十六回 騎刼不知兵难免丧身覆国
田单出奇計自能破嫡興齐

詞曰 奇正盡兵機虛实兵用只要人心有変通叱咤風雲勁呂直
是用膽傾詐是機関非真詐之門看不明白把江山送

話說差收归報田單說騎刼巳信投降为真的田单大喜犹恐差官一人言語信之不深因又心生一計叫人庫中取黄金千鎰使城富民會合了一二十家暗々親到騎刼營中献与騎刼道闔之田守將食盡力竭巳投降於燕王將軍麾下不日就要開城迎接大兵入城但恐大兵入城時大威猛烈有如水火一時倘犯遭仲故小民等備有黄金千鎰献于上將軍望表真誠上將軍垂念小民死知不開国要揖揮兵將曲賜保全則恩仁一再造感激不勝騎刼見了心中暗想城中富民巳知消息來々保全則因

单投降之情確然無疑是愈加欢喜因分付富民道田單既來投降則你斉国之民就是我燕国之民了便是齊鄭百姓我也不輕殺戮但恐兵將衆多暗々抢擄一時稽查不到未免道掠被刼再拿人正法便遲了汝等既知事休早先來求又献黄金自是順民我恁好尊你來意因將金子收了谷付小今旗一面兵大贼時可插于門上自無人敢入百姓頜了小旗皆欢喜拜謝而去騎刼若見這些光景以为万分的催心下暗想道田单既慨然來降我既又慨許其求降則是投降之約巳定為何我还令兵將国看他的城池攻打我既圍城攻打他自要閉城守紮約降之事豈不反成虛話分撤去圍兵使他知我大度降也降得心服算計定了因遣人抗了兩扇大硬牌分頭去撤兵上惡看

燕士將軍騎示斉巳約定国城各營將鳥可盡撤还本營毋進

牌到了不消一箇時辰巳將圍城的兵馬盡皆撤去田单在城上看見一

発欢喜遂悄々將城壯士俱叫了下來歇息却將城中的老幼婦女們挽了上城去看守又差官送投降日期与騎刼騎刼見有了日期到了信以为真全不設備却說劇辛此時尚在營中星樂毅行后騎刼敢作敢為一任自心全不請他議事去他尚是前輩老臣体貌還在一向見騎刼圍城酷攻蠻打挾纂劓鼻行這些慘刻之事雖非正道却還不傷燕兵正事只得忍耐不言今見騎刼受田单之降十分驕傲全不提防因暗々着惱道騎刼全不知兵所行皆墮入計中這企斉七十餘城非燕二十餘万大兵定要去后送他在手中遺禍燕王不小到是昌国君去了得個乾淨我今尚在營中明日事敗分辨遲了莫若劝他一番他必不听借他不听言飄然去了尚可免丧兵之辱主意定了因來見騎刼道田單之降將軍以为直乎假乎騎刼道小小孤城食盡力竭不降何待自去是真前日來請降若苦哀求得我允其降他欣々去以為万幸又安敢詐劇辛道田單之降

見齊惱恨這燕兵怎這等將齊民凌辱待我們出城去捉住燕兵也將他
割了鼻子報讐人々氣憤々要出戰又相戒禁々守護城池万々不可又
被燕人拿去受他凌辱正是

將軍善用兵　先要激其氣
其氣若激揚　戰之無不利

田單見齊民痛恨燕兵割鼻憤怒不平因又生一計使人四下揚言道齊
人祖宗墳前皆在城外最怕的是被燕人掘發樂毅是個庸人了不知此
事故安然無恙只恐新來的騎劫本是英雄定然要搜求到此搜倘去掘
求到此將墳墓盡折了拋棄屍俠則齊民都要哭死那個還敢與燕对戰
又有人將此言傳與騎劫騎劫听了又笑道兩国交爭佈敵也戮辱其祖
宗則子孫害怕樂毅亏他为將怎這樣爭体俱不知逃还要留傍于人说
是善于用兵因又下令凡即墨四圍成外斤有坟墓皆一齐共去盡將家

中枯骨拋棄于荒郊側城中人看見俱怕我燕兵之悚然連々來降伏燕
兵得令便盡行掘起城中人看見果拊心大慟道燕兵無礼辱我祖宗誓
必報之盡相聚了來見田單道燕兵殘我人民戮辱我祖其仇深矣其彼
雖然某等情願出城决一死戰必断其首剜其心方足快意就使戰敗死
也甘心乞將軍慨許田單道諸君既能奮勇則破燕有日姑稍待之以保
方全眾人方去了田單見齊人可用又暗想道齊兵雖然奮勇燕將防守
尚嚴一時如何攻得他動莫若使人許其納降將他防範之心弄懈怠了
便好下手因差一個能言之官乘夜來見騎劫道田单有事情禀々大將
軍騎劫道即墨孤城破在旦夕田单之死也只在旦夕还不早々投降却
又何事又來禀　差官道田將軍欲投降將軍久矣但因他是齊王的宗
族恐怕投降了將軍將軍不肯重用故此遲延今城中食用盡矣民心離
矣力不能支矣故差小官來見上將軍情願投降只求上將軍恕其前罪

仍照舊録用騎劫道且問你樂將軍圍了三年你城中不見困乏怎我纔
攻得兩月便稱食盡莫非此中有許差官道將軍有所不知樂元帥攻齊
時雖說圍城朝夕間却不攻打得了齊民又不殺又容齊民出城采樵採
又與田將軍文書往來故此三年不下今上將軍兵臨城下便朝又攻打
使守城兵民日夜不得休息得了齊民不是殺即是割去鼻子椎探之民
又不許出城又不與守將通其往來即墨小々一城兵有限民有限錢粮
有限如何支持得來今投降將軍寔是真情望將軍勿疑騎劫听了大笑
道我就說樂毅三年不下即墨者与齊連和也今果然矣可惜郭隗這老
賊不肵見若新見不怕他不羞死因對差官道即墨小々孤城不知天命
抗拒多時本當屠戮以示警今田守將即真心來降前罪不究还要奏知
燕王重々録用便是齊宗却也無礙但須早定降期不可遲緩又要負罪
去罷差官道上將軍既允其陸逼国之禍安敢遲延容小官归报定了降

期再來請命因拜謝而去騎劫大喜因推半醉酒來享合營將士誇張道
我之用兵比樂毅何如合營兵將皆踴躍稱賀道上將軍用兵孫吳莫过
也騎劫大喜遂日夜為樂只單等人來降正是

將軍一味驕　豈識兵家妙
所以喪其身　徒今千古笑

竟像個不知有兵在城中的一般齊兵若近城城上矢石如雨又使人不
敢近燕兵朝夕攻打費尽精神力氣却不曾討齊半點便宜騎刦惟倚着
兵將衆多在城下一味攻打却不能出一個奇計設一個長謀田單在城
上看見暗暗歡道樂元帥去而騎刦來齊之福也但虜燕兵势天吆天喝
地恐齊人胆怯因想道彼衆我寡々不可以奪衆之氣彼強我弱々不可
以奪強之氣若開城對人皆以神道設教以安人心今城中人民皆惑神道
若稱神以震其氣主意定了便暗暗打點忽一日清晨起來即四下对人
說道我昨夜睡到三更時分忽得一個奇夢夢見一個金甲神道向我說
上帝有命道齊国桓公之德列尚在人心今当伏興燕国新王之乱已
触天怒今当即敗汝可尽力为之我因再三推辭道田单愚蒙不識兵机
如何当得大任那金甲神又道汝不消愁得上帝已遣一神为汝軍師凡
神師所示戰无不勝我因問神師何在那金甲神因手指一人对我道這

不是我用手急々去扯他忽然驚醒此夢甚奇必然有準這個神師模樣
我宛然記得当往各処去求他正說不了只見当門前一個小卒頭戴一
頂破平頂身穿一領碎胖襖脚穿一隻綻皮靴又似癡獃又似風顛遠々
的跑到田单面前笑嘻々将田单的髮鬚一将道你既見的神師是我麼
說罷即撒轉身要走去田单看見忙起身赶上一把扯住大声告人道此
正是我夢中所見之神師也不可放他走了衆人聽說因一起上來圍住
那時笑道你們怎圍得住我々此來蓋上帝有命々我助你破燕我也不
去衆人听了俱各大喜田单因替他換了衣冠請到幕府置之上座親率
衆人礼而事之神師因分付道天道幽微兵機玄妙俱不可妄泄以后有
令只好田单一人之受命而行餘人不能遍告故田单朝下一令々行而
民悦則曰此神師之令也暮下一教出而事成則曰此神師之教也凡人
有功于民有益于人之事皆归功于神師故齊国人心皆以為得神師之

助起是彼国的百姓皆勃々有精神单薄的兵將皆糾々有胆氣全不將
燕国的煒盛放在心上田单看見甚是歡喜因想道城中兵民如此胆大
者因知有神師相助也城外燕兵怎能設個法兒使他也知我齊国有神
師相助便可奪他之氣再三算計忽然有悟道必須如此行之方妙忽一
日田单告百姓道神師有令凡民間朝夕飲食必須先祭其祖宗若祭之
誠敬当得祖宗陰力空中相助城中人皆深信神師之言果辰起早發也
祭祖宗向夕晚餐也祭祖宗当祭之時必要莫食灑于庭屋之上家々如
此遂使庭屋之上飯食遍灑飛鳥見了自然翔舞下食朝夕二次竟成規
矩城外燕兵遠々望見那裡知祭祖莫食這些緣故只見飛鳥早晚二次
准々的翔舞于齊城之上大驚大詫以為奇怪亦因五柳傳說道我前日
所得說齊国得了一個神師下教我們只道他說鬼話不信他今日明見
飛鳥朝夕廻翔二次只在城中城中若不是得了勝氣怎生有此奇事吉

這等看起來則神師下教不是假話我想神師下助自是天助天助齊我
們若々攻齊是逆天子逆天之人那有如日彼此傳說便攻城的心都懈
了就是將軍有令来督却也不十分肯出力向前田单看見甚是歡喜因
暗想道燕兵之心虽懈而齊民之氣被樂毅一向以仁义縛束定了如何
激発得起日夕思量忽然有悟道我有計了必須如此因使人四十揚言
說道昌国君用兵虽精却为人懦弱做不得將軍拿着齊人一個也不殺
所以齊人不怕他攻了即墨三年何曾取了一尺土去若是拿着齊民莫
說殺只將鼻子割去列在前邊攻打城池齊民看見豈不嚇死有人將此
言傳与騎刦々々听了大笑道此樂毅所以不能成功悟悟說恐不掌兵
怎麼得了敵人全不难为因下令軍中凡是拿着齊人不許私殺々々没
入看見但割去鼻子騎在前面攻打城池使城內人看見知我燕兵之威
燕兵得了將令與去拿着齊兵盡皆割鼻使他在前交戰齊人在城上看

採之民近近遠遠打听燕信這日騎刼恰也看見鼎止不同問知是卽墨的百姓便裝扮商旅想道卽墨百姓既以到此則樂毅與卽墨通和顯去矣三日不出定是叫卽墨來算計我我不早走性命难保就要備馬逃回隨行兵將禀道樂元帥前相見時原說請斬住三日卽行交代今方三日明日交代未何失信前云行剌昨云燒營皆係猜疑並無實跡卽今搃屡其通和卽墨亦未必去奈何便先逃走若果有變先逃固是知機倘逃回无変豈不惹人之笑話騎刼道有变无変雖不可測但此身落在地圖套中吾必甚是凶悖若不早走只太被他暗算要走便遲隨行兵將又禀道總聞樂元帥侍令明日准交三日之期已滿口若他果其聽算猶不在今一日將軍还須主持若无実據匆匆逃回何以復命騎刼見兵將說得有理只得支勉強住下住便住下只覺眼熱耳跳胆戰心京走又没擔慌赦一國先耳人備端正四馬一有変便好走路將到半夜不見動靜心總

畧畧放下不期到了五更燕營眾將因新將軍要交代皆要齊聚都果起齊集兵馬又恐兵齐馬不齐故各営俱放起號砲催集人馬一霎時炮迸天騎刼在營听見只認做卽墨兵來嚇得魂飛天外都得衣甲未曾說跳起來走到營外又喜馬是備端正的跨上馬也不顧隨行兵將竟將加上一鞭飛也俯跪回燕国去了正是

胸中无武又无文　惟有讒言迎合君
胆小不得將軍做　偏偏胆小做將軍

這边騎刼逃去這边各營將士等到田漸明时节俱分開隊伍排列戈矛旌旗耀日金鼓震天齐到營前迎請新將軍到大營去交勅印册籍而新將軍已不知逃去許多道路急得眾隨行將士沒有擺撇只得假意倚今說道新元帥有今若將士必待新元帥以今擇定今日午時大吉方人營受勅因暗暗放了七八匹快馬飛出似去追赶喜得騎刼身子肥大跪馬

不快只赶了三十里路方總赶上忙勒住了他的馬头細說放砲是各営兵將點集迎請將軍到大營去受勅印非卽墨兵馬有変騎刼听了犹恍恍乜惚不信因問道你是加裡得不此合果是真麽众人答道各營兵將俱已在營前迎請伺候怎麽不真騎刼聽見是真方纔欢喜众人催他回馬又甚沒趣因分付眾將不可說是逃走只說是私行訪察地利民情急急跑轉赶回已將近午時合營兵將迎着便金鼓迎入大營騎刼到了大營就請樂元帥相見衆將方禀说樂元帥自知有罪已逃归国而去矣騎刼原打帳待樂毅交了勅印就要遣他迎燕以逞己功不期先被他走归趙国心甚不悅因分付快差人去追赶眾將又禀道已逃去三日恐追赶不及騎刼听了因推青眾將道樂元帥既已逃三日為何不早禀我眾將道樂元帥身雖归趙勅印尚未付出誰敢多言騎刼道他去也罷了只是造化他了一面查點兵將一面就寫表申奏燕王報知樂毅之事

樂毅辞謝的表章也一並達上燕王以道樂毅的妻子宗族俱在燕国昌国的府第俱要在燕支給定去归燕使已好寻些爭端処他不期于他章归趙国归趙也罷了轉恐怕他怀恨又借趙国生心変下甚是有些不安却倚着騎刼統領大兵兼有斉国十分強盛便还不放在心上只是樂毅妻子并宗族便一时不敢動採

国有賢臣国之遇　不爲樑存卽爲柱
不知庸主是何心　若皆思量要除去

按下惠王尋計樂毅不題却說騎刼自受勅印之後將樂毅所行政令尽皆改了樂毅用恩他却用威他却要樂毅施仁义他專尚殺伐只在營中住得三日卽挑選了三方精兵自統領看往攻卽墨分兵四面就將城圍了兵多城少圍了一重又圍一重足圍了数重城中樵採之民一個也不放出每日在城下搖旗擂鼓耀武揚威田单在城中將城門緊閉寂默

表寫完隨將勑印冊籍交付衆將囑咐遠趙三日方可來與代將早恐其
追也遂悄悄意回趙國而去後人有詩嘆之道

一戰平齊七十城　黃金臺上鑄功名
須臾屈辱將軍去　鼓軍中失壯声

樂毅悄悄還趙不題却說騎劫次日欲見樂毅衆將回以造册忙不及相
見心下甚是疑惑又見衆將東一攢西一攢紛紛義論忽想道莫非樂毅
有甚詭計只因這一想有分教疑生滿腹鬼載一車不知後事如何家聽
下回分解

樂田演義卷之四

第十五回　代大將騎劫辱燕師　拜神師田單震齊氣

詞曰
不自愧駑駘昔逞螳螂臂及到傾危泛罵時方悔前功來
口漫言忠信疎總是饞言利試上黃金臺上看絡被浮雲
蔽

話說騎劫住在臨淄營中一日不見樂毅之面恐怕樂毅暗算甚是京梳
暗暗叫隨行的人役四下去打听忽有一人打听了回說道小人才看見
一位將官手持一把雪亮的宝刀悄悄付與一個勇士分付他道快磨好
了去用不要衆矢黑地誤事那勇士應諾而去似乎有行刺之意騎劫听
了着京道是了是了原來他躲着不見我却是暗暗使人行刺他明明殺
我便是仇恨朝廷罪无所逃昔暗暗刺他便好胡頼又事我得我的福大
早早得知可作準備就分付從人將草扎成一人大小長短與自家一般

又將自已的盔甲衣袍替他穿了到晚閉上營門將草人利到中堂據案
而坐案上點了明燭放上一本書只作夜看兵書之狀四傍却將帶來兵
士手持利刃尽埋伏了只待一有京賊起鋑來便湧出拿人自却躲在
一間土屋內氣也不敢吐一口暗暗觀察動静誰知守了一夜風也不吹
草也不動大家白白熬了一夜到天明騎劫就誇說道虧我善用兵法他
知有備故不敢來了回又到大營來見樂毅催他勑印并冊子衆將回說
还未造完只在後日准交騎劫道我要見見樂元帥衆將道樂元帥有令
造册忙恐相見誤了工夫一発遲了限期候造完一總相見罷騎劫无奈
只得退还自營去心下十分憂慮恐相臨辞因又打発人悄悄探听忽一
人來報道小人打听得一將東暗傳號令叫合營將大各備乾柴用似乎
有用火燒營之意騎劫听了又叢京道一人行刺还好隄防倘四圍七佳
放起火來却將奈何只好悄悄私出使他空燒去後奏知燕王治他之罪

幸不夾巧恰恰這日有許多鄉兵來營中交草騎劫看見要信燒營是真
到了昏黑之際因又裝了一個空營悄悄私去躲避只待有人放火便好
田來拿人不期又空等了一夜并无人來放火只得乘天未亮又悄悄私
回心下暗想道为何不來燒想是知道被我看破了又想道他是舊元帥
我是新元帥道些兵將怎不奉承我來并計想則是勑令尚在他処他既
不燒自去取了他的勑令來再処因又走來要見樂毅衆將回伏道册已
將造完并勑印明日准交今日不必見矣今日若見恐反誤了明日之事
騎劫雖去退回心下一発狐疑道樂毅一連三日并不見面定去不怪好
意莫非果然連通了即墨等邑要兵來害我他好裏應外合於中取事不
然為何東推西托只是不見一見能誤多少工夫就是造册忙也不至此
况樂毅詭計甚多不可不防因又着人打听原來燕兵與即墨雖是敵国
樂毅欲以仁義撫恤並不禁其樵採故田單白散流言之後便时时着想

唐慧亦有心　只護自家短
家国大兴亡　茫茫全不管

却說騎劫持了燕王之節連日夜奔到臨淄初還怕樂毅果立為王不利於已竟亡恐恐一路打探並不聞立王之說心方放下及到臨淄見端然是元戎的營寨便着人傳報燕使臣有詔書到了樂毅聞知忙排香案帶了一班文武將士大開轅門出來迎接接了進去拜罷開讀詔書寫的是

燕国惠王詔諭

昌国君樂上將軍今寡人聞朝廷無不酬之大功臣下無塞心之勞昔爾昌国君樂上軍將自先大王復国即撫人民練兵將勞苦於国中者幾三十年來及先大王報斉又披堅執銳冒矢石深入虎穴勞苦于塞外者又三十年于茲矣雖先大王薄有名位之封高昌国君却無安享之實是今不幸先大王以棄臣民安恐昌国君以親鋒鏑寡

人嗣承親統首念舊人く命騎劫權代昌国君上將軍之任統把兵將續完樂元帥下齊城之功詔書到日其速之付国く君暢游東山以遂室家之樂寡人倫嘆魚水以盡君臣之歡特命君勿辭幸送人

此詔

樂毅讀完詔書　元知斤毛生心又慮三軍有變特催愁稱謝道微臣若乃戕分之所當　今乃過蒙聖恩垂念感激不勝又勞將軍遠來益乎後晚欣幸無盡因命　八宴款待宴畢乃謂騎劫曰將軍遠來幸暫息三日容造冊交代騎劫見　一毅欣然受命言不推辭只得出就死营在下樂毅乃暗暗召范平與衆　之商議道平悔不聽范平之言早謝世事以明高蹈致有今日之辱可謂　不幸也雖然平之前功既已成矣今燕譽成敗宛判加矣乎之後雖借此　讒言以未傷不幸諸君休为我惋惜但不知傷今之計將安歸乎望君教　我衆將俱憤憤不平道元帥为燕伐斉不枚月而下七十

餘人其功五霸所未有功高如此勞若如此天下誰不知之也而新燕王輒君不知乃休讒言竟以一使而代將軍之任輕易若此向以服得天下之心實難以消士卒之氣元帥既專閫外之權未將等惟体將軍之命何不原遵燕先王之前命而自立为斉王天有金資以展英雄之志乃退く如言人無所歸未將實以为恥乞元帥裁之范平道諸所論く乃燕之敗庭之所為元帥所郭者忠孝所尚者礼義焉肯出此況新王自幼嗣身已聞　兆且由節王孫賈奮忠激励大有興扶元帥借此全名未為不美但還燕則人卒尤萬く不可樂毅聽了范平之言字字我心也若論保身自不還燕若不還燕則妻子宗族皆在燕何以相保范平道元帥不還燕栄獨保身正所以保妻子宗族也元帥若還燕先制元帥後及孝及妻子後及宗族勢必然也元帥若不還燕而適他国燕慮元帥仇之甚日夜揣く叩礼於妻子奉宗族猶恐不得元帥之歡心安敢復生也念元帥但

請放心可何抱也一毅亂了大喜道范君之言是也我本桓人宜歸於趙因傷表辭謝新王道

昌国君樂毅拜表復上

燕大王陛下臣聞君如加臣非賞則罰臣效於君非功則罪臣蒙先大王拔之異国位之木朝授之以兵而不疑假之以權而不制故臣得以展布腹心報斉仇而削燕恥以雁舊昌国之寵此者見大王之恩亦臣之功有以承其恩也不幸先大王早棄臣民微臣尚淹甲胄虛起錢粮挫鈍兵用此微臣之罪也應受大王之罰乃大王不即加討遣使代將召臣歸国以尊位爵此皆大王屈罰傷官以冕為功之浜恩也然臣細思還朝未免有愧念臣趙人既蒙大王赦却不誅則惣罰可以兩忘仍力趙人足矣勅印兵符俱付代人臣還趙矣至于臣子并宗人留事大王以效犬馬言邦表以聞

以美萊何故不用又用他人騎劫叩恩辭出燕王到次日發詔傳旨拜
騎劫爲上將軍前往臨淄統領大兵進攻莒州即墨二城以代昌国君樂
毅之任昌国君欽召回国另爵位兼輔国政命纔傳旨早有太傅郭隗出
來奏道樂毅之任無人可代一若人代則全齊去矣燕王因問道樂毅之
貴任不過一將之矣今鄭虎滿明卯何無人可代郭隗道大王新立春秋
方盛不知求賢之若拜將之難故輕出此言先大王欲報齊仇蒲明遴選
拜無一人故不得已而高築黃金臺以老臣爲死馬骨招致天下賢豪不
知費了多少卑詞存了許多屈禮雖得了鄒衍劇辛屈景諸賢亦可效
一得之愚並不敢當伐齊之大任最後方得了樂毅才同管晏參類孫兵
先大王憫于志方拜為亞卿授以国政樂毅又訓練兵馬三十年方能一
戰破齊報仇雪恥而有今日今大王雖據七十餘城以为二城易下特欲
伐莒不知齊莒惘及立新王即墨又易新將正欲戚欲生之時若又臨屆

矢之千里即樂毅竭力經營臣等尚憂其有失騎劫何人敢代其將一伐
將而全齊失矣大王豈可輕舉惠王尚未及答騎劫早在丹墀下大聲爭
辨道郭太傅莫太欺人自古雲從龍風從虎凡生一聖君必生一賢臣爲
之輔佐伊尹相湯固賢相也未聞武王伐紂尚求伊尹太公與周誠異人
也未聞桓文稱霸還倚太公樂毅雖才已爲燕先大王小試鉛刀之一割
矣今燕大王新立龍飛虎嘯自有風雲豈可定倚樂毅爲長城如燕必待
樂毅總與則樂毅未生燕何以開數百年之基倘樂毅今朝忽死則燕不
須立国矣且騎劫堂堂一身從未曾敗辱於人郭太師怎知得一代將則
盡矣全齊不是騎劫誇口說騎劫若掌兵權覷取二城直如拾芥我觀郭
太師爲此言不過黨乎樂毅所以爲樂毅報揚声價使樂毅擅于兵外立
爲齊王互相倚過耳郭隗聽了歎息道吾聞国家將興必有禎祥国家將
亡必有妖孽驕君殆妖孽也又聞利口必覆邦家騎君殆利口也老臣何

敢與爭只可惜先大王一片苦心故国君数十年辛苦一旦隳敗于庸奴
之手爲痛心耳惠王聽了不能決因問衆臣之言二臣言道孰是孰非鄒
得出班奏道二臣之言俱各據所知所見而陳臣等安能先定其是非但
樂毅不能伐齊是天下所知所信之騎劫之才不獨天下不知不信即不
以人人不知不信即臣亦不知不信即大王亦不知不信也以人人不知
不信之才欲以易人人所知所信之才何能服人大王還須慎之惠王遮
飭不過因直諒道寡人不是以騎劫爲才去代樂毅因見人紛紛傳說樂
自立之心騎劫代之是大王自棄樂毅也樂毅苟有心自立又連莒州與
即墨則儼然齊王矣騎劫又安能伐之騎劫此一往不過逼走樂毅使還
毅連和莒州即墨欲自立爲王故寡人遣騎劫代之也鄒衍道樂毅若無
全齊斷送燕矣耳開係非小大王亦當慎之惠王聽了心甚不悅因而罷
朝回到宮中又使人召騎劫道滿朝之臣皆不悅於汝劫將奈何騎劫道

郭隗一入班皆倚着先朝老臣動不動即以先大王壓服大王說些迂濶有
話當知人心不古變故多端急急隄防尚恐無及乃坐而待斃豈爲国之
道臣蒙大王拔用何異先大王之用樂毅樂毅既能下齊七十餘城以報
先大王臣豈無能孰不能拔二城以報大王臣今往代樂毅若樂毅無他
臣伐之還朝聽大王區處倘樂毅擅立爲王不肯輕代則臣覷便必至亟
之以彰大王之法惠王之法惠王道汝既有此忠義之心寡人也不必問
會廷臣因暗暗的叫人寫了勅書詔旨命騎劫持節連夜去了正是

庸臣亦有耳　偏不聽忠言
一到好總語　如糖伴蜜甜

到次日郭隗一班老臣聞知騎劫已奉旨暗暗往代樂毅之將皆歎息不
已道可惜燕王三十年之功勞一旦盡喪於奸人之手也有稱病不出的
也有隱遁而去的燕惠王那裡放在心上正是

而必欲強盡之恐一旦有變而前功一棄又智者所不為以元帥高明而反為之此愚所不解也故窮獻留莒即元帥察之樂毅感其意而深謝之然以昭王春秋無恙又念燕縱不能一齊而齊必無如燕何下二城之事小保七十二城之事大故因循未決不期昭王因好神仙要得方上的金石丹藥過多一旦藥性發作醫救不來遂於周赧王三十六年薨矣後人有詩惜之道

高築黃金立大名　報仇雪恥盡功成
正當長享千秋樂　却被金丹誤此生

昭王既崩公子樂毅嗣位是為惠王這惠王為人愚暗性又多疑一向為太子見了樂毅倚着昭王寵幸全不在太子面上致些殷勤已不甚歡喜又因進說樂毅之過被昭王笞了二十一發懷恨在心今既嗣位便思量自要算計他却因樂毅擁兵在外權位甚重一時動他不得又因郭隗將一匯

老臣時時稱說樂毅之功禮當優待只得隱忍不往了樂毅聞知昭王晏駕不勝大慟就要辭戰還朝因礙着燕王初立恐有形跡只得暫且忍心不期田單打聽得新燕王即位不勝歡喜因告人道消之恢復其在燕之新王小人人聽了俱不信道燕雖易主兵權仍是樂毅執掌總是一般燕新王又不臨陣如何在他身上得能恢復齊那田單微笑道非汝等所知因悄悄使人打燕都去打聽來回覆道燕新君外面名色雖說厚待樂毅而何當其人去打聽新王與樂毅厚薄如何近日所用何人所行何事其心腸却因舊燕王在日愛護樂毅將新燕王打了二十下新燕王十分懷恨日夜尋樂毅的短處近日所行的人盡是一般諂佞第一要尋騎劫做太子的時節就與他相好惟言是聽所行的事人都近於荒淫田單聽了以手加額道此天賜齊復国也因又使能言之士悄悄至燕布散流言只說樂毅擁大兵在齊已久有心要自王為齊王撫有全齊之地只因礙着燕

先王為他築黃金台一番寵幸又礙着封拜他為昌國君一番恩情一時掉不過面來故假借莒州即墨二城只說未下故得長擁大兵以觀燕變今日燕舊王已崩便不看燕新王在眼裡竟暗暗與莒州即墨二州連和叫二城請立他為新齊王坐臨淄號召七十二城自開一国莒州即墨二城兵民今得再生十分歡喜只在早晚便要舉事惟恐燕王察知其情換了他將來攻則莒州即墨之民登時俱成虀粉矣流言散開早有人報知騎劫騎劫一聞此言即來見燕王細細報知道臣之前言如何臣言之時先大王猶肯聽信或是削他之位或是戒飭他一番他便自然悔過不生異心奈何先大王過于溺愛其意不信釀成今日之禍今又連和莒州即墨其志不小大王若不早圖不獨要將得之全齊拱手送與樂毅只是怕樂毅既得了全齊燕兵將昌国君又不能忘情於大王之燕王也燕王聽了猶然變色道大夫此言從何處得來將却道外面紛紛皆為此言不獨

一刀故臣得知燕王猶自沉吟因又着人四下羅去採聽採聽了來回復皆是一般言語燕王方信以為實遂恨道我不料樂毅負恩如此這就要依昔差人去拿來問罪騎劫忙止住道大王差了樂毅如何容易差人拿得燕王道若不拿來如何處他騎劫道樂毅不是純臣況手握重兵正欲自立為王若公然去拿他一時不服不特促他反叛起來為禍不小愚王若逆慮及此怎生處他騎劫道只好下一道詔書假說念他久勞在外功高勞苦今遣別將代他身回国安享他奉此道旨自然要歸待他身到国中那時聽大王治他之罪便可任意而無他変矣燕王聽了大喜道大夫所算甚妙但国中名將俱被他帶去臨淄大任千係不小却又叫誰去代他騎劫道不是臣誇口自薦臣兵書戰策自幼習學布陣排兵從來所有大王若肯破格用臣臣到臨淄不出三月即當踏平莒州即墨二城以報太王之知遇燕大王勿疑燕王大喜道既大夫有此雄才又肯身任其事最

王昭王開表一看只見表文上寫着

昌国君臣樂毅謹具表奏聞於

燕大王陛下 臣聞臣乃有誓死不変之大節為將有擁兵要挾之功名臣毅異国之臣蒙大王一顧即立為卿相委以軍国之大任肝胆托之腹心待之凡臣有言言必听凡臣有計計必從真不啻風雲之會魚水之歡臣每撫膺肝塗地以報高厚之萬一今幸一戰勝齊使大王深仇得報大恥得雪雖可少效涓埃然而臣心未盡也故留兵徇齊欲撫有全齊之地以擴大王之封疆因思破齊與撫齊不同破齊可以用威撫民必須用德臣德威並用款以彰大王之仁義故莒州即墨二城至今未下臣之罪也即有人言亦其宜也即蒙大王知臣有素不信其言不加罪戮臣已感恩無地奈何復辱明詔諭立臣齊大王為之王既下詔立臣為齊王則是大王亦宜臣矣自此心矣

若臣有此心則是臣为打兵要挾之歹人失則是臣为叛亂之匪人矣臣素奉故君子君臣之節凜去决不自辱以負大王之知己大王収回成命容臣展一腹心於始終則君臣一日之雅可古千秋矣若必强臣为不義臣有死而已不勝惶悚之至

燕昭王看了樂毅表章见其抵死不肯受齊王之命因大喜召群臣逆我就知昌国君不負寡人今果然矣知寡人於昌国君亦可謂無負矣只因君臣無負有分数变不能保其子孫不能保其死不知後事如何且聽下回分解

第十四回 燕不幸丹藥亡君 齊有謀流言易將

詩曰
君臣保得明如日 無奈君身又逝雲
總是天心成敗定 故教人事忽紛紜

又曰
他人爲政偷思議 自聽讒言自不難

只道奪他權與柄 誰知失足自江山

話說燕昭王见樂毅不受齊王之命一発信臣不疑此時報仇雪恥俱已遂心無復他想遂在宮中快樂惟恐不壽遂有一班方士哄诱他神仙之術點煉金石丹藥以求長生亦是

家国深深猶得復 又要性命望丹成
始知人事心難死 爐恨金頭日夜生

昭王修煉丹藥自掖下不题却说樂毅在臨淄见昭王不聽宋人之言深感知己誓欲盡滅全齊以報之日以二城未下为憂督臺攻打忽一個门客叫做范平進而說道元帥典兵夫人識窮今古豈不知天何不滿東南地且傾於西東何况人事安能有盡成之功元帥一戰勝齊不数月下齊七十餘城功已偉矣名已成矣又毁齊宗庙遷齊重器燕君之仇已報矣耻已雪矣即五霸之烈至此已矣無以復加矣何不飄然長往使天下想

其必神龍见其首不见其尾豈不高哉即不能亦宜辞身以享昌国之奉而全其名節乃戀此二城三年於茲仁義不能速施威武未免少挫中山之谤亦已再见雖明主不聽得以保全然怨已結矣隙已生矣設或燕王一旦捐館恐不能再擁油幢常如今日也縱元帥雄才大略臨時自有懲逞窮猶虎其頭蛇其尾於为美王之一玷且天道好還不能盡如人意往者齊王遣臣章乱燕以为盡有全燕大豈料燕大王又能復国即料燕大王能復国亦不料燕大王能求元師可才能於三十年後報仇雪恥盡有其全齊如昔日也今日元師已破齊如昔日齊之破燕矣又焉知去逝獨在燕而不在齊乎樂毅道此事吾久已知之故緩二城之攻但受燕王之恩甚厚感燕王之知甚深今二城未下一旦委去是勇於保身怯於親王心有不忍故尚思盡力不計其他范平白此固元帥之忠也但力有可盡連下齊城已盡之矣今留齊三年而二城如故似力無可盡矣力無可盡

然猶不足言很何得以小人妬忌之心加於君子疑彼有自立爲斉王之
事毋論昌国君忠誠爲国必不怀此異心即使昌国君果有此心以彼所
下之斉城即立彼爲斉王亦未爲不可汝小了何得爲此昧心之言備聞
之於外人不獨傾忠臣解体且視爲交何如人况莒州即墨二城不即下
者昌国君之自有深意豈乳臭小子所知也不責汝上不知戒因命宮大
將太子管了二十乃已正是
縱有浮雲人脊㝠　雖遮日白與天青
明王聖王心同此　讒語讒言豈肯听
騎劫探知太子進言被昭王責了二十心甚不安因想道樂毅擁重兵在
外延捱三年不能下斉二城此言人耳就是父母骨肉也要動疑忽歷燕
非反怪太子直不可解想还是太子說的不妙又想道太子由說的不妙
彼父亲責罰只想要怪我娛也必須要再弄一能言之士妥說說明此事

180

使燕王听了太子方知我不早悞他又想道郭隗鄒行屈景這一班雖然
能言却與樂毅相好斷不肯言却央誰好想了半晌方想道大夫宋玊日
舌利便若他肯言再無不听之理因来見宋玊道樂毅擁斉欲自立爲王久
矣而燕王不悞反認为忠良報欲進言因与王疏王必不听宋大夫言素
爲燕王所重若肯一言使燕王感悟早除樂毅燕国之福也不識宋大夫
肯言否宋玊道說燕王去樂毅谷易但去了樂毅要尋一人代樂毅之任
就难了騎劫道擁全斉而臨二城凡將皆可代之何难之有宋大夫若肯
存我騎劫我騎情愿以千金爲宋大夫寿宋玊道既騎將軍如此就說我
即言之因是燕王道大王代斉豈是自伐耶還是爲他人伐耶燕王道寡
人伐斉爲寡人怨斉恨斉而思欲平斉也怎麽說爲他人伐宋玊道既是
太王自欲伐斉爲何費了許多心機今既得斉轉送他人受享燕王道所
得城邑盡已編官入燕怎叫做他人受享宋玊道編入燕者之名也実已

181

受享者樂毅也大王昌伐斉之名樂毅享破斉之福豈非为他人伐耶燕
王道従来伐国俱係命將豈獨寡人今日命樂毅即爲七樂毅耶宋玊道
命將不过其一時專征伐功成即當致命那有爲將既已得其城邑乃三
年不還其主而竟自擁之以观𡨋待変之理樂毅之心人盡知之而大王
獨瀞不知此何意也不过感其復斉之仇恨若復斉仇而得地归燕国可
为功若復斉仇而得地自據不归燕則又不算功要算爲罪矣又何感焉
大王奈何只念其功不思其罪窃为大王过矣燕王沉吟半响方說道原
臣不一時䣃[illegible]皆集那王賜郡臣飲了数巡因嘆息說道君之所以为君
者賴有臣也国之所以爲国者賴有賢臣耳既有賢臣君国之幸也奈何
不利於好人而好人必欲讒而去之殊可痛恨也寡人欲報斉仇而築黄
来如此因命置酒大會郡臣宋玊滿心欢喜以为燕王听其言方會黄金
臺以求賢之数年方得昌国君之太才昌国君又訓練兵將戎有三十

182

年方能爲寡人報此深仇已郭矣功已成矣正宜君臣安享榮華奈何生
此一輩忌賢嫉能之奸臣如宋玊者架言昌国君欲自王於斉攛掇寡人
廃棄之令爲君臣一番際遇不得保其終始其心何險也使寡人誤听之
不獨辜負昌国君一片血誠並寡人三十年求賢之心俱自棄如流水矣
豈不深可痛恨據彼巧言但以昌国君欲斉王爲詞若以破斉之功論昌
国君即立爲斉王亦未爲不可因命左右即縛擒宋玊出而斬有以正其
獻讒之罪群臣欢然皆呼萬歳正是
讒人只道讒言巧　不是明君耳更聰
爲壽千金毫未得　一時性命已成空
昭王既斬了宋玊即遣客卿屈景持節并齎詔書親至臨淄大拜樂毅爲
斉王盡有全斉之地樂毅詔書接着開讀了驚惶不知所措因細問屈景
方知是宋玊進了讒言乃泣拜於地死不受命因具表文枉屈景回奏昭

183

漸有起色不期卽墨的守將忽然又死了一時三軍無主合城的士夫惶惶因聚而商量道卽墨雖小小孤城不足重輕然在於今日却是齊之根本守將既死若不擇一個知兵之人推戴為將倘有緩急將誰倚賴眾人以為有理因而各舉所知迭舉了數人皆不服眾忽一人說道我舉一人大有將才眾問是々誰其人道不是別人就是平安逃難來的宗人出單眾人有所都曉得他截短車頭鐵籠軸心之事齊應聲道此人果有將才虧得正當我輩幾乎忘了遂同了來拜請田單田單因見眾人合詞而來都出真誠遂不推辭因說道當此國破家亡之際單又有同宗之責既諸君見推焉敢辭因說道當此以伏齊疆但為將兵戰機密難盡告人成敗或竟或勇或怯或奇或怪各有變通願諸君勿誅眾人聽了俱大歡喜道卽墨得人矣因將一應事權盡付田單立為將軍田單既為將便周視城垣檢點兵馬稽查錢糧整理器械見城垣倒塌能身操版鍾與士卒同

雖去燕國生機變　終是齊應柰絕支

過了此時畢竟天不絕齊燕國又生事來却說燕國有一個大夫名叫做騎劫生得身長體壯頗有臂力最好談兵斂布陣操兵看見樂毅他一戰勝齊封為昌國君執掌兵權十分榮耀便待々垂涎恨不得造此讒言將樂毅逐去讓他做了方纔快意爭奈燕昭王與樂毅一心一意歡如魚水縱有絕言誰敢去說因心生一計細想道外廷臣子怕王加罪故不敢進言若內中太子是骨肉至親無嫌無疑若肯在前挑撥一言半語自不知不覺傾心聽信因又訪知太子樂資為人甚是愚暗不明道禮可以聳動滿心歡喜因時々卑詞厚禮殷勤結交太子不知其好遂傾心相待往來莫逆騎劫見太子與他言聽計從好如膠漆便知早晚蘭譖恰好太子又偶然說起樂毅伐齊之功不獨報了燕王之仇恨又開闢全齊地土以擴燕基真古所無也騎劫因乘機說道樂毅受燕大王萬金之爵借四諸

侯之兵為燕先王報了深仇功果高矣若說以全齊地土開擴燕基這却未必太子道樂毅已下齊七十餘城所未下者不過莒州卽墨二城況二城兵馬圍攻且久必下若全下了則齊亡矣這些土地不擴燕基却將誰屬騎劫笑道樂毅若有心以齊地擴燕則擴之久矣何待今日太子驚問道此何說也騎劫道殿下明見方曉此小事有甚難知樂毅能于齊王未死之前僅六月卽下齊七十餘城取之如寄今齊王已死宗社已傾所未拔者止莒州卽墨二城樂毅苟真心欲破之不過旦暮事耳何延挨至今三年容搏其立新主易新將而反退兵不攻此其心可知也一者欲以恩結齊民望以為異日自立為齊王之地一者留此未了之局以便久擁兵權一者因燕大王寵禮甚厚不使易心假此延挨只待燕大王或有不諱他卽反轉而反自立為齊王矣他的心路人皆知何燕大王與殿下竟不知還嘖々稱其功感其德愚不解也太子聽了驚訝道二城不下我只道

是兵戰爭不勝據大夫說來乃知有許多委曲在內甚為有理若果如此則父王俱受他的籠絡不可不細々道破早為之計騎劫道殿下若言只宜說是殿下之意則燕大王便可聽信万々不可指明臣言以攻燕大王動疑太子許諾遂入宮親見昭王將騎劫之言細々一遍說了道燕國費了無數錢糧勞了無數兵將今幸得了齊國轉被他人謀占去豈能甘心父王當早々圖之尚可挽回昭王聽了勃然大怒道小子何昧心於此汝祖受齊王伐辱宗廟盡傾寶貨俱失汝父逃避於無終山幾乎一身不能免時燕國尚屬他人何敢復望齊地雖賴祖宗之靈得以復國然隱忍飲恨欲訴無門幸昌國君大展奇才連合四國諸侯一戰勝齊又率輕騎奮不顧身直搗齊都逼走湣王又調淖齒誅之又毀齊之宗廟又遷燕之重器以歸于燕使齊王昔日所肆之惡一一報之于身不爽毫釐使為父的今日揚眉吐氣於諸侯之上皆昌國君之功也此其功雖子孫世々尸祝

敵全亡兵將破敵全非一胜伉恨激発之氣今齊亡於燕之地使燕將恩父不恤齊民便好激發齊之氣以報燕仇今樂毅田破齊國而尤拊循齊民寒衣之飲食之不啻父母民正相安而忘其為敵国安能激發齊民依国之氣况即墨小邑兵力有限恐終亦必亡而已將軍不可不思田單道此事吾思之久矣存之势矣大都国之興亡自有天意亦之成敗定于変端湣王暴虐天实亡之故樂毅一戰便能勝齊今留齊三年不能破莒州即墨二城豈二城兵力强於七十千城哉此矣天意不欲亡齊也故莒州又立新主此所以單効即墨不敢辞也若利樂毅施仁又要買民心难於兵破須知樂毅留齊三年矣天道且將小変何况人事乎故予但伿心八十以待天心他非所知也谋士听了因称赞道將军高见出于寻常方比為人古而去正是

混遁天心不可窺　个中明眼已先知

172

其謀作見軍旅单寒即宗族孝麻亦皆編入行伍嚴强狠法絶不假借為民因苦百般揺恤滿城人最怕他又最爱他田单又使人到莒州報知新上相約犄角救援以拒燕兵正是

莒州立新君　即墨一新将
君將一時新　便知新氣象

田单在即墨堅守且按下不題却說樂毅在臨淄初聞得王孫賈殺了淖齒心下想道淖齒狂横因有取死之道然擁兵二十万王孫賈左袒一呼便將他殺了倘若何人过了些時又聞得莒州立了新主心下又想道民心尚未忘齊又迷了些時聞得即墨二州的兵將撤回十里必然建立軍人齊尚未可亡吾下令將圍莒州即墨二州的兵將撤下想道還亦得壘緩之可也不限時日又下令二城兵將臨淄總探方許对敵百姓出城燕探听其往之不許擒拿民有饑餓者可給米粮以為食也有採樵者可

173

給布帛以為衣食且燕者听從其願者不強自樂毅下了此令許多燕兵皆不知其意甚疑故因乘閒請問道元帥僅六月而下齊七十餘城可謂所向无敌行神速既入臨淄齊王已逃乃容莒州即墨一二小邑为歇肩喘息之地初还謂二小邑做不出甚大事意若撫之待其自下以示燕在不必多極兵力僥於殘暴今抚恤加恩亦已三年而不下如故且又立新主又易新將又完繕城池修練甲兵欲要与燕相抗此其意甚不善也元帥宜乘其總起急加重兵方可破碎奈何倒退十里欲为久守之計又且容其樵採給以上食田單欲之則是无時破齊也諸將不解之元帥教之樂又道將之道貴獨在於能戰必須上观天意下察人心必天意所発人心所乘乃能成其戰功若二者之間看不分明而徒恃兵威逆而鬭之則心在齊湣王殘暴與当天意厭人之心乘之故予長驅深入一戰成功不数月而下其七十餘城今昏王既死則殘暴之罪亦已消矣屯於齊之

174

訪求不出世子尚遅疑不狄今見襄王伏立又見道人招致遂都到莒州來相後一時莒州便大有生氣正是

興亡全在人　人勝即天命
所以只求賢　絶不闈僥倖

只因莒州又有氣象有分教衰尽忽興否極而泰不知後事如何且听下回分解

第三回　樂元帥諗天心容小邑　燕昭王念功績斷讒人

詩曰　從來成敗有天心　識得天心眼便深
不是此中存一線　二城安得到於今

又曰　一語言雖說巧如簧　只合挑唆愚與狂
若使入於明主耳　直窺其肺察其腸

話說齊王燕失单策得莒州即墨二城尚为齊存一線莒州新立了襄王

175

事佐敢相瞒但小人实々係一穷民故甘心傭作后女道你不要瞒我々
看你気象不凡隐々有龍凤之姿非独不是穷人而是富贵之人还不是
寻常富贵之人我实怜你不是害你你何若忍而不説世子低着头想了
半晌方説道小姐一双眼已死明鏡一片心已如父母一般至誠已如天
地我再不説是草木也便死也顧不得不瞒小姐説我实是齐王世子出
法章也国破家亡流落至此望小姐憐而勿言使得苟全性命后女听了
方大喜看着侍婢道如何我説那裡有這様貧賤人因又对世子説道殿
下不必多虑自今殿下之富贵至矣世子道齐已亡矣何敢伏望富贵后
女道齐之亡亡於斉先王之暴虐非田氏之数歷終也自有興期殿下安
心待之世子道齐国已成灰燼小姐何以知其垂興后女道燕毅前於六
月中下齐七十餘城今留齐几三年而竟不能破莒州即墨二邑此中大有天
之意存焉以十其垂興世了道若頼社稷之灵里見天日当以后妃報

心之恩后女知其必王遂乃私焉 正是

不去听他從 非于悦々容
祇因貧困里 俯眼失與尼

世子得后女周旋方免饑寒又过些时忽听得王生贾杀了淖子因齐国
先王四下訪求世子聞知不知禍福吉凶京恤无措只想躲藏后女就此
因説與他道殿下不必躲藏此正是殿下伏国的时候快々出去應承不
要失了机会被别個宗人認去世子犹及疑不决后女再三催逼世子乃
自走出来对大史后敫説道我乃斉王世子田法章听了外面有人方我
不可隐忍烦太史为我通知大史后敫听了始大京即报知大成不曾厚待
因報知王生贾王生贾大喜因具衛驾仪位率领斉国一班旧臣都到太
史后敫家迎請世子世子出见衆旧臣旧臣認得是真无不欢喜都踴躍
以为有主因迎至宫中共立为王号为上寸因大斉臣垂加官加大成心

扰民咪兵保守成池又未垂聘立太史后敫女为后聘至而太史后大再
祭之始知女先有私大恨道女无嫁者非吾女也豈汚吾世也自女之入
宫遂绝不与通往来

后位非不荣 白璧豈容玷
所以守礼人 薄而不相見

襄王既立因见莒州孤单恐难久立因使人四下招致旧臣原来斉国的
臣子原也不少只因愍王骄傲只信才佞不用忠直故尽皆隐去不願为
官後见王蠋死节就都嘆息道王太傅已告老在家当国破家亡之时士
怀旧君不肯失节我等人立文朝食其垂六享其高位见其一旦败亡便
都逃未安居不图恢伏豈得为人就有個要图恢伏之心後又尚知去住
贾祖臂一呼竟杀了淖齿京散了二十万楚兵愈激発其勇往之气相结
道凶红成敗只要有人忠募那弱那裡論得遂紛々相約要图恢伏只田

其一又有数天字仰观春天见填星明々尚未見亡国之徵故菖州即墨
屡々正攻並不能下此虽若人事々他实则天心存在故字缓其攻看未
攻逆天意也今斉新王又立新将又与正彼復分激励之时若与争鋒彼
壹震正盛燕未即据莫若施其仁义推尉其民心使彼蜂蜃之力无所用
之而終存疑異此兵家争上流法也倘彼君臣死坚恐之心一旦出饑自
内必为附於燕即使始中濁方同心亦正箍保二城被不能以兵成勝
仁义垂有溜滴海岱吾故以正为退以不戰为杀伐也倘仁义入於民心
而天意为之晚回彼时安意全斉方无于也此时若急々以强务之未犯
其新鋒吾未还此利也諸君不可不察衆將听了方拜服道元帥深謀远
各常申国之士所能窺乃一也自士之後乃治兵不懈而推民必仁义为
无敌而斉已下之民安心服燕即菖州即墨三州未下之民时切其恐亦
不深伏於強田单一个心大不然見了深巳为下世箝々來见田单道末

願從吾討賊者當聚吾左袒市中人見了俱錯愕驚嘆彼此遂與道此人小小年紀尚有此忠义心腸吾輩世为齊民素稱好义豈反不如他况淖齒暴虐異常日日害民從而殺之也可除去一害遂你也左袒我也左袒一霎時左袒要殺淖齒就有四百餘人却喜得楚兵雖多都分屯在城外一时間不知城中之事又喜得淖齒自殺了湣王以为惟吾獨尊料無人敢去落他因放心樂意在齊王宮中受用这日正在宮中酣飲使樂色妇人奏樂以致宮門前雖也排列着許多兵士把守又喜得許多兵上也與將軍一般心腸將軍在內酣飲衆兵士也就在外酣飲偃甲不等刀鎗間倚誰來犯不料王孫賈一时發憤聚了四百多人突然闖到王宮正恨没有兵器恰好守宮門兵士的刀鎗俱開放在那裡衆人看見不勝歡喜便喊一聲兩一齊抢去拿在手中湧入宮來淖齒此时已喫到沉酣之際各人解衣脱帽突然看見先吓個半死怎敢上前迎敵及要往後躲时王

孫賈已與衆人奔到面前乱刀齐下砍個数段守門兵士急急起擁來见主將已被殺誰肯向前竟四散逃去城中百姓听得王孫賈誅了淖齒无不欢喜都一陣一陣蜂擁而來助勢相從王孫賈因率領着將四面城門緊閉了用輪流看守以防城外兵变誰知城外的楚兵雖多忽然听見淖齒被殺没了主帥便人各一心不能鈐束有一半依舊逃回楚了就有一半竟往臨淄投燕不旬日之間二十万楚兵去個乾净後人有詩贊王孫賈道

御遵毋命去從天　左袒能誅淖齒亡
不獨湣王仇得報　又为新主立齊軀

王孫賈既殺了淖齒又見楚兵散了莒州保全百姓无恙心甚欢喜只恨國家无主一时訪不出世子來甚是着急日日差人四处踪踪不題却說那湣的世子唤名田法章自燕兵到臨淄湣王逃走他自知臨淄立身不能

勾因扮做百姓隨人逃走不期附近邑州盡已降燕无处可逃止聞得莒烟尚为齊守只得遠遠逃到莒州到了莒州不期又遭淖齒之変可欲逃往他方齊国却又无地投奔何只得改变姓名投傭到太史后敫家傭工暫图潛藏其身這太史后敫不留心細察怎知他是個贵人竟將他照着衆傭奴一例看待飢寒困苦有所不免正是

呼牛呼馬尚隨人　何况身随牛馬郡
漫道衫衣垂帝冕　脱來原是歷山民

這太史后敫雖一時不曾識得田法章却喜得太史后敫有个女兒后氏生得

美貌如花而无凡花之媚態肌瑩似玉而兼美玉之奇光舉止端詳笑輕盈之燕聲音清楚叱俏麗之流鶯鬢髮如雲何必更施膏沐遠山横黛不須巧画蛾眉眼凝秋水不作流波之轉体融春風氣丹

芳淑之姿生不尋常若非帝女臨凡望而貴畢定是后妃出世

這后女不獨人物生得窈窕端莊歷倒尋常艷麗最奇是一双明明眼善識人凡人到眼一看便知他的貴賤聰逼更可敬者多才足智可以治国經邦往往臨鏡自許有后妃之福故許多貴官來求親他都不允忽一日偶然看見世子雖在衆傭奴之中灌園心下暗暗吃了一驚道這傭奴貴人也如何困辱至此必有緣故便时时叫侍婢周齊他的衣服因而察訪他的家世來歷世子只是粉餙不肯說出侍婢因告后女道小奴細細盤問道這些公子王孫他都不知道希將來还是個窮人不是個貴人小姐莫要錯看了后女只是不服过了幾日因又叫侍婢去盤問他盤問了來只回他是貧賤之人不是贵人后女愈覺不服道那裡有這等一個貧賤之人因自走到後園使侍婢暗暗叫他來問道你係何人可实实說出不要瞞我我还刻有商量世子道小人蒙小姐时时賞賜衣服感激不盡有

夷維一班倭臣欣欣然竟向鼓里而來到了營中以為淖齒必去出來迎接倚緩ヒ勒馬有待不期一声砲响虎帳中早吶一声喊走出千三百個刀斧手來傳將軍之令叫將无道昏君拿下湣王听得吃這一驚不小口迷爭嚷道我是齊王天子誰敢拿我早被眾刀斧手拖下馬來橫細竪縛的細到帳前一班倭臣也都解進淖齒竟高坐在帳上指着湣王大罵道齊乃霸国汝乃霸国之君若不昏暴高拱九五誰敢侵犯乃東征西伐一味驕矜爭利虐民百般无道諸侯之師纔臨濟水止經一戰早已棄甲而逃樂毅之兵剛到臨淄并未对壘又復棄城而走不數月已將全齊斷送今偷生於一城尚欲何為本將軍奉楚王之命本當垂恩齊王今見天心已去民怨已深故不得已而為天下除殘去暴另立新王汝須莫怪於我湣王听了垂首无言只有夷維為他辨道齊王那驕暴之罪固不能辞但恨平時无忠良忠諫所以至此今蒙大將軍正訓一番自應改悔淖齒道

屢說無人告誡齊之亡徵上有天下有地中有人已告过三遍矣夷維道何曾見告淖齒道昏暴之人如何得知前者千乘傳昌地方天曾落血水如雨者一連三日豈不是天告麼傳地方地曾一裂深及於泉豈不是地告麼可異者忽有人当闕而哭急ヒ去拿他却又不見人雖不見聲隱ヒ何而哭声豈不是人告怎說无人无告誡全不知今已至此尚欲求生於何能得為夷維看見光景不能相救便跑上前抱住齊王大哭道大王夫子也而倉卒中失於防備乃死於匹夫之手天耶命耶世事不可問矣淖齒命乱刀先斬了夷維然後生抽王筋懸於屋梁之上三日之後氣才絕

正是

暴君暴死非尋常　不用悲來不用傷
不信彩臣私到底　也如公論昔從亡

淖齒既弒了湣王情知與齊結仇已深恐怕遺下子孫後來報仇遂着人

四下搜求齊王的世子宗人欲盡殺之以絕禍根不期宗人世子一聞湣王被弒之信便都隱姓埋名逃去無處可求只得罷了淖齒因前有約遂寫表章一道送與樂毅誇張其弒齊王之功要樂毅奏知燕王下詔平分齊地立伊為齊王樂毅雖延挨不行却滿口應承淖齒喜之不勝因在莒州就行王者之事驕淫狂妄比湣王更勝十分莒州之民大不能堪却說湣王駕下有一臣子複姓王孫名賈十二歲就丧了父親虧母親撫養教以礼义湣王憐其孤立因叫他做一個侍從官日日隨朝及燕兵到臨淄湣王半夜逃走文武相從王孫賈亦在其中不期到了衛国因衛君不禮見上食湣王疑其有變半夜又逃不曾通知文武故君臣失散沒処找尋只得潛走归家其母見而责問道汝從王而去今汝獨归則王何在王孫賈対曰兒從王於衛ヒ君臣將有變王亦而半夜潛逃未及通知文武故文武不知曉起尋覓ヒ不知王处ヒ何在故不得已而归家稟知母親

其母听說因大怒道汝朝出而晚归則吾倚門而望汝暮出而不还則吾倚閭而望母之望子如此之切則君之望臣何異然此汝幼而孤齊王怜而育汝食王之祿則為王臣矣今国破家亡而出走汝為王臣應從王死奈何從王而出王昏夜而逃汝竟不知其処汝尚何归王孫賈被母數說羞得滿面通紅因叩拜於地道兒知罪矣今往求王但恐不能尋訪奈何其母道忠孝豈能兩全汝好為之勿以我為念因出而細ヒ踪跡始知湣王自衛逃去曾至魯国因而遂奔到魯及至魯国細ヒ再訪始知魯君拒之不曾入関又往鄒国去了因而依奔至鄒及到鄒再訪乃知鄒人拒之也不曾入再細訪時方知原往莒州去了及奔到莒州以為莒州齊王斷沒人敢拒定可從王以報母命不料又被淖齒弒死因放声慟哭憤不顧身將衣服解開袒出左臂大呼祖市道淖齒雖楚臣既為齊之相国則齊臣也既為齊臣而敢乱其国弒其君不忠之甚吾誓必殺之有忠义之士

是晚聊因使人四下打听忽打听得齊国尽被燕兵奪去惟莒州即墨之城尚堅守未下因與夷維商議道臨淄大邦既失难保已棄之而逃避別国莒州與即墨小小孤城恐死復往之復夷維相劝齊王道曾衛諸国亦已死矣如此縱有他国太王体面断难依栖莒州即墨城池雖小尚是齊士莫若且就便先归到莒州暫图安息以待楚兵救援那时再復国報仇未为晚也湣王以为有理遂竟奔莒州到了莒州與鄒尚完亡全亡未会反矢守將見齊王到了忙迎將入去就以州衛当作宮殿暫且住下一面想分守城以拒燕平一面又差人往楚求救只因往楚求救有分教生遭殺戮之身死賎驕矜之血不知後事如何且听下回分解

第十二回　王孫賈左祖誅凶　田去章潛身復国

詩曰

驕君驕得一何癡　驕到身亡尚不知
多少從人是舊様　新人重復出新奇

又曰　驕臣驕得更先因　君巳驕々何况臣
何事驕臣偏不悞　必求驕得丧其身

話說齊湣王既得了莒州栖身遂逆々差人往楚求救此时楚国正是頃襄王在位見齊王求救甚急又許盡割淮西之地以为賂便動了慾心因命大將軍淖齒分付道前日燕兵伐齊之时也曾遣劇辛來約我相助寡人雖未発兵助他却巳隐々的許其破齊今齊被燕殺敗城池尽失却又急々逆々來求恐我不肯空往又許尽割淮西之地以謝寡人寡人若真真救齊又恐燕軍弭大樂毅善人用兵一时勝他不得欲不往救又恐齊王死了齊地尽为燕独得故遣將軍前去名雖救齊実欲將軍相机而行惟視利之所在若救齊有利即当齊若助燕有利即当助燕也万々不可報一空了此行淖齒受命遂領了大兵二十万竟到莒州来見齊王齊王見楚王兵発來救喜之不勝又見淖齒雄糾々氣昂々更加欢喜就拜淖齒之

為相国將齊国的兵权民事尽付其黨管自家依舊揚々得意驕矜起來时巳向人說楚兵二十万甚是猛勇眼見得齊国要復一復了齊国便了愁報仇了正是

身猶在窮困　先想報人仇
誰知天有眼　災禍早臨頭

却說淖齒雖掌了齊国的兵権太細々算來齊国只有莒州即墨二城其餘巳盡为燕得欲要以二城之力恢復那七十餘城甚是艱难終日思想忽想道为今之計到不如乘此机會暗々閑通樂毅待我設計殺了齊王與他平分齊地方是楚王之利害再有机會叫樂毅奏知燕王立我为齊王則是齊王之利又为我淖將軍之利算計停当遂暗々差一個心腹將官到臨淄來見樂毅說道淖將軍傳話樂大將軍淖將軍名雖奉楚上之命統領大兵二十万來救齊国実則因命燕王令遣使至楚相約伐齊

楚王雖未発兵助去巳暗許为燕破齊今淖將軍兵雖在齊国不欲負燕前約故遣小將通知樂大將軍求樂大將軍轉達燕王再立一約倘破齊之後肯平分齊地立淖將軍为新齊王則淖將軍當手刃舊齊王以報燕先王之恥倘樂大將軍欲盡有全齊希圖自立則淖將軍又不得不轉念救齊矣特來請命乞樂大將軍裁而示之樂毅恐托來使回荅不確因亦暗々遣兵復於淖齒道淖將軍英雄也齊王無道而淖將軍能仗义誅之則无道之齊得將軍之齊也淖將軍之齊淖將軍自取之以立功名此桓文之業誰得而禁之况燕先王之仇又得借手於淖將軍淖將軍即假欲之而不敢爭乃所請为牛區處㝡公当達之燕王之十惟命淖齒得樂毅听從滿心欢喜遂日夜思量要弒齊王却說莒州齊兵尚衆不使下手遂將一十万大兵大陣於鼓里假說下操叫人請湣王親去大閲大閲过便好出兵攻燕復取臨淄湣王見請太喜以为復国只在早晚遂標

不可不防湣王道不知衛君何故不出夷維道衛君仁厚欲尊礼大王又被臣下阻撓欲從臣下又恐得罪大王故不出也湣王听了着驚道若果如此則此係危地不可居也夷維道若欲免禍須乘夜逃去稍遲便恐落人圈套齊王信之捱到半夜遂悄悄同夷維諸人逃出而文武從人散居於外有知有不知到了天明齊臣訪問衛臣而衛臣不知衛臣訪問齊臣而齊臣亦不知彼此乱了一日只得各自散去正是

驕君国已亡　其驕尚如故
只怕人変心　不知身自悞

湣王自衛国匆匆逃出文武從臣散失了許多行李吏資丹條欲往死地只得往前奔竄忽一日到了魯国君臣大喜道会国素稱知礼自來桓通因使人報知魯国守関之吏見是齊王忽到不敢怠慢忙報知魯君魯君即魯君因與魯臣商量道若論齊王殘暴虐百姓又驕傲无礼妄稱東帝多国

失国逃走至此本不當以礼接待但念同是諸侯又民唯国原問相恤之礼今若拒而不納未免过情况魯素稱礼义之邦豈可失礼於人魯臣皆贊道大王之言甚为有理魯王因遣一使者出関來迎門説道寡君聞斉大王駕臨敝地寡人有地主之誼特遣下臣恭請入城少申薄敬斉王問未及答夷維早在傍問道斉大王駕至魯大王遣臣來迎可謂知礼但礼必先定而後行庶臨時不致錯乱而費爭講不知魯大王討論斉大王入城將以何礼相待魯使对説道臣聞兩君相見必以牢斉大王大国君王豈敢薄待斉大王若肯辱臨寡君寡君必將設十太牢以充俎豆不識至于以为何如夷維道子言差矣以十太牢相待以諸侯而待諸侯則可須知吾斉大王会立为東帝乃天子也汝魯素稱知礼之国豈不知天子巡狩於諸侯諸侯則避宮不敢居朝夕獻食於天子必親自視食於堂下恭請天子進食必候天子食已乃敢退而設朝由此論之則魯大王待吾斉

大王豈止十太牢之奉而已子可归復魯大王必如此行而後兩君相見方不至失礼而費爭講魯使見夷維之言狂妄因佯應道敬從台命容归達寡君再來迎請因退見魯君細述斉君臣之妄魯君乃大怒曰斉王以驕矜失国當此逃難之时尚驕矜不畏死且不知其所焉能有復国之望因命関吏緊閉関門只在関門上回復道寡君自揣封爵諸侯也只合與問信関吏緊閉関門拒絶斉王候久不見魯使來請因又遣使至関前來諸侯相接初遣使來迎請斉大王者只説斉大王封爵原是諸侯不知近日又立为東帝既立为東帝則斉大王是天子矣寡君諸侯怎敢劳天子下臨請往別国去罷使者回復斉王見魯君不留君臣君臣无語面面相覷去无法奈何只得捱着勞甚往前進正是

諸侯国已亡　反爭天子礼
漫言身尚亡　其心已先冺

忽不日行到鄒国因頓已甚正欲借鄒国暫且歇息不料鄒君又剛剛死了湣王強要入去鄒君因來見湣王拜辞道国家不幸寡君死矣新君又在丧際无人款接乞斉大王諒之湣王不好説是定要入去因説説道寡人既此又正值鄒君之丧不可不弔鄒人道既斉大王要弔而鄒君是鄒君之榮也敢不如命就要退去夷維忙止住道斉大王下弔鄒君因是盛心但弔礼須要知道鄒人道鄒小国未習大似弔礼哭上不知敢求教之夷維道凡天子下弔於諸侯主人必反背其殯棺立於西階北面而哭天子乃登於阼階南面而弔之此天子弔諸侯之礼也汝歸速宜脩設端正以便斉大王入弔鄒人虚應而去因與国人商量竟也閉関辞謝道主君有命鄒小国不敢煩天子下弔斉王欲発作隨行不過数十人又発作不出只得忍氣吞声不能所到之国見斉王驕傲尽皆辞絶欲逃往楚国一來畏其路远二來又想楚乃大国豈肯以天子礼待我徘徊道路之中甚

去安平被燕兵来攻大家都要逃走你也是车我也是车城門又小街巷又窄一時擁挤起來只恨车的軸頭長了彼此相礙就閣于夫又恨軸心的本頭不堅固往往断了折了要勇敢拾故安平城破之時百姓逃走不伏往往被燕捉獲傷残性命内中惟有一個能人叫做田单就是斉湣王的宗人為人有才幹原也住在臨淄屈巳以兵法說湣王要求湣王尼他湣王昏暴用的都是一般讒佞之臣那裡得知田单是個未遇時的奇才後有宗人面上將他荐了一個臨淄的市吏田单知時不遇只得权為不斯燕兵到了臨淄斉湣王逃走了城中人紛紛逃竄田单亦奈他只得同衆宗人逃到安平既到安平看見安平不是久長之地遂將家中所用之車的長軸頭盡截短今其使與車轂一般濶狹又用厚厚的鐵葉子將車輪包裹起來包裹得坚坚固固人看見不知其故都笑他以為狂疾而单只不說破及嗒出同宗也將車軸也照式樣收拾起來取期自倒

了燕兵來攻之時合城人逃難皆是車軸長不坚固之患擁塞不前獨田氏一宗以車軸頭短驅馳不碍又有軸心坚固並不遭傾折所以平平安安奔往即墨而去安平人方盛傳田单鐵笼車轂之妙正是

奇才有時用　　大志成大功
但恨塵埃裡　　无人識英雄

田单是後話且按下不題却說斉湣王自半夜裡帶領着数百個文武官開了西門逃走而出走到天明問是何地左右報道前去衛国不遠湣王道衛小国雖不足以辱寡人御駕頻既以相近便暫住衛国以待楚国的救兵到再作區處因使人報知衛君道斉大王偶有事过衛行李在途饑瘝求備此衛大王之責也特特報知衛君因問衛臣道此当何以待之衛臣道斉王为燕兵所伐不能固守逃遁至此此窮困之時宜卑辭屈礼以求我今來尚出言狂妄以臣等論來只合隨常不当優礼衛君道不可也

衛與斉为隣国隣国有灾正宜加恤若因其穷困竟自漫待則是失礼在我倘斉王異日復回面目與他往來因命備乗駕親自出城以行了効迎之礼又因斉王前会稱过東帝相见時竟稱臣朝见斉湣王平素驕傲慣了今到此際尚不覺悟竟恬然受之相從的一班佞臣又皆不知机变但犹擺他驕矜见衛君郊迎稱臣皆以为礼之当然衛君既迎湣王入城欲處以別宫恐其褻瀆遂除其朝的正殿請他住了命有司盛陳供其大備礼樂親自上食十分恭敬斉王也竟不安欲要加礼於衛君衛一班私臣暗上說道大王会鄒東帝君也衛小国礼宜稱臣大王若於衛君小国而加礼則前日曾鄒諸国心要三例相待從前東帝体制不一且失了时說今處患難事当從權明日楚救兵至而得以归国再争天子之礼伊遲了湣王听了以为有礼便一味驕矜全不为礼衛君仁厚到也还忍耐了当不得衛国諸臣俱憤憤不平欲要羞辱斉王一場又奈衛君做了主

不敢妄为惟怫怫的叫人將斉王隨行的輕垂器用都乘夜刧去斉王報知湣王湣王大怒道此衛国地方怎容隐盗賊搶刧寡人的輕垂甚所不恭火为怨礼待衛君來朝見時與他說知就責令他嚴捕盜賊追还輕垂等到次日竟不見衛君來朝見原來衛本欲厚待斉王使他知感不期斉王驕傲川於天性那衛王愈执礼愈謙恭斉王愈待得驕傲衛王自覺難也就轉了念頭不出來朝見衛君既不出來朝見再要衛臣供給飲食如何能勾斉王候至日中竟不見陳說具於斉王心中又悅腹中又飢因與夷維商量道衛君不出如之奈何夷維道衛君不出沒有供應还是小事但恐衛君不出衛至定然有変湣王道你怎知衛臣有変夷維道大王不留心衛国这覚王予甚事可惡昨見衛君朝见上食而大王安受一簡簡皆聳肩怒目憤憤不平便有個要甘心大王之意只碍着衛君不敢下手故昨夜刧去輕垂已見一班今衛君不出供應全无則其惡心巳全路矣

亡家国不保尽報寡人從前之深仇其功之想真桓文以來所未有也些須名位何足为報言畢乃命廚出金帛牛酒大犒三軍有功將士照功賜賞兵將齊呼万歲欢聲如雷賞畢樂毅因奏道得国易守国难齊君雖逃尚有餘尊未盡臨淄雖破尚有餘城未下兵声所至但可吹其從風之弱下至於苦節盤根必須利器今未降雖尚为齊見倘一降係而臧民況降其身易悦其心难威武可以降身悦心則非仁义不可望大王勿以今日治齊即为今日破齊也昭王道深謀入下愈見老成寡人威志已酬但思二字不敢復生他想齊国未下餘城應緩應急應伐應招悉听樂君弟寡人决不中制樂毅拜謝受命正是

君言悦臣耳　　臣語快君心
如此托肝胆　　方成魚水深

昭王將二齊餘平盡托樂毅方纔師因不起却說樂毅復到臨淄與劇辛

商議將下的七十餘城尽皆编为燕之郡縣又下令道齊已屬一家必是一家何必更設防守因將所感之兵尽皆罷去又下令椎牛釀酒犒其勞若之士又下令道小民窮苦豈堪剝削凡齊王所行之暴令一概除去凡齊王苛求之賦歛一概蠲免又下令道齊之所以富强得稱霸国者皆齊先王與先臣管夷吾之功今齊雖以子孫昏暴而亡而桓公與管夷吾之功自不可泯宜立祠以祖又下令道齊之賢才遭湣王貶斥多屈於下而为道民有知者豈不时荐舉以居有位齊民見樂毅所行皆合民心死不欢悦正是

漫言殘暴命將傾　　莫道誅求活不成
縱使斯民皆白骨　　一經仁义便重生

樂毅既將已下的城邑安輯停妥然後分兵招掠未下的城邑有人報畫邑尚未下請発兵圍攻樂毅道吾聞賢臣王蠋乃畫邑人前曾諫湣

王而湣王暴不能听從罷居其宮家居邑中今若圍攻恐那王石俱焚不可也因令発兵去畫邑三十里遠遠圍之不許人犯再令使者厚具金幣往見王蠋道燕昌国君樂文王太傅賢良忠信輔弼之才而齊王昏暴不知用以致屈伏於野今特具金幣聘請以佐燕王乞太傅慨受而即日就道王蠋謝辞道承樂元帥美意宜恭從大命但臣老矣不能復効馳驅煩使者善为我辞使者道昌國君臨行又有令道太傅若愈求賢之意懶於肯來必不使高賢浮沉於下位即奏知燕王用太傅为相封以万家之邑以展太傅之才倘太傅鄙薄燕君不以昌国君为重而推托不行則當引兵屠畫邑使一邑人民俱为太傅死太傅若再不出則是太傅但知養一身之高而不惜一邑之死恐非太傅仁者所忍出也还宜三思受聘为是王蠋听了乃仰天嘆息道吾聞忠臣不事二君烈女不更二夫齊王無昏愚残暴陳斥老成不听予之忠諫予久食其祿齊臣也即今被黜退耕

於此亦齊民也豈肯世为齊臣齊民而一旦從燕之亂況齊国已破齊君已不知存亡若臣果有能有才当出而求君復国既不能求君復国則不賢不才明矣既甘謝不才受人之求獨不愧乎且求賢当以礼今又劫之以兵义乎不义乎與其不义而生不若全义而亡遂入內懸其頭於那木上奮一墜絶項而死家人報知使者使者入救亦已死矣忙報樂毅那樂毅聞知不勝嘆息道是予之过也因命有司具礼厚葬表其墓曰齊忠臣王蠋之墓因撤畫邑而不攻待其自下以为忠臣之恵後史官有詩贊道

前齊拱手授燕兵　　義士誰为国垂旌
七十二城皆北面　　一时忠憤獨捐生

樂毅既定畫邑又有人報安平未下樂毅因発兵来攻安平安平百姓聞了此信家家要走人人想逃怎奈齊国皆是陸路往來載人载物必須用車乎时车的轴頭最長出轂外以为美欢最堅固的轴心也只用木今忽

麟閣標名是丈夫　誰知有幸不死亭
試問憑弔沙場事　一將成功万骨枯

樂毅借劫營之便將劫其營只半夜驚走了十万齊師一时兵威赫々炎々死不心驚膽碎一路未到的郡邑城池俱不憚數百里遠々迎降却喜樂毅兵到倍加撫恤毫髮不犯齊民久受湣王的殘暴今見樂毅撫恤俱大喜甘心归附故樂毅之兵如入无人之境不月餘竟直抵臨淄齊王見敗兵敗回正没法術擺佈報樂毅大兵已到城下湣王號得手脚沒指急點兵迎戰這個裝病那個詐死无一人肯挺身出戰只得分付將城門緊閉商議求救秦魏趙韓俱已助燕再无去求之理惟有楚國雖曾侵伐过难以開口去舊时原是相好今事在危急之时也顧不得許多我只得差人去求救又想楚乃好利之国空往求他却也无用因命使臣許盡割惟西之地以为贈路求他速々発兵以救齊國使臣也只得星夜去了却

140

恨這水救不得近火旬日只在宮中着急正急得沒法忽夷維悄々來報說道大王不好了這禍事已到頭上來了湣王驚問道你怎得知夷維道方纔出宮去打听見百姓紛々議論皆說燕国起兵來原只要拿大王去報仇实无心侵犯百姓我們百姓何苦坚守城門與他冤家起莫若到明自清晨開放城門迎接燕兵進來他有冤的冤有仇的報仇我們的百姓但求個安穩便是福也臣所見此言甚是慌張故报大王須去早々設法的百姓死知不識倫理果去獻了城門這禍事便不小湣王所見竟嚇癡了半天說不出話來夷維又道大王不要驚慌須早々弃計湣王驚定了方說道他要拿我去報仇這個仇如何報得我還記得燕王噲是匡章逼他搃死的子之是先王拿來所为肉醢的这個仇如何报得若是那個臣子要開門迎接便好拿他來殺了若是百姓一国皆是百姓如何殺得許多为今之計只好乘百姓不知年夜裡逃往他国暫在哉時待楚国救兵

141

到了再亞新归国未为晚也夷維道小臣细算也只得这一條好計恰與大王相合再不消疑惑了湣王因暗々傳旨報知素常親信的文武整備車馬輕里挺到半夜竟帶領着悄々的開西門走了正是

人生最樂是君王　坐擁臣民享万方
何若偷衒與死逃　致今逃走若亡羊

湣王只因这一走有分教常作亡人日趨死路不知後事如何且听下回分解

第十一回　成功將已小受諸侯封　亡国君倘大爭天子禮

詞曰　治国上明大义施民下瘖愚盲報仇雪恥位名高方称君子將不愧古人豪。七十餘城齊下三更牟夜先逃江山社稷一时抛卻愚誰作犟臣韻号君驕　右調西江月

齊湣王的百姓開城半夜逃去且按下又題却說百姓听得說齊王已員

142

逃走更无顧忌遂主去的香花燈燭開放城門迎接燕兵入城樂毅看見滿心欢喜因按兵入城不許妄傷一人不許妄取一物市朝安堵如故全不知兵民心大悅樂毅乃書負露布一面養人飛馬往燕報捷一面即差親信兵將守定宮門不許放一人入去惟着人盡將宮中齊王所積聚的財物重器以及玩好珠宝並查出舊日燕国被齊擄來的宝鼎俱用大車裝載命重兵護送归於燕国燕昭王先見了捷書々喜之不勝今又見齊国的許多宝物并燕舊失的重器一旦俱归以为三十年的大仇得報大恥得雪感激樂毅不盡因命文武监国自却親至濟上召見樂毅再三稱謝因說道燕国久已欲亡今日得君昌大之寡人思无以为報惟茲名位即立拜樂毅为昌国君使休讼同於小国諸侯樂毅拜謝遊此皆燕先王之灵與大王之成徵臣不过刻力焉敢受此重位昭王道一戰勝齊功已不小況孤并直搗其巢僅六閲月而下齊七十餘城使其君逃民散社稷論

143

臨時失足欲止又恐坐失勝机遲決不下以直愚等可以兩全耿介乍問
何以兩全狐直道此去劫營亦不用太多兵去接應只須點三千精兵前去
足矣若果能乘其无備殺破營寨則三千精兵可當十万之用就使有備
悤悤奔回亦不至於盡陷若慮他來劫我元帥可伏強弓硬弩嚴守大
寨他縱來劫如何得入万万不可因劫他人之寨而先疎虞不保自寨則
兩全矣耿介大喜遂決意行之因命大將史俊同參謀趙遠點精兵三千
半夜去劫燕營倘得破成功放起號炮我這裡方有接應史俊與趙遠去
後耿介又不能令兵將弓弩那炮石緊防大寨以防燕兵來劫不許怠惰
疎虞正是

將軍妙算已无遺　穩欲擒他大將旗
不道後先差一着　贏棋翻又作輸棋

這邊史俊與趙遠悄悄領兵去劫燕營不題却說樂毅以吁勢衛横而來

只追殺二十餘里便下令住營不許追趕衆將疑惑因進而問齊兵有十
餘万前來逆戰其氣正盛今被趕斬數人氣已餒矣正宜乘勝努只夜之
力以追之使他死雖是之地何備追得二十餘里元帥即下令不許追容
其從容搞息復立營寨樂毅道此非諸君所知也凡物不大傷必不大壞
兵不大亂必不大走齊兵十餘万今日始至氣正銳力正強勢正盛雖賴
諸君猛勇斬其數將又被吁勢衛突致其走敗去其合營之氣尚未盡餒
合營之力尚未盡屈合營之勢尚未盡衰若过追之必生他変即无他変
亦不能譴如傷弓漏網之逃莫若且緩之今其奇且保全既未大敗退避
又不能已經小創進戰又不敢慌張之際謀死所施惟有劫營以圖僥倖
以待其來劫我寨我寨備之彼自受傷我轉因其來劫乘机而往劫之彼
縱有備亦必受我之蹂躪矣內外受傷去後敗走是真敗亂是大亂乘勝
追殺誰敢復後作足回頭可直至臨淄矣諸將听了方欢服道元帥妙策

机雖孫吳復生莫能过也樂毅因分附諸將如何埋伏以待其來劫如何
乘机以往劫其老營諸將一一受命而去樂毅却自坐在營中命兵將准
備下號炮以號为令却說史俊與趙遠領了三千人馬候至半夜馬去鈴
人銜申悄悄的奔到燕營听見營中靜悄悄尚有更鼓却靜悄悄不見有
人把守史俊與趙遠以为得計竟領着三千兵吶一聲喊殺將人去殺到
營中却不见一人正疑惑間忽聽得號炮四起始大驚道不好了來差了
誤入人陷穿了因領着三千兵忙忙退出急退出營時又听得一聲炮响
四下金鼓齊鳴史俊只恐伏兵四起要攔住去路厮殺嚇得魂飛魄散却
喜得止有砲聲與金鼓聲並不見有人馬截殺史俊與趙遠喜出外望乘
着无人領着三千人馬飛奔回營原來樂毅欲劫齊營大寨知齊必去防
備難以殺入因使兵將伏於道傍只等齊劫營之兵逃过一半便從傍冲
出將齊兵分作兩半却令其在截住後一半不許放他回去又令樂乘卻

方帶二千人馬先作齊兵轉眼定史俊去劫齊營史俊與趙遠在前面只
顧逃走那裡知後面之事此時耿介正坐在營中守護大寨以听捷音忽
听得燕營中號砲連發知事不諧十分慌張欲要發兵接應又恐燕有
失只分付將弓弩砲石緊緊守定不多時只见史俊與趙遠逃回正待說
雖去去劫差了却喜得把元帥福庇並不曾傷折一人說猶未了只見那
樂乘口刀兩匹馬帶着三千人已直殺入中軍帳上來耿介與衆將突然
看见肝胆都嚇破魂都嚇走不知是從那裡來的一時手慌脚亂誰敢抵敵
惟四散逃走耿介坐在帳上只得護衛人役得能脫身往後營逃了其餘兵
將撞着的死遇着的亡也不知殺死了多少正殺不了樂毅的大兵又到
分旅各營各營見勢頭不好料立脚不定俱乱紛紛各自逃生殺到天明
樂毅鳴金收兵再細看各營但見遍野棄甲遍滿沙場破鼓戟填道
路屍骸堆積滿山野粮草狼藉如土泥而十餘万兵將不見一人矣正是

爲巳之才能竟大膽孤軍深入直到此地可謂驕矣可謂欺敵矣只怕身入重地死亡就在眼前還要拈弓弄鎗做些甚麽樂毅道燕投齊仇本意只要誅此昏主實無意圖齊社稷不意齊王暴虐殘甚天意已移民心已叛望燕師如時雨投燕師如歸市故兵不血刃而四十五十城一時歸附豈人力所能強哉蓋天意欲滅齊而興燕也此事人人皆知汝鼠輩何愚而不悟尚當竭力効虐以自取死耿介道齊之富強天下所知今雖失了數城去臨淄海岱尚數千里其中兵將尚數十萬倘一怒而張撻伐之威即垂驅易如再捉燕王亦易易耳何况汝一二万之孤軍又身入重地豈不是羊投虎穴輒稍一指即立成齏粉今已奉齊王令旨斬汝之首快自下馬受縛免我加兵樂毅道少康一旅復興夏君武王十八造成周室兵已在多何况堂堂仁义之師上應天心下合民意視誅伐齊之殘暴直如摧枯拉朽若論齊民向化本不當再動干戈奈何汝等冤頑不知天命擲

敢攔阻去路又不得不誅一二以警其餘因問衆將誰與我擒此逆賊言未了只見副先鋒邢方十騎馬一桿刀飛出陣前討戰耿介看見忙揮衆將迎敵此时麾蓋下将官雁列有二三百員然你看我我看你无一人敢挺身向前耿介急了只得呼名點了四將這四將沒法方纔鳴鼓臨陣接着邢方厮殺兩陣上金鼓如雷邢方奮勇鬬不上十餘合將刀一閃早斬了一將落馬耿介看見驚慌恐怕三將膽怯因又點了四將同出鬬住邢方厮殺邀陣上先正鋒樂乘看見也躍馬挿刀殺入陣中橫冲直突就是兩隻猛虎齊將雖多那裡擋得住一刻时又斬了兩將落馬耿介看見着忙忙又點揮衆將上前助戰衆將雖不敢不上前助戰然心是怯的气是餒的只覺忽前忽前忽東忽西車馬紛紜隊伍散乱樂毅看得分明遂一聲號炮排開陣勢直冲过來耿介初來營寨尚不曾立穩今又見陣上逆斬了数將心早慌乱忽被樂毅大軍冲將过來急分付用弓弩射时砲石

打时衆將慌慌張張有應有不應那裡把捉得定樂乘邢方又乘勢趕殺耿介不能禁止遂敗將下來車退走有二十餘里打听得燕兵亦已收兵不追方纔垂新立起營寨正是

戰餘落日黃　旌敗鼓聲死
壯士慘不驕　走旗揚不起
臥地馬悲嘶　連營車折齒
虎帳冷淸淸　將卒閒倚徙

耿介閒居帳中召一班謀士商議道燕兵十分猛勇樂毅的陣勢又甚是利害纔一戰早損了數將又敗退二十餘里齊主聞知豈不加罪爲今之計却將安出一謀士叫做趙遠道燕兵自燕至齊不數月出位說道以轉敗爲功耿介問趙遠道有何好計元帥勿憂只有一計方可以挽逆下齊四五十城並无一人迎戰其視齊已若无人今元帥叫到又被他乘勝

追奔二十餘里想其心滿氣驕定不設備以遠慮意其若乘其无備黠起精兵於二更人靜悄悄去劫他的寨翻他的營猛男半夜裡馬不及鞍人及甲也要敗走待他敗走去後以大兵乘之則四五十城可復矣耿介听了大喜道趙遠謀此計妙合兵機速宜行之只見又一謀士叫做房倫也出位說道趙遠謀此計雖好以愚意揣度之却只好用於別將恐不能加於樂毅耿介道怎見得用不得樂毅房倫道我看樂毅用兵天有節制只怕這些偷營劫寨之事他不論勝敗自是日夜提防豈容人乘他之虛就是他不設備你看他車連馬絡周结如營恐亦劫不入去元帥亦当熟思不可輕動墮入陷坑况劫營乃机变之事往往有我去劫他早被他因而乘机劫我元帥亦不可不防耿介听了沉吟道若如此說來畏首畏尾則齊兵再无勝敗之日了大家正躊躇忽又一個謀士叫做狐追亦出位說道趙遠謀之計自是出奇妙策房倫謀之論亦是煩垂長圖元帥欲行又恐

樂田演義卷之三

第十回　齊湣王愚蒿兼便轉投齊營　楚謀齊齊臨危翻求楚救

詞曰　但見古今亡国何時君不臨民死非名姓換周秦吞身旁矣

倚朔位便稱直　指識唐虞巳舊征誅夏禹重新一番君又

一番臣不知千載下畢竟屬何人　右調西江月

話說齊湣王逃歸臨淄打听得民離判望風歸燕無計可施日月在宮中納悶要與人商議我個老成賢臣又都貶了我個敢言忠臣又都殺了惟有一班私人佞臣將酒來寬解這日听得報歷城都失了姜桂都殺了一發慌張道我还計得當年樂毅來投我一無所長就是一向流落在趙魏也不听見說他有才有略就是燕王拜爲他卿相當国了三十年也不見他做甚事業雖有人常对寡人說他留心不善寡人自倚富強伐楚亡宋伐宋亡那裡之他放死心上ぶ今一旦忽本猖狂起來因回想我乎

昔日富強與從來的威名都到那裡去了連寡人也不自解一個最親寄的幸臣叫做夷維因說強大王這些話大王說來似乎不解以小臣觀看來却又明明白白有甚难解此非樂毅之能皆是大王心慌之故自我前日五国之兵在濟上共來不過二十万就是偶然輸了兩陣也是兵家的常事只該多調人馬添助兵力縱不能戰也还可守大王忽認就先走了常事只因大王先走了同來齊兵死王便自然解休恐兵乘虛便自然得志故臣說此皆大王心慌之故非樂毅之能滑王道事已至此悔死及矣夷維道过去的不消說了就是今日百姓望風归燕也非樂毅之能还是大王心慌之故滑王道今自民归於燕怎还是我心慌夷維道樂毅初來伐齐还有四国幫助今打听的四国皆已去了樂毅一總不过十數万人馬況聞他長驅入齊兵止三万甲兵大王若不心慌點起齐兵只怕还有一二呼万再選二大將統領去迎戰莫說还是我眾彼寡況且又是我为

王彼为客況且樂毅又身入垂地便有七頭八胆恐亦再难猖狂大王何至慌張如此況所降之地皆是一時无救无援暫図免禍若听得大王再振兵威自然又要斉斉大王須拿主意不要心慌滑王听了滿心欢喜道汝言甚是有理寡人胆又壯矣因急急出朝將斉国所存之兵盡數點了一十二万呼一箇大將耿介領了前去一路迎戰又賜他一口宝劍務要斬樂毅之首斬了來官上加官斬不來便令自裁耿介領了主命雖大施恨却不敢不遵只得領兵一路迎來上將迎便迎將上來只因打听得樂毅兵强將勇人人胆怯各各心慌只思退缩无一毫勇往直前之气只迎到青城方纔望見樂毅的兵來彼此探知排開陣势二將當各立陣前登話耿介因請樂毅道吾聞兵驕者敗欺敵者亡汝既为將也要識些时務知些進退燕乃小国汝樂毅又乃燕国无名小將所幸借諸侯之力偶然戰勝可謂僥倖就該急急退去誇耀於君以紛功名怎不自揣却妄認以

你這老賊之手殘乎喪命今日斫你的頭以報仇看你的飛劍还能斬我麼姜桂看見又微笑一笑道昨日饒倖逃了狗命已爲万幸怎今日又來尋死因與鉈相还二人戰到七八合甘壽是慣戰之將越戰越精神姜桂如何敵得他过因拖着鉈依舊往城東跑去甘壽道番是有心誘他開去口雖呼天喝地大殺道老賊那裡去我來也馬却慢忙放來只不趕上使姜桂回又回不來飛劍又斫他不着這边樂毅看見甘壽誘開姜桂便令車中放起號砲將兵馬排做長蛇之勢竟衝着城來那五百結隊之兵誰敢攔阻燕兵却也不去理他只當沒有剛冲到城边只听得城中喊声動地兩扇城門早已開放原來昨日五百人乱逃入城時樂元帥已暗藏一二百燕兵扮做齊兵混入城中暗暗埋伏今听見號炮响故一齊斫開城門放接應大兵入去燕兵雖然入城却原是約定的不敢侵擄一民故民皆安堵如故甘寿見兵已入城方勒住馬不趕大声叫道姜桂老賊听着

124

你今抗逆大兵本当斬你因樂元帥念你是齊国的忠臣故饒你性命念大兵已边秋毫無犯快去將理你的職事說罷竟燕回馬追隨燕兵去了姜桂再折回北門一看只見五百個結隊之兵端然無恙及入城喚聚城中百姓还有不知燕兵过去的姜桂因歎息道我不意樂毅用兵直至如此我與王者之師無意齊国君驕民叛自然江山不保我姜桂一生名節豈至老而喪之因將職事付託與人竟飄然埋名而去後人有詩賞之道

老將丹心炯不磨　孤城危亦尚横戈
可憐齊国多豪傑　幾個男兒得似他

樂毅大兵过了歷城兵威一發大震但凡一路遍傳或是先來迎降或是到時歸順不三四月已下了齊国四五十座城池不期到了萊城這萊城守將叫做滿兒爲人好用機智見齊城一路迎降欲要力敵却又兵微將寡將來敵他不过欲要隨衆迎降却又自不甘心因想道莫若明則隨衆

125

迎降暗則伏兵擊之又想道若未迎降而擊之倘一且失事彼必恨而屠城使百姓遭殃非爲長策莫若迎降之後待他兵过再遂七伏兵擊之縱然失事沒個復回來屠城之理就是責問亦可推辭算計定了因隨衆也寫了投降的文書先差人去迎接然後親選二千人馬去南城六十里外一座牛耳山下去埋伏只候樂毅兵到过去一齊听號炮声响却從中冲出衆兵領命而去自却率衆百姓大開城門設香花燈燭遠々迎接不期樂毅雖說一路受降而來而一路守城的將官爲人賢不肖俱已細々訪在肚裡這滿兒爲人好用機智亦已訪知今兵到城下見他老々實々與衆一般迎降心下已疑及迎入城中送上冊子又見冊子上止有錢粮並不開兵馬因叫滿兒問道這萊城既已迎降爲何兵馬不開滿兒道這萊城兵將甚少止有老弱千餘不堪戰守故未開上樂毅道此城既無兵將你在此守些甚麼到不如隨我去出征罷滿兒道得隨元帥出征因好但

126

愧毫無付能樂毅道人之才能也不在多我聞你善於埋伏只此一件使易矣你既善於埋伏則人之埋伏你必知道此去臨淄我正慮山谷多恐人埋伏你可與我一路細々打听打听得出算你的功定加重賞打听不出誤了事則罪在不赦因命衆將押去前营滿兒見樂毅道破其情嚇出一身冷汗伏在地下只是道連嗑頭哀求道小將該死小將因聞元帥一路俱忠該詩入茲不猜疑故一時愚蠢妄思作孽實實伏兵二三千於前去六十里牛耳山下希圖爲故主効一擊之私不期元帥忠誠中又精明听察如此真古今之罕有也齊国江山断难保矣小將事已敗露一死何辞請伏斧鉞樂毅听了大笑道兩国交兵之際各用智術原無大罪但聞你好用智術但如此智術用之何益既肯直說認罪還是烈僕我不罪你因命放起收回伏兵仍守萊城滿兒感謝而去樂毅方依舊驅兵前進只此進有分教人無固志地沒堅城不知後事如何且听下回分解

127

君先声所至果能神速則城之多寡又可勿論況燕先王王十年之深仇在此一舉安敢自失今請與劇君約劇君領兵主守毅率精兵主攻毅攻得一城毅之功劇君守定一城劇君之功毅不能守毅之罪劇君不能守劇君之罪劇辛道元帥既忠勇如此辛敢不從命二人定約樂毅遂止率三万奇兵竟長驅深入其如大兵俱付劇辛管領着守城一路遙張声勢正是

行兵定要識分明　識君分明胆便生
看破君逃與民叛　敢誇兵過不留行

行兵之道果是先声可以奪人之氣今一路守城兵將听見樂毅斬了韓耳又鞭打了駱文不數日又見齊湣王連夜逃回不數日又見十万大兵止得三五千殘兵逃回其餘盡被樂毅殺了便得十分害怕又見樂毅且擒齊王報仇不犯兵民的告示紛紛打來却又有幾分放心不戎且又見

樂毅兵到誰敢迎敵及降後又見樂毅果然毫不傷民但宣諭燕王威德民心甚是悅服故所過城邑皆望風而降惟到了歷城歷城守將叫做姜桂乃是齊国的遠宗雖然年老爲人甚是倔強又有些才幹听得樂毅兵到人人皆劝他迎降他偏不服道豈有受人君之職守今日城池俱在兵又不少食又不盡乃又不屈爲何便降於人因領着兵將四門緊守牆他只智自却頂盔貫甲手持一柄細細的梨花鎗肩上斜背着兩口雌雄劍能揮去百步取人百發百中打所得燕兵到了却自領着五百人馬在北門外結成隊伍以待燕師早有探子報知樂毅樂毅久知姜桂是條好漢若以兵勢刼他他死也不服因將大兵扎住在後自却只帶十餘精騎先至歷城與姜桂答話因說道燕先王爲齊王所戮燕宗廟爲齊王所毀燕宗器爲齊王所擄此皆老將軍所知今燕兵非無故來實欲報齊仇故所過之處於民秋毫無犯乞老將軍鑒察此情憐而假道姜桂道我姜

桂只知奉命守城不知其他道豈可假哉樂毅還要與他講論傍邊惱了一員小將叫做甘壽大声道多少城池俱是望風迎接何獨老賊一城乃敢狂言待末將誅此老賊看他守得住守不住也不待元帥發令就挺鎗躍馬直奔姜桂姜桂微笑就笑就用梨花鎗接住厮戰々不到七八合姜桂就拖着鎗繞城東而走甘壽不知是計緊々追來姜桂看見甘壽趕來直待他馬趕到百步之內即飛起一把雄劍照甘壽當頭破來甘壽突然看見方纔慌了忙將身往後一閃急用鎗撥時那把劍早已將馬頭削去半個將甘壽掀將下來姜桂看見就勒回馬用鎗來刺喜得燕隊中衆將看見便一齊飛馬來救又虧得内中一將睄發一箭幾乎射着姜桂姜桂着了一驚略緩了一步故被衆燕將將甘壽救去姜桂看見燕兵人衆便不回北城竟轉入東城去了這邊姜桂轉入城去不題這邊樂毅就命兵將鳴鑼擊鼓吶喊搖旗就像要踏不小隊攻入城去之勢細看來却只

有一二三百小兵往來大隊兵却不輕易便動這五百人的小隊見主將已敗过東城不知去向又見燕兵声勢嚴々赫々那裡立得脚住欲驚我慌推不多時早乱紛々一鬨都逃回城去齊兵既逃入城樂毅傳下令退回不許攻打到了次日姜桂見北城無恙五百人馬俱保全入城略無傷損便依然又帶出城外結成小隊橫縱立馬以把守攔阻甘寿并衆將禀樂毅道姜桂本領只有恃者兩口飛劍耳飛劍雖利害不过斬一二人元帥何不排開陣勢衝殺过去彼救百人如何攔阻得住樂毅道燕兵所过齊城無不望風而降獨姜桂敢以孤城抗拒亦可稱齊之勁草吾不忍誅之況懸軍深入一路兵民宜撫以仁義不當震以威武倘破齊而有少則齊之兵民即燕之兵民也諸君只消誘開姜桂吾自有破城之謀不煩諸君慮也甘寿道元帥深謀遠見非末將等所可知但只要誘開姜桂原待末將去倒妙因換了一匹駿馬飛出陣前與鎗直刺姜桂道昨日誤中了

就是韓王的外甥甚是猛勇手提長鎗應声飛馬而出待小將擒此賊來遂跑出陣前也不答話舉起長鎗便照樂乘劈面刺來樂乘將刀來架过就乘勢舉刀相還二人交上手就鬭了五十餘合不分勝敗戰到妙處兩軍俱喝采樂乘見韓又鎗法甚熟料一時贏他不得遂虛閃破綻撥轉馬頭便走道饒你罷韓又要逞英雄縱馬赶來道我那不饒你將及趕上舉起鎗來照着樂乘的背心便刺不期樂乘是有心誘他只待馬尾相接即帶过馬來大喝一声道你待刺誰因左手揚刀將鎗架開右手就趁勢腰間取出人來鎚照頭打下道且喫吾一鎚韓又躱不及剛閃过頭竟背上早着了一下只打得抱鞍吐血而走四國兵將見樂乘既力斬了韓聶又鞭打下騎又大有乘勝之勢恐怕他獨自成功故一齊催殺真是人如龍馬似虎旌旗亂閃金鼓雷鳴一齊都望齊營殺來齊王看見那裏敢再出戰忙令人緊閉營門只將弓弩砲石死命緊守五國兵將在營外屢屢攻得

116

吞声忍氣正是

從來驕王只虛誇　明有些兒貴把拏
及到禍來誇不得　吞声忍氣落嗟哈

齊王見敗了兩陣心甚慌張又有人揭了樂毅沿路的告示來與他看上寫着燕國興兵只要捉齊王去報仇与齊國兵民毫無干涉無論兵將投誠概用即百姓保境自安斷无擾他有能捉獲齊王或斬頭來獻者賞金當萬戶侯決不食言齊王見了愈加心慌因暗想這些兵將俱是貌虎往日又不曾加的恩惠倘然有變那時奈何心下一想便立脚不住遂悄悄將兵馬託與副將掌管自家却一半夜裡帶了數十騎兵竟逃回臨淄去了正是

只思逃性命　了不顧江山
試想江山喪　焉能性命長

117

齊王既去這副將一發支持不來支持不到十數日早被五國之兵直殺得屍如山積血流成河剩下的殘兵敗將都四散逃生去了樂毅大喜一面寫捷書飛報昭王一面就在軍中大排筵宴請四國將軍賀功又椎牛西酒大享五國兵士享畢以秦韓边遠先請班師秦韓行後就請趙師猶齊的外境新救近趙的河間之地又請魏師伐齊一路之边邑便於防禦近魏與宋之故地趙魏二師大喜而去以为樂毅不負所約四國俱去後樂毅然後託劇辛部着大兵沿路鎮守自却率三萬精銳之兵長驅直入劇辛因說齊乃祖公之後霸業之餘大國也燕乃北鄙小國也今頼諸侯之力幸而勝之不过一時之功若恐小國終不可以滅大國既不能滅而必欲深入滅之則結怨必深結怨若深雖圖一時之快倘稍失意後必悔之況近而不留於燕先喪於齊死損以興論之莫若及今威振取边城以自利此亦久兵之道不識元帥以为何如樂毅道國之大小雖分

118

而國之興亡却又不在國之大小而在君之仁暴今齊雖大而齊王貪为暴王稍有戰勝便伐其功略有所得便矜其能有所作为便自生張絕不謀及於下人賢臣良佐則廢黜之進諭大諫則信任之所行之政令不是戾人即是虐民故百姓非怨即恨無一相安此破亡之時也若以精兵因而乘之則其民於君無恩必然叛矣其民既叛則其君於民無依必然逃矣其君既逃則其國無主可恃故毅敢於深入者兼其君逃民叛之時若遲疑不決坐失其時但貪小利取其邊城使彼猶據君位倘一朝改悔前非恤其下而撫其民不獨燕小國不敢圖齊之大恐失邊城邊城又將圖燕矣豈不自悞如之何其可也劇辛道元帥高論最爲透徹但愚更有所慮自濟上至臨淄約略計之有七十餘城其君雖暴其民雖叛彼此兵尚在城尚守恐孤軍深入一時不能即破則進退兩難元帥亦不可不慮樂毅道劇君所教足見老成但兵家所貴者神速也所以神速者先声也

119

前不得欲突陣而走却又水泄不通無門可走韓聶看了色因將三千用
士分作四去合共四面衝突自却於中縱横馳驟欲尋出路尋了半晌佀
見人馬布滿那裏有一處滲漏正尋不出忽看見一隊軍士手捧皂纛旗
着樂毅團團挑陣又從途傳令不許放走韓聶韓聶听了激得怒氣冲天
因躍馬挺鎗直奔樂毅當不得弘何財來急匕撥開左臂上早中了一箭
只得忍痛拔去大聲罵樂毅豎子既要做英雄可當面决一死戰倘戰
不勝便死也甘心怎藏形匿影只以陣勢困人樂毅大笑爲要斬救這等
匹夫只如探囊取物何須用陣只可笑你這匹夫既自稱大將怎陣也不
識竟冲了入來豈不羞死還要怪人我若就此斬汝莫說你這匹夫心不
甘服恐諸侯也只爲我暗算人今將饒你出去我命將當諸侯之前斷
汝之頭叫你死也甘心因又一声砲响只見兩圍隊在東西一卷南北兩
分忽又變作一條長蛇之勢此時韓聶的三千甲士已損傷了數百正在

慌張之際只見陣開那裡逐顧得將軍竟四散逃回韓聶見了自盔征頭
也要走馬奔回又怕人笑忽又見樂毅立在長蛇陣中大声叫爲韓聶匹
夫你說要甘心死在陣前故饒你出陣今既二你出陣爲何又不敢戟捧
捕听了又是氣又是羞不覺心頭火発遂拼一挺着長鎗直奔樂毅爲不
斬你的驢頭叫我這忿氣怎消正飛馬上前不隄防陣左翼忽突出一將
叫做鄧方手提大刀劈頭砍來爲韓聶那裡走快將頭來韓聶忽然看見
吃了一驚忙折轉身將鎗去搪不奈陣右忽又穿出一將名叫樂乘手提
大刀照頭砍來道韓聶不要走奉元帥將令立等要你的驢頭韓聶看見
急欲掣鎗來抵却被鄧方又復一刀來要搪及搪去鄧方之刀再急去掣
回鎗來搪抵樂乘時已早被樂乘一刀連肩帶臂砍爲兩半可恰韓聶在
其国做了一世豪傑今日被樂乘斬了化做南柯一夢正是

爲人切莫恃強梁　自古強梁不久長

强雖不難傷損破　將軍難免陣前亡

只因韓聶被斬有分教江山尾解社稷冰消不知後事如何且听下回分解

第九回　敗一陣又一陣急似燒眉　下一城又一成勢如破竹

詞曰　人世不無成敗国家定有興亡不須笑弱與誇強荒淫怨桀
紂神聖讓虞唐　任你干戈爭閙由他名利奔忙間來搦筆
細評章好雄不耐久仁義始綿長　右調西江月

話說斉滑王在將臺上先看見韓聶并三千甲士捲入陣中不見踪跡已
驚得神魂無主就傳令衆將出陣救援衆將奉令雖走馬臨陣却看見無
陣上兵馬青黃赤白黑擺做一團没處下手只好在陣前摇旗擂鼓以壯
軍威團了半晌忽見陣開并三千甲上乱風逃回又見韓將軍匹馬走出
正打帳上前去接應忽又見韓將軍飛馬去奔樂毅却被陣左有突出兩
將一刀砍死莫說斉滑王與衆軍但都赫破就是四面將軍看見斬了韓

聶無不吐舌驚訝王羨樂元帥用兵之精陣法之妙正是

英雄窮困少人知　縱有奇才沒處施
今日陣前名將斬　人人方識是男兒

樂毅既斬了韓聶看見斉軍陣乱斉將胆寒又発一個号砲指揮三萬精
銳奇兵列成陣勢堂堂正正竟逼近斉營斉滑王在將臺上看見一雖慌
張却无可奈何只得下了將臺親到陣前喝令分兵出戰不知斉国兵將
雖多其猛勇俱在韓聶之下今見韓聶被斬各各氣餒又見樂毅的兵將
俱隱在陣中或出或入沒處与他爭鬥心下皆十分害怕當不得斉王親
身督戰不敢退縮只得勉強出到陣前用強弓硬弩射住陣脚与將軍相
对燕軍遂至斉營見斉營立定早一声鑼响陣中突出一將横刀討戰這
將就是正先鋒樂乘斉滑王看見認得是他斬了將軍韓聶不勝大怒因問衆
將誰与我擒此賊與韓將軍報仇說不了只見斉家隊中一將姓驟名文

之命井誅秦趙燕魏四国之兵前來擒取其国的昏君归戮於社以報讎光王之仇兼为天下除殘去暴为何其国昏君不自出就縛却叫你这無名小將在此時齊所報名來仔就縛薛嵩因大声为其稱霸國強於天下此天下所共知況今又为東帝不加兵列国已为列国之福何列国不識時務反征暴狗覚犯我其境我韓大將軍这一將渾鐵縱橫天下誰不聞名汝樂毅生於趙不过一匹夫仕於魏不过一下品其才可知有甚奇謀怎敵燕齊若汝窃居卿之位反招搖四国浪與犯土之兵今師到此死已莫逃若知機悔悟速速倒戈令各国遁去倘可免亡国之禍倘竟執迷鋒尖到去叫你五国之師立成齏粉騎着一匹駿馬咆哮陣前往來冲突樂毅正欲遣將迎敵忽趙陣中閃出一將叫做玉公手執大桿刀飛馬直奔韓耳为何將四夫敢出狂言也叫你孝何子的樣子遂舉刀就望韓耳用鎗架过九乘勢刺來二人殺至二十餘合秦陣中又突出一將叫

做周忠手持一桿丈八蛇矛跑馬助戰上不数合韓陣中也突出一將叫做魏元登手持一柄鋼鎚魏陣中也突出一將叫做唐大烈手執一柄方天畫戟飛馬冲到陣前厮殺韓耳看見笑一笑道來得好來得好何足惧哉挺着一條鎗左衝右突毫無懼色四將各逞威風惠往不放真是一場好殺但見

征雲攪攪殺氣騰騰亂捲得天光慘慘殺氣騰騰冷逼得日色黃昏金鼓喧鬧猶如霹靂聲聲之雷震旗旛招展恍若閃閃灼灼之雷飛戰場中刀鎗並舉忽前忽後眼一錯性命交關陣面上人馬奔馳忽東忽西力稍弱死生頃刻最狠是大桿刀不離頭上最惡是火尖鎗緊逼心窩最毒是方天戟照人背脊最險是三楞鐧鎚定腦門頭確的名是衝飛蜂的乱箭最惧人者是卯古的流星將軍猛勇左衝右突奇遊戲於生人之境駿馬追風前馳後驟宛從事於社樂之場四將欺一將而一將

英雄宛似龍遊蝦戲一將敵四將而四將強梁猶如羊被虎撲畢竟不
　知燕齊誰強到底还是龍爭虎鬪

這韓耳果是驍勇力敵四將殺了半日並沒些輸贏其王在將臺上看見四將緊緊擁住恐怕有失又見燕陣中旌旗招展似有个出兵衝突之意遂忙上鳴金收兵韓耳並說不惧戰了半日不曾討得便宜也就備着鳴金將鎗將四將一擋为主公有令且饒你遂勒韓馬頭望本營跑去四將見不能取勝也便借此各归本陣不題却說韓耳归見其王其王因說为將軍苦戰半日未能取勝寡人甚是憂心为之奈何韓耳为大王不必憂心四国兵力也只如此臣風未敢取勝者四將亦已寒心臣明日不戰四將只將精兵突入燕營取了樂毅之首則四国自驚慌而遁其王为樂毅既为大將自有催僚豈易擒韓耳为樂毅縱有才不过擲霍貫戰陣之上叫会能为明日臣突出其不意目去要斬其頭大王但請放心其王听

了大喜为將軍若果能斬了樂毅寡人必然重加封賞韓耳因退去安息到次早整頓三千甲士指望突襲燕營不期到了陣前燕兵已在大营之外又另立了吉营亦自黑五个小营樂毅親自一馬橫安立于陣前韓耳见樂毅自在陣前滿心欢喜以为恰中其意也不答话竟點一點傾暗招了三千人馬隨他冲入燕營他竟一騎馬風也似先奔到樂毅面前指望直刺樂毅不期樂毅望见韓耳的馬將到時便先折轉馬首跑入陣中及到陣中却又立馬观望韓耳见樂毅雖入陣內却相去不遠又见五陣兵雖然分列却不能變動又见三千甲士亦已趕到因想为不趁此時斬了樂毅更待何時遂將馬一縱帶了甲士竟趕入陣中及趕入陣中却不见了樂毅忽聞一声砲响五陣中金鼓乱鳴旌旗招展人似虎馬如龍一共湧出却不斷殺只各認隊伍紛紛排開一霎時五陣變作一陣圍將韓耳並三千甲士俱圍在其中韓耳欲上前突戰却弓弩並發砲石如雨上

西一時軍容之盛驚天動地真個是

軍容赫赫逝千里　兵氣揚揚遍九垓
韓旆秦旌時掣電　魏金趙鼓日轟雷
足追風去皆龍種　力拔山來盡虎才
漫道人驚心胆碎　天爲崩裂地爲開

五国六兵集於齊境齊境守將慌了手脚只得連夜飛報於湣王此時湣王正在驕横之際听見報來那裡放在心上因笑道我記得昔日燕王噲被我先王遣匡章殺了這逃王平想是又自來尋死了又笑道你既要來天死就該自來怎又去求人帮助又笑道秦太国求他帮助也還罷了韓魏趙小国求他來何用待我発十萬太兵去殺他個片甲不存他纔言伯方知我齊国之強因命大将向子領兵十萬前往濟水去退五国之師因分付務要殺並個大敗原來齊国從前出征往在戰勝故兵將胆大這向

子傾了燕王之命也不間好友竟欣欣然去了正是

單焚燕雀正嬉嬉　禍到臨頭尚不知
不是驕深逆作妄　定然愚極変成癡

湣王自命向子去後便日望捷音過了幾日一個老臣王蠋告病在家病好了听得此事忙入朝進諫道老臣聞燕昭王築黃金台拜樂毅爲將欲報齊仇久矣直忍了二十餘年不敢輕発今又合了秦韓趙魏四国之兵方纔敢発臣想其発不輕則其志不小其勢必盛大王即自発傾國之兵前往迎敵尚虞不支大王怎麼草草遣向子一人領兵十萬前往迎敵此必敗之道也幸去不久大王還宜速領大兵自往救援庶可保全而無失湣王笑道汝老矣只記得道幾句迂腐的陳言怎知近來的勝敗要看時势所在不是寡人誇口近來的時势在斉故寡人兵一出即便六勝從未嘗小挫于人那有個今日忽敗之理汝只管放心再遲幾日定有捷音來

王王蠋道大王差矣兩国交兵當論兵之多寡势之弱強將之勇怯謀之得失怎麼論起時势來若論時势是賭造化以国家爲游戲此事萬萬不可聽大王還是発兵往救爲妙湣王道汝老矣快快回去尋個好墳墓不要在此多管惹人憎厭王蠋嘆息道大王既憎厭逐臣臣何敢復言但恐大王再想臣言就遲了因再拜辭謝而去正是

曾聞古昔欽黄髪　不道今人輕老成
祇爲老成輕不用　国家都被小人傾

王蠋去後又過了幾日湣王正與一班佞人說王蠋的腐迂忽傳報向子戰死十万大兵喪亡了一半逃走了一半五国之兵直要殺過界來势甚危急求大王早早救援湣王聽了方纔着急因連夜又點起十萬大兵自領中軍又選了韓聶爲大將這韓聶武藝高強使一柄渾鉄鎗有萬夫不當之勇斉国恃之以爲長城湣王見事急故率之前來到了濟城見濟城

未失心纔放下因問向子何力就戰死守將答道向子正与秦將交鋒忽被韓將上從傍突出一將迸一鎗刺死十万大兵上前去救不期燕兵殺成大势從後一卒總兆逃回早呼亡了一半所以敗了湣王聞知又將殘兵招聚在一處到次日安營埼上望見五国之師分为五陣各擁雄兵互相犄角旌旗耀日金鼓震天湣王見了回顧韓聶說为你看五国之師相倚为雄將軍能奮勇破之否韓聶为五国兵將虽共有二三十万之燕国为主秦韓趙魏不过是請來之客用力有限臣只消突出奇兵先斬了樂毅之頭則四国之師自然驚走有何难破因恃勇躍馬横鎗直奔出旗門之下往來馳驟呼叫为燕国樂毅小竪子既來送死何不早上納命正呼叫不已忽燕陣三声炮响金鼓其鳴旗門開去見樂毅頭戴一頂鳳翅金盔身穿一件龍鱗袱甲乘着一疋駿馬手執着一棹五色的令旗率領着一班精勇戰將直出陣前應声为我乃燕国上將軍樂毅今奉燕大王

繡着龍的御案傍邊列兩柄懸日月的寶扇文武百官俱列在第二層臺
上惟樂毅直到台上朝見昭王昭王喚坐坐定昭王乃抬頭定睛細看那
營中氣象只見旌旗按布車馬分排運絡如卦縱橫赳赳之士桓桓
糾糾仁義之師堂堂正正令嚴而悄不聞声氣壯而滿營生色與往日之
氣象大不相同昭王看了滿心欢喜因向樂毅稱贊边軍容威壯若此皆
賢卿操練之功齊国雖強有可圖矣樂毅道此正兵也進止有方出入不
亂雖有鉄騎不能相犯若臨陣摧鋒長驅破敵此中有三萬精鋭之兵可
指之即出令之即行雖鬼神不能測其往來此乃奇兵直搗齊都易如反
掌昭王听了大喜更加欢羡因問道此奇兵可一觀否樂毅道正要求大
王親閱因命掌旗官在將臺上將藍旗一磨只見正東陣中忽湧出一
隊人馬飛也似奔至臺前聽令十分英勇怎見得但見

半似藍兮半似綠　馬上英雄青簇簇

100

時時聲鼓動碧天　上按東方甲乙木

旗纛官又將紅旗一磨只見正南　中又忽湧出一隊人馬飛也似奔至
將臺前聽令更加英勇怎見得但見

項上紅雲風蕩漾　赤日朱霞作袞褻
胭脂馬上大紅袍　上接南方丙丁火

旗纛官又將黃旗一磨只見正當中陣內忽又湧出一隊人馬飛也似奔
至將臺前聽令分外英雄怎見得但見

將軍金甲橫金斧　坐下龍駒認作虎
中央扯起杏黃旗　上接中央戊己土

旗纛官又將白旗一磨只見正西陣中忽又湧出一隊人馬飛也似奔至
將臺前聽令十分強勇怎見得但見

白盔白甲冷森森　風展旗旗霜色侵

樂田演義　卷之二　第八回

101

鎗是梨花刀是雪　上按西方庚辛金

旗纛官又將皂雕旗一磨只見正北陣中忽又湧出一隊人馬飛也似奔
至將台前聽令更加英勇怎見得但見

一陣黑雲壓高壘　鐵甲將軍裝束美
嘶風駿馬似烏騅　上接北方壬癸水

五隊人馬各按方位住下昭王看見這五隊人馬人人雄壯個個彪形心
下大喜因問边兵分五色自按五行不必言也但不知長驅之時何以並
進樂毅道雖然並進原有首尾若無首尾何以長驅因命掌號官將金鑼
一面鑼上的敲了幾声只見五隊人馬在教場中東轉西折盤旋了一回
忽变作一長蛇之勢青者前紅次之黃居中白次之黑押在後頭在前踞
則尾於後擺尾從後捲則首從前回首有事則腹尾可以應有事則首腹
一之然有事則首尾應之首尾正行時忽從中突出騎騎或飛標或飛砲

102

倏而前倏而後直如飛鳥之攫物使人不可端倪莫能測識昭王細細看
完喜之不勝因贊道如此變動曲盡兵家之妙真爲勁敵足徵元帥之天
才矣誰國何幸得以轉弱爲強如此因厚出金錢大賞將士方罷操回宮
正是

漫言人衆便橫行　強国還須節制兵
若使刀鎗操勝具　六韜三畧盡虛名

昭王大閱過見兵有節制一發敬重樂毅如師保樂毅却謹敦臣節毫不
驕矜到了出師之時果然秦国遣大將斯離領兵三萬前來助戰趙国遣
大將廉頗領兵三萬前來助戰韓国遣大將暴鳶領兵三萬前來助戰魏
国遣大將晋鄙領兵三萬前來助戰兵雖各赴齊境却俱有文書打到燕
国來昭王見了因更拜樂毅為上將軍并護五国之師以伐齊樂毅領了
昭王之命因率大兵十萬沿途會合諸侯之兵一時共集於齊境齊小之

103

趙彊趙可都而收也燕但欲復仇不敢私取平原君道齊之強橫天下所憎燕即不言趙亦不能無言況樂君有命敢不效寡君聽從正說不完忽秦國有個使臣亦有事來見平原君遂會在一處問及燕齊之事樂毅因乘机說为齊不獨为燕之仇寔亦秦之仇也秦使驚問为齊處於東秦處於西猶風马牛不相及齊为何而为秦之仇樂君之言毋乃過情乎樂毅道有說也今天下稱至強者秦也何知有齊自秦立齊为東帝齊遂妄自尊大以为秦何尊我何況他国故南伐楚西伐人前已破滅桀宋今又欲吞并二周使天下但知有齊不復知有秦由此观之則齊豈非秦之仇哉今燕小国也尚憤憤不平願傾国與爭奈何秦以累世之強何惜一旅而不助燕以誅殘暴之齊齊誅而秦之帝不必更分東西矣今天下皆助燕伐齊若秦不助燕則是秦畏齊強豈不惹天下之笑秦使聽了連連點頭为樂君之言是也歸告寡君定発兵相助樂毅乃謝而退出到了次日乎

原君與秦從趙王亦許発兵相助樂毅见趙秦俱許発兵因至韓国见韓王为言燕先王遭齊屠戮今燕王剸寃切骨誓必報仇但念以諸侯而伐諸侯有助則公無助則私故使下臣告於列国少求一旅之師以張公義臣跋涉而來已蒙秦王趙王慨然許助故下臣敢匍伏闕死陳情上請望大王憐念寡君之深仇樂從諸侯之義舉沛発韓旅遥叅齊伐不獨寡君感恩而天下皆稱高義至若齊之殘暴在所當除此又大王之霸業非毅乞師之臣所敢並言也韓王道秦趙既已許助燕敢不隨其後见燕君又有宿昔之歹樂君又素所仰瞻所教豈一一聽從樂毅见三国俱已說成滿心欢喜因而謝韓王歸報昭王不題正是

爲將不惟兵旧利　定須舌亦有鋒鋩
不然半世君王賊　安得唯唯俯首降

却說劇辛至魏面說魏王助燕伐齊魏王因憾孟嘗君逃燕君奪吾樂毅

是吾仇也吾恨之尚且未消安肯復助之而伐齊孟嘗君果想魏王逐他出死因勸魏王道大王今若伐齊非助燕也寔自利也魏王道何为自利孟嘗君道前齊滅宋宋之地遠於齊而近於魏以理揄之其地應为魏有齊竟公然取去殊为藐魏今君此而事甚为戮力莫若乘燕伐齊名雖助燕而破齊之後竟掠宋地而還豈非自利魏王大悅因許発兵以助燕劇辛見魏王已許因而至楚說楚王曰齊雖強不強於楚往往侵楚是欺楚也燕雖小国今已発兵告助楚大国雄據江漢豈甘受齊欺楚王笑为齊王昏暴卑晩必亡然亡齊者必楚楚豈受其欺哉大夫且歸寡人自有破齊之策但不與諸侯共事耳劇辛領命亦歸報於昭王昭王见五国皆許相助滿心大喜遂决意伐齊只因這一伐有分教抉出痛心變放快意不知後事如何且聽下回分解

第八回　燕昭王大閱節制兵　韓將軍要命匹夫勇

詞曰之朗問兵家何制五花八陣流傳六韜三略更留玄登壇能請此臨敵自無前○若恃匹夫一勇休誇百萬威儀師行無正又無偏譏言家国丧性命也难全　右調西江月

話說燕昭王欲伐齊報仇見樂毅劇辛二人歸報秦魏韓趙俱許発兵相助不勝之喜乃於周赧王三十七年遂將傾国精銳之兵盡付樂毅掌管樂毅乃一面發文書至各国約會発兵之期一面即聚集兵馬於教場查點正是

從來報復要堅心　不是堅心報不深
試看黃金臺上客　至今方作虎龍吟

樂毅將兵馬查點明白見一人精勇隊隊嚴明然後擇了個吉日請昭王到演武場大閱到了這日昭王帶領着文武百官親至教場樂毅令各一將士排開隊伍將昭王迎到將臺之上設御座請昭王坐了頭上張一把

大王悔之晚矣此時齊湣王正在驕奢之際一班諛佞之臣日日誇功頌
德意氣揚揚今日忽被陳舉一番正論直中其隱羞得滿面通紅不勝大
怒道寡人伐燕亡破誅宋宋亡侵楚楚懼伐晉晉驚嚇今至強者秦也秦
且奉寡人爲東帝而況其餘乎雖連年征伐無不得意至今国富兵強損
了那些元氣要你這老賊胡講陳舉道富強難恃以爲常驕暴必至於亡
国桀宋驕暴已爲大王誅矣大王驕暴又安知不爲桀宋之續乎齊湣王
听了氣得鬚眉直豎因大罵道天下諸侯皆服我強我不誅人足矣誰敢
誅我我且先誅你這逆賊因命刀斧手拿去斬於東門以爲毀君之戒陳
舉道大王不必怒臣之一死死忠也自爲天下人矜後世人惜只恐明日
大王之死死於昏暴不獨今日爲天下笑雖千古之下尚強笑不盡也陳
舉說不完早已被刀斧手驅去斬首正是
忠言苦訴渾如哭　昏耳愁听宛若仇

頭已斷來心已剖　一時餘怒尙無休
齊湣王自殺了陳舉滿朝臣子誰肯再進忠言惟有一班諂佞之臣瘋擾
他爲恶湣之事燕国差來探事之人打听的確早報知樂毅樂毅乃劝見
昭王道臣蒙大王拔於異国位以亞卿安敢宗族皆食於燕又蒙大王之
恩祇寵幸至矣盡矣無以加矣臣苟有肝胆未有不思仰報萬一者必欲
報大王無如復齊仇而受任以來覓隙至今日者非臣不留心於齊奈
齊無隙可乘今臣聞其自滅了桀宋愈加驕横又南侵於楚西伐於晉復
思吞并二周以謀天子此皆亡兆報仇雪耻正在此時故臣敢請大王商
酌其事昭王聽了大喜道寡人御先王之恨二十八年於茲矣當恐一旦
溘先朝露不及手刀於齊王之腹以雪国耻終夜痛心每欲號泣告天告
人因受賢卿之戒朝夕飲恨今若有可圖之機願起傾国之兵與齊爭一
旦之命雖死亦無所惜願賢卿救之樂毅道大王志意既决微臣敢不効

力但思齊雖驕暴有可亡之機然地廣人多兵雖將儒若輕易圖之亦能
制其死命轉受其大害以臣計之燕雖訓練多年兵有節制然孤力攻齊
軍不能有先声奪其氣須合天下諸侯共攻之方能成其大功昭王道合
諸侯共攻之固妙但恐諸侯各有所圖未必盡如燕意樂毅道諸侯雖各
有圖然合之要有次第臣以爲燕之比隣莫密於趙宜先合趙王趙王正
與燕好必然依從趙王若听從則韓與趙兩相利好韓見趙合亦必合也
至於秦王貪利之国須託趙轉說伐齊之利則秦必從若夫魏因臣棄魏
仕燕甚不悅臣未必肯從却喜孟嘗君被齊逐出今相於魏深恨齊王若
聞燕伐齊亦必勸魏以伐齊楚雖深忌齊却名與齊好約之必不從也然
齊急必投楚誅齊者必楚也今雖合之無益然必須合之留以爲異日之
用昭王聞言大喜道賢卿料事直如指掌寡人一一听從因出各国的符
節往樂毅爲之樂毅見昭王言必听從心甚歡喜乃與劇辛說道今燕欲

齊欲合五国之所以爲助韓趙與秦毅自往若魏則樂毅往燕若楚則
秦王劇君俱煩劇君一往劇辛應諾樂毅乃自具車馬儀金璧親至趙国
此時趙国乃惠文王在位平原君趙勝爲相樂毅至趙便先備礼來見平
原君平原君接见迎樂君身操燕政名垂金臺今日辱臨敝国又賜多儀
必有所教樂毅道昔者寡君之先王受齊殘辱此公子所知也寡君飲恨
含冤欲圖報復此亦公子所察也祇因齊大燕小齊強燕弱故含忍至今
寡君日夜痛心今见齊王昏愚已甚驕横異常屠殺忠臣大肆貪惡以東
帝爲不足又欲吞周以滅宋为固然又思別国观其所为又過於桀宋此
亦必亡之道故寡君憤懣不平願操戈負弩以爲前驅但念各分封之国
雖犯可誅之罪必須公討非燕一国所敢口專故遣下臣士倩於貴国求
趙大王公為天下誅暴除殘私助寡君報仇雪耻思甚大哉義莫正焉下
情委曲不敢竊聞故特來公子轉奏倘蒙允助破齊之後河間之地近於

所以謗倭人　只要左手害

齊湣王雖然一怒殺了狐咺然稱帝之非也下也有幾分狐疑欲與人
商量都沒相信之人總維迎代來朝淮土大喜召入因將秦王自稱西帝
遣使立齊爲東帝就相約共去伐趙之事細細述了一遍又將狐咺諫
止被殺之事也說了一遍因問道此事還該如何蘇代道秦王以諸侯而
自僭立爲帝自犯天下之議天下聞而俱怒之未可知也然秦止強天下
長其強而首肯之未可知也今秦既自立而又遣使立大王之爲東帝者
亦恐天下罪之而拉大王分罪也大王若辭而不受是揚秦王之惡而自
爲節之机但非等也以臣愚見秦既立大王爲東帝乞大王竟受之而勿
辭使臣民各國聞知其事則太王儼然東帝矣至于發號施令稱帝于天
下且請必緩倘也是欲以秦爲前事也倘秦稱帝天下無說大王然後從
容稱爲東帝未爲晚也設或秦稱西帝而天下惱之惡之大王就之而不

稱則天下必以大王爲利義而得令各矣此收天下人心之資也齊湣王
听了大喜道卿所言甚善但秦王約我共伐趙不知趙可伐乎蘇代道代
国必破国方可示威若伐而還不如勿伐趙国雖小亦戰国也伐之未
必即破以臣愚見伐趙爽若伐桀宋桀宋小国也而南敗楚西敗魏貴恭
多端此必敗之道也大王因而伐之未有不破伐宋而破之則天下皆畏
齊之強矣齊湣王听了甚喜以爲有理東帝總稱得兩日因蘇代之言便
止住不稱又依蘇代之言即發大兵去伐桀宋你道這桀宋是誰就是宋
国的康王這宋康王雖生來性情驕暴然宋国衛小初猶不敢爲拜只因
城頭上一個小雀忽生了一個大鷂白姓看見以爲奇事遂報知康王康
王驚異因命掌卜筮的六史官占之太史占了斷拜賀康王道此大吉之
象也雀小鷂大占書上有言小而生大必霸天下大王之謂也康王大喜
自此遂心驕志大任意狂爲與勝国爲敵欲與強王遂發兵滅了滕国敗

薛国兵少遂時時遣將伐之乘勢有形遂暗暗的襲取了他沿途的王座
城池見他地廣濶遂探其無備而與魏戰而大敗之遂
沾沾自喜道此皆吾霸天下之徵也見人敢敵天地遂每每張弓映天以
射天欲使天怯我而又往往操椎持杵以搥擊地欲使地惧我見天多爭鬼
神又斬社稷而焚滅之欲使鬼神服我又置酒在宮中爲長夜之飲每每到
歡快之時要宮中之人皆呼萬歲宮中人呼了又要堂上堂下之人以及
門外之人国中之人皆呼萬歲以應之以見人不敢逆我昏暴如此故天
下之人皆謂之桀宋以其昏暴如桀也故齊兵一來民心離散無兵守城
來康王方驚慌無措只得逃走要奔到魏国不期追兵緊急走不到魏国
竟氣於溫縣而求遂絕矣　正是

桀虐大應死　昏迷国易亡
其餘遂何救　惟此沒而亡

齊湣王親見宋康王驕暴身亡国亡若知警省豈不長享爲君之福而破
宋之後心滿意盈愈加驕暴其所作所爲比桀宋更甚所見人稱楚強便
發兵南侵於楚以爭其強所見人稱晋盛即發兵西侵於晋以爭其盛又
思立爲東帝終碍於周何不發兵併侵了二周而自爲天子日夜胡思亂
想宗室子陳舉看不過因進言道治国當圖久安不必合無益之虛名須
謹防有心之實禍今齊幸国富兵強上可以安宗社下可以如子孫大王
保此富強大王之賢也乃不足而南侵於楚試思楚爲何国而可侵乎又
不自揣而西伐於晋試思晋爲何地而可伐乎二周雖弱名分凛然誰可
吞併而秦楚二国吞併久矣何至今日大王不想以發兵爲游戲以戰爭
爲等閑不知戰勝則兵驕卒傲養成誇詐之形戰敗則破斧缺斨傷損国
家之氣况燕與我有仇敵也自齊殺燕王噲而燕昭王御窮欲恨築黄金臺
招致賢才以圖報復已非一日而大王毫不隄防恐一旦有蕭墻之變即

者欲報齊仇也今將軍日日練兵日日訓將亦已久矣竟未曾加齊一矢豈燕王拜將軍之初意哉燕王雖不言而將軍獨不愧于心乎若齊仇可報宜速報之若不可報則當去位以讓賢者倘碌碌猶人無所短長而坐據高位使燕王日久懸望不識將軍何以自安樂毅笑謂道非不願報之不能也諸公有能者願執父以受教眾臣見說不入雖然聽了劇議論紛紛終不能已頭去

從來人世是非多 在是無風也起波
若使君臣情水濟 可憐誰不受他虐

眾臣邊語不已虧得昭王信任樂毅全不動心故又過了數年只因又過數年二十八了有分教灘邊木斷水滴石穿不知後事如何且聽下回分

第七回 齊湣王殺二忠臣以肆惡 樂元帥會五諸侯而出師

詞曰 一火每須芟草根必發前留弦上看機語若教聽上未能解便

思虎面尋變捷○不是耳聾也非眼瞎昏 來孔激術從縱劝 君爲政只河心若清心時自明察 本調是波行

話說樂毅見昭王不听讒言十分感激又過了數年欲報齊仇之心愈急便時時差人到齊國去打听齊王的行事此時宣王已死湣王在位這湣王爲人比宣王更加驕暴倚着國富兵強不是東伐梁即是南伐楚從無一歲休息如雖有戰勝之名內却有消耗之實到了周赧王二十七年天下洶洶名分盡喪惟強暴爲尊秦王無道視周天子如無人竟自僭稱爲西帝稱便稱了又恐獨稱不足號令天下復遣使臣魏冉到齊立這湣王爲東帝就約他共發兵伐趙齊湣王見了大喜便欲然改稱既行於各國一班諂佞之臣無不禮奧惟中大夫狐々咺出班諫爭以爲不可齊湣王不悅道帝與王總一般君但于眾諸侯中分別強弱耳今秦強于西既稱西帝寡人踞淄岱地廣兵多獨不可以爲東帝乎狐咺道天下凡百事

皆可假借最不可犯者名分也豈論強弱譬如父母雖弱豈可降爲子孫子孫雖強安可升爲父母今周雖弱天子也齊秦雖強諸侯也數百年於茲各分所在誰敢犯之即今諸侯稱王雖曰僭竊猶然在臣子之則今倘竟一旦稱帝無論觸天下之怒亦豈不惹天下之笑與動天下之刀兵願大王熟思之齊湣王道寡人聞名分雖嚴亦有時而改倘必不改則紂天子也湯家何以得稱今周運已衰秦時正盛夫豈不義而秦爲之亦必識時務之俊傑有以秉天命而勸成之此非腐儒所知今秦既已稱爲西帝我齊何獨于秦而獨不可以稱東帝耶狐々咺道帝猶天也豈可有兩秦之所以延大王者恐一時則爲之天下不服號令不行故然欲引大王分罪意哉齊湣王大怒道既立爲帝則天下諸侯皆臣矣臣敢罪于君汝个喚之不過單止寡人不爲帝豈能使秦之爲帝乎不能之秦則是秦爲帝矣而寡人不爲帝則寡人爲秦帝之臣矣是汝不願君尊而願君辱矣

也甚矣一班諂諛之臣又在旁和之道既可立帝誰肯爲王狐咺之言差矣孤狐咺听了不勝憤激道臣正議也安能入邪辭之耳齊湣王勃然変色大怒道誰是邪辭之耳當面毀君辱君罪已不赦尚曰正議天下有此毀君辱君之正議否快推出斬訖報來殿下力斧手鬪令一齊涌出來似狐捉住孤々咺亦大怒道臣死不足惜但可惜大王之死不久矣齊湣王听了愈加大發雷霆道以齊之強以寡人之英勇雖合天下之兵亦無奈我何汝亦偭君鄙之民吾所以爲大夫何負於汝乃也咒寡人不忠之甚萬死猶輕快推出斬于檀白之衢使舉國之臣民皆知甚誹君之罪大臣中雖也有惜爲狐々咺求饒當不得齊王怒氣沖天一面傳旨稱帝一面就拂袖入宮去了可惜狐々咺一腔忠義而又受戮於檀衢之上正是

驕君難與言 忠臣不怕死

君爱臣如宝　臣尊君似天
如斯謀国事　未有不安然

到了周赧王四年忽秦国一個大游客叫做張儀欲要連衡天下諸侯以事秦故来到燕国説昭王道秦之強天下所知也今欲加兵各国以攝强士臣不忍天下被兵已劝趙王割河間之地以入朝事秦矣秦既得趙豈能忘燕大王若不割地事秦早為之計恐秦一怒下甲雲中九原驅趙以攻燕則恐易水長城非大王之有也昭王不能决因請張儀就館而召樂臣商議屈景毅道既立国當守国豈可以土地事人為長策况燕地有限而秦欲無厭但欲目前後将何継且張儀游説之士心甚詭而言不足信若秦果貪燕即割地而未必便可復無慮不割地而秦即加兵然燕間練已久何至畏人願大王加察衆臣听了皆替道屈君之論甚為有理獨樂毅無語昭王因問道樂卿以為如何樂毅方對道屈君之論守国之正論

也但今日張儀之言乃一時机变之言非正論也非正論而以正論对之是彼以虚而我以實則受其累矣莫若仍以机変應之為妙昭王驚問道張儀之言何謂机変樂毅道張儀欲連衡六国以事秦是張儀之心非六国心也張仪説一国而一国許之者受張儀之恫喝畏秦強而恐速禍雖皆口許割地尚彼此観望未即便與口許割地則秦不加兵地未即割則地原無失此机中有机変中有変臣所謂机変之事也若地尚未割而口先正言不許彼惜不許之言而先與師問罪以威其餘是我惑虚説而先受實禍非策也若慮既許割地而不便悔言窃恐六国中之悔言者不止一燕且張儀游士耳不过依口舌之鈍虚張秦勢能使六国割事地秦則張儀之功設或六国不割地事秦在秦無甲兵之費亦必不以為張儀之罪張儀既不罪則六国有罪亦乾况張儀在秦亦非忠信之臣上下猜疑恐不及割地而即別有機変今大王莫若許割常山五城以事秦僥諸侯

成約而後割之臣料諸侯之約無日而成而燕之地亦無日而割也此子何必與之苦争耶昭王听了大喜道賢卿察機观変明如观火真不可及到了次日同復張儀道秦大国也燕小国也既諸侯有約敢不听從亦願割常山五城以蹈諸侯之後諸侯七約成即當交納張儀見昭王許割王城大喜而去即欲歸報秦惠王以逞己功不期剛到咸陽而秦惠王早已為崩而太子登極以稱秦武王這秦武王為太子時甚不欢喜張儀群臣知道此意遂向武王毀謗他許多短處及張儀猛朝所言之事多不听從六国諸侯聞之果不連衡而又暗相合従矣昭王得知愈服樂毅料事之明透更加敬重正是

不慌全在胆　不惑必須明
胆與明相並　閒雲也不驚

樂毅既報燕政雖謝日且練兵訓将治国养民不覚十有餘年且不提起

報仇之事燕国就有一班臣子來説燕王道大王築黄金臺擇樂毅為亜卿執掌兵権者以為伐齊報仇也初猶推説兵未練将未訓今訓練兵将亦已十年有餘而伐齊報仇之事全不題起在樂毅受享快樂自忘之矣豈大王亦忘之耶昭王道先王深仇寡人豈須臾敢忘然時有未可姑待之耳衆臣道齊猶是齊燕猶是燕今時不可不知何時而可不過以齊大難圖借此推挽耳昭王听了不勝嘆息道賢者所為往七為不肖所有詎得樂元帥登臺時即設七策諸臣有今日之言諸臣今日果有此言則是諸兵今日之言已在樂君成算中矣寡人安敢听諸君之言而乱其成策諸君請勿復言寡人前已許其弗听矣衆臣皆抱慙而退正是

莫恨纔言衆　仇來君耳聰
是非能辨白　顔而自羞紅

衆臣見説昭王不動因又來説樂毅道燕王築黄金臺大拜将軍為亜卿

試上黄金臺一看　燕山易水未嘗寒
樂毅既受了燕昭王亞卿之任以台国事便下令民間令百姓盡力生産地不許荒時不許失官不許惰擾民不許游惰男不許無妻女不許無夫又下令于朝令在位各安職守不許紛更刑法一定寧從輕而不許貪酷賦歛照常寧薄取而不許增加建言之官不許建無益之言任事之臣不許生事居君以正者有賞誘君以僻者為罪又下令于各營禁各營務令兵將露實不許虛報一名粮餉實給不許少侵一合操練必嚴不許因循故事挑選必精不許混容老弱鼓之則進金之則退不許少違毫髮限之以時斯之以刻不可差失須用兵必知將々必知兵兵有如指臂不許阻撓步伍于步馬伍于馬各分營隊不許攙乱樂毅令下之後毫不假借行之不及一年而燕国氣象勃然改觀昭王大喜因謂樂毅道将卿為寡人如此勞神而室家懸隔寡人于心未安必設法迎來方是久長之計樂毅道

76

蒙大王垂念深感洪恩但臣昔在魏々不知臣畜之不啻犬馬及今臣往大王位臣卿相此臣之知遇也今魏王罪臣以為背主竟拘禁臣之妻小在魏不許出城臣年來因国事在身未及料理今既蒙大王念及容臣設計遣人往迎之昭王道原來如此一発不可遅了樂毅領命因寫了書信封好差一能事情官叫做汪提叫他到魏国迎請家眷臨行悄々分付他道必須如此如此方可迎來汪提領命竟至魏国先來見了夫人和氏隨即請見堂弟樂乘將書付與原來樂乘已知樂毅在燕拜為亞卿執掌燕国之權久欲至燕相投以為功名之地却因魏王有旨拘禁不許出城故悶々的住了許久這兩日正打帳設法私走往燕不期樂毅有書來接滿心欢喜因將汪提邀入内室細々與他商量道樂老爺來接家眷自然要去但魏王有禁不許放樂姓一人出城却將奈何汪提道樂老爺久知此事已設一妙計在此樂乘道有何妙計汪提樂老爺說二月十五日及大

77

梁風俗各城百姓及官宦皆出城南嶽廟燒香就借此為竟日之遊叫小將先通知令族備下車馬打點行囊到了這日早戲便各各隱藏于北城左右到了午時請二老爺竟戎裝了扮作燕將放了個號炮竟奪開了北門放眾人出去外面所得炮響自有人馬來接應樂乘听了大喜道有理有理因悄々打點汪提又來通知和氏並樂姓宗族俱各欢喜收拾到了二月十五這一日果是大梁風俗大々小々俱往城南進香游玩城中十亭人到去了有六七停地方誰來照管和氏因收拾了車馬領着小公子乘間悄々從後院轉到北城等候樂氏合族聞信俱是如此樂乘家眷也先打發到城下自家卻捱到將近午時方帶起盔來穿起甲來騎了一匹好馬手持一桿大刀帶了二西个有力的大漢拿着號炮飛跑至北門城下放將起來樂乘因横刀立馬于城門之下大叫道燕王有旨迎請樂亞卿老爺的夫人公子并樂氏宗族往燕居主可報知魏王因行期急迫不

78

及入朝辭謝了樂乘一面叫眾人快走隱藏下的車馬听見炮響早一面蜂擁而來衝出城去守城軍士出其不意又見樂乘橫刀立馬好不英勇那個敢來攔擋樂乘見車馬都出城去方隨後趕來眾軍士見樂乘去了再趕到城外來看城外早又有一般炮響擁出一些人馬扯着兩面大旗旗上寫着燕王迎請樂亞卿家眷接着了車馬竟弓刀耀日鼓樂喧天的去了誰敢上前去問急々報知魏王再差得兵來追趕已去有數十里那裡追得上只得罷了正是

日日在前輕似土　一朝失去重如金
若非三尺紗蒙眼　定是一國亭寒心

不數日到了燕国樂毅接着不勝之喜因將宗族俱編入燕籍而為燕人又入朝到謝又領樂乘來見昭王奇其驍勇用之为將昭王見樂毅誠心為燕愈加欢喜因時々召見賜宴設論国政兵權眞是欢如魚水正是

79

頁遇有存求意故不惜抱軀而底衷悉陳大王若不欲報仇則已若果欲
報仇而有取于臣則臣願委質于大王而少效其區區不識大王以爲何
如燕昭王听了喜動顔色道寡人自得国以來無日不以求賢爲事雖蒙
四方英俊垂顧賜敎不棄寡人然求如先生之雄才大略片語卽吐心胸
者从未嘗有也寡人愧非桓文而嘗仰慕先生實过之正恨不生于燕
而生于趙不仕于燕而仕于魏使寡人痛相見之晩乃蒙先生灼見鄙心
深哀弓志而慨許以周旋眞魂夢所不敢望者而忽得之當面何幸如之
此非寡人之幸實燕先王社稷之幸也願先生金玉其言而勿悔樂毅道
君求臣易臣求君难臣得人王肝胆願塗地矣又何悔焉大王若慮臣言
不實請卽受職燕昭王道大賢之用国之所倚賴焉何敢輕褻既蒙惠諾
請暫就使館容寡人薰沐告廟然後請先生登黄金台納印以国事示煩
今日初臨 安敢草草樂毅听了滿心歡喜因再拜辞出而暫就使館以宿

正是

明君自望得賢臣　每恨睽違不易親
今日相逢江快意　買金遇着賣金人

樂毅宿於使館不題却說燕昭王見樂毅人物英俊議論高妙又開誠吐
赤盖不作游說行藏心深喜之因親至新宫來見郭隗說知樂毅之事郭
隗听了大喜道吾聞樂君天下士也有將相之才惜其生於趙而趙之人
不知仕於魏而魏君不識今慕大王黄金臺之高誼翩然而來亦臣前所
言之千里馬也今至矣報斉仇雪燕恥俱要在此人身上大王須厚遇之
勿失也燕昭王見郭隗議論與己相同愈加欢喜因退回宫三日不臨朝
斋戒沐浴親告於廟又將黄金新鑄一顆亞卿之印到了第四日清辰卽
至黄金臺上命百官其車馬旌旗執事往使館迎請樂毅到台樂毅既至
朝見昭王昭王因賜坐說道先生大賢尊之客卿師席方爲宜也亦不宜屈

臣位但念寡人抱先王之深仇痛入骨髓思欲復之而敗亡之国不易
爲者曰必求高賢爲之生聚敎養方可快意寡人概之數年竟不可
幸天賜先生辱临敝地又蒙先生哀怜寡人慨去俯就故寡人不揣
国所從但思奉国听從非以職位臨之不可故特新鑄此亞卿之印
賢卿望賢卿念寡人負此深仇暫為一屈倘可借此而少釋前從則
造燕之功不淺矣因親手取印付之樂毅雙手接了卽然後再拜致
道臣仕魏小臣今初至燕大王卽加臣以卿相之大位豈臣所敢当然
臣受之而不辞者知大王英明完有以知臣而愚用臣也又自念臣才雖
微何可効大王復仇之用而不欲矯情以負大王之知今既已受任則職
分当言者願大王听之臣聞善飛者必先歛其翅善走者必先縮其足今
国家遭子之之变又遇臣章之乱所復宜甚今雖得人王數年飾養然羽
毛尚未充元気尚未復 縱有深仇 只宜藏之于心不宜匕心之于口若舞

告人倘鄰国聞之見我未圖人而先令人圖我非智者所取何况斉久霸
小彼强我弱豈一朝一反所能報依臣之見欲報此深仇非二十年矣蓄
精養鋭不可也願大王隱忍之以待時容臣 敎其民為礼義之民治其国
爲富强之国訓其兵爲節制之兵再觀其釁而何其变然後聯合諸侯一
舉而圖方爲萬全此時則未可若特未可而强爲之不獨不能執仇且恐
昭禍昭王聞言改容道寡人踈浅自危亡而不知非賢卿點醒則寡人尚
在夢中今承賢卿大敎絶口不再言矣樂毅道大王不言固所願也但至
異日或有言于大王者尤願大王勿听昭王道寡人家国身命俱所之賢
卿尚有誰言之足听賢卿勿疑但幸賢卿勿忘今日之言樂毅乃欣然受
命道臣感大王知遇如此敢不盡心昭王大喜因賜其与諸臣陪之而列
樂毅之位於郭隗劇辛鄒衍之上君臣痛飲盡歡而罷正是

君臣遇合雖然有　誰似昭　魚水欢

台亂求賢乎其志不小吾往從之方足展吾平生之志和氏道吾意既決要何敢阻但君既仕魏恐私往不便樂毅道此不难也因入朝見魏王之臣說道臣坐而食祿自省有愧近見燕使來賀禮當往答猶不以尊命見斥臣願効勞此是小差無甚關係尚未見樂毅請往遂從其請因發資表章使之樂毅領了表章便辭別了魏王竟往燕國而來到了燕國獻上表章昭王將表章見其表使臣是樂毅名字因召問道君聞魏有樂羊乃名將大族此樂毅莫非其宗人若果樂家一派定然有異不可失了因御便殿命內待召入樂毅承命而入朝見昭王昭王見樂毅人物出衆不止歸燕就知其有異因賜坐而問曰寡人聞魏文侯時有名將樂羊不知可是貴族樂毅對道此即臣之先祖也昭王聞而大喜道原來即是名祖無怪先生如此傑出果是將門將種今幸相逢務願有請不識肯賜教否樂毅对道臣毅獻表而來雖奉王君之命至臣毅不表他人而請自行者實欲

太王築黃金台招禮賢士之高名而願一瞻日月之表以快素心今既来承應風之姿又辱先加盼睞是所見又過於所聞臣毅用服以輸微衷賜問敢不底裏王陳昭王聞言愈大喜道原來先生忠愿寡人具此深意非先生所教寡人愚蒙我乎失之且請問當今之世群雄並立功利是圖強國用兵之道畢竟何先樂毅對曰治国用兵之道考之先帝先王先聖先賢第一良圖無如仁義然仁義雖美而施仁義實不易行何也蓋王降而伯已非一朝一夕世尚功利以为固然倘国不富民不強兵將不雄而空然與人講仁曰仁曰義鮮不笑其迂腐而身命殉之此宋襄之所以敗也當今之世苟欲治国必先富其国必先強其民必先雄其兵有仇報仇有耻雪耻然後不取而與人又乃感之曰此仁也不可忘也不貪而讓人人又乃議之曰此義也不可再犯也此仁義所以為美也王於国之富不以聚斂而以行用位其生民之強不以驕橫而以感儒作其氣兵將之雄

有甚誅之有暴除之而不以無辜肆其威武此雖不言仁義而仁義之道在其中矣而治国之道不出於此昭王聽了喜動眉宇道高論足開茅塞先生誠大賢也安敢屈於臣位因下位而待以客禮樂毅再三推謝昭王道先生已於趙已父母之邦也臣之可也先生仕於魏已君臣之国也不敢當寡寄也寡人於先生又非父母又非君臣而承大教自應客禮又何必亂樂毅道大王雖君燕不君趙而君之位同臣雖臣魏不臣燕而臣之位同名分定也大王不可因愛才臣而廢禮昭王道君臣之位雖通天下亦不過泛泛然名位之君臣設也如何敢加之於大賢請正客位以便領教樂毅見大王之恭敬出於真誠因立席拜伏於地道大王若愛臣臣有肺腑之言敢告於大王昭王忙親手扶起道先生有何隱衷不妨明告寡人樂毅再拜因而說道只因這一說有分教良禽擇於珍木良臣事於賢君畢竟不知何說且聽下回分解

樂田演義卷之二

第六回 樂毅誠心合明主 燕王明眼識賢臣

詞曰 渭水飛能商巖霖雨等閒萬物不輕觀一天雲起定飛龍萬里風生必從虎 趙豈無家魏非無主誰知氣向燕臺馳然臺上有黃金還是君臣合心督 右調踏莎行

話說燕昭王見樂毅說話有意因扶起再三請問道先生有何隆衷幸教樂毅乃正色对曰臣之仕魏者非以魏国可以展臣之才也蓋避趙暫寄其身耳即今日表乞至燕亦非僅為魏国而作使臣蓋聞大王之名欲借此至燕以為擇主之階進身之地此臣之隱衷也臣之隱不審一時即吐露于大王之前不期幾一拜瞻略陳數語即蒙大王盼睞加意綢繆因知大王乃大者為之君非世主之比使臣之肝胆身心盡服不敢更虛作假價吞光吐彩以邀明主之求又不敢坐失

齐国而來又有一督姓屈名景文能経邦武能定国亦同黄金台之名自
魏国而來昭王一一接見对答投谄無不得其欢心恐屈其才不敢烦以
雜職只拜为客卿日又講論政事每論及燕民被害師残被不勝憤怏因
細查民词有爲王尽而死者親往弔之有文兒也殁而幼年孤立者俻有
司賑七存恤之卿民有德者斋而旌表之以励其士太山有罪若引而徵
创之使之咸悔至於軍中士卒或飢或寒必恐心訪察同耳甘苦昭王行
之年王不徙齐国之虐侭尺消而四方豪傑之士归之如市次昭王因見
郭隗曰寡人不才宗祧国堤摛復国今年干戈寡人与衛士卒日夜不安
弔死問孤未嘗少懈又辱四方豪傑時來賜教不識及此之時可勉力一
用否郭隗曰未可也百姓吃安氣酒未振士卒尚成节制尚無豪傑尚在
坊非大將才大王欲復深仇尚須勢力務之日有時也昭王聞之惕然於
心因再拜受教而退正是

疾走須騰蹄　高飛當奮羽
若欲报深仇　萬全方可許

按下昭王圖报深仇不題且說趙国有一賢人姓樂名毅乃樂羊之孫你
道這樂羊是誰這樂羊乃魏文侯之將魏文侯曾使之爲將而往攻中山
樂羊往攻中山三年而後拔之归而論功魏文侯笑而出謗書一箧示之
曰寡人若信此謗書之言卿罷归久矣安能成此大功哉樂羊乃再拜稽
首謝曰臣今日方知拔中山非田之功乃君之功也文侯因封之於靈寿
自是列国相傳皆知樂羊之名樂毅乃其孫將門將種因而好講兵法苦
談武略人有戲之者曰汝好講兵法亦能領兵拔中山以継令祖之志麼
樂毅笑應之曰拔中山何足爲奇但可惜當今諸侯無一人能如魏文侯
之賢而知用我也人皆笑其妄言而樂毅坦然処之不以爲異只無奈貧
困日甚其妻和氏因劝之道君既自負恢抱異才趙国見汝貧賤自不能

用間得斉国表東海実稱大国昔管君已享其栄蘇季子亦獲其利亦回
賢之国也君何不往游之倘能際遇豈不勝此塵埋樂毅道吾非不思及
此但念功名有地斉非我地功名有時今非其時恐去亦徒劳和氏道要
聞得之即爲地过之即爲時那裡預先定得與其坐困不如往求縱往求
不得亦與坐困一般君何憚而不行樂毅無余只得勉強投斉到了斉国
湣王新立自倚富強十分驕傲雖時時用人却用的都是一般誇詐之人
説得如何戰勝如何取利語語快心言言悦耳故立致富貴樂毅則以爲
富貴必須养民戰勝必須訓兵言不彂听策不京人誰來听你故在斉流
落多時依舊但到趙国趙国又正值那趙武林王改易胡服自稱主父欲
侵其国後來遭变死於沙丘一時趙国洶洶樂毅見乱因挈其家去林寿
而奔於大梁大梁乃魏地時魏昭王在位樂毅既奔其地貧困而柳亲友
皆劝其出仕樂毅道仕須得君魏君非吾主也过了些時愈覺貧困無耻

困不得已而出仕魏昭王昭王庸君也果不識樂毅之賢竟以常人畜之
樂毅於是復無聊每每跨马出郊游省山川以寄其抑鬱之怀一日随衆人
朝見燕国有一使臣來行慶賀之事就傳說燕昭王師事郭隗又築黃金
台求賢如渴之心樂毅聞知遂暗暗私語道此吾展才之地也因归與和
氏說子樂聞燕昭王道吾挾経邦奇才抱師大略而貧困於此悠悠歲月豈
不自悞今聞燕昭王新築黃金台廣求賢士欲报斉仇此正吾得意之秋
也吾欲脫身遊燕为燕报復斉仇以显名於諸侯吾妻可暫居於此待吾
與燕君定謀然後差人接汝和氏道君前投斉而斉湣王雄略之主也一
賢奇才無一人不取獨棄君不用今逃難至魏寄仕於朝借祿以免饑寒足
矣君又思去魏以往燕不知燕君又是何如亦須慎而圖之無使再去樂
毅笑道斉湣王雖驕橫恣然恃人也祇足取死安能知吾魏君庸主吾
不过寄跡其途豈是終身今聞燕昭王変能逃生难能復国又能高築金

費奇謀暫且寧靜俟大王撫平燕土招足甲兵然後一齊而報深仇方足顯英王之作用昭王聞言大喜道相国高識远見如在天上豈淺識所知敬從敬從因發牌傳傚人情放国兵進齊正是

呆人認眼前　智士思久远
放得兵齊还　齊王心已散

匡章既去燕都臣民因把清展兩整備法駕俱至五田迎請昭王回宮昭王感臣民之恩因回到燕都遂新郊祀天地以正大位一面下詔安撫百姓一面就修理宗廟一面就選賢能將士暗暗的招軍買馬積草屯糧以為復仇之計每日閑暇即与相国郭隗商量道燕不幸遭子之之变以致先王蒙齊大耻使寡人日夜不安誓死必報此仇但念齊乃大国臨淄即墨兵甲眾多不易翦滅必得奇才賢士智略高人如管仲其人者乃可共成大事當此雄兵兼爭之際雖有奇才必散在列国寡人欲卑詞厚幣以

60

招之不識其道何由敢求相国教之郭隗道臣見自古至今同一为君也有名為帝者也有名為王者也有名為霸者也有呼做亡国之君者何也蓋其所用之人不同耳所用之人可以为君之師則其君北面受学必至為帝所用之人可以為君之友則其君虛而受教必至為王所用之人不過為君之臣則其君欲諭謀畫必至為霸者所用之人皆廝役之流則其君坐而指使必至亡国而已矣今大王思乃賢才誠帝王霸之事也但求之之道臣以为招來易往求难大王不欲求賢才則已必欲求賢才臣有些策可以坐致昭王聞言大喜道勅求倘恐不得坐致如何得求郭隗道有一譬喻大王獨不聞乎臣聞古之昔有一君愛千里馬而不得使近侍中涓懷千金四方求之中涓遍走天下求之不得忽聞某地有一千里駿騎忙往求之而馬已死矣中涓無以復旨因心生一計遂取出五百金將死馬之骨買了回來報於其君其君大怒曰吾不惜千金買駿者為其能

61

日行千里也此馬雖是駿馬此骨虽是駿骨今已死矣要他何用而費吾金那中涓曰吾主不欲得千里馬則已如欲得千里馬臣費五百金買此死馬骨天下傳為奇事必以為死馬骨且重價求之况活千里馬乎吾主少候之千里馬將至矣其君以为妄果不期年而千里駿馬自至方至者三匹今大王必欲卑身厚幣招來賢士遍滿天下焉能得知何在郭請以隗为死馬骨先買之天下国之必曰如隗之賢尚且求之況賢於隗者乎自不惜远道而來矣昭王聞之大喜道相国教我甚明寡人視相国之賢而不知加敬尚欲他求誰其信之因別築一新宮奉郭隗於內朝夕相見必執君子之禮北面而其教誨至於欢食極其豐盛供具極其周備且有所謀必恭七敬七不敢少擅行之数月各国皆知昭王好士之誠昭王又想道此新宮不过但为郭相国築耳天下賢豪尚不知我景慕之私因復於易水之傍又築起一座高台極其峻拔取名招賢台以明所故以

62

才之意又於台上多集黄金凡俟賢才到日不時取用因又名黄金台由是天下無一人不欣傳燕昭王真心好士後來流傳至元有一詩人劉因感此事而作古風一首道

燕山不改色　易水只剩声
誰知数尺台　中有万古情
區區後世人　猶愛黄金台
黄金亦何物　能為賢重輕
周道日東衰　二老皆西行
養民以致賢　王業自此成

自黄金台之名一出四方賢士畫皆企慕凡怀一才一技之士莫不紛紛來归不能細述忽有一賢姓劇名辛才能出眾智略超群聞黄金台之名自趙国而至又有一將姓鄒名衍明測日月最善談天聞黄金台之名自

63

先王遭好臣巧說讓位以成其篡奪之謀遂致隣邦起釁家亡喪去宗社
拒據封疆拜係今蒙眾父老不忘先王恩從後人擁立寡人以復燕王寡
人雖不肖既蒙擁立敢不奮力敢告於皇天后土分封有制尺寸不敢與
人父仇不共戴殺其身願報倘貪逃棄不奮其身者亦必問忘情討罪嘗
化內消有如此酒皇天后土惟其鑒察所說罷不覺父氣浩然淚如雨下眾
百姓看見俱各揚道有君如此何愁江山不復遂擁入城中檢入大所在
任下昭王就進拜郭隗為相國進位太師郭隗就在眾百姓中選了幾个
好漢為將各時即出榜文各處招兵與燕兵未曾俱擄俱在四下燕
今見有榜文招他又聞得昭王登明不數日遂聚積下三万于眾郭隗見
兵已招來又打檄文報知各城各邑知道王田百姓已於無終山求得太
子平立為昭王兆以燕国矣凡屬甲既田民由疆田上不得已為齊占據
者速宜激忠奮勇計月而速誅齊寇以復燕都此時各郡百姓已降齊兵

降齊皆皆苦兵驅擾見了檄文皆喜然告報道燕既有主我們世代燕民
如何從賊須大家努力以謝降齊之罪一時紛紛擾擾齊兵聞知俱慌懼
無措也有一有回齊囯的也有逃至燕都報知匡章的此時匡章已知昭
王垂立之信但身在沉酣之際未免貪欢又以為王田小邑無兵無將不
能成其大事況燕城降齊者十已八九不甚留心及見各城分守齊兵盡
皆逃回傳說燕民变起之事匡章方纔慌了欲要去取王田又見齊兵已
驕惰兵花憤料难得意欲要常守燕都又恐燕民既叛不怪好意一時兩
面遲來如何脫身再三再計只得下令連夜班師前齊師來時燕民甚悅
故簞食壺漿迎之过一城便一城屬齊过十城便十城屬齊匡章只以為
開国有功不思身入重地今昭王新立降齊之城依舊归燕匡章再欲如
前往过則見各城旌旗俱揮燕国名号守得鐵桶一般誰肯輕放匡章無
奈过一城只得苦戰一城直戰得力盡筋亭过一邑殺一邑直殺得飽破

斧鈇急急殺到燕齊交界地方而十万之兵剩不得七八千矣不期這燕
関重地日夜提防所守之兵比他处更多救倍齊師到此漸漸少了如何
过得此関匡章正在危急之時束手無策却苦燕王叫人飛馬行了一扇
硬牌來上寫着

燕齊宿背道好今齊師伐燕者係子之也今寡人一立齊即班師何
似未忘用好所过城邑不許擾師攔阻特示

此牌一到燕兵遵旨開激放行齊師方得抱头鼠竄而去正是

師來何其雄　師去何其餒
只因將師貪　所以行兵謬

匡章既出燕関到了齊境方纔重振兵裝微微破燕得勝班師氣象归到
臨淄朝見齊王齊王因他生擒了之又擄掠了許多重寶大遂其心故後
來昭王既立降齊之民復叛归燕等事供不深责正是

臣奉君之欢　君隐臣之罪
如此君与臣　亡国实無对

却說昭王玉田初立兵微將寡日夜慮匡章來伐不期緫出榜文就聚了
救万兵馬檄文發去城邑盡归胆便壯了不怕匡章來伐个不得數日又
报匡章假稱奉旨班師竟连夜逃走昭王大喜早有一班將上出位言於
昭王曰匡章擁齊兵毀燕宗廟遷燕重器又淫乱燕宮罪莫大焉今乘其
逃归大王何不下一令所个城邑紛紛攔阻又下一个令臣等率兵追赶
不出一月斩匡章之首獻於大王昭王聞言踟躕不决因問於相国郭
隗郭隗道不可也齊乃大国不可輕且首之匡章兵求雖失道誅燕伐名
則誅子之今聞入王之立即班師而去雖見挫亦不好尚於大王未有傷
也今若乘匡章之微而殺之齊王正在鼎横之時豈能默受若動其兵是
自取也况燕新造即起兵端非為良策莫若假做人情放其归国使彼無

老爺朝中逃回的田役叫做隨信曾服侍過老爺的今因百姓無主要稟知老爺郭隗听得此回頭一看只见那個人果有些面熟因回說道我又不是甚麼郭老爺你莫要認錯了那人道老爺不要隱瞞小的果係田役只因燕国百姓不忍且齊国有惡事要通知老爺郭隗见那人說話有因因立住腳問道你有甚急事要通知郭老爺那人道這裡不便說話遂將郭隗引到一間空屋裡來閉了門細細說道自從老爺同太子避去後国中受子之之禍無一日安生反齊師來伐百姓只認做這是齊桓公恤隣的故事十分歡喜競簞食壺漿地了人來不料齊將匡章擒了子之去後那裡有一毫下隣之意竟將燕王的宗廟都毀了又將燕宮的宝物都劫去了惟有燕国的地土尚伐不盡正在此苦磨百姓百姓個人思乱只是訪不出太子的消息虵無逆而不行若小的們四下尋訪今方得见老爺大有機緣求老爺做主以復燕邦郭隗道此係直歷那人道來獨王田一

処官境百姓皆紛紛訪王怎麼不戒郭隗道你一人也故不得甚事那个道王田一境百姓皆同心合意何止小的一人若要通知他們同來見老爺但外面齊兵甚多恐怕知覺老出來求小的不敢故止一人來見老爺郭隗道既是這等你可悄悄再喚幾个老成的与他商量那人應承了去不多時果同了一二十个老成的百姓齊齊來見所說之言都是一樣說到激烈之処都嘆息墜淚憤憤不已郭隗見人心已真方直認道諸君既如此忠义不必过激太子尚在衆人听見說太子何在皆滿心歡喜曰又問道太子既在不知逃往何国我們好去迎請郭隗道甚近不远就在此無終山中衆人听見說在無終山中愈加歡喜道既在無終山不过數十里路快備車乘迎請同來郭隗道迎請太子不難只是這些齊兵如何処治衆百姓道這些齊兵看得燕民如土芥不隄防每日只要詐酒詐食只消若干把酒食將他們灌醉殺之如切菜耳衆百姓但因無主故不敢行

今太子既在我們暗傳百姓一面迎請太子一面就殺齊兵有何难哉郭隗听了也不覺大喜起來道若能如此可謂燕国之義民了但恐王田去燕都不遠匡章聞變領兵來攻一時兵將全無將何抵敵衆人道燕国兵將並不曾遭其屠戮皆因怨恨子之臨陣逃故及齊占了燕都遂潛匿不出右聞得太子重興燕国只消一道榜文四処掛不須十數日包管十萬精兵一時而聚郭隗道既是如此事不宜遲就可舉行衆百姓因一面去悄悄會同百姓備辦法駕旗旛連夜去迎太子一面分付合城百姓用酒食灌醉齊兵盡皆殺死一面叫人收拾三皇廟同候迎了太子來重新即位只因這一番作用有分教易水重添色燕山復吐輝畢竟不知後事如何且听下回分解

第五回　郭太傅請買死馬骨　燕昭王高築黃金台

詩曰　家国興亡不足哀　只須求得有奇才

黃金若揭燕台上　駿馬應從易水來
盡道功名當日立　誰知成敗至今開
憑君莫說燕山事　試問昭王安在哉

話說郭隗与衆百姓將各項事情算計停當遂暗暗的領了一回百姓竟到無終山來見太子備說從前之事太子听了又憂又苦憂的是中恐有路憂的是已敗难成然事已到此只得出來安撫百姓百姓見了歡呼如雷竟簇擁着上了法駕一徑往王田而來此時合城的百姓得了信已將各門戍守的齊兵用酒食灌醉殺了大半將其刀鎗盔甲大声張揚道吾燕国又有主了不曾殺的齊兵一時听得都乱慌慌逃个干淨衆百姓迎奪來的旗仗排開又添上鼓樂沿路迎來迎着了百鳥飛徘躍的擁到三皇廟中設了一个大座請太子高登王位府稱昭王昭王感百姓擁封之誠又念国家敗亡之苦禱告天地山川不勝大痛大哭道念燕邦不幸

血古得身予都飛揚到半天之上因先命近侍將掠來的珍宝貨物一椿椿一件件都照捷交上數目一一收入宮中然後將子之務去盜禁以待狮吉獻俘到了献俘這日斉宣王僭穿袞服乘細大展盛陳兵燕以誇武成因將子之帶到丹墀朵口問道諸侯之位君位也汝不过燕地一匹夫謀为燕相身居台鼎已为犯分就該万死怎麽又串通奸人揑造讓位浮詞在驕昏君彀其宝位僭稱諸侯奸謀既遂就該尊你那燕国諸侯的荒淫之樂今日为何又囚犯一般綑綁着解到我斉国來須死須知为君自有为君之福寶汝一介小人所能受用以下臣而篡为君之亦位此罪豈不該万死乎汝本庸愚因人緣々功名固已僥倖即身綰黨羽稱督稱能也还是奸狡之常怎麽一个無賴之徒竟安稱起聖人來且不稱尋常之聖人竟稱上古讓位的堯舜大圣人來以下愚而污辱上圣此罪不又該今死乎何国無君何国無臣畢棄々然不敢相犯者各分定也都像你这

寺臣潛為看君降為臣顛倒錯乱天下効天都將奈何以私好而乱公制此罪不又該万死乎至於遂前王之子居前王之宮一味荒淫万分殘虐致使天宋於上民怨於下此又万死不足蔽辜者也寡人今日为天下除殘當非快事汝逆賊倘有說歷子之魂耳聞目気也不出宣王见其無詀遂命刑人帶出凌剮処死既処死又命剁为肉滋分賜諸臣以为京戒子之貲了無数奸心指望金湯帶礪万載無休不知終一之間早巳身为泥上後人有詩識之曰

芳流青史不須言　臭也遺來載簡編
眞笑噲之身死苦　臭名堯舜一般傳

宣王既殊了子之覷得天下無人因下詔褒美匡章之功又合其掃平燕地盡屠於斉匡章奉命愈加肆惡毫無撫卹燕民之意每日只放縱軍士搜求財貨致使民間雞犬不安正是

只思歛自巳　全不問人心
豈料天心変　其強一旦沉

却説燕民簞食壺漿以迎斉師者非樂斉師之來皆因深恨子之巳不得食肉寢皮却又無可奈何今得斉兵來伐將子之擒去大快其心若使匡章既擒子之燕国無主就該訪求一人而立之便使燕民感德於無巳也不料匡章不但不立竟要殘滅燕嗣以快巳心且暴虐殘忍比子之更甚燕民又憤々不平東一攢西一簇皆思訪求故太子而立之正是

火益热兮水益深　教民何以度光陰
誰知破国还鼎国　笑殺奸雄枉用心

按下匡章殘惡不題且說郭隗與太子平雖逃入無終山內友人家隱姓埋名却原曾分付得九家人在外打听時時暗報不上年于早有家人來報說子之被斉兵入去燕王噲自縊身死燕国無生任斉兵在內作横宗

庙皆巳殘毀府庫宝玉財帛皆巳擄尽太子平听説燕王噲大縊身死不勝痛哭道此仇深似海矣郭隗忙止住道殿下且休発言聞得四境尚皆斉兵若機事不密取禍不小太子平因止住說道父王既巳薨逝若有一綫可以復仇倘不惜細顏以生做宗支渝喪民巳丑斉我召平尚要此性命何为又莫若挺身從先王一死乞太傅教之郭隗道事巳至此殿下且從容々臣暗々出山去打探一個的確消息再來商量太子平道如此甚好但太付出去須要謹慎郭隗道殿下放心臣自有區処遂依田扮做宵人一步々走田王等斉來原來這無終山在上古時原有個無終国却在燕地的王田界內郭隗走到玉田还未及打听早撞见一個人將他上下估計郭隗恐那人認得忙々抽身折入一條僻巷纔走入巷內那何人早趕上來道郭老爷小的何処不訪到却々的这裡遇見郭隗耳雖听得却不敢答應低了頭只是走那個人又趕上幾步道郭老爷不要走小的原是

殺入馬成群兵成隊就如潮水一般湧來旌旗耀日金鼓喧天就如泰山一般壓來莫說素不親信之兵逃走的無影無踪就是這五千親信兵將看見勢頭不好驚惶無措也不知不覺的東奔西撒一霎時逃去許多子之與鹿毛壽已算定閉城自守開城破敵以為万全之策不期民変城開齊兵擁入出其不意又見親兵皆散左右無助鹿毛壽要走不能子之也未免驚慌然到其出地只得硬着胆拚死命上前迎戰此時大衢之中刀鎗林立也辨不出誰是將誰是兵只好混殺一場鹿毛壽手段有限戰不上反救合已被衆兵刺死終是子之猛勇橫開一柄槊在大衢之中東一推西一指忽往前打來忽現後刺去磕着的头開碰着的腦破一霎時也不知打死了多少兵將若是陣前厮殺可謂無敵當不得千万齊兵奉匡章号令一时湧進城來將一个大衢擠滿莫說兵將要爭功向前就是急忙要退也退不去子之雖然猛勇戰久了臂上忽被一刀腰裡忽中一前

有已鎗傷腿已相砍漸七的力尽筋搞提持不住當不得齊兵甚多殺一个時添上兩个子之尚然目咆哮持槊不放不期戰馬足傷往下一閃早已將子之掀下馬來衆兵將便一齊要上前動手忽国將平戎馬傳下令來要擒活的衆兵將遂筆定手腳用大鐵索密密的捆綁起來匡章見擒住了子之不勝之喜忙用囚車載了撥兩隊兵丁看守伺候發文奏解往臨淄去報捷後人有詩弔子之曰

為臣已兩代　為君能幾年
設使尚為臣　猶持燕相權

又有詩弔毛壽曰

慷死有如此　不出劝讓事
設使不劝讓　此時猶大夫

匡章既已生擒了子之喜已大定然後下令命衆兵將各歸營伍分屯燕

城之內万查同侍燕王噲尚在何宮卻說燕王噲在玄華宮中久已自悔其愚其心已灰忽聞鹿毛壽前所說誘騙子之往迎齊師垂立復位之計未免又動了一番覆水欲取之心每日差近侍在宮門前打听並不见說起子之出迎齊師过了一兩日轉听得說子之与鹿毛壽亲自領兵守城因想道二人同守城池叩何下手心腸又令了一半推到今日忽听得城中金鼓喧天炮声不絕打宮門人一个也無急忙再打听方乱聞七傳說齊兵十万已入城了鹿毛壽已被殺了子之已被擒去正在四处找尋大王只怕頃刻就要尋到了燕王噲听了不覺失去三魂走了七魄不禁頓足大痛道此是寡人自取也此是寡人自取也竟哭入宮中懸梁自縊而死正是

祿位虚于侍美名　定須堯舜聖人行
昏君妄想思依據　画出葫奴命已傾

燕王噲縊死有人報知匡章匡章道便宜這个昏君了也該生擒了解到臨淄出他之醜既縊死也罷了隨分付兵將上宮門攔住先令兵上將燕国那宗廟毀了又令親信家丁將燕王府庫中之宝物玩器尽数取了用車裝載好与子之的囚車一同起行解到齊國並請齊王發落不題正是

誅鼎除殘理法該　如何乘變斂其財
誰知天道回旋急　禍未消時禍已胎

此時燕王噲已死子之又被擒了一時無主而燕地二千千里大半俱归於齊匡章因解子之請功自却表請率兵屯昭燕地以收四远居邑大在燕都肆惡不悲卻說齊宣王自遣匡章伐燕之後僅五十于日即有人來報破燕之捷甚之不勝又过不得十數日早一隊兵將擁着子之的囚直來献俘矣又一隊兵將車載着無数的奇珍異宝來请功矣把一个齐王

之一兌望見齊師強盛雖去害怕却还想出力支撑因擺開戰場旁開降伍手執長鉞一馬當先攔住道燕齊久已通好為何无故敢來侵犯匡章答道燕齊通好乃太公召公子孫之事与汝子之何干子之燕之乱賊篡燕君之位故彭大义而討之何謂無名賈雷道此乃燕君无德易有德讓位也非篡位也匡章道君臣冠履也冠雖敝不可着之於足履雖新又安敢加之於首哉況子之逆賊又臣子中之大奸大惡何德之有而敢受忠天子諸侯之位耶列国尽欲誅之故我燕君先興問罪之師以除惡逆一路城邑皆應天順人簞食壺漿以迎者師汝何人乃不知天命尚敢操戈阻吾去路眞死有餘辜矣因揮兵大進賈雷見敵兵來攻急忙大招兵拒敵不期五万兵早已丟甲抛戈逃去八九賈雷见势头不好急欲逃走肘而生臂忽中了一箭跌下馬來齊兵一湧上前早已踏為泥土矣正是

兌惡思邪常有势　從如定道亦无傷

誰知一旦人心变　兌惡從奸更易亡

賈雷師被殺燕国再無阻攔齊師所到如入无人之境不五十日而前乎已離燕都不遠探子报入燕宮只因这一报有分教右应胆戰鐵也魂在不知後事如何且听下回分解

第四回　燕子之無道受齊刑　齐匡章有心乱燕国

詩曰　施恩布義是王師　保国安民身不危
愚蠢不思除禍乱　貪頑只顧討便宜
前奸已笑其遭变　後狡方思又出奇
敗敗亡亡常若此　如何得有太平時

話说齊兵殺了賈雷竟奔燕都一時攻入燕宮子之尚離去不信道一路多少城池岂能飛越況前日已遣賈雷率五万人迎戰勝敗尚未见报如何齊兵突至探子道賈雷只戰得五万人逃者逃死者死俱來把信子之

方沉吟不語急宣鹿毛寿商量道齊兵之來何如此之速鹿毛寿道臣前若奏大王大王只是不听一路來城池雖多兵將雖有皆以大王荒淫酒色不加休惜故一見齊兵俱倒戈而走故齊兵乘勝很驅直至於此臣欲再奏知大王不听定加嗔責故不敢耳子之方躊躇道原來如此又想一想道有寡人在也还不妨賢卿可將都城中寡人素常親信者细查尚有幾何鹿毛寿道臣已查點明白兵散在外者雖有二三十万人去實在都城者不过万餘而万餘中敢親信者不过四五千人今齊兵十万又乘勝猶添大王雖勇亦难與之對壘子之笑道兵在精不在多將在勇不在衆賢卿勿忧可速東齊親信五千人只須寡人一槊將匡章小卒子打死其餘自散矣鹿毛寿原打帳逃去一來因子之委任甚專一時之間脫身不対今又见子之自說得英勇異常故惑惑及圖荷且一時只得將須只親信五千人都調了來一營一營分列隊五自宮中直能到南城兵

広雄壯子之與鹿毛寿俱換了戎裝手持利器子之是槊鹿毛寿是鉞[illegible]騎了戰馬又帶着來百健將緊身跟隨從宮門直跑到南城又從南城直跑回宮不住的往來大街中以耀武威子之又下令城上插滿旌旗緊閉城門三日听彼急攻不許放開待过了三日將彼銳氣挫尽然後寡人乘賭色未分之際飛馬橫槊直冲入其營匡章小卒子就有十顆头寡人取之也只如探囊耳鹿卿可再率五千親信精兵以為後应齊兵縱有十万之衆自应踐踏死矣何足勞燕兵之殊眾親信兵將聞了此令也覺壯胆子之又命椎牛灑酒犒賞兵將齊兵未到兵將尚欢呼如雷不期燕民怨恨子之入骨恐怕子之勝了齊師久占江山无要了之日已不得齊兵殺了子之方快其心暗暗的打听的齊兵一圍了城便不救性命一齊從城旁撬出開了城門讓齊兵殺入城門之下雖有兵將把守攔阻當不得百姓多了如蜂似蚁擁來那裡攔挡得住城門一開齊兵知是民変便乘机

遂心歷燕王噲見問到傷心不禁簌簌墮下淚來道寡人承先王之封
疆燕山易水二千餘里何所不有乃貪为君之樂而畏为君之劳又因開
大夫之良言上位死为君之劳而常享为君之樂且得堯舜神聖之名故
借以为实遂廢太子而不親舍臣民而独処所望者为君之樂也誰知自
入此宮令不能行言无人听要衣不衣思食不食六宮之錦綉絶观朝夕
之笙歌罷啊每夜止对着幾個老宮人作糟糠之件每日止同着幾個衰
近侍为故舊之欢苟全此犬彘不如之性命苦度此囹圄尤甚之残生此
皆大夫所賜也有何不遂心而又劳大夫念及莫非大夫以寡人德薄讓
位不足尽辜尚欲寡人并犧此身耶鹿毛寿听了拜伏於地不能起半晌
方言道胡为至此是臣誤大王也去事已至此求大王耐心再守些時今
齐国已兴師問罪矣边兵解体俱无関志自去戦敗疾其戦敗容臣會同
蘇代徵更其親自率師往救彼若身離燕都臣当可号召臣民請大王復

36

位以續前愆不識大王有意乎燕王噲道若得如此亟见天日也但恐逝
公不能復同空劳大夫美意耳鹿毛寿道事已有机容臣图之大王勿急
迷郎辞出正是

甑破恩难復保全　耕乚轃乚也徒去

追思往事真堪笑　看到時情又可憐

鹿毛寿既出又自思道此事非我一人所能自主須還與蘇代商量送一
徑來尋见蘇代道齐兵厭境忽王荒淫国事日非民心思乱請問蘇君何
以教我蘇代道鹿君豈不闻木直可以匡扶而立之若同而自朽則力何
所施昔王未立甚有心計今立为王同一味誇張料无王国之道大都只
亡皆有天命当与故作事精明今狂矣至此定是天命該亡了吾与鹿君
人力豈能斡旋只合听之耳鹿毛寿道新王既敗復立田王何如蘇代道
舊主君才不更新主矣新主且敗旧主又何为但大源倘在别开新流兴

37

幾可也鹿毛寿点头道蘇君高明如立千仞之山所见透徹但国亡民叛
此身安归蘇代道鴟鵰但患无羽毛若羽毛具足則何天不可以高飛我
与鹿君胸藏智計舌有机鋒泰楚趙魏何国不可以立身而以为要乎號
毛寿道承蒙君之教昔迷皆覺宿醉俱醒但燕齐雌殊倘未則判若去之
早設或不去未免遺士君子之笑苟流連不決禍到臨头丈恐脱身无路
蘇代道水滿不礙魚遊林深何妨鳥去変由他作机自我乘鹿君何过慮
也鹿毛寿听了方大笑道天下服蘇君之智識良不虚也寿之朽骨皆蘇
君生之感謝感謝因而辞出正是

好人傳人宜得君王　得願從之失想亡

誰料高材兼捷足　死來飛不到他方

按下鹿毛寿算逃走不題却說匡章領了十万齐兵殺奔燕地臨了一城
到了一郡以为必有燕兵把守燕將迎敵不敢輕易竟攻只得扎寨打探

38

誰知燕將燕兵怨恨子之入骨又见齐国檄文暴揚其惡一発怨恨潑
人肯出力効劳为燕守城迎戦衆百姓聞知紛紛議論道我等本係燕民
食燕之水土豈肯輕易從齐但新王不粮又加半为人又暴虐所不之令
无非害民所作之事都是荒淫为王三年民之膏血俱已瀝尽若再过几
時民之皮骨定不存矣今齐兵来伐何不開城迎接入來借他的刀鋸除
我們的禍害有甚不好怎远要去与他对敵大家都以为说得是遂來与
守城的兵將商议不料别處逃來的兵將闻知得齐兵入境已早早逃了
惟本地兵將不捨远去倘在见百姓迎降就紛紛去同着衆百姓大男小
女以簞載食以乎盛漿大開城门遶远的迎接齐師求其勿傷居生休擾
地土匡章初见之猶疑有詐看兵將團住細搜却身无寸鉄方知是实遂
添喜受了下令戒戕而过到了一郡打点交戦不期兵民同心也是如此
竟不費一毫之力早已下了七八座城地方遇着貢雷之兵这貢雷乃子

39

張殺伐用丝火旗復天子之威雪泄神人之怨濆王師堂正当其鋒
勢必倒戈惡貫滿盈不及戢亦須授首但恐罪惡者逃天慎勿噬臍
而後悔革心者免禍倘可保命於先机不忍过残故爾先檄

檄大王路行來早有人报知燕国鹿毛寿聞信十分着怕立時报知子之道人王践位之初我曾劝大王発使通知列国諸侯告以讓位郎位之事既賀諸侯諸侯自來稱賀諸侯稱賀过便以定諸侯之体縱有征伐不无救可大王恃强甚已不听今斉王遣臣匡章与師十万前來問罪檄文打來使不以諸侯視大王只稱乱臣賊子矣不日兵必歷境却将奈何大王須早为之或令何城堅守何郡護持再着何將前去迎敵勿使臨期手慌脚乱子之笑道尔卿何胆小如此寡人既有为君之才自有为君之福况燕地一千餘里帯甲数十万兵精粮足匡章小丝子領十万兵便敢入我燕境何燕羊入虎穴自送其死沿边郡城者有原戍之兵便可拒敵何必

百万兵退將以示弱鹿毛壽道大王高論只知其大槪去臣聞兵驕者敗寧可過慎不可疎干望大王还添兵守護为是策子之又笑道前日市被作乱尔个也是這等京慌被寡人六一鼓便已丧其性命今匡章之來又何以異此鹿毛寿道大王若有此論便失之远矣市被不過大王之一將明率不過部下十餘人故为大王所誅今斉乃万乘之国匡章乃大国上將率兵滿十万潮湧而來大王豈可小視子之道既尔卿如此小心便依难所奏走大將賈雷領兵五万前去迎敵自万上無干矣又傳旨凡敵所燃之城皆添兵戍守若有疎干罪在不赦令旨一出賈雷早奉令率兵五万前往清河渤海一帶去矣鹿毛寿又奏道燕都虽云防守严緊但当此兵马交加之際大王亦宜傳令着意加倍緊飭子之笑道斉兵縱猖獗也所不到此尔卿何須過慮有寡人在此即有不戒寡人尚力足当之遂不听鹿毛寿之言竟欣欣去还宮去荒淫酒色矣正是

貪圖富貴千般巧　　酒色臨身一味渾
不是此中心誘去　　爲君何以死於昏

鹿毛寿初意劝燕王讓位矣看得子之勇猛過人又有謀略各諸侯定不敢來侵伐且身助子之篡位自去宠幸所信可以常保富貴不期子之篡位之後一味荒淫酒色全不以国事爲心自誅了市被之乱一発看天下人不在心上今斉兵歷境只作罔聞鹿毛寿未免心慌苦口進諫他又退入宮去此情此苦無門可訴只得悶悶的走入文華宮來朝見舊主燕王噲這文華宮原有宦官把守不容一個臣子進去惟鹿飛寿宦官知他是子之一黨故不攔阻任他入去鹿毛寿到得宮中看見燕王噲凄凄凉凉在殿上坐着瞌睡傍边只有幾個近侍宮人伺候却妝残色做光一點火色鹿毛寿看了不勝嗟悔因上前朝見道舊大夫鹿毛寿朝見願大王千成燕王吟昏沉中忽听見有人說活忽去京醒惟招頭定睛一看認得是

鹿毛寿心中不覺酸楚起來因擒住眼泪問道鹿大夫何得至此莫非夢中麼鹿毛寿奏道非夢也臣实在此朝见燕王噲听说非夢定了定神方正色说道寡人虽已上位与大夫尚是舊君臣何許多時竟不一見今又为何忽去至此鹿毛寿道一向非臣不來臣因念大王讓位者喜靜攝也既已靜攝此宮向朝享逸樂暮展閑情以快大王宿昔之心矣臣若時时朝見豈不惹大王之兼故忍而不來又兼国事憂心久无閑暇又忙而不能來燕王噲道大夫既是這等说为何今日又來鹿毛寿道臣昔日苦劝大王上位者蓋誤听蘇代之言以子之为聖尔也今見其一味酒色滿腹驕矜国事全不料理民情全不休貼以至兵連禍結逆年不休臣苦口諫成多番竟塞耳不听自下斉兵臨境民心倒懸他全不在意只怕大王一番上位聖心上非其人要被他辜負了因他所为不义恐怕奉敬大王不能尽礼故更偷暇來朝見大王問個端的不知大王退居於此果能享用

搜盡山谿與水邊　无終咫尺却安然
慢誇妙計能藏隱　還是天心不細燕

子之君臣果是有頭無尾總了些時見得不出也就鬧開轉是燕王子孫見提爭太子平俱不自安太子平有個庶出之弟叫做公子職見太子平已逃恐禍及已也就逃之的出奔到韓国去了自諸公子一奔齊秦趙魏衆諸侯皆聞知燕王噲讓位子之之事并子之爲君无道俱憤々然大不能平只因諸侯憤々不平有分教得之内失之外利其国喪其身不知後事如何且听下回分解

第三回　命將兵師爲貪隣利　見吉謗苦悉悔前欲

詩曰　自開齊国便開燕　忍要占全
易水何嘗无社稷　亦自有山川
飛成晚敗若轉乀　永奪西爭氏銅惡

到得大家追悔用　渺乎如雨也徒太

話說周赧王元年正直齊宣王在位聞知燕国大乱百姓不寧因聚群臣商政道燕乃万乘之国兵精粮足在齊之北寡人雖與他貿通好名雖隣国实彼此喬謀乘釁窺変是係敵国今幸彼私相讓位臣民不服以致国中大乱正乃敗亡之機我欲乘此取之不識君臣以為何如有幾個老成的臣子說道燕国君臣雖一時無道自乱其国然是周天子分封之国若乘隙而滅之恐天下諸侯不服又起刀兵之衅況噲子之勇不可當党羽甚衆倘一時勝敗不測兵連禍結豈不又開隣邦之釁端若侯其多行不義勢必自斃然後再作圖謀未為晚也臣等願大王姑且勿取又有喜功的之臣出位說道此迂談也識時務者方為俊傑燕與齊地上相接我不取他他必取我但恨无其機今幸彼国君民内乱乃天亡燕以資齊之大幾豈可坐失而使他人取之願一王速々選一上將領兵一二十万直揚

燕都子之虽勇然民心恫怨欲背已久不過一匹夫之勇定可擒獲無論得其地土以展齊疆即燕数百年所積的金玉玩好并燕都粉白黛綠之子女舉而致之齊亦大王一時之快心事也且使天下諸侯聞之莫不畏齊之強矣臣等願大王急々取之齊王聞言大喜道此論正合寡人之意但不知諸將中誰人敢去破燕殺还未絶只見班部中閃出一人拜伏堦前奏道臣虽不才願領大王之命帥兵直抵燕都親擒子之解赴臨淄听大王正法齊王舉目一看却是將軍匡章也因說道燕強国也子之猛賊也將軍不可輕覷匡章道燕国虽強今已无解子之縱无不过独夫敢請為大王破之齊王又問道將軍既許破燕須用兵幾何匡章道兵在精不在多只須發兵十万與臣領去便足縱横於燕而无敵矣齊王壯其言滿心欢喜就出兵符發兵十万加匡章為上將軍前去破燕正是

上地人民動欲心　因而乘隙去侵人

探之封建先王意　幾個扶危與恤隣

匡章既受了王命領着十万大兵便擇吉出師竟從清河渤海進發欲震驚隣国先草了一道檄文打到燕都一以正討罪之名一以揚兵威之盛那檄文上寫得分明道

齊国上將軍兵馬大元帥匡章為擅更王制輕棄祖基興師討罪事窃聞天子分封蓋念元勳之不可泯諸侯立国寔承祖業之所應付莫不父亡子襲以正人倫即或弟嗣兄終犹屬宗派国遍九州孰能少越年經八百誰敢不遵從未有敗倫傷化如燕王噲燕賊子之者也燕王噲稽其世系受封易水由召公奭之子孫祭其所為上位匪人寔衆諸侯之叛類廢王制為不忠不忠則是人皆得而誅之斬祖基為不孝不孝則無国不可殺也況子之乱臣賊子又碎屍万段不足尽辜者也齊乃桓公之後伯業之餘敢不重展先猷以興仁义大

国事好情太傅高明已知恐胆但恐如人敗亡而父王不能独生至其時予雖不肖周旋其間尚思委曲保全以尽为子之心即万々不能亦当同死安忍畏禍避去視父王之死而不顧安得为人乎郭隗道殿下差矣盡父之節为小孝復祖宗之業为大孝豈不聞受父之责而大杖則走況好人之手而不思避乎若欲臨期周旋自已不保誰为周旋即为周旋大王愚而不悟亦空費力莫若舍其小图其大之为有志耳太子平道不能圖小安能圖大孤已決計從父王死矣至於燕之社稷倘邀先王之靈不应絶滅宗族不少自有興起者太傅幸勿姑息愛予之死而使孤蹈不义也郭隗嘆息道殿下之孝誠足感動天地矣但終泥於小而未聞大义臣无委質为殿下之侍職当裨益安敢陷殿下於不義窃見以死尽孝亦夫皆可为之敗後図存失而謀復非贤才不能遇之宗族固不少臣遍观之諸孫中材无一人可图社稷惟殿下英明果決不滅恒父臣不忍輕棄

故力劝殿下暫潛身屈体以待時也事已廹急危亡只在頃刻伏乞早決若再遲延禍臨身矣太子初猶沉吟既而大悟曰太傅藥言足開聾聵孤尤知小子得蒙提携恩將何報但念四境皆子之好人布滿察訪甚嚴若機事不密逃而受禍彼轉有詞又不若從容就死矣郭隗道子之雖惡時正得意又况溺酒色斷不以殿下爲意況有粗无細有頭无尾當事則急事過則已今之欲收殿下盖廹於鹿毛寿之言也不須過慮鹿毛寿雖好其所讒譖不獲自行殿下但謂放心遠宜逃去太子平道既要逃必須要投他国方可脫身郭隗道我看子之所爲不義殘暴虐民斷不能久殿下若遠投他国設国中一時有変禪位其难莫若逃於近地出處容易太子平道近地固好但恐近地易於搜求郭隗道他料殿下既能潜蹤自遠走高飛斷不搜求近地太子平道近地縱不搜求亦須隱僻方可安身不知何處爲妙郭隗道此去不百里五田界內有一座无終山甚是幽僻山中

又地廣人稀又遙遙曲折老臣有一故友隱居其中從无知者殿下可同老臣速速換了賤服扮做窮人逃往他處埋名隱姓藏匿幾時以待子之之変太子二道既有此處便宜速往隨即換了衣帽要走郭隗想了一想又叫一個近侍穿戴了太子的衣帽騎匹馬用袍袖將面掩着飛跑出南門假做逃往齊國之狀又分付他去到百里之外无人處可將衣冠脫下放在一處悄悄走了回來又分付一個近侍道倘朝有旨來拿可說早辰闖命已同郭太傅入朝請死矣分付畢方暗暗同太子逃去正是 日正

身當勿用只宜潛　事急時危貴用權
大抵英雄百煉出　莫將兒女慢相憐

太子與郭隗逃去不題且說子之自雖說要收太子然猶豫未行當不得鹿毛寿催逼逆臣昨日所言太子之事莫非忘了此乃大事不可看怪子之只得傳旨着殿前一個侍衛將軍去拿旧太子平立時見駕傳宣領

旨出朝飛馬而去到了城外住處吆打入門去法 只拿入早有幾個旧退侍回復逆太子早辰聞郭太傅又來之信隨即入朝請罪去久矣將軍只得將此情復命子之道既來請罪爲何不見鹿毛寿奏道九是隱藏在家將此言搪塞子之所說隱藏又傳旨着侍衛領兵一隊去搜將軍領旨去搜了一遍又來復命道各處搜尋並不見太子想是走了子之尚未發言鹿毛寿早又奏道這太子平大王拿他的令旨尚未曾下他已預知逃走則此朝中他的奸細不爲少矣大王若不早除後來爲禍不小子之听了因大怒道小子這等可惡料逃不遠因傳旨令各營兵將分頭去趕早有人報知看見太子飛馬掩面跑出南城去了兵馬因飛馬去趕々到百里之外忽見太子的衣冠放在一個廟中因取了回來復旨道定是逃往齊國去了子之又差人去趕只趕到交界地方那裡有些影响亦可不得已只得行文侯查正是

晝夜不知眾寡但傳令緊閉宮門着人死守只捱到天明方遣內侍喚集禁兵一齊杀出此时內裡的禁兵乃累疲之兵外面的軍兵並百姓又乃烏合之眾也不成个隊伍也沒个陣勢但鳴鑼擊鼓吆天喝地的乱杀內裡的杀敗了因子之僕督要杀不敢過去外面的杀敗了因民心憤恨之極一邊退去又一邊擁了上來內外混杀直杀得屍如山積血似河流正杀到不可分解之时不期鹿毛寿与餘代兒等勢危急忙發兵符將各營兵馬都調來救護不多时兵馬到了眾百姓見勢头不好只皆散去了百姓散去市被一軍如何以持得住只得敗了出來鹿毛寿撥眾兵圍杀喜得眾營兵心皆不憤不肯力急攻竟緩緩攻一陣又慢攻一陣大家相持了十餘日雌雄未决鹿毛寿奏知子之子之此时病已將好因大怒道眾兵容其作耗設使諸侯大敵何以稱雄遂扒起來換了戎裝手提大刀上帶近侍數十人竟一騎馬飛奔陣前市被逆目見戰已万分难支忽見子之

猿肖臨陣平自知其猛勇異常京得黃黃先主急欲放馬逃生子之一類早已唧入打來心慌逃不及竟一閃跌下馬來被眾軍赶上乱刀砍死其餘兵將見主帥已誅料先生路斉斉跪在地下口呼万歲饒命饒命子之見了大笑道如此无能也要作乱鹿毛壽見杀了市被忙赶上前稱賀道大王天威真古今无有子之道眾兵卒作何处鹿毛壽道罪在市被與眾無干乞大王赦之散人各營子之道卿言是也遂下令各營領去一場禍乱方纔定了子之遂上馬回宮十分得意後人有詩憐惜市被道

雖然公憤在人心　也要將軍力量深
誰料奸雄誅不穩詩　反戕一命早歸陰

子之逐到宮中眾臣都上殿稱賀子之得詩其能逆市被这厮能有多大力量只見寡人躬立便跌下馬求饶敢作乱鹿毛壽因奏道市被一小八耳焉敢作乱作乱者有所使也子之道他來領兵將燒寡人宮門又去各

營兵戰了數日明明是自取戰死有誰指使鹿毛壽道市被不過一將去陛下何必疑不知大王之大威敢自取其死死論今日事敗身死即事成安能身为諸侯自居寶位哉以此揆之故知市被定有人指使也子之道燕王既已讓位再無復使之理舍燕王再有何人鹿毛壽道燕王虽讓位而燕王之太子却无心讓位也市被之乱非太子平指使之断断不敢妄動也子之道太子平已廢久矣鹿毛壽道正惟太子平廢了故死知小人希图为他报仇所以饒倖为此今幸大王洪福齊天天威难犯故就死耳若是他人鮮不受累去臣細思之市被虽死而国中为市被者不少皆由於太子平在也大王不可不熟思而早图之子之既杀了市被沾沾得意以为禍乱不足憂了不將太子平放在心上今見鹿毛壽諄諄說市被之乱是太子平之謀心下也就恍惚起來遂欲將太子平取來監禁太子平的大傅郭隗时犹在朝聞知此言吃了一京朝洪洪併併鹿毛寿之皆

去子之要收禁之事來报知太子平道禍至矣事急矣殿下当早为之計若稍遲疑身莫保矣太子平所下淚如雨下道父王为一国之君何不快意乃听奸臣邪說讓位与人反自退居於文華宮已非正道若讓得其人能治国家猶之可也乃讓此不仁不義之奸賊暴虐異常使舉国痛恨遭市被此一番亦可京矣乃轉沾沾得意又听奸臣之言吹毛求疵害及於我此虽奸人之惡意父王之所取也只得安心領受又有何計可以早为郭隗道殿下差矣大王已受奸人之愚不獨以江山送人連性命也未必保今燕先王宗祀惟殿下一人殿下若不思急務之計而持此迂腐之論豈繼體之義耶太子平拭泪道承先生金玉之論敢不听從但非至此計將安出郭隗道奸究死忠量下此毒等要他回心断断不能为今之計惟有逃遁他方暫避其禍好究如此肆惡料不久必亡候其亡而再收拾破殘以復祖基方是英雄作用若束手待斃此婦人之仁不足取也太子道

場高坐將台之上只見教場中兵馬早已排得齊齊整整因傳令衆將道方今列国各據封疆若不將勇兵强难以威懾服就汝等衆將須盡心操練必人人有烏獲之能個個是孟賁之勇寡人方尚為長城加之大任若徒炫虚名全无实用定當加罪衆將齊聲應諾子之方下分謝操衆將得令排一回陣法射一回弓箭比一回刀鎗試一回火藥直到日午方完子之看了道這些操演皆應故事不足顯才因命取寡人的鐵槊來願來子之力大自用的這柄槊乃是渾鐵鑄成約有二百斤重子之數這柄槊在燕易王時騙了一個宰相今日故又取來壓人當下四個兵抬到將台下放了子之就傳令衆將中有能舉槊上馬旋展得動的即拜為大將軍令下了合營金鼓齊鳴並无一人出來應令傳令的恐人不知只得又高敢傳了一遍金鼓又鳴了一轉也不見有人出來只得到第三遍金鼓正鳴方見左營中一將金盔金甲大紅袍緑靈帶飛馬直到將台之下大叫

道末將不才願舉大王之槊衆人視之乃偏將軍乞乘也台上因傳令央舉上得起重賞乞乘乃跳下馬來用双手拘起槊橫擺了一擺豎揚了一揚欲要飛身上馬自覺艱难只横着槊在將台下轉了一轉便放下來靠將台營畓滿營早已喝采金鼓復鳴子之在將台上看見微笑一笑道也為他了正說不完只見後哨中又一將鐵盔鐵甲皂罗袍烏油鎧飛馬出來大叫道這等樣怎算得舉槊待末將舉与你看因一馬跑到將台边也不下馬见槊靠在台边遂促平生之力往上一拖拖起來橫擔在马上用双手攀定放開馬在營中跑了一轉依田到將台边然後放下槊來滿營金鼓復鳴衆人愈加喝采子之在台上一看却是副將軍耕然因也哄一哄道这更勝他因分付給赏乞乘是銀花一对紅綵一疋耕然是金花一对錦緞一疋赏完子之因看着鹿毛寿衆臣說道这樣舞槊可発一笑寡人君空說他他也不服這叫做不覩太阳不知爝火之光不聞雷霆不

識金鼓之聲微待寡人自舞一路与衆臣民一看他方知慚愧因卸去尨服拔上赦巾除了王冠換上戰帽衆文武隨從着走下台來近侍早已備下戰馬子之要賣弄英雄一手提起槊來一手抓定馬鬃將身一縱早已跨在馬上去後双手將鉄槊輕輕的使開先開过門又後立个架子左三路右五路初猶緩緩的一盤一控一縱一送如雁之盤旋如虎之騰躍使到深沉時只所得呼呼風雨只看見閃閃霞飛只看得冷明明寒森森一團兵氣護人并不见人在那裡并不见馬在那裡并不见槊在那裡滿營將士看了无不寒心吐舌合呼万岁子之聽了滿心欢喜然後收住了將槊前一撒後一擺橫一拖豎一捌約略了三两回方輕輕的將槊放下面不失色口不吐氣大笑問衆文武道寡人的舞槊何如衆文武俱拜伏於地交口稱賛道大王如此威神武真是古今所无也子之大喜方跳下馬來重登將台換了王服乃下令道寡人以神武定国言出必行令田必從旨

水旨者加爵有逆旨者死天赦又出金不賞哉三軍方能操回宮正是

狡詐為君不識仁　但將猛勇壓臣民
誰知猛勇有時尽　依田臣民別有人

子之賣弄了一番猛勇人人害怕凡国家的事皆任他的性子而行誰敢違拗然民心洶洶朝野慌張無一人不懷憤恨乱过了年餘將軍市被心不能平因暗暗与太子平商量道燕国乃殿下之燕国也豈容此奸賊據而为君必攻而殺之方快吾心太子平道我豈不願殺此奸賊但恐破虎失位无力与爭况此賊又猛勇異常恐攻之不勝反取其禍市被道太子何懦也吾与誓殺此賊又过了些时忍耐不住忽聽得子之抱病因太喜道天從人願此賊應滅矣遂不再計竟帥了本部軍士千餘乘夜沉備下吞燕殺殺官門百姓因子之为政暴虐恨入骨髓见市被往攻俱蜂擁從之到了宮前見宮門緊閉遂縱火焚燒子之正在病中聞知有変又因

豈實禹之子啟不肖也今大王讓位於相国誠寬今之堯舜也而相国子之不敢受者因聞太子曾泣諫於大王大王雖不听而太子之怨恨必深今若承命恐太子一旦奪之求為相国不可得故屡辞不受也燕王道這不足慮因下詔廢太子為庶人逐出城外居住不許入朝干預政事再命子之受禪子之遂不復辞因於南郊築一受禪之台到了這日燕王先下令命文武百官俱至旧丞相府迎請新滅大王至受禪台受禪自却先到台上等候衆官无奈只得備了旌笲仪仗御楽法駕前往迎請子之見了百官迎請知事已真便老着面皮裝出聖賢模様冠了王者之冠服了王者之服龍行虎步的上了法駕命衆官騎馬左右排班一隊一隊的在前引導一路香烟縹緲御楽齊吹直迎到受禪台前方纔駐駕一班文武官俱下馬擁護升台升到台上燕王就迎着對拜拜畢燕王就將傳王的玉宝臨民的宝圭送與子之道寡人德薄不獲自修又倦勤不能親政文武

臣民久仰天王的欽明聖德高过唐虞天縱神威不殊夏禹誠治世之君福民之主故寡人遜此袞冕以讓有德願大王洪敷恩澤以救斯民子之受了宝圭玉璽因答道天命在茲敢不祇受君恩獨烓當以有辭燕王見子之受了圭璽就要率領文武百官身就臣列北面以行朝賀之礼子之忙傳令止住道燕大王旧君有太上之尊豈可下就臣列且暫請回宮再議崇奉之禮燕王受命方先回宮去了然後百官次第朝見朝見就發駕郊祀天地郊祀过天地纔回宮設朝一面設朝就傳旨拜蘇代鹿毛寿為上卿其餘盡仍旧職一面就命內侍打掃文華宮請燕王出居静攝恐六內混雜不便又傳旨凡燕王之供奉旧侍宮人俱着仍入文華宮照旧供奉又傳旨燕王倦勤喜於静攝文武百官不許私自朝見以妨其静攝傳完了數道旨意方罷朝早有一班近侍宮人細吹細打迎入宮中因有旨請燕王出居文華宮其供應近侍宮人㠯遵旨紛紛出宮矣正是

君作臣兮臣作君　實為千古之奇聞
不知共棄如芻狗　絕似人形畢已焚

子之第二日設朝第一道旨意即云宮中近侍宮人盡發供應田燕王內御无人着選顏色美麗女子三千人净身少年男子三千人入宮備用第二道旨意即云燕旧王倦勤靜攝供奉宜崇各項財用俱於常額外加增一半這兩道旨意一傳出去臣民見了俱京訝不已紛紛議論但因新主初政不好便上本彈論只得權時忍耐鹿毛寿訪知国暗暗人見子之道大王新立臣民觀望大王何不且傳兩道假仁假義的詔旨安定了人心然後再行此快心楽意之事使有知有不知司以掩飾了然發詔之始即行此好色貪財之令未免人心洶洶大王还須三思子之道鹿卿有所不知燕政素寬若再假以仁義則民心玩矣民玩之後再行此苛求之政万万难從矣莫若乘此新政威嚴之際雷令風行誰敢不遵寡人等之甚懿

故特行之使臣民知新主作用出於尋常鄉若慮其不遵寡人明旨正示之以威无不從矣鹿毛寿因讚道大王洪深之略非棘浅之臣所能測度也但示之以威亦宜早行恐遲則臣民又生議論也子之道要示以威這有何难只因這一示威有分教稽首民口失者民心不知後事如何且听下回分解

第二回　演武場橫槊示威　無終山潛身逃难

詩曰

天意從來不可知　推之人事大差池
賢能嗣子逃无路　暴虐好人偏有傷
到此人民誰不憤　如斯社稷怎支持
當其得意誇能卑　及到身亡悔已遲

話說子之纔即位所行不義要以威壓臣民因傳出旨意來要明日下操新主命令誰敢不遵到了次日子之帶了鹿毛寿一班黨羽臣子到了數

人之愚不一端有愚於狂者有愚於聖者愚於狂者荒淫驕橫皆可勸之我看燕王高瞻遠慕尚於聖者故愚以堯舜之美名動之事最难料待我爲相国图之子之大喜道願大王留意圖之倘能成事决不忘報鹿毛壽因入見燕王道大王閑居深宮不親政事樂乎燕王道甚樂鹿毛壽道大王身則樂矣只是名不甚美燕王驚問道爲何不美鹿毛壽道勤政乃爲君之事今大王爲君而不親政事只圖快樂安得美名燕王道寡人雖不勤政已托相国子之代吾勤矣總是一般鹿毛壽道君自君臣自臣子之雖賢位在相国任是勤政只完得他相国之事安能代大王享堯舜之名大王要显堯舜之名除非實行堯舜之事燕王道且問你自古爲君者多矣何以獨稱堯舜爲聖人且聞舜王被袗衣鼓琴二女裸未嘗不樂而無人謂其荒淫此何說也鹿毛壽道堯舜所以稱聖人而未嘗不樂者妙在能傳賢而讓其位也堯王既老懶於政事訪知舜王之賢遂將君位劳

苦之事讓與舜王自取快樂天下知劳苦之事又有舜之爲君便只誦堯之聖而不來管其逸樂矣舜王既老懶於政事訪知禹王之賢遂將君位劳苦之事讓與禹王自取快樂天下知劳苦之事又有禹之爲君便知誦舜王之聖而不來管其逸樂矣今大王雖任子之理政然君位之名猶爲大王所據大王若不勤政而圖逸樂則天下自加不美之名於大王矣大王安得稱聖人如堯舜哉燕王听了又喜道據卿這等說起來則傳賢讓位乃爲君之美事也何後世無一人行之鹿毛寿道世俗諸侯豈能知此惟堯舜聖人方思及此燕王道君位若讓人只怕爲君之樂人又不肯讓我鹿毛寿道讓位須讓賢人堯雖讓君位於舜堯何嘗不享爲君之樂者舜賢人也舜雖讓君位於禹舜何嘗不享爲君之樂者禹賢也讓位若讓得其人雖无爲君之名實看爲君之樂此大聖人所以爲之而不再計也燕王听了太喜道讓位之樂原來如此吾何樂而不爲卿可傳示子

之吾將讓位也鹿毛壽因說之道大王若果讓位是又一堯舜也因退出忙報知子之子之欢喜不盡正是

奸臣自道香謀高　篡弒君王不用刀
誰想爲君偏速死　不如臣位到堅牢

讓位之事燕王雖與鹿毛寿商量却早有人報知太子平太子得知京慌无情因忙忙入宮苦諫燕王道燕国乃召公奭祖宗之燕国受周天子之封数百年相傳至今父王豈可一旦貪圖逸樂私自讓人若果讓人是自斩祖宗之宗祀也况君元首也臣股肱也股肱豈可加於元首哉燕王道讓位乃堯舜大聖人之事非汝所知也且名爲讓位而仍實享爲君之樂吾意已决汝不必多言太子平痛哭道身爲君方有爲君之樂豈有君位已去身就臣列尚能保全其逸樂之理望父王熟思之勿爲好人听惑燕王怒道此吾意也那個好人敢來惑我你只知戀此君位以爲不朽不知

周家八百諸侯今存有幾亡者已烟消火滅不爲人齒何如讓此一時之位上與堯舜之名同垂不朽之爲高哉汝欲爲君俟汝自爲之吾不能庇汝也太子平知父意不可回只得含泪而出臣子中亦有幾個進諫者燕王俱揮叱不听因下詔命有司擇吉讓位於相国子之見有了詔書滿心欢喜只得虛上表章假意推辭道臣才愧重華德慚神禹安敢承君王之天位万望收回成命容臣効力股肱燕王又下詔道謙退不湿愈見聖德幸卑滋臣民以奠安燕土不准辭子之不好就受因又上表推辭鹿毛寿乘著子之上表推辭因又入見燕王說道大王可知相国不肯受禪之意麽燕王道不知也鹿毛寿道昔堯讓位於舜而舜能受位者堯之子丹朱能体父心而不争也舜讓位於禹而禹得受位者舜之子亦能体貼父心而不争也至於禹非竟傳子亦曾讓位於益奈何禹之子啓不肖不能体貼父心竟奪益之天下故後世謂禹之德衰不及堯舜然細思之非禹德

甚疎如何肯言欲要以財貨結交他他的眼孔又大仁是金銀也不肯眞心爲我欲要以勢位傾動他他連諸侯也不放在心上何況宰相再四思量忽然有悟道聞他有一位千金小姐十分鍾愛若求得來做了兒子的媳婦兩下成了至親便不怕他不拔刀相助矣算計定了便央一個心腹相好的大夫叫做鹿毛壽爲媒去說這鹿毛壽爲人又是一個只認得富貴不認得人倫只知有勢頭不知有節義的人今見子之爲相正富貴正有勢頭遂與他結成一黨巴不得子之常常爲相他便有靠見子之托他爲媒遂連忙來見蘇代細細述子之求親之意原來這蘇代雖然四方去游說諸侯托身取重者却是燕齊二国若二国和好他便好往來其間持攬二国之權不期自蘇秦死後齊宣王看破了蘇秦之詐便漸漸與燕王有隙蘇代恐燕齊有隙立身不牢因劝燕王質子於齊方纔相安又合其族弟蘇厉仕於齊常常通好他既身仕于燕国燕国相臣豈有不願結交

4

之理這日見鹿毛壽來再三求親正投其機即便應允遂不日成婚既成婚之後兩家做了至親子之方將燕王新立與他情意不孚恐失相位之事與蘇代說了央他於中保護蘇代道燕王爲人愚而多疑若直直去說便不听信待有好機會只作無心言之便旹听從子之大喜忽一日燕王命蘇代到齊国去看質子蘇代去看了回來復命道質子平安無恙燕王因問道吾聞齊桓晋文得了管仲舅犯諸臣所以一匡天下九合諸侯成了霸主今聞齊国的孟嘗君亦乃天下大賢齊王得之豈不又霸天下蘇代因欲爲子之作說客遂乘機答道齊王雖有孟嘗君之賢以臣觀之却不能復霸天下燕王驚問道此何故也蘇代道国家得賢臣不難尊任賢臣爲难耳齊王雖知孟嘗君之賢而委任孟嘗君却不專一安能得霸燕王因長嘆道天生賢才偏立身不偶齊国有賢臣而齊王却不知用惜吾獨不得孟嘗君爲臣若吾得了孟嘗君爲臣自當委国所之蘇代道大王

5

何舍近而求遠也今相国子之立身行已不愧古人又明習政事即燕国之孟嘗君也自有不知却察他人爲謂大王過矣燕王听了又驚又喜道原來子之可比孟嘗何以見得卿可細言之蘇代道孟嘗君股既無文身又不能武不過賴三千食客爲之游揚耳怎如子之文能修名教以安邦武能敵万人以定国全不借一客之力以臣觀之子之殆过於孟嘗竟是古之舜禹燕王听了大喜道非卿言寡人几失之矣因召子之入朝大加獎賞遂將一国政事俱付子之掌理子之竟受之不辞道臣已待罪相国理該任事今又蒙大王專心付托臣敢不竭力效命燕王大喜以爲付托得人快不可言子之初爲政時不敢竟行猶取幾件大事請王裁决燕王推辞道既已托卿猶待寡人裁决是不專也竟退入宮中恣心游樂子之見燕王委任不疑大臣在已便有個篡燕之意因暗暗與鹿毛壽商議道燕王昏憒又不臨朝大權盡在吾掌篡之甚易只恨將軍市被並各官擁

6

着大兵見难必要救護恐一時舉事彼分不敵反遭其辱鹿毛寿道君明明以刀兵奪国不獨市被兵權在手难於篡弒即使篡弒成功而列国諸侯聞知亦不干休此[illegible]之道也相国若有大志圖燕吾有一妙計包管相国不動刀兵[illegible]自至子之听了便喜動顔色道此大夫戲我也以臣而圖君雖極[illegible]兵之力猶慮不能那有大位自至之理鹿毛寿道相国不知也以刀兵爭奪天下皆後世事也上古不然也三代聖帝明王之有天下皆不傳子而傳賢故堯有天下不付子而付舜舜有天下不付子而傳禹名曰讓位惟後世衰乃始傳與子以至於今今燕王甘心逸樂不喜听政且遂慕聖賢之名待吾憑三寸不爛之舌說以聖人讓位之事彼必喜而听從也彼若听從而行之則舉国相安豈不過於篡弒子之笑道得能讓位可知爲妙但自堯舜以來経歴千年與亡之際無非殺伐未聞有讓位之事豈至今戰国人心如狼似虎燕王安得突然而行此鹿毛壽道

7

新編批評繡像後七國樂田演義卷之一

第一回 貪大位結黨巧欺君 慕虛名信讒甘讓位

詩曰

燕王昏得大無因 不辨君來不辨臣
好相矯情稱作聖 佞人邪說認為真
明明父子生撐断 好好江山白送人
自古敗亡無不有 從無如此絕天倫

話說周武王既得天下分封諸侯八百餘国豈是周樹敵国止不过要他夾輔王室万年無改誰知人心不古以强兼弱漸〻消磨到周慎靚王之時除了小国不筭强大之国止存七国你道是那七国一曰秦一曰楚一曰齊一曰燕一曰韓一曰趙一曰魏這七国雖皆各有能臣為国家出力惟燕国坐控幽冀地土豐雄風氣稍勁往往生聚異人在七国前時出了一個異人叫做孫臏一魏国龐涓賭鬬才智因出了一個奇計將龐

涓誘斬於馬陵樹下故天下皆聞知孫臏之名此一段故事已有傳迷不敢再贅不期到了周慎靚王五年後七国之時燕齊二国又有兩個異人出世燕国一個叫做樂毅齊国一個叫做田單俱先後為国家建立奇功堪垂于古此一段故事流傳尚少故細述之以為覽古之徵正是

世復世兮年復年 年年世世出英賢
若無青史春秋筆 異績奇功誰與傳

話說慎靚王五年燕国却正是燕王噲在位這燕王噲為君說他荒淫雖也荒淫却又不筭十分荒淫說他驕傲雖也驕傲却又不到十分驕傲說他不知世事而国家政事却又件件留心說他不知古典而堯舜禹湯却又事上曉得只因一味愚頑固執貪圖逸樂遂做了一個千古出類拔萃的昏君這燕王雖然昏愚却胸中尚知有聖賢道理若有造化遇着一個忠賢宰相盡力匡扶再得幾個有道良臣正言規諫也还不致喪亡不期

面祚該衰剛剛又湊着一個奸臣叫做子之這子之為人一個胆子比天还大一個性子比火还烈一條腸子比鈎还奇一片心機比墨还黑仁義禮智全然不識貪嗔癡闇件〻皆能滿口誇張最會哄騙奸人万般筭計却是自尋死路內雖狡猾外面却有威儀生得身長八尺腰大十圍肌肥肉重下濶口方遠而望之偉然丈夫又有氣力信手可以仰掉飛禽又善捷走急步可以追及猛獸使一柄渾鐵槊有万夫不當之勇又善夤緣自燕易王在位時已謀為燕相執其国柄及燕易王薨後燕王噲嗣位他雖猶居相位却與燕王噲情意未孚恐燕王噲委任不専一旦失位私心時〻憂慮欲倩人保荐却又遍察滿朝無一個為燕王親信之人無一個是我朋黨之友一日見蘇秦之弟蘇代也如蘇秦一般[illegible]身以游說甚名於諸侯多能足智燕王深服於他惟言是所因暗想道若得此人在王前贊言一声則我的相位更穩如泰山磐石矣又想這蘇代與我平日

燕惠王盡失齊城方悔禍 望諸君不忘燕舊有留名

敗壞至於敗壞乃使天下歎今人不如古人豈不冤哉惟冤不可白再回思田樂之得稱英雄於七國之後亦幸矣故暇日演其義表而出之以明古今英雄未嘗不及特賴明眼識之眞心用之以成大功也雖然列國英雄不少何獨津津於此竊謂蘇張孫龎已爲人耳目久矣且志富貴而急私仇於國家無補此昌平安國所以津津樂道也歟

遯世老人漫題

後七国樂田演義目次

後七國樂田演義

經國堂藏板

後七國序
古今英雄豈眞不相及哉亦惟識與不識耳燕遭子之之變齊困莒墨二城此何時耶江山社稷岌岌乎不保矣雖有忠藎之臣亦不過抱黍離之悲洒新亭之泪已耳誰能設一謀獻城下哉鐵籠一求而火牛之功成矣然後知昌平安國爲後七國之大英雄而千古無及之者設燕昭王不築金臺即墨人不察鐵籠則樂毅不過魏國

一庸臣田單不過齊國一市利耳設於此時自表曰我大一計爲破殘作金甌想哉苟責當事則必謝曰時危矣勢窮矣無能爲矣使勉求賢則必歎曰[illegible]無英雄耳抑知破殘原可爲而英雄原未嘗無也但恨無明眼人物色眞心人禮求耳及金臺一築而齊七十二英雄也誰其信之哉由此思之英雄何代無之特無人識耳旣無人識英雄而英雄又骯髒不肯徇人故拊髀

者自拊髀而同草木腐朽者仍同草木腐朽也豈不惜哉因思末世一二忘命弄兵潢池非有七國之雄燕齊之盛使其時有田樂一人自指顧而制其死命矣乃張惶六師奔疲天下不特不能制其死命反致九重受燕噲齊湣之辱豈今有英雄實不如古之英雄哉大都有英雄不識而所識又非英雄故問其位則尊而察其才則卑以此粉飾太平猶患養癰矧當盤錯豈不

正天以死人之尸假手六國以暢生人之彼偉也可
吾故曰臏之刖足在涓死後總之人性本善所習不
同故漸一念之微疵卽基百行之禍福是集一出使
奸人項上猛着一針

丙子秋七月錦城居士偶題

590

朝。別了妻子。竟出西門。車馬蟻擁。冠蓋雲聯。孫臏與衆文武盡歡拜別。滿城百姓咸皆稱羨。後人因有詩獨讚孫子云。

雲夢幾年師豹略　齊邦一出試龍韜
功成便拂歸山袖　誰似當時孫子高

總題孫龐鬪志七言排律二十韵。

局外閑擡冷眼看　紛紛世事付辛酸
誰言有意懷千古　自笑無心憶一端
憶起欲磨霜劒肅　懷深恥對玉樽歡

586

獨悲齊魏爭雄長　頗惜孫龐就學安
結義應多舒實臆　交情猶少剖真肝
授書幸賴孫公孝　刖足全因故友奸
不是鄭朱標節俠　寧于燕楚免摧殘
英雄自昔逢原蹇　神鬼而今報弗寬
休道謀成驕世主　能教願遂拜崇官
極安勢必同欹器　盛滿機將類轉丸
一旦顛連膺怒衆　幾年功罪向身攢
馬陵盡命終爲讖　鬼谷先知始見難

587

壯志憑陵俱已已　佚腸收拾枉漫漫
那知正達天偏祐　堪笑猖狂瘞没棺
作獻膺功誇護國　復懸肘印說登壇
華夷處處輿碑頌　朝野紛紛起忭歡
正羨清時有亮弼　忽從鬧處覓閒觀
急流勇退歸雲夢　遠播雄名勒石巒
天道昭明非泯詭　人情變易是波瀾
可憐轉盼真何在　留得今朝演義刊

新鐫全像孫龐鬪志演義終

588

跋

今人觀七國書莫不慨孫臏之刖足而恨龐涓不早死不知臏之刖足在龐死後何則當二子邂逅于萍水也握手締盟矢心生死是以鬼谷見之輒慮孫子終爲龐之所嫉不意果于授受之際已露奸艮旣而龐氏子稍得知遇遂萌跋扈之謀朱仙客郎盟誓未寒矯旨構穽恐心同氣余謂涓之死正在此時然則涓之不死于此時者實天以不死之事業假已死之形骸而磨礲之耳其後馬陵鯨僇聞者快心吾謂此

589

說各國諸侯齊至。只有我主不到。魏王又問龐駙馬
怎的殺了朱亥。道。說起寒心。先自孫臏把他刖去雙
足。報了刖足之仇。魯王報了割鬚捺面之仇。韓王割
去其舌。報了譖譛魏陽公主之仇。廉頗爲子廉剛報
了腰斬之仇。然后再令七國分尸把龐涓剁爲七塊。
齊爲上邦。取其首級。秦邦取了左臂。楚邦取了右臂。
韓國取了左腿。趙國取了右腿。把腰節剁爲兩塊。燕
國取了一塊。分我魏國一塊。七國會同要將龐涓之
肉。掛在國門之外。號令示衆。魏王嘆口氣道。龐涓龐

582

涓。誰教你日常結下許多冤仇。今日死後受此痛苦。
朱亥道。他的心肺肝腸。衆王侯教臣帶回。送與公主。
魏王道。就着你好好送去。少不得要報與公主得知。
教他不要驚恐。待寡人慢慢勸慰。則个。朱亥遂到駙
馬府中。報知瑞蓮公主。那公主聞得龐涓被七國分
尸。竟自墜樓而死。有詩爲証。

薄命從來是粉妹　那堪生拆錦鴛孤
乍聞遠訃拋珠淚　輕墜危樓碎玉膚
恃向此時尋悠鬼　悔教當日握兵符

583

從今魏主添新恨　恨殺龐涓不丈夫

且說齊宣王回朝。向黃金殿上大開慶功筵宴。君臣
暢飲中間。宣王傳旨。一壁廂將龐涓首級掛在國門
外。號令曉諭過往軍民人等。俱要指其首級痛罵龐
賊三聲。一壁廂降旨一道。凡有已發覺未發覺已結
証未結証。咸赦除之。大小賦稅。恩免三秋。君臣宴畢。
衆官各各謝恩出朝。孫臏回到南平府。自思高名已
揚。大仇已報。向承鬼谷仙師至囑之言。及早辭了齊
王。弃了家室。回到燕國。與父母兄嫂一聚。即歸雲夢。

584

何不做个急流勇退。明哲保身之人。當下立意已決。
次日早朝。具辭表。解印綬。奏上宣王道。臣憑區區小
術。定齊伐魏。擄王子。斬龐涓。貴冠百僚。此人臣之極
也。今臣願解還冠帶。復歸雲夢。與鬼谷仙師同遊。望
主公准奏。宣王道。先生何出此言。寡人初嗣大位。正
欲得先生羽翼以圖霸業。又何相弃之速也。宣王不
允。孫臏連上辭表數次。宣王不得已。賜逍遙車一輛。
良馬十乘。金帛各數車。詔滿朝文武皆餞送于西門。
孫臏辭其金帛。止受逍遙車一輛。良馬一匹。拜謝出

585

頭兩截穿衣。有詩爲証。

敗葉飄飄正九秋　毛頭灘上會諸侯
當年將我羞爲婦　劓割髭鬚報夙仇

曾王羞辱龐涓畢，韓昭王又近前道。龐賊。魏陽公主是寡人正宮皇后。他與你有甚冤仇。你在魏王駕前使心用倖。巧語花言。一翻胡奏。教娘娘受了鬱氣。回朝身故。皆因你這奸賊。輕喪其命。孤如今也報了此仇。傳旨衆軍士。把龐涓舌頭使鈎搭出來。割去一段。韓昭王報仇畢。只見趙國廉頗。走將過來。指定龐涓

578

罵道。龐賊。吾兒廉鋼鎮守百鄰關。你恃強横要借關行兵。吾兒讓你一次過去也就罷了。與你有何仇隙。第二次又來把我孩兒腰斬。今日也有報仇日子。那廉頗一手揪着龐涓。一手拔出青鋒寶劍。儘力一下。把龐涓剁爲兩段。要見七國分尸。剁龐涓爲七塊。齊爲上。那取了首級。秦邦取了左臂。楚邦取了右臂。韓邦取了左腿。趙邦取了右腿。把腰節剁爲兩塊。燕邦取一塊。魏邦取了一塊。各邦把龐涓分尸訖。帶了回朝。懸掛于國門之外。號令示衆。任他鴉鵲烏啄。雨打日

579

晒。魏王不在。就差朱亥帶去龐涓的心肺肝腸也交付朱亥。稍回付與瑞蓮公主。後人有詩諷涓云。

幻夢浮生如電掣　何勞着意爭優劣
英雄回首事漿消　空洒淋漓雙淚血
即有陰謀不足憑　到頭難免遭摧折
君不見 昔日龐涓交伯齡　傾蓋便多詭計設
自謂天壤只一人　隨心巧弄如簧舌
直令七國怨恨深　毛頭灘上身隨滅
吁嗟今日安在哉　闔中那顧盟同穴

580

始知天道有循環　慎勿輕將交誼蔑

當下齊宣王與各國諸侯會議。遂將孫臏封爲天下總兵軍師。掛七國金印。孫臏道。列國主公從今以後。俱要尊齊納貢。取和爲上。如有一不服者。興兵征伐。毋罪臣之不忠也。衆諸侯齊說。謹遵軍師嚴令。筵宴已畢。各國諸侯起身辭謝齊王。復辭孫臏。各排鑾駕。分路回國。齊宣王滿面歡容。帶了大勢人馬。得勝回朝。不在話下。且說朱亥回到定梁入朝。見主王。問朱亥。你到毛頭灘看殺龐駙馬。六國諸侯都到麼。朱亥

581

毛頭灘上六王來　士卒桓桓亦壯哉
賴得軍師施妙計　從教朝野斷氛災
龐涓傪能尸堪裂　齊國今時業且培
七國三軍齊笑語　欣然猶把慶筵開

諸王宴飲酒至數巡。孫臏分付軍士。把龐涓那賊子帶出來。衆軍士隨即連囚車推到衆王庭前。孫臏道。今日列國王公在此。非是臣孫臏不仁不義。臣當年往雲夢山時。途中偶然相值。就與他在朱仙鎮上盟心結義。後同上山同投鬼谷仙師學藝三年。有書

574

同讀。有藝同學。臣逐日攻的書。都與他讀。他讀的書。一字不與臣看。這也罷了。臣與這賊子有何仇恨。先下山投了魏國。一時寵榮。就立大言牌藐視列國。致王敖袖斧劈牌。說臣學業稍勝。他便哄魏王三遣徐甲把臣賺下山來。總因佈陣成仇。遂矯旨令臣禳火。反誣謀叛。赴法雲陽。要臣天書。假奏魏王免死刖臣雙足。受千日羅綱之災。其中萬千極惡。難以細數。臣與這賊子原無誅戮之仇。只有刖足之仇。今日只把這賊子刖了雙足。方雪臣之一生深恨。惟諸大王裁

575

之。孫臏說罷。兩淚如雨。諸王俱各慘然。齊聲道。先生處得極當。孤等敬聞命矣。孫臏分付軍士抬銅閘過來。把龐涓提出囚車。一如當年行狀。綁縛停當。將他十个足指放在閘中。磯的一聲响。十个足指登時下地。血如倒泉淋漓不止。龐涓死去。足有兩个時辰。方絕甦醒。孫臏道。龐賊。你今日已知刖足之苦。你當初刖我足時。總是一般疼痛。怎知天理昭然。一報復還一報。有詩爲証。

你離安梁我離燕　想當結義在朱仙

576

投師一旦從雲夢　學藝三年共食眠
誰料下山先入魏　豈期設計昧蒼天
馬陵道上生擒取　總報當時刖足冤

只見魯王田忌出席。走近前來道。待孤一發報了仇罷。龐賊。一向看你鵰心雁爪。不是好人。當初把孤面搽紅粉。割去髭髯。三綹梳頭。兩截穿衣。教我包羞忍恥回歸本國。誰知天網恢恢。報應甚速。你這賊子怎樣強梁。而今安在。孤今日在衆王庭駕前也羞辱你一番。即令軍士把龐涓面搽紅粉。割去髭髯。三綹梳

577

主各國之憂勤幸令糾桓整六師而護從勿躭安
讌舍快舉而驩騁况乎貽害無窮深爲仁人之
隱痛作孽莫贖寧遊
聖世之上刑故遣飛騎以星傳會見雲師而雨集
坐成愆績永墮逆萌須至檄者時
大周顯王三十二年秋九月十有一日南平郡兵
馬大元帥孫　謹檄
邦說須文龍一騎馬遞回本國朝見齊王時齊威王
已死太子宣王嗣位須文龍寡道啓上主公孫軍師

570

已在馬陵道上擒了龐涓如今到毛頭灘上典刑差
臣迎接御駕于本月二十五日到毛頭灘會齊各國
王侯眼同看殺龐涓齊宣王大喜道除了此賊不惟
我先王大快九泉各國王侯亦可消釋歷年深恨即
時傳旨明早整備鑾輿寡人親到毛頭灘去儀狱司
聞得一聲擺駕連忙打點次日齊宣王出朝登輦只
見殿前班殿後班左執班右執班二十四班帶刀指
揮三十六員保駕千戶擁走如雲不數日宣王駕至
毛頭灘魯王田忌聞報同孫臏帶領衆將擺列着七

571

層圍遠遠迎接把宣王接入中軍坐下魯王孫臏率
衆將朝拜畢齊王對孫臏道寡人前聞捷報不勝欣
賀先生恐辱含羞不枉有今日也孫臏道臣荷先王
天覆地載主公盛德弘仁逆賊就擒大仇得復臣便
銘心鏤骨亦難忘先王主公之大德宣王道此天所
以不負先生也寡人何德之有遂問龐賊今在何處
孫臏道鎖禁囚車候旨定奪宣王道不知怎的一个
龐涓恁般心性險怪寡人爲東宮時常見先王談及
千聞不如一見可速囚車取過來寡人看一看孫臏

572

令軍士把龐涓推到駕前宣王看道你這逆天的奸
賊齊國與魏國有甚仇隙不時領兵征伐又挾制諸
邦要併吞天下今日大地無私皇天有報不助逆黨
也被生擒了麽傳旨牢固收在後營待各邦諸侯到
來公同正罪再傳旨御厨備下筵宴款待各國諸侯
且說秦楚燕韓趙五國諸侯各依限期不日祀[illegible]迎
俱到止有魏王不來五國諸侯與宣王見了禮畢以
齊爲上邦通讓宣王坐了首席各國依次敘坐擺下
筵宴有詩爲証

573

不差官來請你魏王了。約于本月二十五日。請魏王
親到毛頭灘。會齊各國諸侯。眼同看殺龎涓。若有一
那不到。即時孫軍師統兵征討。毋貽後悔。道罷。一聲
砲响。袁達領兵去了。城上頭目來報魏王。道孫臏原
來不在這里。殺龎駙馬。故意要賺龎英公子出去。斬
草除根。令龎公子中計陣亾。孫軍師差袁達知會大
王。約本月二十五日。逕到毛頭灘上。會各國諸侯。眼
同看殺龎駙馬。他說不差官來請了。如有一那不去。
即時親領大兵征討。魏王聞言。不勝煩惱。暗地思忖

566

道。我若不去。孫臏又記恨于心。若去。龎涓又是我駙
馬。事到其間。至親情分。不要說起。教孤有何面目去
會各國諸侯。沉吟了半晌。就對朱亥道。卿可代寡人
到毛頭灘看殺龎駙馬。多多拜上各國諸侯。說寡人
身體欠安。不得赴會。另日差官謝罪。朱亥領旨。帶了
幾个跟隨軍士。逕往毛頭灘去。話說孫臏寫下檄文。
星夜差六員使臣。往秦楚燕韓趙齊。邀請六國王侯。
約于本月二十五日。到毛頭灘上。眼同看殺龎涓。你
道檄文如何寫。

567

益朋欺凌君父者。法必赤其族而僇其身。譸張
是非者。刑必椎其齒而犁其舌。故煌煌典則。久
已著于
天朝。然蕩蕩乾坤。豈可容夫宵小。孫臏獲蒙
六王之敬奉。得談兵于虎帳之中。及按四海之推
誠。埜除殘于龍劒之下。竊念今時之厥扈。誰罔
覺其冥頑。因思此日之頑民。疇故違其剛愎。總
未若魏之龎涓者。心存狐媚。性植狠貪。捐蔴茂
恥之容。見貴人而必作。忘恩背義之念。假國事

568

以頻與玩法。飛公為下。倍上非有救民于水火
之術。何適列國而思握社稷之機權。豈具臣君
于堯舜之心。乃詐
諸侯而欲絕軍民之性命。彼既素存其險怪。此奚
姑恕其雌奸。是在正其典刑。以洩鬼神之震怒。
分其身首。以施
天地之大威。謹擇本月二十五日候會
梟鴟于毛頭之灘。請看加刃于龎涓之頸。此非閱
孫臏一人之喜怒。實原推吾

569

齊王依言傳令軍士拔營趲離馬陵不日到了安梁
扎營城外孫臏乘一騎馬自到安梁城下分付軍士
叫入城去傳與魏王得知齊國孫臏軍師在馬陵道
上拿了龐涓原與魏主無仇親送太子畢昌來還請
魏主自上城來交付與他城上頭目連忙飛報入朝
魏王聽得孫臏軍師在馬陵道上拿了龐涓驚得魂
飛魄散再又聽得送太子來還要親自上城交付更
覺滿面羞慚出于無奈只得分付排駕帶領文武竟
上城來魏王自到垛口邊與城下孫臏拱手道孫先

562

生請了多謝先生仁厚之心不憚風霜送孤太子來
還孫臏欠身不及道臣原說與大王無怨只與龐涓
有刖足之仇今龐涓于馬陵道上已被生擒應得送
還太子大王可令軍士放下千秋板來好將太子扯
上城去魏王說深感先生大恩當下就令軍士放下
千秋板扯了太子上城孫臏對魏王道臣還有一言
啓上大王今欲借東門一塊地明早誅斬龐涓魏王
暗忖道孫臏許多忠厚道句話有些不忠厚了既要
殺龐涓那處不好殺怎麼偏要在我東門地上殺他

563

分明是羞辱我了魏王只得含糊應允別了孫臏同
太子起駕回朝坐在金鑾殿上只情愁眉不展低首
沉吟對兩班文武說道明日孫臏要在東門外殺龐
涓大半羞辱寡人這事怎處閃過龐涓之子龐英上
前奏道啓上我主明日五更臣帶一隊精銳軍士出
東門去劫法場必要救父回朝魏王道你若救得父
親回來也替魏國爭光話間天晚駕散文武次日五
鼓龐英結束齊整帶領軍士各執刀斧同心併力打
點去劫法場趲出東門不料被袁達擋住喝聲小賊

564

往那里走龐英心慌回馬逃竄袁達躍馬趕上夯頭
一斧把龐英劈死有點絳唇詞為證

　敢勇當先素誇袁達威風大驟馬加鞭到處人
　驚怕　戰任龐英肯教休罷將伊捺巨斧輕加
　一命歸泉下

魏軍見袁達劈死龐英各各逃散袁達一騎馬奔到
城下叫道城上頭目聽者速去報與魏王知道說孫
軍師原不在這里殺龐涓故意要賺他兒子龐英出
來斬草除根已中軍師之計如今逕到毛頭灘殺他

565

新鐫全像孫龐鬭志演義

卷之二十

踐誓分屍走馬陵　成功拂袖歸雲夢

話說吳獬馬昇須文龍須文虎帶領弓弩手把龐涓圍在垓心衆軍正要放箭孫臏傳令且不要放箭便喝道龐賊你認得我麽燈火煇煌叢裡龐涓抬頭看見孫臏霎時魂飛天外過身酥麻這一驚非同小可撞倒下馬孫臏分付軍士把龐涓拿住綁縛停當鎖入囚車孫臏指着罵道你這誤國傷君的賊子忘情

559

背義的賊子可記得當年朱仙鎮上對天罰誓說夜走馬陵道見箭射死七國分屍你想無幹不走馬陵道怎麽今日乘夜奔來豈不是天公所使我今不用萬弩射你亦不在這里殺你如今將魏太子畢昌送到安梁還了魏王就在魏邦借一塊地只要七國分你的屍後人不信有胡曾先生詩曰

墜葉瀟瀟九月天　驅麛獨過馬陵川
路傍古木虫書處　記得將軍破敵年

潛淵讀史詩云

560

萬弩森羅伏馬陵　深談孫子會行兵
幾將重鎧汚腥血　饒得微軀見箭刑
名利解開同業志　機関打破共師心
英雄須信當懷義　莫學龐涓自殞身

又東屛先生有詩一絕兼嘆孫龐之事云

鬼谷仝師昔未讐　功名心勝竟相尤
假饒黜詐懷仁義　禍自潛消福自悠

說罷孫臏收軍回營見了魯王解過龐涓孫臏道殿下如今臣要送魏太子畢昌還國借魏地誅此賊子

561

把龐涓數數落落罵道誤國佞君的奸賊敗倫滅理的賊人無辜殺害我齊國許多性命決不與你干休龐涓睡在營中聽得四面啼哭之聲早已心驚胆顫復又聽了口中數罵越發魂不附體暗自道聽他口口聲聲說是害他齊國許多性命多應齊兵冤魂不散來此索命不要懼他就是鬼見我出去也要驚散了連忙赶領軍士執着明燈亮火擎刀上馬赶出營來厲聲吆喝道你等冤魂不得無理半夜三更怎在我中軍啼啼哭哭快快散去待我回朝之日做個道

場超度你們便了說未畢只見一陣陰風過處閃出數萬披頭散髮口紅面藍猙獰惡鬼逼往前面亂跑龐涓明盔明甲帶領人馬往前飛赶直赶到馬陵道上倏忽鬼神都没了急抬頭看時只見面前老大一株黃楊樹樹上掛着一盞燈照耀如同白晝上寫着六箇大字

龐涓死此樹下

恰好那樹上又寫着兩行原來通是孫臏爲要報刖足之仇預先設計安排下的當日把蜜水調墨寫在

樹上數年之後被螻蟻蛀空竟像生成的一般上寫着幾句道

馬陵道黃楊樹齊兵密排如鉄柱三更三點過
淵河正是龐涓身死處

龐涓先前見燈上六箇字早已心中害怕再見樹上寫這兩行吃個大驚道依這言語我走到不好的所在來了正要撥馬回轉聽得一聲砲响四下伏兵齊起吳獬馬昇須文龍須文虎帶領一萬弓弩手如鉄桶相似把龐涓圍在垓心畢竟不知怎生出脫得去

還有甚麼驚恐且聽下回分解

上一刀兩箇登時倒地鮮血淋漓張才萬千之喜即忙連夜脫身逃竄仍舊回到龐營天曉入營叅見龐涓龐涓問道張才回來了事體如何張才道奉駙馬爺令去到齊營魯王與軍師黃伯陽欣然收用我遂向各營打聽孫臏消息委實沒了中軍帳裏調兵設令的通是黃伯陽軍師昨夜三更時候被我躲入帳前只見魯王與黃伯陽相對而坐秉燭在內談兵說武我瞧得四下軍士都睡熟了搶入帳中把他兩個一齊刺死逃竄回營龐涓歡喜之甚道二人果都刺

550

死了張才道難道敢在駙馬爺跟前扯謊不信看這刀上血腥還在龐涓看刀道我難道說你不曾去刺只恐夜深時分誤刺了別人却是畫虎類狗反爲不美張才搖手道駙馬爺請放心一些也不差錯少不得頃刻就有風聲傳到龐涓道旣如此生受你着實用心一番賞你金銀羊酒一一領去張才叩謝有詩爲証

高人奇計可瞞天　營裏君臣自晏然
堪說佐邦心毒矣　還憎刺客計疎焉

551

歸雖受彼金貲贈　去則貽玆笑語傳
何事只將情誼斷　應教千載駡龐涓

不多會魏營馬哨報入中軍說齊營沒有人了今日止扯着袁達旗號龐涓大喜暗自唱采道好個張才作事盡心果堪重用我所慮的恐他誤刺了人今日止扯袁達旗號魯王黃伯陽果然被他刺死了我如今慢慢把他人馬殺盡救取魏太子還朝如反掌矣看官龐涓豈不是見鬼張才刺的却是兩個草人眞的魯王與黃伯陽怎能勾落在他手孫臏見龐涓已

552

墮了計牆即分付就把魯王旗號藏過了只扯着袁達旗號正要使彼奸勢熾張纔可報得刖足之仇閒話之間天色已晚齊營分付軍士向後營取出那十損紅油櫃來你道那十櫃是甚東西都是些神頭鬼臉孫臏遂把來給散與衆軍士附耳低言分付一通衆軍遵令一箇箇戴上鬼臉而藍髮赤散髮披頭粧扮的與活鬼沒些差錯都來到龐涓安營前後四下樹林中埋伏三更時候四下裏悲悲切切恓恓惶惶神嚎鬼哭起來只啼哭儘可說殺人了口中還不住

553

子爲此特投麾下。魯王道。你旣來投我。不好就收你。且問軍師黄伯陽該用不該用。黄伯陽道看此人。勇而多謀。我這里到不可少。用了他罷。張才千歡萬喜。心下暗自道。還教黄伯陽做個軍師。一些陰陽也不准。我本是個細作。特來乘便行刺。到說我是勇而多謀的好人。反用了我。這厮性命合當休矣。魯王分付張才。難得你捨彼就此一片好心。如今且在我麾下隨軍征討。有功之日。加封官職。張才叩頭謝恩。出了中軍帳。隨卽來到各營打聽孫臏消息。東營訪到西

營。南營訪到北營。都說軍師黄伯陽在中軍帳裏調兵。設令再不見有人提起箇孫字。一日孫臏分付心腹軍士。扎縛兩箇草人。都有六尺長大。草人口内各放白米一撮。用猪尿胞盛血在内。將細繩扎住口縛在草人喉下。一個像魯王打扮。一箇像孫臏打扮。都穿戴冠服。面貌通粧點停當。魯王坐在中軍帳上面。黄伯陽坐在襯席中間。放着一張桌子。桌上擺着一卷書。側首有長檠。點着明燈。絳紗籠罩。壁衣内暗暗埋藏幾個軍士。做成活動關捩子。暗中牽撥。頭目口

手皆會轉動。上首魯王。擲頭搖腦。下首孫臏。不時起身。交頭接耳。宛如活人談話一般。孫臏掩着身口誦宣文。中軍内燈。或明或暗。霧繞雲迷。孫臏自與魯王往後營藏避過了。不必細敘。却說這張才。卽晩有心不睡。等到三更時分。賺入營中。四下一看。只見

旋頭霧歛。一輪月皓彩鮮明。寨脚烟消。三更漏商聲凄亮。雄糾糾將軍擐甲。猶然提着刀佩着劍。何曾敢睡眼昏花。整齊齊士卒巡風。都是擊着鑼。執着棒。那里顧精神勞頓。中軍帳裏燭莚

搖紅。外宅檔邊風聲助冷。子身行過。渾疑入萬丈驪宮。隻影來探。還似到千層虎穴。

不移時。捱到中軍帳前。仔細一瞧。只見魯王與黄伯陽對面而坐。在内談兵講武。張才暗喜道。這厮們不知死活。什麽時候。兩個還在這里交頭接耳。㨿鬼不了兩人性命。也是今夜該得喪在吾手。一面暗喜。一面又走近前幾步。兩廂軍士。都已鼾鼾睡熟。左右又無近侍人役。張才向身邊取出一口吹毛利刃。悄入帳中。先望魯王喉下一刀刺去。折身又把黄伯陽刺

出青鋒寶劍，赶上前將皇甫智揮爲兩段。這邊殺得皇甫智，那邊孫臏，早巳知道。萬千之喜，對魯王道，殿下。龐賊隳吾計矣。他巳把皇甫智一劍揮爲兩段。廢了那箇人，再有誰替他調度。臣復何憂之有。魯王遂大稱喜，不在話下。且說龐涓在營，喚過家將張才，近前悄悄對他說。張才我要你往齊營裏做個細作，可去得麽。張才滿口應承，說去得，專會打探軍情，隨機應變。龐涓道，又要你做細作，就要你行刺。張才道，我的胆量頗大，手脚便捷，要去行刺，一發不難。龐涓心

542

欲意喜。分付張才道，你旣去得，却要教你箇入門訣到他營裏見魯王時。你就認做魏營軍士，只說近日來龐駙馬喜怒不常，動輙刑加士卒，輕則鞭撻，重則殺戮。號令不正，賞罰不公，聞大王寬洪大量，愛兵惜卒，特投麾下。等他收留了，你就可替我用心體訪孫臏消息，果在不在。打聽得中軍帳裏果只得個魯王。你可剩個巧處，就把魯王刺了，回來重重有賞。張才答應說。小人知道。不須分付，到他營裏，自會乘機取便。龐涓道，千萬不可漏洩機關，要緊要緊。張才連聲

543

回答曉得。帶了利办，辭別龐涓出營。逕到齊營來投魯王麾下。原來孫臏坐在中軍袖卜陰陽，早巳知龐涓差張才爲細作行刺的事。便對魯王道，殿下。龐涓那賊，差箇家將張才來做細作。假以投順爲名。就來體訪臣在不在消息。來意不善，乘便就要行刺殿下。却用心隄防着他，分付各營軍士。但有人來訪問孫軍師在不在，可回覆他說，孫軍師巳死三年，那里還有他，再問如今中軍內是誰發號施令，遣將調兵，只說是個黃伯陽軍師。在內調兵。不可提起一個孫字。

544

如有一不遵令，說出孫臏者，立時腰斬示衆，决不輕貸。滿營軍士，莫敢不遵嚴令，一齊都把孫臏稱爲黃伯陽。不移時，旗牌來報。營門首有一壯士，說是魏國龐涓的家將。被龐涓鞭撻不過。願來投順。魯王說着他進來。張才直到中軍帳前，見了魯王，殷勤叩首。魯王問道。你那壯士，何處來的。張才道，大王。小人名喚張才。乃跟隨龐駙馬的家將。因日來龐駙馬喜怒不常。不惜士卒。輕則受鞭撻之苦，重則加誅戮之刑。難在他營中執役。聞得大王汪洋度量，惜兵卒如同愛

545

肅穆丰裁，飄蕭衣袂。鬚分燕尾，臨風宛轉輕揚；體似雀形，踏月翅翔緩集。腰橫一口寶劍，賽青萍結綠之齊光；手執七尺枯節，具鳳矯龍拏之遠勢。燒丹煉藥，是其才技之常；涉水登山，應有性命之好。十洲三島客，登自彼來乎？萬里一方君，能從此去否？正是黃冠道士飛鳧至，外患強隣助虎威。

龐涓見他體態不凡，便問道：先生尊姓大名，從何處來？道人道：小道乃黃伯陽先生之徒，覆姓皇甫，名智，

授得三卷天書，呼風喚雨，能使草木成陣，砂石爲兵。聞大人招賢納士，不憚迢遞而來，特來相佐。龐涓聞言甚喜道：我魏邦正缺賢士，先生既肯相助，即有一事商量：如今魏太子畢昌被齊將生擒去，鎖禁營中，幾番力救不能，不識先生有何妙策救得魏太子回朝。聞奏朝廷，加官不小。皇甫智道：小道此來，正爲魏太子被擒，特欲拔刀相助。龐涓道：既得先生一臂之力，何愁太子不得還朝。遂令左營住下。詩曰：

一劍投龐乍見親，　思尋太子返邦閫。

只愁皇甫遭人計，　功未成時已滅身。

且說孫臏坐在營中，探看陰陽，搜尋六甲，對齊王說：殿下，龐涓那里新用一箇人，乃黃伯陽徒弟皇甫智。用得不好，雖不怕他什麼行爲，只是我這里多費了些歲月工夫，難爲軍士錢糧刀兵，一朝不得寧息。齊王道：先生，他那里用的人，我這里除他不得，如何是好？孫臏道：臣如今先定一計，如計得成，太平無事；計若不成，烽烟還有。連忙寫下箇帖兒，口誦靈文，望空一抛，叫聲去，一陣風起，把那帖兒直吹到龐涓中軍

帳裏。龐涓正令軍士至左營請皇甫智計議軍情，只見箇帖兒隨風墜下，落在龐涓身上，取過來一看，却是四句詩：

伯陽之徒皇甫智，　熟演天書稱絕世。
無心來助武音君，　齊國奉差追命使。

龐涓看了，猛然大驚，暗自道：他原來是個齊營的細作，險些兒錯誤用了他，壞我魏邦的大事，深感得上天佑庇，降下帖兒示我，不然大事去矣。軍士請皇甫智，闖入營中，龐涓登時咬定銀牙，睜開怒目，腰邊拔

涓却是三番大敗那齊兵一個也不曾動你道那些殺的什麽人原來孫臏秘授三卷天書八門遁法天甲靈文地甲靈文六甲靈文剪草爲馬撒豆成兵指露爲血龐涓殺的齊兵通是假的真的齊兵莫想傷損一箇有詩爲証

何事貪功三進兵　那知減灶計偏精
總因齊運昌逾魏　故遣神師助戰爭

且說孫臏在營又打發金鎗獨孤陳領兵搦戰許敗不許勝獨孤陳得令全粧披掛領一枝兵擁遊陣前

厲聲高叫龐賊快出來受降魏營哨馬報入中軍龐涓即時備馬結束整齊綽刀在手領兵出營高喝道快送魏太子出來饒汝一死獨孤陳不答應輪鎗飛刺交鋒約莫二十合獨孤陳詐敗龐涓領兵追赶須家二將在營前早瞧見獨孤陳收回把聚神旗手中連展孫臏營中念動真言喝聲退弃了本營又退去二十里之地龐涓趲人馬赶上圍住齊兵儘力亂殺一陣直殺得戰鬪場中腥血湧交兵陣上死尸橫龐涓大快把人馬又價入齊營屯下再把齊營灶頭數

一數越發不多了剛剛剩得三萬龐涓喜不自勝道不消再殺兩陣齊兵都收拾過了原來齊營灶頭雖然漸漸減少一個齊兵也沒有缺孫臏連用幾個縮地法把龐涓看看賺到馬陵道上離不多路孫臏悄悄喚過吳獬馬昇須文龍須文虎四將各領一枝精兵于馬陵道四面埋伏又附耳低言囑付一通四將執令各各披掛停當領兵徑遊馬陵埋伏詩曰

孫子奇謀世莫當　千秋萬古姓名揚
營中忽遣英雄將　野外分將戈甲藏

拂拂陣雲隨騎去　依依旗幟逐軍行
從教刻日成嘉績　不使龐奴任意狂

話說那龐涓心中自忖雖只連勝三番殺死齊兵七萬有餘却不曾救得魏太子回來直待救取太子還朝纔可算得成功正煩惱間軍士報入中軍營前有箇黃衣道人口稱聞知駙馬爺招賢納士特來相謁願投麾下龐涓道既是箇道人打扮决非凡品好好請他進來相見道人聞請步入中軍見了龐涓倒身施禮龐涓遜坐仔細一看那道人

前部先鋒吳獬馬昇休小覷了你且說箇名來龐涓又喝道誰不知我魏國武音君通名怎的快送出魏太子便罷牙迸半個不字教你齊國人馬莫想剩個生還吳獬道要還魏太子不難大戰三合勝得我還你勝不得連你拿來奏對龐涓大惱輪刀劈面飛砍將來吳獬馬昇舉刄相迎這場戰鬪非同小可但見

烟塵起處三騎馬蹀躞散亂花鼓聲轟時六隻
臂縱橫廻雪浪割割刀環聲响能令那山嶽崩
顏湛湛利刄光寒足使這風雲變色輪刀酣鬪

聲聲要奪鼎呂回持刄相加箇箇俱遵孫臏法
渺渺愁雲抑獄湧半空靉靆沉沉殺氣迷漫亘
十里交濃但聞得神鬼驚慌果然是雄爭鏖戰

兩下交鋒足五十餘合吳獬馬昇詐敗回馬龐涓勒馬緊追將近齊營須家二將在營前觀見連把聚神旗展上三展孫臏在營中默念靈文喝聲退弃了前營又退二十餘里之地龐涓帶領人馬赶上砍倒帥旗把齊兵混殺一通乘勢將人馬趲到齊營屯下再把齊營灶頭細數一數數得八萬三千龐涓道在先

有十萬三千五百灶頭斷我兩陣殺死齊兵就減了他二萬三千五百心歡意喜坐在營中思想只待救得魏太子還朝不負我生平所學思忖未已哨馬來報營前又有齊將領兵罵陣旗號上大書齊國大將李牧六字龐涓又結束起來領兵上馬出營門旗開處驟馬臨陣各不通名一場大戰戰勾多時李牧虛愰一鞭詐敗佯輸兜馬便走龐涓輪刀隨勢追來須文龍須文虎在營前把聚神旗連展三次孫臏營內又用縮地之法口誦遁甲靈文喝聲退須臾又退二

十里地面龐涓擁兵追赶砍倒帥旗把齊那人馬混殺一陣這番比前兩次殺得愈加利害只見

東西路上擁人頭　南北街前流血水
折鎗斷箭積成山　破甲殘旗鋪滿地

龐涓連連得勝人馬卽又趲到齊營屯住再將齊營灶頭細數一數前還有八萬三千今番平空又少了三萬二千剛剛剩得五萬一千龐涓大喜道好了連次殺敗齊兵三分中止有一分了看官據龐涓說三番殺敗齊兵減去數萬灶頭實爲大勝依小子說龐

龐涓帶領人馬趕上砍倒旗竿把齊國人馬混殺一陣擁進齊營將齊營灶頭細數一數共數得十萬三千五百龐涓道齊兵果然浩大灶頭也有十萬三千五百不知共有多少人馬遂分付魏營人馬俱趲到齊營屯下軍士來報徐甲到了龐涓說請進來徐甲入中軍相見施禮敘坐龐涓問道先生何來徐甲道龐駙馬一言難盡前日朝廷差我保畢昌太子駕解送羊酒段帛粮草正要到營中享賀駙馬不期途中遇着齊將袁達攔住要路把太子生擒下馬鎖入囚

526

車擒奪了享賀之物我却逃得性命竄回空梁奏聞朝廷主公大怒封一口劍與我敕賜與駙馬如救得太子回朝許駙馬見駕救不得太子回朝着駙馬受劍自盡龐涓見說猛可大驚道有這様事我適纔與齊將交戰不知魏太子中途被擒我即領兵取救太子登時分付御馬牌了大砍刀領兵飛奔出營畢竟不知怎生救得太子回朝毋有什麽說話且聽下回分解

527

528

新鐫全像孫龐鬪志演義

卷之十九

龐涓墮計誅皇甫　張才錯刺出齊營

話說龐涓披掛整齊領兵出營排開陣勢着軍士高叫快送魏太子出來曾王正坐營中哨馬來報魏國龐涓領兵營前罵陣來討魏太子孫臏分付吳獬馬昇你二將領兵迎敵許敗不許勝吳獬馬昇得令登時結束停當領兵擁至陣前龐涓大喝一聲來將何名輒敢出馬二將道吾乃齊王駕下之臣孫王麾下

529

草段帛到營享賀龐涓被我生擒了畢昌鎖下囚車
逃竄了徐甲把粮草段帛羊酒盡奪回營孫臏聞言
喜道生受你三將辛苦各賞段帛魯王在旁暗自道
我只道他望空差人那里去尋粮草原來有這等神
機妙術果是人間罕有孫臏分付軍士把魏太子畢
昌鎖禁後營日給蔬飯不要難爲他一日拿不得龐
涓將他鎖禁一日直待拿了龐涓纔放他回國當下
把羊酒犒賞衆將傳令起營且說徐甲逃回安梁入
朝見主王問徐甲你去享賀龐駙馬回來了太子畢

522

昌怎不同回徐甲叩頭道臣該萬死正行到中途遇
着齊將袁達擋住去路生擒了太子搶奪犒賞粮草
等物臣特逃回見主請旨定奪魏王猛地大驚唬得
魂不附體衆文武奏道啓上我主這都是龐駙馬不
是比如當初領兵去伐齊他到不伐齊指齊挾趙伐
燕反惹刀兵臨城直待納降表進碎塵珠與齊王方
纔息得征戰如今又說領兵伐齊又不去伐齊指齊
伐韓不識何意豈非龐涓自召其禍魏王道就差徐
甲寡人封一口劍與你拿去交付龐涓他若救得太

523

子回朝萬事全休救不得太子回來不必來見寡人
教他自裁來報徐甲領旨登時上馬趲出安梁不題
且說齊國兵馬行到韓城地方離龐涓營約有十里
地面孫臏傳令安營正是

聯車作寨　串木爲城
強兵猛將　蟻聚蜂屯

安下營寨魯王與孫臏坐下中軍孫臏先遣袁達領
兵搦戰許敗不許勝差須文龍須文虎執聚神旗站
立營門首料陣見袁達敗回可把神旗連展三次我

524

在營中就好佈法二將得令執了聚神旗先出營前
伺候袁達頂盔貫甲結束停當手執宣花斧跨下火
龍駒將近魏營擁奔陣前搦戰魏營哨馬報入中軍
龐涓聞報全身披掛手執玉板刀跨下白獅豸領兵
出陣兩家道下姓名勒馬交鋒大戰三十餘合袁達
詐敗兜轉馬就走龐涓在後緊追須文龍須文虎營
前瞧見袁達敗回將聚神旗連展三次孫臏在營中
見了口誦六甲靈文左手伏劍右手捻訣望空拂下
袍袖喝聲退頃刻間離了本營退去二十多里之地

525

袁達李牧。獨孤陳、吳犂、馬昇、須文龍、須文虎。衆將點
齊人馬。隨即起程。

畫鼓轟天響　銅鑼振地鳴
砲聲張號令　旗影颭乾坤
猛劣專征馬　驍雄慣戰兵
鎗刀如雪皎　見者盡消魂

衆軍行到一个曠野之地。孫臏傳令把人馬屯在這
裡差袁達李牧獨孤陳三將。領一枝兵到前面東北
方去。尋些糧草來餉軍。三將得了軍令。領兵出營。竟

518

往東北方走。行有二十里地面。遠遠望見旗旛招展。
金鼓齊鳴。攛出一枝兵來。袁達縱馬上前。大喝一聲。
來將是誰。帶領人馬。將往那里去的。一將當先答應
道。吾乃安梁魏王駕下之臣徐甲。朝廷差我保太子
畢昌。駕送糧草段帛山羊御酒。到龐馰馬營中享賀
的。袁達向後瞧看。喜遷鶯詞。

金戈蜂擁。簇捧着一个少年。沒些驍勇。綉甲拴
袍。纓冠束髮。腰繫錦絲飛鳳。傳是畢昌太子。為
向軍前犒用。兩手執大刀。堪耀似堪驚怵。相

519

從恰是那徐甲。持鎗碎點梨花舞。鐵騎聯鑣離
弧並挽。只怕瀰乘斯動。畫旗忽懸高處。問是誰
家飛鞚。料想不免弃甲曳兵。化成春夢。

袁達道。快把糧草什物。盡數留下。放你過去。畢昌太
子馬上喝道。胡說。朝廷糧草。怎的攔路劫奪。袁達道。
快留下便罷。不然教你兩命盡喪吾手。太子大怒。輪
刀飛斫將來。袁達舉斧相迎。兩个交鋒十數合。袁達
舒過手。抓住太子的獅蠻帶。輕輕將他提過馬來。吽
軍士鎖在囚車裡。徐甲驚慌。只顧自己性命。飛奔迯

520

回。詩曰

犒軍遠道事驅馳　誰意驚逢郎舉師
蜂擁戈矛袁達至　狠奔郊野畢昌悲
三軍笑破俘囚口　一將飛奔敗北蹄
遮莫魏齊成世態　總因孫子仗謀欺

李牧獨孤陳把魏國人馬殺散。分付衆軍將段帛糧
草羊酒盡數搶奪了。三將收兵回營。參見齊王與孫
軍師。袁達道。遵軍師令。領兵往東南方行有二十里
之地。遇着安梁魏太子畢昌。徐甲保駕。押送羊酒糧

521

解其中字意遂遞與衆文武看問道這四句藏頭詩
怎麽解衆文武通解不來卜子夏接過手一讀便奏
道啓上我主若依這个柬帖如見孫臏一般果然四
句藏頭詩包藏着孫臏不死尚在齊國八字若依這
一首詩孫臏果不眞死隱在本國齊王不信道豈有
此理寡人親去送入殮的怎說个不死卜子夏道那
死的或者又是个假的主公其時亦難識認齊王道
卿是當初魯王與孫龐同到韓邦孫臏留下柬帖之
時魯王必然目擊差近臣快宣魯王來少頃魯王宣

514

到齊王問道御弟先年伐魏回來與孫臏同到韓邦
孫臏留下个柬帖與韓王御弟曾看見麽魯王回答
不及道臣曾見來孫臏留柬之時曾對韓王說有難
纔可開看內中說話臣一些也不知齊王道那柬帖
上寫着四句藏頭詩包藏着孫臏不死尚在齊國八
个字如今在與不在御弟必然知道魯王道臣又不
諳陰陽生死之事怎地得知我王要訪孫臏消息待
臣到南平府去密探于孫夫人存亾便知齊王說御
弟可速去一訪就來回覆寡人魯王道還有一說乞

515

我王與臣一道獨角赦帶在身邊此去訪得孫臏實
死纔赦覆旨不必說了如訪得不死孫臏有誑君之
罪有赦在先就好同來見駕齊王道得他果在莫說
一次就有屢犯之罪寡人亦盡赦之齊王即喚近侍
取過文房四寶御筆親寫一道赦書溫旨付與魯王
魯王辭駕竟入南平府孫臏整頓衣冠出迎魯王領
旨入府口稱孫先生接旨孫臏命排香案開讀已畢
望闕謝恩再與魯王見禮孫臏道殿下臣若在龐涓
一世不敢領兵出來以此特掩過本命星埋名詐死

516

賺他出來傳令三軍不可透露消息龐涓若知臣在
他必迯竄回去這次便設香餌絲綸莫想釣他出來
了魯王說孤知道了隨與孫臏離府入朝拜見齊王
王大驚訝道孫軍師你已死了三年怎麽今日又得
重生孫臏道臣該萬死臣與龐涓有刖足之仇龐涓
若知道臣在世永不興兵出來故此掩星詐死賺他
出兵臣如今領兵救韓不要扯臣旗號只扯魯王與
袁達的旗號臣隱在營中暗地調兵自有處置齊王
准奏打發袁付尚先回覆主魯王與孫臏出朝帶了

517

于外出去悄悄喚袁達進來見我有要緊說話分付他夫人應諾出來着家僮喚袁達說夫人有話分付不多時袁達進見夫人竝引他到後園房裡來見孫臏袁達叩頭道師父奉命歸隱三年不敢漏洩今日幸喜拜見師父孫臏道我三年災晦已滿你可悄地去請魯王殿下來相見我有話說恐防走漏消息敎他不要擺駕只你跟隨來罷袁達領命逕到魯王府中叅見魯王道師父災滿特着臣來請殿下相見師父說未可走漏消息不須擺駕臣卽隨去魯王卽時

510

鞴馬起身袁達隨駕來到南平府家童入報袁達跟着魯王竝至後園與孫臏相見魯王道不覩仙顏已經三載今得聚首不勝忻幸孫臏道臣因三載之災爲此魘鎭之法今災已脫延敢請見望殿下情宥臣昨夜仰觀天象龐涓那厮已起兵指齊伐韓臣向日曾有一柬帖奉與韓王敎他臨難開拆他如今一定差官就將柬帖封來到我齊國借兵朝廷必然宣殿下問臣消息殿下只推不知朝廷十分要殿下[illegible]可乞一道獨角赦如孫臏果死繳赦覆旨如在[illegible]其

511

虛誑之罪絶好同來面君那時臣就好與殿下出師臣要報刖足之仇也容易了魯王道孤已知道只待韓國有使來借兵朝廷宣問先生踪跡時孤自有理會說話中間擺出筵席兩人淺斟低勸敘間潤情悰談今朝事跡暢飲一通而散袁達依舊隨駕送魯王囘府詩曰

話盡睽違三載心　君臣相得酒頻斟
明朝喜有吾王赦　坐待金雞此地臨

且說張肖簡行進臨淄城入朝叅見齊王王問那國

512

差來使臣張肖簡道臣是韓國敎坊司樂官張肖簡主命差來當年魯王殿下與孫軍師伐魏班師回來特到韓邦孫軍師有一个柬帖留與韓主分付說遇急難之時方許開看今有魏國龐涓領兵十萬指齊伐韓本國出兵不利韓主因開柬帖看時上寫着四句藏頭詩細詳其意南平王尚在不死況承大王當日有旨分付不論龐涓領兵征伐那國各邦都要同去戮力相助一則寡君差臣求大王借兵解難二則探聽軍師果在不在齊王討柬帖上去看了一遍不

513

有蒼天姤回首成虛
(叨叨令) 因此上出危城乘着天初曙上浮橋扶
着親爺渡滿衣衫盡塵汚住椋雲鬓没个梳兒
與忽聽得呼喿聲也麽歌忽聽得吆喝聲也麽
歌早巳是到轅門那戈戟如鱗布
(笑和尚) 謊謊謊謊得人魂斷無驚驚驚驚殺我
心搥鹿愁愁愁愁殺人怕做了無頭虜榛榛榛
榛歸黃土幸幸幸幸伶吾喜喜喜喜唱出這段
傷情曲 駙馬呵

506

(鮑老兒) 但願伊征戰功成大丈夫絶好將名標
天府看千秋萬古餘如碑口傳芳譽休道我怯
怯嬌嬌停停梟梟喋喋嚅嚅還勸你觴浮琥珀
釰韜萍綠席敞氍毹
(煞尾) 請看那氷輪兒剛沉到西早東山上彩烏
覷着這如水的韶光眞可懼堪憐我凄凉何地
覓歡娛拚做个飄花逐水燕分離
龐涓聽罷唱采不巳欲留蕎奴在營侑酒恐魏王知
道不當穩便問張肖鬧道你如今同女兒果要投何

507

處去張肖鬧道實回安梁龐涓道我賞你路費盤纏
五十兩你可好好帶女兒回到安梁待我征了各國
得勝回朝之日可把蕎奴送到我府中來那時教你
授个官職張肖鬧道多謝駙馬爺待班師回日就把
女兒送到府中便叫蕎奴磕頭謝了張肖鬧帶衆女
樂出營心內自喜龐賊巳中吾計遂趁月明之下一
齊遁行天曉尋了个相識人家把女樂人都安頓了
飛騎徑到齊邦詩曰

飄然巳出虎狼群　旋把花藏別院深
單騎飛奔齊國去　始知紅粉値千金

508

且說孫臏埋名詐死在府中後園側首一間房裡內
明外暗深幽樓閣內設琴書香篆隱几蒲團逐日在
內起居逍遙樂道兩扇門兒早晚緊緊關鎖鑰匙不
托與人自巳收管飲食之類止有夫人蘇氏與一隨
身使婢隨時送奉來時輕輕把門叩三下裡面遞出
鑰匙進去出來依舊鎖好不令一个外人知覺整齊
三个年頭杜門不出一日夫人與使婢送茶飯與孫
臏孫臏說夫人我三年的灾晦巳退了且不要聲揚

509

張肖蔺領旨出朝等到二更時分帶了幾个女樂唱
付停當連夜趲出韓城行到魏營門首一干夜巡軍
士赶近前來大喝一聲把張肖蔺併幾个女樂適拿
住了隨即送進營去龎涓正在中軍帳內秉燭觀看
兵書見夜巡軍士把一干男婦捉到問道你這干什
麼樣人當夜偷過營前往那里去張肖蔺道駙馬爺
小人是教坊司張肖蔺原是安梁魏國人氏向因齊
兵臨城帶衆女樂到韓國躲難如今駙馬爺天兵伐
韓倘若城陷不能全生故此乘夜率衆女樂復回安

502

梁不期冒犯虎威望乞饒命龎涓道我且問你這干
女樂有會唱的麼張肖蔺指着一个道駙馬爺這个
是我親生女兒名喚蒨奴唱得絕好龎涓歡喜道我
軍中寂寞正少个消遣的人見你女兒既唱得好喚
他過來張蒨奴走近前龎涓仔細一瞧儘有十分丰
韵秦樓月詞
顏如玉腰肢常把輕綃束輕綃束嬌能妙舞善
歌新曲　妖嬈萬種描難足合安深貯黄金屋
黄金屋可人最是異香芬郁

503

龎涓問道張蒨奴你父親說你會唱可唱得麼蒨奴
道奴家略曉一二龎涓道有什麼新打的曲兒唱个
我聽蒨奴道奴家向日避難韓城偶撰得一套曉行
避難的曲子不若就唱與駙馬爺聽只恐俚鄙之詞
有汚尊耳龎涓道休得太謙就唱他罷蒨奴整頓珠
喉逗開檀口不慌不忙唱道
〔正宮端正好〕趂良宵離闈戶改宮粧扮作村妹
思量欲奔出羊腸路急煎煎怎趲金蓮步
〔滚綉毬〕那顧得夜行時愁沾露剪霜風避無安

504

處望都城兵馬喧呼只見那鎖愁雲迷冷霧没
定止孤单逆旅乳紛紛兩淚拋珠好教我長辭
金屋貯輕別囊琴架上書不由人感歎嗟吁
〔呆骨都〕到如今無可奈天涯去向天涯有馬無
與空教人斷樓頭殘夢五更鐘空教人悵花間
離愁三月雨誰惜俺多嬌女自伴着衰年父鎮
一味對雲山愁殺人恰便是拆林巢窮鳥苦
〔伴讀書〕再休題當年趣雪庭中裁詩絮女伴兒
水綠城南嬉遊聚擲金錢鬭草還歌舞一時似

505

暗藏着四字尚問吾媳產嬰孩是個孫字在路賓朋滿月來是箇臏字齊至舉盃無器皿是箇不字國朝一夕七王猜是個死字藏着孫臏不死四箇字看每句頭上一字尚在齊國這是四明四暗藏頭之詩也韓王道若得孫臏先生果在寡人復何憂焉宜張奢過來問道你當初在齊邦吊孝齊王有甚說話張奢道齊王沒甚話說只分付今後若龐涓領兵伐秦各邦都要助秦伐楚都要助楚伐燕都要助燕伐韓都要助韓伐趙都要助趙伐齊都要去助齊韓王道怎

得個能幹的官拿了這東帖星夜去到齊邦問齊王借兵解難兼訪孫臏先生消息遂問駕前有什麼官肯到齊國去走一遭兩班文武通做了啞靶沒一個回答連問數聲又不見答應韓王正煩惱間閃過一個老得沒樣範的官兒上前答應道臣願到齊邦借兵救應順便探訪孫軍師消息畢竟不知那官是誰後來去也不去且聽下回分解

新鐫全像孫龐鬬志演義

卷之十八

張蕎奴風月賺　魏太子虎狼囚

你說那官兒是誰乃教坊司樂官張肖蕳年紀將有七十歲到也作事精細語言伶俐他見韓王問了幾聲兩班文武沒个答應遂自上前應聲道臣願去韓王道你年紀老大只怕去不得張肖蕳道我主放心古云老當益壯實取不悞大事韓王道你既去得好生收藏東帖往龐涓營前經過須要謹慎速去速來

近。龐涓傳令人馬，儹入韓邦。先伐韓，後伐齊。三軍得令。望韓進發。正行間，馬哨來報。前面將近韓城。兵馬不能前進。龐涓道。不必進前。就此安營。

左按青龍　右白虎　前排朱雀　後玄武
寄排刀劍虎頭牌　簇列長矛併巨斧

不說龐涓屯下人馬。且說韓昭王正坐。各門頭目飛報入朝。魏國龐涓領兵十萬。征伐我國。扎營城下。勢甚猖獗。韓王大驚道。寡人常想沒了孫臏軍師。龐涓一定要起兵攻伐各國。不想到先來伐我韓邦。如何

494

是好。即命張奢領兵出城迎敵。張奢領旨。隨即出朝披掛，你看

鳳翅盔　甲攢龜背　祿花袍　帶束藍田
偃月刀　硃纓滾火　追風馬　玉勒生烟

張奢領兵出城搦戰。魏營哨馬報入中軍，龐涓登時備馬，披掛整齊。

金冠銀甲絳紅袍　玉帶玲瓏束虎腰
馬跨錦鞍銀獬豸　手擎龍靶茜纓刀

領軍擁逩陣前。門旗開處。二將出馬，各不通名道姓。

495

一場大戰。約莫三十餘合。殺得張奢大敗。殺去韓國數萬人馬。人頭堆垛。血湧成河。龐涓得勝回營不在話下。且說張奢大敗逃竄，進城入朝見主。王問勝敗何如。張奢道。龐涓驍勇無敵。臣力不勝。折下數萬之衆。只得戴罪回朝。韓昭王愁眉緊鎖道。不要怪你。本國將寡兵微。料來不能取勝。這事怎解。沈吟半响。兜上心來道。正是。寡人記得孫臏先生當年到我國來。留一柬帖與我。分付有難之時。教我打開來看。如今兵馬臨城。無人退敵。正是難了。且取柬帖開來瞧一

496

瞧看。隨令內侍向玉匣中取出柬帖。拆開看時。上寫着四句

尚聞吾媳產嬰孩　在路賓朋滿月來
齊至舉盃無器皿　同朝一夕七王猜

韓王問張奢這詩句怎麼猜。張奢不解。韓王又問兩班文武。有誰博覽古今。解得這四句說話。當有文臣顏仲子上前。把柬帖一看。奏道。啓上我主。若依這柬帖上分明是四句藏頭詩。看來孫臏先生還不曾死。隱在齊邦。韓王驚訝道。藏頭詩怎麼解。顏仲子道。他

497

文武百官送孫臏棺木落了塋。塋之以禮，祭之以禮，各各散回府去。六國使臣來見齊王，辭回本國。齊王打發魏國朱亥先回，再對五國使臣道：那朱亥是魏國的人，因此先打發他回國，留汝等在此，要酌議一句說話，恐走露消息。孫先生死後，龐涓必定要起兵征戰。今後倘若龐涓領兵伐秦，各邦通要去助秦；伐楚，都要去助楚；伐趙，都要去助趙；伐韓，都要去助韓；伐齊，都要來助齊。同心戮力，不可輿信。衆臣齊應說是。齊王一面分付各臣回國，多多拜上本主，說寡人

490

不日差官前來致謝。一面傳旨光祿司，排宴于別殿，與諸臣餞飲。白起、黃歇、廉頗、孫操、張奢一班聊飲幾杯，拜別齊王，上馬披鞍，各分去路。詩曰：

致賻剛完禮有嘉　　預令朱亥返輕車
旋開別讌觴群使　　復命歸岐約六家
有難必須來共拯　　無仇何憚不相遮
金亭一餞俱歸去　　旌旆悠悠馬踐沙

話表朱亥回到宜梁，入朝見駕。魏王問朱亥：孫臏果然死了？朱亥道：孫臏果死，臣在齊邦，與各國使臣眼

491

同送殯落塋完備，各邦使臣纔散。魏王喜不自勝，道：死了這賊，我國纔得太平。龐涓見說萬千之喜，道：孫臏，孫臏，你有許多神機妙算，如今也死在我眼裏。原來龐涓最多心術，還不信孫臏真死，寄寄不住差人入齊探聽，一個回來，一個又去，絡繹不絕。撚過一年光景，怎見得光陰倏快？

眼見春花灼灼，又逢夏日炎炎，東籬黃菊艷秋天，頃刻紛紛雪片。真覺韶華過客，莫教虛度流年。暫時快樂暫時閒，毋待白頭增嘆。

492

幾句說話，倏忽三年光景。龐涓差人往來打探，絕無一些消息，暗自歡喜道：這賊三年不見形影，果死是真，再無他慮。一日魏王設朝，龐涓俯伏駕前奏道：臣啓我主，當初孫臏在日，我主把辟沉珠進與齊王。今孫臏已死三年，臣欲領兵伐齊，復討辟塵珠，乘時進取，平定了六國，使我主統一天下，臣之志也。請旨裁奪。魏王大悅，允奏。龐涓領旨辭朝，點齊十萬兵馬，隨即登程。行到三岔路，馬哨來報：一條路通齊，一條路通韓。龐涓問：去齊邦近，去韓邦近？馬哨答應：去韓邦

493

神位靈鑒。先哀建詩云。
追思昔日遇君侯　傾盡垂青破格留
幾載同心謀國事　片時分首瘞荒丘
不禁痛哭西風滌　其奈悲歌濟水秋
空把寶刀頻按取　無從再睹整兜鍪
李牧獨孤陳輓詩云。
猶記交鋒氣吐鯨　畏師神策重師名
甘心麾下隨鞭鐙　協力軍前破壁營
駭睹將星摧碧落　驚聞凶訃遍南平

486

教人哭望靈寃至　永鎮齊邦各國尊
吳獅馬昇輓詩云。
痛極還將寶劍看　當年于泉據蛇盤
若非拔幟來蓮帳　安得標名著重官
兩意正期擊猛獸　一靈何事駕飛鸞
可堪稽首轅門下　斷盡肝腸兩淚彈
各祭奠完畢。齊王分付且留六國使臣金亭館驛住下。待來日孫先生出殯。纔可各回本國。衆臣領命齊王起駕回朝。次日五鼓。文武臨朝隨駕。一槩都是素

487

衣縞服到南平府。趲趲起身。但見
玉兔沉光。金雞報曙。零零湛湛。露珠細洒長林。叠叠層層。霞彩漸臨廣殿。隱隱傳呼。聲噪始知御駕初排。森森文武。行齊盡是素袍。相候鳴鑣按轡。片時已到古南平。化紙起棺。今上先歸新即。墨扶柩則哀聲雲天。箇箇淚流紅杜宇。引輿則歌揚薤露。紛紛衣類白芙蓉。擊磬鳴鐃。釋子朗吟梵語。吹簫弄管。道流齊闡玄机。飄飄颯颯。颺空中靈幡兩首。奇奇怪怪。走街前神馬千般。

488

捲珠簾。排香案。神影端居三鳳輦。書姓字。列宮階。鉾旌高竪大龍亭。街東畔文官祭列珍饈。街西畔武將哀傾涕淚。忽傳道恩排御祭。猛聞得香噴沉檀。列着熊掌猩唇。設着金樽玉盌。粉捻成咆哮獅象。糖澆就狎獵鸞凰。看殯的叫采連聲。猶恨止生雙隻眼。送殯的塡衢並軌。都誇彼是一朝臣將。出西郊曠野荒原。動念已歸黃土。淒風苦雨銷寃。正是人人都有無常路。慘切淒凉痛殺人。

489

輓詩一首惟神鑒之。

楚國君臣慕大賢　欲求輔弼恨無緣
名聞海宇猶山重　神遁乾坤不世傳
詎料霜風凋玉樹　却將遁甲秘黃泉
一從神位歸天後　不見龍爭虎鬭年

黃慟奠畢。趙國廉頗拈香拜奠曰稱孫先生吾趙國廉頗指望先生與孩兒報臏斬之仇。不意先生早昇天界。寔廉頗之不幸也。今奉趙王旨意差來奉輓詩祭奠先生靈位尚饗。

燕國生賢士　齊邦得鉅臣
結交逢逆賊　刖足遇奸人
積怨長謀戰　成仇永不親
六邦齊沒福　英俊早爲神

廉頗弔畢。韓國張奢拈香拜奠曰稱孫先生。吾是韓國張奢奉命差來祭奠。指望先生替韓主娘娘報仇。孰意早昇仙界。奉獻輓詩一首于先生靈右伏惟神鑒。

午夜長星墜　賢人値此災

韓國魏陽死　齊邦孫臏埋
干戈何日定　雲霧幾時開
誰解生民厄　淸平得遂懷

張奢奠畢。燕邦孫操近前慟哭。焚香酹酒曰稱三郎孫臏。汝生顯與死必爲神。吾是汝親父孫操奉燕王命差來祭奠。有輓詩一首于靈座。尚享。

父子睽違已數年　詎知天意喪英賢
齊邦失却干城將　燕國分離父母緣
父苦親兒兒壽夭　母悲愛子子身捐

曉鐘涼月思兒處　不見親兒涕淚漣

孫操奠畢。魏國朱亥拈香拜奠曰稱孫先生吾魏國朱亥奉命差來輓詩呈奠。

神通天地産英賢　何事先生壽不全
狡倖奸邪常在世　忠誠正直喪黃泉
齊邦失却擎天柱　列國難留魯仲連
我亦幸叨知己輩　惟將束帛獻靈前

六國使臣祭奠已畢。袁達李牧獨孤陳吳解馬昇。曰稱軍師我等庸莽得感軍師大恩各奉輓詩一首。

師喪柩前擺下祭奠之物齊王分付各國使臣待寡
人先行奠禮然後六國次敘進吊六國使臣領命侍
立兩廂齊王行奠命須文龍宣讀祭文
維
大周顯王念有九年秋八月朔越三日齊威王謹
以少牢之禮致奠于南平郡王孫伯齡先生之
靈曰嗚呼先生解推恩布率作兼禹揆之勤吐
握思深承庸恭舜舞之重高名久垂于宇宙鴻
烈尤振于乾坤明識龜毛博窮雞距蓋祥鍾燕

478

域當時擅人燕之名而獨往齊都幾載若擎天
之績是以國雞走狗人民樂業而安居掠地攻
城軍士感恩而效死孤小敵國流離之嘆亦聞
強悍隣邦搆怨之師遠遁談行兵于帷幄神鬼
震驚展妙法于疆埸風雲變色披丹交友翻遵
世路摧殘操術保身不愧人稱明哲誠功業將
夔龍之選而才華盡元凱之儔者也孰意運帳
正開泉臺忽掩將謀樂備已惭識辨雅魚欲道
張威更愧拔篋羽箭寡人于此老懷倦而殞涕

479

顧隻影而傷心矣謹率六國之臣肅庀樽壘潔
羞蘋藻首同觴願言瞻靈爽于壇間咱止生
芻敢謂酬忠勤于天上倘垂俯鑒特惠神依載
慕音容可勝悽惋嗚呼尚饗
齊王奠畢魯王田忌上前進酒三爵淚落兩行贈輓
詩一首云
掛印三年國免憂　仗卿謀畧壓王侯
金門峻嶮蛟螭畏　玉殿崢嶸虎豹愁
架海金梁何處隱　擎天玉柱等閒休

480

何從再見名賢出　永佑江山到白頭
齊王祭奠已畢閃過秦國白起上前拈香祭奠口稱
孫先生輓詩一首伏惟神鑒
結義投師已數年　為因失義起烽烟
齊邦戰鬪皆因汝　魏國爭持只恨涓
戰馬咿寃埋野地　征人含怨喪黃泉
休兵歛甲今朝始　各保江山過幾年
白起奠畢楚國黃歇近前拈香以酒酹地口稱孫先
生吾是楚國春申君黃歇奉命差來祭奠先生靈位

481

了打發須文龍回訖秦王問兩班文武齊王差官來報孫臏訃信要我國差官入齊吊孝去好不去好武安君白起奏道啓上我主若論正理不[illegible]無害于事若論通其和好我國去吊一吊亦可就[illegible]孫臏真假消息秦王准奏問說差誰去好白起[illegible]必差誰就是臣去秦王分付早去早回白起領旨[illegible]自入齊再說須文虎來到魏國宜梁城入朝奏魏王道齊國使臣須文虎奉主命差來因孫臏軍師感患瘋疾不幸身故特來報訃孫軍師存日收九曜山屛靈洞

野龍袁達曾替七國分憂如今望乞差官與軍師吊孝魏王說知道了打發了須文虎起身暗自道齊王好沒來由孫臏那厮既死就罷怎要孤差官去吊論起來本該不去莫若借此爲由打聽一個真假只是駕前無人就差朱亥賫賻禮前往齊邦囑付體訪真假消息速回覆命朱亥領旨即日登程那龐涓聞孫臏訃音密地差心腹人先到齊邦打探且說秦國武安君白起來到臨淄城向金亭驛中住下待各國使臣到齊一同朝見齊王何日間楚國黃協燕國孫操

韓國張奢趙國廉頗魏國朱亥秦楚燕韓趙魏六國使臣陸續俱到一齊入朝參見齊王齊王道六國使臣孫軍師在日也曾爲你各國分憂今不幸身故寡人帶領汝等同到南平府吊孝分付擺駕但見

寶輦出城闉　旌旆耀日彬
鼓吹廻急雪　車馬蹴香塵
士卒擐銀甲　君王坐練茵
南平遙在目　渤海暫離身
爲吊三齊杰　因偕六國臣

凄清横玉笳　哀感響金錞
爲以沉檀爇　臺將絳蠟陳
禮儀皆素錦　祭品盡奇珍
處處停歌酒　人人悉怨犂
似山摧泰嶽　如子失慈親
生作登壇帥　亡爲鎮國神
口碑應滿道　千載事常新

六國使臣隨駕到南平府當有袁達李牧獨孤陳吳窮馬昇率領衆將遠遠迎接齊王入府着近侍丁單

新鐫全像孫龐鬪志演義

卷之十七

南平王埋名詐死　顔仲子覩東萊詩

話表太醫官奉齊王旨到南平府看治孫臏病症治有月餘這些金石草木之藥件件用到如石沈水愈加沉重總有九轉還丹再無回生機括那太醫展盡岐黃妙術看了這個光景料不能痊可只得覆旨齊王聽了這個消息十分煩悶不提看看將有一月孫臏與袁達附耳低言囑付幾句遂用個紙人口內放

471

生米七七四十九粒念動天甲靈文地甲靈文六甲靈文明聲變那紙人即變作孫臏一般死于府中停在前廳滿門慟哭袁達飛騎入朝奏聞齊王道孫軍師服藥不効昨夜二更身故了齊王聞奏着實一驚止不住兩眼迸淚道果然死了非干軍師壽夭多是我齊國君臣百姓無福分付衆文武官休散寡人今日親幸南平府吊孫軍師衆卿試隨駕者衆官領旨不移時齊王駕到南平府袁達帶領衆將出來遠遠迎接齊王入府見了孫臏尸首苦態萬狀衆文武亦

472

悲悼不已齊王傳旨將孫軍師香湯沐浴衣衾棺槨用王侯禮殯之就把棺木停在中廳齊王慟哭着近侍焚香點燭先自拜吊一番起駕回朝即差須文龍須文虎一干傳報各邦說孫軍師在日也曾替各國分憂今不幸身故各國俱要差官吊孝六員使臣領旨各奔一邦星夜前進却說須文龍來到秦邦入朝奏聞秦孝公道齊國使臣須文龍奉主命差來因孫軍師得病身故軍師在日也曾為各國分憂今特報訃乞大王差官入齊與軍師吊孝秦王說寡人知道

473

門中韓王命近侍設錦墩賜坐孫臏道向日蒙娘娘
在魏賜臣粮草今班師回齊特來叩謝韓昭王見說
遂嘆幾口氣滿眼弔下淚來孫臏問道我王爲何鬱
然傷感韓王拭淚道孫軍師寡人的正宮即魏陽公
主與魏王有至親之分先前魏國來借兵寡人只欲
打發張奢領兵入魏不料正宮爲兄妹情分苦要親
自提兵去到魏國反受龐涓那廝一塲嘔氣回來不
久身亾過了孫臏旹王傷感不已道我等輕謁上國
特爲拜謝娘娘賜粮草之恩不意早又遐升何勝悲

悼韓王分付擺宴不移時擺列齊整韓王陪旹王孟
嘗君孫臏暢飲一番當下筵散孫臏起身袖中取出
一紙柬帖當衆遞與韓王道這柬帖我主可收藏好
等閒不可打開遇有急難之時纔可開看韓王接了
道多謝軍師救護三人遂辭韓王韓王備下送行禮
物直送到西華門首田忌田文孫臏拜辭上馬有詩
爲証

應召旋師路入韓　不堪惆悵便回鑾
生憎貪佞盈朝宁　料得歸時詐掩棺

三人行出三岔路口袁達李牧獨孤陳帶領衆將出
營迎接迎至營中衆將叅見畢即傳令起軍回朝曉
行夜住不多日進臨淄城把錢粮上倉鎗刀歸庫軍
隊回營同入朝朝見齊王齊王大喜道孫軍師生受
你爲國費心若非軍師大力怎得魏國進奉降表辟
塵之珠孫臏道皆頼我王洪福三位殿下虎威于臣
何功之有齊王重賜南平王金帛御酒其餘衆將論
功陞賞各各謝恩出朝孫臏回到南平府日往月來
光陰迅速一晚在後園觀本命星象猛可大吃一驚

有三年不利須要埋名詐死魘鎮方得安寧無事過
數日遂用八門遁法六甲靈文假粧得病危篤差袁
達入朝奏聞齊王道孫軍師自從收兵回來染成瘋
疾半身癱瘓久臥不起危在瞬息特來奏主得知齊
王道軍師既染病日久怎不早奏寡人着太醫官急
去看治速來回覆袁達辭主出朝御醫奉旨即同入
南平府去畢竟不知御醫看出孫臏甚病怎生回旨
且聽下回分解

下次日早朝徐甲入朝進見齊王。問道。那國使臣。到此何幹。徐甲道。魏臣徐甲奉魏主命。進上降表與辟塵珠。齊王大喜。喚近侍一一收下。再取辟塵珠上去。仔細一看。道。寡人慕想多時。今日纔得到手。問過太師鄒忌。奏道。啓上我主。今魏國既遣使進辟塵珠。又納降表。通其和好。我主該發一道旨意到安梁。取了孫臏兵回。一則兩國諧和。二免傷殘百姓。齊王准奏。一面即差金[illegible]官旨到安梁取孫臏回兵。一面賜徐甲蜀錦彩段。徐甲辭謝齊王出朝。逕回安梁覆旨。

462

詩曰

貴國從來出世勳　佗降因得致殷勤
但期私橐于金溢　那念公家百代憔
儞匐登辟希合旨　奏章獨上乞回軍
愿知貽笑魏邦去　臣不臣兮君不君

話說金牌官賫旨不一日來到安梁。向齊營門前下馬。旗牌報入中軍。魯王孟嘗君孫臏。一齊出營接旨。擺下香案開讀道。

詔曰。念孤涼德。借卿重謨。故興伐魏之師。不憚

463

褁糧于境外。原屬全齊之舉。寧甘聽命于朝中。然而兵戈雲擾。未免嗟籌畫之艱難。勝敗絲分。奚若輟韜鈐之展用。設連兵不息。挾纊者轉為掉臂之徒。倘黷武無休。搴旗者反作破戕之狀。玆尔兵馬大元帥南平郡王孫臏。勤勞已久。功績良多。固當形繪于金臺。流芳萬禩。豈止名標于銅柱。譽滿千秋。孤今業與魏和。卿亦當歸齊境。毋在他鄉而留滯。謹賫斯詔以來迎。卿其星馳虎旅。孤當塵辟龍營。欽哉無忽。

464

開讀已畢。孫臏分付衆軍。打起回軍旗號。接[illegible]回去。一聲令下。山崩相似。軍馬滔滔回轉。行至三岔路。一條路逕至齊邦。一條路通着韓國。孫臏對二王道。且安營在此。令袁達李牧獨孤陳守着營寨。臣同二位殿下往韓邦走一遭。當日承魏陽公主贈我們許多根草。順路謝他一謝。魯王道。說得有理。取個順便。三人各乘騎馬。帶十數名軍士。進了韓城。朝前下馬。韓王正升殿。黃門入奏。齊國魯王孟嘗君孫臏軍師朝前候旨。韓王忙擺鑾駕。出朝迎接。迎至金鑾殿各見

465

教我怎好入朝見主。一夜煩惱莫提。次早龐涓入朝啓奏道臣該萬死。家下魘鎮之物。併一卷七箭定唆書。昨夜不知被誰潛入後園放火。通燒燬了。魏王聞言大惱。摩拳擦掌頓劍搖環發狠道這廝不堪大用。豈是棟梁之器。逐日胡言哄奏寡人。如今連書通說沒了。言未畢各門頭目報入朝來。齊兵攻城勢甚洶湧。魏王對龐涓道如今怎麼說。龐涓道不干臣事。這刀兵又不是臣惹來的。都是主公自召其禍。怎盡推在臣的身上。魏王道怎是我惹來的刀兵。龐涓道主

公當初在齊時節。許了齊王辟塵珠不與潛回。今日兵端實繇茲召。如今主公要刀兵寧靜。甚是不難。可修一通降表。將辟塵珠進與齊王。他自然取兵回去。我國立見太平。魏王被龐涓一片飾辭沒了主意。只得允奏。卽時修下降表。取辟塵珠用金盒盛了。差徐甲賫送入齊。徐甲領旨出朝。龐涓密地着家將何茂才邀徐甲到府。分付道徐先生順便替我帶千兩黃金去買囑鄒太師。教他在齊王駕前善用一言取回孫臏人馬。徐甲領命。遂自去齊。那孫臏在營中掐指

尋文。對魯王道殿下魏王差官進辟塵珠到我齊邦。龐涓將黃金千兩買囑鄒太師。要他入見主公取我兵回。魯王道既然如此。各門着人嚴守。但有人出城就教拿住。不許放去便了。孫臏道這使不得。若進奉別國拿住不妨。進奉我國。拿住他時朝廷知道。其罪非小。魯王依言不提。且說徐甲賫出大梁城。高叫齊兵讓路。魏王差我入齊進奉。衆軍士見說進奉齊邦。並不阻擋。讓一條路竟放徐甲去了。旬日之間。徐甲賫進臨淄城。先到鄒太師府門首下馬。求見鄒太師。

鄒太師聞外國使臣求見。忙請進施禮。兩人坐下。太師問道先生何來。徐甲道某乃魏臣徐甲。主命差進特進辟塵珠併降表與齊主。外龐駙馬有黃金千兩送與太師。鄒太師見黃金千兩。滿面堆下笑道駙馬厚貺。受之不恭。徐甲道龐駙馬要求太師于齊主駕前委婉善用一言。取孫臏兵回。足徵雅愛。太師道駙馬分付。敢不從命。厚禮權領。只是先生明日進見齊王。不可說先生見我。待我從旁幾句說話。彼兵必取回矣。徐甲滿口稱謝。遂別太師出府。向金亭驛中歇

涓家裡他三更時分總然作法多在後花園中家廟堂左右尋着他魘鎮的所在有一个草人似我一樣長大七竅下點着七盞燈只有兩眼下兩盞是吹滅的桌上有一卷書一張桃木弓還有五枝桃木箭可總收拾一處把草人眼内兩枝箭輕輕取了出來將兩眼下兩盞燈從新點明再放一把火把草人弓箭并書通與我燒燬了回來重重賞賜馮驩領孫臏言語向晚帶了火草徑到營外荒郊地上鋪一領斜蓆坐下口中念詞一手捻訣一手招風不多時起在半

454

空之中四下一瞧看見龐涓花園墜雲而下往庭尋看果見家廟堂邊擺着香案供養个草人那草人身上點着七盞燈五盞點着的兩盞吹滅的桌上擺着一卷書一張桃木弓五枝桃木箭擺列幾品祭物馮驩先把祭物盡數吃了再取出草人眼内兩枝箭仍復點好燈把那卷書併弓箭草人收拾一處點着火不消一刻燒得無影無踪只見孫臏在營裡將地叫聲好了兩目依先明亮視物如初了魯王與孟嘗君近前將燈一照孫臏兩眼果與往常一樣衆皆大喜

455

清平樂詞

消除障瞖盼睞清無際依舊秋毫能察矣從此
龐涓折意　霎時電瞬光寒陰氛多少消殘遮
莫君臣稱慶賴他談鋏馮驩

說那馮驩在龐涓花園內燒了魘鎮之物依舊駕道蓆雲回到齊營門首徑入中軍來見二王孫臏喜逐顏開道生受你救我一命將什麼報你活命之恩孟嘗君笑道先生說那里話自古道養軍千日用在一朝是我門下的客應該報効朝廷先生怎說个報恩

456

兩字孫臏就將齊王賞來的金銀段帛山羊御酒賞賜馮驩馮驩連夜拜謝而去詩曰

昔嘆歸來食少魚　兹將金帛載回車
男兒但願多材藝　何憚王侯不重予

且說龐涓至三更時來到后花園中打點作法猛地不見了草人桌上秘書弓箭連祭物通沒有了龐涓十分驚訝滿地尋着止見一堆灰在地上龐涓魂飛天外魄散九霄道古怪花園中誰人進得來前後門俱是封鎖好的什麼人把這些物件通燒燬了明日

457

田文。魯王連忙出營迎接。迎至營中。施禮敘坐。孟嘗君道。朝廷差我賫山羊御酒。到營亭賀。魯王嘆口氣道。不幸國家無福。孫軍師中了龐涓魘鎮。猛可損了雙目。死在旦夕。無法可救。孟嘗君吃驚道。怎地好。我試站他面前。看他認得我麼。孟嘗君悄地走向孫臏跟前。魯王道。孫先生面前站的是誰。孫臏叫苦道。兩目俱不見了。怎地還認得人。知道那个在我跟前。孟嘗君說。孫先生。朝廷差我賫山羊御酒。來慶賀先生。孫臏道。你是那个孟嘗君。道。我是孟嘗君田文。孫臏

450

道。原來是殿下。臣不幸。遭此魘鎮。雙目不明。有失迎迓。萬乞恕罪。一面說。一面站立起身。孟嘗君挈他坐道。先生不要拘禮。料來不妨事麼。孫臏搖頭說。臣之命只有五日活在世間了。孟嘗君問先生怎知道活不長久。孫臏道。殿下。那書名七箭定喉書。先將臣雙目射壞。漸次射到兩耳口鼻。第七日單心一箭。命即休矣。孟嘗君道。先生旣知此法。何不速救。孫臏道。救不得了。孟嘗君問怎救不得。孫臏道。這个要救。別的都不能為。除非有會得騰雲駕霧者。方才救得。孟嘗

451

君道。先生勢在急迫。可速出榜文。四下張掛。如有會騰雲駕霧者。先封官職。待救好了先生。千金賞。萬戶侯。決不虛謬。孫臏道。旣如此。作速寫出榜文張掛。遂令吳獬寫道。

大齊南平郡王孫　猥以折衝任職。劬勞恐怠
臣工。軍國經心。責辦憂辛王眷。旣擔萬鈞之重。
旋失雙目之明。是以求彼良醫療茲異疾。頓招
俊彥。須懷指日之能。得保微軀。必藉躡雲之技。
設回光在須臾之頃。如慰望電。倘拯患于危急

452

之間。庶欣瞻鵲。當出黃金之重賞。奚吝茂秩之
加封。須至榜者。
右榜諭衆通知。

纔掛榜文。就有个人來收了。這人就是孟嘗君門下。三千食客中的馮驩。軍士忙報入營中。有个馮驩收了榜文。魯王即召入營。問道。你會騰雲駕霧麼。馮驩道。臣會得。孫臏問道。會駕什麼雲。馮驩說。會駕麻雲。孫臏道。只怕麻雲起不甚高。馮驩道。有二三十丈高。孫臏道。這些高儘勾了。你今晚覷了方向。悄地到龐

453

黙地有人施計巧　左眸自覺電光朦
欲尋仙藥丹稱少　思覓神施術尚窮
剩有主憐和士慭　坐虞天殞將星雄

次早龐涓上城覲看見齊兵攻城之勢比昨懈怠一半。龐涓暗喜道好了今日攻城比昨日甚不同了。忙入朝見魏王道臣昨晚把七箭定喫書試驗將他左眼射了一箭。今日齊兵攻城果就懈怠許多不比昨日。今晚射他的右眼明日後日射他兩耳漸漸射完口鼻第七日單心一箭就了當他性命魏王喜道好

駙馬甚替寡人維持邦國清寧之日同享富貴榮華。龐涓退朝回來三更時分又到花園向草人面前點起香燭展開書體着法咒宣誦一遍扯開桃木弓搭上桃木箭對着草人右眼較清一箭射去又把右眼下一盞燈吹滅了只見孫臏在營中失聲大叫不好右眼又中了一箭如今俱視物不明怎生是好孫臏頓足捶胸連聲叫苦詩曰

乍道先生救左睛　尚教愁絕氣難平
如何再聘宵人志　直令全成瞽者形

背髮空增奸意毒　捉刀不覺憤心生
行將畫个求痊策　覓取良醫入柳營

魯王見事勢不好慌張道先生這事怎麼處孫臏道臣只有五日與殿下聚首五日後就與殿下永訣了。魯王道這等利害先生可有這卷書麼孫臏搖頭說沒有臣因此書大損陰騭所以當初不去習學不知鬼谷師父怎的原故到傳與龐涓那厮魯王甚不樂意。次日龐涓又上城覲看齊兵攻城之勢只見个个心灰意懶俱無戰鬪之意隨即入朝奏魏王道臣昨

晚又射傷孫臏右眼侵早上城看齊兵各無戰鬪之志漸漸衰敗只要再待五日彼命必休我主萬世洪基可無慮矣魏王掀髯大快道卿空用心行事只要除得孫臏從新又好立大言牌了君臣大喜有詩爲証。

知曾木榜大言過　故向君前逞魘魔
計就果能圖霸否　不禁相對笑呵呵

話說魯王并衆將因孫臏悞中死局無計可施正傷感不已旗牌官報入中軍說孟嘗君到了孟嘗君郎

有甚法則果退得齊兵去否且聽下回分解

新鐫全像孫龐鬪志演義

卷之十六

駕蒂雲馮驩絕技　私金幣鄒忌讒言

那官不是别人。就是駙馬龐涓。上前奏魏王道。我王不須煩惱。臣前者在幽州回來途中遇一先生。授臣一卷魘魔之書。不曾親試。那書不驗便罷。如果有驗。定交孫臏七日就死。再無可救之法。魏王問道。那是什麽書。龐涓道。名爲七箭定喉書。人生七竅而生。亦隨七日而滅。故迷魂之局。依法佈置。其人七日遂死。

魏王道。卿既得這様異書。怎不早用。快替孤七日斷送他性命罷。龐涓滿口答應道。臣回去今晚就試。當下魏王散了文武。龐涓回府。遂喚家將何茂。才到花園裡。扎縛了个草人。似孫臏一般模様。也刖去了雙足。寫下生年月日。藏于草人腹內。供養家廟堂邊。准備一張桃木弓。七枝桃木箭。七竅下點了七盞燈。心頭一盞爲定心燈。面前擺了香案。明燈亮燭。鋪設下幾品祭獻之物。三更時分。龐涓入園。展開書。依着內中法語念誦一遍。扯開桃木弓。搭上桃木箭。對着草

人左眼較清射上一箭。就把左眼上那盞燈吹滅了。説那孫臏在營中猛可大叫一聲道。不好了。左眼着了一箭。頃刻無光。視物不明了。魯王見説。驚得魂不附體。滿營軍士。个个胆顫心驚。魯王問道。先生怎麽着了一箭。不妨事麽。孫臏道。殿下。臣中了龐涓七箭定喉的死計。在世只有七日活了。魯王道。怎地如此利害。先生有法可解麽。孫臏道。中了此計。再無解救之法。魯王不勝煩惱。詩曰

運籌幃幄藉雙瞳　奚暇頻將智慮攻

王。施禮坐下。孫臏問道。請問娘娘。爲何親自領兵到此。娘娘道。先生。我與魏王有至親之分。因來問我韓邦借兵。豈可坐視其危。以此親自領兵而來。孫臏道。娘娘不知。臣與魏王原沒一些仇怨。只與龐涓有刖足之仇。娘娘問說。何爲刖足之仇。孫臏把從前結義一事。併後刖足根由。一一啓奏。娘娘道。如此說。却是龐駙馬本心太毒狠了些。孫臏道。臣只與龐涓有刖足之仇。沒個誅戮之仇。所恨他鵰心雁爪。撥亂朝綱。魏王有眼不識。反做好人看承。臣如今也只要魏王

438

綁他出來。等臣刖了他的雙足。若魏王肯早綁出來。早退兵回。晚綁出來。晚退兵回。娘娘道。原來先生興兵之意。爲龐涓之仇未釋。這等我進城去面奏魏王。替先生解冤釋結則個。孫臏說。多謝娘娘。娘娘卽時辭齊王孫臏。出了齊營。徑到宜梁城下。叫開了門。進城入朝。朝見魏王。魏王大喜。娘娘道。聞命到我韓邦借兵。以此親自領兵助魏伐齊。不料軍敗。身陷齊營。有孫臏聞知我是韓國正宮。待以君臣之禮。十分恭敬。孫臏訴說。原與魏主無甚仇隙。只與龐涓有刖足

439

之仇。只要我主把龐涓綁出城去。也等他刖了雙足。就退兵回。又把孫臏龐涓結義。鵰心雁爪事情。逐件奏聞一遍。龐涓在旁見說。忙俯伏駕前奏道。韓國正宮娘娘。乃我主御妹。旣然身陷齊營。就當以死爲順。怎麼到爲孫臏巧言亂訴。想是娘娘愛他陰陽法術。七國馳名。有弃魏通齊之意。于理甚是不當。魏王只聽龐涓一刻讒言。不聽娘娘之語。登時變臉。把娘娘着實搶白一場。那娘娘一霎時粉臉含羞。香腮墮淚。心中大腦。無言抵荅。卽忙辭別出朝。一逕出宜梁城。

440

又入齊營。把魏王聽信讒言不從進諫的話。回覆孫臏。娘娘又說。我把多餘糧草。送與孫先生賞軍。我如今領兵自回本國去也。孫臏道。多謝娘娘。待仇復之日。自當登殿拜謝。娘娘遂別回營。收集人馬。徑回韓國。孫臏見兩國援兵俱回本國。分付衆軍。依先四面攻城。各門頭目又報魏王說。禍事。齊兵又攻城了。人馬洶大。比前番更不相同。魏王聞報。無計可施。正在愁煩。猛可班部中閃出一官。近前奏道。我主不必愁煩。臣有個退齊兵的妙法。必竟不知道官是那一個。

441

未知塵戰今朝事　勝得青齊李牧那

張奢領兵出陣被李牧迎住通問姓名兩家放馬一場大戰戰勾二十餘合張奢力不能敵棄兵弃甲不顧軍馬敗陣回營李牧大捉鳴金收兵回見齊王孫臏道托殿下天威仗軍師福力將張奢殺得大敗折了一枝人馬逃竄回營齊王與孫臏大喜着衆將陪李牧慶功飲宴正是

龍爭虎鬬皆因國　將損兵亡只爲名

說那張奢殺敗回營見娘娘道齊將李牧甚是驍勇

臣力不能取勝被他殺得大敗藏罪回營折了一枝人馬娘娘聞言大惱道這廝初次出兵就被他殺敗回來喪了銳氣待我明日親自出軍獲個全勝一宵晚話不必鋪敍次日韓國娘娘果然親自披掛出營鷓鴣天詞曰

金冠鳳翅墜紅纓　蜀錦花袍映日新

點點魚鱗金甲燦　彎彎玉帶寶粧成

懸寶劍　大刀擎　鳳頭靴踏紫龍鱗

魏陽公主親臨陣　女將叢中斷姓名

娘娘領一枝兵相近齊營搦戰齊周哨馬飛報入營說韓國正宮魏陽公主領兵營前討戰孫臏喚袁達過來附耳低言分付幾句袁達叫聲得令即披掛領兵出迎兩下各不通名道姓放馬就殺戰不數合袁達賣個破綻把韓娘娘擒過馬飛迸回營虞美人詞云

韓邦女主心庸莽小覷青齊將持刀前鬬賭輸贏那識桓桓袁達斧相迎　交鋒已久軍聲吼扨住芙蓉綬可憐粉黛又成擒從此強梁弭服

息爭侵

孫臏聞袁達擒了韓后回營忙出迎接道娘娘臣不知是玉駕親征冒犯天威臣該萬死遂喝袁達道你這村夫擒人不審來歷好歹擒了便走你便如此粗鹵却教娘娘受驚叫旗牌官把這廝拿下好正軍法娘娘道先生怎歸罪于他爭江山奪世界各爲其上正該如此盡忠那里順得人情不要難爲罷孫臏說娘娘金面討饒且饒這次着袁達過來請罪袁達向娘娘叩頭謝罪出營孫臏把娘娘接進營中見了齊

鳴閃出一個山王帶領一隊嘍囉在前擋路大喝道
快留下買路錢白起道不要錯認人吾乃秦國武安
君白起誰不知我威名又非過路經商有甚買路錢
與你山王道不管官兵將通是要的如無買路錢
把頭盔衣甲卸在這里白起聞言大惱輪刀劈面砍
來好山王就舉開山巨斧擱頭劈去兩個戰勾十余
合不分勝負兩個酣戰之際只聽得馬後又一聲鑼
响又閃出兩箇山王帶領無數人馬把魏國賜與白
起的綾錦段帛金銀路費併軍中一應糧草盡劫

430

了去白起顧前不能顧後不得策馬徑往一條斜路
就走山王高叫道白將軍不要走我等不是强人乃
齊將袁達李牧獨孤陳的便是奉孫軍師之令差來
向日蒙將軍到魏請孫軍師非軍師不肯投秦因手
日災難未滿又無門路不好脫身後過齊國十大夫
茶車之便况彼時災晦已脫所以乘便一同入齊拜
覆將軍休怪少不得有日再會白起在馬上聽道通
話喑喑笑了幾聲帶領人馬竟回本國那袁達李牧
獨孤陳即收集人馬離了黑峯山回至齊營把奪來

431

綾錦段帛金銀粮餉都解入軍門營王孫臏本寨犒
餉給散衆軍綾錦段帛賞與有功軍士設宴營中慶
賞詩曰

玳筵開處集群雄　擊石鳴金樂甚融
案設嘉餚饈若雨　觴傾美酒飲如虹
紛紛甲士歡聲沸　個個材官俠氣洪
又見傳烽營外至　伫看虎將奏膚功

宴飲中間哨馬報入中軍道今有韓昭王正公娘娘
是魏王的親妹名與魏陽公主率領人馬助魏屯營

432

在宜梁城北相隔七八里之地孫臏就席間遣李牧
領一枝兵去迎敵對李牧道爾得勝回營再設慶功
筵宴李牧得令全粧披掛手挽雙鞭領兵直迭陣前
高叫道強將出馬弱將休來韓國哨馬入營報知娘
娘說有齊將領兵罵陣娘娘傳令着張奢出兵接戰
張奢得令披掛整齊有鷓鴣天詞為証

繡甲飄飄掛鏌鋣　雄泉的的是張奢
寶刀偃月飛雙電　紫馬嘶雲散五花
臨陣去　鼓聲撾　中軍令出有誰譁

433

又一箇不見了白起說徐大人你說齊兵又來攻城
我今掣兵轉來齊兵又沒了怎麼說連徐甲令口不
來二人復入城見魏王白起道臣兵馬巳回多路見
徐先生追赶說齊兵又來攻城比及復到城下並不
見齊一騎一卒何也魏王笑道不是哄將軍轉來其
實齊兵又攻城是真如今屈將軍在金亭館驛再住
幾時看個下落回國便了白起只得安頓兵馬又向
驛中住下詩曰
乞師援救勢如焚　那識軍師善遁軍

426

作去旋來空駐足　直教賺殺武安君
話說孫臏在營中悄悄喚過袁達李牧獨孤陳三將
分付領一枝兵附耳低言如此如彼叮囑幾句三將
遵依軍令徑自帶領兵馬出營而去且說武安君白
起在金亭館驛魏王仍前款待又住有半月光景白
起好不耐煩勉強納悶又住了兩日只覺住此無益
次早來辭魏王道臣領兵在此日久齊兵又無
使臣遷延月日何益于事今番只得告辭率兵回國
魏王見白起決意要回不好再留便對白起道難爲

427

將軍去而復來受了許多風霜勞頓寡人甚不過意
遂令近侍多取金銀彩段送武安君起程龐涓站在
駕前自言自語道什麼借兵借來不曾出得一步力
成得一些功到誆了許多東西回去白起猛然冷耳
聽得心中大惱暗自道只因這廝雁爪鵬心與孫臏
結下深仇本是魏王差官到秦國借兵怎到說我誆
了許多東西罷罷這次就有兵殺入城我也不來救
了白起辭了魏王出朝上馬扳鞍領兵仍舊趲出西
門人馬去不數十里地面齊兵依先攻城孫臏軍中

428

傳下號令這次若有人馬出城不可放走且說魏王
正坐各門頭目來報齊兵又攻城了魏王又差徐甲
快去追赶白起兵回徐甲一騎馬來到西門遇着吳
獅馬昇擋住大喝一聲這廝不知死活兩次放你去
取救兵而今又來亂闖快留下這顆首級在此唬得
徐甲魂不附體折身就轉見魏王道門上齊兵攔截
不放過去臣險些丧了性命只得退回覆主魏王分
付衆將好把各門緊閉用心防守不提說那武安君
白起統兵一路回秦正行到黒峯山只聽得一棒鑼

429

作白衣秀士。要盜他回國。他說待千日災滿。身當登
殿拜謝。他今災難滿了。不來秦國。竟往齊邦。臣久欲
請旨。領兵入齊。根尋孫臏。如今乘此機會。去走一遭。
秦王准奏。白起辭了秦王出朝。正點人馬。恰好徐甲
也入朝辭謝。遂同白起帶了整齊一萬精銳。望魏進
發。真個雄兵似虎。戰馬如龍。不分曉夜。趲到宜梁城
下。原來孫臏早已知道白起兵來。用遁甲之法。把齊
兵先遁過了。不露一些蹤影。白起來到城下。不見齊
兵。差哨馬四圍打探。絕無影響。遂問徐甲道。齊兵並

沒一個。又不見屯在何處。怎般孟浪。來問我主借兵。
徐甲道。大人說那里話。逐日喊震連天。鳴鑼擂鼓攻
城搦戰。因本邦缺少人馬。出于萬不得已。到你秦邦
求援。怎說沒有齊兵。孟浪來借。二人說話間。同進了
宜梁城。把兵馬屯在演武場。白起入朝。參見魏王道。
臣秦國武安君白起。因大王遣使入秦借兵。奉主差
臣領兵前來助魏破齊。適到城下。不見一個齊兵。臣
又差哨馬各門探聽。並無蹤跡。不知大王借兵何用。
魏王道。將軍。齊兵早間還在此攻城。怎說沒有。這必

是孫臏用甚妖術遮掩過了。所以將軍說不見。甫且
請將軍到金亭館驛。暫停戰馬。待再報來。借重發兵
一退。魏王遂命設宴在金亭驛中。就遣徐甲陪宴。一
面分付軍關糧食。馬給草料。當時朝罷不提。却說白
起整整在驛中住有半箇多月。魏王待他三日一小
宴。五日一大宴。怎般厚欵。實指望留他退了齊兵。好
賚發歸國。誰料齊兵絕不發動。白起甚不過意。來辭
魏王道。臣此來實欲助魏破齊。成功返國。不料住此
半月有餘。蒙大王十分優待。臣實歉然。況今齊兵杳

沒動靜。省得人馬在此糜費糧草。臣特拜辭大王。暫
且領兵回國。魏王道。空勞將軍跋涉一番。怎麼處。即
命近侍取綾錦段幣路費金銀。犒勞武安君回秦。白
起辭謝出朝。統兵償出西門。不勾四五十里路。只見
齊兵仍復鳴鑼擂鼓。喊殺連天。奮勇攻城。各門頭目
又去飛報魏王。魏王急差徐甲飛騎趕出西門。追白
起兵回。徐甲領命上馬登程。看看趕近。在馬上厲聲
大叫道。武安君大人。請再償兵轉來。齊兵又攻城了。
白起聞說。掣兵復轉宜梁。及至秦兵復到城下。齊兵

潤斧，殺進齊營，不見一個人馬。龐涓已知中計，撥身領兵回轉，猛聽一聲砲響，齊國伏兵四面攢來，把魏國人馬團團圍住。兵刄交接，魏國人馬無心抵敵，只顧亂竄，被齊國兵將趕殺罄盡。一箇不留，但見高崗上人頭亂滾，低窪處血湧成河，混殺中牟牟逃走了個龐涓。本該也是了當的人，古云多一日不生，少一日不死，龐涓打馬加鞭，飛奔逃回宜梁城。入朝見駕，魏王問道：卿領兵追趕齊兵，刼他營寨，怎生回來沒了撣智。龐涓道：臣該萬死。不知是誰透漏消息。臣反

418

中了孫臏之計，折了一枝人馬，只得藏罪回朝，望乞一死。魏王大怒道：你幹得好事。皆是胡言亂語，賣嘴誇強，不看公主面上，把你碎屍萬段。決不輕恕。龐涓叩首道：臣該萬死，言未絕，各門頭目又飛報入朝道：齊國兵馬復來攻城，勢甚猖獗。魏王又着一驚。衆文武上前奏道：齊兵乍去旋來，其機莫測，奈他兵馬繁衆，本國兵微將寡，實難禦敵，還須急借別邦人馬，庶幾可退齊兵。魏王依奏，即修書二封，一封着徐甲賚了出西門，到秦國借兵。一封着侯嬰賚了出東門，韓

419

國借兵。二臣領旨出朝，分路而走。且說徐甲出西門，被齊將獨孤陳擋住，大喝一聲道：那厮何處去的？徐甲回道：某奉主命，差往齊國借兵。獨孤陳道：本待殺你，只說我怯你，借兵放汝，快走。速去速來。徐甲打馬就行。侯嬰出東門，又被袁達擋住，喝聲：那里走？侯嬰手脈腳軟，滾安下馬，道：奉魏王命，往韓國借兵的。袁達道：本待一斧結果你這厮性命，可憐你魏主倚門而望，饒你去，只要速來。侯嬰唬得半死，拾了性命，上馬飛也似去了。兩個一樣起身，又是徐甲先到秦國。

420

其日秦孝公升殿，黃門啓奏：魏國遣使入朝。秦王令宣進來。徐甲入朝，嵩呼禮拜。秦王問道：魏國使臣到此何幹？徐甲道：魏臣徐甲奉主命賚書獻上。今因齊國督王統領大兵，攻伐魏城，危在旦夕。奈本國將寡兵微，不能禦敵，望大王天恩，借兵一旅，救魏破齊，雖寡君之幸，亦闔國人民之幸也。秦王取書開看，欣然允諾，着近臣送徐甲光祿司茶飯。遂問兩班文武：誰願領兵前解宜梁之圍？言未畢，有武安君白起上前道：臣願領兵。當初孫臏在魏邦卑田院時，臣扮

421

一聲乾得十分溜撒正打點篩第二甌一交跌翻在
地只見七竅中鮮血迸流掙得一掙嗚呼尚享了你
道這酒如何這般利害元來不是好酒龎涓打點的
藥酒龎涓爲甚將藥酒藥死馬安因馬安與龎涓面
貌相似没柰何要成假塗滅號之計故把他來藥死
隨卽取了首級着家將何茂才用鎗頭挑了分付他
拿到城上叫與齊兵知道只說魏王差龎駙馬伐齊
不遵令旨反指齊挾趙伐燕朝廷大怒取他兵回特
斬龎駙馬首級在此請魯王殿下與孫先生出來奉

414

獻與他何茂才領命把鎗頭挑着馬安首級上城廳
聲高叫道齊國軍士聽着我魏王差龎駙馬領兵伐
齊他不遵王命指齊挾趙伐燕朝廷大怒取回龎駙
馬斬首在此請魯王殿下與孫先生出來奉獻首級
齊國軍士連忙報入中軍魯王聞說與孫臏卽上馬
出營來到城下問什麽人城上吆喝何茂才答應道
龎駙馬不遵王命領兵指齊挾趙伐燕魏王特斬首
級奉獻在此孫臏冷笑道我只與龎涓有刖足之仇
没有殺命之仇早知魏王要斬龎涓何不綁出來只

415

刖了他的雙足儘勾了何必斬取其首旣如此分付
打起回軍旗號何茂才歡天喜地回覆龎涓說齊兵
已打回軍旗號去了龎涓不勝之喜忙卽入朝見魏
王奏道臣定一條假塗滅號之計哄孫臏退兵回齊
了料孫臏此去無甚防備臣如今領一枝精兵連夜
赶去劫他營寨務要取勝回朝魏王道勝敗兵家未
可期卿宜小心調遣不可托大龎涓别魏王出朝卽
帶一枝人馬隨後追赶且說孫臏回兵在路上對魯
王說殿下那首級不是龎涓的他有家將馬安與龎

416

涓面貌一樣龎涓將藥酒藥死取其首級哄我們退
兵他連夜就領兵來劫我營寨攻我無備如今將計
就計行之把人馬四面埋伏只屯一個空營在此等
候待他來時教他討個大敗回去魯王道他要來時
必隨後就到我們須先准備要緊孫臏隨卽扎下個
空營分付衆將各領所部四面埋伏待龎涓來劫營
之時聽號砲一响伏兵四起一齊擁上殺他個片甲
不回衆將各遵令而去孫臏剛纔調得人馬龎涓
領兵連夜追到此時約莫二更魏兵吶一聲喊大刀

417

統兵回來。俱預退多時了。那里有一個在城下。魏王
道。昨日還在此攻城。怎說退了多時。龐涓道。我主放
心。臣與徐甲回來。向各門打探。莫說齊兵。箭翎毛也
不見一根。有甚齊兵在此攻城。停會只見各門頭目
又報入朝道。齊兵四下攻城甚急。比先前越發利害。
魏王道。你說沒有齊兵攻城。怎地又有報來。快去退
了齊兵。便罷。退不得齊兵。管甚椒房之親。斬首號令。
龐涓聽了這句。遂對魏王道。我王暫霽天威。待臣回
去定一個假塗滅號之計。立刻可退齊兵。魏王道。任

你施甚計策。只要退得齊兵便罷。龐涓遂出朝回府
畢竟不知用甚假塗滅號之計。怎生退得齊兵。且聽
下回分解。

新鐫全像孫龐鬬志演義

卷之十五

賺齊師馬安屈死　擒韓后袁達回營

話表龐涓回至府中。悄地喚過家將馬安。對他說道。
馬安。我看你平日作事仔細。我如今要你去個所在
借枝救兵。你可去麽。馬安道。養軍千日。用力一朝。怎
的不去。龐涓道。先賞你一瓶酒吃。作上馬杯。叫家僮
取酒與他。這馬安平日最好吃酒。說個酒性命。適不
要了。連忙接過手。滿滿篩上一甌。不嘗個味道。骨都

不便好歹師兄到我魏國來時奉還如何蕭古達道人說你鵰心雁爪最多狡猾話不虛傳我的書怎麽就不肯還罷我是個辦道之人要他無用拾你拿去從此以後不與你這歹人交往也不來看你龐涓聽罵個鵰心雁爪心下大惱伸出巨手把蕭古達當胸一把扭住只要望新河裡攛去原來蕭古達身材雖小甚有本事折身擺脫反把龐涓領後緊緊一把攥住把他搽在新河裡搽一會放起來放起來又搽下去足有兩個時辰把個龐涓淹得七死八活撇在地

406

上蕭古達駕一道雲騰空而去龐涓披頭散髮渾身上下衣服浸得透濕好似落湯雞一樣打點赶到舟裡把那蕭古達連那小舟通沒影响了只得走回營來徐甲說駙馬浸壞了肚裡有水不好過人快設法吐一吐龐涓坐在椅上着軍士把肚皮着實搓揶一番不多會吐出兩盆來清水徐甲問道那卷書可曾還他去龐涓道爲這本書淹得七死八活險些送了性命怎有得還他忙向袖中取將出來已結做一餅莫想揭動一頁隨即趂日色晒乾了一面拔營回朝

407

詩曰

浪跡先生人莫識　神書一卷還奸得
新河半晌足消寃　且剩微軀還故國

話說魯王孫臏帶領衆將許多人馬圍住魏城不止一日見報龐涓統兵回來連忙仗劍在手手捻秘訣口誦靈文望空喝聲退倏忽之間四圍兵馬一個也不見龐涓到宜梁城見沒個兵卒問徐甲道你說孫臏帶領人馬攻城怎一個不見屯在那里徐甲目定口呆沒得回答龐涓道是了想必朝中聞報就打發

408

你來齊兵還沒有到徐甲道什麽說話出城之時齊國人馬如銀山鐵壁一般緊緊圍住我的性命險些送在齊將手裡聽見我說取龐駙馬兵回方纔放我來的龐涓大笑道是了他見你說取龐駙馬兵回筭來要被我殺敗不得取勝隨即收拾兵馬逃回去了又分付徐甲道你且不要走漏消息我自有處一直進了宜梁城龐涓與徐甲入朝魏王問龐涓道回來了前日領兵去只說伐齊你怎指齊攻趙伐燕齊兵圍城攻打多日怎生退他龐涓道孫臏的人馬聞臣

409

只見新河裏有一位先生。
頭戴綸巾。手執羽扇。身穿件青素袍。腰繫紫條皂
色帶。一張方面孔。天生一種奇姿。三髻美髭髯。
自具三分道氣。雖非世外逍遙侶。亦是寰中隱
逸流。
那先生獨自駕一葉小舟。舟內放一張黑漆條桌。桌
上擺一爐香。一張琴。一卷書。慢慢從上流放來。軍士
們連忙報與龐涓道。彈琴的却是新河裡一位先生。
那先生青袍皂帶。羽扇綸巾。駕一葉小舟。從上流放

402

過來了。龐涓聞說。即忙出營到新河邊。等那位先生
上岸。不多時。舟到岸邊。先生把舟繫了纜。取了那部
書。走上岸來。龐涓近前。倒身施禮。就邀先生入中軍
帳內坐下。龐涓問道。先生尊姓大名。從那里來。先生
道。貧道姓蕭。雙名古達。向從雲夢山水簾洞鬼谷仙
師學道。敢問足下高姓尊名。龐涓道。我姓龐名涓。也
是鬼谷仙師徒弟。一向在雲夢山。怎不與先生相會。
蕭古達笑道。雖只同師。有個先後。我學道在前。你學
道在後。如何得勾會着。龐涓欠身道。既然如此。先生

孫龐演義 卷之一 十

403

是師兄。我是師弟。兩個總一家人了。請問師兄隨身
帶的是什麽書。蕭古達道。這一卷名爲七箭定喉書。
論我修道之人。本不該用他。因在手邊。恐于遺失。以
此把他帶在身邊。龐涓道。這七箭定喉書有什麽用
處。蕭古達道。內中乃魘鎮毒法。非尋常可用得的。龐
涓道。敢問師兄借瞧一瞧。看古達並不作難。把書遞
與龐涓。龐涓接過手。展開通前徹後看了一遍。暗自
歡喜道。果是部魘禳之書。不要還他。日後亦有用處。
思想已定。把書藏在袖中。道師兄倘得閒暇。千萬到

404

宜梁城。來看我一看。蕭古達道。特來未必准。順便即
來探望。起身同龐涓走到河邊。口中不說。心下想道。
這人好貪便宜。纔得一面之交。就把我本七箭定喉
書。能在袖裡。不說起還我。待我問他討。看遂開口道。
龐大人。多勞相送。只此告別。適纔那卷書。大人帶在
袖中。左右用不着。可還了我。龐涓道。暫留在此。借我
細看一看。看完奉返。蕭古達道。說得好笑。從此一別
你我不知幾時再會。你又不知我的去路。東西南北
海角天涯。明日那里送書還我。龐涓道。也罷。我送來

孫龐演義 卷之一 十二

405

甚名誰輒敢領兵阻截關口擋我去路廉剛道吾乃趙將廉剛你不認得我麽龐涓呵呵冷笑道我道什麽大將元來是廉頗的兒子乳臭黃童輒敢無知犯上廉剛不容分說使鎗劈面刺來龐涓舉刀亂砍戰不數合廉剛力不能敵撥馬回閑被龐涓赶上前儘力一刀把廉剛腰斬在地其余兵卒殺損了一半逃竄了一半此時將近天晚龐涓取勝回營與徐甲說了腰斬廉剛殺傷兵馬一事徐甲道勝便得勝回來只是又結下趙國寃仇既如此連晚可發兵回去龐

398

涓道有心躭擱何在一晚明蚤進關不遲當晚卸甲解胄營中大設酒筵龐涓徐甲暢飲一回將及酒闌龐涓對徐甲道連日辛苦今晚可睡早些明日好趲兵回國徐甲回說有理兩人遂散各自分營寢訖將次二更時分只見燕國孫操父子三人帶領一枝兵馬人盡啣枚馬皆勒口來到新河邊刀砍鎗刺直殺奔魏營中來金鼓齊鳴喊聲振地魏營兵士都向睡夢中驚醒人不及甲馬不及鞍黑夜無心戰鬭自相踐踏死者不計其數龐涓只聞得兵馬刼營也不知

399

何處的兵馬帶着磕睡喚起徐甲將就帶些小軍掣刀上馬一道烟便往前逃竄孫操父子這回着寔取勝把龐涓人馬三分之中足殺死二分孫操連夜收拾人馬回到燕邦有詩爲証

半夜兵機密　孤營軍馬捐
長驅深入魏　全勝獲歸燕

次日清晨龐涓收集敗殘人馬探馬來報纔曉得是燕國孫操父子領兵刼營龐涓頓足搥胸心下自忖道怎地好被孫操那厮殺壞了大半人馬有何面目

400

回到宜梁就回去也難好見魏王及滿朝臣宰且把人馬屯在那岸消停日再去剛屯下人馬納悶坐在營中耳邊只聽得操琴之聲龐涓問軍士們那里操琴響衆軍回說沒有聽得龐涓道敢是這會兒風不順你們不聽得等一會順風仔細聽着說不了耳邊廂果覺一派琴聲甚是悠楊淸逸但覺

巫山夜雨絃中起　湘水秋波指下生
白璧黃金雖有價　高山流水少知音

衆軍道果是那里操琴响龐涓即差軍士四下探聽

401

勢如海潮亂湧，衆軍齊向舊路回走。正行之間，馬哨來報前面百翎關了。徐甲對龐涓道，百翎關是趙國地方，兵馬往這裡回去，一則又驚動了趙國生靈，二來回國路遠，又耽閣了日子。龐涓道，不妨，這是原先的來路，若貪近往別路走，到要使趙邦笑，只說被燕兵殺敗往別路逃回了。分付衆軍去叫開關。魏國武音若要統兵回國，前軍趲到關前，厲聲高叫守關小校報知藺相如道，龐駙馬統兵回國，人馬亂擁，要開關哩。藺相如不快活道，這廝來又打從這里過去，又

394

打從這裡過，明明欺我趙邦。廉剛近前道，龐涓此來必被燕兵殺敗，乘其兵疲將瘁之際，不要放他過去，待某領一隊人馬擋住，不許過關，教他往別路走。他若知趣走了別路便罷，決要過我百翎關，殺得他馬敗兵消，也見趙邦不受人挾制。藺相如道，言之有理，快點人馬開關。廉剛當時點了萬餘精銳，披挂上馬，使一根鐵桿鎗，大開關門，擁兵擋住。龐涓見說關裡殺出一枝兵馬，擋他歸路，即傳令暫且札營在新河峅邊。這新河峅離百翎關有二十里之地，地勢空

395

潤，正好安營下寨的所在。龐涓見人馬札住，對徐甲道，趙乃蕞土之邦，料無甚將是他對手，只消你帶領前軍殺進關去也就勾了。徐甲道，我國懸望勢急如火，此去一殺，兩家刀兵怎得一日丟手，這也罷了，倘趙國刀兵不肯休息，明日合了齊兵併攻我魏，事越難解，不如收拾前軍，就往別路回國，却也通得。龐涓喝道，你這懦夫，長他人志氣，滅自巳威風，要走別路原先不走，等他關裡殺將出來，再投別路，一發被趙邦小覷了。徐甲勉强上馬，帶領前軍五千，殺到關口。

396

那廉剛出馬，戰不十餘合，徐甲大敗，撥馬逃回。廉剛獲勝收兵入關，仍舊把關門緊閉。說那徐甲敗回，龐涓大惱道，小邦人馬都殺他不過，沒了我的名頭。立時披掛，手執大斫刀，飛馬奔至關前，大喊道，快快開關，誰敢領兵擋我去路。廉剛站在關上，叫道，龐涓你快不要往這路走的好，要我開關，遇一個殺一個，只殺了你的狗命不足矜惜，可惜又要傷害魏國許多兵馬。氣得龐涓兩眼脫將出來，便叫衆軍攻進關去。廉剛見勢不好，帶人馬開關亂殺。龐涓架住道，你姓

397

詩曰

八門遁甲按週天　掣電驅雷法更玄
一聲令下諸營肅　數萬貔貅不敢言

龐王與孫臏坐于中軍帳。孫臏傳令人馬圍了各門。鳴鑼擂鼓喊殺連天。四下一似銅牆鐵壁。真是圍得濟容。魏王正坐朝。各門頭目飛奔入朝奏道。禍事到了。龐駙馬領兵出去。只說伐齊。誰知指齊挾趙伐燕。將人馬屯在燕邦幽州城下。到惹得齊國孫臏興兵。不計其數。把各門圍住。即日攻打進城。勢在燃眉。今

390

當亟退。魏王聞奏。半晌作不得聲。道龐涓好沒來頭。原說領兵伐齊。怎到指齊挾趙伐燕。這事怎解。便問衆文武誰敢領兵迎敵。衆文武竟沒一人答應。魏王又問丞相鄭安平。併朱亥。侯嬰。徐甲衆官近前道。啓上我主。那孫臏是鬼谷仙師徒弟。善能呼風喚雨。撒荳成兵。朝中除龐駙馬。沒個是他對手。總然勉强命將出師。終有損無益。爲今之計。不如及早差人到燕邦。宣取龐駙馬統兵回來。庶幾齊兵可退。魏王道。既然如此。勢不可緩。即着徐甲。賚寡人旨意。快到燕邦

391

宣龐涓統兵回國。徐甲領旨。登時上馬行程。正出東門。被袁達舉起宣花斧。上前擋住。大喝一聲道。那里去的。徐甲手中沒甚器械。不好與他爭持。忙下馬答應說。奉魏王命。到燕國幽州城。宣龐駙馬統兵回來的。袁達道。既取龐涓兵回。饒你性命。放你去。教他及蚤回來。等俺爺和他厮殺。徐甲滿口答應。逃得性命。上馬趲行。人不住足。馬不停蹄。幾經晝夜。奔到燕國幽州城下。徐甲到龐涓營中。把魏王旨意開讀。龐涓聞得齊國孫臏領兵圍了魏城。魏王旨意多歸罪于

392

他。老大着急。對徐甲道。徐先生既是我國被齊兵圍了。難道朝中再無一將領兵退敵。徐甲搖頭道。那孫臏兵術精奇。剪艸爲馬。撒荳成兵。朝中衆文武聞說孫臏。那個不心寒膽顫。除了駙馬。沒個是他對手。況且衆文武都說你無故招此禍尤。一發沒人出頭。龐涓道。怎地是我的禍。徐甲道。不是你無故領兵。出來指齊挾趙伐燕。焉使齊兵伐魏。龐涓怒道。待我回去退了齊兵。慢慢和那干尸位素餐的講理。傳令大小三軍。拔營回國。那些人馬聽說拔營。打起回軍旗號。

393

大孩兒孫龍往齊邦取救去了如今把城門緊閉弔橋高扯調兵防守城池以待齊國救兵燕王准奏就着孫操調兵防守不在話下且說孫龍飛騎不分昏曉奔入臨淄城直至朝門下馬齊王正升寶殿黄門啓奏燕邦遣使候旨朝見齊王傳旨宣孫龍到駕前問道齊國使臣何事到此孫龍奏上道臣燕國駙馬孫操之子孫龍賫燕王表章特來見駕今因魏國龐涓無故帶領人馬指齊挾趙伐燕兵屯幽州城下本國將寡兵微難以禦敵特着臣來望我王借一枝兵

馬前去救應齊王覧表心下自忖燕邦孫臏今在我國脣齒之邦合該救應打點孫龍光祿司茶飯遂差官到南平府宣郡王孫臏入朝孫臏已知刀兵動了連忙起至駕前齊王問道孫先生魏國龐涓無故領兵出來指齊挾趙伐燕屯兵幽州城下軍情緊急汝大兄孫龍特來借兵救應孫臏道臣兄孫龍在於何處齊王即宣孫龍與孫臏相見弟兄二人多年不面瞥然相會情出至親真個是一場大喜倉卒之間兩人通不及仔細問安齊王便道孫先生如今魏兵侵

你燕邦怎生處置孫臏道臣今領一枝人馬不要救燕邦龐涓屯兵在彼臣若再領兵去兩家人馬作踐幽州傷害本邦生靈實爲不便臣今統兵竟到宜梁伐魏料來魏國無人必取龐涓兵回那時蹂躪魏國地方不致傷殘燕邦百姓齊王喜道先生妙算極當及發兵孫臏遂與魯王田忌帶領袁達李牧獨孤陳吳獬馬昇須文龍須文虎七員大將辭駕出朝孫龍先別齊王辭孫臏逕回燕國孫臏與魯王帶了諸將下敎場點勾三萬人馬登時往魏進發行勾多日

早到了宜梁城孫臏傳令住軍營安五座帳列五花中軍內擺下七層圍子手

第一層描獅畫獸避兵牌

第二層雕弓緊扣狠牙箭

第三層誅兵斬將大斫刀

第四層劈嶺開山宣花斧

第五層吹毛斷鉄雙鋒劍

第六層寒光漾月托天叉

第七層珠纓鉄桿大尖鎗

新鍥全像孫龐鬪志演義

卷之十四

廉剛命喪百鋼關　龐涓身浸新河水

原來邢古咸林地方。却是孫操的庄所。龐涓分付衆軍把庄所圍了。庄上人役。不論男女老幼。盡皆殺死。不留一個。米麥粮食。給散衆軍。放火燒燬庄院。價軍又進。馬哨來報前面幽州城了。龐涓傳令扎下營寨。

話說燕刺王其日正坐金鑾。把守各門頭目。齊來奏道。今有魏國駙馬龐涓。領五萬人馬。指齊救趙伐燕。

屯兵在幽州城下。燕王聞奏。大驚失色道。兵臨城下。其勢甚危。怎生退敵。當有駙馬孫操。帶孫龍孫虎近前奏道。臣父子三人。敢領兵去。只乞我王修一道表章與臣。大孩兒孫龍收執。此去得勝回來。自不必說。如不得勝。就着孫龍順路奔到齊邦。借兵救應。魏王允奏。即修表章。付與孫龍藏在身邊。孫操父子三人。辭別燕王。出朝頂盔貫甲。統領一枝大兵。大開幽州城。擁奔陣前挑戰。龐涓營中聞報。整身上馬。手執大砍刀衝鋒出陣。孫操大喝一聲道。龐涓無故領兵侵

犯吾境。是何道理。龐涓道。早早快納降表。饒北人馬退去。道聲不字。將你燕國人民。盡皆殺絕。孫操罵道。你這不怕死的賊。一划妄言。天時人事。自有定數。及蚤下馬受降。免汝一死。龐涓氣得爆燥。韌馬上前。舉刀劈面就砍。孫操父子三人。齊殺上前。大戰四十餘合。不能取勝。孫操孫虎。兜轉馬飛奔入城。孫龍一騎馬徑往齊國取救。龐涓得勝回營。說邢孫操父子。回見燕王。王問勝敗如何。孫操道。臣父子三人領兵出城。與龐涓戰勾四十餘合。不能取勝。虧折人馬。打發

朝綱欺滅大臣甚與衆文武不和古云先下手爲强爲今之計不若乘其與衆文武不和之際待臣領技人馬先去伐齊省得明日使他領兵伐魏可不遲了魏王省得起道正是向日駙馬曾奏寡人說孫臏被汝追赶緊急投入東城外水池内死了今日怎又會活龐涓道元來那死的不是真孫臏是他用法做一個假的魏王道既然如此此人變幻莫測卿宜領五萬精壯人馬用心前去取勝回來寡人幸也龐涓辭魏王出朝下教場點起五萬人馬打着鎮魏武音君

378

旗號即日登程正行間馬哨來報不能前進前面趙國地方百翎關了龐涓分付軍士叫開關借路行軍過去一則伐齊二則挾制趙邦衆軍士擁到關前厲聲大叫開關魏國武音君領兵伐齊借路行軍把關小校嚇得頭不沾頸忙報晉關太守藺相如知道藺相如大惱道這廝憊癩既要領兵伐齊自有往齊國的路怎要打從我這百翎關過去分明托言伐齊挾制趙邦好生無理當有副將廉剛係廉頗之子近前說道龐涓領兵伐齊齊國有孫臏神通奇妙必不輸

379

與龐涓必致大敗而回看他敗回之時往別路回國就罷了若依先要往我這百翎關經過那時將關門緊閉擋他去路不要放他便了藺相如道言之有理分付把關頭目開關放魏國兵馬過去須臾關開龐涓帶領人馬滔滔的趲將過去前軍正行來到三岔路口見兩條大路一條通着齊邦一條通着燕邦龐涓問馬哨道此去齊邦路近燕邦路近馬哨回答說燕邦去近龐涓道既如此分付人馬趲入燕邦先伐燕後伐齊衆軍得令一齊就往燕邦路走元來這是

380

龐涓指齊挾趙伐燕一大主意前軍趲到古城林地方見前面有所庄院龐涓即忙傳令人馬暫時屯住這是我冤家的所在了當他再去衆軍一齊扎住畢竟不知說出冤家是那一箇怎生了當纔去且聽下回分解

381

贊見之禮纔好到他府中相見鄒太師道說得有理不然不好厮見隨即打點黃金五百兩錦幣一百端八寶冠一頂白玉帶一圍鄒綱即日离府旬日間已到宜梁城來至龐駙馬府門首將名字帖前項禮物一併先送進去龐涓見帖上寫着鄒綱名字又是外邦使臣又送許多禮物不知何故遂請入府相見兩家禮畢遜坐龐涓問道大人貴邦何處蒙賜盛禮有何見教鄒綱道某鄒綱乃齊國太師鄒忌之子龐涓道國舅大人了今日光降敝邦必有所諭鄒綱說某

374

此來一則久慕駙馬威名特來拜謁二則有個信報與駙馬知道龐涓道國舅大人所報何信鄒綱道當初我齊國大夫卜子夏進茶到貴邦茶車上暗盜孫臏回齊我主把他留在駕前因收了九曜山野龍袁達有功朝廷封他為齊司馬調兵軍師統兵大元帥南平郡王賜寶劍一口便宜行事誰想孫臏倚特官高位重妄尊自大侵奪衆臣之權擾亂朝綱老父痛恨他欺滅大臣特着某來報知駙馬望駙馬速領一枝兵馬到齊待老父裏應外合擒拿孫臏送到臺前

375

以消此恨龐涓聽說呆了一會道國舅大人孫臏當日被卜子夏盜出東門我即帶領軍士出城追赶他雙脚行走不動已死在水池内我親眼見來怎的如今你齊邦又有個孫臏鄒綱道此人曾習學于鬼谷變幻非常那死在水池的必是假的龐涓道有這樣事難道我又落他機彀龐涓一面思量一面分付整酒管待鄒綱鄒綱飲至數巡交頭接耳與龐涓說幾句無非要他早早領兵到齊好裏應外合的話因兩旁耳目不便不好當面叮囑須臾筵散鄒綱作別起

376

身龐涓揖了又揖謝了又謝滿面堆笑道受之不當四色禮畢竟一樣没得返璧出來詩曰

厚賄結貪心　機關造得深
臨岐無答贈　一笑表慇懃

話說龐涓次早進朝奏與魏王道臣訪得當初齊國卜子夏來進茶元來茶車上把孫臏暗盜去齊王留在駕前因收野龍袁達有功封他為齊司馬調兵軍師統兵大元帥南平郡王之職賜寶劍一口便宜行事不料孫臏在朝倚特官高爵顯奪衆將之權擾亂

377

逵道不干我事誰教他新人不曾下轎沒忌諱拿些
肉包子我吃那包子發氣的氣上加氣不得不成親
了兩人問答之間新郎新婦拜堂已畢入洞房深處
飲合巹杯解同心帶絮煩話不勞細敘衆文武劇飲
得三四杯喜酒漸又東方發白起身隨便入朝且說
齊王升殿太師鄒忌出班奏道啓上我主臣夜來遭
無妄之冤王問遭甚冤事鄒太師啓奏道臣有女子
鄒諫未曾婚娶前日太尉吳英作伐將金銀聘禮定
蘇代之妹爲婚不期南平王孫臏暗設陰謀退了我

家親事自又納聘與他昨日聞得孫臏娶親臣心委
果激怒埋伏軍士三岔路口意欲搶蘇小姐回來詎
意漏洩風聲孫臏把九曜山收伏來的野龍袁達假
粧蘇代之妹坐在轎中衆人不辨真假搶了回家反
被那賊逞兇把一門大大小小老老幼幼盡皆打傷
脫身逃去望我主究斷臣命得再全矣齊王宣御弟
魯王來問這樁事怎生樣起魯王道臣啓我主鄒太
師定親與不定親臣不知道南平王孫先生因訪得
蘇小姐未曾有親事纔敢納聘昨日娶親孫先生陰

陽有准未卜先知曉得鄒太師要埋伏多人在路搶
奪故令袁達假粧蘇小姐等他搶回若不預先提過
蘇小姐必致被太師搶去孫先生親事可不斷絕了
齊王道兩家畢竟那家納聘在先魯王道論納聘在
先還是孫先生齊王道鄒太師既要定婚合來奏寡
人得知自有處分不該埋伏多人攔路搶奪于理有
虧孫臏親事係寡人戚里無甚罪過袁達不合鹵莽
打傷鄒府多人罰俸三月當下朝散却說鄒太師回
府大怒只是恨孫臏不過即喚大國舅鄒[illegible]出來分

付道我如今打發你往魏邦悄悄去見駙馬龐涓對
他說當初我齊國大夫卜子夏來進茶茶車上盜了
孫臏回齊因收九曜山霹靂洞野龍袁達有功朝廷
歡喜封他爲齊司馬調兵軍師統兵大元帥南平郡
王賜寶劍一口便宜行事孫臏倚恃功高職重侵奪
衆臣之權撥亂朝綱在齊王駕前十奏九准把滿朝
臣宰恁般輕視父親心甚不平好生着惱特差我來
相約駙馬及早領兵到齊裏應外合擒拿孫臏奉獻
臺前與齊國君臣除害鄒綱道去便去還須打點些

親搶這個好新人回來。打得一家人半死半活。他的
計比你的計好得多哩。鄭綱道我說搶親原要搶蘇
小姐。那厮搶這樣個東西。總是你命裏不曾進得紅
鸞天喜。惱悵無益。你道鄭太師因何半日不則聲氣
得目定口呆。手酥脚軟。鄭綱鄭諫道爹爹老年人氣
他怎的。且去安寢。明日進朝奏上朝廷。那時可消口
氣。兩個把太師攙了進去。不提。話說南平王孫臏其
日請下孟嘗君夫人田牟夫人卜子夏夫人就煩三
位夫人。香車寶轎到蘇府迎親。蘇老夫人鳳冠霞帔

366

出來迎接諸位夫人。見畢老夫人一壁廂就分付排
筵款待。一壁廂分付管家婆請幾位至親女眷無非
姨母舅妗之親。替小姐梳粧插戴。不多時。把個花朵
般的小姐打扮整齊。三通吆喝。幾度笙歌。多年母女
此時此際不免得兩下要分手了。詩曰

母子兩情濃　　相離片刻中
不堪回首處　　分付與東風

蘇小姐將次上轎。諸位夫人預先告別起身。兩行燈
燭熒煌。一派管絃嘹喨。新人到得南平府。將近交明

367

日子時。蘇小姐下轎。衆文武官僚偷睛瞧看。果好一
位標致人物。但見

蟬髩雲堆。黛眉山畫。艷質世間稀。惑城傾國。芳
姿天下少。閉月羞花。玉暈生紅。恰似芙蓉初映
水。新粧含媚。宛如菡萏乍臨波。雅淡氷肌不施
蝶粉。輕盈蕙質。似染龍香。飄飄恍三島飛來。裊
裊疑五雲墜下

兩下正拈香恭拜。只聽有人叫進府來道我來吃喜
酒哩。衆文武看時。却是袁達。袁達看見新人恭拜就

368

不作聲。魯王喚他過去問道。你在鄭太師府中怎地
脫身回來。袁達道我好端端坐在轎裏。可恠那陰陽
官揀時下轎。說個牛羊出圈的時辰。晝夜十二時辰
子丑寅卯辰巳午未申酉戌亥。有什麼牛時羊時。分
明把我比做畜類。不由我忍耐性子。登時跳出轎直
打入內堂。鄭家父子通躲過了。是男是女。揪翻就打。
個個奉承一頓。散塲回來。魯王道牛羊出圈乃丑未
時。他也是個王親國戚。你不該使氣性。打入內堂去
且又打壞他許多人手。明日朝廷得知。像甚體面。爽

369

鄒綱鄒諫見太師備言前事太師聞搶了來萬千之喜道孫臏那廝怎的用計把我家媳婦竟要抬到自家裏去古云姻緣姻緣事非偶然難道强得到手的好教那廝吃個烏鼻袁達在轎裏聽得此言微微冷笑道烏鼻烏鼻停會兒教你吃我袁爺的氣力鄒太師叫管家婆取些點心與小姐吃等到吉時纔好下轎管家婆連忙取一盤純肉包子約有三十來个輕輕揭開一綫轎簾連盤遞將進去叫說小姐請用個點心袁達伸出手把一盤肉包子光光吃了下肚管

家婆取出盤來見盤内不剩一個暗自吃驚道這新人食腸大怎的把一盤肉包子通吃光了少頃鄒太師分付陰陽官揀個好時辰請新人下轎陰陽官回答說待牛羊出圈新人便好下轎牛羊出圈乃丑未時袁達聽這句話不解就裏怒從心上起惡向胆邊生口中說道這廝好教他做個陰陽官不會說話什麼牛羊出圈分明把我比做畜類按不住火性跳出轎來擋刺一聲响先把乘轎子打得粉碎磨拳擦掌一路直打進太師府内鄒太師與鄒綱鄒諫見轎裏跳

出這樣個新人明知又中孫臏之計各各害怕逼去躲頭縮腦無計可施袁達赶進府内撞着人不管高低揪翻便打那些正經主兒通躲得没影丫鬟小厮落得當災個個打得鮮血淋身果子滿臉一屋裏喊叫爺爺呵饒命袁達正打得鬧熱有幾個適纔擡轎的軍士在府門外聽得府内喊天喊地想來不像新人下轎吆喝聲响飛奔赶進中堂裏面還打得不歇帳内中有兩個說不要進去這個新人有殺手進門先把家裏人打個下馬威好道進去也是一頓捱得

一耍是一耍又有兩個胆大些的道新人要打下馬威吃得過三日後没有下轎動手之理進去看看不妨衆人赶進内堂看見袁達一交跌翻地上袁達拏倒便打拳頭如雨點亂落有幾個喫硬挣的亂叫道爺爺饒命我等適纔抬爺爺回來將功折罪罷不説還可說這幾句袁達越發不肯放金剛樣的拳頭索性照顧幾下打過一通袁達往外就走鄒家父子三人見袁達轉背纔得出頭鄒諫怨着鄒綱道哥什麼要緊闖這空頭禍依我好好退了親罷什麼搶親搶

一丈身長十圍腰大戭黑一村眍兜臉焦黃兩片落腮鬍濃眉巨口像貌猙獰肥大心粗生成肉狰觀其大脚步如猛虎奔山聽彼响喉嚨似轟雷灌耳惡狠狠尚具殺人心雄糾糾未脫强梁氣

老夫人對魯王道小女身材生得秀溜此位太粗夯了只怕粧來不像魯王道只要騙得他進轎搶回去骨甚像不像老夫人遂問袁達道你會粧新人麼袁達答應會粧老夫人道做新人坐在轎裡着實要耐

358

性說不得話罵不得人出不得恭動不得氣樣樣謹慎纔好去得袁達道不須老夫人分付自有理會只要老夫人取些蓋面的東西與我夫人滿口應承說有叫了鬟取了些胭脂花粉出來袁達道不是這些東西好酒取幾瓶等我吃箇爛醉蓋了面少刻好去做新人老夫人道巧言不如直道怎麼說個蓋面的東西遂喚家僮取出兩瓶好酒袁達也不要酒杯怖着口嘴都都把兩瓶酒呷得點滴不留頭上也沒有簪戴身上也不脫換將近霎[illegible]坐在轎裏上了轎簾

359

不令一個外人知道魯王喚抬轎的進來抬新人起身兩行擺列花燈絳燭鼓樂喧闐打發新人轎在前魯王在後押轎迎到三岔路口那些鄒府埋伏的人見蘇小姐轎來齊吶聲喊紮脚縛手各執短棍好似勇徑强人一般蜂擁上前把新人轎子團團圍住齊吽快抬到太師府去人人有重賞賜只見魯王上前問道這干什麼人為何攔路打搶新人轎子當有鄒綱鄒諫出頭說道殿下這些通是我府中的人蘇小姐原是我府內定下的如何假說一計說小姐病重

360

將危要我家退親既退親也罷不該隨即納了蘇先生聘禮許其今晚成親顯見蘇宅附勢趨炎看得我家低三下四了魯王道蘇小姐既是府上結璘在先應得是府中的人理上說不通分付衆人抬到鄒府去罷那些軍士聽說個抬把乘新人轎扛了就走行不多步兩條轎槓通壓彎了軍士們抬得汗雨通流腰駝背曲上氣不接下氣一路走一路思量這小姐重得利害不知頭上帶着多少金銀珠寶身上穿着多少錦綉紬綾好教我們抬得吃力少刻到了府中

361

新鐫出像孫龐鬬志演義

卷之十三

假新人華堂變臉　真小姐帥府聯姻

且說南平郡王孫臏果然陰陽有准其日在府中暗自思忖不知今晚娶親有什阻碍隨即屈指尋文袖傳一卦對魯王道殿下今晚娶不成親魯王道豈有此理揀定吉日良時難道又好更改孫臏道適按六甲靈文主太師着人埋伏要路搶奪蘇小姐回去魯王道此事不可料先生你神通廣大妙筭絕倫何不

預定一計完美此親不然真與他搶去不成孫臏道殿下臣有一計如今先打發個人到蘇丞相府內假粧蘇小姐上轎到三岔路任他搶奪回去消停夜靜再打發轎子娶真的蘇小姐過門却不是好魯王道此計絕妙先生打發那個假粧蘇小姐孫臏道別人去不得必須野龍袁達去纔妥魯王道他身材長大只怕坐在轎裏狠犺孫臏道不妨異地昏天那個得知真假魯王道要他去先要囑付得停當孫臏喚過袁達附耳低言不過十來句說話袁達應聲得令魯

王遂帶了袁達併笙簫鼓樂一行儀從出南平府門徑到蘇丞相家蘇老夫人迎接上堂魯王把鄒太師埋伏多人搶親的話細說一遍老夫人驚訝道殿下這事怎好我女孩兒年幼最是小胆怎底受得驚恐魯王道不妨孫先生有計在此差一人假粧小姐上轎抬到三岔路口等他搶回然後打發轎子迎小姐到府成親老夫人道此計甚好不知着那個假粧小女魯王道就是這袁達袁達揭開大步近前相見夫人抬頭一看見他

煩惱鄒太師道全仗太尉一力求退愚父子足感雅誼當下着十數个家僮准備袱包短棍隨吳太尉來到蘇府老夫人迎問道大人曾到太師府中談及小女的病勢麼吳太尉道總去說來太師聞小姐有恙說不是二國舅無緣多是小姐没福帶病做親央難從命只求老夫人退了親罷老夫人聞言心中大惱絮絮叨叨那太師說了幾句轉進後堂取出那些聘禮東東西西通把抛下口中罵道老殺才倚官倚勢妄尊自大定親也由你退親也由你將我女兒

350

弄得不上不落怎的好吳太尉勸諭道老夫人不要動怒婚便退了兩家端只粘一綫之親怎好就出言語老夫人道小女病好了不必說倘有些不尷尬決不與他干休吳太尉便叫鄒府家僮上前抬起聘禮簡點明白衆人扛的扛棒的棒往外就走吳太尉回見鄒太師備細回覆聘禮一些不動太師大喜說太尉善于調停當下排酒酬謝不提却說鄒府退親過有兩月孫臏擇下吉日良時娶蘇小姐成親其日齊王設朝魯王奏道南平王孫臏今晚娶蘇代之妹成

351

親係臣主婚特來奏上我主齊王大悦即着近侍取錦段金花御酒湯羊抬到南平王府中慶賀不料鄒太師在朝聽得魯王此奏怒髮冲冠火光迸眼朝罷回府越加惱怒大國舅鄒綱上前問道爹爹今日何事覺有不樂之色鄒太師道我兒我枉作了當朝太師反被人騙哄鄒綱道那个敢騙哄爹爹挈他來就剮就剮太師道南平王孫臏詭計多端與吳太尉拴同一路退了我府中親事元來魯王殿下主婚今晚孫臏娶蘇代之妹成親鄒綱道蘇小姐有病孫臏怎

352

到娶他太師道正是个詭計了所以吳太尉前番來我府中說那通話我一時欠主意反托他前去立地退婚想將起來通是做成圈套那來騙我鄒綱道不難我兄弟二人今晚帶百十名精壯軍士各執齊眉短棍埋伏三岔路口等小姐抬來一齊上前連轎連人搶了回府可不是好太師滿口說好計隨即點起軍士黄昏各帶防身器械一齊埋伏三岔路口只等新人轎子抬來即便動手畢竟不知搶得回去搶不回去還有什麽變故且聽下回分解

353

還了也可魯王道豈有此理這个總是鄒忌要強求此親與蘇老夫人蘇丞相何涉況鄒忌不過是太師又非國王縱然恃勢也強不得人家親事吳太尉道正為此說所以要求郡王一計孫臏道沒甚計策任他強娶了罷吳太尉陪笑道郡王有鬼神莫測之術何在這些小計決要求一个某總好去孫臏見太尉靦腆不過只得附耳低言多只二十句話教他依計而行不要走透消息吳太尉大喜辭別魯王孫臏折身又到蘇府見了老夫人與蘇相將孫臏設下的計

悄悄說知老夫人與蘇相歡天喜地太尉送起身往鄒太師府中回覆竟說蘇老夫人一口應允受下聘禮待選吉日就可完姻鄒太師聞親事允了心花喜開便整宴款待冰翁送出折羊酒儀一百兩吳太尉落得欣然收去轉眼之間過有兩日光景一日吳太尉來到太師府中太師問道吳冰翁今日光降莫非蘇家討甚長短麼吳太尉搖頭道非為此說有一言奉啓自從二國舅定下蘇小姐之後不知二國舅無緣不知蘇小姐沒福到今染成一病茶飯不沾神思

恍惚延醫問卜都說不能痊也料來少吉多凶蘇老夫人多多拜上說活是太師府中人死是太師府上鬼早晚不若送小姐到府與二國舅成了親慢慢將養倘是姻緣病好了也不見得鄒太師道既是蘇小姐患病日久蘇老夫人亦該着人來說聲等我也好請醫去看治怎到今日病體將危猛地要送來與小兒成親此事決難從命鄒諫在旁開口道有了許多聘禮怕娶不得个鮮從的新人定要那病鬼則甚及早退了親罷吳太尉搖手道說不過蘇老夫人性如

烈火巴不得打發小姐出門怎好去說个退親的話鄒太師道不是小兒無緣多是小姐沒福不但小兒說个退親我的意思實落要退吳太尉道怎的好既是立意要退做我面皮不着只得去求蘇老夫人看怎麼說鄒太師道煩太尉即去走一遭只要蘇老夫人肯退還聘禮也可不還聘禮也可吳太尉道老夫人若允退有體面人家决不捐勒一些聘禮太師放心如今到着幾个管家隨我同到蘇府等我設个計較去退倘退得太師不要喜歡退不得太師也不要

尉吳英浼其作伐要他到蘇老夫人處求親吳太尉
回答道我聞得人說蘇家小姐魯王殿下爲媒已許
與南平郡王孫臏先生了未知的實明日必須帶了
聘禮去見蘇丞相倘若訛傳就有活變之法鄒太師
依允即時備下金釵寶鈿錦段盤盒央吳太尉送到
蘇府恰好其日蘇代朝回與老夫人商量小姐做親
一事只見吳太尉送禮來老夫人驚訝道不知大人
送此厚禮有何所諭吳太尉道啓上老夫人鄒太師
第二位國舅未曾婚娶聞知令愛小姐恭容賢淑特

342

令某爲媒送聘禮到府望夫人與丞相慨允兩家門
當戶對正好成親老夫人變色道大人此事不諧前
日魯王殿下親來作伐已納聘禮小女許與南平郡
王孫軍師爲夫人了吳太尉道鄒太師巖巖之勢必
求老夫人斡旋舍此就彼足仞高情老夫人道大人
說那里話太師雖然勢大我家門楣亦不相上下恃
勢求親大非正理既是鄒太師欲聘小女何不預通
一言今日驟然納聘難道一个小女吃兩家茶世無
此事望大人以禮覆之吳太尉見老夫人不允折身

343

便對蘇代道還求大人在老夫人面前攛掇一二蘇
代道別件事可以挽回婚姻一事豈有變更之理況
又魯王殿下爲媒納聘在先于理何服吳太尉沉吟
半晌道既如此聘禮暫留在此待某到南平府內去
求孫先生一計好去回覆太師蘇丞相道這个使得
遂着人將聘禮簡點明白收拾進去吳太尉一面打
發鄒府從人先回一面辭了蘇老夫人與蘇丞相一
口氣奔到南平府下馬離鞍門上通報郡王孫臏連
忙出來迎接恰好魯王也在裡面太尉上堂禮畢依

344

次而坐吳太尉只情喘个小死一句開不得口魯王
問道太尉匆匆而來有甚機密事情吳太尉道臣此
來有一事特要見殿下與郡王酌議欲說覺又得口
魯王道何事但說不妨吳太尉道鄒太師今日備下
聘禮着臣作伐到蘇丞相府中求蘇小姐親事不料
蘇老夫人回覆說前者殿下爲媒預先納下郡王的
聘禮了事在兩難教我又不好去回覆太師特來求
郡王一个妙計解圍則个孫臏道既然蘇老夫人與
蘇大人難却鄒太師何不就收他家聘禮把我聘禮

345

功齊王大喜賜孫臏黃金千鎰蜀錦百端金花二朵御酒三杯官封齊國司馬調兵軍師天下統兵大元帥南平郡王蓋造南平府又賜寶劍一口便宜行事袁達封鎮國將軍李牧封左監軍獨孤陳封右監軍吳獬馬昇授前部先鋒賜魯王黃金蜀錦賜須文龍須文虎御酒金花各各叩首謝恩齊王就着魯王帶領衆將陪軍師孫臏城中榮遊三日魯王領旨同諸將出朝上馬陪孫臏遊街正行之間只見前面一座高大宅院孫臏問魯王道殿下前面好所整齊宅院

338

不知那一家魯王道那是右丞相蘇代家其母老夫人周氏大有賢德雖是女流閨儀整肅博古通今待先生遊玩三日後我與先生同去一訪孫臏道既是當朝相府于理亟當晉謁魯王道三日後去不遲看看過了三日魯王同孫臏入朝謝恩事畢遂先同孫臏出朝隨即到蘇府拜訪其日蘇代還未朝散不在府中老夫人聞魯王到連忙換了鳳冠霞帔出廳迎接上堂禮畢夫人問道今日難得殿下光降蓬壁生輝魯王道豈敢夫人又問道此位大人尊姓大名魯

339

王道道是雲夢山水簾洞鬼谷仙師徒弟姓孫名臏道號伯齡先生纔在九曜山霹靂洞收伏野龍袁達得勝回朝官封齊國司馬調兵軍師天下統兵大元帥南平郡王御賜遊街三日已畢特造府拜謁老夫人道此位就是孫先生小兒府常談及不意今日獲瞻奇表怎麼好今日偶爾小兒在朝未回有失迎迓獲罪不小孫臏欠身說不敢一話之間兩通茶罷魯王又開言問道向聞老夫人有位令愛小姐不知青年多少了夫人道小女今年一十九歲魯王道今日

340

一來拜謁老夫人併令郎丞相二來特爲令愛作伐老夫人道殿下說那一家魯王道就是此間南平王孫先生少一位受命夫人欲求令愛聯姻萬望夫人慨諾明日吉辰就好備聘禮來夫人道小女粗容鄙質豈堪侍奉郡王且待小兒回來酌議再處魯王道夫人不必過謙必求俯允老夫人満口應承魯王與孫臏即起身告別次日魯王准備聘禮鼓樂喧闐送入蘇府老夫人與蘇代酌議停當並無推故遂許聯姻且說太師鄒忌次子鄒諫尚未婚娶一日來見太

341

下山入鬼怕　名喚獨孤陳
兩个好漢帶了合寨嘍囉共三四千名齊擁下山到
齊營門首擂鼓鳴鑼喊聲振地來討袁達旗牌報入
中軍魯王對孫臏道賊兵兇猛齊擁營門何以退之
孫臏道殿下放心臣又有个擒法仍着先鋒吳獬馬
昇領兵出陣許敗不許勝二將得令卽時披掛出營
兩家對陣更不道姓通名放開馬一塲狠殺望遠行
詞爲證
陣雲迷野紛紛擁戈劒如麻森列排開鉄騎趯

334

動金鞭試問誰優誰劣捉虎擒龍个个披堅說
鋭詢是兩雙豪傑料齊營今又倍添威赫　休
說此際未分勝負知不是尋常機設盡術迴別
雲旂掩映應有無窮神策須信出奇制勝賈勇
誇謀總是伯齡妙術看囊時納欽星門雙悅
兩家戰經三十餘合吳獬馬昇撥馬跑回李牧獨孤
陳不肯放拚命追趕孫臏念動六甲靈文一霎天昏
地暗李牧獨孤陳心慌意亂祈身就走撲通一聲响
兩个連人連馬都吊下个深潭裡孫臏高叫道衆軍

335

齊來多搬土石撒下潭去活埋他兩个罷李牧獨孤
陳在內大叫道只求孫師父饒命李牧獨孤陳二人
情愿受降孫臏道旣愿降閉了眼救你出潭二人依
言一齊合眼孫臏喝聲退二人開眼一看無甚深潭
却是一刬平地李牧獨孤陳卽拜道孫師父眞神人
也我等實意願降孫臏便帶他二人進營拜見魯王
魯王甚喜傳令將九曜山霹靂洞中粮草盡數搬入
齊營旗開得勝掖寨回兵臨江仙詞
克敵由來推秘術爭誇孫子行兵只因施展鬼

336

神驚坐收龍虎將四海播雄名　誰道絲沐無
俊杰一時去暗投明望風歸順有三英論功膺
上賞奏凱返齊城
旬日之間兵馬回至臨淄城魯王同孫臏入朝見駕
齊王問道御弟與孫先生同回了收捕野龍袁達事
體如何魯王奏道臣領兵先到蛇盤山不動干戈闘
孫先生之名收降吳獬馬昇次到九曜山孫先生三
擒三縱收了野龍袁達後又收李牧獨孤陳此皆先
生八門遁法六甲靈文之妙所以旗開取勝馬到成

337

來袁達坐在裡面樵夫說合着眼等我好扯袁達兩眼緊閉耳邊聽得颼颼的响直扯上半空裡了袁達在筐裡叫道樵哥不像在平地上覺得越扯越高了樵夫道你身子重款我用了許多氣力且連筐兒放在樹梢上等我回家吃了飯再來放你下去袁達道樵哥你好自在生性不管人死活你掛我在樹梢上回去吃飯倘一个不㗇溜繩子斷了吊將下去叫你不應怎麼處樵夫道也罷我不去吃飯這邊樹上結着幾个桃子你開眼伸手過來揀熟的摘兩个下來

等我接接力罷袁達點頭不及道使得使得開眼一看不見高山峻嶺也無密樹叢林高高的掛在旗竿上只見孫臏青袍皂盖羽扇綸巾站在平地上問道袁達你說我不會騰雲駕霧半空中拿不得你如今被我在半空中拿了可曉我真本事麼袁達道師父你的神通我已盡知放我下來情愿受降孫臏道依舊合着眼袁達把眼一閉孫臏喝聲退須臾旗竿又不見了坐在一塊平地上袁達滿聲喝采道師父果好本事如今我降便降了只請問師父適纔高山密

樹旗竿通那里去了孫臏笑道這是八門遁法頃刻之間要到就到要退就退袁達近前倒身就拜隨入中軍參見齊王齊王問道先生怎地三擒三放纔得他來歸順孫臏道臣放袁達三次使其心中悅服况他是天下一員虎將七國之中誰不聞風畏懼如今將他收在齊邦何愁七國不來進奉齊王大喜不在話下且說袁達受降那些嘍囉飛似上山報與李牧獨孤臣知道二人聞言大惱道他投齊國不知真假我們只下山討袁達回來便了兩人登時結束下山

但見這一个

鉄鎧横龜背　銀盔耀雪明
袍披十樣錦　帶束虎絃觔
雙鞭龍掉尾　弓箭緊隨身
英雄稱李牧　四海盡聞名

那一个

身披牛甲厚　頭戴茜紅巾
殺人不斬眼　擄掠最無情
鋼刀長鉄柄　劣馬响銅鈴

樵夫遠遠問道你是什麼人袁達道我是九曜山靈
虛洞野龍袁達樵夫呵呵大笑道你是个南山猛虎
平日傷害人多今日天敎陷落深穽不來救你袁達
惱燥睛自道不救便罷怎當面罵人且再忍氣吞聲
嗚他救了我慢慢講理又叫道樵哥遠處因我自不
曾到不知那里有去路做你不着替我説聲救我下
去從重謝你樵夫道你在那邊山凹我在這邊山凹
樹木叢密不便來救你袁達道我背後黑洞洞似枯
井一般下去得的麼樵夫道去便去得聽我説與你

326

知道袁達道望樵哥指引樵夫朗言道
樵夫告大王　聽我從頭訴
行過五七里　方總有退路
兩手要扳牢　一心莫驚怖
若還撒了手　命卽黃泉赴
上有大山嶺　下有蛟龍聚
過得蛟龍洞　有个毒蛇窩
幾條白花蛇　盤廻十里數
行過毒蛇處　有个虎狼任

327

遠望似城門　近觀生黑霧
左轉八十回　右轉九十步
一簇女裙釵　生得眞嬌婷
有一老妖精　擋路多馳鶩
你若被羈留　永世身擔誤
幾个通臂猴　開張雜貨舖
可去問一聲　便有下山路
袁達把舌頭一伸險些縮不進去道樵哥不要哄我
怎有這許多驚恐決要你走過來救我一救樵夫道

328

要救你不難依得我一件事總可救袁達滿口應承
道肯救我莫説一件十件也依樵夫道我有个筐兒
放過來與你你把盔甲卸下了放在筐裡等我先扯
過來再放筐來救你袁達道一番生活兩番做總是
了過去罷樵夫道又是盔甲又是人筐兒重一遭扯
好扯倘然斷了吊將下去只好摔做肉餠袁達道說
得有理性命干係且把筐兒放過來扯了盔甲再處
樵哥往山頭上放下个筐兒袁達卸了盔甲放在裡
面叫道扯過去樵夫把筐扯去出脫了盔甲又放將

329

遲了也罷再放你去一次這番我也不在陣上拿你要在半空中拿你袁達道不要誇口在半空中拿我除非會騰雲駕霧孫臏道且不與你對口半空中拿了你纔顯得我神通遠大分付軍士再放他去衆軍又將袁達去了綁放出營門袁達得放奔回霹靂洞把洞門牢閉又與李牧獨孤陳酌議不提詩曰

夙宿强梁名大播　不信今朝兩折挫
軍師妙術果然奇　俗法凡機誰可破

次早孫臏仍舊分付吳獬馬昇到九曜山前搦戰如

前許敗不許勝仍着須家二將執聚神旗營前覩陣吳獬馬昇領兵正到山前却好袁達帶領嘍囉關下山來兩家對面不分皂白勒馬就殺戰經十數合二將佯輸撥馬回走袁達加鞭望前急赶須家二將望前瞧見把聚神旗連展三展孫臏望空一口法水噴竟不知這回怎生又擒得袁達來肯降與不肯降且聽下回分解

新鐫全像孫龐鬪志演義

卷之十二

九曜山野龍納欵　丞相府太尉退婚

話說孫臏在營中見神旗展動忙噴一口法水念動真言須臾雲霧迷漫太陽昏蔽認不出東南西北只見前面一座高山袁達心慌意亂策馬上山四下望一望止有上山的路沒有下山的路正在驚惶之際忽聽得遠遠伐木之聲暗自道那里樵夫斫柴响且叫應他問个路數厲聲大叫道樵哥快來救我一命

收捕此賊既被擒拿卽當令其速死與七國除害何
故反放他去孫臏道殿下不妨此人心若不服縱拿
他來亦無用處待他心服自然歸順說那袁達逃奔
上山回到霹靂洞李牧獨孤陳出來接道哥回來了
齊兵殺敗了麼袁達道不要說起原來耶蛇盤山吳
獼馬昇改邪歸正投爲齊國先鋒被我當先一陣殺
得他二人大敗逃回我因縱馬追赶不料孫臏在營
中作法我却墮入發中奔入深林裏被他絆馬索絆
倒馬足將我擒入中軍孫臏要我歸降我說要我歸

318

降除非使眞手段擒我我纔肯降因此放得回來李
牧獨孤陳齊搖頭道哥好利害又是你日常聞于七
國威名大播以此不敢難爲你若是別人此時已作
虀粉那里還得性命轉來袁達道趁他兵驕之際定
不着意隄防攻其無備出其不意今晚二更天氣我
們點起大小嘍囉悄地去刼了他營寨殺得他片甲
不留却不是好兩人齊說好計當下計議停當卽點
起精銳嘍囉二千各帶防身器械等到二更依計行
事說那孫臏在中軍帳裏傳令着衆軍士向中軍門

319

首掘個土坑五丈深十丈濶上面將鬆泥亂草遮蓋
停當黃昏各營不許明燈亮燭提鈴喝號傳箭支更
止許中哨內點着燈火兵馬四下埋伏隄防賊人刼
寨衆軍一一遵令到二更時分袁達李牧獨孤陳三
人各披掛整齊帶二千嘍囉人盡啣枚馬皆勒口人
馬擁到齊營只見中哨裏點着明燈亮火袁達領頭
隊人馬當先李牧獨孤陳在後袁達當先徑往中軍
吶聲喊殺將進去只聽得人馬齊聲叫苦嘈嘈嗏嗏
通跌下陷人坑李牧獨孤陳後隊人馬見前隊通跌

320

下坑兜轉馬頭一齊就走四散逃竄齊兵也不追趕
四下攏來高叫活埋了袁達袁達在坑裏叫道不要
把人性命半三不四結果了放我起來還有話說衆
軍士把撓鈎放下坑去將袁達搭將起來綁縛停當
解到中軍袁達見了齊王孫臏只是低頭伏地並不
言語孫臏道袁達你兩次被擒可歸順免死袁達道
有言在先用眞本事陣上拿得我我纔歸順這此暗
算計擒人縱死不降孫臏道什麼暗算計豈不聞兵
行詭道我若不用計擒你等你先來刼我營寨可不

321

兵征勦嘗有先鋒帶領人馬山前討戰袁達笑道有
道樣事我到不曾起兵去騷擾他他反先要來征勦
我獨抓陳李牧道哥上門的買賣好做只教他來得
去不得袁達道二位與我鎮守山寨待我親自出陣
以觀齊兵强弱好袁達眞箇
勇猛驍雄葢世九曜山上哪吒開山巨斧手中
抓慣跨奔崖劣馬皮取熊羆虎豹肉餐麂鹿獐
靶殺人放火作生涯提起神驚鬼怕
袁達披掛齊整躍馬下山眞教

三員虎將歸齊主　一代軍師七國尊
袁達奔至陣前大喝一聲道何處無名小卒輒敢領
兵到我九曜山前吆喝上門送命吳獬馬昇道吾乃
齊御弟魯王龐下孫臏軍師差來前部先鋒吳獬馬
昇袁達哈哈一笑道吳獬馬昇你等一向占踞蛇盤
山阻絕我咽喉要路爲何到肯弃暗投明改邪歸正
你今來此還是齊王差你送糧還是教你來納命吳
獬馬昇喝道你這逆天强賊朝廷家的糧草就肯輕
易與你也能要糧交鋒三合勝得我借糧與你勝不

得教你命染黃沙在這九曜山前做個無頭怨鬼袁
達道這斯上門笑人且放馬過來看我个手段兩個
先鋒一個草寇在九曜山前用盡平生氣力從巳牌
戰到午牌不分勝負戰經三十餘合吳獬馬昇撥馬
佯敗而走袁達縱馬追趕營門首須文龍須文虎見
二將佯敗跑回忙把聚神旗連展三次孫臏在營中
瞧見旗動手捻驅神訣口念六甲靈文叫聲齊來霎
時乾坤黑暗天地昏迷嚇得袁達魂不附體東望西
瞧認不出路數把馬儘力加鞭望前飛走直奔入那

深樹林中却被絆馬索絆住馬足連人連馬一齊沓
倒齊兵擁上前把袁達拿住用碗粗繩子綁了解入
中軍帳來孫臏問道袁達你今日被擒心肯歸降免
汝一死袁達道誰不知你是雲夢山鬼谷子徒弟邪
術擒人不爲希罕永世不降你可放出眞本事來陣
上擒得我方纔歸降孫臏道你要我眞本事拿你這
有何難只要一言爲定分付軍士解去其縛還他鞍
馬放他出去袁達得放出營上馬加鞭一溜烟竟逃
往山上去了魯王問道孫先生今日與兵到此專爲

藏六甲靈文鞭雷策電鬼神驚呼風能喚雨撒
豆盡成兵。
兵馬徑往九曜山進發。行勾多時。哨馬飛報說前面
蛇盤山有兩個山王擋路。不能前進。孫臏傳令將人
馬暫屯此處。着先鋒須文龍須文虎上前勦捕。二將
人馬貫甲輪鎗執斧勒馬來到山前。那兩個山王明
盔明甲各執丈八蛇矛上前問道。二將何名。須文龍
須文虎道。吾乃齊御弟魯王麾下孫臏先生差來前
部先鋒須文龍須文虎。山王道。既是孫師父差來二

310

位不須征戰。我兩人情愿受降。須文龍須文虎遂帶
了兩個山王到營門首。旗牌飛入中軍報道。兩個山
王不願征戰。俱願受降。先鋒已帶在營前候令。魯王
令見。山王入軍中見了魯王。倒身一十二拜。口稱三
滿千歲。轉身見孫臏又是深深八拜。孫臏仔細一看
道。我道是誰。元來就是二位。魯王道。先生與他有舊
孫臏道。殿下。他兩個原非草寇。是魏王駕前兩員帶
刀指揮。一名吳獬。一名馬昇。因魏王寵信龎涓。被才
了五十御棍。削除官職。以此在這蛇盤山落草爲王

311

前者臣往此山經過。承他二人一面之識。聞齊王納
賢愛士。卽欲同臣投齊。改邪歸正。蓄意以久。今日既
來歸順。卽當收用。魯王道。軍中沒有贖職。將他二人
做什麽好。孫臏道。且將須氏弟兄權作左右監軍。暫
與吳獬馬昇掛先鋒印。魯王然其言。遂着須文龍須
文虎作左右監軍。吳獬馬昇爲先鋒。二將掛印謝恩。
遂領兵望前進發。未幾到了九曜山向十里平陽之
地。安下營寨。屯下人馬。孫臏中軍傳令。兵馬不得亂
進。先相度地形。后分門佈陣。分付先鋒吳獬馬昇領

312

一枝人馬先往九曜山前罵陣。如袁達出來交戰。許
敗不許勝。二將得令。登時上馬。領兵前去。孫臏又分
付須家二將。執着聚神旗。在營前觀陣。但見吳獬馬
昇撥馬跑回。可將聚神旗連展三次。我好營中作法。
須文龍須文虎得令。領了聚神旗。出營門首站立高
臺上。仔細觀陣。且說吳獬馬昇領兵到九曜山前排
開陣勢。擊鼓鳴鑼。當前搦戰。其日袁達正在霹靂洞
中與衆頭領獨孤陳李牧一干計議。齊王不允借糧
打點與兵倡亂之事。忽見嘍囉飛似來報說。齊國與

313

這樣事。快宣御弟來問他。連忙又把魯王宣到堂上。
齊王問道。御弟。鄒太師說你軍隊中有個什麼異人、
魯王奏道。臣不敢隱。果有一異人。王問是誰。魯王道。
即向日卜子夏進茶到魏國。盜來的孫臏。齊王老大
吃驚道。就是孫臏。他一向在那里。魯王道。一向寄跡
在臣府內。他因身無寸箭之功。不敢驟見我主。前者
認靴魚跳出水樞。俱是孫臏之神通遁甲之奇妙。今
日因端陽比射之期。以此臣帶他進演武場來觀光。
我國。齊王喜逐顏開道。寡人慕想巳久。一向到在御

306

弟府中。快宣來一見。孫臏忙到駕前禮拜嵩呼。齊王
道。孫先生。寡人久仰大名。如渴思水。前番既到我國。
總是無功也。該一見。怎至今日纔得相會。孫臏道。臣
非不來見駕。奈無寸功。自覺慚愧。齊王道。說那里話。
高人奇士。非尋常可得。何必以功見耶。寡人今日欲
授先生一職。奈此間非納賢禮士之所。明日進朝。寡
人當有重用。孫臏謝恩。不移時。齊王駕散。魯王與孫
臏依舊回府。不須細敘。次早齊王設朝。孫臏進見。正
待封官。黃門啓奏道。九曜山辟塵洞野龍袁達差人

307

借粮二百石。朝前候旨。齊王道。我這國中連年荒歉。
兵多民衆。粮草自且不敷。那有得借人。打發他往別
那去。借不必進見。黃門領旨。打發來人去訖。齊王坐
于寶殿上。沉吟一會道。袁達那廝。乃亡命之草寇。兇
狠異常。七國之中。莫不聞風畏懼。大邦贈金。小邦讓
位。每每得志。我這裏今日沒糧借他。决萌歹意。必要
興兵借亂。怎生是好。鄒忌就上前奏道。臣啓我主。今
日我主欲授孫臏的官職。縱授得職分小。又說我主
輕賢慢士。欲封個大官。又恐他未立奇功。固辭不受。

308

何不着孫臏到九曜山勦捕了袁達回來。那時授以
高官顯爵。兩心悅服。齊王允奏。即着孫臏領兵往九
曜山收勦野龍袁達。孫臏奏道。臣願與魯王殿下同
領兵去。齊王道。既然如此。再着須文龍須文虎掛先
鋒印。一同前去收捕。孫臏領旨出朝。即與魯王須文
龍須文虎同下教場。點集精兵一萬。即日起兵。你道
孫臏怎生打扮。

魚尾雞冠束髮。袍披素練渾青。黃絨絲繫道宮
情。獸皮靴掩足。巧樣更時新。腹隱八門遁法。胸

309

覺不槩孫臏道殿下不須煩惱有臣在此今歲不比往常㝠教殿下插金花飲御酒要鄒鄒太師簪祇花吃凉水只要今日爲始向後園中立起垜了待臣教殿下連射幾日自然百發百中魯王欣然大快隨卽取了弓箭同孫臏入園先以四十步立垜漸次六十步後八十步爲卒魯王習射非只一日看看射得手熟再無一矢落空晨催暮促早又到端陽日孫臏教魯王藏他在軍隊裏同下演武場恰好齊王帶集文武多官排駕巳到齊王上堂傳旨着太師鄒忌與魯

302

王比射二人各帶寶雕弓一張狼牙箭三枝下演武堂來各逞所技那鄒忌因每年慣占魯王上風曉得他箭法不佳不大着意口稱殿下請開弓魯王並不謙遜搭上箭扯滿弓騰地一箭射去剛剛中着垜上紅心鄒忌見魯王頭一矢就射着吃上一驚卽施逞神威開弓放箭一箭射去本是衆上垜的被孫臏在軍隊裏用聦箭法把他箭吊下垜來鄒忌驚訝道古怪我的箭百發百中的怎麽今日射不上垜魯王又放第二矢又中在紅心裏鄒忌道可惱怎被他連中

303

二矢登時發一箭去却又吊在地上氣得鄒忌目光迸火頓足捶胸魯王見鄒忌一連兩箭不中自覺快意拽起弓把第三矢射去又射在紅心裏鄒忌越發不快活道他每年比射三矢之中不能勾中一矢今歲怎麽被他連中三矢我只有這枝箭在手再若不中可不被多人笑滚一邊扯弓一邊口叫軍牙六纛大神威靈助佑鄒忌滿望中這一枝還像個模樣不匡心揺手顫射將去又是個大空射畢齊王在演武堂上問道今歲何人奪標衆官齊奏道魯王殿下連

304

中三矢鄒太師一矢不中齊王大喜道今歲却是御弟奪標寡人不勝之喜傳旨宣魯王上堂魯王歡顔悅色走到駕前飲了三杯御酒簪了兩朶金花領了彩段紅羅謝恩下堂鄒忌站在旁邊怒氣交加心中不服口出怨言齊王聽得道這是年年舊例射中者賞不中者罰比如御弟連年不得中甘心受罰並無一句嗟怨之言今年你自射不中却怨誰來鄒忌上前奏道臣無甚怨適見魯王殿下軍隊中有一異人在内作法以此臣箭不得上垜心内疑惑齊王道有

305

手拍三下叫三聲那魚就跳出水櫃來齊王道御弟
你只認了此魚便罷怎又畫蛇添足還要他跳出水
櫃倘跳不出來反被人笑魯王道我王勿慮臣定要
他跳出來齊王着近侍取出水櫃魯王走到木櫃邊
把手拍三拍大叫三聲只見那對魚憑空竄出金鑾
殿上齊王天顔大喜道好御弟果然博覽古今高明
遠見能識此魚滿朝文武個個喝采魯王連那楚國
使臣弄得泥塑木雕了齊王分付近侍依舊放入水
櫃中近侍取在手一尾跳躍不絕道一尾早已亡之

命矣夫了齊王不快活道兩尾魚可惜死了一尾魯
王道一尾雖死一尾尚活我王如今可速令楚使回
國傳與楚王年年進奉歲歲來朝一年不來即與兵
征伐齊王依言一面打發使臣回楚一面取黃金千
兩綾錦百端賜與魯王魯王道黃金綾錦臣不敢受
求我王把這兩尾靴魚賜臣勾了齊王道御弟要此
魚本當賜汝但只楚國進奉一場將這死的拿去活
的寡人要養在金蓮池內魯王叩謝就把一尾死的
帶回府來孫臏迎接道殿下恭喜回府了魯王滿面

堆笑道先生果然神通玄妙嚇得那楚國使臣目瞪
口呆滿朝臣宰搖頭咋舌如今已打發楚使回去要
他年年進奉歲歲趨朝一年不來就與兵征勦朝廷
大喜把一個活的養在金魚池內死的賜了我孫臏
贊喜道就只一個死的臣有用處看官你道孫臏要
這死靴魚何用原來他自被龐涓刖了雙足沒了十
個足指醜陋不堪把這靴魚做個樣子叫那精巧皮
匠把軟淨獸皮配上一隻湊作一雙靴穿在腳上不
在話下從此之後魯王在府三日一開小宴五日一

開大宴百般敬奉孫臏每日講武談兵無寸晷之暇
忽一日魯王愁眉不展面帶憂容孫臏問道殿下何
事縈懷魯王道先生我齊國每歲到端陽節日朝廷
令我與太師鄒忌下演武場比射那鄒忌年年發三
矢中三矢我發三矢一矢再不能上垜別的武藝他
不如我止有箭法我不如他孫臏又問道比射一番
有些什麼賞罰魯王道年例鄒忌中三矢朝廷賜他
綵段紅羅金花二朵御酒三杯我一矢不中的罰戴
紅紙花二朵飲凉水三大鍾今日為此想到此處其

道。快宣魯王上殿。不多時。魯王宣到。齊王道。御弟。楚王遣使進兩尾魚來。要我國中文武。識認是何名色。認得出。年年納貢。歲歲來朝。如沒人認得。要我國納降表與他。適纔衆文武看過。俱不認得。故宣御弟來認看。魯王揭開水櫃。看勾多時。畢竟不知說出此魚是何名色。還有什麽話講。且聽下回分解。

294

新鎸全像孫龐鬬志演義

卷之十一

魯王兩次認靴魚　袁達一番遭陷穽

話說魯王田忌當殿開櫃。把魚看了半晌。回奏道。臣從不曾見此魚。不知什麽名色。齊王道。御弟既不認得。且回府去。分付近侍把魚櫃收起。着楚使明日候旨。當下朝散。魯王回府。孫臏迎問道。今日宣殿下入朝。爲些甚事。魯王道。一種奇事。楚國進一對魚來。要我邦認是什麽名色。認得出。情愿年年納貢歲

295

歲來朝。認不得。要我國納降表與他。朝中衆多文武。人人看過。俱不識認。朝廷爲此宣我去看。我又認他不得。孫臏道。那魚怎樣顏色。有多少大。魯王道。僅長一尺。皮如墨色。巨口細鱗。孫臏微笑道。殿下果不認得。那魚名爲靴魚。出自弱水河中。網不能取。釣不可得。人世罕見。要取此魚。有個法術。向水涯邊把手拍三下。叫三聲。那魚就跳上涯來。魯王道。有這樣事。孫臏道。殿下不信。明早進朝。着楚使來。請殿下到水櫃邊拍三下。叫三聲。那魚登時跳出水櫃。魯王歡喜道。

296

倘然跳不出來。怎麽好。孫臏說。殿下放心。臣在此間作法。不怕那魚不跳出水櫃來。魯王道。既然如此。明早就入朝。只要先生施一臂之力。有功回來。自當重謝。孫臏道。殿下怎說個謝。但有一說。倘齊王明日賜殿下別物。一些不要他的。只要那兩尾魚拿回來。臣有個用處。魯王滿口應承。次日早朝。魯王上殿奏道。臣昨回府。寢夜思想。纔記得起此魚出在弱水河中。名爲靴魚。楚使在旁見魯王認着了。便問道。殿下魚名便是。可曉得還有甚妙處。魯王道。我到水櫃邊[illegible]

297

來叫謁等他權在府中住着魯王喜逐顔開道快請
進來子夏折身接孫臏進府孫臏見魯王行了君臣
之禮魯王大悅道久仰先生盛名不意今日相遇幸
甚幸甚孫臏道一朝得遇殿下生平之願足矣又蒙
寵留何勝雀躍魯王道前面五間大書樓儘寬綽幽
致恐先生上落不便到是洒棉那邊東書院先生住
罷孫臏稱謝子夏遂別入朝見駕詩曰
時來龍虎風雲會　運至君臣道義眞
千里有緣能輻輳　無緣對面不相親

290

子夏出魯王府入朝逕見齊王齊王問道卿回來了
孫臏可曾得麽子夏奏道臣領命入魏將孫臏車上已把
孫臏盜了出城他恐龐涓領軍追趕又下了齊車與
臣分路而行約定新梁橋相會臣在彼等候多時不
來想往別處去了但記得孫臏下車之時曾對臣說
幾句話他道
耿耿丹心壯　巍巍忠孝存
荷蒙齊主德　端不負仁君
臣諒孫臏決非背義忘恩之人決不食言不久必來

291

齊王嘆口氣道寡人實指望遣汝到魏國盜孫臏來
匡扶社稷輔助朝邦詎料又成空返使寡人大失所
望說未已黄門官入朝啓奏道楚國遣使進魚現在
朝門外無旨不敢擅入齊王令宣使臣進見楚使入
朝嵩呼拜畢奏上道臣楚國使臣也奉楚王命特來
進魚齊王道有多少魚也要你遠來進奉一場楚使
道魚只兩尾與別的魚不同本國無人認得甚麽名
色因此我主遣臣進上說兩班文武中有人認得此
魚何名情願年年納貢歲歲來朝若班中文武没人

292

認得要大王納降書表章于我楚王齊王問道魚在
何處取來與寡人看楚使出朝抬了水櫃將魚送至
金鑾殿上齊王展開龍睛鳳目仔細觀看那魚僅長
尺許皮如墨色巨口細鱗齊王搖頭道寡人從没有
見此魚衆文武一齊上前飽看一會各各閉口無言
齊王問道衆文武認得此魚是何名色衆臣俱說不
知齊王不樂面帶憂容與衆臣道怎地好終不然到
楚國納降表不成衆臣道我主勿憂要識此魚除非
是魯王殿下他博覽古今高明遠見必然認得齊王

293

大王。鷹拿雁爪把孫臏捉上山。不移時。山上兩個大王走出來問道。這道人那里來的孫臏。道我是雲夢山鬼谷仙師徒弟孫臏。從宜梁來要投齊國去。二王聽說孫臏。倒身下拜道。聞名久矣有眼不識高人。望師父恕罪。孫臏道。甚從來未會識面。不識二位尊姓大名。二王道。我二人一名吳獬。一名馬昇。原是魏王駕前帶刀指揮。因魏王寵信龐涓。將我二人打了五十御棍。削除官職。因此在這蚍蟠山上落艸爲王。孫臏道。二位何不依舊改邪歸正。吳獬馬昇道。師父有

286

所不知。當今魏國朝中。大半屬龐涓羽翼。多少元老勳臣。尚且箝口結舌。退歸田畝。我等豈可不識時務。說話中間。衆嘍囉帶過鄭千鄭七道。兩個轎夫求大王發落。孫臏微笑對吳獬馬昇道。他兩個原是鄭安平丞相家僮。前其借宿其家。感彼主人大德。着他們抬轎送其入齊。二人中心。雖懷些歹意。被我佈擺得勾了。饒他回去。好覆主人之命。吳獬馬昇。遂放鄭千鄭七下山。仰令整酒管待。酒至數巡。吳獬馬昇道。其等願從師父投齊國何如。孫臏道。同去雖好。但不知

287

齊主如何待其。先去。看齊王委果納賢愛士。那時保奏二公。同爲一殿之臣。有何不可。二人大喜。送送孫臏下山。孫臏別了吳獬馬昇。行勾多時。到得新梁橋。卜子夏望見孫臏。下車迎接。依舊同坐了茶車。趲路前去。孫臏一路去。對子夏道。大人。我此來身無寸箭之功。倘被讒臣離間。可不費了大人一片美情。煩大人到齊先尋個愛賢惜士的所在。等我暫住幾時。待有功之日。纔可進見齊王。子夏道。大人不必過慮。我國有個魯王田忌。即齊王御弟。他最尊賢敬士。送先

288

生到他府中暫住。便了。孫臏道。若得如此。感謝不盡。敘話之次。爺進臨淄城。兩人下了茶車。同到魯王府門首。子夏說。先生少待。我先進去報與魯王知道。子夏入見魯王。魯王問道。盜取孫臏之事如何。子夏回說。已盜來了。現在府門首。魯王道。先生怎不同他入朝見駕。卻引到我府門首。有甚原故。子夏道。孫先生說此來身無寸箭之功。恐被讒臣離間。不肯入朝見主。要尋個愛賢納士的所在。暫住幾時。有功之日纔肯見駕。臣聞殿下寬洪大度。重士尊賢。故特引孫臏

孫龐演義 卷十 十二

289

別起身鄭千鄭七擡着孫臏走了許多路歇在三岔路口鄭七悄悄問鄭千道哥我們抬這道人到新梁橋不知謝些什麽物事鄭千一笑道這道人自家沒有倚靠要投齊國有什麽謝我們鄭七道哥既沒物謝我們有處如今擡了不要往新梁橋去向小路兜轉徑抬進宜梁城送與龐駙馬我們儘勾個小發跡所謂利動人心鄭千聽說流水點頭道有理兩個擡了轉灣抹角遠遠望見宜梁城孫臏坐在轎裡抬頭看處認得是宜梁城猛地大驚暗自道我到被這兩

個毛神捉弄了抬我到這裡可不害我的性命口中忪誦眞言須臾霧擁雲漫把一座宜梁城遮定鄭千鄭七不辨東西南北隨路而行兩個一樣心下忖量道奇怪適纔明明望見宜梁城怎麽又走許多路到不見了影响兩個只得抬了不住地走抬得通身是汗氣吼如雷抬頭一看見前面一座高山那山委實高得利害但見

山頂依稀連斗杓樹梢彷彿透雲霄嵯峨怪石看來似半個精拳老大喬松望去如一遮雨傘

四圍險峻八面崔嵬峰巔屹立淸風射眼夢寬驚泉水飛流寒氣透人毫髮冷雖無豺虎爲窩定有强人結寨

兩個把轎歇在山脚下背地道莫不這道人有些法術故意走遠我們走許多路也不知這山叫什麽山通着什麽去處說不了山上一聲鑼响果閃出一夥嘍囉個個頭戴茜紅巾手執刀棍赶下山來喝道快留下買路錢鄭千鄭七唬得抖作一團磕頭如搗蒜道衆大王饒命我每是鄭安平丞相府中抬轎的身

邊並沒分文要買路錢只問轎裡的道人討衆嘍囉上前掀起轎簾仔細看時那里有甚道人一塊大頑石在內鄭千鄭七通看呆了鄭千道實也古怪明明一個道人怎地變了塊頑石鄭七道决是道人弄法怪見越抬越重衆嘍囉道且綁去見大王要着落你兩個尋出道人來衆嘍囉當下把鄭千鄭七綁了一齊正走上山猛可轎裡叫道我在這裡衆嘍囉折身看時不見頑石轎裡坐着個黄衣道人衆嘍囉把他捉出轎一齊說道這道人有魇禳法的拿上山去見

拄着雙拐就走看看天色將晚兩邊一看通是田地前不着村後不着店正沒所在安宿瞧見前面樹林中隱隱一帶粉墻孫臏料粉墻內必是人家趲入林內却是老大個八字墻門門首立兩塊馬臺石不像個尋常村舍門徑孫臏打點走進門去一個老漢劈面出來問道那裡來的孫臏連忙拱手道我是過路的不期到此天晚尋不着旅店欲借寶庄暫宿一宵明蚤即行老漢道我這里不是擅入得的人家待我進去禀了員外肯留你纔可進去孫臏道肯留不肯

留要求老者方便一聲老漢折身進去孫臏牢牢坐在馬臺石上耳聽好消息不移時老漢出來道員外着你進去孫臏千歡萬喜隨着老漢進了墻門穿東過西走過許多所在纔到得正廳上孫臏暗自喝采道好大房子不知什麼個土財主哩老漢把手向軟門邊一指道出來的就是員外孫臏看時那員外

年過耳順壽近古稀隺髮蕭條總是戴冠頭盡禿龍鐘衰邁雖然柱杖步難前容顏多蒼古牙齒實稀疎禮度從容不似村庄樗朽老言詞慨

慷多應冠蓋舊家人

那員外見孫臏身着黃衣又是道家打扮便問道先生從何處來孫臏道某乃雲夢山水簾洞鬼谷仙師徒弟孫臏向在宜梁如今將投齊國到此天晚敢借寶庄暫宿一宵明蚤就行員外問道先生向在宜梁可認得鄭安平麼孫臏道鄭安平乃吾至友駙馬龐涓屢次要害我多虧鄭安平朱亥侯嬴衆大人垂青看顧幸保殘生員外道先生不知鄭安平是我小兒說起來是相知了孫臏驚訝道元來是令郎多有獲

罪員外分付整治晚飯待孫臏就着打掃書房[illegible]孫臏安歇次早孫臏拜辭起身員外一把留住道[illegible]先生光降怎隔得一宵就要去在舍下多盤桓幾日何妨孫臏道不敢相瞞有齊國上大夫卜子夏約定在新梁橋會恐去遲了兩下耽阻所以急于要行員外見孫臏立意要去不好强留整酒相送飲酒中間員外道此去齊國若干里路先生雙足不便几時得到待我這裡打發乘轎送先生到新梁橋去孫臏欠身致謝員外遂叫家僮鄭千鄭七出來抬轎孫臏作

有丈夫麽婦人點頭說有在前邊田裡做工一時等不回來孫臏道我到前邊田裡去說與你丈夫知道叫他回來折身徑走走到前面果見一坵田田裡有個農夫在那里鋤田孫臏叫道鋤田的你家母親心疼死了你的娘子望你回家我順便稍個信來可速回去農夫聽說忙把鋤頭擔了打點要走孫臏叫住道我送你一丸藥去放在母親口內等得還覓轉來你把箬笠蓑衣耕器之類都放在這里我替你照管農夫除下箬笠脫下蓑衣撇下鋤頭交付與孫臏三

脚兩步飛一似走去孫臏將箬笠戴了蓑衣穿了拿了鋤頭踹在田裡鋤田身邊還有個紙人取將出來念動靈文叫聲變那紙人又變做孫臏一般模樣正北上一口水池把那紙人頭南脚北淌在水池上取出一升白米向週圍一匝念誦真言那些米霎時變了百萬蛆虫把那尸首緊緊攢住自已仍舊去鋤田說那龐涓帶領軍士出東門四五里田地遠遠見子夏茶車推着急鞭馬赶上龐涓大喝道卜子夏快留下孫臏去子夏不慌不忙停了茶車道龐駙馬何太

欺人則爲前番魯王之事納了降表今來進茶盡知你孫臏在府上前廳後屋孫臏又不是個活寶要他怎的五十輛茶車皆在這裡但憑細搜龐涓敎衆軍士一齊動手把茶車內一應細細搜過並無孫臏龐涓纔放子夏動身龐涓又打馬前去走到田邊問農夫說你曾見一個拄雙拐的黃衣道士過去麽孫臏不抬頭也不做聲用手向北一指衆軍士說是個啞靶不要問他一齊往北赶去只見一口水池內孫臏頭南脚北死在水上衆軍士說這水池內死的是個

黃衣道士莫不是孫臏龐涓近前一看道果是孫臏你這賊死在宜梁城內我也好與你一口棺材尋塊地葬你怎麽死在這去處真是死無葬身之地罷了多年朋友今番恩斷義絕分付軍士回去那些軍士一齊儹回宜梁城有詩爲証

秘術神機誰個識　惹下奸謀徒着力
眼前雖斷義和情　日後難明凶與吉

孫臏行此法騙了龐涓回去暗自道好了今番纔好放心行路不等田夫來把那付家伙卸了放在田邊

大人不可我若挫過今番機會永世再去不成。朱亥說但憑尊意。次日朱亥帶了孫臏書到金亭驛來見卜商。敘談之次。卜商起身更衣。朱亥陪行。四顧無人。袖中取書奉與卜商。子夏接書看上寫卜大人開析話不漏洩。明蚤于朱大人府中相會。孫臏頓首頓首。卜商對朱亥道。朱大人。孫先生書上教我明蚤到府上一會。車上等候。我已領教。望大人多多拜覆。朱亥辭了卜商。回見孫臏道。先生。卜子夏看書說多多拜覆。已知道了。看起來先生決于要行。但不知魏國到

270

齊多少路費纔勾。孫臏道。不消路費。只討點紙人五個。白米一升與我帶去。可作路費了。朱亥連忙打點紙人白米。付與孫臏。一晚休題。次日子夏入朝辭謝魏王。回國魏王親送子夏出了朝門。遂還宮去了。子夏坐了茶車。到朱亥府中拜別。朱亥迎入禮畢。同到後堂敘話。遂留飯。將後堂門關上。不許閒人進內。孫臏方纔出來。見了子夏。子夏道。我主久聞先生大德特着某來相請。孫臏答道。愚痴小道。何幸得齊君相召。大人用心。今日出城。實乃再生之德。又向朱亥謝

271

道。久在尊府。恩蒙藏隱。若得寸進。自當厚報。飯畢。朱亥將孫臏藏于茶車夾底。朱亥方送子夏出門。子夏使衆人推茶車先行。自己慢慢隨後。將一茶車上放一紙人。即時變作孫臏。方出東門。被守門軍將孫臏捉下車來綁了。解至駙馬府來見龐涓。龐涓十分歡喜。軍士又報西門拿着一個孫臏。南門又報。北門又報。龐涓無了主意。一齊解來法場。開刀取斬。一刀過去。却是四個紙人。刀斧手急報龐涓。龐涓大驚。測模不定。連忙屈指尋文。袖傳一卦。真的孫臏往東去了。

272

登時帶了軍士。追出東門。且說孫臏在茶車上對卜子夏道。龐涓追趕甚緊。等我下了茶車。與大人分路倘龐涓追來。還好脫身。約定在新梁橋相會。大人先到可等我。我先到等大人。卜子夏道。先生單身行走。倘遇龐涓拿住。非同兒戲。一路上要小心仔細。孫臏說不妨。下了茶車。與子夏各分路去。孫臏行不數里。見前面一個人家門首。站一婦人。倚門而哭。孫臏上前問道。娘子因甚事站在門前啼哭。婦人道。我有個婆婆七十餘歲。適患心疼而死。爲此啼哭。孫臏道。你

273

茶裁了。卜子夏遂辭別齊王起身徑出臨淄城去。畢
竟不知此去可得孫臏否、若得孫臏且聽下回分解

新鐫全像孫龐鬪志演義

卷之十

造紙人金蟬脫殼　撞頑石撥艸尋蛇

話表齊國大夫卜商帶五十輛茶車離臨淄城行勾
多時到得魏邦將茶車進上魏王。魏王大喜盡行收
下。分付近侍說卜大夫是上國使臣。乃孔門弟子不
可輕慢着光祿司整宴于金亭館驛中差右相朱亥
相陪朱亥領旨同卜商來到金亭館驛光祿司排宴
齊整飲酒中間卜商暗忖道。正沒處打探孫臏消息

早得魏王差朱亥陪我且探他虛實存亡則個。遂問
道朱大人。當日燕國駙馬孫操。與兵征戰爲因何事。
朱亥道孫操興兵因其子孫臏在我魏邦特來取討
卜商道爲此何須征战後來曾還他孫臏麽朱亥搖
頭說不曾還那孫臏明于五遁善曉天文有八門遁
法六甲靈文法術精奇踪跡不定雖然在魏畢竟難
得出城卜商又問孫操既不得孫臏回去怎的當日
便肯退兵朱亥道某與他講和寬限一年尋訪送還
如一年不還再來問罪[illegible]道。如今孫臏還有尋處

麽朱亥說知他藏在那里兩人一問一答早見紅輪
西墜朱亥道別回府卜商在金亭館驛歇下朱亥回
家孫臏迎着道大人今日罷朝何晚朱亥道齊國遣
上大夫卜子夏進上納降表茶車五十輛朝廷着我
陪他金亭驛中飲宴方纔得散以此回來晚了孫臏
道大人卜子夏此來名爲進茶實乃訪我踪跡我今
番決要告辭明日大人再到金亭驛去我有緘書煩
寄與卜大夫看朱亥道原來卜子夏假托進茶爲訪
先生而來我明日奏上朝廷就打發他回國孫臏道

只見前面燈火明亮人馬簇擁却是龐涓巡城回來唬得朱亥魂不沾體撇了孫臏往小路上溜了回家孫旺見朱亥飛走也慌張起來也把孫臏撇了獨自逃散龐涓擒着孫臏討繩子綑了問道一向躱在那里孫臏答應道在朱亥府中龐涓道躱得好明蚤送上朝廷連朱亥一家人口盡行取斬龐涓把孫臏帶到府中打一會問一會直打到五更天氣寂然不語左右近前看時綑的不是孫臏是一條門閂忙來禀上龐涓龐涓不信自來一看果見綑着一條門閂老

262

大驚訝道這等怪事昨晚擒的明明是孫臏剎了一夜就變作了門閂原來這是孫臏用的法術恐孫旺到朱亥家走透消息故用此法只說起身出城好賺孫旺逃散却說朱亥回家一夜睡不安穩心中甚是驚怖思想龐涓拿了孫臏自己的禍也要來了正差人去打探只見孫臏坐在廳上道大人不要謊張一些無事朱亥看見又吃驚道先生你昨晚被龐涓拿去怎地今日又在家里孫臏道我昨日並不曾走出府門朱亥道龐涓拿的是什麽人孫臏微笑道是府

263

上一條門閂朱亥聽說個門閂恐不住笑了一適方纔散去再表齊國威王一日駕設早朝聚下兩班文武朝拜已畢奏事官上前奏道朝門首有一青袍道人大哭三聲大笑三聲要候旨見駕齊王令宣進來問道何處雲游道人敢在朝門外大哭大笑道人道臣夷山尉繚之徒王敖也哭者哭燕邦孫臏自幼投那鬼谷子仙師學藝授得兵書戰策六甲靈文被龐涓哄到魏邦刖了雙足受千日羅網之災笑者笑天下諸王不識賢士彼如有人到魏國盜得孫臏出城者

264

江山穩久社稷堅牢小道因此雲游六國遍告諸邦不知那國王侯洪福齊天得遇此人齊王大喜道我國正缺賢士不枉先生推薦分付光祿司整飯款了王敖王敖出朝徑返夷山而去齊王遂問班部中誰人往魏邦盜得孫臏回朝加陞官職上大夫卜子夏向前奏道臣敢到魏邦假納降表帶茶車五十輛以進奉為由盜孫臏出城齊王道茶車內怎盜得他出來卜子夏說丞相孫臏事都做了夾箱藏孫臏于箱底就好盜出城與齊王准奏即令火速賫党茶車把

265

先生在我這里難好脫身出城不如將計就計做口夾底棺材上面盛了管家婆尸首下面藏了先生一齊打發出城可爲先生脫身之計孫臏道此計雖好恐龐涓知了風聲脫身不去朱亥道料不怕他開棺摟簡只要做得機密孫臏點首應承朱亥連忙合起一口夾底棺材把管家婆尸首盛于上面下底藏了孫臏一家大小俱換了孝只等龐涓到發柩起身元來龐涓連受了兩椿無頭的事心甚不平回去即袖傳一卦孫臏今日必藏匿棺木內逃脫出城心中思

258

想定了棺木一出城眼同要他埋葬入土不怕他往地縫裡走去沒柰何到朱亥家披麻執杖緊緊扶柩起身一路舉哀送出城去這回管家婆儘死得風光落得駙馬做個孝子兩班文武通來送殯棺木一出城龐涓就要分付土工埋葬朱亥暗自道他要把棺木埋了下土可不斷送了孫先生遂開口止住道且把棺木厝在這裡人家安葬一節乃關係子孫一件大事必揀擇個黃道吉辰方可下得土朱亥再三不肯埋葬龐涓再四要眼同埋葬纔去朱亥決說不過

259

只得叫土工把棺木埋了下去埋便埋了朱亥心下熬煎甚覺難過道什麽要緊本要脫他身子反斷送他性命總是數該如此當下埋葬了畢一齊回來朱亥煩煩惱惱正走到家猛聽得孫臏房中叫一聲道大人回來了朱亥着實吃一驚道孫先生你在棺木裡已埋下土了怎又溜得回來孫臏微笑道大人我見龐涓懷心不善曉得我藏匿棺裡出城要害我命故先遁了回來朱亥道好個知命的孫先生空教我熬煎了一日當下置酒兩家壓驚不在話下且說孫

260

臏之母燕丹公主多年不見孫臏回去因前番孫操退兵聞得他隱藏在朱亥府中特差家僮孫旺到魏國朱亥家接孫臏回去孫臏見孫旺來恐龐涓知了消息便對朱亥道大人老母在燕思念日久着人接我回去今番不免要告辭了朱亥順水推船道既是令堂大人遠來相接斷乎要去先生還是幾時起身孫臏道今日就行朱亥連忙整酒送行酒飲數巡不覺天晚孫臏起身道趂此昏暗好趲出城去朱亥送路費盤纏與孫旺收了親自送孫臏出城正行之間

261

兵一聲响。一帶五六扇床門通倒下來。朱亥一隻手扭着龐涓一隻手連忙揭被看。厲聲高叫道。不好了。把我老母驚死了。快還我老母命來。那些大男小女丫鬟小廝。都是說通的。一齊放聲大哭。龐涓纔覺心慌。没甚抵答。隨那朱亥扭過東扭過西。衆丫鬟小廝。那管駙馬王親。手之舞之。落得才丁一頓。那衆家將見不楷當。生怕人命干連。通逃散去。朱亥道。我與你去見駕。龐涓道。你母親原是有病的。又非我活活打死。說上天去。要我償不得命。朱亥把龐涓當胸結了

254

朝來。此時魏王正打點退朝。見他兩個扭扭結結。到金鑾殿上。魏王問道。你兩個又甚事故扭結進朝。襲了朝廷大體。朱亥大垂其淚道。龐涓到臣家連捜兩次。非將金銀器皿換了。又將臣母驚出病來。今日正在危篤之際。不料又帶家將多人。來捜孫臏打入臣母卧房。將臣母活活驚死。說罷嚎啕大哭。魏王對龐涓道。非日賊情事。還好解交。今日人命是真。再推不去。要償他命。龐涓促着眉頭道。他母原有病在床。又非臣活活打死。不過是個誤傷。怎償得命。衆文

255

武道。就是誤傷也該死罪。事到其際。用不着伶牙俐齒。王子犯法。庶民同罪。要真要假。全在苦主。你只該軟求朱大人。教他看椒房兩字分上。界鬆些罷。連個魏王難好安頓。偏了龐涓。恐兩班文武不服。依了朱亥。又辱没了椒房之親。左思右想。没甚主意。只隨衆文武調停。衆文武把龐涓說一通。又勸慰朱亥一通。朱亥道。也罷。既不償命。要他扮作孝子。披蔴帶孝。手執哭喪棒。親送我母出殯。就饒了他。魏王道。道個極易處的。衆文武一齊也說極易處的。龐涓遂滿口應

256

承肯做孝子。朱亥即便出朝回家備辦棺木。一頭走一頭思想道。雖然兩次得了龐涓上風。若留孫臏在家。日後必受其禍。不如乘此機會做一個夾底棺材。把孫臏藏匿出城。打發他回燕國。可不絕了後患。思想定了。回到府中。來見孫臏。孫臏問道。大人。事體若何。朱亥道。被我把龐涓揪到駕前。要他抵命。虧了朝廷講分上。衆文武說人情。且饒過他。他當面滿口應承。戴孝披蔴。送殯出城。我如今特回來打點棺木。孫臏笑道。儘勾他了。朱亥道。我有一事與先生商量。恐

257

本命端只不離朱亥家途自道古云無毒不丈夫左右與他結上寃仇明日還要去搜龐涓這裡蓄意孫臏那裡蚤知道了孫臏對朱亥道大人龐涓那厮適看我本命星見還照在府上他不肯干休明日又要來搜說不住口家僮慌忙來報管家婆被龐涓打傷致命死了朱亥吃驚登時變了臉色孫臏道大人乘此機會就可設謀快收拾一間齊整好房房里鋪一張好床床上放一付好鋪蓋把管家婆尸首抬去停在床上把被蓋好房門半開半掩着幾個丫鬟在內

250

只說是大人的母親在內養病明日等龐涓來你就先對他說因你連日來搜孫臏把我母親驚出病來十分沈重待他搜到那間房要進去看你說老母患病在內怎好進去他一定要進去不可攔阻只要等他走到床邊故意與他結紐把床門推倒幾扇那時假意揭開了被叫說不好了把我老母驚死了分付大男小女一齊啼哭再把龐涓扭住落得拳頭脚尖先打一通然後扭他入朝奏上朝廷只說驚死老母要龐涓抵命說到後頭不致抵命要他做個孝子披

251

蔴帶孝手拿哭喪棒親送管家婆出殯方纔饒他這通話說得朱亥愁顏改作笑面連夜打點行事果然次日蚤龐涓帶了家將又到朱亥府中朱亥放下臉皮道龐涓赶人不要赶上一連來搜兩日孫臏搜不去反換我許多金銀器皿這也罷了却又把我老母驚出病來命在旦夕你來得恰好龐涓大怒道朱亥你昨日在金鑾殿上扭我作强盜反詐我許多物事今日打點將人命壓我我不怕驚死你家母親拚着償他的命決要細搜遂叫衆人搜去那些家將正是

252

兵隨將轉馬聽鑼聲一齊應聲就走穿東過西尋來倒去搜勾多時又搜不着轉過東廊見一所房半開半掩龐涓問說這什麽房朱亥說老母的卧房如今養病在內龐涓要進去看朱亥一把扯住道使不得老母命在頃刻倘又受驚命必休矣不可進去龐涓道一定藏匿孫臏在內假說老母卧房一脚把門登下走到房裡衆丫鬟一齊叫喊道老夫人病體沉重大驚小怪赶到房裡則甚各有內外快些出去朱亥上前把龐涓一把扭住故意扭到床邊推上幾推上

253

木櫃緊緊跟隨在後。一路走。只聽得孫臏在櫃裡不
住叫說。龎附馬將就些兒。我當日與你八拜爲交。同
師學藝。有甚虧負你。今日下恁毒手。龎涓回答說。我
吃你哄得勾了。一同見駕去。孫臏在櫃裡言三語四。
直說到朝門首。龎涓先進見了魏王。魏王問道。你怎
麼托搜孫臏之名。到朱亥家。抬了他一櫃金銀器皿
回去。龎涓道。臣豈不知理法。敢擅入他家。抬他一櫃
金銀。只因朱亥把孫臏藏在櫃內。假說是金銀器皿。
以此着人抬來。到駕前當面開看。魏王道。你怎知裡

246

面果是孫臏。龎涓道。在路上聽說話聲。直至朝門
首。方纔住口。魏王叫把那櫃抬進朝來。衆人把個櫃。
就扛到金鑾殿上。揭去封皮。開了鎖。打開一看。也不
見甚孫臏。也不見甚金銀器皿。却是滿滿一櫃磚頭
瓦屑。朱亥在金鑾殿上叫苦連聲道。龎駙馬你太狠
心。把我一櫃金銀器皿。抬回去換了磚頭瓦屑。與强
盜何異。兩班文武看了。各不平心。一齊上前奏道。分
明是龎駙馬換了他的。朱亥入朝奏主。已是半日。他
怎纔來。莫說一櫃。十櫃也換過了。魏王大惱道。龎涓。

247

你貪財罔法。私換金銀。該得何罪。龎涓道。臣一路跟
來。徑抬到朝門首。又不曾抬回家去。怎說是臣換了
魏王道。還要抵賴。朱亥來奏寡人。已是半日。你却纔
來。你說孫臏在櫃裡說話。怎地開來。是些磚頭瓦
屑。終不然磚頭瓦屑通會說話。眼見是你換了他金
銀器皿。快拿出來。還他。龎涓道。臣家下也沒這若干
金銀器皿。魏王道。誰要你的。只還他原物便了。龎涓
渾身有口也難分說。衆文武見龎涓呆住。一發認真
是他換了。一齊開口道。龎駙馬扭來捏去。總扭捏不

248

過理字。你換他的。名正言順。要你還他。龎涓被衆官
僝僽不過。只得回家。不論釵環首飾。散金碎銀。器皿
什物。收拾許多。當金鑾殿上。裝入櫃去。着朱亥收回。
魏王就散了文武。退朝進去。說朱亥領了這一櫃物
件。心歡意喜。回到府中。見孫臏細說一番。孫臏道。恭
喜我日前原說有個大富貴補報大人。今日完我心
事。朱亥滿口稱謝。當下置酒暢飲。不題。再說龎涓回
府。惱怒交加道。孫臏那厮到搜不着。反折了許多金
銀物事。等到夜靜時分。又往後園觀看星象。見孫臏

249

並搜不出孫臏今日又來則甚龐涓道你昨日把孫臏藏匿過了今日特來綱搜一搜朱亥道駙馬你既要搜難道不與你搜只是今日再搜不出你我難好開交龐涓分付衆人從大門上起角角落落直搜到後園牆盡頭處各各搜過决搜不出孫臏龐涓走到內廳後見旁邊一所空房封鎖牢固便問道什麽房朱亥說庫房龐涓道裡面藏甚麽東西朱亥道實不相瞞內裡藏的通是些金銀器皿就是前日龐駙馬的百錠金子亦藏在內龐涓道其中有躲孫臏决

藏在裏面快開來我看朱亥道不當人子財帛房處怎輕易開與人看假如駙馬府中的財帛肯與人看麽也無此理决不可開龐涓執意要開朱亥沒奈何叫管家婆取鑰匙來管家婆一邊走一邊絮聒道道人不達事體人家財帛庫房怎地便要開龐涓聽見大惱把那婆子揪將過來揪翻在地拳頭脚尖打了一頓婆子不敢啼哭納着口氣正去動手開門只聽得裡邊孫臏說道管家婆昨日我怎地分付叫你不要開門今日又開了可不斷送我的性命龐涓歡喜

道分明把個孫臏藏在裡面反哄我說是財帛去處又是我搜箇得細膩不然險些被他漏了網如今插翅也難飛去了管家婆開了房門龐涓先走進去四下一看孫臏端只不見止見一口大木櫃居中放在那里上面封鎖恁好龐涓道孫臏决躲在櫃裡開來我看朱亥道這櫃裡正是金銀器皿難道裡面藏着個人不要悶死了說未畢櫃裡又做聲道朱大人千萬不要開等我再活幾時龐涓氣起來道明明孫臏說話响還要替他遮掩叫衆家將連這櫃抬進朝去

衆家將進房一齊抬了就走朱亥並不阻擋只是頓足搥胸大叫冤屈道龐涓你太無理假托搜孫臏名頭把我一櫃金銀器皿都搶了去登時趕到朝門首魏王正坐朝朱亥進前苦奏道啓上我王駙馬龐涓托搜孫臏爲因昨來搜了一日今日天未明又帶領百數家將到臣家裡搶入庫房把一櫃金銀器皿通抬了去那廝倚恃國勢見財起意望我主矜憐取物給還恩同天地魏王道有此異事你伺候着他免不得要進朝來看他怎麽說且說龐涓叫衆家將抬了

麼說那龐涓搜孫臏不出入朝討了魏王一通發作
回到府中甚不快活左思右想十分疑惑道分明昨
夜孫臏本命星照在朱亥家今日去搜便搜不出却
也奇怪得緊今夜再去看他本命星照在那里徑到
後園抬頭觀看孫臏本命星端只照着朱亥府中龐
涓暗自道那厮本命星仍照朱亥家怎地再搜不出
我明蚤不要奏知朝廷省得走露消息悄自帶百十
名家將再到朱亥家裏細搜一通出其不意難道也
藏過了筭計已定轉到聽上連夜點齊一百名家將

238

只候天曉就行說那孫臏正與朱亥飲酒兩人談論
龐涓搜捕之話撫掌大笑孫臏道我且再卜一卦看
那厮還來不來卽屈指論文對朱亥道大人龐涓心
只不死明早還要來搜朱亥道先生這番若來可不
把我房屋通拆毀了孫臏道不妨如今收拾一間空
房擡一口好木櫃放在中間四邊不要靠着墻壁滿
滿裝上一櫃磚頭瓦屑上了鎖用了印信封皮把房
門亦封鎖停當匙鑰交與管家婆只要叫出管家婆
來等我分付他一通說話朱亥一面依計行事一面

239

就喚管家婆出來那婆子甚是生得沒樣範
　一段長六十歲兩鬢蓬鬆曲着背滿臉却似縐
　紗紋一頭好像銀絲塊衫袖開裙褶碎羸得腌
　臢併憔悴雖然面目實堪憎八字生成該近貴
管家婆走出來遠遠站着孫臏道過來有話分付你
婆子近前幾步把個耳朶側着孫臏附耳低聲如此
如彼分付一通叫他切記不可開門婆子把頭亂點
滿口答應說曉得朱亥依舊打發進去孫臏對朱亥
道大人龐涓若搜到空房門首他央問什麼房你可

240

說庫房他問裏邊藏甚東西你說不瞞駙馬說通是
金銀器皿就是前者贏的百錠金子俱藏在裡面他
畢竟要你開門你就開與他看朱亥道龐涓利心最
重聽說金銀器皿把櫃抬了去怎麼好孫臏道等他
抬了那櫃磚頭瓦屑去不怕他不換金銀財物還你
朱亥領授孫臏之計各回歇宿天曉龐涓果帶百十
名家將徑進朱亥府中朱亥不匡來得恁蚤還在房
裡睡覺聽說龐涓來下連忙起身不待梳洗把隨身
巾服穿戴了走出廳來道龐駙馬你昨日搜了一日

241

涓不由分說叫衆軍士登樓上閣前廳後堂庫房寢室內院廂廊各處搜了又搜共搜勾七八遍那里見甚孫臏龐涓自想道必定走了風聲那賊預先徃別處溜去不知藏躲在甚所在分付軍士仔細再搜那些軍士也狠把那天井裏的丈長石板遍掀番起來花園裏的老大樹根都掘倒了那里搜得出左搜右搜搜了一日龐涓覺沒趣向不別朱亥徑帶軍士回朝魏王問道孫臏搜着了麼龐涓道不知那個走了消息躲藏別處去了魏王怒道去的時節說得孫臏

活現在朱亥家及至去又搜不出來分明胡言誑奏侮主欺君龐涓再不敢饒舌只得退朝回去說那朱亥見龐涓搜不出孫臏掃興而回便與劉夫人道龐涓倒沒趣去了不知孫先生藏于何處說不住口只聽得背後叫道我在這里畢竟不知孫臏從那里走將出來後面又甚變故且聽下回分解

新鐫全像孫龐鬪志演義

卷之九

孫臏計藏木櫃　龐涓屈受披蔴

却說朱亥與劉夫人聽得孫臏聲音急回頭看時見孫臏在背後朱亥問道先生躲在那里孫臏說我在香案底下朱亥不信道香案下翻來覆去搜了幾遍不見先生孫臏微笑道我明于五遁遇金金遁遇木木遁遇水水遁遇火火遁遇土土遁適遁于木所以搜我不着朱亥道先生真神人也分付家僮擺酒相

孫臏。不在話下。話說龐涓。見朱亥退了孫操兵法。又輸了百錠金子。好生焦燥。回去坐在廳上。心中暗忖道。怎麼朱亥幾句言語。孫操就肯退兵。其中必有原故。至夜靜更深時分。悄自踱到後花園內。觀看孫臏的本命星。擡頭一看。見孫臏本命星。正照朱亥府中。龐涓道。呀。朱亥那廝。原來把孫臏藏匿在家。暗通燕國。書信來往。所以孫操便肯退兵回去。那廝可恨至極。我明日奏與朝廷知道。多差些軍士。把朱亥府門四下圍住。仔細搜撿。若拿得孫臏出來。就好了。當那

廝一家人口。雪吾大恨。龐涓起這歹意。孫臏在朱亥府中。又得知了。當夜孫臏正與朱亥飲酒。朱亥猛可打箇噴涕。孫臏道。大人這噴涕打得不好。明日龐涓入朝奏主。要起軍來圍住府門搜我。朱亥聞言大驚道。這事却怎麼好。孫臏道。不妨事。明日待他來時。要茶與茶。要水與水。決不可害怕。分付一家老幼。俱不要慌張。我自有箇藏身之法。任他各處搜尋。決不落他手去。朱亥口中勉强答應。心上甚放不落。暗自懊悔道。什麼要緊。當初留他回來。只說有吉凶事。好與

他商量。豈知反留出這樁禍來。怎生是好。一夜嗟嗟嘆嘆。翻來覆去。睡不寧貼。且說次早魏王設朝。龐涓啓奏道。啓上我主。臣夜來仰觀天象。見孫臏本命星。照在朱亥府中。却是朱亥把孫臏隱匿在家。暗與燕邦書信往來。通同一路。以此孫操善自退兵回去。臣今日特來奏過我主。起軍圍了朱亥家。要去搜出孫臏來。魏王道。沒要緊撞甚空頭禍。你起軍去。果搜出孫臏。朱亥誑君之罪。不消說起。自應承受。還要滿門取斬。萬一搜不出孫臏。可不反受朱亥一場沒趣。龐

涓道。除是朱亥不藏孫臏在家。若藏在家。不怕他走了去。決要搜尋拿來。魏王見他不肯將就。只索允奏。龐涓就帶軍士。一直來到朱亥府門首。前後密密圍住。下馬行進府中。朱亥迎着道。龐駙馬今日到舍有何原故。龐涓道。朱亥你幹得好事。把孫臏藏在家。暗與燕邦書信往來。通同謀叛。佯退孫操人馬。騙我百錠金子。如今奉旨特到你家搜尋孫臏去。要將你全家殺戮。朱亥好好的道。龐駙馬。孫臏果在我家搜去。全家受罪。不必說了。倘搜不出。你也難出我的門。龐

奉魏王命差來與大人講和孫操道怎麼講和朱亥道令郎三公子法明五遁神通奇妙道德高玄踪跡不定他見人如反掌之易人見他如登天之難且請大人收兵回國寬限一年尋訪公子送到貴邦如一年不送還公子那時興師勦戮兩無怨心孫操道莫不其中有詐朱亥道某無甚詐求大人屏去左右還有一言相告孫操分付左右退後朱亥袖中取出孫臏書雙手送上道三公子有書一封着某轉達孫操拆開看時果認得是孫臏筆跡仔細念云

知父興師入魏為兒負屈根原深承朱亥德如山救出隱藏宅院龐賊深仇終報且祈老父週全休兵歛甲暫回燕有日高堂聚面

不孝男臏百拜

父親大人 膝下

孫操看罷不勝之喜道原來小兒蒙大人垂憐收留宅上此恩難報我就退兵登時傳令打起回兵旗號那些兵馬真是山崩海决一般滔滔的拔營就走孫操送了朱亥起身帶領孫龍孫虎徑回燕國正是

兩邦戰鬪傷黎庶　一紙家書退大軍

朱亥歡天喜地策馬入城去奏魏王道臣托我主福庇把孫操人馬通退去了他說一年內准要孫臏還若沒得還又要興兵取討正說間探馬飛報入朝道燕兵俱拔營去了魏王大喜道好朱亥果然幾句說話退了孫操兵馬龐涓在旁滿面羞慚不敢作聲鄭安平道龐駙馬一言既出駟馬難追他若輸了決要在我身上取首級與你你今輸了要在我身上取一百錠金子與他龐涓只不開口一付臉紅了白白了

紅沒奈何只得回府取百錠金子與朱亥鄭安平當衆毀了那張軍令狀魏王又賜朱亥綾錦段帛金花御酒朱亥謝恩出朝回到府中孫臏道大人榮歸回來了朱亥滿面堆笑道多感先生神機妙算某得成此尺寸之功又羸得龐涓百錠金子孫臏道百錠金小事可怪龐涓那廝專會誇口羸他的來一則殺他的威二則與衆文武作一笑柄朱亥道感謝先生不盡孫臏道微細之事何足云謝我明日還要尋個大富貴補報大人朱亥當時便着滿門家眷通來拜謝

級難道。只值得二十錠金。要一百錠纔與他賭。朱亥
道。設使退不得令尊的兵馬去。無辜輸了箇首級。孫
臏道。大人放心。老父見我親筆書東。決無不退兵之
理。况我在府中攪擾許多日子。無些報答。明日且取
麗涓幾十錠金。將公報私。與大人措箱也好。朱亥歡
天喜地。當晚酒散。遂別孫臏進去。次日侵辰。郎便入
朝。魏王正升殿問衆臣道。燕兵猖獗。勢不可當。衆文
武中誰敢臨城取勝。朱亥應聲道。臣朱亥敢退燕兵。
魏王道。你武藝不甚高強。猶恐難于對敵。朱亥道。臣

退燕兵。自有妙法。不動刀兵厮殺。只須幾句話。與孫
操文講和。好他必退兵去也。魏王問道。怎與他文講。
朱亥道。待臣與孫操說。你家令子明于五遁。神通玄
妙。踪跡不定。他要見你。頃刻可見。你要見他。千難萬
難。大人且退兵。暫回燕國。寬限一年內。待我回來。着
孫臏。送來奉還。如過期爽約。任從領兵取討。魏王道。
果去說得他退兵回朝。重加陞賞。龐涓在旁呵呵連
笑數聲。魏王問龐涓道。笑些什麼。龐涓道。孫操那厮
狡猾異常。怎肯聽這迂腐之言。退兵回去。朱亥道。龐

駙馬不要笑人。倘或被我幾句話。孫操退了兵去。你
賭什麼與我。麗涓滿口應承道。也罷。此去不費一矢。
不斃一卒。果退得孫操兵來。我輸二十錠黃金與你。
你去退不兵來。輸什麼與我。朱亥道。若不退來。就把
這首級。輸與你。麗涓道。你既肯輸首級。我就做一百
錠黃金不着。和你打個賭賽。麗涓穩料幾句話。一時
就動不得孫操。退不得人馬。所以滿口應承百錠。朱
亥便奏魏王道。望我王命一員官。做個明輔保。起百
錠金子。魏王道。麗涓輸了百錠金子肯出。你輸了未

必肯割下首級來。也罷。寡人着鄭安平保你兩家。鄭
安平出班道。要臣保。要他兩家在我主駕前寫下一
張軍令狀。各着花字。臣纔可保。魏王道。卿言有理。當
下朱麗兩家動筆。就寫。各着花押。付鄭安平收下。朱
亥別主出朝。往家下一轉。帶了孫臏書。輕弓短箭。駿
馬絨粧。只帶隨身十數騎軍士。趲出宜梁城。徑到孫
操營門首下馬。旗牌官一把扭住。只道是奸細。便施
進見孫操。孫操問道。你是何人。敢到我營前打探軍
情。朱亥不慌不忙道。大人息怒。某乃魏邦右相朱亥。

不知那位神聖在空中助陣降下氷雹只傷魏國人
馬我國不損一卒一頓兵雹打得龐涓大敗抱頭鼠
竄逃入城去孫龍孫虎十分歡喜自不必說說那龐
涓逃去便見魏王道臣與孫操交戰正要擒拿不知
那廝有何法術半空降下氷雹如碗來大小亂打下
來只傷我陣中人馬那廝人馬一箇不傷臣也被打
壞了委實不能取勝魏王大惱道這廝只會誇口未
出兵之時說得天花亂墜及至出陣擒一孫操就不
能成功本當處以重法姑念公主分上暫免汝罪[illegible]

王帶怒退朝衆多文武遂散朱亥回到府中孫臏迎
着道大人我在此等候多時望一箇消息今日老父
與龐涓厮戰不知那家勝了朱亥道恭喜今日又是
令尊大勝龐涓大敗孫臏說老父怎僥倖又得取勝
朱亥道原來令尊會作法的一面與龐涓對敵一面
作法空中降下碗大氷雹亂似雨點打將下來傷的
通是魏國人馬把龐涓打得面青嘴腫抱頭鼠竄又
折下一枝人馬孫臏微微冷笑朱亥分付置酒與孫
臏共飲飲酒中間孫臏道不瞞大人適間我在後園

觀看燕魏兩家殺氣見魏氣正猛燕氣漸衰我在暗
中默助老父一陣降下氷雹傷殘魏國人馬打壞龐
涓不然老父幾喪那廝之手朱亥聞言老大驚駭道
這般說却是先生裏應外合兩國相持幾時纔得寧
貼孫臏道要我老父退兵甚是容易這場功管取做
在大人身上大人明日可去奏上魏王出城退兵便
了朱亥搖頭道學生的弓馬欠熟武藝欠精龐涓上
且退不來我如何去得孫臏說大人肯去不費一矢
不勞一卒只消我寫個緘帖與大人帶去只要明日

入奏魏王打點些說話儻魏王問起退兵之法你說
不與他武鬭只與他文勸講和善退燕國兵馬魏王
倘問如何文勸你說孫臏明于五遁神法太高踪跡
不定他要見人極易人要見他最難暫且退兵回燕
寬限一年之內尋訪孫臏送還一年內如無孫臏任
從起兵征戰龐涓在駕前聽見決然要笑你你可就
說龐駙馬不要笑我我若退不得燕兵情願輸顆首
級與你我倘然把燕兵退去你輸什麽與我龐涓必
許你二十錠黃金大人就未可與他賭你說我的首

捧鑼鳴旗號標着楚國黃恊一枝人馬殺入陣來麗
涓見是秦楚合兵心中驚怖暗自道孫擽這廝好猾
興常元來借秦楚二國兵馬相助七雄之中强秦壯
楚我這里寡不敵衆如何取勝虛架一刀兜轉馬就
走孫擽也不追趕三營兵馬俱得勝而回且說麗涓
逃竄進城去見魏王道臣與孫擽㒺戰不料那廝借
秦國白起一枝人馬楚國黃恊一枝人馬埋伏中道
殺入陣來臣聞寡不敵衆弱難禦强只得折了三萬
人馬逃陣回來魏王大惱道你當日立大言牌自誇

天下有一無二今三哨兵出就不能抵敵逃陣而回
可不被別邦輕視魏王正怒之下忽一騎探馬來報
道打聽止有燕國兵馬並沒秦楚二國人馬孫擽要
壯軍威使的詭計假張秦國白起旗號楚國黃恊旗
號麗涓道有這樣事我反中了那廝之計明日定擒
此賊魏王散了文武且說朱亥回府急對孫臏道先
生在家不知外邊事情燕國令尊領兵來要討先生
回去被麗涓領枝人馬出城迎敵孫臏道果有此事
奈我老父衰邁之人怎比麗涓壯勇不知勝敗若何

朱亥道令尊大人雖則年邁到有奇謀妙算與麗涓
交戰之時左哨裏殺出枝人馬打着秦國白起旗號
右哨裏殺出枝人馬打着楚國黃恊旗號麗涓見秦
楚二邦兵馬助陣怯戰逃回反折了三萬人馬令尊
得勝回營及至適纔探馬來報秦楚二邦人馬通是
假的麗涓咬牙切齒道是中了令尊之計明日務要
取勝問答之間早又日暮兩人散去不提却說次日
早朝麗涓披掛停當奏魏王道臣昨日誤中孫擽詭
計不能取勝今日誓必生擒那廝為諸文武博一大

笑魏王道兵家之道不在自誇擒得孫擽來纔見功
績麗涓出朝又帶人馬徑出城與孫擽大戰原來孫
臏其時在朱亥花園內覩看燕魏交鋒兩邊殺氣只
見魏邦氣愈猛烈燕邦氣漸衰敗孫臏仰按定六甲
壇文默默口中諷念霎時雷轟電閃走石飛砂半空
中降下碗來大冰雹向宜梁城外亂打將去只傷魏
邦人馬不損燕邦一卒一頓冰雹打得麗涓臉青嘴
腫金盔斜掩耳護項半遮腮大敗逃走進城孫擽得
勝回營對孫龍孫虎道孩兒們多是燕王洪福齊天

道既然如此何日起兵孫操道臣今日就下教場點
齊人馬明日就去燕王大喜次日孫操帶着孫龍孫
虎領三萬人馬徑離幽州城往魏進發連嵜出兵此
前次伐秦大不相似但見
人如彪虎馬似蛟龍光閃閃鮮明兵器一隊隊
整肅軍容鉤鐮鎗對月牙鏟狼牙箭扣烏號弓
虎頭牌令字牌寫着三申五令獅子旗飛虎旗
按定八卦九宮前隊兵連後隊兵啣枚疾走後
哨馬馳前哨馬躡電追風酗酒喧譁治以軍法

210

遵依號令亦筭其功
行勾多日到了宜梁界口孫操傳令安營于十里之
外父子營中商議道兵不厭詐如今屯作三營一營
扯起秦國旗號一營扯了楚國旗號一營扯着燕國
旗號計議已定孫操道孩兒孫龍領一萬人馬扮作
秦邦軍士打白起旗號孫虎領一萬人馬扮作楚邦
軍士打黃協旗號俱向中道埋伏我自帶一萬人馬
當先出陣待龐涓領兵來交鋒之際兩哨伏兵殺入
助戰彼兵亂必敗矣孫龍孫虎得令各帶一萬人馬

211

遂去埋伏孫操親領一枝兵馬到宜梁城下那些軍
士厲聲大叫道快送燕國三公子孫臏出來萬事全
休道聲不字殺進城中將你一國人民不留一个巡
城官見軍情緊急連忙飛報入朝道今有燕邦孫操
帶人馬不計其數屯扎宜梁界口將殺進城取討三
公子孫臏魏王聞報遂問龐涓如今燕國孫操帶領
若干兵馬在宜梁城下取討孫臏如之奈何龐涓道
我主勿憂臣曾聞人說孫操當年與兵入秦被武安
君白起劫了營寨父子三人逃竄回燕如此人物不

212

過匹夫之勇安足掛齒待臣領兵出城管取生擒那
厮魏王道此去退得燕兵就筭你的功績龐涓辭了
魏王領三萬兵馬出城迎敵兩家道姓通名孫操道
龐涓我此來不爲爭城掠地只要送出我孩兒孫臏
還我免致燕魏成仇人民受苦龐涓道不還怎的孫
操道不還孫臏先斬汝驢頭以雪吾恨再搗爾魏國
巢穴勒爾魏國人民龐涓努目張睛不容分說舉刀
劈面相迎正戰之間只聽得左哨裏一聲鑼响旗號
上寫着秦國白起一枝人馬殺入陣來右哨裏又一

213

敖大哭三聲者爲我王駕前孫駙馬之子孫臏投雲夢山鬼谷仙師學藝戰策兵文六韜三略無般不諳又得三卷天書善能掣電驅雷呼風喚雨艸木成陣砂石爲兵龐涓恐其下山扶助別國滅其名望奪被兵權差徐甲連請數次賺彼入魏刖了雙足受千日羅網之災連笑三聲笑天下諸侯輕賢慢士不識高人如有人到魏盜出孫臏者何慮天下不歸一統貧道爲此遍游六國曉諭各邦不知那一邦洪福齊天者得遇此人燕王聽說大喜道若非先生示教險些

206

失此擎天玉柱分付近侍送王敖光祿司茶飯王敖茶飯了畢謝恩而去燕王遂問文武誰人能往魏國盜取孫臏說不了班中閃出一員官來上前啓奏畢竟這官不知姓甚名誰怎生盜得孫臏入燕且聽下回分解

207

208

新鐫全像孫龐鬭志演義

卷之八

征魏國兩邦旗號　退燕兵百錠黃金

原來那官就是孫臏之父孫操駙馬上前奏道啓上我主孫臏係臣之子我主要他不比別邦要去盜來只消臣帶了兩箇孩兒領三萬人馬親到魏邦名正言順討了孫臏回來燕王道寡人素聞魏王久有上意或被龐涓間阻不放孫臏回來怎生區處孫操道龐涓稍有阻擋誓當先取其首爲魏除奸可也燕王

209

我便脫身好走。只做燒死了。使他不疑。隨即到府上來亦不得走透消息。劉夫人就別孫臏回府。朝來暮去日子。真過的快。不覺又月半後戊午日。朱亥帶了家童悄悄到吳起廟中等候。漸至日暮。孫臏在院裡口誦六甲靈文。望空拂下袍袖。須臾天昏地暗。黑霧迷漫。孫臏拄了沉香木拐。拐阿拐的。一步步捱到吳起廟中。與朱亥相見。朱亥倒身便拜道。其受先生大恩。未曾得報。特請先生回家。蚤晚侍奉。聊伸孝敬之心。孫臏滿口應承道。去便同先生回去。再消停半個

時辰。待龐涓放了火。便好同走。兩個坐在廟中閑話片時。蚤是二更時分。龐涓率領多人。都帶着蘆葦乾柴引火之物。來到卑田院門首。鎖上大門。四面放起火來。只見

烈焰騰空。喊聲振地。一座卑田院。些時化作瓦礫場。千餘乞丐徒。頃刻變爲焦爛鬼。碗大巨蛇齊落劫。尺長老鼠盡遭殃。四下啼號。恰似天摧地烈。一窩回祿也。教鬼驍神驚。

可憐院裏。足有上千無辜乞丐。一個也走不脫。盡行

燒死。正謂

城門失火　殃及池魚
楚國亡猿　禍延林木

原來孫臏一見火起。就與朱亥同回府了。少頃火息。龐涓心滿意足。自爲孫臏必遭火死。率了人衆。欣然回去。次蚤魏王設朝。當有諸臣奏道。夜來卑田院失火。一院千數乞丐。盡皆焚死。魏王大驚道。有這樣事。這火從何而起。龐涓上前道。此必天火。見這千人白白吃了朝廷粮米。並無寸功報効。所以盡行燒死。天

降災殃。不可逃也。魏王道。决非天火。必是凡火。龐涓道。若說凡火。一定是孫臏放的。一邊火起。一邊乘機好逃竄去。只做燒死。令人不疑。多應是他。歹見我王。如今及早分付各門。畫影圖形。多着軍人。晝夜防守。不可放走孫臏。魏王准奏。就令龐涓傳示各門。將孫臏畫影圖形。晝夜防守。不提。却說燕國王一日升殿。王敖又到朝門首。連哭三聲。連笑三聲。有官奏聞燕王道。此必異人。快宜進來。王敖遂進。俯伏駕前。燕王問以笑哭之故。王敖道。臣夷山尉繚子之徒。名喚王

司天臺官上前奏道辰時了。魏王道。古怪。辰時怎麽還不見有日色。衆官道。啓上我主。今日非止朝內昏暗。城裡城外。俱一般不明。魏王老大驚駭。問衆官道。可知什麽元故。衆官俱沒囬答。魏王沉吟良久道。莫非牢中有什麽冤枉之人。寡人當放郊天大赦。當下魏王卽頒赦書。一應大小監牢。毋論輕重囚徒。已發覺。未發覺。已結正。未結正者。盡行赦免。孫臏又在卑田院作法。霎時紅輪照耀。日月還光。魏王萬千之喜。滿朝文武。莫不拜謝天地。虧殺這通赦下。連朱亥已出

了南牢。平安無事。魏王仍舊復還官職。朱亥囬到府中。見了劉夫人。抱頭痛哭。夫人道。俱是你不信陰陽。致召此禍。若聽孫先生言語。再躲一日。滿了百日災。怎受這場牢獄之苦。你道今日誰救你來。朱亥道。天恩大赦。幸脫此災。夫人道。你還不知是我親到卑田院。以散錢爲由。求孫師父解救。孫師父作法。收了日月。天地不明。朝廷纔頒下郊天大赦。其實爲你一人。到出脫了監牢內許多囚犯。朱亥驚訝道。果有此事。這般說。孫先生如我重生父母一般。如何報得恩德。

夫人道。古云。知恩不報非君子。依我說。快把孫先生接到家里。蚤晚奉養着他。有事又好與他計較。朱亥道。夫人所言有理。只是我到卑田院去。未免要走露消息。又沒個的當人去。怎麽樣處。夫人道。我有一計。蚤晚擇個修齋日期。做幾石米飯。不着擡到卑田院。只說大人患病之時。曾許下設牢心願。今朝廷大赦。輕重囚徒。通赦去了。如今就到卑田院散與貧人。准過設牢之愿。一則好去拜謝孫先生。二來就可暗暗的與他打話。接他到家下來。朱亥道。不必揀擇日子。

好歹就是明朝。計議妥貼。明日便造下五石多陳倉米飯。着幾個家僮抬了。竟到卑田院。劉夫人親來散飯。少頃將次散完。劉夫人趂到矮簷下。悄悄對孫臏道。多虧師父救我丈夫一命。我夫自要來拜謝師父。恐耳目昭彰。以此特着妾來托言散飯。要請孫師父到家去住。不知尊意如何。孫臏道。多謝夫人。我今晚未可動身。待月半後戊午日。可約先生到吳起廟中等我。劉夫人道。還有好幾個日子。怎麽師父要到那時。孫臏道。那日龐涓定計。放火燒卑田院。害我性命。

侍兒拿了這枝箭百忙跑到中堂報與鄭安平道禍
事了小姐到百花園閑耍被間壁朱家園裡射枝箭
過來把小姐射死了鄭安平聞言驚得寬通弔下一
口氣赶到後園果見小姐死在鞦韆架下霎時淚落
如泉厲聲大叫道朱亥你元來詐病在家思量謀反
操演弓馬把我女兒射死了鄭安平大叫一通折身
上馬逕到朝門首喧天喊起屈來魏王宣到駕前因
問何事鄭安平道朱亥詐病在家操演弓馬心生謀
反將臣女兒一箭射死了魏王道有這樣事即着錦

194

衣武士快把朱亥拿來眾武士徑到朱亥家不容分
說繩纏索綁把個朱亥拿到駕前魏王問道朱亥你
怎詐病在家操演弓馬無故射死鄭安平之女該得
何罪朱亥道臣該萬死臣染病在家纔好數日適往
花園散悶見墻上一個恠烏對臣連叫不止臣取弓箭
射鳥不期射過墻去悮傷鄭女之命望鑒其情魏王
道悮傷人命也當取斬姑念情有可矜因天氣大旱
寡人要往天齊廟中行香祈雨且押去監候南牢另
行擬罪且說朱亥夫人劉氏見朝廷拿了朱亥去監

195

禁南牢即便心生一計帶了家童徑到卑田院以散
錢為由來見孫臏院中乞丐眾多不知那個是孫臏
回頭看時見一人拄着沉香木拐站立矮簷下不來
討錢一眼把劉夫人看定夫人叫家童取十文錢放
他面前孫臏道生受夫人夫人便問你是甚人孫臏
道我是孫臏前次朱大人來看我我對他說有百日
災難當躲一躲不料他扭揑陰陽不依我說如今被
禁南牢夫人聽說倒身下拜道我因要見師父特以
散錢為由望師父救我夫君一命感恩不淺孫臏道

196

龐涓不時着人來往耳目不便夫人請回我自有處
劉夫人只得拜辭孫臏回家其夜三更天氣孫臏在
卑田院內按定天甲靈文地甲靈文六甲靈文手捻
秘訣望空拂一下袍袖喝聲齊來忽見東南上一聲
响亮滾下斗來大一塊紅輪孫臏按住揣在懷內霎
時西南上又一聲响亮弔下斗來大一塊冰輪孫臏
收入袖內這兩輪就是金烏玉兎通被孫臏收了次
日魏王設朝眾臣朝拜已畢王問道寡人昨日設朝
天色微明今日元何這等昏暗看什麼時候了當有

197

淺潭三尺錦鱗魚　誰人肯把絲綸釣
人不採時我不採　到處只嫌天地窄
若把困魚救出來　敢與蛟龍爭大海
朱亥聽罷輕輕問道先生得非徉狂乎孫臏不答朱亥道先生無隱某乃朱亥龐涓每與某商量要定計害先生某再三不從先生可要防備孫臏道既承大人報我我亦當報大人目下大人當有百日災難到了朱亥變色道先生可避得過麼孫臏道你速去避祟整避一百日方保無事朱亥連忙作別回家說與

夫人劉氏得知夫人道那孫臏習學鬼谷必知先天之數此言不可不信依他躲避百日明登待我進朝啓奏只說你染病甚是沉重不得朝賀便了計議停當次蚤魏王設朝劉夫人果至駕前啓奏道臣夫朱亥身染病症勢甚危篤有失朝賀望乞恰准魏王准奏朱亥從此遂不進朝在家躲難倏忽躲了九十九日這日與劉夫人道好了百日之災明日脫了在家整齊坐了三個多月好生氣悶今日去外面走走劉夫人道有心躲過百日那在乎這一日索性在家坐

坐過了明日走罷朱亥道也罷只到後花園中消遣會兒劉夫人道這個使得只不出門便好朱亥來到園內見一老鴉歇在牆角上對着朱亥一連叫上幾聲朱亥不快活道這怪物偏對我叫待我送他命去連忙叫小厮取了弓箭摟的一箭射去到不會射着老鴉往間壁墻裏射去了元來間壁墻裏就是鄭安平丞相家的百花園兩家花園一帶接連只隔得這堵墻鄭安平小姐名字愛蓮年方一十七歲生得描不成畫不就一種美滿嬌姿鄭安平極其珍愛其日

小姐正登膳畢帶幾個侍兒到園中打鞦韆耍子總是天數纔上得鞦韆架猛可間壁園裏一箭射將過來正中心窩翻下架子倒在地上衆侍兒上前拽箭的拽箭叫喚的叫喚可憐一個花朶般小姐霎時做了黃泉之鬼衆侍兒唬得魂飛天外魄散九霄再也不知那里射來的箭四下觀看只見這邊朱家墻頭上一步梯兒站個小厮問道我家枝箭射在你家園裡可曾見來衆侍兒道原來是你家射過來的把我家小姐通射死了這遭好隣舍要打人命官司哩衆

先生換了我巾服。乘我的車。小可扮作推車軍士。打起楚國納貢旗號。城門雖緊。搜進不搜出。一齊混出城。却不是好孫臏。點頭應允。黃恊暫去。又想道。到是盜出城易。盜出卑田院難。當下躊躇一會。又生個計策。捱到晏黑。分付從人。買下十數甕酒。下了蒙汗藥。假說官家給散。徑抬到卑田院。那些丐子聽說官家散酒。似蒼蠅見血。砂礶竹筒。拿出許多。吃不了通帶了去。少頃個個口角流涎。不知人事。通倒地上。乘此機會。把孫臏馱出院門。放在車裡。四邊下了圍轂轂

186

轆轆推出了宜梁城。此時將近初更。天氣、守城官正打點封門。見楚國納貢旗號。並不防範。放出城去、原來孫臏出得城。使個法術。依舊回到卑田院。把那千東倒西歪中藥的丐子。一口水盡皆救醒。絕不走漏一些風息。那黃恊出城約有十數里之地。開車一看。不見孫臏。單單遺下個柬帖在車裡。上有四句道。

不是孫臏不歸楚　千日災星難脫躲
寄語楚邦黃大人　拜覆朝廷勿恠我

黃恊老大吃驚道。有這樣事。明明個孫臏在車裡。出

187

得城就沒踪影了。豈不是個神人也罷。他既不肯入楚。縱去。終久有變。且把這柬帖回覆朝廷便了。不說黃恊回楚再講。尉繚徒弟王敖一日又到韓國。曉諭韓王。韓王即遣張奢。假齎貢獻入魏。盜取孫臏。又不得。遂王敖復到趙國。曉諭趙王。趙王遂遣廉頗。假進納降表入魏。又盜不得孫臏。王敖一連曉諭四國。四國通盜孫臏不去。看起來總是那四國諸侯緣慳分淺。不該得此高人。且說龐涓自把孫臏拘禁卑田院。幾番與朱亥商量定計要害孫臏。朱亥每每不然其

188

言。一日朱亥來到卑田院。看望孫臏。見孫臏卧于街簷石上。拍手閒吟道。

孤高百尺一株松　蔽雲遮日觸蒼空
枝柯茂盛乘吳楚　枝荄盤桓燕趙宮
綠葉枝枝迎彩鳳　青柯曲曲卧蒼龍
若逢天地光明照　散漫清香七國中
有一樵夫無耳目　手中握定無情斧
非唯砍倒棟梁材　枝葉不堪蓋茅屋
既好哭時又好笑　朝朝暮暮簷前叫

189

　雜施妙藥瘳唐病　滿爇爐香謝上天
白起看了便問道。此間莫非孫先生麽。孫臏道。白大
人休惟。白起道。我又不曾道姓通名。先生原何知我。
孫臏道。我若不知你是秦國武安君。怎寫這歌于壁
上大人不見此歌。永世亦不知我是孫臏。白起道。先
生既知過去未來之事。可知今日來此爲何。孫臏微
笑向。白起附耳低聲道。大人今來奉秦王旨。要盜孫
臏出城。白起大驚。道。孫先生。你果有先見之明。其實
爲此而來。孫臏道。空勞大人跋涉一遭。柰我千日之

災未滿。還不可脫。宜梁城去。況龐涓不時差人察聽。
倘洩漏風聲。所謂機不密。卽釀禍矣。大人請回。望乞
拜覆秦王。待孫臏守滿千日災。再助一臂力可也。白
起見孫臏不肯去。不好十分勉强。只索別魏歸秦。說
那王敖。不日又到楚國朝門首。連哭三聲。連笑三聲。
楚王遂召王敖進問。王敖卽以告秦王一通說話細
細白之。楚王道。朕國中正要訪求賢士。不料遺此高
人。卽着黃恊入魏。假以進奉爲由。乘機取便盜孫臏
出城。黃恊領旨。來到魏邦。先入朝納貢。然後往卑田

院密訪孫臏消息。探訪之間。只見矮簷下。坐着個出
類拔萃的丐子。拄着兩條沉香木拐。口中歌道。
　時未通。運未達。投甚明師學甚法。陷入天羅地
　網中空有天書併六甲。沒甚飡沒甚棉聊過一
　時捱一霎。有朝災滿難完時。好把瘋邪都撇却。
黃恊聽罷。遂問道。足下敢是孫臏先生乎。孫臏道。大
人乃楚邦黃恊公也。到此何幹。黃恊背地道。奇怪。我
與他從來未識一面。爲何認得我楚邦黃恊。孫臏笑
而低語道。我不識大人。大人焉識我。公今來意。我已

素知。黃恊悄悄對孫臏道。小可領楚君旨意。假以入
魏進奉爲由。乘機取便。要盜先生到俺楚國。孫臏搖
手道。難去。柰我千日之災未滿。守過了千日。纔可出
宜梁城。黃恊道。先生何出此言。小可已預先定下計
策。埋伏人從。只待黃昏。就要盜先生出城。先生若不
肯去。不惟難以覆旨。抑且敗露其事。孫臏暗自道。這
是激我入楚的話。若不應承。他怎得出城去。遂問黃
恊道。大人既要盜我城門上。龐涓差官防守甚嚴。將
何妙策可盜出城。黃恊道。小可愚見。今夜黃昏時分。

駕設番朝。黃門奏說。朝門外有一道人。大哭三聲。大笑三聲。不知何故。秦孝公傳旨。把道人宣至駕前。問道。你是那里雲游道人。爲甚在朝門外。大哭三聲。大笑三聲。道人道。臣夷山尉繚徒弟王敖。哭三聲。笑三聲有個原故。王問何故。王敖道。哭三聲者。哭燕邦孫臏。他投雲夢山水簾洞鬼谷仙師處學藝。授得三卷天書。八門遁法。六甲靈文。呼風喚雨。策電鞭雷。能使艸木成陣。砂石爲兵。龐涓與他結義同業。今在魏邦做了駙馬。猶恐孫臏日後下山。扶助別邦。低他名望。

差官往雲夢山。連走三次。苦賺孫臏入魏。把他刖了雙足。受千日羅網之災。咲三聲者。咲天下諸侯。不識高賢與士。如有人至魏邦盜出孫臏者。愁甚江山不穩。社稷不牢。因此貧道雲游六國。遍告諸邦。不可失此英俊。秦孝公道。朕豈知有此高人。埋藏魏國。非君曉諭。可不挫過。一面分付光祿司欵待王敖飯去。一面遂問班部中。誰能入魏盜取孫臏。閃過武安君白起奏道。臣可去得。王問你怎麽樣去。白起道。當日龐涓妄自尊大。藐視各邦。曾立大言牌。催儹各國進奉

我主如今脩下降書表章。且不與他貢禮。只說納降。入魏管取盜孫臏來。秦王依奏。卽備降表。打發白起徑往魏邦。白起見魏王奏道。臣秦白起。當日龐駙馬立大言牌。催儹各邦進奉。寡君因邦國空虛。乏物進奉。差臣特奉降書表章。權爲獻敬之禮。魏王大喜。收了表章。待白起茶飯。賜路費盤纏。白起辭駕出朝。扮作白衣秀才。特到卑田院探訪孫臏蹤跡。原來卑田院乞丐。足有上千。認得那個是孫臏。就是孫臏在院中。絕不與衆乞兒交接。終日拄着兩條沉香木拐坐

在矮簷之下。啼哭不勝。談笑自若。其日曉得白起要來訪他。寫歌數句在于壁上。歌曰

山川毓秀生英俊　武子家聲名世振
拋離父母訪名師　雲夢山中修道行
授得天書六甲文　驅雷掣電召天神
呼風喚雨擊氷雹　等閒撒荳成軍兵
詎知運限逢災難　陷入天羅併地網
不患邪兮不患瘋　祗爲陰謀施惡瘴
誰知度日如度年　守厄持災過此愆

叶道、麗涓快些開門放我進去。我要到花園中頑耍
唑叫了又打、打了又叫。裡面只不開門、孫臏從此就
在人家屋簷下蹲身、日間與市上小兒抛磚弄瓦、夜
間與豬犬同眠。麗涓出入、看見孫臏與豬犬同眠共
宿、便自道、這廝當日朱仙鎮上罰愿永為禽畜。如今
般般應了。總是心不應口、現報如此。見一遭、心頭轉
一遭。孫臏在街市上、凡見文武官員經過、拿起汚泥
磚頭瓦屑、不管身上馬上、亂打將去。那些眾官日逐
被他侮弄、甚是懊惱。幾番要計較他、奈他是个瘋魔

174

無用之物、只索罷休。一日清晨、龐涓出朝、孫臏看見、
抓兩手糞勞面撒來。龐涓怕與從人趕去、那些從人
通受了些腌臢。不敢上前動手、龐涓大怒。着實把馬
加鞭、纔脫得去。朝罷、眾官問龐涓道、駙馬今日入朝
何故不樂、龐涓道、適在街上遇着孫臏、被他撒了許
多糞。為此心下着惱、眾官道、不要說起。我等每日在
街上經過、磚頭瓦屑亦被他打得不耐煩、這也大非
法紀。我等官僚尚且被他侮慢、百姓人家怎當得他
攪擾。不若分付地方、及早驅逐他去。龐涓道、列位不

175

妨事。待我想个計較出來。畢竟不知龐涓想出甚的
計較、把孫臏打發何處、且聽下回分解。

176

新鐫全像孫龐鬬志演義

卷之七

百花園宛孽箭　卑田院祝融災

當下眾官朝散、龐涓回到府中、遂想一計。着人到卑
田院、叫個丐頭來、分付道、這瘋魔孫臏、與我收領到
卑田院去。好生看管三年。不許放他出來、若放出門
稍有失悞。一院人都加重罪、丐頭領命、把孫臏帶去
龐消不放心。又差幾個左右、眼同送入卑田院、不說
孫臏拘禁院中。龐涓奏上魏王。且說秦國孝公一日

177

孫臏叫道師父救我一救先生道孫先生我非别人乃尉繚先生徒弟王敖聞你有難特來看你你不要心焦不要煩惱該有千日羅網之灾我待要救你往别處去只你灾還未滿我如今去雲遊六國曉諭各邦如有緣有分的把你盜出空梁城去那時扶一邦定一國你就好了說罷依舊駕雲騰空而去又過幾日値瑞蓮公主壽誕之辰朝中文武一大半趕奉龐涓的打發夫人小姐通來上壽前廳龐涓與衆文武飲宴後廳公主與衆女客飲宴大凡夫人小姐出門

170

身邊必帶幾个伏侍丫鬟使婢這家帶个那家帶个大大小小約來三四十乘着夫人小姐飲宴一齊通要去看花園耍子成群揣夥來到花園門首兩扇門鎖得鉄桶相似那些女婢各人身邊通帶着夫人小姐的匙鑰你的開不得我的開不得換來換去剛剛一个湊巧把鎖開了一齊進了園門孫臏見衆使女來用个隱身法捲出園門向内廳後高呼大叫嚷將出來前廳上文武多官一齊問說駙馬府中什麽人這等喧嚷龐涓道就是孫臏那厮他風魔了被我將

171

他鎖禁在花園内不知怎的走得出來衆官道孫臏既風魔了在這里也不便何不打發他去駙馬怎還留在府中龐涓道我恐他是假瘋所以鎖禁在内衆官道駙馬難道眞瘋假瘋通看不出叫他出來我等看看龐涓喚左右叫孫臏出來孫臏不知那里尋个紅束帖做了一面旗兒拿在手裡一面拐出來一面口裡亂叫衆官一看見他面黃肌瘦散髮披頭衣衫粉碎狂言妄語一齊對龐涓道駙馬看他這等模樣難道說得是假瘋留他在此無益早晩空要把片心

172

應付他趕早打發去了罷龐涓說既是列位講就打發他去遂喚左右快把孫臏打發出去衆人把孫臏亂推出去孫臏偏要掙將進來一邊越推一邊越掙龐涓分付左右把火旺旺㸃上一盆放在二門上看他往那里走左右便去抬出个大圍炉放出二門下孫臏看見火偏向火上踹將上去衆官說駙馬你看他水火通不怕豈是假瘋龐涓又分付左右把這厮撚出去閉了大門孫臏越發粧个眞瘋拏起兩塊大石似擂鼓般一起一落向大門上打了一會厲聲大

173

諦四值功曹都天大元帥我正要打你哩又掇起板
櫈摜去龐涓又閃過了龐涓背地道這厮連我也不
認得分付家童取一碗飯一碗糞放他面前看他吃
那一樣家童登時拿一碗飯一碗糞放在孫臏面前
孫臏拿起糞來把飯一澆使个鬼神搬運之法通搬
運了開去把那龐涓的祖宗靈魂俱遣將來吃了去
龐涓道這厮當初罰誓之時有書不同讀有藝不同
學永為禽獸之類食不淨之物不知瞞心昧巳了多
少如今受此現報遂喚家童分付道不知這厮真瘋

166

假瘋且把鉄索鎖他在後花園內家童拿條鉄索把
孫臏鎖去孫臏被鎖禁花園受羅網之災看看又至
八月十五中秋節屆瑞蓮公主整備酒席在玩月樓
上與龐涓賞月叫幾个府中承應的女樂調箏弄管
舞唱歌謳好不鬧熱孫臏在花園內聽得咬牙大怒
暗自道這厮到在樓上安享快樂使我園中受此鎖
禁之苦口占一律云

玉露金風八月秋　蟾光皎潔照諸州
去年雲夢同師賞　今歲空梁只自愁

167

玉兎怎知人負屈　蒼天應使識機謀
有朝得脫金鈎釣　不斬佗人誓不休

孫臏方纔住口樊厨恰正捧盤嗄飯走進園來悄悄
對孫臏說孫先生這里隔玩月樓不遠駙馬與公主
在樓上賞月你在此高言朗語倘他聽見怎麼是好
我沒甚孝敬你有碗肉麵在此暫且充饑孫臏道
受你怎報得你的恩盡樊厨道這些不必記念先事
多要謹愼正是朝來暮去纔過中秋早又冬初時候
一夜月明之下孫臏手指一株小松樹又口吟一首

168

云

眼見孤松數尺高　龐涓覰我作蓬蒿
有朝透入青霄內　七國擎天柱一條

正吟之間聞得半空中有人叫說孫先生吟得好詩
也孫臏抬頭看時一位先生從空墜雲而下那先生
面如傅粉眼若含星三綹髭髯疎朗五端相貌
奇清身穿素淨三梭服頭戴逍遙一字巾駕霧
乘雲不是尋常方外侶察言觀色想來俱是會
中人

169

着龐涓所生之子年方三歲。名喚龐英。來到西書院
嬉耍。好似鬼使神差。那孩兒一面頑耍。口中驀地說
出一句道。孫臏你快寫完。我家爹爹等不得要殺你
哩。了髮連忙抱了孩兒　孫臏聞言猛地大驚道。
孩子之言斷然不假。龐涓果有此意。隨即喚樊厨道
樊厨我想你的說話一一皆真。承你一片真心實意
待我。無可報答。願你後代兒孫位極王侯。按本傳樊
厨名噲。樊能即漢樊噲之祖。後噲果為漢武英侯。即
此據也。且說樊厨當時與孫臏道。孫先生道怎麼處

到是前日雲陽市上的死。躲得過目下這死。决不能
免。我要救你。你雙足又行走不便。如何是好。孫臏道
正是我當初在雲夢山與師父分別之時。師父與我
一个木盒兒。教我有難打開來看。想必這个就是難
到了。不免打開看看。孫臏連忙向身邊取出木盒。扭
開看時。止有一个柬帖摺作四摺。帖下紙包一个。先
把柬帖展開看來。上有兩首詩。

其一

雲夢山中鬼谷仙　　教下孫臏共龐涓

兄弟刖了哥哥足　　三卷天書永不傳

其二

木盒中藏幾句歌　　賢徒仔細用心磨
若還要出龐涓府　　假做瘋魔脫網羅

孫臏看罷痴呆半晌。原來師父也教我假作瘋魔。連
忙又把紙包開看。却是些没藥。紙上寫數字道。此藥
可敷患處。孫臏依言如法敷上兩足。果然疼痛即止。
膿血也不流了。登時變卦。把寫就的天書摟摟扯得
粉碎。通放在口裡嚼得稀爛。吞了下去。又把身上穿

的衣服橫一塊豎一塊。扯得紛紛大碎。披頭散髮。口
角流涎。把書房內擺下的好骨董好玩器。打的打摜
的摜。一些不留。盡行撇在地上。口裡大呼小叫。擴起
舞倒。做作萬千獃狀。家童便去報龐涓道。孫臏在西
書院寫天書。一霎時瘋魔起來。把天書扯得粉碎吃
下肚了。龐涓道。有這樣事。待我去叫他。看他認得我
認不得我。隨即到西書院。叫一聲大哥。孫臏拔起條
板櫈。望龐涓劈面打去。龐涓連忙閃過。龐涓道。大哥
你認我是那个孫臏。大叫道。你是六丁六甲五方揭

曾學來龐涓道大哥肯傳與小弟麽孫臏道兄弟說
那里話你我雖非同胞已曾結義兄弟要我傳有甚
難處就傳與你龐涓聞孫臏肯傳千歡萬喜連聲說
道多謝兩人又吃了幾杯酒龐涓又問道大哥你眞
心肯傳我還是假意孫臏說兄弟你面前我怎說假
話要傳就傳決不失信兩人又飲幾杯龐涓道大哥
旣眞實肯傳與小弟明日就煩大哥抄寫出來足見
愛弟之情孫臏道兄弟我與你當日在雲夢山整齊
同業三年你豈不知我的肺腑要寫今日就寫起龐

158

涓笑道只要大哥應許今日且酌酒明日再寫不遲
孫臏道省得兄弟道我有口無心把酒席收拾了取
紙筆來等我就寫龐涓道原來大哥的性格如此眞
實分付家童取文房四寶來家童奉過紙筆孫臏隨
卽寫了數行龐涓道天色已晚看不見了大哥且歇
手明日再寫省有差錯是夜酒闌與盡龐涓別了孫
臏各歸安寢次日孫臏就在西書院把天書抄寫雖
可動筆足頁疼痛起起倒倒每日寫得沒多其日龐
涓剋罷歸家無事來到西書院問孫臏道難爲大哥

159

料造出這樣吃食褻慢我兄長如褻慢我一般好打
這廝將樊厨打了二十大棍龐涓起身竟去樊厨見
龐涓去了頓足搥胸嚎啕大哭孫臏問道樊厨你纔
打之時怎到不哭打後爲何到傷感起來樊厨拭淚
道孫先生我不爲自已受責而哭其實爲先生悲痛
孫臏道怎爲我悲痛樊厨道孫先生你還不知我今
日去打午飯來往內院門首行過聽見公主與駙馬
商量說今日寫完天書明日定計殺你明日寫完天
書後日定計殺你你可慢慢的寫遲完一日多活一

160

日早完一日少活一日孫臏不肯信暗自道此乃小
人之言不可聽信若有此說怎麽未打之先不對我
說適纔打了方說出這些話來明明生言造語要使
我怪他的意思不可介懷孫臏吃完午飯取紙筆又
寫正寫之間只見幾个蒼蠅飛來把个筆尖抱住逐
去又來連逐三四次那蒼蠅畢竟不肯去孫臏好生
疑慮住了手把筆放在紙上蒼蠅向紙上抹來抹去
猛可抹出假風魔三个字來孫臏見假風魔三字尋
思半晌不解其故恰好龐涓宅裡一个丫鬟手中抱

161

一番。怎奏得兩番。倘或朝廷涉起疑來。說我與你通同一路。那時你的性命不消說起。連我性命也難保。了。分付刀斧手下手快些。疼也有限。時分當下分付軍士。撞過銅閘來。衆刀斧手把孫臏綑住。把十个足指放在銅閘中間。揳的一聲响。登時閘將下來。後人有西江月詞嘆云。

誤國權奸莫數。傷倫朋友休提。盟山誓海一朝非。說甚金蘭之契。惡跡不堪載記。芳名何止留題。英雄自古有顛危。好煞人兮煞巳。

154

五百名刀斧手。个个寒心。兩旁軍士人人喪胆。孫臏足指落地。血湧如泉。牙關緊閉。死勾多時。方纔甦醒。龐涓道。大哥王法無情。教你受這等的灾難。分付左右不要撞到別處去。竟撞到我府中。早晚好調養。湯藥飲食之類。也好着人伏侍。孫臏說多謝兄弟大恩。無可償報。衆軍士登時把扇板門撞了孫臏到龐涓府內。龐涓折身來覆魏王。王問如今將孫臏放于何處。龐涓道。臣恐其將養好了。逃往別國。撞在臣家。龐涓奏過。回到府中。分付家童打掃西書院。潔淨好送

155

孫先生將養。遂喚樊廚分付。孫先生是我結義之兄。勝似同胞。三餐茶飯湯藥飲食。俱托付在你身上。小心伏侍。不可怠慢。龐涓又對孫臏說。倘大哥早晚間喜歡什麼飲食。不妨就問樊廚取討。樊廚若不用心伏侍不過。備大哥實對我說。待我從重懲治。樊廚領命。眞个光陰過隙。日月飛丸。孫臏在龐涓府內。早又兩月光景。兩足十分疼痛。不住的流膿淌血。着實多虧樊廚每日三飡擺茶送飯。伏侍湯藥。甚是當心。並無一句閑說。一日龐涓來到西書院見孫臏道。大哥

156

小弟連日朝政繁冗。未得稍暇。不得來看望。多有得罪。不知大哥的尊足疼痛可畧止些麼。孫臏道。兄弟承你掛念。感謝不盡。只是兩足疼痛難忍。膿血又不乾淨。龐涓道。大哥你倘要移動。活變甚覺不便。我着人去做兩條沉香木拐來與大哥。早晚好活動。此當下分付樊廚。置酒與孫先生散悶。不多時樊廚整治完備。龐涓與孫臏對飲。酒至數巡。龐涓開口問道。大哥小弟向聞得人說。大哥記得三卷天書。八門遁法。六甲靈文。果眞的麼。孫臏沒心答他道。委果記得。通

157

龐涓分付刀斧手且慢開刀。聽他哭些什麼。孫臏仰天叫幾聲苦道。孫臏自出燕邦。撇父母抛兄長。投師學藝。空授了三卷天書。八門遁法。六甲靈文。通救不得眼前一死。天阿我好苦也。說罷越覺哭得恓惶。龐涓在後悄悄察聽。兜上心來道。別的兵書戰策。我通看過。止有三卷天書。八門遁法。六甲靈文。眼裡自不曾見。若得了這三卷天書。愁些什麼。不要說魏邦。明日就是各國。也無人居我之上。連忙走近前來。對孫臏道。大哥小弟見你哭得苦楚。甚覺心酸。我自當初

150

朱仙鎮上結義之後。鬼谷仙師處同學三年。你我有人如同胞共母一般。大哥今日之難。即小弟之難。兄大哥舉目無親。剛得小弟在此。此時若不出一臂之力救大哥性命。枉了結義一場。你且不要啼哭。待我捨身拚命。去駕前苦奏一番。奏得准。大哥不要歡喜。奏不准。大哥也不要煩惱。孫臏道兄弟生受你。兄怜之心若奏得准。萬幸之喜。慢慢報你恩處。設使奏不准。我那父母兄弟俱在燕邦。怎知我尸骸落于魏國。乞你把口棺木收貯。念結義情分。寄个信息到魏邦

151

去。着我父兄好來收拾。龐涓道。大哥且不要說那盡頭的話。待我去來。龐涓飛騎來見魏王。奏道。臣奉旨將孫臏押赴雲陽市上處決。臣想得孫臏乃燕蒯王之甥。况其父又是燕國駙馬。母乃燕丹公主。兄乃孫龍孫虎。俱金枝玉葉。恐殺了他。明日燕國聞知。興兵前來取討。把个什麼人還他。如今不若留他性命。苟延在此。待燕國有降書來取討。那時還他也可。不還他也可。魏王道。饒他不打緊。恐其日後復有反叛之心。終受其禍。龐涓道。我王如今饒他死罪。不要饒他

152

活罪。把他刖了雙足。做個廢人。也儘勾了。魏王道。怎麼刖了雙足。龐涓道。不傷他的命。將他去了十个足指。魏王准奏。龐涓徑至雲陽市上。見孫臏道。大哥恭喜。朝廷饒你死罪了。孫臏聽說一个快活。失聲大叫道。兄弟果然。朝廷饒我死罪。龐涓道。死罪饒了。活罪不饒。孫臏道。有什麼活罪。龐涓道。要把大哥刖了雙足。孫臏道。兄弟。這个使不得。從來無此刑法。寧可殺我一刀。死去做个爽快。兒若刖了足。十指連心。莫說疼痛。做這廢人在世何用。龐涓道。大哥。小弟只可尽

153

手把孫臏立時綁赴雲陽市上斬首示衆。龐涓領旨。即帶刀斧手錦衣武士將團練使府門首密密圍住。龐涓進府。孫臏不知其故。下堂迎接。龐涓道。大哥。天作孽猶可違。自作孽不可活。你夜來幹得好事。孫臏道。我昨夜奉朝廷旨意。着我向皇城門首魘鎮火星。別無甚事。龐涓道。大哥正爲此着。朝廷着你魘鎮火星。不曾教你造反。怎麼帶領軍兵鳴鑼擂鼓。喊殺連天。驚動魏王。連累于我。說我與你自幼結交。接你下山。通同一路。要謀天下。是我再三力奏。方纔得脫自

己干係。魏王分付道。既不知情。就着你帶領五百名刀斧手把孫臏綁赴雲陽市斬首回話。今特奉旨而來。孫臏聽說。魂飛魄散。跌下椅來。龐涓分付拿下。刀斧手一齊上前把孫臏綁了。徑赴雲陽市去。畢竟不知孫臏怎生放得轉來。龐涓又有甚話。且聽下回分解。

新鐫全像孫龐鬬志演義

卷之六

金蘭契仇成刖足　木盒歌數定裝瘋

話表孫臏來到雲陽市上。只見愁雲黯黯。慘霧漫漫。刀鎗四下擺圍。軍士兩廂簇擁。止不住淚如雨下。龐涓問什麼時候了。刀斧手回答道。將近午時三刻。孫臏哀告龐涓道。龐駙馬。孫臏今日既到此間。料活不去。畢竟一死。你須念當年結義之情。略停一會。待我把心事仰天哭訴一番。到九泉之下。省得做个怨鬼

星下界眉頭一皺生成一計與公主商量遂喚家將
何茂才過來分付道你如今假扮作朝廷錦衣武士
逕到孫臏府內去見孫臏只說奉朝廷旨意差來司
天臺觀見今夜三更時分當有火星下界請先生逕
去皇城門首魘鎮不可遲悞說了就回我自有賞萬
不可露一些風聲泄我差你去的何茂才領命並不
停留連晚騎一匹馬飛也似到了團練使府門首下
馬逕進內廳孫臏也正回來沒多時見何茂才來不
知甚事心甚恐怖何茂才說道孫先生吾乃錦衣武

士奉朝廷旨意來司天臺觀見今夜三更三點有火
星下界請先生往皇門外魘鎮即刻起身不可遲悞
何茂才說罷折身上馬回報龐涓而去說孫臏徧傳
一卦今夜三更三點果有火星下界連夜點起三千
御營軍分付一千鳴鑼擂鼓二千各執柳枝水洒向
皇城南門首將淨水洒去我把劍往上一指衆人吶
一聲喊擂一通鑼鼓劍指三通擂三通鑼鼓吶三聲
喊衆軍士得令孫臏帶了軍士來到南門正值三更
天氣速忙散髮披頭踏罡步斗手持七星寶劍口念

法水把劍望空連指三通軍士連擂三通鼓吶三聲
喊時魏王正在宮中睡醒聽見鳴鑼擂鼓喊殺連天
不知外面什麽事情急問宮官那里作亂响宮官說
不知甚事若有軍情急務自有聲聞傳報天曉魏王
老早設朝便問衆臣夜來三更時分四下鳴鑼擂鼓
吶喊連天為甚麽事龐涓上前奏道啓上我王昨夜
三更時分孫臏生心造反帶領數千御營軍正欲攻
打南門臣聞消息連夜出來略施一計纔退得軍士
去魏王大惱道有這樣事孫臏那廝前日來時封他

團練使到不生心造反寡人許他今日加官賜祿爲
何到要造反一壁廂快把孫臏監入南牢一壁廂差
官先將那數千御營軍盡行誅勠龐涓道孫臏造反
罪所固宜但那御營軍有三萬其中好歹不一知道
那幾千是孫臏羽翼不可輕勠只是孫臏他初到我
魏邦不知臣的武藝淺淺昨日演武場中將臣令下
馬來明欺我國再無良將况且此人父母兄弟俱在
燕國誠恐輕覷朝廷結納軍心要謀天下蕭墻之禍
不遠矣魏王越發焦燥就着龐涓帶領五百名刀斧

的陣把當年結義投師的好意通沒了可不傷殘和
氣龐涓道大哥除了小弟再沒人可破還待我破孫
臏道也罷兄弟既要破我的陣陣東上有兩個金盔
金甲的人叫你你决不可答應龐涓却把忠言當惡
言滿口支吾回答卽便換了披桂騰的上馬奔入垓
心孫臏暗把靈文諷念霎時霧鎖雲漫龐涓驚心膽
戰鬪在垓心左冲右撞東走西奔並沒一條出路抬
頭看時正東上果見兩個金盔金甲的將士厲聲高
叫道龐駙馬快往這邊來救你出去龐涓馬上連聲

138

答應把馬儘力加上一鞭撥轉頭向東就走四下一
聲喊起孫臏取紅綿索從空撩去攔頭一套龐涓翻
身滾鞍下馬兩邊將臺上三四百員猛將演武堂上
百十多位官僚盡失聲發笑連個魏王也忍不住龐
涓滿臉羞慚不好上堂見駕魏王傳旨快宣龐駙馬
上來看是不跌壞了龐涓強挺身子走到魏王駕前
魏王道龐駙馬你當日立大言牌寫大言詩妄自稱
尊自誇天下有一無二原何今日要破孫臏的陣反
被孫臏擒捉下馬龐涓只不做聲魏王又宣孫臏近

139

前道孫先生寡人久聞大名今日纔見神韜妙略寡
人不勝之喜孫臏道非臣把龐涓擒下馬來他見陣
中旗旛招展軍伍森嚴不知勢頭心下慌張跌下馬
的此乃一時失悞未足爲輸魏王笑道此係寡人與
衆文武目擊之事明明是卿把龐涓擒下馬來怎到
替他遮飾寡人欲授卿一個大大官職此時天色將
晏不是加官賜爵的時候明日受封便了孫臏叩謝
魏王卽返駕回朝話說龐涓當晚回到府中瑞蓮公
主近接着問道鬪附馬今日下演武場與孫臏鬪陣

140

勝負如何龐涓悒悵道問他則甚道是你當日悞了
我的大事公主說我悞你甚事龐涓道若非你當日
攛掇我奏朝廷召孫臏下山我今日怎受此羞辱公
主道駙馬之言甚覺不明滿朝中還有那個大似你
况且朝廷把你恁般欽重難道反受別人羞辱不成
龐涓道你道是誰就是孫臏他今日與我比陣把我
擒下馬來着實羞辱一塲教我怎樣爲人公主道這
厮初到我邦纔得進步輒敢欺壓駙馬有這樣事龐
涓屈指尋文袖傳一卦今夜三更三點時分當有火

141

此陣。一發淺而易見。臣家下小厮們。通會擺的名爲一字長蛇陣。魏王不快活道。寡人要個好陣勢。看怎麽孫臏把這一字長蛇陣通擺。將來搪塞寡人。分付侯嬰你快去對孫臏說。把好陣勢擺來。侯嬰領旨。飛馬趕至陣前。對孫臏道。孫先生。我王着你排個好陣先前五虎靠山陣。龐涓說他曾擺過的。後來一字長蛇陣。龐涓說他家小厮通是會擺的。我王說先生將反陣搪塞。大不快活。要你從新擺過。孫臏聽了侯嬰通說話。心中大惱道。龐涓好生無理。旣是你擺過

134

的陣。家中小厮通會擺。何必兩次三番問我。也罷。我如今索性擺一陣。看他怎麽弄嘴。孫臏登時展一展令字旗。散了隊伍。從新又把陣勢排下。羅按四季旗插五方。軍分六隊。將列八員。羅按四季。按春夏秋冬。旗插五方。按金木水火土。軍分六隊。按六爻乾象。將列八員。按週天八卦乾坎艮震巽離坤兌。孫臏排畢又報魏王。魏王又遣龐涓來看。龐涓飛奔到陣前。滿面堆笑。問孫臏道。大哥做你不着。一發把這陣對兄弟說說。孫臏道。兄弟不要作難。這陣是你擺過的。龐

135

涓道。小弟從沒有擺這陣過。孫臏道。你不曾擺過。你家下小厮們也曾擺過。龐涓兩耳通紅。滿面慚愧。心中暗自道。奇怪。我在魏王駕前說的話。怎麽他曉得。誰走露的消息。翻身躍馬見魏王道。孫臏這陣。三陣併作一陣。比前更覺擺得不好。王問那三陣併一陣。龐涓道。第一陣。名敗國亡家陣。第二陣。名喪門弔客陣。第三陣。名黃旛豹尾陣。魏王大惱道。孫臏那厮好生憊賴。我好意要加他官職。着他排個陣看。怎把不祥之陣擺將出來。欺君侮國。成何道理。快宣孫臏。孫

136

臏慌忙來到駕前。魏王喝道。你怎把這敗國亡家喪門弔客黃旛豹尾之陣擺出來。欺孤太甚。孫臏道。臣幼習兵書。自不曾見兵書上有甚敗國亡家喪門弔客黃旛豹尾之陣。魏王道。三陣併一陣。可是眞麽。孫臏滿口答應道。委果三陣併一陣的。第一陣乃九宮八卦陣。第二陣乃九天玄女陣。第三陣乃迷魂陣。合而爲一。名爲三才陣。若有人破得三才陣者。臣願把先前那陣。誣作敗國亡家陣。甘當重罪。便死何辭。龐涓上前道。大哥小弟破得。孫臏說。兄弟你若破了。我

137

然後加官授職孫臏領旨謝恩當下魏王朝散鄭安
平與朱亥徐甲侯嬴等多官上馬同行一路交頭接
耳紛紛議論說三番五次請得孫臏下山朝廷聽了
龐涓一面之詞輕賢慢士將他封為團練官一齊約
同明日蚤朝聖前合奏請駕就到演武場中看孫臏
與龐涓鬭陣孫臏若勝龐涓還要加官與他龐涓若
勝孫臏只這駙馬之職也儘勾了衆官路上計議已
定各自分路回去說次早魏王設朝衆官嵩呼拜畢
鄭安平朱亥徐甲侯嬴一班向前啓奏道我主三次

130

纔召得孫臏下山當授其高官顯爵使孫臏得展胸
中才略今封為團練官明日聞于外邦只說我主輕
賢慢士總有高人誰肯再來望我王納奏魏王道寡
人昨日原欲授孫臏一大官職却被龐駙馬奏他初
入我國未見奇謀以此暫授御營團練使衆臣道臣
等今日請我王御駕到演武場看孫臏龐涓二人各
擺一陣如認得的賞其厚祿加其大官不認得的罰
其俸祿以濟軍需此賞罰一公人心悅服雖外邦聞
知無所議論魏王准奏遂分付文武多官休得散去

131

寡人即起駕入演武場令孫龐鬭陣不多時魏王駕
到演武場孫臏上堂見駕魏王道久聞先生精于武
略寡人今日特來要你把新奇陣勢擺一個與寡人
看看孫臏領旨下堂上馬手執令字旗馬上一招軍
隊整齊排開按定方位整肅停當下馬上堂奏魏王
道陣勢擺下了魏王分付龐涓你去看一看什麼陣
圖龐涓一騎馬來到陣前附耳低聲問孫臏道大哥
你擺的這陣是什麼陣孫臏亦悄悄對龐涓道兄弟
你不認得名為五虎靠山陣龐涓牢記心中扳鞍上

132

馬到魏王駕前回奏道這陣勢臣曾擺過名為五虎
靠山陣魏王又召孫臏分付道你把陣勢別擺一個
與寡人看孫臏遂蹬鞍跨馬到陣前把令字旗一展
散了五虎靠山陣勢從新把令字旗縱橫招展別整
軍伍倏忽之間換了個陣速忙撥馬又到演武堂上
報道臣陣又排下了魏王與龐駙馬你再去把這個
陣看了龐涓上馬來到陣前又悄語低言問孫臏道
大哥如今擺下的是個什麼陣孫臏道難道這陣也
通不知名為一字長蛇陣龐涓回來與魏王道臣也

133

來須臾之間十八般武藝中一口鍘飛在半天吊將下來吊在艸人足上把十個足指一齊剁下鬼谷對孫臏道徒弟你見來麼孫臏說師父我看便看見不解其中原故鬼谷將孫臏拽上前一步道你此一去要被龐涓刖了雙足受千日羅網之災孫臏驚道師父可救得弟子麼鬼谷搖頭道我難救你此乃天定之數决躲不過我今與你一面聚衆神旗一應天兵天將大小神煞俱聚在旗上你可寄地藏在身邊久後得掌兵權之日臨陣可將此旗出用凡有兵馬隨

126

心就應我還有一木盒兒一發將去帶在身邊如遇急難打開來看一過此災即掌握兵權受封將相那時纔是你安享的時節孫臏接了師父兩般物件緊緊收藏在身登時拜別師父與徐甲同下山來詩曰

秘盒神旗莫可輕　分明點破美前程

臨岐細囑三分話　猶恐生涯有世盟

徐甲同了孫臏行不多日纔到宜梁城兩人同見魏王魏王歎天章地道久仰先生盛名亟欲一見連請三次始得寵臨下吾邦不啻生輝矣孫臏道臣非屢

127

召不至奈鄙人淺謀不堪見用以此不敢就覲望乞赦罪問過龐涓相見道大哥小弟一別久矣孫臏依因禮相稱道龐附馬不挹台光已經六載龐涓便奏魏王道徐甲連請三次方得孫臏來朝貪生怕死不肯以忠作事滿門家屬盡行赦免只將徐甲擬以不職之罪儆戒將來孫臏即奏道非干徐甲之罪臣因命犯災厄師父鬼谷用魘鎮法術于墓中暫時躲避因徐甲在墓前哭訴苦楚欲行自盡臣心下不安以此不顧微軀災厄遂同下山望我王免彼之罪是見

128

天地之心魏王准奏一壁廂赦徐甲之罪一壁廂釋放徐甲家屬還家魏王又問龐涓孫臏今來授他什麼官職龐涓道他今日初到我國中未見奇謀怎可便授官職演武場有三萬御營軍士人馬未熟武藝未精且把孫臏封爲御營團練使訓其武藝待人馬熟閑武藝精備那時加官授職不爲遲也魏王允奏即對孫臏道孤聞先生兵書戰策件件精通今有三萬御營軍現在演武場中學習武藝沒人用心操練暫封汝爲御營團練使前去訓練武藝待精熟之日

129

今將我滿門家屬不分良賤老幼共百餘口通拿去
監禁南牢特着某又來再若宣不得孫先生下山要
將我全家殺戮某亦奏遲處死我想一個人死了難
道又活得來某之一死必不能免仙師可借疏蔬飯
待某到孫先生墓前燒一陌紙做碗羹飯從頭哭訴
一番再將朝廷詔書開讀好教孫先生陰靈知道某
即自盡死得瞑目鬼谷笑道先生不可如此短見待
我先喚道童取蔬飯水錢相陪前去我隨後就來看
你道童取了蔬飯同徐甲來到孫臏墓前徐甲排下

香案先把詔書開讀詔曰
堯舜至聖非得賢臣何繇輔翊盛世禹湯至德
若無英傑奚能治政太平朕當七雄之世干戈
不絕烽火無寧必得賢才四方可靖近聞先生
繼武子之兵韜得先人之戰策德如淵海道合
乾坤今朕求之不啻珠玉遣臣徐甲來聘來朝
同扶社稷爲朕股肱勿辜顒望
徐甲讀罷詔書厲聲高叫道孫先生某乃魏臣徐甲
奉魏王旨意來聘先生下山帮扶魏國已經二次俱

被讒臣龐涓奏我不用心將我滿門家屬百余口監
禁南牢死在旦夕望先生陰靈空中鑒察一面說一
面放聲大哭不住孫臏睡在墓中聽見徐甲哭得苦
楚心下自忖道他家百餘口終不然爲我一人死于
非命我想來就到魏邦去無害于事雖然一時不得
高官顯爵小小職分畢竟有的去則何妨思想定了
儘力兩脚把石墓登開一骨碌走將出來徐甲見了
又驚又喜驚的是死的人怎麽會活喜的是既活了
不怕他又死好同下山見主一家性命安然無事止

孫臏出墓來叫道徐先生難爲你連來三次我實
不欲下山恐累你一家受死故此出來况且我又不
曾得罪于魏便去何妨徐甲聞言心歡意喜只見鬼
谷走來叫道徒弟你怎違吾厭鎮法術有百日之災不
肯寧耐如今反惹下千日之災今番决躲不過你若
不信我教你眼前就見分曉鬼谷隨即分付道童紮
縛了個艸人似孫臏一般長大艸人面前放一張桌
子桌上擺十八般兵器鬼谷按定天甲靈文地甲靈
文六甲靈文望空噴一口法水拂一下袍袖喝聲齊

矣。魏王低頭忖量半晌道。駙馬所言亦是。如今將徐
甲定個什麼罪去。龐涓道。徐甲且慢定罪。只將他一
門老幼不分良賤。通拿來監候南牢。這回若去宣得
孫臏下山。不但饒他一家性命。我王可將徐甲官陞
三級。賜白金千兩。如仍前宣不得孫臏下山。空自回
來。將這一門老幼盡行殺戮。徐甲凌遲處死。魏王耳
朶軟。悉聽龐涓之言。登時傳旨差官將徐甲滿門
家小。分老幼良賤。共計百餘口。通來監入南牢。詩
曰

118

奸人誤國　　讒舌害良
滿門待斃　　一事堪傷

一壁廂傳詔一道。遣徐甲又往雲夢山去。畢竟不知
徐甲此去怎生宣得孫臏下山。且聽下回分解。

119

120

新鐫全像孫龐鬪志演義

卷之五

金鑾殿孫臏來朝　演武場龐涓敗陣

却說徐甲齎了詔書。一路去淚如泉湧。苦不盡言。人
無住足。馬不停蹄。幾個日子。趲到雲夢山下。馬離鞍。
徑進洞中。謁見鬼谷。鬼谷接見道。先生連來三次。又
什麼緊要公幹。徐甲未語先淚道。仙師若便得知孫
先生委實身故。不想我主聽信龐駙馬之言。在駕前
抵死說孫先生不死。仙師不放他下山。藏匿過了。如

121

先生真是死了。鬼谷道人之生死。怎麽假得。徐甲嘆口氣道。非我魏君無緣。多是孫先生没福。某就此告别。好回去覆俺魏主。鬼谷欲留盤桓數日。徐甲道。王命在身。不敢遲延。再三謝别。星夜回到魏邦。奏上魏王道。臣奉旨去雲夢山聘取孫臏。不料此人已身故了。魏王大驚道。有這樣事。滿望聘此人下山到我國中與龐駙馬共輔國政。却又没了。知他得何病症而亡。徐甲道。據鬼谷仙師說。當年與龐駙馬同役學藝。龐駙馬聰明學得三載兵法皆通。那孫臏駑拙。學勾

六年。一事無成。終日煩悶。身染氣蠱而死。魏王却便肯信。駙馬龐涓上前道。啓上我王。孫臏不死。乃鬼谷師父不肯放他下山。藏匿過了。托言身故的。魏王便問道。卿爲何知他不死。龐涓道。臣自從徐甲到雲夢山。番晚仰觀星象。如孫臏真死。本命星就該墜了。今彼本命星不墜。決無身死之理。魏王道。駙馬既觀星象。豈有差訛。遂問徐甲。你曾見孫臏的墓麽。徐甲說不曾見。龐涓道。墳墓又不曾見。怎麽就信他真死。如今我王還差徐甲往雲夢山走一遭。一定要看孫臏

墳墓。速來回覆。真假便知。徐甲没奈何。領了旨意。扳鞍上馬。幾個日子。又趲到雲夢山。謁見鬼谷。鬼谷道。先生今番又來。却又爲何。徐甲道。某星夜回國。將仙師所言奏與吾主。吾主必不肯信。說孫先生既故。决有墳墓。爲此又着某來要求孫先生墳墓一看。鬼谷道。墳墓在後山正南方上。先生要看。同往觀之。鬼谷在前引道。徐甲隨後。來到後山。果見一所石墓。墓前立面碑牌。上寫燕國孫臏寄葬之墓。徐甲看了。目定口呆。一會道。看起來孫先生委果殁的。當時别了鬼

谷。離雲夢山。不日回見魏王。道。臣領旨去看孫臏墳墓。孫臏委果身死。墳墓現存。魏王道。你怎知是孫臏墳墓。徐甲道。臣見墓前立一碑牌。上書燕國孫臏寄葬之墓。這是真的了。魏王已信。龐涓又上前道。臣連日又觀星象。孫臏斷乎不死。如今將徐甲先定下一個罪名。徐甲纔可當心去宣得孫臏下山。魏王道。孫臏既死。苦苦要他怎的。難道海內再無賢人高士。龐涓道。非臣苦苦要他。奈他法術神奇。非與俗機常法相比。我國若挫過了。明日用于别國。我魏必受其禍

想那孽畜偷來與你可惜得蚤了些況你接天書之
時不曾沐浴焚香又不曾淨手又不曾漱口褻瀆天
神惹下一百日大災難孫臏變色道師父可救得弟
子脫此大難麽鬼谷道若要我救不可違我的魘鎮
法孫臏連聲說怎敢鬼谷道後山正南方上有一所
空的石墓你將頭向南足向北睡在石墓裡口中噙
生白米七七四十九粒把唾津嚥着不要嚥下喉去
自然會飽不思飲食只要躲過得七七四十九日大
難已脫可保無虞孫臏道弟子只要脫此災難何在

四十九日再多幾時無害于事師徒計議停當鬼谷
連夜與孫臏去到後山正南方上果見一所空墓孫
臏依師父魘鎮法術口中噙了四十九粒生白米頭
南脚北睡在墓中墓前立個小小碑牌上寫

燕國孫臏寄葬之墓

不在話下且說徐甲領魏王旨意行勾多日到了雲
夢山只帶隨行人役來到水簾洞門首見一道童手
執花藍採藥回來那道童喜孜孜上前問道公非魏
國使臣乎徐甲背地驚訝說他怎知我是魏國使臣

遂對道童道我正是魏國使臣特來謁見鬼谷仙師
敢求指引道童道來得不湊巧往白鹿大仙處講法
去了公要見時蚤來三日便好閒話中間空中忽有
人叫說徐先生來了麽徐甲連忙擡頭看時元來就
是仙師駕雲回來徐甲上前遂倒身下拜鬼谷扶起
同入洞中徐甲偷睛細看洞中好派景致

奇花佈錦瑤艸噴香幾株老栢垂青數節脩篁
展綠白雲浮處日月搖光玄鶴唳時烟霞散彩
幾聲寶磬幾聲寶鐸悠揚一陣天風一陣天香

縹緲松花滿地掃何曾玉露盈堦乾未得

遜坐畢鬼谷問道先生貴臨有何見諭徐甲道淇泰
魏王旨意特來聘取高徒孫臏先生下山同輔魏主
鬼谷回答道枉了先生跋涉一遭愚徒孫臏身故多
時了徐甲吃上一驚道得何病症故的鬼谷道他先
年與龎涓同來學業龎涓聰明智慧習學三年兵書
戰策盡皆通曉先自下山如今在魏掌了兵權爲了
駙馬孫臏學勾六年資質駑鈍兵文戰法一些不精
因而終日煩悶染成氣蠱而亡徐甲道仙師之言孫

說近因老母病在窠中不思別的果品拿想這仙桃
吃因此小猿來偷二次共取兩枚拿回窠去奉母不
想老母吃了身輕體快病減大半要救老母身體全
愈爲此今夜又來思想再偷一顆不期遇着師父師
父要打死小猿不打緊可憐母在窠中不得小猿回
去必又一死望師父垂慈活我母子二命恩德難忘
孫臏默地暗想道我到不如這小猿有如此孝心我
想自來到雲夢山不覺六年不知家中父母安樂如
何雖有二兒在家他們只可行自已的孝怎替得我

遂喚那小猿過來道看你一點孝心我不難爲你再
與你一枚索性保全母命只是下次再不可來一邊
說一邊摘下一顆遞與小猿小猿叩謝道蒙師父活
命之恩反賜仙桃無可酬答一個所在有三卷天書
待小猿取來報答師父孫臏道你有甚天書藏在何
處小猿道小猿沒有就是鬼谷仙師的藏在禱金祠
石匣內至今不曾傳與師父我如今去取他的來奉
與師父小猿說聲就走不多會空中吆喝一聲道師
父接天書從空擲將下來小猿並不見影孫臏連忙

上前雙手接住却是小小一部分作三卷上有四句
云。

天人何事洩天機　因此天凡數可知
孫臏洞中傳異術　白猿月下獻天書

孫臏得了天書萬千之喜連忙回去燃燈細誦正讀
之間只見寒風凜凜冷氣森森空中碌碌雷聲微動
鬼谷仙師正在蒲團上打坐聽得空中覺有雷聲即
便起來週圍行走行至孫臏房門首見燈影微明孫
臏在內朗誦天書鬼谷推門進去便問孫臏讀什麽

書孫臏道弟子讀天書鬼谷吃上一驚道這天書是
我藏在禱金祠石匣內你從何得來孫臏道弟子承
師父之命後山看守仙桃兩日沒了兩顆適二更時
分忽然有個白猿溜上樹去弟子拿住要打死他那
猿猛可口吐人言說因母病窠中思食仙桃備細救
母弟子怜他孝心反與他一顆放了他去拿這天書
報弟子活命之恩以此弟子拿回燈下誦讀一遍鬼
谷道徒弟這天書是我一向許你的非是我有口無
心不肯傳授于你奈你的緣分還未該得此天書不

麗涓道。只要一員的當官。去聘孫臏下山。魏王遂差徐甲。郎日起程。竟赴雲夢山去。且說孫臏在水簾洞日侍鬼谷。講求法術。一日啓問仙師道。弟子從學多年。胎息之事。神仙之術。悉已聞命。敢問師父兵機战略。其道如何。鬼谷道。儒者用世。未嘗不知兵略。用兵之道。無非上達天氣。下達陣勢。天子之氣。內黃外赤。猛將之氣。外赤內白。反此則成凶兆。陣勢之說。不外遁甲變化而已。孫臏道。敢問師父。國之興衰。亦可預知否。鬼谷道。不過觀星象而已。周伯者。國之瑞星。天

堡者。國之災星。國將興。周伯黃光。國將亾。天堡流墜。孫臏再拜受命。鬼谷猛然想起道。徒弟。我險些忘了。後山有株桃樹。乃海山仙種。每至十年。開花一度。結桃四十九顆。結成之後。又要過四十九日。其桃始熟。食之却病延年。長生不老。我昨日採藥回來。往山後經過。見樹上已結四十九顆。只在目下將熟。恐被人偷取。廢了我仙家至寶。要你前去。用心看守。孫臏應諾。帶一條短棍。來到後山。把桃細數一數。剛剛四十八顆。少了一顆。孫臏想道。奇怪。師父明明說四十九

顆。怎麼樹上只有四十八顆。多分被人盜了一顆去。孫臏不好就對師父說。次蚤又去。又把桃數數。又少了一顆。止得四十七顆。孫臏說。越發古怪。我昨日數還是四十八顆。今日又沒一顆。不知什麼歹人偷去。今晚不要回去。悄悄躲在樹傍。看是個什麼樣人。拿住他。好對師父講。孫臏直等到二更天氣。正要打個盹。只聽得樹頭上颼地一聲响。孫臏知是偷桃的來了。連忙走將過來。望樹上一瞧。原來不是個人。是個小小白猿。生得

渾身如雪裘。遍體似銀粧。巴西侯素有芳名。白猿公習鬪高致。三峽夜清波撼月。九溪春暖夜迷雲。

孫臏提起棍子。望樹上一下打去。那小猿一號。滾下樹來。伏在地上。口吐人言。只望師父饒我性命。孫臏道。你這孽畜。如何會說話。小猿道。師父聽稟。吾乃小猿。家居水簾洞西北。祖乃巴西侯。父乃很公。母乃山花公主。妹乃馬猴精。三世俱有仙氣。因會人言。孫臏道。你怎的將我師父的仙桃偷去。小猿道。不瞞師父

敗齊兵輒敢耀武揚威立此大言牌難道各邦再無
英俊了龐涓道你試把各邦英俊講與我聽王敖道
秦有白起楚有黄恊趙有廉頗韓有張耆燕有孫操
齊還有田文田單設使六國連兵伐魏汝將何策破
之幾句話說得龐涓心驚胆服忙令軍士釋了王敖
迎上中堂先待以賓客之禮然後問王敖道先生尊
姓大名王敖道吾姓王名敖尉繚先生徒弟吾師亦
授業鬼谷與足下有同宗之誼誠恐足下盛名挫于
望外故進是言龐涓道先生遊于海內延攬必多不

知何處還有賢材王敖微笑道昔年與足下八拜爲
交同業鬼谷的孫臏自公入魏之後鬼谷授他兵書
战法善能牽雲喚雨策電鞭雷若使行兵演武艸木
成陣砂石皆兵非俗機常法可破聘得此人下山同
條治政魏有泰山之安公無毫末之損各國諸侯必
然相率貢于魏矣王敖言畢遂與龐涓相別復返夷
山龐涓回進府中心甚不快悶坐多時瑞蓮公主親
捧一盞龍鳳香茶笑吟吟來到龐涓面前問道駙馬
原何悶坐無言敢是父王又要你去征伐那一國麼

龐涓接茶吃了勉强回笑道征伐之事那里在我心
上我只爲有個結義之兄名喚孫臏向年與我同業
鬼谷仙師如今他得鬼谷仙師多傳許多秘術掣電
驅雷呼風呼雨無所不通我恐明日下山來扶了一
國掌了一邦那時我落在他人之後爲此不樂公主
道這個何難明日奏過父王差官徑到雲夢山把孫
臏聘取下山來我國中你與他同爲一殿之臣匡扶
魏國有何不可龐涓鼓掌大笑道公主之言最當次
日蚤朝遂奏魏王道臣立大言牌昨被尉繚徒弟王

敖將斧劈碎魏王道怎不拿來見孤龐涓道他幾句
話說得臣心傾意服故放他去魏王道他說甚麽龐
涓道他說當今七雄之世各各以强凌弱甚至虎鬪
龍爭人民遭塗炭之苦軍士有帶甲之勞總是未得
賢人高士輔佐明主彼因舉薦一人說起來卽臣昔
年結義之兄名喚孫臏燕國人氏此人至今還在雲
夢山鬼谷仙師處精通韜略廣習兵文我王聘得此
人下山取列國如唾手矣魏王大喜道孤聞賢人高
士莫不待時而出孫臏旣在雲夢山未必聘得他來

諸侯一匡天下卿意若何龎涓奏道我王未可輕舉
今齊邦巳納降進貢只有秦楚燕韓趙如今待臣于
本國都城建一座亭子立一大言牌上寫着大言詩
曉諭各邦限三年內俱要進奉我國如若不來進奉
然後遣將出師併吞列國魏王大喜隨即傳旨遣官
于都城內與工建造亭子立大言牌牌上刊詩三首
詩曰
魏邦駙馬武昔君　天下諸侯盡識名
欲遣雄師平列國　先驅虎卒破齊兵

94

詩曰
魏國城中一大蟲　威名獨振列邦雄
忽朝牙爪乘風動　天下權輿掌握中
詩曰
魏國龎涓有大名　龍韜虎略鬼神驚
若還六國來朝貢　各守邊隅免動兵
龎涓分付五十名軍士亭前看守倘有別邦過往之
人來看大言牌就要問他那一邦着他抄寫回去限
三年內要來進奉軍士一一領命不在話下時魏有

95

一賢士名爲尉繚乃鬼谷高徒善埋陰陽深達兵法
隱而不仕與弟子王敖晦跡埋名于夷山之內聞知
龎涓向都城立了大言牌遂與王敖說道龎涓之術
未及孫臏今在本邦妄自尊大目若無人他日孫臏
下山倘見用隣國吾魏必危吾欲遣汝向都城破其
大言牌舉進孫臏須走一遭王敖遵命袖藏鋼斧布
袍艸履羽扇綸巾扮爲遊士來到都城站立亭下細
把大言詩看軍士上前問道先生那邦人氏王敖說
楚國人氏軍士道先生可將此詩抄回本國限三年

96

內來進魏邦王敖道待我取出筆來那些軍士只道
果然取筆抄詩不曾防備王敖袖中一摸取出鋼斧
乒乒乓乓把個大言牌劈得粉碎軍士繩索綁了王
敖徑到駙馬府中禀上龎涓龎涓聞劈碎大言牌老
大發怒道何邦奸党輒敢擅入都城破吾大言牌王
敖努目張睛怒對龎涓罵道龎涓汝本無名豎子罔
自稱尊明欺天下無英雄也龎涓喝令梟首王敖道
且勿動手吾聞盛名之下難以久居故智者不誇能
以速禍勇者必晦武以收功今汝初臨魏邦僥倖一

97

卿大功也傳旨把田忌綁進朝來魏王見了分付道上邦王子未可壞他帶去監侯南牢待齊邦有降書來仍舊放他回去不說田忌拘禁南牢說那須文龍須文虎見龐涓擒了田忌勢不能勝帶幾個殘兵敗卒連夜撥馬起身逃回本國來見齊王齊王見回來勢頭不好便問御弟彝王安在須文龍須文虎道托我主之福連勝魏師二陣不料第三陣閃出龐涓把彝王生擒了去齊王聽說龐涓兆上心來道孤家曾記得有個龐涓須文龍道就是當日來投我主我主

不用他的今投魏了齊王道怎底擒得御弟去須文龍須文虎道他用拖刀計紅綿索把彝王擒住齊王道存活如何須文龍道臣適進城探子打聽來報把來監候南牢了齊王着實焦燥召文武多官商議道御弟被龐涓擒去魏王把他監禁南牢諸文武中有何奇策可救御弟回來上大夫卜子夏奏道我王肯用降書貢禮臣敢入魏救取彝王齊王允奏修下降書備下貢禮遣子夏起程子夏來到魏邦朝見魏王王問何國使臣到此何幹卜子夏道臣齊國下臣卜

商爲因彝王冒犯天威成擒受縛寡君差臣進上降書貢禮伏乞大王仁慈恩赦彝王回國年年納貢決不爽言魏王將降書看罷便要放田忌回齊龐涓奏道我王事須三思而行田忌乃上邦王子放他回國情必不甘異日必要興兵復仇我王旣饒他死罪不可僥他活罪將田忌割下鬚髯面搽脂粉三綹梳頭兩截穿衣放他回去纔不失魏邦綱紀使各國聞知也羨我主天威凛烈魏王准奏向南牢取出田忌押赴殿前把鬚割下滿臉塗了紅粉俱依龐涓施行放

歸齊國田忌只要得命回去那管含羞忍恥詩曰

抹粉去其髭　男兒扮女兒
人有不平事　天無報應私

且說魏王之女名與瑞蓮公主年可二八蘭心蕙性月貌花容魏王選定吉日良時將公主招龐涓爲駙馬就封龐涓爲武音君鎮魏飛虎大元帥勅賜玉帶寶劍一壁廂宴賜諸臣一壁廂起造駙馬府一日魏王升殿謂駙馬龐涓道寡人得卿爲駙馬如山有猛虎列國雖雄烽火烟塵必不敢近今欲乘此機會覇

精神抖擻多驍勇　魏將之中無二人

龐涓領兵出城搦戰齊營哨馬報入中軍田忌帶了須文龍須文虎出馬交鋒龐涓叫道那箇是田忌快上前來定个高下田忌將月牙鎗架住鋼刀道來將名誰龐涓厲聲回答道

宜梁俊傑人間少　七國英雄誰與肖
六韜三略甚精奇　名喚龐涓字弘道

田忌大笑道這廝誇恁大口與你定個輸贏看官龐涓果有本事勒馬當先在宜梁道上相持三員猛將

從午戰至天昏足有五十個回合兩家不分勝負畢竟不知龐涓後來勝敗如何且聽下回分解

新刻出像孫龐演義卷之三終

新鐫全像孫龐鬬志演義

卷之四

田忌割鬚歸國　王敖持斧破牌

龐涓戰到天晚越發精神抖擻田忌須文龍須文虎漸覺手鈍龐涓使個拖刀計撥轉馬頭便走田忌不知是計縱馬追趕龐涓按下手中刀取出紅綿套索望空拋去大喝一聲着正中田忌龐涓拖他下馬來活擒了回見魏王大叫道我王洪福齊天臣將紅綿索生擒魯王田忌現在朝門魏王大喜道果有此事

道閑話怎的快通下名來二將道你不知麽齊王駕前勇將魯王麾下先鋒須文龍須文虎鄭安平挺身出馬兩家戰不數合鄭安平勢不能敵又大敗去兩番筭來魏王折了十萬之衆不說須氏弟兄得勝回營且說鄭安平敗去回見魏王道齊將果是難敵臣又被須文龍須文虎殺敗魏王大驚道怎的連敗二陣必欲取勝怎柰本國將寡兵微爲今之計不如打下擻文往各國借兵相助破齊何如鄭安平道借兵相助要被各國嘲笑到不如出榜招賢退齊可矣當

下君臣酌量已定遂寫皇榜滿城張挂有能退得齊兵者千金賞萬戶侯招爲本國駙馬共享榮華時龐涓監禁南牢聽得獄中紛紛傳說齊兵犯境魏國喪師滿城張挂皇榜招賢退齊龐涓問獄子道大哥聞說齊國刀兵發動侵我魏邦城中大張皇榜召募英雄此事真麽獄子道這廝死在目前兀自不知管這等閒事張皇榜召英雄干你何干龐涓道大哥非我管閒事我昔日曾在雲夢山水簾洞鬼谷仙師處學得兵書戰策三略六韜排兵佈陣無所不通我也不

願富貴榮華但替吾王解紛排難退得齊兵不負生平所學獄子道既從鬼谷仙師一定有些本事獄子連忙通報獄官獄官轉即奏上魏王登時傳旨向牢取出龐涓這回龐涓纔得

一朝復睹天和日　要建千秋功與勳

魏王將龐涓取至殿前問道你既鬼谷先生徒弟武藝必精要你去退齊兵可退得麽龐涓道臣非自誇料那田忌不是龐涓對手直教殺他片敗兵消魏王道若退了齊兵回來寡人將公主就招汝爲附馬龐

涓回頭看見鄭安平提起當年舊恨暗自道待我先筭計他一番便向魏王道望我王與臣一付鮮明盔甲魏王道衆將內有鮮明的取一付去龐涓假意把衆將看一遍道諸將中止有鄭將軍這付盔甲臣可用得魏王就分付鄭安平把盔甲卸與龐涓龐涓把盔甲帶了結束起來竟不似南牢中的模樣怎見得

鳳翅金盔纖絳纓　榴花戰襖簇紅雲

護身緊束唐猊甲　扣體橫拴綉帶新

懸寶劍　跨龍駒　鋼刀板濶手中輪

民受苦牙迸半個不字城池踏爲虀粉魏王開報心
虛胆怯即與朝臣酌議要將辟塵珠獻出徐甲侯嬰
上前奏道我王不可魏邦豈乏人物也臣等二人敢
領一枝人馬殺退齊兵魏王道齊國兵强馬壯恐難
禦敵徐甲侯嬰道我王休得輸了銳氣二將辭了魏
王整身披挂

盔甲戰袍新　鎗刀簇絳纓
宜梁彪虎將　徐甲共侯嬰

二將兵出宜梁城排開軍隊吶喊鳴金三聲砲响門

旗開處魯王田忌當先出陣兩家道姓通名田忌道
魏國君臣知罪不知罪徐甲上前道魏國君臣有何
得罪齊邦輒敢與兵觸犯田忌道你主受宴不謝還
國不辭誆言哄賺辟塵珠阻撓失信大罪三條說甚
沒罪快下馬受降獻出辟塵珠萬事全休牙迸半個
不字先抓驢頭再取魏王首級徐甲侯嬰激得眼光
迸火怒氣冲天勒馬上前道不必多言與你大戰三
合勝得我纔有辟塵珠田忌便放開馬兩家殺得好
不熱鬧戰勾三十餘合徐甲侯嬰弃甲抛戈撥馬逃

入城去田忌疑有伏兵也不追赶斫倒帥旗把魏國
殘兵敗將混殺一通收拾人馬回營不在話下却說
徐侯二將敗回宜梁去見魏王魏王問勝負如何徐
甲侯嬰道不要說起齊師甚是利害臣等被魯王田
忌殺得隻輪不返片甲無存魏王乃怨暢道孤原欲
將辟塵珠送與齊王却是你二人力奏出師今又不
能取勝是何道理侯徐二人道我王勿憂而今快將
辟塵珠獻出還免無虞鄭安平向前道我王不可敗
而後獻越長他人志氣待臣統五萬之衆與田忌决

一死戰魏王道卿言有理快快出兵鄭安平結束上
馬綽鎗在手統兵五萬出宜梁城厲聲高叫道那个
是魯王田忌快出馬來受降田忌聞言就要出營厮
戰須文龍須文虎止住道這是侯徐二人敗兵請來
救兵料來不過弃甲抛戈之輩何勞主將親勦某兄
弟二人去生擒將來便了田忌就令先鋒須文龍須
文虎出兵二將領兵出陣認得是鄭安平大喝道鄭
安平你主受宴不謝還國不辭誆言哄賺辟塵珠阻
撓失信俱汝之罪還不下馬受降更待何時鄭安平

响哓一聲就不動撣齊王連聲喝采好件寶貝果世
罕有便對魏王道孤將連城二座換此珠不識可否
魏王沉吟道與他換了我國止有這件鎮國之寶不
與他現落他手中如何是好左思右想眉端一處計
上心來道此珠有雌雄二顆還有一顆在孤隨身的
箱篋中毎一相離乾涸而死孤且帶回君當沐浴齋
戒三日孤再送來齊王聽信着近侍仍舊送還魏王
仍歸錦囊且說魏王宴罷回到金亭舘驛宣鄭安平
朱亥徐甲侯嬰等近前道孤今日與齊王宴飲萬卉

74

閣飲酒之間一陣大風刮起許多塵土齊王席上積
有半寸之厚孤席前並沒一些齊王問及孤不思忖
一時失口說有辟塵珠在身齊王取看要將連城二
座與孤換去想來與了他魏國止此鎮國之寶不與
他恐又構成禍釁如何是好鄭安平道此珠今在那
里魏王道孤設一計復賺到手許他三日後送去鄭
安平道我王不該許他三日後就送去他也未必悅
意爲今之計走爲上策明日只說打圍玩景帶領人
馬俏地趲回本國再作區處魏王聽鄭安平之言次

75

日整齊人馬假說打圍一溜烟徑出臨淄城去説那
齊王齋戒三日後滿望送辟塵珠到只見金亭驛官
前來奏說魏王昨日侵晨帶領人馬出城打圍至今
不回敢是回本國去特來奏知齊王聞奏怒髮冲冠
大惱道魏王那厮如此慫頼既不捨辟塵珠何故反
來誑孤說三日後送來欺孤太甚我如今將他赴宴
不謝私走不辭誑言哄賺辟塵珠阻撓失信造成三
大罪發兵徑勦便了就問兩班何人敢領大兵伐魏
孫王田忌挺身奏道臣敢領兵齊王道御弟統兵可

76

帶須文龍須文虎爲先鋒魏必破矣田忌辭朝就帶
須家二將點齊人馬長驅直抵魏邦

簇簇弓刀密擺層層軍伍齊排銅鑼震地响如
雷迅砲喧天拔寨馬似蛟龍出海人如猛虎離
崕三員大將壯軍威定把魏州城踹

田忌統兵到宜梁城傳下號令安營十里之地分付
軍士拴縛絆馬索掘下陷人坑次日親領一枝人馬
帶了須文龍須文虎直至城下厲聲高叫道魏國召
臣聽者齊王御弟提兵到此快獻出辟塵珠免使黎

77

赦罪魏王道要見寡人爲何反躲在橋下麗涓道臣
因行李在身不敢朝見暫爾廻避右護駕鄭安平奏
道臣認得此人牛頭街兎元巷開染坊麗衡之子三
年前冬月他家潑汚街道結成氷塊馬蹄滑倒險些
將臣跌傷臣將其父麗衡責治想麗涓必記恨于心
如今學了武藝回來一定先投别邦因别邦不用纔
欲歸本國況且雲夢山不是這條路走甚有不仁之
心望我王詳察魏王傳旨將麗涓押回本國南牢監
候回朝鞫問那些軍校鷹拏雁爪把麗涓扭了就走

70

詩曰
人有弄巧成拙　事有轉敗爲功
今日新梁橋上　天敎折挫英雄
魏王進臨淄城天色正午傳令軍馬傍城扎下營寨
駕入金亭館驛丞相鄭安平入奏齊王齊王聞奏連
忙擺駕于金亭館驛相見齊王傳旨就向金亭館驛
設宴欵待魏王當有光祿寺進酒御厨司進膳敎坊
司進樂二王宴罷約定來日起駕入周朝覲齊王遂
回寶殿魏王暫向金亭館驛安歇來早二王排駕帶

71

領文武多官强兵猛將入周朝覲未幾二王駕返齊
王門設宴于萬卉園中與魏王餞行二王駕到萬卉
園正値春光明媚好一派景致
寶砌花明瑤堤春曉黃金臺榭燕子爲巢碧玉
欄杆鸚歌作舍鹿遊園林不爲尋花無個事魚
游池沼那些戲水有原因浪蝶貿無心誤向筵
前抓粉流鶯眞有意偏來席畔調簧
宴飲中間猛可一陣大風刮起一天塵土齊王席前
約有半寸厚魏王席上一些也無齊王[illegible]席

72

前刮起許多塵土君席並無一點此何說也魏王道
孤帶有辟塵珠在身塵土不敢近前齊王道孤從没
有見辟塵珠多應至寶敢求一見魏王于錦囊中取
出近侍將金盤盛了送到齊王駕前齊王接過手那
珠繞盤滾個不了齊王說定了孤家好否魏王道他
要王贄見之禮齊王叫道辟塵珠住了孤賜你銀錢
一百文那珠在盤中越發滾得緊齊王又叫道辟塵
珠怎還不定魏王道他嫌王贄禮少齊王道辟塵珠
孤再賜你紅羅十疋綠錦十疋定了罷那珠在盤中

73

一朝落在龐涓手　燕國人民劃土平
行不數里巳到齊邦龐涓進臨淄城投旅店安下行
李恰好齊威王着太師鄒忌在教塲中招賢納士龐
涓得此消息滿心歡喜忙投教塲把門官通報鄒太
師令見龐涓洒開脚步走到演武臺前叅見鄒太師
太師便問那方人氏姓甚名誰龐涓一口氣道某宜
梁魏國人氏姓龐名涓曾在雲夢山鬼谷仙師處學
藝兵書戰策行軍佈陣無所不通特來投謁望乞錄
用鄒太師把龐涓仔細一看見他相貌不端心自忖

66

道這廝奸心顯露無義之徒如留在此他日速我兵
權侵奪便把幾句說話打發龐涓龐涓滿面羞慚走
出演武場大嚷道這廝枉做齊邦太師之職好不重
賢也罷我如今入朝面見齊王倘用了我先把這廝
兵權侵奪慢慢敎他吃虧一直來到西華門黃門啓
奏齊王宣龐涓上殿未開口問龐涓先把姓名鄉貫
同前說了一遍齊王道既是魏邦人家住何處龐涓
道住牛頭街兎元巷齊王喝道這廝無狀牛頭街兎
元巷有犯寡人名諱外邦賢士豈不知各國王侯的

67

諱字輙敢亂道喝令武士綁出朝門斬首班中閃出
大夫卜商上前啓奏道卜商即子夏孔仲尼門人齊
國上大夫也奏道我主如斬龐涓閉塞賢路了王問
怎地閉塞賢路卜商道龐涓輕犯我王名諱理所當
斬知道的别無議論不知道的只說我王不重賢才
來的不用反賜其死日後總有英雄不敢投齊齊王
准奏赦龐涓免死撚出朝門龐涓含怒打點又投别
國行到新梁橋上前面旗旛襍彩金鼓齊鳴人馬簇
擁龐涓沒處躱避閃在新梁橋下定睛觀望却是魏

68

惠王駕來你說魏王到齊何用元來各國諸侯有數
三年入覲周王一次其年當朝覲魏惠王特來與齊
王同去龐涓見軍馬一隊隊通擺過去少頃魏王駕
到橋上馬不肯行魏王道馬不肯行爲何當有左護
駕徐甲右護駕鄭安平上前奏說橋下莫非有甚物
件魏王着軍士橋下搜那里有甚物件反搜出个人
來軍士把龐涓拿到魏王駕前王道這廝敢是外邦
奸細龐涓道臣非奸細本邦宜梁人名喚龐涓投得
鬼谷仙師兵書戰策正回本邦見駕不期路遇望乞

69

大人留入府中奏聞
主上果堪重用不負宏材臏因學業未精羞歸故
里終有日與涓同事也
二親希勿垂念謹此奉慰
不孝男臏百拜
孫操與燕丹公主看罷不快活起來道那不肖子去
時原說多只三年少只二載如今整齊三個年頭兀
自不回寄這書來何用煩惱之間家童來說酒席完
備擺列中堂了孫操嘆了口氣出來送席飲至數巡

62

孫操道先生小兒書上要留先生在我府中作下教
我奏過朝廷授先生官職待小兒回來同輔國政不
識尊意何如龎涓欠身說領教淺斟低酌早又日晡
孫操分付家童打掃西書房潔淨送龎先生安歇一
夜話文休講來日蚤朝燕蒯王升殿文武百官朝罷
孫操出班奏道臣子孫臏有一結義之弟龎涓安梁
魏國人氏同在雲夢山鬼谷仙師處學藝回來術帶
臣子孫臏家書書中力薦其人精通戰策兵書諳曉
六韜三略有定國之謨謀安邦之機變今臣奏用望

63

我王准奏留在駕前必堪大用燕王問道其人安在
孫操道現在朝門外無旨不敢擅入燕王傳旨宣龎
涓上殿龎涓上殿嵩呼拜畢燕王問道賢士那邦人
氏龎涓道臣宜梁魏國人氏曾向雲夢山鬼谷仙師
處授得六韜三略戰策兵書聞我主招賢納士特來
投用駕下燕王口中不說心下自想道吾觀此人兎
頭蛇眼鼻如鷹嘴腦後見腮背義忘恩之相分明孫
臏薦他投燕况又駙馬孫操引進怎麽在我面前不
提孫臏反說自來投燕眼見不是好人留他在此久

64

後必擾亂朝綱壞邦國大事打發他去便對龎涓道
寡人只用本邦人不用外來賢士分付孫操即時打
發龎涓出城不許容留燕境龎涓吃燕王一場沒趣
同孫操回府收拾行李徑出幽州城行十數里見路
旁一株大樹龎涓記恨燕王取出解手刀把樹皮老
大削去一塊留詩八句云
雲夢曾攻戰策文　下山七國望彰名
乾坤有道何無道　日月雖明猶未明
寶劍掣時星斗燦　征旗展處鬼神驚

65

師父三卷天書前番灯煤燒燬了怎麼還有天書鬼谷微笑道燒燬的是假的我預知龐涓心懷不善故把假天書與他燒燬他纔肯下山去孫臏聞說頓然驚訝鬼谷又說你姓孫名臏我與你取个表字守愚別號伯齡孫臏拜謝竟不知孫臏幾時纔得天書龐涓幾時到得幽州且聽下回分解

新鐫全像孫龐鬪志演義

卷之三

魏王計賺辟塵珠　龐涓大戰宜梁道

且說龐涓拜辭鬼谷別了孫臏自離雲夢山曉行暮止歷了些水郭山村戴月披星受了些饑飡渴飲不日來到幽州燕山府原來孫臏之母燕丹公主自孫臏去雲夢山後日夕懸念焚香拜告天地願臏在外平安早晚回家完聚其日孫操正在中堂與燕丹公主念想孫臏門上報道府門首有个黃衣道人說是

雲夢山捎書來要求面見燕丹公主說莫不孩兒有信到了快請進來公主退入後堂道人進見與孫操施禮分賓坐下孫操問道先生何來道人道某乃宜梁魏國人氏姓龐名涓表字弘道三年前因往雲夢山學藝途間偶遇三公子八拜爲交同投鬼谷仙師處習學同眠共食情勝同胞因想回家爲此先下山來公子還有幾時擔擱不久也回特先寄家書在此孫操大喜道先生既與小兒結義一家人了分付擺酒欵待龐涓取書奉上孫操接書與孫龍孫虎出來

陪了龐涓徑到後堂與燕丹公主眼同拆開細看書上道

憶別

尊前倏經三載溫凊之禮久踈甘旨之供尚缺身雖游雲夢山而神無日不馳燕山府也家庭雖

賴

二兒孝道每縈寸念今有龐涓昔緣途遇義結雷陳業同鬼谷有安邦定國之謀斬將勤王之

技幸吾

一時磨得成綉花針。婆子回言道先生豈不聞俗語有云只要工夫深鉄鑿磨做針。孫臏聞言大悟自想道婆子之言甚是深與凡百只要工夫精到畢竟可成所以師父說我駑鈍還欠攻書即此可喻又行數里見一大漢手拿錐鑿在山脚下鑿山孫臏問道漢子鑿山何用大漢道鑿透山眼要通大海孫臏笑道鑿山如何通海大漢道你不聞古語說鑿山通海泉心堅石也穿孫臏連見兩樁猛可心回意轉道我的兵法未深下山去也没用處何不返去見師父再讀

幾時書學藝精了回去未遲筭計停當對龐涓道兄弟你委果聰明精通兵法奈我駑柑未通豈可中道而廢你如今不若先回我再上山習學幾時倘念結義之情寫封家書稍至幽州燕山府我父處投下你可在我家住了待我父奏聞燕王就在燕邦授職等我回來與你同扶社稷共掌朝邦說罷向行囊中取出紙筆寫書遞與龐涓兩相拜別。詩曰

孫臏與龐涓　從師學兵藝
同習共三年　思家欲歸去

鬼谷有天書　非人勿授與
傳涓實無心　授臏偏有意
二人同下山　鬼谷驅神吏
一化鑿山人　一化磨針婦
挽回孫臏心　拋撇龐涓計
孫臏復歸山　授得天書秘
功成自見機　隱跡為高士

不說龐涓竟往幽州。且表孫臏復上山回水簾洞拜見師父。鬼谷道。孫臏何故去而復返。孫臏跪告道。弟

子同龐涓下山到半山中見一年老婆子鉄杵磨針又一大漢鑿山通海弟子一時省悟想起師父金石之言說我攻書未深因此別了龐涓又上山來拜乞指示愚頑存殁感佩鬼谷道那婆子大漢你認得麽孫臏道弟子不認得鬼谷道那兩个俱是神將我特差來點化你的我有三卷天書入門遁甲六甲靈文珍藏已久非人勿授幾欲傳你因龐涓為人妬賢嫉能忘恩負義所以不好傳你故此着他先回特遣神將化你回心轉意上山慢慢傳你天書孫臏驚問道

地下依舊睡了孫臏收拾放在桌上只得也睡龐涓待孫臏睡熟悄地起身把天書向灯火上燒燬假意大驚小怪叫道大哥快醒天書被灯煤弔下燒燬了孫臏驚得魂不沾體一骨喙爬起來天書已作灰燼愁眉緊鎖面帶憂容左思右想難好見師父次早孫臏到鬼谷榻前跪告道弟子有罪昨夜正讀天書灯煤弔下把天書燒燬了鬼谷道此乃世間難得之寶如何把來燒燬好不小心孫臏怏怏而去過幾日八月中旬昏黃時候鬼谷着道童焚香煮茗喚孫臏龐

涓同步出洞門擡眸觀看但見

瑤空淨洗玉宇無塵冰輪乍展寶鏡初升紛紛仙桂吐天香漸漸姮娥呈瘦影惟聞雀唳中天不見猿啼古澗明月山前莫教虛度杜鵑聲裏惹起鄉思

鬼谷坐于石櫈之上孫龐侍立鬼谷道二子從吾授業已經三年未聞二子之志今乘月下試各自陳孫臏先道弟子孫臏惟願明王在上政治隆昌耳不聞金戈鉄馬之聲目不睹烽火烟塵之警使臏得為太

平草木濡沾雨露以樂天年臏所志也鬼谷佯笑道迂腐之談不足處當今之世遂問龐涓所志若何龐涓應聲道弟子龐涓願奉一人命令統百萬威權戰必勝攻必取使天下諸侯雲從賓服此吾志也鬼谷笑道處戰國之世非龐涓不足以成大事說罷鬼谷坐于石上存神半晌龐涓向孫臏做个手勢耳邊底答說了幾句一齊跪下道弟子二人離家三載思念父母明日欲拜辭師父回家探望不識可否鬼谷道龐涓聰明他的兵法通學會了可以去得孫臏駑鈍

尚未通徹還未可去孫臏告道弟子二人路逢結同心合胆對天罰誓既與龐涓同來要與龐涓同去有終有始乃見交情望師父垂念鬼谷道你既苦苦要去我也難留明日隨你二人去罷閑話之間月過中天早有三更光景師徒收拾進洞來早孫臏龐涓拜辭鬼谷下山行至半山中見一年老婆子手拿鉄鏨磨于石山孫臏站住問道婆子手磨何物婆子回答道小主母在家做些針指無處覓針教我把鉄鏨磨个綉花針兒孫臏笑道媽媽差矣老人鉄鏨怎的

迎接當下准備仙桃仙酒二人携了下山到慢多羅
石邊把酒菓擺在石上正擺得下一个白鹿慢慢前
來果然生得奇異
皎如瑞雪潔似秋霜饑尋藥圃靜眠雲渴飲清
泉遊上苑啣花歸遠洞玉質呈祥覓栢過深林
文星獻瑞不教俗客誇風韵自與仙翁作品流
白鹿步步趲近石邊再不走動孫臏篩杯酒放在石
上白鹿張口吃了連篩兩杯吃兩杯龐涓道大哥白
鹿不過山中走獸怎與酒吃孫臏道此鹿形像非常

或是仙家馴養也未可知龐涓道豈有此理待我打
殺了造些鹿脯明日好做下酒之物孫臏道大小俱
是性命殺他肥己此心何忍龐涓不聽孫臏之言提
起大塊石望白鹿打去白鹿折身就走龐涓趕去一
二里之地霎時不見白鹿正待轉身忽一陣狂風降
下許多冰雹把龐涓打得面青臉腫倒在地上孫臏
見冰雹過來尋龐涓只見龐涓打傷在地孫臏扶了
回到洞中仍復自到多羅石邊那白鹿又走將來孫
臏又打點篩酒與他吃白鹿忽口吐人言道孫先生

生受你吾非凡鹿乃[illegible]白鹿大仙汝師鬼谷乃吾
至友適間惡子龐涓心懷不善欲害吾命被我降下
冰雹打傷汝師只在頃刻回來他還有三卷天書八
門遁法六甲靈文俱不曾傳你你回去可要他的說
罷化作一陣清風而去須臾空中半雲半霧鬼谷仙
師駕虎車從空而下孫臏倒身下拜進上酒果鬼谷
飲一杯酒取一枚桃問道龐涓怎麽不來孫臏道同
下山迎接師父的適被冰雹打傷回洞去了鬼谷道
因他貪口要食白鹿大仙自取其禍說話中間師徒

們回到水簾洞停會孫臏近前道聞知師父有三卷
天書八門遁法六甲靈文望師父傳與弟子鬼谷道
此書秘藏已久非人莫傳遂喚道童取天書出來道
童開了書箱取出付與孫臏鬼谷道此書只可自讀
不可與人看孫臏得了天書燃燈夜讀龐涓見孫臏
讀書假做睡熟聽了一會假做睡醒起來叫道大哥
瞞心昧已當初朱仙鎮上結義對天發誓有書同讀
有藝同學今晚悄自在此讀天書可不背了前盟龐
涓一把搶過手看了又看那曉天文義理使性劣在

學得些本事不知中用不中用明日稟過師父只說同下山打柴把本事試演一番如何孫臏道此言正合吾意次日孫臏龐涓稟過師父一同下山孫臏到半山中把頑石擺下一陣叫龐涓看是什麽陣龐涓近前一瞧答應道青龍出水陣孫臏道這陣你破得麽龐涓笑道要破何難拿起區桃從那方起那方止把个青龍出水陣瞧破孫臏道兄弟你的本事會了你亦擺一陣看我認得麽龐涓也把石子排下陣勢孫臏看半晌決看不出問龐涓道什麽陣龐涓道說

是大哥纔擺的青龍出水陣孫臏搖頭說不像龐涓道想是我擺差了大哥故看不出這都是日常欠于習學之故龐涓口說心下暗暗歡喜道吾學足矣我却認得他的陣他認不得我的陣豈非我高似他傍晚兩個回洞來見師父鬼谷分付孫臏龐涓你二人明日再同下山各人要取一担無烟柴一百枚半赤棗次早兩人領命下山各分路去龐涓愁悵道這老子吃也吃得古怪燒也燒得古怪敎我那里去尋無烟柴那里去尋五寸長的棗子挨到天晚不管乾湿

研了一担朽爛樹枝挑回見師父道弟子挑無烟柴來了鬼谷笑道這柴雖然朽爛燒着定有烟怎說是無烟柴又問半赤棗在那里龐涓道弟子尋遍山中棗子通只長得半寸把那得个五寸長的說未了孫臏挑担無烟柴來了你道什麽叔無烟柴却是樹木燒過的炭便是無烟柴鬼谷見了滿心歡喜問半赤棗有麽孫臏道不多取得十數枚向衣袖內摸出原來是樹上熟的棗子向陽者紅背陰者白半紅半白謂之半赤棗龐涓在旁道師父巧言不如直道早說

道兩件東西何消我費許多氣力當晚各歸安歇不提不覺歲華轉眼正是

眼見垂楊綠　回頭麥又黃
蟬聲猶未靜　征雁又成行

孫臏龐涓在雲夢山將及三載一日鬼谷分付孫龐我今日往終南山赴松花會你每好生看守洞門過七七四十九日同下山來接我仙師駕鸞駕一朵祥雲騰空去了到了四十九日孫臏對龐涓道師父分付在先去四十九日回來今日已滿你我可同下山

洞。可是鬼谷仙師洞府麽。樵夫答道。正是。孫臏道。鬼
谷仙師可在裡面麽。樵夫說洞門牢閉。多分在裡面。
二位問他何幹。孫臏道。我毋外邦人氏。聞仙師之名。
特來投他學藝。樵夫道。要見仙師。須秉誠心拜開洞
門。方纔得見。龐涓道。拜幾拜纔開。樵夫道。有誠心一
拜即開。沒誠心一年半載也拜不開。樵夫說罷。拱手
而去。孫臏對龐涓道。兄弟千山萬水來到此。閒怎說
沒誠心。就拜幾拜。有甚相虧。孫臏倒身就拜。龐涓拜
得一拜。站在後邊。自想道。不要拜。少不得孫臏見得。

龐涓也得見。孫臏學得成。龐涓也學得成。知是拜到
幾時。纔得開門。孫臏回頭見龐涓不拜。便道。兄弟。難
得到此。不要灰了道心。還來同拜。纔是。龐涓勉強下
拜。拜到午時三刻。洞門一聲響亮。敞然大開。裡面走
出个道童來。那道童

頭挽雙丫髻　身穿直裰衣
絲縧腰下繫　棕拂手中提

道童問道。二位到此何幹。孫臏道。燕國孫臏同魏國
龐涓。來投鬼谷仙師學藝。敢煩通報。道童說。少待。折

身進去。稟知鬼谷。說道鬼谷仙師乃晉平公時人。姓
王名利。世居清溪鬼谷。嘗入雲夢山採藥。得道不老。
業于谷中。因號鬼谷。今人稱鬼谷子是也。鬼谷分付
道童擺張交椅。放在洞門下。待我出來。道童依命。連
忙取交椅放了。鬼谷慢慢踱至洞門下坐定。叫道。學
藝的過來。孫臏龐涓近前下拜。鬼谷問道。二子姓甚
名誰。何邦人氏。孫臏道。弟子孫臏。燕國人也。鬼谷道。
父母在麽。孫臏道。父名孫操。乃燕駙馬。母乃燕丹公
主。二親俱在。孫臏又指龐涓說。他姓龐名涓。安梁魏

國人氏。亦有父母在堂。弟子途中相遇。遂衍結義。同
叩吾師。望乞收錄。鬼谷看孫臏相貌。熊腰虎背。道骨
仙姿。有懷仁尚義之心。拯難扶危之念。又看龐涓。兎
頭蛇眼。雁爪鵰心。腦後見腮。忘恩負義。嫉賢妒能。不
得善終之相。遂道。孫臏堪以授藝。龐涓難以習學。回
家別治生理罷。孫臏哀告道。師父同行莫疎伴。況路
途結義。尤勝同胞。弟子學得藝成。龐涓也學得成。弟
子學不成。龐涓也學不成。望師父一併收留。恩同再
造。鬼谷道。也罷。他既要同學藝。試試聰明。我看他我

賺得出水簾洞門就收了他賺不出打發回去麗涓沉吟半晌厲聲高叫道師父雲端裡兩條龍鬪讃師父說看鬼谷微笑道此時冬月有什麽龍鬪麗涓又道師父南天門李老君來了鬼谷道李老君適纔別我去怎地又來麗涓道弟子在師父椅後放把火師父怕燒只得出洞鬼谷笑道權當你的見識又問孫臏有甚見識賺我出洞孫臏道弟子愚頑無甚識見師父把椅拿在外面坐了待弟子思量个見識賺師父進去還可若師父在洞內一世也賺不出來鬼谷

叫道童掇交椅向外坐了孫臏道弟子已賺師父出來了鬼谷大笑道我到被你賺了如今要你依舊賺我進洞去孫臏道先前師父只教弟子賺師父出來不曾說賺師父進洞鬼谷道好个孫臏我到中了你計當下鬼谷將二人引到裡面叅拜祖師聖像分付今日天色將晚二人歸房歇宿明日習學孫麗領命去訖次日侵辰鬼谷坐于蒲團之上喚孫臏麗涓分付道古云徒弟徒弟先供使令方纔學藝二人每日一个攻書一个打柴如孫臏攻書麗涓打柴麗涓攻

書孫臏打柴二人齊道謹遵師父使令鬼谷道今日為始孫臏年長麗涓年幼孫臏先攻書麗涓去打柴鬼谷打發麗涓去取本書遞與孫臏囑付道此書與你自讀不可與別人看孫臏接書徑往房中去讀從早讀到晚何曾一刻釋卷黄昏麗涓打柴回來先見了師父後到房中見孫臏問孫臏道大哥今日讀書麽孫臏道讀了一日麗涓道讀的何書兄弟看看孫臏道兄弟你我當日朱仙鎮上結義之時對天罸誓有書同讀有藝同學怎不與你看連忙將書遞與麗

涓麗涓接過手灯下讀幾遍通讀熟了明日該孫臏打柴麗涓讀書鬼谷取書遞與麗涓並沒一句說話麗涓接書進房攻習至晚孫臏回來問麗涓今日讀什麽書麗涓支離道師父今日道友相訪酒了一日烹茶煮茗教我也忙一日不得工夫讀書孫臏信他說如此多番凡孫臏讀書日子晚來央與麗涓作麗涓讀書日子決托故不與孫臏看光陰撚指兩人在山學藝早又一年光景麗涓對孫臏道大哥你我學藝一年不知師父何意日常你便有書讀我只日傳

新鐫全像孫龐鬪志演義

卷之二

白鹿仙擊涓大氷雹　鬼谷子授臏假天書

話說道童把孫臏龐涓挑了到獨木橋中間故意把担兒賣幾个轉折孫臏並不吃驚只龐涓害怕兩手緊緊攥着筐索連聲叫道道童哥挑穩莫唬殺我道童説不妨合着眼穩穩坐着開眼就要弔下澗去龐涓愈加把眼閉緊没奈何坐在筐裡心頭撲撲跳个不了啐自道道童恁般無理過橋去着實打他一頓

絕消道口氣少頃過了獨木橋道童歇下筐兒叫二位開眼孫臏龐涓走出筐來開眼看時那里見甚道童連兩隻筐兒通不見了看官你說道童是誰即鬼谷仙師焚香童子仙師特地差來試探孫龐心術孫臏道奇事多分是个仙童特來度我們過橋不可不拜謝兩人望空遙拜趲路行程登山涉水附葛扳藤非止一日來得雲夢山定睛觀看好一派仙景但見那

丹崖怪石削壁奇峯滿山前瑤草瓊芝四下裡禽飛寉唳摘果猿猴兩兩枝頭跳舞啣花麋鹿雙雙洞口行來一條澗壑密結藤蘿四面原是叢生花竹青松翠栢長春羽士仙翁來往雖然塵世逍遙地半是蓬萊小洞天

山前小小一座石洞洞門首立着个石碑上鐫六个大字

雲夢山水簾洞

兩人來到洞前洞門緊閉徘徊良久一个樵夫斫了担柴正往洞前經過孫臏問道樵哥這雲夢山水簾

哥樹上的就是我兄弟龐涓。望你方便他下來同去。那虎搖頭擺尾竟從樹林中去了。龐涓爬下樹來。對孫臏道。大哥這虎甚是利害。幾乎唬死我也。看官。元來這虎不是凡虎。就是鬼谷先師駕車神虎。特奉仙師差遣來探孫龐二人心術的。孫臏道。兄弟這山上樹木叢密。不可遲延。快下山去。不多時。兩人下了山。又見前面一个深澗。並没橋梁。单駕着个獨木。龐涓害怕道。大哥這獨木橋如何過去。孫臏道。兄弟且寬心。等一會。等个人來。問个路數再去。說不了。一个道

童挑着兩个籮兒。慢慢行來。孫臏歇担上前。稽手問道童哥。借問一聲。我每要往雲夢山訪鬼谷仙師的。別有大路麼。道童搖頭說。没有別路。此處名獨木橋鷹愁澗。正是去雲夢山的正路。二位不便過去。與我些錢兒。待我挑了二位過去罷。孫臏取二十文錢送與道童。道童接了錢。問道。二位是一家人。還是那處人。孫臏道。我乃燕邦人。他魏國人。路遇結爲兄弟。要同往雲夢山鬼谷仙師處學藝。道童問說。那位居長。孫臏道。我長。他是兄弟。龐涓在傍道。這道童憑賴與

你錢挑我們過去罷了。阿兄阿弟干你鳥事。問他怎的。道童微笑道。我問你年長幼。有个因由。年長的坐在前面籮裡。年幼的坐在後面籮裡。龐涓暗自道。講得有理。錯怪了他。我想在前面籮裡坐。歪斜些。還可揬定繩索。總弔下澗可救。坐在後籮。弔下澗去。那个看見。龐涓道。道童哥。我從來小胆。望你把我坐在前面籮裡過去。再送些錢罷。道童道也罷。你就在前面坐着。孫臏坐于後籮。道童分付二人。俱合着眼。兩个坐在籮中。緊緊把眼閉了。畢竟不知道童怎生挑得

孫龐過去。還有甚麼話說。且聽下回分解。

畢對孫臏道大哥請上受小弟一禮孫臏道且住還有何話講你我自今已後要學兩个古人纔爲結義龐涓問道要學那兩个孫臏道爲人結義須學管鮑他二人一日同行郊外見路旁有一錠金管遜鮑鮑又遜管相遜不已只得弃金而去正行間見一田夫管鮑指引某處有金一錠可去取了田夫聞說金子連忙去看金却不見乃一條兩頭蛇田夫大驚拿起鋤頭把蛇揮爲兩段上前扯住管鮑口中不遜道你我有甚仇隙把條兩頭蛇哄我說金險些害我性命

管鮑不信遂同田夫去看不是兩頭蛇端然是金子却好兩半在地管鮑各收一半田夫仍舊素手而還這是管鮑交情乃爾我二人今後須學他兩个龐涓道大哥金石之言小弟銘心刻骨當下孫龐就向朱仙鎮上八拜爲交孫臏爲兄龐涓爲弟龐涓道大哥你我適纔不曾結義各挑行李而今既結義了行李併作一担待小弟挑孫臏遂併了行李龐涓挑着龐涓一路走一路想心生一計假意一交跌倒把行李撇在地上叫道大哥不好了孫臏不知是計問說兄

弟怎麽龐涓道小弟在家自不曾挑着担子一身骨痛難當孫臏道快到前面尋个客店歇宿了明日再行孫臏一隻手攙着龐涓一隻手挍着行李在肩往前尋了旅店歇宿次日又行孫臏只得把行李挑了在前龐涓在後以爲得計心下萬千歡喜二人行不多時只見前面一帶高山峻嶺抬頭看時山上樹木交加並無人跡往來龐涓害怕暗自忖量道高山峻嶺必多豺虎我在後走倘有疎虞怎生是好又心生一計道大哥山上草深露濕不好行走小弟當先開

路孫臏又讓龐涓過前龐涓正上山樹林中呼的一聲跳出一隻花斑猛虎張牙舞爪望龐涓亂撲嚇得龐涓失聲大叫道大哥快上來救救孫臏趕上前見是隻虎自忖道人無害虎心虎無傷人意歇下行李近前對虎唱个喏道虎哥我孫臏同龐涓往雲夢山水簾洞鬼谷先生處學藝望你讓條去路那虎見孫臏分付張睛努目兩眼瞧定龐涓龐涓慌了望一株大樹上溜將上去那虎又緊緊蹲在樹邊龐涓在樹上叫道大哥同行共疎伴救我救孫臏又對虎道虎

父親被鄭安平捉到馬前，不容分說，打了二十棍。好
生惱燥，取了條短棍，把十數隻染缸打得粉碎。涓母
上前扯住道：這是生意家伙，打碎了，把甚過活？龐涓
道：我父今日受鄭安平如此羞辱，都是染缸的禍胎。
我家不開染坊，水漿元何汚潑街道，教我此佬何時
得報？其母道：他是朝廷大臣，你我是他該管百姓，這
也無可奈何。把這染缸打碎怎的？只要下次小心，不
潑在街上罷了。龐涓沉吟半晌，道：今後勸父親不要
開甚染坊，我家又不是沒根基的，尚有許多田地，儘

18

可耕種過活。我如今收拾琴劍書術，到雲夢山水簾
洞鬼谷先生處，教他傳些兵法。他日倘得狀一邦。當
一國，也可代父報鄭安平之仇。商議已定，龐涓選定
吉日良辰，拜辭父母前去。出了安梁城，挑着行李，來
到一株大樹邊，正欲歇担少息，見樹下一人席地而
坐，在那里打盹。龐涓暗想道：這个人年貌似代古術，
莫不往那里供書的？龐涓近前叫一聲道：兄長往何
處去的？那人醒來，見龐涓，倒身施禮。龐涓道：兄長
上姓？何邦人氏？孫臏道：吾父是燕蒯王駙馬，姓孫，名

19

操，母乃燕丹公主。我是第三子孫臏。龐涓道：失敬。欲
往何方去？孫臏道：將往雲夢山水簾洞鬼谷先生處
學藝。行路辛苦，偶在此大樹下打盹片時。敢問兄長
尊姓，貴邦何處？龐涓道：小可姓龐名涓，安梁魏國人
氏。今也要往雲夢山鬼谷先生處學藝。孫臏道：如此
甚好。兄長不棄，就此訂个生死之交，不識尊意何如？
龐涓道：公子金枝玉葉，小可閭閻匹夫，安敢過扳。孫
臏道：說那里話。同到前面朱仙鎮上，買些香燭，拜告
天地。年高長者為兄，幼者為弟，方是結義之禮。龐涓

20

道：有理。二人各取行李，不移時，到了朱仙鎮，備下香
燭，對天罰誓。龐涓道：若論年齒，須是大哥先請。孫臏
並不推遜，對天告道：孫臏，燕邦人氏，路遇魏國龐涓，
結為兄弟，同往雲夢山水簾洞鬼谷先生處學藝，有
書同讀，有藝同學。一有私心，天神鑒察，永為禽獸之
類。龐涓聽他罰了，負誓沒奈何，發个牙疼咒，道：龐涓
安梁魏國人氏，路遇孫臏，結為八拜之交，同到雲夢
山鬼谷先生處學藝，有書同讀，有藝同學。如有瞞心
昧己，不得還鄉，夜走馬陵道，亂箭射死，七國分尸。

21

若我領兵三萬伐秦誰料到得潼關被们起詭計劫
了營寨損兵折將逃竄回來朝廷大惱將我削了兵
權追還牌印貶巡各門所以煩惱孫臏道爹爹且省
愁煩孩兒心中正想一事不成便罷倘若得成務要
兩下補完天地缺一身分豁帝王憂孫操道你如此
幼年有多少本事敢誇大口孫臏道孩兒聞得人說
河南汝州雲夢山水簾洞有个鬼谷先生兵書戰策
妙畧奇謀無般不諳欲去投他爲師傳授六韜三畧
八門遁法呼風喚雨掣電驅雷剪草爲馬撒荳成兵

那時回來替我燕國報仇未爲遲也孫操道我兒你
所志在此我不阻你不知幾時可得回來孫臏道不
遠多則三年少則兩載孫操道只是你母日常愛惜
你未必肯捨你去孫臏道人生天壤間誰不欲幹一
分遠大事業爲君父展回天力哉况男子生而志在
四方豈可守株待老望爹爹慰解母親一二孫操同
孫臏到後堂見燕丹公主孫操道孩兒孫臏今日要
往雲夢山水簾洞鬼谷先生處學藝特來拜別公主
道我兒小小年紀不在家中習學爲何却要遠去况

萬水千山那个傳消遞息教我如何割捨孫臏道兒
此去多則三年少則二載况今正缺賢臣謀士之秋
不去習些武藝等待何時孫臏立意要去公主再三
苦留不住没奈何分付道我兒途路上是必小心早
去早回免使爹娘倚門懸望當下孫龍孫虎遂置酒
送行次日孫臏收拾行李拜辭父母併二兄長孫龍
孫虎直送孫臏出幽州城恰總分別不說孫臏行路
且表安梁魏惠王駕下有个丞相鄭安平其日朝罷
回來往牛頭街兎元巷經過値寒冬天際街道上水

漿凝凍結成寸氷正行之間馬蹄踹在氷上老大一
滑險些把个當朝丞相墜下馬來左右連忙攙住鄭
安平着惱分付左右將兩岸居民拿來一齊跪在馬
前个个唬得面如土色鄭安平道衆居民爾等爲何
把水漿傾潑街道衆人回答道非干我等之罪乃開
染坊龐衡家傾潑的小人們屢次說他龐衡情願不
聽如今只拿龐衡來懲治一通街道上就得乾淨了
鄭安平差人把龐衡拿到馬前打下二十大棍發放
衆居民而去說那龐衡之子名喚龐涓性多[illegible]兒

六戰潼關天日昏　一心直待破強秦
肯來且盡杯中物　拚醉中軍細柳營

說那白起回營與甘龍杜回計議道孫臏那廝與我不相上下勢難取勝爲今之計不能力擒只可智取不如乘此更闌夜靜分兵三哨劫了他的營寨功必成矣甘杜二人齊說好計隨卽傳令營中馬步軍士准備劫營白起中哨甘龍左哨杜回右哨分派定了二更時分軍士們各各啣枚禁口鑼不鳴鼓不响賊地偺進燕營一聲砲响喊震連天一齊厮殺孫操因

日間陣上辛苦黃昏飲得大醉孫龍孫虎亦有半酣不曾隄防劫寨睡夢中聽得鳴金擂鼓喊殺連聲魂不附體措手不及各牽戰馬逼要自逃性命那顧軍士死生父子板鞍上馬一道烟徑往後哨逃去白起縱人馬繞營混殺把燕國三萬人馬殺得罄盡屍横遍地血滿潼關扯起得勝旗收集人馬奏凱還朝秦王大喜宣白起上殿問道孤聞燕國孫操智勇兼全卿何由得此大捷白起將劫寨事一一備奏秦王賜白起黃金千鎰彩幣百端其餘將佐賞犒不提說孫

操父子逃回燕國孫操自綁入見燕王燕王驚訝道卿敢被秦師陷了孫操道臣該萬死臣領兵到秦關與秦將白起大戰一日不分勝負天晚收兵回營不料白起到夜靜時劫臣營寨人馬盡被殺傷臣父子三人殺出重圍特來見駕望王赦臣萬死燕王聽說連叫幾聲罷了眞乃貽笑外邦也大凡未出兵先要隄防偷營劫寨如此畏刀避箭豈堪重用本當正法姑念椒房至親削去兵權追還牌印貶去巡視宮門孫操回府悶悶不樂坐于中堂不住長吁短嘆少頃

三子孫臏前來問道爹爹今日伐秦回來憂容滿面却是爲何孫操道我兒你年幼不諳世務問他怎的孫臏道兒雖年幼世事頗知一二不識吾父隱憂爲家爲國孫操聞與作喜道我兒爲家怎麼說爲國怎麼說孫臏道若說爲家家有二位兄長武藝精強俱可爲父分憂替力不過止有孩兒年幼未得建立功業只索不必提了若說爲國莫非外邦輕視我國朝中缺少謀臣良將以此過慮孫操道我兒我正爲此因秦孝公倚恃強霸差人催併我邦進表吾王大怒

神鬻鐵騎捲黃塵。大將軍威風凜凜。寶刀橫白
日小將士殺氣騰騰。絕顯得一門三將多驍勇。
直待要萬馬千軍播姓名。
不數日來到潼關。孫操傳令人馬俱屯扎在潼關外。
說那秦王孝公正坐朝堂與多官議事。忽有潼關報
到。說燕國駙馬孫操父子帶領數萬人馬屯扎潼關
外。要與我國廝殺。秦王聞報冷笑道。好箇不識時務
的燕王。孤差人去催儹他進奉。他到不來納貢。反差
兵遣將前來觸犯。便問兩班誰人敢領大軍出潼關

對敵。當有武安君白起挺身道。臣敢領軍殺退燕兵。
秦王道。卿果能殺退燕邦人馬回來。不惟名揚本國。
外邦聞之也知秦中不乏名將。白起登時辭駕。甚身
披掛。帶副將甘龍杜回。亦領三萬人馬。來到潼關。孫
操正在營中與兩孩兒商議出兵。聞秦將領兵出戰。
分付孫龍孫虎鎮守營門。親領一枝人馬。擁奔陣前。
白起大喝一聲道。何物么魔敢先出陣。孫操道燕國
駙馬孫操。白起仔細觀看那孫操
護項銀盔嵌寶。龍軀錦綉花袍。魚鱗鎧甲避鎗

刀。玉帶牢拴戰袄。短箭輕弓扣袋。手輪玉板鋼
刀。身騎劣馬逞英豪。不枉燕邦孫操。
孫操便問來將何名。白起道。秦國大將武安君白起。
孫操定睛看時。那白起
銀盔鳳翅飄紅纓。征袍燦爛裁羅綺。連環鎖甲
現金星。帶束團花青間紫。腰懸短劍七星。橫手
挈長鎗八面抵。秦邦大將武安君。四海英雄誇
白起。
兩員將挺身出馬。戰經六十餘合。不分勝負。猛可白

起輪鎗把孫操刀來架住。孫操道。你莫非怯戰。白起
道。天色已晚。不是厮戰時節。分兵回去。明早再定高
下。孫操道也罷。且放你去將養一夜。明早吃刀。兩家
撥馬回營。且說孫操回營。孫龍孫虎出營迎接。孫操
到中軍帳坐了。孫龍問道。爹爹今日出戰勝負如何。
孫操道。我兒。好个武安君白起。果然名不虛傳。我與
他大戰六十餘合。不分勝敗。天晚且收兵回來。明日
決一死戰。孫龍孫虎道。可是棋逢敵手了。分付軍中
整備酒席。父子三人就在營中暢飲。詩曰

同異姓氏沾天祿　分茅列土僅員幅
籌之七十有二君　倏爾併吞祇七國
周室傾頹無震主　強梁自古多跋扈
心希定伯必尊王　智在攻城與掠土
機詐囧難援世事　天倫豈易委泉臺
漫觀刖足風波險　生死交情安在哉
人心善惡誰能决　天道昭昭肯差迭
野筆綠來記得真　代異時移終不滅

這一篇古風。单慨周室衰微。群雄擾攘。人人欲定霸

圖王。箇箇欲爭強較勝。因而各據一邦。瓜分七國

秦　楚　燕　韓　趙　魏　齊

七國之中。獨有秦強。穆公時偃武修文。東平晉亂。以河為界。西霸戎狄。拓地千里。海內諸侯。咸西入貢。歲必後進于秦。後秦勢愈張。楚燕韓趙魏齊俱備秦邦挾制。不在話下。如今且表燕國。當時燕蒯王有女名燕丹公主。招孫操為駙馬。孫操係孫武之子。出自將家。幼習韜鈐。長閑弓馬。也算得是燕邦一員良將。後生三子。一名孫龍。一名孫虎。一名孫臏。燕丹公主獨

懷孫臏在身。常夢紅雲護體。及生孫臏。眉清目秀。頴悟非常。孫操時對燕丹公主說。此兒長大。必握萬之權。乃吾家至寶也。燕丹公主愈加珍惜。孫操恃有丁當。藐視外邦。燕蒯王每思進奉于秦。孫操諫阻。其年秦孝公嗣位。乃穆公十六代孫。差官入燕催攢進奉。燕王召孫操私議道。當今七國。獨有秦強。若不納貢。誠恐反搆禍殃。孫操道。秦國雖強。吾燕何弱。我王恐秦生衅。何不興師。先自伐秦為上。燕王喜道。卿言最當。今欲伐秦。何人可領大兵。孫操道。臣願領三

萬人馬。立破強秦。燕王道。孤聞秦邦名將頗多。恐卿一人不能取勝。孫操道。我王請勿過慮。臣子孫龍孫虎。拳力非常。英名蓋世。臣願携此二子同行。秦不待戰而自克也。燕王大喜道。卿此去果得勝還朝。孤願與卿同享富貴。當下賜御酒三杯。金花二朵。孫操辭別燕王。出朝帶領孩兒孫龍孫虎。下教場點齊人馬。即日登程。但見

旌旗亂颭。金鼓齊鳴。密匝匝戈矛列隊。亂紛紛
甲騎連雲。砲响三聲。天愁地慘。喊鳴一下。鬼泣

張才錯刺山奔營

38

卷二十

踐誓分屍走馬陵

39

成功栩衲闘雲夢

40

新鐫全像孫龐鬪志演義

吳門嘯客述

卷之一

潼關城白起偷營　朱仙鎮孫龐結義

古風一首

禽荒色亂計無餘　惹得紛紛怨獨夫
戡定但教惟至德　征誅端不在謀謨
忽然夢感飛熊兆　聖主躬下徵賢詔
渭濱老子隱羊裘　八百洪基憑一釣

卷之一

1

顔仲子擬東詳詩

34

卷十八

張蒨奴風月謀

35

魏太子虎狼阨

36

卷十九

龐涓壁計誅皇甫

37

30

31

32

33

孫龐演義

眞小姐帥府聯姻

26

孫龐演義 卷十四

龐剛命喪百鈴關

27

孫龐演義

龐涓身浸新河水

28

孫龐演義 卷十五

賺齊師馬安俞死

29

22

23

24

25

孫龐演義 龐涓屈受拔扇

18

卷十 造紙人金牌執發

19

孫龐演義 擡頑石撥草尋蛇

20

卷十一 魯王兩次懇化杰

21

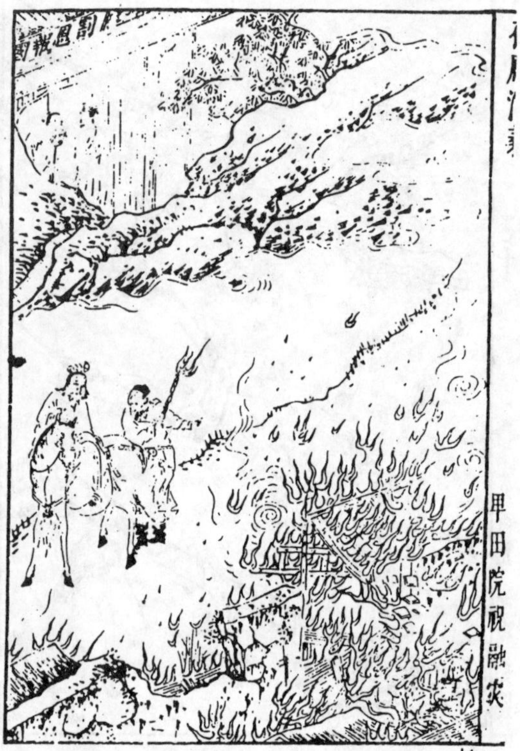
甲田院祝融災
14

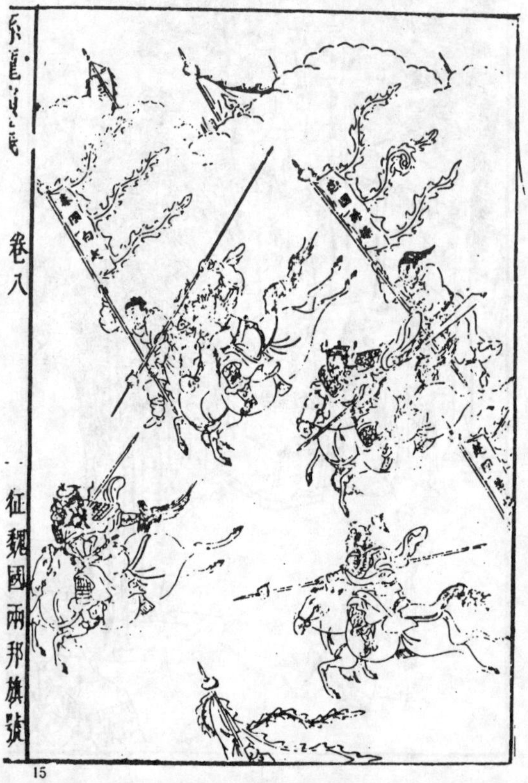
卷八
征魏國兩邦旗號
15

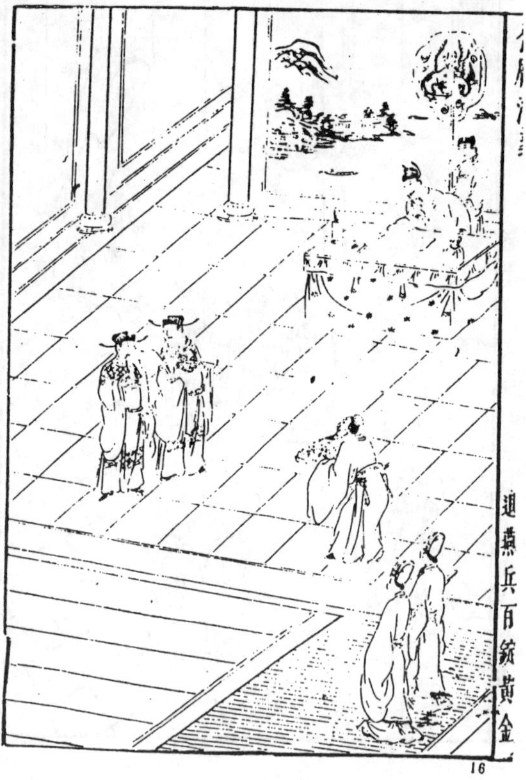
遣燕兵百鎰黃金
16

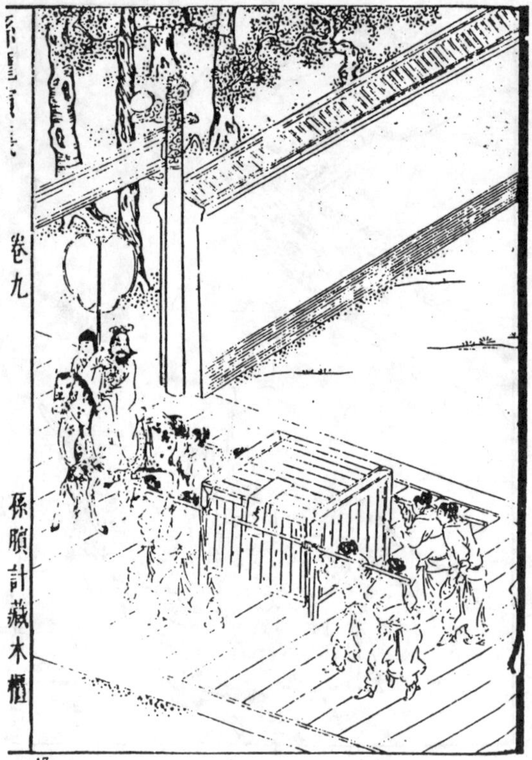
卷九
孫臏計藏木櫃
17

孫龐演義

演武場龐涓鬪陣

10

卷六

金蘭契仇成刖足

11

孫龐演義

木盒歌數定謝庭

12

卷七

百花園宠孽箭

13

6

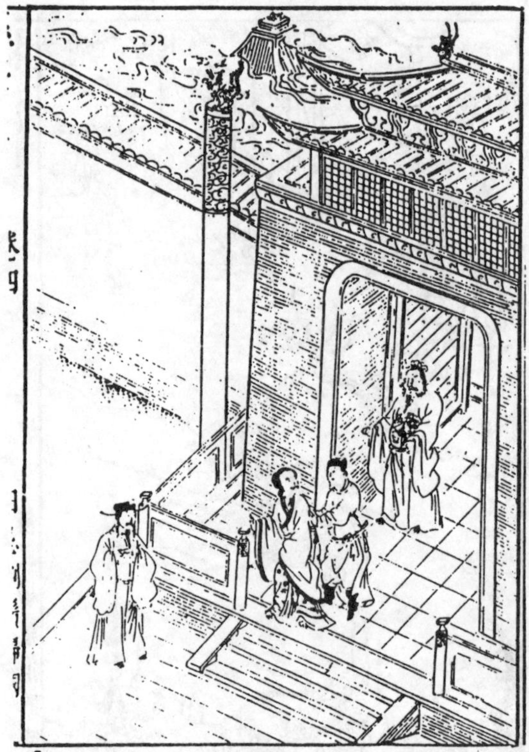

7

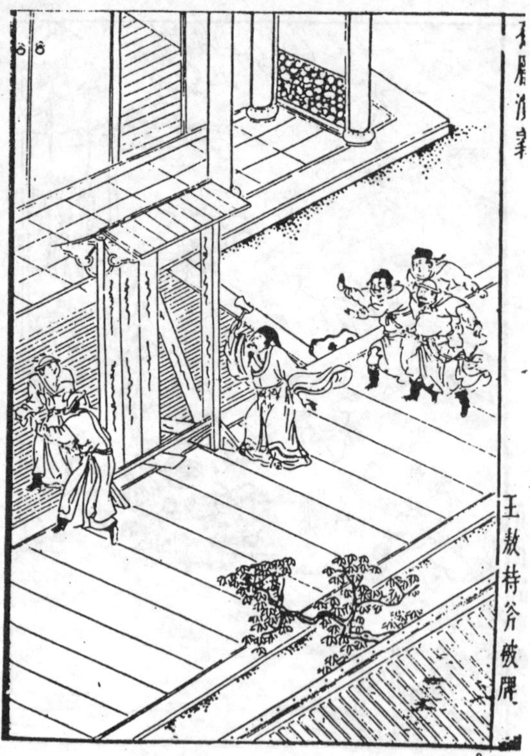

8

9

孫龐演義

朱仙鎮孫龐結義

2

孫龐演義 卷二

白鹿仙擧澗大冰茁

3

孫龐演義

鬼谷子授臏假天書

4

孫龐演義 卷二

魏王計賺降臺來

5

6

7

1

8

難言矣斯孫氏之子保身
之術一廢刖足之禍已隨
繇是論之狡人之心固不
可測乃綈袍側目若龎涓

者溰足痛心宜乎馬陵就
戮雪忿衆情此際噬臍其
何他尤是編之出也誠賈
害釀灾藏謀蓄蠹者之良

藥矣因濡毫以敘之
崇禎丙子新秋七月七日
戴民主人書于挹珠山房

新鐫孫龎鬬志演義標目

奇遡古證今指難勝屈觀
孫龐二人之始遇于朱仙
也肝膈相孚神情自洽絕
不以形骸論久暫金蘭之

16

契暢然生死之盟皦如然
此時二子之趨操顯晦已
昭然他日之左券矣詎意
龐氏子少沾寸進輒忘把

17

臂之依依縱挾私情頓棄
萍逢之永誓故當時孫子
聞涓知遇意謂公叔立朝
若大夫僎者尚可與之同

18

升豈有聲氣交感之人而
不及其萬一乎孰知人之
心性正與邪大相岐界故
局量一分則德怨之間遂

19

其時而下亦可以脫
於死人其求天於心
乎書過半矣當多事
之秋豈必無小補云

12

望古主人漫書

13

14

敘
嘗謂千秋逸響足以闡發
人機往古遺蹤恍可折衷
世變益權衡術要詭異譎

15

龐快而又未嘗不爲
孫寃也雖然不必寃
也此孫子之所以善
護天書也盖我刖而

8

人迺致疑於天書之
不足以衛足則貪天
書者意可少淡矣我
刖而狂且諄者以爲

9

我能顛倒天書之人
而無如我何也則求
於我者事益可已矣
而後乃玄關秘笈不

10

浪洩於人間而身亦
不爲孫子之樹下故
曰善用天書者得其
君可以爲師即不得

11

非天熱暑月無事閒
展瀟湘簡理業頭有
孫龐一帙其事節之
大者每每與列傳無

牴牾云国嘆此僅兩
人事耳而友鑑備焉
路杳林低忽然相值
貴賤不形輙然投分

孫何坦也口盟心悖
陽友陰讐慎巳之長
偉人之短龐何詐也
孫蓋有管鮑之風而

龐直張耳陳餘之在
漢交道可不慎乎卒
之龐以敗死而孫以
刖生讀史君子蓋為

敘

天豈真有書哉人之心為之也心之靈苗為智智之銳氣為兵

自黃帝以来七十二戰而不剏天書之祖也嗣此而為陰符嗣此而為遁甲其書或

傳或不傳其書可讀不可解有能以不解解者亦卒傳之於無所傳而身為帝師豈

찾아보기

258
악아경(樂亞卿) 215
악양(樂羊) 211, 212
악영(樂英) 255, 257
악의(樂毅) 211, 212, 214, 215, 217, 230, 236, 238, 242, 255, 258
악지(樂資) 242
악한(樂閑) 211, 258
안듕지(顏仲子) 167
안방경국(安邦定國) 196
안조포심(雁爪鵰心) 144
안편군(安平君) 254
안평(安平) 231
암마셔(魘魔書) 149
압딘법(魘鎮法) 40
압양법(魘禳法) 97
야료[룡](野龍) 105
양(梁) 217
양왕(襄王) 237, 254
어린개갑(魚鱗鎧甲) 4
어린쇄갑(魚鱗鎖甲) 4
어영군(御營軍) 46
어영단련사(御營團練使) 46
어쥬(御廚) 190
역셩(歷城) 224, 226
역슈(易水) 205, 211
역왕(易王) 195
연(燕) 2, 140, 195, 218
연괴왕(燕蒯王) 2, 23, 53, 72, 130
연국(燕國) 159
연단공쥬(燕丹公主) 2, 89
연무당(演武堂) 46
연무당(演武場) 143
연무디(演武臺) 25
연무장(演武場) 199
연무쟝(演武場) 220
연무텽(演武廳) 50
연방(燕邦) 52
연산(燕山) 205
연산부(燕山府) 20, 22
연소왕(燕昭王) 214, 239, 240, 242, 258
연쇼왕(燕昭王) 220
연영(燕營) 5
연왕(燕王) 74
연혜왕(燕惠王) 257
연횡(連衡) 216
열국(列國) 210
예쥬(汝州) 6
오긔묘(吳起廟) 71
오둔법(五遁法) 77
오영(吳英) 117, 126
오합지중(烏合之衆) 200
오호고산딘(五虎靠山陣) 47
오호궁(烏號弓) 74
오희(吳獬) 106
오희(吳獬) 178
오히(吳獬) 98, 131, 144, 160
옥뎐(玉田) 209
옥뎐계(玉田界) 207
옥즈(獄子) 30
온현(溫縣) 217
와늑쟝(瓦礫場) 71
완월누(玩月樓) 59
왕니치빙(往來馳騁) 221
왕손가(王孫賈) 251, 254
왕손기(王孫賈) 237, 238, 245
왕외(王敖) 35
왕위(王敖) 190
왕의(王敖) 60, 63
왕쳡(王捷) 215
왕촉(王蠋) 220, 230
왕티부(王太傅) 230, 237
왕픠(王覇) 210
요구창(拗鉤鎗) 109
요셩(聊城) 254, 257
요순(堯舜) 189
요치(淖齒) 234, 236, 237, 238
용약환희(踴躍歡喜) 208
우(禹) 196
우감군(右監軍) 116
우두가(牛頭街) 7
우두방(牛頭坊) 25
«우미인虞美人» 147
우이산(牛耳山) 225
운몽산(雲夢山) 6, 22, 57, 96, 190
운쇼(雲霄) 207
운양시(雲陽市) 51, 190
울々불락(鬱鬱不樂) 211
웅직디략(雄才大略) 214
원달(袁達) 105, 122, 127, 131, 142, 156, 158, 160
월아산(月牙鏟) 74
위(魏) 2, 211, 218, 221
위국(魏國) 14, 159, 168, 178
위뇨(尉繚) 36, 60, 63
위료(尉繚) 35, 72, 90
위문후(魏文侯) 211
위방(魏邦) 52, 92
위양공쥬(魏陽公主) 191, 145, 156
위염(魏冉) 217
위왕(魏王) 139, 149
위혜왕(魏惠王) 7, 26
유셰긱(遊說客) 195
유스(有司) 197
유쥐(幽州) 20
유쥐(幽州) 22
유쥐셩(幽州城) 24, 74, 130
유취황동(乳臭黃童) 135
융뎍(戎狄) 2
은셩미명(隱姓埋名) 224
음양관(陰陽官) 124
응수간(鷹愁澗) 11
의각지셰(犄角之勢) 221
의량(宜梁) 7, 14, 30, 74, 168
의량교(宜梁橋) 26
의량셩(宜梁城) 45, 65, 138, 141, 159
이산(夷山) 35, 63, 72, 90
이화창(梨花槍) 224
일월지명(日月之明) 212
일즈댱샤딘(一字長蛇陣) 48
임치(臨淄) 223, 225, 231, 236, 238, 247, 254
이련(愛蓮) 68

校註 : 박재연

선문대학교 중어중국학과 교수
논문 :「훈세평화에 대하여」외 다수
편저 :『중조대사전』『고어사전』

손지봉

이화여자대학교 통역대학원 교수
저서 :『韓國說話의 中國人物 研究』외 다수

김 영

선문대학교 강사
논문 :『荊釵記』研究
교주서 :『쌍미긔봉』『華音啓蒙諺解』외 다수

조선시대 번역고소설 총서 6

손방연의(孫龐演義)

2003년 6월 1일 첫판 찍음
2003년 6월 3일 첫판 펴냄

교주자 : 박재연 · 손지봉 · 김 영
발행인 : 송미옥
발행처 : 이회문화사

주 소 : 서울시 동대문구 답십리동 488-338 부영BD 503호
전 화 : (02) 2244-7912~3
팩 스 : (02) 2244-7914
E-mail : ih7912@chollian.net

등 록 : 제6-0532(1992. 5. 2)
ISBN : 89-8107-406-2 93820
89-8107-400-3 (세트)

정가 40,000원

이 논문(또는 저서)은 2002년도 한국학술진흥재단의 지원에 의하여
연구되었음.(KRF-2002-071-AS3511)